Das Buch

»Sascha pfiff mehrmals laut, aber er bekam keine Antwort. Er streifte bis zur Abenddämmerung durch den Wald, aber Boris ließ sich nicht blicken. Demnach hatte er sich endgültig zur Flucht entschlossen.« Flucht aus der Verbannung zurück nach Moskau? Und nur, um die Wahrheit zu suchen? Ein Wahnsinnsunternehmen! Vor mehr als einem halben Jahrhundert haben sich die Geschehnisse zugetragen, die Rybakow erzählt: in dem Jahr vor der Ermordung Kirows, der als möglicher Nachfolger Stalins gilt. Mit seinem Tod tritt der Stalinismus in seine schrecklichste Phase... »Rybakow übergibt uns ein Dokument, das seinen eigenen langen Weg aus den Nebeln eines Irrglaubens in das Licht einer einfachen Wahrheit belegt: Wir sind am Ende angelangt...«, schrieb Hans Noll in der ›Welt‹. »Es ist Zeit, sich zu erinnern, wie es dazu kommen konnte.«

Der Autor

Anatolij Naumowitsch Rybakow wurde am 14. Januar 1911 in Tschernigow geboren. Er lebt seit 1919 in Moskau, arbeitete als Transportingenieur, nahm am Zweiten Weltkrieg teil und zog mit der Roten Armee in Berlin ein. Er schrieb Abenteuergeschichten für Kinder, auch Produktionsromane im Sinne der Parteilinie (Stalinpreis 1950). Weitere Werke: ›Menschen am Steuer‹ (1950, dt. 1951), ›Schwerer Sand‹ (1978, dt. 1980), Romane.

Anatolij Rybakow:
Die Kinder vom Arbat
Roman

Deutsch von Juri Elperin

Deutscher
Taschenbuch
Verlag

dtv

Ungekürzte Ausgabe
Dezember 1990
Deutscher Taschenbuch Verlag GmbH & Co. KG,
München

Titel der russischen Originalausgabe: ›Deti Arbata‹

ISBN 3-462-01938-4
Umschlaggestaltung: Celestino Piatti unter Verwendung
eines Fotos von Yuri Rost (© Yuri Rost c/o pendo-
verlag, Zürich)
Satz: Fotosatz Froitzheim, Bonn
Druck und Bindung: C. H. Beck'sche Buchdruckerei,
Nördlingen
Printed in Germany · ISBN 3-423-11315-4

Personen

Sascha, Alexander Pawlowitsch Pankratow	
Sophia Alexandrowna	Saschas Mutter
Pawel Nikolajewitsch	Saschas Vater
Mark, Alexandrowitsch Rjasanow	Saschas Onkel
Lena Budjagina	Saschas Schulfreundin
Iwan Grigorjewitsch Budjagin	Lenas Vater
Aschchen Stepanowa	Lenas Mutter
Nina Iwanowa	Saschas Schulfreundin
Warja	Ninas Schwester
Kostja, Konstantin Fjodorowitsch	Billardspieler
Jura, Jurij Scharock	Saschas Schulfreund
Scharock, Schneidermeister	Jurijs Vater
Wadim Marassewitsch	Saschas Schulfreund
Vika, Viktoria Marassewitsch	Wadims Schwester
Maxim Kostin	Schulfreund
Wsewolod Sergejewitsch	Deportierter in Sibirien
Boris Solowejtschik	Deportierter in Sibirien
Sida, Nursida Hasisowna	Lehrerin in Mosgowa
Djakow	NKWD-Agent
Alfjorow	NKWD-Agent
Stalin, Jossif Wissarionowitsch	Generalsekretär des ZK der KPdSU
Ordshonikidse, Grigorij Konstantinowitsch	Mitglied des Politbüros, Volkskommissar
Kirow, Sergej Mironowitsch	Mitglied des Politbüros, Sekretär der Leningrader Parteiorganisation
Jagoda, Genrich Georgijewitsch	Stellvertretender Vorsitzender der GPU (Staatliche politische Verwaltung), von 1934 bis 1936 Volkskommissar des Innern (NKWD)

Erster Teil

1

Der größte Häuserblock am Arbat liegt zwischen der Nikolski- und der Deneshni-Gasse, die jetzt Plotnikow-Gasse und Wesnin-Straße heißen. Drei eng hintereinanderstehende, achtstöckige Häuser, die Fassade des vordersten ist mit weißglasierten Ziegeln verkleidet und hat mehrere Schilder: »Saumstickerei«, »Behandlung von Stottern«, »Arzt für Haut- und Geschlechtskrankheiten«. Die an den Ecken mit Blechen geschützten, niedrigen Torwege verbinden die beiden schlauchförmigen Hinterhöfe.

Sascha Pankratow verließ das Haus und bog nach links ab – zum Smolenski-Platz. Vor dem Kino *Arbatski Ars* spazierten bereits junge Mädchen auf und ab, immer paarweise, Mädchen vom Arbat, von der Dorogomilow- und der Plustschicha-Straße, den Mantelkragen flott hochgeschlagen, die Lippen geschminkt, die Wimpern hochgebürstet und getuscht, in den Augen abwartende Neugier, um den Hals ein buntes Seidentuch, jetzt im Herbst der letzte Schrei am Arbat. Die Vorstellung war gerade zu Ende, das Publikum strömte durch den rückwärtigen Hof hinaus. Um auf die Straße zu gelangen, mußten sich die Leute durch das schmale Tor zwängen, wo obendrein eine ausgelassene Schar von Halbwüchsigen, die eigentlichen Stammgäste hier, herumalberte.

Am Arbat ging ein Tag zu Ende.

Auf der Fahrbahn, die im Gegensatz zu dem gepflasterten Streifen in der Mitte, wo die Straßenbahngleise verliefen, asphaltiert war, rollten die ersten sowjetischen Autos Marke *Gas* und *Amo* und überholten die Pferdedroschken. Die Straßenbahnen fuhren mit einem, manchmal mit zwei Anhängern aus dem Depot, der völlig hoffnungslose Versuch, das Verkehrsproblem der Großstadt zu lösen. Unter der Erde wurde bereits an der ersten Strecke der Moskauer Metro gebaut, am Smolenski-Platz erhob sich ein Holzturm über dem Schacht.

Katja erwartete Sascha vor dem Klub *Kautschuk* am Dewitschje Polje; sie war ein breitwangiges, grünäugiges Steppenmädchen und trug einen Pullover aus dicker Bauernwolle. Nicht zu verkennen, sie hatte eine kleine Fahne.

»Ich hab' mit unseren Mädels Rotwein getrunken. Du feierst wohl nicht, was?«

»Was denn feiern?«

»Komische Frage – Mariä Schutz und Fürbitte.«

»Ach so.«

»Ach so, sagt er.«

»Wohin gehen wir heute?«

»Wohin schon ... zu 'ner Freundin.«

»Was bringen wir mit?«

»Zu essen ist da, kauf du den Wodka.«

Sie gingen die Sawinski-Gasse entlang, vorbei an alten Arbeiterkasernen, aus denen trunkene Stimmen, schriller Gesang, die Klänge von Ziehharmonikas und Grammophonen schallten, und stiegen zwischen den Bretterzäunen mehrerer Fabriken zum Kai hinunter. Linkerhand glänzten die breiten Fenster der Swerdlow- und der Lievers-Fabrik, rechts die Moskwa, vor sich hatten sie die Mauern des Nowodewitschi-Klosters und das eiserne Gerüst der Ringbahnbrücke, dahinter lagen Wiesen und Sümpfe, die Dörfer Kotschki und Lushniki.

»Wohin bringst du mich eigentlich?« fragte Sascha.

»Frag nicht so dumm ... für Bettler ist das Dorf kein Umweg.«

Er legte ihr den Arm um die Schulter, sie versuchte, seine Hand abzuschütteln.

»Gedulde dich gefälligst.«

Sascha drückte sie noch fester an sich.

»Sei nicht so rebellisch!«

Das dreistöckige unverputzte Haus stand etwas abseits. Sie gingen durch einen langen, schlecht beleuchteten Gang mit unzähligen Türen links und rechts. Vor der letzten Tür sagte Katja: »Marusja hat einen Freund. Stell keine Fragen.«

Auf einem Sofa schlief mit dem Gesicht zur Wand ein Mann. Am Fenster saßen ein Junge und ein Mädchen, beide etwa elf Jahre alt. Als die beiden hereinkamen, drehten sich die Kinder zur Tür und begrüßten Katja. In der Zimmerecke hantierte eine kleine Frau am Küchentisch neben dem Ausguß. Sie war bedeutend älter als Katja, ein hübsches, freundliches Gesicht. Das war Marusja.

»Wir haben schon lange gewartet und gedacht, ihr kommt nicht mehr«, sagte sie, während sie sich die Hände abtrocknete und die Schürze ablegte. »Wir haben schon geglaubt, ihr feiert woanders ... Stehen Sie auf, Wassilij Petrowitsch, die Gäste sind da.«

Der Mann stand auf, hager, mürrisch, strich sich das spärliche Haar glatt und rieb sich den Schlaf aus dem Gesicht. Sein Hemdkragen war zerknautscht, der Schlips nach unten verrutscht.

»Die Piroggen sind ein bißchen eingetrocknet.« Marusja ging zum Tisch und nahm das Handtuch von den Piroggen aus Roggenmehl. »Die hier ist mit Soja gefüllt, die mit Kartoffelbrei, die mit gehacktem Kohl. Toma, gib mal die Teller her.«

Das Töchterchen stellte die Teller auf den Tisch. Katja legte die Jacke ab, holte Bestecke aus der Anrichte und deckte den Tisch, sie wußte Bescheid, offensichtlich war sie schon oft hiergewesen.

»Räum das Zimmer wenigstens ein bißchen auf!« sagte sie barsch zu Marusja.

»Wir haben nach dem Mittagessen ein Nickerchen gemacht«, rechtfertigte sich die Freundin und nahm die Kleidungsstücke von den Stühlen. »Die Kinder haben Papier zerschnipselt. – Witja, sammel das Papier auf.«

Der Kleine rutschte über den Boden und sammelte die Schnipsel ein. Wassilij Petrowitsch wusch sich am Ausguß und zog die Krawatte zurecht.

Marusja schnitt den Kindern ein Stück von jeder Pirogge ab und stellte den Teller aufs Fensterbrett.

»Eßt!«

Wassilij Petrowitsch schenkte den Wodka ein.

»Auf den Feiertag!«

»Unterm Tisch treffen wir uns wieder.« Katja sah jeden an, außer Sascha. Heute hatte sie ihn zum ersten Mal zu ihren Bekannten mitgenommen. Hier trank sie Wodka, mit Sascha hatte sie nur Rotwein getrunken.

»Was für einen Schwarzäugigen hast du dir da angelacht«, sagte Marusja fröhlich und nickte Sascha zu.

»Schwarzäugig und kraushaarig«, erwiderte Katja spöttisch.

»In der Jugend hat man Locken und im Alter eine Glatze«, gab Wassilij Petrowitsch seinen Senf dazu und griff wieder nach der Flasche. Jetzt kam er Sascha gar nicht mehr mürrisch vor, man merkte, er wollte gesellig sein. Und auch Marusja sah sie freundlich und verständnisvoll an.

Sascha fühlte sich wohl unter ihrem Blick, ihm gefiel das Haus am Stadtrand, der Gesang und die Harmonikaklänge hinter der Wand.

»Warum essen Sie denn nicht?« fragte Marusja.

»Aber ja doch, danke, die Piroggen schmecken sehr gut.«

»Wenn ich die Zutaten hätte, würde ich viel bessere backen, man kriegt ja nicht mal Hefe. Nur gut, daß Wassilij Petrowitsch welche mitgebracht hat.«

Wassilij Petrowitsch äußerte etwas Tiefsinniges über Hefe.

Die Kinder baten um ein weiteres Stück.

Marusja schnitt ihnen noch ein Stück ab.

»Ihr glaubt wohl, ich hätte für euch allein gebacken? Genug gefeiert, wascht euch!«

Sie raffte das Bettzeug der Kleinen zusammen und trug es zur Nachbarin hinüber.

Die Kinder gingen. Etwas später brach auch Wassilij Petrowitsch auf. Marusja wollte ihn begleiten. Beim Weggehen sagte sie zu Katja: »Saubere Laken liegen im Schrank.«

»Wozu braucht sie ihn?« fragte Sascha, nachdem Marusja die Tür hinter sich geschlossen hatte.

»Ihr Mann ist abgehauen, er will keine Alimente zahlen, da kann sie lange suchen, und sie muß ja irgendwie über die Runden kommen.«

»Und die Kinder im selben Zimmer?«

»Wär's besser, sie würden hungern?«

»Außerdem ist er alt.«

»Sie ist auch nicht mehr jung.«

»Warum heiratet er sie nicht?«

Sie warf ihm von unten her einen Blick zu.

»Und du? Warum heiratest du mich nicht?«

»Möchtest du heiraten?«

»Klar ... Na, Schluß damit. Komm ins Bett.«

Auch das war ungewöhnlich. Sonst mußte er sie jedes Mal umwerben und überreden, als träfen sie sich zum ersten Mal, heute dagegen machte sie das Bett von selbst und zog sich aus. Sie sagte nur: »Mach das Licht aus.«
Dann vergrub sie die Hand spielerisch in seinem Haar.
»Bist stark. Gewiß mögen dich die Mädchen, du bist bloß sehr unvorsichtig«, sie beugte sich über ihn und sah ihm in die Augen, »und wenn ich dir nun so ein Schwarzköpfchen schenke? Keine Angst davor?«
Früher oder später mußte das ja passieren. Nun ja, dann machte sie eben eine Abtreibung, sie konnten beide kein Kind gebrauchen.
»Bist du schwanger?«
Sie bettete den Kopf an seine Schulter und schmiegte sich an ihn, als suche sie bei ihm Schutz vor den Sorgen ihres Lebens. Was wußte er schon von ihr? Wo wohnte sie eigentlich? Bei einer Tante? In einem Wohnheim? Oder hatte sie einen Schlafplatz gemietet? Abtreibung? Was würde sie aber zu Hause sagen, was für eine Krankmeldung bei ihrer Arbeitsstelle vorlegen? Und wenn die Frist überschritten war? Wohin sollte sie mit einem Kind?
»Wenn du reingeschlittert bist, bring das Kind zur Welt, und dann heiraten wir eben.«
Ohne den Kopf zu heben fragte sie: »Und wie nennen wir den Kleinen?«
»Das überlegen wir uns noch, haben ja genug Zeit.«
Lachend rückte sie von ihm ab.
»Du heiratest mich nie, ich heirate dich auch nicht. Wie alt bist du überhaupt? Zweiundzwanzig? Da bin ich sogar älter als du. Du bist gebildet, und ich ... sechs Klassen ... Heiraten werde ich schon, bloß nicht dich.«
»Wen denn? Da bin ich aber neugierig.«
»Neugierig? ... Einen aus unserem Dorf.«
»Wo ist er?«
»Wo schon ... Im Ural, er kommt und holt mich.«
»Und was ist er?«
»Schlosser.«

»Kennst du ihn schon lange?«
»Hab' dir doch gesagt, wir sind aus einem Dorf.«
»Warum hat er dich dann nicht schon früher geheiratet?«
»Weil er sich noch nicht die Hörner abgestoßen hat, darum.«
»Und jetzt hat er sie sich wohl abgestoßen?«
»Inzwischen ist er dreißig. Wenn du wüßtest, was für feine Fräuleins er gehabt hat.«
»Liebst du ihn?«
»Schon.«
»Warum gehst du dann mit mir?«
»Warum, warum ... Ich will auch was vom Leben haben. Du verhörst mich ja wie die bei der Miliz, mach mal 'nen Punkt.«
»Wann will er denn kommen?«
»Morgen.«
»Dann sehen wir uns also nicht mehr?«
»Soll ich dich zur Hochzeit einladen? ... Sieh dich vor, er ist kräftig. Wenn er zuschlägt, bleibt nichts von dir übrig.«
»Noch eine große Frage.«
»Ach, was du nicht sagst.«
»Aber du bist doch schwanger?«
»Wer behauptet das?«
»Du selber.«
»Ich behaupte gar nichts. Das bildest du dir bloß ein.«
Es wurde leise an die Tür geklopft. Katja öffnete und legte sich wieder hin. Es war Marusja.
»Ich habe ihn nach Hause gebracht«, Marusja machte Licht. »Soll ich Tee aufsetzen?«
Sascha streckte die Hand nach seiner Hose aus.
»Was ist denn?« meinte Marusja, »meinetwegen brauchen Sie keine Umstände zu machen.«
»Er geniert sich immer«, sagte Katja spöttisch, »er ist sogar zu schüchtern, mit mir zu gehen, aber er will mich heiraten.«
»Heiraten, das geht im Handumdrehen«, sagte Marusja, »sich scheiden lassen übrigens auch.«
Sascha goß den Rest aus der Wodkaflasche in ein Glas und aß ein Stück Pirogge. Eigentlich mußte er Katja dankbar sein, daß weiter nichts passiert war. Der Schlosser existierte wohl tatsächlich, aber

im Grunde ging es gar nicht um ihn, sondern einfach darum, daß sie ihn wieder mal aufgezogen hatte, und er Trottel hatte gleich die Flügel hängen lassen. Er stand auf.
»Wohin willst du denn?« fragte Katja.
»Nach Hause.«
»Aber nicht doch«, wehrte Marusja ab, »schlaft euch hier aus, ihr könnt morgen zeitig losfahren. Ich übernachte bei den Nachbarn, ihr stört keinen.«
»Ich muß weg.«
Katja zog ein mürrisches Gesicht.
»Findest du den Weg?«
»Ich verirre mich schon nicht.«
Sie zog ihn an sich.
»Bleib.«
»Ich gehe besser. Mach's gut.«

Aber sie war doch große Klasse! Natürlich tat's ihm leid, daß er gegangen war. Wenn sie nicht anrief, würden sie sich nie mehr sehen. Er wußte nicht einmal, wo sie wohnte, die Adresse gab sie ihm nicht – die Tante schimpft mich aus –, sie sagte nicht, in welcher Fabrik sie arbeitete – dann stehst du nur immer vor der Kontrollbude rum.
Früher hatte sie ihn ab und zu aus einer Telefonzelle angerufen, und dann waren sie ins Kino oder in den Gorki-Park gegangen, tief in das angrenzende Waldstück Neskutschny-ssad hinein. Die Liegestühle glänzten im Mondlicht. Katja drehte sich weg.
»Was fällt dir denn ein ... laß los ...« Dann schmiegte sie sich fest an ihn, sie hatte spröde Lippen und fuhr ihm mit ihren rauhen Händen durchs Haar.
»Zuerst habe ich dich wirklich für einen Zigeuner gehalten. Hinter unserem Dorf war mal ein Zigeunerlager, die waren genauso schwarz wie du, bloß deine Haut ist glatter.«
Im Sommer, als seine Mutter bei ihrer Schwester draußen auf der Datscha gewohnt hatte, da war Katja zu ihm gekommen, mit bösen Augen, denn sie genierte sich vor den Frauen, die vor der Haustür saßen.
»Die gaffen so blöde. Ich komme nie mehr im Leben.«

Wenn sie anrief, schwieg sie erst und hängte ein, dann rief sie noch mal an.
»Katja, bist du's?«
»Na ja ...«
»Warum hast du dich nicht gleich gemeldet?«
»Hab' überhaupt nicht angerufen.«
»Treffen wir uns?«
»Wo denn?«
»Am Park?«
»Was du dir einfallen läßt. Komm zum Dewitschje Polje.«
»Um sechs oder um sieben?«
»Das denkst du dir so! Glaub ja nicht, daß ich gleich um sechs lossause.«
Jetzt mußte er immerzu an sie denken und wartete auf ihren Anruf. Morgen wollte er möglichst früh aus der Hochschule nach Hause kommen – vielleicht würde sie anrufen. Aber er blieb, um die Wandzeitung für die Oktoberfeier fertigzumachen. Und danach wurde er zur Sitzung des Parteibüros bestellt.

An der Tür gab es keinen einzigen freien Platz. Sascha zwängte sich deshalb zwischen den Stuhlreihen hindurch, stieß gegen die Knie der zusammengepferchten Leute und handelte sich den mißbilligenden Blick Baulins ein. Baulin war Sekretär des Parteibüros, ein gedrungener, blonder Kraftprotz mit einem einfachen, rundlichen dabei eigensinnigen Gesicht und einer breiten Brust, die das blaue Russenhemd aus Satin, das am kurzen Hals mit zwei kleinen, weißen Knöpfen geschlossen war, zu sprengen drohte. Nachdem Baulin sich überzeugt hatte, daß Sascha in der Ecke Platz genommen, wandte er sich erneut Kriworutschko zu.
»Kriworutschko, Sie haben den Bau des Studentenheims hintertrieben. Ihre uneigennützigen Beweggründe interessieren niemanden. Die Gelder sind für Stoßbauvorhaben umgelenkt worden? Kriworutschko, Sie sind nicht für das Werk in Magnitogorsk verantwortlich, sondern für die Hochschule. Warum haben Sie nicht gleich gesagt, daß der Termin unrealistisch ist? Ach so, der Termin ist realistisch ... Warum ist er dann nicht eingehalten worden? Sie sind zwanzig Jahre in der Partei? ... Für Ihre

früheren Verdienste danken wir Ihnen, aber für Ihre Fehler kriegen Sie Ärger, darauf können Sie sich verlassen.«
Sascha wunderte sich über Baulins Ton. Vor Kriworutschko, dem stellvertretenden Direktor, hatten die Studenten einen Heidenrespekt. In der Hochschule erzählte man sich von seiner legendären militärischen Vergangenheit. Er trug noch immer Armeebluse, Kavalleristenhosen und Stiefel. Der Mann mit den schlaffen Schultern, der langen, melancholischen Nase und den Säcken unter den Augen ließ sich kaum auf Gespräche ein. Grüßte man ihn, antwortete er höchstens mit einem Kopfnicken.
Kriworutschko stützte sich mit der Hand auf die Stuhllehne, Sascha sah, daß seine Finger zitterten. Die Schwäche dieses allgemein gefürchteten Mannes wirkte kläglich. In Wirklichkeit war kein Baumaterial angeliefert worden, aber jetzt wollte das keiner wahrhaben. Nur Janson, der Dekan von Saschas Fakultät, ein kaltblütiger, unerschütterlicher Lette, wandte sich an die Glinskaja, die Hochschuldirektorin, und sagte versöhnlich: »Vielleicht sollten wir ihm eine neue Frist zubilligen?«
»Eine Galgenfrist, wie?!« fragte Baulin mit bösartig hintergründiger Freundlichkeit.
Die Glinskaja schwieg mit der gekränkten Miene eines Unschuldsengels, dem man einen völlig untauglichen Stellvertreter aufgeschwatzt hatte. Nun stand Losgatschow, ein hochgewachsener, selbstgefälliger Doktorand, auf und hob theatralisch die Hände über den Kopf.
»Ist es möglich, daß man sogar die Spaten nach Magnitogorsk geschafft hat? Haben die Studenten den gefrorenen Boden vielleicht mit den Fingern aufgekratzt? Hier sitzt ja der Komsomolorganisator der Gruppe, soll er doch erzählen, wie sie ohne Spaten gearbeitet haben.«
Baulin sah Sascha neugierig an. Sascha stand auf.
»Spaten haben wir gehabt. Nur einmal war das Materiallager zu. Sobald der Lagerverwalter zurück war, hat er Spaten ausgegeben.«
»Haben Sie lange warten müssen?« fragte Kriworutschko, ohne den Kopf zu heben.
»Etwa zehn Minuten.«
Losgatschow, der Sascha in seinem Übereifer zum Zeugen angeru-

fen hatte, schüttelte vorwurfsvoll den Kopf, als habe nicht er, sondern Sascha eine Schlappe erlitten.
»Also ist weiter nichts Schlimmes passiert?« meinte Baulin spöttisch.
»Wirklich nicht«, antwortete Sascha.
»Und wie lange habt ihr herumgestanden und nicht gearbeitet?«
»Wir hatten doch kein Material.«
»Woher willst du das wissen?«
»Das weiß jeder.«
»Du sollst hier nicht den Advokaten spielen, Pankratow«, sagte Baulin schroff, »das ist höchst unpassend!«
Bemüht, Kriworutschko nicht anzusehen, stimmten die Mitglieder des Parteibüros für seinen Ausschluß aus der Partei. Janson enthielt sich als einziger der Stimme.
In noch gebückterer Haltung als sonst verließ Kriworutschko den Raum.
»Uns liegt hier eine schriftliche Erklärung von Dozent Asisjan vor«, verkündete Baulin und sah Sascha an, als wollte er fragen: Na, was sagst du jetzt, Pankratow?!
Asisjan las in Saschas Gruppe über die Grundlagen der sozialistischen Buchführung. Aber er dozierte nicht über die Grundlagen, geschweige denn über die Buchführung, sondern sprach von jenen, die diese Grundlagen verzerrten. Sascha hatte unverblümt gesagt, es wäre bestimmt nicht verkehrt, wenn er ihnen eine Vorstellung von Buchführung als solcher geben würde. Asisjan, ein kraushaariger, skrupelloser Filou, hatte damals bloß gelacht. Jetzt aber beschuldigte er Sascha, daß er sich gegen die marxistische Darlegung der Wissenschaft von der Statistik und Buchführung gewandt hatte.
»Stimmt das?« Baulin sah Sascha mit seinen kalten blauen Augen an.
»Ich habe nicht gesagt, daß wir keine Theorie brauchen. Ich habe gesagt, daß wir keine Kenntnisse über Buchführung vermittelt bekommen.«
»Die Parteilichkeit der Wissenschaft interessiert dich nicht, wie?«
»Doch. Aber konkrete Kenntnisse ebenfalls.«

»Siehst du einen Unterschied zwischen Parteilichkeit und Konkretheit?«

Losgatschow stand wieder auf.

»Aber Genossen ... wenn hier unverhüllt die unpolitische Einstellung zur Wissenschaft gepredigt wird ... und außerdem: Pankratow hat versucht, dem Parteibüro seine eigene Meinung über Kriworutschko aufzuschwatzen und sich obendrein als Meinungsträger der breiten Studentenschaft aufgespielt. Wen vertreten Sie hier eigentlich, Pankratow?«

Janson saß mit trübsinniger Miene da und trommelte mit seinen Wurstfingern auf der prallen Aktentasche.

Die Glinskaja wandte sich an Baulin.

»Vielleicht sollten wir den Fall der Komsomol-Organisation übergeben?«

Aus ihrer Stimme sprach die müde und gelangweilte Überheblichkeit einer hochgestellten Person: ein kleinkarierter Fall, irgendsoein unbedeutender Student. Losgatschow blickte Baulin an, ihm schien, dem Parteisekretär müsse der Vorschlag, den die Glinskaja eingebracht hatte, mißfallen.

»Das Parteibüro darf sich der Entscheidung nicht entziehen...«

Dieses unvorsichtig geäußerte Wort entschied die Frage.

»Hier entzieht sich niemand der Entscheidung«, sagte Baulin stirnrunzelnd, »aber es gibt ein bestimmtes Verfahren. Soll der Komsomol die Sache erörtern. Wollen sehen, wie es um seine politische Reife bestellt ist.«

Am Kleiderrechen hing ein brauner Ledermantel ... Onkel Mark!

»Hast noch einen kleinen Bummel gemacht?«

Sascha küßte Mark auf die glattrasierte Wange. Mark duftete nach gutem Pfeifentabak und unaufdringlichem Eau de Cologne, ein »behagliches Junggesellenaroma«, wie Mama zu sagen pflegte. Mark war fünfunddreißig, sah aber älter aus – ein fülliger fröhlicher Mann mit schon leicht gelichtetem Haar. Nur die scharfen Augen hinter den gelblich getönten Brillengläsern verrieten den eisernen Willen dieses Mannes, eines Industrieführers großen Maßstabs, der fast ebenso legendär war wie sein gigantisches Bauvorhaben im Osten – der für die feindliche Luftwaffe unerreichbare, neue metallurgische Stützpunkt der Sowjetunion im strategischen Hinterland der proletarischen Großmacht.

»Ich dachte schon, du übernachtest heute woanders, und ich sehe dich nicht mehr.«

»Sascha schläft immer zu Hause«, sagte die Mutter.

Auf dem Tisch – eine Flasche Portwein, rosig schimmernde Jagdwurst, Sprotten, »türkisches Brot«, Leckerbissen, die Mark immer mitbrachte, daneben Mamas üblicher Kuchen, den sie im Backwunder buk. Offenbar hatte Mark seinen Besuch angesagt.

»Bist du länger da?« fragte Sascha.

»Bin heute angekommen und fahre morgen wieder zurück.«

»Stalin hat ihn bestellt«, sagte die Mutter.

Sie war stolz auf den Bruder und stolz auf den Sohn, sonst gab es nichts, worauf sie hätte stolz sein können, die alleinstehende, von ihrem Mann verlassene Frau, klein, rundlich, mit einem noch hübschen weißen Gesicht und dicht gelocktem, grauen Haar.

Mark streckte die Hand nach einem auf dem Sofa liegenden Paket aus.

»Mach das mal auf.«

Sofija Alexandrowna versuchte, den Knoten zu lösen.

»Gib her.«

Sascha zerschnitt den Bindfaden mit einem Messer. Mark hatte der Schwester Stoff für einen Mantel mitgebracht, dem Neffen einen dunkelblauen Anzug aus bestem Tuch. Das leicht verdrückte Jackett saß vorzüglich.

»Wie angegossen«, lobte Sofija Alexandrowna, »vielen Dank, Mark, er hatte wirklich nichts mehr anzuziehen.«

Sascha stellte sich vor den Spiegel und musterte sich mit Vergnügen. Mark schenkte immer das, was man brauchte. Als kleinen Jungen hatte er ihn zum Schuhmacher mitgenommen, und der hatte Sascha ein paar hohe Chromlederstiefel genäht wie sie keiner hatte – weder auf dem Hof noch in der Schule. Auf die Stiefel war er damals sehr stolz gewesen, bis zum heutigen Tag erinnerte er sich an ihren Geruch, erinnerte sich auch an den beizenden Geruch nach Leder und Pech in der Werkstatt des Schusters.

An diesem Abend wurde Mark mehrmals angerufen. Mit tiefer befehlsgewohnter Stimme gab er seine Anordnungen bezüglich der Geldfonds, der Investitionslimits und der Güterzüge, sagte Bescheid, daß er in der Wohnung am Arbat übernachten würde, und bestellte das Auto für acht Uhr morgens. Mark kam ins Zimmer zurück und warf einen Blick auf die Flasche. »Oho!«

»Trink, Bruder, trink, ertränk den Kummer im Wein«, stimmte Sascha Onkel Marks Lieblingslied an. Er hatte es vor langer Zeit als kleiner Junge von ihm gehört.

»Lacht, Brüder, lacht, weg mit den Sorgen heut' nacht«, fiel Mark ein, »stimmt's?«

»Genau!« Sascha sang weiter:

Ach, vielleicht um diese Stunde
kommt die Tscheka angerannt,
und vielleicht um diese Stunde
stellt man Koltschak an die Wand.

Die Stimme und das Gehör hatte er von der Mutter, früher hatte man sie sogar beim Rundfunk engagieren wollen, aber der Vater hatte protestiert.

Ja, es kommen die Genossen
dann vielleicht in später Nacht,
und dann werden wir erschossen,
wie sie's mit Koltschak gemacht.

»Ein schönes Lied«, sagte Mark.

»Bloß ihr singt es schlecht«, warf Sofija Alexandrowna ein, »wie ein Blindenchor.«

»Ein Blindenduett«, lachte Mark.

Sofija Alexandrowna richtete ihm das Bett auf dem Sofa, Sascha würde heute mit dem Feldbett vorliebnehmen müssen.

Mark legte Jackett und Hosenträger ab, zog das Hemd aus und ging im Unterhemd, das am Halsausschnitt und den Ärmeln eine blaue gestickte Zierkante hatte, ins Badezimmer.

Sascha lag, die Hände im Nacken verschränkt, auf dem Feldbett und wartete auf ihn.

Als Sascha nach der Sitzung die Treppe hinabgegangen war, hatte Janson ihm auf die Schulter geklopft; diese einzige freundschaftliche und ermunternde Geste ließ Sascha nur noch stärker die Leere empfinden, die sich rings um ihn auftat. Die anderen hatten es auf einmal sehr eilig, nach Hause oder in die Mensa zu kommen. Auf dem Weg zur Straßenbahnhaltestelle überholte ihn ein schwarzes Auto, das über den schmutzigen Fahrdamm des verwahrlosten Vororts rollte. Vorn saß die Glinskaja, die sich mit zurückgewandtem Kopf mit den Leuten auf dem Rücksitz unterhielt. Die Art, wie sie sich unterhielt und vorüberfuhr, ohne ihn zu bemerken und ohne auch nur einen Gedanken an ihn zu verschwenden, rief wieder das Gefühl der Leere und der ungerechtfertigten Verfemung in ihm wach.

Sascha kannte die Glinskaja noch aus seiner Schulzeit, er hatte sie bei den Sitzungen des Elternbeirats gesehen. Jan, ihr Sohn, war in dieselbe Klasse wie Sascha gegangen, ein mürrischer wortkarger Junge, der sich nur für Bergsteigen interessierte. Sie war die Frau eines Mitarbeiters der Komintern, ihr polnischer Akzent verlieh ihren kategorischen Worten etwas Gekünsteltes. Er hatte geglaubt, sie würde bei der Sitzung etwas sagen, denn für das Wohnheim trug sie ein genauso großes Maß an Verantwortung wie Kriworutschko. Aber sie hatte geschwiegen.

Mark kam frisch gewaschen zurück, entnahm seiner Reisetasche eine Flasche Eau de Cologne, verrieb einige Spritzer auf der Haut, streckte sich auf dem Sofa aus, drehte sich ein paarmal hin und her, um eine bequeme Lage zu finden, nahm die Brille ab und tastete kurzsichtig nach einer Stelle, um sie hinzulegen.

Ein Weilchen lagen sie schweigend da, dann fragte Sascha:

»Warum hat dich Stalin bestellt?«

»Nicht er hat mich bestellt, sondern ich wurde bestellt, um seine Anordnungen zu bekommen.«

»Er soll angeblich ziemlich klein sein.«

»Ebenso wie du und ich.«

»Auf der Tribüne wirkt er groß.«

»Richtig.«

»Als sein fünfzigster gefeiert wurde«, sagte Sascha, »hat mir seine Antwort auf die Begrüßungsreden gar nicht gefallen, irgendsowas wie die Partei hat mich nach ihrem Ebenbild erschaffen.«

»Der Sinn war jedenfalls, daß die Glückwünsche der Partei gelten, und nicht ihm persönlich.«

»Stimmt's, daß Lenin geschrieben hat, Stalin sei grob und nicht loyal?«

»Woher willst du das wissen?«
»Spielt doch keine Rolle … Ich weiß es eben. Er hat's doch so geschrieben, ja?!«
»Das sind Charaktereigenschaften«, sagte Mark, »und das ist nicht die Hauptsache. Ausschlaggebend ist die politische Linie.«
»Kann man denn das eine vom anderen trennen?« widersprach Sascha, der dabei an Baulin und Losgatschow denken mußte.
»Zweifelst du vielleicht?«
»Hab' mir keine Gedanken darüber gemacht. Ich bin ja auch für Stalin, aber weniger Lobhudeleien wären mir lieber, sie gellen einem ja schon in den Ohren.«
»Was man nicht versteht, muß noch lange nicht falsch sein«, antwortete Mark, »du mußt der Partei und ihrer Weisheit vertrauen. Jetzt bricht nämlich eine strenge Zeit an.«
Sascha grinste. »Das habe ich heute am eigenen Leib erfahren.«
Er erzählte von der Sitzung des Parteibüros.
»Buchführung? Ist das vielleicht eine prinzipielle Frage, wegen der du …«
»Na hör mal! Sonst könnte man ja sein Leben lang auf prinzipielle Fragen warten …«
»Höchst taktlos, im Auditorium Diskussionen anzuzetteln.«
»Man beschuldigt mich nicht, weil ich taktlos war, sondern weil ich angeblich eine unpolitische Haltung eingenommen habe. Und obendrein verlangen sie, daß ich das eingestehe, verstehst du?«
»Wenn du was falsch gemacht hast, kannst du's auch gut und gern zugeben.«
»Nein, darauf können die lange warten. Und was soll ich denn zugeben? Alles an den Haaren herbeigezogen!«
»Ist die Glinskaja noch immer eure Direktorin?«
»Ja.«
»War sie dabei?«
»Ja.«

2

Mark Alexandrowitsch ließ den Chauffeur ein Stück vorfahren, er wollte sich die Füße vertreten.
Es war ein klarer Herbstmorgen, erfrischend prickelnde Kälte. Angestellte eilten zur Arbeit, vor der Bäckerei standen Frauen in einer langen Schlange, es ging laut zu, vor einem Tabakkiosk standen schweigend Männer an.
Mark Alexandrowitsch mochte Sonja mehr als seine anderen Schwestern, er liebte und bedauerte sie, namentlich jetzt, wo sie, nachdem ihr Mann sie verlassen hatte, besonders hilflos war. Und Sascha liebte er auch. Warum hatte man es auf den Jungen abgesehen? Er hatte es doch ehrlich gemeint, aber sie schikanierten ihn, verlangten, er solle etwas bereuen, was er nicht getan hatte. Dabei hatte er selber versucht, Sascha zu einem Schuldgeständnis zu überreden.
Mark Alexandrowitsch überquerte den Arbat-Platz und ging die Wosdwishenka-Straße hinunter, die ihm nach dem belebten Arbat still und leer vorkam. Nur vor dem Militärwarenhaus stand eine große Menschenmenge, die auf die Öffnung wartete, eine kleinere Menschenansammlung drängte sich vor Kalinins Empfangssekretariat. Mark Alexandrowitsch setzte sich in den wartenden Wagen und fuhr durch die Mochowaja-Straße, den Ochotny-Rjad, über den Theater- und Ljubjanka-Platz zum Nogin-Platz, wo in einem fünfstöckigen, weitgestreckten, grauen Gebäude mit langen Gängen und zahllosen Zimmern das Volkskommissariat für Schwerindustrie untergebracht war.
Tausende von Menschen kamen aus allen Enden des Landes in dieses Haus, wo alles geplant, entschieden und beschlossen wurde. Wie auch sonst begann Mark Alexandrowitsch seinen Rundgang durchs Volkskommissariat nicht bei den Leitern der Hauptverwaltungen, sondern bei den Abteilungen und Sektionen. Die Tatsache, daß Rjasanow, der Leiter des größten Bauvorhabens der Welt, der Liebling von Ordshonikidse, zuerst zu den mittleren

Angestellten kam, schmeichelte ihnen: Folglich berücksichtigte er ihre Meinung, begriff ihre Macht, die Macht des Apparats. Darum erledigten sie gern seine Angelegenheiten und taten es, wie es das Interesse des Betriebes erforderte – der Betrieb war Stolz und Glanzstück des Fünfjahresplans – kurzum so, wie es Mark Alexandrowitsch wollte.

Nachdem er die Abteilungen besucht hatte, stieg er in den ersten Stock, schritt durch mehrere Gänge, stieg eine weitere Treppe hinauf, ging eine andere hinunter und sah sich nunmehr in einem ruhigen, abgeschiedenen Gebäudetrakt, in dem sich die Arbeitsräume des Volkskommissars und seiner Stellvertreter befanden. In einem mit Teppichen ausgelegten Empfangsraum saßen hinter Tischen und Telephonen die Sekretärinnen. Sie kannten Rjasanow; ohne vorherige Anmeldung trat er in Budjagins Zimmer ein.

Budjagin, Mitglied des ZK der Partei, den Stalin schon von der Verbannung her kannte, war vor wenigen Monaten von seinem Posten im Ausland abberufen worden. Der Mann, der zuvor in einem großen europäischen Staat Botschafter gewesen war, wurde zum stellvertretenden Minister ernannt. Es hieß, er habe nicht zufällig den diplomatischen Dienst quittieren müssen, man sei unzufrieden mit ihm. Aber aus Budjagins hagerem, schnurrbärtigen Gesicht, aus seinen unter buschigen Brauen liegenden grauen Augen ließ sich nichts herauslesen. Diese aus der Arbeiterklasse aufgestiegenen Intellektuellen, die den Soldatenmantel des Kriegskommissars gegen den Diplomatenfrack, die Lederjacke des Vorsitzenden der Gebiets-Tscheka gegen den Anzug eines Trustdirektors getauscht hatten, versinnbildlichten für Mark Alexandrowitsch den unerbittlichen Geist der Revolution, die wuchtige Kraft der Diktatur.

Es ging um den Hochofen Vier. Der Hochofen sollte zur Feier der Eröffnung des XVII. Parteitages angeblasen werden, also in fünf Monaten und nicht in acht, wie es der ursprüngliche Termin vorgesehen hatte. Daß die wirtschaftliche Zweckmäßigkeit politischen Notwendigkeiten geopfert wurde, begriffen beide – sowohl Mark Alexandrowitsch als auch Budjagin. Aber das war Stalins Wille.

Nachdem alles Notwendige besprochen war, fragte Mark Alexan-

drowitsch: »Sie kennen doch Sascha Pankratow, meinen Neffen? Er ist mit Ihrer Tochter zur Schule gegangen.«
»Ja, natürlich«, Budjagins Gesicht wurde undurchdringlich.
»Eine ganz dumme Geschichte ...«
Mark Alexandrowitsch weihte Budjagin knapp in den Sachverhalt ein.
»Sascha ist ein ehrlicher Junge«, sagte Budjagin.
»Eine unpolitische Buchführung – man stelle sich das vor! Die Direktorin ist eine gewisse Glinskaja, ich kenne sie nicht, Sie dagegen sind mit ihr bekannt. Wenn möglich, reden Sie doch bitte mit ihr. Es tut mir um den Jungen leid, sie treiben Schindluder mit ihm. Ich könnte mich an Tschernjak wenden, möchte aber doch lieber das Bezirkskomitee der Partei aus dem Spiel lassen.«
»Tschernjak ist nicht mehr Sekretär«, sagte Budjagin.
»Wie bitte?«
»Sie haben richtig verstanden.«
»Wie soll denn das weitergehen, wo treiben wir hin?«
Budjagin zuckte die Achseln.
»Im Januar wird der Parteitag eröffnet ...«, und er fuhr ohne jede Überleitung fort: »Ein netter Junge, Ihr Sascha, er besucht uns öfter. Sonderbar, er hat mir nichts davon erzählt.«
»Er gehört nicht zu den Leuten, die um Hilfe bitten.«
»Ist die Glinskaja überhaupt imstande, irgend etwas auszurichten?« fragte Budjagin zweifelnd.
»Das weiß ich nicht. Aber ich lasse den Jungen nicht durch den Fleischwolf drehen. Wir dürfen doch nicht zulassen, daß unsere jungen Menschen innerlich zerbrochen werden, sie haben das Leben schließlich noch vor sich.«
»So was geschieht jetzt nicht nur mit Ihrem Neffen«, erklärte Budjagin.

Mark Alexandrowitsch stieg zum Friseur hinunter, ließ sich das Haar schneiden und bei der Gelegenheit auch gleich rasieren – was er hinterher bereute: Der Friseur besprühte ihn mit einem Eau de Cologne, dessen scharfer Duft ihm mißfiel. Mit einem unangenehmen Gefühl wegen dieser fremden, penetranten Duftnote ging er in den Speiseraum für die Mitglieder des leitenden Gremiums.

Die Frau am Buffet wandte sich an ihn: »Genosse Rjasanow, ich soll Ihnen bestellen, daß Genosse Sjomuschkin Sie erwartet.«
Er ging nach oben. Anatolij Sjomuschkin, Ordshonikidses Sekretär, begrüßte ihn kühl und äußerte seinen Unmut darüber, daß Mark Alexandrowitsch zu einem bestimmten Zeitpunkt nicht zu erreichen gewesen war. Sjomuschkin duzte alle, Respektsperson war für ihn einzig und allein Ordshonikidse; er war nicht weniger gefürchtet als Sergo, wie man den alten Revolutionär Ordshonikidse allgemein nannte. Im Bürgerkrieg war Sjomuschkin sein Adjutant gewesen, im Jahr '21 sein Sekretär sowohl in Transkaukasien als auch in der zentralen Kontrollkommission, sowie in der Arbeiter- und Bauerninspektion. Und nun hier im Volkskommissariat für Schwerindustrie.
Mit unnachahmlich bedeutungsvoller und nach wie vor unzufriedener Miene wählte Sjomuschkin eine Nummer.
»... Genosse Rjasanow ist am Apparat ...«
Damit reichte er Mark Alexandrowitsch den Hörer.
... Er wurde um 16 Uhr im Kreml erwartet.
Mark Alexandrowitsch erriet, daß das der eigentliche Grund war, warum man ihn nach Moskau beordert hatte. Andererseits war ihm bereits die Rückfahrkarte ausgehändigt worden, darum hatte er vermutet, die Zusammenkunft sei abgesagt. Jetzt hatte er sich innerhalb von vierzig Minuten bei Stalin einzufinden.
Auf einem anderen Apparat stellte Sjomuschkin die Verbindung zum Bobrinsker Chemiekombinat her, wo er erfuhr, daß Grigorji Konstantinowitsch Ordshonikidse zum Werk gefahren sei. Aber Sjomuschkin telephonierte immer weiter und hielt Mark Alexandrowitsch auf, da er der Ansicht war, es sei besser zu spät zu kommen, als ohne Ordshonikidses Weisungen bei Stalin zu erscheinen. Mark Alexandrowitsch war jedoch anderer Meinung. Sjomuschkin *verkehrte* lediglich auf höchster Ebene, er dagegen *agierte* auf dieser Ebene. Sjomuschkins Beamteneifer durfte ihn nicht behindern.
Er war ruhig und unbeirrbar. Was ihn störte, war nur der fremde Friseurgeruch. Albern, so duftgeschwängert im Kreml vor Stalin zu erscheinen. Er ging wieder zum Friseur, wusch sich selbst das Gesicht und spülte das Haar. Der Friseur ließ den Kunden, den er

gerade bediente, im Sessel warten und stand nun mit dem Handtuch neben Mark Alexandrowitsch. Jenen jovialen Mark Alexandrowitsch, der vor einer halben Stunde mit ihm über Probleme des vorzeitigen Haarausfalls gescherzt hatte, gab es nicht mehr. Sein Gesicht, das jetzt ohne Brille besonders herrisch wirkte, strahlte einen unerbittlichen Willen aus.

Im Troizki-Tor reichte Mark Alexandrowitsch sein Parteibuch durch ein Fenster der Wache. Das Fenster klappte zu und öffnete sich dann wieder; erst als er sich bückte, erkannte er einen Militär.
»Haben Sie eine Waffe?«
»Nein.«
»Was haben Sie in Ihrer Aktentasche?«
Mark Alexandrowitsch hob die Tasche und öffnete sie.
Der Diensthabende gab ihm das Parteibuch zurück, in dem der Passierschein lag.
Vor der Tür des Portals standen zwei Soldaten, Gewehr bei Fuß. Nachdem der Wachhabende mit gewohnt förmlicher Aufmerksamkeit das Paßbild im Parteibuch begutachtet hatte, musterte er das Gesicht des Besuchers. Mark Alexandrowitsch legte den Mantel in einer kleinen Garderobe ab und stieg in den zweiten Stock hinauf. Vor einer Tür prüfte ein Zivilist noch einmal seine Papiere. In einem großen Arbeitszimmer saß Poskrjobyschew hinter einem Schreibtisch. Mark Alexandrowitsch sah ihn zum ersten Mal. Was für ein grobes, unangenehmes Gesicht, ging ihm durch den Kopf. Mark Alexandrowitsch stellte sich vor.
Poskrjobyschew führte ihn in den anschließenden Raum: das Empfangszimmer, wies auf ein Sofa, ging in Stalins Arbeitszimmer und zog die Tür fest hinter sich zu. Dann kam er zurück.
»Genosse Stalin erwartet Sie.«
Stalins geräumiges Arbeitszimmer bildete ein langes Rechteck. Links an der Wand hing eine riesige Karte der UdSSR. Rechts standen Bücherschränke zwischen den Fenstern, in der Ecke unweit der Tür sah man einen großen Globus auf einem Gestell, in der entfernten Ecke den Schreibtisch, dahinter einen Sessel. In der Mitte des Zimmers standen ein mit grünem Tuch bespannter langer Sitzungstisch und Stühle. Stalin wanderte in seinem Zimmer

auf und ab, als die Tür aufging, blieb er stehen. Er trug einen ins Bräunliche spielenden, khakifarbenen Militärrock und ebensolche Stiefelhosen. Kaum mittelgroß, stämmig, ein blatternarbiges Gesicht mit mongolisch anmutenden Augen. Das dichte Haar über der niedrigen Stirn zeigte graue Fäden. Stalin machte einige leichte, federnde Schritte auf Mark Alexandrowitsch zu und streckte ihm die Hand entgegen, einfach und korrekt, doch im vollen Bewußtsein der Bedeutung dieses Händedrucks. Dann rückte er zwei Stühle zurecht. Sie setzten sich. Mark Alexandrowitsch sah Stalins Augen dicht vor sich: hellbraun und lebhaft, sie kamen ihm sogar lustig vor.
Er begann seinen Bericht mit einer allgemeinen Schilderung des Bauvorhabens. Stalin unterbrach sofort: »Genosse Rjasanow, verlieren Sie keine Zeit. Das Zentralkomitee und sein Sekretär wissen, wo gebaut wird und warum gebaut wird.«
Er sprach mit starkem georgischem Akzent. Mark Alexandrowitsch stellte fest, daß Stalin über den Bauverlauf bestens unterrichtet war.
»Die Komsomolzen türmen, wie?«
»Jawohl.«
»Folglich hat man sie so gut angeworben, daß sie jetzt weglaufen! Wieviel sind weg?«
»Zweiundachtzig Mann.«
Stalins prüfender Blick war durchdringend.
»Zeigen Sie die Aufstellung!«
Mark Alexandrowitsch holte die Tabelle der Arbeiterfluktuation aus der Aktentasche und wies auf die betreffende Spalte.
»Warum machen Sie sich denn selber schlecht, Genosse Rjasanow?! Wenn in irgendeinem Betrieb alles in allem nur zweiundachtzig Arbeiter durchbrennen, spielt sich der Direktor noch als Held auf.«
Er lächelte. Um seine Augen trat jetzt deutlich ein Netzwerk von Fältchen hervor.
Mark Alexandrowitsch beschwerte sich über den Betrieb, der die Ausrüstung zu liefern hatte. Stalin erkundigte sich, wer der Direktor dieses Betriebes sei. Als er den Namen hörte, sagte er: »Sehr beschränkt der Mann, der packt doch alles falsch an.«

Seine Augen färbten sich plötzlich gelb wie die eines Tigers, der Blick wurde düster und drohend, voller Zorn auf jenen Mann, den Mark Alexandrowitsch als tüchtigen Ingenieur kannte, der sich jedoch gegenwärtig in einer schwierigen Situation befand. Rjasanow ging zur heikelsten Frage über: dem Bau des zweiten Martin-Stahlwerks.

»Schaffen Sie das in einem Jahr?«

»Nein, Genosse Stalin.«

»Warum nicht?«

»Ich bin kein technischer Abenteurer.«

Und erschrak sogleich über die eigenen Worte. Stalin sah ihn unverwandt an. Seine Augen wurden wieder gelb, der Blick schwer, die eine Braue hob sich fast senkrecht. Er sagte langsam, die Worte dehnend: »Folglich besteht das ZK aus technischen Abenteurern?«

»Ich habe mich falsch ausgedrückt, entschuldigen Sie. Ich hatte folgendes im Auge ...«

Ebenso ausführlich wie überzeugend legte Mark Alexandrowitsch dar, weshalb die zweite Bauetappe des Martin-Werks im nächsten Jahr nicht abgeschlossen werden konnte. Stalin hörte aufmerksam zu, die zur Faust geballte Linke, mit der er die Tabakspfeife umschloß, vor der Brust. Sein Arm schien im Ellbogengelenk etwas steif.

»Sie meinen es ehrlich. Kommunisten, die das Blaue vom Himmel versprechen, brauchen wir nicht. Wir brauchen Leute, die die Wahrheit sagen.«

Stalin sagte dies, ohne zu lächeln, sehr bedeutsam, die Worte waren für das ganze Land bestimmt. Mark Alexandrowitsch wollte seinen Bericht fortsetzen, aber Stalin berührte seinen Arm.

»Ich habe Ihnen zugehört, jetzt hören Sie mir zu.«

Er begann vom Hüttenwesen zu sprechen, vom Osten, vom zweiten Fünfjahresplan, von der Verteidigung des Landes. Er sprach mit langsamer deutlicher Stimme, leise und dumpf, aber dabei genau artikulierend, als ob er diktiere, er äußerte allgemein bekannte Dinge, doch jetzt, wo er sie aussprach, schienen sie neu und besonders gewichtig. Aber den vierten Hochofen erwähnte er nicht, als wolle er Mark Alexandrowitsch nicht zum Widerspruch

reizen, den er nicht gelten lassen und der Rjasanow nur schaden würde.
»Wann reisen Sie ab?« fragte Stalin und erhob sich.
»Heute.« Mark Alexandrowitsch stand auch auf.
»Verschieben Sie die Abreise wenn möglich um zwei Tage. Ich glaube, die Genossen im Politbüro werden sich für Ihre Ausführungen interessieren.«

Die Aufregung, die Mark Alexandrowitsch beim Gespräch mit Stalin empfunden hatte, legte sich, was blieb, war nur das Gefühl jener Größe, an der er teilgehabt hatte. Das beispiellose Bauvorhaben, das er leitete, erforderte einen eisernen Willen. Wäre Stalins eiserner Wille nicht über ihm, würde auch er seinen Willen nicht durchsetzen können. Es war ein harter Wille. Aber was tun?! Historische Wenden werden nicht mit Barmherzigkeit bewerkstelligt.
Im Volkskommissariat war man über Mark Alexandrowitschs Gespräch mit Stalin informiert. Die Referenten arbeiteten bereits einen Entwurf des Beschlusses für das Politbüro aus. Alle, die eventuell gebraucht werden konnten, blieben an diesem Abend und die Nacht über im Volkskommissariat: Mitarbeiter der Hauptverwaltung, Stenotypistinnen, die Diensthabende vom Büffet. Die Mitglieder des Gremiums, deren Sichtvermerk auf dem Entwurf benötigt wurde, hatten sich bereit zu halten und beim ersten Anruf im Volkskommissariat zu erscheinen. Am nächsten Morgen sollten die Papiere mit Eilboten ins ZK gebracht werden.
Niemand fragte Mark Alexandrowitsch, was Stalin gesagt hatte. Marks Bericht hätte verzerrt ausfallen können. Stalin sagte dem Volk selbst, was er für nötig hielt. Mark Alexandrowitsch nannte die Termine und Objekte – genau das war Stalins Wille.
Die Hauptsache war, daß der Termin für den Bauabschluß des zweiten Martin-Werks um ein Jahr verschoben worden war. Das versprach eine neue realistische Einstellung bei der Erarbeitung des zweiten Fünfjahresplans. Der Stahl war die Grundlage für alles andere.
Budjagin beschäftigte sich ebenfalls mit dem Entwurf des

Beschlusses, fuhr dann nach Hause, kam um acht Uhr morgens zurück und versah ihn wortlos mit seiner Paraphe.
Die Freundschaft mit Mark Alexandrowitsch berechtigte ihn, sich nach dem Gespräch zu erkundigen. Aber Budjagin fragte nicht. Mark Alexandrowitsch erriet Budjagins oppositionelle Haltung gegenüber Stalin, ließ jedoch nicht den Gedanken zu, daß es sich um politische Opposition handeln könne. Es mußte eher etwas Persönliches sein, wie es zwischen ehemaligen Freunden vorkommt, wenn die Freundschaft vorbei ist. Vielleicht war es die Kränkung, daß man Budjagin aus dem Ausland abberufen und ihm einen zwar hohen, aber zweitrangigen Posten zugewiesen hatte, der womöglich die Vorstufe zu einer noch niedrigeren Stellung sein könnte.
Ordshonikidse erschien im Volkskommissariat. Er war ein Mann, in dessen Gegenwart sich Mark Alexandrowitsch völlig frei fühlte. Ordshonikidse konnte zwar aufbrausen, sein Zorn schien fürchterlich, aber alle wußten, wie schnell sein Zorn verrauchte und wie menschlich der Mann war, dem Mark Alexandrowitsch seinen steilen Aufstieg verdankte. Ihn, den Direktor einer kleinen Fabrik im Süden, hatte Sergo zu seinem derzeitigen hohen Posten befördert und ihm die oberste Aufsicht der Hüttenwerke des Landes übertragen. Sergo verstand es, Menschen zu finden, verteidigte sie, ließ sie nach eigenem Gutdünken arbeiten. Er saß hinter einem gewaltigen Schreibtisch, ein erschöpfter Mann mit fleischiger Adlernase im krankhaft gedunsenen Gesicht, mit grauem Haar und dichtem, unordentlich herabhängenden Schnauzbart. Der oberste Knopf seiner Militärbluse war geöffnet und ließ das lila Hemd sehen, dessen weicher Kragen den dicken Hals umschloß. Die Fenster des Arbeitszimmers gingen auf eine schmale Seitengasse und ein kleines altes Kirchlein, eins der vielen im alten Moskauer Stadtkern, den die Jausa, die Soljanka und die Moskwa begrenzten. Die kleine Kirche mußte sicherlich einen besonderen Wert darstellen, daß man sie nicht abgerissen hatte.
»Alle Achtung, bist ein ganzer Kerl!«
Das Lob bezog sich sowohl auf den Entwurf des Politbürobeschlusses als auch darauf, daß Mark Alexandrowitsch beim Gespräch mit Stalin die Fassung bewahrt und ihm gefallen hatte.

Das Lob bezog sich aber auch auf ihn selbst, weil er einen guten Mann gefunden und gefördert hatte, ja, weil er sich überhaupt darauf verstand, Leute auszuwählen, auf die er sich in schwierigen und verantwortungsvollen Situationen absolut verlassen konnte.
»Na, erzähl!«
Mark Alexandrowitsch gab das Gespräch wieder. Ordshonikidse hörte ihm so genau zu, als wolle er hinter den wahren Sinn jedes von Stalin geäußerten Wortes kommen.
In je weitere Ferne die Begegnung mit Stalin rückte, desto erhabener kam sie Mark Alexandrowitsch vor. Solche Begegnungen gibt es nur einmal im Leben. Das Eigentliche beruhte auf dem freudigen Gefühl, diesen großen Mann verstanden zu haben, der der Gegenwart den Stempel seines Genies aufdrückte.
»Ich bin kein technischer Abenteurer ... das hast du so gesagt?« wiederholte Ordshonikidse lachend.
»Ja, genau so.«
»Folglich besteht das ZK aus technischen Abenteurern?« unterbrach Ordshonikidse wieder lachend.
»Genau das hat er gefragt.«
Ordshonikidse sah ihn mit seinen großen, vorgewölbten, braunen Augen vielsagend an.
»Komm gegen zehn ins ZK. Für deinen Bericht hast du höchstens fünf Minuten, mehr Zeit kriegst du nicht, damit du's weißt. Agitiere nicht für die Sowjetmacht, sage konkret, was du brauchst. Fragen mußt du beantworten, Zwischenrufe unbeachtet lassen. Und reg dich nicht auf, ich stehe hinter dir!«
In dem Raum, wo die zur Berichterstattung Bestellten zu warten hatten, stand ein Tisch mit einem großen, siedenden Samowar, in Scheiben geschnittenen Zitronen, belegten Broten, Mineralwasser. Es gab weder Buffetiers noch Kellner. An den Wänden und vor den Fenstern waren kleine Schreibtische aufgestellt, an denen man sich vorbereiten konnte.
Hier warteten Gebiets-Parteisekretäre, Volkskommissare, ihre Stellvertreter, Leiter von Verwaltungen, mehrere Militärs, eine große Gruppe Kaukasier.
Eine ältere Sekretärin rief die Betreffenden auf: Genosse Soundso ... bitte ins Sitzungszimmer. Wurden mehrere Personen zum

Eintreten aufgefordert, hieß es: Bitte, die Genossen aus dem Gebiet Soundso, oder: Bitte, die Genossen aus dem Volkskommissariat für ... Mark Alexandrowitsch wurde namentlich aufgerufen.
Er durchquerte das Zimmer, in dem die Sekretäre arbeiteten, und gelangte in den Sitzungssaal, sah mehrere Sesselreihen und viele Menschen. Am Präsidiumstisch stand Molotow. Rechts von ihm erhob sich ein Rednerpult, links und etwas weiter hinten saß ein Referent, noch weiter links die Stenographen.
»Bitte hierher!«
Molotow wies auf das Pult. An der Innenseite leuchtete eine Tafel: Dem Vortragenden stehen fünf Minuten zur Verfügung. Gegenüber an der Tür hing eine schwarze Uhr mit goldenen Zeigern, ähnlich der am Kremlturm.
Stalin saß in der dritten Reihe. Links von ihm und bis ans Ende der Reihe waren sämtliche Plätze frei, so daß er jederzeit ungehindert seinen Platz verlassen konnte. Mark Alexandrowitsch hatte von seiner Gewohnheit gehört, auf und ab zu wandern. Aber ebenso wie vor zwei Tagen stand Stalin nicht auf und wanderte auch nicht durch den Saal. Mark Alexandrowitsch kommentierte kurz den Entwurf des Beschlusses. Er sprach lakonisch, es war die Sprache des Ingenieurs, die aber auch Leute überzeugte, die an die Sprache der Politik gewöhnt waren. Er hob die vorfristige Inbetriebnahme des Hochofens Vier hervor und erwähnte nur nebenher, daß sich die zweite Bauetappe des Martin-Werks verzögerte. Letzteres war wesentlicher. Aber hier und heute kam es darauf an, genau das zu betonen, was Mark Alexandrowitsch betont hatte.
»Fragen?« erkundigte sich Molotow.
Jemand bemerkte, daß auf dem Entwurf des Beschlusses der Sichtvermerk des Volkskommissariats für Forstwirtschaft fehlte, und zwar in der Passage, in der es um die Lieferung von Bauholz ging.
Bevor Mark Alexandrowitsch antworten konnte, trat allgemeines Schweigen ein, und in der Stille hörte er Stalins Stimme.
»Genosse Rjasanow soll zum Kombinat zurückfahren und sich um die Stahlproduktion kümmern. Es wäre verkehrt, Genosse Rjasanow wegen irgendwelchen Papierkrams hier aufzuhalten ...«

Er sprach nicht nur sehr leise, sondern auch mit abgewandtem Gesicht, so daß alle angestrengt zuhörten.
»Ich denke, daß wir den erforderlichen Sichtvermerk auch ohne Genosse Rjasanow beschaffen werden. Der Beschluß ist gründlich durchdacht, übermäßige Forderungen werden nicht gestellt, es steht in unserer Macht, Genosse Rjasanow bei der Erfüllung dieses Auftrags der Partei zu unterstützen.«
Er brach genau so unvermittelt ab, wie er begonnen hatte.
Fragen wurden nicht mehr gestellt.

3

In dem Haus am Arbat, das vor der Revolution als vornehm gegolten hatte, wohnte man jetzt am beengtesten im Viertel – in jede Wohnung waren zusätzliche Mieter eingewiesen worden. Aber der eine oder andere hatte es verstanden, sich vor einer solchen Einquartierung zu drücken – der kleine Sieg des Spießers über die neue Staatsordnung. Zu den Siegern gehörte auch der Schneidermeister Scharok.
Laufjunge in einem Modeatelier, Zuschneider, Meister und schließlich Ehegatte der einzigen Tochter des Atelierbesitzers – das war Scharoks Karriere. Ihre Vollendung hatte die Revolution verhindert: Die erwartete Erbschaft – das Atelier – war verstaatlicht worden. Scharok mußte in einen Konfektionsbetrieb gehen und verdiente nebenbei zu Hause etwas dazu. Aber an ihn kam man nur mit einer zuverlässigen Empfehlung heran, die Vorsichtsmaßnahme eines Mannes, der sich fest vorgenommen hatte, nie mit dem Finanzamt in Berührung zu kommen.
Der Schneider war ein noch stattlicher, nicht allzu beleibter, trotz seines Alters gutaussehender Mann mit den würdevollen Manieren eines erfolgreichen Couturiers. Sechs Abende in der Woche stand er mit dem Bandmaß um den Hals am Tisch und zeichnete die Linien des Schnittmusters mit Schneiderkreide auf den Stoff, schnitt, nähte und bügelte die Nähte. Machte Geld. Den Sonntag verbrachte er auf der Rennbahn, seine Leidenschaft war der Totalisator.
Vielleicht hätte sich der alte Scharok mit diesem Leben abgefunden, wäre nicht die ewige Angst vor der Hausverwaltung, den Nachbarn, allerhand unangenehmen Überraschungen gewesen. Eine davon war die Verurteilung seines ältesten Sohnes Wladimir zu acht Jahren Lagerhaft für den Einbruch in einem Juweliergeschäft. Schon früher hatte Scharok kein rechtes Vertrauen zu diesem windigen Ausbund an Häßlichkeit gehabt, der der Mutter ähnelte und folglich einem Affen glich. Er hatte sich damit zufrie-

den gegeben, daß Wladimir eine Lehre als Koch beim Restaurant *Praga* abgeschlossen und den Lohn nach Hause gebracht hatte. Natürlich, ein Koch war heutzutage nicht das, was er früher gewesen war, was waren das schon für Restaurants! Aber für den schwächlichen und unbegabten Wladimir war das eine vorteilhafte Berufswahl gewesen. Der Alte interessierte sich nur für Toto und machte sich weiter keine Gedanken darüber, daß Wladimir angefangen hatte, Karten zu spielen. Aber einbrechen?! Dafür kam man nicht nur nach sowjetischem, sondern auch nach jedem anderen Gesetz ins Gefängnis.

Scharoks jüngerer Sohn Jurij, ein zurückhaltender, verschlagener und vorsichtiger Junge, war auf einem der Arbat-Höfe in der Nähe des Smolensker Marktes und der Prototschny-Gassen, der Brutstätte der Moskauer Gauner und Lumpen, aufgewachsen. Er ahnte wohl, mit was für Diebesgesindel sich der Bruder herumtrieb, hielt aber daheim wohlweislich den Mund, da er sich lieber den Gesetzen der Straße unterordnete als denen der Gesellschaft, in der er lebte. Er wußte nicht, inwiefern die Revolution seinen Interessen zuwiderlief, wuchs aber in der Überzeugung auf, daß es sich so und nicht anders verhielt. Er stellte sich nicht vor, wie es ihm unter anderen gesellschaftlichen Bedingungen ergangen wäre, zweifelte aber nicht daran, daß er woanders oder jedenfalls unter anderen Verhältnissen besser leben würde. Das verächtlich gebrauchte Wort *Genossen,* mit dem man in der Familie die neuen Herren im Lande zu bezeichnen pflegte, übertrug er auf die Komsomolzen in der Schule. Die überheblichen Aktivisten bildeten sich ein, ihnen gehöre die Welt. Wenn Sascha Pankratow, damals Sekretär der Komsomolzelle der Schule, die Tribüne betrat und loslegte, fühlte sich Jura hilflos ausgeliefert.

Er haßte Politik, nur der Ingenieurberuf schien ihm einigermaßen akzeptabel, weil er eine gewisse Unabhängigkeit versprach. Ein Zufall, der mit der Verhaftung des Bruders zusammenhing, änderte diese Zukunftspläne. Der alte Scharok suchte nach einem Verteidiger, fragte seine Kundinnen um Rat und fand schließlich einen Rechtsanwalt, der sich bereiterklärte, den Fall für 500 Rubel zu übernehmen. Das war eine Riesensumme, Scharok wollte sie nicht ohne Zeugen aushändigen und nahm Jurij mit. Der Rechtsanwalt zählte das Geld nicht nach, öffnete ein Schreibtischfach und warf das Bündel mit Scheinen achtlos hinein. Damit war ihr Besuch beendet, aber Jurij hatte doch genug Zeit, um die goldgerahmten Ölbilder und die goldenen Buchrücken hinter den spiegelnden Schrankscheiben zu bestaunen. Eine solche Einrichtung hatte er noch nie gesehen.

Draußen auf der Straße stieß der alte Scharok einen neidischen Seufzer aus: »Manchen Leuten geht's wirklich gut ...«

Aber Jura war noch tiefer beeindruckt, als er den Anwalt vor Gericht erlebte. Das Männlein mit dem faltigen Gesicht und dem gepflegten Bärtchen ließ das gefürchtete proletarische Gericht nach seiner Pfeife tanzen, daß es nur so eine Art hatte. Jedenfalls kam es dem jungen Scharok so vor. Der Verteidiger warf mit Paragraphen um sich, wandte alle möglichen advokatischen Kniffe an, verlegte sich auf Winkelzüge, ließ weitere Zeugen vorladen, ergänzende Gutachten einholen, polemisierte scharfzüngig mit dem Richter und dem Staatsanwalt. Der finstere Richter und der unerbittliche Staatsanwalt hatten das Gesetz auf ihrer Seite, aber das Gesetz machte ihnen selber Angst – eine Entdeckung, die die Zukunftspläne des jungen Scharok bestimmte. Der Weg zur Anwaltstätigkeit führte über die Hochschule, der Weg zur Hochschule – über den Komsomol und den Betrieb. Also trat Jurij Scharok in der neunten Klasse dem Komsomol bei.

Als Arbeitersohn stand er in der Schule, in der die Kinder der Intelligenzija vom Arbat lernten, hoch im Kurs, verhielt sich unabhängig, die Mädchen fanden – rätselhaft. Besonders den klugen und aktiven Mädchen gefiel er. Sie glaubten, sie erzögen ihn, formten seine Persönlichkeit. Ihnen, den reinen, vertrauensseligen Mädchen, kam dieser hübsche, reservierte Junge besonders anziehend vor.

Später, in der Fabrik, erwarb Scharok das, was ihm früher gefehlt hatte: Sicherheit und Selbstvertrauen. Ein Arbeiter! Der peinlich saubere, blaue Overall paßte gut zu seiner schlanken Figur. Neuerdings ließ er sich eine gewisse Derbheit anmerken, die er für Prinzipienfestigkeit ausgab, Verachtung gegenüber den Intelligenzbestien, die für proletarisch unverblümte Einfachheit gehalten wurde. Wortkarg und bescheiden in der Schule, sprach er hier oft

in Versammlungen, da er zu recht vermutete, daß die Fähigkeit, in der Öffentlichkeit zu reden, sicher für seine Anwaltslaufbahn von Nutzen wäre.
In der Hochschule fiel Scharok in keiner Weise auf, galt jedoch, was die ehrenamtliche gesellschaftliche Arbeit betraf, als zuverlässig und strebsam. Er wollte auch gar nicht auffallen. Die Zeitungen waren voll von Meldungen über Schädlinge, Saboteure, Abweichler. Entlarven! Überführen! Erbarmungslos bestrafen! Halunken! Vernichten! Ein für allemal aufräumen! Mit der Wurzel ausrotten! Vom Erdboden wegfegen! Endgültig vertilgen! Wenn Scharok diese und ähnliche Sätze las, kurz und erbarmungslos wie Gewehrschüsse, packte ihn die Angst. Er verstand alles und beurteilte die Dinge nüchtern. Nach Abschluß der Hochschule würde man ihn in die Provinz abschieben, ans Volksgericht oder zur dortigen Staatsanwaltschaft. Daß er einmal Rechtsanwalt werden wollte, diesen Wunsch wagte er nicht mal auszusprechen. Du willst dich drücken, Scharok! Das würde die Antwort sein. Würde er möglicherweise sein Ziel, das er beharrlich verfolgte, aufgeben müssen?
Der Vater nähte Jura einen Anzug, nach der letzten Mode, Modell *Charleston* – lange breite Hosen und ein kurzes, eng anliegendes Jackett mit hohen Schultern und wattierter Brust. Der blauäugige Jura wirkte ausgesprochen stattlich in diesem Anzug. Der Stoff stammte aus dem Torgsin an der Twerskaja-Straße, einem Geschäft, wo man Edelmetalle gegen Waren eintauschen konnte.
»Im Torgsin am Arbat drängeln sich die Nachbarn und reißen die hungrigen Mäuler auf«, sagte der Vater, »am Ende behaupten die noch, Scharok hätte Gold versteckt, die würden einem ja am liebsten aus jeder Kleinigkeit einen Strick drehen.«
Wie sehr es dem Alten auch leid tat, sich von seinem Goldarmband und den goldenen Manschettenknöpfen zu trennen – er verstand nur zu gut: um in Moskau eine gute Stellung zu ergattern, mußte man anständig angezogen sein. Gottlob waren die Zeiten der Lederjacken und Russenblusen vorbei. Bei seiner egoistischen Gleichgültigkeit der Familie, den Kindern gegenüber regte sich in ihm nur für den Jüngsten so etwas wie ein väterliches Gefühl: In Jura erkannte er sich in seiner Jugend. Außerdem war er äußerst

interessiert daran, daß der Junge in Moskau blieb: Die Hausverwaltung war ohnehin scharf auf ihr zweites Zimmer, sollte Jura sich abmelden, würde man ihnen das Zimmer wegnehmen.
»Du mußt Bekanntschaften machen und Verbindungen anknüpfen, Verbindungen«, trichterte er dem Sohn ein.
Aber Jura gewann keine neuen Freunde, weder im Betrieb noch an der Hochschule. Freunde nach Hause einzuladen war verpönt. Die Verwandten waren arm, man betrachtete sie als Bürde, zu ihnen ging man nicht und empfing sie auch nicht bei sich. Seine freie Zeit verbrachte Vater Scharok beim Rennen, die Mutter – in der Kirche. Zu Ostern bekamen die Kinder ein Stück vom traditionellen Osterkuchen, dem Kulitsch, in der Butterwoche gab es Bliny, die Plinsen, damit begnügte man sich zum Fest. Der alte Scharok glaubte nicht an Gott, er konnte ihm seinen Ruin nicht verzeihen. Noch weniger verzieh er der Sowjetmacht. Am 1. Mai und 7. November arbeitete er wie an Wochentagen.
Die Bindung zu den Schulfreunden erwies sich als zuverlässiger. Drei Klassenkameraden wohnten im selben Haus wie Jura. Sascha Pankratow – der Sekretär der Komsomolzelle der Schule –, Maxim Kostin – der Sohn der Liftfrau –, von den Freunden Max genannt, Nina Iwanowa, eine gutherzige Komsomolzin, die sich um Scharoks politische Bildung kümmerte: Zusammen mit Lena Budjagina, der Tochter des namhaften Diplomaten, bildeten sie in der Schule einen einträchtigen Kern von Aktivisten. Sie trafen sich bei Lena im »Fünften Haus der Sowjets«, jenem Haus, wo die Elite wohnte. Budjagin lebte im Ausland, die Wohnung stand den Freunden zur Verfügung. Wenn Jura dort hinkam, tat er es in dem vagen Gefühl, daß ihm solche Beziehungen nützlich sein könnten. Heute verwandelte sich das vage Gefühl in eine zuversichtliche Hoffnung. Budjagin, den man aus dem Ausland abberufen und zum stellvertretenden Volkskommissar für Schwerindustrie ernannt hatte, konnte ihm bestimmt behilflich sein.
Von der Wosdwishenka bog Jura in die Granowski-Straße ab. Hier im Fünften Haus der Sowjets, einem mit grauen Granitplatten verkleideten Gebäude, wohnten »diejenigen welche«. In der durch ein Pfeilgitter von der Straße getrennten, kleinen Grünanlage spielten *ihre* Kinder. Jurij wartete mit undurchdringlichem

Gesicht im Hausflur, während der alte Portier bei den Budjagins anrief. Anschließend fuhr Jurij in den zweiten Stock hinauf und drückte auf die Klingel. Lena öffnete die Tür und lächelte ihn schüchtern an, wie immer. Wegen ihres hohen Wuchses hielt sie den Kopf mit dem schweren, schwarzen Haarknoten leicht vorgeneigt. In dem matt getönten, klassisch schönen, länglichen Gesicht schien der leuchtend rote Mund mit den leicht aufgeworfenen Lippen etwas zu groß. Lena hat ein levantinisches Profil, sagte Nina einmal. Was levantinisch bedeutete, wußte Jura nicht, aber daß Lena Budjagina das schönste Mädchen in der Schule war, das wußte er wohl.

Jurij zog sie mit der familiären Derbheit eines alten Freundes an sich. Sie wehrte ihn nicht ab.

»Sind die anderen schon da?«

»Noch nicht.«

»Ist Iwan Grigorjewitsch zu Hause?«

Sie führte ihn über den nach frischem Bohnerwachs duftenden Flur zum Arbeitszimmer des Vaters.

»Papa, Jura möchte dich sprechen.«

Sie ließ Scharok eintreten und lächelte ihm zu, glücklich und vertrauensvoll.

Es war ein schmales Zimmer, obendrein halbdunkel, weil die vorspringende Außenmauer das Fenster zur Hälfte verdeckte. Überall stapelten sich Bücher, Zeitungen, Zeitschriften, Prospekte, russische und fremdsprachige – auf dem Tisch, dem Regal, den Stühlen, dem Fußboden. Über dem Sofa hing eine Landkarte beider Halbkugeln, die von einer Unmenge punktierter Linien, den Dampferlinien, überzogen waren. Jura sah die schwarzen Ziffern einer dreistelligen Zahl auf dem Bulletin, Budjagin schloß das Informationsblatt und legte es beiseite: ein Geheimdokument, das ausschließlich an Mitglieder des Zentralkomitees und der Zentralen Kontrollkommission verschickt wurde. Außerdem fielen Jura der ausländische *Parker*-Füllfederhalter, Zigaretten der Marke *Troika*, die Schuhe mit dicker Kreppsohle und das Jackett von besonderem Schnitt auf, wie es der berühmte Entin für Diplomaten der höchsten Rangstufe nähte.

»Bitte«, sagte Budjagin sachlich, er war es gewohnt, daß man sich mit Bitten und Anliegen an ihn wandte. In seinem hageren Gesicht mit dem schwarzen Schnurrbart schienen die Augen unter den dichten Brauen noch tiefer zu liegen als bei Lena.

»Iwan Grigorjewitsch, ich stehe vor dem Abschluß der Hochschule, ich studiere Jura. Bloß, mein Bruder sitzt ...«

Man hörte die Klingel im Flur, dann das Öffnen der Wohnungstür.

»Beim Gericht oder bei der Staatsanwaltschaft nimmt man mich bestimmt nicht an«, fuhr Scharok fort, »was bleibt, ist irgendeine juristische Tätigkeit in der Volkswirtschaft. Ich würde gern in einem Betrieb arbeiten. Vor dem Studium habe ich in der Frunse-Fabrik gearbeitet. Ich kenne die Belegschaft und die Produktion.«

Budjagin sah Scharok flüchtig mit abwesendem Blick an. Er war überzeugt von seinem Recht, anderen Befehle zu erteilen. Was bedeutete ihm Jura und Menschen wie Jura? Ein Mann wie er war gewohnt, die Massen zu lenken und das Schicksal der Massen zu bestimmen.

»Geh zu Egert. Ich sage ihm Bescheid.«

»Danke, Iwan Grigorjewitsch.«

»Warum sitzt dein Bruder?«

»Ein kriminelles Delikt. Er hat sich mit einer üblen Bande eingelassen.«

»Die Vertreter der alten Justiz haben wir davongejagt«, sagte Budjagin, »und die neuen sind ungebildet. Wir brauchen gebildete Juristen.«

»Ich verstehe, Iwan Grigorjewitsch«, stimmte Scharok bereitwillig zu, »aber das hängt doch nicht von mir ab. Gerichtsorgane und Staatsanwaltschaft, aber mein Bruder eben ...«

»Melde dich bei Egert, geh zu ihm«, wiederholte Budjagin, »ich rufe ihn an. Du willst also Jurisprutänzer werden?«

Sage und schreibe Jurisprutänzer hatte er gesagt. Der Hieb saß. Aber das Ziel war erreicht. Das Ergebnis – nur darauf kam es an. Gewußt wie. So mußte man's machen! Dem einen fiel alles schwer, dem anderen fiel alles leicht. Früher hatten es diejenigen leicht gehabt, die Geld besaßen, heute jene, die Macht hatten.

Für immer vorbei mit der Hochschule, der Mensa mit ihrem ewigen Sauerkrautgeruch, vorbei mit den verhaßten Subbotniks, den unentgeltlichen Aufbaueinsätzen, den öden Versammlungen, der ständigen Kritik, bei der man durch die Mangel gedreht wurde, der Angst, irgend etwas Falsches gesagt zu haben. Er war kein einziges Mal im neuen Anzug in der Hochschule erschienen, weil er nicht auffallen, sich nicht von den anderen Studenten unterscheiden wollte, die beim Gewerkschaftskomitee um einen Bezugsschein für ein paar Hosen aus derbem Tuch bettelten.

Die würden natürlich Sitzungen abhalten, große Worte schwingen. Jura sah ihre feindseligen Gesichter vor sich, die mürrische, ablehnende Haltung der Komsomolführer. Du drückst dich, Scharok, willst desertieren ... er aber würde seelenruhig vor ihnen dastehen, mit einem Lächeln. Was ist denn eigentlich? Warum der ganze Aufstand? Er kehrte lediglich in ein Kollektiv zurück, das ihn aufgezogen hatte. Früher zählte die Fabrik siebenhundert Arbeiter, heute waren es fünftausend. Die erste des Fünfjahresplans! Dort arbeiten zu dürfen, war eine Ehre für eine junge Fachkraft. Er habe sich selbst um die Stellung beworben? Wieso denn das? Er hat sich einfach nie von der Fabrik gelöst, eine innere Bindung sozusagen. Als man ihn fragte, ob er nach Abschluß des Studiums Lust hätte, zurückzukehren, hatte er einfach mit ja geantwortet. Was hätte er sonst antworten sollen? Er ist stolz, daß man Interesse für sein Schicksal bekundet, das Schicksal eines einfachen sowjetischen Menschen.

So würde er's ihnen geben. Dann würden sie gleich den Schwanz einziehen. Ihm sogar auf die Schulter klopfen: goldrichtig, mach weiter so, Scharok.

Er war sich seiner Kraft bewußt, er war ihnen überlegen, sowohl denen in der Schule als auch diesen hier, im Fünften Haus der Sowjets.

Diese überheblichen Intellektuellen hatten immer auf ihn herabgesehen. Wäre Sascha Pankratow mit einer solchen Bitte an Budjagin herangetreten, er hätte ihn abgewiesen – man hat dort zu arbeiten, wo die Partei einen hinschickt! Wen man aber mißachtet, dem kann man einen Bissen zuwerfen. Und auch diese Jungen und Mädchen, die in dem geräumigen Eßzimmer saßen, seine Schulfreunde, hatten ihn nie geachtet. Und jetzt verachteten sie ihn, weil er Iwan Grigorjewitschs Hilfe beanspruchte. Mochten sie denken, was sie wollten. Vielleicht war er zu Budjagin gegangen, um sich einen Rat zu holen. Zu einem älteren Genossen. Jawohl, zu einem älteren Genossen! Übrigens würden sie nicht fragen, weshalb er bei Budjagin gewesen war, sie waren zu feinfühlig.

»Hallo!« sagte Scharok.

»Hallo!« antwortete Maxim Kostin für die anderen.

In seiner frisch gebügelten Militärhose, den blankgeputzten Stiefeln, mit sorgfältig gekämmtem, blonden Haar, strahlte der breitschultrige, rotwangige Maxim, wie man es von einem jungen Kadetten erwartet, der für den ganzen Tag Ausgang bekommen hat.

Neben ihm saß Nina Iwanowa auf dem Sofa, die Füße auf den abgestreiften Schuhen. Blöde Gans, dachte Scharok, soll sich eben die richtige Größe kaufen. Nina hatte überhaupt keinen Sinn für Kleidung, ob Wochen- oder Feiertag, immer lief sie in derselben Bluse herum. Und erst die Frisur – sie sollte die Pferdestirn kaschieren und nicht die Mähne nach hinten kämmen.

Jura schlug Wadim Marassewitsch auf die Schulter. Gegen diesen harmlosen Phrasendrescher, den Sohn eines bekannten Moskauer Arztes, hatte er nichts einzuwenden. Fett und schwammig, mit dicken Lippen und kurzen, zottigen Luchsbrauen über den kleinen, trüben Augen, räkelte sich Wadim in einem Sessel und verbreitete sich über Herbert George Wells. Der kleine Wladlen Budjagin machte Schulaufgaben, er saß mit angezogenen Beinen in langen Strümpfen am Tisch, auf dem seine Hefte herumlagen. Zerstreut verfolgte Lena die übers Papier gleitende Feder, mit der der Bruder seine Krakel malte, lächelte Jura zu und nickte: »Setz dich.«

Das war ihre ganze Clique. Nur Sascha Pankratow fehlte.

»Wells prophezeit Kriege, Seuchen, den Zerfall der Vereinigten Staaten«, erklärte Wadim, »danach ergreifen Wissenschaftler und Flieger die Macht.«

»Die Geschichte der Menschheit ist kein utopischer Roman«, widersprach Nina, »die Macht wird von Klassen ergriffen.«

»Ohne Zweifel«, bestätigte Wadim herablassend, »aber interessant ist der Gedankengang: Wissenschaftler und Flieger sind die Hebel der künftigen Herrschaft, Technokratie, die den Raum bezwingt.«

»Hört mal«, sagte Maxim, »Deutschland wird aufrüsten, alles rüstet jetzt auf.«
»Hitler bleibt nicht lange am Ruder«, entgegnete Nina, »acht Millionen haben für die Sozialdemokraten gestimmt, fünf für die Kommunisten.«
»Und konnten nicht mal Thälmann verstecken«, gab Jura zu bedenken. Fünf Millionen, die nicht imstande gewesen waren, einen Mann zu retten, waren nichts wert, wollte er damit wohl sagen.
Aber keinem fiel ein, einen geheimen Sinn in seinen Worten zu suchen. Sie glaubten selber zu sehr, als daß sie den Glauben eines Freundes in Zweifel gezogen hätten. Sie konnten wohl diskutieren, streiten, sich zanken, waren jedoch unerschütterlich, was den Sinn ihres Lebens ausmachte: Der Marxismus war die Ideologie ihrer Klasse, die Weltrevolution – das Endziel ihres Kampfes, der sowjetische Staat – das unbezwingliche Bollwerk des Weltproletariats.
»Sie haben verlernt, was Konspiration ist«, sagte Maxim.
»Dimitrow legt ihr ganzes Reich aufs Kreuz«, warf Wadim Marasewitsch ein, »ein Schauspiel für die Götter, der Prozeß des Jahrhunderts.«
Er sprach vom Prozeß gegen Dimitrow, von der Möglichkeit des Krieges, vielmehr von den Symptomen, die er nur zu gut erkannte, während die anderen nichts davon verstanden. Aber sie kannten ihren Wadim und ließen ihn nicht länger schwadronieren. Ein neues Blutvergießen? Die Menschheit hatte den Weltkrieg nicht vergessen, der zehn Millionen Menschenleben gekostet hatte. Ein Angriff auf die Sowjetunion? Würde die internationale Arbeiterklasse das je zulassen? Und Rußland war jetzt auch nicht mehr das alte Zarenreich.
Magnitogorsk und Kusnezk lieferten Eisen, die Traktorenwerke in Stalingrad, Tscheljabinsk und Charkow waren bereits in Betrieb, desgleichen die Automobilwerke in Gorki und in Moskau, ferner die Fabriken *Fräser*, *Kaliber* und *Kugellager*, die ersten sowjetischen Blockwalzwerke waren nunmehr fertiggestellt.
Sie waren stolz darauf. Das war ihr Land, die Stoßbrigade des Weltproletariats, das Bollwerk der künftigen Weltrevolution.

Jawohl, sie lebten auf Lebensmittelmarken, versagten sich alles, aber dafür erbauten sie eine neue Welt. Wenn Menschen hungern, sind die überquellenden Auslagen der Torgsin-Geschäfte, in denen die Bevölkerung für Edelmetalle einkaufen konnte, ein abscheulicher Anblick. Aber für das Gold werden Betriebe gebaut – die Voraussetzung für den künftigen Überfluß.
So redeten sie immer. Und hier war auch alles wie immer. Die gebohnerten Fußböden, der lange Tisch unter dem niedrig hängenden Lampenschirm, auf dem Tisch Geleefrüchte – der behäbige Frieden eines vornehmen Hauses. Aschchen Stepanowna, die Hausfrau, schenkt den Tee ein und fragt: »Maxim, mit Zitrone?« wie immer erschien Scharok der russische Name Maxim im Munde der Armenierin gekünstelt. Und doch. Was haben sie erreicht, diese Leute, denen alles offensteht? Nina ist Lehrerin, Lena Übersetzerin aus dem Englischen in einer technischen Fachbibliothek. Maxim beendet eine Infanterie-Schule und kann dann sein Leben lang Soldat spielen. Alle durch die Bank vertrauensselig – darin liegt ihre verhängnisvolle Schwäche. Das waren Jurij Scharoks Gedanken, aber er fragte etwas ganz anderes: »Sagt mal, wo ist eigentlich Sascha?«
»Er kommt nicht«, antwortete Maxim.
Die knappe Antwort ließ Scharok wieder einmal die unangenehme Zurückhaltung der Komsomolaktivisten fühlen, die Dinge wußten, die andere angeblich nicht wissen durften.
»Ist was passiert?«
Lena sagte, Sascha hätte Unannehmlichkeiten, ihr Vater habe die Glinskaja angerufen. Der unbeugsame Sascha! Das war ein Ding!
Jura kam in Hochstimmung. Als Scharok in den Komsomol aufgenommen worden war, hatte Sascha lakonisch geäußert: Ich vertraue ihm nicht, und hatte sich der Stimme enthalten. Im Betrieb war Scharok einem Fräser als Lehrling zugeteilt worden, während sich Sascha zum Entladen von Güterwagen gemeldet hatte, was schnellstens bewerkstelligt werden mußte, und war dann ein Jahr lang bei den Verladearbeitern hängengeblieben; das Land braucht auch Verladearbeiter, hieß es, na ja, wem's Spaß machte ... er wollte Geschichte studieren, ging aber zur TH: Das

Land brauchte Ingenieure. Er war aus demselben Stoff gemacht wie Budjagin, kein Zufall, daß der ihn so mochte. Aber was war nun eigentlich passiert? Wär's eine Kleinigkeit gewesen, hätte sich Budjagin nicht eingesetzt.
»Bei uns in der Hochschule«, sagte Jura, »hat einer in der Versammlung den Zwischenruf gemacht: Was ist eine Frau? Ein Nagel im Stuhl ...«
»Das hat er bei Mendel Maranz gelesen«, sagte Wadim Marassewitsch.
»Es war eine Versammlung anläßlich des Frauentags am 8. März. Man hat ihn aus der Hochschule, dem Komsomol und der Gewerkschaft ausgeschlossen.«
»Wirklich ein unpassender Zwischenruf«, sagte Nina Iwanowa.
»Wenn man alle ausschließt, wer bleibt dann noch übrig?« fragte Maxim stirnrunzelnd.
»Ein Ausnahmefall«, wandte Nina ein.
»Wenn aber solche Ausnahmen zur Regel werden, hören sie auf, Ausnahmen zu sein«, witzelte Wadim.
Lena Budjagina war in einer Emigrantenfamilie im Ausland geboren worden. Nach der Revolution hatte sie dort mit ihrem Vater, dem Diplomaten, gelebt und war dann nach Rußland zurückgekehrt, ohne die Muttersprache fehlerfrei zu beherrschen. Sie aber wollte sich nicht von den Kameraden unterscheiden, empfand alles als quälend, was ihre Sonderstellung erkennen ließ. Sie hatte ein sensibles Verhältnis zu Dingen, die sie für volkstümlich und ursprünglich russisch hielt.
Jura Scharok, der einfache Moskauer Arbeiterjunge, unabhängig, selbstbewußt und rätselhaft, zog sogleich ihre Aufmerksamkeit auf sich. Sie half Nina Iwanowa, ihm Manieren beizubringen, verstand aber zugleich, daß sie das nicht nur aus gesellschaftlichen Gründen tat. Und Jura verstand das ebenfalls. Liebesaffären waren jedoch in der Schule verpönt und galten als wahrer Komsomolzen unwürdig. Sie waren Kinder der Revolution und deshalb fest davon überzeugt, daß das Ausweichen auf die Privatsphäre Verrat an der Gesellschaft bedeutete.
Ohne entscheidend etwas zu unternehmen, um ihr näher zu kommen, hielt Jura raffiniert die Beziehung nach Abschluß der

Schule so aufrecht, wie sie sich seinerzeit eingependelt hatte; er rief manchmal an, lud Lena ins Kino oder ins Restaurant ein, kam, wenn sich die Clique traf. Als Jura Lena im Flur umarmte, ging er über diese Grenze hinaus. Er tat es überraschend, grob, aber mit jener Entschlossenheit, die Mädchen wie sie erobert.

Tagelang wartete sie auf seinen Anruf, und da der ausblieb, rief sie selber an, ohne besonderen Anlaß, so wie sie einander gewöhnlich anzurufen pflegten. Sie sprach langsam, mit gleichmäßiger Stimme, war bemüht, die Wortendungen deutlich auszusprechen, beachtete die Betonungen, und selbst am Telephon war ihr das schüchterne Lächeln anzumerken. Er hatte auf ihren Anruf gewartet.

»Ich wollte dich schon selber anrufen. Ich habe für den 6. zwei Karten für den Geschäftsclub besorgt. Es gibt Tanz. Gehen wir hin?«

»Natürlich.«

Am 6. November kam er abends zu ihr. Lena empfing ihn in einem langen bläulich-grün changierenden Abendkleid. Sie duftete nach einem unbekannten Parfum, in ihrem schwarzen glatten Haar schimmerte eine Perlenschnur, eine Frau aus einem ganz anderen Leben, umwerfend schön und effektvoll. Nur ihr Lächeln war nach wie vor schüchtern, ein Lächeln, mit dem sie gleichsam fragte, ob sie ihm gefiel und ob er verstand, daß sie sich für ihn schön gemacht hatte.

Lena öffnete die Tür zum Eßzimmer.

»Wladik, du mußt um zehn ins Bett.«

»Gut«, antwortete Wladlen, der auf dem Fensterbrett etwas bastelte.

Als Jura ihr in den Mantel half, fragte er: »Wo sind denn die Eltern?«

»Papa ist in Kramatorsk, Mama in Rjasan.«

»Jetzt während der Feiertage?«

»Vater fährt an den Feiertagen immer in die Betriebe, und Mutter ist Lektorin.«

Sie schürzte die lange Robe, um in den Mantel zu schlüpfen und meinte lächelnd: »Das ist das Unbequeme dabei.«

Sie hatten Glück. Ein Auto verließ gerade den Hof. Lena kannte den Fahrer, der sie bis zur Mjasnizkaja-Straße mitnahm. Ein älterer Mann, ziemlich aufgeblasen, einer von denen, die hochgestellte Persönlichkeiten chauffieren; zu Lena war er die Liebenswürdigkeit selbst, Jura übersah er einfach. Aber Jura gab diesem Gedanken keinen Raum, er dachte daran, daß Lena allein war und er nach dem Club noch zu ihr hinaufkommen könnte. Sie saß in den Polstern neben ihm, ihre Nähe regte ihn auf, aber die Überlegung, daß es heute geschehen könnte, erregte und erschreckte ihn noch mehr.

Er hatte sich schon mit Frauen getroffen, aber das war etwas anderes gewesen. Die Hausgehilfin der Nachbarn, ein liederliches Mädchen aus ihrem Hof, die Mädels auf dem Dorf, wo er mit dem Vater die Ferien verbracht hatte. Mit denen war's einfach gewesen, sie verantworteten alles selbst, hier dagegen würde er die Verantwortung tragen müssen, mit Budjagin war nicht gut Kirschen essen. Ein anderer würde heiraten, aber Jura scheute davor zurück, ein zu hoher Sprung. Würde Lena überhaupt die Frau sein, die er brauchte? Ihre Eltern, fremd und feindlich, konnte er sich neben den seinen nicht vorstellen. Er mußte abwarten. Er verlor nicht die Hoffnung, Rechtsanwalt und damit selbständig zu werden. Wenn er Lena heiratete, kettete er sich an ihre Familie.

Sie hielten vor dem Geschäftsclub. Jura wußte nicht, wie die Autotür aufging, er zog an einem Griff, dann an einem anderen, vergeblich. Lena beugte sich über ihn vor, zog am richtigen Griff und sagte mit einem freundlichen Lächeln: »Tatsächlich, der Wagen hat einen unhandlichen Türgriff.«

Ihr Versuch, die Peinlichkeit zu überspielen, verletzte ihn, sie gab damit zu verstehen, daß er noch nie in einem solchen Auto gefahren war. Aber er nahm sich wieder zusammen Nach einem kühlen Blick zum Fahrer hin folgte er Lena in den Club. Er würde tun und lassen, was er wollte, würde leben, wie es ihm behagte. Im Augenblick gefiel ihm Lena. Er saß neben ihr und fing viele Blicke auf, die ihnen beiden galten. Er war's gewohnt, daß Frauen ihn ansahen, aber heute waren die Blicke anders: neugieriges Interesse für einen Mann, der von der hier auffallendsten Frau zum Begleiter gewählt worden war.

Die Ruslanowa sang. Chenkin trug Erzählungen von Sostschenko vor. Dann wurde getanzt. Lena ließ sich leicht führen. Vielleicht tanzte sie nicht ganz so leichtfüßig und graziös wie die Mädchen auf den Tanzplätzen, aber sie lachte selber über ihre Ungeschicklichkeit und schmiegte sich vertrauensvoll an ihn.
Nach einiger Zeit ging sie hinaus, um ihre Frisur zu ordnen. Jura stand an einer Säule und musterte die Leute. Industrieführer, Wissenschaftler, die Creme der Moskauer technischen Intelligenzija, jene, die in den Volkskommissariaten arbeiteten und Tuchfühlung mit der Obrigkeit hatten, hohe Gehälter einheimsten, Prämiengelder einstrichen, Zugang zu geschlossenen Sonderläden hatten und auf günstige Geschäftsreisen geschickt wurden. Er wußte nur zu gut, wie schnell Glückspilze aufrückten, die sich nach der Hochschule in hohen Behörden einnisteten und wie jene anderen schuften mußten, die in der Produktion landeten.
Was würde er in einer Fabrik erreichen? Die Volksgerichte abklappern, nichtige Rechtsfälle – Entlassungen und Arbeitsbummelei – übernehmen, wegen der minderen Qualität von Arbeitshandschuhen für die Arbeiter prozessieren müssen. Etwas ganz anderes war die Rechtsabteilung eines Volkskommissariats, einer Hauptverwaltung oder eines Trusts. Wichtige Rechtsfälle, hohe Instanzen: die Obersten Gerichte der Union und der einzelnen Republiken. Das könnte auch für seine künftige Anwaltstätigkeit nützlich sein. Aber das später. Die Hauptsache war jetzt – raus aus dem allgemeinen Strom der Absolventen, war das erst geschafft, konnte man weitersehen.
Die Uhr zeigte elf. Jura wollte mit Lena zurück sein, bevor der Portier die Haustür abschloß.
»Bist du nicht müde?« fragte er.
»Laß uns noch ein bißchen bleiben«, bat sie lächelnd.
Es war schon ein Uhr nachts, als sie den Club verließen. Ein leichter Nieselregen fiel, angenehm erfrischend nach dem schwülen Saal. An den Scheiben der Straßenlaternen rann der Regen in dünnen Fäden herab, kein einziger Passant war zu sehen. Nur im Gebäude der GPU am Lubjanka-Platz sah man hellerleuchtete Fenster.

Sie näherten sich Lenas Haus.
»Kommst du noch mit rauf?«
Jura war erstaunt, wie einfach sie das sagte.
Stumm ging er hinter ihr her. Die Haustür öffnete derselbe alte Mann. Der Portier fragte nicht, warum ein Fremder noch so spät zu den Budjagins hinaufging. Gut gedrillt. Er durfte sich über nichts wundern.
Lena knipste das Licht im Flur an und machte die Tür zum Eßzimmer einen spaltbreit auf.
»Er schläft ... setz dich solange in Vaters Arbeitszimmer, ich zieh' mich rasch um.«
Sie schaltete das Oberlicht im Arbeitszimmer ein, lächelte Jura noch einmal zu und ließ ihn allein.
Scharok sah einen Stapel Bücher: ein Bändchen Lenin mit Papierstreifen als Lesezeichen zwischen den Seiten, Fachbücher über Hüttenkunde, *Peter der Erste* von Alexei Tolstoi. Keine offiziellen Papiere, keine Geheimbulletins, verbotenen Bücher, die nur sie lesen durften, keine Waffe, die sie alle hatten – Jura war überzeugt, daß das eine Browning sein mußte, die sich bequem in der Gesäßtasche tragen ließ. Er verspürte den Wunsch, irgend etwas Verbotenes zu entdecken, etwas Unzugängliches, an das Geheimnis ihrer Macht zu rühren.
Lena konnte jeden Augenblick eintreten, er mußte sich beeilen. Er zog an der mittleren Schublade des Schreibtischs – sie war verschlossen, er zerrte an den seitlichen Fächern, auch zu. Er kam kaum dazu, sich im Sessel zurückzulehnen, als Lena zurückkam, in weißer Bluse und blauem Rock, so wie er sie immer sah.
»Soll ich Kaffee kochen?«
Sie bewegte sich dicht neben ihm, berührte ihn, lächelte ihm zu; als sie sich beim Einschenken vorbeugte, sah er ihre Brust. Er war noch nie nachts mit ihr allein gewesen, hatte noch nie solchen Kaffee, solchen Likör getrunken.
»Möchtest du noch?«
»Nein, danke.«
Er setzte sich aufs Sofa.
»Komm, wir rutschen ein bißchen näher zusammen.«
Mit der Tasse in der Hand setzte sie sich zu ihm. Er nahm ihr die

Tasse ab und stellte sie auf den Tisch. Sie sah ihn mit einem erstaunten Lächeln an. Ihr fest in die erschrockenen Augen blikkend, zog er sie mit der Unverfrorenheit eines Gassenjungen an sich.

4

Am 7. November erwartete Sascha die Marschkolonne der Hochschule an der Ecke der Twerskaja- und der Grusinskaja-Straße. Die Kolonnen bewegten sich nur langsam voran. Über den Köpfen wehten rote Fahnen, Spruchbänder, Porträts ... Stalin ... Stalin. Ältere Männer bliesen lautstark in ihre Trompeten, in den Reihen wurde durcheinandergesungen, auf dem Fahrdamm getanzt. Lautsprecher übertrugen den Lärm vom Roten Platz, die Kommentare der Rundfunkreporter, Grußappelle vom Mausoleum, die begeisterten Rufe und das Stimmengewirr der über den Roten Platz ziehenden Demonstranten.
Die Hochschulkolonne erschien gegen zwei Uhr mittags und stoppte sogleich. Die Reihen gerieten durcheinander. Sascha arbeitete sich durch die Menschenmenge und näherte sich seiner Gruppe. Sofort fielen ihm die neugierig lauernden Blicke auf, mit denen man ihm entgegensah. So sah man jemanden an, den ein Unglück getroffen hatte. Nicht die Sitzung im Büro war der Grund, es mußte eine andere Ursache dafür geben.
Aber keiner sagte ihm etwas, und er fragte auch nicht. Nur sein Freund Runotschkin schien etwas sagen zu wollen, kam aber nicht von dem Spruchband weg, das er trug.
»Antreten!« riefen die Linienposten.
Die Reihen waren schon abgezählt, darum stellte sich Sascha ans Ende der Kolonne, ihn umgaben Studenten anderer Semester. Von seinem Platz aus sah er das Banner der Fakultät und das Spruchband, das an zwei Stangen von Runotschkin und einem anderen Studenten getragen wurde. Der Wind blähte das Stoffband und drückte es zurück, so daß die beiden Mühe hatten, es gegen den Luftwiderstand aus der Schräglage in die gewünschte Stellung zu bringen. Die Kolonne setzte sich in Bewegung.
Vor dem Triumfalnaja Platz gab es einen erneuten Halt. Sascha ging zu seiner Gruppe, Runotschkin kam ihm entgegen.
»Die Wandzeitung mußte runter, sie haben sie abgenommen.«

Klein und schiefschultrig, schielte Runotschkin noch zu allem Überfluß, darum neigte er beim Sprechen den Kopf etwas zur Seite.
Die Wandzeitung abgenommen! Weshalb? Das war noch nie dagewesen!
»Wer war's?«
»Baulin. Wegen der Epigramme. Verunglimpfung der Aktivistenbewegung.«
Runotschkin zeichnete als Redakteur, aber die Idee mit den Epigrammen stammte von Sascha. Eins davon hatte er sogar selbst verfaßt, auf den Gruppenältesten Kowaljow: »Fleiß ist gefragt und Arbeit sehr in Mode, er redet viel und lang und breit, das ist Genosse Kowaljows Methode, er liest fast nichts und mimt Belesenheit.« Die anderen drei Epigramme hatte Rosa Polujan gemacht. Auf Borja Nesterow: »Ein Schweinesteak und nicht zu knapp, das wär' der beste Stein auf Borjas Grab«, auf Pusanow, weil er gern schlief, auf Prichodko, weil er im Fahrunterricht die anderen austrickste, um selber möglichst lange am Steuer zu sitzen. Nicht genial, nicht mal komisch, aber jedenfalls harmlos. Verunglimpfung der Aktivistenbewegung!
»Wo ist da die Verunglimpfung?«
Runotschkin neigte den Kopf zur Schulter.
»In den Epigrammen eben. Warum ausgerechnet nur gegen die Aktivisten? Ich hab' gesagt: Wir haben ausschließlich Photos von Aktivisten gebracht und die Epigramme dazu. Und warum fehlt der Leitartikel?«
Das war wiederum Saschas Vorschlag gewesen. Wozu wiederholen, was in anderen Zeitungen stand?! Die Wandzeitung sollte witzig und unterhaltsam sein, zu den Feiertagen eben, damit sie gelesen wurde und nicht einfach ungelesen im Gang herumhing. Damals hatten ihm die anderen zugestimmt. Nur die vorsichtige Rosa Polujan hatte Sascha vielsagend angesehen.
»Schreib besser den Leitartikel und unterzeichne ihn.«
»Hast wohl Angst vor Asisjan?«
So hatte er Rosa geantwortet. Und nun hatten sie die Bescherung. Die alte Sache mit Asisjan war noch nicht beigelegt, und schon begann eine neue. Na schön, wir werden sie schon abschmettern!

Am Strastnoi-Platz blieb die Kolonne abermals stehen. Von hier ging es dann ohne Aufenthalt bis zum Roten Platz. Die Linienposten prüften sorgfältig, ob sich nicht vielleicht ein Außenstehender eingeschlichen hätte, richteten die Reihen aus und ließen aufschließen, damit die Kolonne den letzten Abschnitt zügig zurücklegen konnte. Baulin und Losgatschow näherten sich der Gruppe. Losgatschows Ärmel zierte das rote Band des Leiters der Hochschulkolonne.

»Pankratow«, Baulin maß Sascha mit einem strengen Blick, »du hältst es wohl für überflüssig, dich an der Demonstration zu beteiligen?«

Baulin hatte unrecht. Alle, die im Zentrum wohnten, schlossen sich ihrer Kolonne unterwegs an. Überdies konnte Baulin nicht wissen, wer von den Tausenden Studenten sich am Stellplatz vor der Hochschule eingefunden und wer sich unterwegs eingegliedert hatte. Aber in diesem Fall hatte er sich wohl eigens erkundigt, war gekommen, um Saschas Fehlen öffentlich anzuprangern. Das war eine Ungerechtigkeit, die um so erniedrigender wirkte, als Baulin offensichtlich überzeugt war, daß Sascha hier im Beisein der anderen keinen Widerspruch wagen würde.

Warum eigentlich nicht?

»Ich bin da, Sie sehen mich doch. Das ist keine Hal-lu-zi-nation«, antwortete Sascha mit der vorgetäuschten Höflichkeit der wohlerzogenen Jungen vom Arbat, bevor sie von ihren Fäusten Gebrauch machten.

»Verbrenn dir bloß nicht den Mund«, war alles, was Baulin sagte. Und ging weiter, ohne Saschas Antwort abzuwarten.

In zwei Strömen, links und rechts am Historischen Museum vorbei, ergossen sich die Kolonnen auf den Roten Platz, schlossen auf, schritten schneller aus und hetzten, von den Reihen der Schulter an Schulter stehenden Rotarmisten getrennt, fast im Laufschritt über den Platz. Saschas Kolonne zog dicht am Mausoleum vorüber. Auf den Tribünen standen viele Menschen, Militärattachés in operettenhaft anmutenden Uniformen, aber niemand schaute zu ihnen hin, alle Augen waren aufs Mausoleum gerichtet, alle bewegte nur ein Gedanke: ob Stalin da war, ob sie ihn sehen würden.

Sie sahen ihn. Das schnurrbärtige Gesicht, das von den zahllosen Bildnissen und Statuen herabgestiegen zu sein schien. Er stand da, bewegungslos, mit einer tief in die Stirn gezogenen Schirmmütze. Das Stimmengewirr verstärkte sich. Stalin! Stalin! Im Vorbeimarsch starrte Sascha ebenso wie die anderen unverwandt zu ihm hin und schrie: Stalin! Stalin! Waren die Demonstranten an den Tribünen vorbei, sahen sie sich immer noch um, aber die Rotarmisten trieben sie zur Eile an – nicht stehenbleiben! schnell! schnell! Hinter der Basiliuskathedrale flossen die Kolonnen zusammen, eine ungeordnete Menge flutete zur Moskwa hinab, dann ging's auf die Brücke hinauf, die Kais waren schwarz von Menschen. Die Trommeln, Trompeten, Banner, Plakate und Spruchbänder wurden auf Lkws verladen. Müde und hungrig beeilten sich alle, nach Hause zu kommen, zur Kamenny-Brücke, zum Pretschistenskaja-Tor, zu den Straßenbahnhaltestellen.
In diesem Augenblick erreichte der brausende Lärm auf dem Platz seinen Höhepunkt und hallte wie ein Donnerschlag bis zum Kai hinunter: Stalin hatte die Hand erhoben, um die Demonstranten zu grüßen.

Nach den Feiertagen wurde eiligst eine Sitzung des Parteibüros unter Teilnahme der Aktivisten einberufen. Man versammelte sich in der kleinen Aula. Auf dem Podium stand, in seinen Papieren blätternd, Losgatschow.
»An der Fakultät«, sagte er, »haben sich zwei parteifeindliche Vorfälle ereignet. Der erste war Pankratows Ausfall gegen die marxistische Einstellung bei der Wissenschaft von der volkswirtschaftlichen Statistik, der zweite die Herausgabe der Wandzeitung, wiederum ein Anschlag desselben Pankratow. Pankratows Helfershelfer waren die Komsomolzen Runotschkin, Polujan, Kowaljow und Posdnjakowa. Die Parteimitglieder und Komsomolzen in der Gruppe ließen das widerstandslos geschehen. Eben das zeugt von einem Nachlassen der politischen Wachsamkeit.
In der Feiertagsausgabe der Zeitung«, tönte Losgatschow, »fehlt der Leitartikel über den sechzehnten Jahrestag der Oktoberrevolution, kein einziges Mal wird der Name des Genossen Stalin erwähnt, die Bilder der Aktivisten sind mit gehässigen, verleumde-

rischen Reimereien versehen. Hier nur eine davon, die übrigens von Pankratow selbst verfaßt wurde: Fleiß ist gefragt und Arbeit sehr in Mode, er redet viel und lang und breit, das ist Genosse Kowaljows Methode, er liest fast nichts und mimt Belesenheit. Was heißt eigentlich Arbeit ist in Mode?« Losgatschow blickte streng die Reihen entlang. »Ist bei uns Arbeit in Mode? Seit wann ist Arbeit bei uns Modesache? Arbeit ist bei uns Ehrensache! Dank der Arbeit unserer Menschen wird das Fundament des Sozialismus geschaffen. Für Pankratow dagegen ist unsere Arbeit nur eine vorübergehende Modeerscheinung. So etwas konnte nur ein hämischer Lästerer schreiben, der es darauf anlegt, unsere Menschen zu verleumden. Dabei haben einige Leute bei der letzten Sitzung des Parteibüros versucht, Pankratow zu entlasten, indem sie behaupteten, sein Ausfall in Asisjans Vorlesung wie auch sein Bestreben, Kriworutschko reinzuwaschen, seien rein zufällig.«

»Wen meinen Sie mit einige?« erkundigte sich Baulin, obwohl er ebenso wie die anderen wußte, von wem die Rede war.

»Ich denke dabei an Dekan Janson. Ich bin der Ansicht, daß er die volle Verantwortung dafür zu tragen hat.«

»Das wird er«, verhieß Baulin.

»Genosse Janson«, sprach Losgatschow weiter, »hat an der Fakultät eine Atmosphäre von Duldsamkeit und Sorglosigkeit einreißen lassen, die es einem Pankratow ermöglicht hat, seine politischen Sabotageakte zu verüben.«

»Eine Schmach und Schande!« rief Karjew, Student im achten Semester, ein hübscher Junge, der an der ganzen Hochschule als Demagoge und Speichellecker berüchtigt war.

»Das Parteibüro der Hochschule«, schloß Losgatschow, »hat Pankratows Ausfall mit aller Entschiedenheit zurückgewiesen, indem es die Wandzeitung sofort entfernen ließ. Das zeugt davon, daß die Parteiorganisation als solche gesund ist. Unser fester und mit aller Härte durchgeführter Entschluß beweist dies wieder einmal.«

Er sammelte seine Blätter ein und stieg vom Podium herunter.

»Ist der Redakteur da?« fragte Baulin.

Alle drehten die Köpfe und sahen Runotschkin an. Klein, mit schielenden Augen stieg Runotschkin aufs Podium.

»Na, Runotschkin, erzählen Sie mal, wie es mit Ihnen so weit kommen konnte«, sagte Baulin mit seiner hintergründigen Freundlichkeit.

»Wir dachten, es lohnt nicht, den Leitartikel der Hochschulzeitung zu wiederholen.«

»Was hat die damit zu tun?« fragte Baulin stirnrunzelnd. »Als Sie die Wandzeitung aushängten, war das Hochschulblatt noch nicht raus.«

»Aber nachher ist es doch erschienen.«

»Wußten Sie vielleicht, was im Leitartikel stehen würde?«

»Natürlich wußten wir's.«

Im Saal wurde gelacht.

»Spielen Sie nicht den Hanswurst«, rief Baulin gereizt, »wer hat den Leitartikel verhindert? Pankratow?«

»Das weiß ich nicht mehr.«

»Aha ... und das hat Sie nicht gewundert?«

Runotschkin zuckte bloß die Achseln.

»Und Pankratows Vorschlag, Epigramme zu bringen, darüber haben Sie sich auch nicht gewundert?«

»Früher haben wir doch auch Epigramme verfaßt.«

»Sehen Sie Ihren Fehler ein?«

»Wenn man argumentiert wie Genosse Losgatschow, dann schon.«

»Und wie argumentieren Sie?«

Runotschkin schwieg.

»Spielt den Hanswurst!« rief Karjew erneut.

Baulin sah auf einen Zettel.

»Ist die Studentin Posdnjakowa da?«

Lächelnd stieg die hübsche Posdnjakowa aufs Podium.

»Was kann ich dazu sagen? Sascha Pankratow hat beschlossen, keinen Leitartikel zu schreiben, er ist schließlich Komsomolleiter der Gruppe, wir haben auf ihn zu hören.«

»Und wenn er Ihnen sagen würde, Sie sollen vom fünften Stock auf die Straße springen?«

»Ich kann nicht springen«, antwortete Nadja, »und da habe ich gedacht ...«

»Sie haben überhaupt nicht gedacht«, unterbrach Baulin. »Oder finden Sie es schön, wenn man die Aktivisten des Studiums derartig verhöhnt?«

»Nein.«

»Warum haben Sie nicht protestiert?«

»Sie hätten nicht auf mich gehört.«

»Warum haben Sie sich nicht ans Parteikomitee gewandt?«

»Ich ...« Nadja Posdnjakowa hob das Taschentuch vor die Augen.

»Ich ...«

»Schon gut, setzen Sie sich!« Baulin zog wiederum seinen Zettel zu Rate. »Polujan!«

»Ist doch sinnlos, mit denen zu reden, soll Pankratow antworten!« wurde aus dem Saal gerufen.

»Immer mit der Ruhe, Pankratow kommt auch noch dran. Reden Sie, Polujan!«

»Was passiert ist, halte ich für einen großen Fehler«, begann Rosa.

»Fehler und Fehler ist ein Unterschied!«

»Ich halte das für einen politischen Fehler.«

»Das hätten Sie gleich sagen sollen! Müssen wir Ihnen jedes Wort einzeln aus der Nase ziehen?!«

»Ich halte das für einen groben politischen Fehler. Ich bitte nur zu berücksichtigen, daß ich dafür war, einen Leitartikel zu bringen.«

»Glauben Sie vielleicht, daß Sie das rechtfertigt? Sie wollten ihre Hände in Unschuld waschen, wollten sich rückversichern, aber daß dieser Unflat an der Wand hängen würde, das hat Sie wohl nicht weiter aufgeregt? Sie haben auch Epigramme geschrieben?«

»Ja.«

»Auf wen?«

»Auf Nesterow, Pusanow und Prichodko.«

»Der eine ein Vielfraß, der andere eine Schlafmütze, der dritte ein Gauner. Und das halten Sie für eine Verherrlichung der Aktivistenbewegung?«

»Das ist mein Fehler«, flüsterte Rosa.

»Setzen Sie sich! ... Kowaljow!«

Blaß trat Kowaljow aufs Podium.

»Ich muß offen gestehen: Als ich auf dem Weg zur Sitzung war, war mir der politische Angelpunkt der Angelegenheit nicht restlos bewußt, mir schien, es sei ein Scherz gewesen, ein dummer, unpassender Scherz und nicht mehr. Jetzt sehe ich aber ein, daß wir alle Werkzeuge in Pankratows Hand waren. Allerdings habe ich auf einem Leitartikel bestanden. Aber als es um die Epigramme ging, habe ich geschwiegen. Es war auch ein Epigramm auf mich dabei, hätte ich mich dagegen ausgesprochen, hätten die anderen vermutet, daß ich mich der Kritik entziehen wollte, das nahm ich jedenfalls an.«

»Wie zart besaitet! Sie haben sich geniert?« grinste Baulin spöttisch.

»Jawohl.«

»Kowaljow ist gleich ins Parteibüro gekommen und hat den Sachverhalt ehrlich geschildert«, bemerkte Losgatschow.

»Er hätte kommen müssen, bevor die Wandzeitung ausgehängt wurde,« widersprach Baulin.

Da erhob sich Siwerskij, der Dozent für Topographie. Sascha hätte nie gedacht, daß Siwerskij der Partei angehörte. Der wortkarge, militärisch-straffe Mann in der dunkelblauen Kavalleristenhose und der langen, weißen Kaukasierbluse war ihm immer wie ein ehemaliger Offizier der zaristischen Armee vorgekommen.

»Kowaljow! Sie haben sich geniert, gegen das auf sie gemachte Epigramm zu protestieren?«

»Jawohl.«

»Warum haben Sie dann nicht gegen die anderen Epigramme protestiert?«

»Demagoge!« ertönte Karjews Stimme.

»Eine irreführende Fragestellung!« rief ein anderer dazwischen.

Baulin wies mit der Hand in die Runde.

»Hören Sie, wie die Versammlung Ihre Frage einschätzt, Genosse Siwerskij?«

»Ich wollte dem jungen Mann Kowaljow sagen, daß es verkehrt ist, seinen Lebensweg auf diese Art zu beginnen«, erklärte Siwerskij ruhig und setzte sich wieder.

»Sie können sich nachher noch in der Diskussion äußern«, sagte Baulin. »Jetzt wollen wir uns den eigentlichen Macher anhören. Pankratow, bitte!«

Sascha saß in der letzten Reihe, inmitten vieler Studenten anderer

Fakultäten, hörte zu und überlegte, was er sagen sollte. Man erwartete von ihm, daß er Fehler eingestand, wollte hören, wie er seiner Reue Ausdruck verleihen, was er zu seiner Rechtfertigung anführen würde. Ob er bereute, daß das passiert war? Ja, er bereute es. Er hätte gut und gern auf das Wortgeplänkel mit Asisjan verzichten können, hätte die Zeitung so gestalten können, wie sie seit eh und je gestaltet wurde. Dann wäre diese ganze Sache nicht passiert, die so dumm und unvorhergesehen in sein Leben und in das seiner Freunde eingegriffen hatte. Und doch mußte er's durchstehen, die Freunde rausreißen, sich Gehör verschaffen. Hier waren ja nicht nur Baulin, Losgatschow und Karjew, hier waren auch Janson, Siwerskij, hier waren seine Freunde, die zu ihm standen. Im Saal wurde es still. Raucher, die für eine Zigarettenlänge hinausgegangen waren, kamen zurück. Viele standen von ihren Plätzen auf, um besser sehen zu können.

»Gegen mich werden schwere Anschuldigungen erhoben«, begann Sascha, »Genosse Losgatschow hat Ausdrücke gebraucht wie politische Sabotage, parteifeindliche Ausfälle, hämische Lästerung ...«

»Sehr zu Recht!« rief einer aus dem Saal, wahrscheinlich Karjew, aber Sascha beschloß, Einwürfe unbeachtet zu lassen.

Baulin klopfte mit dem Bleistiftende auf den Tisch.

»Dozent Asisjan hat es nicht vermocht, in seinen Vorlesungen das Theoretische mit dem Praktischen zu verbinden, und hat uns dadurch einen wesentlichen Teil des Lehrfachs vorenthalten«, fuhr Sascha unbeirrt fort.

Asisjan sprang auf, aber Baulin wies ihn mit einer Handbewegung auf seinen Platz zurück, und so setzte er sich wieder.

»Jetzt zur Wandzeitung Als Komsomolleiter trage ich voll und ganz die Verantwortung für diese Ausgabe.«

»Wie edel!« kam es aus dem Saal. »Angeber.«

»Denn schließlich habe ich gesagt, wir brauchen keinen Leitartikel, ich habe auch vorgeschlagen, Epigramme zu bringen, und habe eins davon selbst geschrieben. Die anderen konnten das als Richtlinie auffassen.«

»Richtlinie? Von wem?« fragte Baulin und fixierte Sascha unverwandt.

Im ersten Augenblick ging Sascha der Sinn der Frage nicht auf, als er ihn aber erfaßte, antwortete er: »Sie sind berechtigt, mir jede Frage zu stellen, aber nicht solche, die mich beleidigen. Ich bin noch nicht ausgeschlossen.«
»Das kommt noch, da kannst du sicher sein!« wurde gerufen. Diesmal war es ganz bestimmt Karjew.
»Weiter. Den Leitartikel haben wir uns geschenkt, weil wir nicht wiederholen wollten, was ohnehin in unserer Hochschulzeitung und im Bulletin der Fakultät stehen würde. Dort haben sie fachkundigere Journalisten.«
»Dem Epigramm nach zu schließen, bist du sogar ein Dichter«, spöttelte Baulin.
»Ein Federfuchser!« rief jemand im Saal.
»Es war ein Fehler von mir«, sprach Sascha weiter, »der Leitartikel hätte geschrieben werden müssen. Und was die Epigramme angeht: Sie enthalten nichts Anstößiges, sie sind überhaupt nicht schlimm. Der Fehler war, sie unter die Photos der Aktivisten zu setzen. Das entstellt den Sinn.«
»Warum haben Sie das getan?«
»Wir wollten etwas Erheiterndes zum Fest bringen.«
»Da ist Ihnen tatsächlich was Heiteres gelungen, nichts dagegen zu sagen«, bestätigte Baulin. Alles lachte.
»Aber«, fuhr Sascha fort, »die Anschuldigung, ich hätte politische Sabotage betrieben, weise ich strikt zurück.«
»Sagen Sie, Pankratow, haben Sie irgend jemand um Unterstützung gebeten?« erkundigte sich Baulin.
»Nein.«
Baulin sah erst die Glinskaja, dann Sascha an.
»Und den stellvertretenden Volkskommissar Budjagin?«
»Nein.«
»Warum hat er sich für Sie bei der Hochschuldirektorin eingesetzt?«
Sascha wollte Mark nicht nennen, aber es gab keinen Ausweg.
»Ich habe meinem Onkel Rjasanow davon erzählt, und er muß es offenbar Budjagin weitergesagt haben.«
»Offenbar«, wiederholte Baulin sarkastisch. »Aber Rjasanow ist doch im Osten.«

»Er war vorübergehend in Moskau.«
»Rjasanow ist zufällig in Moskau, Sie erzählen es ihm zufällig, er erzählt es zufällig Budjagin, Budjagin ruft zufällig Genossin Glinskaja an ... nicht ein bißchen zu viel Zufälle, Pankratow? Wäre es nicht ehrlicher gewesen, Sie hätten offen zugegeben: Jawohl ich habe mich auf Schliche verlegt?«
»Ich habe erklärt, wie es wirklich war.«
»Schwindel! Er verdreht alles! Will sich reinwaschen!«
Das waren Karjew und noch ein paar Schreihälse.
»Haben Sie nichts mehr zu sagen?«
»Ich habe alles gesagt.«
»Setzen Sie sich.«
Sascha ging zu seinem Platz.
»Wer möchte sich äußern?« fragte Baulin.
»Janson soll reden! Janson! Er soll dazu Stellung nehmen!«
Mit grimmigem Gesicht stieg Janson aufs Podium.
»Genossen, die Frage, die wir heute hier erörtern, ist von größter Wichtigkeit.«
»Das wissen wir auch so«, wurde ihm aus dem Saal zugerufen.
»Aber wir sollten die objektiven Folgen und die subjektiven Beweggründe auseinanderhalten.«
»Das ist ein und dasselbe!«
»Philosophiere bloß nicht!«
»Nein, das ist nicht ein und dasselbe. Aber gestatten Sie mir, meinen Gedankengang zu Ende zu führen.«
»Nein! Genug!«
Siwerskij erhob sich erneut.
»Genosse Baulin, rufen Sie die Störenfriede zur Ordnung. In einer solchen Atmosphäre kann man nicht arbeiten.«
Baulin tat, als habe er den Einwurf nicht gehört.
»Pankratow hat eine unpolitische und folglich philisterhafte Haltung eingenommen«, fuhr Janson stur fort.
»Ziemlich mager!« brüllte Karjew.
»Lassen Sie mich ausreden, Genossen«, Janson runzelte die Stirn, »hören Sie mich erst an...«
»Da gibt's nichts anzuhören!«
»Um diese Dinge parteifeindlich zu nennen, um sie als politische

Sabotage zu bezeichnen, müssen wir Pankratow vorsätzliches Handeln nachweisen. Erst wenn ein Vorsatz vorhanden ist ...«
»Hör auf mit den Finten!«
»Sprich von dir selber, von deiner Rolle!«
»Also: wollte Pankratow der Sache der Partei Schaden zufügen? Ich glaube, daß diese bewußte Absicht nicht vorhanden war.«
»Versöhnler! Er vertuscht alles!«
»Genosse Janson«, sagte Baulin, »Sie werden gebeten, von Ihrer eigenen Rolle in dieser Sache zu sprechen.«
»Ich spiele dabei überhaupt keine Rolle. Nicht ich habe die Zeitung herausgebracht, und ich habe sie auch nicht sanktioniert. Dozent Asisjan hat sich nicht an mich, sondern an Sie gewandt.«
»Warum haben Sie die Zeitung nicht entfernt?« fragte Baulin. »Sicherlich haben Sie sie zuerst gesehen.«
»Und warum nicht Sie? Sie haben es doch näher, wenn ich nicht irre?«
Janson zuckte die Achseln.
»Wenn Sie dem irgendwelche Bedeutung beimessen ...«
»Das reicht! Genug!«
Janson stand noch ein Weilchen da, zuckte abermals die Achseln und ging an seinen Platz zurück.
Baulin trat nicht erst aufs Podium, er sprach von seinem Platz am Präsidiumstisch. Er hängte bloß das Jackett über die Stuhllehne und saß jetzt in seinem Russenhemd da. Er lächelte nicht mehr, spöttelte nicht mehr, er hämmerte mit kategorischen Sätzen los: »Pankratow hat damit gerechnet, straflos auszugehen. Hat sich auf hohe und höchste Gönner verlassen. War überzeugt, daß die Parteiorganisation vor diesen Namen die Waffen strecken würde. Aber für die Parteiorganisation steht die Sache der Partei, die Reinheit der Parteilinie höher als jeder Name, jede Autorität ...«
Er machte eine Kunstpause, damit Beifall gespendet würde. Hier und dort wurde ein-, zweimal geklatscht, Baulin tat, als sei ihm der Beifall nicht recht und fuhr fort: »Eine Schande, wenn man sich die Komsomolzen Runotschkin, Posdnjakowa, Polujan, Kowaljow ansieht. Und das wollen schon morgen Ingenieure sein, sowjetische Spezialisten? Zu solchen geduckten, politisch unbeholfenen Menschen hat Genosse Janson sie ausgebildet. Eben

darum werden sie mühelos zum Spielball in der Hand des Klassenfeindes. Eben dessen beschuldigen wir Janson. Sie, Janson, haben den Nährboden geschaffen, auf dem solche Pankratows gedeihen können ... Sogar hier versuchen Sie, ihm die Stange zu halten. Eben das macht stutzig und weckt gerechtfertigten Argwohn.«

5

Jura verlangte, Lena solle ihre Beziehung geheimhalten: Er liebte sie, sie liebte ihn – weiter brauchten sie doch nichts. Eben darum mied er ihre Eltern, ihr Haus, ihre Bekannten. Lena gab nach, um seinen Stolz nicht zu verletzen.
Der Vater verbot ihm, Mädchen anzuschleppen, aber die Tochter eines Volkskommissars – immerhin keine Kleinigkeit! So eine hatte Jurij noch nie gehabt. Die Eltern verhielten sich Lena gegenüber reserviert: Da besucht ein Mädchen den Jura, na schön, man ist nur einmal jung, wenn sie sich charakterlich gut verstehen, heiraten sie, wenn nicht, gehen sie auseinander. In diesem Sinn blieben sie nicht hinter der Mentalität ihrer Zeit zurück. Wenn sie heiraten, hat sie die Schwiegereltern zu achten, und wenn sie hundert Mal die Tochter eines Volkskommissars ist, da soll sie sich noch bedanken, solche, die sich vor der Hochzeit ins Bett legen, sind als Ehefrauen nicht sehr gefragt.
Aber Lena hielt diese Zurückhaltung für gelassene Würde. Juras Eltern kamen ihr ebenfalls als etwas Besonderes vor. Der Vater – ein schöner, stattlicher Handwerksmeister, die Mutter – eine fromme, alte Frau, die patriarchalische Lebensweise – eine ganz andere Welt, volksverbunden, schlicht und echt.
Manchmal lasen sie Wladimirs Briefe vom Weißmeer-Kanal vor, die Briefe des kriminellen Häftlings, mit den üblichen Floskeln „Liebstes Vaterherz, liebstes Mutterherz, liebstes Bruderherz Jurij« mit der weinerlichen Häftlingspoesie von der »zugrunde gerichteten Jugend«, vom Wunsch, »sich als Vöglein in die Lüfte zu schwingen«. Jura verzog das Gesicht dabei, er genierte sich vor Lena, sie aber fand die finstere Aufmerksamkeit des Vaters, die traurige Besorgtheit der Mutter rührend, ebenso rührend wie die Ausdauer, mit der Jura diese Komplikation in seinem Lebenslauf ertrug.
Ihr gefiel ausnahmslos alles bei den Scharoks: Ihr anspruchsloses Essen, die Art wie der Vater sich die Kreide von den Händen rieb,

die Fäden vom Jackett zupfte und sich mit würdigem Ernst an den Tisch setzte, ein Arbeitsmann, für den das Mittagmahl im Familienkreis der Lohn für seine mühsame Arbeit ist, ihr gefiel, daß die Mutter ihm das erste Stück auflegte – er war der Ernährer, das zweite Jura – er war ein arbeitender Mann, das dritte Lena – sie war Gast, was dann übrigblieb, das war für sie, die Mutter, sie werkelte in der Küche und würde immer satt werden. Eine Familie, einig und miteinander verbunden, ganz anders als bei ihr zu Hause, wo jeder sein Leben lebte und man einander manchmal wochenlang nicht sah.

Manchmal ging sie mit Jura ins *Metropol*, um Skomorowskis Band zu hören, oder ins *Grand Hôtel*, wo Zfasman mit seinen Jazzmusikern auftrat. Lena hatte ihr Recht durchgesetzt, ebenso Geld auszugeben und zu zahlen wie er, sie arbeitete, bekam Gehalt, ihren Anteil zurückzuweisen, wäre unkameradschaftlich gewesen. Jura willigte herablassend ein. Ihm schmeichelte, daß eine solche Schönheit Geld für ihn ausgab, ihm schmeichelte die Dienstbeflissenheit der Kellner. An den Nebentischen saßen schöne Frauen und gutgekleidete Männer, die Musik spielte. Im *Metropol* löschte man das Licht, bunte Scheinwerferkegel beleuchteten den Springbrunnen in der Mitte der Tanzfläche. Jura lächelte Lena zu und drückte ihre Hand, es tat ihm wohl, daß sie von allen beachtet wurden.

Sie verließ seine Wohnung erst spät in der Nacht, hätte er es erlaubt, wäre sie überhaupt nicht gegangen. Das Tor wurde nachts verschlossen. Sie klingelte den verschlafenen Hausmeister heraus, der sie jedesmal argwöhnisch musterte, sie steckte ihm einen Rubel zu und rannte auf die Straße. Ihre Absätze klapperten hallend auf dem Trottoir des nächtlichen Arbat. Zu Hause würde man ihre späte Heimkehr bemerken, man erriet alles, fragte aber nichts. Der Vater mochte Jura nicht, sprach nur spöttisch, sogar verächtlich von ihm. Aber das war schließlich seine Sache. Sie hing an ihren Angehörigen, würde aber notfalls ihr Elternhaus kurzentschlossen verlassen.

Anfang Dezember bestellte man Jura ins Volkskommissariat der Justiz. In der Personalabteilung, in einem großen Zimmer mit vielen Schreibtischen, an denen allerdings niemand saß, empfing

ihn eine Frau mittleren Alters, rotblond, schmalbrüstig, mit wenig ausgeprägten, dafür aber auffallend beweglichen Gesichtszügen. Sie stellte sich als Kollegin Malkowa vor und wies auf den Stuhl vor ihrem Schreibtisch.
»Sie stehen vor dem Abschluß Ihres Studiums, Genosse Scharok, und damit vor dem Absolventeneinsatz, ich würde Sie gern etwas näher kennenlernen. Erzählen Sie ein bißchen von sich.«
Um nicht in irgendwelche Gerichtsorgane oder in die Staatsanwaltschaft geschickt zu werden, hätte Jura in den Augen der Malkowa in ungünstigem Licht erscheinen müssen. Aber der Selbsterhaltungstrieb, die jahrelang geübte Regel, mit reiner Weste dazustehen und alles zu verheimlichen, was irgendwie abträglich sein könnte, gab den Ausschlag. Jura erzählte das, was er immer erzählte: Sohn eines Arbeiters in einer Bekleidungsfabrik, früher selber Dreher, Komsomolze, keinerlei Disziplinarstrafen. Allerdings gab es da einen Haken: der Bruder war wegen Diebstahls in Haft. Wie ihm schien, verlieh die Erwähnung dieser heiklen Sache seinem Bericht eine noch größere Glaubwürdigkeit.
Die Malkowa hörte aufmerksam zu, rauchte und fragte dann, indem sie den Zigarettenstummel im Ascher ausdrückte: »Warum haben Sie als Komsomolze Ihren Bruder nicht positiv beeinflußt? Wie konnten Sie zulassen, daß es mit Ihrem Bruder so weit kam?«
»Als er verurteilt wurde, war ich gerade sechzehn.«
»Während der Revolution haben Sechzehnjährige Regimenter kommandiert.«
Die Malkowa sagte es so, als hätte sie selber mit sechzehn ein Regiment befehligt. Vielleicht doch?! Sie benahm sich wie ein Soldat, spindeldürr, in einer Lederjacke, eine Zigarette im Mundwinkel. Na und? Müssen vielleicht alle kommandieren? Da reichen die Regimenter nicht aus! Und von dieser roten Flunder hing es ab, ob man ihn in seine Fabrik schickte oder irgendwohin ans Ende der Welt, wo sich die Füchse gute Nacht sagen. In der Hochschule wurde gemunkelt, daß alle Absolventen nach West- und Ostsibirien verteilt werden sollten.
Jura lächelte.
»Mein Bruder ist bedeutend älter als ich, wie sollte ich da Einfluß auf ihn nehmen?«

Die Malkowa blätterte in den Papieren auf dem Tisch und nahm das gesuchte Blatt heraus.
»Die Hauptverwaltung der Chemieindustrie fordert Sie für eine juristische Stellung an. Wie erklären Sie das?«
»Vor dem Studium habe ich in einem Chemiewerk gearbeitet, sie brauchen dort einen Juristen. Ich stehe in Verbindung mit dem Betrieb, darum haben sie mich angefordert.«
Die Malkowa krauste die Stirn.
»Alle wollen in Moskau bleiben. Und wer soll in der Provinz arbeiten? Bei den vielen Gerichten und Staatsanwaltschaften?«
Jura ließ sich Zeit mit der Antwort. Er überlegte sich jedes Wort.
»Für die Arbeit bei den Gerichten und Staatsanwaltschaften braucht man Leute, die volles Vertrauen genießen und einen makellosen Ruf haben. Wer einen Häftling zum Bruder hat, bei dem ist es noch sehr fraglich, ob er dieses Vertrauen genießt.«
»Für die Arbeit beim Gericht und bei der Staatsanwaltschaft muß man vor allem ein wahrer sowjetischer Mensch sein«, erklärte die Malkowa schulmeisterlich, »ist die Sache mit dem Bruder da vielleicht ein Hindernis?«
»Aber Sie selbst haben mich gefragt, wie ich das mit dem Bruder zulassen konnte und warum ich ihn nicht positiv beeinflußt habe. Außerdem denke ich, daß auch in der Industrie studierte Juristen gebraucht werden.«
Sie stand auf und sagte: »Ich werde dem Leiter der Hauptverwaltung ihre Akte vorlegen, anschließend wird die Kommission die endgültige Entscheidung treffen.«
Jura stand auch auf.
»Ich bin bereit, dort zu arbeiten, wohin man mich schickt.«
»Eben«, sie lächelte maliziös, »sie haben ein Stipendium bekommen, und das muß abgearbeitet werden.«
»Natürlich möchte ich in Moskau bleiben«, sagte Scharok mit Nachdruck, »ich habe hier Vater und Mutter, meine Eltern sind nicht mehr die jüngsten und obendrein krank, und ich bin im Grunde genommen der einzige Sohn. Aber das«, damit wies er auf das Dokument auf dem Tisch, »ist die Initiative des Betriebs. Sie brauchen einen Juristen, der mit der chemischen Produktion vertraut ist.«

»Jeder, der gern in Moskau bleiben möchte, findet genug gewichtige Argumente«, sagte sie, »und alle haben ebenso solide Befürworter.«
Sie verstummte, dann ergänzte sie unvermittelt: »Die Parteiorganisation der Hochschule empfiehlt Sie für eine andere Arbeit. Übrigens auch in Moskau.«
»Davon ist mir nichts bekannt ... wo denn?«
Sie antwortete ausweichend: »Es gibt eine offene Stelle ... zum Beispiel in der Staatsanwaltschaft. Aber Sie ziehen doch den Betrieb vor?«
»Genau. Ich habe dort gearbeitet, habe dort viel gelernt, von dort bin ich zum Studium delegiert worden. Ich bin dem Betrieb sehr verpflichtet.«
Der Ernst, mit dem Scharok das vorbrachte, ließ sie weich werden.
»Wir werden sowohl ihren Wunsch als auch die Anfrage der Hauptverwaltung Chemie berücksichtigen. Wie gesagt, die Kommission wird die Sache entscheiden.«
Von so einem hergelaufenen Weibsbild hing seine Zukunft ab! Die war doch bestimmt selber erst aus irgendeinem Nest, irgendeinem Orechowo-Sujewo nach Moskau gekommen und wollte ihn, einen gebürtigen Moskauer, dorthin schicken, wo sich Fuchs und Hase gute Nacht sagen. Vater hatte schon Recht, wenn er sagte: das Dorf hat Moskau überschwemmt, da fragt man sich doch, wo da der Städter bleiben soll?! Und die pflaumte ihn noch an: Sie sind für eine Arbeit in Moskau empfohlen, in der Staatsanwaltschaft. Bestimmt gelogen ... vielleicht aber auch nicht ... er hatte eine Wohnung in Moskau, die berücksichtigten das ...
Selbst wenn man ihn tatsächlich empfohlen haben sollte, so hieß das noch lange nicht, daß man ihn nahm. Sie würden fragen: warum ist der Bruder kriminell? In einer wahren Arbeiterfamilie, bei echten Proletariern darf es keine kriminellen Elemente geben! Folglich stimmt was nicht mit der Familie, an der Familie muß was faul sein. Gibt's vielleicht keine anderen Leute, auf die Verlaß ist, die absolut zu uns gehören?!
Das von seiner Jungenphantasie ausgemalte, romantische Bild des unabhängigen Rechtsanwalts war mit der Zeit verblaßt. Die Praxis

in den Gerichten zeigte ihm die andere Seite der Medaille. Er lernte die namhaften Verteidiger nicht nur bei ihren brillanten Reden kennen, sondern auch im kleinlichen Alltagsgetriebe, bei den nichtigen Querelen, der Jagd nach dem Honorar, er sah, wie sie vor den Gerichtssekretärinnen katzbuckelten, wie sie in den Rechtsberatungsstellen begriffsstutzigen, alten Frauen für einen Fünfer juristische Ratschläge eintricherten, er kannte den Preis ihrer eleganten privaten Herrenzimmer, die sich nach der Verabschiedung des letzten Klienten in Eß- und Schlafzimmer verwandelten. Trotzdem reizte ihn dieses Leben.

Aber sonderbar! Der Gedanke, daß man ihn in den oberen Instanzen abweisen würde, gab ihm doch einen Stich: Man würde ihn wieder verschmähen. Auf ihre Leute warteten hohe Posten, er aber, der devote Vollstrecker, durfte die Drecksarbeit verrichten. Bestenfalls warf man ihm ein Almosen hin, ließ ihn als Jurisprutänzer, wie sich Budjagin verächtlich ausgedrückt hatte, in den Betrieb. Über das Gespräch im Volkskommissariat hielt Scharok den Mund. Aber Lena entging nicht, daß ihn etwas beschäftigte.

Sie saßen im Theater, es war ihnen endlich gelungen, Karten für O'Neils *Alle Kinder Gottes . . .* zu ergattern.

»Was für Sorgen hast du?«

Sie sah ihn mit ihrem tiefen, liebenden Blick an.

Lächelnd wies er mit den Augen auf die Nachbarn. Wir wollen nicht stören, hieß das.

Als sie zu Hause in seinen Armen lag, fragte sie ihn abermals, worüber er sich Sorgen mache. Er antwortete, es sei nichts besonderes, es gebe bloß einige Schwierigkeiten mit seiner Abbeorderung in den Betrieb.

»Wenn du möchtest, rede ich mit Papa«, schlug Lena vor.

»Iwan Grigorjewitsch hat alles getan, was er tun konnte.«

Sie bestand nicht länger darauf, da sie verstand, daß der Vater nicht mehr tun würde, als er getan hatte.

»Gestern war Sascha bei uns, er kann einem wirklich leid tun«, sagte sie.

»Was ist denn?«

»Weißt du denn nichts? Man hat ihn aus dem Komsomol und der Hochschule ausgeschlossen.«

Er stützte sich auf dem Ellbogen hoch.
»Das höre ich zum ersten Mal.«
»Hast du ihn nicht gesehen?«
»Schon lange nicht mehr.«
Jura sagte nicht die Wahrheit, er hatte Sascha erst kürzlich gesehen, aber Sascha hatte ihm nichts erzählt. Das wollte er Lena gegenüber nicht zugeben.
»Wegen dieser Geschichte mit dem Dozenten?«
»Ja. Und außerdem wegen einer Wandzeitung.«
»Was hat er denn in der Wandzeitung geschrieben?«
»Irgendwelche Verse.«
»Macht er denn Gedichte?«
»Jedenfalls hat er welche gemacht oder die von anderen in die Zeitung gesetzt. Er hatte es eilig, hat sich nicht weiter darüber ausgelassen und ist wieder gegangen. Er tut mir furchtbar leid.«
Sascha Pankratow ausgeschlossen! Er hatte so fest an die Sache geglaubt und nun so einen auf's Dach gekriegt. Aktivist! Felsenhart und unbeugsam – jetzt war auch er reingerasselt. Nicht mal Budjagin hatte helfen können. Rjasanow, sein Onkel, ein berühmter Mann! Da konnte man schon das Gruseln bekommen. Wenn sogar Sascha...
Wer würde dann ihm, Scharok, beistehen, wenn ihm was zustieße? Der Vater – ein Schneiderlein? Der Bruder – ein Krimineller? Er kümmerte sich zwar nicht um jeden Dreck wie Sascha, aber trotzdem ... es war ein Fehler, auf die Arbeit in der Staatsanwaltschaft zu verzichten, dort hätte ihm keiner etwas anhaben können, dort hätte er selber jedem beliebigen eins auswischen können, ihm wäre bestimmt keiner durch die Lappen gegangen.
Anderntags stieß Jura im Tor mit Sascha zusammen.
»Hallo!«
»Grüß dich!«
»Du hast Unannehmlichkeiten an der Hochschule, habe ich gehört.«
»Von wem denn?«
»Ich habe Lena getroffen.«
»Alles geregelt«, antwortete Sascha trübe.

»Tatsächlich? Na, um so besser.« Scharok gab sich keine Mühe, sein Grinsen zu verbergen. »Hast es ja schnell geschafft, alles geregelt zu kriegen und wieder aufgenommen zu werden.«

»Hab's eben geschafft. Mach's gut!«

6

Alles geregelt. Das antwortete Sascha allen, er wollte nicht, daß irgendwelche Gerüchte an die Mutter herangetragen wurden. Die Anordnung der Direktorin Glinskaja hing schon einen Tag nach der Sitzung des Parteibüros am schwarzen Brett. Als Organisator parteifeindlicher Ausfälle wurde Sascha von der Hochschule relegiert, Runotschkin, Polujan und Posdnjakowa ein Verweis erteilt, Kowaljow verwarnt.

Die Maschinerie rotierte, man suchte die Dokumente zusammen, schrieb Bescheinigungen. Losgatschow, anstelle von Janson bereits zum Dekan ernannt, händigte Sascha schnell und sogar liebenswürdig das Studienbuch aus, sein glattes Gesicht schien auszudrücken: Ich persönlich habe ja nichts gegen dich, so hat sich's nun mal ergeben, aber wenn du wieder aufgenommen wirst, würde mich das aufrichtig freuen.

Sascha verabschiedete sich von allen in der Gruppe, nur Kowaljow gab er nicht die Hand.

»Mit Schweinehunden verkehre ich nicht.«

Runotschkin bestätigte, daß Kowaljow wirklich ein Schweinehund war und alle anderen auch. Der kleine, schiefschultrige Runotschkin fürchtete niemanden.

Die Klingel schrillte. Der Gang leerte sich. Kein Mensch kümmerte sich noch um Sascha. Die Dokumente hatte man ihm ausgehändigt, er mußte sie nur noch abstempeln lassen und gehen. Kriworutschko arbeitete noch als stellvertretender Direktor für den wirtschaftlichen Bereich. Als er den Stempel auf die Papiere drückte, sagte er halblaut: »Die vorgeschriebenen Bescheinigungen für Dezember sind ans Büro für Lebensmittelmarken abgeschickt worden.«

»Danke«, antwortete Sascha. Die Bescheinigungen wurden immer später abgeschickt, in diesem Fall hatte Kriworutschko vorgesorgt, damit Sascha die Dezembermarken bekam. Er hätte es nicht zu tun brauchen.

Jetzt würde Mama bis Ende Dezember nichts davon mitbekommen. Und bis dahin würde er rehabilitiert sein.

Von einer Behörde zur anderen, qualvolles Antichambrieren, peinliche Erklärungen, mißtrauische Gesichter, unaufrichtige Versprechungen, den Fall zu klären. Klären wollte keiner – die Relegation rückgängig zu machen, hieß die Verantwortung dafür zu übernehmen, und wer wollte das schon!

In der Bezirkspartei wurde seine Akte von einer gewissen Saizewa bearbeitet, einer hübschen, jungen Frau. Sascha wußte, daß sie, obwohl nur mittelgroß, gut Basketball spielte. Sie hörte Sascha an, stellte einige Fragen, die ihm unwesentlich schienen, da sie Kriworutschko betrafen, riet ihm, ein Arbeitszeugnis vom Betrieb einzuholen, in dem er früher gearbeitet hatte, und machte ihn darauf aufmerksam, daß sein Fall in den Bezirkskomitees der Partei und des Komsomol zur Sprache kommen würde.

Als Sascha zu der Fabrik kam, erinnerte er sich an das frühe Aufstehen, die Frische der morgendlichen Straße, den Menschenstrom, der sich in die Kontrollbude ergoß, an die morgendlich kalte Leere der Fabrikhalle. Er hatte nie etwas für Technik übrig gehabt, wollte aber gern in einer Fabrik arbeiten, ihn faszinierte allein schon das Wort Proletarier, die Zugehörigkeit zu dieser großen revolutionären Klasse. Es war der Beginn des Lebens gewesen, poetisch und unvergeßlich.

Gleich am ersten Tag schickte man ihn zum sofortigen Beladen von Güterwagen. Er hätte sich weigern können, Jura Scharok beispielsweise weigerte sich, und wurde in der Maschinenhalle eingesetzt, wo er zu einem Fräser in die Lehre kam. Sascha dagegen ging zum Verladen, man vergaß ihn dort, er brachte sich nicht in Erinnerung, schließlich mußte ja jemand die Güterwagen beladen. Damals schien das Leben kein Ende zu haben, alles stand noch bevor, würde noch kommen. Mit Segeltuchjacke und Segeltuchfäustlingen, in Schnee und Regen, Hitze und Frost entlud und belud er Güterwagen auf dem offenen Verladeplatz, er verrichtete damit eine Arbeit, die sein Land brauchte. Er verachtete den zimperlichen Jura, der es sich in der hellen, warmen Halle bequem machte. Lärmend und fluchend stürmten die Männer seiner Brigade die Kantine, man trat beiseite, ihre Joppen und Wattejacken waren mit Farbe, Kreide, Alabaster, Kohle beschmiert. Sascha erinnerte sich an den ehemaligen Divisionskommandeur Morosow, einen stillen Mann, der aus Protest gegen die Einführung der Neuen Ökonomischen Politik aus der Partei ausgetreten war und sich später dem Suff ergeben hatte. Er erinnerte sich an Awerkijew, ihren Brigadier, ebenfalls zum Trinker geworden, weil ihn seine Frau verlassen hatte, und an andere Männer, die auf die abschüssige Bahn geraten waren. Sie waren nicht hinter dem Geld her, Hauptsache, es reichte für ein paar Flaschen. Vor der Akkordarbeit drückten sie sich, schimpften mit dem Disponenten und dem Vorarbeiter, feilschten um eine leichtere Arbeit, zogen einen Job mit Stundenlohn vor, noch besser einen bestimmten Auftrag, nach dessen Erledigung sie sich davonmachen konnten. In solchen Fällen arbeiteten sie auf Teufel komm raus, aber nur, damit sie um so rascher verduften konnten. Für Sascha waren sie keine echten Arbeiter, aber ihre Empfindungen und das Menschliche an ihnen fand er anziehend; sie waren Opfer ihres Schicksals. Wenn sie sich bei der Verteilung der Aufträge auch auf Tricks verlegten, untereinander waren sie die Redlichkeit selbst, schoben nie eine Arbeit auf den anderen ab. Obwohl sich Sascha an ihren Kneipenbesuchen nicht beteiligte, keine Kasernenhofwitze erzählte und keine der üblichen Zoten riß, mochten sie ihn.

Dieser bunt zusammengewürfelte, verlorene Haufen wurde in der Regel bei zufällig anfallenden Arbeiten eingesetzt, aber manchmal auch bei der eigentlichen: dem Verladen der Fertigproduktion, der in Fässer abgefüllten Farbe in Güterwagen. Manchmal dauerte es lange, bis leere Waggons kamen, die Fässer mit der Farbe stauten sich dann in hohen Stapeln auf dem Verladeplatz. Wenn die leeren Waggons dann plötzlich anrollten, ein Zug nach dem anderen, wurden sämtliche Brigaden zum Verladen abgestellt, auch die, in der Sascha arbeitete.

Ein Faß mit Farbe wog achtzig Kilo. Die Fässer wurden über Laufplanken in die Waggons gerollt und reihenweise hochkant aufgestellt. Auf die unterste Reihe wurde die zweite gehoben, auf die zweite die dritte gewuchtet. Da die Laufplanken einen steilen Winkel bildeten, mußte das Faß mit Anlauf hinaufgerollt, im

Wagen hochgekantet und dicht an die anderen Fässer gerückt werden, damit die festgesetzte Stückzahl Platz fand. Acht Stunden die achtzig Kilo schweren Fässer über den Boden zu rollen, sie die steilen Planken im Laufschritt hinaufzubugsieren, im Waggon hochzukanten und zurechtzurücken – das war Knochenarbeit. Überdies mußt du dich beeilen, denn hinter dir rennt schon dein Kumpel, der auf der steilen Planke nicht anhalten kann, er nimmt sie ebenfalls im Anlauf, und wenn du auch nur einige Sekunden länger als notwendig mit deinem Faß herummachst, hältst du die ganze Kette auf und unterbrichst den Rhythmus. Anfangs wollte es Sascha nicht gelingen, das Faß auf Anhieb genau auf den richtigen Platz zu kanten. Dann wurde es ihm vorgemacht: er mußte den Boden des Fasses mit beiden Händen anpacken, mit einem Ruck hochreißen, auf der Kante herumdrehen und das Faß in die Reihe schieben. Sascha hielt nun keinen mehr auf.

In der Regel wurde die Farbe von zwei Brigaden verladen: Die erste bestand aus Tataren, die als Hilfsarbeiter aus dem Gebiet Uljanowsk gekommen waren, die zweite aus Russen, berufsmäßigen Verladearbeitern, die verdienen wollten, das Verladen der Farbe wurde gut bezahlt.

Malow, der Vorarbeiter, sagte einmal bei der Verteilung der Arbeitsaufträge: »Awerkijew, teil der ersten Brigade einen Mann zu, bei denen ist einer wegen Krankheit ausgefallen.«

»Geh du«, wandte sich Awerkijew an den Tataren Gainullin.

»Nein«, lehnte Gainullin ab.

»Lifschitz!«

Lifschitz, ein kraftstrotzender, schmalstirniger Jude aus Odessa, wehrte mit einem Scherz ab.

»Bei denen bin ich ganz verkehrt, die essen doch kein Schweinefleisch.«

Daraufhin sagte Malow: »Ich habe keine Zeit, mir eure Debatten anzuhören. Wenn ihr keinen nennt, bestimme ich selber einen.«

Malow, ein resoluter Mann, der einem Ringkämpfer glich, früher Verladearbeiter und während seiner Militärzeit Zugführer, hatte es verstanden, sogar Awerkijews abgebrühten Haufen kleinzukriegen.

»Bestimm selber einen«, antwortete Awerkijew.

Malows Blick blieb an Sascha haften.
»Pankratow, du gehst in die erste!«
Malow mochte Sascha nicht. Vielleicht hatte er etwas gegen gebildete Verladearbeiter. Sascha galt hier als der gebildetste, er hatte die Zehnjahresschule abgeschlossen. Malow sah Sascha halb fragend, halb verächtlich an, er erwartete offenbar, daß Sascha sich ebenfalls weigern würde. Aber Sascha sagte: »Gut, einverstanden.«
»Immer mußt du dich vordrängen«, bemerkte Awerkijew mißbilligend.
Die Tataren ließen die Fässer nicht rollen, sondern trugen sie auf dem Rücken. Sie rannten über die Bretterstege, dann die Laufplanke hoch in den Güterwagen und stellten sie gleich an die richtige Stelle. So ging es schneller, aber das war ein ganz anderes, unerträgliches Arbeiten: mit einem runden, achtzig Kilo schweren Zylinder auf dem Rücken den wippenden Brettersteg entlang und die steile Laufplanke hoch, dann das Faß absetzen, damit es nicht die Zehen abquetschte und genau dort landete, wo es zu stehen hatte, obendrein den ganzen Tag im Laufschritt hinter ein und demselben Vordermann, mit dem man die Schicht begonnen hatte. Sascha glaubte, das Faß würde ihm gleich vom Rücken rollen, ihn zu Boden reißen, aber er durfte nicht stehenbleiben, keine Sekunde verlieren, er hörte das Trappeln seines Hintermannes, dessen stoßweisen Atem, roch dessen Schweiß, wenn er anhielt, würde der andere gegen seinen Rücken prallen. Darum legte er sich ins Zeug, nahm die Laufplanke nach dem Anlauf in einem Atemzug, rannte in den Güterwagen, wälzte das Faß ab und hetzte zurück, um nicht hinter den erfahrenen, kräftigen Verladearbeitern zurückzubleiben, die keine Rücksicht kannten, schon gar nicht gegenüber einem Fremden.
Die Sirene zur Mittagspause! Sascha sackte neben den aufgestapelten Fässern zusammen. Rote Kreise schwammen vor seinen Augen, ein monotones Summen sprengte ihm den Kopf.
Er dämmerte vor sich hin und schreckte gleich wieder aus dem Halbschlaf hoch. Wenn er aufwachte, dachte er nur an den Augenblick, wo er aufstehen, sich hinter seinen Vordermann, den stämmigen, rothaarigen Tataren stellen und erneut mit dem Faß

auf dem Rücken zum Güterwagen laufen mußte. Er wußte, daß er nicht imstande wäre, auch noch die nächsten vier Stunden durchzuhalten, er würde zusammenbrechen und auf dem Brettersteg liegenbleiben. Er konnte ins Kontor gehen und sich beschweren, daß man ihn zur fachlichen Ausbildung hergeschickt hatte und nicht, um achtzig Kilo schwere Fässer auf dem Rücken zu schleppen, man hatte ihn eigens in die Fabrik entsandt, damit er in der Produktion etwas lernte. Damals hatte er sich freiwillig zu einer dringenden Arbeit gemeldet, und jetzt ließ man ihn als Verladearbeiter schmoren ... Natürlich, er könnte sich beschweren. Aber er wußte: Sobald die Sirene ertönte, würde er sich hinter den rothaarigen Tataren stellen, den Rücken hinhalten und das Faß zum Wagen schleppen.

Die Arbeiter kehrten aus der Kantine zurück, folglich war die Mittagspause gleich zu Ende. Mit größter Willensanspannung setzte sich Sascha auf und bewegte die Hände, die Arme, die Beine, drehte den Kopf hin und her. Alle Gliedmaßen schmerzten und fühlten sich fremd an.

Jemand rief seinen Namen, er sah auf, vor ihm standen der Brigadier Awerkijew und der Verladearbeiter Morosow, der ehemalige Divisionskommandeur. Offenbar hatten sie beim Mittagessen einen gehoben, Awerkijews gedunsenes Gesicht war noch röter, Morosows blaue Augen glänzten noch blauer und verträumter.

»Beiß rein!« damit warf ihm Awerkijew einen Kanten Brot und ein Stück Speck in den Schoß.

»Danke.«

»Du mußt das Faß auf den ganzen Rücken legen«, sagte Awerkijew, »über den ganzen Buckel verteilen, kapiert?! Na, schmeißt mir mal so ein Ding aufs Kreuz!«

Er reckte den Rücken und streckte die Arme nach hinten aus, Morosow und Sascha luden ihm ein Faß auf. Das Faß lag gleichmäßig auf seinem ganzen Rücken.

»Und du machst es so!«

Awerkijew krümmte den Oberkörper, das Faß rutschte zu den Schultern hoch, er hielt es von vorn mit beiden Händen fest.

»Du trägst das Faß auf den Schulterblättern, vollkommen falsch,

du mußt es auf dem Buckel schleppen, auf dem Rückgrat. Versuch's mal!«
Sascha stellte sich hin und machte ein hohles Kreuz. Awerkijew und Morosow luden ihm ein Faß auf.
»Die Schultern hoch und nicht runter!« brüllte Awerkijew.
Sascha hob die Schultern, das Faß lag fest an, sein Gewicht verteilte sich gleichmäßig auf den ganzen Rücken.
»So mußt du's machen! Hast dich ja drum gerissen, also bitte keine Müdigkeit vorschützen!«
Sascha merkte jetzt, daß es tatsächlich besser ging, weil die Last auf dem Rücken ausbalanciert war und das Faß nicht mehr rutschte, aber es drückte nach wie vor dermaßen, daß ihm die Knie einknickten. Wenn er zurücklief, konnte er den Rücken nicht biegen. Er wußte selber nicht, wie er die zweite Hälfte der Schicht durchstand, konnte sich nachher nicht erinnern, wie er nach Hause gekommen war. Er plumpste aufs Bett und schlief bis zum Morgen durch.
Am nächsten Morgen sagte Malow: »Arbeite noch ein paar Tage in der ersten Brigade, dann versetze ich dich.«
Zwei Wochen lang schleppte Sascha noch die Farbe und lernte schließlich, die Fässer richtig zu tragen. Die Tataren gewöhnten sich an ihn, er gewöhnte sich an die Tataren, er schrieb ihnen sogar die Steuererklärungen für ihren Dorfsowjet.
In die alte Brigade kehrte er auch nicht zurück. Malow schickte ihn in die Garage, wo er als Verladearbeiter einem Lkw-Fahrer zugeteilt wurde.
»Dort wirst du als Fahrer ausgebildet«, hatte Malow gesagt. Es war nicht recht ersichtlich, ob er Sascha eine Freude machen oder ihn einfach loswerden wollte.
Sascha arbeitete in der Garage, erhielt Fahrunterricht und durfte dann Lkws fahren. Aber als er jetzt zur Fabrik kam, dachte er sonderbarerweise nur an seine Zeit als Verladearbeiter zurück. Das waren die ersten und einprägsamsten Monate seines Fabriklebens gewesen.
Wen würde er antreffen? Sicherlich keinen mehr von den alten Kumpeln. Vielleicht aber doch, schließlich war's doch gar nicht so lange her, nur vier Jahre.

Die alte, hölzerne Kontrollbude hatte man abgerissen, an ihrer Stelle erhob sich ein großer Ziegelbau. Das neue Fabriktor stand jetzt woanders, ebenfalls aus Stein und viel breiter. Frontal zum Platz erhob sich das neue Gebäude der Betriebsverwaltung. Hinter der hohen Mauer ragten neue Werkhallen auf. Der Platz war asphaltiert, man sah Läden, Verkaufsstände, Kioske. Die Fabrik lief, wuchs, entwickelte sich. Genau das war die Wirklichkeit, die das Leben des Landes erfüllte und die trotz allem auch sein Leben zu erfüllen hatte.

In der Zwischenzeit war Malow Sekretär der Parteiorganisation des Betriebs geworden. Eine nicht gerade angenehme Überraschung! Wie früher ähnelte er einem Ringer, glatzköpfig, nicht mehr so rotwangig wie damals auf dem Verladeplatz, wo er die Arbeiter kommandierte, abgemagert, müde und gelblich im Gesicht. Am großen Schreibtisch saß er genauso, wie er früher auf der Fensterbank gehockt hatte, wenn er die Arbeitsaufträge unterschrieb, seitlich, fast an der Tischecke. Er erkannte Sascha sofort. So, als ob nicht vier Jahre vergangen wären und Sascha nach wie vor in der Fabrik arbeitete, fragte er: »Ach, du bist's, Pankratow ... was gibt's denn?«

Sascha erklärte seinen Fall.

»Klar«, sagte Malow, »ich bin ja bei der Sitzung dabei, dann äußere ich mich dazu.«

Der drückt sich also auch und will mir kein Zeugnis schreiben ...

»Genossin Saizewa braucht ein schriftliches Zeugnis.«

»Aha, ein Papierchen will sie haben«, brummte Malow, »schön, ich schreib's. Sag noch mal, wo du gearbeitet hast, was du bei uns getan hast.«

Er schrieb die von Sascha aufgezählten Arbeitsaufträge auf ein Blatt, sah dann hoch und fragte ironisch: »Bist letztendlich also doch reingeschlittert?«

»Wieso denn?«

»Lief ja alles darauf zu. Na schön. Geh ein Stündchen spazieren, inzwischen mache ich das Zeugnis fertig.«

»Ich würde gern in die Fabrik gehen und die Kumpels wiedersehen.«

Der Haupttrakt der Fabrik hatte sich nicht verändert. Die neuen

Werkhallen standen etwas abseits. Die erste, zweite und dritte Fabrikhalle, die Fräserei, das Kesselhaus, und da war auch die Garage ... über der Schmiergrube stand der schwarze Ford des Direktors, an der Drehbank sah er Sergej Wassiljewitsch, den Fahrer des Direktors. Er erkannte Sascha ebenfalls.

»Bist du in die Fabrik zurückgekehrt?«

»Hab' hier bloß was zu erledigen.«

Sergej Wassiljewitsch trug einen schwarzen Lederanzug, eine Rehfellmütze und Filzstiefel mit Galoschen. Stämmig, selbstbewußt, sein eigener Herr, er war schon vor der Revolution Chauffeur gewesen, ein Mann, der zur näheren Umgebung des Direktors gehörte.

Erstaunlich, wieviel er vergessen hatte und was ihm jetzt wieder einfiel, als er erneut die Hallen, die Durchfahrten sah, die Fabrikgeräusche hörte. Damals war alles einfach und selbstverständlich – arbeite, nimm deinen Lohn, führe die Komsomolaufträge aus. Er konnte sich an keinen einzigen Fall erinnern, wo man jemanden angeschwärzt und ihm einen politischen Fehler angehängt hätte. Hier wurde produziert, die Fabrik aufgebaut. Aber vielleicht war es jetzt auch hier anders? Er war neugierig, wie das Zeugnis ausfallen, was Malow schreiben würde. Malow schrieb folgendes:

»Hiermit wird A. P. Pankratow bescheinigt, daß er von 1928 bis 1930 als Verladearbeiter und anschließend als Fahrer in der Fabrik tätig war. Pflichtbewußt in der Arbeit, hat er die ihm erteilten Aufträge gewissenhaft ausgeführt und war als Sekretär der Komsomolzelle gesellschaftlich engagiert. Keinerlei Strafen.«

»In der Sitzung werde ich das Nötige ergänzen«, versprach Malow.

7

Als er aus der Fabrik nach Hause kam, sah Sascha in den Löchern des Briefkastens einen blauen Umschlag. Ein Brief des Vaters, seine Schriftzüge. Freude brachten diese Briefe nie. Der Vater bat, ihm die Technologiehandbücher zu schicken. »Sie stehen im untersten Schrankfach, Du weißt sicherlich, wo. Ich würde Dich nicht mit dieser Bitte behelligen, aber ich wußte nicht, wer es sonst tun könnte. Deswegen nach Moskau zu reisen ... mein Besuch würde niemanden freuen.«
Das war Vaters Stimme, das war seine Art zu reden. Wenn Mama fragte: Möchtest du essen? pflegte er zu antworten: Muß nicht sein, ich kann mich auch beherrschen. Gehst du zu einer Sitzung? Nein, auf einen Tanzabend. Etwas schwerhörig, verstand er nicht immer, was gerade gesagt wurde, glaubte, es sei auf ihn gemünzt und schimpfte. Er schimpfte, wenn er morgens nicht seinen Apfel oder vor dem Schlafengehen nicht das Glas Sauermilch bekam. Die Mutter erstarrte vor Angst, wenn sie seine Schritte im Flur hörte, mißgelaunt kehrte er von der Arbeit zurück, schon im voraus unzufrieden mit seinem Zuhause, mit der Frau, dem Sohn, von der Schwelle an einen Vorwurf, einen Tadel, eine Predigt auf den Lippen, sofort bereit, Krach zu schlagen und einen Streit vom Zaun zu brechen.
Nur wenn die Mutter eifersüchtig war, hatte sie keine Angst vor ihm. Saschas Herz verkrampfte sich, wenn er sah, was sich dann zu Hause abspielte: Geschrei, Türengeknall, Mutters böses Gesicht, das einen kaninchenähnlichen Ausdruck bekam, ihre Tränen.
Vater lebte seit sechs Jahren nicht mehr mit ihnen zusammen. Dennoch fürchtete sie ihn nach wie vor, trotz der Entfernung. Allein schon beim Anblick des Briefes erschien der bekannte, bedrückende Ausdruck von Angst und Beklommenheit auf ihrem Gesicht.
»Von Vater?«

»Er möchte die Handbücher geschickt bekommen.«
Mit demselben erschrockenen Gesichtsausdruck griff Sofija Alexandrowna nach dem Brief, und dieser erschrockene Zug wich nicht aus ihrem Gesicht, solange sie den Brief las.
Am meisten bangte Sascha jetzt davor, wie Mama die schlimme Nachricht aufnehmen, wenn sie alles erfuhr, wie sie das überstehen würde. Darum tat er alles, damit sie nichts erfuhr. Wenn er morgens das Haus verließ, tat er so, als fahre er zur Hochschule. Das Stipendium für den Dezember verdiente er, indem er Güterwaggons am Kiewer Güterbahnhof entlud. Wenn er schon gar nicht mehr wußte wohin, ging er zu Nina Iwanowa.
Sie hatte ihm den Wohnungsschlüssel gegeben, morgens las oder lernte er dort. Später kam Warja aus der Schule, Ninas jüngere Schwester, in einem dunklen Mantel, winzig kleinen Schuhen, das Kopftuch nahm sie unterwegs ab, das glatte, schwarze Haar fiel ihr auf den Kragen. Sie setzte sich aufs Bett, schlug die Beine übereinander, blies mit vollen Lippen die Haarfransen aus der Stirn und sah Sascha mit jenem Blick in die Augen, mit dem hübsche, fünfzehnjährige Backfische die Jungen verwirren.
Der Tisch mit der rissigen Wachstuchdecke teilte das Zimmer in zwei Hälften: Ninas Hälfte mit ihren über den Tisch verstreuten Büchern und Heften, den abgetretenen Hausschuhen unter dem Bett, und Warjas Hälfte mit einem grellbunten Schaltuch auf dem Kopfkissen, dem Grammophon auf dem Fensterbrett und dem bronzenen Athleten, der eine Glühbirne in der muskulösen Hand hochstemmte.
»Warum hat man dich aus der Hochschule rausgeschmissen?«
»Sie werden mich schon wieder aufnehmen.«
»Ich würde sie selber alle rauswerfen, in unserer Schule gibt's auch solche Aasgeier, die bloß drauf aus sind, jemanden reinzulegen. Wir hatten gestern eine Klassenarbeit, und da sagt doch der Ljakin: Die Iwanowa macht sich Spickzettel auf den Knien. Ich hab' die Beine ausgestreckt und gefragt: Wo denn?
Sie streckte die Beine aus, um zu zeigen, wie sie es in der Klasse gemacht hatte.
»Kusja, der Mathelehrer, wurde rot wie 'ne Tomate. Hören Sie gefälligst auf, Iwanowa! Was hab' ich damit zu schaffen? Das war

doch der Ljakin. Im vorigen Jahr hat er noch rumgeflegelt, den Mädels die Mappen weggenommen, und jetzt sitzt er im Schülerbeirat. Schreibt selber ab, aber die anderen zeigt er an. Solche Petzen kann ich nicht ausstehen.«

»Wie machst du denn die Spickzettel?«

»Ganz einfach«, sie schlug sich aufs Knie, über das sie den Strumpf gezogen hatte, »ich schreibe alles mit Tintenstift auf und schmiere nachher ab.«

»Kannst du nicht ohne auskommen?«

»Können schon, aber ich will eben nicht.«

Sie sah ihn herausfordernd an, das kleine Biest, saß mit hochgezogenem Rock da. Sascha war belustigt, aber er bemühte sich, ernst zu bleiben, er wußte, wieviel Scherereien Warja der Schwester machte. Die beiden Mädchen waren ohne Vater aufgewachsen, später war auch die Mutter gestorben. Sascha erinnerte sich an die Komsomolsitzung, sie hatten überlegt, wie sie Nina helfen könnten, die Schwester großzuziehen, hatten eine Rente durchgeboxt und Nina als bezahlte Pionierleiterin eingesetzt. Dann kam der Schulabschluß, sie trennten sich; an Warja erinnerte er sich erst jetzt, als er sie mit gleichaltrigen Halbwüchsigen im Hof sah.

»Bist du im Komsomol?«

»Wozu denn das?«

»Ist es denn besser, sich auf dem Hof rumzutreiben?«

»Mir gefällt's jedenfalls.«

»Du übernachtest ja nicht mal zu Hause.«

»Ha, ha! Ich habe ein einziges Mal bei einer Freundin draußen auf der Datscha übernachtet, hatte Angst, allein zur Station zu gehen. Nina wäre nachts auch nicht gegangen, sie ist ja noch viel ängstlicher als ich, ein richtiger Angsthase ist sie. Sollte ihren Max heiraten, sie kann rein gar nichts, und Max stellt keine Ansprüche, der nimmt mit der Kantine vorlieb.«

»Ist's nicht ein bißchen zu früh für dich, solche Ratschläge zu geben?«

»Dann soll sie ihre Nase auch nicht in meine Angelegenheiten stecken. Macht Lärm um nichts und wieder nichts.«

»Was willst du mal werden?«

Statt jeder Antwort stimmte sie mit hoher Kinderstimme an:

Du bist die Blume der Prärie,
Du Allerschönste, Ros'marie.
Dein Auge wie der Himmel lacht,
Das Herz des Cowboys jäh entfacht.

An der Wohnungstür klingelte es.

»Das ist Nina«, erklärte Warja, ohne sich von der Stelle zu rühren, »hat schon wieder die Schlüssel vergessen.«

»Woher willst du wissen, daß sie es ist?«

»Ich weiß, wie jeder Mieter klingelt.«

Nina trat ein, sah Warja in einer Pose auf dem Bett, die sie für anstößig hielt, sah ihre unbedeckten Knie, und schon begann das übliche Theater.

»Nur Jungens im Kopf, Nagellack, Lippenstift, unbedingt blaßrosa, sie weiß Bescheid. Sitzt stundenlang vor dem Spiegel und biegt sich die Wimpern mit dem Küchenmesser hoch.«

»Wie bitte? Mit dem Küchenmesser?« fragte Sascha verblüfft.

»Oder sie hängt an der Strippe, und dann hört man nur: Crêpe Georgette, Velvet, das rote aus Marquisette, das blaue, seidene. Ich trage meine Bluse seit fünf Jahren, wasche sie täglich und weiß bis heute nicht, aus welchem Stoff sie ist. Meine teure Schwester dagegen hat drei Tage lang die Läden abgeklappert, um passende Knöpfe für ihr Kleid zu besorgen. Galoschen mag sie nicht, und Filzstiefel sind ihr ein Greuel. Hat mir die Schuhe geklaut, sie beim Tanzen ruiniert und nachher heimlich ins Badezimmer gestellt. Heute sind's die Schuhe, morgen braucht sie Geld, und da ich kein Geld habe, geht sie stehlen.«

»Übertreib nicht!« beschwichtigte Sascha, »mach ihr keine Angst, und mach dich nicht selbst verrückt.«

Aber Warja hatte nicht die geringste Angst, sie gähnte gekünstelt und machte gelangweilte Augen, das hab' ich schon hundertmal gehört.

»Mich wundert ihre Gefühllosigkeit. Sie lacht über Maxim. Geht sie das vielleicht was an? Gemein und taktlos.«

»Max macht einen ziemlich nüchternen Eindruck«, bemerkte Sascha diplomatisch.

Ninas Augen wurden dunkel.

»Ich mag ihn, ein großartiger, absolut zuverlässiger Kerl. Aber ich muß zuerst mal daran denken, die da groß zu kriegen.«
»Bitte schieb mir das nicht in die Schuhe«, sagte Warja.
»Man hat ihr gesagt, sie soll eine Wandzeitung machen«, fuhr Nina fort, »da ist sie einfach in die andere Klasse gegangen und hat deren Zeitung Wort für Wort abgeschrieben, sie war sogar zu faul, die Namen zu ändern. Was soll aus ihr mal werden, wenn das so weitergeht?«
Warja tastete mit dem Fuß nach ihrem Schuh und erhob sich.

Du bist die Blume der Prärie,
Du Allerschönste, Ros'marie.

Sascha empfand keinerlei Aufregung, als er ins Bezirkskomitee ging. Das war endlich eine Instanz, die keine Bedenken haben würde, seinen Fall zu entscheiden. Stolper, der erste Sekretär, würde die Sitzung leiten.
Sascha mußte lange im Gang warten, bis man ihn aufrief. Hinter der Tür waren Stimmen zu hören, Bruchstücke der Debatten, aber eine hohe herrische Stimme unterbrach, fiel jedem in die Rede, gebot Einhalt. Erschrockene Leute stürzten aus dem Zimmer, rannten zu den Schränken, rissen Ordner aus den Fächern, die hohe gereizte Stimme rief ihnen etwas nach, verfolgte sie noch im Gang. Sascha gefiel, daß Stolper die Beamten auf Trab brachte. Ebenso würde er Baulin und alle anderen kirre machen, die ihm, Sascha, das Etikett eines Feindes anhängen wollten.
Die Tür öffnete sich.
»Pankratow!«
Es war voll im Zimmer, die Leute saßen entlang der Wände und an dem langen mit grünem Tuch bezogenen Tisch. Stolper, ein magerer Mann mit müden bösen Augen, sah Sascha finster entgegen und nickte der Saizewa zu.
»Tragen Sie vor! Aber fassen Sie sich kurz.«
Mit der Stimme einer braven Schülerin verlas die Saizewa einige Auszüge aus Saschas Akte. Als sie die Epigramme vortrug, lachte jemand. Die Epigramme klangen töricht. Anschließend erläuterte sie, daß die Einzelheiten im Gesamtzusammenhang gesehen werden müßten.
Bei dieser Gelegenheit erfuhr Sascha zum erstenmal, daß Kriwo-

rutschko einer Oppositionsgruppe angehört hatte, welcher, verstand er jedoch nicht. Die Saizewa erwähnte den XI. Parteitag, die »Arbeiteropposition«, dann einen im Kollektiv verfaßten Brief ans ZK der Partei, den auch Kriworutschko unterschrieben hatte, was das für ein Brief war, sagte sie nicht. Dann teilte sie mit, daß Kriworutschko seinerzeit aus der Partei ausgeschlossen worden war, weil er die bewußten Beziehungen nicht abgebrochen hatte. Was das für Beziehungen waren, zu wem und wann, blieb ebenfalls im Dunkeln, sie ergänzte lediglich, daß man ihn später als Parteimitglied rehabilitiert hatte, allerdings mit einer Rüge. Weiterhin hatte er sich noch eine Rüge eingehandelt, weil er seinerzeit sozialfremde und klassenfeindliche Elemente bei der Eisenbahn eingeschleust hatte. Was das für eine Bahn war, und was für eine Rolle Kriworutschko dort gespielt hatte, das verschwieg sie ebenfalls. Nun war er wieder einmal ausgeschlossen, diesmal wegen der Hintertreibung des Bauvorhabens der Hochschule. Obwohl die Liste der Ausschlüsse und Rügen in Kriworutschkos Akte enthalten war, sprach die Saizewa, als hätte sie ihn selbst entlarvt, und war völlig erschüttert über die Tatsache, daß es ihr gelungen war, einen Mann zu überführen, der an Verbrechen beteiligt war, die sie aus Lehrbüchern kannte.

Während Sascha der Saizewa zuhörte, ging ihm auf, daß der Fall Kriworutschko gar nicht so einfach lag. Den stellvertretenden Direktor Kriworutschko belastete allein schon seine Vergangenheit. Sascha verstand nur nicht, was das mit ihm, mit seiner Person zu tun haben sollte.

Stolper griff nach Saschas Akte und blätterte darin. Alle schwiegen. Zu hören war nur das schnelle Rascheln der gereizt gewendeten Seiten.

»Was sind denn das für Zustände bei dir, Baulin?«

Baulin stand auf und sagte schroff: »Wir haben Kriworutschko aus der Partei ausgeschlossen.«

»Er hat das Wohnheim nicht gebaut«, warf Stolper ein, »und sein jüngstes Werk«, er schlug mit der flachen Hand auf die Akte, »das habt ihr wohl übersehen? Seid ihr endlich dahintergekommen, nachdem die ihr parteifeindliches Blättchen herausgebracht haben?«

»Wir haben keinerlei Anhaltspunkte für eine Verbindung zwischen Pankratow und Kriworutschko.«
»Er hat keine Anhaltspunkte!« Stolper verzog höhnisch die Lippen.
»Pankratow agitiert gegen den Marxismus in der Wissenschaft, und danach vertraut man ihm die Feiertagsausgabe der Zeitung an, natürlich macht er ein parteifeindliches Blättchen daraus. Pankratow verteidigt Kriworutschko, und dieser Dekan, wie heißt er noch? ...«
»Janson«, soufflierte die Saizewa schnell, um zu zeigen, wie eifrig sie ihr Pensum gelernt hatte.
»Janson verteidigt Pankratow. Das ist doch ein Rattenschwanz! Wo bleibt die politische Stellungnahme? Erklären Sie gefälligst, warum ausgerechnet Pankratow diesen Kriworutschko verteidigt.«
»Pankratow ist deswegen auch ausgeschlossen worden«, fiel Baulin dem anderen ins Wort.
»Nein, nicht dafür!« schrie Stolper. »Er ist ausgeschlossen worden, nachdem er die Maske fallen ließ. Die Tatsache, daß er Kriworutschko verteidigt hat, hat Sie wohl nicht stutzig gemacht? Die Teilnehmer eurer Sitzung in der Hochschule haben den Vorschlag eingebracht, einen Beschluß zu fassen, Sie aber, Genosse Baulin, sind dagegen gewesen. Genosse Losgatschow hat es vorgeschlagen. Sie, Baulin, haben den Fall auf die lange Bank geschoben und dadurch Pankratow die Möglichkeit in die Hand gespielt, das parteifeindliche Blatt auszuhängen. Vor Ihrer Nase hat Kriworutschko die Studenten demoralisiert. Oder glauben Sie vielleicht, daß Pankratow diese Zeitung aus eigenem Antrieb herausgebracht hat, aus eigenem Antrieb gegen den Marxismus in der Wissenschaft aufgetreten ist? Wer steht hinter ihm? Sie wollen sich einfach nicht Klarheit verschaffen! Vor wem haben Sie eigentlich Angst?«
»Vor niemandem«, antwortete Baulin grob, womit er Stolper selbst meinte. Stolper verstand das. Er sah Baulin durchdringend an und sagte überraschend beherrscht: »Wir werden die Zustände an der Hochschule gründlich untersuchen müssen.«
»Bitte sehr«, sagte Baulin.

»Was heißt, bitte sehr?« brauste Stolper erneut auf. »Wir brauchen Sie nicht um Erlaubnis zu bitten, Genosse Baulin. Warum ist Janson zur heutigen Verhandlung nicht erschienen?«
»Er ist krank.«
»Krank ... und die Direktorin der Hochschule?«
Baulin zuckte die Achseln.
»Nicht gekommen.«
»Ein netter Verein«, sagte Stolper sarkastisch, »kein Wunder, daß man euch hinters Licht führt. Und da haben wir noch den Genossen Malow, der in seiner Engelsgüte mit lobenden Arbeitszeugnissen nur so um sich schmeißt. Hast du gewußt, Malow, wozu Pankratow das Zeugnis gebraucht hat?«
Malow erhob sich von seinem Platz, groß, massig, mit hängenden Schultern, der typische Ringkämpfer im Sonntagsanzug. Er saß an der Wand in der Nähe von Sascha, aber Sascha sah ihn erst jetzt.
»Jawohl, ich hab's gewußt.«
»Hat er dir erzählt, warum er ausgeschlossen worden ist?«
»Ja, das hat er.«
»So erzählt, wie du es hier gehört hast?«
»Genau so.«
»Und da hast du ihm dieses Arbeitszeugnis geschrieben?«
»Hab ich gemacht.«
»Wie soll man das verstehen, Genosse Malow?«
»Ich habe geschrieben, wie er sich vor vier Jahren bewährt hat.«
»Vielleicht hat er aber schon damals die Partei betrogen?«
»Damals hat er die Partei nicht betrogen, sondern Farbe auf dem Buckel geschleppt.«
»Was für Farbe?«
»Solche«, Malow deutete auf den Tisch, »womit man Ihr Tuch da färbt.«
»Was heißt Ihr?« Stolper lief rot an.
»Das Tuch, das auf Ihrem Tisch liegt.«
»Und was folgt daraus?«
»Der Junge, ein Komsomolze, hat gearbeitet, beim Aufbau der Fabrik mitgemacht. Was hätte ich da schreiben sollen? Was war, das war.«
»Was war, ist längst vorbei, jetzt ist es anders«, sagte Stolper

einlenkend und väterlich. »Hätte sich Pankratow nur an dich gewandt, wäre das eins, aber wenn einer von Volkskommissar zu Volkskommissar rennt und verwandtschaftliche Beziehungen ausnutzt – so ist das etwas anderes. Eben das haben Sie nicht berücksichtigt, Genosse Malow.«
»Möglich, aber ich habe ihn bei der Arbeit erlebt«, sagte Malow trotzig, »und da kann ich nicht glauben, daß er ein Feind der Partei ist.«
»Da sind schon ganz andere Leute Feinde der Partei geworden«, sagte Stolper. »Hören wir Pankratow an.«
Sascha stand auf. Sie würden ihn ausschließen, das stand fest. Alles was hier gesagt wurde, war Unsinn. Aber je weiter der Fall gedieh, desto mehr Anklagen häuften sich an. Aus diesem Teufelskreis gab es kein Entrinnen. Es würde ihm nicht gelingen, sie umzustimmen. Die albernen Epigramme, der Zwischenfall mit Asisjan, Kriworutschko – das waren die Tatsachen. Hier war eine unerbittliche Kraft im Spiel. Trotzdem mußte er sich verteidigen.
»Was Kriworutschko betrifft«, sagte Sascha, »so habe ich in der Hochschulsitzung über den Vorfall mit den Spaten berichtet.«
»Was für Spaten?« unterbrach ihn Stolper.
»Die Spaten für die Bauarbeiten, der Lagerverwalter war nicht da ...«
»Reden Sie nicht drum herum!« schrie Stolper erbost, »antworten Sie: Warum sind Sie für Kriworutschko eingetreten?«
»Ich bin nicht für ihn eingetreten. Ich habe nur gesagt, daß tatsächlich kein Baumaterial vorhanden war.«
»Also fehlte es nicht nur an Spaten, sondern auch an Baumaterial«, Stolper verzog ironisch den Mund, »das hätten Sie gleich sagen sollen. Schön, fahren Sie fort«, ergänzte er müde, womit er zu verstehen gab, daß es müßig sei, Sascha Fragen zu stellen, weil der sowieso versuchen würde, sich herauszureden.
»Ich war mit Kriworutschko nicht bekannt und habe mich nie im Leben mit ihm unterhalten.«
Stolper schüttelte den Kopf, schnalzte mit der Zunge, sagte aber nichts.
»Was den Dozenten für Buchhaltungswesen betrifft, so hat er bei den Vorlesungen geschlampt.«

»Marxismus ist Schlamperei?« Stolper starrte Sascha ins Gesicht.
»Nein, aber . . .«
»Schluß, Pankratow, das reicht!« Stolper stand auf und zog die Militärbluse zurecht, sie saß schlecht, wie jede Uniform bei einem engbrüstigen, schmalschultrigen Zivilisten. »Wir haben Sie angehört, Sie wollen vor der Partei nicht Farbe bekennen, Sie versuchen, uns auch hier zu täuschen. Sie sind entlassen. Sie können gehen!«

8

Sylvester wurde bei Nina Iwanowa gefeiert. Auf dem Tisch prangte eine Gans mit Sauerkraut, die Warja gebraten hatte, wer weiß, wo sie das gelernt hatte. Sie mußten sich bis zum Morgen amüsieren, denn in der Nacht fuhren keine Straßenbahnen. Am Morgen ging es dann direkt zur Arbeit, der 1. Januar war ein gewöhnlicher Werktag.

Im einzigen Sessel, ein Bein übers andere geschlagen und eine Papirossa rauchend, saß Vika Marassewitsch, Wadims Schwester. Aus dem dicken faulen Mädchen vom Schlage jener, die immer fragen: »Was soll ich machen?«, während die anderen arbeiten, war eine großgewachsene, hochmütige Blondine geworden. Diesen Typ konnte man Samstag abends im *Metropol* treffen und Sonntag mittag im *National.* In den letzten Minuten vor dem Fest hatte sie sich mit ihrem Verehrer überworfen. Deshalb hockte sie jetzt mit ihrer gelangweilten Miene hier.

Jura Scharok versuchte, sie zu unterhalten, und machte ihr den Hof, als wolle er damit sein Verhältnis mit Lena vertuschen. Das wirkte sonderbar. Ihre Romanze war für alle längst kein Geheimnis mehr, außer für Wadim Marassewitsch. Wadim wußte noch nichts von Frauen und hielt Beziehungen, die er selbst noch nie eingegangen war, für unmöglich, Beziehungen, die nach seiner Überzeugung den ganzen Menschen verändern. An Lena bemerkte er keinerlei Veränderungen.

Wadim sprach über alles Mögliche, wechselte von Dimitrows Freispruch zur Inszenierung der *Toten Seelen* im Moskauer Künstlertheater, von Roosevelts »Neuem Kurs« zu Lunatscharskijs Tod in Mentone. Wadim beherrschte die Fähigkeit, selbst über allgemein bekannte Dinge so zu erzählen, als ob nur er allein die tieferen Zusammenhänge kenne.

Bevor Jura Scharok von zu Hause aufgebrochen war, hatte er mit dem Vater ein Glas getrunken, er war ausgelassen und bur-

schikos. Aha, die anderen brachte auf, daß er Vika den Hof machte. Um so besser! Jetzt erst recht!
Warja war angeblich wegen der Gans zu Hause geblieben, deren Zubereitung sie Nina nicht anvertrauen mochte. In Wirklichkeit zog sie die Gesellschaft der Erwachsenen mehr an als die ihrer Mitschüler. Außerdem hatte Maxim versprochen, einen Kameraden mitzubringen, der Rumba tanzte. Der junge Kadett mit dem sonderbaren Namen Serafim zog jetzt eifrig das Grammophon auf. Neben Serafim stand Max mit niedergeschlagener Miene. Er hatte eine grundsätzliche Aussprache mit Nina gehabt, sie hatte ihm einen Korb gegeben, ihn nicht einmal auf die Zukunft vertröstet und ihm damit jede Hoffnung genommen. Auch Saschas Angelegenheit bekümmerte ihn, er mochte, achtete, verehrte ihn sogar. Wie schlecht Sascha auch immer gestimmt sein mochte, es wäre ihm unmöglich gewesen, nicht zu kommen, er mußte leben, wie er gelebt hatte. Es war Sylvester, also würde er Sylvester feiern.
Sie saßen am Tisch, auf dem eine weiße Tischdecke lag. An der Spitze der Tafel Nina, rechts von ihr Maxim, dann Sascha, Warja und Serafim, links Wadim, Lena, Jura und Vika. Die Tafel war festlich gedeckt, alles schimmerte und funkelte, es roch appetitlich, und das hob die Stimmung. Vor den Fenstern lag die frostige Nacht, sie hatten es gemütlich warm, die Mädchen trugen Seidenstrümpfe und hochhackige Schuhe. Der Planet raste auf seiner Bahn dahin, die Sternenwelt vollzog ihre ewige Bewegung, sie aber feierten den Einzug des Jahres 1934 nach Christi Geburt, sie hatten Wodka, Portwein und Riesling vor sich stehen, genau so hatten sie die Jahreswende 1933 gefeiert, sie hatten auch Heringsfilet in Senfsoße und Schinken aus dem Delikatessengeschäft, so würden sie auch 35 feiern, 36, 37 und noch viele, viele neue Jahre. Sie waren jung, stellten sich weder Tod noch Alter vor, sie waren weder für den Tod noch für das Alter geboren, sondern für das Leben, für Jugend und Glück.
»Verabschieden wir uns vom alten Jahr«, sagte Wadim Marassewitsch, »es war ein Jahr unseres Lebens, wie man in Odessa sagt: Keiner hat uns Rosen auf den Weg gestreut. Aber ein mit Rosen bestreuter Weg ist nicht der Weg, der ins und durchs Leben führt. Der wahre Weg ist voller Dornen ...«

Die Uhr begann zu schlagen, alle rückten mit den Stühlen, standen auf, erhoben die Gläser.
»Prosit Neujahr, hurra!« rief Wadim.
Die Gläser klirrten aneinander, die Teller mit den Vorspeisen gingen reihum. Geschickt tranchierte Max die Gans.
»Meisterhaft!« lobte Sascha.
»Hauptsache ist immer noch, daß die Gans da ist ...« Jura hielt seinen Teller hin.
»Maxim, für mich bitte die Keule«, ließ sich Vika endlich vernehmen.
»Die zweite bitte ich mir zu reservieren!« Wadim war ein großer Esser.
»Die Marassewitschs schnappen uns alles weg!«
»Gebt ihnen eins auf die Finger!«
Wadim klopfte mit dem Messer gegen den Teller.
»Ich hebe das Glas auf Max, die Hoffnung der Roten Armee!«
»Max, Mäxchen, laß uns nicht leer ausgehen!«
Erneut klopfte Wadim mit dem Messer gegen den Teller.
»Trinken wir auf Serafim, unseren einzigen Gast, und ebenfalls die Hoffnung der Roten Armee!«
»Junger Mann, auf Ihr Wohl!«
»Jugend ist kein Laster, wenn auch ohne Zaster!«
»Serafim, wo ist dein Bruder Georgij?!«
Serafims Gesicht hatte sich gerötet, er stand auf und verbeugte sich nach allen Seiten; die lärmende Runde schüchterte ihn etwas ein.
Wadim brachte einen Trinkspruch auf Lena aus – unsere Schönheit, auf Vika – die ist auch nicht übel, er wollte niemandem die Arena abtreten, der redewütige Wadim.
»Trinken wir auf die Schule!« schlug Maxim vor.
»Sei gegrüßt, sentimentales Elefantenbaby!« mischte sich Jura ein.
Max sah ihn unter gerunzelten Brauen an.
»Wir sagen uns also los und schütteln den Staub von den Füßen?«
»Ich unterstütze den Trinkspruch von Max«, mischte sich Wadim ein, »man soll die heimatlichen Penaten nicht vergessen, die Alma mater, die teuren Stätten.«
»Also ein Hoch auf unsere innig geliebte Penne!« rief Jura ironisch.

Na klar, die sind gerührt wie Apfelmus, Gefühlsduselei. Zuckerguß fürs Gemüt! Scheißegal, wenn sie's so haben wollen! Sie wollen auf die Schule trinken, bitte sehr, er trinkt mit auf die Schule, ihm doch einerlei, worauf getrunken wird.

»Jura, tu uns bloß keinen Gefallen«, bemerkte Nina. Ihr mißfiel, daß er Vika hofierte, sie konnte sie nicht ausstehen, niemand hatte sie eingeladen, Nina war entrüstet, daß Scharok Lena vernachlässigte.

Wadim umschiffte die gefährliche Klippe.

»Auf Jurij Scharok, den künftigen Generalstaatsanwalt!«

»Wenn man uns einlocht, hilft er uns aus der Patsche«, ergänzte Max gutmütig.

»Und jetzt«, Wadim wischte sich die Lippen mit der Serviette, »hoch die Tassen auf die züchtige Hausfrau, auf unsere Nina, Herz und Hirn unserer Clique!«

»Ninotschka! Ninok!«

»Dann schon auf die beiden Hausfrauen«, Sascha drehte sich zu Warja um.

Graziös und schmal, die Jüngste in diesem Kreis, hielt sie sich zurück und schwieg, da sie befürchtete, mit irgendeinem Wort ins Fettnäpfchen zu treten. Serafim machte schüchterne Annäherungsversuche, um mit ihr ins Gespräch zu kommen. Sascha amüsierte sich über seine Befangenheit, wandte sich nun selbst an sie und versuchte, Serafim in die Unterhaltung einzubeziehen. Warja zeigte sich aufgeschlossen und wandte sich zu Sascha, er sah ihre malaiischen Augen und das zarte Gesicht dicht vor sich.

Die Stühle wurden polternd weggerückt, der Tisch an die Wand geschoben, und dann tanzte alles.

»Ach, diese schwarzen Augen schlugen mich in Bann, sie haben mir's für immer angetan«, sang das Grammophon. Jura tanzte mit Vika, Wadim mit Lina, Warja mit Serafim. Später schlossen sich Max und Nina an.

Als die nächste Platte aufgelegt wurde, rief Sascha: »Jetzt laßt mich auch mal ran, Kinder.«

Er tanzte mit Warja und fühlte ihre biegsame Gestalt, ihren leichten Schritt, ihre Freude. Ihm ging plötzlich auf: alles, was Nina ärgerte – Puder, Parfüm, der Hof, die Jungen –, war

Firlefanz, nichts weiter als die brennende Neugier eines Mädchens, das ins Leben hinaustrat, in diese herrliche Welt, jung und leuchtend, aus der man ihn jetzt brutal ausstieß.
Vollkommen unerwartet brach ein Streit aus. Jura und Vika waren in den Flur hinausgegangen, und das ließ Nina explodieren.
»Ich habe euch doch gebeten, keinen Lärm zu machen. Ich habe Nachbarn!« rief sie mit zornrotem Gesicht. »Aber nein! Ausgerechnet im Flur müssen sie rumstehen, als ob hier nicht genug Platz ist.«
»So hör doch auf, ist doch nichts dabei«, entgegnete Lena lächelnd. Ihr war die Szene peinlich, weil Nina damit Juras ohnehin kränkendes Verhalten noch mehr hervorhob.
»Reg dich ab«, riet Max gutmütig.
»Eine Rücksichtslosigkeit sondergleichen«, fuhr Nina mit ebenso erregtem Gesicht fort. »Sie gehen weg, ich aber muß mit den Leuten hier zusammenleben.«
»Hör auf«, sagte Sascha. Jura und Vika gingen ihm ebenfalls auf die Nerven, aber er wollte Streit vermeiden.
Wadim versuchte, den Streit mit einem Scherz zu beschwichtigen. »Meine Schwester findet nicht so leicht die Toilette.«
Alle kannten die plötzlichen Wutausbrüche der sonst immer besonnenen Nina, sie vergingen ebenso schnell, wie sie kamen. Die letzte Stunde der Sylvesternacht brach an, wenn alle schon müde und schläfrig sind und sich über die geringste Kleinigkeit aufregen.
Jura setzte sich zu Lena, legte ihr die Hand auf die Schulter und sagte kühl: »Der typische hysterische Anfall einer alten Jungfer.«
Jura sagte es ruhig und überlegt, die Hand auf Lenas Schulter, womit er zu verstehen gab, daß ihre Beziehung nur sie beide etwas anging. Es war ihm durchaus nicht zufällig herausgefahren.
»Halt die Zunge im Zaum, Scharok!« Sascha sah ihn finster an.
Jetzt bot sich ein Anlaß, die Rechnung zu begleichen. Juras Mutter hatte bei Saschas Mutter ausgeplaudert, daß Sascha exmatrikuliert worden war, sie hatte ihr die Neuigkeit brühwarm unter die Nase gerieben. Sascha spürte dahinter deutlich Juras Abneigung.
»Wir sind alle beschwipst«, lenkte Wadim ein.
»Ich weiß längst, was du bist«, fuhr Sascha fort, »und jetzt willst

du wohl auch die anderen mit deinen Charaktereigenschaften erfreuen?«
Jura erblaßte.
»Was weißt du denn? Sag's schon!«
»Nicht der richtige Ort, nicht die richtige Zeit und kaum von Interesse für die anderen.«
»Wieso bestimmst du Ort und Zeit? Wieso schreibst du das vor? Immer diese Überheblichkeit! Jetzt hast du's auszubaden.«
»Halt die Klappe!« sagte Max.
»Das war unfair. Ein Schlag unter die Gürtellinie«, murmelte Wadim.
»Das geht nur mich was an«, erwiderte Sascha beherrscht, »aber nicht dich und nicht deine Angehörigen. Meine Meinung über dich? Du bist ein kleinlicher Egoist, selbstsüchtig und eigennützig. Damit beendet meine Partei die Diskussion.«
»Und du bist ein nackter König«, antwortete Jura, »ein General ohne Armee. Damit beendet auch meine Partei die Diskussion.« Er stand auf. »Komm, Lena!«
»Lena!« rief Sascha.
»Bitte?« Lena drehte sich um und versuchte, mit ihrem Lächeln dem Streit die Spitze zu nehmen.
»Größeren Dreck hast du wohl nicht finden können?«
Lena lief hochrot an und rannte aus dem Zimmer. Jura blieb noch kurz in der Tür stehen, sah Sascha wortlos an und folgte ihr.
»Das hättest du nicht sagen sollen«, meinte Max nachsichtig.
»Lumpen kann ich nicht ausstehen«, antwortete Sascha niedergeschlagen.
Er war traurig, hatte sich nicht beherrschen können und die Sylvesternacht verdorben.

9

Wenn Mutter wenigstens geweint hätte. Sie war versteinert, verstummt, fragte nicht nach den Einzelheiten. Sascha hatte große Schwierigkeiten – das war das Wesentliche. Ihr starrer Blick zerriß Sascha das Herz. Abends las sie, ohne die Buchstaben zu sehen, und blätterte mechanisch die Seiten um. Tag und Nacht dachte sie nur an das eine: Sascha war ohne Vater aufgewachsen, sie war nicht imstande gewesen, die Ehe zu retten, ihr unglückliches Leben hatte sich von klein auf als Trauma auf ihn ausgewirkt.

Pawel Nikolajewitsch hatte geschrieben, er würde so bald wie möglich kommen, etwa in anderthalb Monaten. Sofija Alexandrowna kannte ihren Mann – er kalkulierte, daß sich die Angelegenheit in diesen anderthalb Monaten auch ohne ihn einrenken würde. Er fragte: Kann denn Mark nichts machen? Sein ewiger Vorwurf, den er gegen ihre Verwandten erhob. Sie schrieb an Mark. Er antwortete, er würde in Kürze zum Parteitag kommen und hoffe, die Sache ins Lot zu bringen. Die Briefe beruhigten sie nicht. Sascha war nach wie vor schutzlos.

Sofija Alexandrowna verbrachte neuerdings viele Stunden außerhalb des Hauses. Sascha sah sie über den Hof gehen, klein, rundlich, grau und einsam. Er wärmte selbst das Essen auf, manchmal auch nicht, weil kein Mittagessen gekocht war. Wohin verschwand sie? Er rief ihre Schwestern an – sie hatten sie nicht gesehen. Klapperte sie die Ämter ab, um etwas für ihn zu tun, suchte sie nach einflußreichen Bekannten? Aber sie hatte keine solchen Bekannten, er kannte sie alle, hätte sie an den Fingern herzählen können.

»Wo warst du, wohin gehst du eigentlich?«

Sie schwieg sich aus oder machte Ausflüchte – nirgends, ich bin den Arbat runter gegangen, hab' im Hof gesessen.

Sascha bummelte auch über den Arbat, durch die ihm von klein auf vertrauten Gassen, an den alten Herrenhäusern vorbei; Säulen, Stuckornamente, hellgrüne Dächer, weißverputzte Fassaden. In der Kriwoarbatskaja-Gasse hatte der Architekt Melnikow neben der Schule ein Haus, ein sonderbares rundes Gebäude hochgezogen. Die mit Kattunvorhängen verhängten Kellerfenster der Schule waren nach wie vor erleuchtet – wie früher wohnte hier das Dienstpersonal der Schule.

Sascha erinnerte sich an die Zeit, in der er als Pionierleiter mit den Jungpionieren ins Lager nach Rublowo gefahren war. »Bis Rublowo ist's nicht weit, dort ist alles längst bereit, unsere Sachen sind schon dort, und wir kommen auch sofort.« Mit eiserner Hand sorgte er damals für Disziplin, die Pioniere fürchteten ihn, nur mit Kostja Schabrin, dem Sohn des Schulschreiners, einem ungezogenen Schlingel, wurde er nicht fertig. Nach einem von dessen üblichen Streichen beschloß Sascha, Kostja nach Hause zu schicken.

Die Schulköchin sagte damals: »Tu's nicht, Sascha, der Vater schlägt ihn tot.«

Was hieß totschlagen? Niemand war berechtigt, jemanden totzuschlagen. Der Junge tat Sascha leid, die Kinder baten für ihn, aber wenn er die Anordnung rückgängig gemacht hätte, hätte er die eigene Autorität untergraben.

Sie kehrten aus dem Lager zurück, der Unterricht begann. Kostjas Vater sagte kein Wort zu Sascha, nur einmal blieb er im Gang stehen und sah ihn mit einem langen forschenden Blick an. Den Blick konnte Sascha nie mehr vergessen. Wie dumm und hartherzig hatte er damals gehandelt. Die Interessen des Kollektivs erforderten Disziplin, ihr hatte er den kleinen Kostja geopfert. Er hatte geglaubt, daß diese Strafe für Kostja selbst nützlich sein würde. Hatte er sich überhaupt Gedanken darüber gemacht, wie Kostja vor dem Vater dastehen würde?

Aus der Plotnikow-Gasse bog er in die Mogilzewski- und von dort in die Mjortwy-Gasse ab. In einem ehemaligen Herrenhaus gegenüber der dänischen Botschaft, wo früher das Komsomolkomitee des Bezirks Chamowniki untergebracht gewesen war, hatte man ihn vor acht Jahren in den Komsomol aufgenommen. Damals trug er eine Lederjacke, verachtete Zieraffen, machte sich nichts aus den Dingen des täglichen Lebens, das einzige, worauf er Wert legte, waren Bücher, aber selbst die schenkte er nach dem Lesen

der Bibliothek; er hatte sogar versucht, eine Schulkommune zu gründen. Seine Phantasie war damals mit ihm durchgegangen und hatte ihn zu hochfliegenden Plänen verleitet.
Warum war ausgerechnet ihm das zugestoßen? Mußte er nicht der Meinung der Mehrheit vertrauen? Aber Baulin, Losgatschow und Stolper – das war noch nicht die Mehrheit. Sollte er an Stalin schreiben? Stalin versteht, daß das Land Fachleute und nicht Halbgebildete braucht, er verabscheut Schwätzer, und Asisjan ist einer, Stalin mag keine Karrieristen, Losgatschow ist ein ausgesprochener Karrierist, Stalin haßt Zuchtmeister, Baulin ist der geborene Zuchtmeister. Mit seiner humoristischen Ader würde Stalin die harmlosen Epigramme richtig einschätzen. Aber es wäre unbescheiden, sich in eigener Sache an Stalin zu wenden.

Auf dem Heimweg sah Sascha einmal die Mutter. Sie stand im Torweg und spähte nach jemandem aus.
Sie begleitete ihn zur Haustür und sagte dann: »Geh nur, ich vertrete mir noch ein Weilchen die Beine.«
»Erfrier bloß nicht.«
»Ich bleib' noch ein bißchen unten«, wiederholte sie eigensinnig, sie hatte auf einmal das Karnickelgesicht, das früher auf Krach und Zank mit Vater hingedeutet hatte.
Ein anderes Mal entdeckte Sascha sie auf dem Arbat. Sie ging langsam am Torweg ihres Hauses vorbei, blieb vor der Uhrmacherwerkstatt stehen, tat, als betrachte sie die im Schaufenster ausgelegten Uhren, ging zurück, schaute wiederum zur gegenüberliegenden Straßenseite, hielt vor der Apotheke und drehte wieder um. Sie schien jemanden zu beobachten, hinter jemandem herzuspionieren, so wie damals hinter Vater, als sie glaubte, er treffe sich mit Miliza Petrowna, ihrer Nachbarin. Aber Vater war nicht da, es gab keine imaginären Nebenbuhlerinnen, es gab keine Eifersucht, und trotzdem war sie wieder von einer fixen Idee beherrscht, denn sie sah mit einem konzentrierten, angespannten, eigensinnigen Ausdruck auf einen bestimmten Punkt. Dann überquerte sie die Straße, wie immer mit tief gesenktem Kopf, ohne zur Seite zu blicken und in der Furcht, sich unvermittelt vor den Rädern eines Autos zu sehen. Die Fahrer bremsten abrupt und

beugten sich fluchend hinaus, während sie, ohne sich umzudrehen oder den Kopf zu heben, dem rettenden Trottoir zustrebte.
Er fragte sie: »Wen belauerst du eigentlich?«
Sie schwieg verwirrt, weil sie sich nicht entschließen konnte, etwas zu sagen, was er sowieso nicht glauben würde.
»Was verheimlichst du mir?«
Sie starrte ihn mit angstgeweiteten Augen an.
»Du wirst bespitzelt.«
Er fragte erstaunt: »Von wem?«
»Von jemand in einer Mütze mit heruntergeklappten Ohren, dann ist da ein Kleiner in einem billigen Flauschmantel und ein dritter in Filzstiefeln, groß und böse, sie sind zu dritt, sie bespitzeln dich abwechselnd.«
»Richtig! Warum sollten sie's auch alle auf einmal tun?« lachte Sascha.
»Ich kenne jeden von Angesicht«, fuhr sie fort, »und kann jeden am Rücken, an der Stimme erkennen. Ich war beim Bäcker, und der in den Filzstiefeln stellte sich hinter mir an. Ich sah mich nicht um und wußte trotzdem, daß er es war. Ich bekam mein Brot und ging, er ging auch, aber ohne Brot, er hatte sich hinter mich gestellt, um mich dem anderen zu zeigen, das ist ihre Methode. Sie sind dahintergekommen, daß ich sie bemerkt habe. Wenn ich mich umsehe, verschwinden sie, verziehen sich in die Nikolski-Gasse und kommen aus der Deneshni-Gasse wieder raus. Ich gehe dann direkt zur Deneshni-Gasse und treffe ihn dort, er dreht sich weg, aber ich weiß, daß er es ist.«
»Wen bespitzeln sie also, mich oder dich?« fragte Sascha lächelnd.
»Sie passen auf unser Haus auf. Wer zu uns kommt, wer weggeht, wann du weggehst, wer bei dir ist, mit wem du dich unterhältst. Ich habe beim Fleischer die Fischmarke abgerissen, er hat hinter mir gestanden und gesagt: Sie brauchen die Marke vier. Ich dreh' mich um, da hat er mir den Rücken zugekehrt, aber ich habe ihn an seinem Flauschmantel erkannt.«
»Hat er das wirklich so gesagt: Sie brauchen die Marke vier?« fragte Sascha erheitert.
Sie bekräftigte jedes ihrer Worte mit einem Nicken.
»Auch der Milizmann, der vor dem Geschäft am Smolenski-Platz

steht, steckt mit ihnen unter einer Decke. Ich bin mal hinter dem Großen hergegangen, er zeigte dem Milizmann mit den Augen einen Passanten, der Milizmann hielt den Mann an und fragte nach seinen Papieren, der Große drehte sich um, ging zurück, sah mich, warf mir einen wütenden Blick zu und ließ sich zwei Tage lang nicht mehr sehen, der Kleine hat gesagt, er hätte von den Vorgesetzten eins auf den Deckel gekriegt.«

»Wem hat er das gesagt?«

»Mir. Er spricht, wenn er hinter mir steht, damit nur ich es höre. Wenn ich mich nach ihm umdrehe, kehrt er mir sofort den Rücken zu. Ich sehe mich nicht mehr nach ihm um, um ihn nicht in Schwierigkeiten zu bringen, er ist doch nicht berechtigt, mit mir zu reden. An seiner Stimme erkenne ich ihn aber sofort.«

Sascha sah die Mutter entsetzt an. Etwas Schreckliches schlich sich in ihr Leben ein. Er war in diesem Zimmer aufgewachsen, jeder Gegenstand war ein Teil seines Lebens; alles stand da und würde auch weiterhin da stehen, aber dann schon ohne ihn. Er war in einen Strudel geraten, der ihn in die Tiefe riß. In diesem Augenblick dachte er nur daran, daß dieser Strudel nicht auch die Mutter hinabzog – den liebsten und besten Menschen, den es für ihn gab.

»Einmal habe ich gemerkt, daß er hinter mir steht«, fuhr sie fort, »und da fragte ich, ohne mich umzudrehen: Werdet ihr Sascha nicht abholen? Er schwieg, gab keine Antwort. Da konnte ich mich nicht beherrschen und sah mich um, er legte den Finger auf die Lippen, wich zurück und verschwand in der Menge.«

»Das ist bloß deine krankhafte Einbildung«, sagte Sascha, »kein Mensch spioniert hinter mir oder dir her, wer braucht uns schon? Wir sind doch keine Staatsverbrecher! Lächerlich! Wenn sie mich einlochen wollten, hätten sie es längst getan und würden keine Zeit mit so einer albernen Bespitzelung verplempern. Und damit du's weißt: Sie werden mich wieder aufnehmen. Jetzt sind alle mit dem Parteitag beschäftigt, da haben sie mehr zu tun, nach dem Parteitag wird die Sache bestimmt geklärt. Alles andere schlag dir bitte aus dem Kopf. Vergäll uns nicht das Leben.«

Schweigend starrte sie auf einen Punkt, saß mit rundem Rücken da und schüttelte den Kopf, als hätte sie einen Tick. Einerlei, was Sascha sagte, wie sehr er sie auch überzeugen wollte, sie wiederholte immer wieder, es verhielte sich so, wie sie es darstellte. So war es heute, so war es gestern gewesen, und morgen würde sich das gleiche wiederholen: Sie wird das Haus verlassen, einen von den dreien entdecken, und wenn der Kleine Dienst hat, dann wird er ihr wieder etwas sagen, vielleicht sogar antworten, ob man Sascha abholt oder nicht.

Der Kleine im Flauschmantel ließ ihre Frage abermals unbeantwortet, sah sie nur mitleidig an und drehte sich weg. Jetzt war Sofija Alexandrowna auf das Schlimmste gefaßt. Sie fuhr bei jedem Geräusch zusammen, und in der Stille braute sich Unheil zusammen. Stundenlang stand sie an der Tür, lauschte auf die Schritte im Treppenflur, oder sie stellte sich auf die Fensterbank und beobachtete, wer über den Hof ging. Einmal erblickte sie einen Milizmann und rannte völlig kopflos, von panischer Angst ergriffen, durchs Zimmer. Der Milizmann kam nicht in ihre Wohnung, folglich war er zu den Nachbarn gegangen, um Erkundigungen über Sascha einzuziehen. Niemand konnte ihm etwas Schlechtes nachsagen, aber die Menschen tun anderen oft Schlimmes an, da sie offenbar vermuten, sie könnten damit das Unheil von sich abwenden.
Alle kannten Saschas Fall, das ganze Haus, alle Mieter, sicherlich hatte man alle vorgeladen, war zu jedem gekommen. Sie saß auf der Bank, unter dem kleinen Blechvordach im Hof, beobachtete abschätzend, wie die Leute an ihr vorübergingen, wie sie sie ansahen, wie sie grüßten.
Man rief aus der Hausverwaltung an und verlangte nach Sascha. Schon immer hatte sie die Hausverwaltung gefürchtet, aber sie ging selbst hin. Sie wollten Genaueres über Saschas Arbeitsstelle wissen, obwohl eine Bescheinigung vorlag. Ein Vorwand! Den Hausverwalter Viktor Iwanowitsch Nossow kannte sie seit zwanzig Jahren, er hatte als kleiner Junge im Hof herumgetollt, sie hatte auch seine verstorbene Mutter gekannt. Er kannte sie und auch Sascha bestens. Heute schenkte er ihr kaum einen Blick, fragte nicht, warum Sascha, ein Student, als Lastträger arbeitete, folglich wußte er genau Bescheid. Und wie zur Bestätigung verabschiedete er sie auch frostig. Und die Frau, die für die Pässe zuständig war, tat beschäftigt, sagte nicht mal ›Auf Wiedersehen‹.

Jemand rief an und verlangte Sergej Sergejewitsch, sie antwortete, einen Sergej Sergejewitsch gäbe es bei ihnen nicht. Fünf Minuten später wurde wieder nach Sergej Sergejewitsch gefragt, aber diesmal fragte eine andere Stimme. Dann klingelte es abermals, aber die Leitung blieb stumm, sie hörte nur den fremden Atem. Mehrmals wurde ihre Nachbarin Galja ans Telefon gerufen, früher hatte man nie so oft nach ihr verlangt. Galja antwortete ausweichend und zweideutig, nachdem sie aufgelegt hatte, verschwand sie gesenkten Blicks schnell in ihrem Zimmer.

Miliza Petrowna, auf die sie einmal eifersüchtig gewesen war und mit der sie sich wieder angefreundet hatte, versprach ihren Beistand. In der Jugend hatte sie einflußreiche Verehrer gehabt, jetzt aber niemanden, alle hatten sie satt. Dafür gab aber Margarita Artemowna, eine alte Armenierin, mit der Sofija Alexandrowna oft auf der Bank saß, eine ruhige, weise, abgeklärte Frau, den Rat, Sascha solle für eine gewisse Zeit Moskau verlassen, er könne vorübergehend bei ihren Verwandten in Nachitschewan bleiben.

Sofija Alexandrowna griff den Gedanken sogleich auf. Sie fürchtete, ihn Sascha gegenüber zu äußern, und bat Michail Jurjewitsch, einen Wohnungsnachbarn, mit Sascha darüber zu reden. Ein solcher Rat mußte von einem Mann kommen.

Michail Jurjewitsch, ein einsamer Junggeselle und Intellektueller mit einem Kneifer, sammelte Bücher und Stiche. In seinem mit altmodischen Möbeln vollgestellten Zimmer, in dem sich Alben und Mappen stapelten, roch es nach dem Staub der Folianten, nach Leim und Druckerschwärze. Seine Neuerwerbungen pflegte er Sascha zu zeigen, er unterhielt sich gern mit ihm. Heute zeigte er Sascha Dantes *Hölle* mit den Illustrationen von Bourrée. Ein Menschenstrudel wirbelte durchs Fegefeuer, Männer, Frauen und Kinder, Köpfe, Arme und Beine durcheinander, die ewige Glut der Wünsche und Leidenschaften, an denen die Menschheit verbrennt.

Außerdem hatte Michail Jurjewitsch Machiavellis *Fürst* in der »Academia«-Ausgabe erworben.

»Das Buch kenne ich«, sagte Sascha, »die Betrachtungen über die Macht sind naiv und vom wissenschaftlichen Verständnis ihres wahren Wesens weit entfernt.«

»Mag sein«, antwortete Michail Jurjewitsch ausweichend, »es ist aber trotzdem sinnvoll, die Geschichte der guten und der bösen Grundsätze zu studieren, einerlei in welcher Epoche man lebt. Das Gute sollte nie unterdrückt werden, weder im Namen großer noch kleiner Ziele. Entschuldigen Sie, Sascha, wenn ich mich einmische. Ihre Mutter hat mir von Ihren Schwierigkeiten erzählt, Sie müssen mir versprechen, daß Sie ihr deswegen keine Vorwürfe machen. Wissen Sie, Vorsicht ist immer noch besser als Nachsicht. Wie wäre es, wenn Sie zu Ihrem Vater oder zu Ihrem Onkel fahren würden?«

»Wegfahren?« fragte Sascha verblüfft. »Ich sehe keinen Grund dafür. Ohne mich kann mein Fall nicht geklärt und nicht entschieden werden. Mama sieht Gespenster. Eine ganz gewöhnliche Sache und leider recht typisch. Ich soll verhaftet werden?! Ausgeschlossen. Aber gesetzt den Fall, so kann man mich ebensogut bei Vater oder bei Onkel festnehmen. Oder soll ich vielleicht in die Illegalität gehen?«

Er lachte. Er, Sascha Pankratow, verbirgt sich vor den eigenen Leuten.

»Sofija Alexandrownas Ängste sind zweifellos übertrieben«, bestätigte Michail Jurjewitsch, »aber das ist nun mal die Eigenschaft jeder politischen Affäre: Mit jeder Berufung beziehen sie eine immer größere Anzahl von Menschen und Instanzen ein, und die Affäre wächst wie eine Lawine.«

Sascha warf Michail Jurjewitsch einen erstaunten Blick zu. Dieser jeder Politik fernstehende parteilose Mann sagte treffende Dinge.

»Ich glaube an die Partei«, erklärte Sascha, »und habe nicht vor, vor ihr wegzurennen.«

10

Sascha fuhr morgens zu dem Alten Platz, Staraja Plostschad. An der Stelle der Kitaigorodskaja, der Mauer um die alte Chinastadt, gähnten Breschen, Haufen von jahrhundertealten Ziegelsteinen lagen unter dem Schnee begraben. Sascha betrat ein großes, zweckmäßiges, graues Gebäude – die »Zentrale Kontrollkommission« –, fand in der Halle auf der Übersichtstafel die Nummer des Arbeitszimmers von Solz und ging in den ersten Stock hinauf.

In dem langen Gang saß an den Wänden eine Reihe schweigsam Wartender. Ein junger Mann, in dunkelblauem Anzug und weißem Hemd mit Krawatte, kam aus dem Arbeitszimmer von Solz. Sascha hielt ihn für einen Besucher, und da sich keiner von den Wartenden erhob, öffnete er die Tür.

In dem großen Arbeitszimmer standen zwei Schreibtische, ein kleiner an der Tür – für den Sekretär – und ein riesengroßer mitten im Raum, hinter welchem Solz saß, schwer, mit struppigem grauen Schopf, kurzem Hals, einer fleischigen Nase und einer Hasenscharte; er ähnelte dem berühmten Schachmeister Emanuel Lasker. Neben ihm stand ein rundlicher Mann mit ausdruckslosem Beamtengesicht, der ihm Papiere zur Unterschrift vorlegte.

Sascha sah, daß Solz beschäftigt war, und setzte sich auf einen Stuhl an der Tür. Solz sah ihn an, konnte wegen seiner starken Kurzsichtigkeit aber nicht erkennen, wer eingetreten war. Er wußte, daß niemand ohne Erlaubnis hereinkam, da der Besucher jedoch eingetreten war und sich gesetzt hatte, mußte ihn der Sekretär eingelassen haben, und deshalb hatte es wohl seine Richtigkeit so. Der Beamte legte Solz immer mehr Papiere vor. Die Papiere waren Gerichtsurteile, Schuldsprüche verurteilter Parteimitglieder. Das verstand Sascha aus den knappen Erläuterungen des Beamten, der den Namen des Verurteilen, die Dauer seiner Parteimitgliedschaft, den Paragraphen des Strafgesetzbuches und das Strafmaß nannte.

Die Paragraphen sagten Sascha nichts. Stumm, mit gerunzelten

Brauen und hängender Unterlippe setzte Solz seine Unterschrift unter die Papiere, sein Gesicht hatte einen gequälten Ausdruck, er schien an etwas anderes und noch weit Unangenehmeres zu denken als an diese Schuldsprüche, derentwegen die Verurteilten aus der Partei ausgeschlossen wurden.
Sascha begriff, daß er ganz zufällig und obendrein sehr zur Unzeit hereingekommen, daß er gar nicht berechtigt war, hier zu sein, aber er konnte nicht aufstehen und hinausgehen. Wenn er hinausging, war überhaupt nicht sicher, ob und wann er je wieder hier hereinkäme. Erst jetzt ging ihm auf, daß die Leute im Gang darauf warteten, vorgelassen zu werden, vielleicht warteten sie schon seit Monaten.
Solz brauste ganz überraschend auf – sein grauer Kopf zitterte, die Hände fuhren nervös über die Tischplatte.
»Acht Jahre für vierzig Meter Draht!«
»Paragraph 26, Punkt b.«
»Paragraph, Paragraph ... für vierzig Meter Draht acht Jahre!«
Der Beamte beugte sich über die Akte und überflog ein Blatt. Sein Gesicht wurde wieder gleichmütig. Das Material war stichhaltig. Solz mochte brüllen, soviel er wollte, er war nicht berechtigt, das Urteil rückgängig zu machen.
Solz wußte ebenfalls, daß er nicht befugt war, das Urteil aufzuheben, der Verurteilte mußte aus der Partei ausgeschlossen werden, und er hatte den Ausschluß zu bestätigen, seinen Ärger an dem Beamten auszulassen, war sinnlos.
Abermals fiel sein Blick auf Sascha. Der Unbekannte dort an der Tür ärgerte ihn ebenfalls. Wer war das? Warum saß er hier?
In diesem Augenblick kehrte der Sekretär ins Zimmer zurück, der junge Mann in Dunkelblau, den Sascha für einen Besucher gehalten hatte. Der Sekretär hatte Erfahrung, er arbeitete seit Jahren mit Solz zusammen und begriff sofort, daß Solz über irgendein Urteil aufgebracht war, daß er sich außerdem über die Anwesenheit des jungen Mannes, des Fremden, ärgerte, dabei war der wegen seiner Nachlässigkeit eingedrungen, als er zum Büffet gegangen war, um Zigaretten zu holen.
Solz wies mit dem zitternden Zeigefinger auf Sascha und fragte gereizt: »Was will er hier?«

Im raschen Seitenblick des Sekretärs las Sascha die Aufforderung: Sag, was du brauchst, aber schnell!
Sascha stand auf.
»Ich wurde exmatrikuliert, aus der Hochschule ausgeschlossen …«
»Was denn für eine Hochschule?« schrie Solz. »Was habe ich damit zu schaffen?! Was suchen Sie hier überhaupt?«
»Aus der Hochschule für Verkehrswesen«, sagte Sascha.
»Der Genosse kommt aus der Hochschule für Verkehrswesen«, erklärte der Sekretär sachlich, »er ist Student, er wurde exmatrikuliert.«
Und setzte halblaut hinzu: »Geh näher zu ihm heran.«
»Ich wurde wegen einer Wandzeitung und eines Konflikts mit dem Dozenten für Buchführung exmatrikuliert«, sagte Sascha und trat an den Schreibtisch von Solz heran.
»Was für eine Wandzeitung, was für eine Buchführung?! Was schwatzen Sie mir hier vor?!«
»Es wurde mir als politische Sabotage ausgelegt.«
Solz starrte Sascha an, er verstand offenbar überhaupt nicht, was hier vorging, warum dieser junge Mann hereingekommen war, beim Verlesen der Urteilssprüche zuhörte, von irgendeiner Wandzeitung und Buchführung erzählte.
Der Beamte ließ ein kaum angedeutetes, ironisch herablassendes Lächeln sehen, er grinste von der Höhe seines Beamtendünkels herab – das passiert, wenn man sich über die hergebrachte Ordnung und den festgelegten Geschäftsablauf hinwegsetzt, sollte das Lächeln bedeuten. Weil Solz nichts von dieser Ordnung versteht, erdreistet man sich, den Instanzenweg umgehend, hier einzudringen.
Solz entging das herablassende Lächeln nicht. Er musterte Sascha mit gerunzelter Stirn und sagte überraschend friedfertig: »Lassen Sie alle vorladen.«
Sascha rührte sich nicht.
»Was stehen Sie noch herum!« brüllte Solz. »Raus!« Sascha wich zurück. Der Sekretär machte ihm ein Zeichen näherzutreten.
»Wen sollen wir vorladen?« fragte er halblaut und legte ein Blatt mit dem Aufdruck »Parteikollegium der Zentralen Kontrollkom-

mission der Kommunistischen Partei der Sowjetunion« vor sich hin.
Erst jetzt begriff Sascha, daß Solz alle an seinem Fall Beteiligten vorladen ließ. Zum ersten Mal in diesen Monaten zog sich sein Herz zusammen, ein Klumpen stieg ihm in der Kehle hoch. Der Sekretär sah ihn abwartend an.
»Baulin, Sekretär des Parteibüros«, begann Sascha.
»Bitte ohne Amtsbezeichnung«, drängte der Sekretär zur Eile und notierte den Namen auf dem Blatt der Vorladung.
»Glinskaja, Janson, Runotschkin ... auch die Kommilitonen, darf ich?«
»Los, mach schnell!«
»Polujan, Kowaljow, Posdnjakowa«, zählte Sascha auf, während der Beamte hinter seinem Rücken wieder Namen und Paragraphen herunterleierte.
»Sind das alle?«
»Ja.«
»Und wann?«
»Ginge es morgen?«
»Erreichst du bis dahin alle?«
»Ja.«
»Beeil dich!«
In der Tür drehte sich Sascha noch einmal um. Den Kopf wie ein Bulle gesenkt, sah ihm Solz mit einem aufmerksamen Blick nach.

»Das Parteikollegium bittet Sie, sich am 17. Januar d.J. um 15 Uhr bei Genosse Solz einzufinden.« Und dann die Namen der Bestellten. Nur Saschas Name fehlte, nach seinem Namen hatte niemand gefragt. Das war komisch, spielte aber keine Rolle. Er hatte gewonnen. Daran zweifelte Sascha keinen Augenblick. Solz kümmerten weder Instanzen, noch Papiere oder Beschlüsse. Er bestellte die Leute und fertig! Nicht zu fassen: wäre er nicht ins Zimmer getapert, hätte der Sekretär nicht gezwungenermaßen sein eigenes Versehen wiedergutmachen müssen, wäre nichts dabei herausgekommen. Und dieses sarkastische Beamtenlächeln, das Solz zum Aufbrausen gebracht hatte. Es hatte also geklappt! Es war geglückt! Trotzdem bedrückte ihn etwas ... diese schweigsa-

men Menschen auf den Bänken an den Wänden, wortlos und geduldig auf eine Entscheidung wartend, die das Los ihrer Nächsten erleichtern würde. Die Diktatur des Proletariats muß sich verteidigen, zweifellos. Und trotzdem war die Luft in jenen Gängen von menschlichem Leid erfüllt. Und jener Unbekannte, der wegen vierzig Metern Draht zu acht Jahren Gefängnis verurteilt worden war. Hatte Sascha in diesem Fall nicht eine verhängnisvolle Rolle gespielt, indem er das dem anderen bestimmte Maß an Mitleid für sich in Anspruch genommen hatte?
Aber er war jung und lebenshungrig, er dachte an sich, dachte daran, daß die Unglückssträhne ein Ende hatte, und nicht an die Menschen, die schweigend auf den Bänken an den tristen Amtswänden saßen.
Die Glinskaja telephonierte, als Sascha, am Sekretär vorbei, in ihr Zimmer trat. Sie sah erstaunt, dann erschrocken zu ihm hoch, erkannte ihn sogleich und legte die Hand über die Muschel.
»Was wollen Sie?«
Sascha legte die amtliche Vorladung vor sie auf den Tisch.
Sie las und murmelte verwirrt: »Warum denn ich? Gehen Sie zu Baulin.«
Sie wirkte kläglich.
»Unterschreiben Sie bitte!«
»Aber wieso denn? Warum eigentlich? Gehen Sie ins Parteikomitee«, stammelte sie.
»Ich bin beauftragt, Ihnen das vorzulegen. Unterschreiben Sie!«
Sie legte endlich den Hörer auf und griff nach dem Blatt.
»Du warst bei Solz?« fragte sie, plötzlich zum Du übergehend.
»Ja.«
Sie starrte auf die Vorladung. Das Parteikollegium der ZKK hatte sich eingemischt ... Natürlich hatte da Rjasanow seine Hand im Spiel, und Budjagin ebenfalls, was ja zu erwarten gewesen war. Und das kurz vor dem Parteitag. Sie stellte sich vor, wie Solz oder Jaroslawski oder vielleicht Rudsutak in ihrer Rede den Fall mit Pankratow als ein Beispiel herzloser Einstellung gegenüber künftigen jungen Fachkräften anführen würden. Sie hatten ihn kurz vor dem Abschluß exmatrikuliert, und sie hatte die Anordnung unterschrieben. Ja, sie hatte ihre Unterschrift geleistet, hatte sich dem

Beschluß des Parteibüros gebeugt. Aber sie hatte Baulin gewarnt, hatte auf das kurz zuvor eingegangene Rundschreiben hingewiesen, in dem Exmatrikulationen der älteren Semester untersagt wurden. Er hatte sich darüber hinweggesetzt, mochte er jetzt die Suppe auslöffeln.

Sie sah Sascha lächelnd an: »Ja, ja, die Schule Sieben: Reimeschmiedereien, Epigramme ...«

Sascha schob das Blatt zu ihr hin.

»Unterschreiben Sie bitte.«

»Ich werde kommen.«

»Seien Sie so gut und unterschreiben Sie!«

Stirnrunzelnd unterschrieb sie neben ihrem Namen.

Baulin las die Vorladung und meinte mit einem sarkastischen Lächeln: »Kletterst oben rum, paß auf, daß du nicht runterfällst.«

Er unterschrieb mit einer so beleidigten Miene, als hätte Sascha ihn persönlich gekränkt.

Janson sah Sascha durch die dicken Brillengläser an, in seinen Augen schimmerte ein Hoffnungsfunke, er fragte, in welchem Stockwerk das Zimmer von Solz sei.

In der Gruppe ging das Blatt von Hand zu Hand.

»Da wird ihnen der Hintern auf Grundeis gehen«, freute sich Runotschkin, »na, Kowaljow, wirst du jetzt wieder dein Fähnchen nach dem Wind hängen und öffentlich bereuen?«

»Bravo, Sascha, alle Achtung«, sagte Nadja Posdnjakowa.

Die vorsichtige Rosa Polujan fragte halblaut: »Ein Sieg?«

Solz hatte Sascha offenbar vergessen. Er sah verständnislos auf die acht Besucher, die nacheinander in sein Zimmer kamen, und glaubte, er habe irgendeine Besprechung angesetzt. Doch im Kalender stand nichts davon.

Die Glinskaja reichte ihm die Hand, sie waren bekannt. Solz erkannte sie und erhob sich mit plumper Ritterlichkeit. Jetzt sah man, daß er von sehr kleinem Wuchs war.

»Der Fall in der Hochschule für Verkehrswesen«, meldete der Sekretär.

Das sagte Solz überhaupt nichts, er wußte nichts von dem Fall, und Sascha erkannte er wegen seiner Kurzsichtigkeit auch nicht.

Trotzdem forderte er alle mit gewohnter Handbewegung auf, Platz zu nehmen.
Die Glinskaja rollte die Wandzeitung vor Solz aus. Die Zeitung schnurrte wieder zusammen, die Glinskaja beschwerte die Ränder mit einem Löscher und einem schweren Becher mit Bleistiften. Betroffen verfolgte Solz ihr Tun.
»Das sind die bewußten Epigramme«, sagte sie.
Solz beugte sich über die Wandzeitung und kniff kurzsichtig die Augen zusammen.

Ein Schweinesteak und nicht zu knapp,
das wär der beste Stein auf Borjas Grab.

Er sah verständnislos hoch, weil er nichts begriff. In diesem Moment erblickte er Sascha, der ihn angestrengt beobachtete. Erst jetzt erinnerte sich Solz an den jungen Mann von gestern, der in seinem Zimmer gesessen hatte. Er las das Epigramm noch einmal und fragte mit gerunzelter Stirn:
»Wo ist da etwas von Konterrevolution?«
»Hier sind mehrere Epigramme«, antwortete die Glinskaja.
Solz beugte sich wieder zur Wandzeitung vor.

Fleiß ist gefragt und Arbeit sehr in Mode,
er redet viel und lang und breit.
Das ist Genosse Kowaljows Methode,
er liest fast nichts und mimt Belesenheit.

»Die Zeitung ist dem sechzehnten Jahrestag der Oktoberrevolution gewidmet«, sagte Baulin.
Solz sah alle nacheinander mit kurzsichtig zusammengekniffenen Augen an, um festzustellen, wer das gesagt hatte. Vor ihm saßen die hübsche blonde Nadja, Sascha, der kleine schiefschultrige Runotschkin, die erschrockene Rosa, der verwirrte Kowaljow.
»Die Oktoberrevolution hat Epigramme nicht abgeschafft«, antwortete Solz ergrimmt.
»Sie stehen unter den Bildern der Aktivisten.« Baulin gab sich nicht geschlagen.
Jetzt sah Solz, wer ihm widersprach. »Ausschließlich höchste Persönlichkeiten durften früher nicht persifliert werden. Und trotzdem wurden Epigramme auf sie verfaßt.«

»Arbeit ist in Mode – ist das vielleicht richtig?« ließ Baulin nicht locker.
»Arbeit, Arbeit!« Solz fuhr hoch. »Die bürgerlichen Verfassungen beginnen auch mit Worten über die Arbeit. Die Frage ist nur, was für Arbeit und zu welchem Zweck. Steht in diesem Epigramm etwas gegen die Arbeit?«
»Tja, sehen Sie ...«
»Ich sehe, wie Sie junge Leben zerbrechen!«
Solz wies auf die vor ihm sitzenden Studenten. »Ich sehe, daß Sie sie quälen und schikanieren. Von ihnen hat Lenin gesagt: Ihr habt einmal im Kommunismus zu leben. Was für einen Kommunismus lehren Sie aber? Sie haben diesen Studenten aus der Hochschule hinausgeworfen, was soll er machen? Unter die Lastträger gehen?«
»Das ist er inzwischen geworden«, bemerkte Janson. »Wir haben ihn ausgebildet, er ist unser künftiger sowjetischer Fachmann. Und Sie setzen ihn auf die Straße. Weswegen? Wegen der Epigramme? Die Jugend hat ihre Rechte. Und ihr erstes Recht ist das Lachen.«
Er wandte sich erneut mit plumper Galanterie an die Glinskaja.
»In ihrem Alter haben wir auch gelacht. Jetzt lachen sie, Gott sei Dank, kann man nur sagen. Wenn die Jugendlichen lachen, steht's gut, folglich sind sie mit uns. Sie aber stoßen sie vor den Kopf. Sie schreiben Epigramme aufeinander – na und? Auf wen sollen sie sie sonst schreiben? Auf mich? Mich kennen sie nicht. Über wen sollen sie eigentlich lachen?«
»Die Exmatrikulation ist vom Bezirkskomitee bestätigt«, warnte Baulin.
»Bestätigt! Und wenn schon!« Solz lief rot an. »Wie schnell das bei euch geht!«
Die Glinskaja, die sich hier viel sicherer fühlte als in der Hochschule, fragte einlenkend: »Was sollen wir tun?«
Solz machte ein mürrisches Gesicht.
»Wieder immatrikulieren!« sagte er entschieden.

Die Studenten standen wieder auf der Straße.
Runotschkin meinte zwinkernd: »Das muß begossen werden.«
»Ich bin dafür«, stimmte Nadja freudig zu.
»Ich habe was anderes vor«, lehnte Rosa ab.
»Leider muß ich auch weg«, erklärte Kowaljow bedrückt.
»Grüß Losgatschow«, sagte ihm Runotschkin zum Abschied.
Alle hatten ein paar Rubel.
»Nur noch schnell einen Abstecher zu mir nach Hause, um unser Kapital aufzubessern«, schlug Sascha vor.
Zu Hause angekommen, schloß er die Mutter in die Arme und küßte sie.
»Meine Studienkollegen! Ich bin wieder aufgenommen ... Hurra!«
Sofija Alexandrowna brach in Tränen aus.
»Das ist ja noch schöner!« sagte Sascha.
Sie trocknete die Tränen und lächelte ihm zu. Trotzdem war ihr das Herz schwer.
»Nina hat angerufen.«
»Wir gehen bei ihr vorbei und nehmen sie mit.«
Nina war nicht zu Hause. Warja stand im Flur und telephonierte. Sascha legte die Hand auf die Gabel.
»Komm mit!«
»Wohin?« neugierig musterte sie die hübsche Nadja.
»Gluckgluck machen.«
Es wurde schnell dunkel, die Straßenlaternen gingen an. Sascha liebte den vorabendlich geschäftigen, winterlichen Arbat, sein reges Leben vor Einbruch der Nacht. Er geht den Arbat hinab, so wie immer, das andere ist endlich vorbei.
An der Ecke der Afanasjewski-Gasse trafen sie Wadim in Rehfelljacke und Jakutenmütze mit bis zum Gürtel herabbaumelnden Pelzohren.
»Gegrüßt sei der Bezwinger der Arktis! Komm mit!«

»Den Erfolg feiern?« Wadim hatte gleich begriffen.
»Genau.«
»Dann fahren wir am besten ins *Kanatik*, ein herrliches Plätzchen«, schlug Wadim mit einem Blick auf Nadja vor.
»Das geht nicht, Nina kommt hierher.«
Sie stiegen die steile Treppe zum *Arbatski-Keller* hinab, einem niedrigen, von dicken quadratischen Säulen aufgeteilten Lokal, wo sie in der hintersten Ecke einen freien Tisch fanden. Es roch nach Küche und verschüttetem Bier, den Kneipengerüchen eines Etablissements, das halb Restaurant, halb Bierstube war. Für die Beleuchtung sorgten trüb brennende, häßliche Wandlampen, die schief an den niedrigen Gewölbebögen hingen. Auf dem Podest stand ein Kontrabaß in einer Hülle, auf einem Stuhl lag ein Saxophon, die Musiker waren also schon gekommen.
Sascha hielt den anderen die Speisekarte hin.
»Was bestellen wir?«
»Wie teuer!« seufzte Nadja.
»Je ein Kuddelmuddel und ein Erdbeben pro Nase.«
»Wir sind nicht gekommen, um hier gemischten Salat und Sülze zu essen«, widersprach Sascha.
»Das einzige, weshalb man herkommt, ist Kaffee mit Likör, Kakao choix«, erklärte Wadim mit Kennermiene.
Am Nachbartisch züngelte das blaue Flämmchen eines Spirituskochers unter einer Kaffeekanne, zwei modische Jünglinge schlürften Kaffee aus winzigen Mokkatäßchen und tranken Likör dazu.
»Wir haben Hunger«, sagte Sascha. »Warja, was möchtest du essen?«
»Bœuf Stroganow.«
Für die Jungen wurde eine Flasche Wodka, für die Mädchen eine Flasche Portwein und für jeden eine Portion Bœuf Stroganow bestellt.
»Es ist günstiger, verschiedene Gerichte zu bestellen«, bemerkte Wadim.
»Da kommt auch Nina«, sagte Warja halblaut wie im Selbstgespräch, sie saß mit dem Gesicht zum Eingang.
»Habt euch ja im letzten Winkel verkrochen«, meinte Nina leb-

haft, als sie am Tisch stand. »Sascha, ich gratuliere«, sie küßte ihn, »als ich deinen Zettel las, hab ich's gleich verstanden. Ich habe überhaupt nicht gezweifelt. Du bist also auch da«, schloß sie mit einem scheelen Blick zu Warja.

»Ja, ich bin auch da.«

»Schade, daß Max nichts davon weiß«, fuhr Nina fort und setzte sich zwischen Wadim und Runotschkin.

Die Band dröhnte los: »Ach, ihr Zitrönchen, meine Zitrönchen, ihr wachst bei Sonja auf dem Balkönchen ...« Die Kellner eilten nun schneller zwischen den Tischen hin und her.

»Solz, das ist ein ganzer Kerl«, sagte Runotschkin.

»Bloß furchtbar nervös«, fügte Nadja hinzu.

Wadim bemerkte kauend: »Sascha hat viel erdulden müssen, aber ohne Leid ...«

»Ich hasse Dulder«, unterbrach ihn Sascha.

»Eine Abwandlung des Satzes von Proudhon.« Wadim produzierte sich vor Nadja. »Was ich nach den Unterdrückern am meisten hasse, sind die Unterdrückten. Aber unter Umständen ... beispielsweise einem solchen ...«

Er schielte zum Nebentisch hinüber. Neben den beiden Jünglingen saß bereits ein leichtes Mädchen mit einem hübschen abgezehrten Gesicht.

»Ein soziales Übel«, äußerte Nina.

»Vielleicht ist das Pathologie«, widersprach Wadim.

»Weder Pathologie noch Soziologie, sondern ganz einfach Prostitution«, sagte Sascha, »mich interessiert nicht, warum sie es treibt, ich habe keine Lust, mich mit ihrer Psyche zu beschäftigen. Nehmt Nina, Warja, Nadja – ich bin gern bereit, sie zu lieben, zu achten und zu verehren. Der Mensch ist moralisch, dadurch unterscheidet er sich vom Vieh. Der Mensch ist nicht dazu bestimmt, zu leiden und zu dulden.«

Warja sang leise den Schlager mit, den die Band intonierte: »Wir mochten dich, du zarte Feine, und jeder wäre gern mit dir alleine ...«

»Warum sind diese Ganovenlieder eigentlich so beliebt?« fragte Wadim. Und gab auch selbst die Antwort: »Er stirbt im Knast, der arme schwere Junge ist vergessen, und keiner weiß, wo er begraben liegt. Der Mensch leidet – darin liegt der tiefere Sinn dieser Lieder.«

»Leier uns nicht die Därme aus dem Bauch«, unterbrach ihn Sascha.

Wadim verzog schmollend den Mund.

»Na, hör mal, deine Intoleranz ...«

»Nimm's mir nicht übel«, sagte Sascha, »ich will dir nicht auf den Schlips treten. Aber für dich ist das ein abstrakter Begriff, ich dagegen bin unter die Räder gekommen. Jetzt wollen wir mal in unseren Taschen nachsehen, ob wir noch Durst haben, vielleicht langt's für eine Flasche.«

Das Geld reichte. Sie konnten sich eine Flasche für die Jungen und Eis für die Mädchen leisten.

»Bloß keine Hast«, warnte Wadim, »wir haben den ganzen Abend vor uns.«

»Warja, du hast morgen Schule«, erinnerte Nina.

»Ich möchte noch Musik hören.«

»Laß sie doch bleiben«, mischte sich Sascha ein.

Er wollte Warja eine Freude machen. Er fühlte sich sehr glücklich. Es ging nicht einmal darum, daß er's ihnen allen bewiesen hatte. Er hatte etwas viel Wesentlicheres verfochten, er hatte den Glauben dieser jungen Menschen in Schutz genommen. Mehr als je quälte ihn jetzt das Bewußtsein der Schutzlosigkeit der Menschen. An seiner Stelle hätte Runotschkin die Achseln gezuckt und wäre weggefahren. Nadja Poljakowa hätte ein bißchen geweint und wäre auch weggefahren. Wäre Wadim in eine solche Situation geraten, wäre er sofort daran zerbrochen.

Warja schien jedoch Saschas Angelegenheit keine besondere Bedeutung beizumessen. Hätte man sie aus der Schule ausgeschlossen, sie hätte sich gefreut. Sie saß neben Sascha, ihr kam diese Kneipe ganz wunderbar vor, die jungen Leute in ihren weiten Hosen, die Band auf dem Podest, der Trompeter, der die Backen aufblies und der Schlagzeuger, der hingebungsvoll mit seinen Stöcken jonglierte.

Das halbseidene Mädchen am Nebentisch wurde inzwischen von zwei Betrunkenen belästigt, die sie an ihren Tisch zerren wollten. Die beiden jungen Männer sahen kleinlaut zu und waren nicht

imstande, sie zu beschützen. Das Mädchen schimpfte schluchzend, der Ober drohte, sie hinauszuwerfen.
»Blöde Säcke.« Saschas schwarze Augen verengten sich.
»Misch dich nicht ein«, warnte Wadim und rückte sogleich beiseite, er wußte, daß Sascha nicht zu halten war.
Sascha stand auf, trat mit geducktem Kopf und angewinkelten Armen an den Nebentisch und fragte mit finsterem Lächeln: »Vielleicht schiebt ihr ab?« Er konnte zuschlagen und schlug kräftig.
Vor sich hatte er zwei feiste lümmelhafte Visagen, fliederfarbene Hemden. Der eine in weißen Filzstiefeln, der andere in einer Hose mit überweitem Schlag. Flegel und Mistkerle.
Der in den Filzstiefeln schob Sascha geringschätzig beiseite, der andere trat schlichtend dazwischen, als wolle er vermitteln.
»Hört auf, Jungs!«
Aber Sascha kannte den Trick: Der Vermittler würde als erster zuschlagen. Darum versetzte Sascha ihm einen kurzen schnellen Haken, nach dem der andere zusammenklappt und sich krümmend und nach Luft schnappend an den Magen greift. Sascha wandte sich dem zweiten zu, der aber wich zurück und stieß dabei gegen den Tisch. Geschirr klirrte, das Mädchen kreischte, die jungen Männer sprangen auf ... Zu ihnen hinschielend, blies der Trompeter die Backen auf, der Klavierspieler drehte sich um, aber seine Finger liefen nach wie vor über die Tasten, der Schlagzeuger ließ seine Stöcke durch die Luft wirbeln ... »How do you do, Mister Brown ... how do you do, do you do! ...« Die Band spielte, alles in Ordnung, verehrte Gäste, tanzt Foxtrott und Tango, trinkt Kaffee und Likör Kakao choix, der kleine Zwischenfall verdient keinerlei Beachtung, übrigens ist schon alles vorbei ... Die Filzstiefel und die Hose gehen zu ihrem Tisch, der Schwarzäugige setzt sich wieder an seinen Platz, ebenso der Kleine mit der schiefen Schulter, der sich auch an der Prügelei beteiligen wollte, die Jünglinge zahlen und verziehen sich mit dem halbseidenen Mädchen, der Ober räumt bereits ihren Tisch ab ... Alles in bester Ordnung, verehrte Gäste!
»Die lauern uns nachher draußen auf«, sagte Wadim.
»Angsthase!« lachte Nina.

Während der Schlägerei war Sascha ruhig gewesen, jetzt überkam ihn ein nervöses Zittern, er versuchte, sich zusammenzureißen.
»Warja, komm, wir wollen tanzen.«
Die Band spielte den langsamen Walzer *Ramona.* Sascha bewegte sich mit Warja über die enge Tanzfläche vor dem Orchester und fühlte viele Augen auf sich gerichtet. Egal, mochten sie denken, was sie wollten. Die beiden Kerle warfen auch scheele Blicke auf ihn, aber auf die pfiff er ebenfalls. Er tanzte den langsamen Walzer *Ramona,* tanzte mit dem bildhübschen Mädchen Warja ...
Sie sah ihn an, lächelte ihm zu, war begeistert von ihm, er hatte sich verhalten wie ein Held der Straße, war für eine Frau eingetreten, die er zuvor verurteilt hatte. Warja erriet etwas Vertrautes in ihm, er war genauso wie sie und tat bloß so bewußt, so wie sie in der Klasse die Musterschülerin spielte. Sie sah ihn an, lächelte ihm zu und schmiegte sich an ihn. Die Band schmolz dahin, die Trompete schluchzte, die Stöcke des Schlagzeugers blieben mitten im Wirbel in der Luft hängen, der Klavierspieler griff in die Tasten ...

Ramona, denk jeden Tag einmal daran,
Ramona, daß nichts vergeht, was so begann.

»Bravo, du tanzt wunderbar«, sagte Sascha.
»Komm übermorgen auf die Eisbahn«, schlug Warja vor.
»Warum ausgerechnet übermorgen?«
»Sonnabends spielt Musik. Du läufst doch Schlittschuh?«
»Bin mal gelaufen.«
»Na, gehen wir?«
»Ich weiß nicht mal, wo meine Schlittschuhe sind.«

12

»In Anbetracht der Tatsache, daß der Student Pankratow seine Fehler eingestanden hat, wird er unter Eintragung einer strengen Rüge erneut zum Studium an der Hochschule zugelassen.«
Das Fest war ihm verdorben. Sein Ausschluß hatte alle in Erregung versetzt, seine Wiederaufnahme niemanden. Als Kriworutschko Saschas neuen Studentenausweis unterschrieb, sagte er zu ihm: »Ich freue mich für dich.«
Früher so gefürchtet, wirkte er jetzt zerschmettert, ein einsamer Mann, der die letzten Tage in seinem Arbeitszimmer verbrachte.
»Wie steht's bei Ihnen?« fragte Sascha.
Kriworutschko wies auf die Aktenstöße in der Ecke.
»Ich übergebe die Geschäfte.«
Er holte den Stempel aus der Lade des riesigen Schreibtischs. Die Studenten nannten den Tisch das Schiffsdeck. Sie kamen oft zu Kriworutschko, von ihm hingen die Stipendien, die Einweisung ins Wohnheim, die Ausgabe der Essensmarken und Bezugsscheine ab.
»Übrigens bin ich mit deinem Onkel bekannt. Wir waren in einer Parteiorganisation. Allerdings schon lange her, so um '23. Wie geht es ihm gesundheitlich?«
»Er ist gesund.«
»Grüß ihn, wenn du ihn siehst.«
Sascha schämte sich seines Erfolges, er hatte sich aus der Klemme gezogen, Kriworutschko dagegen nicht.
»Vielleicht sollten Sie sich an Genosse Solz wenden?«
»In meiner Sache kann Solz nichts ausrichten. Das hängt von einem anderen ab ...«
Ohne Sascha anzusehen, ergänzte er wie im Selbstgespräch: »Dieser Koch wird scharfe Gerichte zubereiten.«
Sagte es und runzelte die Stirn. Sascha verstand, von welchem Koch er sprach.
Anschließend ging Sascha zu Losgatschow. Der empfing ihn mit einem Lächeln, als freue er sich über Saschas Erfolg.

»Warst du bei Kriworutschko?«
Er wußte es und fragte trotzdem.
»Er hat mir Ausweis und Passierschein ausgestellt«, antwortete Sascha.
In diesem Augenblick trat Baulin ein, hörte Saschas Antwort und fragte Losgatschow frostig: »Ist der Stempel denn noch bei Kriworutschko?«
»Der Neue fängt erst am Montag an.«
»Den Stempel hätte sie doch an sich nehmen können.«
Losgatschow zuckte die Schultern, womit er andeutete, daß die Glinskaja sich viel zu gut dazu war, Papiere abzustempeln. Sie waren nach wie vor mit ihrem Kleinkram, ihren Intrigen beschäftigt, als sei nichts vorgefallen und fühlten weder Schuld noch Gewissensbisse: Damals war es so verlangt worden, jetzt, nachdem er wieder immatrikuliert worden war, konnte man eben auch anders ... Also mußte sich Sascha auch anders verhalten.
Sie spöttelten in seiner Gegenwart über die Glinskaja, verheimlichten nicht ihre Feindseligkeit ihr gegenüber, setzte eine solche Offenheit nicht Vertrauen voraus?
Das bedeutete nichts anderes als die Aufforderung: Du, Pankratow mußt dich nun auch anders verhalten. Du hast dein Fett abgekriegt. Das nächste Mal kommst du nicht so glimpflich weg. Solz ist weit, wir aber sind nah, richte dich danach und mach bei uns mit. Du bist noch jung und grün, darum bist du ins Fettnäpfchen getreten, verständlich, das kann jedem passieren. Jetzt weißt du, wer dieser Kriworutschko ist, hau ihn mit uns zu Klump. Gegenseitiges Vertrauen entsteht nur, wenn man gemeinsame Feinde hat. Sag mir, mit wem du umgehst ... das ist überholt! Sag mir, wer dein Feind ist, und ich sage dir, wer du bist – so ist heutzutage die Fragestellung!
»Hat sich Kriworutschko bei dir beklagt?« erkundigte sich Losgatschow.
Es lohnte nicht, mit ihnen zu streiten. Eigentlich hatte nicht er verloren, sie hatten verloren, nicht er hatte eins in die Schnauze gekriegt, sondern sie. Das sollten sie nicht vergessen.
»Bei mir braucht er sich doch nicht zu beklagen, ich bin schließlich nicht das ZKK.«

Losgatschow lachte aufmunternd.
»Immerhin seid ihr Leidensgenossen.«
»Genossen?« wiederholte Sascha ironisch, »er ist doch noch nicht rehabilitiert.«
In Baulins finsterem Blick las Sascha eine deutliche Warnung. Aber dieser Blick spornte ihn bloß an. Wovor warnte er ihn? Vor einer neuerlichen Exmatrikulation? Da reichte ihre Puste nicht aus. Sie hatten sich die Finger verbrannt, setzten aber eine Siegermiene auf. Nicht Solz hat dir verziehen, die Partei hat dir verziehen. Und die Partei sind wir, folglich haben wir dir verziehen ... Nein, meine Lieben, ihr seid noch lange nicht die Partei!
Losgatschow betrachtete ihn mit spöttischer Neugier.
»Glaubst du, daß man Kriworutschko rehabilitieren wird?«
»Ich bin rehabilitiert worden.«
»Bei dir ist das was anderes: Du hast einen Bock geschossen, Kriworutschko dagegen ist ein ganz ausgekochter ...«
»Man hat ihn früher einmal wegen seiner politischen Fehler ausgeschlossen und doch wieder aufgenommen, was ist schon ein Wohnheim im Vergleich dazu ...«
»Das sind ja ganz neue Töne«, äußerte Baulin, indem er sich im Sessel niederließ und Sascha scharf fixierte. »So hast du früher nicht gesprochen.«
»Früher wurde ich nie gefragt.«
»Früher hast du dich von Kriworutschko losgesagt«, fuhr Baulin fort, »ich kenne ihn nicht, bin mit ihm nicht bekannt, habe keine zwei Worte mit ihm gewechselt.«
»Das kann ich gern wiederholen: Ich kenne ihn nicht, bin mit ihm nicht bekannt, habe keine zwei Worte mit ihm gewechselt.«
»Tatsächlich nicht?« fragte Baulin heimtückisch.
»Da hast du nicht Recht, Pankratow«, sagte Losgatschow schulmeisterlich, »die Partei muß ihre Reihen säubern ...«
Sascha unterbrach: »Vor allem von Karrieristen.«
»Wen meinst du damit?« Losgatschow runzelte die Stirn.
»Karrieristen ganz allgemein, niemanden persönlich.«
»Nein, entschuldige«, Losgatschow schüttelte den Kopf, »die Partei säubert ihre Reihen von ideologisch wankelmütigen, politisch feindlich eingestellten Elementen, du aber sagst: zuallererst

von Karrieristen. Natürlich, von denen auch, aber warum unterstreichst du diesen Gegensatz?«
Sascha ärgerte sich über Losgatschows gleichmäßige unaufrichtige Stimme, sein kaltes unbeteiligtes Gesicht, die Beschränktheit seiner eingepaukten Formulierungen.
»Vielleicht wär's besser, keine Etiketten aufzukleben, Genosse Losgatschow! Sie haben in dieser Beziehung bereits Ihr Bestes getan. Ich sage: Ein Karrierist fügt der Partei mehr Schaden zu als alle Fehler des alten Bolschewiken Kriworutschko. Kriworutschko mögen Fehler unterlaufen sein, aber ihm lag die Sache der Partei am Herzen, dem Karrieristen dagegen liegt nur das eigene Wohl und sein Posten am Herzen, weiter nichts.«
Schweigen trat ein.
Dann sagte Baulin langsam: »Nicht gerade mitreißend, wie du argumentierst, Pankratow.«
»So gut ich's eben kann«, antwortete Sascha.
Natürlich würden sie seine Worte anders auslegen und verdrehen. Das ging Sascha sogleich auf, als er die Tür von Losgatschows Zimmer hinter sich schloß.
Da hatte er sich gerade die Richtigen ausgesucht, um seinem Herzen Luft zu machen! Angst hatte er nicht vor ihnen, aber dumm war es trotzdem gewesen.
Im Hörsaal setzte sich Sascha an seinen Platz, in der Namenliste war er nicht mal gestrichen. Trotzdem konnte er immer noch nicht glauben, daß alles vorbei war. Das Erlebnis mit Solz schien absolut irreal. Die Realität – das war die Hochschule, Baulin, Losgatschow, der zermürbte Kriworutschko.
In einer überfüllten Straßenbahn kehrte er nach Hause zurück. Draußen wurde es schnell dunkel, ein früher trüber Winterabend. Gegenüber saß ein unbeholfenes Bäuerlein mit einem spärlichen roten Ziegenbart, die Zipfel seiner dreieckigen Wintermütze hingen auf die zerrissene Pelzjacke herab. Zwischen den gewaltigen Filzstiefeln hielt er einen Sack eingeklemmt, ein zweiter Sack lag auf der Bank. Die derben Bauernsäcke, die mit eckigen, spitz hervorstehenden sperrigen Dingen gefüllt waren, behinderten die Fahrgäste in der engen Straßenbahn. Während er sich unruhig nach allen Seiten umsah, fragte er immer wieder, wo er aussteigen

müsse, obwohl die Schaffnerin ihm versprochen hatte, seine Haltestelle auszurufen. In der Tiefe seines suchenden Blicks glaubte Sascha jedoch eine gewisse Härte, ja sogar Brutalität zu entdecken. Bei sich daheim benahm sich das Bäuerlein gewiß ganz anders. Den Gedanken, daß der Mensch sich entsprechend den Verhältnissen ändert, schrieb Sascha auf den Umschlag seines Kollegheftes für Brückenbau und Straßenanlagen, um ihn später in sein Tagebuch einzutragen, das er einmal angefangen, dann wieder liegengelassen hatte und nun unbedingt weiterführen wollte.

13

Am späten Abend, als Sascha bereits schlafen gehen wollte, rief Katja überraschend an. Wie immer war am anderen Ende der Leitung erst mal Schweigen, dann wurde eingehängt und erneut geklingelt.

»Katja, bist du's?«

»Hast mich wohl nicht erkannt?« Ihre Stimme kam aus weiter Ferne, als rufe sie aus einer Vorort-Telefonzelle an.

»Wie soll ich dich erkennen, wenn du schweigst?«

»Kein Wunder ... hier kann ich nicht rumschreien. Wie geht's dir denn?«

»Es geht, ich denke oft an dich.«

»Komisch ... gibt's nicht genug Mädels?«

»Meine Mädels sind alle auf und davon. Wie geht's dir?«

»Wie soll's schon gehen ... Marusja hat Sehnsucht nach dir, erinnerst du dich an sie? Hat sich in dich verliebt, bring ihn mit, deinen Schwarzäugigen, sagt sie.«

»Gern. Wann gehen wir hin?«

»Aha ... bißchen zuviel verlangt, ich bin eine verheiratete Frau.«

»Hast du deinen Schlosser geheiratet?«

»Schlosser und Genossen, ganz beschossen und verflossen.«

»Sag mal, bist du beschwipst?«

»Hast du mir vielleicht einen spendiert?«

»Also wann treffen wir uns?«

»Treffen? Bei dreißig Grad Kälte? Da frierst du dir ja deinen Pimmel ab.«

»Marusja erwartet uns doch?«

»Daß ich nicht lache! ... Ihr Mann ist wieder da. Schön, komm zum Dewitschi Polje.«

»Und wohin gehen wir?«

»Wohin schon.«

»Also morgen am Dewitschi. Um sechs oder um sieben?«

»Denkst du dir so! Glaub ja nicht, daß ich gleich um sechs lossause ...«
Nun war auch Katja wieder aufgetaucht und bei ihm. Das Verlangen nach ihr, das er immer empfunden hatte, überkam ihn erneut, eigentlich war es nie erloschen. Sie hatten sich im September oder im Oktober getroffen, jetzt war es Januar, also war's vier Monate her. Geheiratet hatte sie natürlich nicht, und Marusjas Mann war auch nicht zurückgekehrt, morgen würden sie zu Marusja gehen, darum hatte sie das Gespräch auf sie gebracht. Alles um drei Ecken, ein sonderbares Mädchen.
Er lag im Bett und dachte an sie, und je länger er an sie dachte, desto mehr begehrte er sie. Morgen würde er ihre trocknen Lippen küssen und sie umarmen. Der Gedanke ließ ihn lange nicht einschlafen.
Das Klingeln, das grell im Flur ertönte, weckte ihn sofort. Es ging auf zwei Uhr nachts zu, er war gerade erst eingeschlafen. Das Läuten wiederholte sich, fest und hartnäckig. Sascha ging in Turnhose und Unterhemd in den Flur und löste die Kette.
»Wer ist da?«
»Hausverwaltung.«
Sascha erkannte die Stimme des Hausverwalters Wassili Petrowitsch und drehte den Schlüssel im Schloß.
Vor der Tür standen Wassili Petrowitsch, hinter ihm ein unbekannter junger Mann in Mütze und Mantel und zwei Rotarmisten in Soldatenmänteln mit weinroten Kragenspiegeln. Zuerst trat Wassili Petrowitsch über die Schwelle, dann, Sascha beiseite schiebend, der junge Mann. Ein Rotarmist blieb an der Tür stehen, der zweite ging hinter Wassili Petrowitsch in die Küche und stellte sich an der Tür zur Hintertreppe auf.
»Pankratow?«
»Ja.«
»Alexander Pawlowitsch?«
»Ja.«
Ohne Sascha aus den Augen zu lassen, hielt ihm der junge Mann den Durchsuchungs- und den Haftbefehl hin, ausgestellt auf den Bürger Pankratow, Alexander Pawlowitsch, wohnhaft am Arbat...

Sie betraten Saschas Zimmer.
»Ihre Papiere!«
Sascha nahm den Paß und den Studentenausweis aus der Innentasche der über der Stuhllehne hängenden Jacke. Der junge Mann sah beide Dokumente aufmerksam durch und legte sie auf den Tisch.
»Waffen?«
»Ich habe keine.«
Der junge Mann wies auf die Tür zum Nebenzimmer.
»Wer ist dort?«
»Meine Mutter. Es ist ihr Zimmer.«
»Wecken Sie sie.«
Sascha zog Hemd und Hose an, dann Socken und Schuhe. Der Bevollmächtigte der GPU wartete in Mantel und Mütze, bis Sascha angezogen war. Sascha stand auf, öffnete die Tür zum Zimmer der Mutter, ganz behutsam, um sie nicht aus dem Schlaf zu reißen und zu erschrecken.
Die Mutter saß mit gebeugten Schultern im Bett und hielt das weiße Nachthemd vor der Brust zusammengerafft, das graue Haar fiel ihr strähnig in die Stirn und über die Augen, unter gesenkten Lidern sah sie mit erstarrtem Blick auf den Bevollmächtigten, der Sascha ins Zimmer gefolgt war.
»Mama, reg dich bloß nicht auf ... Bei mir wird eine Durchsuchung gemacht. Das muß ein Mißverständnis sein. Das wird sich bestimmt aufklären. Bleib ruhig liegen.«
Mit schrägem Blick sah sie von unten herauf an Sascha vorbei auf den Fremden an der Tür.
»Aber Mama, ich habe dir doch schon gesagt, das ist ein Mißverständnis, beruhige dich bitte, bleib liegen.«
Sascha kehrte in sein Zimmer zurück und wollte die Tür schließen, aber der Bevollmächtigte hielt sie fest: Die Tür mußte offen bleiben. Der Bevollmächtigte war lediglich eine ausführende Person, der Vollstrecker eines höheren Befehls, streiten und protestieren war zwecklos. Er mußte zuversichtlich und fröhlich wirken, nur so konnte er die Mutter beruhigen.
»Was suchen Sie eigentlich, vielleicht kann ich es Ihnen selbst geben?«

Der Bevollmächtigte legte Mantel und Mütze ab und hängte die Sachen in die Ecke. Er hatte einen dunkelblauen Anzug und ein dunkles Hemd mit Krawatte an, ein gewöhnlicher junger Mann, der anfing, Bauch anzusetzen, einer von jenen, die man in jedem Büro antrifft.

Auf dem Tisch lagen Kolleghefte, Nachschriften der Vorlesungen und Lehrbücher. Der Bevollmächtigte nahm sie in die Hand, blätterte darin, überflog die Seiten und legte sie zu einem ordentlichen Stapel zusammen.

Seine Aufmerksamkeit richtete sich auf die Notiz, die Sascha heute auf dem Kollegheft für Brückenbau und Straßenanlagen gemacht hatte: Ein Bauer in der Straßenbahn, hilflos und kläglich, zu Hause hart und despotisch.

Das Kollegheft wanderte zu Paß und Studentenausweis.

In den Schreibtischfächern lagen Papiere, Photos, Briefe. Den Bevollmächtigten interessierte nicht der Inhalt der Briefe, sondern ihr Absender. Konnte er die Unterschrift nicht entziffern, fragte er Sascha nach dem Namen. Sascha antwortete lakonisch. Die Briefe legte der Bevollmächtigte rechts ab, er brauchte sie nicht. Die Geburtsurkunde, das Schulabgangszeugnis, die Bescheinigungen von der Arbeitsstelle und andere Dokumente blieben an Ort und Stelle, das Komsomol- und das Gewerkschaftsbuch kamen nach links.

»Warum nehmen Sie mein Komsomolbuch?«

»Vorerst nehme ich nichts.«

Den Kinder- und Schulphotos schenkte er keine Aufmerksamkeit, ihn interessierten nur Bilder, auf denen Erwachsene zu sehen waren. Und wieder die gleiche Frage: Wer ist das? Und der da?

Die Mutter stand auf, Sascha hörte das Bett knarren, das Schlurfen ihrer Pantoffeln, das Öffnen des Schranks, in dem ihr Morgenmantel hing. Aber sie kam nicht im Morgenmantel ins Zimmer, sondern im Kleid, das sie hastig übers Nachthemd gezogen hatte. Sie trat mit einem kläglichen Lächeln zu Sascha und fuhr ihm mit zitternder Hand übers Haar.

»Bürgerin, bleiben Sie in Ihrem Zimmer«, sagte der Bevollmächtigte. Es war der kategorische Beamtenton, der sie schon immer eingeschüchtert hatte, also hatte sie etwas getan, was dem Sohn

schaden konnte. Erschrocken quittierte sie die Worte mit einem wiederholten, hastigen Kopfnicken.
»Vielleicht sollen wir uns flach auf den Boden legen?« fragte Sascha ironisch lächelnd.
Der Bevollmächtigte, der damit beschäftigt war, die Bücher im Regal durchzusehen, blickte sich erstaunt um, sagte aber nichts.
»Bleib so lange in deinem Zimmer«, sagte Sascha zur Mutter.
Sie nickte noch hastiger, noch heftiger und kehrte, den angstvollen Blick auf den breiten Rücken des Bevollmächtigten gerichtet, in ihr Zimmer zurück.
Ob sie von der Sache mit Solz wußten? Bestimmt nicht, denn sonst hätten sie es nie gewagt, herzukommen. Im Apparat hatte irgendein Rädchen versagt. Ärgerlich! Dieses Mißverständnis würde vieles erschweren.
Der Bevollmächtigte befahl, den Schrank zu öffnen und die Jakkentaschen umzustülpen, dort lag das Notizbuch mit Adressen und Telephonnummern, er tat es ebenfalls auf den Tisch. Um sich zu vergewissern, daß er alles in Augenschein genommen hatte, ließ er den Blick durchs Zimmer schweifen, entdeckte einen Koffer hinter dem Sofa und befahl, ihn zu öffnen. Der Koffer war leer. Der Mann tat alles in allem nur seine Pflicht, ein zuverlässiger, gewissenhafter Beamter. Wäre Sascha an seiner Stelle gewesen, hätte die Partei ihn zur Arbeit in die GPU geschickt, hätte er eine Wohnung durchsuchen und jemand verhaften müssen, hätte er es genauso gemacht, selbst wenn es sich um einen Unschuldigen gehandelt hätte – in einem solchen Geschäft sind Fehler nicht zu vermeiden. Er mußte über kleinliches Gekränktsein erhaben sein, er würde ebenso wie im ZKK seine Unschuld beweisen. Mochte der Mann seiner Pflicht nachgehen.
»Kommen Sie mit ins Nebenzimmer.« Die Ellbogen auf den Deckel der Kommode gestützt, die Hände im grauen Haar vergraben, stand die Mutter da und starrte mißtrauisch zur Tür.
»Der Genosse sieht sich bloß mal in deinem Zimmer um. Setz dich doch, Mama.«
Aber sie blieb in derselben Pose stehen, rückte bloß etwas beiseite, als der Bevollmächtigte nähertrat.

Auf der Kommode standen Photos von Sascha, Mark, ihren Schwestern.

»Wer ist das?«

»Mein Bruder. Mark Alexandrowitsch Rjasanow.«

Sollte er sich's hinter die Ohren schreiben, daß ihr Bruder der berühmte Rjasanow war. Sascha war sein Neffe, dann würden sie die Haussuchung abbrechen und Sascha nicht verhaften. Mark war im ganzen Land bekannt, selbst Stalin kannte Mark. Sie ergänzte mit einem kläglichen Lächeln: »Und das ist Saschenka als kleiner Junge.«

Stirnrunzelnd griff der Bevollmächtigte nach Marks Bild, holte das Photo aus dem Rahmen, sah auf der Rückseite nach – es stand nichts drauf. Er legte alles auf die Kommode zurück, das Photo, den Rahmen, das Glas, den Pappdeckel. Sofija Alexandrowna sank stöhnend in den Sessel und schlug die Hände vors Gesicht. Der Bevollmächtigte fuhr mit der Hand in die ausgezogenen Schubläden der Kommode und wühlte in der Bettwäsche herum, die einen frischen Geruch verströmte, so roch es, wenn die Mutter Saschas Sofa bezog.

»Durchsuchung ist doch bei mir«, sagte Sascha.

»Sie wohnen zusammen«, antwortete der Bevollmächtigte.

Sie kehrten in Saschas Zimmer zurück. Sofija Alexandrowna folgte ihnen. Die Durchsuchung war beendet, sie durfte dableiben. Der Gedanke, daß sie Sascha mitnehmen würden, riß sie aus der Erstarrung, sie lief herum, ohne zu wissen, was sie eigentlich tun sollte; mal trat sie zu Sascha, mal verfolgte sie mit unruhigen Augen das Tun des Bevollmächtigten. Er schrieb am Tisch das Protokoll der Haussuchung. Am soundsovielten bei demunddem laut Durchsuchungs- und Haftbefehl Nummer soundso. Beschlagnahmt: Paß, Nummer ...; Gewerkschaftsbuch, Nummer...; Komsomolbuch, Nummer...; Studentenausweis, Nummer...; Notizbuch. Das Kollegheft für Brückenbau und Straßenanlagen hielt er abwägend in der Hand und legte es dann beiseite, er beschloß, es nicht mitzunehmen.

Dann fragte er: »Wo kann ich mir die Hände waschen?«

Sofija Alexandrowna eilte sogleich herbei.

»Bitte, ich zeige es Ihnen.«

Hastig zog sie die Schubladen der Kommode auf und holte ein frisches Handtuch heraus. Solange er sich die Hände wusch, blieb sie mit dem Tuch in der Hand in der Tür des Badezimmers stehen, dann reichte sie ihm das Handtuch mit einem unterwürfigen, kläglichen Lächeln; vielleicht würde er dort das Los des Sohnes erleichtern.
Der Bevollmächtigte trocknete sich die Hände, ging in den Flur, rief irgendwo an, sagte etwas Unverständliches, irgendeine Parole, nur ein Wort war einleuchtend: Arbat. Dann legte er auf und lehnte sich gegen die Tür, mit dem teilnahmslosen Gesicht eines Mannes, der mit seiner Arbeit fertig ist. Der Rotarmist an der Tür stand in lässiger Haltung da, der andere war aus der Küche zurückgekehrt, jetzt waren beide Eingänge – die Wohnungstür und die zur Hintertreppe unbewacht, der Hausverwalter Wassili Petrowitsch war gegangen. Obwohl niemand den Nachbarn gesagt hatte, daß die Haussuchung beendet war, erschienen Michail Jurjewitsch und Galja im Flur.
Mit zitternden Händen packte die Mutter Saschas Sachen.
»Geben Sie ihm warme Socken mit«, sagte der Bevollmächtigte.
»Vielleicht wäre es ratsam, irgendwelche Lebensmittel mitzunehmen«, äußerte Michail Jurjewitsch höflich.
»Nur Geld«, antwortete der Bevollmächtigte.
»Hol's der Teufel, meine Zigaretten sind alle«, rief Sascha.
»Meiner hat welche, gleich ...«
Galja kam mit einer Packung *Box* zurück.
»Sascha, haben Sie Geld?« fragte Michail Jurjewitsch.
»Ein bißchen schon.«
Sascha kramte in den Taschen.
»Zehn Rubel.«
»Das reicht«, sagte der Bevollmächtigte.
»Dort gibt's einen kleinen Billigladen«, erklärte einer der beiden Rotarmisten.
Alles war ganz friedlich, als rüste Sascha zu einer Reise in eine unbekannte Stadt, nach Norden oder nach Süden, und man rate ihm, was einzupacken sei.
An den Türpfosten gelehnt, rauchte der Bevollmächtigte eine Zigarette, der eine Rotarmist unterhielt sich mit Galja, der andere

hatte sich hingekauert und rauchte ebenfalls. Michail Jurjewitsch lächelte Sascha aufmunternd zu. Sascha lächelte zurück, er spürte, daß es ein klägliches Lächeln war, aber ein anderes brachte er nicht zustande.
»Saschenka, schau, was ich dir eingepackt habe«, mit bebenden Händen öffnete Sofia Alexandrowna das Bündel. »Hier die Seife, Zahnpulver, Zahnbürste, Handtuch, Rasierapparat ...«
»Keinen Rasierer«, sagte der Bevollmächtigte.
»Entschuldigen Sie«, sie nahm den Rasierapparat heraus. »Hier sind Socken, frische Wäsche, Taschentücher ...«
Ihre Stimme bebte.
»Hier ist der Kamm und da ... das ist der Schal ... dein Schal ...«
Ihre Worte gingen in Schluchzen über, sie verging, sie starb, während sie die Sachen auswählte, die Sachen ihres Jungen, den man von ihr wegriß, ins Gefängnis brachte. Sofija Alexandrowna sank in den Sessel, das Schluchzen schüttelte ihren kleinen rundlichen Körper.
»Aber beruhigen Sie sich doch, das wird sich bestimmt regeln«, redete Galja auf sie ein und streichelte ihr tröstend die Schulter, »bei den Almasows haben sie den Sohn abgeholt und nach einer Weile wieder entlassen. Wozu jetzt weinen, wenn's nun mal so gekommen ist.«
Sie aber zitterte an allen Gliedern und murmelte immer wieder: »Das ist das Ende, das Ende, das Ende ...«
Der Bevollmächtigte sah auf die Uhr.
»Machen Sie sich fertig!«
Er drückte den Stummel aus, reckte die Schultern, legte die Stirn in düstere Falten. Die Wachen nahmen jetzt auch wieder Haltung an, waren wieder voll im Dienst. Sie gaben keine Ratschläge mehr, standen Gewehr bei Fuß und waren bereit, den Häftling zu eskortieren. Der Bevollmächtigte machte eine Handbewegung, die Michail Jurjewitsch und Galja deutlich machte, daß sie aus dem Weg gehen sollten, auf dem man sogleich den Verhafteten abführen würde.
Sascha zog den Mantel an, setzte die Mütze auf, griff nach dem Bündel.
Der Rotarmist kam mit dem Sicherheitsschloß nicht zurecht, er

stellte sich ungeschickt an, so daß es eine Weile dauerte, bis die Tür geöffnet war. Das Geräusch drang an Sofija Alexandrownas Ohr, sie hatte es erwartet und gefürchtet. Sie lief in den Flur, sah Sascha in Mantel und Mütze und umklammerte ihn zitternd und schluchzend.

Michail Jurjewitsch umfaßte behutsam ihre Schultern.

»Sofija Alexandrowna, lassen Sie doch, das bringt nichts, wirklich nicht.«

Sascha küßte die Mutter auf den Kopf, küßte ihr graues zerzaustes Haar. Sie wurde von Weinkrämpfen geschüttelt, Michail Jurjewitsch und Galja stützten sie, hielten sie zurück.

Sascha verließ die Wohnung.

Das Auto wartete unweit des Hauses. Sascha wurde nach hinten gesetzt, der Bevollmächtigte und ein Posten setzten sich links und rechts neben ihn, der zweite Posten nahm neben dem Fahrer Platz. Schweigend fuhren sie durch die nächtlichen Moskauer Straßen. Sascha wurde nicht schlau daraus, von welcher Seite sie ans Gefängnis heranfuhren. Das hohe Eisentor öffnete sich, der Wagen rollte in einen langen, schmalen überdachten Hof. Zuerst stiegen die Wachen aus, dann Sascha, als letzter der Bevollmächtigte. Das Auto fuhr sogleich davon. Sascha wurde in einen riesigen leeren Raum mit niedriger gewölbter Decke geführt, ein gewaltiger Keller ohne Einrichtung, ohne Möbel, weder Bänke noch Tische, ein nach Chlor riechendes Gewölbe mit schorfigem Mauerwerk und von unzähligen Füßen abgeschliffenem Zementboden. Sascha erriet, daß hier die Aufnahmestelle war, von hier wurden die Verhafteten in die Zellen gebracht, hier zu Kolonnen für den Abtransport zusammengestellt, der Ein- und der Ausgang des Gefängnisses, sein Beginn und sein Ende. Im Augenblick war der Raum leer.

Der Bevollmächtigte und die Wachen verfolgten jetzt nicht mehr jede von Saschas Bewegungen – von hier gab es kein Entrinnen. Sie hatten ihren Auftrag erfolgreich durchgeführt, den Verhafteten eingeliefert, sie waren nicht mehr für ihn verantwortlich.

»Bleiben Sie hier stehen«, befahl der Bevollmächtigte und ging.

Auch die Posten verschwanden in die Wachstube; aus der geöffneten Tür drang der Geruch von nassem Manteltuch und Kohlsuppe.

Sascha stand an der Wand, das Bündel hatte er auf den Boden gelegt. Niemand bewachte oder überwachte ihn, eine Pause zwischen vollzogener Verhaftung und noch nicht begonnener Haft. Aber gerade in diesen Minuten, da er sich selbst überlassen war, fühlte er deutlich, daß er sich bereits seiner neuen Lage bewußt war. Wenn er auch nur einen Schritt machte, würde man ihn anhalten, ihm befehlen stehenzubleiben, sich nicht von der Stelle zu rühren, er wäre gezwungen zu gehorchen, und das würde ihn noch mehr erniedrigen. Er durfte also keinen Anlaß geben. Nur so konnte er sich seine Würde erhalten, die Würde eines sowjetischen Menschen, der irrtümlicherweise hierher geraten war.

Ein Militär mit zwei Quadraten am Kragenspiegel kam vorüber und sagte ohne hinzusehen: »Los!«

Sascha hob sein Bündel auf und ging los. Außer Neugier empfand er nichts mehr.

Gleich hinter dem nächsten Pfeiler stand ein kleiner Bürotisch. Der Uniformierte setzte sich und holte ein Formular hervor. Name? Vorname? Vatersname? Geburtsjahr? Besondere Merkmale? Tätowierung? Von Verwundungen oder Verbrennungen herrührende Narben? Leberflecke? Er notierte Augen- und Haarfarbe ... hielt Sascha eine Art Stempelkissen hin. Sascha hinterließ seine Fingerabdrücke auf dem Formular. Dann schrieb er die Kleidungsstücke auf: Mantel, Mütze, Schuhe, Pullover, Hose, Jacke, Hemd.

»Ihr Geld!«

Er zählte das Geld nach, notierte die Summe auf dem Formular, ließ Sascha unterschreiben und legte es in die Schublade.

»Die Quittung kriegen Sie später.« Er wies auf eine Tür. »Jetzt dorthin!«

In einer kleinen Kammer wartete schon ein aufgeschwemmter verschlafener Dickwanst in Zivil.

»Ziehen Sie sich aus!«

Sascha legte Mütze und Mantel ab.

»Die Schuhe auch!«

Sascha zog die Schuhe aus, er stand in Socken auf dem Boden.

»Ziehen Sie die Schnürsenkel raus.«

Der Dicke legte die Schnürsenkel auf den Tisch und wies in die Ecke.
»Stellen Sie sich dort hin!«
In der Ecke stand eine Meßlatte mit Zentimetereinteilung, um die Körpergröße zu messen. Der Dicke drückte ihm den Schieber auf den Kopf und sagte laut, damit es ein anderer, der hinter der Wand saß, hören konnte: »Hundertsiebenundsechzig!«
Dann befingerte er Saschas Mantel und Mütze, schlitzte mit einem kleinen Messer das Futter auf, tastete darin herum, legte die Sachen auf eine Holzbank und wies mit dem Kinn auf Saschas Anzug.
»Ausziehen!«
Sascha legte das Jackett ab.
»Alles ausziehen!«
Sascha blieb in Turnhose und Unterhemd vor ihm stehen.
Der Dicke tastete Jackett und Hose ab, schlitzte das Futter auf, trennte die Aufschläge der Hose auf, zog den Gürtel aus den Schlaufen, legte ihn neben die Schnürsenkel, Jackett und Hose warf er auf die Bank.
»Machen Sie den Mund auf!«
Sascha sah das schläfrige Gesicht des Dicken jetzt dicht vor sich, der seinen Mund untersuchte und an den Lippen zog, um sich zu vergewissern, daß nichts unter den Lippen oder zwischen den Zähnen verborgen war. Dann wies er auf Unterhemd und Turnhose.
»Ausziehen!«
Der Dicke suchte nach Tätowierungen, Narben, Spuren von Brandwunden oder Verwundungen, fand aber nichts dergleichen.
»Umdrehen!«
Sascha fühlte die kalte Berührung seiner Finger am Gesäß.
»Anziehen!«
Mit der Hand die gürtellose Hose festhaltend, mit schlappenden immer wieder von den Füßen fallenden Schuhen ging Sascha gleich darauf mit einem Posten als Bewachung kurze Gänge entlang, stieg Treppen hinauf und hinunter, die mit Maschen-

draht gesichert waren. Der Posten schlug von Zeit zu Zeit mit dem Schlüsselbund gegen das Eisengeländer, Schlösser knirschten, ringsum tote Zellen und tote Eisentüren.

In einem der Gänge blieben sie stehen. Dort wartete schon ein Wärter, der eine Zelle öffnete. Sascha trat ein. Die Tür schlug zu.

14

Wie von Stalin verlangt, wurde Hochhofen Vier vor dem geplanten Termin angeblasen, am 30. November um 19 Uhr bei 35 Grad Kälte. Mark Alexandrowitsch wollte erst abreisen, wenn er überzeugt war, daß sich die Katastrophe nicht wiederholen würde, die sich mit Hochofen Eins ereignet hatte, der ebenfalls bei Frost angeblasen worden war. Darum reiste er nicht mit der Gebietsdelegation nach Moskau, sondern fuhr erst am 20. Januar.
Der Dienstwaggon war schon an die Lok gekuppelt, der Schneepflug war vorausgefahren. Der Wind pfiff, fegte den Schnee zu hohen Wehen zusammen, riß an den schwankenden Laternen, die in großen Abständen als trübe Lichtkegel zu erkennen waren – die Bahnstation und die Stadt hatten ein streng begrenztes Limit für den Stromverbrauch, der Strom wurde im Betrieb benötigt, wo Stahl geschmolzen wurde.
In dem kleinen Stationsgebäude standen die Mitarbeiter der Betriebsleitung am Kachelofen zusammen. Sie hatten sich mit den Papieren eingefunden, die schon lange vor der Abreise des Direktors nach Moskau vorbereitet, aber erst im letzten Augenblick fertiggemacht worden waren. Sie folgten Mark Alexandrowitsch in den Waggon, mit nassen Filzstiefeln, in Galoschen, Mützen und Kragen voller Schnee, sehr zum Mißfallen des Schaffners, sie schüttelten den Schnee ab, hinterließen feuchte Flecken auf dem Boden, rauchten, er aber hatte hier alles auf Hochglanz gewienert – wie immer, wenn der Chef persönlich reiste, hatte er auch ordentlich eingeheizt.
Mark Alexandrowitsch legte Pelzmantel und Mütze ab, trotzdem war es heiß, besonders an den Füßen wegen der warmen Filzstiefel. Die Lampen brannten flackernd, aber hell. Er sah die Papiere rasch durch und stellte fest: Was er für Moskau brauchte, war da. In den Thesen des ZK wurde erstmalig der Termin für die Fertigstellung des Betriebs genannt: 1937. Die Planvorgabe für die landesweite Gesamtproduktion von Gußeisen war für das Ende

des Jahrfünfts von zweiundzwanzig Millionen Tonnen auf achtzehn gesenkt worden – die realistische Einstellung hatte gesiegt. Folglich war die Zeit gekommen, wo man mit erhobener Stimme fordern konnte, was man gestern nur halblaut hinter vorgehaltener Hand andeuten durfte: Wohnungen, Mechanisierung, soziale Einrichtungen und Dienstleistungsbetriebe.

»Ich lasse abfahren, Mark Alexandrowitsch«, meldete der Stationsvorsteher, der zur Tür hereinsah.

Der Schaffner in schwarzem Dienstmantel und schwarzer Ohrenmütze, eine Laterne in der Hand, ging durch den Wagen und murmelte in seinen Bart: »Wir fahren ab, Bürger, wir fahren gleich los.«

Die Betriebsangehörigen verließen den Wagen, in den sogleich die Frostluft eindrang. Der Schaffner schlug mit dem Fuß den anbakkenden Schnee von der Schwelle und schloß die Tür. Ein Pfiff, dann das kurze Aufheulen der Lok, der Wagen ruckte an, fuhr wiegend los, und schon bald hörte man das gleichmäßige Hämmern der Räder auf den Schienen.

Mark Alexandrowitsch zog die Filzstiefel aus, holte die Hausschuhe aus dem Koffer und genoß es, sich die Beine zu vertreten. Dann trat er ans Fenster und schob den Vorhang beiseite.

Der Kurzzug fuhr über die verschneite Steppe und bog um den Berg, an dem die von den Feuern der Hochöfen überflackerte Stadt lag. Vor vier Jahren waren sie hergekommen, in die kahle Steppe, jetzt gab es zweihunderttausend Einwohner hier, einen Betrieb von Weltrang, einen Giganten, der bereits eine Million Tonnen Gußeisen, hunderttausende Tonnen Stahl, drei Millionen Tonnen Erz geliefert hatte. Mark Alexandrowitsch schwelgte nicht in Erinnerungen, er hatte keine Zeit dazu, er hatte kaum Zeit, sich zu überlegen, was jetzt im Augenblick zu bedenken war. Der Parteitag stand bevor, seine Gedanken kehrten zu Lominadse zurück, der mit der Delegation bereits vor ihm nach Moskau abgereist war.

Wegen theoretischer Fehler hatte man Lominadse, ein Mitglied des ZK, aller hohen Ämter enthoben und bei ihnen als Sekretär des Stadtparteikomitees eingesetzt, eigentlich als Sekretär des Betriebsparteikomitees, genau betrachtet waren Stadt und Betrieb identisch und das städtische Parteikomitee nichts anderes als das Parteikomitee seines Werks. Ebenso alt wie Mark Alexandrowitsch, obwohl etwas länger in der Partei, Rjasanow seit 1919, Lominadse seit '17, galt er als bedeutender Politiker, klug, taktvoll, mit Elan und Willensstärke. Aber sollten auf dem Parteitag Angriffe gegen ehemalige Oppositionelle geführt werden, so würde auch Lominadse dran glauben müssen, und dann konnte es auch gegen den Betrieb gehen. Metall war wichtig, aber Politik war wichtiger.

Wenn er die Lage überdachte, neigte Mark Alexandrowitsch zu der Ansicht, daß der Parteitag ruhig und reibungslos verlaufen würde, davon zeugte allein schon sein Motto: Parteitag der Sieger. Die drei vorangegangenen Parteitage waren im Zeichen des Kampfes, der Auseinandersetzung durchgeführt worden, nun war die Zeit gekommen, die Eintracht und Geschlossenheit der Partei unter der neuen Führung zu veranschaulichen. Trotzdem mußte man auch auf unerwartete Entwicklungen gefaßt sein.

Damals, als man ihm noch keinen Salonwagen zur Verfügung gestellt und er sich mal im Güterwaggon, mal auf der Plattform oder auf dem Wagendach mit Soldatenmantel und Rucksack nach Moskau durchgeschlagen hatte, wäre ihm nicht mal im Traum eingefallen, irgendwelche Befürchtungen zu hegen. Jetzt lag das Schicksal von Hunderttausenden von Menschen in seiner Hand, er war mit großen Machtbefugnissen ausgestattet, glaubte fest an die Richtigkeit der Parteilinie, hatte nie einer Opposition angehört, wurde von Sergo geliebt und von Stalin geschätzt, aber gerade jetzt mußte er alles abwägen und befürchten, in Schwierigkeiten zu geraten und nur, weil man ihnen ein Jahr zuvor Lominadse als Sekretär des Stadtparteikomitees geschickt hatte. Der hatte seinerzeit Fehler begangen, mit denen weder Mark Alexandrowitsch noch die von ihm geleitete Belegschaft etwas zu tun hatten.

Und obendrein Saschas unerwartete und rätselhafte Verhaftung ... Als er den Brief seiner Schwester erhielt, überkam ihn ein qualvolles Gefühl auswegloser Beklommenheit. Aber er kannte die Zusammenhänge nicht. Der Zusammenstoß mit dem Dozenten für Buchführung, das war kein Grund für eine Verhaftung, zumal Sascha durch die Entscheidung von Solz wieder immatrikuliert worden war. Die Ursache lag eher woanders: vielleicht in Saschas Äußerungen, solchen, wie er sie ihm gegenüber damals in der Nacht über Stalins Unbescheidenheit, über Lenins Brief gemacht hatte ... Hatte er Lenins Brief überhaupt gelesen? Wo, wann, bei wem? Stalins Unbescheidenheit ... Ob er nur ihm gegenüber solche Dinge geäußert hatte? Wem hatte er's noch gesagt? Waren es seine eigenen Gedanken, oder hatte sie ihm jemand soufliert? Und wenn, dann wer? Er war berechtigt, alles zu wissen, es ging um seinen Neffen, er konnte eine genaue und objektive Untersuchung erwarten.

In Swerdlowsk wurde Mark Alexandrowitsch von Kirshak, dem Vertreter des Betriebes beim Gebietsexekutivkomitee, abgeholt.

Der D-Zug Moskau–Wladiwostok, in den Mark Alexandrowitsch umsteigen mußte, hatte Verspätung. Der Stationsvorsteher führte Mark Alexandrowitsch geradewegs vom Bahnsteig, ohne den Bahnhof zu betreten, in den Raum für Regierungsmitglieder und andere hochgestellte Persönlichkeiten.

Die Frau vom Büfett brachte Tee und belegte Brote. Kirshak, klein, übergeschäftig und nervös, erstattete Meldung über den Stand der Dinge: Die Zulieferbetriebe überzogen die Fristen, die Transportmittel reichten nicht aus, die Geldmittel entsprachen nicht den wahren Bedürfnissen, die Buchhaltung machte Schwierigkeiten, die Gebietsorganisationen leisteten keine Hilfestellung. Mark Alexandrowitsch kannte den gekränkten Ton, der bei Kirshak, der sich um Versorgung und Zulieferung zu kümmern hatte und mit seiner Arbeit gut zurecht kam, den Mangel an Durchschlagkraft ersetzte. Nachdem Mark Alexandrowitsch mit Kirshak alles besprochen hatte, ging er in den Bahnhof. Die Gänge waren mit Bündeln, Säcken und Koffern verstellt. Reisende, vor allem Frauen und Kinder, saßen und lagen auf dem Boden und den Bänken, drängten sich in langen unübersichtlichen Schlangen vor den Fahrkartenschaltern, vor den Samowaren. All diese Menschen in ihren Schafspelzen und Bastschuhen waren Bauern, verkörperten das Dorf, nicht gewohnt zu reisen, linkisch und unbeholfen, das Dorf mit seiner beklemmenden Armut und Schäbigkeit, das von Grund und Boden losgerissene, vom untersten zum obersten gekehrte, bäuerliche Rußland.

Für Mark Alexandrowitsch war das nichts Neues, das Bild sah man auf allen Bahnhöfen des Landes. Menschenmassen mit Sack und Pack, mit Kind und Kegel, kamen auch zu ihm ins Werk und zur Baustelle. In den Betriebsbaracken roch es genauso säuerlichscharf nach Schweiß, Schafpelzen und Knoblauch. Das waren nun einmal die unerbittlichen Gesetze der Geschichte, das Gebot der Industrialisierung. Es war das Ende des alten Dorfes, roh, unbeleckt und schmutzig, abgerissen und ungehobelt, das Ende des Privateigentums. Eine neue Epoche wurde eingeläutet. Das alte brach zusammen, unter Schmerzen und Verlusten.

Der Waggon erster Klasse, in dem Mark Alexandrowitsch ein Abteil für sich hatte, war halbleer. Er arbeitete in seinem Abteil, erst als es anfing dunkel zu werden, trat er in den Gang hinaus. Die Teppichläufer dämpften das eintönige Rattern der Räder. Alle Abteiltüren waren geschlossen, außer einer, durch die die Stimmen eines Mannes und einer Frau zu hören waren, die sich französisch unterhielten.

Etwas später kam die Frau auf den Gang. Als sie Mark Alexandrowitsch erblickte, lächelte sie verwirrt. Wahrscheinlich war sie verlegen, dachte Mark Alexandrowitsch, weil sie nicht erwartet hatte, jemand im leeren Gang zu treffen. Sie war in Morgenmantel und Pantoffeln, unfrisiert, wollte zur Toilette, und da stand plötzlich ein unbekannter Russe, der sie anblickte. Vorher hatte sie ihn noch nicht im Waggon gesehen: Mark Alexandrowitsch war eingestiegen, als sie schlief. Die Frau mochte etwa fünfunddreißig Jahre alt sein, sie war hochgewachsen und trug eine große Hornbrille. Als sie aus der Toilette kam, lächelte sie wieder und schob die Tür ihres Abteils hinter sich zu.

Nach einer Weile öffnete sich die Tür von neuem, ein Mann trat hinaus, ebenso groß, stattlich und von einer gewissen Ähnlichkeit mit Lunatscharski. Mark Alexandrowitsch erkannte ihn sofort, es war ein bekannter belgischer Sozialdemokrat, ein Führer der Zweiten Internationale. Etwa vor einem Monat hatte eine kurze Notiz in der Zeitung gestanden, daß er über die Sowjetunion und China nach Japan reiste, um dort Vorträge zu halten. Schon damals hatte Mark Alexandrowitsch überlegt, daß eine solche

Meldung von neuen Kontakten zeugte, die unter den gegenwärtigen internationalen Verhältnissen als natürlich und vernünftig zu begrüßen waren.

Wie unter Mitreisenden üblich, denen eine lange Fahrt bevorsteht, bahnte sich rasch eine Unterhaltung an. Mark Alexandrowitsch sprach gut Englisch, das Französische beherrschte er so weit, daß er sich verständlich machen konnte. Die Frau des Belgiers kam nun auch aus dem Abteil. Sie trug einen grauen Rock und einen Pullover, der ihre üppige Brust zur Geltung brachte. Diesmal drückte ihr Lächeln freudige Überraschung aus, daß sie einen Reisegefährten getroffen hatten, der französisch sprach.

Sie unterhielten sich über den russischen Winter, über die gigantischen Entfernungen in Rußland, über die Schwierigkeiten, die sich daraus für das Post- und Verkehrswesen ergaben. In Tokio und Osaka war es warm gewesen, in Nagasaki sogar heiß, hier dagegen war es kalt. Offenbar machte der Frost den Russen munter. Der Belgier bedauerte, daß er auf der Bahnreise durch Sibirien und den Ural den berühmten Kusbass, das Kohlenbekken von Kusnezk, und das berühmte Bauvorhaben in Magnitogorsk nicht gesehen hatte. Aus dem Zugfenster sei nur der berühmte russische Schnee zu erkennen. Zu gern hätte er das russische Experiment erlebt, ergänzte er und entschuldigte sich mit einem Lächeln für die Banalität des Ausdrucks.

Er holte die letzte *Prawda* aus seinem Abteil. Anläßlich des bevorstehenden Parteitags brachte die Zeitung die Karte der größten Bauvorhaben des zweiten Fünfjahresplans. Die Bauvorhaben waren durch Symbole gekennzeichnet: Hochöfen, Automobile, Traktoren, Mähdrescher, Lokomotiven, Eisenbahnwagen, Autoreifen, Wasserkraftwerke. Mark Alexandrowitsch erklärte, daß Tuchballen Textilkombinate bezeichneten, Zuckerhüte Zuckerfabriken, die kleinen Kreise, das waren Kugellagerwerke. Der Belgier lachte zustimmend, bemerkte jedoch, daß dieses grandiose Programm nur auf Kosten anderer Wirtschaftszweige erfüllt werden könne, vor allem auf Kosten der Landwirtschaft.

Mark Alexandrowitsch kannte diese menschewistischen Argu-

mente. In Rußland fand eine zweite Revolution statt, aber dieser gepflegte respektable Herr, dieser geschniegelte Parlamentspolitiker verstand sie ebensowenig wie die erste Revolution.
Mark Alexandrowitsch schwieg, auf eine politische Diskussion wollte er sich nicht einlassen. Er war oft ins Ausland gereist, hatte mit Ausländern verkehrt, vermied aber stets politische Gespräche mit ihnen, denn von den Argumenten des anderen ließ sich sowieso keiner überzeugen. Auch jetzt widerstand er der Versuchung, mit dem berühmten Politiker ein Gespräch zu führen. Andererseits wollte er aber auch den Eindruck vermeiden, er drücke sich vor einer Diskussion. Mark Alexandrowitsch war in diesem Punkt empfindlich, höchst ungern ließ er sich von jemandem den Rang ablaufen. Darum flocht er eine komische Episode in seine Betrachtung über seine Eindrücke von Amerika ein, wo er zwei Jahre in einer Eisengießerei gearbeitet hatte. In New York war er Augenzeuge folgender erheiternder Szene gewesen:
Eine gebrechliche Greisin in altmodischem, bis zu den Knöcheln reichendem schwarzen Kleid und schwarzem Hut, auf dem eine Art Vogelnest saß, verließ gerade die Kirche. Ein junges Mädchen, wahrscheinlich die Enkeltochter, vielleicht sogar die Urenkelin, hielt sie behutsam am Arm fest, führte sie vorsichtig die Stufen der Kirchentreppe hinab und brachte sie zu einem vor der Kirche geparkten Packard, setzte sie hinein, küßte sie zärtlich und schlug die Tür zu. Sobald die Greisin hinter dem Steuer saß, schaltete sie den Motor ein. Der Packard raste los und verschwand im Straßengewühl.
Mark Alexandrowitsch gab keinerlei Kommentar zu dieser kleinen Episode ab, er erzählte sie einfach, gutmütig seine Tabakspfeife schmauchend, aber er hatte sie so in die Unterhaltung eingebaut, daß ein kluger Gesprächspartner sogleich die Allegorie verstehen mußte: ein veraltetes, aber mit den modernsten technischen Mitteln ausgerüstetes System – das war Amerika. Der Belgier würdigte Mark Alexandrowitschs feine Art, der diplomatisch das Niveau angedeutet hatte, auf welchem er sich zu unterhalten pflegte. Mark Alexandrowitsch glänzte gern vor Ausländern mit seinem Wissen, seinem Witz, der Freizügigkeit seiner Ansichten, da er der Meinung war, daß sich jemand, der in seinem Land eine

solche Machtposition innehatte, genau so verhalten müsse. Die Frau des Belgiers hatte das Gleichnis nicht verstanden. Aber die kleine Episode, die Mark Alexandrowitsch erzählt hatte, erschien ihr sehr komisch, sie mußte noch lange darüber lachen.

In Moskau angekommen, fuhr Mark Alexandrowitsch vom Bahnhof zur Sadowo-Karetnaja-Ringstraße, zum »Dritten Haus der Sowjets«. Der Saal, in dem sich das Organisationskomitee befand, war leer; obwohl alle Delegierten bereits angekommen waren, blieben die Diensthabenden dennoch an Ort und Stelle. Mark Alexandrowitsch ließ sich registrieren, bekam sein Mandat, die Einweisung ins Hotel, Essensgutscheine, ein Notizbuch *Delegierter des XVII. Parteitags der Kommunistischen Partei der SU.* Er fügte sich sofort in die gewohnte Atmosphäre des Parteitags ein – mit seiner festen Ordnung, dem Reglement, der Disziplin, der man sich gern unterordnete. Er schaltete innerlich auf etwas Wichtigeres und Höheres um als sein Gestern und streifte damit die Last seiner gewohnten Sorgen ab – ein Gefühl, das ein alter Soldat haben mag, der wieder zu seiner Einheit einberufen wird.

Im Hotel wies man ihn in ein Dreibettzimmer ein. Er hatte ein Bett und einen Nachttisch, mehr brauchte er nicht. Er wußte, daß er unter den Delegierten viele alte Freunde treffen würde, einige hatte er schon im Foyer begrüßt. In ihren Gesichtern spiegelte sich freudige Erregung; bei ihrem Anblick fühlte sich Mark Alexandrowitsch noch mehr in seiner Auffassung von der Beständigkeit und Richtigkeit der Ereignisse bestärkt. Es gab die Partei, gab die Parteikader, erfahren, zuverlässig und gestählt; sie kannten den Kurs, wußten, wohin er führte. Die Tatsache, daß sie Stalin unterstützten, zeugte nur von ihrer Stärke. Diese Menschen, ehrlich, selbstlos und gerecht, würden nie Willkür und Rechtswidrigkeit zulassen. Was mit Sascha geschehen war, war völlig absurd. Sonjas letzten Brief hatte er vor zehn Tagen erhalten. Vielleicht hatte man Sascha inzwischen entlassen?

Er rief die Schwester an. Schon am ernsten Ton ihrer Stimme verstand er, daß sich nichts geändert hatte.

»Kommst du?«

Er hatte keine Lust, jetzt zum Arbat zu fahren. Es war schon spät, er hatte keinen Wagen zur Verfügung, im Nebenzimmer erwarteten ihn Freunde. Aber wenn er nicht gleich hinfuhr, war ungewiß, wann er sich in diesen Tagen würde freimachen können.

»Wenn du nicht schlafen gehst, bin ich in einer oder in anderthalb Stunden bei dir.«

»Glaubst du denn, daß ich jetzt schlafen kann?«

Der Besuch bei der Schwester entmutigte ihn. Sie sprach unterwürfig, suchte zappelig nach irgendwelchen Zetteln und Papieren, glättete sie mit zitternden Händen, sah ihn hoffnungsvoll und zugleich ängstlich an. In dieser Minute war er nicht ihr Bruder, sondern einer der Mächtigen dieser Welt: Er konnte ihrem Sohn helfen, konnte aber auch seine Hilfe verweigern, konnte ihn retten oder auf seine Rettung verzichten. Der Schmerz hatte ihre Beobachtungsgabe geschärft, sie verstand, daß ihm die Angelegenheit peinlich war, er wollte alle Umstände abwägen, während für sie überhaupt keine Umstände existierten, außer einem einzigen – Sascha war im Gefängnis.

Mark Alexandrowitsch überkam wieder jener bedrückend trostlose Zustand völliger Ausweglosigkeit, er fühlte ein Reißen im Nacken. Er liebte Sonja und liebte Sascha. Aber leere Versprechungen konnte er nicht machen. Er war ein Mann mit Lebenserfahrung. Er war Kommunist.

»Ich nehme mich gleich morgen der Sache an. Wenn Sascha keinerlei Schuld hat, wird man ihn entlassen.«

Sie sah ihn fassungslos und voller Angst an.

»Sascha und Schuld haben ... du hältst so etwas für möglich?«

Er war grausam zu ihr. Aber sie mußte auf alles gefaßt sein. Sonst würde es später für sie noch härter werden.

»Irgend etwas wird ihm doch vorgeworfen ... Ich fahre nicht eher aus Moskau weg, bis ich das geklärt habe ...«

Mark Alexandrowitsch klopfte auch bei Budjagin an. Seinetwegen war Budjagin in eine zweideutige Lage geraten – er hatte sich für jemanden eingesetzt, der jetzt verhaftet war.

Budjagin war schlechter Stimmung, er erwähnte den Parteitag überhaupt nicht, entschied das Geschäftliche sachlich wie sonst. Vielleicht war er gekränkt, weil er nicht gewählt worden war? Aber er war Delegierter mit beratendem Stimmrecht, ebenso wie

viele andere Mitglieder des ZK und des ZKK, das war überhaupt nicht kränkend, sondern die herkömmliche Ordnung. Vielleicht war der Parteitag für ihn kein Fest, sondern nur eine noch schwerere, mühsamere Arbeit? Und trotzdem ... Heute war er besonders mürrisch, konzentriert und unfreundlich.
»Sind Sie über meinen Neffen informiert?« fragte Mark Alexandrowitsch.
»Ja.«
»Als ich mich damals an Sie wandte, habe ich eine solche Entwicklung nicht erwartet.«
»Verstehe«, antwortete Budjagin gelassen, womit er andeutete, daß er ihm keinerlei Schuld gab.
»Er ist mein Neffe«, sprach Mark Alexandrowitsch weiter, »darum habe ich ein Recht darauf, informiert zu werden.«
Budjagin schwieg. Er saß da, die Ellbogen auf der Tischplatte, das Kinn auf den gefalteten Händen und sah Mark Alexandrowitsch an.
»Auf dem Parteitag will ich versuchen, mit Jagoda oder Beresin zu sprechen«, beendete Mark Alexandrowitsch das Gespräch, auf das sich Budjagin offensichtlich nicht einlassen wollte.
Aber da sagte Budjagin: »Sie haben gewußt, daß er Ihr Neffe ist.«
Mark Alexandrowitsch blickte Budjagin forschend an.
»Was wollen Sie damit sagen?«
»Sie haben gewußt, daß Sie sich einmischen würden. Das haben sie einkalkuliert.« Dann setzte er mit merkwürdigem Blick hinzu: »Das mit Sascha ist kein Zufall.«
Er sagte es im gleichen Ton wie das vorige Mal, als er erklärt hatte, daß Tschernjak nicht mehr Sekretär des Bezirksparteikomitees sei. Was damals eine Mitteilung war, bedeutete heute eine Aufforderung zum Gespräch.
Wurde irgend etwas zum Parteitag eingefädelt? Und wenn, dann was? Gab es Gruppen oder Fraktionen, wurde um Gleichgesinnte geworben, war jemand auf Stimmenfang aus? Wieder eine Spaltung in der obersten Leitung? Wollten sie IHN durch einen anderen ersetzen? Die alten Führer waren kompromittiert. Neue? Aber wer? Von vornherein war klar, daß das scheitern mußte, die

Partei würde ihnen ihre Unterstützung versagen? Stalin war die Verkörperung ihrer Linie, ihrer Politik.

Sie sprachen über zu ernste Dinge; das Gespräch konnte viel zu schwerwiegende Folgen haben, als daß auch nur etwas unausgesprochen bleiben, auch nur ein Gran Unklarheit bezüglich seines Standpunktes bei Budjagin entstehen durfte.

»Ich glaube nicht, daß man hinter Saschas Verhaftung einen so tiefen Sinn sehen sollte. Zufälle sind kein Grund, um derartig weitreichende Schlußfolgerungen zu ziehen«, erklärte Mark Alexandrowitsch fest.

Er sah Budjagin mit klarem, offenem und zugleich unversöhnlichem Blick an. Schade. Ein zuverlässiger Kommunist, ein Naturtalent, das sich vom Arbeiter zum bedeutenden Staatsmann entwickelt hatte. Aber er hatte viele Jahre im Ausland gelebt, hatte sich von seinem Land gelöst, wußte nicht, was das Leben des Volkes, das Leben der Partei erfüllte ... Sie wandten sich ab, strauchelten, standen der Einzigartigkeit ihrer Zeit, den Opfern, die diese Zeit nun einmal erforderte, fassungs- und verständnislos gegenüber.

»Die Partei ist nicht blind, Iwan Grigorjewitsch, das wissen Sie genausogut wie ich.«

Er sah Budjagin weiterhin an. Mit ihm war seine Jugend verbunden, der Bürgerkrieg, alles, was Mark Alexandrowitsch teuer und unvergeßlich war. Aber die Hauptsache war jetzt seine von den Feuern der Hochöfen überglänzte Stadt am Berg. Das war jetzt die Revolution.

Sie ging weiter und würde immer weiter gehen, selbst wenn Budjagin sich von ihr abwenden sollte, wie es schon andere vor ihm getan hatten.

Mark Alexandrowitsch erwartete eigentlich von Iwan Grigorjewitsch keine Antwort mehr. Was er noch sagen könnte, wäre sowieso nichtssagend gewesen. Darum drang Budjagins Stimme dumpf und wie von fern an sein Ohr, kaum hörte er die Worte, deren Bitterkeit ihm erst viel, viel später bewußt wurde ... »Wir sperren Komsomolzen ein«, sagte Budjagin.

Die Vorhallen des Großen Kremlpalastes, die breite Marmortreppe, das Foyer vor dem Sitzungssaal. Überall drängten sich die Delegierten. Sie standen in Grüppchen zusammen, spazierten herum, begrüßten einander, umlagerten die kleinen Tische, an denen die Tagungsunterlagen verteilt wurden.
Mark Alexandrowitsch hatte sich ebenfalls mit Unterlagen versorgt, wurde ebenfalls begrüßt – es waren Bekannte, die der Donbass-Delegation angehörten, eine Gegend, wo er früher gearbeitet hatte. Dann schrillten die Klingeln, alles strömte in den Saal. Er war umgebaut worden, jetzt gab es einen großen Rang für Gäste, alles war neu und frisch, es roch nach Holz und Farbe. Am nächsten Tag stand in der Zeitung: »In seiner majestätischen Schlichtheit wirkt der Saal jetzt strenger. Verschwunden sind die abgeschmackten Vergoldungen, die schwulstigen Säulen, Wappen und Insignien – der Plunder mehrerer Epochen wurde aus diesen Mauern hinausgefegt. Jetzt wirkt alles großzügig und hell.« Die Plätze für ihre Delegation befanden sich in der vierten und fünften Reihe genau gegenüber der Tribüne, wo Kaganowitsch, Ordshonikidse, Woroschilow, Kossior, Postyschew, Mikojan und Maxim Gorki standen.
Auf den Treppenstufen saß Kalinin, der mit schneller Hand etwas in sein Notizbuch schrieb und ab und zu durch die Gläser seiner bäuerlich wirkenden Metallbrille einen Blick in den Saal warf. Der Beifall, mit dem die Delegierten Molotows Erscheinen am Präsidiumstisch begrüßten, steigerte sich noch, als Stalin aus einer Seitentür kam. Das Klatschen wurde immer lauter, vermischte sich mit dem Knallen der hochklappenden Sitze und dem Knarren der zurückgeschobenen Pulte, alles stand auf, oben wurde geschrien: »Es lebe Genosse Stalin! Hurra! ...« Alle fielen ein: »Hurra! Es lebe der große Stab des Bolschewismus! Hurra! Es lebe der große Führer des Weltproletariats! Hurra! Hurra! Hurra!« Die brausende Huldigung wiederholte sich mehrmals ... Sobald Molotow Stalins Namen nannte und erklärte: »Wir scharen uns um den Führer und Organisator unserer Siege, Genossen Stalin ...« Und dann am Ende der Rede: »Geleitet von Genosse Stalin – vorwärts zu neuen Siegen.« Auch später, als Chrustschow seinen Vorschlag zur Zusammensetzung des Präsidiums einbrachte und schließlich

der Vorsitzende bekannt gab: »Genosse Stalin hat das Wort« – da schwoll die Begeisterung zum Orkan an. Ebenso wie die anderen erhob sich auch Mark Alexandrowitsch, klatschte und schrie Hurra! Stalin, in einer helleren Militärbluse als die anderen Mitglieder des Präsidiums, stand auf der Tribüne, blätterte in seinen Papieren und wartete gelassen, bis der Beifall abgeflaut war. Es schien, als beziehe er die Akklamation und den allgemeinen Freudentaumel nicht auf seine Person, sondern darauf, was er verkörperte: die großen Siege des Landes und der Partei, und er klatschte selbst diesem abgehobenen Stalin zu. Der Umstand, daß Stalin das verstand und daß er in seinem Referat sogar ironisch bemerkte: »Wir haben sogar eine Grußadresse an Genossen Stalin gesandt – was wollt ihr mehr von uns?« erweckte den Eindruck der Nähe und des gegenseitigen Verständnisses zwischen ihm und den Menschen, die ihn jubelnd begrüßten.

»Wenn wir auf dem XV. Parteitag die Richtigkeit der Parteilinie noch nachweisen und einen Kampf gegen die hinreichend bekannten antileninistischen Gruppierungen führen mußten«, sagte Stalin, »so brauchen wir auf diesem Parteitag nichts zu beweisen und wohl auch gegen niemanden zu kämpfen. Alle sehen, daß die Linie der Partei gesiegt hat.«

Diese Worte bestätigten Mark Alexandrowitschs Vorhersage: Der Parteitag würde ruhig und reibungslos verlaufen, Komplikationen wegen Lominadse würden nicht eintreten. Stalin selbst strebte den Zusammenschluß an. Der Kampf war zu Ende. Darum mußten auch die damit verbundenen Extreme entfallen. Dieses monotone lobende Gejauchze würde ebenfalls aufhören. Mark Alexandrowitsch fühlte sich auch dadurch in seinen Gedanken bestärkt, daß Stalin auf ein Schlußwort verzichtete.

»Genossen! Die Debatten auf dem Parteitag haben die absolute Übereinstimmung der Ansichten unserer Parteileiter und zwar, wie man getrost sagen kann, zu allen Fragen der Parteipolitik gezeigt. Wie Sie wissen, hat es keinerlei Einwände gegen den Rechenschaftsbericht gegeben. Folglich läßt sich eine außerordentliche ideologisch-politische und organisatorische Geschlossenheit der Reihen unserer Partei konstatieren. Darum stellt sich die Frage, ob ein Schlußwort überhaupt notwendig ist? Ich denke, daß eine solche Notwendigkeit nicht besteht. Gestatten Sie mir darum, auf ein Schlußwort zu verzichten.«

Lominadse sprach fast gleich nach Stalins Bericht, dann traten auch die anderen ehemaligen Oppositionellen auf: Rykow, Bucharin, Tomski, Sinowjew, Kamenew, Pjatakow, Preobrashenski, Radek. Es war kein Gegen-die-Brust-Schlagen wie auf dem XVI. Parteitag, sondern eine nüchterne Analyse der eigenen Fehler, sie schlossen sich der Stimme der Partei an. Niemand unterbrach sie oder verlangte mehr von ihnen, niemand hielt ihre Reden für unzureichend. Nur einmal wurde Rykow bei seiner Ansprache von einem ungeduldigen Zwischenrufer unterbrochen: »Sie überschreiten die Redezeit!«

Pjatakow wurde als Mitglied ins ZK empfohlen; Rykow, Bucharin, Tomski und Sokolnikow – als Kandidaten. Die für die Wahl verteilte Liste mit den Namen der Mitglieder des neuen ZK war fast identisch mit der früheren, es gab nur die natürlichen Veränderungen, die sich auf jedem Parteitag abzeichnen: Der eine steigt in die Leitung auf, der andere scheidet aus. In der Stimmliste entdeckte Mark Alexandrowitsch auch seinen Namen – er wurde als Kandidat ins ZK empfohlen. Er beurteilte das als Anerkennung der Bedeutung, die sein im Aufbau befindlicher Industriegigant im zweiten Fünfjahresplan spielte. In der Liste fand er auch die Namen der Leiter anderer großer Bauvorhaben und Werksdirektoren, ein Zeichen der Zeit, ein Zeichen der Industrialisierung des Landes. Budjagins Name fehlte in der Liste.

Sascha hatte doch in Budjagins Haus verkehrt. Vielleicht hatte Iwan Grigorjewitsch in der Gegenwart des Neffen kritische Reden geführt? Vielleicht hatte er ihm Lenins Brief zu lesen gegeben? Ihn womöglich nicht nur zu Gesprächen herangezogen?

Mark Alexandrowitsch war weder mit Jagoda noch mit Beresin bekannt. Eine Rücksprache mit Jagoda, dem Vorsitzenden der ganzen GPU, entsprach jedoch nicht der Bedeutung von Saschas Fall. Abgesehen davon war ihm dieser mürrische, verschlossene Mann unsympathisch. Ein Gespräch mit Beresin dagegen wäre nur zu natürlich: Er beschäftigte sich mit solchen Fällen. Aber in den Pausen wurde Mark Alexandrowitsch entweder von Bekannten in

Gespräche verwickelt, oder Beresin war unauffindbar, weil er immer wieder verschwand. Eine günstige Gelegenheit bot sich am 31. Januar während der Demonstration anläßlich des XVII. Parteitags.

Es war die größte und beeindruckendste Demonstration, die Mark Alexandrowitsch je miterlebt hatte, und er hatte viele miterlebt. Innerhalb von kaum mehr als zwei Stunden marschierten über eine Million Teilnehmer im knackenden Januarfrost über den Roten Platz. Das Dunkel wurde von Scheinwerfern erhellt, was die Demonstration besonders eindrucksvoll machte.

»Stalin!« das einzige Wort, das auf allen Plakaten und Spruchbändern stand, wurde herausgeschrien und in Sprechchören skandiert, es hing in der frostigen Luft, und alle Blicke richteten sich auf die Tribüne des Mausoleums, wo er in einem Soldatenmantel und einer schlichten Pelzmütze mit heruntergeschlagenen Ohrenklappen stand. Alle auf der Tribüne trugen warme Mützen, aber nur Stalin hatte die Pelzohren heruntergeklappt, er fror, und das brachte ihn den Millionen Menschen, die auch froren, noch näher, machte ihn für sie menschlicher – er empfand die Kälte stärker, denn sie marschierten, wohingegen er mehrere Stunden bewegungslos auf der Tribüne des Mausoleums stand, um sie zu grüßen.

Mit anderen Delegierten des Parteitags stand Mark Alexandrowitsch auf der Tribüne an der Kremlmauer. Von seinem Bauprojekt war er an ganz andere Kältegrade gewöhnt, trotzdem hatte er kalte Füße, er hätte nicht die Schuhe, sondern Filzstiefel anziehen sollen. Er fand Beresin und stellte sich in seine Nähe. Als die Kundgebung beendet war und die Demonstration begann, trat er zu ihm.

Auf Beresins bronzefarbenem Eskimogesicht erschien der angespannt-abwartende Ausdruck eines Mannes, an den man sich nur bei Fragen über Tod und Leben wendet. Er nickte höflich – ein Delegierter des Parteitages wollte ihn sprechen, und als Rjasanow sich vorstellte, begrüßte er ihn sogar wohlwollend. Mark Alexandrowitsch erklärte kurz den Sachverhalt, erwähnte die Wandzeitung und Solz, sagte, daß er für den Neffen bürge, obwohl er nicht ausschließen könne, daß Sascha aufgrund seiner Jugend und Heiß-

blütigkeit die ungerechtfertigten Beschuldigungen vielleicht nicht in der Form beantwortet hatte, wie es angebracht gewesen wäre, und etwas gesagt hatte, was er nicht hätte sagen sollen. Wenn Sascha aber aus anderen Gründen verhaftet worden sei, dann bitte er um eine entsprechende Information, die Angelegenheit seines Neffen betreffe schließlich auch ihn. Beresin hörte aufmerksam zu, wandte nur hin und wieder den Kopf zu dem über den Platz ziehenden Menschenstrom und dann fiel das Licht der Scheinwerfer auf sein Gesicht, das erschöpft, gedunsen und welk aussah. Er hörte schweigend zu, bat nur, Saschas Nachnamen zu wiederholen und beantwortete die Bitte um eine Information mit einem Lächeln und den Worten: »Im tiefen Dunkel ist er nun verborgen ...«, womit er zu verstehen gab, daß er diesen Fall nicht kenne und selbst dann, wenn er ihn kennen würde, sei hier nicht der Ort, um ihn zu erörtern. Selbst an einem passenderen Ort hätte er nichts sagen können, so sei nun mal ihre Arbeit beschaffen. »Ich will Einblick in den Fall nehmen und mein Möglichstes tun. Die Untersuchung wird sorgfältig und unvoreingenommen durchgeführt werden.«
Mark Alexandrowitsch erschien die Antwort überlegt, aufrichtig und wohlwollend. Beruhigt ging er an seinen Platz zurück. Er hatte außerdem mit Solz reden wollen. Aber Solz kam nicht zum Parteitag, er war krank. Ihn, den Kranken, zu Hause aufzusuchen, hielt er für unpassend, nach dem Gespräch mit Beresin sogar für überflüssig.

15

Zu der Stunde, als die Moskauer über den von Scheinwerfern erhellten Roten Platz zogen und den auf dem Mausoleum stehenden Stalin bejubelten, wurde im Butyrka-Gefängnis das Abendessen ausgegeben. Im Gang ertönte das leise Schlurfen von Filzstiefeln, scharrende Geräusche, das Klirren von Schlössern, das Klappern blecherner Löffel und Schüsseln, man hörte, wie das Teewasser in Blechbecher gegossen wurde. Der runde Spion wurde geöffnet, für einen Augenblick erschien ein Lichtschein, der, vom Kopf des Wärters verdeckt, sogleich wieder verschwand. Der Wärter musterte die Zelle, schob dann den Spion wieder zu und öffnete das kleine Fenster. »Abendessen!«

Sascha reichte die Eßschüssel hinaus. Der Essenverteiler, ein Häftling, schöpfte mit einer Kelle einen Schlag Grütze aus einem Kessel hinein, den sein Gehilfe, ebenfalls ein Häftling, mit beiden Händen hochhob. Dann goß er Sascha einen Becher Teewasser ein. Der Wärter paßte auf, daß Sascha dem Essenverteiler nichts gab und daß der Verteiler Sascha nicht ansah.

In diesem Gang befanden sich die Politischen. Sie traten ebenso wie Sascha ans Schiebefenster, hielten Eßschüssel und Becher hin und bekamen Grütze und Teewasser.

Wer waren diese Menschen? In diesen zwei Wochen hatte Sascha außer den Essenverteilern nur zwei Häftlinge gesehen. Den Friseur, einen schmächtigen alten Mann mit niedriger Stirn, vorspringendem Kinn und den unbarmherzigen Augen eines Mörders. Er rasierte mit stumpfem Messer. Sascha ging nicht mehr hin und beschloß, sich einen Bart wachsen zu lassen. Der zweite war ein junger Krimineller mit einem teigigen Weibergesicht. Er schrubbte den Gang; als Sascha vorübergeführt wurde, stellte er sich mit dem Gesicht zur Wand auf – er war weder berechtigt, den vorübergehenden Häftling zu sehen, noch ihn sein Gesicht sehen zu lassen. Trotzdem spürte Sascha seinen neugierigen, ja fröhlichen Seitenblick. Wenn man Sascha zum Hofgang oder zum Abort brachte, hatte er den Eindruck, daß alle Zellen tot waren. Aber am ersten Abend nach der Essenausgabe hörte er ein behutsames Klopfen an der rechten Wand – schnelle sachte Zeichen, kurze Pausen und ein Scharren, als würde mit einem Gegenstand an der Wand gerieben. Dann wieder Stille – der Nachbar wartete auf Antwort. Sascha blieb sie schuldig, er kannte keine Klopfzeichen.

Am nächsten Abend, es war wieder nach dem Abendessen, wiederholte sich das Klopfen.

Um den Nachbarn wissen zu lassen, daß er ihn höre, klopfte Sascha mehrmals mit dem gekrümmten Zeigefinger an die Wand. Das tat er jetzt jeden Abend. Aber er konnte nicht verstehen, was der Nachbar ihm mitteilen wollte, obwohl er eine gewisse Regelmäßigkeit in den Klopfzeichen herausfand: ein wiederholtes Pochen, dann eine kurze Pause, wieder ein Klopfen, dann das reibende Geräusch. Obwohl Sascha nicht verstand, was der Nachbar sagen wollte, regte ihn das vorsichtige Pochen auf, eine beharrliche Hoffnung inmitten der Hoffnungslosigkeit des Gefängnisses.

Von links wurde nicht geklopft, Saschas Klopfen auch nicht beantwortet.

Er aß die Grütze, leckte den Löffel ab, rührte damit den Zucker und die Tee-Essenz im Becher um, trank den kalten Tee, stand auf und ging in der Zelle auf und ab: sechs Schritte von der Wand zur Tür, ebensoviele von einer Ecke zur anderen. Obwohl das den Gesetzen der Geometrie widersprach: Die Hypotenuse ist länger als die Kathete, aber die Differenz war zu minimal, um bemerkbar zu sein. In der einen Ecke der Kübel, in der anderen das Bett, in der dritten ein Tischchen, die vierte Ecke war leer. An der Decke ein trübes Lämpchen in einem Drahtnetz. In der tiefliegenden stark abgeschrägten Fensternische unterhalb der Decke eine winzige schmutzige Scheibe hinter dicken eisernen Gitterstäben.

Die senkellosen Schuhe schlappten an den Füßen und verursachten ein klapperndes Geräusch auf dem Betonboden. Die gürtellose Hose hielt einigermaßen, nachdem er das oberste Knopfloch des Schlitzes am Hosenträgerknopf befestigt hatte. Die Hose saß schief und behinderte ihn bei jedem Schritt. Dafür hatte er nicht mehr das erniedrigende Gefühl, daß ihm die Hose herunterrutschte.

Sascha wurde nicht geholt, nicht vernommen, ihm wurde keine Anklage vorgelegt. Er wußte: Die Anklage mußte nach einer bestimmten Frist vorgelegt werden, aber wie lang diese Frist war, wußte er nicht und konnte es auch nicht erfahren.

Manchmal schien ihm, daß man ihn vergessen hatte, er hier für ewig eingemauert war. Er erlaubte sich nicht, solchen Gedanken nachzuhängen und unterdrückte seine Besorgnis. Er mußte geduldig warten. Man würde ihn holen, vernehmen, die Dinge klären und ihn entlassen.

Er stellte sich vor, wie er wieder nach Hause käme. Er würde klingeln ... Nein, das wäre zu überraschend. Er würde erst mal anrufen: Sascha kommt bald nach Hause, und sich dann erst einfinden. Guten Tag, Mama, da bin ich wieder.

Der Gedanke an ihre Qualen war ihm unerträglich. Vielleicht wußte sie gar nicht, wo er war, schleppte sich von einem Gefängnis zum andern, stand in endlosen Schlangen an, klein und verängstigt. Alles würde in Vergessenheit geraten, nur sie würde nichts vergessen, würde diesen Schlag nie mehr verwinden. Er hätte sich am liebsten gegen die Mauer geworfen, an der Eisentür gerüttelt, gebrüllt, um sich geschlagen.

Das Schloß klickte, die Tür öffnete sich.

»Zum Waschen!«

Sascha warf sich das Handtuch über die Schulter, hob den Kübel auf und ging vor dem Wärter den Gang hinunter.

Im Abort roch es noch stärker nach Chlor als in der Zelle. Sascha spülte den Kübel aus, bespritzte ihn mit Chlorlösung, er benutzte den Kübel fast nicht, aber der stank trotzdem. Danach wurde Sascha zurückgeführt, die Eisentür klackte zu, jetzt schon bis zum nächsten Morgen.

In der trüben Fensterscheibe unter der Decke waren die Sterne noch nicht erloschen, als im Gang erneut Bewegung entstand. Auch an seiner Tür klirrte das Schloß.

»Zum Waschen!«

Es begann der übliche Gefängnistag. Der Spion drehte sich, das Fensterchen ging auf.

»Frühstück!«

Vor der Brust des Essenverteilers hing ein breites Sperrholzbrett, eine Art Bauchladen, mit Schwarzbrotscheiben, gehäuftem Zucker, Tee und Salz, je einer halben Packung Papyrossi Marke *Box*, Streichhölzern und Stückchen der Reibfläche von Streichholzschachteln. Sascha hatte diesmal Glück. Täglich wurden acht Papyrossi ausgegeben, die Packung enthielt aber fünfundzwanzig Stück. Jeder Dritte bekam neun und obendrein den Rest der Packung: ein Stückchen Pappkarton, und das war immerhin so etwas wie Papier. Heute bekam Sascha dieses Fetzchen. Vielleicht würde es gelingen, einen Zettel nach draußen zu schmuggeln. Er wußte nur nicht, wo er das Pappfetzchen verstecken sollte, und schob es darum hinter den Heizkörper.

Das Brot hier war schwer, ungenügend ausgebacken, mit lockerer Kruste, aber morgens duftete es doch nach richtigem, frischem säuerlichem Brot. Der Geruch rief eine alte Erinnerung in ihm wach. Mutter hatte Mehl, das der Vater von der Arbeitsstelle statt Brot bekommen hatte, die Halbjahresration, zum Backen gegeben. In der Bäckerei bekamen sie mehr Brot, als sie an Mehl abgeliefert hatten, diese geheimnisvolle Gewichtszunahme, der Zuback, beschäftigte noch lange seine kindliche Phantasie. Mit einem Rodelschlitten fuhren sie die Brote nach Hause. Die Erinnerung an den Hungerwinter, an das Knirschen der eisenbeschlagenen Schlittenkufen auf dem verharschten Schnee, den warmen Duft des frischgebackenen Brotes, die Freude der Mutter – sie würden Zwieback rösten und über den Winter kommen –, all das wurde jetzt in ihm wach, während er seinen Tee trank und die Brotkruste aß. Sein Herz zog sich zusammen: Die Erinnerung war viel zu menschlich für das Gefängnis, für die halbdunkle Zelle, in die er, ohne zu wissen warum, eingesperrt war. Der Riegel rasselte, die Tür öffnete sich, draußen stand ein Posten im Schafpelz mit einem Karabiner in der Hand.

»Zum Hofgang!«

Anziehen, die Zelle verlassen, nach links bis ans Ende des Ganges, dann warten, bis der Posten die Tür öffnete, die in den kleinen Hof führte. Dann den gleichen Weg mit dem Auf- und

Zuschließen der Türen zurück. Und für alles einschließlich des Hofgangs – zwanzig Minuten.
Der kleine quadratische Hof war an zwei Seiten durch die Mauern der Gefängnisgebäude begrenzt, an der dritten durch eine hohe Mauer, an der vierten durch einen runden Backsteinturm. Sascha erfuhr später, daß das der Pugatschow-Turm war. Sascha ging im Kreis auf einem in den Schnee getrampelten Pfad. Es gab auch Trampelpfade, die quer durch den Hof liefen, manche Häftlinge gingen nicht im Kreis, sondern lieber von Ecke zu Ecke. Der Posten lehnte im Türrahmen des Zellenblocks, den Karabiner in den Händen, rauchte manchmal, sah manchmal unter halbgeschlossenen Lidern zu Sascha hin.
Der festgetretene Schnee knirschte unter den Sohlen, der dunkelblaue Himmel, die funkelnden Wintersterne, der ferne Straßenlärm, der Geruch nach Rauch und brennender Kohle erregten Sascha. Die Lichter in den Fenstern der Gefängniszellen zeugten davon, daß er nicht allein war. Nach dem dumpfen Geruch in der Zelle wirkte die frische Luft berauschend. Das Gefängnisleben war auch Leben, der Mensch lebt, solange er atmet und hofft, und mit zweiundzwanzig Jahren ist das ganze Leben eine einzige Hoffnung. Der Posten stieß sich vom Türrahmen ab, schlug den Gewehrkolben gegen den Boden, öffnete die zweite Tür.
»Kommen Sie!«
Sascha beendete den Rundgang und verließ den Hof. Sie stiegen die Treppe hinauf, wieder rasselten die Schlüssel, die Tür der Zelle schloß sich hinter ihm, wieder die kahlen Wände, das Bett, der kleine Tisch, der Kübel, der Spion in der Tür. Aber die Erinnerung an die belebende Frostluft und den fernen Straßenlärm hielt noch lange an und verließ ihn nicht. Sascha stand am Fenster und starrte auf das Stückchen Winterhimmel, auf das stille blaue Gewölbe, unter dem er soeben noch gestanden hatte.
Es gab eine weitere Freude: die Dusche. Man wurde einmal in der Woche nachts hingebracht. Die Tür ging auf, und der Posten weckte Sascha mit der Frage: »Schon lange nicht geduscht?«
»Schon lange nicht mehr.«
»Machen Sie sich fertig.«
Sascha sprang auf, zog sich rasch an, griff nach dem Handtuch und

verließ die Zelle. Im Vorraum händigte ihm der Posten einen winzigen Würfel grauer Seife aus, und Sascha trat in die Kabine, das Wasser kam mal heiß, mal kalt von oben, es gab keine Wasserhähne zum Regulieren.
Sascha stellte sich unter die Dusche, genoß das Wasser und sang mit lauter Stimme. Er glaubte, seine Stimme würde vom fließenden Wasser übertönt und den Posten nicht erreichen, der auf der Fensterbank im Vorraum saß. Der kleine Rotarmist, fröhlich und dem Anschein nach verträglich, trieb Sascha nicht zur Eile an, er wartete geduldig – schließlich war's ihm einerlei, auf wen er warten mußte, war's nicht der, so war's ein anderer. Sascha wusch sich lange, der Seifenwürfel war nur noch ein winziges Klümpchen, er aber stand und drehte sich unter der Dusche und ließ den Wasserstrahl abwechselnd auf Rücken, Bauch und Beine laufen ... In der Troika zum Geläut der Schellen, in der Ferne tanzte Lichterglanz ... ach, könnt' ich noch einmal mit euch fahren, zum Geläute des Gespanns ...
Er ging in den Vorraum zurück und trocknete sich ab. Der kleine Soldat sah ihn neugierig an, vielleicht, weil er nicht begreifen konnte, weshalb man ein so junges und offensichtlich gebildetes Kerlchen hier festhielt, vielleicht aber auch, weil ihm Saschas Figur gefiel.
Eines Nachts weckte ihn der Posten mit der üblichen Frage: »Haben Sie schon lange nicht geduscht?«
Sascha hatte in der vorigen Nacht geduscht, der Posten mußte etwas verwechselt haben.
»Schon lange nicht mehr.«
»Machen Sie sich fertig.«
Als Sascha aus der Kabine trat und sich abtrocknete, sagte er: »Wäre schön, wenn ich öfter duschen dürfte.«
Der kleine Soldat gab keine Antwort, aber in der nächsten Nacht holte er ihn wieder ab. Von nun an konnte Sascha fast jede Nacht duschen. Manchmal hatte er keine Lust aufzustehen und hätte am liebsten weitergeschlafen, aber wenn er abgelehnt hätte, wäre der Soldat in der nächsten Nacht vielleicht nicht mehr gekommen. Warum diese Bevorzugung? Vielleicht wollten sich die anderen nachts nicht waschen, und der Posten langweilte sich, er war ein

anstelliger und eifriger Bauernjunge, ihm tat's leid um das Wasser, das für nichts und wieder nichts aus dem Hahn floß. Vielleicht war er aber auch Sascha gewogen, weil der die Dusche schätzte, für die er zuständig war.

Sascha wurde vom Knirschen des Schlosses geweckt. Ein Wachposten trat in die Zelle, aber nicht der, der ihn in die Dusche brachte, sondern ein anderer, ein unbekannter mit einem riesigen Schlüsselbund am Koppel. Der Wärter stand regungslos in der Tür.

»Ihr Name?«

»Pankratow.«

»Ziehen Sie sich an.«

Sascha stand auf. Wohin? Wurde er befreit? Aber warum mitten in der Nacht? Wie spät war's eigentlich?

Er wollte den Mantel überziehen.

»Den Mantel brauchen Sie nicht!«

Mit einer Kopfbewegung wies ihn der Posten nach rechts und folgte ihm. Die Schlüssel klirrten an seinem Koppel. Sie gingen lange durch verwinkelte Gänge, an Treppenhäusern vorbei, die mit Drahtnetzen gesichert waren. Bevor der Posten die Eisentür zum nächsten Gang aufschloß, schlug er mit dem Schlüssel dagegen. Im Gang wurde sein Signal mit dem gleichen metallischen Klopfzeichen beantwortet. Erst danach öffnete er die Tür.

Sascha ging vor dem Posten her und versuchte, aus der Richtung zu erraten, in welchen Gebäudetrakt des Gefängnisbaus er gebracht wurde. Mal stiegen sie eine Treppe hinauf, mal hinunter, nach seiner Berechnung mußten sie sich jetzt im Erdgeschoß befinden. Hier gab es auch viele Türen, aber keine eisernen, sondern gewöhnliche aus Holz, ohne Fensterchen und Spione. An eine klopfte der Posten an.

»Herein!«

Ein Lichtstrahl blendete Sascha beim Eintreten. Der Mann, der am Tisch saß, hatte die Lampe so gestellt, daß ihr Schein Sascha unmittelbar ins Gesicht fiel. Von dem schmalen Lichtkegel geblendet, stand Sascha da, ohne zu wissen, was er tun, wohin er gehen sollte. Die Lampe wurde nach unten gedreht und beleuchtete nun den Tisch und den Mann dahinter.

»Setzen Sie sich.«
Sascha setzte sich. Er saß vor dem Vernehmungsbeamten, einem schmächtigen, strohblonden jungen Mann mit einer großen Hornbrille und drei Rechtecken am Kragenspiegel der Militärbluse. Der Mann verkörperte den Sascha wohl bekannten Typ des ländlichen Komsomolaktivisten, des Leiters der Dorflesestube oder des Dorflehrers, wenn man ihn sich ohne Uniform vorstellte. Auf dem Tisch lag ein Formular, das er auszufüllen begann ... Name? ... Vorname? ... Vatersname? ... Geburtsdatum? ... Geburtsort? ... Wohnort?
»Unterschreiben Sie!«
Sascha unterschrieb. Das Formular enthielt auch den Namen des Vernehmungsbeamten, er hieß Djakow. Er legte den Federhalter auf den Rand des Tintenfasses und sah hoch.
»Warum sitzen Sie?«
Eine solche Frage hatte Sascha überhaupt nicht erwartet.
»Ich dachte, daß Sie mir das sagen würden.«
Djakow lehnte sich mit einer ungeduldigen Bewegung auf dem Stuhl zurück.
»Lassen Sie gefälligst diese Scherze! Vergessen Sie nicht, wo Sie sich befinden. Hier stelle ich die Fragen, und Sie haben zu antworten. Und nun frage ich Sie: Warum hat man Sie verhaftet?«
Er sagte es in einem Ton, als habe irgendein anderer Sascha verhaftet, und er, Djakow, müsse nun aus der Sache klug werden, obendrein müsse Sascha ja wissen, warum er verhaftet worden sei, so daß sie keine Zeit verlieren wollten, je schneller sie klarkämen, desto besser für beide Teile.
Das Zimmer lag im Dunkeln. Nur der Tisch befand sich im Lichtkreis der Lampe; wenn Djakow sich zurücklehnte, verschwand sein Gesicht, und die Stimme kam aus dem Halbdunklen.
»Womöglich ist es die Sache in der Hochschule«, sagte Sascha.
»Was für eine Sache?« fragte Djakow uninteressiert, als sei ihm die Sache längst bekannt; sie hatte in keiner Weise etwas mit Saschas Verhaftung zu tun. Mit solchen Belanglosigkeiten fangen alle Untersuchungsgefangenen an, man muß sich ihr Gewäsch wohl oder übel anhören, obwohl ihr eintöniges und völlig nutzloses Leugnen, ihre ewige Verstocktheit zum Auswachsen ist.

War das ein Trick, oder wußte der Vernehmungsbeamte tatsächlich nichts?
Das Gespräch gestaltete sich ganz anders, als Sascha es sich vorgestellt hatte; darauf war er nicht vorbereitet. Er fühlte einen beklemmende Übelkeit erregenden Druck in der Magengrube – wie damals, wenn er als kleiner Junge auf der Feuerwehrleiter aufs Dach ihres Hauses geklettert war. Die obersten Sprossen hatten sich von der Mauer gelöst, das Leiterende schwankte in der Luft, man mußte den rechten Augenblick abpassen, wenn es sich zur Mauer zurückbog, und dann mit einem Satz aufs Dach springen. Aus der Höhe des achten Stockwerks sah er die Jungen im tiefen Hofschacht, die mit zurückgelegten Köpfen zu ihm hinaufstarrten und auf seinen Sprung warteten. Ihn packte die Angst, ihm schien, er würde die Füße nicht rechtzeitig von den Sprossen lösen können, das Dach nicht erreichen und in die Tiefe stürzen.
Das gleiche Gefühl, in ein tödliches, verhängnisvolles Spiel verstrickt zu sein, überwältigte ihn auch jetzt, da er vor dem Vernehmungsbeamten saß, sein Herz verkrampfte sich ebenso qualvoll wie damals in seiner Verlorenheit. Sein Fall war eine Lappalie, lächerlich, aber als politisches Verbrechen mit Verhaftung, Gefängnis und Vernehmung hochgespielt, wurde er zu einem unheimlichen Phantom. Vor ihm saß ein Kamerad und Genosse, ein Kommunist, aber für ihn war Sascha ein Feind.
Trotzdem mußte er sich verteidigen, mußte sagen, was er sich vorgenommen hatte. Mit den Worten, die er sich in der Zelle zurechtgelegt und oft wiederholt hatte, erzählte er von seiner Differenz mit Asisjan, von der Wandzeitung, von Solz.
»Aber Sie sagen doch, daß die Zentrale Kontrollkommission Sie wieder immatrikuliert hat?«
»Ja, ich bin wieder aufgenommen worden.«
»Folglich sind Sie nicht deswegen verhaftet worden, sondern aus anderen Gründen.«
»Andere Gründe gibt es nicht.«
»Aber überlegen Sie doch, Pankratow! Halten Sie es für vorstellbar, daß man Sie wegen einer Differenz mit einem Dozenten für Buchführung oder wegen einer mißlungenen Wandzeitung verhaf-

tet hat? Schießen wir hier mit Kanonen nach Spatzen? Sie haben eine sonderbare Vorstellung von der Tscheka.«
»Wessen beschuldigt man mich? Wie lautet die Anklage?«
»Sie wünschen eine formelle Anklage? Denken Sie, Sie könnten damit etwas gewinnen?«
»Ich möchte wissen, warum ich verhaftet worden bin.«
»Und wir wollen, daß Sie das selber sagen. Wir geben Ihnen die Möglichkeit, der Partei gegenüber offen und ehrlich Farbe zu bekennen.«
»Sagen Sie mir, wessen Sie mich verdächtigen, und ich werde Ihnen antworten.«
»Mit wem haben Sie konterrevolutionäre Gespräche geführt?«
»Wie bitte? Mit niemandem! Solche Gespräche könnte ich nicht führen.«
»Und wer hat mit Ihnen solche Gespräche geführt?«
»Niemand.«
»Bestehen Sie auf dieser Antwort?«
»Jawohl.«
Stirnrunzelnd ordnete Djakow die Papiere auf dem Tisch.
»Tja, schade, jammerschade. Von Ihnen haben wir etwas anderes erwartet. Sie wollen nicht aufrichtig sein, wollen uns nicht die Wahrheit sagen. Damit verbessern Sie keineswegs Ihre Situation.«
»Außer der Sache in der Hochschule habe ich mir nichts vorzuwerfen.«
»Also hat man Sie für nichts und wieder nichts verhaftet? Wir nehmen unschuldige Leute fest? Sogar hier setzen Sie Ihre konterrevolutionäre Agitation fort, wir sind schließlich nicht die Gendarmerie, nicht die berüchtigte Dritte Abteilung der zaristischen Geheimpolizei, wir sind nicht einfach Straforgane, wir sind ein bewaffneter Stoßtrupp der Partei. Sie aber sind ein doppelzüngiger Patron, Pankratow, weiter nichts!«
»Sie haben kein Recht, mich so zu beleidigen!«
Djakow schlug mit der Faust auf den Tisch.
»Ich werde Ihnen zeigen, wozu ich ein Recht habe und wozu nicht! Sie glauben wohl, Sie sind in einem Sanatorium, was? Wir haben hier noch ganz andere Möglichkeiten für Leute wie Sie. Doppelzüngiger Lügner! Auf Sie haben die Kulaken mit ihren

Stutzen nicht geschossen. Ihr ganzes Leben haben Sie der Arbeiterklasse auf der Tasche gelegen und liegen nun dem Staat noch immer auf der Tasche. Er läßt Sie studieren, zahlt Ihnen ein Stipendium, Sie aber betrügen ihn!«

Eine Weile hüllte er sich in mürrisches Schweigen und sagte dann höchst unzufrieden, als gehe er einer lästigen und überflüssigen Pflicht nach: »Meinetwegen schreiben wir also auf, was Sie hier zusammengeredet haben.«

Er begann zu schreiben und stellte zwischendurch einige kurze Fragen an Sascha: wann und mit wem er die Zeitung herausgebracht, wann und aus welchem Anlaß der Streit mit dem Dozenten für Buchführung stattgefunden, wann und wo man ihn ausgeschlossen und welche Beschuldigungen man gegen ihn erhoben habe.

Nachdem er fertig war, reichte er Sascha das Blatt hinüber.

»Lesen Sie's durch, und unterschreiben Sie.«

Darauf lehnte er sich weit zurück. Sascha fühlte seinen forschenden Blick. Djakow verfolgte sein Mienenspiel, benutzte die Atempause, um ihn möglichst genau zu betrachten. Der Sachverhalt war richtig und doch irgendwie einseitig niedergeschrieben. Sie hatten zur Feier eine Wandzeitung mit Epigrammen herausgebracht, die die Aktivistenbewegung verunglimpfte, teilgenommen daran hatten die und die, er selbst war dann und dann ausgeschlossen worden, sowohl aus dem Komsomol als auch aus der Hochschule. Natürlich wurde das alles der Form halber festgehalten, um die Vernehmung aktenkundig zu machen, der Grund für seine Verhaftung war anscheinend ein anderer.

Trotzdem wandte er ein: »Hier ist nicht vermerkt, daß ich auf Entscheidung der ZKK wieder immatrikuliert worden bin.«

Stirnrunzelnd griff Djakow nach dem Blatt.

»Was stand in der Anordnung Ihrer Wiederaufnahme? Wie wurde das formuliert?«

»Das wurde nicht ganz richtig formuliert ...«

Djakow unterbrach: »Ich frage nicht, wie die Anordnung hätte formuliert werden sollen, ich frage, wie sie lautete.«

»In Anbetracht der Tatsache, daß der Student Pankratow seine Fehler eingestanden hat ...«

Djakow griff nach der Feder und ergänzte unten: Später wurde ich wieder immatrikuliert, da ich meine Fehler eingestanden hatte.
Erneut reichte er Sascha das Blatt.
Sascha unterschrieb. Djakow nahm das Blatt und legte es beiseite.
»Ich rate Ihnen, gut nachzudenken, Pankratow. Wir wollen Sie nicht aufgeben und nicht für unsere gemeinsame Sache verlieren. Nur deshalb geben wir uns so viel Mühe mit Ihnen. Wir schonen Sie, begreifen Sie das endlich. Sie sollten das zu schätzen wissen. Befragen Sie Ihr Gedächtnis und zwar energisch!«
Er kam hinter dem Tisch hervor, öffnete die Tür, winkte dem Posten. »Bringen Sie ihn weg.«

Sascha kehrte in die Zelle zurück, der Riegel knallte zu. Nach wie vor glitzerten die Wintersterne in der trüben Scheibe, war es Nacht oder Morgen?
Er hörte es an die Wand klopfen. Offenbar fragte der Nachbar, wohin man ihn gebracht hatte. Sascha antwortete mit seinen üblichen drei Schlägen gegen die Wand und legte sich angezogen aufs Bett.
Was wollte Djakow von ihm? Was sollte er eingestehen? Mit wem haben Sie konterrevolutionäre Gespräche geführt? Was für Gespräche? Er verlor sich in Vermutungen und rätselte hin und her. Er war überzeugt gewesen, daß man ihn wegen der Sache in der Hochschule verhaftet hatte. Die Tatsache, daß es sich anders verhielt, überwältigte ihn und machte ihn völlig ratlos. Er hatte gehofft, Verständnis und Vertrauen zu finden. Das Gegenteil war der Fall. Wenn die Hochschule nicht der Grund für seine Verhaftung war, mußte es einen anderen geben, der für den Staatsanwalt stichhaltig war. Ihn der Konterrevolution zu beschuldigen – wem konnte so etwas eingefallen sein? Er stand nicht in Widerspruch zur Partei. Jawohl, Schmeichler und Speichellecker lobhudelten Stalin von vorn und hinten, aber davon hatte er nie jemandem etwas gesagt – nicht das war das Wesentliche an Stalin. Nur Mark gegenüber hatte er das erwähnt, aber der Onkel sagte so etwas doch nie und nimmer weiter. Viel-

leicht war er auch verhaftet? Bei der Haussuchung hatte der Bevollmächtigte gleich nach seinem Photo gegriffen, es hin und her gedreht und von allen Seiten geprüft. Wollte Djakow von ihm Aussagen gegen Rjasanow erpressen? Hoffte er, ihn dazu zu bringen?

Budjagin? Möglich. Er war mit Eismont oder mit Smirnow befreundet. Die Smirnows wohnten ebenfalls in Haus Fünf. Smirnows Tochter war in ihre Schule gegangen, ein stämmiges flachsblondes Mädchen. Iwan Grigorjewitsch hatte man im Frühjahr aus dem Ausland abberufen, gleich nach dem Smirnow-Eismont-Prozeß. Sie hatten auch herausgefunden, daß Budjagin die Glinskaja angerufen hatte, daß Sascha in Budjagins Hause verkehrte und wollten nun Aussagen gegen Iwan Grigorjewitsch haben. Unsinn! Er steigerte sich in Hirngespinste hinein. Dafür, daß man der Neffe war, wurde man doch nicht verhaftet, und auch nicht dafür, daß man mit jemandem zusammen in eine Klasse gegangen war. Es mußte aber doch einen Grund dafür geben, daß man ihn hier festhielt ... Schließlich würde ihm der Vernehmungsbeamte doch kein Theater vorspielen.

Tag für Tag ging Sascha die letzten Monate seines Lebens durch. War ihm irgendwas rausgerutscht, hatte er unbedachterweise etwas gesagt? Nicht einmal von den Vorfällen in der Hochschule hatte er jemandem erzählt. Das wußten nur die nächsten Freunde: Nina, Lena, Wadim, Max, Jura ... Jura Scharok! Ihr Streit am Sylvesterabend ... Aber eine solche Gemeinheit traute er Jura doch nicht zu. Die Kommilitonen in seiner Gruppe? Kowaljow? Aber es ging doch gar nicht um die Hochschule. Um was also?

Am Tage erschien jemand von der Gefängnisleitung mit zwei Rechtecken am Kragenspiegel.

Sascha erhob sich mechanisch, so wie er es von zu Hause gewöhnt war, eine Bewegung, die er sich nachher nicht verzeihen konnte.

»Ihr Name?«

»Pankratow.«

»Ihre Wünsche.«

»Ich bekomme nichts von zu Hause.«

»Wenden Sie sich an Ihren Vernehmungsbeamten.«

»Außerdem hätte ich gern Zeitungen und Bücher.«

»Alles beim Vernehmungsbeamten.«
Damit ging er, der Wärter schloß wieder ab.

Gefängniserfahrung vermittelt nur das Gefängnis selbst. Ein Gefangener in Einzelhaft, der zum ersten Mal inhaftiert ist, lernt die ungeschriebenen Regeln, die die von früheren Gefangenengenerationen entwickelte Lebensweise bestimmen, von selbst. Der Besuch des Gefängnisbeamten zeigte Sascha, daß er in eine andere Kategorie eingeteilt war: Die Untersuchung seines Falles hatte begonnen. Den Beamten interessierten seine Bitten überhaupt nicht. Er hatte Sascha zu verstehen gegeben: Nicht nur sein weiteres Schicksal, sondern auch die Behandlung hier hing jetzt einzig und allein von seinem Vernehmungsbeamten ab.

Von diesem Tag an änderte sich Saschas Leben grundlegend, obwohl es sich äußerlich in nichts von seinem Leben in den vorangegangenen Wochen unterschied.

Früher hatte er mit Ungeduld und Hoffnung auf eine Vernehmung gewartet, jetzt wartete er mit heimlicher Furcht. Ihn schreckte das Unbekannte, daß der Vernehmungsbeamte ihm plötzlich vorlegen könnte; etwas, worauf er nicht vorbereitet war, wofür er sich womöglich nicht rechtfertigen konnte und was die Kluft von Argwohn und Mißtrauen zwischen ihnen noch vertiefen würde.

16

Die alten Scharoks mochten die Pankratows nicht. Sie mochten den Vater nicht, den Ingenieur, mochten nicht die »allzu gebildete« Mutter und noch weniger den Onkel, einen aus der Oberschicht. Im Hof saß Saschas Mutter mit den »Gebildeten« zusammen, Scharoks Mutter dagegen mit den Lift- und Reinemachefrauen. Zu Saschas Verhaftung standen sie so: Die »Genossen« gingen einander schon an die Gurgel, geb's Gott, daß sie sich alle gegenseitig den Hals umdrehten.

Jura Scharok konnte Saschas Verhaftung nicht gleichgültig sein. Sie gehörten immerhin zum gleichen Freundeskreis.

Aber was verband ihn mit diesem Kreis? Eine echte Freundschaft war das nicht, sie duldeten ihn nur: die hysterische Nina, der Dummkopf Maxim, der Schwätzer Wadim. Jetzt würden sie Sascha beweinen – da machte er sowieso nicht mit.

Lena ... eine verführerische Frau, angenehm und sauber, aber fremd. Und auch keine Ehefrau für ihn. Was konnte sie schon? Kaffee kochen? Sie bemühte sich, es ihm recht zu machen, aber ihre Unbeholfenheit ärgerte ihn jedesmal. Außerdem waren sie gleich alt. Wie gut sah Vater noch mit sechzig aus! Sie aber würde mit vierzig dick werden wie ihre Mutter Aschchen Stepanowna. Stalin war mit Budjagin unzufrieden. Das hatte Lena selbst gesagt. Und er wußte nur zu gut, was das hieß, »Stalin ist unzufrieden«, und womit das endete. Das »Fünfte Haus der Sowjets«, die schöne Wohnung – das waren Äußerlichkeiten. Budjagin hatte ihm die Leviten über die sowjetische Justiz gelesen, aber was verstand er schon davon? Mit seinem naiven linientreuen Gewissen und seinem Glauben an die Partei war er hinter der Zeit zurückgeblieben. Nun war eine Kraft aufgetreten, die noch ganz andere Eichen entwurzelte. Wie würde er vor dem Vater dastehen, wenn Budjagin in Ungnade fiel? Da hast du deine gute Partie, die Tochter deines Volkskommissars! Genug! Hübsche Mädchen gab es in Moskau in Hülle und Fülle. Vika Marassewitsch – da brauchte er

bloß mit den Fingern zu schnipsen. Und Warja Iwanowa, ein reizendes Ding.
Eine Woche lang rief er Lena nicht an. Sie würde selber anrufen. Und dann würde er so antworten, daß ihr die Lust am Telephonieren verginge. Als er dann aber im Hörer ihre Stimme vernahm: »Liebster, wo bist du bloß, warum läßt du dich nicht blicken?«, druckste er verwirrt herum, er sei beschäftigt, er müsse sich auf die Diplomarbeit vorbereiten, sich um seinen künftigen Arbeitsplatz kümmern, käme erst um Mitternacht nach Hause, in der Hochschule gäbe es nur eine Telephonzelle, und selbst die sei kaputt.
Sie legte die Hand an die Muschel.
»Du, ich habe Sehnsucht nach dir.«
»Sobald ich ein bißchen Luft habe, rufe ich an. Vielleicht in der nächsten Woche.«
Er rief weder in der nächsten noch in der übernächsten Woche an. Er würde sie überhaupt nicht mehr anrufen. Und keine langen Erklärungen!
Lena rief wieder an.
»Jura, ich muß dich treffen.«
»Ich habe doch gesagt, sobald ich Luft habe, melde ich mich.«
»Ich muß aber dringend mit dir reden.«
»Na schön«, brummte er. »Um neun vor'm Kino am Arbat.«

Sie bogen um den Arbat-Platz und gingen den Nikitski-Boulevard hinab. Es herrschte grimmige Kälte. Lena hatte einen Stadtpelz an, dazu rote Fäustlinge und eine Pelzkappe über dem Wollschal, der die Ohren schützte. Die hohen Schuhe umspannten die wohlgeformten Waden, die Jura immer erregten. Und das vertraute Parfum. Vielleicht heute zum letzten Mal? Bei diesem Frost konnte man sowieso nicht spazierengehen.
»Sascha! Entsetzlich«, sagte Lena.
Er zuckte die Achseln.
»Sie haben ihn eingesperrt.«
»Tut er dir nicht leid?«
»Darum geht's doch nicht. Er hat immer alle verachtet. Ich vertraue ihm nicht, nein, ich vertraue ihm überhaupt nicht.«
»Sascha nicht vertrauen?!«

»Als man mich in den Komsomol aufnahm, hat Sascha gesagt, ich vertraue Scharok nicht. Das hat keinen Menschen aufgeregt. Aber wenn ich jetzt sage, daß ich ihm nicht vertraue, ist man gleich empört.«
Sie war bestürzt, einen solchen Zornausbruch hatte sie nicht erwartet.
»Die Freunde mögen dich doch alle, das kannst du mir glauben.«
»Sie sind so gnädig, danke. Und du ebenfalls.«
Sie sah ihn fassungslos an. Er wollte einen Streit vom Zaun brechen, zwei Wochen lang hatte er sie nicht angerufen. Und jetzt brachte sie nicht den Mut auf, ihm zu sagen, weshalb sie ihn um das Treffen gebeten hatte.
In tiefem Schweigen gingen sie bis zum Nikitski-Tor.
»Gehen wir zurück?«
»Laufen wir noch ein Stückchen, bis zum Puschkin-Denkmal ist's nicht mehr weit. Erzähl, was es bei dir gibt.«
Er zuckte die Achseln, er hatte nichts zu erzählen, er hatte es satt.
»Hast du schon ein Stellenangebot?«
»Nein.«
Der zugeschneite Puschkin wachte über dem Platz.
»Laß uns ein bißchen hinsetzen, ich bin müde.«
Unzufrieden wischte er für sie den Schnee von der nächsten Bank. Er für seine Person würde stehenbleiben, so dastehen und zum Strastnoi-Kloster hinüberschauen. Er hörte und sah nicht, daß sie aufgeregt nach Luft schnappte, ehe sie sagte: »Jura, ich bin schwanger.«
»Bist du dir sicher?«
»Ja.«
»Vielleicht kommt's noch?«
»Es ist zwei Wochen überfällig.«
Es waren genau die zwei Wochen, in denen sie sich nicht getroffen hatten. Vor zwei Wochen wäre ihm noch was eingefallen, jetzt aber mußte abgetrieben werden ... Wie hatte das geschehen können? Er war immer so vorsichtig. Hatte sie denn nicht vorgesorgt, irgendwelche importierten Verhütungsmittel oder Tabletten?
»Hast du irgendwas unternommen?«

»Ich wollte mich mit dir beraten.«
»Ich bin kein Arzt.«
Finster, mit einer Miene, als sei Lena nur schwanger geworden, um ihn zu ärgern, ergänzte er: »Auf diese Weise möchte ich nicht in deine Familie einheiraten.« Sie fragte mit plötzlich erwachter Hoffnung: »Spielt denn das eine Rolle?«
»Wir müssen abwarten.«
Er setzte sich neben sie, griff nach ihrer Hand, fand einen Streifen warmer Haut zwischen Fäustling und Ärmel. Wenn sie bloß einwilligte, wenn sie sich bloß nicht starrköpfig weigerte.
»Begreif doch, die Hochschule, die bevorstehende Vergabe der Arbeitsplätze an die Absolventen, alles noch unbestimmt und unklar ... obendrein die Sache mit Sascha. Wir können ihn doch nicht so einfach vergessen ... Alles ist ohnehin kompliziert, wir wollen es nicht noch komplizierter machen. Es ist bestimmt nicht der richtige Zeitpunkt dafür. Ich weiß, der Eingriff ist unangenehm, dauert aber bloß ein paar Minuten. Laß uns abwarten, ein bißchen Geduld, wir werden noch Kinder haben. Und außerdem meine Eltern ... Sie haben so altmodische Vorstellungen, zuerst das Standesamt, dann erst Kinder. Natürlich ist das spießig, aber ich mag keinen Klatsch, ich finde das kränkend, versteh mich recht.«
»Ich verstehe«, antwortete Lena niedergeschlagen.
»Komm, sonst erfrierst du mir noch.«
Er stand auf, reichte ihr die Hand und konnte nicht vermeiden, daß sein Blick rasch ihre Gestalt streifte, obschon ihm bewußt war, daß sich in den zwei Wochen nichts an ihr verändert haben konnte. Trotzdem schien ihm, sie sei voller geworden, als stünde sie schwerfälliger als sonst von der Bank auf. Ihn packte die Angst, wer weiß, wie sich die Dinge entwickeln würden. In acht oder in sieben Monaten könnte er Vater werden. Für's ganze Leben. Sie lächelte schüchtern.
»Noch ist nichts zu sehen.«

Eine solche Nacht hatten sie noch nie erlebt. Um seinetwillen willigte sie in die Abtreibung ein, er war für sie das Liebste auf der Welt. Ihre Unterwürfigkeit rührte ihn und erfüllte ihn mit Stolz, er war zärtlich zu ihr, bemühte sich, sie noch mehr für sich zu gewinnen, sie sich hörig zu machen. Alles wiederhole sich auf Erden und werde sich noch millionenmal wiederholen, sie sei nicht die erste und nicht die letzte, eine gewöhnliche Frauenangelegenheit. Seine Mutter hätte sieben Abtreibungen hinter sich, bei ihnen auf dem Dorf sprängen die schwangeren Mädchen vom Tor auf die Erde und überlebten das spielend. Man dürfe das Leben nicht so schwer nehmen, im Sommer würden sie nach Sotschi fahren, jetzt sei das, wie man höre, ein erstklassiger Badeort, dann würde er wenigstens das Meer sehen, was hatte er schon gesehen außer Moskau? Lena hatte es gut – war in der Welt herumgekommen, aber er? Jura hatte an ihren empfindlichsten Punkt gerührt, seine Argumente schienen ihr von einfachem, nüchternem und gesundem Volksempfinden getragen. In der Tat, konnte sie ihm jetzt noch familiäre Sorgen, Kinder, zusätzliche Strapazen zumuten und aufbürden? Damit würde sie ihn sicher nicht an sich binden, sondern eher abstoßen. Sie wollte ihn nicht behindern, nie würde er ihr das vorwerfen können. Und das mit der Schwangerschaft hatte sie bloß so gesagt, wem sonst hätte sie das sagen können? Er solle nicht mehr daran denken und sich die Sache aus dem Kopf schlagen. Der Zwischenfall brachte sie einander näher. Noch nie war er so zärtlich, so aufrichtig und so schwach gewesen. Zum ersten Mal erlebte sie ihn dermaßen überrascht und erschrocken. Ihr Herz quoll über von Mitleid, sie liebte ihn noch stärker. Am Morgen schlief er, die Hand auf ihrer Brust, sie behütete seinen Schlaf. Früher hatte er sie nie dabehalten, sie heimlich nachts hinausgebracht, heute dagegen wollte er nicht, daß sie ging. Als er sie endlich fort ließ, brachte er sie zur Tür, aber nicht auf Zehenspitzen wie sonst, sondern offen, er unterhielt sich laut mit ihr, sorgte sich nicht, daß die Tür knarrte und das Schloß knirschte, er lächelte ihr zu und drückte seine Wange an die ihre.

Diesmal starrte sie auch der Hausmeister nicht argwöhnisch an und den Rubelschein nahm er nicht wie selbstverständlich in Empfang, sondern mit einem höflichen »Danke schön«. Ihre Absätze klapperten in ruhiger Zuversicht den Arbat entlang, sie benutzte seine Straße, ihre gemeinsame Straße. Erst als sie sich dem Arbat-Platz näherte, fiel ihr ein, daß sie auf der Treppe an Saschas Wohnung vorbeigekommen war. Warum fiel ihr das erst jetzt ein? Hatte sie über ihrer Liebe alles andere vergessen? Sofija Alexandrowna lag jetzt in den Nächten allein mit offenen Augen da und grübelte, wie es Sascha ergehen mochte.

Es war unmöglich, einen dreitägigen Krankenhausaufenthalt zu verheimlichen. Die Budjagins hatten noch immer die Wahrheit aus ihrer Tochter herausbekommen, die Mutter ließ sich bestimmt nicht täuschen. Mütter lassen sich nichts vormachen. Lena verstand sich nicht aufs Leugnen, warum sollte sie auch, das war unter ihrer Würde. Und wer's verbockt hatte, würden sie sowieso erraten, und sie bestimmt überreden, trag das Kind aus, bring es zur Welt, wir helfen uns ohne deinen Scharok.

Wer weiß, was sie sich noch einfallen lassen würde. Jura rief sie während der Arbeit an, sprach mit zärtlicher, aber müder Stimme – er hatte zu tun, Lasten und Plagen, sie sollte ihn ja nicht noch mit ihren Angelegenheiten und Sorgen behelligen. Die einfachen Mädchen vom Arbat hatten ihm nie solche Unannehmlichkeiten bereitet und das Notwendige selbst getan ... Essig? Kaliumpermanganat? Chinin? Er hatte sich nie darum zu kümmern brauchen. Sie aber, dieses verzärtelte Nesthäkchen, hatte natürlich keine Ahnung, wußte nichts und konnte nichts, diese importierte Zimperliese, dieses Seelchen mit Plüsch und Trotteln, hol sie der Teufel! Wenn er sie jetzt nicht los wurde, würde er sie nie mehr los werden. Wenn sie wenigstens eine Fehlgeburt hätte! Da knallten doch Leute aufs vereiste Trottoir, besonders solche wie sie – kurzsichtig und tolpatschig.

In der Familie Scharok führte man selten offene Gespräche, trotzdem entschloß sich Jura, mit seiner Mutter zu reden. Sie kannte bestimmt geheime Mittelchen, die das einfache Volk anwandte, oder wußte zumindest jemanden, der helfen konnte. Er hatte sie im Hof mit anderen Frauen tuscheln sehen, am Gesicht der Mutter hatte er erraten, daß das Gespräch sich eben darum drehte.

Die Mutter verschlang ihn förmlich mit den Augen, ihr Gesicht bedeckte sich mit hektischen Flecken. Da war sie also reingerasselt, die Lena, war schwanger, die Herumtreiberin, was hatte sie sich dabei gedacht, die liederliche Person! Da sah man's wieder, diese Gebildeten waren viel schlimmer als die einfachen Leute. Will sich einen Ehemann angeln, das Luder! Hätte sich vorsehen sollen, dämliche Kuh, war ja nicht mehr fünfzehn, diese verspätete Tugendtulpe.

Noch heute hatte sie erst damit geprahlt, daß Jura die Tochter eines Volkskommissars heiraten, im Kreml wohnen würde, jetzt aber schäumte sie vor Gehässigkeit. Diese Genossen, die Oberbonzen, ließen Juras Eltern natürlich nicht über die Schwelle. Und Jura auch nicht. Sie würden Lena bestimmt sagen, wohn du mit dem Kind bei deinem Mann, er hat ja ein Zimmer. Dabei hatten sie drei. Dein Mann hat eine Mutter, die Alte kann ja die Kinderfrau spielen. Irrtum! Da sollten sich die feinen Herrschaften eine andere suchen, nicht für diesen Bankert. Sie war keine Russin! Man sah's ihr an der Nase an – die typische Schickse. Jetzt würde sie obendrein Geld für die Abtreibung verlangen, eine ganz Ausgekochte! »Hör endlich auf!« herrschte Jura die Mutter an. »Was muß sie machen?«

Sie preßte die Lippen zusammen, dann fragte sie sachlich: »Im wievielten Monat?«

»Ein paar Tage«, log er; er fürchtete, sie würde nicht helfen, wenn er die wahre Frist nannte.

»Senfbäder für die Füße. Möglichst heiß, bis zum geht nicht mehr. Sie wird's schon aushalten. Die haben aber bestimmt nicht mal 'nen Eimer.«

»Wird sich finden lassen.«

Er sagte nicht, daß Lena die Prozedur bei sich zu Hause nicht machen könne. Sie würde es hier bei ihnen tun müssen.

Am Arbat war Senf nicht zu haben, so fuhr er zur Ussatschowskaja-Straße, versteckte den Einkauf in der Mappe, an die sich die Mutter nicht herantraute, weil sie befürchtete, das komplizierte Schloß zu ruinieren. Er ging in die Küche, sah nach, ja, ein Eimer war da, sogar zwei.

Abends gingen sie ins Revolutionstheater in *Der Mann mit der Aktentasche*. Jura gefiel der Typ des Granatow. Im verhängnisvollen Zusammentreffen der Umstände und Zufälle in Granatows Leben glaubte er Ähnlichkeiten mit seinen eigenen Erlebnissen zu entdecken. Im Foyer betrachtete er das Publikum und genoß den Duft von Parfum und Puder. Für ihn war jeder Theaterbesuch ein Fest. Darum konnte er Sascha Pankratow und auch Nina nicht verstehen, die einen Theaterbesuch beiläufig, gewissermaßen zwischen Braten und Kompott absolvierten, oder Wadim, der jede Aufführung analysierte, als präpariere er einen Frosch. In der Pause sagte er: »Ich habe eine gute Neuigkeit für dich. Ich kenne einen an unserer Fakultät, er heißt Kolja, mit Nachnamen Sisow ... sein Vater ist ein sehr bekannter Arzt, vielleicht kennst du den Namen?«

»Sisow ... nein, nie gehört.«

»Er ist Professor an der Zweiten medizinischen Hochschule. Gynäkologe.«

Sie duckte sich unwillkürlich, jetzt ging ihr der Sinn des Gesagten auf, aber das mußte ja nicht so bald geschehen.

Scharok fuhr unbarmherzig fort: »Es gibt ein ungefährliches Mittel – Fußbäder mit Senfpulver, weißt du, wie bei Erkältungen.«

Sie beruhigte sich etwas.

»Hilft das?«

»Sogar sehr, wie man sagt.«

»Aber inzwischen ist doch schon viel Zeit vergangen.«

»Genau der richtige Zeitpunkt.«

Sie erschrak vor der Entschiedenheit seines Tons.

»Vielleicht sollte ich mich doch lieber an einen Arzt wenden?«

Er beharrte: »Das ist keine Abtreibung, überhaupt keine Schmerzen, du mußt nur ein bißchen das heiße Wasser aushalten. Kein Risiko, verstehst du? Vielleicht hast du es dir überhaupt anders überlegt?«

»Nein, das nicht«, sagte sie leise, »bloß zu Hause ist das nicht so einfach, man sieht's doch ...«

»Da hast du wirklich recht«, bestätigte er.

Dann sagte er, als sei ihm der Gedanke jetzt erst gekommen: »Wir machen es bei mir. Vater nimmt solche Fußbäder bei Schnupfen. Sicherlich findet sich auch Senfpulver.«

17

»Ist's heiß?«

»Es geht ... sogar angenehm.«

Lena saß auf der Bettkante, die Füße im Eimer mit der braunen Senflösung und drehte den Kopf weg, weil der Senf ihr in die Augen stieg.

Das hochgezogene Hemd entblößte die runden weißen Knie, die sie fest zusammengepreßt hielt, ihre großen Füße fanden kaum Platz im Eimer. Sie hatte den Oberkörper vorgebeugt, die Hände über dem Bauch verschränkt; die Träger waren heruntergerutscht, ließen die festen Schultern und die Brüste unter dem hellblauen Spitzenbesatz des Hemdes sehen, sie bewegte die Füße, verzog das Gesicht in dem Bemühen, ein Lächeln zustande zu bringen.

»Sogar angenehm.«

Die Tülle des Wasserkessels an den Eimerrand haltend, um ihr nicht die Beine zu verbrühen, goß Jura siedendes Wasser nach.

Sie bewegte unruhig die Schultern, trat mit den Füßen im Wasser hin und her.

»Es ist sehr heiß.«

»Ein bißchen Geduld, es kühlt sich gleich ab.«

In der einen Hand hielt er den Wasserkessel, mit der anderen probierte er das Wasser im Eimer, es kam ihm nicht heiß genug vor, er goß nach.

»Au!«

Sie krümmte sich stöhnend, schloß die Augen, atmete stoßweise.

»Gedulde dich noch ein bißchen, Lenotschka, es geht gleich vorbei.«

Sie warf sich zurück, lehnte den Kopf an die Wand und verkrallte die Finger ins Hemd.

»Gleich, gleich, es ist sofort vorbei, nur noch ein bißchen.«

Auf ihrer Oberlippe und Stirn bildeten sich Schweißtropfen.

Jura prüfte das Wasser mit dem Finger und goß noch etwas nach.

Sie stöhnte auf, hob die Füße aus dem Eimer, er sah die krebsroten Knöchel. Im Zimmer verbreitete sich der Geruch von Senf.
»Jura, Liebster, ich kann nicht mehr«, stöhnte sie, »ich muß die Füße rausnehmen, wenigstens einen Augenblick.«
»Es ist gleich vorbei, du mußt nur noch ein ganz klein wenig aushalten.«
»Meine Füße sind wie abgestorben, ich fühle sie nicht mehr.«
Mit zusammengebissenen Zähnen und geschlossenen Augen krümmte sie sich vor Schmerzen auf dem Bett.
»Ich kriege keine Luft.«
Er beugte sich über sie, streifte die Träger herunter, knöpfte den Büstenhalter auf und streichelte ihre Knie.
»Na, na, es wird schon.«
Behutsam goß er wieder Wasser nach, sie ächzte und bewegte kaum merkbar die Füße – ihr großer weißer Körper, von dem verdrückten blauen Hemd kaum bedeckt, lag leblos auf dem Bett.
Jura ging in die Küche und nahm den zweiten Wasserkessel vom Herd. Verräterisch klapperte der Henkel, der Henkel des Eimers klapperte auch, altes, immer wieder gelötetes Zeug. Sie klammern sich an den Plunder, die schäbigen Geizhälse. Er merkte, daß jemand hereingekommen war, und sah sich erschrocken um. In der Tür stand die Mutter. Sie blickten sich schweigend an.
»Verbrüh ihr nicht die Füße.«
Wortlos ging er ins Zimmer zurück und zog die Tür fest hinter sich zu. Draußen hörte er den Lichtschalter klicken, die Mutter hatte das Licht in der Küche gelöscht.
Lenas Kopf lag auf dem Kissen, die Beine hingen herunter, über die Waden zog sich ein feuerroter Streifen.
»Lenotschka, schläfst du?«
Ihre Wimpern zuckten, der Atem ging kaum hörbar, an der Stirn, den Brauen, der Oberlippe und dem Kinn glänzten große Schweißtropfen. Mit dem Zipfel des Handtuchs tupfte er ihr vorsichtig den Schweiß ab. »Lenotschka!«
»Mir ist schlecht«, flüsterte sie, ohne die Augen zu öffnen.
Er hob ihren Kopf an, hielt ihr einen Becher an die Lippen. Ihre Zähne schlugen gegen den Becherrand, sie schluckte mühsam, trank dann gierig das Wasser und sank kraftlos aufs Kissen zurück.

Er zog die Decke über sie und goß noch siedendes Wasser in den Eimer, trotz aller Vorsicht traf ein Spritzer ihr Bein.
»Au«, ächzte sie, krümmte sich und warf die Decke wieder ab.
»Na, na, wir sind fertig, das war die letzte Portion.«
Sie zitterte wie im Schüttelfrost, ihre Schultern bebten, die Hände zuckten. Er legte die Decke wieder über sie.
»Sei still, es ist alles vorbei.«
Sie weinte leise und trostlos.
»Es ist schon vorbei, ich höre jetzt auf.«
Er sah auf die Uhr – Viertel nach eins. Vierzig Minuten waren vergangen. Na gut, noch fünf Minuten!
Sie weinte nicht mehr, hielt das Gesicht im Kissen vergraben, sie lag wie tot da. Scharok beugte sich zu ihr hinab und befühlte ihre Stirn, die Stirn war kalt, er lauschte, sie atmete. Vorsichtig hob er ihre Füße aus dem Eimer – sie sahen aus wie gekocht. Ach, das würde vergehen ... Im Zimmer roch es wieder scharf nach Senf. Er legte ihre Füße aufs Bett und deckte sie zu. Dann brachte er den Eimer in die Küche, goß das Wasser weg, wischte den Senf aus dem Becken, spülte den Eimer aus, stellte ihn an seinen Platz und kehrte ins Zimmer zurück.
Lena schlief. Er trat ans Fenster, schob den Vorhang zurück. Im Nachbarblock schimmerten die Treppenabsätze im trüben Licht der wenigen von Drahtnetzen umschlossenen Glühlampen. Hauptsache es war nicht umsonst gewesen. Wie zimperlich sie war. Eine andere hätte nicht mal piep gesagt. Daran starb man doch nicht. Füße eincremen und fertig.
Er zog sich aus, löschte das Licht, legte sich neben Lena unter die Decke und schob ihre Beine behutsam beiseite. Ihn umfing sogleich die Wärme ihres glühenden Körpers, sie lag reglos auf dem Rücken, ein scharfer, aufreizender Senfgeruch umgab sie ... Er nahm sie, so wie sie war – reglos und ohne zu reagieren, und das erregte ihn noch stärker. Das war etwas berauschend Neues, noch nie Erlebtes und zugleich etwas Animalisches. Er wollte eine Erschütterung hervorrufen, die das, was schon in ihr lebte, vernichten würde, wollte den Keim zerstören, der sein Leben um ein Haar aus dem Gleis geworfen

hätte. Als sie aufstöhnte, dachte er daran, daß jenes andere in ihr aufgekeimte Leben endgültig abgetötet war.

Morgens konnte sie die Strümpfe nicht überstreifen.
»Tut weh.«
Dann bekam sie die Schuhe nicht an, die Füße paßten nicht hinein. Er brachte ihr Filzstiefel, große globige Kähne mit oben angeschlitzten Schäften.
»Jetzt geht's«, sagte sie, indem sie vorsichtig und ungeschickt mit dem ungewohnten Schuhwerk durchs Zimmer tapste. Sie wirkte so kleiner und stämmiger, eine Frau mit blassem, geschwollenem Gesicht und blauen Schatten unter den leidenden Augen.
Plötzlich plumpste sie aufs Bett. »Mir ist schwindelig.«
Er beschloß, sie zu begleiten, damit sie nicht noch mitten auf der Straße umkippte. Eigentlich hätte sie ein Glas heißen Tee kriegen müssen, aber die Mutter hantierte bereits in der Küche, und ihm lag wenig daran, ihr gerade jetzt unter die Augen zu kommen.
Im Hof trafen sie niemanden. Auf dem Arbat wechselte er zur anderen Straßenseite – vor der Bäckerei standen Leute aus ihrem Haus, die ihn kannten. Lena ging langsam und stützte sich auf seinen Arm. Da hat sie sich genau die richtige Zeit ausgesucht, um sich bei mir einzuhängen. Aber das war ihr letzter gemeinsamer Weg, den mußte er noch hinter sich bringen. Wenn sie bloß nicht umkippte, wenn sie bloß heimkam. Heute hatte sie frei, da würde sie sich hinlegen und erholen. Ihren Hof überquerte sie allein, vor der Haustür sah sie sich noch einmal um und lächelte ihm zu.
Mittags wollte er anrufen, um sich zu erkundigen, wie es ihr ging, tat es aber nicht, diese Eile würde bloß seine Unruhe verraten und offenbaren, wie gefährlich sein Vorgehen gewesen war. Er würde sie morgen im Dienst anrufen. Ging sie zur Arbeit, so war sie gesund, war die Sache geglückt, würde sie es sagen. Sie war tatsächlich im Dienst. Und sagte halblaut und deutlich, die Hand schützend vor die Muschel gelegt: »Alles in Ordnung.«
Aus ihrer Stimme hörte er das glückliche Bewußtsein heraus, daß sie ihm mit dieser Nachricht eine Freude machte.
»Na, gratuliere, bist ein ganzer Kerl, küß dich, ich rufe später noch an«, antwortete er und legte auf.

Anrufen würde er sie nicht mehr, genug, jetzt war Schluß!

Als er abends aus der Hochschule heimkam, sagte die Mutter: »Die Nina Iwanowa hat angerufen.«

»Was will sie?«

»Du sollst sie anrufen.«

Würde doch nur wegen Sascha rumquatschen, diese Wiederkäuerei ödete ihn längst an. Hol sie doch alle der Geier!

Nina rief wieder an.

»Weißt du, was mit Lena ist?«

Ihm stockte das Herz.

»Was denn?«

»Eine schlimme Blutung.«

»Merkwürdig. Wir haben uns allerdings lange nicht gesehen, haben aber gerade heute miteinander telephoniert. Sie war doch im Dienst.«

»Von dort hat man sie auch weggebracht.«

»Wohin?«

»In ein Krankenhaus.«

»In welches?«

Nina nannte die Nummer des Krankenhauses und die Adresse, irgendwo in Marjina Rostscha.

Er zögerte einen Augenblick, dann fragte er kurz entschlossen: »Was ist denn mit ihr?«

»Keine Ahnung.«

»Woher weißt du, daß sie im Krankenhaus ist?«

»Aschchen Stepanowna hat's mir gesagt. Lenas Zustand soll besorgniserregend sein.«

»Danke, daß du es mir gesagt hast. Ich fahre ins Krankenhaus.«

Er kehrte ins Zimmer zurück, schloß die Tür hinter sich, setzte sich an den Tisch. Jetzt saß er in der Patsche! Er kannte die Gesetze, war immerhin Jurist. Eine illegale Abtreibung ... Handlungen ... die den Tod der Geschädigten zur Folge hatten. Idiot! Warum hatte er es bei sich zu Hause gemacht? Sie hätte es in ihrer Wohnung machen können, kein Mensch hätte es gemerkt, sie hatte schließlich ein eigenes Zimmer. Rindvieh! Rindvieh! Rindvieh!!!

Wenn sie am Leben blieb, würde sie ihn nicht verraten. Würde sie sterben, mußte er alles abstreiten. Beweise gab es nicht. Jawohl, er hatte gewußt, daß sie schwanger war, daß sie das Kind nicht austragen, daß sie irgend etwas unternehmen wollte, er hatte gedacht, irgendwelche ausländischen Tabletten, er wußte immer noch nicht, was sie eigentlich angestellt hatte. Am Vortag hatte sie krank ausgesehen, er hatte sie nach Hause begleitet und am nächsten Tag angerufen. Bei ihrem intimen Verhältnis war das nur zu natürlich, bewies jedoch keineswegs seine Mittäterschaft.

Konnte man ein Fußbad einer Abtreibung gleichstellen? Warum hatte der Gesetzgeber gerade dieses Wort gewählt? Abtreibung! Berechtigte dieser Terminus zu einer extensiven Auslegung? »Künstliche Schwangerschaftsunterbrechung« – einen solchen Terminus könnte man beliebig auslegen. Aber der Gesetzgeber hatte sich deutlich ausgedrückt: Abtreibung, wobei die medizinische Bedeutung des Wortes gemeint war, also ein chirurgischer Eingriff.

Er mußte die Version präzisieren, die Details durchdenken. Wo, wann, den Tag, die Stunde, die Minute, den Ort, überzeugende Einzelheiten. Wenn Lena starb, würde Budjagin ihn nicht aus den Fängen lassen. Vielleicht würde er aber auch den Skandal vermeiden wollen? Er war immerhin eine prominente Persönlichkeit des öffentlichen Lebens, und die Tochter trieb auf eine so zurückgebliebene, geradezu bäurische Weise ab. Ging man der Sache richtig auf den Grund, so waren die Budjagins selber schuld, die eigentliche Verantwortung lag bei ihnen: Sie waren gegen ihre Eheschließung gewesen, nur ihretwegen hatte Lena kein Kind haben wollen, objektiv betrachtet hatten sie Lena zu dieser Tat getrieben. Vielleicht nicht nur objektiv betrachtet? Sie hatten die Angelegenheit nicht ruchbar machen, jedes Aufsehen vermeiden wollen. So sah die Sache aus, so stellte sie sich bei Lichte besehen dar, wenn man die Beweggründe berücksichtigte und die Wurzeln bloßlegte. Wie hatten sie die Tochter aufs Leben vorbereitet, was hatten sie ihr beigebracht? Aus dem Englischen dolmetschen? Das reichte nicht fürs Leben. Schon immer hatte er diese Familie gehaßt, und trotzdem hatten sie die Situation im Griff, er war ihnen ausgeliefert, drückte sich in seiner engen Bude herum, sie aber wohnten in ihrem Fünften Haus der Sowjets, in ihrer uneinnehmbaren

Festung, mobilisierten alle möglichen Ärzte, um Lena zu retten. Und sie würden sie retten, bestimmt sogar. Und dann mit ihm abrechnen.

Die Mutter hüllte sich in mürrisches Schweigen, sie erriet, was geschehen war, wollte aber nicht darüber reden. Sie fürchtete, daß das Gespräch zu Beschuldigungen führen würde. War sie denn schuld? Sie hatte das Beste gewollt, alle machten es so, wer konnte etwas dafür, daß dieses feine Fräulein nichts vertrug. Er hatte aber auch übertrieben – rackerte auf Teufel komm raus, verbrühte ihr die Quanten und kannte kein Maß.

Jura fuhr zum Krankenhaus, ging aber nicht hinein, sondern spazierte in einiger Entfernung auf und ab, weil er ein Zusammentreffen mit den Budjagins befürchtete und zudem weitere Zeugen vermeiden wollte. Je weniger Leute ihn sahen, desto besser für ihn.

Er kehrte zum Arbat zurück und rief dann im Krankenhaus an, aber nicht von zu Hause, sondern aus einer Telephonzelle und erkundigte sich nach dem Befinden der Patientin Lena Iwanowna Budjagina. »Ihr Zustand gibt Anlaß zu Besorgnis, das Fieber ist 39,8.« Er rief täglich an, und erst am Ende der Woche hieß es: »Der Zustand hat sich etwas gebessert, das Fieber ist 38,2.«

Nach weiteren drei Tagen: »Der Zustand ist befriedigend, die Temperatur ist wieder normal.« Am Ende der zweiten Woche holte Aschchen Stepanowna ihre Tochter nach Hause.

Zufällig an diesem Abend fragte Juras Mutter: »Wie geht's deiner Knutsche?«

Er lächelte spöttisch: »Gesund und munter, wieder auf dem Damm.«

Er rief sie nicht an, wußte nicht, wie sie seinen Anruf aufnehmen würde: Er war kein einziges Mal bei ihr im Krankenhaus gewesen, hatte ihr nicht geschrieben, es gab überhaupt keine Rechtfertigung für sein Verhalten. Egal! Recht hatte er, daß er nicht hingegangen war. Er mußte lediglich in Erfahrung bringen, ob sie irgend jemandem etwas erzählt hatte. Trotzdem konnte er sich nicht entschließen, den Hörer abzunehmen und ihre Nummer zu wählen. Sie rief auch nicht an. Statt dessen rief Nina an.

»Jura, wir wollen heute alle zu Lena, kommst du mit?«

»Heute bin ich besetzt.«
»Dann kommst du eben etwas später.«
»Bei mir dauert's bis zum späten Abend.«
Hatte sie von sich aus angerufen oder auf Lenas Bitte hin? Er wollte sich Klarheit verschaffen.
Er rief Lena an. Hörte ihre tiefe, leise, zärtliche Stimme.
»Na endlich! Ich habe mir solche Sorgen um dich gemacht.«
»Die Sorgen habe ich mir deinetwegen gemacht.«
»Ich habe dauernd denken müssen, wie schwer du es jetzt hast. Warum hast du mich kein einziges Mal besucht?«
»Ich habe jeden Tag angerufen und mich erkundigt.«
»Wirklich?« fragte sie erfreut. »Heute kommen alle Freunde zu mir, kommst du auch?«
»Ich möchte nicht gern mit dem ganzen Haufen ...«
»Das verstehe ich. Also wann?«
»Ich rufe an.«

18

Nina kam um fünf aus der Schule nach Hause. Auf den Treppenstufen vor der Wohnungstür saßen Warja und ihre Freundin Soja.
»Ich habe die Tür zugeschlagen und die Schlüssel vergessen.«
Die Schlüssel hat sie vergessen ... alles gelogen. Sie hatte ihr verboten, Soja mitzubringen, darum saß sie jetzt mit Soja auf den Stufen – die Treppe gehört dir nicht, das kannst du also nicht verbieten.
»Ich gebe dir zwei Minuten Bedenkzeit und zwei Minuten zur Ausführung«, sagte Warja gerade zu Soja.
Und diese ungepflegte Sprache!
»Warst du bei Sofija Alexandrowna?«
»Ja.«
»Hast du alles eingekauft?«
»Ja, hab' ich.«
»Und auf die Marken?«
»Alles besorgt.«
»Wieviel Geld hast du noch?«
Warja streckte ihr den Rest hin.
»Ich habe mir fünfzig Kopeken für die Eisbahn genommen.«
»Und die Schularbeiten?«
»Mach' ich gleich.«
Jeder muß seine Pflicht erfüllen. Nina selber schuftete wie ein Pferd, aß schnell und rannte in die Abendschule, sie konnte es sich nicht leisten, auf diesen zusätzlichen Verdienst zu verzichten. Warja aber ging auf die Eisbahn, ins Theater und ins Kino und traf sich mit ihren Freundinnen; folglich nahm der Haushalt nicht zu viel Zeit in Anspruch.
»Zum Abendbrot mußt du die Grütze aufwärmen, ich laß sie in der Pfanne, die Butter ist im Schrank«, sagte Warja.
»Daß du aber spätestens um elf zu Hause bist«, sagte Nina und knöpfte den Mantel zu.
Die Tür fiel hinter ihr ins Schloß. Warja rief sofort Soja an.

»Komm, Nina ist abgerauscht.«

Sie räumte den Tisch ab, bereitete das Abendessen vor und wusch das Geschirr ab – alles in bester Ordnung. Nina legte nie etwas an seinen Platz zurück.

Das Telephon läutete. Mit dem Küchentuch in der Hand griff Warja nach dem Hörer.

»Natascha, bist du's?«

Das war ein Junge, den sie am Telefon kennengelernt hatte, ohne daß sie sich je gesehen hatten. Er hieß Valodja, ihren Namen hatte sie nicht sagen wollen.

»Vielleicht heißt du Natascha?«

»Meinetwegen, ich kann auch Natascha heißen.«

So nannte er sie denn, fragte aber jedesmal: »Natascha, sag, wie heißt du wirklich?«

Ihr gefiel seine Stimme, sie sprach offen mit ihm – sie würde ihn nie sehen und konnte darum alles sagen. Er versicherte auch, daß er niemandem gegenüber so aufrichtig sei wie ihr.

»Natascha, du mußt blond sein.«

»Ich bin tatsächlich blond.«

»Und die Augen?«

»Orange auf blauem Hintergrund.«

»Gibt's wirklich solche Augen? Was hast du denn gestern abend gemacht?«

»Ich war in einer Fachschule tanzen, sie haben alles mögliche gespielt, wozu man wunderbar Rumba tanzen konnte, es war ganz toll.«

»Da werde ich ja richtig neidisch. Ich habe Schularbeiten gemacht.«

»Lerne nur ordentlich, mein Freund, lerne fleißig! Hore, wie der Lehrer spricht: Schwänze nie den Unterricht, denn nur Wissen führt zum Licht.«

»Wann treffen wir uns?«

»Nie.«

»Wer weiß, vielleicht wird's die große Liebe?«

»Nein, dazu gleichen sich unsere Ansichten viel zu sehr.«

»Was hast du heute vor?«

»Ich gehe auf die Eisbahn.«

»Auf welche denn?«
»Die neben der Fabrik.«
»Neben welcher Fabrik?«
»Der Seifen- und Marmeladefabrik.«
»Nimm mich mit, ich laufe gut Schlittschuh.«
»Und ich kann's fast gar nicht, du langweilst dich bloß mit mir. Leb wohl, ich habe Besuch bekommen.«
Soja erschien in einer weißen Pudelmütze und mit einer Pluderhose unterm Rock. Ihre Haut war picklig, Nina nannte sie die »Mistblüte«. Sojas Mutter war Platzanweiserin im Kino *Karneval* und ließ die Freundinnen ohne Karten ein.
»Warum hast du die weiße aufgesetzt?« fragte Warja und musterte Sojas Mütze. »Wir hatten's doch anders abgemacht.«
»An der roten ist das Gummi geplatzt. Setz du doch deine rote auf, sie steht dir.«
»Zum weißen Pulli die rote Mütze?! Dann nimmst du eben meine rote und ich die weiße.«
»Warum muß es immer nach dir gehen?«
»Nicht nach mir, sondern nach unserer Abmachung.«
Beleidigt zuckte Soja mit den Schultern.
»Na, wenn du drauf bestehst ...«
»Tu mir bloß keinen Gefallen! Ich gehe nicht auf die Eisbahn.«
Warja streifte die Schuhe ab und kletterte aufs Bett.
»Das ist doch albern«, murmelte Soja, »na gut, ich setze die rote auf.«
»Ich gehe nicht.«
Eine Weile saßen sie sich stumm gegenüber. Soja war verwirrt und bedauerte, daß sie sich wegen einer Lappalie zankten.
»Komm schon«, versuchte sie kläglich einzulenken.
»Ich möchte nirgends hingehen, wenn *er* dort ist.«
»Aber du wolltest doch Schlittschuh laufen.«
»Das schon, jetzt habe ich es mir aber anders überlegt.«

Durch Saschas Verhaftung fand Warja im Kreis ihrer Freundinnen sogleich besondere Beachtung. Jetzt gehörte sie zu jenen, deren Freunde plötzlich verschwanden und dann wieder auftauchten. Die Mädchen warteten auf die Freunde, wenn die Mädchen jedoch ein falsches Spiel mit ihnen trieben, wurde grausam mit ihnen abgerechnet. Alle wußten, daß sie mit Sascha im *Keller am Arbat* getanzt hatte, man hatte sie dort zusammen gesehen, auch die Schlägerei. Jetzt hatte sich Warja mit Saschas Mutter angefreundet und brachte Päckchen ins Gefängnis. Warja fuhr am frühen Morgen hin, reihte sich in die Schlange ein, dann kam Sofija Alexandrowna, und nun rückten sie gemeinsam Schritt für Schritt zum Schalter vor. Sofija Alexandrowna verstand sich nicht aufs Streiten, sie hatte Angst, den Wachhabenden am Schalter zu reizen, genierte sich, die Leute aufzuhalten, die hinter ihr warteten – müde Menschen, die seit fünf Uhr früh auf der Straße entlang der langen kalten Gefängnismauer anstanden. Warja fürchtete niemanden und genierte sich nicht. Sie hatte in allen Gefängnissen nach Sascha gesucht. Am Schalter bekamen sie einen Fragebogen: Familienname, Vor- und Vatersname des Verhafteten und die Adresse. Sofija Alexandrowna füllte den Fragebogen aus, dann mußten sie sich nochmal anstellen, um den Fragebogen abzugeben, anschließend mußten sie noch zwei, manchmal auch drei Stunden auf die Antwort warten. »Hier nicht ...«

Dann fragte Warja keck: »Wo denn?«

»Unbekannt.«

»Und wem ist das bekannt? Ihr habt ihn abgeholt, euch muß es also bekannt sein.«

Sie holte sich Ratschläge vom allwissenden Arbater Hof. Ein Mädchen vom Nowinskay-Boulevard, deren Freund im Gefängnis am Taganka-Platz saß, zeigte ihr, wie man einen Zettel in der Wäsche verstecken könne, sagte, man müsse möglichst viel Zucker und Äpfel schicken, sie brannten dort Schnaps daraus. Sofija Alexandrowna hörte ihr kopfschüttelnd zu.

»Nein, Warjenka, Sascha braucht keinen Schnaps.«

Innerhalb einer Nacht verwandelte sich Sofija Alexandrowna von einer schönen älteren Frau in eine graue Greisin. In der ersten Zeit glaubte sie, daß, wenn sie sich vor diejenigen hinstellte, die Sascha verhaftet hatten, sie ihr Herz erweichen müßte, weil sie doch auch Mütter hatten. Später sah sie viele solcher Mütter – ihr Anblick rührte kein einziges Herz. Sie standen in langen Schlangen an, und

jede fürchtete, daß das Körnchen Mitleid, das hinter den festen Türen vielleicht doch vorhanden war, nicht ihr, sondern einer anderen gelten würde, die früher durch diese Türen eingelassen wurde.
Sofija Alexandrowna sah die Posten mit den Karabinern, die unbezwingbaren steinernen Mauern, dahinter war Sascha und war all dessen beraubt, worauf jedes lebendige Wesen ein natürliches Recht hat: die Luft dieser Erde frei atmen zu dürfen. Was für ein Schicksal wurde ihm bereitet? Nachts schlief sie nicht – worauf schlief er? Sie brachte keinen Bissen herunter – was mochte er, über den Blechnapf gebeugt, dort bekommen, er, ein lebendiges und ihr so teures Wesen, ihr Leben, ihr Herzblut? Das Kissen roch, wie sein Haar gerochen hatte, wenn er krank war, die Schuhe rochen nach der trockenen Erde, auf der er als kleiner Junge barfuß herumgelaufen war, der Tisch roch nach der Tinte seiner Schulhefte.
Sie lief durch die Straßen in der Hoffnung, die Männer zu treffen, die ihn vor der Verhaftung observiert hatten. Sie wußten, was ihm drohte, wußten, was er jetzt am dringendsten benötigte. Würde sie den Kleinen treffen, den im Flauschmantel, würde sie ihn nach Sascha fragen. Sie würde sagen, sie sei ihnen nicht böse, das sei schließlich ihre Arbeit. Aber nachdem sie ihr Werk verrichtet hatten, könnten sie barmherzig sein, ihnen müßte es jetzt doch egal sein. Sie ging den Arbat entlang, mal auf der einen, mal auf der anderen Seite, ging in die Geschäfte, tat, als stünde sie an. Aber sie traf weder den Kleinen im Flauschmantel, noch den anderen mit der Mütze und auch nicht den dritten, den Großen mit dem bösen Gesicht.
Durchfroren, steif vor Kälte, niedergeschlagen vom Bewußtsein ihrer Ohnmacht, kehrte sie nach Hause in ihr leeres Zimmer zurück. Einsam in ihrer Not, betete sie zu Gott, den sie längst verlassen hatte, betete darum, daß der Geist der Güte und Barmherzigkeit, allgegenwärtig und alldurchdringend, die Herzen jener erweichen möge, die über Saschas Schicksal entschieden. Morgens trieb sie das Klappern des Briefkastens aus dem Bett. Sie wartete auf Antwort von der Staatsanwaltschaft oder auf den Brief irgendeines geheimen, aber einflußreichen Gönners, wartete auf eine

Nachricht von Sascha selbst, die vielleicht jemand schicken würde, der mit ihm im Gefängnis gesessen hatte, aber inzwischen deportiert worden war. Briefe aus der Verbannung kamen an. Solche Fälle gab es, man hatte es ihr erzählt. Beim Zeitunglesen betrachtete sie die Stalinbilder: schlichte Kleidung, gütige Falten um die Augen, das ruhige weise Gesicht eines Mannes mit reinem Gewissen. Es war noch gar nicht lange her, daß man seinen fünfzigsten Geburtstag gefeiert hatte, jetzt war er vierundfünfzig, nein dreiundfünzig Jahre, ebenso alt wie Pawel Nikolajewitsch, ihr Mann. Stalins ältester Sohn mußte etwa so alt sein wie Sascha. Er hatte noch einen Sohn und eine Tochter, er verstand, was einem Kinder bedeuten, wußte, wie ein Unglück in der Familie schmerzte – vor kurzem hatte er seine Frau verloren. Wenn ihm doch Saschas Fall bekannt werden würde! All ihre Hoffnungen setzte sie einzig und allein auf Mark. Mark würde Stalin von Sascha erzählen. Dann würde Stalin Saschas Akte anfordern, ihn vielleicht sogar zu sich bestellen. Sascha würde ihm bestimmt gefallen. Unmöglich, daß Sascha jemandem nicht gefiel.

Pawel Nikolajewitsch kam. Selbstverständlich war er erschrocken, hielt die Verhaftung jedoch nicht für eine Katastrophe. Man würde Sascha nicht erschießen und auch nicht zu lebenslänglicher Haft verurteilen. Er war jung und hatte das Leben noch vor sich. Richtig, man mußte etwas unternehmen. Aber helfen konnten nur die höchsten Instanzen. Und zu ihnen hatte er keine Verbindungen. Diese Verbindungen hatte Mark. Daß sie das nicht verstehen konnte, nicht verstehen wollte! Pawel Nikolajewitsch war mit dem festen Vorsatz gekommen, geduldig und verständnisvoll zu sein. Aber sobald er dieses ihm lästige Haus betrat, der alten Frau gegenüberstand, die einmal seine Frau gewesen war, und die fordernden Töne in ihrer Stimme hörte, sobald er den trotzigen Karnickelausdruck ihres Gesichtes sah, den es lediglich bekam, weil sie ihre Angst bezwingen wollte, als er all das wahrnahm, überfiel ihn die alte Wut und Gereiztheit von Neuem. Sie war an allem schuld, sie und ihr Brüderchen hatten Sascha erzogen.
Sie saßen einander gegenüber, sie – grau, mit bebenden Lippen, er – glattrasiert, gepflegt, mit grauen, erbost hervorquellenden

Augen. Sie saßen an dem Tisch, an dem sie jahrelang zusammen gesessen hatten, dem Tisch mit der gleichen Wachstuchdecke, unter dem gleichen stoffbezogenen runden Lampenschirm. Sofija Alexandrownas Finger spielten nervös auf dem Wachstuch, sie fuhr mit der Handfläche zittrig darüber, um es zu glätten, obwohl da nichts zu glätten war, und das ärgerte Pawel Nikolajewitsch nur noch mehr.

»Möchtest du vielleicht, daß ich die Behörden abklappere? Nutzlos, ich habe es dir schon erklärt. Berufung einlegen kann man erst nach einer Entscheidung. Die Entscheidung ist aber noch nicht gefallen, weil die Untersuchung noch läuft.«

Vielleicht wollte sie die Situation ausnutzen, um ihn zurückzuholen?

»Was bezweckst du? Daß ich die Fabrik verlasse? Man läßt mich nicht fort. Außerdem habe ich auch gar nicht vor, nach Moskau zurückzugehen, merk dir das! Wie bitte?«

Er glaubte, sie hätte etwas gesagt, absichtlich leise gesagt, damit er es nicht verstand. Aber sie hatte keinen Ton geäußert, nur lautlos die Lippen bewegt.

»Nein, nein ... ich höre dir zu.«

»Aha, du hörst zu ... hörst zu und denkst dir dabei: Der Vater, dieser Lump, will nichts für den Sohn tun. Du hast schon immer so gemein von mir gedacht und dem Jungen das auch beigebracht.«

Schon früher hatte sie bei seinen Schimpftiraden und Vorwürfen unsäglich gelitten, jetzt fühlte sie den gleichen Schmerz zurückkehren, fühlte zu ihrem Entsetzen, daß sie ebensowenig wie früher die Angst vor ihm bezwingen konnte. Das war jetzt um so erniedrigender, weil es um die Rettung des Sohnes ging, ihres gemeinsamen Sohnes. Aus seinen Worten hörte sie Abneigung gegen Sascha, er distanzierte sich von Saschas Unglück.

Wie konnte er es wagen, gerade jetzt eine Rechnung seiner Kränkungen und Ansprüche aufzumachen? Und sie, wie konnte sie ihn fürchten, jetzt, da es um Saschas Leben ging?! Sie durfte niemanden fürchten, hatte kein Recht dazu, sie war Mutter!

»Wenn du dabei gewesen wärst, als sie ihn abholten ...«

Sie sagte es mit Bitterkeit. Mit ihm mußte man laut sprechen, fast schreien, damit er es hörte.
»Aber ja doch, natürlich, wieder mal bin ich an allem schuld, ich, ich allein ... du bist eine Märtyrerin, eine Dulderin, ich dagegen bin ein Schuft, ein Wüstling, ich bummle und trinke ...« Allmächtiger! Nicht einmal ein solches Unglück vermochte ihn zu ändern, vermochte ihn davon abzubringen, wie immer mit hochrotem Kopf, die Lippen vorgestülpt, zu wüten und sie nachzuäffen. Sie hatte auf ihn gewartet, Hilfe von ihm erhofft – er war der Vater, er war ein Mann! An was konnte, an was durfte er jetzt noch denken außer an Sascha?! Er hatte jetzt einfach nicht das Recht, an andere Dinge zu denken. Sie mußte ihn zwingen, an Sascha zu denken. Sofija Alexandrowna trat an den Schreibtisch und holte die Eingabe an den Staatsanwalt hervor.
»Sieh's dir an!«
Sein Gesicht nahm einen verärgerten, ja angewiderten Ausdruck an. Diese verrückte Person zwang ihn wieder, sich mit absolut überflüssigen Dingen zu beschäftigen. Wen kümmerte diese Eingabe, wer würde sie überhaupt lesen?
Aber ihm blieb nichts anderes übrig, als die Eingabe zu lesen. Einen Streit mit ihr in dieser Situation würden alle verurteilen. Und für die Umwelt wollte Pawel Nikolajewitsch ein anständiger Mensch und Vater bleiben. Er würde ihr keinen Anlaß geben zu sagen: nicht mal die Eingabe wollte er sich ansehen.
Mein Gott, was hatte sie da zusammengeschrieben! »Ihnen schreibt eine Mutter ... geben Sie mir meinen Sohn zurück ...« Naiv, sentimental, nicht überzeugend. »Ich wende mich an unsere gerechte und barmherzige Regierung.« – Alles bloß Worte. »Ich weiß, daß mein Sohn nicht das Geringste verschuldet hat, er ist unschuldig.« Wer würde das glauben? »Selbst wenn er einen Fehler begangen haben sollte, geschah dies völlig unbeabsichtigt, er ist doch noch ein Kind.« Mit zweiundzwanzig war man kein Kind mehr! Und außerdem – was für Fehler? Wozu indirekt seine Schuld bestätigen?
Sofija Alexandrowna saß auf Saschas Sofa, mit gesenktem Kopf hörte sie sich Pawel Nikolajewitschs Bemerkungen an, wobei sie die Bissigkeit geflissentlich überhörte, die ihre Dummheit bestäti-

gen sollte: Nicht mal eine Eingabe kann sie schreiben. Egal! Sollte er doch den Text verbessern, Hauptsache Sascha wurde damit geholfen. Sie legte ein Blatt Papier vor ihn hin, stellte das Tintenfaß daneben.

»Schreib die Eingabe so, wie du es für richtig hältst.«

Er sah sie sprachlos an, nun ging ihm auf, daß er sich dumm benommen hatte. Die Eingabe war nutzlos, war es da nicht einerlei, wie sie abgefaßt war? Jetzt mußte er selber schreiben, aber was konnte man schreiben, wenn man nicht einmal wußte, wie die Anklage lautete.

»Tja, weißt du«, sagte er, »man kann sie auch so abschicken. Aber besser ohne den Satz mit dem Fehler, und auch ohne die Bitte ›Geben Sie mir meinen Sohn zurück‹. Ansonsten ... ja, du kannst die Eingabe so abschicken.«

»Gut«, antwortete sie und legte das Papier wieder weg. »Ich werde das verbessern.«

Etwas anderes hatte sie von ihm auch nicht erwartet. Sie würde die Eingabe sowieso nicht abschicken, bevor Mark sie nicht gesehen hatte.

»Wann fährst du wieder ab?«

Er brauste auf: »Du weißt doch wohl, daß ich morgen zur Arbeit muß?!«

»Laß bitte Geld da«, sagte sie mit Nachdruck, »für Saschas Pakete kaufe ich alles in den besten Geschäften ein.«

Fast hätte er losgeflucht. Er war ein kleiner Ingenieur, bekam ein normales Gehalt, aber geizig war er nicht. Ihn empörte nur dieser Ton, diese ewigen Ansprüche, sie hatte ihn ja immer nur wegen des Geldes gebraucht. Er holte hundertfünfzig Rubel aus der Tasche.

»Mehr kann ich dir nicht geben.«

19

Es war wieder Nacht. Sascha wurde vom metallischen Knirschen des Riegels geweckt. Vor der Zelle stand der Posten von gestern. Wieder schritten sie durch die zahllosen verwinkelten Gänge. An seinem Koppel klirrte wieder der Schlüsselbund, wieder schlug er mit den Schlüsseln gegen die Türgriffe oder das Eisengeländer der Treppe, um zu signalisieren, daß er einen Häftling führte. Aber diesmal zählte Sascha das Hinauf und Hinab und vergewisserte sich, daß sie im Erdgeschoß anlangten. Hinter der geöffneten Tür am Gangende erklangen Stimmen, sogar Lachen, dort erahnte man ein anderes, ein freies Leben.
Diesmal leuchtete Djakow ihm nicht ins Gesicht, offenbar wandte er diese Methode nur beim ersten Mal an. Er trug auch keine Uniform, sondern einen braunen Sakko über einem blauen Pullover. Mit einer Kopfbewegung wies er auf einen Stuhl und schrieb, während Sascha sich setzte, emsig weiter. Er schrieb, überflog das Geschriebene und schrieb weiter, ohne Sascha zu beachten. Auf dem Schreibtisch stand nur eine massive Schreibtischgarnitur und ein ebenso massiver Tintenlöscher. Sascha überlegte, daß es nicht schwierig wäre, nach dem Löscher zu greifen und Djakow damit den Schädel einzuschlagen. Auf diesem Stuhl saßen die unterschiedlichsten Häftlinge, darunter vielleicht auch solche, die einer solchen Tat fähig wären. Hier war alles bis in die kleinste Einzelheit geplant, jeder Schritt, jede Bewegung vorausgesehen, aber das schienen sie nicht berücksichtigt zu haben. Oder glaubten sie, niemand würde so etwas fertig bringen? Vielleicht gab es irgendeinen geheimen Mechanismus, der bei der leisesten Berührung der Schreibtischgarnitur ausgelöst wurde? Natürlich, auch wenn man von hier nicht wegrennen konnte, wäre jemand in höchster Verzweiflung vielleicht doch dazu imstande. Trotzdem schien Djakow nichts zu befürchten. Vielleicht wurden aber auch die *richtigen* Häftlinge nicht hier vernommen?
Djakow sammelte die beschriebenen Blätter ein und ging, die Tür

offenlassend, aus dem Zimmer. Seine braune Hose steckte in Filzstiefeln. Weil Djakow so warm angezogen war, spürte Sascha in seinen dünnen Schuhen plötzlich die Kälte des Zementbodens. Diesmal war alles anders, nicht so wie beim letzten Mal. Es hatte den Anschein, daß Djakow mit einem wichtigeren und dringlicheren Fall beschäftigt war und Sascha nur darum hier, weil er schon bestellt worden war, bevor Djakow wußte, daß er Wichtigeres zu erledigen hatte. In Zivil und Filzstiefeln wirkte er viel menschlicher und gar nicht offiziell, er ging aus dem Zimmer und ließ Sascha allein vor dem Tisch, auf dem seine Papiere lagen. Er befürchtete nicht, daß Sascha darin lesen würde, wie er auch nicht argwöhnte, daß Sascha ihn mit dem schweren Löscher anfallen würde.

Im Gang schlug eine Tür zu, dann erklangen Stimmen. Djakow unterhielt sich mit jemandem, kam dann, schwerfällig in den Filzstiefeln gehend, ins Zimmer zurück, schloß die Tür, setzte sich an den Tisch, kramte im Schubfach und zog eine dünne Akte heraus, die die Blätter der vorigen Vernehmung enthielt. Dann kramte er weiter und fragte, ohne sein Suchen zu unterbrechen und ohne Sascha anzusehen: »Na, Pankratow, was wollen Sie mir heute sagen?«

Er stellte die Frage beinahe beiläufig, gelassen und sogar freundlich, als erinnere er sich nicht an ihr letztes Gespräch. »Wissen Sie ...« begann Sascha.

»Aha!« Djakow hatte endlich das gesuchte Papier gefunden und verließ mit dem Blatt in der Hand erneut das Zimmer.

Zurückgekehrt schob er die Papiere noch im Stehen in die Schublade, setzte sich und schlug Saschas Akte auf.

»Also, Pankratow ... haben Sie sich überlegt, was ich Ihnen geraten habe?«

»Jawohl. Ich habe aber keine Ahnung, worum es geht.«

»Schlimm!« Djakow schüttelte den Kopf. Aus seiner Stimme klang ein Vorwurf, Bedauern, ja Mitgefühl – du spielst dir selber übel mit, Kumpel! mochte das bedeuten.

Nach kurzem Nachdenken wies er mit dem Kinn auf Saschas Akte.

»Wollen Sie noch viel Zeit verplempern?«

»Ich weiß nicht, von welchen konterrevolutionären Reden Sie letztes Mal gesprochen haben.«
Djakow runzelte die Stirn.
»Sie sind nicht aufrichtig, Pankratow. Sie wollen, daß wir uns nicht mit der Hauptsache, sondern mit Ihren Hochschulgeschichten beschäftigen. Aber sogar darin waren Sie nicht ehrlich. Sie haben vieles unterschlagen und verschwiegen. Und das ist ebenfalls typisch für Sie.«
»Was soll ich verschwiegen haben?« fragte Sascha erstaunt.
In diesem Augenblick trat ein älterer Mann mit einem Eskimo-Gesicht ins Zimmer, der dunkelblaue Anzug saß perfekt an seiner stämmigen, etwas schweren Figur.
Djakow erhob sich. Der Unbekannte forderte Djakow mit einem Kopfnicken zum Platznehmen auf und setzte sich auf einen Stuhl neben ihn.
»Machen Sie weiter!«
Forschend sah er Sascha an. Sascha begriff: Das war Djakows Vorgesetzter, in dessen Blick Sascha mehr als gewöhnliches Berufsinteresse für den jeweiligen Häftling erkannte. In ihm glomm der Hoffnungsfunke auf, daß dieser Mann sein Schicksal ändern könnte.
»Also Pankratow, wo sind wir stehengeblieben?«
»Sie haben gesagt, ich hätte angeblich etwas verschwiegen. Was soll ich verschwiegen haben?«
»Da braucht man sich bloß die Protokolle der Parteiversammlung anzusehen. Sie haben sich sogar der Protektion hochgestellter Persönlichkeiten versichert ...«
Djakow sah Sascha abwartend mit lauerndem Blick an.
Aha. Alles klar. Es ging also um Mark oder um Budjagin oder um beide. Er hatte verstanden. Djakow hatte absichtlich gesagt: hochgestellte Persönlichkeiten und nicht etwa hochgestellte Genossen. Und die Namen nicht genannt. Nein, da mußte er schon mit den Namen herausrücken. Von Sascha würde er sie nicht zu hören kriegen.
»Wen meinen Sie eigentlich?«
»Pankratow!« Djakows Lippen verzogen sich vorwurfsvoll zu einem angewidert sarkastischen Lächeln.

»Sie sollten sich schämen, Pankratow! Spielen Sie gefälligst nicht Katz und Maus mit uns. Wir sind besser unterrichtet, als Sie annehmen. Sie wollen uns reden lassen, wir aber wollen Sie zum Reden bringen, und das ist vor allem in Ihrem Interesse. Budjagin und Rjasanow haben sich für Sie eingesetzt. Das haben Sie in der Parteiversammlung selbst zugegeben, hier aber spielen Sie Blinde Kuh.«

Wiederum sagte er nicht etwa die Genossen ›Rjasanow und Budjagin‹, sondern einfach ›Rjasanow und Budjagin‹.

»Ich habe mich an niemanden um Fürsprache gewandt«, widersprach Sascha, »ich habe meinem Onkel Rjasanow alles erzählt, ihn aber nicht gebeten, sich einzumischen. Er hat von sich aus und ohne mein Wissen Budjagin gebeten, die Hochschuldirektorin Glinskaja anzurufen.«

»Schön, angenommen, es hat sich tatsächlich so zugetragen«, stimmte Djakow zu, »warum haben Sie das nicht beim letzten Mal ausgesagt? Warum haben Sie gerade diese Namen nicht genannt? Sie haben eine Menge Leute aufgezählt«, damit zog er ein schmales Blatt aus Saschas Akte, das Sascha vorher noch nicht gesehen hatte. »Baulin, Losgatschow, Asisjan, Kowaljow, aber Rjasanow und Budjagin haben Sie überhaupt nicht erwähnt. Warum nicht?«

Sascha dachte fieberhaft nach. Jetzt konnte jedes seiner Worte sowohl für Onkel Mark als auch für Iwan Grigorjewitsch Budjagin die schlimmsten Folgen haben. Es ging um sie, das war jetzt klar. Wessen beschuldigte man sie?

»Ich hielt das für belanglos. Das sind doch rein verwandtschaftliche Beziehungen. Ich verstehe nicht, warum das Ihr Interesse weckt.«

Er sagte das mit fester Stimme, wie etwas, über das zu diskutieren er nicht gewillt sei. Djakow zeigte den Weg, den er gehen sollte, den er aber nie gehen würde.

Djakow sah ihn, wie Sascha schien, aufmerksam, ja fast befangen an.

»Die Untersuchung Ihres Falls durch Solz – hat das auch Ihr Onkel veranlaßt?«

»Das hat niemand veranlaßt. Ich bin von mir aus zu Solz gegangen.«

Djakow lächelte spöttisch.
»Da warten die Leute monatelang auf eine Audienz, Sie aber kommen hin, und unglaublich: Sie werden gleich vorgelassen, und ruckzuck wird Ihr Fall geklärt. Wer soll Ihnen das abnehmen, Pankratow?«
»Es war aber tatsächlich so«, sagte Sascha. »Es hat sich wirklich so abgespielt. Ich bin zu ihm ins Zimmer gekommen, er ist auf mich aufmerksam geworden, hat mich gefragt, was los sei ...«
»Ein glücklicher Zufall also?«
»Möglich ... war ich vielleicht nicht berechtigt, mich an die ZKK zu wenden? Hatte mein Onkel vielleicht nicht das Recht, sich für mich einzusetzen? Wo liegt da meine Schuld? Warum halten Sie mich eigentlich hier fest? Für nichts und wieder nichts!« Djakows Gesicht verzog sich zu einer Grimasse. Aber er sagte nichts, schielte nur zu seinem Vorgesetzten hin, als fordere er ihn auf, sich zu überzeugen, womit er, Djakow, es hier zu tun habe, oder vielleicht in der Erwartung, daß der etwas sagen würde. Aber der Mann mit dem Eskimogesicht sagte nichts, erhob sich schwerfällig und verließ den Raum.
Djakow runzelte die Stirn und sagte in verändertem Ton: »Ihre Schuld besteht darin, daß Sie der Partei gegenüber unaufrichtig und verlogen sind. Sie haben auch vieles andere verheimlicht. Sie haben Ihre Ankläger alle genannt, aber kein einziges Mal Ihre Verteidiger erwähnt. Dabei sind doch viele Personen in Ihren Fall verwickelt. Nehmen Sie beispielsweise Kriworutschko ...«
Sascha fühlte eine Gefahr. Ganz unverhofft konnte sich an gänzlich unerwarteter Stelle ein Abgrund auftun. Mit Onkel Mark und Budjagin war alles klar, da konnte und würde er nichts Kompromittierendes sagen. Aber Kriworutschko ... ›dieser Koch wird scharfe Gerichte zubereiten‹ ... Das hatte Kriworutschko über Stalin gesagt. Wenn Sascha seine Worte erwähnte, käme er nicht nur selbst in Teufels Küche, sondern verriete auch Kriworutschko. Verschwieg er sie, befand er sich auf dem Weg der Unaufrichtigkeit und Lüge.
»Ich war zweimal bei ihm. Das erste Mal stempelte er meine Exmatrikulationspapiere ab, das zweite Mal fertigte er die Papiere meiner Reimmatrikulation aus.«

Djakow lachte.
»Mal Exmatrikulation, mal Reimmatrikulation, mal Gefängnis ... und bei der Gelegenheit hat er Ihnen nichts gesagt?«
»Er machte einen niedergeschlagenen Eindruck, man hatte ihn gerade aus der Partei ausgeschlossen.«
»Sie sind doch auch ausgeschlossen worden. Kaum zu glauben, daß er Ihnen nichts zu sagen hatte.«
Nach wie vor behielt ihn Djakow scharf im Auge. Wußte oder erriet er etwas, oder klopfte er bloß auf den Busch, weil ihm Saschas Verwirrung nicht entgangen war?
»Man kann wohl kaum annehmen, daß er seine Meinung dazu, daß man Sie erst exmatrikuliert und dann reimmatrikuliert hat, nicht irgendwie geäußert hätte«, insistierte Djakow. »Und er hat Sie auch nichts gefragt? Zumal Sie ihn bei der Parteibürositzung verteidigt haben?«
»Ich habe einfach erzählt, wie sich die Sache wirklich verhielt.«
»Na sehen Sie ... und da hat er dann einfach den Stempel draufgedrückt?«
Nein, er durfte sich nicht einschüchtern lassen! Djakow fühlte ihm auf den Zahn, lockte ihn in eine Falle, lenkte ihn von der Hauptsache ab, von Mark und Budjagin, versuchte, ihn zu verwirren ...
»Ein Gespräch hätte sich auch gar nicht ergeben können. Er ist stellvertretender Direktor, ich bin ein einfacher Student.«
Djakow sah ihn durchdringend an.
»Wir verfügen aber über Informationen, daß Kriworutschko anderen Studenten gegenüber parteifeindliche Reden geführt hat. Ihnen dagegen, den man benachteiligt und der ihn obendrein verteidigt hat, soll er nichts gesagt haben. Sehr sonderbar!«
Kriworutschko war mit Mark bekannt und hatte ihm einen Gruß bestellt. Nein, er durfte nicht reden.
»So ist es aber«, sagte Sascha.
Djakows Blick war nach wie vor fest auf ihn gerichtet, plötzlich ging ein schadenfrohes Grinsen über seine Züge. Immer noch schadenfroh grinsend, legte er ein leeres Vernehmungsformular vor sich hin.
»Schön, wir sind geduldige Menschen, warten wir also ab, bis Sie

sich endlich dazu bequemen, uns reinen Wein einzuschenken, und sich an die Dinge erinnern, an die Sie sich erinnern sollten.«

Was Djakow diesmal ins Protokoll schrieb, begann mit den Worten: »Als Ergänzung zu meinen früheren Aussagen ...« und enthielt das Geständnis, daß Sascha bei Kriworutschko gewesen war, ihn in der Sitzung des Parteibüros verteidigt hatte und daß Janson und Siwerksi ihrerseits Sascha verteidigt hatten. Mark und Budjagin wurden im Protokoll mit keinem Wort erwähnt.

Alles war richtig aufgeschrieben, aber ebenso wie beim letzten Mal erweckte irgend etwas bei Sascha das vage Gefühl einer Gefahr. Worin die Gefahr bestand, darüber konnte er sich nicht klarwerden. Er bestand lediglich auf dem Nachtrag, daß er Kriworutschko dienstlich aufgesucht hatte.

»Sie sind Student, da liegt es doch auf der Hand, daß Sie dienstlich bei ihm waren.«

Hol ihn der Teufel! Sascha unterschrieb das Protokoll.

»Ich bekomme nichts von meiner Mutter, mich beunruhigt das. Außerdem bitte ich um Zeitungen und Bücher aus der Bücherei.«

Djakow schüttelte den Kopf.

»Solange die Untersuchung läuft, ist das nicht erlaubt. Wären Sie geständig, hätten wir die Sache schon abgeschlossen, dann würden Sie bekommen, worum Sie bitten. Berücksichtigen Sie noch folgendes, Pankratow: Unsere nächste Begegnung ist die letzte«, er hob den Finger zur Decke, »ich muß auch Rechenschaft ablegen und möchte den Fall möglichst günstig für Sie abschließen. Versäumen Sie diese Gelegenheit nicht.«

Entweder Mark oder Iwan Grigorjewitsch oder beide zusammen. Ehrliche parteitreue Kommunisten! Budjagin kannte er weniger, aber Mark kannte er bestens, für ihn konnte er die Hand ins Feuer legen. Er ließ nicht einmal den Gedanken zu, daß Mark irgend etwas Unredliches getan haben könnte. Marks Verhaftung war genau so ein Mißverständnis wie seine eigene

Festnahme, ja ein noch größeres, denn er hatte zumindestens diese unglückliche Sache in der Hochschule verbockt. Mark dagegen hatte eine absolut reine Weste: ein prominenter Ingenieur, ein vorzüglicher Industriefachmann, selbstlos und politisch engagiert, sein Leben bestand nur aus Arbeit und noch einmal Arbeit. Und ihn hatten sie verhaftet? Vielleicht befand er sich in der Nähe, im selben Gang, dicht neben ihm? Mark, kurzsichtig, herzkrank, hier in einer solchen Zelle?

Er wußte von keinem Verschulden des Onkels, war überzeugt von dessen Redlichkeit. Wenn sie vermuteten, daß er Rjasanow deckte, auch gut, ihm war's egal. Er war bereit, Marks Schicksal zu teilen. So hat sich's nun mal ergeben, sie waren ins Räderwerk geraten, da war nichts zu machen, das mußte durchgestanden werden, einmal käme sicher die Zeit, da sie ihre Unschuld beweisen würden.

Alles war eindeutig, er brauchte sich nicht den Kopf zu zerbrechen. Er war der Partei gegenüber ehrlich, verheimlichte absolut nichts, verschwieg nichts, von Mark konnte er nichts Schlechtes sagen. Punktum. Aus.

Nur eins quälte ihn. Kriworutschko. Das war seine einzige empfindliche Stelle. Wie immer man es drehte, das hatte er tatsächlich verschwiegen. Vielleicht nichts Wesentliches, aber doch verschwiegen. Er wollte ein reines Gewissen haben. Einzig und allein Kriworutschko warf einen Schatten auf sein Gefühl absoluter Lauterkeit.

Am nächsten Tag erschien ein ihm unbekannter Wärter mit einem Blatt Papier und einem Bleistift.

»Schreiben Sie Ihre Buchbestellung für die Bibliothek auf.«

Die Bibliothek war also erlaubt! Sascha wußte nicht, wieviel Bücher er für wie lange bestellen durfte, ließ sich seine Unkenntnis aber nicht anmerken. Erfahrene Häftlinge wurden vom Personal besser behandelt als gänzlich unerfahrene.

Tolstoi, *Krieg und Frieden*, Gogol, *Die toten Seelen*, Balzac, *Die verlorenen Illusionen*, Stendhal, *Die Kartause von Parma*, die letzten Hefte der Zeitschriften *Krasnaja Now*, *Nowy Mir*, *Oktjabr*, *Molodaja Gwardija*, *Swesda*. Er schrieb, ohne lange zu überlegen, zum Nachdenken blieb keine Zeit, der Wärter wartete,

der Häftling hatte sich früher zu überlegen, was er haben wollte. Sascha schrieb auf, was ihm gerade einfiel, Hauptsache er bekam Bücher, möglichst dicke Bände, damit es bis zum nächsten Mal reichte, denn wer wußte, wann das sein würde.
Aber ein Buch bestellte er wohl überlegt: das Strafgesetzbuch. Das würde er zwar nicht bekommen, trotzdem schrieb er auf den Zettel: *Das Strafgesetzbuch der russischen sozialistischen föderativen Sowjetrepublik*, um wenigstens auf diese Weise seinen Protest gegen die Inhaftierung auszudrücken.
Warum hatte ihm Djakow erlaubt, Bücher zu bestellen? Wollte er ihn damit einseifen? Eigentlich wäre es doch in Djakows Interesse gewesen, Saschas Aufenthalt unerträglich zu gestalten, um von ihm Geständnisse zu erpressen. Fürchtete er, ein Gesetz zu verletzen, nach welchem Lektüre erlaubt war? War es Mitleid? Aber wenn man der Konterrevolution beschuldigt wurde, war Mitleid ausgeschlossen. Vielleicht geschah es ohne Djakows Wissen, ebenso wie das Duschen außerhalb der Reihe? Schade. Man würde den Irrtum bemerken und ihm die Bücher verweigern.
Am nächsten Tag erschien ein anderer Wärter, der ein Paket brachte, das in einen sauberen weißen Lappen mit gelben Sengflecken gewickelt war. Den Lappen erkannte er sofort, er hatte ihn zu Hause beim Bügeln seiner Hosen benutzt. Offensichtlich war ihm nicht nur die Lektüre, sondern auch der Empfang von Paketen erlaubt worden.
»Ihr Name?«
»Pankratow.«
»Unterschreiben Sie.«
Der Wärter hielt ihm eine Liste der im Paket enthaltenen Dinge und einen Bleistiftstummel hin. Die Liste hatte seine Mutter geschrieben, große, fast unleserliche Buchstaben, nur das Wort Schokolade war mit ihm unbekannter, deutlicher, fast kalligraphischer Handschrift hinzugesetzt. Die Hälfte der aufgelisteten Dinge war mit Tintenstift durchgestrichen.
Sascha sortierte die Tüten und Päckchen, die die Mutter sorgfältig eingepackt und die eine fremde Hand dann lieblos durcheinandergewirbelt hatte ... Ein Weißbrot, Käse, gekochtes Fleisch, Wurst – alles war beim Filzen durchgeschnitten worden, Butter in Perga-

mentpapier, Zucker, eine Garnitur Wäsche, Socken, Taschentücher. Mutter lebte also, hatte es durchgestanden und wußte, wo er war.

»Darf ich die schmutzige Wäsche zurückschicken?

»Packen Sie sie ein.«

Er wickelte die schmutzige Wäsche in den Lappen. Dieses Stück weißes Tuch mit den Sengflecken ließ ihn heimatliche Gerüche ahnen, war für ihn ein Stück Zuhause.

»Schreiben Sie auf, worum Sie bitten.«

Auf die Rückseite des Zettels schrieb er: »Alles bekommen. Schicke mir nichts außer Weißbrot, Fleisch und Wäsche. Alles in Ordnung, bin gesund, küsse dich, Sascha.«

»Den Bleistift!« erinnerte ihn der Wärter.

Diesen Fetzen Papier drehte Sofija Alexandrowna zwischen den Fingern, berührte ihn immer wieder, las und überflog ihn dutzende, hunderte, tausende Male, das Sinnbild der Leiden ihres Sohnes, seines bitteren Schicksals, aber zugleich ein Beweis, daß er lebte. Sie zeigte den Zettel allen: Michail Jurjewitsch, der Nachbarin Galja, Miliza Petrowna, den Schwestern, Warja Iwanowa und Max Kostin ... Ich brauche nichts, alles in Ordnung, bin gesund, küsse dich ... Das konnte nur er schreiben, ihr braver und tapferer Junge.
Jetzt hatte alles einen neuen Sinn. Der zerknüllte Zettel, die nach Gefängnis riechende Wäsche, seine Bitte um Fleisch und Brot, diese greifbaren Details hatten ihr bisher gefehlt, um ihn sich lebend vorzustellen. Die Abende und Nächte waren jetzt weniger einsam – sie war bei ihm, wußte um ihn, fühlte ihn. Schmerzte ihr Herz – war er nicht gesund; fand sie keinen Schlaf – lag er mit offenen Augen auf seiner Pritsche; stand sie plötzlich Todesängste aus – führte man ihn zur Vernehmung, litt er Qualen. Sie mußte daran zurückdenken, wie sie ihn einst bestraft hatte, weil er sie nicht ins Theater gehen lassen wollte. Damals hatte er nicht vor Schmerz, sondern wegen der Kränkung geweint, sie hatte ihn, den kleinen Jungen, gedemütigt. Jetzt schlug ihn das Leben.
Mark hatte wegen Sascha mit hochgestellten und einflußreichen Leuten gesprochen. Sie vertraute Mark, er betrog nicht, beschwichtigte nicht, er hatte getan, was in seinen Kräften stand. Trotzdem vertraute sie den Frauen in den Schlangen vor den Gefängnissen noch mehr als Mark. Dort ging alles klar, einfach und gerecht zu. Diese schwachen Frauen brachten es fertig, ihre Angehörigen zu verteidigen, schenkten ihnen die Wärme, die sie in der Kälte anstehend selbst einbüßten, linderten ihren Hunger mit dem wenigen, was sie sich von ihren eigenen kargen Rationen abhungerten, schafften es, sie ihre Liebe und Hoffnung durch die undurchdringlichen steinernen Mauern fühlen zu lassen. Sofija

Alexandrowna dachte jetzt ohne Angst an die Schlangen vorm Gefängnis: Dort fühlte sie sich nicht allein. Das minderte zwar nicht ihr Leid, nahm dem Gefühl des Ausgestoßenseins jedoch die Schärfe. Sie mußte tun, was die andern taten. Diese Welt, die ihr bislang so entsetzlich erschienen war, verlangte nach Taten, und Taten verdrängen die Angst. Von den Frauen hatte sie gelernt, wie sie nach Sascha suchen, an wen sie sich wenden und was sie schreiben mußte, wie Pakete abzugeben waren und was sie enthalten durften. Sie überzeugte sich, daß man sich gerade dort hinwenden und an die Instanz schreiben mußte, die die Frauen genannt hatten. Es gelang ihr, von dem Staatsanwalt empfangen zu werden, der die Aufsicht über die Organe der GPU hatte. Wenn die Untersuchung abgeschlossen ist, werden Sie das Ergebnis erfahren. Eine Antwort, die sie vorausgesehen hatten und die nichtsdestoweniger wichtig war: Jetzt würde sich der Staatsanwalt Saschas Fall widmen, und das konnte vieles ändern. In der Schlange der Wartenden wußte man, was zu tun war, wenn man Sascha verurteilen würde. Sie kannten den ganzen Weg. Dieser Weg war auch ein Weg des Lebens, so mancher ging ihn, und das war tröstlicher als Hoffnungen und Versprechungen. Wohin man Sascha deportieren würde, hing davon ab, ob er auf die Idee kommen würde, eine ärztliche Untersuchung zu verlangen. Er hatte schwache Bronchien, er konnte das Wolgagebiet beanspruchen, um nicht nach Sibirien verbannt zu werden. Würde man sie anrufen und ihr mitteilen, sie solle warme Sachen für ihn packen, bedeutete das Sibirien oder den Norden, sagte man es nicht, konnte es Mittelasien sein.

Als Viktor Iwanowitsch Nossow, der Hausverwalter, kam, war sie darauf vorbereitet. Man hatte sie vorgewarnt, daß Saschas Zimmer versiegelt werden würde, der Hausverwalter war dazu verpflichtet, obwohl es ihm bestimmt peinlich wäre. Sie befürchtete lediglich, daß er vor lauter Verlegenheit grob werden würde und hatte sich für diesen Fall einen Satz zurechtgelegt:

Viktor Iwanowitsch, wollte sie ihm sagen, wenn Sie in ruhigem Ton mit mir sprechen, verstehe ich Sie besser.

Aber Viktor Iwanowitsch war gar nicht grob.

»Das ist nun mal Vorschrift, Sofija Alexandrowna. Wenn es erst soweit ist, machen wir das Siegel wieder ab. Für Sie ist es sogar besser so. Sie wissen doch, wie die Leute sind, da nistet sich einfach jemand ein, und Sie kriegen ihn nicht mit zehn Pferden wieder raus. Wenn Sie irgendwelche Möbel umstellen wollen – ich schicke Ihnen den Hausmeister. Was Sie nicht brauchen, lassen Sie einfach stehen, das Zimmer gehört nach wie vor Ihnen.«

Er erklärte ihr, daß sie nicht alles hinausschaffen sollte, was Sofija Alexandrowna auch einsah: Solange Möbel im Zimmer blieben, durfte es niemand eigenmächtig besetzen. Aber auf die Hilfe des Hausmeisters verzichtete sie – sie müßte ihn entlohnen, und Geld hatte sie nicht.

Sie räumte nicht das Wohnzimmer, in dem Sascha geschlafen und gelernt hatte, sondern ihr Schlafzimmer. Sie mußte von dort alles hinausschaffen, was sie brauchte, und Saschas Schreibtisch, das Sofa, den Kleiderständer in ihr Zimmer tragen.

Währenddessen kam Warja. Sie zog rasch den Mantel aus und half ihr beim Tragen der Wäschestapel, Kleider, Läufer, Kissen und Decken. Nichts fiel dem Mädchen aus den Händen, nichts legte sie an die falsche Stelle, sie wußte genau, wohin jeder Gegenstand gestellt oder gelegt werden mußte und ordnete es so, daß alles Platz fand.

Die Hilfe dieses Mädchens war Sofija Alexandrowna ebenso willkommen wie das Mädchen selbst. Sofija Alexandrowna dachte manchmal, daß sie unrecht daran täte, Warja an ihrem Leben, an ihrem Unglück teilhaben zu lassen, aber Warjas Mitgefühl, ihre Hilfsbereitschaft waren so echt, daß sie einfach nicht wußte, wie sie ablehnen sollte.

Warjas Hilfe ließ bei ihrer gemeinsamen Arbeit den Eindruck üblicher Hausarbeit entstehen, bei der man die Möbel umstellt. Um diesen Eindruck aufrechtzuerhalten, sagte ihr Sofija Alexandrowna nichts von dem, was sie bewegte. Dabei fühlte sie, daß ihre Tapferkeit sie immer mehr verließ. Der Mann war gegangen, den Sohn hatte man abgeholt, jetzt nahm man ihr das Zimmer ... Das Zimmer hätte sie Sascha schon längst abtreten sollen. Ein erwachsener Mann, für den es im Wohnzimmer unbequem war, sie aber hatte ihm ihr Zimmer nicht überlassen, hatte auf ihre Bequemlichkeit nicht verzichten wollen. Wie egoistisch von ihr!

Er hatte sie nie daraufhin angesprochen, ihr lieber bescheidener Junge.
Das Metallbett bekamen sie nicht auseinander, ein Schrankbein brach ab, die Kommode ließ sich nicht von der Stelle rücken, obwohl sie alle Schubladen herausgenommen hatten.
Michail Jurjewitsch kam von der Arbeit nach Hause, auch Galja, die Nachbarin, sie halfen, den Schrank und die Kommode ins andere Zimmer zu schieben, nahmen das Bett auseinander, brachten Saschas Sofa ins kleinere Zimmer, auch seinen Schreibtisch und das Bücherregal. Sofija Alexandrowna legte die Schreibutensilien auf den Tisch, auch ein paar von Saschas Büchern, hängte die Gardinen auf.
Warja ging erst, nachdem sie mit allem fertig waren, obwohl sie wußte, daß Serafim zu Hause auf sie wartete, der junge Offiziersschüler, den Max zur Sylvesterfeier mitgebracht hatte. Serafim hatte Warja gleich am nächsten Tag angerufen und ein Rendezvous am Arbat-Platz vereinbart. Sie ging eher spaßeshalber hin und nahm Soja und noch ein Mädchen mit. Die Freundinnen blieben auf der anderen Straßenseite und sahen einen Jungen in Uniform auf Warja zugehen und die beiden den Arbat hinabschlendern. Die Mädchen auf der anderen Straßenseite machten Zeichen, die Warja nicht verstand, und Warja machte ebenfalls Zeichen, die die beiden auf der anderen Straßenseite nicht verstanden. Serafim lud sie in den Klub der Roten Armee zum Tanzen ein. An diesem Abend konnte Warja nicht – sie wollte ins Kino gehen. Aber weil sie wußte, wie schwierig es war, in diesen Klub hineinzukommen, versprach sie Serafim, am nächsten Sonnabend mit ihm hinzufahren. Serafim tanzte alle modernen Tänze. Von da an fuhren sie jede Woche hin, und ihre Freundinnen beneideten sie.
Mit seinem komischen Namen hatte sich Warja abgefunden, einer der Brüder Snamenski, der berühmten Sportler, hieß auch Serafim. Natürlich war er anders als die Jungen von ihrem Hof, eingesessene Moskauer, am Arbat geboren, er war der typische, schüchterne Provinzler. Aber er hatte ernste Absichten, und das schmeichelte ihr. Sie fühlte sich erwachsen. Gegen diese Freundschaft konnte Nina nichts einwenden, Serafim war doch der

Freund von ihrem Max, und schlechte Freunde konnte Max natürlich nicht haben.
Zu Hause erwartete Nina die Schwester mit strafendem Blick; Serafim hockte schon über eine Stunde mit einem Buch auf dem Sofa, das Rascheln der Seiten ärgerte Nina, es störte sie bei der Arbeit, sie korrigierte Hefte. Ihr strafender Blick bedeutete: Du hast dich verabredet, also hast du pünktlich da zu sein, ich bin nicht verpflichtet, deine Kavaliere zu unterhalten.
Warja erklärte nicht, weshalb sie sich verspätet hatte. Sie würde es ihrer Schwester später sagen. Zunächst bat sie Serafim, im Flur zu warten, sie wollte sich umziehen.
Der Spiegel war in die Schranktür eingelassen. Um das Licht nicht im Rücken zu haben, öffnete sie die Schranktür, so daß das Licht von der Seite auf sie fiel, und begann sich umzuziehen. Auch das ärgerte Nina, schließlich hatte Warja ein gutes Kleid an, sie hätte damit ausgehen können. Und wie sie den Strumpf anzog! Streckte das Bein aus und erstarrte vor Selbstbewunderung. Und diese Art, halb angezogen durchs Zimmer zu laufen. Wo hatte sie das her?! Und das mit sechzehn Jahren!
»Vergiß nicht, du wirst erwartet.«
»Richtig«, antwortete Warja fromm. Und fragte ebenso unschuldig: »Leihst du mir für heute abend deine Schuhe?«
Nina gab ihre einzigen guten Schuhe nur ungern her, aber sie wollte Warja endlich lossein.
»Nimm sie.«
Warja holte die Schuhe, betrachtete sie genau und befühlte das Leder. Nachdem sie sie angezogen hatte, begutachtete sie ihren Sitz, streckte das Bein vor und weidete sich erneut an dem Anblick. Als sie fertig war, öffnete sie die Tür.
»Komm rein, Serafim.«
Schon im Mantel, den Schal umbindend und mit noch einem letzten musternden Blick in den Spiegel, drehte sich Warja zur Schwester um.
»Ich war bei Sofija Alexandrowna. Habe ihr geholfen, die Sachen umzuräumen. Saschas Zimmer wird versiegelt.«

Den Schlag hatte Warja der Schwester unüberlegt, aber nichtsdestoweniger treffsicher versetzt: Selbst das, was in Saschas Wohnung geschah, erfuhr Nina von ihr.
Natürlich konnte weder Nina noch jemand anderer Sascha helfen. Was konnten sie schon ausrichten? Ohne zu wissen, wessen man ihn beschuldigte. Trotzdem fühlte sie sich Sascha gegenüber schuldig – sie war frei, er im Gefängnis. Der Beste von ihnen! Und alle schwiegen. Nina hatte gehofft, dieses Mißverständnis würde sich schnell aufklären, aber jetzt versiegelten sie sein Zimmer, folglich ließ man Sascha nicht frei. Was nun? Zugeben, daß Sascha ein Feind der Sowjetmacht war? Sich von ihm lossagen? Sie alle hatten Sascha im Stich gelassen und sich abgewandt. Einmal hatte sie bei Sofija Alexandrowna vorbeigeschaut und ihr Mitgefühl ausgedrückt – wer brauchte schon ihr Mitgefühl?!
Einen Brief verfassen ... die Unterschriften aller Freunde sammeln, Sascha war doch der Sekretär ihrer Komsomolzelle, schreiben, daß sie für ihn bürgten. Max würde unterschreiben und Wadim und Lena und die anderen. Auch der Schuldirektor und die Lehrer, die Sascha kannten. Nina unterrichtete an der Schule, auf der Sascha und sie früher gewesen waren, sie hoffte, daß sie genug Unterschriften zusammenbekäme. Jura würde nicht unterschreiben, na egal, hol ihn der Teufel. Sie rief Lena und Wadim an, sie vereinbarten für den nächsten Tag ein Treffen bei Lena. Dann ging sie zur Mutter von Max hinunter und bat, ihm zu bestellen, er solle morgen, sobald er frei wäre, zu ihr kommen.
Das Treffen war alles andere als fröhlich. Lena schwieg und hüllte sich fröstelnd in ihr Tuch. Sie erklärte sich bereit, den Brief mit zu unterschreiben. Max war ebenfalls niedergeschlagen. Er wußte, daß sie mit dem Brief nichts erreichen würden, verstand auch die Folgen, die ein solcher Schritt nach sich ziehen würde, wollte aber nicht zurückstehen, damit Nina nicht glaubte, er sei feige. Nur Wadim sagte: »Kinder, was erreichen wir mit einem solchen Brief? Hilft er Sascha? Und was ist, wenn er ihm schadet und die Sache bloß verschlimmert? Man wird uns bestellen und fragen, was wissen Sie über Pankratow? In der Schule war er ein guter Komsomolze. Aber das ist sechs Jahre her. Wie ist er jetzt? Wissen Sie, was in der Hochschule vorgefallen ist, hat er es Ihnen erzählt?

Was hat er erzählt? Und anschließend wird Sascha bestellt: Was haben Sie Ihren Freunden erzählt? Ich habe nicht den geringsten Zweifel an Saschas Aufrichtigkeit. Ich versuche bloß, mir vorzustellen, was sich danach abspielen wird.«

»Soll man Sascha einfach seinem Schicksal überlassen?« fragte Nina.

»Wieso ihn seinem Schicksal überlassen? Sein Fall wird doch untersucht. Wir haben keinen Anlaß, daran zu zweifeln. Richtig, wir kennen Sascha, aber sie haben doch sicherlich auch seine Beurteilungen angefordert, seine Arbeitszeugnisse und so weiter. Sie haben ihn nicht verhaftet, weil er Sascha Pankratow heißt, sondern weil er in irgendeinen Fall verwickelt ist. Und diesen Fall kennen wir nicht.«

»Wir sind verpflichtet, ihm zu helfen«, sagte Nina.

»Urteile doch mal vernünftig«, widersprach Wadim. »Sascha wird nicht mal erfahren, daß wir einen solchen Brief geschrieben haben. Im Gegenteil, sie werden ihn nach jedem von uns ausfragen, und das wird seine Lage nur noch schwieriger machen.«

»Hast du Angst, daß man sich nach dir erkundigt?«

»Ich habe überhaupt keine Angst«, gab Wadim errötend zurück.

Alle verstanden, daß Wadim recht hatte, und Nina sah es auch ein. Aber es gab etwas Bedeutenderes und Wichtigeres als diese Einsicht. Und dann gab es eine weitere bittere und schmachvolle Erkenntnis – sie fürchteten Komplikationen für sich. Die Furcht zu bezwingen war schwieriger, als den Brief abzuschicken.

»Vielleicht sollten wir meinen Vater um Rat bitten?« schlug Lena vor.

»Richtig«, stimmte Nina zu, dabei hoffte sie insgeheim, daß Iwan Grigorjewitsch sich einsetzen und Sascha helfen würde.

Wadim gefiel der Gedanke ebenfalls: Iwan Grigorjewitsch würde ihnen von solch einem törichten Brief abraten. Wadim würde den Brief sowieso nicht mit unterschreiben, das hatte er inzwischen fest beschlossen. Nur Maxim mit seinem nüchternen Bauernverstand begriff, daß es unfair war, Iwan Grigorjewitsch in diese peinliche Situation zu bringen.

»Lohnt sich das?« fragte Max zweifelnd. »Das müssen wir selbst entscheiden.«

»Aber einen Rat können wir uns doch holen«, widersprach Nina entschieden.

Zum Tee kamen Iwan Grigorjewitsch und Aschchen Stepanowna ins Eßzimmer.

»Papa«, sagte Lena, »was sollen wir mit Sascha machen?«

»Was könnt ihr denn machen?«

»Wir wollen einen Brief an die GPU schreiben.«

Budjagin runzelte die Stirn.

»Wer braucht schon euren Brief?«

»Wir müssen doch irgend etwas tun«, sagte Nina.

»Die kommen ohne euch auch klar«, antwortete Budjagin ärgerlich.

Nach Budjagins Rückkehr aus dem Ausland hatte ihn Stalin kein einziges Mal empfangen, obwohl Iwan Grigorjewitsch vieles hätte darlegen können, was man in Berichten nicht zu schreiben pflegt, was Stalin bei der gegenwärtigen internationalen Lage jedoch besser hätte wissen sollen. Budjagin bat mehrmals, vorgelassen zu werden. Jedesmal hieß es: Warten Sie, Sie bekommen Bescheid. Er wartete nun schon über ein Jahr. Und das war kein Zufall, ebensowenig wie die Tatsache, daß man ihn nicht in das neugebildete ZK aufgenommen hatte. Als Botschafter bei einer westlichen Großmacht hatte er die Politik vertreten, die ihm vom ZK vorgeschrieben wurde, war jedoch berechtigt, dem Zentralkomitee seinen eigenen Standpunkt darzulegen.
Aber Stalin war schon immer schwierig gewesen. In der Verbannung hatte er mit einem Genossen kein Wort mehr gewechselt, weil dieser sich einen Scherz über Stalins Gewohnheit, in Socken zu schlafen, erlaubt hatte. In Sibirien schien er besonders schutzbedürftig, er fror und schlief deshalb in Socken. Er war stolzer Besitzer einer buntseidenen Steppdecke. Darüber frotzelte man ebenfalls. Stalin empfand diese Witzeleien als kränkend, weil er glaubte, man spotte über seine mangelnde Anpassungsfähigkeit, seine Schwäche. Man hörte auf, mit ihm zu scherzen. Streiten durfte man auch nicht mit ihm, er war nie bereit, sich zu versöhnen. Sein ausgeprägter georgischer Akzent, seine schwerfällige Ausdrucksweise trugen nicht dazu bei, ihn als Redner zu akzeptieren. In der Diskussion wirkte er ebenfalls hilflos und schutzbedürftig, darum schonte man ihn, um ihn nicht zu kränken. Nicht kränken hieß bei ihm aber, nicht zu widersprechen.
Meinungsunterschiede und -verschiedenheiten hinderten die Verbannten keineswegs daran, miteinander zu verkehren. Nur Stalin machte nie einen Schritt zur Versöhnung – der ideologische Gegner wurde für ihn zum persönlichen Feind. Er hielt es für selbstverständlich, daß ihm ein anderer die Filzstiefel abtrat, die er

selber brauchte. Aber nie hätte er Filzstiefel von einem Mann angenommen, mit dem er am Vortag gestritten hatte. Mit seinen Launen, seinem dauerndem Beleidigtsein, deprimierendem, sturem Argwohn war er unerträglich. Die anderen gingen auf die Jagd oder zum Fischen, er ging als einziger nirgendwo hin, er saß abends am Fenster und arbeitete beim Licht der Petroleumlampe. Der einsame, unversöhnliche Georgier im letzten, gottverlassenen Winkel der sibirischen Taiga, in der Bauernkate am Dorfrand inmitten von Ortsansässigen, mit denen er kaum zurechtkam, rief unwillkürlich Mitleid hervor. Darum sahen ihm die Genossen vieles nach.
Budjagin war der einzige, der ihm näherkam. Der junge Arbeiter aus Motowilicha traf zum ersten Mal einen Kaukasier, er bedauerte den Südländer, den man ins kalte Sibirien verbannt hatte, in Verhältnisse, deren Härte nicht jeder Russe gewachsen war. Budjagin erwies ihm viele Gefälligkeiten und half, wo er nur konnte. Stalin nahm das als selbstverständlich hin. Iwan Grigorjewitsch hatte es hier leichter als die anderen: Er war gelernter Schmied und Schlosser, verstand es, mit der Axt umzugehen, konnte sowohl einen Pflug wie auch ein Gewehr reparieren, fischte gern, besonders in den Herbstnächten mit einer Teerfackel im Bootsbug. Schweigend hörte er den Diskussionen seiner gebildeten Kameraden zu, ihren Gesprächen und Ausführungen, las viel, lernte sogar Englisch. Die meisten lernten Deutsch oder Französisch, nur Stalin beschäftigte sich nie mit Fremdsprachen. Die Deportierten liehen Budjagin Bücher, erklärten und erläuterten ihm Zusammenhänge. Stalin erklärte und erläuterte ebenfalls. Seine Geradlinigkeit, die aus dem Priesterseminar stammende Neigung zu Auslegungen, die unerschütterliche Überzeugung, daß seine Kenntnisse der Weisheit letzter Schluß seien, waren von zwingender Eindringlichkeit, die Budjagin damals mehr beeindruckte als die auf fundiertes Wissen gestützte Beredsamkeit anderer. Mit der Zeit aber imponierte ihm das immer weniger. Er lernte schnell und traf gebildetere und brillantere Personen als Stalin. Aber die acht Monate ihrer gemeinsamen Verbannungszeit schlugen sich nicht nur in der Erinnerung nieder, sondern auch im Herzen – es war die

erste Begegnung mit der Sache, die die Sache seines Lebens werden sollte.
Auch während des Bürgerkriegs begegnete er Stalin. Gerade damals begann Stalin eine bedeutende Rolle zu spielen. Sein Wille, seine Energie konnten der Revolution dienlich sein: Seine Illoyalität, seine Grobheit und selbstherrliche Eigenmächtigkeit wurden geduldet, in der Revolution greift man zu den äußersten Mitteln. Aber in der Zeit des Aufbaus entwickelten sich diese seine negativen Eigenschaften zu einer Gefahr. Stalin strebte eine allumfassende, unkontrollierbare Machtstellung an. Eben darin lag der Sinn von Lenins Brief. Die Treue zur Idee maß Stalin an der Treue zu seiner Person. Das, was Rjasanow als Ende wertete, beurteilte Iwan Grigorjewitsch in weiser Vorahnung als schlimmen Anfang. Er vermutete, daß auf dem Parteitag Veränderungen stattfinden würden. Aber nichts geschah. Nachdem Stalin auf dem Parteitag seine Außerordentlichkeit behauptet hatte, würde er nunmehr den Anspruch auf seine Einzigartigkeit erzwingen. Budjagin übernahm für alles die Verantwortung: Jede revolutionäre Aktion betrachtete er als die seine, alle möglichen Fehler hielt er für seine Fehler, jede Ungerechtigkeit erkannte er als eigene Ungerechtigkeit an – er war die Inkarnation höchster Tapferkeit des Revolutionärs: Er fühlte sich verantwortlich für die Schicksale der Menschen, die in den Schmelztiegel sozialer Umwälzungen geschleudert wurden. Neben ihm fielen Männer und Frauen, Schuldige wie Unschuldige, er aber glaubte fest daran, daß er den Weg für eine neue Generation bahnte, die Größe einer wahren Revolution besteht nicht in dem, WAS sie zerstört, sondern WEN sie hervorbringt.
Stalin hatte Rjasanow bevorzugt. Aber Iwan Grigorjewitsch gab sich keiner Täuschung hin. Wenn man schon jemanden ins ZK aufsteigen ließ, konnte nicht verborgen bleiben, daß der Neffe des Betreffenden verhaftet worden war. Der inhaftierte Neffe war jetzt Rjasanows Achillesferse, und das würde ihn zwingen, jenem Mann treu zu dienen, der sich über diese schwerwiegende Tatsache hinweggesetzt hatte. Lagen aber die Dinge so und nicht anders, würde Budjagins Eingreifen in Saschas Fall seine Beziehung zu Stalin noch mehr belasten.

Trotzdem war es für ihn ein Ding der Unmöglichkeit, beiseite zu stehen und sich nicht einzumischen. Die jungen Menschen, die bei seiner Tochter Lena zusammensaßen und erörterten, wie sie Sascha helfen könnten, boten einen Anblick, der ihn zutiefst erschütterte: In ihnen, rein und uneigennützig, hatte er immer jene gesehen, die die Sache der Revolution weiterführen würden. Und nun konnte er, der alte Bolschewik, der diese Revolution vorbereitet und durchgeführt hatte, ihnen keine Antwort geben. Er konnte nicht sagen, daß man Sascha zu Recht verhaftet hatte, er wußte, daß es sich anders verhielt. Aber er konnte auch nicht sagen, daß er grundlos verhaftet worden war, denn dann hätte er ihnen erklären müssen, wieso das möglich gewesen war. Obwohl Budjagin verstand, daß jede Einmischung zwecklos war, rief er Beresin an. Er kannte ihn als tapferen, aufrichtigen Tschekisten. Er sagte Beresin, daß er für Sascha Pankratow bürge und bitte, diesen Fall zu klären.

Beresin wußte besser als Budjagin und besser als Rjasanow, daß Pankratow absolut unschuldig war – Beresin kannte den Fall. Er hatte Saschas Vernehmung beigewohnt und in ihm einen aufrichtigen Jungen erkannt. Der dichte schwarze Bart hatte das junge schöne Gesicht, aus dem Ehrgefühl, Tapferkeit und Rechtschaffenheit sprachen, nicht verbergen können. Und dieses kurze »Für nichts und wieder nichts« und das Lächeln einer Jugend, die nichts fürchtet und die das Leben noch vor sich weiß. Aber Beresin wußte noch vieles andere, was weder Budjagin noch Rjasanow ahnten, ferner erriet er manches, was sie nicht erraten konnten.

Lominadse, früher einer der Leiter der Komintern, hatte bezüglich der chinesischen Revolution eine andere Ansicht geäußert als die von Stalin vertretene und das Problem mit Schazkin und Syrzow erörtert. Ihr Gespräch war für Stalin Grund genug, sie als »linksradikale Ausgeburten« abzustempeln. Lominadse wurde seines Postens enthoben und als Sekretär eines Stadtparteikomitees in den Ural geschickt.

Über seinen Fall wurde eine Akte angelegt, die die Aussage eines gewissen Tscher, eines ehemaligen Mitarbeiters der Komintern, enthielt, wonach Lominadse angeblich die Schaffung einer neuen

Internationale vorbereitet hatte. Tscher, ein Mann unbestimmter Nationalität, mit mehreren Staatsangehörigkeiten, nannte eine Reihe von Personen, die angeblich mit Lominadse in Verbindung standen, darunter auch Glinski, einen ehemaligen Funktionär der polnischen sozialistischen Partei Lewiza, der Lenin in der Emigration viel geholfen hatte. Glinskis Frau war Direktorin der Hochschule für Verkehrswesen. In der Hochschule war angeblich eine oppositionelle Untergrundgruppe entlarvt worden, geleitet von Kriworutschko, dem Stellvertreter der Glinskaja, einem Teilnehmer der ehemaligen »Arbeiteropposition«. Jagoda hatte sich sofort darauf gestürzt. Die Verbindung von Glinskis Frau zu der oppositionellen Untergrundgruppe erhärtete Tschers dürftige und wacklige Aussagen – Querverbindungen verleihen jeder Akte Umfang und Stichhaltigkeit: Jede Tatsache wird zum schwerwiegenden Argument, jeder Name bedeutsam, wenn er in der Akte aufgeführt ist und geschickt mit der Hauptversion verknüpft wird.

Beresin wußte sehr wohl, daß es in der Hochschule keine Untergrundgruppe gab, daß Sascha Pankratow nicht das geringste mit Kriworutschko zu tun hatte, ebensowenig wie Kriworutschko mit dem Fall Glinski, Glinski selbst stand mit Lominadse in keinerlei Beziehung, und Lominadse hatte überhaupt nicht vorgehabt, irgendeine neue Internationale zu gründen. Aber der Fall Lominadse wurde von Jagoda persönlich beaufsichtigt, und die Fäden dieses Falles führten nach Beresins Eindruck weiter und höher – wohin, das konnte er nur mutmaßen ... Jagoda war natürlich im Bilde, aber was Jagoda wert war, das wußte Beresin nur zu gut ... Eine unheilvolle, fürchterliche Kette. Pankratows Freilassung könnte so gewertet werden, als würde ein – wenn auch winziges – Glied aus dieser Kette herausgebrochen. Das würde Jagoda nie zulassen. Und Wyschinski auch nicht. Solz hatte Pankratows Wiederimmatrikulation durchgesetzt, Wyschinski seine Verhaftung sanktioniert. Pankratow mußte im Schatten bleiben, durfte nicht ins Blickfeld gerückt werden – nur das konnte den Jungen retten. Vorerst mußte alles so bleiben, wie es war. Djakow sollte weitermachen, seine Funktion beschränkte sich auf die Hochschule – mehr wußte er nicht. Das einzige, was Beresin veranlaßte, war die Erlaubnis, daß Sascha Pakete erhalten und sich Bücher aus der Gefängnisbibliothek ausleihen durfte. Djakow hörte diese Anordnung respektvoll an, er hörte Beresin immer respektvoll zu. Ihm war klar, daß Beresin nicht mehr lange hier im Zentralapparat arbeiten würde. Natürlich waren die Pakete und die Bücher eine Milderung des Strafvollzugs, aber das wurde manchmal im Interesse der Untersuchung veranlaßt. Daran war kaum etwas auszusetzen.

»Sehr wohl«, sagte Djakow.

Beresin predigte den Geist der Revolution, die Arbeit in der Tscheka hielt er für seine revolutionäre Pflicht. Im Bürgerkrieg, als Vorsitzender einer Gouvernements-Tscheka, verwirklichte er den roten Terror, konnte aber auch irgendeinen unglückseligen Liberalen oder einen eingeschüchterten Bourgeois bedingungslos freilassen, wenn er sah, daß sie für die Revolution ungefährlich waren. Djakows kleiner, aber zupackender Hand dagegen entschlüpfte niemand, schon in seine Fänge zu geraten, bedeutete, schuldig zu sein. Nicht die tatsächliche Schuld seiner Opfer war für Djakow ausschlaggebend, sondern die allgemein gegebene Möglichkeit ihrer Täterschaft. Die allgemeine Möglichkeit mußte nur geschickt und flexibel auf die gegebene Person angewandt und damit eine konkrete Version geschaffen werden. Nachdem die konkrete Version geschaffen war, war der nächste Schritt, daß er sich selbst, die Untersuchung und den Untersuchungsgefangenen dieser Version unterordnete. Wies der Gefangene die Version zurück, diente das lediglich als zusätzlicher Beweis seiner feindlichen Einstellung dem Staat gegenüber, den er, Djakow, hier zu vertreten glaubte.

Die von Djakow entwickelte Version (die seiner ehrlichen Meinung nach folgerichtig aufgebaut und unwiderlegbar war) lief auf folgendes hinaus: Die Hochschule wurde von Kriworutschko geleitet, einem Oppositionellen, den man bereits geknüppelt hatte, der deshalb voreingenommen und – nach Djakows Logik – in seiner Verbitterung für immer zum fanatischen Gegner geworden war. So jemand konnte die Hände nicht in den Schoß legen: Der Feind ruht nicht, der Feind stört und sabotiert, wo immer möglich, besonders inmitten politisch unreifer junger Menschen. Und nun gab eine Gruppe dieser Menschen eine parteifeindliche Wandzeitung heraus. Existierte zwischen diesen beiden Tatsachen eine Verbindung? Unmöglich, daß sie nicht existierte! Der Anführer dieser jungen Leute, der Student Pankratow, verteidigte Kriworutschko. Ein Zufall? Ausgeschlossen! War es etwa ein Zufall, daß der Fall Kriworutschko mit dem von Pankratow zeitlich zusammenfiel? Wer würde das für bare Münze nehmen?! Hinter Pankratow stand der ehemalige Oppositionelle. Kriworutschko hatte Pankratow verleitet, und das war eine konterrevolutionäre Handlung. Daß er Pankratow knacken und damit die Richtigkeit seiner These beweisen würde – daran zweifelte Djakow keinen Augenblick. Die Untersuchungsgefangenen teilte er in solche ein, die der Untersuchung vertrauten und folglich an die Sowjetmacht glaubten, und solche, die der Untersuchung nicht vertrauten und folglich nicht an die Sowjetmacht glaubten. Außerdem unterschied er sie nach folgendem Prinzip: Die einen waren Wortklauber, die an jedem Buchstaben des Protokolls etwas auszusetzen hatten, die anderen waren nicht kleinlich und führten keine Tänze auf. Pankratow vertraute den Straforganen, war kein kleinlicher Wortklauber. Er war erschüttert über seine Verhaftung, hoffte auf Befreiung, suchte Vertrauen, war unerfahren und treuherzig, würde seinen Freunden die Stange halten, alles auf die eigene Kappe nehmen, sogar mehr als nötig. Ein leichter Fall.

Kriworutschko war in derselben Nacht wie Sascha verhaftet worden. Er sagte aus, daß er vom Fall Pankratow gehört habe, sich jedoch an Pankratow selbst nicht erinnern könne – an der Hochschule studierten Tausende von Studenten. In Wirklichkeit hatte Kriworutschko nicht vergessen, was Pankratow in der Bürositzung gesagt hatte, wußte auch noch, daß er wegen seiner Papiere bei ihm gewesen war. Er leugnete die Bekanntschaft mit Pankratow nicht, weil ihm das persönlich hätte schaden können; ihm konnte jetzt nichts mehr schaden und nichts mehr helfen. Offensichtlich lief eine Aktion gegen jene an, die sich jemals an irgendeiner Opposition beteiligt hatten. Auch nicht, weil er Djakows Version erraten hatte – er wußte nicht einmal, daß Pankratow im Gefängnis saß. Er leugnete auf Grund der Einsicht, daß jeder von ihm genannte Name demjenigen, der diesen Namen trug, nur schaden konnte.

Man brachte Sascha vier Bücher. Obwohl sich der Bibliothekar um eine gewisse Analogie bemüht hatte, war kein einziges der bestellten dabei. Statt der *Verlorenen Illusionen* war es *César Birotteau*, statt *Krieg und Frieden* bekam er *Kindheit, Knabenjahre und Jugend*, dann die Zeitschrift *Priroda i Ljudi*, Jahrgang 1905, und die Zeitschrift *Krasnaja Now*, Heft 2, 1925. Alles zerlesen und zerfleddert, mit einem ovalen blauen Stempel: »Bücherei des städtischen Butyrka-Gefängnisses«. Der Balzac-Band war 1899 erschienen, die Tolstoi-Ausgabe stammte aus dem Jahr 1913. Obwohl viele Seiten fehlten, freute sich Sascha auf die Lektüre in der vor ihm liegenden Woche. Zuerst blätterte er in den Zeitschriften, dann las er die Bücher, anschließend nahm er sich wieder die Zeitschriften vor. In der *Krasnaja Now* fand er ein Gedicht von Jessenin *Der blaue Nebel*, das er nicht gekannt hatte. Den *César Birotteau* hatte er schon gelesen, damals war ihm die Geschichte des unglückseligen Parfümeurs sehr melodramatisch vorgekommen, jetzt rührte sie ihn ... Unglück sei eine Stufe zur Erhöhung des Genies, hieß es da, eine Läuterung für den gläubigen Christen, ein Schatz für den Findigen, ein Abgrund für den Schwachen. Er war kein Genie, kein gläubiger Christ, nicht findig und nicht schwach. Trotzdem fühlte er, daß diese Worte für ihn wichtig waren.

Eine Woche lang genoß er die Lektüre, die frische Wäsche, die schmackhaften Sachen, die ihm die Mutter geschickt hatte. Er stippte das Fleisch in kleinen Stücken in die Suppe, um es aufzuwärmen, und aß es zur Grütze – dadurch wurde das Essen genießbar. Morgens und abends machte er sich mit Weißbrot, Butter, Wurst und Käse Brote – der Duft der belegten Brote ließ ihn den Gefängnisgeruch vergessen. Gesättigt und entspannt streckte er sich dann auf dem Bett aus und las. Tagsüber auf dem Bett zu liegen war untersagt, aber die Verweise der Aufseher beachtete Sascha nicht, sie kümmerten sich sonst auch nicht weiter

um ihn und wurden nur laut, wenn sich ein Vorgesetzter näherte. Eine Woche lang ein sattes, faules Leben mit Büchern, Wurst und Schokolade. Anscheinend hatte er sich eingewöhnt, eingelebt, sich der Umgebung angepaßt. Der Satz, daß alles sich beruhigt, man sterblich ist, einerlei wie sehr man in diesem Leben trachtet und strebt, überzeugte zwar nicht, aber er beschwichtigte.
Das Leben in den Büchern und Zeitschriften hatte nichts mit seinem gegenwärtigen Dasein gemein, und mit dem früheren auch nicht. Alles Leid in *Kindheit und Knabenjahre* war anders als in seiner Kindheit und in seinen Knabenjahren.
Damals hatte er zum Vater gesagt: »Ich erlaube dir nicht, Mutter zu kränken.«
Der Vater hatte ihn mit seinen vorstehenden grauen Augen angestarrt und dann den Kopf auf die Arme sinken lassen.
»Du bist ein guter Sohn ...« hatte er geschluchzt. Vater bleibt Vater. Mochte er auch kalte Hände haben, ihre Berührung hatte Sascha von klein auf in Erinnerung. Er wollte ihn trösten, ihn um Verzeihung bitten. Der Vater sah hoch. Seine Augen waren böse und trocken.
»Wie kommst du dazu, dich einzumischen?!«
»Das ist meine Mama.«
Mehrere Tage lang stand der Vater morgens schweigend auf, rasierte sich, wusch sich lange und umständlich, betrachtete sich im Spiegel, setzte sich stumm an den Tisch, aß wortlos, packte seine Papiere in die Aktentasche, murmelte etwas und ging ohne sich zu verabschieden zur Arbeit. Zurückgekehrt, musterte er böse das Zimmer, aß ohne ein Wort zu verlieren, schob seinen Teller geräuschvoll zurück und gab auf die schüchternen Fragen der Mutter keine Antwort. Erst spät am Abend, wenn die Eltern sich in ihr Zimmer zurückzogen, hörte Sascha seine gedämpfte Stimme, während Mutter immer nur schwieg und schwieg, Sascha fürchtete damals, daß dieses Schweigen ihr das Herz brechen könnte.
Eines Abends sagte der Vater zu Sascha: »Ich muß mit dir reden.«
Sie verließen die Wohnung und gingen den Arbat entlang. Im Licht der Straßenlaternen wirbelten Schneeflocken. Der Vater hatte eine hohe Pelzmütze auf, der Mantelkragen war aus dem

gleichen Fell. Er ging neben Sascha her – groß, gutaussehend, glattrasiert, überlegen und keinen Widerspruch duldend.

... er wolle den Sohn nicht mit ihren Problemen belasten, die Mutter habe ihm von Kind auf die Abneigung gegen ihn eingeimpft. Sie sei schuld an ihrer Entzweiung, sie teile nicht seine Vorstellungen, seine Interessen. Ihre Geschwister – die beiden Schwestern und der Bruder – stünden ihr näher. Eifersucht – das sei alles, wozu sie imstande sei.

Sascha überfiel ausweglose Beklemmung. Was konnte er dem Vater entgegnen, wie widersprechen – hier auf der Straße, der Vater war schwerhörig, er müßte schreien, um verstanden zu werden.

Sascha sagte nur: »Wenn zwei Menschen nicht zusammenleben können, müssen sie auseinandergehen.«

Einen Monat später reiste der Vater nach Jefremow zu der Fabrik für synthetischen Kautschuk ab. Daraufhin mußte Sascha mit sechzehn Jahren alle Bürden auf sich nehmen.

Djakow ließ Sascha tagelang nicht holen. Sascha regte sich darüber nicht auf. Die erste Vernehmung hatte er voller Hoffnung erwartet, die zweite voller Angst, jetzt empfand er weder Hoffnung noch Angst. Nur der Gedanke an Kriworutschko ließ ihm keine Ruhe. Sie konnten Kriworutschko verhaften, und der würde gestehen, daß er Sascha den Satz mit dem Koch gesagt hatte. Damit würden sie Sascha der Lüge überführen, und dann würden sie ihm auch in der Hauptsache, Mark betreffend, nicht vertrauen, denn wer einmal lügt ...

Warum hatte Kriworutschko das gesagt? In was für eine dumme Lage hatte er ihn gebracht, der Schwätzer! Wie hätte sich Sascha verhalten, wenn der Fall Kriworutschko in einer Sitzung des Parteibüros erörtert worden wäre? Dort hätte er diesen Satz nicht verheimlicht. Sollte Genosse Kriworutschko erklären, wen er gemeint hatte. Warum sollte er sich hier anders verhalten? Warum mußte er Kriworutschko hier decken?

Er würde alles sagen, genau wie es war, und damit diese Last loswerden. Dann wäre sein Gewissen rein, mochten sie dann ihre Entscheidung treffen ... »Sibirien ist schlimm, Sibirien ist fern, und doch leben auch dort Menschen ...« Wo stammte das her? Er lebte doch auch, lebte zwar im Gefängnis, aber er lag auf dem Bett, las, ließ es sich mit Wurst und Schokolade gut gehen, sang jede Nacht unter der Dusche, dachte nach, schwelgte in Erinnerungen. Er hatte sich einen Bart stehenlassen, konnte ihn schon streicheln und hätte sich gern selbst angeschaut, aber es gab keinen Spiegel.

Nach einigen Tagen kam der Wärter wieder mit Bleistift und Papier und holte die Bücher ab. Dieses Mal bestellte Sascha zehn Bücher, vielleicht gab es einige davon in der Bücherei. Er wiederholte *Krieg und Frieden* und *Verlorene Illusionen,* notierte die dicken Monatszeitschriften für Januar, Februar und März und dazu Stendhal, Babel, *Die Geschichte des Verfalls und Untergangs des Römischen Reiches* von Gibbon – kurz vor der Verhaftung hatte er angefangen, das Buch zu lesen –, schrieb Gogol auf, den er liebte, und Dostojewskij, den er nicht mochte – er mußte ihn trotzdem bewältigen. Und wieder das Strafgesetzbuch, damit sie wenigstens wußten, daß er es anforderte. Zweifellos sah Djakow seinen Bestellzettel. Sollte der ruhig wissen, daß er seine Rechte kennen wollte.

In den beiden Tagen ohne Bücher verfiel er erneut in seine vorherige Verfassung. Wieder die dumpfen Mauern, das drückende Schweigen, der Spion in der Tür, der Gang zum Abort, wieder das schwerverdauliche Essen und Sodbrennen. Die Lebensmittel, die die Mutter geschickt hatte, hatte er aufgegessen. Er dachte an Katja, erinnerte sich an ihre heißen Hände, ihre trockenen, spröden Lippen. Er fand keinen Schlaf, stand auf, lief herum. Aber es war verboten, nachts in der Zelle auf und ab zu gehen. Der Aufseher befahl ihm: »Strafgefangener, legen Sie sich hin!«

Er tat es, konnte aber nicht einschlafen, und wenn er einschlief, quälten ihn sehnsüchtige Träume und Vorstellungen wie einst als Siebzehnjährigen.

Er war gerade siebzehn Jahre alt, als die Mutter mit ihm nach Lipezk reiste. Die Frau, bei der sie sich eingemietet hatten, bekam Besuch von ihrer Schwiegertochter aus Samara, deren Mann bei der dortigen Eisenbahn angestellt war. Sie hieß Jelisaweta

Petrowna, eine schmächtige Blondine in einem Morgenrock, den sie ziemlich offenherzig auf dem nackten Körper trug. Sie sah Sascha aus schmalen, glitzernden Augen an, lächelte ihm zweideutig zu, benahm sich geziert – eine kleine Spießerin aus der Provinz. Trotzdem erregten Sascha ihr zweideutiges Lächeln, ihr Körper, der unter dem halbgeöffneten Morgenrock zu sehen war, das billige Parfüm. Tagsüber pflegte sie im Garten zu liegen, knöpfte den Morgenrock auf und ließ die schlanken weißen Beine von der Sonne bräunen. Sascha sah nicht zu ihr hin, erriet nur den weißen Fleck des Kissens unterm Apfelbaum, die bunten Tupfen des Morgenrocks, die schlanken nackten Beine mit den runden Knien, spürte fast körperlich ihren schrägen Blick, ihr Lächeln.

»Sa-sch-sch-a ...« rief sie einmal, das ›sch‹ unnatürlich dehnend.

Er ging zu ihr hin und setzte sich neben sie.

»Sasch-sch-scha«, sagte sie und wandte sich zu ihm, wobei der herabgleitende Morgenrock ihre magere weiße Schulter und die kleinen Brüste entblößte. »Sascha ... wo spazieren Sie den ganzen Tag herum? Mit jungen Mädchen? Erzählen Sie ...«

Er brachte keinen Ton heraus, sah auf ihre fest zusammengepreßten Beine, die kleinen weißen Brüste ... Die Sonne brannte, eine Wespe summte, es duftete nach Äpfeln. Sascha konnte nicht aufstehen, konnte sich nicht rühren, fühlte voller Scham, daß sie alles sah, alles merkte, zweideutig vor sich hin lächelte und ihn innerlich auslachte.

»Sie lesen nur und lesen, das Lesen macht Sie ja ganz wirr.«

Sie nahm ihm das Bändchen von Anatole France aus der Hand.

»Ich geb's nicht wieder her!«

Sie versteckte das Buch hinter ihrem Rücken. Er wollte nach dem Buch greifen, ihre Hände verflochten sich ineinander, er fühlte die Glut ihres Körpers. Sie blickte verstohlen zur Gartenpforte und warf den Kopf zurück; er hörte ihren schweren, stoßweisen Atem, sah ihr Gesicht, das einen entrückten, geheimnisvollen Ausdruck annahm. Sie umklammerte seinen Hals mit heißen Händen, zog ihn an sich, seine Lippen berührten ihren Mund, sie sank zurück.

Hinterher sah sie ihm lachend in die Augen.

»Schau nur, was du angerichtet hast ... Jetzt muß ich den Morgenrock auswaschen. War's dir unangenehm, sag? ... Macht nichts, Jungchen, das ist nur beim ersten Mal so, du machst es doch zum ersten Mal, ja, na sag schon, stimmt's?«

Er genierte sich, mied sie, aber am nächsten Tag sagte sie beim Mittagessen: »Sascha, seien Sie ein Mann, machen Sie eine Bootsfahrt mit mir, rudern Sie mich über den Fluß.«

»Tu das, Sascha«, sagte die Mutter, die es sich zu Herzen nahm, daß Sascha sich in Lipezk langweilte.

Er ruderte ans andere Ufer des Woronesch, so hieß der Fluß, und hier auf der Wiese gab sie sich ihm berechnet und sachlich hin.

Nachts kam sie zu ihm, er schlief im Wohnzimmer auf dem Sofa, und kam dann jede Nacht wieder. Am Tage ließ sie sich von ihm ans andere Ufer des Woronesch rudern.

»Da hat sich das Teufelsweib mit diesem Baby eingelassen, verdammte Schlampe«, fauchte die Schwiegermutter.

Seine Mutter merkte nichts.

Eines Tages kam der Mann von Jelisaweta Petrowna und musterte Sascha mit argwöhnischen Blicken, weil er von der Mutter wohl einiges erfahren hatte. Jelisaweta Petrowna spielte die zärtliche Gattin und stellte Sascha als hoffnungslos verliebten Jungen hin. Die Worte dehnend, sagte sie in Gegenwart ihres Mannes mit einem spöttischen Lächeln: »Ah, da ist ja mein Kavalier ...«

Ihre gezierte Art widerte Sascha ebenso an wie das Geflüster und Lachen der beiden Eheleute, wenn sie sich in ihr Zimmer zurückzogen. Bald darauf fuhr er nach Moskau zurück, weil er in einem Betrieb anfangen mußte. Seine Mutter aber blieb noch in Lipezk.

Noch lange danach mied er jeden Umgang mit Frauen.

In der Fabrik wurde ein Subbotnik, ein Aufbaueinsatz, angeordnet, um das Gebäude zu entrümpeln, Brennholz auszuladen und Schnee zu räumen. Polja, eine Arbeiterin aus der Werkhalle 3, ein hübsches, großes Mädchen, arbeitete neben ihm, flachste und flirtete, und als sie fertig waren, sagte sie leise: »Komm mit zu mir, zum Aufwärmen.«

Und fügte noch leiser hinzu: »Heut' bin ich allein.«

Er war damals nicht mitgegangen, sie hatte es viel zu unverblümt vorgeschlagen. Jetzt bereute er, daß er ihr Angebot nicht angenommen hatte.

Sein Blut war in Wallung, gab ihm keine Ruhe, er wußte, wozu

Einsamkeit führen kann, und fürchtete sich davor. Er machte Morgen- und Abendgymnastik, legte sich tagsüber nicht mehr hin, wanderte durch die Zelle, setzte sich das Ziel, täglich zehntausend Schritte zu gehen, stellte sich unter die eiskalte Dusche, ging möglichst spät schlafen, stand möglichst früh auf.

Zwei Tage später wurden ihm die Bücher gebracht, und er versenkte sich erneut in die Lektüre. Er las jetzt nicht mehr im Liegen, sondern sitzend, sogar im Stehen an die Wand gelehnt. Man hatte ihm zwei Bände Gibbon, *Die Brüder Karamasow* und statt der *Toten Seelen* den *Taras Bulba* von Gogol geschickt.

Ein Mitgefangener wurde in seiner Zelle einquartiert, ein magerer ausgemergelter Bursche, in einem abgewetzten Herbstmantel, zerrissenen Schuhen und Schirmmütze. Er wurde hereingeführt, anschließend brachte man Bett, Matratze und Decke.

Er hieß Sawelij Kuskow, war Student im sechsten Semester an der Moskauer Pädagogischen Hochschule, im Butyrka-Gefängnis saß er schon seit über vier Monaten. Er blieb zwei Tage in Saschas Zelle, dann brachte man ihn weg, das Bett blieb da.

Auf Sascha machte er den Eindruck eines wenn auch nicht völlig verrückten, so doch geistig gestörten Menschen. Er lag stundenlang schweigend auf dem Bett, völlig reglos, dann sprang er plötzlich auf, lief auf und ab, stieß gegen die Betten und sang leise vor sich hin: »Kornblumen viel steh'n auf der Flur«. Der eintönige Singsang der Verse von Apuchtin verstärkte den Eindruck von Sawelijs Geistesgestörtheit.

Er ging nicht zur Freistunde in den Hof, ging nicht mit Sascha unter die Dusche, turnte nicht mit. In Moskau hatte er weder Angehörige noch Freunde, er bekam keine Pakete. Was die Essenausgeber brachten, aß er nicht gleich, sondern erst nachdem das ohnehin lauwarme Essen kalt geworden war. Die Schüssel spülte er nachlässig aus und sah gleichgültig zu, wie Sascha die seine sorgfältig abwusch. Während dieser Tage schickte Saschas Mutter das zweite Paket. Sascha breitete alles auf dem Tisch aus, aber Sawelij rührte fast nichts an. Den Band von Gibbon nahm er in die Hand und legte ihn beiseite. Gogol und Dostojewskij hatte er schon gelesen. Für Saschas Fall interessierte er sich nicht, von seinem eigenen sprach er teilnahmslos. Er stammte aus dem Bezirk

Sebesh, ihr Dorf lag im Grenzgebiet. In den Ferien wollte er heimfahren; seine Mutter hatte geschrieben, es gebe bei ihnen kaum Wechselgeld, was das Ein- und Verkaufen erschwere, denn man bekäme kein Kleingeld heraus. Daraufhin begann er Silbermünzen zu sparen. Bei der Haussuchung fand man achtundzwanzig Rubel und vierzig Kopeken bei ihm. Deshalb beschuldigte man ihn, ins Ausland fliehen zu wollen, zumal er an der Fakultät für Fremdsprachen studierte. Nachdem ihm die Anklage vorgelegt worden war, bekannte er sich schuldig, die Untersuchung war abgeschlossen. Jetzt wartete er auf den Urteilsspruch.
»Warum hast du dich schuldig bekannt?«
»Wie kannst du's ihnen beweisen?« antwortete Sawelij phlegmatisch.
»Nicht du mußt ihnen was beweisen, sie müssen es dir beweisen.«
»Sie beweisen es damit, daß sie sagen: Du hast Silbermünzen gespart.«
Absoluter Wahnsinn! Völlig absurd! Aber würde er jemandem erzählen, daß man ihn wegen einer Wandzeitung oder wegen seines Onkels verhaftet hatte, würde ihm das auch kein Mensch glauben. Lebhaft wurde Sawelij nur, wenn er das Gefängnisgeschwätz über gelungene Fluchtversuche erzählte. Man feilte die Fenstergitter durch, kletterte auf's Dach, von dort auf's nächste, sprang dann auf die Außenmauer und von der Mauer auf die Straße. Erst kürzlich seien zwei Valutaschieber geflohen, sie seien vom dritten Stock auf's Straßenpflaster gesprungen.
Wenn Sascha auch erst kurz im Gefängnis saß, wußte er nur zu gut, daß eine Flucht von hier unmöglich war. Aber er widersprach Sawelij nicht, wunderte sich allerdings über seine primitive Denkart. Er versuchte, Deutsch mit ihm zu sprechen, aus der Schule erinnerte er sich an ein paar Brocken. Sawelij sprach gut deutsch, absolut fließend, was Saschas plötzlichen Verdacht zerstreute, daß er womöglich gar nicht an der Pädagogischen Hochschule studiert hatte.
Ebenso beredt erzählte Sawelij vom Gefängniskrankenhaus. Alles hatten sie dort, alle Behandlungsmöglichkeiten, auch Bestrahlungen und sogar einen Zahnarzt. Furunkel, Schwellungen, Hexenschuß – sofort bekam man Rotlicht. Entweder wurde man täglich

hingeführt oder in ein Krankenzimmer eingewiesen. Und dort gab es Weißbrot und Milch. Von Weißbrot und Milch sprach er mit einer Begeisterung, die völlig unverständlich war, weil er fast überhaupt nichts aß.

Aber er erzählte auch Dinge, die für Sascha wichtig waren. Wenn ein Arzt in die Zelle kam und fragte: »Fehlt Ihnen etwas?«, so bedeutete das, daß man zur Verbannung verurteilt worden war. Wollte man in den Süden, nach Mittelasien oder Kasachstan, mußte man sagen, man hätte Tuberkulose, Rheuma, Ischias oder Hexenschuß, wollte man nach Norden, mußte man über Herzbeschwerden klagen. Kam kein Arzt, bedeutete das Lagerhaft; und da mußte man sich auf die gütige Vorsehung verlassen – man kam einfach dorthin, wohin man geschickt wurde.

Sascha erfuhr von ihm, wie ihr Trakt und die anderen Gebäude hießen und wie sie angeordnet waren. Der Turm im Innenhof war der Pugatschow-Turm. Dieser Hof war der kleinste, es gab aber auch größere Höfe. Der günstigste lag neben den Werkstätten, in denen Kriminelle arbeiteten, mit deren Hilfe man Kassiber nach draußen schmuggeln konnte.

Am dritten Tag wurde Sawelij fortgebracht. Er ging ebenso teilnahmslos, wie er gekommen war. Er war als Unbekannter gekommen und ging als Unbekannter weg.

Als Sascha Sawelijs schmalen, gebückten, demütigen Rücken in der Tür sah, sah, wie er, ohne sich umzublicken und ohne sich zu verabschieden, die Zelle verließ, spürte er auf einmal den Weg ohne Ende, der jedem Gefangenen bevorstand. Auf diesem Weg würde er noch viele Menschen treffen. Sawelij war der erste gewesen.

»Genosse Budjagin, Sie werden verlangt.«
Dann sagte eine wohlbekannte Stimme im Telefon: »Guten Tag, Iwan.«
Stalin beim Nachnamen zu nennen war Iwan Grigorjewitsch nicht gewohnt, ihn mit dem Vornamen anzureden, konnte er sich auch nicht entschließen. Darum antwortete er nur: »Guten Tag.«
»Du bist angekommen und läßt dich nicht blicken, bist du so stolz, daß du den Weg zu mir vergessen hast?«
»Ich bin bereit. Wann?«
»Wenn es so ist, dann komm. Wir wohnen ja fast nebeneinander.«
Vor zwei Jahren war Budjagin das letzte Mal bei Stalin gewesen, einen Monat vor dem Tod seiner Frau Nadja. Bei späteren Besuchen in Moskau besprach er alles Dienstliche mit Volkskommissar Litwinow, der Stalins Vertrauen genoß.
Nach Stalins Auffassung waren England, Frankreich und Japan die eigentlichen Gegner der Sowjetunion. England betrachte die UdSSR als Gefahr für sein Kolonialimperium, Japan fürchte um seine Vorherrschaft in Ostasien, Frankreich um seinen Einfluß in Europa. Zugleich waren England und Japan die größten Rivalen der USA auf dem Weltmarkt. Das besiegte Deutschland bildete das Gegengewicht zum Sieger Frankreich.
So gesehen waren die kompliziertesten Probleme einfach: England, Frankreich, Japan auf der einen Seite, die UdSSR, die USA und Deutschland auf der anderen. Das Komplizierte auf den einfachsten Nenner zu bringen – das hielt Stalin für sein größtes Talent.
Stalins Konzept, das noch aus der Zeit der Weimarer Republik stammte, hielt Iwan Grigorjewitsch für überholt, Stalins Fähigkeit, alles zu vereinfachen, für eine Katastrophe. Hitlers Machtergreifung hatte das Kräfteverhältnis verändert und machte das deutsche Problem zum wichtigsten.
Offensichtlich teilte Litwinow Budjagins Standpunkt, ließ es sich

aber nicht anmerken. Er hoffte, daß die Zeit Stalins Ansichten ändern würde. »Laissez passer«, sagte er zu Budjagin. Stalin kannte Europa nicht und verachtete die Intellektuellen in der Partei – Emigranten, überhebliche Besserwisser, die aus demselben Holz geschnitzt waren wie die westlichen Arbeiterführer in ihren Smokings und Fräcken. Er hatte in Rußland das Leben eines Illegalen geführt, eines Kämpfers im Untergrund, er war verbannt worden, geflohen, hatte sich verbergen müssen, während jene im Ausland in Sicherheit lebten, sich die Zeit mit Lesen und Artikelschreiben vertrieben, sich dadurch einen Namen machten. In London, auf dem V. Parteitag, hatte er diese Herrschaften gesehen, und zwar aus allernächster Nähe.

Davor war Stalin nur zweimal im Ausland gewesen: in Tammerfors und in Stockholm. Aber jene Parteitage waren nicht mit dem in London zu vergleichen. In London hatten sich über dreihundert Delegierte versammelt: die der Bolschewiki, der Menschewiki, der Bundisten, der polnischen und der lettischen Sozialdemokraten. Zum ersten und einzigen Mal erlebte Stalin die Hauptstadt einer Großmacht, eine Metropole, wie er sie nie zuvor gesehen hatte, das kapitalistische Babylon, die Trutzburg der bürgerlichen Demokratie. Inmitten der gelassenen Menschen, die in unverständlichen, absolut fremden Traditionen aufgewachsen waren, fühlte er, der ihre Sprache nicht beherrschte, seine entmutigende Bedeutungslosigkeit. Außerdem hatte er seinen Schal verloren, und es war ein kalter April in London.

Er ging mit Litwinow in die Geschäfte, um einen neuen Schal zu kaufen, konnte aber nicht das Richtige finden, die Wolle war zu rauh und kratzte am Hals. Sie kauften den weichsten Schal, der aber entsprechend teuer war. Trotzdem nörgelte und mäkelte Stalin, drehte den Kopf hin und her und schimpfte auf die Engländer.

Im Hafenbezirk ließ Litwinow ihn für einen Augenblick allein. Als er zurückkam, sah er, daß mehrere Hafenarbeiter Stalin belästigten. Vielleicht hatten sie ihn etwas gefragt, und er war die Antwort schuldig geblieben, weil er kein Englisch verstand. Litwinow, ein mutiger Mann, der Englisch sprach wie ein gebürtiger Londoner, schickte die Arbeiter weg.

Litwinow erzählte Budjagin die Geschichte mit dem Schal später, die Sache mit den Hafenarbeitern dagegen nicht. Das hätte ihm Stalin nie verziehen. Von Kind auf schmächtig und schwach, war Stalin krankhaft empfindlich, wenn sein Mut und seine Körperkraft angezweifelt wurden – ein Minderwertigkeitskomplex, aus dem sich später sein ständiger Argwohn entwickelte.

Schon in der Verbannung hatte er Budjagins gesagt, daß man Grobheit mit noch größerer Grobheit parieren müsse, weil das die anderen für Stärke hielten.

An einem langen Winterabend erzählte Stalin dann selber die Sache mit den Hafenarbeitern: Sie hätten ihn, so stellte er es Budjagin dar, für einen Inder gehalten und ihn verprügeln wollen, hätten aber eins in die Schnauze gekriegt und seien davongelaufen. Er liebte den Ausdruck »Eins in die Schnauze hauen«.

»Und das ist die gepriesene englische Arbeiterklasse«, sagte Stalin, »die gleichen Kolonialherren wie ihre Brotgeber.«

Über ein Jahr hatte Budjagin versucht, Stalin zu sprechen, weil er es für seine Pflicht hielt, ihn über seinen Standpunkt aufzuklären. Er wußte, wie schwierig es war, Stalin umzustimmen: Dieser Mann gab mühelos seine Sympathien preis, seine Antipathien dagegen nie. Er wußte aber auch, daß Stalin einen Krieg scheute.

Budjagin hatte inzwischen begriffen, daß sein Vorhaben scheitern würde, die Zeit hatte Stalins Ansichten nicht geändert, sie hatte ihn selbst verändert. Mehr denn je war er von seiner Unfehlbarkeit überzeugt. Iwan Grigorjewitsch war sich genau bewußt, was ihn erwartete, wenn er ihm widersprechen würde.

Budjagin ging nicht wie gewohnt durch die Wosdwishenka Straße zum Kreml, sondern durch die Herzen-Straße, überquerte den Platz vor der Manege und folgte dem Gitter des Alexander-Gartens zum Troitzki-Tor. Er hatte den längeren Weg gewählt, um das bevorstehende Gespräch gründlich zu überdenken, vielleicht aber auch, um die Begegnung noch etwas hinauszuschieben, die, wie er ahnte, eine verhängnisvolle Rolle in seinem Leben spielen sollte. Schon immer hatte Iwan Grigorjewitsch den parteiinternen Zwistigkeiten fern gestanden. Er stimmte nie in den

allgemeinen Jubelchor ein, und das war für Stalin schon Grund genug.
Budjagin hatte sich nicht an der Revolution beteiligt, weil er ein besseres Leben anstrebte, seiner Familie ging es den Verhältnissen entsprechend gut: Sein Vater, seine Brüder und er selbst waren ausgebildete Schmiedemeister. Sie arbeiteten in der Motowilichaer Fabrik, einem heute staatseigenen Betrieb, einem der leistungsfähigsten im Lande, dessen fünfzig Tonnen schwerer Schmiedehammer der größte der Welt sein sollte. Motowilicha selbst, am linken Ufer der Kama an einer Haupteisenbahnlinie gelegen, war ein Industrievorort von Perm, geschäftstüchtig, wohlhabend und verhältnismäßig zurückhaltend beim Alkoholkonsum.
Nikolai Gawrilowitsch Slawjanow, der das Lichtbogenschweißen eingeführt hatte, wurde auf den jungen tüchtigen Arbeiter aufmerksam und zog ihn zu den ersten Schweißarbeiten heran. Die Zugehörigkeit zu der Gruppe, die mit der für die damaligen Begriffe modernen Technik umgehen konnte, und zu ihren Verfechtern gab Budjagin viele Denkanstöße. Er schloß sich den Sozialdemokraten an, die unter den im Betrieb tätigen Intellektuellen und den in der Stadt wohnenden Deportierten zahlreiche Anhänger hatten. Wahrscheinlich wäre Iwan Grigorjewitsch einer der vielen durchschnittlichen Sozialdemokraten geblieben. Er meldete sich aber zu den allgemeinbildenden Lehrgängen an der Tomsker Hochschule für Technologie an. Der erfolgreiche Abschluß dieser Lehrgänge mit dem Reifezeugnis berechtigte zum Hochschulstudium. Die erste russische Revolution machte ihn zum Berufsrevolutionär. Im Dezember 1905 beteiligte er sich am politischen Generalstreik, dann an den bewaffneten Zusammenstößen mit den Truppen. Er wurde verhaftet und nach Narym verbannt.
Solange Budjagin gegen die Herrschaft des Zaren gekämpft hatte, war ihm alles klar gewesen. Die Revolution war ihm nicht minder verständlich – sie war Endziel ihres Kampfes, der Sieg der Idee. Extreme waren unvermeidbar: Der Zorn des Volkes wandte sich gegen die ewigen Unterdrücker, die Revolution hatte sich zu wehren.
Der Bürgerkrieg ging zu Ende, das Leben normalisierte sich. Die

NÖP bedeutete nicht nur eine neue ökonomische Politik. Eine neue Lebensweise entwickelte sich. Aber was Lenin »im Ernst und auf lange« geplant hatte, dauerte gar nicht lange. Stalin schaffte die NÖP kurzerhand ab und behauptete, damit Lenins Vermächtnis zu erfüllen. Er liebte es, bei Lenins Namen zu schwören und sich bei jeder Gelegenheit auf ihn zu berufen. Dabei hatte er noch in Sibirien zu Iwan Grigorjewitsch gesagt, daß Lenin Rußland nicht genügend kenne und eben darum die Losung der Nationalisierung von Grund und Boden ausgerufen habe, die, wie er, Stalin, behauptete, die Bauernschaft abstoßen würde. Und in Zarizyn hatte er Budjagin erklärt, daß Lenin sich in militärischen Dingen höchst mangelhaft auskenne. Aber Stalin hatte immer Lenins Bedeutung und seine Rolle in der Partei verstanden und war ihm gegenüber nie offen in Opposition getreten. Wenn sich letzten Endes herausstellte, daß Lenin recht gehabt hatte, und recht hatte er immer, gab sich Stalin für seinen Gesinnungsgenossen aus, der Lenins Politik stets zielbewußt durchführte. Auch jetzt schwor und bekannte er sich auf Schritt und Tritt zu Lenin und tat fast so, als sei er Initiator und Inspirator aller Leninschen Entscheidungen. Aber statt der sozialistischen Demokratie, die Lenin anstrebte, schuf Stalin ein ganz anderes Regime.

Seit Iwan Grigorjewitschs letztem Besuch hatte sich in Stalins kleiner Wohnung nichts verändert.

Stalin saß allein am Tisch, eine Flasche mit georgischem Ateni-Wein und Gläser vor sich, eine Schale mit Obst, zwei Flaschen Mineralwasser, daneben ein aufgeschlagenes Buch. Auch zu Hause war Stalin fast militärisch gekleidet, die Hose steckte in hellen Saffianstiefeln mit weinrotem Muster.

Er drehte sich um. Wangen und Kinn verdeckten den weißen Streifen der Kragenbinde, der Militärrock wölbte sich über seinem Bauch. Die niedrige Stirn, die bekannten Pockennarben, die wohlgeformte, weiche Hand. Budjagin begriff: Diese Begegnung war die letzte.

Stalin erhob sich langsam und sah ihn an, ohne ihm die Hand zu geben. Er war kleiner als Budjagin, hob aber nicht den Kopf, sah auch nicht geradeaus, sondern schien ihn seitlich durch die schweren, gesenkten Lider zu fixieren.

Iwan Grigorjewitsch erwartete, daß Stalin ihm einen Stuhl anbieten und damit der Peinlichkeit ein Ende bereiten würde. Statt dessen wies Stalin mit dem Kinn zum Fenster.
»Schimpft man draußen auf mich?«
Mit »draußen« meinte er nicht das Land, aus dem Budjagin zurückgekehrt war, auch nicht das Land, in dem sie sich gegenwärtig befanden, sondern die ganze Welt, die ganze Menschheit, alles, was draußen vor dem Fenster lag; in dem unerbittlichen Gott war der einsame deportierte Georgier in der sibirischen Kate wieder wach geworden. Nur erstreckte sich nicht die finstere, sibirische Taiga vor seinem Fenster, sondern ein riesiges, seinem Willen unterworfenes Land.
Er fragte dies trotz seines Triumphes auf dem Parteitag, nach wie vor vertraute er niemandem. Und er wollte sich von der Richtigkeit seines Argwohns überzeugen, sich vergewissern, daß sein Mißtrauen begründet war. Noch einmal wollte er prüfen, was es mit Budjagin und seinesgleichen auf sich hatte. Im Innern hatte er sich bereits gegen Budjagin entschieden. Er lächelte ihm nicht zu, fragte nicht nach seinen Angehörigen, ließ nicht die geringste Spur der früheren Kameradschaft aufkommen.
»Das ist verschieden«, antwortete Budjagin. »Es gibt auch welche, die schimpfen.«
Stalin bewegte kaum merklich die Hand. Iwan Grigorjewitsch setzte sich.
Die Pfeife in der Hand, ging Stalin durchs Zimmer, sein Gang war nach wie vor leicht und federnd.
»Wie steht's mit Rjasanow?«
Eine unerwartete Frage. Stalin hatte Rjasanow empfangen, ihn bei der Politbürositzung gehört, ihn ins ZK berufen. Vielleicht waren ihm jetzt wegen der Verhaftung des Neffen Zweifel gekommen?
»Ein tüchtiger Mann mit Sachverstand«, antwortete Budjagin.
»Er soll irgendein Bauvorhaben begonnen haben, das nichts mit seinem Betrieb zu tun hat?«
Das Volkskommissariat war informiert worden, daß Rjasanow eigenmächtig ein Filmtheater und eine Sportanlage bauen ließ und außerdem dabei war, ein örtliches Kurbad mit dem Namen *Uraler Mazesta* zu errichten.

»Pjatakow hat eine Kommission hingeschickt«, antwortete Budjagin.
Stalin sah ihm direkt in die Augen. Budjagin wußte, was dieser Blick bedeutete: unverhohlenes Mißtrauen. Seine Antwort hatte Stalin nicht zufrieden gestellt. Warum eigentlich nicht? Budjagin hatte die Wahrheit gesagt. Andererseits war ihm Stalins Methode, seinen Gesprächspartner zu verwirren, bestens bekannt: Mißtrauen zu äußern, wo Mißtrauen unbegründet war, und Vertrauen zu heucheln, wo es Grund gab, zu zweifeln.
Stalin wandte den Blick langsam ab und lächelte spöttisch.
»Sergo hat Rjasanow zur Aufnahme ins ZK empfohlen. Er möchte ausschließlich Wirtschaftsexperten im ZK sehen.«
Er verstummte und wartete auf Budjagins Reaktion. Das lag nun mal im Charakter dieses Mannes: Angeblich hat Ordshonikidse Rjasanow für das ZK empfohlen, seinen Stellvertreter Budjagin dagegen aber nicht.
Stalin fuhr etwas lauter fort: »Bei aller Hochachtung vor Sergo können wir das ZK unserer Partei nicht in ein Präsidium des obersten Volkswirtschaftsrates verwandeln. Das Zentralkomitee unserer Partei ist ein Areopag, in dem sowohl Wirtschaftsexperten als auch Politiker, Militärs und Kulturschaffende vertreten sind. Im Zentralkomitee müssen alle Kräfte unserer Partei repräsentiert sein. Besonders die jungen Kräfte.«
Er blieb vor Budjagin stehen.
»Menschen aus dem Volk müssen an der Spitze des Staates stehen. Das Volk will dort seine Söhne sehen, nicht eine Art neuen Adels. Seine Geschichte ist eine Geschichte des Kampfes gegen den Adel. Das russische Volk hat Iwan den Schrecklichen und Peter den Großen geliebt, also gerade die Zaren, die die Bojaren und die Adligen vernichtet haben. Alle Bauernaufstände von Polotnikow bis Pugatschow waren Kämpfe für einen guten Zaren und gegen den Adel.«
Was er sagte, war eine seiner üblichen historischen Ausführungen. In der Geschichte kannte er sich aus, vor allem in der Kirchengeschichte und in der Geschichte der Kirchenhäresie. Aber seine Ausführungen konnte man auch anders auslegen: Die alten Kader, solche wie Budjagin, das war der neue Adel, den das Volk nicht mehr wollte.

Stalin fuhr fort: »Warum hat die Bauernschaft in den zentralen Gouvernements die Revolution unterstützt, in den Randgebieten – wie beispielsweise in Sibirien – dagegen nicht? In den zentralen Gouvernements hat der Bauer den Edelmann, den Gutsherren, gesehen, in Sibirien aber gab es keine. Als der Adlige Koltschak in Erscheinung trat, schloß sich der sibirische Mushik der Revolution an.«

Stalins Blick heftete sich auf Budjagin. Seine Augen spielten jetzt ins Dunkelbraune. Er ging wieder zum Fenster und sagte mit dem Rücken zu Budjagin: »Aber nicht alle jungen Menschen sind NEUE Kräfte. Im Sommer bin ich mal am Arbat entlanggefahren, und was sah ich da? An einer Ecke lungerten albernd ein par junge Tagediebe in ausländischen Staubmänteln herum. Da fragt man sich doch: Was ist diesen Nichtstuern eigentlich mehr wert – die sowjetische Heimat oder ein ausländischer Mantel?«

Aha, er sprach von Jugendlichen, war also darüber informiert, daß Budjagin sich für Sascha eingesetzt hatte.

»Man kann durchaus ausländische Mäntel tragen und die sowjetische Heimat lieben«, erwiderte Budjagin.

»Glaubst du das wirklich?« Stalin wandte sich ihm ganz zu, »da denke ich anders. Meine Kinder tragen keine ausländischen Sachen. Meinen Kindern gefallen unsere sowjetischen Waren. Meine Kinder haben keine Bezugsquellen für ausländische Staubmäntel. Da muß man sich doch fragen: Woher bekommen die ihre Sachen?«

Ob er Lena damit meinte? Vielleicht hatte jemand gestichelt: Budjagins Tochter läuft in ausländischen Klamotten herum. Schon immer hatte Stalin Kleinigkeiten eine besondere Bedeutung beigemessen. Er schnappte sie auf und bediente sich ihrer, wenn er zeigen wollte, daß er informiert war. Auf seine Fähigkeit, Kleinigkeiten zu verallgemeinern und daraus Schlußfolgerungen zu ziehen, war er ausgesprochen stolz.

»Ich trage auch einen ausländischen Anzug«, sagte Budjagin; schließlich hatte er zehn Jahre im Ausland gelebt, und da war es wohl kaum verwunderlich, daß er und seine Familie dort eingekauft hatten; das wollte er mit seinen Worten zu verstehen geben.

Stalin verstand die Andeutung, mit ironischem Respekt breitete er die Arme aus.

»Natürlich ... du bist doch ein Politiker von internationalem Format, von ganz anderem Kaliber als unsereiner, überhaupt kein Vergleich.«
Er kam langsam auf Budjagin zu, streckte überraschend die Hand aus und berührte Iwan Grigorjewitschs Schläfe.
»Beneidenswert jung, kein graues Haar, siehst wirklich gut aus mit deinem schwarzen Haar.«
Budjagin überlegte, wie schnell der Kopf abgeschlagen werden könnte, den Stalin soeben berührt hatte. Stalin ließ die Hand sinken, als habe er Budjagins Gedanken erraten. Wieder lächelte er und meinte: »Du warst schon immer ein Streithahn, Iwan, ein unverbesserlicher, fanatischer Polemiker.«
Stalin trat wieder ans Fenster, wandte Iwan Grigorjewitsch den Rücken zu und fuhr fort: »Wir lieben unsere Jugend, die Jugend ist unsere Zukunft. Aber sie muß erzogen werden. Die Jugend muß man aufziehen, wie der Gärtner den Baum zieht. Man darf ihr nicht schmeicheln, darf sie nicht umschmeicheln, darf sich ihr nicht anpassen und darf ihr keine Fehler verzeihen ...«
Ja, er sprach von Sascha. Bewies, daß er Bescheid wußte. Sollte er es für notwendig erachten, würde er alles anführen.
»Man darf bei der Jugend nicht um wohlfeile Autorität buhlen«, fuhr er fort. »Das Volk liebt keine Führer, die auf wohlfeile Autorität erpicht sind. Lenin war es nie und ist auch nicht in den Straßen herumspaziert. Das Volk liebt auch keine Führer, die nur schön reden. Was war Trotzki für ein Maulheld, und was ist von ihm übriggeblieben?«
Das war eine deutliche Spitze gegen Kirow. Kirow pflegte zu Fuß durch die Straßen von Leningrad zu gehen. Und Kirow war der beste Redner in der Partei. Was beabsichtigte Stalin mit seinen Worten? Nein, auf Kirow und Ordshonikidse konnte er vorerst nicht verzichten. Die Zeit war noch nicht gekommen. Er begann jetzt erst einmal bei ihm, nahm sich ihn vor als einen Mann, der Kirow und Ordshonikidse schon in der Zeit der Verteidigung von Astrachan und der militärischen Operationen im Nordkaukasus nahegestanden hatte. Das war der Grund, darum hatte er ihn zu sich bestellt. Die internatio-

nalen Probleme interessierten ihn überhaupt nicht. Hätten sie ihn interessiert, hätte er ihn schon vor einem Jahr zu sich bestellt.
Wie immer überraschte an Stalin die Offenheit, mit der er sich über nahestehende Personen äußerte, und die Überzeugung, daß seine Worte nicht weitergetragen würden. Sollte Budjagin Kirow oder Sergo gegenüber auch nur andeutungsweise erwähnen, was ihm hier gesagt worden war, so würde man ihn als Ränkeschmied verteufeln. Eigentlich hatte Stalin ja nichts Falsches gesagt, nur Ordshonikidses Wunsch erwähnt, im ZK möglichst viele Wirtschaftsexperten zu sehen, und seine berechtigte Besorgnis über Kirows Unvorsichtigkeit geäußert, mit der sich der Parteiführer in den Leningrader Straßen bewegte.
»Was ich übrigens fragen wollte«, sagte Stalin, ohne sich umzuwenden, »was für einer ist Kodazki? Wenn ich nicht irre, war er zu deiner Zeit doch auch in Astrachan?«
»Stimmt. Er hat dort die Gebietsverwaltung für Fischverarbeitung geleitet. Du kennst ihn sicherlich auch, er ist jetzt Vorsitzender des Leningrader Stadtsowjets.«
Stalin tat, als habe er die versteckte Ironie in Budjagins Antwort nicht bemerkt, und sagte gelassen: »Kodazki ist ein Anhänger von Sinowjew.«
Budjagin erwiderte ehrlich erstaunt: »Kodazki? Er hat sich doch gegen Sinowjew ausgesprochen.«
»Ausgesprochen schon, mag sein«, bestätigte Stalin. »Aber als die Leningrader Arbeiter verlangten, Trotzki und Sinowjew aus der Partei auszuschließen, war Genosse Kodazki nicht gerade begeistert. Er hat gezögert, und das bei einer solchen Frage! Und da hat Genosse Kirow selber vorgeschlagen, ihn seines Postens als Sekretär des Parteikomitees des Moskwu-Narwa-Stadtbezirks zu entheben. Das geschah auch. Daraufhin haben sie ihm einen Druckposten im Volkswirtschaftsrat verschafft. Und jetzt haben sie ihn zum Vorsitzenden des Leningrader Stadtsowjets gemacht. Anstelle des früheren Vorsitzenden Grigorji Sinowjew sitzt jetzt ein neuer da, einer von seinen Leuten. Was sollen die Leningrader Arbeiter davon halten?«
»Soweit ich weiß, war Kodazki nie oppositionell,« antwortete Budjagin. »Und wenn er damals bei dieser Frage unsicher war, so

ist auch heute niemand gegen solche Unsicherheiten gefeit und war es vor acht Jahren noch viel weniger.«
»Niemand lechzt nach dem Blut des Genossen Kodazki«, sagte Stalin gleichmütig zu Budjagin. »Und doch ... in einer Parteiorganisation wie der in Leningrad sollte man in Personalfragen umsichtiger sein. Aber die Partei hat Genossen Kirow ermächtigt, sich seine Gehilfen nach eigenem Ermessen auszuwählen. Da wollen wir uns nicht einmischen.«
Der letzte Satz war ein unübersehbarer Hinweis: Das Gespräch über Kodazki trug nicht offiziellen, sondern rein privaten Charakter. Mehr der Form halber und um der Unterredung einen formellen Abschluß zu geben, erkundigte sich Stalin: »Was ist mit Hitler?«
»Hitler bedeutet Krieg«, antwortete Budjagin.
Stalin schwieg, dann fragte er: »Womit will er Krieg führen?«
»Das deutsche Industriepotential ist groß. Deshalb dürfte eine Aufrüstung nicht schwierig sein.«
»Wird man es ihm erlauben?«
»Er wird nicht um Erlaubnis fragen.«
»Bleibt er an der Macht?«
»Offenbar schon.«
Stalin schwieg erneut und fuhr sich mit dem Finger unter dem weißen Kragen am Hals entlang.
»Werden die Deutschen kämpfen wollen?«
»Wenn man sie dazu zwingt, werden sie kämpfen.«
Stalin sagte langsam und sehr nachdrücklich: »England und Frankreich haben Deutschland den Versailler Vertrag diktiert, die Reparationen aufgenötigt, sie haben Deutschland bis zum letzten ausgepreßt, die Kolonien weggenommen, desgleichen das Sudetenland, Danzig, den polnischen Korridor, haben Ostpreußen abgetrennt, gegen wen wollen die Deutschen also kämpfen?«
»England und Frankreich werden versuchen, sich auf unsere Kosten mit Deutschland zu einigen.«
Stalin drehte sich zu ihm um. Alles klar: Budjagin will seine Ansicht nicht verschweigen, im Gegenteil, er will ihm seine Meinung aufdrängen und zwar jetzt und hier in seinem Haus.
Trotzdem blieb er äußerlich ruhig und sagte: »England und Frank-

reich werden niemals mitten im Herzen von Europa ein starkes Deutschland dulden. Wir dagegen sind an einem starken Deutschland interessiert: als Gegengewicht zu England und Frankreich.«
»Für uns ist Deutschland die akuteste Gefahr«, antwortete Budjagin überzeugt.
Stalin runzelte die Stirn.
»Die deutsche Gefahr zu übertreiben heißt nichts anderes, als die eigentliche und größte Gefahr zu unterschätzen. Zweifellos sind die englischen Imperialisten daran interessiert. Aber wir, die sowjetischen Menschen, sind nicht daran interessiert.«
»Ich bleibe bei meiner Meinung«, erwiderte Budjagin.
»Darum bist du auch nicht mehr dort, wo du warst«, antwortete Stalin, ohne Budjagin aus den Augen zu lassen. Budjagin hielt dem Blick stand.
Stalin machte eine Pause. Dann äußerte er, an Budjagin vorbeisehend, als wende er sich an eine dritte Person: »Die Partei verzichtet auf Leute, die sich mit ihrer besonderen Meinung wichtig machen. Die Partei braucht sachliche Arbeit. Wer das nicht begreift, wird von der Partei nicht gebraucht.«
»Ob die Partei mich braucht, wird die Partei entscheiden«, gab Budjagin zurück.
Stalin setzte sich an den Tisch, wandte sich ab, griff nach dem Buch.
»Ich habe zu tun. Entschuldigen Sie.«

Die Tür schloß sich hinter Budjagin. Stalin legte das Buch beiseite, erhob sich, ging mit der Pfeife in der Hand durchs Zimmer, blieb vor dem Fenster stehen, blickte zum weißgelben Gebäude des Arsenals hinüber, auf die längs der Fassade stehenden kupfernen Kanonen – ein gewohnter Anblick.
Der Diplomat aus Motowilicha! Nicht das entwaffnete Deutschland, sondern die japanischen Truppen in der Mandschurei, im Hinterland unseres Fernen Ostens – da lag die Gefahr. Wie beschränkt Budjagin auch war, das begriff er. Und gekommen war er nicht wegen Hitler, sondern um ihm klar zu machen, daß in der Partei Kräfte vorhanden waren, die ihren eigenen Standpunkt hatten, die das Recht beanspruchten, diesen Standpunkt zu vertreten und ihn im geeigneten Augenblick gegen den seinen auszuspielen. Budjagin war nicht aus eigenem Antrieb gekommen, dazu war er zu klein. Im Auftrag war er hier gewesen! Im Auftrag jener, die ihm, Stalin, angeblich geholfen hatten, die Gegner zu zerschmettern, jene, auf die er sich wegen ihres Glaubens gestützt hatte, immer noch stützte und stützen mußte, weil sie ihn sonst ebenso abschieben würden wie damals die anderen. Sie waren überzeugt, daß er ihnen alles zu verdanken hatte.
Da irrten sie sich aber gewaltig! Der wahre Führer kommt SELBST. Seine Macht verdankt er nur SICH SELBST. Sonst ist er kein Führer, nur ein Strohmann. Nicht sie hatten ihn gewählt, er hatte sie gewählt. Nicht sie hatten ihn vorwärtsgestoßen, er hatte sie nachgezogen. Nicht sie hatten ihm geholfen, seine Stellung zu festigen, sondern er hatte sie erhöht und zu den Gipfeln der staatlichen Macht erhoben. Was sie jetzt darstellten, verdankten sie allein der Tatsache, daß sie neben ihm waren.
Wem war Lenin verpflichtet? Etwa den Londoner und Genfer Emigranten? Wem war Peter der Große verpflichtet? Etwa Menschikow? Lefort? Ob Nachfolge oder ererbte Macht – um sich zum Führer zu erheben, mußte der Monarch seine Umgebung

vernichten, die ihn lediglich als Marionette sah. So war es bei Peter und ebenso bei Iwan dem Schrecklichen gewesen.

Er war nicht der Führer geworden, weil es ihm gelungen war, seine Gegner zu vernichten. Vielmehr hatte er seine Gegner vernichtet, weil er der Führer war; er war bestimmt, das Land zu regieren. Seine Gegner hatten das nicht begriffen und waren deshalb vernichtet worden, sie verstanden das auch jetzt nicht und würden deshalb vernichtet werden. Jeder gescheiterte Gegner war ein potentieller Feind.

Die Geschichte hatte ihn auserwählt, weil einzig und allein er das Geheimnis der obersten Befehlsgewalt in diesem Land kannte, nur er wußte, wie dieses Volk zu lenken war, nur er durchschaute dessen Vorzüge und Fehler. Vor allem die Fehler. Das russische Volk ist ein Volk des Kollektivs. Die Dorfgemeinde war seine ewige Existenzform, die Gleichheit bildet die Grundlage seines Nationalcharakters. Das sind günstige Voraussetzungen für die Gesellschaft, die er in Rußland erschaffen wird. Taktisch gesehen, war die Leninsche NÖP, die Neue Ökonomische Politik, ein gerechtfertigtes Manöver, aber »im Ernst und auf lange« – das war ein Fehler. Dieses Vorgehen war eine zeitweilige Abmachung mit der Bauernschaft, um Korn zu bekommen. »Im Ernst und auf lange« war eine auf den Farmer zugeschnittene Politik, der Farmer wies aber einen Weg, der der Mentalität des Volkes widerspricht.

Stalin trat an den Schrank, nahm einen Leninband heraus, schlug eine angestrichene Stelle auf und las: »Um aber durch die NÖP ausnahmslos die Beteiligung der gesamten Bevölkerung an den Genossenschaften herbeizuführen, bedarf es einer ganzen geschichtlichen Epoche ... Ohne eine Elementarbildung der gesamten Bevölkerung, ohne die notwendige Aufgeschlossenheit, ohne die Bevölkerung in ausreichendem Maße an den Umgang mit Büchern gewöhnt zu haben und ohne die materielle Grundlage dafür, ohne eine gewisse Sicherung, sagen wir, gegen Mißernte, gegen Hungersnot usw. – ohne das können wir unser Ziel nicht erreichen.« Er klappte das Buch zu und stellte es zurück. Das hieß, dem russischen Bauern die ihm fremde Farmermentalität einzuimpfen. Der Farmer aber brauchte nicht die Diktatur des Proletariats. Es ging vielmehr darum, im russischen Bauern den

Farmer, den Eigentümer mit seinen Besitzerinstinkten, den Individualisten im Keime zu ersticken. Eine Genossenschaft? Ja. Aber eine Genossenschaft, in der der Bauer einfacher Arbeiter war. Er, Stalin, hatte das durchgesetzt, und das war die zweite Revolution in Rußland gewesen, nicht weniger bedeutsam als die Oktoberrevolution. In der Oktoberrevolution hatten wir die Bauern auf unserer Seite, bei der Kollektivierung waren sie gegen uns. Jawohl, man brauchte Bücher, brauchte Wissenschaften, den Kampf gegen Mißernten ... all das wurde gebraucht. Aber nicht als Vorläufer der Kollektivierung, sondern auf der Grundlage der Kollektivierung. Genauso war er vorgegangen: Zuerst die Kollektivierung, dann die Kultur.

Was Lenin als bürokratische Verirrung gebrandmarkt hatte, war die einzig mögliche Form der Verwaltung. Darin lag aber auch eine Gefahr: Die Bürokratie ist bestrebt, sich zwischen Volk und oberste Befehlsgewalt zu drängen und sich sogar deren Rolle anzumaßen. Das mußte unterbunden, unbarmherzig unterdrückt werden. Der Apparat mußte ein perfekt funktionierender Vollstrecker obersten Willens sein; er mußte unter dem Druck der Angst leben und in ständiger Furcht gehalten werden. Diese Furcht würde sich aufs Volk übertragen.

Hatte er einen solchen Apparat? Nein! Er hatte ihn nicht! Ein beim Kampf um die Macht entstandener Apparat war noch kein Instrument des Führers, denn der Apparat beansprucht, den Sieg miterrungen zu haben. Budjagins Besuch war ein Hinweis darauf. Das einzig brauchbare Instrument des wahren Führers ist ein erst nach seinem Machtantritt von ihm selbst geschaffener Apparat. Dieser darf nicht ewig bestehen, darf nicht konstant sein, sonst festigt er seine wechselseitigen Verbindungen, gewinnt Geschlossenheit und Macht. Der Apparat muß ständig ausgewechselt und erneuert werden, nur in der dauernden Rotation liegt die Lösung. Die Schaffung eines solchen Apparats war eine weitaus schwierigere Aufgabe als die Beseitigung von Rivalen. Der Apparat bestand aus Hunderttausenden von Personen, die, auf allen Ebenen miteinander verknüpft, eine Einheit bildeten. Die gegenwärtigen Mitglieder des Politbüros waren nicht mehr die, die mit Lenin aus dem Ausland zurückgekehrt waren. Das waren Leute mit

Verbindungen innerhalb des Apparats, die wie Ketten von oben bis unten reichten. Es genügte, an ein Glied der Kette zu rühren, um die ganze Kette in rasselnde Bewegung zu versetzen.
Vertraute er seiner Umgebung?
In der Politik vertraute man niemandem.
Zuverlässiger als alle anderen waren Molotow, Kaganowitsch und Woroschilow: Sie erhoben keinen Anspruch auf Selbständigkeit und waren eifrige Vollstrecker. Sie hatten ihre Fähigkeit bewiesen, notwendige Aktionen durchzuführen, und hatten sich dadurch an ihn gebunden. Ohne ihn waren sie nichts. Woroschilow könnte überlaufen, würde sich aber an ihn halten; er fürchtete die intellektuellen Militärs, vor allem Tuchatschewski. In der Armee fand Woroschilow vor allem Unterstützung bei den Kavalleristen, bei Budjonny, Timoschenko, Stschadenko und Gorodowikow, aber diese Stütze war schwach, die Zeit der Säbel war vorbei.
Kalinin und Andrejew. Das älteste und das jüngste Politbüromitglied. Der eine war neunundfünfzig, der andere neununddreißig. Aufsteiger. Kalinin stammte von Bauern ab, Andrejew von Arbeitern, die würden sich der Mehrheit anschließen.
Und nun die Unzuverlässigen: Das waren Kirow, Ordshonikidse, Kossior, Kuibyschew und Rudsutak.
Damals, als Lenins Brief, sein sogenanntes Vermächtnis, zirkulierte, wurde gemunkelt, daß Lenin, ohne es öffentlich zu äußern, empfohlen hatte, den Generalsekretär Stalin durch Rudsutak zu ersetzen. Möglicherweise hatte Lenin sich in dieser Frage nicht mit Rudsutak verständigt, sich seines Einverständnisses nicht versichert. Rudsutak verhielt sich vorsichtig. Innerhalb des Apparats hatte er keine ernstzunehmenden Beziehungen. Nach dem Londoner Parteitag hatte er fast zehn Jahre bis zur Februarrevolution im Zuchthaus verbracht. Trotzdem war das der Mann, der ihn, Stalin, hatte ersetzen sollen. Das durfte er nicht vergessen. Rudsutak würde das auch nicht vergessen.
Kuibyschew stammte aus dem Adel, hatte die Kadettenanstalt besucht. Ein Sybarit. Jetzt hatte er sich ins Privatleben zurückgezogen, kränkelte, wollte in Ruhe gelassen werden. Er war fähig, aber in der Partei würden sich auch andere fähige Männer finden lassen.

Kossior war zu ihm gekommen, war mit ihm den Korridor auf und ab gegangen, hatte sich mal von dieser, mal von jener Seite an ihn herangemacht. Warum? Ein unaufrichtiger Mann. Der verdiente bestimmt kein Vertrauen.

Ordshonikidse. Ein komplizierter Fall. Der einzige ihm nahestehende im Politbüro. Sie hatten sich vor dreißig Jahren in Tiflis kennengelernt. Aber gerade das war's – Ordshonikidse kannte ihn zu lange, hatte ihn in zu vielen und zu unterschiedlichen Situationen erlebt und hielt sich für einen Gesinnungsgenossen. Ein Führer hat aber keine Gesinnungsgenossen, ein Führer hat Gefolgsmänner. Apostel wählt man sich nicht unter Freunden aus, sondern unter Schülern. Ein Romantiker war er, treuherzig, vertrauensselig, glaubte viel zu aufrichtig an seine eigenen Worte und Taten – gefährliche Eigenschaften für einen Politiker. Nach der Kapitulation der Oppositionellen hatte er vorgeschlagen, sie alle ausnahmslos wieder in die Partei aufzunehmen. Hatte er etwa nicht verstanden, daß Leute, die gegen ihn, gegen Stalin, aufgetreten waren, vernichtet werden mußten? Das Volk mußte begreifen: Sich gegen ihn aufzulehnen, hieß, sich gegen die Sowjetmacht aufzulehnen. Warum hatte Ordshonikidse die Feinde der Sowjetmacht nicht vernichten wollen, zumal es ja Feinde innerhalb der Partei waren? Das war kein Irrtum, sondern eine Linie, der Wunsch, ein Gegengewicht gegen ihn, gegen Stalin, in der Partei zu behalten, das Bestreben, auch weiterhin das Zünglein an der Waage zu spielen, den Schiedsrichter, eine Reserve zu haben, die man auch einmal gegen ihn einsetzen konnte.

Daß er, Stalin, Recht hatte, dafür war Lominadse die Bestätigung. Sergo wuße, daß Lominadse an Schazkin geschrieben hatte, der Brief war 1930 abgefangen worden. Wie hatte er darauf reagiert? Mit den Schultern gezuckt ... »Ein dummer Junge ...« Und was hatte dieser »Junge« in einem Brief über ihn geschrieben? In der Politik machte man nichts unüberlegt, Politik war kein Kinderspiel und auch kein Kindergarten. Lominadse und Schazkin bereiteten sich auf die Nachfolge vor, sie hatten es eilig, vorwärts zu kommen. Und wer war Lominadse? Wäre der drei Jahre früher geboren worden, hätte er mit den Menschewiki gemeinsame Sache gemacht, mit Shordanija, Tcheidse und Zeretelli, die hatten ihn doch auch für einen Banausen gehalten. Diese georgischen Intellektuellen hatten das Übelste des georgischen Nationalcharakters verinnerlicht: Sie hielten sich für ein europäisches Eiland auf dem asiatischen Kontinent. Jetzt war Lominadse im Ural, aber Sergo bevorzugte ihn nach wie vor. Ein Zufall? Bestimmt nicht! Lominadse war ein Glied in der Kette seiner Politik.

Stand Ordshonikidse mit dieser Politik allein da? Durchaus nicht, es war ihre gemeinsame Politik, seine und Kirows. Unzertrennliche Freunde? Kam Kirow nach Moskau, wohnte er nur bei Sergo. Was stand hinter dieser rührenden Freundschaft? Was vereinte die beiden? Konnte es unter Politikern überhaupt private Freundschaften geben? Sonderten sich diese beiden Mitglieder des Politbüros von den anderen ab, weil ihre Freundschaft sie verband? Beide waren achtundvierzig Jahre alt, beide waren im Nordkaukasus und in Georgien zusammen gewesen, beide waren seit 1930 Mitglieder des Politbüros – aber das war noch kein Grund für eine solche Verbindung. In Freundschaften gab es keine gleichen Partner. Wie in der Politik übernahm auch in einer Freundschaft einer die Führerrolle, der andere wurde geführt, einer beeinflußte, der andere wurde beeinflußt. In dieser Freundschaft war Kirow der Führende. Ehrgeizig wie jeder Halbgebildete, ein Demagoge wie jeder mittelmäßige Provinzjournalist, und wie jeder ausgewiesene Schwätzer hatte er Anhänger, die ihn als besten Redner der Partei feierten, beinahe als den »Tribun der Revolution«.

Als Stalin Kirow seinerzeit nach Leningrad geschickt hatte, wollte er den Leningradern dadurch zu verstehen geben, daß Leningrad nicht etwa die zweite Hauptstadt war, sondern nur eine Bezirksstadt im Nordwesten des Landes. Zwei Hauptstädte durfte es nicht geben; eine zweite Hauptstadt wäre stets die Rivalin der eigentlichen. Die Leningrader waren an große Namen gewöhnt. Und trotzdem kam ein fast unbekannter Kirow, noch nicht einmal Mitglied des Politbüros, aus dem fernen Aserbaidshan zu ihnen. Die Leningrader Arbeiter bildeten sich wer-weiß-was auf ihre revolutionäre Vergangenheit ein, und dann schickte man ihnen einen Mann, der vor der Revolution eigentlich nur ein einfacher Mitarbeiter des Lokalblättchens *Terek* gewesen war. Dieser Fremde sollte die aufrührerische Opposition ausrotten. Nach allen bisherigen Erfahrungen würden die Leningrader diesen Affront nicht hinnehmen. Die Lage dort würde sich derart verschärfen, daß die entstehenden Verhältnisse eine endgültige Abrechnung und Beseitigung dieses ewig rebellischen Zentrums rechtfertigten. Im Verlauf von acht Jahren wurde Kirow in Leningrad zum erklärten »Liebling«. Er scharte die Mitglieder der Leningrader Parteiorganisation um sich, festigte die Bedeutung Leningrads als zweite Stadt innerhalb des Staates und begünstigte auch noch den ewigen Separatismus der Leningrader, die lächerliche Überzeugung, ihre Stadt sei etwas Besonderes, die einzige europäische Stadt in Rußland. Er gierte nach Popularität, spielte den Mann aus dem Volk. Er wohnte am Kamennoostrowski-Prospekt in einem großen, ganz normalen Mietshaus, ging zu Fuß zur Arbeit, spazierte durch die Leningrader Straßen, fuhr Kinder im Auto herum, spielte mit ihnen im Hof Verstecken. Ein wahrer Gefolgsmann aber hat sich den Führer als Vorbild zu nehmen. Das Image, die Lebensart dieses Führers ist der Stil der Zeit, die er verkörpert, der Stil des Staates, den er lenkt. Mit seiner betonten Schlichtheit und Zugänglichkeit fordert Kirow ihn, Stalin, heraus, will hervorkehren, daß Stalin im Kreml wohnt, bewacht wird, sich nie auf der Straße zeigt, nicht mit Kindern Verstecken spielt. Er will deutlich machen, daß Stalin das Volk fürchtet, während er, Kirow, es nicht fürchtet. Beim XVII. Parteitag hatte Kirow gesagt: »Alt sind in Leningrad nur die ruhmreichen, revolutionären Traditionen der Petersburger Arbeiter, alles andere hat sich erneuert ...« Gelogen! Das vorrevolutionäre Beamtentum, der Adel, die bürgerliche Intelligenzija waren in Leningrad geblieben, ferner Letten, Esten, Finnen und Deutsche – Agenten der westlichen Nachrichtendienste. Dort lebten Arbeiter und Kleinburger, die sich einbildeten, die Oktoberrevolution vollbracht zu haben, dort wohnten Zehntausende von Menschen, die Sinowjew bei seinem Angriff auf die Partei unterstützt hatten. Auch die Leningrader Organisation hatte Sinowjew unterstützt, Parteimitglieder und Komsomolzen hatten für die Opposition gestimmt. Wohin sollten sie verschwunden sein? Sie lebten noch immer wohlbehalten in Leningrad und bildeten nach wie vor die Mehrheit in der dortigen Organisation. Die Wurzeln waren geblieben, viele Wurzeln. Warum weigerte

sich Kirow, sie auszureißen? Er nannte immer Tschudow, Komarow und ein paar andere, die sich gegen Sinowjew gewandt hatten. Aber warum? Sinowjew hatte sie benachteiligt und dadurch gekränkt, deshalb waren sie gegen ihn gewesen. Stümper!
Sinowjew hatte das gewußt und sie deswegen unterdrückt. Und er würde es auch tun, auch gegen ihn würden sie hetzen. Mit solchen Leuten umgab sich Genosse Kirow.
Wie konnte er da noch behaupten, nur die revolutionären Traditionen seien in Leningrad alt?! Das war eine offensichtliche Verteidigung der Leningrader Opposition – der offenen und der heimlichen, der entlarvten und der verkappten. Er schmierte ihnen Honig ums Maul – den Leningrader Arbeitern und Kleinbürgern, wollte sich bei ihnen noch beliebter machen, wollte ihnen zeigen, daß er sie gegen Stalin verteidigte, es war der Versuch, in Leningrad einen Schutzwall für sich aufzurichten. Ebenso wie Sergo war er um ein Gegengewicht zu ihm, zu Stalin, bemüht. Eine gemeinsame Taktik – eine gemeinsame Politik. Sie wollen Stalin übertöpeln! Aber das würde ihnen nicht gelingen! Wieviel sie auch heuchelten, wie oft sie bei seinem Namen schwören mochten – ihn betrog keiner. Im vorigen Jahr war er eine Woche lang mit Kirow zusammen gewesen. Woroschilow war auch dabei. Sie waren zum Weißmeer-Kanal gefahren, hatten die Häfen in Soroka, Murmansk und Leningrad besichtigt. Kirows zurückhaltende Einstellung zum Bau des Weißmeer-Kanals war ihm nicht entgangen. Dabei war der Nördliche Seeweg der Zugang zum Pazifik, zu Japans ungedecktem Rücken. In dieser wichtigen strategischen Frage war Kirow anderer Ansicht, sein Blick ging nicht nach Osten, sondern nach Westen – auch das hatte er von den Leningradern übernommen, sie hielten sich für Europäer. Er und Budjagin vertraten den gleichen Standpunkt. So gesehen war Budjagin also gekommen, um ihn nicht nur allgemein zu warnen, sondern um ihm konkret zu drohen.
Kirow konnte wunderbar Begeisterung heucheln, hinsichtlich des Weißmeer-Kanals hatte er nicht einmal das für nötig gehalten. Hatte sich in Schweigen gehüllt. Einmal allerdings war er doch aus sich herausgegangen. Als der Hafenkapitän von Murmansk einen neuen Portalkran vorführte, versuchte Kirow, dessen Erklärungen

näher zu erläutern. Er fühlte sich bemüßigt, ihm, Stalin, seine Überlegenheit zu beweisen. Aber ja doch! Kirow war auf einer Industriefachschule gewesen, nicht etwa auf einem Priesterseminar, und nach dem Abschluß dort schimpfte er sich Maschinenmeister. Bloß merkwürdig, daß Genosse Kirow in den letzten zwanzig Jahren nicht einen einzigen Tag als Maschinenmeister gearbeitet hatte. Offenbar war die Arbeit in der Redaktion des *Terek* sauberer. Von dieser mittleren technischen Ausbildung war bestimmt nichts mehr übrig, höchst überflüssig, seine überholten und längst vergessenen Kenntnisse herauszukehren. Der eine Leiter, der keine technische Ausbildung hatte, bemühte sich, klarzukommen, der andere, der oberflächliche technische Kenntnisse hatte, schwatzte und versuchte außerdem, andere zu belehren. Wen wollte er denn belehren?! Damals, an jenem bewußten Abend, hatte Nadja ihm zugerufen: Sie glauben noch, daß man dich positiv beeinflussen könnte ... Was für naive Leute! Sie kennen dich nicht! Du bist nicht zu beeinflussen, du bist unverbesserlich ...

SIE – das waren ihre besten Freunde: Kirow und Ordshonikidse. Sie hatten Nadja so weit gebracht! Nur sie! Wollten ihn durch Nadja beeinflussen, hatten ihr Mißtrauen gegen ihn eingeflößt ... Hatten eine politisch beschränkte Frau für ihre Ziele mißbraucht, hatten ihn sogar dieses Rückhalts beraubt, seiner Häuslichkeit, seiner Frau, seiner Familie. Sie hatten ihm diesen Dolchstoß in den Rücken versetzt. Das würde er ihnen nie vergessen. Ihr Tod war eine Herausforderung für ihn gewesen. Nadja stammte auch aus dieser verfluchten Stadt, war dort aufgewachsen, war durch und durch Petersburgerin, alles in ihr war gegen ihn, und sie hatten das übrige dazugetan. Niemandem durfte man vertrauen, nicht einmal der eigenen Frau, aber sie war auch gut. Sie wollten ihn isolieren, wollten, daß er völlig allein dastand. Egal. Er allein war stärker als sie alle miteinander.

Einfluß ausüben! Sergo wollte das ebenfalls ... Ihn beeinflussen! Selbstherrliche Dummköpfe!

Kirow – ein kleinbürgerlicher Halbintellektueller und Demagoge. Beim XVII. Parteitag – brausender Beifall. Dann die Kundgebung auf dem Roten Platz anläßlich des Parteitags – wiederum brausen-

der Beifall. Zu den Moskauern mußte aber ein Politbüromitglied sprechen, das die GANZE Partei vertrat, und nicht nur die Leningrader Bezirksorganisation. Er hatte nicht abgelehnt. Hatte seine Rede gehalten. So jemand verdiente kein Vertrauen!
Kirow mußte nach Moskau geholt werden. Hier könnte er ihn im Auge behalten, hier würde er endgültig sein wahres Gesicht zeigen. Aus mit der zweiten Hauptstadt.
Wer von ihnen war bloß auf die Idee gekommen, ausgerechnet Wanja Budjagin vorzuschicken! Einen klügeren hatten sie nicht gefunden. Gleich bei der ersten Fangfrage nach Rjasanow hatte er ihn erwischt. Pjatakow hat eine Kommission hingeschickt ... War ausgewichen. Rjasanow hatte die Kommission unter Hausarrest gestellt und dann nach Moskau zurückgeschickt. Warum verheimlichten sie ihm das? Wollten sie ihre Zwistigkeiten geheimhalten, um ihren Apparat als einheitliches Ganzes darzustellen? Der Sekretär des Stadtparteikomitees war Lominadse; auch dessen Rolle wollten sie wohl vertuschen. Ihm etwas zu verheimlichen; ihm, der jeden ihrer Schritte, jeden ihrer Gedanken kannte.
Der Arrest und die Abschiebung der Kommission – das war ein außerordentlicher Vorfall. Dafür mußte Rjasanow zur Verantwortung gezogen werden. Die ganze Sache war ein Beweis für die ernstzunehmenden Vorgänge in Ordshonikidses Umgebung. Eine Ohrfeige für Ordshonikidse, auch wenn Pjatakow die Kommission gebildet hatte.
Sie hatten versucht, ihm das zu verheimlichen, wollten den Konflikt selbst ohne ihn lösen. Da hatten sie sich aber getäuscht. Er würde sich Klarheit verschaffen.
Stalin ging vom Fenster zum Telefon, hob den Hörer von der Gabel und befahl Poskrebyschew, Rjasanow unverzüglich nach Moskau kommen zu lassen.

25

Rjasanow hatte die Anordnung erwartet; er reiste noch am selben Tag nach Moskau ab.

Ihm war durchaus klar, womit die Sache enden könnte: Entlassung und Ausschluß aus der Partei. Er hatte damit gerechnet und war bereit, sich zu verantworten.

Abgesehen von Wohnhäusern hatte Mark Alexandrowitsch tatsächlich mit dem Bau eines Kinos, eines Klubs, eines Jungpionierlagers, eines Kindergartens und einer Heilstätte neben einer schwefelhaltigen Thermalquelle begonnen, die als *Uraler Mazesta* bekannt war. Ohne menschenwürdige Wohn- und Lebensverhältnisse war es unmöglich, die für den Betrieb notwendigen, qualifizierten Arbeitskräfte ständig zu halten. Besser als andere verstand Mark Alexandrowitsch, daß das Land Stahl brauchte, und er lieferte ihn: Aber er wußte auch, daß es mit Stahl allein nicht getan war. Das Land brauchte eine Industrie. Nicht ein asiatisches Rußland mit einigen Fabriken, die konnte man auch im Kongo bauen, sondern ein europäisches industrialisiertes sozialistisches Rußland. Dafür konnte man keine Bauern einsetzen, die mehr oder weniger ausgebildet waren, eine Drehbank zu bedienen, sondern man benötigte hochqualifizierte Arbeiter, die imstande waren, sich die Errungenschaften der modernen Zivilisation anzueignen. Ein kulturelles und kultiviertes Leben war Bestandteil der Produktionskultur. Natürlich konnte man eine Fabrik im Schneesturm hochziehen, keineswegs aber eine moderne Industrie auf einer solchen Grundlage aufbauen.

Alles in allem: ein Kino, ein Klub, ein Kindergarten und eine Heilstätte – weiß Gott nicht viel. Aber alle verstanden – das war erst der Anfang. Die Menschen arbeiteten an den Abenden und an ihren freien Tagen mit dem gleichen Enthusiasmus, mit dem sie seinerzeit die Hochöfen gemauert hatten. Moskau aber hatte man dahingehend informiert, Rjasanow habe sich vorgenommen, ein außerplanmäßiges Bauvorhaben zu verwirklichen – angeblich sehr zum Nachteil des Betriebes, ganz abgesehen davon, daß er die Leute zwang, unentgeltlich zu schuften. Pjatakow hatte eine Kommission entsandt, die von einem früher namhaften, jedoch beschränkten Wirtschaftsfunktionär geleitet wurde, der nur eins kannte: Die vordringlichste Aufgabe war Stahl. Die Leute wohnten in Baracken? Na wenn schon! Im Bürgerkrieg hatten die Männer im Schnee geschlafen. Hauptgutachter der Kommission war ein bekannter Wirtschaftswissenschaftler der Bucharinschen Schule. Ende der zwanziger Jahre hatte er behauptet, der Ural habe kaum Zukunftsaussichten, die künftige Industrie müsse sich in Sibirien ansiedeln, weil es dort viel mehr Kohle, Erdöl und vor allem Wasserreserven gebe – nach seiner Ansicht die Grundlage für die Elektrifizierung.

Rjasanow war von Anfang an klar, daß die Kommission seine Wohnungs- und Sozialbaupläne nicht billigen und die Entwicklungsperspektiven des Betriebs in Frage stellen würde. Einer solchen Kommission das Werktor zu öffnen und sie ihre Schlußfolgerungen ziehen zu lassen, hieß, die Belegschaft zu demoralisieren.

Auf Rjasanows Anweisung wurde die ehrenwerte Kommission im »Landhaus« untergebracht, der Residenz für Regierungsmitglieder, mit exquisiter Küche und exquisiter Bedienung. Das Landhaus lag in malerischer Landschaft etwa zwanzig Kilometer vom Werk entfernt. Die Mitglieder der Kommission waren zufrieden, aber etwas fehlte ihnen: Man schickte ihnen kein Auto, um sie abzuholen, und andere Verkehrsmittel zum Werk gab es nicht. Dreimal am Tage wurden sie bestens verpflegt, aber sie konnten weder mit Rjasanow noch mit Moskau telefonieren. Am ersten Tag, nachdem sie vorzüglich gespeist hatten, machten sie sich noch über Rjasanow lustig, der es wohl nicht fertiggebracht hatte, ihnen ein Auto zu besorgen; am nächsten Tag machten sie ihrer Empörung Luft, am dritten Tag ging ihnen auf, daß man sie an der Nase herumführte. Am vierten Tag brachte man sie auf ihren Wunsch hin zum Bahnhof, unterschrieb und stempelte ihre Dienstpapiere ordnungsgemäß, überreichte ihnen ihre Fahrkarten erster Klasse und ließ sie nach Moskau zurückfahren.

Diese Aktion führte Mark Alexandrowitsch ohne Wissen von Lominadse durch. Stalin mochte Lominadse nicht, seine Beteiligung hätte der Sache nur geschadet.
Seit dem XVII. Parteitag war das Verhältnis zwischen Rjasanow und Lominadse ziemlich gespannt. Lominadse war aus dem ZK ausgeschlossen, Rjasanow ins ZK aufgenommen worden. Damit nahm letzterer eine höhere politische Position ein. Mark Alexandrowitsch war Ingenieur, Lominadse hatte bei allem Verstand und Talent keine Ahnung von Technik. Außerdem war der Werkdirektor lange genug in der Partei, die meisten Leiter der Werkabteilungen, Werkhallen und Schichten waren ebenfalls Parteimitglieder. Sie waren nicht die Militärspezialisten des Bürgerkriegs, Kommissare brauchten sie nicht.
Brillante Reden, historische Parallelen – vorzüglich! Aber zu anderer Zeit, an einem anderen Ort, ein andermal, mit Ihrer gütigen Erlaubnis! Mark Alexandrowitsch hatte drei Jahre in Amerika verbracht, hatte ganz Europa bereist, wußte, wieviel versäumt worden war, jetzt mußte erst einmal aufgeholt werden, alles andere war Geschwätz. Den Kommunismus mußte man mit Taten aufbauen, nicht endlos erörtern.
Es hätte noch einen Sinn gehabt, wenn Lominadse seinen früheren Einfluß hätte geltend machen können. Er hatte ihn aber nicht mehr. Im Zentrum, im Kreis, hier an Ort und Stelle wog Rjasanows Wort schwerer. Lominadse war allerdings Ordshonikidses erklärter Liebling und hatte eine direkte Telefonleitung zu ihm. Aber was Mark Alexandrowitsch für den Betrieb benötigte, erhielt er auch unmittelbar von Ordshonikidse. Man konnte sich auch nicht wegen jeder Kleinigkeit an Ordshonikidse wenden, das entschied dann der Apparat, und den kannte ausschließlich Rjasanow. Das Werk – das war er, Rjasanow selbst, es war sein Leben, sein Tod.
Mark Alexandrowitsch hatte sein Vorgehen gründlich durchdacht, er war sich des Risikos bewußt. Hatte er aber Erfolg, war der Gewinn unermeßlich und seine Position für lange Zeit gestärkt. Er rechnete mit Ordshonikidses Unterstützung – Pjatakow hatte die Kommission ohne dessen Wissen entsandt. Sergo würde auch zu schätzen wissen, daß Rjasanow Lominadse nicht in die Sache

verwickelt hatte. Außerdem hoffte Mark auf die Unterstützung von Woroschilow. Vor einem Monat war Woroschilow auf der Rückreise aus dem Fernen Osten bei ihm gewesen, hatte sich mit allem zufrieden gezeigt und Mark freundschaftlich auf die Schulter geklopft.

»Ich habe ein bolschewistisches Gespür, ich rieche Stahl.«

Rjasanow hoffte, daß Stalin ihn verstehen würde, weil Stalin an seiner Stelle genauso gehandelt hätte – das war für ihn ausschlaggebend und bestimmte sein Handeln. Rjasanow war Stalins Mann, verkörperte seinen Betrieb, seinen Ural. Stalin konnte nicht umhin, das zu würdigen.

Die Frage wurde im Kreml von Stalin zusammen mit Woroschilow, Ordshonikidse und Jeshow erörtert, einem stillen höflichen Mann mit blauen Augen, dem neuen Leiter der Organisations- und Einsatzabteilung des ZK.

Mark Alexandrowitsch gab seine Erklärungen ab. Er hatte niemanden eingesperrt. Die Mitglieder der Kommission konnten tun und lassen, was sie wollten, konnten gehen, wohin immer sie gehen wollten. Er hatte lediglich ihr Erscheinen im Werk bis zu seinem Gespräch mit dem Genossen Ordshonikidse aufschieben und Genossen Ordshonikidse bitten wollen, die Kommission nach Moskau zurückzubeordern, da er ihren Aufenthalt im Werk für demoralisierend hielt. Er hatte angerufen und ihm war gesagt worden, Ordshonikidse sei im Süden, würde aber in wenigen Tagen zurück erwartet. Die Kommission hätte die paar Tage warten können, das wäre kein Unglück gewesen. Was die Sozialbauvorhaben betreffe, so würden diese im Rahmen der bewilligten Mittel unter freiwilliger Beteiligung der Arbeiter verwirklicht. Um das zu überprüfen, hätte es genügt, einen Bücherrevisor zu schikken, nicht eine so hochkarätige Kommission.

Man hörte ihm schweigend zu, ohne ihn zu unterbrechen. Stalin ging, die Pfeife in der Hand, im Raum auf und ab. Ordshonikidse sah mürrisch drein. Jeshow saß bescheiden am Tischende, vor sich einen großen aufgeschlagenen Notizblock. Woroschilow lächelte Rjasanow aufmunternd zu und lachte laut auf, als der die Kommission als hochehrwürdig bezeichnete. Er ergriff als erster das

Wort: »Ich habe das Werk vor kurzem besucht. Der Betrieb ist im Aufschwung, liefert Stahl. Die Belegschaft – Arbeiter und Ingenieure – ist gut aufeinander eingespielt, die Leitung hat Autorität. Warum schickt man da einen Professor hin, der sich gegen den Bau des Kombinats ausgesprochen hat? Rjasanow hat richtig gehandelt, ich sehe in seiner Handlung nichts Ungebührliches. Er hat auf Genossen Sergo gewartet, die Kommission hätte ebenfalls warten sollen. Sie hatte keine Lust dazu. Na, dann eben nicht, ihre Sache. Außerdem hat Rjasanow ganz recht, wenn er sagt, daß wir gern eine ganze Kommission schicken, wo man mit einem Inspekteur auskäme. Genosse Rjasanows Verhalten ist zu billigen.«

Die anderen warteten auf Ordshonikidses Worte. Er sagte trokken: »Alles schön und gut. Mit Abstrichen. Aber Sie, Genosse Rjasanow, haben der Kommission nicht nur jegliche Verkehrsmittel vorenthalten, sondern auch den Fernsprechverkehr. Sie hatten mit mir sprechen wollen, das ist Ihr Recht. Aber die Kommission wollte auch mit Moskau sprechen, das war ebenfalls ihr gutes Recht.«

»Man hat Sie nicht genau informiert, Grigorij Konstantinowitsch«, widersprach Rjasanow. »Unsere Telefonverbindung nach Moskau läßt zu wünschen übrig, das dürfte bekannt sein. Moskau auf übliche Weise zu erreichen, ist praktisch unmöglich. Eine direkte Leitung zu Ihnen, Grigorij Konstantinowitsch, haben nur ich und Genosse Lominadse. An Genossen Lominadse haben sie sich nicht gewandt, er hat mit dieser Sache auch nichts zu tun. Meinen Apparat konnte ich der Kommission nicht zur Verfügung stellen: Sie hätte sich mit Pjatakow in Verbindung gesetzt, und er hätte das Mandat der Kommission bestätigt. Ich aber habe auf Sie gewartet, weil ich damit rechnete, daß Sie das Mandat nicht bestätigen würden – um ganz ehrlich zu sein.«

Als Mark Alexandrowitsch die direkte Leitung zwischen Lominadse und Sergo erwähnte, sah er deutlich, daß Stalins Halsader anschwoll.

Daraufhin begann Stalin sofort zu sprechen, langsam, mit starkem georgischem Akzent, offenbar war er erregt.

»Leute, die den Ural nicht akzeptieren, brauchen wir im Ural nicht. Wer den Ural nicht akzeptiert, soll in seinem Sessel in

Moskau bleiben. Die Entsendung der Kommission war ein grober Fehler. Darauf muß Genosse Pjatakow hingewiesen werden.«
Er machte eine Pause. Jeshow notierte die Worte rasch in seinen Block.
»Der Bau von Wohnhäusern und Sozialeinrichtungen in vernünftigen Grenzen ist notwendig«, fuhr Stalin fort, »besonders dort, wo Produktionsauflagen erfolgreich erfüllt werden. Die Arbeiterklasse muß die reellen Errungenschaften des Sozialismus sehen. Nicht nur den Lohn, Lohn zahlen auch Kapitalisten. Sie muß die Ergebnisse des Sozialismus in solchen Einrichtungen wie Sanatorien und Kindergärten verkörpert sehen, insbesondere Kindergärten für ihre Kinder, für Arbeiterkinder. Die Arbeiterkombinate erfüllen den Plan und haben daher ein Recht darauf. Eben das bedeutet Sorge um den Menschen. Ist das reell? Jawohl, das ist reell. Anschaulich? Ja, anschaulich. Überzeugend? Ja, überzeugend.«
Er stopfte seine Pfeife und fragte dann: »Welche Rolle hat das Stadtparteikomitee in diesem Konflikt eigentlich gespielt? Ich sehe seine Rolle nicht. Wo war das Stadtparteikomitee überhaupt? Warum hat der Werkdirektor es nicht vom Eintreffen der Kommission informiert? Warum hat er sich über das Stadtparteikomitee hinweggesetzt?«
Rjasanow setzte schon zu einer Antwort an, aber Stalin brachte ihn mit einer Handbewegung zum Schweigen und sprach weiter: »Weil es keine Autorität genießt? Warum nicht? Wenn Genosse Lominadse sich nicht mit dem Werk beschäftigt, muß man sich fragen, womit beschäftigt er sich eigentlich? Er ist doch ein aktiver Mann, kann nicht untätig sein. Befaßt er sich mit der Lösung von Weltproblemen? Warum geht er nicht seinen eigentlichen Aufgaben nach? Dort, wo die Parteiorgane ihre eigentliche, ihnen zukommende Funktion nicht erfüllen, sind Werkleiter gezwungen, Maßnahmen zu ergreifen, die sie unter anderen Umständen kompromittieren könnten. Warum hat der Sekretär eines Stadtparteikomitees eine direkte Leitung zu einem Volkskommissar? Er müßte viel eher eine direkte Leitung zum Sekretär des Kreiskomitees haben.«
»Ist doch nicht der Rede wert – eine direkte Leitung«, sagte Ordshonikidse das Gesicht verziehend.

»Eine Kleinigkeit«, bestätigte Stalin und lächelte plötzlich gutmütig, »aber du siehst, das lenkt von der Arbeit ab. Die anderen Sekretäre der Stadtparteikomitees haben auch keine direkte Leitung zu dir und kommen trotzdem zurecht. Warum sollen wir unserem Genossen Lominadse einen Sonderstatus einräumen? Das ist in Hinsicht auf den jungen Parteileiter Genossen Lominadse unpädagogisch, erzeugt in ihm eine falsche Vorstellung von der Bedeutung seiner Person. Damit erweisen wir Genossen Lominadse einen schlechten Dienst.«

Mark Alexandrowitsch hatte sich in Stalin nicht getäuscht. Und Stalin hatte sich auch nicht in ihm getäuscht. Sie waren sich innerlich näher gekommen, und das hob Mark Alexandrowitsch in unerreichbare Höhen. Die trennende Mauer zwischen ihnen – Menschen, Instanzen, Papiere – schien verschwunden, hatte jegliche Bedeutung verloren. Jetzt erhielt Mark Alexandrowitsch allein und unmittelbar von Stalin Anweisungen. An ihn wandte er sich in Gedanken, mit ihm beriet er sich, an ihm maß und wertete er alles, was er tat.
Das erfüllte Mark Alexandrowitsch mit dem stolzen Bewußtsein seiner Kraft und Bedeutung. Dem Wesen nach ohnehin herrschsüchtig, verheimlichte er seine herrische Art jetzt nicht mehr. Er änderte weder seine Lebensweise noch seine Gewohnheiten, und bevor er den Volkskommissar besuchte, ging er in die Abteilungen und Sektoren, unterhielt sich mit den einfachen Mitarbeitern. Nach wie vor kümmerten sie sich gern um die Erledigung seiner Aufträge und führten sie so aus, wie es das Interesse des Werks erforderte, das hieß, so wie Mark Alexandrowitsch es wünschte. Und niemand bemerkte das Neue, das Rjasanow jetzt an sich hatte – unverhüllte Herrschsucht. Früher hatte er sich gesetzt, wenn er mit jemandem redete, jetzt sprach er im Stehen, und der andere stand auf. Sein Ton war stets höflich und wohlwollend, aber alles in allem waren es Gespräche im Vorübergehen. Das schien nur zu natürlich zu sein, er war nicht nur der berühmte Direktor eines berühmten Betriebes, nicht nur der Liebling von Stalin und Ordshonikidse, sondern womöglich auch ihr zukünftiger Volkskommissar. Und er kam ebenso wie früher zu ihnen, den einfachen

Mitarbeitern des Apparats, war sich nicht zu gut dafür und zeigte sich nicht überheblich.
Eine gewisse Spannung ergab sich zwischen Mark Alexandrowitsch und Ordshonikidse. Bei der Besprechung hatte Ordshonikidse Stalin und Woroschilow nicht widersprochen. Aber sein eigentlicher Standpunkt war, Rjasanow hätte sich diplomatischer verhalten, hätte einen Skandal vermeiden können, besonders da dieser das Volkskommissariat nicht gerade im günstigsten Licht erscheinen ließ.
Mark Alexandrowitsch sah Sergos Unwillen, war betrübt darüber, wußte jedoch, daß Ordshonikidse nicht rachsüchtig und nicht nachtragend war, zumal Mark Alexandrowitsch im Grunde genommen recht hatte und es nicht seine Schuld war, daß Sergo wegen Lominadse Differenzen mit Stalin hatte.
Mark Alexandrowitsch ging nicht unaufgefordert zu Ordshonikidse, er wartete, bis der Volkskommissar ihn rufen ließ, und erledigte inzwischen dienstliche Angelegenheiten im Komissariat, im Staatsplan, in der Staatsbank. Jede Moskaureise, selbst eine eilige auf dringenden Regierungsbefehl, war mit einer Unmenge von Angelegenheiten belastet, die nur in der Hauptstadt erledigt werden konnten. Bei Budjagin mußte er sich auch sehen lassen, obwohl der auf der Abschußliste stand. Mark Alexandrowitsch bedauerte ihn viel mehr als Lominadse; er war kein Theoretiker, kein Redner, sondern ein tüchtiger Arbeiter. Obwohl selbst kein Ingenieur, verstand er etwas von der Sache und erfaßte sofort, worum es ging. Aber er war beiseite getreten, die Zeit hatte ihn überholt, die Zeit stand im Zeichen Stalins, und er mochte Stalin nicht, stand im Widerspruch zu ihm und folglich im Widerspruch zum Land und zur Partei.
Mark Alexandrowitsch sprach mit Budjagin wie mit einem Vorgesetzten, wie mit dem stellvertretenden Volkskommissar, ruhig und sachlich, mußte aber auf einmal denken: Warum sind gerade Pjatakow und Budjagin zu Sergos Stellvertretern ernannt worden? In Sergos Umgebung fanden sich viele Leute, deren Treue Stalin gegenüber zumindest etwas zweifelhaft war. Hatte Sergo sie sich selbst als Stellvertreter ausgesucht, oder waren sie ihm beigegeben worden? Zu welchem Zweck? Budjagin verhielt sich Rjasanow

gegenüber ebenfalls zurückhaltend und fragte nicht mal nach der Kommission. Dafür fragte er aber, nachdem die Papiere unterschrieben und das Dienstliche besprochen worden war, etwas ganz anderes: »Wie steht's mit deinem Neffen?«

Diese Frage hatte Mark Alexandrowitsch nicht erwartet. Er hatte ursprünglich vorgehabt, abends noch zur Schwester zu gehen, aber leider ergab es sich so, daß er am Abend schon wieder abreisen mußte.

»Vorläufig sitzt er noch.«

Budjagin fragte nichts weiter, und Mark Alexandrowitsch verließ das Zimmer. Aber er hatte ein ungutes Gefühl, einen unangenehmen Nachgeschmack. Daß Sascha verhaftet war, wußte Budjagin auch selbst. Er hatte indirekt nach etwas anderem gefragt: Ob Mark Alexandrowitsch die Gelegenheit genutzt hatte, als er bei Stalin gewesen war. Eine kränkende Frage.

War er denn berechtigt, SEINE Zeit mit den Angelegenheiten eines dummen Jungen zu beanspruchen, der offenbar nicht umsonst festgehalten wurde. Bestimmt hatte er irgendwelche Dummheiten angestellt, da konnte es keinen Zweifel geben. Mark Alexandrowitschs Intervention bei Beresin war von letzterem bestimmt berücksichtigt worden, und trotzdem saß Sascha noch immer im Gefängnis. Folglich hatte er irgend etwas auf dem Kerbholz. Wie konnte sich Mark Alexandrowitsch in einer solchen Situation an Stalin wenden? Stalin hatte ihn ins ZK empfohlen, obgleich sein Neffe verhaftet worden war. Stalin hatte einen Trennungsstrich zwischen ihm und Sascha gezogen und die Frage damit erledigt. Und jetzt sollte er Stalin mit dieser Frage kommen?! Höchst taktlos! So und nicht anders würde Stalin das eingeschatzt haben. Und damit würde ihre innere Nähe, ihr gegenseitiges Verständnis in die Brüche gehen. So war die Situation. Budjagin aber glaubte, er hätte Angst gehabt, mit Stalin darüber zu reden. Ein primitiver, politisch kaltgestellter Mann, dieser Budjagin, dachte Mark Alexandrowitsch verärgert.

26

Sawelij hatte Sascha beigebracht, sich durch Klopfzeichen zu verständigen: Das Alphabet wurde in sechs Reihen mit je fünf Buchstaben aufgeteilt. Das erste Klopfzeichen bezeichnete die Reihe, das zweite den Platz des Buchstabens in der Reihe. Kurze Pausen zwischen den Klopfzeichen bedeuteten, man gab die Reihe an, bei den Buchstaben machte man längere Pausen, zwischen den Wörtern noch längere, ein Kratzen bedeutete Ende oder Stop oder bitte wiederholen. Die Pausen waren winzig, bei Häftlingen mit Erfahrung dauerten sie Bruchteile von Sekunden. Die Hauptschwierigkeit lag gerade in den Pausen: Nahm man sie nicht wahr, gingen die Klopfzeichen ineinander über und ergaben keinen Sinn mehr.

Nachdem Sascha das Alphabet mit einem abgebrannten Streichholz auf die Pappe einer Zigarettenpackung geschrieben hatte, begann er das Klopfsystem zu erproben. Er legte sich aufs Bett und zog die Decke hoch, damit der Aufseher nichts hörte. Sein Nachbar verstand ihn, er selbst dagegen konnte kaum entschlüsseln, was der andere herübermorste, er brachte die Buchstaben durcheinander und bat um Wiederholung, obwohl der Nachbar klare, deutliche Klopfzeichen machte und lange Pausen einlegte. Er fragte nach Saschas Namen und nannte den seinen: Tschernjawski, Parteimitglied. Er erkundigte sich, ob Sascha Zeitungen bekäme, und teilte mit, daß er auch keine erhielt. Offensichtlich stammten seine weiteren Informationen von einem anderen Nachbarn. Der Parteitag hatte stattgefunden und zwar ohne besondere Vorkommnisse. Allabendlich gab er Sascha die letzten Nachrichten durch. Wenn sich der Aufseher seiner oder Saschas Zelle näherte, mußten sie abbrechen und dann ganz von vorn anfangen. Der Bericht über den Untergang der *Tscheljuskin* im Eismeer, die von Eisschollen zerquetscht worden war, nahm zwei Abende in Anspruch, zwei weitere Abende die Nachricht, daß in Frankreich ein antifaschistischer Generalstreik ausgebrochen war.

Sascha war dem anderen dankbar, daß er ihm, trotz des Risikos in den Karzer zu kommen, durch seine Klopfzeichen die Einsamkeit erleichterte. Das Land war von brausendem Leben erfüllt, befand sich im Aufbau, er aber saß in Einzelhaft und schielte angstvoll zur Tür – Gott behüte, der Aufseher durfte nicht wissen, daß er, Sascha Pankratow, sich für Ereignisse interessierte, über die sowjetische Zeitungen berichteten.

Seine Bereitschaft, das Unvermeidliche hinzunehmen, sein Schicksal zu ertragen, drohte ihn zu verlassen. Nein! Ein solches Schicksal wollte er nicht hinnehmen. Nein und noch mal nein! Nicht diesen Weg! Er wollte den Weg der Partei gehen, mit seinem Volk, mit seinem Staat. Was tun? An wen schreiben? An den Staatsanwalt? Der Staatsanwalt hatte seine Verhaftung bestätigt. An Stalin? Sein Brief würde bei Djakow landen und steckenbleiben. Und worüber sollte er sich beschweren? Daß er an Marks Fall unbeteiligt war? Aber er wußte ja nicht mal, was das für ein Fall war und ob man ihn im Zusammenhang damit verhaftet hatte.

Und nun reifte ein Plan in seinem Kopf. Unrealistisch, aber er könnte es probieren.

Als er sich abends durch Klopfzeichen mit dem Nachbarn verständigte, fragte er, was über das Werk geschrieben wurde, das Mark leitete, und bekam die Antwort: Sobald ich's erfahre, mache ich Mitteilung. Am nächsten Tag hörte er: Ein Hochofen wurde angeblasen, Orden verteilt. Sascha fragte: Rjasanow? Der Nachbar antwortete: Leninorden.

Mark war also in Freiheit und nach wie vor Leiter des Werks! Also ging es nicht um ihn! Wie war er überhaupt darauf gekommen? Es ging um die Hochschule, aber nicht um die Wandzeitung, sondern um Kriworutschko. Darauf hatte man auch im Bezirkskomitee das Hauptgewicht gelegt. Sein letztes Gespräch mit Baulin und Losgatschow – das hatte die entscheidende Rolle gespielt. Schon damals hatte er gemerkt, daß er einen Bock geschossen hatte; ein schwerwiegender Fehler, den er jetzt auszubaden hatte.

Djakow fragte ja auch hartnäckig nach Kriworutschko: Wer hat mit Ihnen konterrevolutionäre Reden geführt? Daher wehte also der Wind. Vielleicht war Kriworutschko auch verhaftet worden und hatte gestanden, daß er mit Sascha über Stalin gesprochen hatte, vielleicht nur aus der Angst heraus, Sascha könne ihm mit seinem Geständnis zuvorkommen. Demzufolge war Kriworutschko aufrichtig, weil er es zugegeben hatte, während Sascha heuchelte und ihn deckte ... Wer hat mit Ihnen konterrevolutionäre Reden geführt?

Djakow hatte schon recht, er war unaufrichtig, hatte nicht zur rechten Zeit die Wahrheit gesagt und mußte es sich jetzt selber zuschreiben, wenn ihn die verdiente Vergeltung traf. Seit drei Wochen war er nicht mehr geholt worden, vielleicht würde man ihn überhaupt nicht mehr holen, wozu auch, da er doch verstockt Tatsachen leugnete. Vielleicht war sein Fall schon abgeschlossen und sein Schicksal entschieden. Er ging in der Zelle auf und ab, lauschte auf Schritte draußen, wartete in dem Bewußtsein, alles sei durch seine eigene Schuld verloren, auf die Urteilsverkündung. Selbst wenn die Entscheidung noch nicht gefallen war, selbst wenn Djakow ihn noch einmal kommen lassen würde, war es zu spät, ein Geständnis abzulegen. Hätte er bei der ersten Vernehmung die ganze Wahrheit ausgesagt, hätte das Geständnis freiwillig und ehrlich gewirkt. Jetzt wäre es ein erzwungenes Geständnis, also unaufrichtig und unehrlich.

Morgens hatte er keine Lust aufzustehen, tagsüber keine Lust, auf den abendlichen Gang zum Abort zu warten, und deshalb benutzte er wie Sawelij den Kübel. Nachts hatte er keine Lust, zum Duschen aufzustehen, er schlug es einmal aus, dann ein zweites Mal, und dann kam der Wärter nicht mehr. Essen war das einzige, worauf er noch Lust hatte, ungeduldig wartete er auf die Verteilung, wartete auf Pakete, träumte nur noch vom Essen, bedauerte, der Mutter geschrieben zu haben, er wolle nur Weißbrot und Fleisch geschickt bekommen. In eine Wurst würde er jetzt mit größtem Genuß reinhauen und nicht zu knapp! Wenigstens darauf hatte er ein Recht, das Leben war aus, egal, wie man's drehte. Das Brandmal eines Konterrevolutionärs ließ sich nicht abwaschen.

Tschernjawski klopfte. Sascha antwortete nicht. Er wußte nicht, wer dieser Tschernjawski war, warum sollte er sich mit ihm verständigen? Was hatte er mit den Leuten gemein, die hier saßen? Er hatte geglaubt, Mark und Budjagin seien hier, ehrliche Kommunisten mit absolut reiner Weste. Weder Mark noch Budjagin waren aber hier, im Gefängnis gab es keine ehrlichen Kommunisten, hier war man nicht umsonst. Sawelij saß mit gutem Grund, Tschernjawski ebenfalls und er, Sascha, auch. Er hatte Kriworutschko bedauert, sich schwach gezeigt und mußte es jetzt büßen. Er hatte sich vor einem klaren, unversöhnlichen Standpunkt gedrückt. Sein Fehler mit Asisjan, mit der Wandzeitung war deshalb kein Zufall gewesen, ebensowenig zufällig wie seine Zweifel an Stalin, dem großen Stalin! Er war leichtsinnig, selbstgefällig, wollte alles mit dem eigenen Verstand erfassen, dabei gab es Dinge, die klügere Köpfe als er längst begriffen hatten.

Durch die trübe Scheibe hinter dem Eisengitter drang die Aprilsonne. Der erste richtige Frühlingstag. Sascha erriet sein Erwachen. Er stieg auf den Tisch und öffnete das Klappfensterchen, obwohl es nur vor der Freistunde im Hof aufgemacht werden durfte. Sogleich klirrte der Riegel, der Aufseher stand in der Tür.

»Fenster schließen! Weg vom Fenster! Sie wollen wohl in den Karzer?«

Sascha klappte das Fensterchen zu und sprang vom Tisch.

»Ich wollte Luft schnappen.«

Trotzdem hatte er Zeit gehabt, den fernen Straßenlärm zu hören, das Klingeln der Straßenbahnen, das Hupen der Autos, Kinderstimmen. Sascha stellte sich den trockenen Asphalt auf den Gehsteigen vor, die Mädchen in ihren leichten, ausgeschnittenen Kleidern, mit bloßen Armen und schlanken Beinen. War's möglich, daß man ihm das für immer versagte? Gerade jetzt, wo er jung und gesund war ... Nein! Er wollte draußen sein, auf der Straße in der Frühlingsstimmung, wollte leben wie alle anderen.

Im letzten Frühjahr hatte er sein Praktikum in einer Großgarage absolviert. In der Garage roch es nach Benzin und Auspuffgasen, es herrschte Dämmerlicht – in der gläsernen Decke fehlten die meisten Scheiben, sie waren mit Blech ausgebessert. Eine alte Garage, eine der ältesten in Moskau, hier gab es sogar noch die Eintonner vom Typ *Ford-T*, Kastenlaster für den Brottransport. Sascha gefiel Antonow, der Direktor der Garage, ein junger, blonder Mann mit Brille, ihm gefiel seine Aufgewecktheit, sein gesunder Menschenverstand und die Tatsache, daß er Tag und

Nacht in der Garage anzutreffen war. Dieser Arbeiter, dem man einen so verantwortungsvollen Posten anvertraut hatte, verkörperte das Neue, das die Revolution ermöglicht hatte, Menschen aus der Masse, zum schöpferischen Leben erweckt, die wahre Arbeitermacht, das Volk! Auch er hatte beim Volk zu sein, da war sein Platz, bei Antonow, dem ehemaligen Fahrer, bei Malow, dem früheren Lastträger, sie diskutierten nicht viel, betrieben keine Haarspaltereien, sie arbeiteten und schufen Werte. Wie herrlich war das Leben, und wie wenig hatte er es geschätzt. Aber er würde ins Leben zurückkehren, was immer es ihn kostete.

Man brachte ihm Bücher. Sascha sah sie gleichgültig durch, ohne die Begeisterung, die er beim ersten Mal empfunden hatte. Der dritte und vierte Band von Gibbon, dann ein zerfleddertes Buch in einem Pappeinband *Eindrücke einer Reise durch die UdSSR* von dem französischen Senator de Monzie, einem linksradikalen, kleinbürgerlichen Politiker. Mitte der zwanziger Jahre hatte er eine Reise durch die Sowjetunion unternommen und ein Büchlein darüber geschrieben, flott aber oberflächlich. Sascha hatte es nicht bestellt und wunderte sich, warum der Bibliothekar es ihm geschickt hatte.

De Monzie schrieb im großen und ganzen voller Sympathie über die Sowjetunion, kritisierte aber auch manches, insbesondere das Strafrecht und die Strafprozeßordnung. Als Beweis führte er den Paragraphen 58 an. Eben deswegen hatte der Bibliothekar ihm dieses Buch gegeben, statt des bestellten Strafgesetzbuches, das er ihm nicht schicken konnte.

Sascha erfuhr nichts für ihn besonders Wichtiges aus diesem Paragraphen. Es ging auch nicht um den Paragraphen 58.

Es ging vielmehr darum, daß der unbekannte Gefängnisbibliothekar seine Stimme gehört, seine Bitte vernommen und ihm ein Beispiel für Menschlichkeit, Furchtlosigkeit und Vertrauen gegeben hatte.

Wovon mochte er sich leiten lassen? Hatte er seine Dienstpflicht verletzt? Schon möglich. Dafür hatte er eine weit höhere Pflicht erfüllt – die menschliche. Die von Menschen erlassenen Gesetze durften nicht den Gesetzen des Gewissens zuwiderlaufen. Diejenigen jedoch, die Unschuldige verurteilten, Schutzlosen jeglichen

Schutz verweigerten und den Rechtlosen die letzten Rechte nahmen, verletzten ihre Pflicht.
Sascha sprang nicht vom Bett auf und lief auch nicht durch die Zelle. Was geschehen war, war so aufrichtig und klar, entsprach all dem Wahren und Menschlichen in ihm selbst, daß er sich nicht aufregte, weder überrascht noch erschüttert war. Er hatte gefunden, was er hatte finden müssen. Was er fühlte, war einfach nur Beschämung, weil er seine Tapferkeit eingebüßt hatte.

Ohne Hoffnung erwartete Sascha seine letzte Vernehmung. Er wußte, was ihm bevorstand, und empfand keine Furcht. Jemand, der gesagt hatte, daß Stalin scharfe Gerichte zubereiten würde, war noch kein Feind. Djakow setzte sich über den eigentlichen Sinn der Worte hinweg, er legte sie aus, und da wollte Sascha nicht mitmachen. Er wollte hier raus, das schon, aber mit reinem Gewissen der Partei und sich selbst gegenüber.
Djakow war diesmal sehr offiziell.
»Schließen wir den Fall mit der Hochschule ab«, erklärte er geschäftsmäßig, »Ihre Geständnisse sind schriftlich niedergelegt. Jetzt ist es an Ihnen, diese Geständnisse durch eine politische Einschätzung zu ergänzen.«
»Die Veröffentlichung der Wandzeitung war ein Fehler, das gebe ich zu«, antwortete Sascha.
»Ein subjektiver Fehler ...«, warf Djakow sofort ein. »Aber Fehler haben objektive Ursachen und objektive Wirkungen. So ist das!«
Aha, jetzt begann die Auslegung. Für Djakow war ein Mensch nur dazu da, damit ein Protokoll ausgefüllt werden konnte, und das Protokoll diente dann dazu, dem Betreffenden den Prozeß zu machen und ein Urteil zu fällen.
»Also, Pankratow, was sind die objektiven Ursachen und die objektiven Wirkungen Ihrer Fehler?«
Sascha musterte Djakows Jungengesicht. Hätte er ihn am Arbat getroffen ...
»Also mal sachlich«, begann Djakow, als hielte er einen Vortrag. »Hätte an der Hochschule ein politisch gesundes Klima geherrscht, wäre das Erscheinen einer solchen Wandzeitung

unmöglich gewesen. Das politische Klima war aber ausgesprochen ungesund. Kriworutschko hat eine parteifeindliche Untergrundorganisation geleitet, die inzwischen aufgedeckt ist. Ihre Mitglieder sind entlarvt, verhaftet. Sie sind hier bei uns und haben gestanden.«

Im Werk hatten sich Leute wie Djakow im Büro verschanzt, als Registratoren, Kalkulatoren, oder sie bekritzelten in der Personalabteilung Papier. Was konnte Djakow ihm anhaben? Er, Sascha, hatte gelernt, achtzig Kilo schwere Fässer auf dem Rücken zu schleppen. Schickten sie ihn zum Holzfällen, würde er auch dort seinen Mann stehen und dann zum Brigadier Awerkijew, zum ehemaligen Divisionskommandeur Morosow zurückkehren, solche gab es überall, sie waren das Volk ... diese Djakows aber die eigentlichen Feinde der Partei.

Djakow sah Sascha eine Weile prüfend an, um die Wirkung seiner Worte zu erforschen, dann fuhr er fort: »Sie sind unerfahren, Pankratow, Sie kennen sie nicht. Kriworutschko hat den Bau des Wohnheims verzögert, um die Unzufriedenheit der Studenten zu schüren, eine Taktik, die darauf abzielte, die Masse der Studenten politisch aufzuhetzen. Dieses Klima begünstigte die Herausgabe einer solchen Wandzeitung, die Sie, Pankratow, verantworteten. Ob Sie wollten oder nicht – Sie wurden ein Werkzeug in der Hand von Kriworutschko und seiner Bande, sie nutzten Sie für ihre konterrevolutionären Ziele aus. Eben darum sitzen Sie hier und weil Sie nicht gewillt sind, Ihre Fehler politisch einzuschätzen. Aber dazu ist es noch nicht zu spät, Pankratow. Haben Sie Vertrauen zu uns.«

Haben Sie Vertrauen zu uns ... Genug, er hatte es gehabt. Hatte solchen Worten und Redensarten vertraut. Wie oft hatte er sie gehört, wie oft selbst genauso getönt. Das war keine menschliche Rede, das waren Beschwörungsformeln von Schamanen. Losgatschow und Asisjan ergingen sich in solchen Schamanenbeschwörungen, Baulin und Stolper, und jetzt Djakow. Auf diesem Schamanenaltar wurde das Leben unschuldiger Menschen geopfert.

Djakow sah Sascha an. »Haben Sie mich verstanden, Pankratow?«

»Ich habe Sie verstanden.«

»Um so besser«, sagte Djakow, »so wollen wir es auch notieren.«

»Aber bitte überzeugend«, sagte Sascha mit jener besonderen Betonung, die jeder Junge vom Arbat sofort verstanden hätte. Dieser Dummkopf dagegen verstand überhaupt nichts, er war überzeugt von seiner Fähigkeit, Menschen einschüchtern zu können, von seinem Recht, über ihr Schicksal entscheiden zu dürfen. Aufgeblasen wie ein Frosch ahnte er nicht, daß hier in diesen Mauern andere in der gleichen Uniform diese Lüge erkannten, dieses Schamanentum, daß sie wußten, daß das früher oder später ein Ende haben würde und deshalb unter Lebensgefahr den Menschen halfen. »Aber natürlich«, antwortete Djakow wichtigtuerisch.

Er zog ein Blatt zu Rate – den Entwurf von Saschas Geständnis hatte er vorab formuliert –, während er ein Vernehmungsformular ausfüllte, ging das Geschriebene noch einmal durch und las es dann Sascha vor: »Nachdem ich über mein Verhalten und meine Handlungen reiflich nachgedacht habe, erkläre ich, geleitet von dem Bedürfnis, sie ehrlich und aufrichtig zu beurteilen, ergänzend zu den früher von mir gemachten Aussagen: Ich gestehe es als politischen Fehler ein, daß ich zum XVI. Jahrestag der Oktoberrevolution eine parteifeindliche Wandzeitung herausgebracht und darüber hinaus die Studenten Runotschkin, Kowaljow, Polujan und Posdnjakowa zur Mitarbeit an der Veröffentlichung dieser Wandzeitung verleitet habe. Ferner gestehe ich als politischen Fehler ein, daß ich Kriworutschko verteidigt habe. Diese Fehler sind eine Folge der politischen Verhältnisse, die der stellvertretende Direktor Kriworutschko an der Hochschule einreißen ließ. Ich gebe zu, daß die Herausgabe der parteifeindlichen Wandzeitung zum XVI. Jahrestag der Oktoberrevolution zu den parteifeindlichen Aktionen gehörte, die Kriworutschko an der Hochschule durchführte.« Er legte das Blatt vor Sascha hin.

»Pankratow, überzeugen Sie sich davon, daß ich alles richtig niedergeschrieben habe, und unterschreiben Sie.«

»Das unterschreibe ich nie«, sagte Sascha und sah Djakow fest in die Augen.

27

Das Leben am Arbat ging unverändert weiter. Die Aprilsonne schaute in die Fenster, erwärmte die Straßen und Gehsteige. Die Schneehaufen auf den Boulevards schmolzen zu schwärzlichen Klumpen zusammen, aus den Ritzen im Asphalt strömte der warme Duft der erwachenden Erde. Schüler spielten ohne Mäntel und Mützen in den Nebenstraßen Fußball. An den Häusern sah man Gerüste, auf den Gerüsten Maurer und Maler, die Häuser wurden renoviert, gestrichen, aufgestockt. Auf dem Arbat-Platz wurden Häuser abgerissen und eine Grünfläche beseitigt, die den Verkehr behinderte. Rings um Moskau schossen neue Fabriken, Siedlungen, Barackenvorstädte aus dem Boden.

Nach wie vor leuchteten abends die Lichter der am Arbat gelegenen Filmtheater *Arbatski-Ars, Karneval, Praga* und *Chudeshestwenny.*

Auf dem Trottoir flanierten die Mädchen vom Arbat, von Dorogomilowo und der Plustschicha, den Mantelkragen heruntergeschlagen, die bunten Tüchter lose um den Hals, in fleischfarbenen Strümpfen und leichten Pumps. Genauso wie früher standen Halbwüchsige am Tor von Saschas Haus herum. Im Vorbeigehen winkte Warja ihnen zu, sie eilte ins Haus der Roten Armee – zur Abschlußfeier der Militärschulen.

Solch einen grandiosen Festabend hatte sie noch nie erlebt. Im Präsidium auf der Bühne saßen die im ganzen Land bekannten Heerführer. Budjonny erkannte sie auf Anhieb; von denen, deren Namen Serafim ihr zuflüsterte, prägte sich ihr Tuchatschewski besonders ein, der schönste Mann, den sie je gesehen hatte. Obwohl Warja Versammlungen und Reden nicht mochte, faszinierte sie die Festlichkeit dieses Abends, die Pracht des Saales, die Romantik des heldenhaften Kriegshandwerks, zu dem die legendären Heerführer die Absolventen beglückwünschten, die Atmosphäre der Kameradschaft unter Soldaten, die die Rangunterschiede vergessen ließ. Der Absolvent sah seine Zukunft in dem berühmten Feldherren, der wiederum seine Jugend in dem jungen Absolventen. Die Frauen der Kommandeure erschienen Warja auch etwas ganz Besonderes zu sein, sie teilten mit ihren Männern die Unbilden und Gefahren dieses Berufs. Die eingeladenen Mädchen, die sich in diesen Kreis einbezogen fühlten, machten feierliche Gesichter. Warja musterte sie aufmerksam, manche waren sehr gut gekleidet. Für das Tanz- und Gesangensemble der Roten Armee hatte sich Warja nie sonderlich interessiert, heute gefiel ihr, wie ansteckend fröhlich die Soldaten die flotten russischen Weisen sangen, wie forsch sie tanzten.

Das Blasorchester im Foyer spielte nicht schlechter als jede andere Jazzband Foxtrott, Rumba und Tango. Neben den straffen Kriegsschülern, sportlich, einfach und lustig, schnitten die jungen Zivilisten mit ihren langen weiten Hosen, ihren grellen Krawatten und schlecht geputzten Schuhen nicht gerade gut ab.

Auch Nina war heute anders als sonst. Sie schikanierte Warja nicht, war freundlich und voller Verständnis. Sie war traurig und bedauerte wohl, daß Maxim abreiste und sie ihm einen Korb gegeben hatte.

Auch Serafim fuhr morgen ab – in den Fernen Osten, aber Warja hatte nichts zu bedauern, weil sie ihm an diesem Abend ihr Wort gegeben hatte, seine Frau zu werden. Sobald sie mit der Schule fertig war, würde sie zu ihm reisen. Das Jahr über würde er ihr schreiben, sie ihm antworten, und alle ihre Freundinnen in der Schule und auf dem Hof würden wissen, daß sie zu ihrem Mann in den Fernen Osten führe. Auch das würde sie wieder aus der Menge der anderen Mädchen hervorheben – keines der ihr bekannten Mädchen wurde im Fernen Osten erwartet. Ins Theater, auf die Eisbahn und ins Kino würde sie nun allein gehen, auf Tanzabende wohl ganz verzichten. Würde sie trotzdem hingehen, so könnte sie mit Soja tanzen. Übrigens könnte sie ja auch mit Männern tanzen, bloß würde sie keine Bekanntschaften schließen ... Danke schön ... Nein, entschuldigen Sie ... das geht nicht ... Allein, einsam, deshalb allgemein beachtet, unnahbar, in Begriff in den Fernen Osten zu fahren. Was Sascha betraf, so würde sie Sofija Alexandrowna nicht verlassen und damit auch Sascha nicht. Im Fernen Osten wurde sie von Serafim erwartet, in Moskau von

Sofija Alexandrowna und Sascha gebraucht – diese Situation machte sie in ihren eigenen Augen noch interessanter und origineller.

Warja amüsierte sich blendend. Sie und Serafim tanzten ausgezeichnet, sogar die höheren Kommandeure und deren Frauen sahen ihnen zu. Beim Tanzen bemühte sie sich, möglichst lange in der Ecke zu bleiben, in der Tuchatschewski stand.

Maxim tanzte mit Nina. Sein dickes stupsnäsiges Gesicht strahlte Gutmütigkeit aus. Seine Kameraden kamen auf Nina zu und forderten sie zum nächsten Tanz auf, während Maxim gutmütig lächelnd an der Seite auf sie wartete. Er war groß und breitschultrig, verfügte über immense körperliche Kraft. Wie die meisten starken Menschen fürchtete er, seine Kraft zu gebrauchen, hatte Angst, jemanden anzustoßen oder etwas zu beschädigen.

Sein Vater, von Beruf Heizer, war Alkoholiker gewesen und im Delirium tremens gestorben; die Mutter, als Putzfrau beschäftigt, blieb mit vier Kindern zurück. Maxim war der Älteste. Seine von Armut geprägte Kindheit hatte ihn zur Sparsamkeit erzogen, die seine Mitschüler irrtümlich für Geiz hielten. Man frotzelte auch über seine Ordnungsliebe: Den Taschenkamm hob er in einem Kunstlederfutteral auf, Geldscheine in der Brieftasche, Münzen im Portemonnaie. Der Bleistift trug eine Metallhülse, damit die Spitze nicht abbrach, das Notizbuch mit Telephonnummern und Adressen hielt jahrelang. Er bevorzugte stabile Sachen, einfaches, sättigendes Essen, für das er nie viel Geld ausgab; war es erforderlich, konnte er den Riemen auch enger schnallen und eine Weile fasten.

Man kannte seinen Sinn fürs Zweckmäßige; deshalb wurden ihm in der Schule die praktischen Dinge anvertraut. Er schrieb die Protokolle, sammelte Mitgliedsbeiträge ein, ordnete die Instruktionen des Bezirkskomitees ein, schrieb Rechenschaftsberichte. Irgend etwas erledigen, jemanden benachrichtigen, Bekanntmachungen schreiben, Plakate kleben, roten Stoff für eine Feier oder Karten für einen gemeinsamen Theaterbesuch besorgen, Mitgliederlisten für Arbeitsgemeinschaften und Seminare aufstellen, Stimmen bei einer Abstimmung zählen – all das war Maxims Aufgabe. Nicht etwa, weil man annahm, andere Dinge wären für

ihn zu hoch. Es hatte sich einfach so ergeben, und alle hatten sich daran gewöhnt.
Er war ein oder zwei Jahre älter als seine Mitschüler, verstand deshalb eher, wie bedeutungslos ihre Streitereien waren, scherzte darüber und entwaffnete die anderen durch seine Gutmütigkeit. Mit seinem Mutterwitz, seinem klaren Bauernverstand, wußte er manche Klippe zu umschiffen, verlegte sich notfalls auch auf Tricks und Finten, verriet jedoch niemals seine Überzeugungen, brach seinen Freunden nie die Treue. Im Laufe der Jahre hatten sich bei ihm Züge soldatischer Einfachheit und unerschütterlicher Standhaftigkeit entwickelt. Nach dem Dienst in der Armee hatte er sich für die militärische Laufbahn entschieden und war in eine Militärschule eingetreten. Das war materiell günstig: Dadurch konnte er der Familie, der kranken, abgearbeiteten Mutter helfen. Außerdem entsprach der Dienst in der Armee Maxims Ordnungsliebe; ihm gefiel es, jetzt Kommandeur der Roten Armee zu sein, jung, stark und gebildet. Sein Platz war bei der Truppe, an der Grenze, an der sich ein Konflikt abzeichnete. Trotzdem stimmte ihn der Abschied von Moskau traurig. Es war traurig, sich von den Freunden trennen zu müssen, von Nina, Sascha Pankratow, Lena Budjagina, Wadim Marassewitsch. Sie verkörperten das Leben, zu dem er und Tausende wie er aus den dunklen, feuchten Kellerräumen in eine menschenwürdige Umgebung aufgestiegen waren.
Als kleiner Junge hatte Maxim manchmal anstelle seiner Mutter die Treppen geschrubbt. Nina hatte ihm dabei geholfen. Nicht weil Maxim es nicht konnte, sondern um den Mietern zu zeigen, daß diese Arbeit sie ebensowenig erniedrigte wie jede andere Arbeit. Das war nach Komsomolzenart gehandelt, ein Akt kameradschaftlicher Solidarität, der Maxim das Wesen der neuen Zeit verständlich machte, überzeugender, als dies jedes Buch vermocht hätte.
Später, in der neunten Klasse, passierte etwas Furchtbares ... Sein Vater hatte ihm Geld gestohlen und vertrunken, das die Schüler für einen Fonds gesammelt hatten, für den Bau des Flugzeugs »Moskauer Komsomolze«. Etwa dreißig Rubel, was damals viel Geld war. Maxim wollte Selbstmord begehen – wo sollte er dreißig Rubel hernehmen, wie sich vor den Mitschülern rechtfertigen?

Nina brachte ihn dazu, ihr alles zu erzählen, ging dann sofort zu Sascha und schilderte ihm, was geschehen war.
»Na, du bist gut«, sagte Sascha zu ihm, »du schätzt dein Leben ja sehr billig ein.«
Er gab ihm das Geld; fünfzehn Rubel hatte er von der Mutter bekommen, fünfzehn von Mark Alexandrowitsch. Solche Freunde würde Maxim jetzt vermissen. Sascha hatte ihn damals vor dem Schlimmsten bewahrt, er dagegen hatte Sascha nicht geholfen.
Nina hatte ihm schon gefallen, als sie noch Verstecken im Hof spielten, sie gefiel ihm auch später in der Schule, groß, kräftig und entschlußfreudig. Ihm gefielen auch ihre Ungeschicklichkeit, ihre Unnachgiebigkeit und Hilflosigkeit. Daß sie ihn angeblich nicht liebte, glaubte er nicht; sie wußte selbst nichts von ihrer Liebe. Serafim hatte er absichtlich in ihr Haus gebracht, mochte Warja ihn heiraten, er war ein guter Junge, nicht dumm und gut aussehend. Dann würde der entscheidende Grund, auf den sich Nina stets berief, entfallen. Sie könne nichts entscheiden, solange Warja nicht versorgt wäre.
Nina dachte anders ... Die Oberbefehlshaber sahen zweifellos imposant aus, aber das waren Politiker, Strategen, Staatsmänner. Aus Maxim würde nie ein Stratege, nie ein Politiker werden, er würde Rotarmisten auf dem Kasernenhof drillen. Linksum kehrt! Rechtsum kehrt! ... Da stand er vor ihr, wartete auf sie, breitschultrig, rotbackig, mit sorgfältig gebürstetem, blondem Haar, glänzenden Stiefeln, glänzenden Knöpfen an der Uniform, das neue Koppel knarrte, und wenn er tanzte, schlugen die Absatzeisen seiner Stiefel aufs Parkett. Später einmal der typische Komißhengst ... Schade! Er könnte mehr erreichen. Es würde Krieg geben, alle würden in den Krieg ziehen, zuerst einmal mußte man aber leben und arbeiten. Maxim hatte sie diese Gedanken erzählt, schon damals, als er in die Militärschule eingetreten war. Er hatte nicht auf sie gehört. Bitte sehr! Natürlich konnte er seine eigene Meinung haben. Aber sie hatte das Recht, ihr Schicksal selber zu entscheiden. Ninas Entschluß stand fest: Sie würde Maxim nicht heiraten und Moskau nicht verlassen.

28

Im Wachtangow-Theater wurde die Neuinszenierung des *Hamlet* mit dem kleinen dicken Gorjunow in der Titelrolle gespielt. Jura Scharok mochte das Wachtangow-Ensemble, rief Wadim Marassewitsch an und bat ihn, ihm eine Karte für die Aufführung zu besorgen; er käme abends bei ihnen in der Starokonjuscheny-Gasse vorbei.

Professor Marassewitsch, ein bekannter Moskauer Arzt, hatte einmal im Monat Sprechstunde in der Wissenschaftlern vorbehaltenen Poliklinik in der Gagarinski-Gasse. Um einen Termin bei ihm zu bekommen, mußte man sich ein halbes Jahr vorher anmelden. Die Klinik an der Pirogowski-Straße hieß allgemein die Klinik von Professor Marassewitsch, der Lehrstuhl an der Medizinischen Hochschule – Professor Marassewitschs Lehrstuhl. Zu Hause behandelte er nur die nächsten Freunde. Marassewitsch entstammte einer alten ukrainischen Familie und war ebenso wie sein Vater – ebenfalls Arzt und Professor – ein alteingesessener Moskauer mit festen Beziehungen innerhalb der Moskauer Intelligenzia. Bei ihm verkehrten der berühmte Pianist Igumnow, der Regisseur Stanislawski, der Komponist Prokofjew, die Sängerin Neshdanowa, die Tänzerin Hölzer, die Schauspieler Katschalow, Sumbatow-Jushin, der Regisseur Meyerhold, manchmal kam auch Lunatscharski zu ihm. Jede in Moskau gastierende Berühmtheit aus dem Westen kannte diese hochherrschaftliche, wenn auch unordentliche Wohnung. Empfangen wurden die Gäste von der bildschönen Tochter, auf dem Tisch glänzender Damast, Kristallkelche, Tafelsilber. Junge Schauspieler, die sich oft nach der Vorstellung einfanden, stürzten sich mit Heißhunger auf den kalten Kalbsbraten und den blaßrosa schimmernden Lachs. Die jungen Leute brachten turbulentes Leben mit, manchmal wurde gleich am Tisch improvisiert und eine kleine Szene aufgeführt. Wadim ließ danach eine mündliche Rezension vom Stapel, die von Professor Marassewitsch als »recht geistreich« apostrophiert

wurde. Wadim hatte sein Studium mit dem Diplom eines Kunsthistorikers abgeschlossen, hielt Vorlesungen, machte auch manchmal Museumsführungen und versuchte sich gegenwärtig als Theaterkritiker.
Professor Marassewitsch trank Borshomi-Mineralwasser, steuerte ein paar lustige Geschichten – meist Fälle aus seiner oder der Praxis seines Vaters – bei, blieb aber nie länger als bis Mitternacht in der Runde. Er sagte, Mediziner seien verpflichtet, eine geregelte Lebensweise einzuhalten, und wünschte allerseits eine Gute Nacht.
Vika hatte sich auch auf Bühne und Leinwand versucht, bisher war aber nichts Vernünftiges dabei herausgekommen, sah man einmal von Romanzen mit bekannten Schauspielern, zu »Hoffnung berechtigenden« Regisseuren und mit allen Wassern gewaschenen Journalisten ab. Die Liaisons begannen meist romantisch mit Blumen und Briefen, Restaurantbesuchen und Taxifahrten und endeten mit Zank, Vorwürfen und Auseinandersetzungen am Telefon.
Nur ihre Romanze mit Jura Scharok hatte einfach begonnen und ein ebenso einfaches Ende gefunden. Sie hatten sich zufällig am Arbat getroffen und waren auf der von der Frühlingssonne beschienenen Straßenseite ein Stückchen zusammen spazierengegangen, bis Jura sagte: »Komm doch mit rauf, sieh dir an, wie ich wohne.«
Vika verstand sehr gut, was das bedeutete, mit raufzukommen und sich anzusehen, wie er wohnte. Aber diese Form der Einladung wirkte bei ihr fast automatisch. Außerdem stachelte sie die heimliche Konkurrenz zu Lena Budjagina an. Daß Jura sich nicht mehr mit ihr traf, wußte sie nicht.
Die Bekanntschaft mit Juras Wohnverhältnissen vollzog sich ohne überflüssige Worte und Erklärungen, als dauere ihre Beziehung schon viele Jahre. Im Vergleich zu anderen meditierenden, in Sünden ergrauten Verehrern war Jura durchaus auf der Höhe. Aber da war dieses Zimmer, die erbärmliche Wohnung, der in der Luft hängende Geruch nach Bügeleisen, der ihr seine Herkunft wieder in Erinnerung brachte.
Sie überlegte sich schon, wie sie ihn loswerden konnte, weil sie

befürchtete, er würde ihr nachlaufen und lästig fallen – sie halfterte ihre Verehrer mit derselben Leichtigkeit ab, mit der sie zufällige Besuche bei alleinstehenden Herren machte. Aber Scharok erwies sich als Ehrenmann. Da sah man's wieder – ein Schneidersohn und trotzdem!

Es gab aber eine ganz einfache Erklärung für sein Taktgefühl: Sie regte ihn nicht auf, sie war ihm gleichgültig, die kalte, dumme Gans. Er verglich sie mit Lena, ein Vergleich, der nicht zu Vikas Gunsten ausfiel. Und wie gelassen sie sich in ein fremdes Bett legte! In ihm kochte die Empörung des Spießers, der in jeder Schlampe die eigene Frau sah.

Heute kam Jura zu Wadim wegen der Karte für *Hamlet*.

»Laß uns einen Happen essen«, schlug Wadim vor.

Sie gingen ins Eßzimmer, das größer war als die ganze Wohnung der Scharoks.

Wadim, mit seinen wulstigen Lippen, den kleinen Augen und den kurzen zottigen Luchsbrauen, aß gierig. Dieses Äußere und dabei eine so faszinierende Stimme, männlich sonor, mit angenehm modulierender Intonation, die sofort den Gebildeten verriet.

Obwohl er Suppe aß, strich er die Butter dick aufs Brot und sagte: »Er verwechselt Jurisdiktion mit Jurisprudenz, Rarität mit Parität, Präzedenz mit Prätendent. Aber das ist der neue Mensch, egal wie immer man ihn nennt, Akkordarbeiter oder Aktivist. Er betritt die Szene mit einem eigenen Thema, und das ist ein Hauptthema, außerdem bringt er seinen Helden, sein Vorbild mit, und das ist der Held der Zukunft. Sollen wir da vielleicht wegen hundert Gramm Butter unsere Zukunft verscherzen?!« Wadim schob die Butterdose schwungvoll weg. »Unsere Revolutionäre grämen sich doch gerade wegen dieser hundert Gramm.«

Wadims Betrachtungen über die Helden und Vorbilder der Zukunft ärgerten Jura nicht; vielmehr vermittelten ihm die Gedanken etwas Neues über eine ihm unbekannte Welt. Unlängst hatte Wadim genau das Gegenteil behauptet, hatte auf schlechten Geschmack geschimpft und das künstlerische Können über alles gepriesen. Erstaunlich, wie er's verstand, sein Mäntelchen nach dem Winde zu hängen und sich immer den Stärkeren anzuschließen: In der Schule an Sascha Pankratow, auf der Universität an

jemand anderen, jetzt hatte er sich einem bekannten Kritiker verschrieben, der sich mit flammenden Aufsätzen gegen die verqueren Verse einiger Lyriker wandte. Aber Jura versuchte nicht, Wadim wegen seiner Inkonsequenz festzunageln. Ihm gefiel es bei den Marassewitschs, er mochte die Schauspieler, all die fröhlichen, sorglosen und berühmten Menschen. In den Gesprächen dieser Lieblinge des Ruhms beobachtete er etwas Besonderes: leicht und zynisch sprachen sie über alles; deshalb schien ihm auch ihr Ruhm leicht erworben, so als sei er ihnen zufällig in den Schoß gefallen, weil sie geschickt genug waren, ihn aufzufangen. Trotz ihrer Sorglosigkeit benahmen sich diese Leute, als seien sie unantastbar.
Professor Marassewitsch gefiel ihm ebenfalls: ein Grandseigneur mit gepflegtem Gesicht, einem schönen Bart und weichen Händen, und ebenfalls unantastbar.
Wadim sah er jetzt fast täglich. Wadim nahm ihn ins Theater mit, Jura ging manchmal auch ohne ihn hin, Wadim oder andere Bekannte, die Jura bei den Marassewitschs kennengelernt hatten, riefen ihn einfach an.
Eine wunderbare Zeit! Das Frühjahr 1934 blieb Jura Scharok noch lange in Erinnerung. Seine Einstellung bei der Staatsanwaltschaft war noch nicht bestätigt. Aber die Malkowa versprach, daß die Dinge bald entschieden werden sollten. Es waren die letzten Monate eines ungebundenen, sorglosen Lebens für Jura, und er wollte sie möglichst interessant verbringen. Nur der Gedanke an Lena raubte ihm die Ruhe. Kam er ins Theater, sah er sich zuerst um – er fürchtete und hoffte zugleich, sie im Publikum zu entdecken.

Seit ihrer Krankheit hatte Lena keine Theateraufführung besucht. Sie verließ das Haus kaum noch, rief niemanden an, traf nicht einmal ihre engsten Freunde, die sie seit dem Tag nicht mehr gesehen hatte, als sie bei ihr gewesen waren, um den Brief wegen Sascha zu schreiben.
Heute war Gera Tretjak überraschend zu ihr gekommen, wie sie die Tochter eines Diplomaten. Als Kinder waren sie befreundet gewesen; es war vorgekommen, daß sie zur gleichen Zeit in London, Paris und Berlin gewohnt hatten, in Moskau hatten sie sich fast ganz aus den Augen verloren.

Eine hübsche Brünette, scharfzüngig und geistreich. Selbst Lappalien beschrieb sie amüsant. Lena hörte ihr lächelnd zu. Sie erinnerten sich an eine gemeinsame Fahrt nach Südwales, sie hatten in einem billigen Hotel in Cardiff gewohnt, in dem damals auch gerade eine schottische Fußballmannschaft abgestiegen war. Zwei Fußballer hatten sie überreden wollen, mit ihnen in ein Land zu fliehen, wo Mädchen schon mit vierzehn Jahren heiraten durften. Lena und Gera waren damals eben fünfzehn gewesen. Sie erinnerten sich auch an einen gemeinsamen Ausflug nach Fontainebleau; eine Fremdenführerin hatte im Schloß Napoleons Bett gezeigt und seine Größe erwähnt – einhundertzweiundfünfzig Zentimeter. Gera hatte verblüfft gefragt, ob es nicht einhundertzweiundsechzig Zentimeter gewesen seien. Zutiefst gekränkt hatte die Fremdenführerin darauf hingewiesen, daß ihr Mann hundertzweiundfünfzig Zentimeter groß sei, und schließlich wüßten alle, daß er genauso groß sei wie Napoleon. In der Erinnerung kam es ihnen besonders komisch vor, so daß sie sich vor Lachen ausschütteten. Lena freute sich, daß Gera den Abend bei ihr verbracht hatte. Sie umarmte und küßte sie zum Abschied und sagte niedergeschlagen: »Vergiß mich nicht.«

29

An dem Abend, an dem Warja und Serafim, Nina und Max im Haus der Roten Armee tanzten, an dem Jura bei Wadim Marassewitsch zu Abend aß und Gera Tretjak Lena Budjagina besuchte, an eben diesem Abend klingelte gegen acht bei Sofija Alexandrowna das Telefon. Ihr wurde mitgeteilt, sie solle sich am nächsten Morgen um zehn Uhr in der Kommandantur des Butyrka-Gefängnisses melden – sie dürfe ihren Sohn Alexander Pawlowitsch Pankratow besuchen. Sie solle warme Sachen, Geld und Lebensmittel mitbringen. Es war die ruhige, gleichmäßige Stimme eines Mannes, der gewohnt war, täglich dasselbe zu sagen, ohne Umschweife und lakonisch. Nachdem er seine Nachricht übermittelt hatte, hängte er ein, ohne etwaige Fragen abzuwarten.

Sofija Alexandrowna überlegte erschrocken, daß er vielleicht nicht alles gesagt, irgend etwas Wesentliches vergessen haben könnte und daß sie folglich etwas Wichtiges unterlassen würde. Sie fürchtete, von dem Aufgezählten etwas zu vergessen oder durcheinanderzubringen, und versuchte krampfhaft alles zu behalten, was ihr gesagt worden war. Morgen um zehn, im Butyrka-Gefängnis, warme Sachen, Lebensmittel, es war noch etwas ... mein Gott, ich hab's vergessen, noch etwas ... Ach ja, Geld, Reisegeld ... Um ja nichts zu vergessen, schrieb sie alles auf einen Zettel, Geld und Lebensmittel – das hieß Verbannung, warme Sachen – das bedeutete Norden oder Sibirien. Die Sachen mußten in dieser Nacht besorgt werden, Sofija Alexandrowna hatte keine Zeit, sich der Verzweiflung hinzugeben. Sie konnte sich nicht verzeihen, daß sie nichts vorbereitet hatte, aber sie hatte es für ein schlechtes Omen gehalten, ihren Jungen im voraus für eine solche Reise auszurüsten. Sascha hatte seinen Wintermantel, die Pelzmütze, einen Pullover und den warmen Schal mit, freilich keine Filzstiefel, aber jetzt im April würde er sie nicht brauchen, wohin immer sie ihn deportierten, erst wieder im nächsten Winter, und bis dahin würde sie ihm welche schicken. Was er jetzt brauchte, waren

Stiefel. Im Morast irgendwo war er mit seinen leichten Halbschuhen verloren, feste Stiefel – das war's was er jetzt unbedingt brauchte, was ihm das Leben retten konnte. Und gerade Stiefel besaß er nicht. Die Geschäfte waren schon geschlossen, abgesehen davon, gab es Stiefel nur auf Bezugsschein, und den hatte sie nicht. Auf dem Trödelmarkt waren Stiefel zu haben, aber zu unerschwinglichen Preisen, und man riskierte, daß die Sohle aus Pappe war. Aber der Trödelmarkt war auch zu.

Da fiel ihr ein, daß Vera, ihre Schwester, draußen in der Datscha ein Paar feste, grobe Stiefel in Saschas Größe hatte, Schuhgröße vierzig. Sie würde ihnen andere kaufen, einerlei, was sie kosteten, die aber mußte Sascha bekommen.

Sie rief bei Vera an. Vera und ihr Mann Wolodja waren auf die Datscha gefahren und würden erst übermorgen zurückkommen. Was für ein Pech!

Polina, ihre jüngste Schwester, hatte kein Telefon. Ein Telefon gab's nur in der Nachbarwohnung. Sofija Alexandrowna kannte die Nummer noch aus der Zeit, in der Polina mit den Nachbarn befreundet gewesen war. In den letzten Jahren aber wurde Polina nicht mehr ans Telefon gerufen und hatte auch gebeten, nicht mehr bei den Nachbarn anzurufen. Heute rief Sofija Alexandrowna trotzdem dort an, obwohl sie die Vorstellung bedrückte, man würde ihr abschlagen, die Schwester zu holen, und sie den groben Ton fürchtete.

Eine kräftige, forsche Männerstimme meldete sich.

»Entschuldigen Sie bitte«, begann Sofija Alexandrowna, »es ist mir sehr peinlich, Sie zu bemühen, aber es ist etwas sehr Dringendes ... Könnten Sie vielleicht Polina Alexandrowna ans Telefon bitten?«

»Wer ist Polina Alexandrowna?«

»Ihre Nachbarin, Wohnung sechsundzwanzig, entschuldigen Sie bitte vielmals die Störung, ich bin ihre Schwester.«

»Na, wissen Sie ...«

Aber der Mann legte nicht auf, eine Frau nahm den Hörer.

»Wen möchten Sie sprechen?«

»Verzeihen Sie gütigst«, sagte Sofija Alexandrowna. »Ich bin die Schwester ihrer Nachbarin Polina Alexandrowna. Es ist mir äußerst unangenehm, aber es geht um etwas ganz Dringendes, die Sache ist nämlich die ... Könnten Sie vielleicht meine Schwester an den Apparat rufen, seien Sie doch bitte so freundlich.«

»Gleich«, antwortete die Frau unfreundlich.

Sofija Alexandrowna mußte lange warten, endlich kam Polina ans Telefon, ihre Stimme klang erregt, sie erriet sofort, daß etwas Schlimmes mit Sascha passiert sein mußte.

»Sascha wird morgen deportiert«, sagte Sofija Alexandrowna, »könntest du zu Vera auf die Datscha fahren und die Stiefel für ihn holen, die sie draußen haben?«

»Ach, um Gottes Willen, ach wie furchtbar!« rief Polina verzweifelt, »der kleine Igor liegt mit Fieber im Bett, und Kolja kommt erst nach elf. Was tun? Sobald Kolja da ist, komme ich zu dir, bloß für's Rausfahren ist es dann zu spät.«

»Gut, komm zu mir, du kannst mir helfen, seine Sachen zu packen«, sagte Sofija Alexandrowna, »mit den Stiefeln laß ich mir was einfallen.«

»Was soll ich mitbringen?«

»Nichts, es ist alles da.«

Sie würde also selbst hinausfahren müssen, obwohl sie nicht wußte, ob sie in der Nacht den Weg zu der neuen Datschasiedlung finden würde, zumal es dort statt der Straßen bisher nur Schneisen gab. Niemand kannte die Namen, die Nummern der Häuser stimmten nicht, und es gab niemanden, den man fragen konnte, weil die Leute noch nicht dort wohnten. Trotzdem mußte sie hin. Aber wenn sie hinausführe, wer ginge dann einkaufen? Sie rief Warja an. Warja war nicht zu Hause und Nina auch nicht. Sollte sie Miliza Petrowna bitten? Die würde ablehnen, weil sie ihr Herz schonte, sie hob nicht mal die Milchkanne vom Boden, dabei mußten viele Lebensmittel gekauft werden: Brot, Zwieback, Zukker, Kondensmilch, Zitronen, er bekam doch überhaupt keine Vitamine, und Dauerwurst, Käse, Schinken ... Sie schrieb alles auf einen Zettel und klopfte bei Michail Jurjewitsch an. Er saß im Hausmantel am Tisch und klebte etwas zusammen.

»Es ist mir sehr peinlich, aber mir bleibt nichts anderes übrig. Hier ist die Einkaufsliste, und da ist das Geld, wenn es keine Dauerwurst gibt, kann es auch irgendeine andere geräucherte Wurst

sein, bei dieser Kälte wird sie ja nicht schlecht, wäre auch schön, wenn es irgendwelchen Fisch gäbe, bloß nicht zu stark gesalzen.«
Michail Jurjewitsch sah sie durch die Kneifergläser unwirsch an.
»Wie wollen Sie denn nachts aufs Land fahren? Und wann kommen Sie zurück?«
»Zurück komme ich mit dem Nachtzug, er fährt kurz nach eins dort ab.«
»Dann fährt keine Straßenbahn mehr.«
»Ich komme schon irgendwie nach Hause.«
»Kaufen Sie ein«, sagte Michail Jurjewitsch, »und ich fahre zu Ihrer Schwester raus.«
»Aber nicht doch, Michail Jurjewitsch, das ist weit weg, achtundvierzig Kilometer, und von der Bahn noch mal zwanzig Minuten zu Fuß, die Siedlung ist nicht beleuchtet, keine richtig gepflasterten Straßen, nur Lehm und Schmutz, nein, nein, das kann ich Ihnen nicht zumuten, dort schlägt man Sie noch tot.«
»Schreiben Sie mir die Adresse auf«, sagte Michail Jurjewitsch, »und zeichnen Sie mir einen möglichst genauen Plan, ich ziehe mich gleich an.«
Sie zeichnete den Plan so gut sie konnte und erklärte ihm den Weg so genau wie möglich. Neben dem Bahnhof stand ein Kiosk, der im Winter mit Brettern vernagelt war, von dort mußte man nach rechts gehen, dann kam man in die richtige Schneise. Das war das Wichtigste – wenn man in der Schneise war, mußte man in die dritte Straße links einbiegen, sie hieß auch so, Dritte Grüne Straße. Es gab aber kein Straßenschild, irgendwelche Rangen hatten es im Sommer abgerissen. Die Datscha hatte die Nummer sechsundzwanzig, die Nummer stand an der Gartenpforte. Die Datscha war leicht am Staketenzaun zu erkennen, die Häuser davor und dahinter hatten Bretterzäune, dazwischen war der Staketenzaun, das war Veras Haus. Aber worauf es ankam: vom Kiosk gleich nach rechts abbiegen. Michail Jurjewitsch stand in seinen Überschuhen vor ihr, die hohe Pelzmütze auf dem Kopf, ein gesetzter, würdiger Mann mit einem altmodischen Kneifer, zugleich jedoch hilflos, wenn sie sich vorstellte, wie er durch die öde schlammige Siedlung tapste. Er würde die ganze Nacht brauchen, und morgen früh mußte er doch zur Arbeit.

Sie sah auf die Uhr und erschrak: Viertel nach neun! Das einzige Geschäft, das noch geöffnet hatte, schloß um zehn.
Die Straßenbahn war überfüllt, Sofija Alexandrowna stieg vorn in den Anhänger ein, selbst wenn sie Strafe zahlen müßte, ihr war's egal, man würde sie schon nicht herunterjagen, bloß weil sie nicht wie vorgeschrieben hinten eingestiegen war. Aber keiner sagte etwas, sie reichte das Geld für den Fahrschein nach hinten und blieb auf der Plattform stehen. Sie dachte daran, daß sie nach dem Einkaufen noch vieles erledigen mußte, sie überlegte, wo die Kofferschlüssel lagen, ob das Schloß noch funktionierte, den Koffer hatte sie schon lange nicht mehr benutzt. Aber ohne Schloß ging es doch nicht, Sascha konnte zusammen mit Kriminellen deportiert werden, sie würden ihm alles stehlen.
Bei dem Gedanken, daß Sascha gemeinsam mit einer Gruppe Krimineller abtransportiert werden, daß man ihn bestehlen, kränken, verprügeln könnte, fühlte sie wieder die ganze Last des Unglücks, das über ihren Sohn hereingebrochen war: gehetzt, ausgestoßen, verfemt, rechtlos.
Moskau, die Straßenschluchten, die vielen Lichter, die Plätze, die Autos, die Schaufenster und klingelnden Bahnen; die Stadt, durch die sie jetzt fuhr, erschien ihr wie eine unwirkliche Vision. Alles bewegte sich, strömte irgendwo hin, irreal, geisterhaft, wie in einem Nebel, ein Alptraum, Wachsfiguren, Kleiderpuppen im milchigen Licht der Straßenbahn.
Am Ochotny Rjad stieg sie aus. Es war viertel vor zehn.
Von der Haltestelle sah sie Leute durch die Ladentür gehen. Es war noch auf! Sie eilte hin, atemlos vom raschen Gehen. Aber dann sah sie die Menschentraube vor dem Geschäft, man ließ niemanden mehr ein, die Leute schimpften erbittert, weil sie eine halbe Minute zu spät gekommen waren. Einige versuchten vergeblich, sich hineinzuzwängen. Eine dicke Verkäuferin stemmte sich von innen gegen die Tür. Sofija Alexandrowna versuchte ebenfalls, sich hineinzudrängen, aber es gelang ihr nicht. Die Menschenmenge war nicht groß, aber dafür um so rücksichtsloser, Sofija Alexandrowna wurde zurückgestoßen. Die Menge verlief sich allmählich, jetzt verließen schon die letzten Kunden das Geschäft, drinnen wurden die Lichter gelöscht. Sofija Alexandrowna war die

einzige, die noch ausharrte. Jedesmal, wenn die Tür aufging, bat sie die dicke Verkäuferin, sie doch einzulassen.

Die Dicke – sie hatte ein feistes, frostgerötetes Gesicht – wiederholte mit rauher Stimme: »Muttchen, gehen Sie weiter, Muttchen, Sie stören hier!«

»Seien Sie doch so gut, ich bitte Sie herzlich.«

Eine Schar ausgelassener junger Männer stürmte aus dem Geschäft, einer rief laut: »Laßt doch die Alte rein, sie braucht ihren Wodka für die Bettschwere!«

Die fröhliche Gesellschaft entfernte sich zum Ochotny Rjad.

»Ich bitte Sie, die Kasse ist doch noch nicht geschlossen«, flehte Sofija Alexandrowna jedesmal, wenn sich die Tür wieder öffnete.

Die Verkäuferin beachtete sie nicht, sie kannte solche Kunden zur Genüge. Jeden Abend standen Leute stur vor der Tür und ließen sich nicht abweisen, bettelten bis das Vorhängeschloß an der Tür hing.

»Drängeln Sie nicht! Weg von der Tür!«

Putzfrauen wischten den Boden, streuten gelbes Sägemehl, die Verkäuferinnen räumten die Lebensmittel weg. Sofija Alexandrowna stand da. Die Verkäuferin ließ den allerletzten Kunden hinaus und verließ ihren Posten. Sofija Alexandrowna stieß die Tür auf und betrat das Geschäft.

»Wohin?« Die Dicke war schon neben ihr.

»Ich gehe nicht weg«, erklärte Sofija Alexandrowna leise.

»Ich rufe gleich die Miliz!« drohte die Verkäuferin.

»Ich muß einkaufen, für meinen Sohn, er ist im Gefängnis.« Sofija Alexandrowna starrte in das grobe, frostgerötete Gesicht, das Gesicht einer Straßenhändlerin, die draußen in der Kälte gefüllte Piroggen und Eis verkaufte. »Er wird morgen abtransportiert, ich muß ein Paket packen.«

Die Verkäuferin seufzte.

»Alle lügen, jeder denkt sich irgendwas Neues aus. Wir müssen den Laden doch auch mal dichtmachen und unsere Ruhe haben.« Sofija Alexandrowna schwieg.

Die Verkäuferinnen zogen die Mäntel an und nahmen schon ihre Taschen.

»Michejewa, fertige die Kundin ab!« schrie die Dicke durch den ganzen Laden.

Polina kam am späten Abend, spät in der Nacht erschien auch Vera mit Michail Jurjewitsch, sie brachte die Stiefel mit. Es war zwar nicht Größe vierzig sondern einundvierzig, aber sie waren trotzdem zu gebrauchen.
»Es sind keine feinen Stiefel, sondern richtige Knobelbecher für's Wandern und Arbeiten«, sagte Vera, »mit Wollsocken genau das Richtige, warm und bequem.«
Vera hatte auch einen Rucksack mit breiten Trageriemen mitgebracht, die man in der Länge verstellen konnte.
»Die Lebensmittel in den Rucksack, die Sachen in den Koffer.«
Vera war die energischste und geschickteste der Schwestern, praktisch und zupackend. Ihr Mann jagte und angelte, die Kinder liefen Ski und wanderten, sie wohnten draußen, bewirtschafteten den Garten und die Gemüsebeete. Du bist viel zu zahm, hatte sie ihrer Schwester Sofija immer vorgeworfen, sie hatte stets für eine Scheidung plädiert. Dabei trat sie für die Schwester ein, zankte sich mit Pawel Nikolajewitsch, den sie nicht mochte, und kam schließlich nicht mehr zu den Pankratows.
Vera packte alles selber, schnell und geübt, sie dachte auch an Messer, Gabel, Löffel und Becher. Sofija Alexandrowna hatte das, ebenso wie den Rasierapparat, völlig vergessen. Sie dachte nur an das, was sie immer ins Gefängnis geschickt hatte, jetzt dagegen war es Reisegepäck, da war alles erlaubt.
»Gib ihm nicht viel Geld mit«, riet ihr Vera, »es kann unterwegs gestohlen werden, du schickst es ihm besser später an seinen Wohnort. Sag ihm beim Besuch, er soll sofort nach seiner Ankunft telegrafieren, dann schickst du's ihm postlagernd. Solange hält er durch, er ist noch jung!«
Beruhigend wirkten weniger die Worte als die Art, mit der Vera alles anpackte, ihre Energie und Sachlichkeit, darin lag Leben, und das würde auch Sascha das Leben erleichtern.

30

Nina achtete nicht darauf, daß bei Sofija Alexandrowna noch Licht brannte, Warja dagegen sah es – ihr entging nichts. Aber sie maß dem keine Bedeutung bei, manchmal lag Sofija Alexandrowna die ganze Nacht wach und ließ das Licht brennen, sie hatte es ihr selbst erzählt. Warjas Gedanken waren auch mit ganz anderen Dingen beschäftigt: Morgen abend würde sie Max und Serafim zusammen mit Nina zum Bahnhof bringen.

Der Tanzabend im Haus der Roten Armee dauerte bis zwei Uhr nachts. Viele gingen früher, um die letzte Straßenbahn zu erreichen, Nina wollte auch gehen, aber Warja und Serafim hatten sie überredet zu bleiben. Max lächelte gutmütig. Nina war in der Minderheit und gab nach.

Sie gingen zu Fuß durch das kalte, nächtliche Moskau, Warja ohne Überschuhe, mit einem leichten Kopftuch aus Gaze. Serafim legte ihr seinen Mantel um die Schultern und setzte ihr seine Mütze auf. Im Licht einer Straßenlaterne musterte sie sich im Taschenspiegel. Obwohl ihr die Mütze in die Stirn rutschte, stand sie ihr blendend, sie sah aus wie ein bildhübscher junger Soldat. Sie ging mit Serafim hinter den beiden anderen her, Serafims Hand lag auf ihrer Schulter, wenn Max und Nina um die Ecke bogen, küßten sie sich. Serafim küßte so heftig, daß ihr die Lippen wehtaten. Warja hatte noch nie richtig geküßt; es machte ihr überhaupt keinen Spaß, es tat nur weh. Aber sie verstand, was das zu bedeuten hatte. Es bedeutete, daß Serafim leidenschaftlich war. Nina erriet sicherlich, weshalb Serafim und Warja zurückblieben, tat aber, als merke sie nichts. Zu Hause sagte sie auch keinen Ton, predigte nicht, sondern bat lediglich, schnell zu Bett zu gehen und das Licht zu löschen – sie mußte morgen früh zur Arbeit.

Morgens legte sie einen Entschuldigungszettel für Warjas Klassenlehrerin zurecht: Ich bitte, Warja Iwanowa wegen häuslicher Angelegenheiten nach der dritten Stunde vom Unterricht zu befreien. Die häuslichen Angelegenheiten, das war nichts anderes, als Max und Serafim zum Zug zu bringen. Aber Warja hatte gar nicht vor, in die Schule zu gehen. Sie wollte gut angezogen erscheinen. Es würde bestimmt einen großen Bahnhof geben, sicher würden die schönen und modisch gekleideten Mädchen kommen, die sie im Haus der Roten Armee gesehen hatte. Warja wollte nicht hinter ihnen zurückstehen, wollte erwachsen und streng aussehen, sie brachte doch ihren zukünftigen Mann zum Zug. Nicht in schwarz, aber streng und eindrucksvoll. Sie mußte sich frisieren und schminken. Würde sie erst nach der dritten Unterrichtsstunde fortgehen – sie hatte nachmittags Schule –, würde sie es nicht schaffen.

Sie bereitete schnell Ninas Mittagessen vor, nahm ihre Schulbücher und lief zu Soja. Soja schwänzte ebenfalls, um Warja bei ihren Vorbereitungen zu helfen, beim Frisieren und Wimpern tuschen. Sie lieh ihr modische Schuhe mit Metallspangen und vor allem Mamas Sielpelz, in dem sie mit Erlaubnis ihrer Mutter manchmal spazierengehen durfte. Warja schlüpfte in den Pelz, sie sah toll darin aus, wie Soja erklärte, ganz erwachsen, eine elegante Dame im Sielpelz, in modischen Schuhen und mit einem weißen Wolltuch um den Kopf, das ebenfalls Sojas Mutter gehörte.

Gegen fünf Uhr war Warja endlich fertig und rief Nina an.

»Ich komme direkt zur Straßenbahnhaltestelle.«

»Von wo rufst du an?«

»Aus der Schule.«

Sie trafen fast gleichzeitig an der Haltestelle ein.

Nina erkannte sie nicht.

»Was ist denn das für ein Maskerade?«

»Die Schulgarderobe war zu, da habe ich Sojas Mantel und Tuch genommen.«

»Und Soja?«

»Die zieht meine Sachen an.«

»Und die Bücher?«

»In der Klasse gelassen, soll ich sie vielleicht zum Bahnhof mitschleppen?«

Die Garderobe konnte tatsächlich während des Unterrichts geschlossen gewesen sein, aber Warja log trotzdem: Denn Sojas Mantel wäre dann auch weggesperrt gewesen, wenn es überhaupt

Sojas Mantel war. Aber Nina hatte keine Lust, die Schwester auszuquetschen und zu verhören. Schließlich war sie kein kleines Kind mehr, würde bald heiraten, nur gut, daß sie in Serafim einen anständigen Jungen gefunden hatte. Mochte sie ihr Leben einrichten, wie sie wollte, und mochte sie ihren Serafim zur Bahn bringen, wie es ihr gefiel.

Der Bahnhof war überfüllt, der Bahnsteig voll von Menschen. Nina und Warja blieben erschrocken stehen. Aber Max und Serafim hatten sie gesehen und liefen winkend auf sie zu. Nun arbeiteten sie sich gemeinsam am Zug entlang zum Waggon, drängten sich durch die Menschenmenge, immer befürchtend, auseinandergerissen zu werden und einander zwischen den vielen Menschen zu verlieren. Menschen, die ebenfalls in höchster Eile ihre Angehörigen suchten, Männer und Frauen mit Bündeln und Päckchen für die Abfahrenden, Mädchen mit Blumensträußen in der Hand, sie umarmten und küßten die feschen Jungen, die frischgebackenen Kommandeure der Roten Armee, in ihren Feldblusen mit Koppel und Schulterriemen, Mäntel und Mützen hatten sie im Abteil gelassen ... Jung, fröhlich, lebhaft und zugleich ernst – die gewaltige militärische Kraft des Sowjetischen Staates. Nina begriff, daß diese übermütigen, rotwangigen Jungen als erste in die Schlacht ziehen, als erste das Allerschlimmste auf sich nehmen müßten. Sie überlegte, daß ihr Platz eigentlich an Maxims Seite wäre, der so stark und ruhig neben ihr stand. Nach seiner Abreise würden ihr seine Ruhe und Gutmütigkeit fehlen.

Warja aber hatte hier ihre helle Freude – sie genoß, daß Serafim sie mit verliebten Augen ansah, daß sich die anderen jungen Kommandeure nach ihr umdrehten, sie war hier die Hübscheste, fast ebenso groß wie Nina. Und keine hatte einen so eleganten Sielpelz, einen solchen Schal wie sie. Ihre Wangen hatten sich gerötet, die Aufregung der Menge, das Reisefieber der Abfahrenden, die ganze Bahnhofsatmosphäre mit den Signalen und Pfiffen der Lokomotive, die eine lange Fahrt in unbekannte, lockende Fernen verhießen, hatten sich auf sie übertragen. Max meinte, sie sähe aus wie ein Filmstar, Serafim flüsterte ihr zu, er liebe sie mehr als sein Leben, und sogar Nina lächelte, zufrieden, daß sie eine solche Schwester hatte. Wie es sich für eine erwachsene Frau und Braut gehört, sah Warja nur ihren engen Kreis an, Nina, Max und Serafim, sonst niemanden. Keiner sollte denken, sie lasse die Augen spielen. Wenn sie sich umsah, dann ganz absichtslos, mit zerstreutem Blick, um Züge und Reisende zu betrachten, die zu ihren Plätzen eilten.

Als sie zum nächsten Bahnsteig hinüberblickte, sah sie Sascha.

Er ging zwischen zwei Rotarmisten den Bahnsteig entlang. Vorneweg lief ein kleiner Kommandeur in einem langen Mantel, der aufgeregt die im Wege stehende Menge auseinanderschob. Sascha hatte einen Rucksack auf dem Rücken und einen Koffer in der Hand.

Er fühlte Warjas Blick und sah sich um, sie sah sein bleiches Gesicht mit dem schwarzen gekräuselten Bart, der an einen Zigeuner denken ließ. Saschas Augen glitten über die abfahrenden Armeeangehörigen, über Max, Nina, Warja, aber er erkannte keinen von ihnen, drehte sich um und ging zum Zug, der weiter entfernt hielt. Vor und hinter die Gruppe schoben sich Menschen mit Säcken, Bündeln und Koffern ins Blickfeld, hasteten weiter, verdeckten Saschas Gruppe, die in der Menge verschwand.

Warja starrte noch immer dorthin, wo Sascha verschwunden war. Sie hörte die Glocke nicht, sah nicht, daß sich alle verabschiedeten, daß Nina Max auf die Stirn küßte, sah nicht, daß Serafim dicht vor ihr stand und ihr in die Augen blickte.

»Warja, wach auf!« sagte Nina.

»Eben habe ich Sascha gesehen.«

»Red doch keinen Unsinn!« schrie Nina, der plötzlich aufging, daß Warja die Wahrheit sagte.

»Eine Wache hat ihn zum Zug gebracht, er hat einen Bart«, stammelte Warja, den Blick unverwandt auf den anderen Bahnsteig gerichtet, als ginge Sascha dort noch immer weiter in der mit Säcken und Koffern vorwärts hastenden Menge, ginge weiter und weiter, und sie könnte ihn noch einmal sehen. »Er hat einen Bart, einen Bart wie ein alter Mann.«

Sie schluchzte hemmungslos.

»Ein ganz alter Mann ...«

»Hör auf, du mußt ihn verwechselt haben«, sagte Nina, ihre Stimme zitterte.

Maxim, aufgeregt, aber um Fassung bemüht, ergänzte: »Du hast dich geirrt, Warja, so können sie ihn doch nicht abtransportieren.«
»Doch! Er war's ganz bestimmt ...« Ihre Stimme schwankte. »Ich habe ihn genau erkannt ... sein Gesicht, ganz eingefallen und blaß, er hat hergesehen – kreideweiß, ein alter Mann ...«
Verwirrt hielt Serafim ihr die Hand zum Abschied hin.
»Leb wohl, Warja.«
»Wachsbleich wie ein Toter!« schluchzte Warja. »Und schleppt den Koffer, die gehen neben ihm her, und er schleppt sich ab ...«
Errötend küßte Serafim sie schüchtern auf die tränennasse Wange, über die die Wimperntusche lief.
Langsam rollte der Zug an, die jungen Kommandeure standen auf den Trittbrettern, drängten sich auf die Plattformen und winkten, und die Zurückbleibenden winkten auch, riefen Abschiedsworte und liefen neben dem Zug her. Max winkte und Serafim winkte auch.
Warja stand weinend auf dem Bahnsteig, trocknete das Gesicht mit einem Tüchlein, verschmierte die Wimperntusche über die Wangen, schluchzte und schluckte die Tränen herunter.
»Hör auf, wir können nichts machen, wir fahren gleich zu Sofija Alexandrowna und fragen, was mit Sascha ist.«
Eine alte Frau kam vorbei, blieb stehen, sah Warja an und schüttelte mitleidig den Kopf.
»Die Mädels weinen, wenn die Soldaten ziehen.«

Anzug angezogen, aber drei [illegible] Bahnhof [illegible]
dich genug. Wanja, [illegible] kennen sie [illegible]
Woch. Er war's ganz bestimmt. [illegible] Ihre Stimme [illegible]
habe ihn genau erkannt [illegible] sein Gesicht [illegible]
[illegible] ein alter Mann [illegible]
Verwirrt [illegible]
Lebt wohl, Wanja.

[illegible] fortwährend [illegible] Wanja [illegible] der Kolben [illegible] und er schleppt sich ab [illegible] auf die [illegible] über die [illegible]

Langsam rollte der Zug an. Die [illegible] Kommandeurs [illegible] auf den Trittbrettern [illegible] sich an die Plattformen und winkten, und die Zurückbleibenden winkten auch. Nur [illegible] Abschiedsworte [illegible] dem Zug [illegible] auch.

Wanja stand weinend auf dem Bahnsteig, trocknete das Gesicht mit einem Tüchlein, [illegible] über die Wangen, schluchzte und schluckte die Tränen herunter.

[illegible], wir können nichts machen. Wir fahren gleich zu Sofia Alexandrowna und sagen, was mit [illegible] ist.«

[illegible] alte Frau [illegible] sah Wanja an und schüttelte [illegible] den Kopf.

»Die Mädels weinen, wenn die Soldaten ziehen!«

Zweiter Teil

1

Die alte Straße zur Angara, von den ersten Siedlern durch die Taiga geschlagen, beginnt in Taischet. Die neue in Kansk. Hier endet der Transport der Häftlinge mit der Eisenbahn und beginnt der Fußmarsch. Ein stilles Städtchen mit bretterbelegten Gehsteigen, ohne Gärten, einer Steppensiedlung nicht unähnlich. Wieder blauer Himmel über dem Kopf, ringsum der berauschende Duft des Lebens. Weit weg ist die Zelle, Djakow, der kleine Gefängnishof und der bewaffnete Posten, der dich mit schläfrigem Blick verfolgte. Unglaublich, daß es das alles gibt. Du bist hier – es scheint jedenfalls so – einer wie die anderen, gehst frei und unbehindert die Straße entlang, trägst deinen Koffer, neben dir geht Boris Solowejtschik und klagt, daß es ihm nicht gelingen will, im Städtchen Kansk unterzukommen.

»Einen Fachmann mit meiner Qualifikation aufs Dorf abzuschieben! Was hat der Staat davon?«

Die Post – ein Häuschen mit Vortreppe, gleich daneben die Sparkasse. Die Mädchen in Hauskleidern, mit von Tinte und Kleister verschmierten Fingern, kennen Solowejtschik: Der sympathische aufgeschlossene Moskauer bekommt postlagernd Briefe.

»Bin gesund. Schreibe mir Bezirk Kansk, Dorf Bogutschany, postlagernd, Küsse, Sascha.« Das erste Telegramm an die Mutter.

Das Mädchen zählte die Wörter, nannte den Betrag, schrieb eine Quittung aus, nahm das Geld entgegen. Fröhliche Mädchen gab's hier und sehr hübsche.

Solowejtschiks Wirtin, eine junge, schmächtige Frau mit ruhigem Gesicht, deckte den Tisch. Was mochte sie veranlaßt haben, mit Boris ein Verhältnis anzufangen? Er würde wegfahren und sie vergessen. Hatte sie Gefallen an ihm gefunden? Oder hatte ihr der Deportierte leid getan? Neben ihr nahm sich Boris mit den Allüren eines hauptstädtischen Schürzenjägers eher kläglich aus.

Sascha holte eine Büchse Sprotten aus seinem Koffer – das war alles, was von Mutters Lebensmitteln übriggeblieben war. Boris öffnete eine Flasche Wodka. Er hatte eigene Schnapsgläser, sogar Servietten, selbst hier wollte er menschenwürdig leben. Alles war so wie im gewöhnlichen Leben, nur wenn Sascha darüber nachdachte, wer sie waren, packte ihn Entsetzen, so ungeheuerlich und schrecklich war das alles, unfaßbar und doch nicht mehr so unfaßbar. Nach dem ersten Glas wurde Sascha schwindlig.

»Das Übliche nach dem Gefängnis«, stellte Boris fest, »das gibt sich. An der Angara werden wir reinen Sprit trinken, der Transport von Spiritus dorthin ist billiger, als Wodka hinzuschicken – sechshundert Kilometer mit Pferdewagen. Mit einem Wort, wir werden schon zurechtkommen. Bogutschany ist ein großes Dorf, Arbeit in meinem Fach finde ich bestimmt, und Sie sind ja eigentlich auch schon Ingenieur, haben fast fertig studiert. Dort gibt's Traktoren, Sämaschinen, Dreschmaschinen.«

»Von Traktoren verstehe ich nichts, von Dreschmaschinen und Sämaschinen noch weniger.«

»Wenn Sie Kohldampf haben, werden Sie's schon lernen, etwas davon zu verstehen. Früher sind junge Intellektuelle ins Ausland gereist, wir beide dagegen reisen zu den Eisbären. Keine Frage, besser man ist ein Solowejtschik in Moskau als ein Worobejtschik auf den Solowezkinseln*. Na ja, was tun? Heulen und Tränen vergießen? Ich wollte Vorsitzender des Staatsplans werden, vielmehr stellvertretender Vorsitzender, weil ich nicht in der Partei bin. Ich war der Ochse, der den Karren gezogen hat, das Arbeitstier, ich war niemandem im Wege und wurde von allen gebraucht. Aber da geriet mir ein Interpunktionszeichen zwischen die Füße, ich bin über einen Doppelpunkt gestolpert. Merken Sie sich, in der Verbannung sagt Ihnen kein Mensch die Wahrheit: Wer wirklich was auf dem Kerbholz hat, der tut so, als ob er für nichts und wieder nichts sitzt, wer aber wirklich für nichts und wieder nichts sitzt, der tut so, als ob er was ausgefressen hätte. Aber mir können Sie glauben. Also. In unserem Büro hing eine Losung: ›Die Technik in der Zeit des Aufbaus entscheidet alles. Stalin.‹ Kennen Sie diese Losung? Ja, um so besser. Nun gut. Ich habe diese

* Wortspiel mit russisch: *Solowej* = Nachtigall, *Worobej* = Spatz, *tschik* = russische Verkleinerungssilbe, *Solowki* = Verbannungsort. – Also etwa: Besser ein Nachtigällchen in Moskau als Spätzlein in Solowki.

Losung in Gegenwart eines reizenden Mädchens vorgelesen. Sie hat mich daraufhin der Unkenntnis der Interpunktion bezichtigt. Hören Sie bitte aufmerksam zu. Ihr schien, ich hätte die Losung folgendermaßen vorgelesen: ›Die Technik: in der Zeit des Aufbaus entscheidet alles Stalin.‹ Sie war ein gebildetes Mädchen, darum war ihr meine Ignoranz so unerträglich, daß sie eine gewisse Instanz über ihren Kummer unterrichtete. Ich konnte noch nie gut vorlesen; na, dachte ich mir, dafür brummen sie dir eine ordentliche Rüge auf. Statt dessen brummten sie mir Paragraph 58, Punkt 10 ›Konterrevolutionäre Agitation und Propaganda‹ auf. Nur gut, daß sie meinten, drei Jahre reichten aus, um die Interpunktion zu lernen. Hier habe ich mich nicht schlecht eingerichtet, ich bin Betriebswirt bei der Behörde für Rauchwarenerfassung. Sie können Gift darauf nehmen, seit ich den Laden hier schmeiße, ist die Menge des erfaßten Pelzwertes nicht gesunken. Offenbar ist aber die Stadt Kansk für das Studium der Interpunktion immer noch zu exklusiv. Also schiebt man mich mit dem ersten Transport, das heißt mit Ihnen, zur Angara ab. Ich träume jetzt von der Stelle eines Buchhalters im Kontor für Rauchwarenerfassung in Bogutschany. Worum wir beide uns hier bewerben, lieber Sascha, würde einem Moskauer Snob nur ein müdes Lächeln entlocken. Aber für uns bedeutet es Überleben.«

Vielleicht hatte Boris recht. Aber Sascha entschied sich für eine andere Haltung. Er würde dorthin fahren, wohin man ihn schickte, würde dort leben, wo man es ihm vorschrieb. Sich um etwas zu bewerben hieße, das Recht der Djakows anzuerkennen, ihn hier festzuhalten. Dieses Recht räumte er ihnen nicht ein.

»Wo haben Sie in Moskau gewohnt?« fragte Boris.

»Am Arbat.«

»Auch nicht schlecht. Ich in der Petrowka, in dem Haus, wo die Eisbahn ist, kennen Sie sicher?«

»Ja, natürlich.«

»Wie Sie sich denken können, hat sich meine Jugend im Eremitage-Park abgespielt. Dort habe ich Abende verbracht, die es in sich hatten. Aber wie mein Großvater, ein Zadik, zu sagen pflegte ... Wissen Sie, was ein Zadik ist? Was, das wissen Sie nicht? Also ein Zadik ist etwas zwischen einem Weisen und einem Heiligen.

Wie gesagt, mein Großvater, der Zadik, sagte in solchen Fällen: Mach Schluß! Darum sage ich jetzt auch: Schluß mit den Erinnerungen und dem Gejammer.«

Am frühen Morgen, als sie noch schliefen, ging die Wirtin zur Arbeit aus dem Haus. Das Frühstück stand im Ofen in der Backröhre.

»Das ist der große Vorzug einfacher Frauen«, erklärte Boris. »Warum habe ich mich seinerzeit von meiner Frau getrennt? Weil sie nicht früh aufstehen wollte und mir kein warmes Frühstück machte. Und das Ergebnis? Sie hat ihren Eheliebsten verloren. Naja, sie hätte mich sowieso verloren. – Also gehen wir erst mal zu dem gewaltigen Trust *Rauchwarenerfassung* und lassen uns meine Entlassungspapiere geben. Mit Überbrückungsgeld rechne ich zwar nicht, aber ein Empfehlungsschreiben nach Bogutschany entreiße ich den Brüdern. Werden Sie sich rasieren?«

»Nein.«

»Hören Sie zu, Sascha, rasieren Sie sich den Bart ab, wozu brauchen Sie ihn? Wir gehen gleich auf die Straße, und dann werden Sie sehen, was es hier für Mädchen gibt.«

Die Mädchen hatte Sascha schon gesehen. Sie waren wunderbar. Gut gebaute, blonde Sibirierinnen, kräftige Gestalten mit festen runden Waden. Sein Leben in Sibirien hatte er sich als Eremitendasein vorgestellt, er wollte Französisch und Englisch lernen, sich mit Nationalökonomie beschäftigen, die drei Jahre sollten nicht ungenutzt vergehen. Jetzt kamen ihm aber doch Zweifel. Sicher würde es im Leben hier auch noch anderes geben.

»Nicht die Spur Kosmetik, alles pur«, redete Boris inzwischen weiter, »wir müssen erst in drei Tagen los, da können wir noch mal ordentlich auf die Pauke hauen. Aber mit diesem Sauerkraut am Kinn können Sie getrost zu Hause bleiben.«

»Keine Lust, mich hier zu rasieren.«

»Hören Sie auf den Rat eines erfahrenen Mannes. Sie sind den ersten Tag in der Verbannung, ich bin schon über zwei Monate hier. Wenn Sie Ihr Leben aufschieben wollen, bis Sie wieder freikommen, sind Sie erledigt. Helfen können wir uns nur auf eine Weise: leben, als ob nichts geschehen wäre. Dann haben wir die Chance, die Verbannung zu überstehen.«

Ein niedriger Raum mit verblichenen Tapeten, das weiße Papier an der Decke bildete Blasen und hatte sich stellenweise gelb verfärbt, hinter der Wand weinte ein Kind. Aber es duftete nach Kölnischwasser und Puder. Zwei Friseursessel. Die Friseure in ihren weißen Kitteln trugen Stiefel und hatten die gleichen Gesichter wie die Moskauer Friseure, verbindlich und abwartend, typische Friseurgesichter.

Der trübe Spiegel mit vielen Sprüngen zeigte Saschas bleiches Gesicht mit dem gelockten schwarzen Bart, der so ordentlich aussah, als sei er eben geschnitten.

»Ganz abnehmen?«

Abwägend schnippte der Friseur mit der Schere in die Luft und schnitt dann mit einer entschlossenen Bewegung Saschas Bart ab. Die Bartzotteln fielen auf den längst nicht mehr weißen Umhang. Die Haarschneidemaschine summte an seinem Ohr, der Seifenschaum wärmte ihm die Wangen. Sascha erinnerte sich an den Friseursalon am Arbat, an die Düfte, das strahlende Licht, das vorfestliche Treiben.

»Sind Sie das überhaupt?« rief Solowejtschik und breitete vor Verwunderung die Arme aus. »Das blühende Leben in Person.«

Sie gingen die Straße hinab. Forsch musterte Sascha die Mädchen, sie erwiderten seinen Blick.

»Wenn wir hierbleiben dürften, würden wir die hiesige Rasse veredeln«, sagte Boris. »In Kansk wimmelte es von Verbannten, auf uns beide wäre es bestimmt nicht angekommen.«

»Wer darf denn in Kansk bleiben?«

»Durfte, mein Lieber, durfte! Kranke, Kinderreiche, Alte und Gebrechliche ... schaun Sie mal, da kommt gerade einer auf uns zu, ein Menschewik, starren Sie nicht so auffällig zu ihm hin, er war ein Führer der Bewegung.«

Auf einen Stock gestützt näherte sich ihnen ein alter Mann in Hut und Mantel. Das lange, graue Haar fiel ihm auf den Kragen. Solowejtschik grüßte, der Alte grüßte zurück, etwas unsicher, denn offenbar hatte er Boris im ersten Augenblick nicht erkannt. Als er ihn dann aber erkannte, lüftete er den Hut und lächelte ihm freundlich zu.

»Er geht zur Meldestelle«, erklärte Boris, stolz, daß der Alte ihn beachtet hatte, »er muß sich an jedem fünften und zwanzigsten melden. Was glauben Sie, wie alt er ist?«

»Vielleicht sechzig.«

»Zweiundsiebzig! Hier können Sie alle möglichen Leute treffen: Menschewiken, Sozialrevolutionäre, Anarchisten, Trotzkisten, nationalistische Abweichler. Manche von ihnen waren wirklich bekannt.«

Sascha hätte nie gedacht, daß es in der Sowjetunion noch Menschewiken und Sozialrevolutionäre gab. Trotzkisten schon, das war zu seiner Zeit gewesen. Aber die da? Begriffen die denn nichts?! Hingen wohl noch immer irgendwelchen Hoffnungen nach ... und machten weiter? ... Vielleicht machten sie aber auch gar nicht weiter?

Mittags aßen sie in der Kantine der Behörde für Rauchwarenerfassung, in einem niedrigen Kellergeschoß mit quadratischen Tischen. Tischdecken gab es nicht. Hinter der breiten, rechteckigen Durchreiche befand sich die Küche: drei große, dampfende Aluminiumkessel auf dem Herd, davor die rotgesichtige Köchin mit dem Schöpflöffel in der Hand.

»Die Kantine ist den Angestellten der Behörde vorbehalten, andere Leute dürfen hier eigentlich nicht rein«, erklärte Boris, »aber man drückt ein Auge zu, sonst rentiert sich der Laden nicht. Sie haben ihre eigene Maststation mit Schweinen, Kaninchen, Geflügel. Die Hälfte aller Deportierten macht hier Fettlebe. Wenn Ihnen einer sagt, ich hätte ihn hier eingeführt, können Sie es ihm ruhig glauben.«

Als die Köchin Boris sah, legte sie den Schöpflöffel aus der Hand, wischte die Hände an der Schürze ab und kam aus der Küche an ihren Tisch.

»Wir haben heute Borschtsch, Boris Saweljewitsch, Bœuf Stroganoff mit Kartoffelpüree, und wenn Sie etwas warten, kann ich Ihnen auch Bratkartoffeln machen«, sie beugte sich zu ihm herunter, »ich habe auch eine Flasche frische Milch da.«

»Also Bratkartoffeln«, gestattete Boris hoheitsvoll.
»Fahren Sie weg, Boris Saweljewitsch?«
»Ja«, antwortete Boris finster. »Ist die Kleie gekommen?«
»Ja, vier Säcke, sie haben versprochen, morgen noch welche zu bringen. Bei der Rechnung haben sie sich wieder mal verhauen: Das Gulasch ist acht Kopeken billiger. Und den Ofensetzer haben sie immer noch nicht geschickt, der Ofen qualmt so, daß mir dauernd die Augen tränen.«
Sie sprach mit ihm wie mit jemandem, unter dessen Leitung alles gut gelaufen war, jetzt, wo er ging, würde nichts mehr klappen. Boris ließ sich deutlich anmerken, daß es so und nicht anders kommen müsse, er sich jedoch geschmeichelt fühle, daß man ihm mit der früheren Achtung begegnete, obwohl er hier nichts mehr zu sagen hatte.
»Ich schwatze herum, und Sie haben Hunger«, rief die Köchin.
»Vor meiner Zeit haben fünf Personen in der Kantine gearbeitet, jetzt nur noch zwei: die Köchin und ein Hilfsarbeiter. Die Köchin macht zugleich die Kasse, serviert das Essen und hat die Leitung. Aber die Kantine – das ist ein Klacks. Ich könnte Ihnen erzählen, was ich hier in zwei Monaten alles erreicht habe. Aber jetzt interessiert das niemanden mehr. Unersetzliche Kräfte gibt es bei uns bekanntlich nicht; heute ich morgen du. Wenn man sich aber diese Worte genau überlegt, sieht man, wie unsinnig sie sind. Wenn es in der Bibliothek keinen Puschkin gibt, kann ich auch einen Band von Tolstoi nehmen, aber das ist dann eben Tolstoi und nicht Puschkin. Meinen Posten hat jetzt ein anderer, aber das ist schon ein anderer Puschkin.«
Ein kleines Männchen schob sich schüchtern in die Kantine, jung, aber mit rundem Rücken, unordentlich, unrasiert, mit eingerissenem Mützenschirm, ein schmuddeliges Hemd unter der langen zerschlissenen Joppe, an der die meisten Knöpfe fehlten. Die vertragenen Schuhe hatten schiefe Absätze, die plumpe Wattehose beulte sich an den Knien, die Hostenstege baumelten über den Haken.
»Ah, Igor!« begrüßte ihn Boris. »Na, komm her, tritt näher!« Igor näherte sich mit einem schüchternen Lächeln. Sascha sah seine blauen Augen, den dünnen weißen Hals.

»Nimm die Mütze ab – wir sind immerhin in einem Speisesaal«, sagte Boris.

Igor knautschte die Mütze in den Händen, sein schon seit langem nicht geschnittenes, ungewaschenes blondes Haar stand struppig nach allen Seiten ab.

»Wie geht's?« erkundigte sich Boris.

»Es geht, alles bestens«, Igors Lächeln entblößte die einzeln stehenden Zähne.

»Bestens klingt gut. Na, haben sie dich wieder geschaßt?«

»Aber nein, wieso denn? Ich darf nur an der Expedition nicht teilnehmen.«

Seine angenehme Stimme, die sofort seine Bildung verriet, hatte etwas Besonderes, was das Besondere aber war, wurde Sascha nicht klar. Es war eine Stimme, die sich einprägte.

»Igor hat im Inventurbüro gearbeitet«, erklärte Boris, »keine schmutzige Arbeit: Gebäude vermessen, Pläne zeichnen. Die Zeichnungen werden einzeln bezahlt – man verdient anständig. Aber dieser junge Mann ist faul und liefert zudem Zeichnungen voller Fettflecken ab. Hast du überhaupt Fett oder Butter, Igor? Dann schmiere sie dir gefälligst aufs Brot und nicht auf die Zeichnungen. Daß sie dich nicht bei der Expedition mitlassen, ist geflunkert, Igor! Die Hälfte der Gruppe bleibt in Kansk, du würdest auch bleiben, wenn du ein ganzer Kerl wärst.«

Igor lächelte schuldbewußt und knautschte die Mütze in den Händen. »Na schön«, schloß Boris seine Gardinenpredigt. »Möchtest du was essen? Natürlich! Hast du Geld? Natürlich nicht!«

»Ich muß dieser Tage Geld für acht Zeichnungen bekommen.«

»Das mit den acht Zeichnungen höre ich schon seit zwei Monaten.« Boris rief zur Küche hin: »Marja Dmitrijewna, ein Mittagessen für Igor, ich zahle.«

Mürrisch schob die Köchin einen Teller Borschtsch und ein Stück Brot in die Durchreiche. Igor stopfte seine Mütze in die Jackentasche, klemmte sich den Brotkanten unter den Arm und ging, den Teller ungeschickt mit beiden Händen haltend, zu einem anderen Tisch.

»Wer ist denn das?« fragte Sascha.

»Eine bemerkenswerte Persönlichkeit in diesen Breiten, ein Original. Ein Lyriker, Sohn eines weißen Emigranten. Wurde in Paris zu einem fanatischen Komsomolzen, kam in die UdSSR und ist jetzt, bitte sehr, schon in Kansk.«

»Wofür?«

»Sie stellen höchst naive Fragen. Wir ersticken jeden Aufruhr schon im Keim. Wenn ich einen politischen Witz erzähle, habe ich dabei ganz bestimmte Gedanken und bin unter Umständen bereit, mich an antisowjetischen Umtrieben und Aktivitäten zu beteiligen. Sie haben eine unpassende Wandzeitung herausgebracht, morgen machen Sie eine illegale Zeitschrift, übermorgen drucken Sie Flugblätter. Das ist sogar human: Für die Wandzeitung haben Sie drei Jahre bekommen, für die Flugblätter hätte man Sie erschießen müssen – auf diese Weise hat man Ihnen das Leben gerettet. Igor ist in Paris aufgewachsen, er ist der Sohn eines Emigranten, das heißt eines Mannes, der unter der Revolution gelitten hat. Man muß also bei ihm auf alles gefaßt sein. Ergo muß er zu seinem eigenen Nutzen isoliert werden.«

Igor saß in der Ecke und aß hastig.

Boris sah zu ihm hinüber und sagte:

»Ein einfacher Mensch räumt selber auf und bleibt darum überall Mensch. Der Aristokrat ist gewohnt, daß man ihm nachräumt, ist keiner da, der es für ihn besorgt, verwahrlost er. Monsieur hat keine Lust zu arbeiten, ißt die Reste in den Kantinen, aus jeder Wohnung schmeißt man ihn raus, weil er so unordentlich ist. Er hat überall Geld gepumpt und zahlt nie etwas zurück. Wie Sie sich denken können, gibt's unter den Deportierten keine Krösusse. Aber die Deportierten haben ihn selbst verwöhnt, haben ihn förmlich auf Händen getragen und ihm Zucker in den Hintern geblasen. Man bedenke: Ein Lyriker! Aus Paris! Paris! Frankreich! Die drei Musketiere! Dumas père! Dumas fils! ... Nur vor mir hat er Angst. Die Leute, die ihn bejubelt haben, geben ihm nichts zu beißen, ich aber gebe ihm zu essen. Da muß er sich schon meine Gardinenpredigten anhören, obwohl er mich insgeheim verachtet – als Plebejer und Pöbel. Aber wenn ich jetzt zur Angara fahre, dann krepiert er hier ohne mich vor Hunger. Aber das Interessanteste kommt erst noch. Er wartet auf seine Dulcinea.

Wenn sie kommt, erleben Sie ein Schauspiel, wie Sie es noch nie gesehen haben und auch nie mehr sehen werden. Ah, da ist sie schon.«

Eine Frau um die dreißig, eine Schönheit, betrat die Kantine, eine majestätische Göttin mit einem großen, scharfgezeichneten, trotzigen Mund. Mit ruhigem Blick sah sie sich in der Kantine um und nickte Boris gleichgültig zu. Der neigte den Kopf mit zurückhaltender Würde. Dann entdeckte sie Igor, der sich in der Ecke über seinen Teller beugte.

»Und ausgerechnet diese Mißgeburt hat so eine Frau«, flüsterte Boris erschüttert.

»Wer ist sie denn?«

»Sie kommt aus Leningrad, sucht nach ihrem deportierten Mann und hat sich in diese Vogelscheuche verliebt. Sie sitzen jeden Tag da, er trägt ihr seine Gedichte vor, und sie starrt ihn an wie das Bild von Dorian Gray.«

Die Frau erzählte Igor etwas, er kicherte, sammelte die Brotkrümel vom Tisch und steckte sie in den Mund. Ein zerzaustes, wuseliges Männchen ohne jeden Charme. Dann stand die Frau auf, ging zur Durchreiche, ebenso unwillig wie zuvor bei Igor schob die Köchin ihr die Suppe hin. Igor fuhr hoch, machte Anstalten aufzustehen, um ihr behilflich zu sein, blieb jedoch sitzen. Als die Frau Brot und ein Eßbesteck holte, wiederholte sich fast das Gleiche – er wollte ihr nach und setzte sich dann wieder.

Sie aß, diesmal erzählte er, sein Gesicht war jung und gleichzeitig verlebt. Sie hörte ihm zu und nickte hin und wieder. Dann holte sie das Hauptgericht, legte die Hälfte davon in ihren Suppenteller und schob ihm die andere Hälfte zu.

»Verdammter Nimmersatt!« entrüstete sich Boris. »Er kann von früh bis spät schlingen, frißt der geliebten Frau auch noch die Hälfte weg. Selbst unter schwierigen Bedingungen bewahren Menschen die Würde und bleiben Menschen. Und dieser Pariser Boulevardhengst läßt sich derart fallen. Glauben Sie aber ja nicht, daß er ein treuherziger Tropf ist. O nein! Er ist unverschämt und zynisch, im Innern lacht er über die Leute, die er schröpft. Ein Parasit! Er schont sich, und sich schonen heißt, die Mitmenschen nicht schonen, das hat schon mein Großvater, der Zadik, gesagt. Ist in die UdSSR gekommen! Hat wohl gedacht, er erweist der Sowjetunion damit eine große Ehre. Hier muß aber gearbeitet werden. Er wollte nicht arbeiten, und deshalb hat ihn die Gesellschaft ausgestoßen.«

Sascha meinte lächelnd: »Richtiger wäre gewesen, ihn nach Paris zurückzuschicken.«

Mittlerweile hatte die Frau ihren Teller geleert, sie stützte die Arme auf den Tisch, legte das Kinn auf die Hände und sah Igor an. Er machte ein trauriges Gesicht, lehnte sich zurück, senkte den Kopf und murmelte etwas.

Er trug Gedichte vor, ohne die Stimme zu heben, Sascha konnte nur einige Wortfetzen hören: Kreuzritter, Jerusalems Mauern, gelbe Wüste, sengende Sonne, Damen, die ihre Ritter erwarten, welche nie zurückkehren.

»Wie gefällt Ihnen sowas?« fragte Boris halblaut. »Tapfere Ritter und anmutige Damen. Wie? In Kansk, in der Kantine des Kontors für Rauchwarenerfassung?!«

Es war tatsächlich komisch. Und trotzdem war die Situation faszinierend, ebenso wie Igors abwesendes Gesicht und der tiefe Blick der schönen Frau.

Sascha bezwang seine plötzlich aufkommende Gereiztheit. Sie war eine Folge der Intoleranz, in der er erzogen worden war.

Er sagte zu Boris: »Seien wir nachsichtig.«

2

Stalin kam zur Beratung über den Generalplan der Neugestaltung Moskaus, als die Sitzung bereits ihrem Ende entgegenging. Er wußte, was Kaganowitsch in seiner Einleitung hatte sagen wollen und hatte auch Bulganins Referat gelesen. Alle Ansichten und Vorschläge zum Stadtumbau waren ihm schon vorgelegt und zweimal im Politbüro erörtert worden. Seinen Standpunkt hatte er geäußert. Und dieser Standpunkt war im Generalplan niedergelegt worden. Der Generalplan – das war sein Standpunkt.

Als er im Präsidium erschien, standen alle auf, und der übliche Beifallssturm brach aus. Stalin hob die Hand zum Gruß, setzte sich und forderte damit die anderen auf, seinem Beispiel zu folgen. Auf der Tribüne war jemand bei den letzten Sätzen seiner Rede. Stalin tat, als höre er aufmerksam zu. Er malte die Ruinen der altehrwürdigen Kirchen in Ateni auf ein Blatt Papier, einer etwa zehn Kilometer von Gori entfernten kleinen Siedlung, wo die Kunden seines Vaters, des Schuhmachers Dshugaschwili, wohnten. Der Vater brachte ihnen die fertigen Schuhe, manchmal blieb er ein paar Tage, um dort zu arbeiten. Oft nahm er den kleinen Jossif mit. Sie verließen Gori am frühen Morgen und wanderten am Ufer der Tana an den Weinbergen entlang bis zu den Ruinen der alten Kirchen. In Ateni, dieser kleinen Siedlung, gab es neun oder zehn Kirchen, darunter die Kirche des Zionklosters, die eine Kuppel schmückte und die der Überlieferung zufolge im siebten Jahrhundert errichtet worden war. An ihrer Fassade waren die in Stein gehauenen Darstellungen von Persönlichkeiten jener Epoche erhalten und im Innern der Kirche die Fresken, die ebenfalls historische Figuren der Zeit darstellten.

Die bedeutendsten Denkmäler sind Baudenkmäler. Sie sind vom Material her dauerhaft, stehen frei in der Gegend, können besichtigt und auch durch Abbildungen zugänglich gemacht werden. Lenin, der eine monumentale Propaganda forderte, hatte die Bedeutung der Bildhauerkunst dafür erkannt. Er sah darin ein

Mittel, die Massen mit neuen historischen Vorbildern vertraut zu machen. Die wahre Aufgabe monumentaler Propaganda liegt aber woanders – in der Verewigung einer Epoche. Wie viele der damals erschaffenen Denkmäler sind erhalten geblieben? Eins? Oder zwei? Moskau sollte das Denkmal SEINER Epoche werden, die Stadt, die ER neu aufbauen würde, denn nur Städte sind von Dauer. Die Schlichtheit der Architektur der zwanziger Jahre war eine Fehlentscheidung gewesen. Da revolutionäre Askese gegen die Pseudopracht der NÖP gesetzt wurde, leistete man formalistisch orientierten Architekten Vorschub, die das klassische Erbe verleugneten. Man mußte sich aber vor allem auf das klassische Erbe besinnen.
Peter der Große hatte das begriffen und Petersburg nach klassischen Vorbildern erschaffen, darum war Leningrad heute vom architektonischen Standpunkt betrachtet eine Stadt. Allerdings eine Stadt vergangener Jahrhunderte – sie war nicht hoch genug gebaut. Moskau dagegen sollte sich der Nachwelt als emporstrebende, himmelstürmende Stadt darbieten. Hochhäuser mit klassischen Formen – das war der zukünftige Stil der Stadt. Der Palast der Sowjets sollte das erste Hochhaus werden. Den Bau dieses Palastes hatte Kirow schon 1922 auf dem Ersten Kongreß der Sowjets vorgeschlagen, aber wer erinnerte sich noch daran? Er würde den Palast der Sowjets als architektonischen Mittelpunkt des neuen Moskau bauen. Er würde neue Verkehrsachsen durch die alten Straßenzüge brechen, die U-Bahn bauen, moderne Wohnhäuser und Bürogebäude hochziehen, neue Brücken schlagen, die Moskwa mit Quais und Uferstraßen säumen, Hotels, Schulen, Bibliotheken, Theater und Clubs errichten, Grünanlagen und Parks anlegen. Moskau würde ein eindrucksvolles Denkmal SEINER Epoche werden.
Die Erinnerung an die Ruinen der alten Kirchen in Ateni hatte diese Gedanken in ihm geweckt. Damals in seiner Kindheit hatten ihn die zerfallenen Kirchen mit ihrer hallenden Leere, ihrem fernen Geheimnis beeindruckt. Jetzt, am Ende des langen Präsidiumstisches sitzend, malte er ihre rechteckigen Umrisse auf ein Blatt Papier. Zeichnen konnte er nicht, aber gerade Linien zog er sogar ohne Lineal, er hatte eine feste, ruhige Hand.

»Das Wort hat Genosse Stalin«, verkündete Kaganowitsch. Wiederum standen alle auf, wieder der gewohnte Beifallssturm.

Stalin ging nach vorn, hob die Hand, um Ruhe zu gebieten und begann halblaut:

»Hier ist genug über die notwendige Neugestaltung Moskaus gesagt worden. Ich brauche das nicht zu wiederholen. Das alte, aus Holz gebaute Moskau mit seinen schmalen Straßen und Gassen, seinen verwinkelten Durchgängen und Sackgäßchen, mit seiner chaotischen Bebauung, seinen armseligen Häusern und dunklen Mietskasernen, mit seinen vorsintflutlichen Verkehrsmitteln wird den Bedürfnissen der Moskauer Werktätigen in keiner Weise mehr gerecht.«

Er machte eine Pause und lauschte in die aufmerksame Stille – keine Bewegung, kein Räuspern.

»In den Jahren der Sowjetmacht«, fuhr Stalin noch leiser fort, »ist schon vieles geleistet worden, um die Lebensbedingungen der Moskauer Werktätigen zu verbessern. Arbeitern, die in Kellern hausten, haben wir normale Wohnungen zur Verfügung gestellt, indem wir die Wohnräume der Vertreter der früheren Ausbeuterklassen eingeschränkt haben. Zahlreiche Schulen für Arbeiterkinder sind erbaut worden, ebenso Arbeiterclubs und Kulturpaläste. Auf diesem Gebiet sind unsere Errungenschaften als bedeutend zu bezeichnen, in den Herzen der sowjetischen Menschen rufen sie begründeten Stolz hervor. Aber wir sind verpflichtet, an die Zukunft zu denken. Leiten heißt vorausplanen. Wir müssen einen, für viele Jahrzehnte gültigen Plan entwickeln. Das wird der Generalplan der Neugestaltung Moskaus sein.«

Er verließ das Rednerpult und machte einige Schritte auf der Bühne, im Saal herrschte die gleiche Stille.

Stalin ging zum Pult zurück und sprach weiter: »Bei der Verwirklichung dieses Plans ist auf zweierlei zu achten: Moskau darf kein ›großes Dorf‹ bleiben, andererseits müssen wir die Auswüchse der Urbanisierung bekämpfen. Wir dürfen nicht blindlings westliche Vorbilder kopieren. Der Charakter einer sozialistischen Stadt, der Hauptstadt eines sozialistischen Staates muß sich in der Neugestaltung ausdrücken. Das ist keine Stadt, in der die Reichen in Palästen wohnen und die Arbeiter in Elendsvierteln hausen, sondern im Gegenteil eine Stadt, in der gerade Arbeitern der beste und höchste Lebenskomfort geboten wird.

Folglich ist die erste Aufgabe, die der Plan zu erfüllen hat, die Stadt lebenswert zu gestalten. Wir müssen neue, bequeme Wohnviertel hochziehen, die von Grünanlagen umgeben sind. Wir müssen die Uferstraßen der Moskwa und der Jausa mit komfortablen und schönen Häusern bebauen, um mehr Wohnraum zu schaffen. An den Hauptverkehrsadern muß alles Alte abgerissen und die Straßen selbst müssen bis zu siebzig Meter verbreitert werden. Das wird im Interesse der Werktätigen zur Lösung der Verkehrsprobleme beitragen.«

Stalin machte wieder eine Pause. Er wußte, daß er nichts Neues sagte, wußte aber auch, daß alle, die ihm zuhörten, seine Worte als Offenbarung empfanden, weil ER sie aussprach.

»Ich komme zur zweiten Aufgabe«, fuhr Stalin fort, »und die lautet: Die Hauptstadt des ersten sozialistischen Staates der Welt muß schön sein. Schon in der Morgenröte unseres neuen Staates wurde unter Leitung des großen Lenin der Plan einer monumentalen Propaganda entwickelt. Lenin wollte, daß unsere Epoche Jahrhunderte überdauernde Denkmäler hinterläßt – dieses Leninsche Vermächtnis müssen wir in Ehren halten und befolgen. In den ersten Jahren unseres Staates waren wir arm und deshalb gezwungen, uns mit bescheidenen baulichen Lösungen zu begnügen. Leider hat das der formalistischen Kunst Tür und Tor geöffnet, den Massen aber ist formalistische Kunst unverständlich, sie ist artfremd. Jetzt sind wir reich und mächtig genug und müssen uns auf das klassische Erbe besinnen. Natürlich dürfen wir es nicht blindlings kopieren wie das die Petersburger Städtebauer damals getan haben. Wir müssen den klassischen Formen einen neuen sozialistischen Inhalt geben.«

Er machte eine lange Pause, um dann erneut fortzufahren:

»Und schließlich die letzte Frage, Genossen: In welcher Richtung soll sich Moskau entwickeln?

Der erste Vorschlag sieht vor, Moskau so zu lassen, wie es ist, gewissermaßen als Museum oder Gedenkstätte, und das neue Moskau an einer neuen Stelle aufzubauen. Bei aller Hochachtung vor den Initiatoren dieses Vorschlags können wir ihn nicht anneh-

men. Moskau ist das historische Zentrum Rußlands. Moskau hat Rußland vereinigt und geschaffen, auf Moskau können wir nicht verzichten, das dürfen wir nicht und werden wir auch nicht tun.
Der zweite Vorschlag, den Stadtkern von Moskau etwa in den Grenzen des Gartenrings unverändert zu lassen und ihn mit acht Satellitenstadtteilen zu umgeben, also acht Wohnvororte zu schaffen, die das neue Moskau bilden, ist eigentlich nur eine Variante des ersten Vorschlags. Das ist unschwer zu erkennen.
Wovon gehen die obengenannten Vorschläge aus? Vor allem von der irrigen Annahme, wir seien unfähig, Moskau neu zu gestalten. Natürlich ist es einfacher, eine neue Stadt zu bauen. Aber wir Bolschewiki sind auch den schwersten Aufgaben gewachsen: unser Moskau umzugestalten und dabei an Ort und Stelle zu lassen. Moskau ist und bleibt das Zentrum unseres Landes, das Zentrum der Weltrevolution. Darum haben wir beschlossen, Moskau nach dem historisch vorgegebenen Ring- und Radialschema weiter auszubauen und zu entwickeln. Der von einer gigantischen Leninstatue gekrönte Palast der Sowjets wird den architektonischen Mittelpunkt der Stadt bilden. Vom Palast der Sowjets ausgehend werden die Moskauer Hauptverkehrsadern strahlenförmig in alle Richtungen führen, breit und modern, von Hochhäusern gesäumt. Moskau wird in die Höhe streben. Das aufstrebende Moskau in Verbindung mit klassischen, aber sozialistisch durchdachten Lösungen – das ist das künftige Bild der Stadt, die Gestalt des künftigen Moskau.«

Stalin kam um Viertel vor zehn von der Sitzung zurück und ging in sein Arbeitszimmer.
Poskrebyschew meldete ihm: »Schumjatzky hat den Film gebracht, Iossif Wissarionowitsch.«
»Gut«, sagte Stalin, »Schumjatzky kann nach Hause fahren. Sagen Sie Kliment Jefremowitsch, ich erwarte ihn zum Film.«
Der Filmvorführsaal befand sich hinter Stalins Arbeitszimmer, nur das Zimmer für die Wache lag zwischen den beiden Räumen. Der Saal war nicht groß, sieben Reihen, in jeder Reihe acht Plätze.
Stalin pflegte sich die Filme mit einem seiner Politbüromitglieder anzusehen. Er setzte seine Brille auf und nahm in der siebten, der

letzten Reihe an der Seite Platz, so daß ihn weder der Lichtstrahl noch das Surren des Apparats stören konnten. Manchmal, allerdings nur wenn er Gäste eingeladen hatte, setzte er sich in die Mitte der zweiten Reihe und sah sich den Film ohne Brille an. Mit Brille zeigte er sich niemandem, es gab auch keine Bilder von ihm mit Brille.

Heute war auf seine Anordnung Charlie Chaplins *Lichter der Großstadt* gebracht worden. Stalin sah sich den Film zum dritten Mal an. Chaplin erinnerte ihn an seinen Vater, den einzigen ihm nahestehenden Menschen. Manchmal glaubte er, in Chaplins Figur eine gewisse Ähnlichkeit mit sich selbst festzustellen – einsam in dieser Welt. Aber er verscheuchte diesen Gedanken, er entsprach nicht der Wirklichkeit. Chaplin erinnerte ihn an seinen Vater und nur an den Vater. Der arme Charlie entfernte sich auf der Straße und sah sich mit einem hilflosen Lächeln um. Stalin stiegen Tränen in die Augen, er trocknete sie mit dem Taschentuch.

Woroschilow beugte sich zu ihm hinüber: »Koba, fehlt dir etwas?«

»Das ist ein Film über mich«, antwortete Stalin trocken.

Aber der Film war nicht über ihn, sondern über den Vater, den unglücklichen Schuster Wissarion Dshugaschwili ... Wenn er auf Arbeitssuche gegangen war, in der Regel nach Telani oder woandershin, hatte er sich genauso wie Chaplin auf der Straße umgedreht und Iossif mit einem traurigen, hilflosen Lächeln zugewinkt. Damals wohnten sie im Haus von Kulumbegaschwili, der auch Schuhmacher war. Es gab nur zwei Zimmer, das eine bewohnten die Kulumbegaschwilis, im andern wohnten sie, die Dshugaschwilis. Eine winzige Kate, in der es nach Pech und Leder roch, Kulumbegaschwili arbeitete hier, während der Vater meist nach Kachetien ging. Er zog als Wanderschuster herum, weil er sich mit der Mutter nicht verstand. Die Mutter war eine herrische Frau, eine reinblütige Georgierin. Der Vater stammte von Südosseten ab, die im Kreis Gori seßhaft geworden waren. Seine Vorfahren hatten sich assimiliert, und der Großvater hatte das ossetinische ›jew‹ in seinem Namen Dshugajew gegen das georgische ›schwili‹ ausgetauscht. Die Mutter wusch und putzte bei dem reichen

Witwer Egnatoschwili. Im Priesterseminar wurde gemunkelt, der sei der Vater von Iossif, denn er hätte für den Sohn die geistliche Laufbahn ausgesucht. Wäre der Schuster Dshugaschwili sein Vater gewesen, hätte der ihm das Schusterhandwerk beigebracht und würde nicht in Georgien herumstrolchen.

Alle logen, man durfte niemandem glauben! Der kleine Iossif wußte genau, daß sein Vater der Schuhmacher Wissarion Dshugaschwili war, ein stiller freundlicher Mann, obwohl die Mutter ewig mit ihm zankte. Sie sagte, nur seinetwegen seien sie so arm, er hätte die Familie zugrunde gerichtet. Wegen dieser Vorwürfe mochte Iossif die Mutter nicht.

Zweifellos wünschte ihm die Mutter nur das Beste, wollte ihn Priester werden lassen, ihn Gott weihen. Sie brachte ihn zu Egnatoschwili, damit Iossif sich dort satt essen konnte. Er wollte aber nicht hingehen. Sie waren reich, er war arm. Man brachte ihm einen Teller Chartscho-Suppe und Hammelfleisch mit Mais auf den Hof, während sie selbst im Haus saßen, Wein tranken und sich unterhielten. Wenn sie zu Egnatoschwili gingen, bemühte sich die Mutter, ihn ordentlich anzuziehen. Wozu? Die einen versuchen, ihren Reichtum durch die Kleidung zu zeigen, die anderen ihre Armut damit zu verbergen. Er schämte sich seiner Armut nicht. Die Hosen waren ausgefranst? Egal! Andere Hosen hatte er nicht. Die Schuhe schiefgetreten? Andere besaß er nicht. Im Seminar, in Tiflis, war er sogar stolz auf sein abgerissenes Äußeres – ein richtiger Mann mußte so aussehen. Er kleidete sich auch jetzt wie ein einfacher Soldat.

Er hatte sich nicht dem Willen seiner Mutter beugen wollen. Er liebte den Vater, aber auch dessen Willen beugte er sich nicht, aus dem einfachen Grund, weil der Vater keinen Willen hatte. Die Mutter war willensstark, und alle sagten, den Charakter hätte er von ihr, doch sie hatte ihren Willen und Charakter beim Kampf ums tägliche Brot aufgebraucht. Der Vater aber hatte keine Lust, für ein paar Kopeken zu schuften, er sang und scherzte gern, saß oft mit Freunden am Tisch zusammen. In solchen Stunden war er ein richtiger Mann, sympathisch, charmant und fröhlich. Neben der Mutter aber wirkte er klein, geduckt und schweigsam. Ein schwacher Mann!

Dann kam ein Brief, in dem stand, daß der Vater bei einer Rauferei unter Betrunkenen erschlagen worden war. Wieder gelogen. Der Vater raufte nie, ein stiller friedlicher Schuster. Wer hätte ihn denn schlagen sollen, und wofür auch? Der Vater war einfach gestorben. Die Jungen in der Schule hänselten Iossif, der Vater hätte nicht mal seinen Mann stehen können. Iossif aber wußte, daß es sich anders verhielt, alles nur Lüge. Er antwortete gar nicht darauf und ging mit einem verächtlichen Lächeln weg. Alle seine Mitschüler verachtete er, verachtete die Reichen, die mit ihrem Reichtum protzten ebenso wie die Armen, die sich ihrer Armut schämten.
Der Vater war in Telawi begraben worden, wo, wußte keiner. Er, sein Sohn, wußte es auch nicht. Er hatte den Vater geliebt, und der Vater hatte ihn geliebt, hatte ihn nie bestraft, ihm nie Vorhaltungen gemacht, ihm zärtlich den Kopf gestreichelt und Lieder vorgesungen. Von ihm hatte ER seine musikalische Begabung. Im Schülerchor, wo er immer in der obersten Reihe zwischen den Kleinen stand, galt SEINE Stimme als die beste, der Dirigent sagte, er habe ein feines Gehör. Das hatte er alles vom Vater, er war ihm auch äußerlich nachgeschlagen, der war auch nicht groß und hatte rötliches Haar, während die Mutter groß und schwarzhaarig war. Der Vater hatte Sinn für Humor, die Mutter verstand keinen Scherz, eine mürrische Frau.
Seine Landsleute wollten Gori nach ihm nennen, den Namen Stalin geben. Nein! Sollten sie lieber die Stadt Zchinwali, die Hauptstadt von Südossetien, so nennen, ein Denkmal für den Vater und die ossetinische, väterliche Verwandtschaft. Die Mutter sollte wissen, daß er das Andenken an den Vater, den Schuhmacher Wissarion Dshugaschwili, in Ehren hielt. Sie war eine kluge Frau, sie würde das verstehen. Selbstverständlich mußte er in den Augen des sowjetischen Volkes als musterhafter Sohn dastehen, das ließ ihn menschlicher und vertrauter erscheinen. Der Gedanke an die Kindheit war für ihn vor allem mit dem Vater verbunden. Wieder mußte er daran denken, wie er mit ihm nach Ateni gewandert war, zu den Weinbergen. Die Weinbauern stampften den Saft mit den Füßen aus den Trauben und gossen ihn dann in riesige Tonkrüge.

Abends trank der Vater mit Freunden den guten Atenuri-Wein und sang mit ihnen die herzergreifenden, vielstimmigen georgischen Weisen. Sie hatten gut gesungen und gut getrunken – auf georgische Art. Sie wurden immer gutmütiger und fröhlicher vom Wein, nicht wie die russischen Bauern, die der Wodka zu Rauflust und Messerstechereien verleitet. Aber so war nun mal das georgische Volk, groß an Zahl und reich an Territorium, ein Volk, mit dem allein man Geschichte machen konnte. Der Anschluß an Rußland hatte das Nationalbewußtsein der Georgier bewahrt, so daß der georgische Sozialismus ein Teil des gesamtrussischen Sozialismus war.
Aber die Russen waren eben keine Georgier. In der Schule, auf dem Seminar hatte ihn keiner wegen seines verkrüppelten Arms angerührt, ein Ausdruck der natürlichen georgischen Vornehmheit. Aber später nahm kein Mensch Rücksicht auf sein körperliches Gebrechen – weder in Baku noch in Batumi und auch nicht in Sibirien, alle waren grob und rücksichtslos zu ihm. Er hatte sich trotzdem behauptet und durchgesetzt, indem er noch gröber gewesen war. Lenin hatte ihm seine Grobheit vorgeworfen, aber nur so konnte man regieren: Die Grobheit des Apparats hielt die Grobheit des Volkes im Zaum. Nur die Intellektuellen faßten das Volk mit Glacéhandschuhen an und scheiterten denn auch. Schon in seiner Jugend hatte er begriffen, daß die Demokratie in Rußland lediglich gröbste Kräfte entfesselte. Grobe Instinkte ließen sich nur mit einer starken Staatsgewalt unterdrücken, eine solche Gewalt hieß Diktatur. Die Menschewiki hatten das nicht verstanden, weil sie das Volk nicht kannten, die Bolschewiki dagegen hatten es begriffen, weil sie das Volk kannten. Darum hatte sich die Mehrheit der russischen Sozialdemokraten den Bolschewiki angeschlossen, die nicht russisch-stämmigen Sozialdemokraten waren zu den Menschewiki gegangen. Der Bolschewismus war eine russische Erscheinung, der Menschewismus nicht. Von allen bedeutenden Georgiern verstand ER allein das russische Volk und hatte sich deshalb den Bolschewiki angeschlossen. Die anderen Georgier, Noij Shordanija, Zeretelli, Tschcheidse und Konsorten hatten sich den Menschewiki angeschlossen, weil sie nichts vom russischen Volk verstanden. Damals war ER allerdings gegen die

Nationalisierung von Grund und Boden gewesen. Wer im Hinblick auf die damalige Zeit recht gehabt hatte, er oder Lenin, stand nicht fest. Wer in der Vergangenheit recht oder unrecht gehabt hatte, darauf gab die Geschichte keine eindeutige Antwort – recht hatte der Sieger. Aber ER hatte Lenin gegenüber nicht opponiert. Er ging mit den Bolschewiki, mit Rußland, nur hier hatte er als Politiker eine Zukunft. Er hatte sich eingehend mit der nationalen Frage beschäftigt und wußte genau, daß es bei den Nationen nicht anders war als bei den Menschen: Der Stärkere siegt. Bei den Völkern war es wie bei den Politikern: Es gab Führende und Geführte. In der Sowjetunion, in der hundert Völker lebten, konnte nur ein Volk die Führerrolle beanspruchen – das russische. Dem russischen Großmachtchauvinismus mußte jedoch unbarmherzig der Kampf angesagt werden, weil dieser seinerseits den Nationalismus der einzelnen Völker weckte. Dabei durfte keinen Augenblick vergessen werden, daß das russische Volk die entscheidende vereinigende Kraft darstellte. Für das russische Volk mußte er Russe sein, ebenso wie der Korse Napoleon Bonaparte für die Franzosen Franzose war.

Stalin war mit dem Verlauf der Konferenz zufrieden. ER hatte sich nicht nur als Initiator und Organisator der Neugestaltung Moskaus gezeigt, ER hatte diese Stadt, deren Namen jedem Russen teuer ist, für Rußland bewahrt. Er hatte Moskau so bewahrt, wie jeder Russe es kannte und sich vorstellte. Nicht die im Saal sitzenden, hochgeistigen Intellektuellen, die sich für die Kulturpflege Rußlands zuständig glaubten, sondern ER, gerade ER und nur ER befriedigte das zutiefst russische Gefühl der Liebe und Verehrung für Moskau. Darum war Moskau fortan SEINE Stadt, das zukünftige Moskau SEIN Denkmal. Der Russe Kirow wurschtelte in Leningrad herum, tönte von der Neugestaltung Leningrads, aber was gab es da schon zu ändern? Leningrad war eine fertige Stadt, ein Monolith, an dem Kirow nichts mehr bewirken konnte.

Aber wie auch immer, wenn er seine Außerordentlichkeit bewies, überkam ihn das nagende Gefühl der Einsamkeit. Sie sprangen auf und jubelten ihm zu, aber sie liebten ihn nicht, sie fürchteten ihn, standen darum auf und klatschten. Mit noch größerem Vergnügen, mit Freude und Jubel würden sie ihn, wenn er stürzte, mit Füßen treten. Sie konnten und wollten seine Überlegenheit, seine Außerordentlichkeit, seine Einzigartigkeit nicht wahrhaben. Für sie war er ein halbgebildeter Seminarist, der obendrein vorzeitig sein Studium abgebrochen hatte, ein engstirniger Plebejer. Selbst die ›Kampfgefährten‹ fürchteten seine zunehmende Macht, redeten dauernd von der kollektiven Führung, von der Rolle des ZK, zitierten den Historiker Pokrowski, der die Rolle der Persönlichkeit in der Geschichte leugnete. Damit sollte vor allem SEINE Rolle in der Geschichte der Partei, in der Geschichte Rußlands geschmälert werden.

Das sollte ihnen nicht gelingen. ER würde nicht nur die Geschichte Rußlands fortführen, sondern auch neue Maßstäbe für die Einschätzung historischer Ereignisse setzen – nur so konnte eine richtige Beurteilung dieser Epoche, SEINER Epoche, durch die heutige und künftige Generationen gewährleistet werden.

Nicht nur aus Machtgier waren Cäsar und Napoleon Kaiser geworden, sondern aus einer historischen Notwendigkeit. Nur Cäsar mit seiner Machtfülle war imstande, die Barbaren abzuwehren, nur der Kaiser Napoleon konnte Europa unterwerfen. Die oberste Staatsgewalt mußte in ihrer Größe eine majestätische Aura ausstrahlen, nur eine solche Macht würde vom Volk verehrt werden, nur ihr würde es huldigen, nur sie wäre imstande, dem Volk Angst und zugleich Achtung einzuflößen. Die russische Geschichtswissenschaft stellte Iwan den Schrecklichen als ruchlosen Bösewicht dar. In Wirklichkeit war er ein großer Staatsmann, der Kasan, Astrachan und Sibirien Rußland einverleibt hatte, der erste in der Geschichte Rußlands und vielleicht nicht nur Rußlands, der das Monopol auf den Außenhandel eingeführt, der erste russische Zar, der das Prinzip des Staatswesens zum höchsten Prinzip erhoben hatte: Alles mußte sich den Interessen des Staates unterordnen. Die Bojaren hatten sich widersetzt, als er einen mächtigen zentralisierten Staat schaffen wollte. Iwans Fehler hatte nicht darin bestanden, daß er die Bojaren hinrichten ließ, sondern darin, daß er zuwenige hinrichten ließ, daß er die vier größten Bojarengeschlechter nicht gänzlich ausgerottet hatte.

In dieser Hinsicht waren die Alten weitsichtiger gewesen, die ihre Feinde bis ins dritte und vierte Glied vernichteten, für immer und ewig.

Ebenso falsch hatte die Geschichtswissenschaft die Rolle der Opritschnina eingeschätzt. Man mußte zwischen den Begriffen »Opritschnina« und »Opritschnik« unterscheiden. Die Opritschnina war die Garde Iwans des Schrecklichen, eine fortschrittliche Truppe für den Kampf gegen Bojarentum und Bojaren. Die Opritschniks waren Vollstrecker, unter denen es auch Henker geben mußte. Das Gesetz über die Todesstrafe wurde von humanen Parlamentariern, hochgebildeten Rechtskundigen erlassen, vollstreckt wurde sie vom Henker.

Peter I. war ein großer Zar, er schuf ein neues Rußland. Und was schrieb der Historiker Pokrowski über Peter? »Peter, von schmeichlerischen Historikern der Große genannt, verbannte seine Frau ins Kloster, um Katharina zu heiraten, die früher Dienstmagd eines Pastors in Estland gewesen war. Er folterte eigenhändig seinen Sohn und befahl, ihn in einer Kasematte der Peter-Pauls-Festung heimlich hinzurichten ... Er starb an den Folgen einer Syphilis, nachdem er auch seine Gemahlin angesteckt hatte ...« Das war auch schon alles, was Pokrowski über Peter zu sagen hatte!

Diesen Unsinn verzapfte der führende Vertreter einer geschichtswissenschaftlichen Schule. Daß Peter Rußland umgestaltet hatte, war ihm völlig entgangen! Zu solchem Unsinn konnte man sich also versteigen, zu solchem Gefasel verführte die doktrinäre Auffassung des Marxismus und die Verleugnung der Bedeutung der Persönlichkeit in der Geschichte! Und diesen primitiven Soziologen hatte Lenin zu einem der ersten Historiker erhoben, hatte seine *Kurzgefaßte russische Geschichte* gelobt. Dabei war es eine törichte Arbeit, die alle historischen Persönlichkeiten in Rußland als Stümper und Einfaltspinsel darstellte. Wie konnte Lenin so etwas loben? Lenin, der doch die Rolle der Persönlichkeit in der Geschichte ausgezeichnet verstanden hatte.

Pokrowski wollte sich als Hüter des Leninismus aufspielen, als der einzig wahre Deuter des Leninschen Gedankens. Nein! Der einzige Deuter der Ansichten von Wladimir Iljitsch Lenin kann nur sein Nachfolger sein, nur der, der seine Idee fortsetzt und nach ihm das Land führt. Sein Nachfolger ist Stalin, das Land wird von Stalin geführt. Folglich ist ausschließlich Stalin die Deutung des Leninschen Erbes vorbehalten, einschließlich der geschichtlichen Fragen, denn ER MACHT die Geschichte. Trotzdem hat Genosse Pokrowski innerhalb von zehn Jahren kein Wort darüber verloren, was Genosse Stalin für die Entwicklung und Bereicherung der Gesellschaftswissenschaften getan, was er in diese Wissenschaft eingebracht hat. Hat Genosse Pokrowski vielleicht nicht verstanden, daß einen Staat zu lenken zugleich bedeutet, die Theorie des Staates zu entwickeln? Er hatte es schon verstanden, aber er wollte den Genossen Stalin weder als Gelehrten noch als Theoretiker anerkennen.

Pokrowskis antimarxistische ›Historische Schule‹ mußte zerstört werden, nichts durfte von ihr übrigbleiben. Lenins Autorität hatte den Belangen zu dienen, die von der Partei heute gebraucht wurden und die morgen benötigt werden könnten. Lenins Autorität mußte auf seinen Nachfolger übergehen. Stalin – das war Lenin heute. Wenn Stalin starb, würde sich sein Nachfolger als Stalin heute bezeichnen. Nur so konnte die unantastbare Nachfolge in der Staatsgewalt gesichert werden, ihre unverbrüchliche Dauerhaftigkeit. Die Geschichtswissenschaft hatte zu bestätigen, daß Stalin der einzig wahre und mögliche Nachfolger Lenins ist, einen anderen konnte es nicht geben. Die, die Anspruch auf Lenins Erbe erhoben hatten, waren nur vermessene Großmäuler, elende Blender, politische Abenteurer und Intriganten. Die Geschichtswissenschaft hatte zu bestätigen, daß Stalin schon immer neben Lenin gestanden hatte. Nicht Sinowjew, der in der Emigration nur Lenins Sekretär, nicht Kamenew, der dort nur sein Referent gewesen war, sondern ER, der in Rußland in praktischer Arbeit die Partei aufgebaut hatte. Darum hieß sie die Partei Lenins-Stalins. All die kleinen Meinungsverschiedenheiten zwischen Stalin und Lenin mußten vergessen, mußten für immer aus der Geschichte getilgt werden. In der Geschichte durfte nur das bleiben, was Stalin zum heutigen Lenin – zu Lenin heute – machte. Die wichtigste Aufgabe war, einen mächtigen sozialistischen Staat zu schaffen. Und das erforderte eine mächtige Staatsgewalt. Stalin war der Führer dieser Gewalt; er hatte gemeinsam mit Lenin an ihren Quellen gestanden, hatte gemeinsam mit Lenin die Oktoberrevolution geführt. John Reed schilderte die Geschichte des Oktoberumsturzes anders. Einen solchen John Reed brauchen wir nicht.

Konnte man das als Geschichtsverzerrung bezeichnen? Nein, das konnte man nicht. Die Oktoberrevolution wurde von der Partei durchgeführt und nicht von den Emigranten, die in Paris, Zürich oder London lebten. Sie hatten dort in Disputen und Diskussionen schwadroniert, in den Veranden der Pariser Cafés das Schwafeln und Revoluzzern gelernt, während die Revolutionäre in Rußland schweigen oder bestenfalls flüstern durften. Aber gerade sie, die schlichten Parteifunktionäre, hatten die Massen im entscheidenden Augenblick zum Kampf, zur Revolution und später zur Verteidigung der Revolution aufgerufen und geführt. ER war der Vertreter dieser Parteikader, und deshalb war ihre Rolle in der Geschichte des Oktobers genaugenommen SEINE Rolle. Das war die wahre Rolle der Massen und die wahre Rolle der Persönlichkeit in der Geschichte. Den Bürgerkrieg hatten nicht die Militärspezialisten der alten Schule gewonnen, die eigentlich nur ein Hindernis gewesen waren, sondern Hunderttausende von Kommunisten, die Parteifunktionäre, die Divisionen und Armeen, Abteilungen und Regimenter aus dem Boden gestampft hatten. Er war der Vertreter dieser Kader, darum war ihre Rolle im Bürgerkrieg SEINE Rolle, und SEINE Rolle – das war die Rolle der Partei.

Allein auf diese Prinzipien gestützt, mußte die Geschichte, vor allem die Parteigeschichte, geschrieben werden. Die sogenannte kollektive Leitung war ein Hirngespinst. Nie hatte in der Geschichte der Menschheit eine »kollektive Leitung« existiert. Der Römische Senat? Und was war das Ende? Cäsar! Und das französische Triumvirat? Napoleon! Jawohl, die Geschichte der Menschheit war eine Geschichte der Klassenkämpfe. Aber als Exponent der Klasse tritt der FÜHRER in Erscheinung, darum war die Geschichte der Menschheit die Geschichte ihrer Führer und Regenten. Nein, das war keine idealistische Weltanschauung. Der Geist der Epoche wurde von jenen bestimmt, die diese

Epoche gestalteten. Die Epoche Peters I. war eine der bedeutendsten in der Geschichte Rußlands, sie spiegelte seine markante Persönlichkeit. Die Regierung Alexanders III. war die glanzloseste Zeit, sie entsprach seiner nichtssagenden Persönlichkeit.

Am Morgen verließ Boris das Haus, um mit einem Fuhrmann handelseinig zu werden. Sascha begann einen Brief.
»Liebe Mama!«
Sein Urteil war ihm in demselben Raum verkündet worden, in dem die Vernehmungen stattgefunden hatten. Ein Beamter hatte ihm den Beschluß des Sonderkollegiums vorgelesen: Paragraph 58 Punkt 10, Verbannung für drei Jahre nach Ostsibirien unter Anrechnung der Untersuchungshaft.
»Unterschreiben Sie!«
Sascha las das Urteil durch. Vielleicht stand darin, wofür er die drei Jahre bekommen hatte? Kein Wort davon. Das war nicht einmal ein Urteil, sondern ein Punkt in einer langen Liste, in der er als fünfter, fünfundzwanzigster, vielleicht als dreihundertfünfundzwanzigster aufgeführt war.
Sascha unterschrieb. Die Urteilsverkündung war am Morgen, mittags kam die Mutter zu Besuch ins Gefängnis, abends wurde er deportiert.
Am Tag davor war der Wärter gekommen und hatte ihm Papier und Bleistift hingehalten.
»Wer soll Sie besuchen?«
Er schrieb die Mutter und den Vater auf ... Warja? Er hätte schreiben können: Warja Iwanowa – meine Braut. Sie waren verpflichtet, die Braut vorzulassen. Warum gerade Warja? Liebte er sie, liebte sie ihn? Von Liebe war doch überhaupt keine Rede gewesen. Trotzdem wollte er gerade sie sehen.

Gerade ihre zärtliche Stimme fehlte ihm jetzt. Aber Sascha schrieb ihren Namen nicht auf; ob sie ihn überhaupt besuchen wollte, ob sie auf ihn wartete, ihn brauchte?
Am Morgen brachte der Wärter Sascha in eine winzige Zelle, ging und schloß die Tür ab. Sascha saß am Tisch und dachte, wie seine Mutter erschrecken würde, wenn sie ihn mit dem Bart sah, wie

entsetzlich ihr der Gang durch die Gefängnisflure vorkommen mußte.
Der Schlüssel knirschte im Schloß, in der Tür erschien das Gesicht des Wärters, dahinter Mamas Gesicht, ihr graues Haar. Der Wärter stellte sich zwischen Sascha und die Mutter, damit sie ihn nicht umarmen konnte, und wies auf einen Stuhl an der anderen Tischseite. Klein und grau eilte sie mit gesenktem Kopf zum angewiesenen Platz, ohne Sascha dabei anzusehen. Erst als sie saß, hob sie die Augen und ließ dann den Blick nicht mehr von ihm. Ihre Lippen bebten, der Kopf zitterte.
Sascha sah sie an und lächelte, ihm blutete das Herz. Die Mutter war gealtert, sie sah so unglücklich aus, in ihren Augen stand unaussprechliches Leid. Sie hatte ihren alten, abgewetzten Übergangsmantel an, den sie »mein gutes Stück« nannte. Er erinnerte Sascha daran, daß schon Frühling war, er hatte Mutter zuletzt im Januar gesehen.
Die untere Hälfte der Fensterscheibe war mit weißer Farbe abgedeckt, durch die obere Hälfte schien die Frühlingssonne, ihre Strahlen fielen in die Ecke, in der der Wärter mit teilnahmslosem Gesicht saß.
»Ich wollte mich rasieren lassen, habe es aber nicht mehr geschafft, der Friseur ist heute nicht da«, sagte Sascha fröhlich. Sie sah ihn stumm an, ihre Lippen zitterten, sie zuckte mit dem Kopf – sie konnte es nicht unterdrücken und bemühte sich, die Tränen zurückzuhalten.
»Er ist kein richtiger Friseur, er schabt und kratzt dermaßen, daß keiner von ihm rasiert werden will, vielleicht steht mir der Bart. Soll ich ihn stehenlassen, was meinst du?«
Sie schwieg, nickte ihm nur zu und sah ihn an.
»Wie geht's den anderen? Alle wohlauf?«
Er meinte seine Freunde – ob ihnen nichts zugestoßen war.
Sie verstand seine Frage.
»Alle wohlauf, alle gesund.«
Aber der Gedanke, daß es allen gut und nur Sascha schlecht ging, ausgerechnet nur ihm allein, dieser Gedanke war ihr unerträglich. Schluchzend schlug sie die Hände vors Gesicht.
»Hör auf, ich muß dir etwas sagen.«

Sie kramte ihr Taschentuch hervor und trocknete die Tränen.
»Ich werde Berufung einlegen, mein Fall ist doch ein Pappenstiel, nur die Sache mit der Hochschule.«
Der Wärter fuhr dazwischen: »Davon darf nicht gesprochen werden!«
Aber die Mutter erschrak nicht wie früher, wenn sie mit grober Amtsgewalt konfrontiert worden war. Ihr Gesicht nahm den ihm bekannten trotzigen Ausdruck an, sie hörte Sascha konzentriert zu, ohne den Einwurf des Wärters zu beachten. Das war etwas Neues, das Sascha an seiner Mutter noch nicht kannte.
»Ich fahre nach Nowosibirsk, es wird sich alles regeln.«
»Sibirien« wollte er nicht sagen, darum sagte er »Nowosibirsk«.
»Sobald ich ankomme, schicke ich dir ein Telegramm, und dann schreibe ich dir auch. Arbeit finde ich bestimmt, Geld brauchst du mir nicht zu schicken.«
»Ich habe hundertfünfzig Rubel für dich dagelassen.«
»Warum denn so viel?«
»Außerdem Lebensmittel und Stiefel.«
»Stiefel kann ich brauchen, aber die Lebensmittel wären doch nicht notwendig gewesen.«
»Auch warme Socken und einen Schal«, sie sah hoch, »wieviel hast du gekriegt?«
»Einen Klacks: drei Jahre Verbannung. In einem halben Jahr bin ich zurück. War Papa da?«
»Er war im Januar da, jetzt konnte ich ihn nicht mal benachrichtigen, ich bin erst gestern angerufen worden. Wie geht's dir gesundheitlich?«
»Ausgezeichnet! Ich war keinen Tag krank, die Verpflegung ist anständig. Ein Kurort!«
Er gab sich lustig, wollte sie aufmuntern, aber sie sah sein Leid, litt selbst, lächelte gequält über seine Scherze, wollte ihn auch ermutigen. Er sollte wissen, daß er nicht allein war, daß man für ihn sorgen würde.
»Vera hat so bedauert, daß du sie nicht genannt hast, sie ist mitgekommen, aber man hat sie nicht reingelassen, und Polina auch nicht.«
An die Tanten hatte er nicht gedacht.

Die Worte, die sie sich zurechtgelegt hatte, vermischten sich mit denen, die ihr jetzt einfielen:
»Paß gut auf dich auf, es geht alles vorbei. Meinetwegen mach dir bitte keine Sorgen, ich gehe arbeiten.«
»Als was denn?«
»Ich fange in einer Wäscherei an, in der Wäscheannahme, am Subowski-Boulevard, ganz in der Nähe, ich habe schon alles abgemacht.«
»In schmutziger Wäsche wühlen?«
»Alles schon abgemacht. Nicht jetzt, erst will ich dich in Sibirien besuchen.«
»Wozu das denn?«
»Ich komme!«
»Gut, das können wir ja brieflich ausmachen«, sagte Sascha einlenkend. »War jemand aus der Hochschule da?«
»So ein Kleiner, er schielt ein bißchen.«
Runotschkin! Also war den Freunden nichts passiert.
»Was hat er gesagt?«
»Er hat vom stellvertretenden Direktor gesprochen ...«
Kriworutschko! Also saß er hier. Djakow hatte nicht gelogen.
»Er ist der eigentliche Grund«, sagte Sascha.
Der Wärter stand auf.
»Die Besuchszeit ist abgelaufen.«
»Er ist der wahre Grund«, wiederholte Sascha. »Bestell das Mark.«
Sie nickte mehrmals, um zu bestätigen, daß sie verstanden hatte: Sascha war wegen des stellvertretenden Direktors verhaftet worden, das sollte Mark erfahren. Sie würde es ihm sagen, obwohl sie wußte, daß es zwecklos war. Alles war zwecklos. Sollte es bleiben, wie es war. Hauptsache, es kam nicht noch schlimmer. Die drei Jahre würden vergehen, eines Tages mußten sie ja vorbei sein.
»Sag ihm auch, daß ich keine Aussagen gemacht habe.«
Der Wärter schloß die Tür auf.
»Gehen Sie, Bürgerin!«
Sascha stand auf, umarmte die Mutter, sie vergrub den Kopf an seiner Schulter.

»Aber nicht doch!« Sascha streichelte ihr weiches graues Haar, »es ist doch alles in Ordnung, wein doch nicht.«
»Gehen Sie jetzt, Bürgerin!«
Umarmen war verboten, einander berühren war verboten, aber alle umarmten und küßten sich.
»Na los, los«, mit geübter Schulterbewegung schob der Wärter die Mutter zur Tür. »Ich habe doch schon gesagt, Sie sollen gehen!«

Sascha schrieb der Mutter, es gehe ihm gut, er sei gesund und munter, sie brauche ihm nichts zu schicken. Schreiben solle sie ihm postlagernd ins Dorf Bogutschany, Kreis Kansk.
Boris kehrte wütend zurück – keiner wollte fahren, die Straße war zu schlecht, und obendrein verlangten sie ein Schweinegeld. Die Kommandantur aber wartete nicht – wie du dort hinkommst, ist deine Sache. Das Fahrgeld, das zur Verfügung gestellt wurde, war so knapp bemessen, daß es nicht mal für die halbe Strecke reichte.
Sie aßen wieder in derselben Kantine. In der Ecke kauerte Igor vor einem leeren Tisch.
»Der Graf hat schon Posten bezogen«, bemerkte Boris, »er wartet auf mich und seine Schöne. Der Schönen wird er Verse vortragen, und von mir will er sein Mittagessen spendiert bekommen. Da hat er sich aber geschnitten – jetzt bin ich selber arbeitslos.«
Diesmal kam die Köchin nicht an Solowejtschiks Tisch, geräuschvoll schob sie die Kessel über den Herd, ließ die Aluminiumteller scheppernd aufeinanderkrachen.
»Sie haben ihn hier eingeschleppt, Boris Saweljewitsch, jetzt hockt er vom frühen Morgen an da, die reinste Schande, wie er die Brocken zusammenkratzt. Ich schäme mich vor den Mitarbeitern des Kontors, wir sind doch kein Bettlerverein!«
»Ich werde mit ihm reden.«
Boris war nicht mehr der Chef, aber die Köchin tat ihm wie schon gestern einen zusätzlichen Schlag saure Sahne auf den Teller. »Man muß Verständnis für sie haben«, sagte Boris, »Bettler werden hier nicht reingelassen, sie ist dafür verantwortlich.«
»Er hat doch Hunger«, sagte Sascha.
»Wissen Sie, Sascha«, widersprach Boris aufgebracht, »die Deportierten habe ich hierher gelotst. Jetzt kann's mir natürlich egal

sein, denn ich fahre ja weg. Aber für die Leute, die dableiben, ist das eine Frage des Überlebens. Das Ende vom Lied ist dann, daß man sie alle von hier verjagt. Ich habe sie ausdrücklich gewarnt: Kommt erst gegen zwei, wenn die offiziellen Mitarbeiter schon gegessen haben, macht keinen Lärm, fallt um Gottes Willen nicht auf, heimlich, still und leise. Aber nein! Er beehrt die Kantine am frühen Morgen, hockt den ganzen Tag hier herum, sammelt die Reste auf, trägt Gedichte vor. Aber Gedichte können sehr verschieden sein, wie Sie wissen, und Liebhaber von Lyrik sind bekanntlich auch sehr verschieden ... Wenn Sie wissen, was ich meine. Sie verstehen mich doch?«

»In Paris treffen sich die Leute zu einem Schwatz im Café, Igor ist daran gewöhnt ...«

»Und ich bin an ein warmes Klo gewöhnt«, erwiderte Boris, »an ein Bad, Telefon und Restaurants. Wie Sie sehen, hab' ich mir's abgewöhnt.«

»Spendieren wir ihm zum letzten Mal ein Essen«, schlug Sascha vor, »ich zahle, rufen Sie ihn her.«

Achselzuckend winkte Boris den Unglücksraben an ihren Tisch. Igor hatte auf das Zeichen gewartet, erhob sich daraufhin ungeschickt hinter seinem Tisch und kam mit unterwürfigem Lächeln näher.

»Na, hast du das Geld für die Zeichnungen gekriegt?« erkundigte sich Boris.

»Ich soll's in diesen Tagen kriegen.«

»Und wo ist die Dame?«

»Valeria Andrejewna ist nach Leningrad abgereist.«

»Für immer?«

»Ja.«

»Wie sonderbar, daß wir uns einst getroffen, genauso sonderbar soll unser Abschied sein«, murmelte Boris. »Na, setz dich schon.«

Igor setzte sich hastig, legte die zerknautschte Mütze auf den Tisch, besann sich und schob sie auf die Knie.

Boris wies mit einer Kopfbewegung auf Sascha.

»Morgen werden wir ...«

Igor erhob sich und verbeugte sich vor Sascha. Sascha lächelte ihm zu.

»Also«, fuhr Boris fort, »morgen werden wir an die Angara geschickt. Ich habe vereinbart, daß du und die anderen nach wie vor hier rein dürfen. Aber du solltest endlich einsehen: Das ist hier kein Café am Montmartre.«
»Das sehe ich ein«, flüsterte Igor und neigte den Kopf.
»Das ist hier eine geschlossene Kantine, die den Mitarbeitern einer bestimmten Verwaltung vorbehalten ist. Iß und verschwinde. Hast du kein Geld, komm gar nicht erst her. So ist das hier. Du aber verletzt die Regel. Du kannst rausgeschmissen werden, das wäre noch halb so schlimm. Aber deinetwegen weist man auch den anderen die Tür, den Deportierten, deinen Leidensgefährten. Verstehst du?«
»Ja, das schon, aber ich bin kein Deportierter«, antwortete Igor eilig.
»Was denn sonst? Da bin ich aber neugierig.« sagte Boris spöttisch.
»Ich bin nicht verurteilt worden, man hat mich einfach bestellt und gesagt: Fahren Sie nach Kansk, das ist Ihr künftiger Wohnort.«
»Mußt du dich regelmäßig melden?«
»Ja.«
»Hast du einen Paß?«
»Einen sowjetischen Paß habe ich nie gehabt.«
»Bist du berechtigt wegzufahren?«
»Nein.«
»Folglich bist du genauso einer wie wir. So, und jetzt komm mit!«
Boris ging mit Igor zur Durchreiche. Igor kam mit einem Teller Borschtsch zurück, Boris mit Brot und Besteck.
»Iß!« befahl Boris. »Und schling nicht, keiner nimmt dir das Essen weg.«
Über den Teller gebeugt, löffelte Igor schweigend die Suppe.
»Du kannst doch malen, könntest Portraits malen.«
Igor legte den Löffel aus der Hand, wischte sich die Lippen mit dem Handrücken ab.
»Sie wollen es nicht, sie sagen, Photos sind ähnlicher und außerdem billiger.«
»Du könntest Landschaftsbilder pinseln«, insistierte Boris, »hier

hat man so was gern, und im Club könntest du vor den Feiertagen auch was dazuverdienen. Man muß bloß ein bißchen Grips haben und sich nicht für einen Aristokraten halten.«

»Dafür halte ich mich gar nicht«, flüsterte Igor.

»Schwindel nicht, du hältst dich dafür. Und mich für einen Plebejer.«

Igor schüttelte den Kopf.

»Nein, nicht für einen Plebejer.«

»Sondern?«

Igor senkte den Kopf, den Löffel in der Luft. »Ich halte Sie für einen Banausen«, und er beugte sich noch tiefer über seinen Teller.

Sascha mußte unwillkürlich lächeln.

Boris wurde blaß.

»Das ist mir nicht neu. Plebejer, Banause – ein und dasselbe. In Rußland jedenfalls. Wie es in Paris ist, weiß ich nicht. Aber da die Plebejer, pardon, die Banausen verpflichtet sind, die Herrschaften vom Adel durchzufüttern, lasse ich dir sieben Rubel da«, Boris zog ein paar Geldscheine aus der Tasche und zählte sieben Rubel ab. »Für zehn Mahlzeiten. Das Geld hinterlege ich in der Küche, sonst verfrißt du es an einem Tag. Die Frage ist nur, ob du, wenn du die zehn Mahlzeiten verdrückt hast, einen anderen Banausen findest, was ich für ausgeschlossen halte, oder arbeiten wirst, was ich sehr bezweifle, oder verhungerst, was am Wahrscheinlichsten ist.«

Er ging zur Durchreiche, sprach mit der Köchin und gab ihr das Geld. Gleichgültig warf sie die Scheine in den Blechteller, der ihr als Kasse diente.

Sascha stand auf. Igor folgte seinem Beispiel. Seine Mütze fiel zu Boden, er bückte sich und hob sie auf.

Sascha reichte ihm die Hand.

»Auf Wiedersehn, ich hoffe, daß Sie doch noch etwas finden.«

»Ich will mir Mühe geben«, antwortete Igor traurig.

»Mach's gut!« Boris nickte ihm knapp zu.

Am nächsten Morgen kam ein Fuhrmann mit einem Leiterwagen vors Haus, in einer zerrissenen Jacke, einer schmierigen, dreieckigen Mütze und abgetretenen, weichen Stiefeln. In seinem runzligen Gesicht wucherten statt eines Bartes rötliche Stoppeln. Er sah

unruhig und besorgt drein, weil er befürchtete, zu wenig verlangt zu haben.
Sascha und Boris warfen ihr Gepäck auf den Leiterwagen, die Wirtin legte ein Bündel mit Reiseproviant dazu. Sie stand noch lange auf der Vortreppe und sah ihnen nach.
Sie gingen hinter dem Fuhrwerk her, und Boris sagte bekümmert: »Wie immer man's nimmt, sie hat viel für mich getan.«
Bei der Kommandantur warteten mehrere Weggefährten auf sie: Wolodja Kwatschadse – ein großer gutaussehender Georgier in einer neuen schwarzen Wattejacke, die er einen Monat vor Ablauf seiner Lagerhaft bekommen hatte; im Lager hatte er fünf Jahre verbracht. Iwaschkin, ein älterer Druckereiarbeiter aus Minsk. Karzew, ein ehemaliger Moskauer Komsomolfunktionär, den man nach einem zehntägigen Hungerstreik in einer Isolierzelle aus dem Oberural nach Kansk gebracht hatte.
Boris klopfte ans Fenster und meldete, daß das Fuhrwerk eingetroffen sei, und er, Solowejtschik, und Pankratow, Alexander Pawlowitsch, seien auch da.
»Warten Sie!«
Das Fenster wurde zugeschlagen.
Wolodja Kwatschadse gab sich hochmütig, machte ein abweisendes Gesicht und schwieg. Karzew ließ sich ebenfalls auf keine Gespräche ein, er saß mit geschlossenen Augen auf einer Bank, schwach, gepeinigt, völlig teilnahmslos.
»Die Straße ist noch nicht befahrbar, der Fuhrmann hat hundert Rubel von uns verlangt«, sagte Boris, »fünfzig bekommen wir für die Fahrt bezahlt, den Rest müssen wir aus eigener Tasche aufbringen.«
»Ich denke nicht dran«, begehrte Wolodja auf, »das sollen die selber bezahlen.«
»Sie geben, was vorgeschrieben ist«, erklärte Boris, »im Sommer würde es natürlich reichen.«
»Ich kann auch im Sommer hinfahren, ich hab's nicht eilig«, erwiderte Wolodja, »überhaupt kein Thema, ich habe kein Geld.«
»Ich auch nicht«, sagte Karzew leise, ohne die Augen zu öffnen.
»Geld habe ich auch nicht«, sagte auch Iwaschkin bedrückt.
Das Fenster öffnete sich.

»Iwaschkin! ... Unterschreiben Sie!«
Iwaschkin sah sich verwirrt um.
Kwatschadse schob ihn beiseite und steckte den Kopf ins Fenster.
»Sie geben zehn Rubel pro Nase, das Fuhrwerk kostet aber hundert.«
»Wir zahlen nach Vorschrift.«
Boris beugte sich zum Fenster vor.
»Nicht alle haben Geld, was macht man da?«
»Ihre Sache, was Sie machen«, war die Antwort.
»Das ist nicht unsere Sache, sondern Ihre!« schrie Wolodja.
»Ihre!« Kwatschadse hämmerte mit der Faust gegen das Fensterkreuz.
»Werden Sie hier nicht frech!«
»Rufen Sie Ihren Vorgesetzten!«
Iwaschkin zupfte ihn am Ärmel.
»Wir sollten besser keinen Ärger machen, Leute.«
Wolodja warf ihm einen verächtlichen Blick zu.
Ein beleibter Mann mit zwei Rechtecken am Kragenspiegel kam heraus.
»Wer beschwert sich hier?«
»Wir sind nicht verpflichtet, die Fuhre zu bezahlen, und wir können es auch gar nicht«, sagte Wolodja Kwatschadse über die Schulter hin.
»Gehen Sie zu Fuß.«
»Und das Gepäck? Wollen Sie es tragen?«
»Mit wem redest du?!«
»Mir doch egal mit wem ... Ich frage: Wer trägt die Sachen?«
»Der Satz für die Fahrtspesen ist vom Volkskommissar fürs Innere bestätigt«, erklärte der Kommandant, mühsam an sich haltend.
»Dann soll Ihr Volkskommissar mit solchen Spesen reisen.«
»Du willst wohl ins Lager zurück?«
Wolodja hockte sich an die Hauswand.
»Von mir aus!«
»Das geht im Handumdrehen!«
»Bitte sehr!«
»Wache!« brüllte der Kommandant.

Zwei Posten erschienen, rissen Kwatschadse hoch und drehten ihm die Arme auf den Rücken.
»Wenn Sie ihn fesseln, macht ihn das noch lange nicht reicher«, sagte Sascha.
»Willst es wohl auch probieren?!« schnaubte der Kommandant mit hochrotem Gesicht.
»Und mich würde das auch nicht reicher machen«, fuhr Sascha unbeirrt fort.
Der Kommandant wandte sich ab und befahl: »In den Hof mit dem Wagen.«
Kwatschadse wurde in die Kommandantur abgeführt.
Iwaschkin räusperte sich.
»Wir kriegen Ärger, Leute!«
Karzew saß mit geschlossenen Augen da.
Das Fenster wurde geöffnet.
»Solowejtschik!«
Boris ging ans Fenster.
»Geben Sie dem Fuhrmann das Fahrgeld, das Sie erhalten haben, den Rest zahlt dann der NKWD-Bevollmächtigte in Bogutschany. Ihm geben Sie auch den Umschlag hier, er enthält die Papiere für euch alle. Antreten!«
Der Leiterwagen rollte durch das Tor der Kommandantur auf die Straße, ihm folgten zwei berittene Posten mit Karabinern. Auf dem Wagen lag der gefesselte Wolodja Kwatschadse, der ihnen aus seinen schwarzen Augen unversöhnliche Blicke zuwarf.
Der Transport ging ab.

4

Die Jungen stellten sich an der Backsteinmauer auf, die Lehrer setzten sich auf die Bänke, die Mädchen auf den Boden, herausgeputzt, fröhlich und feierlich. Sie hatten die neunte Klasse beendet und nahmen für immer von der Schule Abschied. Nur Warja war nicht gekommen.

An einem solchen Tag nicht zu erscheinen! Nina erstickte förmlich vor Empörung. Sich nicht von der Klasse zu verabschieden, von den Schulfreunden, mit denen sie neun Jahre lang gemeinsam die Schulbank gedrückt hatte, sich nicht mal zur Erinnerung photographieren zu lassen! Nicht einmal daran zu denken, in welche Situation sie Nina, ihre Schwester, brachte. Was würde das Lehrerkollegium dazu sagen?!

Vor einigen Tagen war der Mathematiklehrer im Lehrerzimmer auf Nina zugekommen und hatte Warja gelobt – »ein begabtes Fräulein«. Das Wort »Fräulein« hatte Nina einen Stich gegeben. Die Schwester gab sich in letzter Zeit absichtlich altmodisch, trug das Haar gerade gescheitelt, knotete es aber nicht im Nacken, sondern kämmte es über die Ohren wie die Frauen auf alten Bildern. Und sie hatte sich angewöhnt, den Kopf halb wegzudrehen, als betrachte sie, wie unbeteiligt, alles von der Seite.

Nina hielt das Wort »Fräulein« für sozial entfremdend und darum kränkend. Deshalb bereitete sie sich innerlich auf ein wenig erfreuliches Gespräch mit dem Mathematiklehrer vor, aber er sah sie sehr wohlwollend an, der Physiklehrer und die Chemielehrerin äußerten sich ebenfalls positiv über Warja, und er nickte bestätigend zu ihren freundlichen Worten. Warja brauche sich keine Sorgen wegen der Aufnahmeprüfung an der Hochschule zu machen, niemand zweifle, daß sie immatrikuliert werden würde.

Nina sagte einige belanglose Worte, Warja zeichne gut, sei auch im technischen Zeichnen sehr geschickt. Wenn aber jemand viele Fähigkeiten habe, fände er nur schwer zu sich selbst. Sie konnte ihnen doch nicht auf die Nase binden, daß die Schwester sich nicht

um ihre Meinung scherte, so lebte, wie sie wollte, und sich benahm, wie es ihr gefiel.
Sie rauchte. Auf die Frage, wo sie die teuren Papyrossi *Herzogowina Flor* herhabe, eine schmale Packung zu zehn Stück, antwortete sie seelenruhig: »Habe ich mir gekauft.« Und die Frage, warum sie so spät nach Hause komme, wo sie so lange gewesen sei, beantwortete sie ebenso lakonisch: »Bei Bekannten.« Wo sie das Geld für die Zigaretten hernahm, bei welchen Bekannten sie sich bis in die Morgenstunden aufhielt, das sagte sie nicht. Als Nina fragte, wer ihr die ausländischen Schallplatten besorge, hatte sie schnippisch die Augen verdreht: »Ich arbeite doch für den japanischen Geheimdienst. Wußtest du das nicht?«
Sie hatte das herausfordernd gesagt, als wollte sie einen Streit provozieren. Nina hatte aber ihren Ärger heruntergeschluckt und wie über einen gelungenen Scherz gelächelt.
»Ich vermute, daß man auch im Geheimdienst Leute mit Hochschulbildung bevorzugt. Sieh dich doch mal um, Warja, in welcher Zeit wir leben. Jeder hat die Möglichkeit, seine Fähigkeiten zu entwickeln, ist das nicht die Hauptsache? Warum willst du deine Zeit vergeuden, alle lernen doch und studieren ...«
»Mich interessiert das aber nicht, verstehst du?«
»Was interessiert dich denn?« schrie Nina, »an der Ecke rumstehen?!«
Sie wußte selbst nicht, wie ihr die Ecke herausgerutscht war, zumal sie wußte, daß es jetzt nicht mehr um die Clique auf dem Hof ging. Sie hätte sich beherrschen müssen und bedauerte, daß sie aufgebraust war.
Was wollte Warja eigentlich? Technische Zeichnerin werden? Stenotypistin? Zu Sascha nach Sibirien fahren? Bei ihr mußte man auf alles gefaßt sein, auf alles!
Als Warja damals auf dem Bahnhof Sascha mit den Wachen gesehen hatte, war sie in heftiges Weinen ausgebrochen, hatte noch lange geschluchzt und sich nicht beruhigen können. In der Straßenbahn hatten sich die Leute nach ihr umgedreht, nach diesem Mädchen, das sich unter herzzerreißendem Weinen das Taschentuch vors Gesicht hielt und einen Sealpelz trug, der ganz offensichtlich nicht ihr gehörte.

Zu Hause hatte Nina sie überredet, nicht zu Sofija Alexandrowna zu gehen, und Warja hatte überraschenderweise gehorcht und sich hingelegt, sie hatte Schüttelfrost. Nina deckte sie warm zu. Sie mußte sich ausschlafen, sich beruhigen, dann würde alles vergehen. Warja schlief den ganzen Abend und die Nacht durch, hörte nicht, wie Soja kam, um den unseligen Sealpelz abzuholen, hörte nicht, wie Nina sich für die Schule fertigmachte. Nina sorgte sich, kam früher als sonst nach Hause, traf Warja aber nicht mehr an.

Warja kam erst am späten Abend, sagte, sie sei bei Sofija Alexandrowna gewesen, legte sich wie am Vortag unter die warme Decke ins Bett und verbrachte den nächsten Tag wieder bei Sofija Alexandrowna.

Nach einiger Zeit ging Nina ebenfalls zu Sofija Alexandrowna, die sie frostig, ohne die gewohnte Herzlichkeit empfing, als sei Nina schuld, daß Sascha verbannt worden war, während sich die anderen ihrer Freiheit erfreuten. Warja saß auf dem Sofa und las; als Nina eintrat, hob sie kaum den Kopf. Ein Gespräch wollte nicht zustande kommen. Sofija Alexandrowna antwortete einsilbig, in den Pausen war das Rascheln der umgeblätterten Seiten zu hören, Warja las. Sie war offenbar auch der Ansicht, daß Nina Sascha verraten, nichts für ihn getan hatte.

Sollte sie nur. Sie war früher nicht zu Sofija Alexandrowna gegangen und würde auch nie wieder zu ihr gehen. Warja gegenüber würde sie sich auf keinerlei Erklärungen einlassen. Sie brauchte sich nicht zu rechtfertigen, sie traf nicht die geringste Schuld.

Trotzdem hinterließ der Besuch bei Sofija Alexandrowna einen unangenehmen Nachgeschmack bei ihr, ein Gefühl, als habe man ihr die Tür gewiesen. Sie war dort fremd, Warja dagegen gehörte dorthin. Daher ihre unversöhnliche Haltung, daher wehte also der Wind.

Was redete Sofija Alexandrowna Warja nur ein? Sie stand doch auf der anderen Seite, denn Sascha war ja nun auch auf der anderen Seite. Unfaßbar, aber so war es. Nina erinnerte sich an Sascha und ihre gemeinsame Schulzeit, aber eine rührende Schulfreundschaft mußte noch lange nicht politisches Vertrauen bedeuten. Kindheit war Kindheit, Leben war Leben. Was war von ihrer Clique geblieben? Sascha war verbannt. Max war im Fernen Osten.

Sicherlich würde er heiraten, eine Familie gründen. Scharok war bei der Staatsanwaltschaft, ebenfalls unfaßbar. Jura Scharok – Herr über menschliche Schicksale, Staatsanwalt, ein Beruf, der für Nina unbestechliche Treue für die Sache der Revolution bedeutete, und Sascha Pankratow war ein verbannter Konterrevolutionär!
Dennoch gab es in der historischen Entwicklung eine harte unerbittliche Logik. Wollte man Kommunisten nur nach ihren persönlichen Eigenschaften beurteilen, würde sich die Partei in eine amorphe Masse schöngeistiger Intellektueller verwandeln. Wer blieb also übrig? Wadim Marassewitsch? Wenn sie sich zufällig am Arbat trafen, war er nach wie vor nett. Er publizierte in Zeitungen und Zeitschriften, war ebenso erfolgreich wie seine ganze Familie, und dabei hatten sie alle die Sowjetregierung eigentlich erst nach siebzehn Jahren ihrer Existenz anerkannt.

Warja stand in einem kurzen verblichenen Hauskleid barfuß auf dem Fensterbrett und putzte das Fenster. Schmutziges Wasser lief ihr über die Arme, rann über die Scheibe, bildete Pfützen zwischen den Rahmen.
»Warum bist du nicht zum Photographieren gekommen?«
»Hab's vergessen. Als es mir einfiel, war's schon zu spät.«
»Gott sei Dank, daß du nicht sonst alles vergißt.«
Warja warf den Lappen in den Eimer und sprang auf den Boden.
»Ich hab' mich nicht photographieren lassen«, sie zog mehrere Schubladen auf, holte Aufnahmen hervor und legte sie auf den Tisch, »hier bitte – die sechste Klasse, die siebte, die achte. Übrigens, hier ist auch die neunte Klasse, wir haben uns im Herbst aufnehmen lassen. In diesem halben Jahr haben wir uns wirklich nicht sehr verändert. Überzeug dich doch.«
Ohne auf die Photos zu sehen, erklärte Nina kühl:
»Ich fahre in zwei Tagen zu einem Seminar. Überleg, was du machen willst. Ich kann dich nur unter der Bedingung weiter unterstützen, daß du dich aufs Studium vorbereitest. Andernfalls mußt du selber für dich sorgen.«
»Ich glaube, du brauchst dir da keine Sorgen zu machen«, antwortete Warja, »ich gehe demnächst arbeiten.«
Warja war nicht über die Erschütterung hinweggekommen, die sie

auf dem Bahnhof erlebt hatte, als sie Sascha sah. Sie war entsetzt, daß man ihn unter Bewachung zum Zug führte, entsetzt über sein Aussehen, blaß, gealtert, bärtig. Und wie die Leute auf dem Bahnsteig an ihm vorbeigehastet waren, nur von dem Gedanken beherrscht, möglichst schnell einzusteigen und den besten Platz zu erwischen. Und dann die jungen Kommandeure, lustig und rotwangig, die dem, den man unter Bewachung wegbrachte, nicht einmal einen Blick gönnten und guter Dinge in den Fernen Osten fuhren, absolut überzeugt, daß alles seine Richtigkeit hatte.

Sie war noch mehr darüber erschüttert, wie schicksalsergeben Sascha den Bahnsteig entlang ging, seinen Koffer selbst trug, auf eigenen Füßen in die Verbannung ging.

Warum hatte er nicht um sich geschlagen, warum keinen Widerstand geleistet, warum hatten sie ihn nicht gefesselt zum Zug getragen? Hätte er um sich geschlagen, Widerstand geleistet, gebrüllt, protestiert, hätte man ihn an Händen und Füßen gefesselt zum Zug tragen müssen. Dann wären nicht zwei Posten, sondern ein ganzer Zug angetreten, dann hätte man ihn nicht in einen einfachen, sondern in einen vergitterten Waggon gebracht, dann wären die Menschen nicht so gedankenlos über den Bahnsteig gelaufen. Und diese Maxims und Serafims in ihren funkelnagelneuen Uniformen wären dann vielleicht nicht ganz so selbstherrlich, so mit Scheuklappen behaftet, so folgsam gewesen.

Sascha hatte sich aufgegeben.

Als sie ihm die Pakete ins Butyrka-Gefängnis gebracht hatte, schien ihr, daß diese hohen, dicken undurchdringlichen Mauern seinetwegen errichtet worden waren – so fürchteten ihn diese bewaffneten Männer. Nein, sie fürchteten ihn nicht, er war ihnen nicht gefährlich, sie waren ihm gefährlich. Deshalb ging er so gehorsam zwischen den beiden jungen Wachen zum Zug, die er mit einer Hand überwältigen und zu Boden schlagen könnte. Nein, er konnte es nicht.

Aber Sofija Alexandrowna tat ihr leid, und sie besuchte sie nach wie vor täglich, erzählte ihr alle Neuigkeiten und versuchte, sie zu zerstreuen. Als Sofija Alexandrowna in der Wäscherei anfing, ging Warja für sie einkaufen, damit die Marken nicht verfielen.

Sofija Alexandrowna lobte Sascha, nannte ihn ehrlich, tapfer und furchtlos. Warja widersprach nicht, hielt Sascha aber nicht mehr für tapfer. Wenn er erlaubte, daß man ihn derart erniedrigte, war er genauso wie alle anderen. Und er war auch immer wie die anderen gewesen, hatte getan, was befohlen wurde. Jetzt hatte man ihm befohlen, in die Verbannung zu fahren, also fuhr er in die Verbannung, ging gehorsam den Bahnsteig entlang und schleppte auch noch seinen Koffer.

Sofija Alexandrowna beschloß, Saschas Zimmer zu vermieten. Warja half ihr beim Aufräumen und Saubermachen, bevor die neue Mieterin einzog. Im Schrank lagen noch Saschas Schlittschuhe mit den alten Schuhen, mit langen Schnürsenkeln, die stellenweise zusammengeknotet waren. Sofija Alexandrowna nahm die Schlittschuhe und brach in Tränen aus; sie erinnerten sie an Saschas Kindheit.

Warja ließen sie an den Frostgeruch der Eisbahn denken, den matten Lichtkreis auf der Eisfläche, das Orchester in der Muschel, den heißen Tee am Büffet, das Gedränge in der Garderobe. Ihre zerrissenen Schnürsenkel waren genauso verknotet. Die Knoten waren beim Einziehen in die Ösen immer sehr hinderlich, man mußte sich lange damit herumplagen.

Außerdem kam Warja der Besuch im *Keller am Arbat* in den Sinn, damals hatte Sascha sie auf die Eisbahn eingeladen. Damals schien ihr, daß alles gut abgelaufen war, Sascha gesiegt hatte. Sie hatten sich amüsiert, Tango und Rumba getanzt, das Orchester hatte *Mister Brown* und *Deine schwarzen Augen, Ach ihr Zitrönchen* und *Ramona* gespielt ... Und Sascha hatte ein unbekanntes Mädchen beschützt und Mut bewiesen.

Damals im *Keller am Arbat* hatte sie ihn für einen Helden gehalten.

Jetzt begriff sie, daß er kein Held war. Helden gab es nicht. Es gab ein riesiges Haus ohne Sonne, ohne Luft, mit Kellerräumen, die nach verdorbenem Kohl und fauligen Kartoffeln rochen. Überbelegte Gemeinschaftswohnungen mit Klatsch, Zank und Gerichtsverfahren. Treppen, die nach Katzen stanken. Schlangen, in denen man nach Brot, Zucker und Margarine anstand. Marken, auf die es manchmal nichts gab. Bessere Herren in geflickten Hosen. Bessere Damen in schmuddeligen Strickjacken.

Dicht daneben, Ecke Arbat und Smolenski-Platz, das Torgsin-Geschäft, wo es alles gab, aber nur für Leute, die Gold oder ausländische Valuta besaßen. Ebenfalls in der Nähe, in der Plotnikow-Gasse, die sogenannte Verteilungsstelle, ein geschlossener Sonderladen, wo es auch alles gab. Und gleich hier am Arbat – der »Keller«, wo es auch alles gab, aber nur für Leute mit viel Geld. Ungerecht war das!

In der sechsten Klasse hatte Warja einen Theaterkurs besucht, der von einer ehemaligen Schauspielerin geleitet wurde, Jelena Pawlowna. Die Aktivisten warfen ihr vor, daß sie die Klassiker Ostrowski und Gribojedow aufführte und nicht die Agitationsstücke sowjetischer Autoren. Jelena Pawlowna wurde entlassen, obwohl sie für ihre kranke Tochter sorgen mußte. Warja war über die Brutalität bestürzt, mit der man einen alten Menschen um sein Brot brachte. Seither waren drei Jahre vergangen, der Kurs fand nicht mehr statt, weil man niemanden fand, der sich mit dem geringen Gehalt zufriedengegeben hätte. Und keiner wurde dafür zur Verantwortung gezogen. Warja schwänzte die Schulversammlungen, verschwand vor Beginn, weil alles im voraus abgesprochen war und sie es für erniedrigend hielt, nur die Hand zu heben. Und Nina verteidigte das noch, Nina war eine dumme Gans. Auf jede Frage hatte sie eine fertige Antwort. Die Fragen waren verschieden, die Antworten immer gleich.

Warja rettete sich in den Hof, zu den Jungen und Mädchen, die ebenso frustriert waren wie sie. Rauchen war verpönt – die Jungen rauchten, sich die Lippen zu schminken, gehörte sich nicht – die Mädchen taten es dennoch, puderten sich das Gesicht, trugen das Haar lang, besorgten sich Netzstrümpfe und bunte Halstücher. Aber jetzt reizte Warja auch das nicht mehr. Das erschütternde Erlebnis auf dem Bahnhof ließ sie nach einer anderen Unabhängigkeit suchen, zumal an die Stelle der Clique vom Hof ein neuer Bekanntenkreis getreten war.

Auf dem Arbat traf sie Vika Marassewitsch mit einem dandyhaft gekleideten Mann um die vierzig, einem äußerst widerlichen Typ. Früher hatte Vika Warja überhaupt nicht bemerkt, diesmal blieb sie stehen und umarmte sie sogar. Vika duftete nach einem phantastischen Parfum.

»Vitalij – ein Freund von mir. Warja – meine Schulfreundin.«
Warja entging die kleine Ungenauigkeit nicht, nur fünf Schuljahre Unterschied.
»Solche Schönheiten haben wir hier am Arbat«, fuhr Vika fort, »was sagst du dazu, Vitalij?«
Vitalij hob seine blöden Brauen und breitete die Arme aus, weil er nichts zu sagen wußte.
»Du läßt dich ja gar nicht blicken, rufst nicht an, kommst nicht vorbei.«
Warja hatte Vika noch nie angerufen, war nie bei ihr gewesen.
»Wie geht es Nina?«
»Es geht, sie arbeitet.«
»Nina ist Warjas Schwester«, wandte sich Vika an ihren Begleiter.
»Ruf an, ich werde auch anrufen.«
Vika nahm ein Notizbuch aus ihrem Täschchen, blätterte, nannte Warjas Nummer.
»Noch dieselbe?«
»Ja.«
»Schön, also laß von dir hören.«

Zwei Tage später rief Vika an und lud Warja zu sich ein. Warja ging hin.
Vika war anscheinend gerade erst aufgestanden, sie war noch im Morgenrock, die Strümpfe, die Seidenwäsche, das Kleid lagen unordentlich auf einem Sessel, die Klamotten bedeuteten ihr nichts, sie hatte genug davon und brauchte sie nicht zu schonen.
Vika führte ihre Garderobe vor: Röcke, Kostüme, Mäntel, Schuhe – sechs oder sieben Paar. Mit einem kleinen Schlüssel schloß sie ein hölzernes Schmuckkästchen auf, das zwischen Flacons und Döschen auf dem Frisiertisch stand und in dem sie Ohrringe, Halsketten und Broschen aufbewahrte. Sie zeigte die Sachen nicht etwa, um anzugeben, sondern führte nur vor, was modisch war, was im Ausland getragen wurde. Sie blätterten gemeinsam in französischen Modejournalen und Warja sah feingliedrige, manirierte Schönheiten in eleganten Pelzen, fleischfarbenen Strümpfen und Lackpumps.
Dann setzten sie sich an ein Couchtischchen, tranken Kaffee und Benediktiner aus winzigen Gläsern und rauchten lange Zigaretten

mit Goldmundstück. Ja, das war eine ganz andere Welt. Dort stand man an, kaufte auf Marken ein, hier trank man Kaffee, rauchte Zigaretten, betrachtete französische Modezeitschriften.

»Weiß Nina, daß du bei mir bist?«

»Nein.«

»Hast du ihr gesagt, daß du mich getroffen hast?«

»Bin ich etwa verpflichtet, ihr Bericht zu erstatten?«

»Da hast du ganz recht«, lobte Vika. »Ich respektiere deine Schwester, wir waren neun Jahre zusammen in der Schule. Aber sie ist ein männlicher Typ, ihr ist alles egal, wovon Frauen träumen, sie verachtet mich, das weiß ich. Nina ist ein Blaustrumpf. Ich kreide ihr das nicht an, ich achte ihre Bestrebungen, sie engagiert sich für die gesellschaftlichen Aufgaben, das ist gut so, das ist sogar großartig! Aber nicht alle sind so wie sie.«

»Nina möchte, daß alle so leben wie sie«, sagte Warja.

»Wen möchtest du hören?« fragte Vika und zog das Grammophon auf. »Melechow?«

»Sagt, Mädchen, eurer Freundin ...«

»Na, wie oft kann man sowas hören? ...«

Sie legte eine Wertinsky-Platte auf, dann Lestschenko. »Als ich das Baltikum bereiste, hatte mich das Publikum längst satt ...«

»Vitalij hat tolle Platten. Wir sollten mal hingehen und uns was vorspielen lassen.«

Warja lachte.

»Zu ihm?!«

»Hast du was dagegen?«

»Ich weiß natürlich, daß der Mensch vom Affen abstammt, aber wozu hingehen?«

»Du unterschätzt ihn. Vitalij ist ein einflußreicher Zeitgenosse.«

»Soll er andere beeinflussen.«

»Hast du nicht zufällig vor, an die Schauspielschule zu gehen?«

»In diesem Jahr will ich überhaupt kein Studium beginnen. Ich möchte arbeiten.«

»Wo?«

»In irgendeinem technischen Zeichenbüro.«

»Warja!« rief Vika aus. »Vitalij schafft das im Handumdrehen. Er ist mit ganz Moskau befreundet. Ich rufe ihn gleich mal an.« Sie

zog das Telefon zu sich auf die Couch herüber und wählte die Nummer.
»Hallo, ich bin's, die Vika.«
Aus dem Hörer klang Jazzmusik.
»Stell deinen Leierkasten leiser!« befahl Vika. »Warja ist gerade bei mir«, sagte sie weiter, »meine Schulfreundin, vom Arbat ... schön«, sie nickte Warja zu, »er läßt dich grüßen.«
»Merci!«
»Hör mal zu, sie möchte als technische Zeichnerin in einem Konstruktionsbüro arbeiten ... In der Schule war sie auf dem technischen Zweig, hatte vor allem Konstruktionszeichnen, sie macht das ganz hervorragend. Wie? Wer ist denn bei dir? ... Nein, das läßt mich kalt ... Wo willst du ihn denn aufgabeln?« (Es ging offenbar um jemanden, um dessentwillen Vika gekommen wäre.)
»Nein! Machen wir was für übermorgen aus, am Sonnabend, dann ist Eric bestimmt da, wir gehen ins *Metropol* ... Will gleich mal fragen ... Warja, paßt es dir übermorgen?«
»Ja.«
»Es paßt ihr. Und Eric hat auch da zu sein ... Ich sage dir aber, daß er dabei sein muß! Sonst kommen wir nicht. Er muß unbedingt kommen, merk dir das ...«
Vika legte auf.
»Es kommt noch jemand mit, er heißt Eric. Er hat mit der Ausrüstung des Bauvorhabens Magnitostroi zu tun.«
Sie schaute Warja an.
»Komm übermorgen um sechs zu mir, wir fahren von hier los. Dann besprechen und regeln wir deine Angelegenheiten, und außerdem können wir uns noch amüsieren.«
Lächelnd fuhr sie Warja durchs Haar.
»Ich kann dich gern zu Pawel Michailowitsch bringen, er macht dir eine schöne Frisur.«
Pawel Michailowitsch war eine Berühmtheit, der beste Damenfriseur von Moskau. Sein Salon neben dem Restaurant *Praga* hieß *Paul.* Seine Kundinnen hatten ihn seinerzeit »Monsieur Paul« genannt. Vika nannte ihn bei Vor- und Vatersnamen, um auf ihre Vertrautheit mit ihm anzuspielen.

5

Was sollte sie morgen ins *Metropol* anziehen? Warja sah sich schon in einer schäbigen Jacke neben Vika. Alles was sie besaß war altmodisch und häßlich. Und die Strümpfe? Die Schuhe? Sie kramte in ihrem Schrank, zog sich an und zog sich wieder aus. Nur das alte blaue Kleid saß einigermaßen anständig. Die hochhackigen Schuhe mußte sie sich wieder bei Soja borgen, anders ging es eben nicht.

Vika hatte ein Paillettenkleid an, das vorn nur die Knie bedeckte und hinten bis über die Waden reichte; es war asymmetrisch geschnitten. Das Kleid lag an Brust und Taille eng an. Groß, hellblond, attraktiv, mit glatter Haut und großen grauen Augen sah Vika wunderbar aus.

Sie zog ihr Kleid aus, setzte sich in der lachsfarbenen Wäsche vor den Frisiertisch und probierte in aller Ruhe Frisuren aus. Dabei zeigte sie nicht die geringste Eile, obwohl es schon bald acht Uhr war und sie sich um sieben treffen wollten. Das Telefon klingelte, es folgten endlose Diskussionen mit Vitalij, der Eric nicht finden konnte und vorschlug, Vika und Warja sollten zu ihm kommen. Vika antwortete, bei ihr wäre es auch sehr schön.

»Mit dir wäre es zwar noch schöner, aber leider mußt du ja am Telefon bleiben.«

Vika saß immer noch ausgezogen vor dem Frisiertisch. Sie fragte Warja:

»Kommt Lena Budjagina zu euch?«

»Seit Sylvester nicht mehr.«

»Sie geht wohl zu Jura?«

»Keine Ahnung, Jura ist ein Polyp, ich kann ihn nicht ausstehen!«

Vika drehte sich schwungvoll auf ihrem Hocker herum und sah Warja zornig an – solche Ausdrücke gebrauchte man in ihrem Hause nicht.

Vika, ihr Bruder, ihr Vater, ihr ganzer Kreis nahmen die Realität als gegeben, als unabänderliche Existenznotwendigkeit hin. Sie hatten sich darauf eingestellt und hielten sich respektvoll zurück; keinerlei Zweideutigkeiten, keine politischen Witze, Anspielungen und ähnliches – man wußte nur zu gut, wohin das führte.

»Warja, schreib es dir ein für allemal hinter die Ohren: Ich mache dich mit einigen Leuten bekannt. Ihre Position erlegt ihnen bestimmte Verpflichtungen auf. Du wirst dir überlegen müssen, was du sagst.«

»Was habe ich denn Schlimmes gesagt?«

Vika wollte das Wort »Polyp« nicht in den Mund nehmen, nicht sie hatte es gesagt.

»Deine Ausdrucksweise klingt nach Gosse.«

Warja brauste auf.

»Ich bin in der Gosse groß geworden.«

»Du hast mich falsch verstanden. Ich spreche nicht von vulgären Ausdrücken, das habe ich auch nicht gemeint. Aber es gibt Dinge und Ausdrücke, die man besser vermeiden sollte. Jura macht seine Arbeit, und davon verstehen wir beide nichts.«

Warja schwieg. Klar, woher sollte sie das auch verstehen, sie verstand höchstens etwas vom Anstehen vor dem Gefängnis ... Aber Vika hatte recht: Das hier war eine neue, unbekannte Welt für sie, und sie mußte sich darauf einstellen.

»Ich mag den Scharok einfach nicht, schon die Art wie er einen ansieht, richtig widerlich.«

Vika umarmte sie.

»Du bist ein kluges Mädchen. Das Leben ist kurz – das klingt banal, aber ein Körnchen Wahrheit enthalten die Worte doch. Der Rest geht uns nichts an, stimmt's?«

Bei Warjas Kommen war es in der Wohnung ganz ruhig gewesen. Gegen neun Uhr kam Leben ins Haus, sie hörte Stimmen, Schritte im Flur, Türen schlagen. Vika beachtete das überhaupt nicht: Hier führte jeder sein eigenes Leben, keiner kümmerte sich um den anderen, nicht einmal Wadim hatte bei der Schwester hereingeschaut. Warja verglich das unwillkürlich mit ihrer Gemeinschaftswohnung, mit dem Zimmer, das sie mit Nina teilte, mit der ewigen, lästigen Kontrolle durch die Schwester.

Um zehn Uhr rief Vitalij an und bat, in spätestens fünfzehn Minuten vor der Haustür zu stehen.

Ohne Hast ordnete Vika ihre Frisur, schminkte nochmal die Lippen und schlüpfte in ihr Paillettenkleid.

Eric war ein großgewachsener, schlanker junger Mann mit glatt nach hinten gekämmtem, glänzend schwarzem Haar. Der gut sitzende Anzug verriet sofort den Ausländer. Er stieg aus seinem Wagen und öffnete Vika und Warja den Schlag mit der Grandezza eines Prinzen, der zwei Schäferinnen bittet, in seine Staatskarosse einzusteigen. Dann setzte er sich ans Steuer und verlor während der ganzen Fahrt kein Wort mehr. Vor dem *Metropol* half er den Mädchen aus dem Auto. Die vor dem Restaurant auf einem freien Platz Wartenden traten beiseite, der uniformierte Portier riß ihnen die Tür auf, und gleich darauf sahen sie sich dem Empfangschef gegenüber. In dem überfüllten Saal war sofort auch ein Tisch frei, der Oberkellner legte die Gedecke auf. Vitalij sprach mit dem Portier, dem Garderobier, dem Empfangschef und dem Oberkellner, aber Warja sah, daß alle sich um Eric bemühten, am meisten Vitalij selbst. Als Stammgast überflog Vitalij die Speisekarte, beriet die anderen, und der Ober, mit Block und Bleistift, notierte die Bestellung. Vika war wie verwandelt. Die Schlange der Wartenden vor dem Restaurant, der Portier, der Garderobier, der Platzmangel, die Zuvorkommenheit des Empfangschefs, die Verbindlichkeit des Oberkellners – nichts beeindruckte sie. Den kurzen Weg durch den Saal verwandelte sie in einen Triumphzug, die auf sie gerichteten Blicke hatten als Tribut an ihre Schönheit zu gelten und sollten den Eindruck verstärken, den sie auf Eric machen wollte. Sie schritt durch den Saal, den Blick geradeaus gerichtet – keinerlei Bekannte, die sie durch irgendwelche Vertraulichkeiten hätten kompromittieren können. Heute würde sie selbst entscheiden, wen sie mit ihrer Aufmerksamkeit auszeichnen wollte.
Nachdem Vika am Tisch Platz genommen und sich gleichgültig und trotzdem aufmerksam im Saal umgeschaut hatte, nickte sie einer zierlichen Blondine zu, die neben einem kleinwüchsigen, gedrungenen Japaner mit dunkler Brille saß.
»Erkennst du Noëmi?«
Wie bei der Begegnung am Arbat tat sie, als sei Warja ihre enge Freundin. Warja hatte keine Ahnung von Noëmi, hatte nur

gehört, daß Vika sich vor einer Stunde mit ihr im *Metropol* verabredet hatte.

Dann zeigte Vika auf eine hübsche Chinesin.

»Sieh an, Sybilla ist auch da!«

Vitalij verfolgte, wie der Ober den Tisch deckte und erklärte Warja und Eric, daß Sybilla Tschen, die Tochter des chinesischen Außenministers, eine berühmte Tänzerin sei, die morgen ihr Gastspiel in Moskau beginne, dann nach Leningrad und anschließend auf Tournee durch Europa und die Vereinigten Staaten ginge. Er nannte noch einige Künstlernamen. Der eigentliche Ansturm sei in einer halben Stunde nach Theaterschluß zu erwarten. Ab elf spiele Utjossows Jazzband, allerdings ohne Utjossow selbst, in Restaurants sang er nicht.

Viele Mädchen waren mit Ausländern da. Warja wußte, daß sie von ihnen modische Sachen geschenkt bekamen, sie in ihren Autos herumfuhren, sie heirateten und ins Ausland mitnahmen. Warja interessierte sich nicht für Ausländer, aber das Restaurant, der Springbrunnen, die Musik und die vielen Prominenten ringsum – hatte sie sich das in ihrem kümmerlichen Leben, in der muffigen Gemeinschaftswohnung nicht schon immer gewünscht?

Gestärkte Decken und Servietten, funkelnde Kronleuchter, Silber und Kristall ... *Metropol, Savoy, National, Grand-Hotel* ... Als gebürtige Moskauerin kannte sie diese Namen – allerdings nur vom Hörensagen. Jetzt aber schlug ihre Stunde. Dem Mädchen vom Arbat, aufgeweckt und selbstbewußt, entging nichts: Wie die Männer sie ansahen und die Blicke der Frauen über sie hinwegglitten. Sie nahmen sie nicht ernst, weil sie schlecht gekleidet war. Egal, sie würden ganz anders schauen, wenn sie viel schicker als manche der jetzt Anwesenden hier im Saal erscheinen würde. Wie sie das schaffen könnte, darüber zerbrach sich Warja nicht den Kopf. Sie würde sich nicht an Ausländer verkaufen, sie war keine Prostituierte. Durchaus nicht alle hier waren so. Zum Beispiel die kleine Gruppe am übernächsten Tisch: eine Flasche für alle, also kein Geld, sie waren da, um zu tanzen, und sie, Warja, würde auch ihren Kreis finden.

Der Wein wurde ausgesucht. Vitalij riet zu *Château Iquème* aber Vika verlangte *Barzac*, Warja hörte die Namen zum ersten Mal.

Eric zog ein Glas Wodka und Kaviar vor. Sein Gesicht zeigte ein gleichbleibend höfliches Lächeln, er sprach ziemlich fließend russisch, obschon der Akzent nicht zu überhören war, und manchmal mußte er nach Wörtern suchen. Sein Vater war Schwede und Besitzer einer bekannten Telefonfirma; sie installierten irgendwelche Spezialfernmeldeanlagen in sowjetischen Betrieben. Eric war Ingenieur und vertrat die väterliche Firma in Moskau. Seine Mutter war in Rußland geboren, im Baltikum, und hatte Eric russisch beigebracht, selbst der Vater sprach Russisch – seine Firma hatte schon vor der Revolution die ersten Telefone in Rußland installiert. Warja sagte lächelnd, einen Skandinavier stelle man sich eigentlich blond und blauäugig vor. Eric erklärte ernst, seine Großmutter mütterlicherseits sei eine georgische Fürstin gewesen, die einen baltischen Baron, einen in russischen Diensten stehenden General, geheiratet hatte. Er nannte seinen Namen, der wie die Antwort auf eine Quizfrage klang, wie sie Warja gern löste. In ihre Klasse gingen die Nachkommen ältester Adelsgeschlechter, Jungen und Mädchen aus den Nebenstraßen des Arbat: Siwzew-Wrashek, Gagarin, Starokonjuschenny. Erics Stammbaum reichte nicht nur durch die Jahrhunderte, sondern auch durch mehrere Länder und war genauso wunderlich wie die Geschichte, die die alten Geschlechter entmachtet und ihre Kindeskinder über die ganze Welt verstreut hatte.

»Dreht euch nicht gleich um«, sagte Vika, sich über den Tisch beugend, halblaut, »ihr könnt gleich hinschauen. Rechts hinter uns, das Paar am zweiten Tisch, ein Italiener mit einem Mädchen ...«

Die anderen betrachteten nacheinander, wie zufällig, das Paar. Ein Italiener und ein großes, mageres Mädchen mit riesigen Augen und sehr weißer Haut.

»Nina Scheremetjewa«, erklärte Vika.

»Eine von denen?« Eric hob voller Achtung die Brauen.

Vika, die Erics Interesse für die Gräfin bemerkte, antwortete:

»Ja, aber bloß aus einem Nebenzweig.«

»Sie war mit einem Bildberichterstatter verheiratet, später mit einem Schauspieler liiert, der dann zu seiner Frau zurückgekehrt

ist. Ich möchte wissen, wie die Affäre mit dem Italiener ausgeht«, ergänzte Vitalij.
Eigentlich hatte Vika den Klatsch ausgelöst. Jetzt, nachdem alles gesagt war, hielt sie es für angebracht, ihr Taktgefühl zu beweisen.
»Na, wissen Sie, über eine hübsche Frau wird immer getratscht.«
Das Licht wurde abgeblendet, Scheinwerfer beleuchteten den Springbrunnen, das Orchester intonierte einen Tango. Ein Junge, kaum mittelgroß, mit einem Engelsgesicht sah Warja unverwandt an. Ein ebenmäßiges, ovales Gesicht mit einer hohen Stirn, sorgfältig frisiertes, kastanienbraunes Haar, eine kurze gerade Nase, freundlich lachende, blaue Augen. Der Anzug, das Oberhemd, die Krawatte, die Schuhe – alles war tadellos, einwandfrei, sogar übertrieben ordentlich, kein Fältchen, kein Staubkörnchen, ein junger Mann wie aus dem Bilderbuch. Warja nahm an, daß er Schauspieler war. So schön und elegant konnte nur ein Schauspieler sein. Er tanzte einfach, ohne Schnörkel und Fisematenten, eben nach der Mode. Vitalij dagegen bewegte sich in einem längst vergangenen Stil über das Parkett. Warja genierte sich, mit einem so alten Kavalier zu tanzen. Der Engel lächelte ihr zu – gar nicht dreist, sondern kumpelhaft, als wolle er sagen: schön, hier im *Metropol* zu schwofen. Man merkte gleich, er war Stammgast, und trotzdem kein Ausländer, zwar ein bißchen geckenhaft und sichtlich ein Freund öffentlicher Tanzvergnügen.
Die Musik verstummte, die Paare verließen das Parkett. Der Engel kam dicht an Warja vorbei, lächelte ihr wieder zu, geleitete seine Partnerin zu ihrem Platz, dankte und ging an seinen Tisch auf derselben Seite, auf der auch Warja saß, bloß näher am Springbrunnen. Es war nicht recht ersichtlich, wieviel Leute an seinem Tisch saßen und wer eigentlich. Verschiedene junge Männer traten heran, setzten sich, einige blieben, andere gingen, während wieder andere kamen. Der Engel und das einzige Mädchen am Tisch, ein hübsches, sommersprossiges Pummelchen vom Typ jener, deren Anblick fröhlich stimmt, ließen keinen Tanz aus. Das Pummelchen tanzte mit den jungen Leuten, die an ihrem Tisch saßen, der Engel forderte mal das eine, mal das andere Mädchen auf. Als das Orchester eine Rumba spielte, stand

er plötzlich an Warjas Tisch, verbeugte sich vor allen und bat, sich an Vitalij wendend, um Erlaubnis, dessen Dame zum Tanz führen zu dürfen. Warja hielt die Frage für eine Formsache, schließlich konnte sie selbst entscheiden, mit wem sie tanzen wollte. Sie stand auf und ging vor dem Engel zur Tanzfläche. Die Rumba tanzte er mit gleitendem Foxtrottschritt. Sogar mit schlechten Partnern tanzte Warja großartig, und mit einem solchen ...

»Ich kenne sie nämlich«, erklärte er lächelnd. Er hatte schneeweiße Zähne. Wenn er lächelte, fiel sein schiefer Zahn auf.

Das war die bekannte Masche, neugierig zu machen und Interesse zu wecken: man stellt Suggestivfragen und erhält die gewünschten Antworten. Primitiv! Warja verzog das Gesicht zu einer kleinen Grimasse – mir doch egal.

»Ihre Freundin heißt Vika.«

Warja antwortete mit der gleichen Grimasse: Warum sollte er Vika nicht kennen? Hier kannten sich doch gewiß alle.

»Sie wohnen am Arbat«, fuhr er lächelnd fort, und wieder war sein schiefer Zahn zu sehen, was sein Lächeln noch netter machte. Seine Stimme klang angenehm.

»Wenn Sie wissen, daß Vika am Arbat wohnt, gehört nicht viel dazu, um das zu erraten.«

»Und eine andere Freundin von Ihnen heißt Soja.«

Der Engel lächelte triumphierend: Da hatten sie ein Weilchen gespielt, und nun hatte er gewonnen.

Warja bog sich etwas zurück und sah ihm ins Gesicht. Das war also nicht diese Masche, kein Spiel. Wo konnte er sie mit Soja gesehen haben?

»Woher kennen Sie sie?«

Sein geheimnisvolles Lächeln bedeutete, daß er vieles wußte, aber nicht gewillt war, damit herauszurücken. Jetzt war es an ihr, ein bißchen zu erzählen.

»Ich heiße Ljowa und Sie?«

»Warja.«

»Darf ich Sie um den nächsten Tanz bitten?«

»Gern.«

Sie kam gleichzeitig mit Vika und Eric an den Tisch zurück.

Vitalij hatte nicht getanzt.

»Warja, komm, wir wollen uns ein bißchen frisch machen«, sagte Vika.
Die Frauen schminkten sich die Lippen, puderten sich das Gesicht, kämmten sich – die Toilette erinnerte an einen kleinen Frisiersalon. Eine Frau nähte einen Knopf an. Die Toilettenfrau, die die Handtücher bereithielt, hatte auch Nadel und Faden da; man legte ihr einige Münzen auf den Teller.
»Also weißt du!« begann Vika, »du bist schließlich mit uns hier und tanzt mit dem ersten besten! Verstehst du das denn nicht?«
»Aber Vitalij hatte doch nichts dagegen.«
»Er hatte nichts dagegen, daß du aufgefordert wirst, aber du hättest ablehnen müssen. In was für eine Situation bringst du mich, und was soll Eric denken? Das Ende vom Lied ist, daß alle an unsern Tisch kommen, weil da ein Mädchen sitzt, das keinen abweist.«
»Und wenn ich keine Lust habe, mit Vitalij zu tanzen?«
»Dann komm mit Leuten her, mit denen du tanzen willst. Aber wenn du schon mit uns da bist, tanz gefälligst mit Vitalij und mit Eric, meinetwegen mit unseren gemeinsamen Bekannten. Aber mit dem ersten besten?!«
»Er ist aber nicht der erste beste, er kennt dich sogar, damit du's weißt.«
»Jawohl, er kennt mich. Dem Namen nach. Ich kenne ihn ebenfalls. Ljowotschka! Alle kennen ihn hier«, sie verzog verächtlich die Mundwunkel, »technischer Zeichner in einem Architektenbüro.«
Aha, daher kannte er Soja. Soja arbeitete im selben Büro. Er hatte wohl gesehen, als sie Soja dort mal abgeholt hatte. Und er hatte sie nicht vergessen. Sie war überzeugt gewesen, daß er Schauspieler war. Um so besser, sie wollte ja auch technische Zeichnerin werden.
»Ein Gigolo, ein Jüngelchen, das sich in Restaurants herumtreibt«, erzählte Vika weiter, »macht den Kuli eines Billardspielers, ißt und trinkt auf dessen Rechnung. Wenn er dir gefällt, kannst du ja das nächste Mal mit ihm herkommen, mit ihm und seinen Freunden tanzen, aber bring mich heute nicht noch einmal in eine solche Situation.«

Sie kehrten in den Saal zurück, Eric und Vitalij standen auf und rückten ihnen die Stühle zurecht.
Ljowa saß an seinem Tisch, wandte Warja aber nicht mehr den Rücken zu wie vorher, sondern saß jetzt vis-à-vis von ihr. Als die Musik begann, warf er ihr einen fragenden Blick zu. Warja machte eine kaum merkliche, verneinende Kopfbewegung. Ljowa steuerte einen andern Tisch an. Vika ging mit Eric aufs Parkett. Warja erklärte Vitalij, sie habe keine Lust zu tanzen.
Der Abend war verdorben. Vitalij war auf Vika böse: Da hatte er Eric hergelotst, und was hatte sie ihm angedreht? Er erging sich in nebulösen Andeutungen über Egoisten, die anständige Menschen ausnutzen. Vika tat, als verstünde sie nicht, was er meinte, Warja ihrerseits pfiff auf Vitalij.
Sie verließen das Restaurant gegen drei Uhr nachts. Vitalij schlug vor, zu ihm zu fahren, er würde ihnen noch ein paar Platten vorspielen. Vika erklärte, sie sei zu müde, obendrein sei es schon spät.
»Und was meinst du?« fragte sie Warja.
»Ich hätte schon längst zu Hause sein müssen.«
Eric sagte, er sei der Chauffeur und bereit, jeder Anordnung zu folgen. Vitalij stieg nicht ein, er wohne um die Ecke, erklärte er, in der Gorki-Straße, und käme auch zu Fuß bestens heim. Herzlichen Dank für den schönen Abend!
Vika winkte ihm spöttisch nach.
Im großen und ganzen war Vika mit Warja zufrieden. Auf sie war Verlaß, nichts Halbseidenes, auch keine Niete, ein gutes anständiges Mädchen, etwas von ihrer Naivität würde auch auf Vika abfärben, genau so eine Freundin brauchte sie. Zusammen boten sie ein geradezu klassisches Bild: Blond und brünett, gleichgroß, beide bildhübsch. Warja brauchte bloß ein bißchen Schliff, was ihre Manieren anging, anständige Kleider und eine ordentliche Frisur.
Mit Eric war sie morgen im *National* verabredet.
Sie würde mit Warja und einem guten Bekannten kommen, einem prominenten Architekten, der gerade bei einem Wettbewerb den ersten Preis gewonnen hatte. Eric freute sich, den Namen hatte er schon gehört.

Beabsichtigte Vika, einen Ausländer zu heiraten und mit ihm wegzufahren, wie es der Wunschtraum vieler *Metropol*-Mädchen war? Sie hatte sich noch nicht entschieden. Sie war in einer unversöhnlichen Haltung diesem ganzen hiesigen Milieu gegenüber aufgewachsen. Von klein auf war ihr der Grobian unerträglich, der in die Wohnung eingewiesen worden war. Er wohnte hinter der Wand in einem Zimmer, das zu ihrer Wohnung gehörte. Im Flur und in der Küche führte er seine Ordnung ein; ein dreckiger Prolet, der nach der Nachtschicht am frühen Morgen nach Hause kam und das Badezimmer in eine Kloake verwandelte. Ihren Vater, den Eigentümer der Wohnung, betrachtete er als auszurottendes, konterrevolutionäres Element. Und ihr Vater, ein Professor, der in der ganzen Welt einen Namen hatte, war gezwungen, sein Arzthonorar in Form von Mehl, Marmelade und klebrigen Bonbons entgegenzunehmen – aber selbst das mußten sie vor den Nachbarn geheimhalten, um nicht als Bourgeois verschrien zu werden. Unvergeßliche Kindheit ...

Jetzt war alles anders. Die Wohnung gehörte wieder ihnen, die Honorare des Vaters waren traumhaft, die Versorgung bestens, bei ihnen trafen sich Berühmtheiten. Sie hatte alles, was sie sich nur wünschen konnte: Kleider und Kosmetik. Sie lebte hier nicht schlecht, zumal sie als eine der schönsten Frauen von Moskau galt. Aber was weiter? Ein Professor? Ein verdienter Künstler des Volkes? Ein hoher Funktionär? Scheidungen, Alimente ... Und die Jüngeren fingen ganz von vorn an, mit vierhundert Rubeln. Es war aber nicht Vikas Art, einen Mann ins Haus zu bringen, der die Beine unter den Tisch ihres Vaters strecken würde. Freilich war mittlerweile eine neue Elite entstanden: Flieger und Flugzeugkonstrukteure, die von der Regierung gehätschelt wurden, sie erhielten großartige Wohnungen, Lebensmittelzuweisungen, hohe Gehälter, ein Teil sogar in Bons für die Torgsin-Geschäfte – Wodopjanow, Kamanin, Doronin, Ljapidewski, Lewanewski, Molokow, Slepnjow – die berühmtesten Namen in Moskau. Aber wo waren sie, diese Flieger? Sicherlich verheiratet. Wo steckten sie, die geheimnisumwitterten Flugzeugkonstrukteure?

Noch war nichts entschieden. Jedenfalls kein Japaner, nicht mal ein Amerikaner – zu weit weg, kein Deutscher – dort war's zu

unruhig. Ein vornehmer Engländer, ein reicher Franzose, selbst ein leichtsinniger Italiener, also Paris, Rom ... Ein Schwede käme auch in Betracht – ein Enkel des Zündholzkönigs, ein Holländer – ein Nachkomme des Petroleumkönigs. Sie galten bloß als Schweden und Holländer, dabei lebten sie in London und Paris. Wenn sie Eric heiratete – die Mädchen würden vor Neid erblassen, für die war ein türkischer Schaschlikverkäufer schon ein Prinz.
Ins Restaurant konnte man jedenfalls nur mit Ausländern gehen, sie wurden gut bedient und hofiert, gegen Valuta gab es, was das Herz begehrte, man fühlte sich als Mensch. Also morgen nachmittag ins *National*. Sie wußte noch nicht, ob sie nachher zu Eric aufs Zimmer gehen würde, Warjas Anwesenheit wäre ein Vorwand, es abzulehnen. Dadurch daß sie Warjas Unverdorbenheit vorschob, konnte sie ihre eigene Sittsamkeit betonen.

Nun saßen Vika und Warja an einem Tisch im Restaurant *National*, neben ihnen Eric und der bekannte Architekt Igor Wladimirowitsch, schmächtig, um die fünfunddreißig, nervös und mit einer leisen Stimme. Warja hatte in einer Rundfunksendung von ihm gehört. Vika nannte ihn einfach Igor. Ein langer Saal mit kleinen Tischen für je vier Personen, die Kellner servierten Tee. In die Teegläser war das Monogramm des Restaurant *National* eingraviert, in die Zuckerdosen und Keksschalen ebenfalls. Es gab Torte und Wein. Alles dezent und distinguiert.
Warja erkannte einige der gestrigen Besucher des *Metropols*: Noëmi mit dem Japaner, Nina Scheremetjewa mit dem Italiener, das sommersprossige Pummelchen aber ohne Ljowa. Die Frauen hatten heute keine langen Abendgarderoben an, sondern kurze Nachmittagskleider, viele trugen Kostüme. Noëmi war in einem auffallenden kardinalroten Ensemble mit passendem Wildledergürtel erschienen, den eine Silberschnalle zierte, an den Schultern hatte die Jacke Einsätze, die wie Achselklappen aussahen.
Man unterhielt sich über Musik und Ballett. Eric erzählte von Strawinsky, Diaghilew, Anna Pawlowa, nannte russische Musiker und Schauspieler, die im Ausland lebten.
Warja liebte Musik, sie ging mit Freundinnen ins Konservato-

rium, aber als Igor Wladimirowitsch fragte, was für Musik sie bevorzuge, antwortete sie:
»Laute.«
Igor Wladimirowitsch und Eric lachten. Vika stimmte in ihr Lachen ein, aber nur, weil alle lachten.
In der Band spielten Geige, Cello, Klavier, Trompete und Schlagzeug. Getanzt wurde auf einer kleinen Fläche vor dem Orchester.
Igor Wladimirowitsch tanzte nicht so professionell wie Ljowotschka, aber doch sehr gut. Sie wurden beachtet – er war berühmt, man kannte ihn vom Sehen. Das Pummelchen lächelte Warja zu, sie hatte sie erkannt, ihr Erscheinen war nicht unbemerkt geblieben.
»Wunderbar wie Sie tanzen«, sagte Igor Wladimirowitsch, »Sie lassen sich leicht führen, es ist ein Vergnügen mit Ihnen zu tanzen.«
»Mit Ihnen auch.«
Igor Wladimirowitsch benahm sich ihr gegenüber, wie sich ein älterer, guterzogener Mann einem blutjungen Mädchen gegenüber zu benehmen hat. Aber Warja merkte, daß sie ihm gefiel.
Vika tanzte mit Eric, er lud sie ein, nachher zu ihm auf's Zimmer zu kommen, abzulehnen wäre undiplomatisch gewesen, sie trafen sich schon zum vierten Mal, es ließ sich nicht länger aufschieben.
Eine nicht unwesentliche Rolle bei diesen Überlegungen spielte auch Noëmis Nachmittagsensemble. Hinreißend! Und Vika besaß außer dem Paillettenkleid eigentlich nichts Vernünftiges. Sie zeichnete die Schnitte von Kleidern nach, die Diplomatenfrauen aus dem Ausland mitbrachten, und ließ sie dann von Moskauer Schneiderinnen nähen. Aber was konnten die schon?!
Sie mußte sich entscheiden. Heute. Nicht nachts, sondern jetzt, aus einem spontanen Gefühl heraus. Ihr Gespräch war ein guter Anfang gewesen, abgesehen vom Erotischen kam auch noch die Sehnsucht nach einem intellektuellen Partner hinzu. Und tagsüber ein Hotelzimmer zu betreten war ja auch nicht verboten.
Aber wohin mit Warja? Auf's Zimmer mitnehmen und dann wegschicken – höchst unpassend. Dann wäre klar, warum sie selber blieb. Warja nach Hause bringen und dann zurückkom-

men – noch schlechter. Sie schlug einen Partnerwechsel vor und bat Igor beim Tanz, Warja nach Hause zu bringen.
»Ich muß zu meiner Schneiderin. Warja ist ein reizendes Mädchen, aber wenn es sich um die Schneiderin handelt, sollten selbst die besten Freundinnen ihre eigenen Wege gehen.«

Sie verließen das *National.* Igor Wladimirowitsch schlug Warja vor: »Wollen wir nicht ein bißchen im Alexandergarten spazierengehen, vorausgesetzt, Sie haben etwas Zeit?«
Der Parkeingang war aus unerfindlichen Gründen durch eine quergestellte Bank versperrt, obwohl es noch nicht spät war.
»Wir nehmen einfach das Hindernis.«
Igor Wladimirowitsch schob die Bank weg, sie gingen auf den regennassen Wegen am Eisengitter entlang unter hohen Linden und an den gestutzten Sträuchern vorbei. Es war ein warmer Spätnachmittag, auf den Zinnen der Kremlmauer leuchtete das Rot der untergehenden Sonne.
»Früher war das hier der Wasserlauf der Neglinka«, sagte Igor Wladimirowitsch, »dann wurden Teiche angelegt und noch später der Park. Beauvais hat ihn entworfen, das war ein großer Baumeister.«
»Ja, den hat's gegeben«, bestätigte Warja spöttisch.
Er erinnerte sich, was sie ihm im Zusammenhang mit Musik geantwortet hatte, und verstummte.
»Die Manege«, fuhr Warja fort, »das Maly-Theater hat er auch gebaut, ferner das Bolschoi Theater nach dem Brand, die Fassade des Kaufhauses GUM ... Was noch? Den Triumphbogen, das Erste Städtische Krankenhaus, das Haus der Fürsten Gagarin am Nowinski-Boulevard.«
»Woher wissen Sie das alles?«
»Ich war auf einer Schule mit technischem Zweig, hatte das Fach Konstruktionszeichnen. Da gehörte das zum Lehrplan.«
Er sagte: »Sie haben ganz ungewöhnliche Augen, ich meine ungewöhnlich geschnitten, schräg nach oben, fast bis an die Schläfen.«
»In meinen Adern fließt tartarisches Blut.«
»Nein«, widersprach er, »Sie haben keine mongolischen Augen, Augen, wie Sie sie haben, sieht man auf persischen Miniaturen.«

»Tartarische Miniaturen gibt es eben nicht«, sagte Warja.
Beide lachten.
Später sagte er: »Schade, daß Sie laute Musik lieben, ich bevorzuge leise.«
»Ich liebe gute Musik«, antwortete sie.
In der Ferne tauchte ein Parkwächter auf.
»Gleich vertreibt er uns, wie?« fragte Warja.
»Abwarten«, antwortete er mutig.
»Wir verschwinden wohl besser.«
Über die Pfützen springend rannten sie zum Ausgang. Hinter ihnen ertönte die Trillerpfeife des Wächters. Aber sie hatten schon die Bank weggezogen und den Park wieder verlassen.
»Gerettet!« rief Igor Wladimirowitsch.
Sie hüpfte auf einem Bein, lehnte sich ans Gitter und streifte den Schuh ab.
»Naß geworden?« er beugte sich zu ihr vor.
»Schlimmer. Eine Laufmasche.«
Er stand ziemlich hilflos neben ihr, betrübt, daß sie betrübt war. Sie war tatsächlich niedergeschlagen: das einzige gute Paar Strümpfe.
Er hob ihren Schuh auf, zog sein Taschentuch hervor und wischte den Schuh innen und außen sauber. Sie blieb solange an's Gitter gelehnt stehen.
»Was für eine Größe haben Sie?«
»Fünfunddreißig«, Warja schlüpfte in den Schuh, »alles in Ordnung, wir können gehen.«
Sie gingen zur Haltestelle.
»Darf ich Sie anrufen?« fragte er, als Warja in die Straßenbahn einstieg.
»Bitte.«

Am 29. Juni wurde das Plenum des ZK der Partei eröffnet, am 30. kam aus Deutschland die Meldung von der Ermordung Röhms, des Stabschefs der SA, sowie vieler anderer SA-Führer. Das Massaker, das als »Nacht der langen Messer« in die Geschichte einging, wurde von Hitler persönlich geleitet.

Schon am 1. Juli brachten die *Prawda* und andere Zeitungen Artikel, darunter auch von Sinowjew und Radek, in denen das Ereignis als Todeskampf des Naziregimes bezeichnet wurde, sein unausweichlicher Zusammenbruch.

Stalin hatte nichts gegen solch eine Lesart: Die Schwäche einer fremden Macht unterstreicht immer die Stärke der eigenen. Aber er wußte sehr wohl, daß eine Spaltung eine politische Bewegung nicht schwächt, sondern ihre soziale Basis erweitert, weil dadurch unterschiedlich eingestellte Anhänger zur Bewegung stoßen. Außerdem wird der eigentliche Kern einer Bewegung beim Kampf gegen Abtrünnige gestärkt. Das anschaulichste Beispiel dafür war das Christentum.

Lenin fürchtete vor der Machtübernahme keine Spaltung, scheute sie jedoch später innerhalb der Regierungspartei. Das war der eigentliche Grund für sein sogenanntes Vermächtnis. Er betrachtete die Staatsmacht als einen Faktor, der die Menschen zu vereinigen hat, die an deren Erhaltung und Festigung interessiert sind. In Wirklichkeit entzweit die Macht im Staat die Machthaber, weil jeder bestrebt ist, sie an sich zu reißen. Die Macht wird erst zum konsolidierenden Faktor, wenn sie in solchen Händen liegt, denen sie keiner zu entreißen wagt, geschweige denn zu entreißen vermag. Dazu mußte man dem Volk die Überzeugung von der Unerschütterlichkeit der Macht suggerieren und jene vernichten, die imstande waren, auch nur den geringsten Machtanspruch zu erheben.

Lenin hatte seine Partei zur Revolution geführt, er war ihr Schöpfer, niemand hatte ihm die Führerrolle streitig gemacht. Jetzt war die Situation eine andere. ER, Stalin, mußte seine Macht festigen, denn es gab viele Anwärter auf diese Macht, die überzeugt waren, sie hätten ein größeres Anrecht auf Lenins Erbe als ER. Selbst nach ihrem Sturz gaben sie die Hoffnung nicht auf, wieder ans Ruder zu kommen. Zum Beispiel Sinowjew. Verstand er denn nicht, daß der Mord an Röhm Hitler nicht schwächte, sondern stärkte? Er war doch kein Anfänger in der Politik. Und Radek, der Gauner, verstand das ebenfalls. Aber sie wollten den Parteimassen weiß machen, daß jede Spaltung die Macht schwächte, als sei die physische Vernichtung von Gegnern nur für den Faschismus kennzeichnend, während der Bolschewismus im Gegensatz dazu immer bestrebt gewesen war, seine Reihen und Kräfte zu festigen. Sie eine Kraft?! Sie hätten der Politik schon längst den Rücken kehren sollen. Aber nein, sie blieben. Sie schrieben, hielten Reden, brachten sich in Erinnerung, wollten im Mittelpunkt des öffentlichen Interesses stehen, an der Oberfläche bleiben, warteten auf ihre Stunde und wollten ihm mit dem Krieg Angst machen! Damit nicht genug, sie provozierten diesen Krieg. Wie sonst war die Absicht der Redaktion der Zeitschrift *Bolschewik* zu verstehen, den Aufsatz von Engels *Die auswärtige Politik des russischen Zarentums* zu veröffentlichen? Warum gerade jetzt? Vierzig Jahre nach der Niederschrift? Ach ja, zum 20. Jahrestag des Ausbruchs des Weltkriegs! Ein primitiver Trick von Sinowjew, Mitglied des Redaktionskollegiums, auf den der Chefredakteur, der Einfaltspinsel Knorin, hereingefallen war.

Engels behauptete in seinem Aufsatz, daß die Geschichte Rußlands in der Zeit seiner größten militärischen Macht angeblich von befähigten ausländischen Abenteurern, in der Hauptsache von Deutschen, gelenkt worden sei: Von Katharina II., Nesselrode, Lieven, Benkendorf, Dubelt und anderen. Warum das gerade jetzt zur Sprache bringen? Warum der Hitlerpropaganda eine solche Karte in die Hand spielen, wozu den deutschen Dünkel schüren? Wozu überhaupt die Rolle nichtrussischer Elemente in der Führung Rußlands erwähnen? War das nicht ein versteckter Hinweis auf seine, Stalins, nichtrussische, auf seine georgische Herkunft? Sinowjew und Knorin waren auch keine Russen. Aber wer dachte schon an sie, wer wollte überhaupt etwas von ihnen wissen?! Ein solcher Vergleich würde niemandem einfallen, wohl jedoch der Vergleich mit Genosse Stalin. Darauf war es angelegt. Und diese These vom nichtrussischen Element sollte dem »reinen« Russen Kirow verständlich machen, daß man auf ihn setzte, ebenso wie man seinerzeit auf Genossen Stalin gesetzt hatte, um Trotzki zu beseitigen.

Aber diesmal gingen sie weiter, viel weiter; sie wollten nicht nur die These vom nichtrussischen Element innerhalb der russischen Regierung in Engels Aufsatz hervorheben – Engels bezeichnete Rußland als Festung der europäischen Reaktion, beschuldigte Rußland der Expansion, stellte den künftigen Krieg gegen Rußland fast als Befreiungskrieg hin. Kein Wort jedoch von den Widersprüchen zwischen England und Deutschland, und gerade das war doch der wichtigste Faktor des Weltkriegs gewesen. Engels hatte offensichtlich nicht alles vorausgesehen.

Das eigentliche Anliegen, das mit der Veröffentlichung des Aufsatzes verfolgt wurde, war also, Hitler darauf hinzuweisen, daß es in der UdSSR politische Kräfte gab, die den Krieg erwarteten, ihre Hoffnung auf den Krieg setzten, um die gegenwärtige Führung zu stürzen. Sie waren deshalb bereit, sich mit Hitler zu einigen und ihm einiges abzutreten; sie wollten ihm zu einem außenpolitischen Sieg verhelfen, der zwar ein Trugschluß wäre, den Hitler aber zur Rechtfertigung seiner Revanche-Idee brauchte. Und in dieser Idee war Hitlers ganze Kraft begründet, mit ihr festigte er die Nation.

Aber das sowjetische Volk brauchte keinen Krieg. Die Sowjetunion war nicht kriegsbereit – der industrielle Aufbau des Landes war noch nicht vollendet. Sie brauchten den Krieg, nur sie, denn sie hatten keine anderen Mittel, um IHN zu stürzen, sie sahen auch keinen anderen Weg, um die Macht an sich zu reißen. Sinowjew und Radek legten Lippenbekenntnisse ab, daß sie unversöhnliche Feinde Hitlers seien, aber mit der Veröffentlichung des Aufsatzes von Engels unterstützten sie Hitler, fachten seinen Ehrgeiz an, lieferten ihm Ideen für ein Komplott mit dem Westen, bereiteten sie hinter SEINEM Rücken und auf SEINE Rechnung einen Kuhhandel vor.

Stalin griff nach einem Blatt Papier, tauchte die Feder ins Tintenfaß und schrieb mit seiner kleinen, aber deutlichen Schrift einen

Brief über den Aufsatz von Engels an die Mitglieder des Politbüros. Nur über das Wesentlichste des Aufsatzes. Seine Gedankengänge Sinowjew, Radek und Kirow betreffend, erwähnte er nicht, ihre Namen blieben ungenannt. Er schloß: »Ist es nach dem Gesagten etwa sinnvoll, Engels Aufsatz in unserer militanten Zeitschrift *Bolschewik* zu veröffentlichen – als richtungsweisenden oder zumindest lehrreichen Beitrag, besonders da es auf der Hand liegt, daß eine Veröffentlichung im *Bolschewik* als eine, wenn auch stillschweigende, Empfehlung zu werten ist?
Ich glaube, daß das nicht sinnvoll ist. J. Stalin.«
Dann durchquerte er sein Arbeitszimmer und öffnete die Tür zum Empfangsraum, der Poskrebyschew zugleich als Arbeitszimmer diente. Stalin benutzte nur selten die Klingel. Wenn er Poskrebyschew brauchte, öffnete er die Tür und rief ihn oder ließ durch ihn denjenigen bestellen, den er zu sprechen wünschte. Poskrebyschew war immer anwesend, entfernte er sich vorübergehend, saß Dwinskij an seinem Tisch.
Poskrebyschew war da. Stalin trat vor die an der Wand hängende Übersichtstafel, auf der täglich die landwirtschaftlichen Angaben notiert wurden: im Frühjahr über die Aussaat, im Sommer über die Ernte, im Herbst über die Erfassung. Wie auch sonst sah Stalin die Angaben aufmerksam durch und gab wie üblich keinerlei Kommentare dazu ab. In sein Zimmer zurückkehrend sagte er zu Poskrebyschew: »Kommen Sie!«
Poskrebyschew folgte Stalin über die Schwelle, schloß behutsam die Tür (Stalin mochte es nicht, wenn die Tür offen stand, vertrug es aber auch nicht, wenn sie laut zugemacht wurde) und hielt einige Schritte vor dem Tisch an, um nicht neben Stalin zu stehen (was Stalin ebenfalls nicht mochte), aber nah genug, um Stalins leise Stimme zu hören und keine überflüssigen Fragen stellen zu müssen (Stalin mochte es nicht, wenn man ihn etwas fragte).
»Nehmen Sie diesen Brief«, sagte Stalin.
Poskrebyschew trat näher und nahm die Blätter entgegen.
»Geben Sie ihn den Mitgliedern des Politbüros zur Einsicht. Verteilen Sie gleichzeitig den Entwurf folgenden Beschlusses an sie: Genosse Knorin wird seines Postens als Chefredakteur der Zeitschrift *Bolschewik* enthoben. Als Chefredakteur wird Genosse

Stetzkij eingesetzt. Und Sinowjew wird aus dem Redaktionskollegium des *Bolschewik* ausgeschlossen, an seine Stelle tritt Genosse Tal.«
Poskrebyschew verstand bei der leisesten Andeutung, was Genosse Stalin wollte. In diesem Fall wollte Genosse Stalin, daß der Brief nicht vervielfältigt und nach der Einsicht durch die Mitglieder des Politbüros in Stalins Privatsafe aufgehoben wurde. Der Brief erklärte den Mitgliedern des Politbüros die Gründe für den Postenwechsel im Redaktionskollegium des *Bolschewik*, eine offizielle Erklärung für den Wechsel würde es nicht geben.
»Jawohl!« antwortete Poskrebyschew.
Aber er ging noch nicht. Er hatte eine weitere, wertvolle Fähigkeit: Er konnte an Stalins Gesicht erkennen, ob seine Anwesenheit erwünscht oder unerwünscht war.
Stalin nahm eine dunkelrote Saffianmappe vom Tisch und gab sie Poskrebyschew.
»Nehmen Sie die Post.«
Jetzt wußte Poskrebyschew, daß er zu gehen hatte. Er machte mehrere Schritte rückwärts, drehte sich dann um und verließ das Zimmer, wobei er die Tür wiederum fest, aber behutsam ins Schloß zog.
Poskrebyschew setzte sich an seinen Tisch und sah die ihm von Stalin zurückgegebene Post in der Saffianmappe durch. Dem Genossen Stalin wurde nur die allerwichtigste Post vorgelegt. Die Fähigkeit, Wichtiges von Unwichtigem zu unterscheiden, gehörte auch zu Poskrebyschews Vorzügen. Er war allein natürlich nicht imstande, die ganze Post zu sichten, die an Stalin gerichtet war; das besorgten Angestellte im Sekretariat. Sie sortierten die Briefe und übergaben Poskrebyschew das, was sie für wesentlich hielten. Davon wählte er wiederum aus, was er für wichtig genug hielt, um es Stalin vorzulegen. Die Angestellten im Sekretariat wußten, was verlangt wurde, wußten, daß Briefe, die Mitglieder des ZK und namentlich Mitglieder des Politbüros betrafen, unbedingt gemeldet werden mußten.
Poskrebyschew legte Genossen Stalin allmorgendlich die Post in der Saffianmappe vor und nahm sie wieder entgegen, wenn Stalin sie ihm selbst zurückgab, wie es heute geschehen war.

Wie an jedem Tag sortierte Poskrebyschew die zurückgegebene Post und schichtete sie in zwei Stapeln auf: Briefe mit Vermerken des Genossen Stalin, und solche ohne Vermerke. Erstere kamen sofort ins Sekretariat, wo sie registriert und Stalins Vermerk entsprechend bearbeitet wurden, die anderen wurden in einem Panzerschrank aufgehoben, bis Genosse Stalin nach ihnen fragte.

Es gab allerdings noch eine weitere Kategorie Briefe – und zwar die, die Stalin nicht gleich zurückschickte und manchmal überhaupt nicht zurückgab, sondern behielt oder – was auch vorkam – selbst vernichtete. Das waren Briefe von außerordentlicher Bedeutung.

Bevor Poskrebyschew Stalin morgens die Post auf den Tisch legte, zählte er die Briefe und notierte die Anzahl. Wenn er sie zurückbekam, zählte er erneut und wußte daher stets, wieviel Briefe Stalin behalten hatte. Er wußte auch welche, denn er hatte das gute Gedächtnis eines Beamten. Wenn er Stalin morgens die Post hinlegte, erinnerte er sich hinterher immer in groben Zügen an den Inhalt.

Diesmal war alles wieder zurückgekommen, bis auf einen geschlossenen Umschlag, der Jagodas Bericht enthielt. Aber diese Umschläge behielt Stalin immer.

7

Mark Alexandrowitsch kam am Morgen des 29. Juni in Moskau an, pünktlich zur Eröffnung des ZK-Plenums, und reiste am 1. Juli abends wieder ab, nachdem das Plenum beendet war. Er hatte es eilig. Die Inbetriebnahme der Walzstraße stand bevor, damit war nunmehr ein geschlossener Produktionsablauf gewährleistet.

Mark Alexandrowitsch war die ganze Zeit beim Plenum anwesend. Die dort erörterten Fragen über Lieferung von Fleisch und Getreide oder die Verbesserung und Weiterentwicklung der Viehzucht gehörten zur Wirtschaftspolitik der Partei, und als Wirtschaftsleiter war er verpflichtet, über sämtliche Aspekte auf dem laufenden zu sein. Nicht einmal dem Volkskommissariat hatte er einen Besuch abgestattet, die für ihn im Augenblick dringlichste Aufgabe – die Inbetriebnahme der Walzstraße – wurde nun nicht mehr in Moskau, sondern in seinem Betrieb entschieden.

Nur etwas, das nichts mit dem Plenum zu tun hatte, mußte Mark Alexandrowitsch noch erledigen: den Besuch bei Sonja. Sascha war verurteilt und deportiert, daran war nichts mehr zu ändern. Seine Bemühungen vor der Verurteilung hatten nichts gefruchtet, um so weniger würden sie jetzt helfen; gegen das Urteil des Sonderkollegiums konnte keine Berufung eingelegt werden. Daß er, Rjasanow, Kandidat des ZK, sich für Sascha eingesetzt hatte, war bestimmt ganz oben gemeldet worden, und trotzdem hatte man Sascha verurteilt, folglich war er in irgend etwas verwickelt. Aber das war noch keine Katastrophe: Sascha war jung, die drei Jahre würden schnell vergehen, er hatte das Leben noch vor sich.

Trotzdem bedrückte Mark der Gedanke an Sascha. Auch in seinem Leben hatte es Komplikationen gegeben, aber in dieser Hinsicht war immer alles in Ordnung, alles klar und sauber gewesen, keine Abweichungen, keine Beteiligung an irgendwelchen Fraktionen – weder von ihm selber noch von ihm Nahestehenden. Er war in einer Familie großgeworden, die der Politik fernstand, nur er allein war Parteimitglied geworden. Seine Schwestern waren parteilos, ihre Ehemänner ebenfalls. Ein Parteimitglied, einen Kommunisten, hatte er in Sascha gesehen. Und nun so etwas! Sein Neffe war nach Paragraph 58 verurteilt worden: konterrevolutionäre Agitation und Propaganda. Mark Alexandrowitsch fühlte sich der Partei gegenüber schuldig, er hatte nicht aufgepaßt, nicht achtgegeben, sich zu wenig um den Neffen gekümmert. Nun hatte er einen Fleck auf der Weste. Wäre das gleich nach der Revolution passiert, hätte man es noch verstehen können: Die Revolution hatte so manche Familie gespalten. Selbst in den zwanziger Jahren hätte man dafür noch Verständnis haben können: Das waren Jahre des Umbruchs gewesen, die Führung hatte gewechselt, es hatte viele Abweichungen, Oppositionen gegeben, ein Teil der Jugendlichen, besonders Schüler und Studenten, hatte sich von Trotzkis Demagogie verleiten lassen. Aber heute, 1934, nachdem mit allen Abweichlern und Oppositionsgruppen endgültig aufgeräumt worden war, nachdem sich eine neue Parteiführung durchgesetzt, sich die Generallinie der Partei stabilisiert hatte und in der Partei und im Volk eine noch nie dagewesene Einheit und Einigkeit herrschten, war das, was mit Sascha passiert war, unbegreiflich, unfaßbar, einfach unerhört. Es warf auch auf ihn, Rjasanow, einen Schatten. Woran hatte es Sascha gefehlt? Er hatte alles gehabt: Moskau, ein Dach über dem Kopf, ein Studium, eine beneidenswerte Zukunft. Seine Auseinandersetzung mit dem Dozenten für Buchhaltungswesen, die Wandzeitung – dafür konnte man einen Menschen nicht einsperren, dafür verbannte man nicht nach Sibirien. Folglich war da noch etwas gewesen, das Sascha verheimlicht hatte. Ob er unter fremden Einfluß geraten war? Aber er war doch kein kleiner Junge mehr, zweiundzwanzig Jahre alt, schon erwachsen, hatte sich also Gedanken zu machen! Und nicht nur über die eigene Person. Er war verpflichtet, an die Mutter zu denken und hätte auch ein bißchen an den Onkel denken können, der bei ihm Vaterstelle vertreten hatte. Er hätte sich überlegen sollen, wie sich das auf ihn, Rjasanow, auswirken würde, auf seine Position, seinen Ruf in der Partei und im ganzen Land. Aber er hatte nicht nachgedacht! Keine Rücksicht genommen! Warum nicht? Weil er immer klüger sein wollte: »Er hätte ein bißchen bescheidener auftreten können«, das wagte dieser Milchbart über Stalin zu sagen; er maßte sich ein Urteil darüber an, wie Stalin sich zu verhalten hatte!

Mark Alexandrowitsch hatte elftausend Komsomolzen, Jungen und Mädchen, in seinem Betrieb, und wie die arbeiteten! Damals, als der zweite Hochofen hochgezogen wurde, manchmal sechzehn Stunden am Tage, ohne freie Tage, im Winter bei bitterem Frost, im schneidenden Wind. Er war zu der Zeit gerade aus Moskau zurückgekommen (Ordshonikidse hatte ihn für einige Tage bestellt), als man ihm meldete, daß Sand, Schotter und Zement in den Güterwagen zu Klumpen froren. Dabei mußte der Beton flüssig verarbeitet werden. Und diese Jungen und Mädchen, die doch erst gestern vom Dorf gekommen waren, hatten eine rettende Idee gehabt: Sie heizten mehrere Loks an und verlegten Rohre, durch die Tag und Nacht ununterbrochen Dampf und heißes Wasser geleitet wurde – sie hatten schwer geschuftet und sich damit die Ehre erworben, daß der zweite Hochofen den Namen »Komsomolzen-Ofen« erhielt. Das Essen hatten sie gleich neben der Baustelle an Lagerfeuern gekocht. Die Pferde versanken im Lehm, die Schubkarren rutschten von den Laufplanken, das einzige Werkzeug war der Spaten, das wichtigste Transportmittel der kleine Pferdewagen; Baugruben, wohin man sah, Berge von aufgeschüttetem Erdreich, Staub bis zum Himmel, donnernder Lärm, und aus diesem Chaos entstand einer der größten modernen Mammutbetriebe. Diese jungen Menschen, diese Enthusiasten hatten sich nicht geschont, hatten kein Aufheben von den Schwierigkeiten und der Schufterei gemacht. Sie hatten nicht in einem komfortablen Haus am Arbat gewohnt, hatten vielmehr in Zelten, Baracken oder Erdbunkern gehaust, ganze Familien auf einer Pritsche, auf einem Strohsack. Sie hatten alles durchgemacht. Läuse, Flöhe, Schaben, Flecktyphus ... Es fehlte an Lehrern, die Kinder lernten in den Baracken, in denen sie schliefen, Filme wurden im Freien gezeigt, Läden wurden in Schuppen untergebracht, und was gab's in den Läden? Leere Regale. Akkordarbeiter wurden mit Bons für Hosen, Röcke oder Schuhe ausgezeichnet, manchmal nur mit einer Tüte Bonbons. Aber sie waren auf eine solche Auszeichnung stolz. Sie wußten, daß sie ein Bollwerk der sozialistischen Industrie errichteten, daß sie die jahrhundertelange

Rückständigkeit ihres Landes überwanden, seine Wehrfähigkeit, seine wirtschaftliche Unabhängigkeit festigten, daß sie eine neue, sozialistische Gesellschaft errichteten.
Von diesem Wissen ließen sich diese Jungen und Mädchen leiten. Sie würden dem Genossen Stalin nicht das Geringste vorwerfen. Stalin war das Symbol ihres Lebens, ihrer einmaligen Arbeitsleistung. Sie machten Geschichte, sie und nicht sein Neffe Sascha, der es bis zu Gefängnis und Verbannung nach Sibirien gebracht hatte.
Mark Alexandrowitsch stand vor dem ihm wohl vertrauten Haus, in dem seine Schwester wohnte: Die Fassade mit den weißglasierten Ziegeln, am Kino *Arbatski Ars* die bunten Plakate, die Torwege der eng hintereinander stehenden Häuser und der lange schlauchförmige Hof. Hier hatte Sascha oft gespielt, war ihm entgegengelaufen, hatte ihm die Hände entgegengestreckt und war mit ihm zusammen zur Wohnung hochgestiegen. »Onkel Mark ist da, hurra!« hatte er geschrieen und das R und das K immer sehr deutlich ausgesprochen.
Aber die Welt und das Leben waren nicht ohne Sorgen, der Mensch wird vom Unglück verfolgt, und diesmal hatte es Sonja getroffen, die weichherzigste und wehrloseste seiner Schwestern: Der Mann hatte sie verlassen, und nun war auch noch der Sohn deportiert worden. Mark tat die Schwester leid, aber so wie er außerstande gewesen war, ihr zu helfen, als der Mann ging, konnte er auch jetzt nichts ausrichten. Er konnte ihr nur zeigen, daß er sie liebte, mit ihr fühlte, konnte sie finanziell unterstützen. Sie mußte tapfer und standhaft bleiben. Leiden sind nicht ewig, sie gehen vorbei.

Er erinnerte sich an seinen letzten Besuch bei ihr, erinnerte sich an ihr klägliches, zitterndes Gesicht und wie unterwürfig sie mit ihm gesprochen hatte; mit nervöser Hast hatte sie nach irgendwelchen Papieren gesucht und sie mit bebenden Fingern glattgestrichen. Noch vor der Wohnungstür spürte er einen lähmenden Druck im Nacken. Gleich würde er ihren Blick sehen, voller Hoffnung und voller Angst, daß ihre Hoffnung vergeblich war. Für Sascha konnte jetzt nichts getan werden, das mußte sie inzwischen einge-

sehen und sich damit abgefunden haben. In drei Jahren würde Sascha wieder zu Hause sein.
Sofija Alexandrowna war eben von der Arbeit zurückgekommen und wärmte sich das Essen auf. Sie begrüßte ihn ruhig, ohne die Freude, mit der sie ihn früher immer willkommen geheißen hatte. Früher hatte sie immer Vorbereitungen getroffen, wenn er seinen Besuch angekündigt hatte, einen Kuchen gebacken, sich fein gemacht. Heute kam er zu einer alleinstehenden, werktätigen Frau, die täglich arbeiten ging und der darum der Sinn nicht nach Kuchen und Besuchern stand. Sie begrüßte den Bruder, wollte mit ihm ihre Mahlzeit teilen, obwohl sie nicht überzeugt war, daß er Graupensuppe und Pökelfleisch mit in Margarine gebratenen Kartoffeln essen würde. Gleichgültig sah sie das Paket an, das Mark Alexandrowitsch ihr mitgebracht hatte, die Tüten, die er aus der Aktentasche holte. Mark dachte befriedigt, daß die Arbeit die Schwester verwandelt hatte. Früher war sie nur Ehefrau gewesen, Mutter, Hausfrau. Jetzt lenkten sie das Arbeitsleben, das Kollektiv, die außerhalb des Hauses liegenden Dinge von ihren privaten Sorgen ab, weiteten ihren Horizont, flößten ihr Kraft und Festigkeit ein.
Mark Alexandrowitsch freute sich für die Schwester und auch für sich: Der Besuch würde nicht so bedrückend sein, wie er befürchtet hatte.
Aber im tiefsten Innern entging ihm doch nicht, daß Sofija, die etwas Neues und nach Mark Alexandrowitschs Überzeugung sehr Gutes gewonnen, zugleich etwas ihm sehr Teures eingebüßt hatte, etwas Liebes und Vertrautes aus längst vergangenen Tagen: ihre Warmherzigkeit und wohlwollende Güte. Verschwunden war die gewohnte und verlockende Gemütlichkeit ihrer Wohnung, die freundliche Atmosphäre, die Nippsachen, der ihm liebgewordene Krimskrams. Jetzt stand nur noch das Notwendigste da, man sah, hier lebte man in Hast und Eile. Sie aß die Kartoffeln aus der Bratpfanne, die Pfanne stand auf einem Metallrost, das Tischtuch war an einer Ecke zurückgeschlagen. Die Schwester war nicht heruntergekommen, im Gegenteil, sie wirkte gefaßter, hatte abgenommen, war behender und sachlicher geworden. Offenbar lag es daran, daß ihr Zuhause für sie seinen Sinn verloren hatte. In ihm fehlte der Sohn.

Sie erzählte von ihrer Arbeit in der Wäscherei. Die Tätigkeit in der Annahme war alles andere als kompliziert, natürlich gab es auch schwierige Kunden, da war nichts zu machen, alle waren jetzt abgehetzt und nervös. Manchmal lag es auch am Betrieb selbst, wenn etwas nicht klappte: Mal war ein Stück verdorben oder etwas verlorengegangen. In solchen Fällen war's natürlich schwierig: Auseinandersetzungen und Erklärungen, Formulare mußten ausgefüllt werden, die anderen Kunden währenddessen warten, sie schimpften dann entrüstet. Konflikte zu schlichten war eigentlich die Aufgabe des Leiters, damit sie von der Annahme nicht abgehalten wurde. Aber der Leiter ließ sich nicht blicken, er war nie da; rätselhaft, wo er sich den Tag über herumtrieb. Sogar jetzt war sie noch imstande zu scherzen, Humor hatte sie schon immer gehabt.

Aber kein Wort über Sascha. Sie unterhielt sich aus Höflichkeit, um nicht zu schweigen, sah ihn kaum an, mied seinen Blick, aber er spürte, daß sie ihm etwas sagen wollte, einen Satz, den sie sich schon im voraus zurechtgelegt hatte. Sie würde es sagen, vorerst aber schwankte sie noch. An dieser Unentschlossenheit und der Art, wie sie seinem Blick auswich, erkannte er die alte Sofija wieder.

Unvermittelt unterbrach sie ihren Bericht: »Ja, Mark, ich muß dir sagen, daß ich das kleine Zimmer vermiete. Wenn du über Nacht bleibst, mußt du mit meinem Zimmer vorliebnehmen und es mit mir teilen.«

»Ich wohne im Hotel«, antwortete Mark Alexandrowitsch. Er wußte, daß es der Schwester gelungen war, das Zimmer zu behalten. Sie und Pawel Nikolajewitsch waren offiziell nicht geschieden. Nach Saschas Verhaftung hatte Pawel Nikolajewitsch als technische Fachkraft, als sogenannter »Spezialist«, der vorübergehend an der Peripherie arbeitete, seine ihm zustehende Wohnfläche sicherstellen können. Aber daß die Schwester das Zimmer vermietete – davon war er wirklich nicht begeistert. Für das Zimmer durfte sie nicht mehr verlangen, als die Miete wirklich betrug; das wäre sonst als Spekulation mit Wohnfläche angesehen und geahndet worden. Gegenwärtig drückte man in solchen Fällen ein Auge zu: die Wohnungsnot, die Leute wußten nicht, wo sie unterkommen sollten. Trotzdem war es ihm nicht recht, daß seine Schwester, Rjasanows Schwester, vom Vermieten eines Zimmers lebte. Er hatte ihr nie seine Unterstützung verweigert, er konnte sie mit einer Summe versorgen, die die Mieteinnahme um vieles überstieg.

»War das denn so notwendig?«

Sie verstand ihn nicht.

»Was war notwendig?«

»Das Zimmer zu vermieten?«

»Ja, ich brauche Geld.«

»Wieviel kriegst du dafür?«

»Fünfzig Rubel.«

»Und wer sind die Untermieter?«

»Eine alleinstehende, ältere Frau.«

»Und wie ist sie an dich geraten?«

»Auf Empfehlung meiner Nachbarn ... wieso fragst du?« Sie sah ihn endlich voll an. »Meinst du vielleicht, das wäre verkehrt?«

»Du kennst sie nicht ... Auf Empfehlung der Nachbarn ... hast du das nötig? Dich mit der Hausverwaltung abzugeben, mit der Zuzugsgenehmigung, der Anmeldung. Ich wiederhole: Wozu das alles? Ich biete dir nicht fünfzig, sondern hundertfünfzig Rubel im Monat an. Ich habe dir fünfhundert Rubel mitgebracht. Du weißt ja, ich brauche das Geld nicht.«

Sie schwieg und überlegte. Dann sagte sie ruhig: »Ich nehme Dein Geld nicht. Für mich brauche ich es nicht, ich verdiene mir meinen Unterhalt, und was Sascha betrifft ... Sascha hat einen Vater und eine Mutter, die für ihn sorgen werden.« Es würde ihm nicht gelingen, sie zu überreden, und streiten wollte er sich nicht. Er bot ihr Geld an, sie zog es vor, ihr Zimmer zu vermieten – das war ihre Sache, auch wenn es ihm, wie sie sah, nicht paßte. Aber sie hatte immer noch nicht den zurechtgelegten Satz gesagt, sie sollte doch endlich damit herausrücken und nicht Verstecken spielen.

»Wie geht es Sascha?« fragte er.

Sie zögerte mit der Antwort.

»Sascha ... der letzte Brief kam aus Kansk. Er hat sich im Dorf Bogutschany niedergelassen, aber von dort habe ich noch keine Nachricht. Ich weiß nicht, wie er hinkommt – ob er fährt oder zu

Fuß hin muß. Ich habe auf der Landkarte nachgesehen ... Bogutschany liegt an der Angara, eine Straße dorthin gibt es nicht, also sicherlich zu Fuß ...« Sie lächelte auf einmal spöttisch, »ich weiß ja nicht, wie man heutzutage in die *Katorga*, in die Verbannung, geschickt wird, früher – unterm Zaren – in Polizeiwaggons, die man nach dem Innenminister Stolypin-Waggons nannte, aber jetzt, keine Ahnung ...«

»Sofija!« sagte Mark Alexandrowitsch mit Nachdruck. »Ich verstehe, daß du es schwer hast, aber ich möchte, daß du die Dinge mit klarem Blick siehst. Erstens gibt es bei uns keine *Katorga* im alten Sinn, wie sie unter dem Zaren üblich war. Zweitens ist Sascha nicht in ein Lager, sondern nach Sibirien geschickt worden. Ich habe mich an die allerhöchsten Stellen gewandt. Sie haben sich bemüht, aber nichts ausrichten können. Gesetz ist Gesetz. Sascha hat irgendwas auf dem Kerbholz, offenbar nichts Schwerwiegendes, aber immerhin. Wir leben in einer harten Zeit, da ist nichts zu machen, er ist für drei Jahre verbannt worden, wird auf dem Dorf leben, Millionen Menschen leben auf dem Dorf, und Arbeit wird er natürlich auch finden. Er ist jung, drei Jahre sind im Nu vorbei, er muß sich ins Unausweichliche fügen, ruhig und geduldig warten und darf sich nicht gehenlassen.«

Sie lächelte plötzlich. Dann lächelte sie noch einmal. Dieses Lächeln kannte er nur zu gut.

Sie antwortete: »Also hat er noch zu wenig gekriegt, nur lächerliche drei Jahre.«

»Habe ich vielleicht gesagt, er hätte mehr kriegen sollen?! Sofija, sei doch vernünftig! Ich sage, daß das in unserer heutigen Zeit eine Lappalie ist – drei Jahre Verbannung ... Bei den vielen Erschießungen ...«

Sie lächelte noch immer, sah aus, als würde sie gleich in lautes Gelächter ausbrechen.

»Aha ... sie haben ihn nicht erschossen ... Wegen der Reimereien in der Wandzeitung haben sie ihn nicht erschossen, wegen der Reimerei in der Wandzeitung ist er nur für drei Jahre nach Sibirien verbannt worden – danke! Drei Jahre, nichts Besonderes, eine Lappalie! Jossif Wissarionowitsch kriegte doch auch nicht mehr als drei Jahre Verbannung. Dabei hatte er bewaffnete Aufstände organisiert, Streiks und Demonstrationen veranstaltet, er hatte illegale Zeitungen herausgegeben, war illegal ins Ausland gefahren und trotzdem nur zu drei Jahren Verbannung verurteilt worden. Er floh und hatte nach erneuter Festnahme genau drei Jahre in der Deportation zu bleiben. Würde aber Sascha jetzt fliehen, bekäme er bestenfalls zehn Jahre Lagerhaft ...« Sie lächelte nicht mehr und sah Mark Alexandrowitsch mit festem, strengen Blick in die Augen. »Ja! Hätte der Zar euch nach euren Gesetzen verurteilt, wäre er weitere tausend Jahre an der Macht geblieben ...«

Er schlug mit der Faust auf den Tisch.

»Was faselst du da?! Dumme Gans! Wo hast du das aufgeschnappt? Hör sofort auf! Du wagst es, solche Reden zu führen? In meiner Gegenwart! Jawohl, wir haben eine Diktatur, und Diktatur ist Gewaltherrschaft. Aber es ist die Gewalt der Mehrheit gegenüber einer Minderheit. Zur Zeit des Zaren hat dagegen die Minderheit die Mehrheit unterdrückt. Deshalb konnte der Zar es nicht wagen, zu den äußersten Maßnahmen zu greifen, die wir im Namen des Volkes und für das Volk durchführen. Die Revolution muß sich verteidigen, nur dann taugt sie etwas. Dein Unglück ist groß, aber es gibt dir nicht das Recht, dich in eine Spießerin zu verwandeln. Du mußt auf deine Worte achten. Wenn du das zu irgend jemand sagst, landest du im Lager. Merke dir das – wenigstens Sascha zuliebe, der seine Mutter auf keinen Fall verlieren darf.«

Sie hörte schweigend zu, tastete mit den Fingerspitzen nach den Krümeln auf dem Tisch und drückte sie platt. Dann sagte sie beherrscht: »Ich will dir etwas sagen, Mark ... Ich bitte dich, in meinem Hause niemals wieder mit der Faust auf den Tisch zu schlagen. Ich mag das nicht. Außerdem habe ich Nachbarn, auch ihretwegen ist mir das peinlich. Früher hat mein Mann mit der Faust auf den Tisch geschlagen, jetzt der Bruder. Ich erwarte, daß sich das nicht mehr wiederholt. Wenn du unbedingt auf den Tisch schlagen willst, dann tu es in deinem Betrieb. Merk dir das bitte. Was das Lager betrifft, so brauchst du mich nicht einzuschüchtern. Ich fürchte nichts mehr, das ist vorbei, ich habe mich seinerzeit genug gefürchtet, jetzt ist mir die Angst vergangen! Alle kann man ja nicht einsperren, da reichen die Gefängnisse nicht aus ... Eine geringfügige Minderheit, sagst du ... Wie kommt dir so was über die Lippen! Millionen Menschen leben auf dem Dorf! Hast du gesehen, wie sie leben? Früher, als du noch klein warst, hast du gern gesungen ›Nenn mir das Heim‹, erinnerst du dich? ›wo der Bauer nicht stöhnt‹, weißt du noch? Du hast gut gesungen, ein gutes Herz gehabt, und es ist dir von Herzen gekommen, du hast den russischen Bauern bedauert. Warum bedauerst du ihn jetzt nicht mehr? Warum tut er dir jetzt nicht mehr leid? Du hast ihn doch damals besungen. Für das Volk, im Namen des Volkes ... gehört Sascha vielleicht nicht zum Volk? So anständig, so klar und sauber und so überzeugt, und ihn verbannt man nach Sibirien, erschießen konnte man ihn wohl nicht, da haben sie ihn wenigstens nach Sibirien deportiert. Was ist von euren Liedern geblieben? ... Los doch, betet euren Stalin nur weiter an ...«

Mark Alexandrowitsch schob den Stuhl zurück und erhob sich. »Also weißt du, liebste Schwester ...«

»Bleib still, und reg dich nicht auf«, sagte sie gelassen, »ich will dir nur noch folgendes sagen, Mark, du hast mir Geld angeboten, aber mit Geld kaufst du dich nicht los. Ihr habt das Schwert gegen Unschuldige, gegen Wehrlose erhoben und werdet selbst durch das Schwert umkommen!« Sie neigte den grauen Kopf, sah den Bruder von unten herauf an und streckte den Zeigefinger aus. »Wenn erst deine Stunde schlägt, Mark, dann wirst du dich an Sascha erinnern, aber dann ist es zu spät. Du hast den Unschuldigen nicht verteidigt. Später wird auch dich niemand verteidigen.«

Seit drei Tagen marschierte die Gruppe immer tiefer in die Taiga hinein. Vorn der Pferdewagen, hinten der Gemeindevollzieher – ein schläfriger Bursche – hoch zu Pferd, eine Jagdbüchse auf dem Rücken.
Gemeindevollzieher – das war ein Pflichtdienst, den die Bauern der Reihe nach leisten mußten, die Wache wechselte in jedem Dorf. Neben vielen anderen Pflichten hatte der sibirische Bauer seit eh und je auch diese zu erfüllen. Genauso hatten der Vater, der Großvater und der Urgroßvater des jungen Reiters schon die Deportierten eskortiert, den Ururgroßvater hatte man selber auf diese Weise in die Verbannung gebracht.
Die Bewachung war eher Formsache, die Gruppe wurde ohne Bescheinigung übernommen und abgeliefert. Der eigentliche Wächter war die Taiga, hier konnte man sich nicht verbergen, hier spürte man auf dreißig Werst einen Fremden. Allein schon, daß es in dieser Zeit, in der jeder auf Herz und Nieren geprüft wurde, unmöglich war, unterzutauchen, bewirkte mehr als jede Bewachung.
Die seltenen Fluchtversuche wurden nur vom eigentlichen Wohnort unternommen, wenn der Verbannte es vor Sehnsucht nach der Freiheit nicht mehr aushielt und Hals über Kopf floh, ohne an die Folgen zu denken. Man floh im Frühling, wenn die Düfte – in allen Breiten die gleichen – das Herz mit wildem Heimweh erfüllten, oder im frühen Herbst, wenn der Gedanke an die langen, dunklen sibirischen Wintermonate zur unerträglichen Qual wurde. Manchmal sogar im Winter, einen Monat vor Ablauf der Verbannungsfrist: Man war mit allen Fasern schon daheim, hielt das Warten nicht länger aus und fürchtete zugleich die Stunde, in der man sich die Bescheinigung abholen mußte und vielleicht statt des Entlassungsscheins eine Strafverlängerung aufgebrummt bekam. Und meist wurde dann ein solcher Flüchtling im Frühjahr unter dem schmelzen-

den Schnee gefunden, deshalb nannte man diese Flüchtlinge auch »Schneeglöckchen«.
Unterwegs, beim Marsch, floh man nicht. Man kam gerade erst aus dem Gefängnis oder aus dem Lager, aus dem muffigen Zug, konnte sich frei bewegen, die Siebensachen lagen auf dem Leiterwagen, heimlich konnte man sie sich nicht nehmen. Zudem gab es für die ganze Gruppe nur einen Passierschein. Wenn man floh, legte man auch die anderen rein, denen dann Beihilfe zur Flucht vorgeworfen wurde. Hast du Fluchtabsichten, dann flieh vom Wohnort, bleibe Mensch!
Der letzte Schnee taute in den Senken, die Sonne drang durch die Wolken, aber auf dem Weg war es feucht und dämmrig. Windbruch, Fallholz, verdorrte Bäume, von oben bis unten mit pelzigem, grauen Moos bedeckt, modernde Stämme, kein Strauch, keine Blume, nur stellenweise vergilbtes Gras vom Vorjahr, und überall Brandspuren, als hätte hier ein rasender Waldbrand getobt. Wald ohne Ende, einförmig und trostlos: Lärchen, hier und dort Föhren, Zirbelkiefern, Tannen, ganz selten eine Birke oder Espe. Leben konnte man nur in den Wipfeln der höchsten Bäume vermuten, dort rauschte der Wind, von dort oben kam das Piepsen der Meisen, Eichhörnchen setzten von Baum zu Baum und raschelten mit den Zapfen. Weiter vorn der gleiche dichte Wald, Höhenzüge und Gebirgsketten.
In der Nähe von Kansk kamen sie noch durch viele Dörfer, und in jedem war man bestrebt, sie möglichst schnell wieder loszuwerden, damit sie nicht über Nacht blieben. Zum Übernachten trafen sie am späten Abend ein, am frühen Morgen ging es dann weiter. Der Bauer schimpfte, wenn er den rasselnden Riegel zurückschob, das aus dem Schlaf gerissene Kind plärrte, die Bäuerin warf murrend irgendwelche Lumpen auf den Boden, manchmal tat sie nicht einmal das: Schlaft auf den blanken Dielen, mir doch egal. Es war zu kalt, um auf dem Boden zu schlafen, der kranke Karzew hustete sich die Lunge aus dem Leib, Iwaschkin schluchzte vor Sehnsucht nach Frau und Kindern.
In der Taiga dagegen gab es nur wenige Dörfer, es dauerte einen Tagesmarsch, bis sie den nächsten Ort erreichten. Die erste Taigasiedlung erreichten sie noch vor Einbruch der Dämmerung und

konnten sich endlich ausschlafen. Gleich hinter Kansk hatte der Posten Wolodja von den Fesseln befreit.
»Jetzt geh.«
Er reckte seine steifen Gleider und marschierte dann los, leichtfüßig, ohne zu ermüden, ohne zu klagen, nur in den Augen glühte unversöhnlicher Groll. Er hatte eine entschiedene, zupackende Art, an der man merkte, daß er im Straflager gewesen war: Jede Kleinigkeit konnte das Leben kosten, man mußte stets auf der Hut sein, sofort seine Entschlüsse fassen, nie nachgeben, niemanden fürchten, im Gegenteil, gefürchtet werden. Als zufälligen »Opfern des Stalin-Regimes«, verhielt er sich Boris, Sascha, Iwaschkin gegenüber nachsichtig, er verachtete Karzew, den »Kapitulanten«. Er sprach nicht mit ihm, übersah ihn geflissentlich, Karzew war Luft für ihn. Sascha wunderte sich über diese Fähigkeit, einen anderen, mit dem man in einer Gruppe war, mit dem zusammen man schlief und das Unglück teilte, derart zu ignorieren. Wolodja Kwatschadse ging voran. Karzew, krank und nach Atem ringend, trottete hinterher und blieb oft stehen. Dann machte die ganze Gruppe halt. Wolodja stand da, ohne sich umzudrehen, und ärgerte sich über den Aufenthalt. Karzews körperliches Versagen hielt er für seelische Schwäche. Darin lag auch für ihn die Ursache von dessen Abtrünnigkeit. Er betrachtete jeden, der neben Karzew ging und diesen bei dem schweren Marsch stützte, argwöhnisch, wie einen Kundschafter aus dem feindlichen Lager. Sascha gefiel Wolodjas Mut, sein Widerstand gegenüber der Obrigkeit, seine würdevolle Haltung. Aber Wolodja brachte nicht die geringste Toleranz für Andersgesinnte auf, diesen Fehler hatte Sascha auch an sich beobachtet. Gleich am ersten Tag hatte er zu ihm gesagt: »Wolodja, damit es zwischen uns keine Unklarheiten gibt: Ich stehe voll und ganz hinter der Partei. Unsere Ansichten wollen wir für uns behalten. Wir können uns überflüssige Streitgespräche sparen.«
»Und ich habe meinerseits auch keine Lust, mit Nachbetern Stalins zu diskutieren«, antwortete Wolodja hochfahrend, »aber wenn ihr mich schon mal hierher getrieben habt, verbietet mir wenigstens nicht den Mund.«
Sascha lächelte.

»Ich habe Sie nicht hergetrieben, ich bin selbst hierher getrieben worden.«
»Denn siehe, sie erkennen die Ihren nicht. Sonst würden Sie, mein Bester, mir so wie die Kerle in Kansk die Hände auf den Rücken gedreht haben.«
»Kann mir lebhaft vorstellen, wie Sie mit uns umgesprungen wären, wenn Sie an die Macht gekommen wären«, sagte Sascha.
»Unter uns hätten Sie genauso Hoch und Hurra geschrien«, erklärte Kwatschadse verächtlich.
»Streitet euch nicht, Jungs«, mischte sich Boris ein. »Das ist das ewige Unglück der Politischen, daß sie sich streiten. Die Kriminellen halten zusammen wie Pech und Schwefel, deshalb krümmt ihnen die Administration auch kein Haar.«
»Die Kriminellen sind der letzte Dreck!« sagte Wolodja, »Halunken und Henkersknechte. Für einen Napf Suppe verraten sie den besten Kumpel. Sie sind die eigentliche Stütze, die Helfershelfer der Administration. Hat einer seine Frau erschlagen, kriegt er acht Jahre, und davon wird ihm bei guter Führung noch die Hälfte erlassen. Hast du aber ein Paar Sohlen aus der Fabrik rausgeschmuggelt, hast du deine zehn Jahre weg.«
Die Taiga wurde immer dichter. Die gleichen bewaldeten Höhenzüge, Hochebenen, Schluchten und Bergkegel, das Gezwitscher in den Wipfeln, die Dämmerung und Feuchtigkeit auf dem Pfad. In einem Birkenwald tauchte einmal ein gewaltiger Elch mit langen Läufen auf und verschwand gleich wieder, man hörte nur noch das Knacken der Zweige.
Morgens wärmte die Sonne schon. Ihre Strahlen drangen jedoch kaum bis auf den Weg, aber das Gehen fiel dann leichter. Gegen Mittag wurde eine Rast eingelegt – neben einer Winterhütte, einem winzigen, zum Dach hin offenen Waldhäuschen mit dunklen rauchgeschwärzten Wänden, ohne Fenster, ohne Ofen, mit einem festgetretenen, ausgeglühten Lehmboden. Im Winter wurde hier Feuer gemacht, der Rauch zog durch ein Loch im Dach ab. In der Ecke lag ein Bündel Reisig: Wer ging, ließ für den nächsten dürre Zweige als Brennholz zurück, denn wenn jemand bei Frost und Schneefall oder Schneesturm kam, war's gut möglich, daß er kein trockenes Holz fand und auf dem hartgetretenen Boden erfror.

Ein richtiger Taigaläufer ließ nicht nur Brennholz da, sondern hinterließ auch eine Schachtel Streichhölzer an einem sicheren, trockenen Plätzchen.
Sie entzündeten ein Lagerfeuer, holten Wasser von einer Quelle, kochten Hirsebrei und brühten Tee auf.
Die Hirse hatte Boris gestern in einem Dorfladen besorgt. Er kannte den Verkäufer, der nachts den Laden aufgemacht und ihm die Hirse und ein Päckchen Tee gegeben, sowie eine Flasche Fusel aufgetrieben hatte. Den Selbstgebrannten hatten sie noch am gleichen Abend ausgetrunken.
Das Bewußtsein, daß man ihn auch hier in einem abgeschiedenen Taigadorf kannte und daß die anderen ohne ihn völlig verloren gewesen wären, versetzte Boris wieder in den vertrauten Zustand großer Aktivität, festigte seine Überzeugung, daß er auch in Bogutschany nicht der letzte sein würde.
Er zahlte für die Übernachtungen, für das Abendessen, zahlte für alle, weil sie kein Geld hatten, nur Sascha hatte welches, aber es war ungewiß, ob er Arbeit finden würde. Boris dagegen war eine Arbeitsstelle in Bogutschany sicher. Er sah auch aus wie ein *Natschalnik*, ein Chef; eine olivgrüne Jacke von militärischem Schnitt mit offenem Kragen, eine Hose, die in Stiefeln bester Qualität steckte, ein Regenmantel und eine khakifarbene Schirmmütze. Dazu eine ruhige herrische Stimme, die den gebildeten Chef verriet. Einer, mit dem jede Diskussion zwecklos war, weil er immer das letzte Worte behielt, so daß man lieber gleich machte, was er verlangte.
Auch hier kommandierte er, schickte den einen nach Wasser, den anderen nach Reisig, im Wald waren trockene Äste zu finden. Deshalb beschlossen sie, den Holzvorrat in der Hütte nicht zu benutzen. Nur Karzew schickte er nirgends hin. Karzew saß mit geschlossenen Augen auf einem Baumstumpf und hielt sein bleiches Duldergesicht in die Sonne.
Der Verkäufer, den Boris kannte, hatte auch veranlaßt, daß ihnen ein braver gefälliger Junge, der eigentlich noch gar nicht dran war, als Wache mitgegeben wurde. Er war sehr geschickt und schnitzte ihnen während der Rast Löffel aus Birkenrinde. Er ging zu Fuß, locker und mühelos, und führte das Pferd am Zügel hinter sich

her. Sascha ging die ganze Zeit neben ihm, vom Dorf bis zum Rastplatz. Der flachsblonde Junge gab ihm sogar die Büchse, als sie ein Rebhuhn vor den Schuß bekamen. Sascha traf nicht.

»Wenn du bei einem Bären danebenschießt, wär's schlimmer«, lachte der Junge.

»Warst du schon auf Bärenjagd?«

»Ja, dreimal. Wir scheuchen den Bären in seiner Höhle auf. Sobald ihn die Hunde wittern, hauen wir Stangen zurecht und versperren damit den Höhlenausgang. Wenn er sich rausarbeitet, bekommt er die Kugel. Manche gehen mit Gabelspießen auf ihn los, andere sogar mit dem Dolch. Der Bär ist ein schlaues Tier, Pferde oder Vieh beschleicht er, auf den Menschen stürzt er gleich los.«

Er lächelte, als Sascha sagte, daß es Tiere gab, die stärker waren als der Bär. Löwe, Tiger, Elefant ... Der Junge wollte es nicht glauben.

Mit dem gleichen Lächeln erzählte er, daß vor einem Jahr auf der Lichtung, an der sie gerade vorbeikamen, drei verbannte Kriminelle ermordet worden waren.

Sie waren genau hier entlanggeführt worden, vorher hatten sie im Dorf Karten gespielt. Dabei hatten Burschen aus dem Dorf gesehen, daß die Verbannten Geld bei sich hatten. Zwei schlichen hinterher und knallten los. Die Verbannten rannten ins Dickicht, dort wurden sie umgelegt und später vom Schnee zugeweht. Es fror damals ordentlich, und die zwei glaubten, die Tiere, von denen es hier mehr als genug gab, würden den Rest besorgen.

Aber dann ritt gerade der Bevollmächtigte der Bezirkserfassungsstelle vorbei, die Hunde witterten die Leichen. Daraufhin begannen Nachforschungen; die beiden Burschen wurden nach Nowosibirsk gebracht. Dort im Gefängnis wurden sie von kriminellem Pack abgemurkst.

»Haben sie den Toten viel Geld abgenommen?«

»Immerhin zehn Rubel, mehr war's wohl nicht.«

Bei der Unterhaltung am Lagerfeuer wurde diese Geschichte wieder aufgewärmt. Boris kannte sie – die Deportierten in Kansk hatten davon erzählt, auch Kwatschadse wußte Bescheid: Er hatte im Lager davon gehört. Die beiden Burschen waren in derselben Nacht umgebracht worden, in der sie ins Gefängnis eingeliefert

worden waren; die Nachricht war ihnen vorausgeeilt. Es war eine große Zelle, einer deckte den anderen, es kam nie heraus, wer die eigentlichen Täter waren.
»Richtig, daß man sie kaltgemacht hat«, bemerkte Wolodja, »sonst hätten sie höchstens fünf Jahre gekriegt und wären schon nach einem Jahr wieder draußen gewesen: Ist doch eine Kleinigkeit, ein paar Verbannte umzulegen. Jetzt wissen die hier aber in den Dörfern, der Telegrafendienst im Gefängnis funktioniert besser als der öffentliche. Wenn der Staat uns nicht schützt, müssen wir uns eben selber schützen. Eine andere Lösung gibt es nicht.«
»Wolodja«, wandte Sascha ein, »Sie haben doch selbst gesagt, daß Kriminelle keine Menschen sind! Wie kann man ihnen also erlauben, ein Femegericht abzuhalten?«
»Hier in der Verbannung gelten andere Regeln, wenn Sie's erst ein Weilchen ausgekostet haben, werden Sie es schon merken«, winkte Wolodja ab, »mit Intelligenzlern kann man darüber nicht reden.«
»Warum denn gegen die Intellektuellen zu Felde ziehen? Die sind auch was wert«, sagte Sascha.
Wolodja hob den Finger.
»Einige wenige.«
»Sie sind doch auch ein Intellektueller.«
»Sie glauben doch nicht etwa, daß ich darauf stolz bin?«
»Der erste Intellektuelle war derjenige, der das Feuer aus einem Stein schlug. Seine Zeitgenossen brachten ihn selbstverständlich um. Der eine verbrannte sich den Finger, der andere die Ferse, ein dritter fand einfach: Mach dich nicht mausig! Das gab's schon in der Steinzeit: Mach dich bloß nicht mausig!«
»Sascha gebührt der erste Preis für Logik«, erklärte Boris. »Wolodja, sind Sie einverstanden, daß Sascha den ersten Preis verliehen kriegt?«
»Immer los, wenn Sie etwas zu verleihen haben«, antwortete Kwatschadse.
Sie waren friedlich aufgelegt. Die Sonne sank hinter die Baumwipfel, aber sie spürten ihre Wärme und marschierten ohne jede Last, Mäntel und Mützen hatten sie auf den Wagen gelegt. Sie wurden von einem gefälligen Jungen eskortiert, der sie sogar schießen ließ,

er war eigentlich gar keine Wache, und das Ganze sah nicht nach einem Arrestantentransport aus. Sie aßen zum ersten Mal nicht an fremden Tischen, sondern im Wald am Lagerfeuer. Das Knacken der Kiefernzweige, ihr harziger Geruch, der Geruch von angebranntem Brei, die Tannennadeln im Tee – das alles weckte Kindheitserinnerungen. Eigentlich war's gar nicht lange her, seit sie im Jungpionierlager am Feuer gesessen hatten.

Karzew, der immer noch sein Gesicht in die Sonne hielt, drehte den Kopf, um den letzten schwindenden Strahl zu erhaschen.

Iwaschkin nickte sowohl Wolodja als auch Sascha bejahend zu, er hatte eine Schwäche für schöngeistige Gespräche. Seinen Beruf hielt er nicht nur für eine geistige Tätigkeit, sondern für etwas Besonderes. Wenn sich der Setzer beeilte, gab es die schönsten Fehler, und dann hieß es, ab nach Sibirien, obwohl ein anderer die Zeilen gesetzt hatte. In einer Rede des Genossen Stalin hatte sich der Druckfehlerteufel eingeschlichen, statt des Wortes ›bloßlegen‹ hatte man irrtümlich ›loslegen‹ gesetzt. Sechs Mann waren verhaftet worden. Iwaschkin hatte eine Frau und drei kleine Töchter zu Hause. Der Junge, der sie bewachte, hörte ihnen lächelnd zu; er aß nur wenig von dem Brei, wollte ihnen nichts wegessen.

Der Fuhrmann war mürrisch, schlug den Brei aus und wollte auch keinen Tee haben, er kaute irgend etwas auf dem Wagen und nickte ein, er mußte sowieso warten, bis sein Pferd sich ausgeruht und ein bißchen Gras gerupft hatte. Danach spannte er es wieder an. Sascha und die anderen waren vom Sitzen am Lagerfeuer faul geworden und standen nur ungern auf. Die Gruppe marschierte weiter.

Nachdem sie etwa fünf Kilometer zurückgelegt hatten, kam plötzlich ein pfeifender Wind auf, die Wipfel bogen sich, es wurde schlagartig dunkel und ein heftiges Schneetreiben begann.

Der Fuhrmann trieb sein Pferd an, der Wachposten wollte sich auch beeilen, um noch vor Einbruch der Nacht die Tschuna zu erreichen. Es hörte genauso überraschend auf zu schneien, wie es angefangen hatte, die Sträucher trugen jetzt weiße Kappen, und der ohnehin schlechte Weg war fast völlig unbefahrbar geworden. Immer wieder mußten sie das Fuhrwerk schieben. Sie schritten nach wie vor schnell aus.

Nur Karzew konnte nicht gehen, er rang nach Atem, blieb an einen Baumstamm gelehnt stehen und hustete.
»Setz dich auf den Wagen, Karzew«, sagte Sascha.
Aber der Fuhrmann erlaubte es nicht: »Ich bin nicht verdingt, Leute zu befördern, das Pferd schafft's nicht, sieh dir die Straße an.«
»Hast kein Gewissen im Leib«, sagte Iwaschkin.
Sascha packte das Pferd am Zaum.
»Halt! Karzew, steig auf!«
»Laß los!« brüllte der Fuhrmann. »Ich fahr zurück, dann kriegt ihr zu spüren, was es bedeutet, wenn ihr rebelliert!«
»Väterchen, wir wollen uns doch nicht streiten«, sagte Boris in seinem befehlsgewohnten Ton und half Karzew auf den Wagen.
Wohl oder übel mußten sie zwei leichtere Koffer vom Wagen nehmen, der Wachposten zurrte sie am Sattel seines Pferdes fest. Nur Wolodja Kwatschadse äußerte kein Wort, er wartete gleichgültig ab, bis der Zwischenfall beigelegt war. Sollte der »Kapitulant« doch krepieren, er würde nicht mal dann für ihn eintreten.

Eine primitive Fähre, die nicht bis ans Ufer kam, brachte sie über die Tschuna. Sie mußten mit ihrem Gepäck zur Fähre waten, den Wagen hinaufzerren und schieben. Dabei wurden sie bis auf die Haut naß.
Am anderen Ufer lag ein großes, heruntergekommenes Dorf mit zum Teil eingefallenen, windschiefen Katen, alle von Wind und Wetter geschwärzt, die Viehställe standen leer. Im Dorf wurde gefeiert, es ging hoch her, in allen Katen brannte noch Licht, man hörte trunkenes Geschrei und Gesang, Männer torkelten über die Straße, Bauern, Taigaläufer, Heger, alle waren von unterschiedlicher Größe und Haarfarbe, ganz anders als die stattlichen, blonden Sibirier der Steppenzone. Auf an der Straße liegenden Holzstämmen saßen Jungen und Mädchen, die lachten und dem Wachposten zuriefen, heute sei das Fest eines Schutzheiligen. Daraufhin hatte es der Posten sehr eilig und rannte los, um den Vorsitzenden zu finden und die Gruppe so schnell wie möglich abzuliefern.
Während sie auf den Vorsitzenden warteten, näherte sich ihnen ein Paar, zwei der hier ansässigen Deportierten, ein gut aussehender

Mann mit langem Haar, ausgeglichenen Bewegungen und aufmerksamem Blick, der vertraute Typ des Staatsfunktionärs, den Sascha vom Fünften Haus der Sowjets so gut kannte, und eine hagere, rothaarige Frau mit verhärmtem, trotzig verschlossenen Gesicht. Da dies die erste Verbanntengruppe nach der monatelangen Schlammzeit war, brannten die beiden darauf, zu erfahren, ob jemand von ihren Leuten dabei war.

»Guten Tag, Genossen!«

Die Augen der Frau blieben an Kwatschadse haften, er erwiderte den Blick, an dem sie einen Gleichgesinnten erriet. Wolodja nannte seinen Namen, sie kannten ihn, und er kannte ihre Namen. Sie umarmten und küßten sich, beachteten die anderen überhaupt nicht. Der Mann lächelte zwar verbindlich, gab aber keinem die Hand – er hätte sie einem Falschen reichen können oder aber jemandem, der ihm nicht die Hand entgegengestreckt hätte. Die Frau ließ sich nicht mal zu einem Lächeln herab.

Sie entfernten sich mit Wolodja. Er ging zwischen den beiden, groß, schlank, in seiner schwarzen Wattejacke, mit seinem Sack über der Schulter, und beantwortete ihre Fragen, offenbar wurden viele gestellt, seit zwei Monaten war hier keine Post mehr eingetroffen.

»Adieu!« rief ihnen Boris gekränkt nach. Wolodja hatte eine Solidarität verletzt, die weit höher bewertet wurde als die politische. Und dann kam ein junger Kerl mit einer feisten Visage angelaufen, noch kauend, betrunken, mit fahrigen Bewegungen. Als er bei ihnen angelangt war, machte er Glubschaugen.

»Wo sind hier die Verbannten? Die da? Seht ja ziemlich schwärzlich aus, haben euch russische Eltern gemacht? Na los!«

Er brachte sie zum Rand des Dorfes, zu einer verwahrlosten Hütte mit eingestürztem Ofen. Eigentlich hätten sie sich aufwärmen, die Kleider trocknen, den kranken Karzew warm betten müssen. Doch während sie sich in dieser seit langem verlassenen Behausung umsahen, war der mit der feisten Visage längst verschwunden. Auch der Fuhrmann war weggefahren, ihr Gepäck lag auf der Erde.

»Dann wollen wir mal die örtliche Behörde unter Druck setzen«, sagte Boris. »Kommen Sie, Iwaschkin.«

»Wohin? Das ganze Dorf feiert.«
»Den Sprecher mache ich, Sie müssen bloß helfen, nachher die Fressalien zu tragen«, beruhigte ihn Boris.
Sie gingen. Sascha nahm frische Wäsche aus dem Koffer, Wollsokken und ein Hemd und hielt Karzew die Sachen hin.
»Ziehen Sie sich um.«
Sascha staunte, wie mager Karzew war. Die Haut spannte über den Rippen, spitze Knie, dürre Beine, kraftlos herabhängende ausgezehrte Arme, Schulterblätter, die wie verstümmelte Flügel abstanden.
»Sie sind aber während des Hungerstreiks gewaltig abgemagert«, bemerkte Sascha.
»Sie haben mich mit einer Sonde ernährt, gewaltsam«, Karzew stopfte das Hemd unbeholfen in die Unterhose, »dann bekam ich Lazarettkost, sie haben mich mit Milch wieder aufgepäppelt. Ich habe mir die Adern aufgeschnitten und viel Blut verloren.«
Seine Augen glänzten fiebrig, das Gesicht war mit roten Flecken bedeckt. Sicherlich hatte er Fieber, aber sie besaßen kein Thermometer, messen wäre sowieso zwecklos gewesen, denn morgen mußten sie weiter. Endlich war Karzew mit dem Umziehen fertig, wickelte sich in Saschas Flauschdecke, setzte sich auf die Bank, ließ sich mit dem Rücken gegen die Wand fallen und schloß die Augen.
»Warum haben Sie sich die Adern geöffnet?« fragte Sascha.
Karzew gab keine Antwort. Er hatte die Frage wohl nicht gehört, vielleicht war er eingeschlafen.
Sascha untersuchte den Ofen. Aus der Feuerung und dem Aschloch hingen noch die Drahtenden von den Eisentüren, die jemand herausgerissen hatte. Sascha wollte heizen, überlegte es sich dann aber anders, möglicherweise würde Boris eine bessere Behausung auftreiben.
Boris und Iwaschkin brachten ein Brot mit und einen Krug aus Birkenrinde voll saurer Sahne, mehr hatten sie nicht aufgegabelt. Eine andere Unterkunft zu bekommen war ihnen auch nicht geglückt – alle waren betrunken, man konnte mit niemandem reden, keiner war bereit, sie über Nacht bei sich aufzunehmen.

Iwaschkin fand einige Scheite auf dem Hof. Er spaltete Kienspäne, aber sie erloschen gleich wieder, sie verschwendeten bloß ihre Streichhölzer.
Im Dunkeln aßen sie die saure Sahne mit dem Brot.
»Besser ein kaltes Abendessen als gar keins«, sagte Boris philosophisch.
Karzew mochte nichts essen, er wollte nur trinken. Es gab auch kein Wasser.
»Ich gehe zu Wolodjas neuen Freunden, vielleicht darf er dort übernachten«, sagte Sascha.
Boris schüttelte zweifelnd den Kopf.
»Nein, das glaube ich nicht. Na, versuchen können wir's ja. Ich komme mit.«
»Wozu?«
»Das ganze Dorf ist sternhagelvoll, und die Kerle auf den Stämmen sind aggressiv.«
Draußen war es heller als in der Kate, der Vollmond stand am wolkenlosen Himmel. Nach wie vor saßen die Jungen und Mädchen auf den Stämmen am Straßenrand. Einer der Burschen, offenbar der Witzbold und Schläger des Dorfes, erzählte gestikulierend etwas Komisches, denn es gab immer wieder Lachsalven. Als er Sascha und Boris sah, schrie er:
»He, ihr verlorengegangenen Futschikatos, kommt mal her!«
»Beachten Sie ihn nicht«, sagte Boris halblaut.
»Warum denn nicht?« Sascha ging zu der Gruppe hinüber. »Ist was?«
»Wieso treibt ihr euch auf der Straße rum? Sucht wohl Mädchen. Wollt ihr nicht lieber Prügel?«
Auf den Stämmen saß auch der junge Wachposten und lächelte schweigend vor sich hin. Zweifellos würde er auch dann noch lächeln, wenn man sie zusammenschlug.
Sascha drehte sich zu Boris um.
»Tatsächlich. Sehen Sie mal, wie hübsch die Mädchen hier sind.«
»Hübsch schon, aber nicht für euch!« schrie der Bursche.
»Willst sie für dich allein haben, was?« sagte Sascha spöttisch. »Kannst du's denn allen besorgen?«

Auf den Stämmen wurde gelacht.

»Du, paß auf«, erwiderte der andere, »reiß das Maul nicht so weit auf.«

»Paß auf, reiß das Maul nicht so weit auf«, äffte Sascha ihn nach, »daß dich Hurenbock ...« und ließ einen so gepfefferten Fluch vom Stapel, daß jeder Lastträger in seiner Chemiefabrik vor Neid erblaßt wäre.

Dann schlenderte er weiter.

»Immer schön friedlich, Jungs, bloß keine Händel suchen, ihr seid doch erwachsen genug«, ergänzte Boris mit nachdrücklichem Ernst und folgte Sascha.

Unterwegs sagte er zu ihm:

»Wenn man Sie hier nicht totschlägt, werden Sie noch lange leben. Sie verstehen es, sich durchzusetzen.«

Die Haustür war nicht abgeschlossen.

Wolodja, der Mann und die Frau saßen am Tisch. Eine Petroleumlampe erhellte die Stube.

»Pankratow und Solowejtschik«, sagte Wolodja zu den Gastgebern, »ich habe von den beiden erzählt.«

Offenbar hatte er nur Gutes gesagt, denn der Mann lächelte sofort.

»Setzen Sie sich, Genossen, trinken Sie mit uns Tee.«

»Danke.«

Sascha setzte sich nicht, sondern wandte sich an Wolodja:

»Was machen wir mit Karzew?«

»Was soll ich denn machen?«

»Du hast doch sicher vor, hier zu übernachten. Vielleicht trittst du ihm dein Bett ab?«

Statt Wolodjas antwortete der Mann:

»Vorerst entscheide eigentlich immer noch ich, wer bei mir übernachtet.«

»Vielleicht wissen Sie, bei wem man für eine Nacht unterkommen könnte?« fragte Boris.

»Durchziehende Leute nimmt hier keiner auf. Und Kranke schon gar nicht.«

Die Frau wandte sich an Wolodja: »Wann haben Sie Iljin zum letzten Mal gesehen?«

Draußen sagte Sascha bitter: »Und Sie sagen, ich könnte mich durchsetzen.«
»Tja, mein Lieber«, antwortete Boris, »hier haben wir's mit politischen Leidenschaften zu tun, und die sind bekanntlich die schlimmsten.«

Gegen Abend legte Poskrebyschew Stalin den inzwischen von den Mitgliedern des Politbüros eingesehenen Brief zu Engels Aufsatz wieder auf den Schreibtisch. Ausnahmslos alle waren der Ansicht Stalins, daß der Aufsatz nicht veröffentlicht werden dürfe. Seine Entscheidung über den Wechsel im Redaktionskollegium der Zeitschrift *Bolschewik* war ebenfalls einstimmig gutgeheißen worden.
Stalin hatte nicht bezweifelt, daß beide Entscheidungen in seinem Sinne bestätigt werden würden: Sein Schachzug mit Stetzkij war richtig berechnet gewesen. Stetzkij war Bucharins Mann, und Bucharin hielten sie in Reserve. Bucharin würden sie vorerst nicht hergeben, ebensowenig wie im vorigen Jahr Smirnow, Tolmatschow und Eismont und im Jahr davor Rjutin.
Trotzdem mußten und würden alle Gegner – die früheren, die jetzigen und die zukünftigen – vernichtet werden. Das einzige sozialistische Land auf der Welt konnte sich nur behaupten, wenn es im Innern unerschütterlich stabil war, und das war zugleich die Gewähr seiner Stabilität gegenüber dem Ausland.
Im Falle eines Krieges mußte der Staat eine unerschütterliche Macht darstellen, ebenso aber auch im Frieden; wollte sein Staat den Frieden, mußte ER im Ausland gefürchtet werden.
Um aus dem Agrarstaat in kürzester Zeit einen Industriestaat zu machen, waren zahllose materielle und menschliche Opfer erforderlich. Das Volk mußte diese Opfer bringen. Allein mit Begeisterung war es jedoch nicht getan, man mußte das Volk zu diesen Opfern zwingen. Und das wiederum vermochte nur eine starke Regierung, die dem Volk Furcht einflößte. Die Furcht mußte mit allen Mitteln genährt werden, die Theorie des unaufhörlichen Klassenkampfes eröffnete dazu alle Möglichkeiten. Auch wenn das ein paar Millionen Menschenleben kostete – die Geschichte würde das dem Genossen Stalin verzeihen. Würde er den Staat jedoch ungeschützt seinem Schicksal überlassen – das würde ihm die Geschichte nie verzeihen. Ein großes Ziel erforderte unermeß-

liche Energien, einem rückständigen Volk diese Energien abzuzwingen erforderte große Grausamkeit. Alle großen Herrscher waren grausam gewesen. Kamenjew, jetzt Direktor des Akademia-Verlags hatte nicht von ungefähr Machiavelli veröffentlicht. Für IHN hatte er Machiavelli ediert, IHM wollte er zeigen, daß SEINE Methoden schon im 15. und 16. Jahrhundert bekannt waren. Kamenjew irrte sich. Machiavellis Ratschläge waren veraltet. Und ob sie im 15. Jahrhundert brauchbar gewesen waren, war nicht erwiesen. Treffend, aber oberflächlich, nicht dialektisch, sondern schematisch hieß es bei Machiavelli: »Da es von den Untertanen abhängt, ob sie lieben, vom Fürsten aber, ob sie fürchten, so muß ein weiser Fürst sich auf das verlassen, was in seiner Macht steht, und nicht das, was in andrer Macht steht.« Diese These war aber nur bedingt richtig: Eine nur auf der Liebe des Volkes beruhende Macht war schwach, das stand fest. Aber eine ausschließlich auf Furcht beruhende Macht war ebenfalls labil. Sicher und stark war die Macht, die sowohl auf der Furcht vor dem Diktator als auch auf der Liebe zu ihm beruhte. Groß war der Herrscher, der es fertigbrachte, durch Angst Liebe zu erwecken; eine Liebe, bei der das Volk und die Geschichte alle Grausamkeiten seines Regimes nicht ihm, sondern den Vollstreckern zuschrieb.

Trotzkis Ausweisung war ein humaner, folglich ein falscher Akt gewesen. Trotzki war frei und agierte. Sinowjew und Kamenjew würde er nicht ausweisen lassen, ihre Köpfe sollten die ersten Bausteine in einem Bollwerk der Furcht werden, das es zu errichten galt, um Volk und Land zu schützen. Ihre Gesinnungsgenossen würden ihnen folgen, Bucharin gehörte dazu. Er war über die Hintertreppe zu Kamenjew gelaufen, hatte mit ihm geheime Unterredungen geführt und gesagt, er würde lieber Sinowjew und Kamenjew im Politbüro an Stalins Stelle sehen. Er hatte sich seine Verbündeten selbst ausgesucht und würde ihr Schicksal teilen.

In der Politik durfte es kein Mitleid geben. Wenn es ihm überhaupt um jemanden leid tat, dann nur um Kamenjew. Und zwar, weil Kamenjew nicht zu ihm, sondern zu Sinowjew stand. Ein »gemütlicher« Mann, weich, nachgiebig und zudem aus Tiflis, wo er das Gymnasium besucht und viele Jahre gelebt hatte. Er hatte etwas von einem jüdischen und einem georgischen Intellektuellen: die Freundlichkeit, die Sensibilität, die Aufgeschlossenheit und war dabei ein gutmütiger Zyniker. Er war gebildet, hatte ein sicheres politisches Orientierungsvermögen, verstand es, geschliffen zu formulieren, weshalb Lenin ihn zu Recht besonders geschätzt hatte. Kamenjew war nicht ehrgeizig, er erhob keinerlei Ansprüche auf eine Führerrolle, war traditionell immer der zweite Mann. So war's zu Lenins Zeiten gewesen, so hätte es auch unter Genossen Stalin bleiben können. Aber er hatte es nicht gewollt! Hatte nicht IHM, sondern dem Schwätzer Grischka den Vorzug gegeben! Früher hatten sie doch ein gutes Gespann abgegeben und sich hervorragend verstanden. Gerade Kamenjew war es doch gewesen, der seine, Stalins, Kandidatur für den Posten des Generalsekretärs der Partei vorgeschlagen hatte. Aber nur um ihn gegen Trotzki auszuspielen. Das hatten Kamenjew und Sinowjew zusammen ausgeheckt, sie hatten den Parteiapparat in einen Knüppel gegen Trotzki verwandeln wollen. Sie waren es gewohnt, andere die Kastanien aus dem Feuer holen zu lassen. Die Hauptsache aber hatten sie dabei außer acht gelassen: Der Parteiapparat war kein Knüppel, sondern ein Hebel der Macht. Sie hatten ihm diesen Hebel anvertraut und ihm damit auch die ganze Fülle der Macht übergeben. SEINE Genialität bestand darin, daß er das als einziger verstanden hatte. Lenin hatte es auch verstanden, aber nicht sofort, erst ein Jahr später und daher zu spät! Aber selbst damals, als Lenin verlangt hatte, IHN seines Postens als Generalsekretär zu entheben, selbst damals hatte Kamenjew nichts begriffen und dem Parteitag vorgeschlagen, Lenins Brief unbeachtet zu lassen. Begriffen hatte er es erst nach Lenins Tod, als nicht nur Trotzki, sondern auch Kamenjew und Sinowjew von Lenins Erbe ausgeschlossen wurden. In diesem Moment hätte er die richtige Wahl treffen, sich wie die ganze Partei hinter den Genossen Stalin stellen müssen. Aber er hatte sich hinter Grischka, die Null, gestellt! Warum bloß? Glaubte er an Grischkas große Talente? Unsinn! Nein, er hatte sich verrechnet, weil er IHN nie richtig verstanden hatte, nicht begriffen hatte, daß die sogenannte Primitivität, die sogenannte Mittelmäßigkeit des Genossen Stalin in Wirklichkeit die Einfachheit des Führers war, der nicht nur Vorlesungen über Kommunismus in der Akademie hielt, sondern vor allem mit den Massen sprach und die Massen führte.

Die Juden hatten nie verstanden, was ein FÜHRER ist. Sie hatten sich nie unterordnen können. Das war historisch bedingt und war ihre nationale Tragödie. Alle Völker hatten sich Rom unterworfen und sich so als Nationen erhalten. Die Juden waren die einzigen, die sich nicht unterwerfen ließen. In allen Religionen war Gott in Menschengestalt verkörpert. Christus, Mohammed, Buddha ... Nur bei den Juden gab es keinen gottähnlichen Führer, nur die mosaische Religion schloß die Möglichkeit einer Vermenschlichung Gottes aus. Für sie gab es keine absolute Autorität, deshalb konnten sie auch ihr Staatswesen nicht erhalten – die höchste Staatsmacht mußte sich im höchsten Führer verkörpern. Im Laufe ihrer Geschichte hatten die Juden immer diskutiert, Demokratie hieß für sie, der Meinung der Mehrheit die eigene Meinung entgegenzusetzen.

Natürlich gab es auch Juden, die einen Führer anerkannten und ihm folgten, beispielsweise Kaganowitsch. Kaganowitsch hatte IHN als erster schon 1925 in einer Rede im Institut der Roten Professur Führer genannt ... Kamenjew dagegen hatte eine oberflächliche Gelehrsamkeit und Beredsamkeit vorgezogen. Und hatte sich verrechnet. Gelehrsamkeit und Beredsamkeit waren noch lange nicht die Eigenschaften eines Führers. Wo waren alle die vorrevolutionären »Führer« aus dem Intellektuellen- und Literatenmilieu geblieben? Alle diese Lunatscharskis, Poktrowskis, Roshkows, Goldenbergs, Bogdanows, Krassins? Und Nogin, Lomow, Rykow? Sie waren alle von der Bildfläche verschwunden, und zwar für immer. Trotzki hatte durchaus Qualitäten eines Führers gehabt. Aber sein Intellektuellendünkel hatte ihn für die Parteikader unerträglich gemacht. Bei jeder Gelegenheit hatte er seine intellektuelle Überlegenheit hervorgehoben, und andere damit als Dummköpfe abgestempelt, was niemand mag. Die Menschen erkennen geistige Überlegenheit an, wenn sie sich mit der Überlegenheit der Macht paart. Geistige Überlegenheit akzeptieren sie nur beim Herrscher, was bedeutet, daß sie sich einem klugen Herrscher unterordnen. Dadurch werden sie nicht erniedrigt, sondern im Gegenteil erhöht, und das rechtfertigt in ihren

Augen die bedingungslose Unterordnung. Sie trösten sich mit der Vorstellung, daß sie sich nicht der Kraft, sondern dem Geist beugen. Solange der Führer nicht als Alleinherrscher die absolute Macht errungen hat, muß er die Menschen für sich gewinnen und ihnen die Gewißheit geben, sie folgten ihm aus eigenem Willen, er brächte lediglich ihre eigenen Gedanken zum Ausdruck. Trotzki hatte das ebensowenig verstanden, wie die Bedeutung des Apparats. Er hatte sich für den Führer gehalten und geglaubt, daß er selbst, nur auf sich gestellt, mit seiner Rednergabe, seinem Intellekt die Massen mitreißen könnte. Mitnichten! Um die Massen mitzureißen und zu beherrschen, genügten auch die brillantesten Reden nicht, dazu brauchte man ein Instrument, und das war der Apparat. »Gebt uns eine Organisation von Revolutionären, und wir heben Rußland aus den Angeln!« Diese wichtige Leninsche These hatte Trotzki nie wirklich verstanden. Und das war sein »Nichtbolschewismus«, den Lenin in seinem Vermächtnis erwähnt hatte.

Hatte Lenin den Gedanken von der kollektiven Führung vielleicht doch ernstgenommen? Bestimmt nicht! Lenin hatte die Bedeutung des Führers erkannt. »Der sowjetische, sozialistische Demokratismus widerspricht nicht im geringsten der Alleinherrschaft und Diktatur ... Den Willen der Klasse verwirklicht zuweilen ein Diktator, der manchmal allein mehr erreicht und oft notwendiger ist ...« Und weiter: »Sich bis zur Gegenüberstellung der Diktatur der Massen und der Diktatur der Führer zu versteigen ist lächerlicher Unsinn ...« Das hatte Lenin verstanden, und doch hatte er vorgehabt, Rußland mit europäischen Methoden zu lenken. In IHM, Stalin, hatte er immer nur einen Asiaten gesehen.

Lenin hatte die Bedeutung des Apparats verstanden. Aber im Gegegensatz zu IHM hatte er die Festigung des Regierungsapparates angestrebt, auf den er sich als Oberhaupt der Regierung stützte, und keineswegs des Parteiapparats, auf den sich Genosse Stalin stützte. Deshalb hatte er auch vorgeschlagen, diesen seines Postens als Generalsekretär zu entheben. Längerfristig hatte er wohl neben der Neuen Ökonomischen Politik umfassendere Veränderungen verwirklichen wollen, denn wenn die Zielsetzung Farmer und Farmwesen hieß, würde der Farmer seine Rechte beanspruchen. Für derartige Maßnahmen hielt Lenin Männer wie Trotzki, Sinowjew, Kamenjew, Bucharin und sogar Pjatakow für geeigneter, IHN dagegen, den Genossen Stalin, für ungeeignet. Im Genossen Stalin sah er den eigentlichen, den führenden »Apparatschik« und befürchtete eine zunehmende Stärkung des Apparats. Recht hatte er. Der Apparat hatte die Eigenschaft zu verknöchern, der durch jahrelange Bindungen gefestigte Apparat in all seinen Verflechtungen wurde statt eines Hebels zur Bremse, zum Hemmschuh. In einem riesigen, rückständigen, multinationalen Agrarland wurde eine schlagkräftige Verwaltung benötigt, um die Errungenschaften der Revolution zu bewahren und durchzusetzen. Zugleich aber war diese Verwaltung auch eine Gefahr für die Revolution, denn ihre Macht könnte allumfassend, allgewaltig werden und sich schließlich jeglicher Kontrolle entziehen. Lenin befürchtete das sehr zu Recht und erklärte deshalb: »Vom zaristischen Rußland haben wir das Schlimmste übernommen, die Bürokratie und die Oblomowerei, wir ersticken förmlich daran.« Das stimmte, aber bedeutete noch lange nicht, daß man den Apparat beseitigen und ein politisches Gleichgewicht schaffen mußte. Ein politisches Gleichgewicht – das wäre das ENDE der Diktatur des Proletariats. Der Apparat mußte erhalten bleiben, er mußte gefestigt werden, zugleich mußte aber jede Selbständigkeit des Apparats im Keim erstickt, mußten seine Mitarbeiter unaufhörlich ausgewechselt werden. Man mußte vermeiden, daß es zu Verflechtungen der wechselseitigen Beziehungen innerhalb des Apparats kam und zu einem unkontrollierbaren Filz. Ein dauernd in Bewegung befindlicher Apparat könnte keine selbständige politische Macht entwickeln, blieb aber eine gewaltige Kraft in der Hand des Führers, eines allmächtigen Herrschers. Als Machtinstrument mußte dieser Apparat dem Volk Angst einflößen, vor dem Führer aber hatte der Apparat selbst zu zittern.

Verfügte er über einen solchen Apparat? Mitnichten. Schon längst hatte er die Zusammensetzung des ZK ändern wollen, hatte es aber nicht einmal auf dem XVII., SEINEM triumphalen Parteitag geschafft. Angeblich gab es keine Gründe für Zurückweisungen, deshalb blieben Leute im ZK, die dort nichts mehr zu suchen hatten. Gegen die Auswirkung der wechselseitigen Beziehungen, gegen den Zusammenhalt, den Filz war er nicht angekommen. Das sollte jetzt ein Ende haben! Dieser Apparat hatte ausgedient und wurde von ihm in dieser Form nicht mehr gebraucht, er brauchte einen anderen Apparat, einen, der keine Fragen stellte, für den es nur ein Gesetz gab: SEINEN Willen. Der gegenwärtige Apparat war alter Plunder, abgelassener Dampf. Aber diese alten Kader, die wie Pech und Schwefel zusammenhielten, wie die Kletten aneinander hingen und so ohne weiteres nicht gehen würden. Er würde sie abservieren müssen. Aber dann hatte er für immer gekränkte, potentielle Todfeinde, die stets bereit sein würden, sich jedem anzuschließen, der sich gegen IHN erheben würde. Sie mußten vernichtet werden. Unter ihnen würden bestimmt auch Leute sein, die sich in der Vergangenheit große Verdienste erworben hatten, aber das würde die Geschichte dem Genossen Stalin verzeihen. Ihre früheren Verdienste waren jetzt für die Sache der Partei schädlich. Diese Leute hielten sich für die Lenker der Staatsgeschicke. Darum mußten sie ausgewechselt werden. Und auswechseln hieß vernichten.

Wieder ging Stalin durch sein Arbeitszimmer und blieb vor dem Fenster stehen ... Jawohl. Lenin hatte die Oktoberrevolution angeführt und vollendet, das war sein historisches Verdienst. Aber nachdem er die Revolution vollendet und die neue Macht im Feuer des Bürgerkriegs siegreich verteidigt hatte, folgte er einem Weg, der eigentlich den Lehren des orthodoxen Marxismus entsprach: Die NÖP war der Anfang dieses Weges. Lenin vollendete eine bürgerliche Revolution mit extrem revolutionären Mitteln, indem er die Überreste der feudalen Gesellschaftsordnung beseitigte. Aber Lenin war tot. Die Geschichte war ein großer Regisseur. Sie hatte Lenin rechtzeitig abtreten lassen und mit IHM einen neuen Führer ins Spiel gebracht, der Rußland auf einen wahrhaft sozialistischen Weg führen würde. Das erforderte noch manche Revolution. Eine Revolution, nicht weniger bedeutend als die Oktoberrevolution, hatte er schon verwirklicht – er hatte die individuelle Landwirtschaft beseitigt, das Kulakentum liquidiert und damit die Möglichkeit einer am Farmwesen orientierten Entwicklung des Dorfes ausgeschlossen. Millionen Menschen waren dabei umgekommen – die Geschichte würde ihm das verzeihen. Er hatte eine zweite Revolution ermöglicht: Rußland aufs Gleis einer industriellen Entwicklung gestellt, es zu einem modernen, militärisch starken Industriestaat gemacht. Zu einem sehr hohen Preis, das hatte ebenfalls viele Menschenleben gekostet, aber auch das würde die Geschichte dem Genossen Stalin verzeihen. Die Geschichte hätte ihm nicht verziehen, wenn er Rußland schwach und hilflos seinen Feinden ausgeliefert hätte. Jetzt mußte ein neuer, ihm ergebener Machtapparat geschaffen und der alte vernichtet werden. Anfangen mußte er bei denen, die sich bereits gegen IHN ausgesprochen hatten, bei Sinowjew und Kamenjew. Sie hatten sich mehr Blößen gegeben als die anderen, hatten gegen die Partei gekämpft und ihre Fehler so oft eingestanden, daß sie diese und weiterhin noch viele andere eingestehen würden. Und niemand würde wagen, sie zu verteidigen, auch Kirow nicht.

Seit neun Jahren war Kirow schon in Leningrad. Was hatte er in dieser Zeit getan, um die Leningrader Parteiorganisation nicht nur zu einer Scheinbastion, sondern zu einem wahren Bollwerk des Zentralkomitees der Partei zu machen? Er hatte beschlossen, diese ewig frondierende Stadt zu befrieden, nicht zu zerschmettern. Zerschmettern hieß den alten Apparat durch einen neuen, die alten Kader durch neue zu ersetzen. Befrieden dagegen bedeutete, den alten Apparat und die alten Kader zu erhalten, nachdem man sie auf seine Seite gebracht hatte. Diesen Weg hatte Kirow gewählt. Warum? Hatte er seine Aufgabe mißverstanden? Nein, er hatte sie sehr gut verstanden. Aber er hatte sie als seine eigene Aufgabe verstanden und nicht etwa als die der Partei, er hatte Leningrad nicht zu einem Bollwerk der Partei, sondern zu seinem eigenen Bollwerk gemacht. Nicht er hatte die alten Kader für die Partei gewonnen, sondern sie hatten ihn für sich gewonnen und ihn zu einem neuen Führer erkoren.

Stalin trat wieder an den Schreibtisch und las Jagodas Bericht noch einmal. Ja, Saporoshez, Jagodas Mann, war nicht in der Lage, die Situation in Leningrad zu verändern. Ein hilfloser Mensch, eine absolute Null!

Stalin öffnete die Tür zum Empfangszimmer und befahl Poskrebyschew, Genossen Jagoda, den Volkskommissar des Inneren, für den nächsten Morgen zu bestellen.

Gegen Mittag erreichten sie die Angara. Die über dem gewaltigen Strom aufragenden hohen Felswände mit ihren braun, gelb und rot geäderten Kalksteinschichten ließen die ursprüngliche Struktur der Erde erkennen.

Eine Stunde später waren sie in Bogutschany, ihrem künftigen Wohnbereich.

Das Ufer säumten *Banjas*, niedrige Blockhäuschen fürs Dampfbad, an Stangen aufgespannte Fischernetze und Boote, die an Pflöcken festgezurrt waren. Beiderseits der breiten Straße standen schwarzgraue Blockhäuser, auf deren Bretterdächern grünes Moos wuchs. Zwischen den Häusern standen feste, hohe Zäune. Vom Hof führten jeweils einige Stufen in die Häuser, die blau oder violett gestrichene, geschnitzte Fenster hatten.

Der Fuhrmann lenkte den Wagen in einen großen Hof mit Viehstall, Scheune und mehreren Schuppen. Vieh gab es nicht, dafür aber Hühner, die in einem Misthaufen scharrten. Der Fuhrmann öffnete die Tür des weitläufigen Hauses, ein säuerlicher Geruch schlug ihnen entgegen. Sie sahen einen derben, selbstgemachten Holztisch und Bänke an den Wänden, die ärmliche Behausung einer Witwe.

Die Hausbesitzer: Eine krumme Alte mit Krückstock, die auf der Bank saß und jeder Bewegung der neuen Mieter mit ängstlich lauernden Blicken folgte; ihre Tochter, eine Vierzigjährige mit eingefallener Brust und einer schmuddeligen Schürze über dem Hängebauch, schwieg; man hätte meinen können, die Frau sei stumm; schließlich ihr Sohn, ein häßlicher Junge von sechzehn Jahren.

Die Verbannten trugen ihr Gepäck ins Haus und gingen zum Bezirksbevollmächtigten des NKWD, des Innenministeriums.

Das war ein gewisser Baranow, ein dicker Mann mit sattem Beamtengesicht, auf dem deutlich geschrieben stand, daß er den ganzen Winter durchgeschlafen und am liebsten weitergeschlafen hätte, wenn es ihm nicht Staatsgeschäfte von höchster Wichtigkeit verboten hätten. Er öffnete den Umschlag, blies die Backen auf, las und bestimmte für jeden den Wohnort. Iwaschkin blieb in Bogutschany, Wolodja Kwatschadse mußte flußabwärts, die anderen flußaufwärts fahren: Karzew ins Dorf Tschadobetz, Boris und Sascha in einen anderen Bezirk ins Dorf Keshma, wo sie dem dortigen Bevollmächtigten unterstellt sein würden.

»Zu Ihrer Information«, sagte Boris, »ich soll eigentlich hier im Kontor für Rauchwarenerfassung arbeiten, so hat es Genosse Chochlow in seinem Schreiben an den Genossen Kossolapow verfügt.«

Aber Boris zeigte ihm dieses Schreiben nicht, weil er befürchtete, daß Baranow es ihm wegnehmen könnte.

»Chochlow sollte sich nicht in unsere Obliegenheiten einmischen«, sagte Baranow stirnrunzelnd, »sobald das Postboot kommt, fahren Sie nach Keshma weiter.«

Wolodja ging auf die Suche nach seinen Leuten.

Iwaschkin, durchdrungen vom Bewußtsein der Außergewöhnlichkeit seines Berufes, machte ein ernstes Gesicht. In Bogutschany sollte eine Druckerei eingerichtet werden, Setzer aber gab es nicht, sie waren überall rar.

»Woher wissen Sie denn das mit der Druckerei?« fragte Sascha erstaunt.

»Ich habe es in Kansk gehört«, antwortete Iwaschkin ausweichend und ging los, um ein Zimmer zu mieten.

Während des ganzen Marsches hatte er aus Angst, ein anderer könne ihm die Stelle wegschnappen, kein Wort von der Druckerei gesagt.

Boris war niedergeschlagen. Keshma lag weit ab, dreihundert Kilometer entfernt. Wer weiß, ob es dort eine freie Stelle gab, und ihm Esel war nicht eingefallen, sich auch für das dortige Kontor ein Schreiben zu besorgen.

»Ich will trotzdem mal zu Kossolapow gehen«, sagte Boris, »vielleicht kann er was ausrichten. Baranow ist ein sturer Bock.«

Sascha und Karzew gingen nach Hause. Karzew war so geschwächt, daß er kaum laufen konnte. In ihrem Quartier angekommen, ließ er sich auf eine Bank fallen und bat um einen

Schluck Wasser. Er hatte Schüttelfrost. Sascha deckte ihn zu und fragte die Alte: »Haben Sie abgekochtes Wasser?«

»Dort im Kessel.«

Sie hockte wie eine Eule in ihrem Winkel.

»Er hat sich unterwegs was geholt. Macht nichts. Er ist jung und rappelt sich wieder auf. Wollt ihr essen?«

»Erst wenn die anderen zurück sind.«

Wolodja kam als erster, nahm seinen Sack, sagte, er sei bei einem Bekannten untergekommen, das dritte Haus hinter der Schule, und verschwand.

Dann fand sich Boris ein. Kossolapow war machtlos, Baranow hatte das Entscheidungsrecht. Von so einem Hornochsen hing das Leben ab! Na schön, hol ihn der Teufel!

»Wissen Sie, Sascha, ich bin eigentlich froh, ich habe mich an Sie gewöhnt. Wir sind zusammen losgegangen und werden auch bis zum Schluß zusammenbleiben.«

Er überlegte schon, wie er in Keshma die gewünschte Arbeit finden und auch Sascha unterbringen würde. Aus dem Gedächtnis beförderte er irgendwelche Zahlen über den Bezirk Keshma, mit denen er den Leiter der dortigen Rauchwarenerfassungsstelle beeindrucken wollte.

Inzwischen war auch Iwaschkin gekommen und erzählte, er habe eine billige Unterkunft mit Verpflegung gefunden, die Löhne hier seien gut, mit Nordzonenzuschlag, so daß er noch was nach Hause schicken könnte, vielleicht würde er die Familie sogar nachkommen lassen. Zum Mittagessen blieb er nicht, das Essen heute war schon bezahlt.

»Ich laufe los, ich werde erwartet.«

Er fragte nicht, wann sie aufbrechen würden, gab ihnen nicht die Anschrift, bat nicht, ihm zu schreiben, und versprach auch nicht, von sich hören zu lassen ... Ich laufe los, werde erwartet.

»So trennen sich die Menschen«, bemerkte Boris.

»Er hat nicht mal an Ihrer Brust geschluchzt«, meinte Sascha ironisch.

»Das ist Ihnen also nicht entgangen? Sie merken aber auch alles. Phantastisch, Ihre Beobachtungsgabe.«

Sie aßen gemeinsam aus einer Schüssel Klöße und gingen dann zur

Post, um zu veranlassen, daß ihnen alles nach Keshma nachgeschickt würde. Sascha schrieb der Mutter, ihm gehe es hervorragend, die Angara sei ein grandioser Strom, er brauche nichts, schreiben solle sie ihm postlagernd nach Keshma.

Sie kehrten nach Hause zurück. Auf der Straße lagen Eskimohunde mit Ringelschwänzen, die nicht mal den Kopf hoben, wenn eine Frau mit Eimern am Tragholz vorüberging oder eine Kinderschar aus einem Hof auf die Straße stürzte.

»Ich sehe kein einziges, einigermaßen akzeptables Lustobjekt«, sagte Boris, »das Mädel in der Post verkörpert die hiesige Elite. Übrigens Sie sollten wissen, daß hier die Kontaktsyphilis verbreitet ist, seien Sie also vorsichtig. Und Trachom ebenfalls. Daß Sie um Gottes Willen nicht die Handtücher hier benutzen! Aber zum Thema Nummer eins: Haben Sie das Mädchen gesehen, das sich vor unserem Haus herumgetrieben hat? Mit den breiten Backenknochen. Gar nicht übel.«

Sascha hatte sie gesehen, sie hatte sich mit dem Sohn der Wirtin unterhalten.

»Die Kleine hat ein Auge auf Sie geworfen«, fügte Boris hinzu.

»Sie ist doch noch ein Kind.«

»Wieso? Sechzehn ist sie bestimmt schon. Durchaus brauchbar. Später heiraten sie und verwandeln sich in Arbeitstiere. Schaun Sie mal genauer hin.«

»Schändung von Minderjährigen«, lachte Sascha, »mir reicht der Paragraph 58.«

Auf der ums Haus aufgeworfenen Erdbank saß das bewußte Mädchen, kaum mittelgroß, schlank, mit kräftigen Beinen und feinem, gut geschnittenem Gesicht, einer hohen Stirn und vollen Lippen. Die leicht vorstehenden Zähne verrieten einen tungusischen oder mongolischen Einschlag. Sie trug eine bis oben geschlossene Strickjacke und einen langen Rock, der bis zu den Knöcheln reichte und nur die schmutzigen Füße sehen ließ. Sie kaute Harz und lachte Sascha aus ihren braunen Augen an.

»Warum lachst du?« fragte Sascha.

Sie prustete los, hielt die Hand vor den Mund, rannte auf die Straße und schlug die Pforte im Zaun hinter sich zu. Aber Sascha sah, daß sie durch eine Spalte lugte.

»Eine Wilde, aber ganz entzückend, und das Figürchen – Zucker!« sagte Boris.

Zum Abendessen gab es in Scheiben geschnittene, gedämpfte Kohlrüben und Haferbrei. Alle einschließlich der Wirtsleute aßen gemeinsam aus einer Schüssel. Die Alte klagte, daß es weder Milch noch Fleisch gebe, nicht mal Fisch, kein Mann im Hause, wer sollte da fischen.

Während des Abendbrots tauchte das Nachbarmädchen wieder auf. Sie öffnete die Tür, sah Sascha, schloß sie wieder und blieb draußen im Flur stehen.

»Was versteckst du dich, du Störenfried?!« schrie die Alte.

Das Mädchen blieb still im Flur stehen. »Verrücktes Huhn«, sagte die Alte, »Lukeria heißt sie. Lukeschka!« rief sie erneut, »komm in die Stube. Die Städter haben was Neues zum Essen mitgebracht.«

Sascha schnitt den Rest der Wurst für Karzew auf.

Lukeschka trat ein und blieb an der Tür stehen.

»Ein bißchen kurz geraten«, meinte die Alte, auf Lukeschkas kleinen Wuchs anspielend, »den Eltern nachgeschlagen, Vater und Mutter sind ebenso ... Wo sind denn deine Brüder?«

»Weiß der Kuckuck«, antwortete Lukeschka und schielte zu Sascha hinüber, »sicher im Wald.«

»Wohl beim Roden, oder sie saufen? Die Flasche lockt ja immer. Ist der Vater mit?«

»Ja.«

Lukeschka wies mit einer Kopfbewegung auf Karzew.

»Ist er krank?«

»Ja«, antwortete die Alte, »brabbelt andauernd vor sich hin. Was bloß? Er macht's wohl nicht mehr lange. Was stehst du denn rum? Setz dich, unterhalt dich, schau ihn dir an«, damit nickte sie zu Sascha hin.

Aber Lukeschka setzte sich nicht, sie stand nach wie vor an der Tür, kaute Harz und schielte lachend zu Sascha hinüber, barfuß, in ihrer zu großen Jacke und dem langen Rock. Ihr geschmeidiger Körper roch nach Wasser, nach dem Strom, nach Heu. Sie war in jenem Alter, das auf dem Land besonders kurz ist, in dem die jungen Mädchen noch nicht zermürbt sind von der Feldarbeit,

vom Haushalt, von den Kindern. Sie war fix, kräftig und offensichtlich aufgeklärt, denn aufgewachsen war sie in einer Kate, in der alle in einem Raum schliefen: die Eltern und die Brüder mit ihren Frauen. Sie war auf der Dorfstraße großgeworden und von unverhüllter Offenheit, naiv und zugleich schamlos.
Sascha hielt ihr eine Scheibe Wurst hin.
»Koste mal.«
Lukeschka rührte sich nicht von der Stelle.
»Nimm, dumme Göre, iß!« sagte die Alte.
Lukeschka nahm die Wurst.
»Waren deine Leute zum Fischen?« erkundigte sich die Alte.
»Ja.«
»Viel rausgeholt?«
»Zwei Eimer voll.«
»Wieviel Lenze zählst du denn?« fragte Sascha.
»Was?« fragte Lukeschka.
»Wie alt du bist, möchte ich wissen.«
»Na ja, immerhin sechzehn.«
»Mach doch niemand was vor«, widersprach die Alte, »unser Wanja ist fünfzehn, und du bist genauso alt.«
Lukeschka rieb die Schulter am Türpfosten und schwieg.
»Lukeschka!« wurde auf der Straße gerufen.
»Die rufen dich«, sagte die Alte.
»Na und«, antwortete Lukeschka, ohne sich von der Stelle zu rühren.
»Lukeschka!«
»Ach, laßt mich doch in Ruhe!« schimpfte Lukeschka und ging, die Tür hinter sich zuschlagend, hinaus.
»Ein sauberes Mädel«, sagte die Alte zu Sascha, »schenk ihr ein Tuch, dann geht sie mit dir.«
»Aha«, Sascha lächelte spöttisch.
Karzew stöhnte in der Nacht, rang nach Luft, bat, ihn aufzusetzen, er schaffte es nicht mehr allein.
Am nächsten Morgen gingen Sascha und Boris ins Krankenhaus. Beim Arzt stand eine lange Schlange an. Die Leute saßen im Gang und draußen auf der Vortreppe. Solowejtschik ging geradewegs ins Sprechzimmer. Sascha folgte ihm. Der junge Arzt hörte Boris

an, als er aber erfuhr, daß es um einen Verbannten ging, verlangte er eine schriftliche Anweisung vom Bezirksbevollmächtigten des NKWD.

»Der Mann stirbt«, sagte Sascha grob, »wozu wollen Sie da noch eine Anweisung?«

»Baranow weiß, was für eine«, antwortete der Arzt.

Baranow kam zu ihnen auf den Hof hinaus, verschlafen, fragte ungnädig, was sie wollten, kritzelte dann gleichgültig auf ein Blatt Papier: »An den Bezirksarzt. Untersuchen Sie den kranken Verbannten Karzew.«

Sie kehrten ins Krankenhaus zurück. Boris drängte sich erneut an der Schlange der Wartenden vorbei ins Sprechzimmer und händigte dem Arzt den Zettel aus. Der versprach, nach der Sprechstunde vorbeizuschauen.

Er kam abends, untersuchte Karzew, diagnostizierte akute Lungenentzündung und Ödem bei allgemeiner Dystrophie. Benötigt wurden Luftkissen, die es aber nicht gab, außerdem müßte Karzew im Krankenhaus stationär behandelt werden. Im Krankenhaus gab es jedoch nur zehn Betten, und zwanzig Patienten waren schon dort. Der Arzt verordnete eine Medizin und sagte, sie sollten Karzew vor dem Einschlafen warme Milch einflößen. Dabei las Sascha in seinem herb-verschlossenen Blick, daß Karzew für ihn schon tot war.

Am nächsten Morgen fühlte Karzew sich besser, er bat, Baranow zu rufen.

»Wozu brauchst du denn den?« fragte Sascha erstaunt.

»Geh und sag ihm«, sagte Karzew mühsam, von Atemnot und Husten gequält, »daß es Luftkissen gibt, sie haben alles. Geht, geht zu ihm, er soll herkommen.«

Also gingen sie hin, unterwegs schlug Boris vor, Wolodja Kwatschadse mitzunehmen.

»Er hat den Bogen raus, er weiß, wie man mit denen redet.«

Wolodja hörte sie ruhig, sogar mitfühlend an. Wollte er sein Verhalten an der Tschuna wiedergutmachen, als er Karzew nicht zu einem warmen Bett verholfen hatte? Kaum ... Wahrscheinlicher war, daß er einen Anlaß sah, den Behörden eines auszuwischen und sich in Szene zu setzen. Überdies war der Anlaß

schwerwiegend genug: Einem Deportierten wurde ärztliche Hilfe verweigert.
»Karzew hat um Baranows Besuch gebeten.«
»Wie?!« Wolodja drehte sich Sascha zu, sein Gesicht war furchterregend. »Er hat gebeten, daß Baranow zu ihm kommt?!«
Seine Stimme zitterte. Wie immer, wenn er sich aufregte, klang sein georgischer Akzent besonders stark durch.
»Aber in seinem Zustand kann er doch nicht selbst zu Baranow gehen.«
»Er hat um Baranows Besuch gebeten?!« wiederholte Wolodja und starrte Sascha haßerfüllt an. »Und ihr habt einen solchen Auftrag übernommen?«
Sascha fand Wolodjas Unerbittlichkeit widerlich.
»Was starrst du mich so an, als ob du mich zum ersten Mal sähst?«
»Wolodja, reg dich ab«, sagte Boris, »Sascha hat damit nichts zu tun.«
Wolodja schwieg, dann sagte er bedrückt: »Karzew ist ein Spitzel.«
»Wie bitte?!« rief Sascha erstaunt. »Er hat drei Jahre in Einzelhaft gesessen, hat gehungert, sich die Adern aufgeschnitten.«
»Hat gesessen, gehungert, die Adern aufgeschnitten!« schrie Wolodja und rannte wie ein Wilder durchs Zimmer. »Alle möglichen Leute sitzen, so manche Leute sitzen und müssen mit den anderen hungern ... Warum hat man ihn nach Moskau gebracht?«
»Sie haben ihm die Verbannung aufgebrummt«, wandte Boris ein.
»Na und?« sagte Wolodja wütend. »Solche Kerle werden auch in der Verbannung gebraucht. Du bist abtrünnig geworden, und jetzt gestehst du deine Fehler ein? Pardon, mein Bester, das genügt nicht, wir wollen Taten sehen! Wir brauchen Referenten ...«
»Wenn's so wäre, würde Baranow ihn nicht nach Tschadobez abschieben, sondern ihn hierbehalten, in Bogutschany«, widersprach Sascha.
»Baranow weiß noch nichts! Der Umschlag enthielt nichts außer unseren Bescheinigungen. Das andere kommt später mit gesonderter Post. Karzew will ihm erklären, daß er sein Mann ist, daß er behandelt, daß er gerettet werden muß. Alle anderen aus Werchneuralsk wurden in alle möglichen Lager und Gefängnisse über-

stellt, er allein nach Moskau! Wozu? Damit er in die Tretjakow-Galerie geht?«

»Jeder, der anderer Meinung ist als du, ist entweder ein Schweinehund oder ein Spitzel«, sagte Sascha, »wir gehen jetzt zu Baranow.«

»Warum auch nicht«, knurrte Wolodja drohend, »macht nur bei dieser sauberen Arbeit mit, schließt euch ruhig an!«

»Komm uns nicht damit! Da haben wir ganz andere Leute gesehen!«

»Wen hast du gesehen?« brüllte Wolodja. »Einen Dreck hast du gesehen! Muttersöhnchen! Du hast nicht bei vierzig Grad Frost Bäume gefällt. Du hast nie gesehen, wie Leute im Schnee krepieren. Wie sie Blut spucken. Karzew tut dir leid! Und diejenigen, die von solchen Karzews in den Tod geschickt werden, die tun dir wohl nicht leid?«

»Wer mir leid tut, bist du«, erwiderte Sascha.

Als sie sich Baranows Haus näherten, blieb Boris stehen.

»Lassen Sie uns mal nüchtern überlegen, Sascha. Natürlich kann man Wolodjas Argumente ablehnen, aber was er sagt, klingt logisch. Wozu braucht Karzew den NKWD-Mann Baranow? Um ins Krankenhaus zu kommen? Das könnten wir ebenfalls versuchen. Wozu noch? Sie fangen hier erst an, Sascha, ich habe mir aber schon den Wind um die Nase wehen lassen. Es gibt nichts Schlimmeres als gerade diese Verdächtigung, sie verbreitet sich wie ein Lauffeuer. Und das ist fürs ganze Leben, sie läßt sich nie mehr entkräften, unmöglich, das Gegenteil zu beweisen. Ich bin bereit, ins Krankenhaus zu gehen, Karzew zu pflegen, alles mögliche zu tun, Schieber und Ente rausbringen ... Aber ihm eine Begegnung mit Baranow zu vermitteln, nein, dazu bin ich nicht bereit.«

»Ich geh allein«, sagte Sascha.

Boris dachte nach und schlug dann vor: »Lassen Sie uns doch folgendes machen: Wir verlangen, daß Baranow ihn ins Krankenhaus einweisen läßt, aber daß Karzew ihn sprechen möchte, das sagen wir ihm nicht. Wenn Karzew erst im Krankenhaus ist, soll er Baranow offiziell durch den Arzt rufen lassen.«

»Den Arzt haben Sie gekriegt, was noch?« fragte Baranow gereizt.

»Er muß ins Krankenhaus.«

»Aber Sie haben doch gehört, daß keine Betten frei sind.«
»Der Mann stirbt.«
»Halb so schlimm, er stirbt nicht.«
»Aber wenn er stirbt, erstatten wir Meldung nach Moskau, daß Sie sich geweigert haben, ihn ins Krankenhaus zu schaffen.«
»Sie führen sich hier schlecht ein, Pankratow«, sagte Baranow drohend.
Drei Stunden später fuhr der Pferdewagen des Krankenhauses vors Haus. Sascha und Boris trugen Karzew hinaus. Der heiße Junitag ging zur Neige, vom Strom wehte eine leichte Brise herüber. Karzew lag mit geschlossenen Augen auf dem Wagen, er atmete gleichmäßiger und ruhiger.
Abends saß Lukeschka wieder auf der Erdbank, dünne, flache sibirische Stiefel an den kleinen Füßen. Ein buntes Tuch bedeckte Kopf und Schultern. Sie rückte beiseite, damit Sascha sich neben sie setzen konnte. Er folgte ihrer Aufforderung.
»Na, erzähl was, Luscha. So wirst du doch sicherlich genannt?«
»Ich werde Lukeschka genannt.«
»Bei uns heißt's Luscha. Ich werde dich Luschenka nennen.«
Sie hielt das Tuch vor den Mund.
Gefällt's dir, Luschenka?«
Sie ließ das Tuch wieder fallen, ihre Augen lachten.
»Arbeitest du oder lernst du noch?«
»Ich hab ausgelernt.«
»Wieviel Klassen hast du denn geschafft?«
»Immerhin drei.«
»Kannst du lesen und schreiben?«
»Hab's gekonnt und inzwischen wieder verlernt.«
»Arbeitest du?«
»Ich koche. Wo wirst du wohnen?«
»In Keshma.«
»Uhhhh«, sie war enttäuscht. »Weit weg. Hier bei uns wohnen doch auch Verbannte, eine ganze Menge.«
»Warst du schon mal in Keshma?«
»Nein, nie weiter als bis zum Wald.«
»Keine Angst vor Bären?«
»Doch. Wir waren neulich in den Beeren, da kam er plötzlich auf

uns zu und brüllte, daß die Bäume wackelten. Wir schrieen wie verrückt und rannten zum Boot zurück. Schade um die Beeren, aber die Eimer waren schwer, wir ließen sie fallen. Er kam auf seinen kurzen Beinen hinter uns her, zwar nicht so schnell, aber er kam. Wir rein ins Boot, wehrten ihn mit dem Ruder ab, da sprang er ins Wasser ... Mit Müh und Not ruderten wir weg. Gott, was haben wir geschrieen, die Angst saß uns ja auch im Nacken. Andauernd sahen wir uns nach ihm um. Kamen mit leeren Händen zurück. Jetzt rudern wir nicht mehr rüber, wir haben zuviel Angst.«

Sie erzählte munter drauf los, lachte zwischendurch, hob aber doch hin und wieder den Tuchzipfel schüchtern vor den Mund.

»Kommst du mit mir mit nach Keshma?« fragte Sascha.

Sie lachte nicht mehr und warf ihm einen ernsten Blick zu.

»Wenn du mich mitnimmst, schon.«

»Und was machen wir dort?«

»Leben eben zusammen. Wie lange mußt du in Keshma bleiben?«

»Drei Jahre.«

»Dann sind wir die drei Jahre zusammen, und danach fährst du weg.«

»Und du?«

»Was ich? Ich bleibe da. Hier machen's doch alle so, leben eine Weile hier und fahren dann weg. Vielleicht lebst du dich aber an der Angara ein, und bleibst da?«

»Nein, ausgeschlossen.«

»Wir fahren morgen zu den Sergunkin-Inseln rüber. Komm mit.«

»Wozu?«

»Wir bleiben über Nacht«, erklärte sie mit naiver Schamlosigkeit.

»Lukeschka!« rief jemand im Nachbarhof.

»Na, kommst du mit?«

»Will's mir überlegen.«

»Ach du Überleger«, lachte Lukeschka und lief davon.

Im Sarg lagen Sägespäne. Sascha wollte sie entfernen, aber Boris sagte: »Wissen Sie denn nicht, daß sie drinbleiben müssen?« Sascha wußte das nicht, es war sein erstes Begräbnis.

Der Krankenwärter und der Fuhrmann stiegen in den Keller, in die Leichenkammer hinunter.
Der Arzt kam auf die Vortreppe hinaus und sah Sascha mit demselben harten Blick an, mit dem er den sterbenden Karzew gemustert hatte.
»Der Totenschein wird dem Bezirksbevollmächtigten zugestellt.«
Sascha und Boris gaben keine Antwort. Wozu noch die Bescheinigung, wem sollten sie sie schicken?
Der Arzt ging noch nicht, er stand da und sah sie an. Er war so alt wie sie.
Der Wärter und der Fuhrmann trugen den Toten nach oben und legten ihn in den Sarg.
Der Deckel wurde zugenagelt. Der Wagen rumpelte vom Hof. Der untersetzte Fuhrmann stiefelte nebenher, Sascha und Boris folgten dem Sarg. Es ging die lange Dorfstraße hinab, vorbei an den schwärzlichgrauen Blockhäusern der Bauern, dann bogen sie in eine andere, ebenso schwärzlichgraue Straße ein, verließen das Dorf und stiegen eine Anhöhe zu einer mit Brettern vernagelten Kirche hinauf, hinter der der Friedhof lag. Sie griffen nach den Spaten und begannen zu graben. Nur an der Oberfläche war die Erde weich, weiter unten war sie noch steinhart gefroren.
Damit war also der Lebensweg Karzews zu Ende, ihres zufälligen Weggefährten vom Gefangenentransport. Ein Arbeiter im »Hammer-und-Sichel«-Werk, Komsomolfunktionär, politischer Häftling in einer Oberuraler Isolierzelle und schließlich Deportierter. Ob Wolodja recht hatte? Was mochte Karzew dazu veranlaßt haben? Der Wunsch nach Wiedergutmachung seiner Schuld, das Bestreben, aufrichtig seine Reue zu beweisen? Vielleicht hatte man ihm die Freiheit versprochen? Oder war es einfach Schwäche gewesen?
Die Antworten auf diese Fragen wurden mit Karzew begraben, im fernen Sibirien, am Rand der Welt.
Aber selbst wenn es wirklich so war, Sascha hatte diesen Karzew nicht gekannt; gekannt hatte er einen kranken und leidenden Menschen.
Der Fuhrmann legte den Spaten aus der Hand.
»Das reicht. Der Bär scharrt ihn nicht raus.«

Sie hoben den Sarg vom Wagen, stellten ihn auf die Stricke, schoben ihn vorsichtig über die aufgeschüttete Erde und ließen ihn langsam in die Grube gleiten.
Dann zogen sie die Stricke wieder hoch und schaufelten das Grab zu. Alles war zu Ende. Der Fuhrmann sprang auf den Wagen, riß an den Zügeln und jagte zum Dorf zurück. Sascha und Boris blieben am Grab stehen.
»Wir müßten wenigstens ein Brettchen mit seinem Namen aufstellen«, meinte Boris.
Aber sie fanden weder Brett noch Bleistift.
Von der Höhe öffnete sich der Blick auf die Angara, die zwischen Felswänden und Wäldern ihre Fluten aus unendlichen Fernen in unendliche Fernen trug. Wasser und Himmel, die am Horizont die gleiche Färbung hatten, verschwammen ineinander, als hätte Gott die Erde noch nicht vom Wasser geschieden.
Sascha durchdrang ein bitteres und zugleich frohes Gefühl. Voll Schmerz und Verzweiflung stand er auf dem verlassenen Friedhof und spürte mit plötzlicher Schärfe die Nichtigkeit seiner Mühsal und Not. Diese ewige Größe festigte seinen Glauben an etwas Höheres als das, wofür er bisher gelebt hatte. Jene, die die Menschen in die Verbannung schickten, täuschten sich, wenn sie glaubten, daß man Menschen auf diese Weise zerbrechen könne. Umbringen schon, aber zerbrechen nie.

11

»Lesen Sie!«
Während Jagoda seinen letzten Bericht überflog, musterte ihn Stalin genau: ein grobes, schmales Gesicht von ziegelroter Farbe mit einem Oberlippen-Bärtchen wie Hitler. Ein mürrisch-lauernder Blick. Wirklich alles andere als ein schöner Mann!
Er hatte ihn schon 1929 ausgewählt. Menshinskij war schwerkrank, nicht mehr arbeitsfähig, auf dem XVII. Parteitag wurde Jagoda, sein Stellvertreter, an seiner Stelle ins ZK aufgenommen. Man hätte Genossen Menshinskij von seinen Verpflichtungen als Vorsitzender der GPU, der Staatlichen Politischen Verwaltung, entbinden und Jagoda zum Vorsitzenden ernennen können, aber das wäre falsch verstanden worden: In Menshinskij sah man allgemein den Nachfolger Felix Dzerczynskis.
Vor einem Monat war Menshinskij gestorben. Daraufhin wurde kurzfristig die längst fällige und inzwischen vorbereitete Entscheidung des Politbüros über die Schaffung des Volkskommissariats für Innere Angelegenheiten getroffen. In dieses Volkskommissariat wurden die Hauptverwaltung Staatssicherheit, die Miliz, der Grenz- und Zivilschutz, die Arbeitserziehungslager und -kolonien sowie die Feuerwehr und die Zentralverwaltung der Melde- und Standesämter eingegliedert. Zum Volkskommissar des Inneren wurde Jagoda ernannt.
Jagodas Kandidatur rief im Politbüro keinen Widerspruch hervor. Er war altes Parteimitglied, Berufs-Tschekist, kein Politiker, nicht Mitglied des Politbüros, somit eine »neutrale« Figur, die das Gleichgewicht in der politischen Leitung nicht stören würde.
Swerdlow, mit dessen Nichte Jagoda verheiratet war, hatte seinerzeit keine hohe Meinung von den Fähigkeiten seines Verwandten gehabt: Zuerst hatte er ihn in die Redaktion der *Dorfarmut* und anschließend zu einer untergeordneten Tätigkeit in die Tscheka, in die Gesamtrussische Außerordentliche Kommission zum Kampf gegen Konterrevolution und Sabotage, geschickt. Aber Swerdlow

hatte wenig Menschenkenntnis und prahlte vollkommen ungerechtfertigt, daß ihm sein Notizbuch die ganze Personalabteilung des ZK ersetze: Auch IHN hatte Swerdlow für einen »Individualisten« gehalten, hatte es ihm schon während der Turuchansker Verbannung ins Gesicht gesagt, aber ER hatte es ihm nicht verübelt. Eigentlich war Swerdlow ein einfacher, braver Kerl gewesen, keine Persönlichkeit. Lenin hatte ihn an die Spitze des WZIK, des Allrussischen Zentralexekutivkomitees, gestellt, ein rein repräsentativer Posten. Nach Swerdlows Tod hatte Lenin Kalinin, das Bäuerchen aus Twer, den sogenannten »Allrussischen Starost«, für diesen Posten gefunden.

Dzerczynski hatte Jagoda auch nicht gemocht, hatte ihm immer unbedeutende Posten gegeben, hatte ihn bestenfalls als Kanzleichef eingesetzt. Aber bei allen Vorzügen war auch Genosse Dzerczynski ein Grandseigneur von Geburt.

Naturgemäß stand ihm Menshinskij – ebenfalls ein Adliger und obendrein polyglott, er beherrschte vierzehn Sprachen (wozu braucht ein Bolschewik vierzehn Sprachen?!) – näher als Jagoda, der einfache Apotheker aus Nishni-Nowgorod. Bei all seinen Vorzügen hatte Genosse Dzerczynski, offen gesagt, auch Verhaltensweisen eines Angebers ... Genau deshalb war ihm Trotzki verhaßt gewesen, weil der ein Angeber noch weit größeren Stils war. Kein Wunder, daß der ungebildete »Kanzleimensch« Jagoda dem Eisernen Felix kaum imponierte.

Aber in der GPU wurden weder Engel noch Schönlinge gebraucht. Regierungskunst besteht aus der Fähigkeit, den richtigen Mann an der richtigen Stelle einzusetzen und ihn – und das ist die Hauptsache –, wenn er nicht mehr gebraucht wird, im richtigen Moment abzuservieren. Vorerst war Jagoda der richtige Mann an der richtigen Stelle: Er verstand den eigentlichen Sinn dessen, was man ihm sagte.

Der Verdacht, daß Jagoda für die zaristische Ochranka, die Geheimpolizei, gearbeitet hatte, mochte nicht unbegründet sein. Aber diese Fakten waren undurchsichtig und kompliziert; das zu überprüfen war jetzt unmöglich. Indirekte Beweise stehen meist auf schwachen Füßen und sind unzuverlässig. Direkte Beweise gab es fast keine, denn in den ersten Stunden nach der Revolution hatte die Ochranka fast alle Archive vernichtet. Hätten wir vielleicht die Namen von vielen ehemaligen Agenten bekommen? Was man bekommen hatte, war nicht beweiskräftig: Die Ochranka hatte es bestens verstanden, Spuren zu verwischen und den Gegner auf die falsche Fährte zu locken. Für einen Mann, der mit der Gendarmerie zu tun hatte und manövrieren mußte, um sich für die Partei zu erhalten, hatte es unvermeidbare Situationen gegeben, die jetzt, viele Jahre später, vielleicht berechtigte Zweifel erregen konnten. Zu beweisen, daß jemand mit der Ochranka verbunden gewesen war, war schwierig, aber noch schwieriger war der Beweis, daß er nicht mit ihr verbunden gewesen war, wenn ein solcher Verdacht bestand und irgendwelche diesbezüglichen Papiere vorlagen. Über Jagoda gab es einige Unterlagen, aber es war nur indirektes, wenig überzeugendes Material. Es würde jedoch ausreichen, um ihn, sollte es wünschenswert sein, als Provokateur bloßzustellen. Der Person, die ihm dieses Material vorgelegt hatte, hatte ER damals erklärt, daß die Partei diese Unterlagen nicht als beweiskräftig ansehe, und befohlen, diese Frage nie und nirgends mehr aufzuwerfen. Aber die Unterlagen hatte er behalten. Und Jagoda wußte das. Gleichzeitig hatte ER befohlen, dem Mann, dem er das Material verdankte, kein Haar zu krümmen. Auch das wußte Jagoda. Schon aus Angst würde er ihm ergeben sein. Und das war besser als Ergebenheit aus Überzeugung: Überzeugungen ändern sich, Angst aber vergeht nie.

Jagoda legte seinen Bericht auf den Tisch und schwieg – Stalin hatte auch noch keine Frage gestellt. Er sah Stalin nicht an, wenn man Genossen Stalin ansah, hieß das, ihm eine stumme Frage zu stellen und ihn in ein Gespräch zu verwickeln. Genau das mochte Stalin nicht, er wußte selbst, wann er was zu sagen hatte. Jawohl, Stalin hatte ihm seinen eigenen Bericht gezeigt, vorerst aber war unklar, mit welcher Absicht.

Stalin deutete mit einer kaum merklichen Kopfbewegung auf den Stuhl, neben dem Jagoda stand. Damit forderte er ihn auf, Platz zu nehmen; folglich würde es ein langes und, wie Jagoda begriff, ernstes Gespräch werden, ernst in dem Sinne, daß er viele Rätsel in Stalins Worten würde lösen müssen.

Im Zimmer auf und ab gehend, begann Stalin:

»Was zeigt Ihr Bericht? Er macht deutlich, daß Genosse Saporoshez seinen Aufgaben nicht gewachsen ist. Wäre die Liquidierung der Sinowjewschen Opposition in Leningrad eine einfache Angelegenheit, könnte man diese Aufgabe Genossen Medwed und seinem Apparat anvertrauen. Aber Genosse Medwed ist Kirows Mann, Genosse Kirow ist sich jedoch leider nicht des Ausmaßes der Sinowjewschen Gefahr für die Partei und seine eigene Person bewußt. Er schätzt die Situation in Leningrad falsch ein.«
Gemessen ging Stalin mit lautlosen Schritten auf dem Teppich hin und her.
»Was ist das Besondere an dieser Situation?« fuhr er fort, »das Besondere an der Situation in Leningrad besteht nicht nur darin, daß zur Leningrader Parteiorganisation viele Sinowjew-Anhänger gehören, sondern das Wesentliche ist, daß viele von ihnen in der Leitung der Organisation sitzen, außerdem auch noch zu Genossen Kirows Umgebung gehören. Da stellt man sich doch unwillkürlich die Frage: Wo sind die zehntausend Leute wohl geblieben, die vor dem XIV. Parteitag für Sinowjew gestimmt haben? In Leningrad natürlich, auf den gleichen Posten, auf denselben Sesseln. Genosse Kirow behauptet zwar, daß sie jetzt für die Generallinie der Partei sind, für das ZK ... Stimmt das wirklich? Ja, sie sind für den Genossen Kirow, aber das heißt noch lange nicht, daß sie für das ZK sind! Warum sollten sie auch nicht für den Genossen Kirow sein, da er sie geschont, ihnen kein Haar gekrümmt und sie auf ihren Posten belassen hat? Natürlich sind sie für den Genossen Kirow, natürlich halten sie dem Genossen Kirow die Treue. Aber hält Genosse Kirow die Treue für seine Person etwa auch für Treue gegenüber der Partei? Setzt Genosse Kirow etwa seine Person und die Partei gleich? Handelt er da nicht etwas voreilig? Ist das nicht etwas verfrüht? Muß man sich da noch wundern, wenn ehrliche Leningrader Kommunisten mit einer solchen Situation in der Leningrader Parteiorganisation unzufrieden sind? Man braucht sich wirklich nicht zu wundern. Diese Unzufriedenheit ist absolut gerechtfertigt. Namentlich bei jungen Kommunisten, die nach der Sinowjew-Periode aufgewachsen sind, worauf Sie in Ihrem Bericht sehr richtig hinweisen. Diese jungen Kommunisten protestieren gegen eine solche Situation,

zumal ihnen bei ihrer Weiterentwicklung und ihrem Aufstieg die alten Sinowjewschen Kader im Wege stehen, die naturgemäß ihre Anhänger fördern und den anderen, den Fremden, den Weg verstellen. Und Fremde sind für die Sinowjewschen Kader gerade die ehrlichen und aufrichtigen Anhänger des ZK, die für sie wie Feinde sind.«

Stalin verstummte, ohne jedoch seine langsame Wanderung zu unterbrechen. Dann nahm er den Faden wieder auf: »Was war die Aufgabe des Genossen Saporoshez? Die Situation in Leningrad zu ändern, die Einstellung der Leningrader Organisation zu den Sinowjew-Anhängern grundlegend zu korrigieren, die Ausmaße der Trotzkistischen und Sinowjewschen Gefahr aufzuzeigen. Was aber hat Genosse Saporoshez getan? Nichts. Er beklagt sich – man höre und staune –, daß Kirow und Medwed ihm nicht erlauben, das durchzusetzen. Solche Klagen sind eines wahren Tschekisten unwürdig. Er beklagt sich, daß der Apparat nicht ihm, sondern Medwed unterstellt ist. Was für ein Dummkopf! Soll er doch seinen eigenen Apparat aufbauen oder seine Ohnmacht offen zugeben.«

Stalin blieb unvermittelt vor Jagoda stehen.

»Mit Sinowjews und Kamenjews Anhängern muß ein für allemal aufgeräumt werden. Genosse Kirow umgibt sich mit Sinowjew-Anhängern, sie werden ihm für seine Wohltaten ihren Dank erweisen. Zweifellos«, Stalin begann wieder, durchs Zimmer zu gehen, »zweifellos käme den Sinowjew-Leuten in der heutigen konkreten Situation die Beseitigung Kirows ungelegen. Sie brächte ihnen keine Vorteile, da er ihre Kader in Leningrad unbehelligt läßt. Aber sobald sich die Lage zuspitzt und der Machtkampf beginnt, werden sie Kirow nicht mehr brauchen. Auch bei einer Kriegsdrohung kann sich die Lage zuspitzen. Ein Krieg ist aber nur für Gegner des ZK vorteilhaft, der Krieg eröffnet die Möglichkeit eines Machtwechsels. Gegenwärtig versuchen Sinowjew und Kamenjew, den Genossen Kirow als Kraft gegen das ZK für ihre Interessen auszunutzen, aber die Stunde wird kommen, da sie ihn nicht mehr brauchen und ihn deshalb vernichten werden, um damit eine politische Krise im Lande auszulösen. Kirow nährt die Trotzkistische Schlange am Busen, in der Hoffnung, daß sie Stalin

beißen wird, aber wer weiß, vielleicht beißt sie den Genossen Kirow selbst?«
Er nahm den Bericht vom Tisch und warf ihn Jagoda hin.
»Die Partei braucht keine Papiere, sondern Taten. Sie können gehen.«
Stalin schickte Jagoda weg. Ob er verstanden hatte, worum es ging? Bestimmt hatte er es verstanden. Am besten wäre, wenn Kirow sich damit einverstanden erklärte, nach Moskau zu ziehen. Er war ZK-Sekretär, sollte er sich also auch als ZK-Sekretär betätigen. Dann hätte er ihn vor Augen. In diesem Fall wäre Kirow zwar mit Ordshonikidse zusammen, aber mal abwarten, wie sich ihre herzliche Freundschaft bewährte, wenn Kirow als ZK-Sekretär die gesamte Industrie unter sich hätte, die Schwerindustrie ebenfalls, das hieß, auch Sergo mit seinem Apparat. Ordshonikidse war nicht der Klügste, in diesem Gespann war er der zweite. Trotzdem wäre es ihm bestimmt nicht recht, sich Kirow direkt unterordnen zu müssen. Na ja, gesundes Mißtrauen war die beste Grundlage gemeinsamer Arbeit.
Stalin ging ins Empfangszimmer hinaus und befahl Poskrebyschew, den Genossen Jeshow zu ihm zu bestellen.
Jeshow arbeitete seit 1927 im Apparat des ZK. Er war klein, fast ein Zwerg. Stalin mochte kleinwüchsige Leute, er selbst war nur ein Meter sechzig groß.
Ein seltener Fall. Stalin konnte sich nicht mehr erinnern, wer Jeshow empfohlen hatte. Mechlis? Poskrebyschew? Towstucha? Einer von ihnen. Früher hatte Jeshow Parteiarbeit in Kasachstan geleistet. Im Sekretariat hatte er sich bewährt, erinnerte sich genau, wer, wo, wann und als was gearbeitet hatte, behielt hunderte von Namen im Gedächtnis, der geborene Personalchef. 1930 hatte ER ihn zum Leiter der Personalabteilung des ZK befördert, sich nicht in ihm getäuscht. Innerhalb von zehn Minuten gab Jeshow erschöpfende Informationen über jeden Mitarbeiter der Nomenklatura ab, einschließlich der Mitglieder des Politbüros. In Jeshows Kartei waren alle erfaßt. Für den Zwerg gab es keine Autoritäten, die Dauer der Parteimitgliedschaft, die soziale Herkunft, frühere Verdienste zählten nicht für ihn. Alle diese Begriffe hielt er für überholt, ja für schädlich, da sie ihrem Träger das

trügerische Recht auf eine außerordentliche Stellung gaben. Wenn Jeshow Material über Mitglieder des Politbüros vortrug, wurden seine veilchenblauen Augen teilnahmslos. Für ihn unterschieden sich die Mitglieder des Politbüros in nichts von den Nomenklatura-Leuten in den Schlüsselpositionen. Als einziger im Sekretariat hatte er, der vorher absolut unbekannte Parteifunktionär aus dem fernen Kasachstan, keine persönlichen Beziehungen im Apparat. Gerade darum haßte er die verkrustete Kaderhierarchie, die durch jahrelange Beziehungen verfilzt war. Unbarmherzig zerstörte er den Filz und griff die wichtigsten Glieder der Kette heraus, um SEINE Politik der Desintegration der Menschen im Apparat zu verwirklichen. Selbstverständlich war Jeshow ein Einzelgänger, im Kampf gegen den allmächtigen Filz focht er für sich und seine Position. Zweifellos war blinder Haß eine schlechte Eigenschaft in der Politik und verhinderte die Weitsicht bei wichtigen Entscheidungen. Aber auch schlechte Charaktereigenschaften ließen sich einsetzen. Jeshow – das bedeutete nicht weiße Glacéhandschuhe, sondern schwarze Handschuhe; auch die konnten der Sache nützen. Er fragte nicht viel, sondern handelte, war frei von moralischen Bedenken und ethischen Vorurteilen. Äußerlich bescheiden, war er innerlich ehrgeizig, er wollte über Menschen herrschen, ihre Schicksale entscheiden, aber insgeheim in seinem Amtszimmer, an seinem Schreibtisch, mit seinen Akten, seiner allgewaltigen Kartei. Genaugenommen kontrollierte er bereits den NKWD, das Volkskommissariat des Inneren, und Jagoda haßte ihn – da war das Gleichgewicht bestens hergestellt. Auf dem XVII. Parteitag hatte ER ihn ins ZK berufen, eine der wenigen Veränderungen, die ihm damals geglückt waren. Wenn er ihn jetzt ins Sekretariat zur Überwachung des NKWD, des Gerichts und der Staatsanwaltschaft holte – dann wäre das Gleichgewicht endgültig gewährleistet. Mit Jeshow und Jagoda, zwei Partnern, die sich gegenseitig haßten, brauchte er sich um diesen Bereich keine Sorgen zu machen.

Stalin deutete mit einer Kopfbewegung auf einen Stuhl.

Jeshow setzte sich und schlug den Notizblock auf.

»Uns wird vorgeschlagen«, begann Stalin, »die Struktur des ZK zu ändern und den Apparat des ZK durch neue Abteilungen zu ergänzen.«

Wenn Genosse Stalin sagte »uns wird vorgeschlagen«, so hieß das, daß der Vorschlag vom Genossen Stalin ausging.

»Was ist der Hintergrund dieses Vorschlags?« fragte Stalin. Eine rhetorische Frage und er gab selbst die Antwort: »Ich meine eine sehr vernünftige Erwägung.«

Jeshow, den Bleistift gezückt, sah in den Notizblock.

»Damals haben wir Genossen Rjasanow sein Vergehen verziehen«, erklärte Stalin, »und zwar deshalb verziehen, weil Pjatakow ihn zu seinem Fehlverhalten provoziert hat. Aber eigentlich war Rjasanows Verhalten empörend. Eine Kommission aus der Zentrale einzusperren! Kein Gebietsparteisekretär hätte das je gewagt. Aber ein Werkdirektor hat es gewagt, ohne sich mit dem Sekretär des Stadtparteikomitees abzustimmen. Das ist ein ernstzunehmendes Signal.«

Stalin machte eine Pause. Jeshow notierte, ohne aufzusehen.

»Wofür ist dieses Signal ein Beweis?« fragte Stalin. Wieder eine rhetorische Frage, auf die er selbst die Antwort gab.

»Dieses Signal ist ein Beweis dafür, daß die leitenden Industriekader unkontrolliert handeln können. Der Industrieapparat entwickelt sich von einem sowjetischen zu einem technokratischen Apparat. Darin liegt eine große Gefahr!«

An dieser Stelle machte Stalin jene besondere Pause, die bedeutete, daß er gleich einen allgemeingültigen Satz formulieren würde, der breitesten Kreisen zugänglich gemacht werden mußte. Jeshow war ganz Ohr, um diesen Satz genau zu notieren.

»Der technokratische Apparat strebt die wirtschaftliche Herrschaft an, die wirtschaftliche Herrschaft aber ist gleichbedeutend mit der politischen Herrschaft; das ist eine grundsätzliche Erkenntnis des Marxismus. Eine wirtschaftliche, also eine politische Herrschaft der Technokratie können wir nicht zulassen, sie wäre das Ende der Diktatur des Proletariats.«

Stalin wartete, bis Jeshow seine Worte notiert hatte, und ergänzte dann: »Leider unterschätzt Genosse Ordshonikidse diese Gefahr.«

Jeshow legte den Bleistift hin. Alles, was Mitglieder des Politbüros betraf, mußte er sich einprägen, durfte er nicht aufschreiben.

»Genosse Ordshonikidse wiederholt übrigens den Fehler vieler unserer höchsten Leiter, die die Treue ihres Apparats, die ausschließlich ihrer eigenen Person gilt, für Treue gegenüber der Partei und dem Staat halten. Der technokratische Apparat ist dem Genossen Ordshonikidse tatsächlich treu ergeben. Warum sollte er es auch nicht sein? Genosse Ordshonikidse verteidigt seinen Apparat so gut wie nur möglich, schützt ihn, entzieht ihn der Kontrolle durch die Partei, fördert seine autonomen Tendenzen, protestiert gegen die Verhaftung jedes Ingenieurs, der als Gegner entlarvt wird. Er protestierte sogar gegen den Prozeß gegen die Industriepartei. Unter diesen Voraussetzungen steht der technokratische Apparat natürlich fest hinter ihm, aber nur so lange, bis er seinerseits selbständig geworden ist. Aber wenn er stark und selbständig geworden ist, wird er ohne den Genossen Ordshonikidse auskommen! Rjasanow hat die Kommission eingesperrt und davongejagt, die von Pjatakow eingesetzt worden war. Dabei ist Pjatakow immerhin Stellvertreter des Genossen Ordshonikidse! Wer will sich dafür verbürgen, daß Rjasanow nicht schon morgen eine Kommission davonjagt, die Genosse Ordshonikidse selbst ernannt hat? Genosse Rjasanow hat eine Moskauer Kommission weggeschickt und damit eine politische Handlung begangen. Warum hat er diesen politischen Schritt nicht mit der politischen Leitung, vertreten durch den Sekretär des Stadtparteikomitees, den Genossen Lominadse, abgestimmt? Ist Genosse Lominadse für den Genossen Rjasanow keine Respektperson, keine Autorität mehr? Schon möglich. Aber wie Genosse Lominadse auch immer sein mag, er steht an der Spitze der Parteiorganisation. Und die Parteiorganisation zu ignorieren, ist niemandem erlaubt ...«

Als Stalin von Ordshonikidse zu Rjasanow übergegangen war, hatte Jeshow wieder Notizen gemacht.

»Genosse Rjasanow«, fuhr Stalin fort, »nimmt überhaupt keine Rücksicht mehr, weder auf Moskau noch auf die örtliche Parteileitung. Daraus läßt sich schließen, daß der technokratische Apparat meint, er brauche nicht beaufsichtigt zu werden, ja sich für unkontrollierbar hält und an seine absolute Straffreiheit glaubt. Warum?«

Stalin legte erneut eine Pause ein, die eine allgemeingültige Aussage ankündigte. Jeshow beugte sich über seinen Block.

»Der Wirtschaftsapparat«, fuhr Stalin fort, »meint nicht beaufsichtigt werden zu müssen, weil es für ihn keine entsprechend mächtige Parteikontrolle gibt. Welche Bedeutung kann eine Parteizelle im Volkskommissariat für Schwerindustrie haben wenn an der Spitze des Volkskommissariats ein Politbüromitglied steht? Welche Bedeutung können Parteizellen in Hauptverwaltungen, Trusts, Betrieben und Fabriken haben, wenn die Leiter der Hauptverwaltungen und die Werkdirektoren Mitglieder der Parteikomitees der Gebiete und sogar des ZK sind, während die Sekretäre der Zellen bestenfalls den Kreiskomitees angehören? Auf dieser Ebene ist die Bedeutung der Parteiorganisationen gleich null. Rjasanows Fall verlangt von uns folgende wichtige Entscheidung: Die Kontrolle der Tätigkeit des Wirtschaftsapparats muß auf hoher Parteiebene erfolgen. Der Parteiapparat muß alle anderen Apparate des Landes kontrollieren, darunter auch den volkswirtschaftlichen und in erster Linie den Industrieapparat, der über die selbständigsten, gebildetesten und überheblichsten Kader verfügt.«
Bei dem Wort »überheblichsten« funkelten Stalins Augen böse, er fügte nach einer Pause hinzu: »Jeder Versuch, in unserem Land eine Technokratie zu errichten, muß im Keim erstickt, schon bei den ersten Anzeichen unterbunden werden. Deshalb wird vorgeschlagen, die gegenwärtig existierenden Abteilungen des ZK durch drei weitere zu ergänzen: Abteilungen für Industrie, Landwirtschaft und Verkehrswesen. Dadurch sind die drei Hauptbereiche der Volkswirtschaft unmittelbar mit dem Zentralkomitee der Partei verbunden. Das bedeutet, daß die Partei die wichtigsten Sparten der Volkswirtschaft besser unterstützen kann. Die Leiter dieser neuen Abteilungen müssen das gleiche Format haben wie die betreffenden Volkskommissare, ihnen vielleicht sogar noch überlegen sein, um Gewicht und Autorität zu haben.
Erarbeiten Sie einen Entwurf für den Beschluß über die Reorganisation der Parteiorgane, und legen Sie ihn mir vor. Machen Sie mir auch Vorschläge, wie die Posten der Leiter der neu zu bildenden Abteilungen zu besetzen sind. Die Aufsicht über jede Abteilung wird ein ZK-Sekretär ausüben, möglicherweise sogar ein Mitglied des Politbüros. Die Industrieabteilung als wichtigste muß zweifel-

los von einem Politbüromitglied kontrolliert werden. Ich denke da beispielsweise an den Genossen Kirow. Er hat doch wohl eine technische Ausbildung, wenn ich nicht irre. Ja richtig, bringen Sie mir seine vollständige Personalakte.«

Stalin erhob sich.

Sofort sprang auch Jeshow auf, klappte den Notizblock zu und steckte den Bleistift in die Brusttasche.

Stalin sagte im Stehen: »Wenn man Rjasanow damals bestraft hätte, hätte man Pjatakows provokatorischen Ausfall gerechtfertigt. Aber das Prinzip des demokratischen Zentralismus darf nicht verletzt werden, selbst dann nicht, wenn das Zentrum im Unrecht ist. Soll sich das Gebietskomitee der Partei jetzt mit dem Fall beschäftigen. Das Gebietskomitee soll von Rjasanow eine Erklärung fordern, eine Untersuchung durchführen und dann Bericht erstatten. Dieser Zwischenfall muß festgehalten werden.«

12

Schon im Frühjahr kurz vor dem Staatsexamen hatte die Malkowa Jura Scharok angerufen und ihn für den nächsten Morgen in die Personalabteilung des Volkskommissariats für Justiz bestellt. Sein Fall war also entschieden. Wenn's die Fabrik war – sehr schön, wenn das Gericht oder die Staatsanwaltschaft – dann ganz bestimmt in Moskau, denn sonst würde man ihn nicht ins Volkskommissariat beordern. Allen Kommilitonen waren bereits Arbeitsstellen zugewiesen worden, und allen ausnahmslos in der tiefsten Provinz. Jura erschien zur angegebenen Stunde bei der Malkowa. Sie stand auf und sagte kurz und trocken: »Kommen Sie mit.«

Sie brachte ihn in ein kleines, halbleeres Zimmer mit kahlen Wänden, in dem nur ein schäbiger Kanzleitisch mit einem tintenbefleckten grünen Blatt Papier und drei Stühle standen. An der Decke hing eine Glühbirne ohne Lampenschirm. Ein ungepflegter Raum, dessen Bestimmung völlig unklar war.

Am lange nicht mehr geputzten, trüben Fenster stand ein kaum mittelgroßer Mann, der sich bei ihrem Eintritt umdrehte. Die Malkowa ließ Scharok den Vortritt und ging sofort wieder. Die Tür schloß sie fest hinter sich.

Eine Weile musterten sie sich schweigend. Der Mann hatte ein unbewegliches Kindergesicht, dem die große Hornbrille etwas unnatürlich Erwachsenes verlieh. Jura war solchen Duckmäusern immer aus dem Weg gegangen: schwach, aber immer leicht gekränkt und nachtragend. Der Duckmäuser stellte sich als Djakow vor, er bot Jura einen Stuhl an und setzte sich ihm gegenüber.

»Sie stehen vor dem Abschluß Ihres Studiums, Genosse Scharok«, begann Djakow, »das heißt vor dem Absolventeneinsatz. Deshalb würde ich Sie gern näher kennenlernen. Erzählen Sie ein bißchen von sich.«

Mit denselben Worten hatte ihn die Malkowa seinerzeit empfangen. Man konnte die Mitarbeiter der Personalabteilungen beim besten Willen nicht originell nennen. Scharok erzählte Djakow genau das gleiche wie damals der Malkowa: Sohn eines Textilarbeiters, ehemals Fräser, dann Student, mit den und den gesellschaftlichen Aufträgen. Es gab allerdings einen Haken: Sein Bruder war wegen Diebstahl verurteilt worden. Jura versuchte so zu antworten, daß er sich einerseits in keiner Weise kompromittierte, andererseits aber auch untauglich für die Arbeit beim Gericht und in der Staatsanwaltschaft erschien, damit er in seinen Betrieb geschickt wurde.

Aber im Gegensatz zu der Malkowa hielt ihm Djakow keine Gardinenpredigt wegen des Bruders, offenbar wußte er schon Bescheid. Dafür fragte er ihn eingehend nach anderen Dingen: wo die Eltern herstammten, wer seine Verwandten seien, wo sie lebten, was für eine Wohnung die Scharoks hätten und schließlich, was für Pläne er nach Abschluß der Hochschule habe.

»Ich möchte in meinen Betrieb zurückkehren.«

Djakow nickte verständnisvoll.

»Ich mußte Ihre Absichten kennenlernen, alles andere entscheiden meine Vorgesetzten. Ich werde Sie anrufen.«

Man wollte ihn also in einem Volkskommissariat oder bei der Staatsanwaltschaft einstellen, unklar blieb bloß, in welchem Arbeitsbereich. Daß er als einziger von allen Kommilitonen ausgesucht worden war, war zwar schmeichelhaft, durchkreuzte aber seine Zukunftspläne. Obwohl Volkskommissariat und Staatsanwaltschaft Moskau bedeutete, beschloß er, alles zu tun, um in den Betrieb geschickt zu werden.

Nach einigen Tagen rief Djakow an und bat ihn, ins Volkskommissariat für Justiz zu kommen. Als Jura dort eintraf, erwartete ihn Djakow schon unten beim Pförtner, dort, wo die Passierscheine ausgegeben wurden. Sie fuhren mit dem Fahrstuhl in den dritten Stock und gingen in dasselbe Zimmer, in dem Djakow beim letztenmal mit ihm gesprochen hatte.

Am Fenster saß ein in seine Zeitung vertiefter, korpulenter Mann in Uniform mit vier Rauten am Kragenspiegel. Der Kragenspiegel war himbeerrot – die Truppen der GPU. Juras Herz setzte aus, er begriff, um was für eine Arbeit es sich handelte.

»Genosse Beresin«, stellte ihn Djakow vor.

Beresin ließ die Zeitung sinken. Jura sah in ein bronzefarbenes Eskimogesicht, ein beklemmendes Gefühl überkam ihn.
Mit einer Handbewegung forderte Beresin Jura auf, sich hinzusetzen. Djakow blieb stehen und setzte sich erst im Verlauf des Gesprächs, als Beresin ihn mit einer Kopfbewegung aufforderte, Platz zu nehmen.
Zunächst musterte Beresin den Besucher wortlos, dann sagte er langsam:
»Die Parteiorganisation empfiehlt Sie für die Arbeit bei den Organen des NKWD. Ich habe mir deshalb Ihre Personalakte angesehen. Ihr Bruder wurde wegen eines Kriminalverbrechens verurteilt. Haben Sie die Leute gekannt, die mit ihm verurteilt wurden?«
»Ich habe sie während der Gerichtsverhandlung zum ersten Mal gesehen.«
»Haben Sie sich mit ihrem Bruder gut verstanden?«
»Er ist vier Jahre älter als ich. Ich hatte meinen Freundeskreis, er den seinen.«
»Stehen Sie mit ihm in Verbindung?«
»Er schreibt den Eltern, und sie antworten ihm ... Sie richten ihm meinen Wunsch aus, er solle nach Verbüßung der Strafe zu einem ehrlichen Arbeitsleben zurückkehren. Ob er meine Ratschläge annimmt, weiß ich nicht.«
Beresin interessierte sich nicht für den Bruder, sondern für ihn, das verstand Jura sofort. Seine Antworten mußten so ausfallen, daß sie keine Zweifel an seiner Aufrichtigkeit aufkommen ließen, aber zugleich eine Einstellung beim NKWD ausschlossen. Sie mußten von sich aus auf ihn verzichten. Beresin würde ihm nicht vertrauen, er war aus dem gleichen Holz geschnitzt wie Budjagin, sie waren Männer der ersten Stunde.
»Mit wem sind Sie befreundet?« erkundigte sich Beresin.
»Besonders nahe Freunde habe ich eigentlich nicht«, begann Scharok vorsichtig, da er begriff, daß das die wesentlichste Frage war. Aber nach wem fragte Beresin eigentlich: nach Sascha Pankratow oder nach Lena Budjagina? Andererseits waren Sascha und Lena schon lange nicht mehr seine Freunde.
»Eigentlich habe ich keine nahen Freunde«, wiederholte Scharok.

»Ich habe Bekannte von der Hochschule, auch von der Schule, in die ich gegangen bin, ferner Nachbarn in unserem Haus.«
»Sie haben die Schule Sieben besucht?«
Aha ... Es ging um Sascha oder Lena.
»Jawohl.«
»In der Kriwoarbatski-Gasse?«
»Ja.«
»Eine gute Schule. Mit welchen Schulfreunden verkehren Sie noch?«
Er tastete sich zu Sascha Pankratow vor. Sollte er die Bekanntschaft verschweigen? Aber warum eigentlich? Sie wußten es ja ohnehin. Und was konnten sie ihm schon vorwerfen? Befreundet waren sie nie gewesen, im Gegenteil, sie waren miteinander verfeindet. Aber auch darüber mußte er seinen Mund halten, Beresin würde sonst glauben, er wolle den Häftling nachträglich verunglimpfen. Nichts war gewesen, weder Freundschaft noch Feindschaft. Sie hatten im gleichen Haus gewohnt, waren im selben Alter und folglich zusammen eingeschult worden, anschließend hatten sie im selben Betrieb gearbeitet, aber das war lange her ...
»Tja, wissen Sie«, sagte Jura, sorgfältig jedes Wort abwägend, »im Grunde genommen treffen wir uns schon lange nicht mehr. Auch früher trafen wir uns eher zufällig – wir wohnten ja in einem Haus. Mittlerweile sind wir ganz auseinander. Maxim Kostin beispielsweise hat eine Infanterieschule absolviert und ist im Fernen Osten. Alexander Pankratow ist verhaftet, weshalb weiß ich nicht. Nina Iwanowa ist Lehrerin geworden, ich treffe sie manchmal auf dem Hof, guten Tag und auf Wiedersehen ... Ja, außerdem noch Wadim Marassewitsch, er wohnt nicht in unserem Haus, aber in der Nähe am Arbat, manchmal treffen wir uns, er ist Philologe
Wer noch? Lena Budjagina wohnt im Fünften Haus, wir sehen uns kaum noch.«
»Iwan Grigorjewitschs Tochter?« fragte Beresin.
»Ja.«
»Haben Sie eine Braut oder eine Freundin?«
Daß die Frage sofort gestellt wurde, nachdem Scharok Lena erwähnt hatte, bewies, daß sie über ihn Bescheid wußten. Das mußten sie schließlich auch. Der Sinn dieser Fragen war weniger,

Einzelheiten aus seinem Leben zu erfahren, sondern seine Aufrichtigkeit zu überprüfen.
»Ans Heiraten denke ich vorerst noch nicht«, antwortete Jura lächelnd.
»Gehen Sie ins Theater, ins Kino, zum Tanzen?«
Sie wußten, daß er mit Lena Restaurants besucht hatte.
»Ich tanze gern.«
»Mit hübschen Mädchen?«
»Lieber mit hübschen.«
Beresin schwieg, dann fragte er: »Vorhin haben Sie Pankratow erwähnt. War das Alexander Pawlowitsch Pankratow?«
»Ja. Wir haben ihn einfach Sascha genannt. Er war Sekretär unserer Komsomolzelle. Aber jetzt ist er verhaftet.«
»Was ist er für ein Mensch?«
Scharok zuckte wieder die Achseln.
»Das ist schon lange her. Inzwischen sind ja acht Jahre vergangen, damals war er sicherlich ein guter Kerl, ein ehrlicher« – er lächelte – »Komsomolleiter. Was später mit ihm geschehen ist, weiß ich nicht.«
Anders hätte er nicht antworten können. Eine negative, selbst nur eine zurückhaltende Einschätzung würde neue Fragen nach sich ziehen, auf die er nichts hätte antworten können, und wozu auch? Damals war Pankratow ein guter Kerl gewesen. Damals war Sascha fünfzehn, damals war auch er fünfzehn gewesen, damals hatte er alles mit jungen, vertrauensvollen Augen betrachtet. Auch jetzt schaute er vertrauensvoll in die Welt. So einen offenen, aufrichtigen Menschen, obendrein mit einem kriminellen Bruder im Knast, konnten sie bestimmt nicht gebrauchen.
Scharok ahnte nicht, daß gerade sein gutes »aufrichtiges« Urteil sein Schicksal entschied. Beresin übertrug seine Meinung über Sascha auf Scharok. Ebenso wie in Pankratow sah er in ihm einen braven, ehrlichen Jungen. Das war ein schwerwiegender Fehler, der Beresin später teuer zu stehen kam.
Jetzt sagte er nur: »Wir wollen Ihre Kandidatur in Betracht ziehen, aber zunächst müssen Sie selbst entscheiden, ob Sie bei uns arbeiten wollen oder nicht. Das ist eine große Ehre, die Organe der Tscheka sind der bewaffnete Stoßtrupp der Partei. Wir zwin-

gen niemanden, bei uns einzutreten. Wenn Sie ablehnen, sind wir durchaus nicht beleidigt.«
Er wandte sich an Djakow.
»Geben Sie Genossen Scharok Ihre Telefonnummer.«
»Zu Befehl.« Djakow erhob sich kurz.
»Die Angelegenheit ist noch nicht entschieden«, sagte Beresin, »das Gespräch bleibt auf jeden Fall unter uns.«
»Ich verstehe«, antwortete Scharok.

Warum war die Wahl gerade auf ihn gefallen? Ein durchschnittlicher Student, der nie mit besonders guten Leistungen aufgewartet hatte. Auch bei der gesellschaftlichen Arbeit war er nur Durchschnitt gewesen – hatte seine Aufträge erfüllt, nicht mehr. Offenbar war gerade der Durchschnitt gefragt.
Er versuchte, sich ihr Gespräch über ihn vorzustellen. Beresin würde Zweifel haben. Warum war der Bruder ein Krimineller? Warum ging er in Restaurants? Sicherlich hatte der andere, der Kriminelle, auch ein Luxusleben führen wollen und deshalb das Juweliergeschäft ausgeraubt. Warum sollen wir gerade einen solchen Mann bei uns einstellen? Djakow dagegen würde für Scharok eintreten, er hatte ihn ausgesucht und mußte nun seine Wahl verteidigen. Irgendein Funke war bei ihnen übergesprungen, gegenseitiges Einverständnis oder etwas ähnliches.
Mit ihm würde sich Scharok bestimmt verstehen.
Aber mit Beresin ...
»Besuchen Sie mit ihrem Vater die Pferderennen?« hatte Beresin gefragt.
»Nein, nie.«
Das war die unangenehmste Frage gewesen, fand Jura. Sie wußten alles über ihn, sie wußten alles über alle. Und er hatte immer Budjagin gefürchtet. Doch er mußte Beresin fürchten. Budjagin war bekannt, Beresin überhaupt nicht, und doch war Beresin die treibende Kraft. Solche wie er standen mit ihrer geheimen, verborgenen Macht hinter jenen, deren Macht offensichtlich war.
Djakow hatte ebenfalls Macht, auch wenn er jedesmal aufstand, wenn Beresin ihn ansprach. Jura erinnerte sich an sein erstes Gespräch mit ihm, erinnerte sich, wie gewichtig Djakow sich auf

den Stuhl gesetzt hatte. Nein, er hatte nicht nach miesem Durchschnitt von der Hochschule gesucht. Was sollten sie mit dem Durchschnitt anfangen?! Djakow hatte sehr genau ausgewählt. Er, Scharok, war für diese Arbeit wie geschaffen, er und nicht der treuherzige Maxim Kostin, nicht der schlappe Intelligenzler Wadim Marassewitsch und nicht der eigenwillige Sascha Pankratow. Bei Scharok würde niemand entkommen, keiner durch die Maschen schlüpfen, keiner sich rechtfertigen können, er vertraute niemandem, wie aufrichtig sich der auch geben mochte: Es war unmöglich, aufrichtig an alles zu glauben; wenn jemand behauptete, daß er aufrichtig daran glaubte, log er. Erledigt. Seine Entscheidung war richtig. Man muß dem Schickal vertrauen. Er würde zusagen, sie könnten dann die endgültige Entscheidung treffen. Wenn sie wollten, nahmen sie ihn, wenn sie nicht wollten, nahmen sie ihn nicht. Gerade dort wäre er in Sicherheit. Dort würde ihn keiner bedrängen oder behelligen, dort bedrängte und behelligte man selber.

Jura rief Djakow an und erklärte, daß er sich positiv entschieden habe.

»Kommen Sie am Abend vorbei«, sagte Djakow.

Mit dem Passierschein in der Hand ging Jura den langen Gang entlang und schaute suchend auf die Nummernschilder an den Türen der Amtszimmer. War's wirklich möglich, daß er hier arbeiten würde?

Djakow empfing ihn in einem winzigen Arbeitszimmer, aber das war sein Zimmer, hier war er der Herr. In Uniform, mit drei Balken am Kragenspiegel. Sonderbarerweise stand ihm die Uniform gut, sie verlieh seiner schmächtigen Figur etwas imponierend Stattliches.

»Das war sehr richtig von dir.«

Er duzte ihn, sprach freundschaftlich mit ihm wie zu seinesgleichen, zog eine Mappe aus dem Tisch.

»Das ist deine Personalakte. Es sind nur noch die Formalitäten zu erledigen.«

Jura spürte, daß er Djakow gefiel.

»Hör zu, Scharok«, sagte Djakow, »beim letzten Mal hast du Pankratow erwähnt, was hältst du von ihm?«

»Na ja«, Jura hob die Schultern, »ich hab ja schon gesagt ... In der Schule war er Sekretär unserer Komsomolzelle. Damals machte er einen ehrlichen Eindruck. Sein Fehler ist, würde ich sagen, daß er rechthaberisch ist und immer klüger sein will als die anderen. Er glaubt, er wüßte alles besser und wüßte mehr.«

»Vielleicht wußte er tatsächlich mehr?«

»Schon möglich«, bestätigte Jura. Er hatte verstanden und wußte jetzt, was zu sagen war. »Rjasanow, sein Onkel, leitet ein großes Bauvorhaben. In unserer Schule waren ja viele Kinder hochgestellter Leiter. Pankratow hat sie natürlich auch zu Hause besucht. Über ihn würde ich sagen: Er wollte immer der Wortführer, immer der Erste sein.«

»Eben, eben«, äußerte Djakow tiefsinnig, »darum hat er das alles angerichtet. Hat sich reingerissen und die anderen, ehrliche, brave, junge Menschen, auch.«

»Es heißt, er soll irgendeine Wandzeitung herausgebracht haben.«

»Das auch, hat außerdem noch Verbindungen gehabt, die auf einem ganz anderen Blatt stehen ... Sag mal, welche leitenden Persönlichkeiten hat er eigentlich besucht?«

Er interessierte sich für Budjagin, nannte ihn aber nicht, ein zu großer Name. Jura würde ihn auch nicht nennen. Diese Information brauchte nicht von ihm zu kommen. Im Gespräch mit Beresin hatte er Lena bereits erwähnt, das reichte! »An unserer Schule waren Kinder aus Haus Fünf, die hat er eben besucht.«

Djakow warf Scharok einen schnellen Blick zu.

»Füll diesen Fragebogen aus und schreib deinen Lebenslauf«, und aufgeräumt fügte er hinzu: »Ich denke, wir werden uns gut verstehen.«

Jura freundete sich sofort mit den neuen Verhältnissen an. Er paßte durchaus in diese Behörde, ja, er schmückte sie sogar mit seiner Jugend, seinem freundlichen Lächeln, dem offenen russischen Gesicht, das mit zunehmendem Alter ein skandinavisches Ebenmaß bekam. Schlank und gewandt, begriff er obendrein schnell, war sachlich und zurückhaltend – Eigenschaften, die sowohl Djakow als auch Beresin gewürdigt hatten.

Beresins Protektion verhieß Scharok eine gesicherte Laufbahn mit schnellen Beförderungen. Aber Jura hatte wegen dieser Gunst

auch große Bedenken, denn er fürchtete Djakow. Beresin stand hoch oben, er würde Jura wochenlang nicht sehen und sich erst an ihn erinnern, wenn Jura vor ihm stand. Djakow dagegen war neben ihm, konnte sich in jedem Moment Juras Unerfahrenheit zunutze machen und ihn zu Fall bringen. Beresin gab es nur einmal, Djakows dagegen viele. Außerdem entsprachen Djakows Kniffe und Rechtsverdrehungen Jura mehr als Beresins Offenheit. Beresin glaubte, Jura glaube an nichts. Djakow tat, als glaube er.
Aber bei Djakow mußte man aufpassen, er war ein Intrigant – das war Scharok sofort aufgefallen, so daß er sich sehr in acht nahm. Djakow vertraute ihm die Namen mehrere Informanten an, mit denen er arbeitete, darunter auch Vika Marassewitsch. War das ein Zufall, oder wußte Djakow etwas von ihrer kurzen Beziehung?
Um sicher zu gehen, sagte Scharok: »Diese Vika Marassewitsch kenne ich, wir waren in der gleichen Schule. Ihr Bruder und ich gingen in eine Klasse, und sie war eine Klasse über oder unter uns, das weiß ich nicht mehr genau.«
Aber Djakow ließ sich nicht anmerken, ob er das wußte oder nicht, er meinte gleichgültig: »Die junge Dame ist wegen ihrer Geschichten mit Ausländern reingerasselt, sieh dir ihre Akte an, dann kannst du dich selbst überzeugen. Ihr Vater, Professor Marassewitsch, erhält zuweilen Besuch von Glinski, auf diesen Kontakt mußt du sie ansetzen. Der Treff ist in der Marossejka-Straße. Ihr Tag ist Dienstag, elf Uhr vormittags. Sie kommt pünktlich, ohne Verspätung.«
Vika kam tatsächlich um Punkt elf Uhr. Jura öffnete ihr die Tür. Als Vika Scharok erkannte, wich sie zum Fahrstuhl zurück. Sie wußte zwar, daß Jura beim NKWD arbeitete, hätte jedoch nie vermutet, daß er ihr Führungsoffizier werden würde.
»Komm rein, tritt näher, Herzchen, mach keine Umstände«, Jura lächelte übers ganze Gesicht, »wir haben uns ja eine Ewigkeit nicht gesehen.«
Er führte sie ins Zimmer, schob ihr liebenswürdig einen Stuhl hin, sah in der Uniform schlank und gut aus. Alles an ihm, das Koppel, die Quadrate am Kragenspiegel, die Stiefel blitzten funkelnagelneu. Er strömte Kraft, Macht und Erfolg aus, sprach dabei sehr freundschaftlich, ja fröhlich mit ihr, als sei an ihrer Rolle über-

haupt nichts Besonderes. Und auch nicht daran, daß sie sich unter solchen Bedingungen wiedertrafen. Aber als Vika am nächsten Dienstag in einem tiefausgeschnittenen engsitzenden Sommerkleid kam und mit einer geschickten Bewegung wie zufällig einen Träger von der runden weißen Schulter streifte, schaute Jura gleichgültig hin und sagte, ihr fest ins Auge sehend: »Wir waren auf derselben Schule; daß wir uns in den Pausen heimlich geküßt haben, interessiert keinen Menschen. Zwischen uns hat es sonst nichts gegeben, hast du verstanden?«

Sie zog den Träger wieder über die Schulter und murmelte verlegen: »Ja, natürlich.«

Djakow hatte Vika seinerzeit angeworben, um sich Informationen über Professor Marassewitsch Haus und Umgang zu verschaffen. Und das hing mit Lominadses Fall zusammen.

Glinski war Lominadses Helfershelfer, besuchte Professor Marassewitsch Haus regelmäßig – entweder war er ein Landsmann oder ein Verwandter – und traf sich dort mit Ausländern. Warum sollte nicht durch diese Ausländer eine geheime Verbindung zu Lominadses Verbündeten in den ausländischen kommunistischen Parteien hergestellt werden?

Diese auf den ersten Blick verblüffende Einsicht ermöglichte es, Zusammenhänge herzustellen und Tschers vage Aussagen zu verdeutlichen, sie durch Namen von Leuten zu erhärten, die keine direkte Verbindung zur Komintern hatten; indirekte Verbindungen machten die Akte aber umfangreich und aussagefähig. Jede Tatsache bekam Gewicht, sogar Vikas bescheidene Informationen waren wesentlich, sobald man sie mit solch einer Version verknüpfte. Glinskis Name stand auf einmal neben dem Namen anderer Leute, an die sich Tscher zweifellos als Lominadses Kuriere erinnern würde. Andererseits war Glinskis Frau Direktorin gerade der Hochschule, in der es eine trotzkistische Untergrundorganisation gab, die von Kriworutschko, ihrem Stellvertreter, geleitet wurde.

Scharok kannte Jan, Glinskis Sohn, von der Schule, hatte seinen Vater sprechen hören, der Erinnerungen vortrug, hatte auch die Mutter gesehen, eine vornehme Dame, die später Direktorin der Hochschule wurde, an der Sascha Pankratow studierte. Übrigens

war sie es ja gewesen, die ihn aus der Hochschule ausgeschlossen hatte, die dumme Gans hatte nicht ahnen können, daß Saschas Akte im Laufe der Zeit in den Fall ihres Mannes und später in ihren eigenen eingebaut werden würde.
Jetzt beschäftigte sich Scharok mit diesem Fall.
Der Umstand, daß er in dieser für ihn neuen Welt auf bekannte Namen stieß, schlug eine Brücke zwischen Vergangenheit und Gegenwart. Erstmals empfand Scharok die realistische Möglichkeit, an jenen Vergeltung üben zu können, die ihn in seinem bisherigen Leben herabgesetzt und verächtlich gemacht hatten. Sascha Pankratow hatte seinen Teil schon abbekommen, zwar nicht von ihm, aber immerhin. Und die andern würden auch noch drankommen.

13

Die Wohnung, in der Jura Vika empfing, gehörte Djakow, der selbst bei seiner Frau Rebekka Samoilowa wohnte, einer dicken, schiefhüftigen, auffallend häßlichen, dafür aber politisch geschulten und gebildeten Frau. Sie unterrichtete politische Ökonomie, und Djakow hatte ihr seine politische Bildung zu verdanken, obwohl er, nach Scharoks Beobachtung, nur ein Buch gelesen hatte: Stalins *Fragen des Leninismus*.

Rebekka erregte Scharoks Mißfallen. Um ehrlich zu sein – Juden mochte er nun mal nicht. Auf dem Hof und in der Schule wurde nie ein Unterschied zwischen Juden und Nicht-Juden gemacht, Jura aber machte diesen Unterschied, ebenso wie seine Eltern.

Der blinde, triebhafte Antisemitismus der Scharoks wurzelte tief im Unterbewußtsein als bohrender Stachel. Früher, als Vater und Großvater noch in der Moskworetzki-Straße geschneidert hatten, wohnten in der Nachbarschaft, in den Seitengassen des Sarjadje, Juden. In der Nähe stand die Synagoge. Sie, die jüdischen Schneider, Mützenmacher und Kürschner, wurden von den Ladenschwengeln verspottet. Jetzt waren die ehemals Entrechteten Gleichberechtigte geworden, und manche waren sogar in leitende Positionen aufgestiegen. Wenn Iwan, also einer wie die Scharoks, ein ungebildeter Prolet, die Macht an sich gerissen hatte, war das unerträglich genug, noch unerträglicher aber war, daß er die Macht mit Jankel teilen mußte. Seinen Protest gegen die neue Gesellschaftsordnung münzte der alte Scharok in Judenhaß um. Gegen die Gesellschaftsordnung als solche zu protestieren, wäre zu gefährlich gewesen.

Daß Djakow mit Rebekka verheiratet war, erklärte sich Jura mit Djakows Unansehnlichkeit. Er sagte Djakow nichts von seiner Einstellung den Juden gegenüber, zog es vor, sie überhaupt nicht zu erwähnen. Selbst zu Hause, wenn der Vater über dieses Thema räsonierte, lächelte Jura nur spöttisch.

Die Familie war jetzt für ihn zu einem schwerwiegenden Problem geworden. Der Mutter hatte er gleich Bescheid gestoßen und ihr verboten, auf dem Hof zu schwatzen. Eigentlich hatte sie auch gar keine Zeit, auf der Bank herumzusitzen: Sie fuhr täglich in den Spezialladen, wo es heute das eine, morgen das andere gab. Auf dem Hof blieb sie auch nicht mehr stehen, die Leute mußten ja nicht wissen, was sie in ihren Einkaufstaschen hatte. Mit dem Vater war es schwieriger. Er nähte nach wie vor zu Hause. Nicht viel, zwei drei Kostüme im Monat, aber diese vor der Finanzbehörde verheimlichte Betätigung ermöglichte ihm, auf die Rennbahn zu gehen und Wetten abzuschließen. Das alles kompromittierte Jura und konnte seiner Karriere ein jähes Ende setzen.

Der Alte wollte seine Privatschneiderei aber auf gar keinen Fall aufgeben. Das war seine Form von Selbständigkeit, die er der dreimal verfluchten Staatsgewalt entgegensetzte. In der Fabrik war er ein Niemand, ein einfacher Arbeiter, hier aber war er sein eigener Herr. Die elegantesten Moskauer Damen bemühten sich um ihn, und oft vergebens, schmeichelten ihm und wagten nicht zu feilschen. Ihm gefielen hübsche Frauen, ihre bestrumpften Beine, ihre Koketterie, mit der sie ihn verwöhnten – wenn auch nur, um zu seiner Klientel gehören zu dürfen. Er bevorzugte junge und schöne Kundinnen, selbst schöne Jüdinnen, nähte manchmal für sie, es gab ja so schöne schwarzhaarige, daß man nicht widerstehen konnte. Hauptsache die Weiberchen waren jung, frisch und fesch, schön füllig, mit üppigem Busen. Alte, selbst ältere Damen wies er ab, keine Taille, das sah nachher sowieso nach nichts aus, hatte keinen Schick.

Der Vater war der einzige Mensch, vor dem Jura Respekt hatte, an dem er hing, dessen Lebensklugheit ihm imponierte. Er wußte, daß auch der Vater für ihn allein Zuneigung empfand. Wolodja hatte der Vater unbarmherzig geprügelt, Jura hatte er nie ein Haar gekrümmt. Sie beide, lebensfroh, gutaussehend und einander ähnlich, bildeten in der Familie das Gegengewicht zur Mutter, einer im ganzen Haus berüchtigten Schwatzbase, und dem kriminellen Bruder. Seine Einstellung zu Juras neuer Position gab der alte Scharok mit keinem Wort zu erkennen. So hatte er seinerzeit auch den Beitritt des Sohnes zum Komsomol und später zur Partei weder verurteilt noch gebilligt.

Ebensowenig hatte er sich über Juras Beziehung zu Lena und dann den Bruch zwischen ihnen geäußert. Der Grund dafür war nicht etwa Gleichgültigkeit, sondern Vertrauen. Alle waren jetzt irgendwo bei staatlichen Verwaltungen angestellt, alles gehörte dem Staat, woanders konnte man überhaupt nicht arbeiten. Was man aber machte, hing von den Fähigkeiten des Betreffenden ab. Er für seine Person hatte sich seine Unabhängigkeit ertrotzt und würde nicht aufhören, sein Handwerk auszuüben. Ihm das ausreden zu wollen, hätte geheißen, ihn tödlich zu beleidigen; eine solche Kränkung hätte er Jura nie verziehen.

Auseinanderziehen? Das hätte bedeutet, sich und die Eltern um einen für Moskau ganz seltenen Vorzug zu bringen, nämlich die separate Wohnung aufzugeben. Durfte er es darauf ankommen lassen und sich für immer mit dem Vater entzweien?

Jura zerbrach sich den Kopf, aber ihm fiel nichts ein. Er wagte nicht, diese Schwierigkeiten im Amt zu verschweigen. Besser sie erfuhren es von ihm als von Außenstehenden.

»Schon vor der Revolution haben wir in diesem Haus gewohnt«, erklärte er Djakow, »da kennt man sich natürlich und ist befreundet. Kein Wunder, wenn die Leute zu Vater kommen, der eine möchte die Jacke gewendet haben, der andere bittet, ihm den Mantel zu kürzen, der dritte läßt sich was flicken. Und mein Erzeuger ist nun mal nicht abgeneigt, einer Flasche den Hals zu brechen – na, du verstehst, er ist Schneider!«

»Dein Vater arbeitet in einer Fabrik«, antwortete Djakow, »wenn er in seiner Freizeit ein paar Sachen flickt, ist das kein Verbrechen und einen hinter die Binde zu gießen auch nicht.«

Djakow setzte sich darüber hinweg, was die Leute denken oder sagen würden. Er und Scharok entschieden hier über das Wohl und Wehe vieler Menschen. Im Kampf gegen den Feind befanden sie sich in vorderster Stellung. Sie trugen eine besondere Verantwortung und hatten deshalb auch besondere Rechte. Nicht nur ihre Arbeit war geheim, sondern auch ihr Privatleben. Überflüssige Wißbegier Außenstehender konnte man daher sehr unterschiedlich beurteilen.

Jura trug jetzt die Uniform eines Mitarbeiters des NKWD. Nach Hause kam er erst gegen morgen, zur Arbeit ging er nachmittags,

im Hof traf er fast niemanden, oder er tat so, als sehe er den anderen nicht.
Die Kunden aus ihrem Haus kamen neuerdings nicht mehr zum Vater. Es waren immer nur sehr wenige gewesen, jetzt wies er auch diese ab. Jura wertete das als Zeichen von Verständnis und Taktgefühl. Der Vater ging in seiner Diskretion sogar so weit, daß er nun selbst zwei seiner Stammkundinnen besuchte, zu denen dann auch die anderen Damen kamen. Deshalb wurde Scharok Senior noch unzugänglicher und noch bekannter.
Auf diese Weise hatte sich ein Aspekt seines täglichen Lebens geregelt und die Familie Scharok ein Gefühl von Sicherheit bekommen, das ihr so lange gefehlt hatte. Ja, sogar die Angst, unter der sie so lange gelitten hatten, trat in den Hintergrund. Aber ein anderer Aspekt des täglichen Lebens war noch zu bewältigen: die Frauen.
Schon früher war Jura in dieser Hinsicht vorsichtig gewesen – der Alimente wegen. An seiner neuen Arbeitsstelle machte ihm so manche schöne Augen, aber im eigenen Kollektiv verbot sich jedes Techtelmechtel. Neue Beziehungen bahnten sich nicht an, und die alten nahm er nicht wieder auf.
Warja Iwanowa gefiel ihm. Sie hatte schon immer so etwas Gewisses gehabt, jetzt war sie eine richtige Madonna geworden. Aber ein Biest. Einmal hatte er sie im Hof getroffen und ihr zugelächelt. Sein Lächeln hatte sie mit einem Blick erwidert, in dem wilder Haß glühte. Na ja, Saschas Clique, sie und Nina, das hysterische Weibsbild. Jura hatte den Sylvesterabend nicht vergessen. Beleidigt hatte ihn zwar Sascha, aber Nina hatte es angezettelt, sie hatte den Streit vom Zaun gebrochen. Sascha war erledigt und abgeschoben, vielleicht würde man auch sie abschieben. Aber er würde keinen Handschlag dazutun, nein! Sie waren auf einem Hof großgeworden. Ein solches Verhalten würde Djakow als Scheinanstand abstempeln. Aber das war sein Haus, hier war er aufgewachsen, hier wohnten die Eltern, hierhin würde der Bruder zurückkehren – er wollte sie nicht von Feinden umgeben wissen.
Es gab nur eine Frau, an die sich Scharok mit innerer Bewegung erinnerte, Lena. Ihr liebendes, leidendes Gesicht konnte er nicht vergessen. Abgesehen vom Vater war sie der einzige Mensch, an

dem er noch immer hing, er glaubte an ihre Treue, sie war für ihn zu Opfern bereit gewesen und hatte das bewiesen. Jene fürchterliche Nacht, das Krankenhaus, und trotzdem hatte sie ihn mit keinem Wort, mit keinem Seufzer verraten. Er erinnerte sich an den heißen, beizenden Senfgeruch, der ihn noch jetzt, in der Erinnerung, in Panik versetzte. Der Gedanke, daß sie einen anderen lieben, einen anderen umarmen, ja heiraten könnte, quälte ihn. Er hätte sie fast umgebracht, hatte sie verlassen, und trotzdem hatte er allein ein Recht auf sie. Er würde sie zurückholen, würde sie das Vergangene vergessen lassen, sie sich wieder hörig machen.
Jura rechnete mit einer zufälligen Begegnung, aber wie sollte sie zustande kommen, wenn sich ihre Wege nie kreuzten. Er wußte, wo Lena arbeitete, aber er konnte doch nicht hingehen. Er tat, was er auch früher getan hatte: Er rief sie zu Hause an. Iwan Grigorjewitsch nahm den Hörer ab, und Jura legte sofort auf. Am nächsten Tag rief er sie im Büro an.
Lena war nicht erstaunt oder tat zumindest nicht erstaunt. Die vertraute, tiefe Stimme. Wie es ihr gehe? Gut. Etwas ausmachen mit ihm? Warum nicht. Aber sie fahre nach der Arbeit immer gleich auf die Datscha. Man müsse erst noch mal telephonieren, vielleicht sollte man auch die anderen einladen?
Jura war verblüfft.
»Wen meinst du denn?«
Sie lachte.
»Ja, da hast du recht, es ist ja niemand mehr da. Ich habe an Nina gedacht, aber sie ist zu irgendeinem Seminar weg. Vielleicht Wadim, ruf ihn doch mal an.«
»Ich will's versuchen«, antwortete Jura und entschied sofort, daß er Wadim nicht anrufen würde. »Wie verbleiben wir also?«
»Am besten machen wir etwas für Sonntag aus.«
Die Antwort klang ziemlich unsicher, aber das war nun mal ihre Art. Sie sprach die Wortenden deutlich aus und hielt bei den betonten Silben inne, eben das gab ihren Antworten diesen Anflug von Unsicherheit.
Lena nannte ihm die Abfahrtszeit, die Bushaltestelle war am Theaterplatz, die Nummer der Linie (in Serebrjany Bor, dem »Silberwäldchen«, hießen die Straßen »Linien«), die Nummer der

Datscha und erklärte ihm, wie man vom Ring, der Endstation, von wo der Bus auch nach Moskau zurückfuhr, zu ihrer Datscha kam. Weder Vorwürfe noch Kränkung, keine Freude, kein Haß und keine Verwunderung. Eine etwas beleidigende Zurückhaltung. Die Überlegenheit einer Aristokratin. Trotzdem war es ihm so recht. Die bevorstehende Begegnung mit Iwan Grigorjewitsch und Aschchen Stepanowna war ihm schon jetzt peinlich, aber wahrscheinlich wußten sie nichts. Iwan Grigorjewitsch mochte ihn nicht, na wenn schon, er hatte ihn auch früher nicht gemocht. Ob Jura ihn überhaupt zu sehen bekäme? Er würde mit Lena an die Moskwa schwimmen gehen, zum Mittagessen würde er nicht bleiben, er wollte sie bloß wiedersehen, die Dinge regeln, ihre Beziehung auffrischen und wiederherstellen. Es war auch nicht ausgeschlossen, daß Lena allein sein würde.

Es war durchaus möglich, daß ihre Eltern zur Kur gefahren waren und Wladlen mitgenommen hatten. Vielleicht hatte Lena ihn deshalb für Sonntag eingeladen und gebeten, Wadim mitzubringen, weil sie ein Zusammensein zu zweit fürchtete.

Der Gedanke, daß er sie in zwei Tagen, am Sonntag, wiedersehen würde, machte die Vergangenheit wieder lebendig. Er sah sich in Iwan Grigorjewitschs Arbeitszimmer sitzen, Lena zog sich derweil in ihrem Zimmer um, er wartete auf sie, und das Herz stand ihm still vor Aufregung. Jetzt war er noch aufgeregter als damals.

14

Die neue Arbeit, die neue Position, die geheime Macht gaben Jura Scharok Selbstsicherheit. Aber dieses Selbstvertrauen verließ ihn, als er im Silberwäldchen ankam. Die Straßen oder Linien, wie sie hier genannt wurden, unterschieden sich nur durch ihre Nummern. Gleichmäßige Reihen von Staketenzäunen, über die Flieder- und Jasminzweige hingen, überall die gleichen schmalen Wege von den Pforten zu den Häusern, die hinter Bäumen und Büschen verborgen lagen. Keine Schranken, keine Wachposten, keine Fremden – wie in einem Naturschutzpark.

Die Pforte war nicht verschlossen. Jura ging den mit Blumenrabatten gesäumten Weg entlang und stand kurz darauf vor einer hellgrün gestrichenen, zweistöckigen Datscha. Keine Menschenseele, kein Laut. In der weitläufigen Veranda stand ein Tisch mit vielen Stühlen, das zahlreiche Frühstücksgeschirr war noch nicht abgeräumt. Lena war also nicht allein.

Unschlüssig blieb Jura vor der Veranda stehen und wußte nicht, wie er sich bemerkbar machen sollte. Da beugte sich eine Hausgehilfin aus einem Fenster und sah ihn mit freundlich fragendem Blick an.

»Ich möchte zu Lena«, sagte Scharok.

»Gehen Sie doch bitte um das Haus herum.«

Sie zeigte ihm den Weg.

Jura bog um das Haus und stand vor einer weiteren Veranda, die winzig war und von wildem Wein umrankt, hörte eine Männerstimme – Wadim.

Er hatte ihn doch nicht angerufen. Wie kam er also her? Zufall oder war er ständiger Gast hier? Vielleicht war er eigens eingeladen, um ein Tête-à-tête zu verhindern?

Aber da alle zu Hause waren, war Wadims Anwesenheit sogar von Vorteil. In seiner Gegenwart fühlte Jura sich sicherer. Außerdem würde man in ihm wohl mehr den alten Schulfreund sehen. Lena hatte den Knallkopf offenbar eingeladen, um jede Peinlichkeit zu vermeiden.

Jura stieg die Holztreppe hinauf. Lena und Wadim saßen in Korbsesseln an einem runden Tischchen, außerdem stand noch eine Korbliege da, auf die sich Jura setzte. Die Veranda lag vor einem kleinen Zimmer.

Wenn Vika geplaudert hatte, würde sich Wadim bestimmt durch einen Blick, durch sein befangenes Gesicht verraten. Nein, nichts. Wadim verhielt sich wie immer, beanspruchte volle Aufmerksamkeit, tänzelte, feist und doch graziös wie ein Elefant, und sprach immer von Dingen, die er kannte und die anderen nicht.

Lena hörte ihm aufmerksam zu. Sie hatte sich überhaupt nicht verändert. Das von früher bekannte, schüchterne Lächeln, der verhaltene Blick. Der gleiche schwarze Haarknoten im Nacken, die leicht aufgeworfenen roten Lippen. Und obwohl sie sich ganz natürlich verhielt, entging Jura nicht, daß sie ihn nach wie vor liebte ... Sein Herz schlug höher vor Stolz und Jubel. Das vornehme Haus war ihm ebenso unheimlich wie früher ihre Wohnung, er fühlte sich eingeschüchtert. Sonderbar, eigentlich müßten doch sie ihn fürchten. Nach wie vor verstand er das Geheimnis der Macht dieser Intellektuellen nicht. Warum beugte er sich ihnen so ängstlich? Aber nicht zu verstehen, heißt Angst zu empfinden.

Wadim erzählte grade, daß eine Delegation von Filmschaffenden mit vier Filmen nach Venedig abgereist sei: *Fettklößchen* des Regisseurs Michail Romm mit Galina Sergejewa, *Die fröhlichen Freunde* des Regisseurs Alexandrow mit Leonid Utjossow in der Hauptrolle, Posselskis *Tscheljuskin*, Kameraführung Trojanowski, der an Bord der Tscheljuskin gewesen war, und Ptuschkos *Neuer Gulliver*.

Wadim gab zu verstehen, daß er an der Auswahl der Filme beteiligt gewesen war. Er erzählte ihren Inhalt, prophezeite den Erfolg dieser Streifen, namentlich von *Fettklößchen*. Außer *Tscheljuskin* war noch keiner dieser Filme gezeigt worden. Jura und Lena hatten sie nicht gesehen; wieder mal sprach Wadim von Dingen, die er kannte und die anderen nicht.

Nach Wadims Worten krankten viele Filme an Faxen und Flausen – formalistischer Regie und versnobter Darstellung. Aber *Fettklößchen* und *Die fröhlichen Freunde* berechtigten zu großen

Hoffnungen. Unser Filmschaffen ist wirklich volkstümlich, behauptete er.
»*Fettklößchen* und volkstümlich?« warf Jura zweifelnd ein.
»Ja, ja, ja«, rief Wadim, »das kannst du mir glauben! Es ist ja nicht nur die Geschichte einer Prostituierten, sondern ein antimilitaristischer und antifaschistischer Film. Und eben das versteht das Volk.«
Jura biß sich auf die Zunge. Für ihn war *Fettklößen* wie der ganze Maupassant vor allem erotisch. Dabei hatte er vergessen, daß ein preußischer Offizier sich des Mädchens bemächtigt hatte.
»*Panzerkreuzer Potemkin* war auch nicht leicht zu verstehen und hatte doch großen Zulauf«, sagte Lena.
Jura vermerkte für sich, daß Lena für ihn in die Bresche sprang.
»Richtig«, gab Wadim zu. »Aber wie hat sich Eisensteins Formalismus bei ihm selbst ausgewirkt? *Oktober* ist dem Publikum vollkommen unverständlich, ein großes Thema, dem dieser Film nicht gerecht wird. Nehmt Dsiga Wertow! Habt ihr seine *Donbass-Symphonie* gesehen? Chaos, die reinste Parodie auf die Wirklichkeit! Gegenwärtig arbeitet Wertow an einem Leninfilm.« Wadim zuckte mit den fetten Schultern. »Dsiga ein solches Thema anzuvertrauen?! Meisterregisseure, trotzdem wäre es an der Zeit, zu erklären, wer wo steht und wer für wen ist.«
Jura fiel wieder ein, mit welcher Begeisterung Wadim seinerzeit über Henri de Régnier und andere Franzosen geschwafelt und ihm sogar amüsante Bändchen aus dem Leben französischer Zuhälter geliehen hatte.
Vielleicht wäre es vernünftiger, sich nicht mit Wadim anzulegen, aber der Wunsch, die Scharte wegen *Fettklößen* auszuwetzen, war doch stärker.
»Dein Geschmack ändert sich, Wadim«, meinte Jura.
»Zum Besseren, zum Besseren, mein Lieber«, krähte Wadim streitlustig, »wir alle entwickeln uns weiter, die Frage ist eben nur, worauf wir hinauswollen.«
»Was willst du damit sagen?« fragte Scharok mürrisch. Ihn wunderte Wadims aggressiver Ton. Nein, er war nicht wie Vika, er fühlte sich stark.
»Genau das, was ich gesagt habe«, antwortete Wadim hochfah-

rend, »der Mensch entwickelt sich, es kommt nur darauf an, in welcher Richtung. Jeder nimmt Hürden – die Frage ist nur, welche und wohin der Galopp geht. Wohin, frage ich? In der Schule war mein literarisches Urteilsvermögen noch nicht entwickelt, wesentlich ist doch nur, wo ich angelangt bin und heute stehe. In der Schule hattest du es gar nicht eilig, dem Komsomol beizutreten, heute bist du Parteimitglied, ich halte eine solche Entwicklung für normal.«

Er durfte keinen Streit heraufbeschwören, mußte gutmütig und verträglich sein, dadurch würde er in Lenas Augen nur gewinnen.

Jura sagte: »Sehr schön! Wäre es nicht doch möglich, daß auch Eisenstein beim sozialistischen Realismus landen wird?«

Er nannte nur Eisenstein, weil er sich nicht sicher war, ob er den Namen des zweiten Regisseurs richtig verstanden hatte. Ein komischer Name. Wohin man sah, überall diese Itzigs, da sollte einer noch draus schlau werden!

Lena warf ihm einen dankbaren Blick zu.

»Vielleicht erklärt sich die Stagnation, von der Wadim spricht, dadurch, daß man zum Tonfilm übergeht?«

Wadim widersprach sofort: »Ich habe nicht von Stagnation gesprochen; was den Tonfilm betrifft, wäre ich mit der Prognose vorsichtig. Der Film ist der große Stumme. Der Ton könnte das Kino vielleicht zum Leinwandtheater machen. Könnt ihr euch einen sprechenden Charlie Chaplin vorstellen? Ich nicht.«

Lena hatte in London viele Tonfilme gesehen. Dort hatte sich der Tonfilm schon durchgesetzt, und das würde auch hier kommen. Aber sie wollte nicht mit Wadim diskutieren. Bei der Erinnerung an einen amerikanischen Tonfilm, bei dem das englische Publikum über die Aussprache der amerikanischen Schauspieler gelacht hatte, mußte sie lächeln.

»Und wie steht's mit *Begegnung* und *Güldene Berge*?« fragte Jura in Anerkennung von Wadims Kenntnissen friedfertig.

Wadim lächelte.

»Sind das vielleicht Tonfilme? Einfache Streifen, die mit Schostakowitschs Musik unterlegt wurden. Eine Musik, die an und für sich schön ist, auch deshalb, weil sie im Volkslied ihren Ursprung hat. Das ist auch für den Werdegang des Komponisten wichtig.«

Wadim protzte mit seinem Wissen und wollte Jura demonstrieren, daß er in jeder Hinsicht gewappnet sei. Jura verstand das und begriff zugleich auch, daß der tiefere Grund dafür die Angst vor ihm war. Sie war auch die Ursache für Wadims sonderbare Aggressivität. Bei diesen Gedanken konnte er ein Lächeln nicht unterdrücken, er lächelte Lena zu, und sie erwiderte sein Lächeln, sie dankte ihm für seine Toleranz.
»Wollen wir vor oder nach dem Essen baden gehen?« fragte Lena.
»Geht nur allein«, erklärte Wadim nach einem Blick auf die Uhr, »ich muß noch auf einen Sprung zu den Smidowitschs. Zum Mittagessen bin ich zurück, wenn du erlaubst.«
Lena ging hinein, um sich umzuziehen. Wadim und Jura blieben auf der Veranda. Ein Fenster von Lenas Zimmer öffnete sich auf die Veranda, der leichte Vorhang wehte, bauschte sich im Sommerwind, und man konnte Lena sehen, die mit erhobenen Armen das Kleid über den Kopf streifte. Jura stellte sich vor's Fenster, um den Blick ins Zimmer zu versperren.
»Wie geht's, wie steht's, Wadim?«
Wadim blätterte in den Büchern auf dem Tisch.
»Wie immer, nichts Neues. Warum rufst du nie an und läßt dich auch nie sehen?«
»Viel zu tun ...«
Wadim griff nach einem Buch auf dem Tisch und zeigte es Jura.
»Hast du das gelesen?«
»Was ist's denn?«
»Panajews Erinnerungen.«
»Kann mich nicht erinnern ... Wenn ich mich nicht irre, habe ich die Memoiren einer gewissen Panajewa gesehen.«
»Das war seine Frau. Offiziell. In Wirklichkeit lebte sie in wilder Ehe mit Nekrassow zusammen. Ihre Erinnerungen sind nicht uninteressant. Und das hier ist Panajew selber«, Wadim blätterte in dem Buch, »hier findest du manch aufschlußreiche Stelle«.
In der benachbarten Datscha sang eine angenehme Männerstimme: »Wie lieb ich dich, du helle Nacht ...«
Wadim sah lauschend vom Buch hoch.
»Musik von Tschaikowsky, Text von Jakob Polonski.«
Dann blätterte er weiter.

In diesem Augenblick kam Lena in einem roten Trägerkleid, das die Schultern und den Rücken freiließ.

Eine schöne Frau, groß und attraktiv, genau Scharoks Kragenweite.

Lena sagte lächelnd: »Ich habe den Badeanzug schon angezogen, um mich dort nicht umziehen zu müssen. Gehen wir?«

»Gleich, bloß noch ein Momentchen.« Wadim hatte die Seite endlich gefunden, die er suchte. »Hier ist eine interessante Stelle, Panajew zitiert Belinski. Belinski sagt: ›Wir brauchen einen Peter den Großen, einen neuen genialen Despoten, der im Namen menschlicher Prinzipien unerbittlich und unbarmherzig mit uns umgeht. Wir müssen eine Welle des Terrors durchleben. Früher brauchten wir die Knute Peters des Großen, heute müssen wir durch den Terror hindurch, um im tiefsten und wahrsten Sinne des Wortes Menschen zu werden. Es dauert schon seine Zeit, bis man uns Slawen aufgerüttelt hat. Man weiß doch: Bevor es nicht donnert, bekreuzigt sich der Bauer nicht; einen Gott gibt es nicht, was immer ihr auch glauben mögt, und ihre Heiligkeit, die Guillotine, ist eine gute Sache.‹«

Wadim ließ das Buch sinken.

»Na? Was sagt ihr dazu?«

Jura schwieg, er wußte nicht, wie er auf diese unverhüllte Anspielung reagieren sollte. Eine erstaunliche Passage! Von Wadims Wissen konnte man sich eine dicke Scheibe abschneiden, aber so direkt …

Wieder sprang Lena ein: »Die Stelle habe ich gelesen. Das hat aber nicht Belinski, sondern Panajew selbst geschrieben. Er legt Belinski diese Worte nur in den Mund.«

»Doch, er zitiert Belinski«, beharrte Wadim hartnäckig, »diese Worte von Belinski findet man auch in anderen Memoiren, beispielsweise bei Kawelin. Jawohl. Belinski war ein großer Mann, er hatte verstanden, daß Rußland eine straffe Führung brauchte. Aber er war ein Kind seiner Zeit, er wußte eben nicht und konnte auch nicht wissen, daß das die Diktatur des Proletariats sein würde.«

Im Innern staunte Jura über Wadims politische Wendigkeit.

»Ich liebe dich, du stille Nacht …«

Wieder die Stimme vom benachbarten Grundstück.
»Wie schön er singt«, sagte Jura, »wer ist das?«
»Unser Nachbar«, antwortete Lena, »er arbeitet im ZK, Nikolai Iwanowitsch Jeshow.«
Wadim gab mit einem Kopfschütteln zu verstehen, daß er den Namen noch nie gehört hatte. Und er kannte doch alle Namen.
»Was er ist, weiß ich nicht«, bemerkte Jura, »aber singen kann er«.
»Ein sehr netter Mann«, meinte Lena.

Als Jura und Lena allein waren, sagte Lena: »Ich erkenne Wadim nicht wieder. Ich habe richtig Angst vor ihm, wirklich. Er ist auf einmal so grundsätzlich, unduldsam und mißtrauisch. Er verteidigt die Sowjetmacht! Gegen wen? Gegen uns beide?«
Lena verschwieg immer ihre besondere Stellung in der Gesellschaft. Auch jetzt war sie bestrebt, sich in keiner Weise hervorzutun. Trotzdem gehörte sie zu jenen, die den Staat lenkten, ihm nicht einfach dienten wie Wadim und sein Vater. Auch Jura gehörte zu jenen, die den Staat regierten. Er verkörperte die Arbeiterklasse, das Volk; solche wie er stiegen heutzutage in leitende Positionen auf. Deshalb hatte man ihn in die Organe des NKWD berufen. In Lenas Haus in der Granowski-Straße und hier im Silberwäldchen wohnten leitende Tschekisten, viele von ihnen prachtvolle Menschen; auch ihr Vater war früher Mitglied des Kollegiums der Tscheka und der GPU gewesen. Wadims Verhalten hatte etwas Unnatürliches, Verlogenes, seine Worte berührten peinlich: »WIR können«, »WIR können nicht«, »das haben WIR schon«, »UNSER Staat« ... Nina Iwanowa, selbst Sascha Pankratow hätten so reden dürfen, das war ihre Welt, sie hatten ein Recht dazu. Aber Wadim hatte es nicht. Er konnte nur dienen, nicht mehr.
In dem Augenblick, als Lena an Sascha dachte, begann Jura von ihm zu sprechen, eine Koinzidenz, die Lena zusammenfahren ließ. »Wadim hat sich seit dem Tag verändert, an dem Sascha verhaftet wurde«, sagte Jura, »das habe ich damals gleich gemerkt. Saschas Verhaftung ist ihm in die Knochen gefahren. Vor lauter Angst schreit er jetzt am lautesten.«
»Ja«, bestätigte Lena bedrückt, »nach Saschas Verhaftung sind wir alle anders geworden.«

Wie schon beim Gespräch mit Beresin war Jura auch jetzt klar, daß viel davon abhing, wie er über Sascha reden würde.
»Schade um Sascha. Ich hatte damals nicht recht. Er hatte mich bei unserer Sylvesterfeier gekränkt, und ich war nicht objektiv genug.«
»Was war denn eigentlich passiert?« Lena sah ihn mit einem Blick an, der mit Vertrauen rechnete.
Die Worte abwägend, antwortete er: »Sascha wollte immer an der Spitze stehen. In der Hochschule standen aber andere an der Spitze. Deshalb schloß er sich Leuten an, die die anderen stürzen wollten, Abweichlern, die die Parteileitung absetzen wollten. Sascha war in diese Geschichte verwickelt. Drei Jahre Verbannung – das war aber auch alles, was man für ihn tun konnte, die anderen haben lange Strafen – Gefängnis und Lager – gekriegt.«
Mit seinen Worten spielte er darauf an, daß auch er etwas für Sascha getan hatte.
»Mich haben sie nach dem Hochschulabschluß zum NKWD geholt, ich bin Jurist, wie du weißt, meine Aufnahme fiel zeitlich mit Saschas Fall zusammen. Offen gestanden wußte ich bis zum letzten Moment nicht, was ich beim NKWD sollte.«
»Wirklich?!« Lena war aufrichtig erstaunt. »Ihr habt doch an verschiedenen Hochschulen studiert, und in der Schule ... in der Schule waren schließlich alle miteinander befreundet.«
Er lächelte vielsagend.
»Lenotschka! Wenn man sich nicht für alle Freunde von Sascha interessiert hat, so heißt das noch lange nicht, daß man sich nicht einige vorgeknöpft hat. Vergiß nicht, daß ich mit Sascha in einem Haus gewohnt habe, sogar im gleichen Aufgang, und daß wir zwei Jahre lang im selben Werk gearbeitet haben. Wadim ist der Schreck nicht zufällig in die Glieder gefahren. Als Sascha verhaftet wurde, konnte ich mich mit keinem treffen, nicht mal mit dir. Ich wollte doch Iwan Grigorjewitsch keine Schwierigkeiten machen, er hatte sich für Sascha eingesetzt und sich damit in einen Fall eingemischt, über den er unzureichend informiert war. Glücklicherweise hat sich jetzt alles geklärt. Sascha ist glimpflich davongekommen, seine Freunde sind nicht verdächtig, bloß Wadim schlottert noch nachträglich.«

Den Kopf leicht vorgeneigt, ging Lena neben ihm her. Ob sie ihm glaubte? Sie hatte keinen Grund, ihm nicht zu glauben. Sie wußte, daß prachtvolle Menschen in den Sicherheitsorganen arbeiteten, wußte aber auch, daß andere prachtvolle Menschen von eben diesen Organen verfolgt wurden. Ihr erschien es möglich, daß man einige Freunde bestellt hatte und sie nicht, das war wie bei einer Lotterie. Auch Jura hatte seinen Worten zufolge Schwierigkeiten gehabt, aus denen er ihren Vater hatte heraushalten wollen. Und das war richtig: Stalin mochte Vater nicht, der geringste Anlaß könnte schlimmste Folgen haben. Ein anderer an Juras Stelle hätte sich wahrscheinlich anders verhalten: Er hätte etwas gesagt und erklärt. Aber Jura war eben so wie er war. Ausschlaggebend war nur, wovon er sich hatte leiten lassen.

Der Strand war fast leer. Lärmend plantschten Kinder im Wasser, sonnengebräunte junge Männer in Badehosen lagen im Sand und spielten Karten.

Lena warf das Kleid ab und stand in einem schwarzen, enganliegenden Badeanzug da. Ihre Brust, die Hüften und die Schenkel. Sie sah ihn mit ihrem scheuen Lächeln an und drehte sich auch nicht weg, als er die Badehose anzog.

»Gehen wir ein Stückchen weiter, dort ist es tiefer«, sagte sie. Sie schwamm mit angewinkelten Armen, das Gesicht im Wasser, den Kopf mal nach links, mal nach rechts drehend, rasch vorwärts. Jura konnte nicht kraulen, er schwamm auf herkömmliche Weise mit rudernden Armen und war erstaunt, daß sie so gut schwimmen konnte. Heute lernte er eine für ihn völlig neue Lena kennen. Ihn beschlich die bange Ahnung, daß es gar nicht so leicht sein würde, ihre Beziehung neu anzuknüpfen.

Später lagen sie auf dem Bauch im Sand und ließen sich die Sonne auf den Rücken scheinen. Das Kinn in den verschränkten Händen sah sie ihn hin und wieder von der Seite an, und ihm schien, daß sie ihn nach wie vor liebte.

Sie liebte ihn tatsächlich. Vielleicht, weil ihre Liebe zu ihm durch keine andere verdrängt worden war. Sie war sinnlich, und Jura war der erste und einzige Mann in ihrem Leben. Die Leiden, die er verursacht hatte, hatten ihr Gefühl für ihn nur vertieft. Er hatte auch gelitten.

»Wann treffen wir uns?« fragte er.
»Wann du willst.«
Er hätte sie wieder in sein Zimmer mitnehmen können. Der Vater würde das Gesicht verziehen, die Mutter die Hände zusammenschlagen, aber das machte nichts, sie würden es schon verkraften. Was ihn zurückhielt, war primitive männliche Vorsicht. Die Beziehung erneuern – das schon, aber bloß nicht mit allen Folgen. Das zweite Mal würde er nicht so ungeschoren davonkommen. Wo sollten sie sich treffen? Wohin sollte er sie einladen? Es gab nur eine Wohnung – die von Djakow. Djakow wohnte bei seiner Frau in Samoskworetschje. Für ein Schäferstündchen war das eigentlich nicht der passende Ort. Wenn Lena erfuhr, daß … Aber sie würde nichts erfahren. Ein altes schmuddeliges Bett, vermutlich war es nicht mal bezogen. Egal. Laken konnte er in der Aktentasche von zu Hause mitbringen.
»Weißt du, die Sache ist nämlich«, begann Jura, »unsere Wohnung wird gerade renoviert, wir schlafen alle in einem Raum, ziehen von einem Zimmer ins andere und schleppen die Sachen hin und her. Ich habe aber noch von der Hochschule einen Freund, er ist jetzt im Urlaub, den Zimmerschlüssel habe ich. Dort könnten wir uns ein bißchen unterhalten.«
»Schön«, antwortete Lena.

15

Soja war begeistert, als sie hörte, daß Warja mit Ljowotschka im *Metropol* getanzt hatte. Sein Familienname war Sinjawski, Konstruktionszeichner, ein lieber, netter Junge, der Kollegen im Büro gern half. Und wie er sich kleidete! Er ließ bei den besten Schneidern nähen. Und wie er tanzte! Genauso gut wie der berühmte Wagan Christophorowitsch. Das hübsche Pummelchen, Ljowas Begleiterin, war auch technische Zeichnerin, sie hieß Rina. Soja blickte Warja schmeichelnd an. Schon immer hatte sie davon geträumt, in Ljowas Kreis aufgenommen zu werden, hatte es aber nie geschafft. Da sah man mal wieder, mit Schönheit ging alles wie von selbst, das Glück fiel einem in den Schoß.

»Ach«, seufzte sie aufrichtig, »du hast wirklich Glück.«

Ljowotschka gefiel Warja nicht besonders – er war nicht männlich genug. Aber er tanzte vorzüglich, und vor allem war er ihresgleichen, sein ganzer Kreis war ihr vertraut. Das war nicht wie mit Vika und ihrem Vitalij, den leichten Mädchen und ihren Ausländern. Der einzige dort, der auf sie Eindruck gemacht hatte, war Igor Wladimirowitsch. Aber er war schon fünfunddreißig, sie genierte sich vor ihm. Mit ihm konnte es nur eine ernste Beziehung geben, in ihn konnte sie sich nicht einfach verlieben, er war zu alt für sie, und sie wollte ihm auch nicht den Kopf verdrehen. Er nötigte ihr Achtung ab, war hochanständig, und es wäre unfair gewesen, ihn zu verletzen. Warja hatte ihre eigenen Anschauungen von Anstand, sie wußte, was erlaubt war und was nicht.

Sie hoffte, daß Ljowotschka sie in seinen Kreis aufnehmen würde und wartete auf eine Einladung. Die Einladung erfolgte nicht allzu schnell, erst zwei Wochen nachdem sie sich im *Metropol* kennengelernt hatten.

Soja kam ganz aufgeregt angelaufen und verkündete triumphierend, daß sich die ganze Clique am nächsten Tag im Eremitage-Park treffen und sie beide auch erwartet würden.

Kurze Zeit später rief Vika an und schlug vor, am nächsten Abend

mit Igor Wladimirowitsch ins Restaurant *Kanatik* zu gehen.
»Morgen kann ich nicht«, antwortete Warja, »ich bin schon im Eremitage verabredet.«
»Mit wem denn, wenn's kein Geheimnis ist?«
»Mit Ljowotschkas Freunden. Ich fange dort im Konstruktionsbüro an.«
»Bist du deshalb verpflichtet, unbedingt mitzugehen? Ruf an und sag ab. Schließlich kommt Igor Wladimirowitsch mit.«
»Ich kann nicht. Ich hab's schon versprochen und will sie nicht versetzen.«
»Aber ich habe es auch versprochen«, rief Vika empört, »und nicht irgendeinem Scheißkerl von Ljowotschka, sondern Igor Wladimirowitsch. Ich habe dabei nicht an mich gedacht. Du gefällst ihm. Und er ist Junggeselle.«
»Entschuldige«, antwortete Warja, »ein andermal gern. Ruf an. Leb wohl.«
Und hängte ein.

Im Eremitage-Park wiederholte sich das gleiche wie schon im *Metropol*: Ljowotschkas Gesellschaft war mal größer, mal kleiner, verschiedene Leute stießen zu ihrer Gruppe, entfernten sich wieder und kamen zurück. Das war nur natürlich – schließlich konnte man nicht in einer geschlossenen Gruppe spazierengehen. Genaugenommen gingen sie auch gar nicht mal spazieren, sondern standen beim Haupteingang herum, damit sie alle sahen und von allen gesehen wurden.
Eigentlich waren in der Gruppe nur Männer: Ljowotschka, dann zwei aus dem Architekturbüro – Wolja der Große und Wolja der Kleine, ein hübscher junger Mann mit dem sonderbaren Namen Ika –, Willi Long, der Sohn eines leitenden Mitarbeiters der Komintern, stämmig und kraftstrotzend mit einem Rowdygesicht, und schließlich Miron, der Assistent des berühmten Tanzlehrers Wagan Christophorowitsch, ein gutmütiger Krauskopf mit dem Gemüt eines cleveren Geschäftsmannes. Als einziges Mädchen war ständig das Pummelchen Rina dabei. Sommersprossen bedeckten ihre Haut wie Sonnenbräune, und das machte sie äußerst sympathisch. Wolja der Große sagte, das seien Sonnen-

küsse. Rina war zum Fröhlichsein geboren. Wo sie ging und stand, strahlte sie Heiterkeit aus. Angesichts ihres über den Sommersprossen lodernden rotblonden Haares dachte man unwillkürlich an eine Sonnenblume.

Wie zufällig kamen auch andere Mädchen dazu, zufällig war heute auch Warja dabei. Aber keiner behandelte sie wie eine Neue. Hier wurde nicht poussiert, waren alle gleich, Jungen und Mädchen, einfache Zeichnerinnen wie Soja. Diese Jungen würden Warja helfen, in Stschussjews Architektenbüro unterzukommen, das die Bauentwürfe für das Hotel *Moskwa* erstellte. Die Gehälter waren nicht niedriger als in den Zeichenbüros, in denen die Konstruktionspläne für Objekte der Schwerindustrie entwickelt wurden.

Ljowotschka mit seinem Cherubgesicht lächelte freundlich und ließ dabei seinen schiefen Zahn sehen. Rina lächelte ebenfalls – wie die liebe Sonne. Man klönte, machte Bemerkungen über die vorbeiflanierenden Mädchen, lustig und ohne gewöhnlich zu werden, so daß es die Mädchen nicht übelnahmen.

Sie waren die Tonangebenden in diesem Park, diese Jungen und Mädchen ohne Geld in der Tasche hatten sich ohne Eintritt zu bezahlen, hineingeschmuggelt, und bestimmt würden sie auch heute noch in ein Restaurant zum Tanzen fahren. Der krausköpfige Miron, der gutmütige Geschäftsmann, verschwand mehrmals, erging sich in dunklen Andeutungen, erwähnte einen gewissen Kostja, alle waren zuversichtlich, wußten, daß es mit dem Restaurant irgendwie klappen würde.

In diesem Kreis fühlte sich Warja frei und ungezwungen. Sie merkte, daß sie den Jungen gefiel, dem schweigsamen Ika und Ljowa, war aber nicht sicher, daß man sie ins Restaurant mitnehmen würde, zumal noch Soja dabei war. Soja hatte sich ihnen aufgedrängt, war übermäßig laut und aufgeregt; wie immer in solchen Situationen wollte man sie loswerden.

In der Nähe stand ein Tischchen, an dem ein bärtiger Mann saß. Auf dem Tisch lagen ein Stapel Umschläge und Bleistifte, ein Täfelchen verkündete: »D. M. Sujew-Insarow, Graphologe. Charakteranalyse nach Ihrer Handschrift. Preis: fünfzig Kopeken.«

»Ich wollte schon immer Klarheit über meinen Charakter haben«, erklärte Soja plötzlich, »wer macht mit?«

Betroffen hob Rina die Brauen.
Willi Long seufzte entgeistert und breitete bedauernd die Hände aus.
»Schade, daß es hier kein Karussel gibt, sonst könnten wir ein paar Runden drehen.«
Warja begriff den Fauxpas ihrer Freundin; in den Augen der anderen war das nicht mehr als eine Schaubudennummer.
Soja ging zu dem Tischchen und rief Warja zu: »Warja, komm her!«
Wenn sie bei den anderen stehenblieb, hätte sie die Chance, mit ins Restaurant zu fahren. Folgte sie dagegen Sojas Aufforderung, würde man sie zusammen mit Soja fallenlassen.
Trotzdem ging Warja zum Graphologen. Sie blätterte im Gästebuch. Maxim Gorki, Lunatscharski, bekannte Schauspieler ... »Für Sujew-Insarow vom entlarvten Jaron ...« hatte der bekannte Operettenstar und Komiker hineingeschrieben.
Soja schrieb ihren Namen auf einen Umschlag, gab diesen dem Graphologen und nickte Warja aufmunternd zu.
»Na, los doch!«
»Nein, ich habe keine Lust«, lehnte Warja ab. Sie hatte nur noch acht Kopeken für die Straßenbahn. Und abgesehen davon, wie konnte man allein nach einer Unterschrift den Charakter deuten. Nichts als Humbug!
Aber Soja hatte bereits einen Rubel hingelegt.
»Für meine Freundin und mich.«
Daraufhin schrieb auch Warja ihren Namen auf einen Umschlag.
Sie kehrten zu ihrer Gruppe zurück, ohne daß dort jemand ihre kurze Abwesenheit beachtet hätte. Schließlich kam und ging jeder, wie er wollte.
Da tauchte Miron auf, ließ ein paar unverständliche Worte fallen und verschwand wieder.
Soja unterhielt sich mit einem der beiden Woljas, Rina benutzte den Augenblick und flüsterte Warja zu: »Wir fahren ins *Savoy*, aber ohne Soja.«
»Und was mache ich mit ihr?«
Rina zuckte die Achseln, dein Problem, sollte das wohl heißen, dich nehmen wir mit, sie nicht, deine Sache, wie du sie abhängst.

Mit einem sonnigen Lächeln wandte sich Rina ab, als hätte sie nichts gesagt.

Kurz darauf zogen sie los, nicht etwa alle auf einmal, sondern einzeln, geschickt und unauffällig wie die Zauberkünstler. Und jetzt dürfen Sie die Augen wieder öffnen – überzeugen Sie sich selbst: keiner da.

Soja und Warja waren allein auf weiter Flur zurückgeblieben.

»Sind verduftet«, flüsterte Soja und brach in Tränen aus.

»Hast du vielleicht erwartet, sie würden dich im Auto oder mit einer Galadroschke auf Gummirädern nach Hause bringen?« fragte Warja spöttisch.

»Mistviecher«, sagte Soja wütend, »und das schlimmste Mistvieh ist die Rina, dieses eingebildete Stück, diese rote Sommersprosse.«

In der dichten Menschenmenge gingen sie die Allee entlang – im Theater und im Konzertsaal, wo Zfasmans Band auftrat, war gerade Pause. Sie drehten gelangweilt zwei Runden und sahen plötzlich Ika genau an der Stelle, an der sie den ganzen Abend herumgestanden hatten.

»Mädels«, rief Ika, »ich suche euch die ganze Zeit. Kommt schon, schnell!«

»Wohin?« fragte Warja.

»Ins *Savoy*. Wir haben an der Haltestelle gewartet, dann sind die anderen los. Ich bin zurückgeblieben und soll euch hinlotsen.«

»Uns hat niemand was gesagt«, entgegnete Soja.

»Keine Ahnung.« Ika wollte sich auf keine Erklärungen einlassen. »Macht schon!«

Die ganze Gesellschaft saß bereits an einem großen ovalen Tisch. Warjas und Sojas Kommen wurde nicht weiter zur Kenntnis genommen, ihr seid da, also setzt euch zu uns. Warja wurde nicht klug daraus, ob Ika sie aus eigenem Antrieb oder im Auftrag der anderen geholt hatte.
Man sprach gerade von einer gewissen Alewtina, die ihr Mann, ein Usbeke aus Buchara, aus Eifersucht umgebracht hatte. Rina war bei der Gerichtsverhandlung gewesen.
»Rausgerissen hat ihn Braude, sein Verteidiger«, erzählte Rina, »er hat so gesprochen, daß die Richter bloß gestaunt haben ... Die Drehtür vom *National* schleudert unsere Mädchen ins Lotterleben, in den Teufelskreis von Restaurants und Laster.« Sie drehte ihre ausgestreckte Hand hin und her, um zu zeigen, wie die Drehtür die Mädchen ins Lotterleben der Restaurants schleuderte.
»Er hat seine Frau ermordet und nur zwei Jahre gekriegt«, empörte sich Soja.
»Und das auch nur wegen kultureller Rückständigkeit.«
Ljowotschka lächelte wie ein Cherub und entblößte seinen schiefen Zahn.
»Und wenn man die Drehtür nicht benutzt, sondern durch den Hintereingang kommt, werden wir wohl nicht ins Lotterleben geschleudert, wie?«
»Überall auf der Welt gehen die Leute in Restaurants und Cafés«, sagte Willi Long.
Wolja der Kleine schlug die Hände vors Gesicht, wiegte sich wie ein Muselman beim Gebet hin und her und winselte: »Arme Alewtina, unglückliche Alewtina, warum hat sie der wilde Mann aus Buchara erdolcht, hat ihr den Hals durchgeschnitten, hat sie wie ein Hühnchen abgeschlachtet.«
»Hühnchen gebraten, Hühnchen gesotten«, stimmte Wolja der Große den bekannten Schlager an, »als wär das Hühnchen lebensmüde.«

»Wenn man statt der Drehtür eine einfache Tür einbaute, ist dann der Teufelskreis durchbrochen?« fragte Ljowotschka erneut.
In diesem Moment kam Miron, setzte sich an den Tisch und sagte: »Er beendet bloß noch die Partie, dann kommt er.«
»Da ist er schon!« rief Willi, der von seinem Platz die Tür sehen konnte.
Ein Endzwanziger, stämmig und breitschultrig, mit einem englischen Bärtchen auf der Oberlippe, in blitzenden schwarzen Lackschuhen kam auf ihren Tisch zu. Der elegante Anzug, den er mit einer gewissen Nonchalance trug, saß etwas nachlässig und wirkte deshalb besser als die hochwertigen Sachen an dem wie aus dem Ei gepellten Ljowotschka. Der Neuankömmling durchquerte den Saal mit leichtem, sicherem Schritt, der ständige Wachsamkeit verriet. Er nickte Bekannten zu und lächelte freundlich in die Runde. Das war Kostja, der stadtbekannte Billardspieler, den Miron im Eremitage-Park beiläufig erwähnt hatte. Die Gesellschaft begrüßte ihn. Er sah alle bedächtig der Reihe nach an; ein sonderbarer Blick war das, von übermütiger Dreistigkeit und zugleich voller Argwohn: Dabei kannte er die Leute hier bestens. Nur an Warja und Soja blieb sein Blick länger haften, er sah die beiden Mädchen zum ersten Mal. Er setzte sich neben Warja.
»Ihr habt also noch nichts bestellt«, konstatierte Kostja.
»Rina hat grade von Alewtina erzählt, sie war bei der Gerichtsverhandlung«, antwortete Ljowotschka zuvorkommend.
Ika berichtigte ihn unverblümt: »Wir haben auf dich gewartet.«
Kostja sah Ika aufmerksam an und sagte: »Schade um Alewtina, sie war ein gutes Mädchen. Ich habe sie seinerzeit vor dem Kerl aus Buchara gewarnt, aber sie hat nicht auf mich gehört.«
Er sprach langsam und deutlich, zog dabei die Lippen auseinander und dehnte die Wörter – die typisch südrussische Aussprache. Er hatte dunkelbraune Augen und blondes Haar in einem warmen goldenen Ton.
»Sicherlich haben die Mädchen Hunger«, sagte er und sah dabei Warja an.
»Ich überhaupt nicht«, sagte Soja geziert.
»Ich schon«, erklärte Rina, »ich habe einen Bärenhunger, ich esse gleich alles auf.«

»Sicher wäre es nicht verkehrt, etwas zu essen«, meinte Ika.
Offenbar war er hier der einzige, der nicht von Kostja abhängig war.
Ein Ober kam an den Tisch.
»Bringen Sie erst mal Zigaretten«, bestellte Kostja.
»Herzogowina Flor?«
»Ja.«
Er sprach und machte alles bewußt langsam. Alle warteten ungeduldig auf's Essen. Er wußte das und zeigte nicht die geringste Eile.
Mit dem Fingernagel schlitzte er die Packung auf und warf sie auf den Tisch – bedient euch. Nur Warja fragte er: »Rauchen Sie?«
Aus seiner Stimme glaubte sie herauszuhören, daß er mit einer ablehnenden Antwort rechnete; offenbar wäre es ihm lieber gewesen, wenn sie nicht rauchte.
Trotzdem griff sie nach einer Zigarette.
»Ich dachte, Sie rauchen nicht.«
»Welche Enttäuschung«, lachte Warja wie ein abgebrühter Vamp.
Kostjas Blick glitt langsam zu den anderen, dann fragte er mit schleppender Stimme: »Also, was essen und trinken wir?«
Ljowotschka begann, die Speisekarte vorzulesen. Kostja unterbrach: »Also erst mal Salat und Fisch in Aspik«, er sah sich am Tisch um und zählte die Gäste, »zwei Flaschen Wodka und eine Flasche Muskateller. Dunkel oder Rosé?«
»Lieber den dunklen«, sagte Rina.
Er wandte sich an Warja: »Und Sie?«
»Mir ist es egal.«
»Also zwei Flaschen Wodka und eine Flasche dunklen Muskateller. Als Hauptgericht nehmen wir Karpfen blau.«
»Oho!« entfuhr es Willi Long.
»Kostja, spiel nicht den reichen Mann«, bat Miron.
»Ich lade euch heute ein«, antwortete Kostja.
»Haben Sie Geburtstag?« fragte Warja scheinheilig.
»Ja. In gewissem Sinne schon.«
Dieser Mann ging direkt auf sein Ziel los. Er würde nicht von ihren schönen Augen reden. Notfalls würde sie ihn abblitzen lassen. Vorerst war's noch nicht nötig, er gab nur an.

Ein Typ mit einem verschlagenen Gesicht trat an ihren Tisch, beugte sich zu Kostja hinab und flüsterte ihm etwas ins Ohr.
»Nein«, antwortete Kostja, »heute nicht mehr«.
Der Typ verschwand, löste sich förmlich in der Luft auf. Völlig überraschend für Warja und unbemerkt von den anderen, nahm Kostja plötzlich ihr Täschchen, das sie auf den Knien hielt, steckte ein Geldbündel hinein und sagte halblaut: »Damit ich heute nicht mehr spiele.«
Warja war verwirrt. Sollte er spielen wollen, könnte er das Geld wieder an sich nehmen, wenn nicht, hätte es auch getrost in seiner Tasche bleiben können. Die primitive Masche eines Angebers: Vertrauen heucheln und sich anbiedern. Sicherlich machten es Diebe ähnlich, wenn sie ihren Freundinnen gestohlenes Geld anvertrauten, um sie so zu Mittäterinnen zu machen. Aber ihm das Geld vor aller Augen zurückzugeben, wäre peinlich, und es genauso heimlich zu tun, wie er es gemacht hatte, dazu war sie zu ungeschickt. Das Geld blieb also in ihrem Täschchen.
Warja war verstimmt.
Der Ober brachte die Getränke und Vorspeisen. Kostja beobachtete ihn mit den Augen eines Feinschmeckers, der einen gut gedeckten Tisch schätzt. Im *Metropol* und im Eremitage-Park hatte die Gesellschaft gewechselt, die einen kamen, die anderen gingen, ein unablässiges Hin und Her. Hier dagegen saßen alle ruhig auf ihren Plätzen. Warja begriff: Das war kein zufälliger Kreis, wie sie zunächst angenommen hatte. Das war Kostjas Clique, und er war ihr Mittelpunkt. Nur der rührige Miron stand immer wieder auf und entfernte sich wegen geschäftlicher Angelegenheiten. Und Ika setzte sich vorübergehend an den Nebentisch, um seine Unabhängigkeit zu beweisen.
Der Koch mit weißer Schürze und hoher weißer Mütze brachte einen Kescher, in dem ein Fisch zappelte.
»Was ist das für ein Fisch?« fragte Kostja Warja und hob mahnend den Finger, damit die anderen nichts sagten.
»Sie haben doch Karpfen bestellt«, antwortete sie, »demnach ist's wohl einer.«
»Aber was für einer, das ist die Frage: ein gewöhnlicher oder ein Spiegelkarpfen?«

»Keine Ahnung.«
»Das ist ein Spiegelkarpfen«, erklärte Kostja, »er hat einen hohen Rücken, sehen Sie, und breite Schuppen. Der gewöhnliche Karpfen ist breitrückig und hat kleine Schuppen. Begriffen?«
»Ja. Vielen Dank. Jetzt kann ich an die Hochschule für Fischereiwesen gehen.«
Kostja nickte dem Koch zu, der daraufhin mit dem Fisch in die Küche ging.
»Sind Sie Angler?« erkundigte sich Warja.
»Nein, ich bin nicht Angler, sondern Fischer, ich komme aus Kertsch, mein Vater war Fischer und mein Großvater auch. Ich bin als Junge oft rausgefahren.«
»Seit wann gibt's im Meer Karpfen?« fragte Ika, der gerade an den Tisch zurückkam.
»Auf See habe ich keine Karpfen gefangen«, Kostja zog die Lippen auseinander und sah Ika wütend an, »ich habe Brassen rausgeholt. Kennst du überhaupt den Unterschied zwischen Brassen und Barben? Das weißt du nicht? Die Kapelle ist da, geh tanzen, ich erklär's dir nachher.«
Warja tanzte mit Ljowotschka, mit Ika und Willi. Kostja tanzte nicht, er konnte nicht tanzen. Sonderbarerweise empfand Warja das nicht einmal als Mangel, es hob ihn vorteilhaft von den anderen ab.
Er saß allein am Tisch. Wenn er den Kopf hob, dann nur, um sie anzusehen, ihr zuzulächeln. Warja fand es kränkend, daß sich alle auf seine Kosten amüsierten und ihn allein ließen. Tanzen war ihnen wichtiger als der Freund.
Als sich die anderen zum nächsten Tanz erhoben, griff er nach ihrer Hand und hielt sie zurück.
»Leisten Sie mir ein bißchen Gesellschaft?«
Sie blieb sitzen.
»Arbeiten oder studieren Sie?«
»Ich bin mit der Schule fertig und möchte jetzt arbeiten.«
»Wo?«
»In einem Architektenbüro. In der Schule hatten wir Konstruktionszeichnen.«
»Und wollen Sie nicht studieren?«

»Vorerst hab ich's nicht vor.«
»Warum nicht?«
»Das Stipendium reicht nicht. Sind Sie mit dieser Antwort zufrieden? Eigentlich ist es sowieso sinnlos, darüber zu reden. Haben Sie auch mit Bauentwürfen zu tun?«
»Wie bitte?« Er lächelte belustigt. »Nein, ich komme von einer anderen Fakultät.«
»Billard?«
Ihm entging ihre Ironie nicht, er sah sie mit schwerem Blick an, in seinen Augen glomm Zorn auf, aber er unterdrückte ihn sofort wieder. Jedes Wort in die Länge ziehend, antwortete er schleppend: »Billard ist kein Beruf. Ein gebildeter Mann hat einmal gesagt: Billard ist eine Kunst.«
»Und ich dachte, Billard sei ein Spiel«, widersprach sie. Sie wollte ihn reizen, damit er nicht so angab.
»Mein eigentliches Fach ist die Installation und Wartung von medizinischen Elektrogeräten«, sagte Kostja ernst. »Soluxlampen, Quarzstrahler, Höhensonnen, Bohrmaschinen. Mögen Sie Bohrmaschinen?«
»Das Schlimmste, was es für mich gibt.«
»Für mich auch. Ich repariere sie.«
Offenbar glaubte er, genug über sich selbst gesagt zu haben, und fragte: »Kennen Sie Rina schon lange?«
Er wollte wissen, wie sie zu seinem Freundeskreis gestoßen war.
»Nein, wir haben uns erst heute kennengelernt. Sie arbeitet mit Soja zusammen, und wir, Soja und ich, wohnen im selben Haus.«
»Ach ja?« Aus irgendeinem Grund war er überrascht. »Und wo?«
»Am Arbat.«
»Ach?!« Wieder staunte er. »Mit den Eltern?«
»Ich habe keine Eltern mehr, Vater und Mutter sind schon lange tot. Ich lebe mit meiner Schwester zusammen.«
Er sah sie mißtrauisch an. Diese Restaurantflittchen bemühten sich um ein bestimmtes Image, entweder stellten sie sich als von Glück und Erfolg begünstigt oder im Gegenteil vom Unglück verfolgt dar – jede gab vor, ein Schicksal zu haben. Mit siebzehn eine Vollwaise – das war auch ein Schicksal.
Aber sie war kein Restaurantflittchen.

»Meine Angehörigen leben noch alle«, sagte Kostja, »Vater, Mutter, vier Brüder, drei Schwestern und die Großeltern – eine große Familie.«

»Alle in Kertsch?«

»Nein, sie sind weggezogen«, antwortete er ausweichend, »hier in Moskau habe ich niemanden. Und nichts. Nicht mal ein Zimmer.«

»Wo wohnen Sie denn?«

»Ich habe ein Zimmer in Sokolniki gemietet.«

Warja war erstaunt.

»Sie haben so viele Freunde, und keiner hat Ihnen ein Zimmer im Zentrum verschafft?«

Ihr kam der Gedanke, ihn bei Sofija Alexandrowna unterzubringen, deren Untermieterin ausziehen wollte. Natürlich mußte sie erst mit Sofija Alexandrowna reden, bevor sie Kostja etwas versprach, aber der Wunsch, seinen gedankenlosen Freunden eins auszuwischen, behielt die Oberhand.

»Ich kann Ihnen nichts versprechen, aber ich will mich bei einer Frau in unserem Haus erkundigen. Sie hat ein Zimmer frei, vielleicht vermietet sie es Ihnen.«

Er sah sie wieder argwöhnisch an.

Nein, das Mädchen meinte es wirklich ernst.

»Das wäre schön«, sagte er, »das wäre einfach wunderbar. Hat die Frau Telefon?«

»Ich muß erst mal mit ihr reden.«

Er lachte.

»Sie haben mich falsch verstanden, ich habe nicht vor, sie anzurufen. Ich brauche von Berufs wegen ein Telefon.«

»Ja, ein Telefon ist da.«

Sie bedauerte auf einmal, von dem Zimmer gesprochen zu haben. Vielleicht wurde nichts daraus.

»Warum sind Sie, ein Fischer, auf einmal Elektrofachmann geworden?«

»Mein Gott ... ich habe am Meer gelebt, darum war ich Fischer.«

»Ich war noch nie am Meer«, sagte Warja.

Er war verblüfft.

»Sie haben noch nie das Meer gesehen?«

»Nur im Film.«

Jetzt sah er sie voll an.
»Hätten Sie Lust?«
»Und ob!«
Die Musik verstummte. Die anderen kehrten an den Tisch zurück.
Kostja setzte sich bequem zurecht und hob das Glas.
»Ich hebe das Glas auf das Wohl unserer neuen Freunde: Warja und Soja.«
»Hurra!« schrie Wolja der Kleine ironisch.
Der Trinkspruch wirkte hier deplaciert; er paßte weder zu dieser Gesellschaft noch zu dieser vorgerückten Stunde, zumal man schon gegessen und getrunken hatte. Außerdem kamen nun laufend irgendwelche Leute an den Tisch, setzten sich zu dem einen oder anderen und besprachen dies oder jenes mit ihnen.
Neben Kostja stand auf einmal ein junger Mann mit Brille und Professorengesicht. In der geballten Faust hielt er einen Geldschein. Warja erkannte an der Farbe, daß es ein Zehnrubelschein war. Der junge Mann fragte: »Na, gerade oder ungerade?«
»Ich spiele heute nicht«, antwortete Kostja.
Gleich darauf überlegte er es sich anders.
»Warte! ... Warja, wünschen Sie sich etwas, aber behalten Sie Ihren Wunsch vorerst für sich. Sind Sie soweit?«
»Ja«, sagte Warja gedankenlos, sie hatte an keinen Wunsch gedacht.
»So, und jetzt sagen Sie gerade oder ungerade.«
»Gerade.«
»Gerade?« fragte der junge Mann zur Sicherheit.
»Ja«, bestätigte Kostja.
Der junge Mann legte den Schein auf den Tisch. Was mochten er und Kostja darauf erkennen? Kostja nahm schmunzelnd den Zehner und sagte zu Warja: »Ich habe das Geld und Sie Ihren Wunsch gewonnen. Was haben Sie sich gewünscht?«
Sie sagte, was ihr gerade einfiel: »Daß ich eingestellt werde.«
»Das hätten Sie sich nicht zu wünschen brauchen, man nimmt Sie sowieso.«
Er war sichtlich enttäuscht.
»Was ist denn das für ein Spiel?« fragte sie.
Kostja strich den Schein glatt und zeigte auf die Nummer: 341672.

»Sie sehen sechs Ziffern, Sie haben gerade gewählt, also vier, sechs, zwei, das macht zwölf, er hat ungerade, also drei, eins, sieben, was die Summe von elf ergibt. Sie haben mehr, folglich haben Sie gewonnen. Der Zehner gehört Ihnen. Hätte er mehr, müßten wir ihm einen Zehner geben; verstehen Sie?«
Warja lachte.
»Das ist keine höhere Mathematik.«
»Das ist ja das Reizvolle daran: Sobald der andere die Faust öffnet, sieht man, ob man gewonnen oder verloren hat«, sagte er mit kindlicher Freude.
»Und wie heißt dieses komplizierte Spiel?«
»*Puffpuff*. Nicht etwa *Chemin de fer*, sondern eben einfach *Puffpuff*.«
»*Puffpuff à la Savoy*«, sagte Warja.
Kostja lachte.
»Hört ihr? Hörst du, Ljowa! *Puffpuff à la Savoy*.«
»Meinen Sie damit das *Savoy* oder Savoyen?« Mit seinem Lächeln wollte Ika ihr zu verstehen geben, daß keiner außer ihnen beiden den Unterschied zwischen dem Restaurant *Savoy* und Savoyen kannte, und Kostja schon gar nicht.
»Ich meinte damit das Restaurant *Savoy*, sagte Warja kurz. Ihr mißfiel, daß sich Ika über Kostja lustig machen wollte.
»Na klar doch: das Restaurant *Savoy*«, bekräftigte Kostja.
Er war aufgeweckt und hatte den Unterschied gleich begriffen, obwohl er nicht wußte, was Savoyen war. Er saß bequem zurückgelehnt, die Hand auf der Rückenlehne von Warjas Stuhl, ohne aber Warja zu berühren.
Er eroberte sie mit den primitivsten Mitteln, war dreist, hartnäkkig, wußte sich aber zu beherrschen. Warja durchschaute seine Tricks. Aber sie wollte ihn nicht vor den Kopf stoßen, schließlich vergnügte sie sich hier ebenso wie die anderen auf seine Kosten. Abgesehen davon, gefiel er ihr in gewisser Hinsicht, er war nicht nur großzügig, sondern auch offen und gutherzig.
Die Kapelle begann wieder zu spielen, alle gingen tanzen, und er hielt Warja wieder zurück.
»Waren Sie wirklich noch nie am Meer?«
»Ich habe es Ihnen doch gesagt – noch nie.«

Er sah ihr in die Augen und sagte langsam: »Mit der Bahn bis Sewastopol, mit dem Bus an der Südküste entlang bis Jalta. Wir fahren morgen, solange wir noch Geld haben«, er wies auf ihr Täschchen, »der Zug fährt mittags ab, nimm nur das Notwendigste mit, Badeanzüge, ein Sommerkleid, aber das kann man alles auch dort kaufen.«

Warja starrte ihn verdutzt an. Daß er es wagte, ihr so etwas vorzuschlagen! Hatte sie ihm vielleicht Anlaß dazu gegeben? Wodurch?

»Sie haben wohl niemanden, mit dem Sie Ihren fälligen Jahresurlaub verbringen können, wie?« fragte sie und legte alle Verachtung und Ironie, deren sie fähig war, in ihre Worte. Er warf stolz den Kopf zurück und sagte unmißverständlich: »Ich habe keinen fälligen Urlaub, ich nehme ihn, wann es mir beliebt, ich bin mein eigener Herr und von niemandem abhängig.«

Jetzt begriff sie, was sie an diesem Menschen anzog: Er war unabhängig und forderte sie auf, diese Unabhängigkeit mit ihm zu teilen. Sie wußte, wozu ihre Einwilligung sie verpflichtete. Aber davor scheute sie nicht zurück, das mußte sowieso früher oder später geschehen. Sie befürchtete etwas anderes: Er war ein Spieler, hatte Geld gewonnen und wollte es jetzt mit einem ahnungslosen Engelchen verjubeln.

Um anzudeuten, daß er nicht nur diese Reise meinte, fügte er hinzu: »Alles andere kaufen wir, wenn wir zurück sind.«

Warja schwieg und sagte dann nachdenklich: »Wie kann ich mit Ihnen verreisen, wenn ich Sie überhaupt nicht kenne?«

»Wirst mich eben kennenlernen.«

»Wieso duzen Sie mich eigentlich, soweit ich mich erinnere, haben wir nicht Brüderschaft getrunken.«

Er streckte die Hand nach der Flasche aus.

»Das können wir gern nachholen.«

Sie schob seine Hand zurück. Sie wußte, wie banal ihre Worte klingen mußten, aber sie fand keine anderen: »Wofür halten Sie mich eigentlich?«

»Ich halte dich für das, was du bist. Du bist ein reizendes, anständiges Mädchen«; er sagte das aufrichtig und legte seine Hand auf die ihre.

Warja zog ihre Hand nicht zurück. Er drückte sie nicht, streichelte nicht ihre Finger, wie das schüchterne Jungen taten, er hatte einfach seine Rechte zart auf ihre Hand gelegt, und sie fühlte sich wohl dabei. Und sie sah, daß es auch ihm gut tat, so ganz einfach seine Hand auf ihrer Hand zu haben. Gelassen und nachsichtig sah er in den lauten Saal, ein unabhängiger, überlegener und vermögender Mann neben einem Mädchen, der einzigen, der er hier vertraute, der einzigen, die er hier achtete. Es gab auf der Welt keine Helden, aber der hier würde nicht gehorsam mit den Händen an der Hosennaht stramm stehen, der hier würde nicht seinen Koffer unter Bewachung über den Bahnsteig schleppen.

Ohne sie anzusehen, sagte er auf einmal nachdenklich: »Vielleicht werde ich auch neben dir ein Mensch.«

Und dann wandte er sich ab, die Brauen finster zusammengezogen.

»Schön«, sagte Warja, »ich komme mit.«

Sascha streifte den Gurt über und staunte, wie mühelos der große, schwerbeladene Kahn gegen die Strömung schwamm. Ein Tau, das durch die Gabel einer hohen Stange am Bug lief und das Nil Lawrentjewitsch, der Postangestellte, Treidel nannte, hielt den Kahn, der fast ohne die Oberfläche zu kräuseln durchs Wasser glitt, parallel zum Ufer.

Wenn sie den Strom überqueren mußten, legten sie sich in die Riemen. Sascha und Boris setzten sich auf die Ducht, befestigten die Riemen in den Dollen und ruderten mit aller Kraft, denn die reißende Strömung trieb sie immer wieder ab. Selbst in der Flußmitte waren die bunten Kiesel auf dem Grund zu erkennen, so klar und durchsichtig war das Wasser, das aber je nach Wetter die Farbe wechselte: Mal war es stahlgrau, mal tiefblau, dann wieder grünlich und hellblau.

»Nur keine Müdigkeit vorschützen«, witzelte Nil Lawrentjewitsch, »bei so jungen Kerlchen wie euch muß es fix gehen.«

Nil Lawrentjewitsch, ein betriebsames Männchen mit lebendigen Gesichtszügen, hatte an der Lena Gold gewaschen, dann mit den Partisanen gegen Admiral Koltschak gekämpft und gehörte jetzt zum Kolchos. Von seiner Partisanenzeit erzählte er ziemlich nebulöse Geschichten, sicherlich war vieles geflunkert, und offenbar wiederholte er, was er bei anderen aufgeschnappt hatte. Was er von der Goldwäscherei berichtete, war dagegen absolut wahr. An der Angara war es Brauch, daß die jungen Männer auf die Goldfelder zogen. Kam einer mit einem Goldring am Finger zurück, hatte er Gold gewaschen, jetzt konnte geheiratet werden! So war auch Nil Lawrentjewitsch auf den Goldfeldern gewesen, kam zurück, heiratete und bestellte seinen Hof – sechs Kühe. Nach hiesigen Maßstäben war man auch mit zehn Kühen noch kein Großbauer, kein Kulak, zumal er nie Knechte eingestellt, keine Zentrifuge besessen, nie mit den Tungusen Handel getrieben hatte. Im Herbst zog er in die Wälder und erbeutete als guter Jäger bis zum

Frühjahr sechs- bis siebenhundert Eichhornfelle. Jetzt hatten Zobel die Eichhörnchen vertrieben, man fand sie nur noch weiter nördlich. Zudem stellte der Kolchos seine Forderungen. Früher hatte es gereicht, wenn er beim Mähen die Sense schwang, die ganze Wirtschaft besorgte die Frau. Jetzt gabs keinen Unterschied, ob Mann oder Frau – Kolchosmitglied und fertig.

Das alles erzählte ihnen Nil Lawrentjewitsch, während sie am Ufer entlangzogen, unter überhängenden Felsen, über Geröll oder bis zu den Knöcheln durchs Wasser watend, wenn die Felswände steil in den Fluß abfielen. Tagsüber stand die Sonne hoch und sengend über dem Kopf, nachmittags versank sie hinter dem Wald, dann fielen violette Lichtstreifen aus der Taiga aufs Ufer.

Manchmal zeigte sich ein Fischerboot in der Ferne, hier und da tanzte ein hölzerner Schwimmer auf dem Wasser – eine Grundangel, zuweilen überquerte eine Fähre den Strom, dann wieder kein Mensch, kein Tier, kein Vogel. Die Stromschnellen rauschten wie die Taiga bei Sturmwind, das Wasser raste über die Felsblöcke, brodelte in den Strudeln, sprühte und glitzerte in der Sonne. An den Stromschnellen legten sich alle in die Gurte, Nil Lawrentjewitsch stand im Kahn und steuerte mit dem Heckruder. Selbst seine Frau, kränklich und schweigsam, immer in ein großes Schultertuch gewickelt, zog mit am Treidel.

Boris hatte sich die Schulter wundgerieben, die Füße auf dem Ufergeröll blutig gestoßen und sagte düster: »Wolodja Kwatschadse hätte den Kahn nicht geschleppt, der hätte sich fahren lassen.«

»Wir legen uns zwar in die Sielen, aber schließlich werden wir nicht bewacht«, antwortete Sascha.

Im Dorf Goltjawino warteten die dort wohnenden Deportierten bereits am Ufer auf den Kahn: eine kleine grauhaarige, alte Frau, früher eine berühmte Sozialrevolutionärin, ein Anarchist, ebenfalls klein und grau, mit einem freundlichen, fröhlichen Gesicht und ein Mädchen von erstaunlicher Schönheit mit Namen Frieda. Die beiden Alten hießen Maria Fjodorowna und Anatolij Georgijewitsch.

Zwei Monate lang war keine Post gekommen, und jetzt übergab

ihnen Nil Lawrentjewitsch ein Bündel Briefe, Zeitungen und Zeitschriften, Frieda bekam außerdem noch ein Paket.
»Wir stehen schon seit drei Tagen auf dem Posten«, sagte Anatolij Georgijewitsch fröhlich, »von früh bis spät.«
»Das Sortieren hat diesmal länger gedauert, Anatolij Georgijewitsch«, erklärte Nil Lawrentjewitsch, »demnächst wird in Dworez eine neue Poststelle eingerichtet.«
Diese Neuigkeit wurde lebhaft erörtert. Gab es in Dworez erst eine Post, konnten im Winter Sendungen auf der Straße von Taischet schneller befördert werden. Andererseits konnte die Einrichtung einer neuen Poststelle auch bedeuten, daß administrative Veränderungen zu erwarten waren. Vielleicht sollte Dworez Bezirksstadt werden. Das hieß, daß eine neue Leitung käme, ein neuer Besen, und dieser Besen befände sich dann in nächster Nähe.
»Nehmen Sie Ihr Gepäck«, ordnete Maria Fjodorowna an, »wir kümmern uns gleich um eine Übernachtungsmöglichkeit.«
»Danke«, antwortete Sascha. »Nil Lawrentjewitsch wollte uns ein Zimmer besorgen.«
»Bei Jefrosinja Andrianowna?«
»Richtig«, bestätigte Nil Lawrentjewitsch und holte seinen Postsack aus dem Boot ans Ufer.
»Sehr schön, dann setzen wir uns heute abend zusammen, Frieda holt Sie ab. Ja, Frieda?«
Frieda war in einen Brief vertieft.
»Frieda, wachen Sie auf!«
»Ja, ja«, das Mädchen steckte den Brief weg und schlug ihre großen dunkelblauen Augen auf. Die schwarzen Locken fielen auf ihre alte, weite Jacke, die lose über der schmalen Taille hing.
»Holen Sie bitte unsere neuen Bekannten ab«, wiederholte Maria Fjodorowna, »wir treffen uns bei Anatolij Georgijewitsch.«
»Bei mir, ja, bei mir«, Anatolij Georgijewitsch blätterte in einer Zeitschrift.
»Genossen, zum Lesen haben Sie nachher noch Zeit genug«, sagte Maria Fjodorowna mit befehlsgewohnter Stimme, »wir wollen gehen«.
Boris hob Friedas Paket auf.

»Sie haben an Ihrem Gepäck genug zu tragen«, sagte Frieda.
»Kleinigkeit!«
Forsch wuchtete sich Boris ihr Paket auf die Schulter und griff nach seinem Koffer. Seine Müdigkeit war wie weggeblasen.
»Lassen Sie den Koffer erstmal stehen, Sie können ihn nachher holen«, riet Maria Fjodorowna.
Sascha half Nil Lawrentjewitsch beim Entladen des Kahns. Boris kam zurück, und sie trugen ihr Gepäck in eine Kate, die oben am Steilufer stand.
Während die Hausfrau den Fisch abschuppte und das Abendessen vorbereitete, gingen Sascha und Boris auf die Dorfstraße hinaus.
»Na?!« Boris sah Sascha fragend an.
Sascha tat, als habe er die Frage nicht verstanden,
»Nette, angenehme, gastfreundliche Leute.«
»Na klar doch«, bestätigte Boris ungeduldig, »ganz andere Menschen als die an der Tschuna, ich meine, Wolodjas Bekannte. Das hier sind wirklich Intellektuelle. Ihnen ist's egal, woran einer glaubt. Bei ihnen gibt den Ausschlag, daß man auch ein Verbannter ist wie sie selbst. Wahre Menschen! ... Na, und was sagen Sie zu Frieda?«
»Ein schönes Mädchen.«
»Damit ist noch nichts gesagt!« rief Boris. »Eine Sulamith, eine Esther! Das Hohe Lied Salomos! So etwas konnte sich nur in Jahrtausenden entwickeln, das mußte Vertreibungen, Pogrome überstehen.«
»Ich wußte gar nicht, daß Sie so auf Abstammung achten«, lachte Sascha.
»Handelt es sich um ein russisches Mädchen, redet kein Mensch von Abstammung, ist es ein jüdisches, ist gleich von Abstammung die Rede. Ich spreche vom Typ, von der Rasse. Meine Frau kam auch aus einer jüdischen Familie, die ist nicht mal den kleinen Finger der Frieda wert. Was für ein Wuchs! Welche Würde! Ein Mensch im besten Sinne des Wortes! Frau, Mutter, Hüterin des Herdes.«
»Da höre ich den jüdischen Ehemann.«
»Na und?«

»Sie haben eine Freiheitsstrafe zu verbüßen und Frieda ebenfalls. Sie im Bezirk Keshma, Frieda im Bezirk Bogutschany.«
»Spielt überhaupt keine Rolle! Sobald wir heiraten, dürfen wir zusammenbleiben.«
Sascha staunte über Boris' Schwärmerei.
»Vielleicht ist sie verheiratet?«
»Das wäre, Gott behüte, wirklich schlimm.«

Fisch, saure Sahne, Blaubeermarmelade. Nil Lawrentjewitsch und seine Frau spuckten die Gräten auf den Tisch. Sascha hatte sich schon daran gewöhnt.
Die Wirtin, eine kräftige, aufgeweckte Frau, klagte über ihren Sohn. Er wolle nicht im Kolchos arbeiten, Werber lockten ihn zu einem großen Bauvorhaben nach Rußland.
»Ganz ausgefuchste Brüder, diese Werber«, bemerkte Nil Lawrentjewitsch, »überall treiben sie sich rum, diese Strolche.«
Der Sohn, der aussah wie ein Zigeunerjunge, sah neugierig zu Sascha und Boris hin und hörte sich schweigend die Vorwürfe der Mutter an. Der Hausherr, der ebenfalls einem Zigeuner ähnelte, saß rauchend auf der Bank. Boris sah immer wieder zur Tür, er wartete auf Frieda. Die Frau klagte derweil immer weiter über den Sohn.
»Heut' hab ich Schwefelhölzchen bei ihm gefunden, er hat Löcher in der Hosentasche, versteckt die brennende Zigarette und brennt Löcher ins Futter. Möcht' wissen, warum er nicht bleiben will. Wir lassen ihn nicht schuften, immer nur der Mann und ich. Auch wenn noch kein Vogel zwitschert, schinden wir beide uns schon auf dem Feld. Die da oben verlangen's, da muß man eben, sonst kriegt man Ärger.«
Der Sohn schwieg und schielte zu den Fremden hin. Der Mann schwieg ebenfalls, im Herzen war er selber ein Stromer. Ohne Unterbrechung jammerte die Frau weiter: Der Junge würde wegfahren, in schlechte Gesellschaft geraten und im Gefängnis enden.
Da trat Frieda ein, grüßte und setzte sich auf die Bank, um die Unterhaltung nicht zu unterbrechen. Sie trug Stiefel, einen alten Mantel und ein Tuch, das sie um Kopf und Hals geschlungen hatte. Sie nahm das Tuch nicht ab, saß still da und wartete, bis Sascha und Boris gegessen hatten.

Boris stand auf und warf Sascha ungeduldig Blicke zu, damit der sich beeilte.

In der vorderen Ecke das Wandbrett mit Ikonen, in der anderen eine Konsole mit einem Spiegel und mehreren Garnrollen, daneben ein kunstvoll besticktes Handtuch, auf den Fensterbrettern Steine, Mineralproben, Kästchen mit Sämereien und Töpfe mit Setzlingen.
»Anatolij Georgijewitsch ist Agronom, Geologe, Mineraloge, Paläontologe und was weiß ich noch alles«, Maria Fjodorowna setzte mit einem ironischen Lächeln hinzu: »Er hofft, daß man sich eines Tages bei ihm bedanken und seine Taten würdigen wird.«
»Nicht meine Taten, sondern den Landstrich«, antwortete Anatolij Georgijewitsch, »einen solchen Reichtum wie hier an der Angara gibt es sonst nirgends. Kohle, Metalle, Erdöl, Wälder, Felle, unerschöpfliche Wasserkraftreserven.« Mit den schmalen Fingern berührte er seine Steine, Lavastücke, von silbernen Fäden durchzogene Gesteinsproben; er war glücklich, in seinen zufälligen Besuchern aufmerksame Zuhörer gefunden zu haben. Auf die nächsten Besucher konnte er – wenn überhaupt – frühestens in einem Jahr hoffen.
»An der Angara war ich schon vor der Februarrevolution in der Verbannung«, erzählte Anatolij Georgijewitsch weiter, »und nun bin ich mal wieder da. Der Unterschied ist nur, daß damals meine Beiträge über diesen Landstrich gedruckt wurden, während ich jetzt nicht einmal wage, überhaupt an eine solche Möglichkeit zu denken. Aber ich hoffe, daß meine Notizen irgendwann einmal Beachtung finden werden.«
»In Anbetracht dessen, daß im Osten ein zweites Zentrum der Stahlproduktion errichtet wird«, erklärte Boris mit einem Seitenblick auf Frieda, »sind Prospektierungsarbeiten zur späteren Ausbeutung von Bodenschätzen von größter Bedeutung. Nach dem Kusnezk-Becken wird die Industrialisierung hierher vorrücken. Das ist nur eine Frage der Zeit.«
Er sprach gewichtig wie ein leitender Kader, der die örtlichen Enthusiasten leutselig ermutigt. Der arme Boris! Er wollte als

wichtiger Mann vor Frieda erscheinen, dabei lag seine Stärke ganz woanders.
Maria Fjodorowna nickte sarkastisch.
»Sie brauchen die Industrialisierung, den Fünfjahresplan also auch. Man hat Sie Ihrer Freiheit beraubt – daran sollten Sie vor allem denken. Sie stellen hier Betrachtungen an, was in fünfzig Jahren aus diesem Landstrich wird, wie sich Sibirien vielleicht entwickeln wird ... Statt dessen sollten Sie lieber darüber nachdenken, was in eben diesen fünfzig Jahren aus den Menschen geworden sein wird, denen man das Recht auf Güte und Barmherzigkeit geraubt hat.«
»Aber die Tatsache als solche ist nicht zu bestreiten«, warf Anatolij Georgijewitsch ein, »in Rußland findet wirklich eine industrielle Revolution statt.«
Dieser Alte mit seinem wehenden Silberhaar entsprach überhaupt nicht Saschas Vorstellungen von einem Anarchisten.
»Warum sitzen Sie dann hier?« rief Maria Fjodorowna. »Widerrufen Sie doch, und dann haben Sie gleich Ihre Schäfchen im Trockenen und werden mit Freuden wieder in die Akademie aufgenommen.«
»Nein«, verwahrte sich Anatolij Georgijewitsch, »die sollen ruhig wissen: Es gibt Andersdenkende, ohne ein anderes Denken gibt es überhaupt kein Denken. Aber trotzdem muß gearbeitet werden, der Mensch kann ohne Arbeit nicht leben«, er zeigte auf seine Setzlinge, »ich züchte auch Tomaten und Wassermelonen.«
»Eben wegen dieser Tomaten wird man Sie noch weiter wegdeportieren«, meinte Maria Fjodorowna, »Sie machen sich mit Ihren Tomaten bloß unbeliebt. Die Kolchosbauern müssen das Kernproblem lösen. In Rußland hat man das Problem nicht gelöst, und nun soll es partout an der Angara gelöst werden, wo noch nie Getreide angebaut wurde.«
Sie seufzte.
»Früher war's noch zu ertragen, die Deportierten verdingten sich bei den Bauern oder lebten von dem, was sie von zu Hause geschickt bekamen, kaum jemand interessierte sich für sie. Jetzt aber gibt es Kolchosen, also eine Verwaltung, es kommen Bevollmächtigte her, und jedes unbekannte Wort wird als Agitation

ausgelegt. Was immer im Kolchos passiert, man sucht den Schuldigen, und Schuld hat natürlich immer der Verbannte, der Konterrevolutionär. Selbstverständlich ist er es, der die örtliche Bevölkerung beeinflußt, er beeinflußt sie dermaßen, daß die Kartoffeln nicht wachsen wollen, der Fisch nicht mehr ins Netz geht, die Kühe weder kalben noch milchen. Frieda beispielsweise gilt hier als Baptistin. Einer hat ihr wortwörtlich gesagt: Hören Sie gefälligst mit Ihrer Baptistenagitation auf! Stimmt's?«

»Ja«, bestätigte Frieda lächelnd.

»Eins haben die nun wirklich erreicht«, meinte Maria Fjodorowna spöttisch, »der Bauer wird nicht kämpfen, wenn es Krieg gibt. Wofür soll er kämpfen? Früher hat er befürchtet, daß der Gutsherr wiederkommt und sich das Land zurückholt. Jetzt ist er das Land sowieso los, wofür soll er also noch kämpfen?«

»Das ist eine strittige Frage«, meinte Sascha, »aber für das Volk, für die Nation gibt es schon noch Werte, die verteidigt werden müssen.«

»Und Sie, würden Sie in den Krieg ziehen?« fragte Maria Fjodorowna.

»Aber natürlich.«

»Und wofür wollen Sie kämpfen?«

»Für Rußland, für die Sowjetmacht.«

»Aber gerade die Sowjetmacht hat Sie doch nach Sibirien verbannt.«

»Das stimmt leider«, bestätigte Sascha, »aber schuld ist ja nicht die Sowjetmacht, schuld sind gewissenlose Leute, die sie für ihre unlauteren Zwecke mißbrauchen.«

»Wie alt sind Sie eigentlich?« fragte Anatolij Georgijewitsch.

»Zweiundzwanzig.«

»Blutjung«, sagte Anatolij Georgijewitsch lächelnd, »da haben Sie noch alles vor sich.«

»Was denn vor sich?« fragte Maria Fjodorowna finster. »Für wie lange sind Sie verurteilt?«

»Für drei Jahre. Und Sie?«

»Unbegrenzt«, antwortete sie abweisend.

»Wie denn das?«
»Sehr einfach. Es begann 1922: zuerst Deportation nach Solowki. Dort Isolierzelle für Politische, danach weiter Verbannung und in Zukunft wohl wieder zurück nach Solowki, vielleicht auch in die Isolierzelle. Jetzt heißt es, wir Konterrevolutionäre sollen den hohen Norden erschließen. Ihnen steht das auch noch bevor. Sind Sie erst mal in diesem Teufelskreis, gibt's kein Entrinnen mehr. Nur Frieda hat vielleicht noch eine Chance, vorausgesetzt, man läßt sie nach Palästina fahren.«
»Sie wollen nach Palästina?« fragte Sascha erstaunt.
»Ja.«
»Was wollen Sie denn dort machen?«
»Arbeiten, den Boden umgraben.«
»Können Sie das überhaupt?«
»Ein bißchen schon.«
Sascha errötete. Sie konnte den herablassenden Ton seiner Frage nicht überhört haben. Können Sie das überhaupt? Dabei grub sie hier doch auch um, sie lebte davon.
Um seine Taktlosigkeit wiedergutzumachen, fragte er freundlich: »Geht es Ihnen schlecht in Rußland?«
»Ich möchte nicht, daß mich jemand Judensau nennen kann.«
Sie sagte dies sehr ruhig, aber mit jener unbeugsamen Entschlossenheit, die Sascha bei Menschen erlebt hatte, die ihren Ideen fanatisch verschworen waren. Boris würde bei ihr scheitern, sie würde ihn abblitzen lassen, es sei denn, er würde sich ihren Überzeugungen anschließen und mit ihr kommen.
Sowohl Maria Fjodorowna wie auch Anatolij Georgijewitsch waren von jener kurzen Zeit nach der Revolution geprägt, in der man Andersdenkende durchaus noch toleriert hatte, weil man andere Anschauungen für gegeben hielt. Jetzt aber galten abweichende Meinungen als widernatürlich. Die Baulins, Stolpers, Djakows waren überzeugt von ihrem Recht, über alte gebrechliche Menschen zu richten, und das nur, weil diese es wagten, nicht so zu denken, wie die Baulins dachten.
»Ich habe eine Bitte an Sie«, sagte Maria Fjodorowna, »machen Sie in Keshma eine Jelisaweta Petrowna Samsonowa ausfindig, sie ist eine alte Frau wie ich, und geben Sie ihr bitte das da.«

Sie reichte Sascha einen Umschlag.
Durfte er ihn nehmen? Was war in dem Umschlag? Warum schickte sie ihn nicht mit der Post?
Sein Zögern, das sich in seinem Gesicht spiegelte, entging ihr nicht. Sie öffnete den Umschlag, er enthielt einige Geldscheine.
»Es sind zwanzig Rubel, geben Sie sie ihr, und sagen Sie ihr, daß ich noch lebe.«
Sascha stieg wieder die Röte ins Gesicht.
»Gern, ich werde es ausrichten.«

Sie zogen weiter stromaufwärts, passierten Stromschnellen, wechselten von Ufer zu Ufer. Es war heiß, aber Nil Lawrentjewitschs Frau saß nach wie vor in ihr Tuch gewickelt im Bootsheck, und er legte seinen Wettermantel auch nicht ab.
Entferntes Tosen drang an ihr Ohr.
»Das sind die Mura-Stromschnellen«, erklärte Nil Lawrentjewitsch besorgt.
Immer häufiger kamen sie an Klippen vorbei, die Strömung wurde reißend, das Dröhnen verstärkte sich, ging in ein unaufhörliches Brausen über und verwandelte sich schließlich in einen ohrenbetäubenden Lärm. Vor ihnen hing sprühend eine riesige weiße Gischtwolke über der ganzen Breite des Flußes. Aus dem Wasser ragten von hohen Wellen überschäumte kahle Felsblöcke, das Donnern klang wie das Krachen Hunderter von Artilleriegeschützen. Mit wildem Heulen raste am linken Ufer die Mura aus einer Felsschlucht heran, dort, wo sie in die Angara mündete, ragten gewaltige Granitklippen auf.
Sie zogen den Kahn ans Ufer, entluden ihn, trugen die Sachen stromaufwärts, ließen sie oberhalb der Stromschnellen liegen, kehrten zurück und treidelten dann den Kahn am Ufer entlang.
Boris klagte nicht mehr über Müdigkeit, im Gegenteil, für ihn konnte es jetzt nicht schnell genug gehen. Er wollte möglichst rasch nach Keshma, sich dort häuslich einrichten und sich dann um Friedas Übersiedlung kümmern. Daß sie heiraten würden, daran zweifelte er keinen Augenblick.
»Sie hat weder einen Freund noch einen Mann, ihre Mutter wohnt irgendwo in der Ukraine bei Tschernigow. Überlegen Sie doch

mal, wie ihr so allein zumute sein muß! Wir werden in Keshma wohnen, arbeiten lasse ich sie nicht, sie führt den Haushalt, dann kommt ein Kindchen an, hier wachsen ja auch Kinder auf, und wenn unsere Frist um ist, fahren wir weg. Stellen Sie sich Frieda bitte in Moskau vor, im Abendkleid im Theater. Der Aufenthalt an der Angara lohnt sich schon, wenn man hier eine gute Frau findet. Die Verbannung dauert drei Jahre, eine Frau hat man fürs ganze Leben.«

»Sie will aber nach Palästina.«

»Unsinn! Das vergeht. Sie hat sich noch nie richtig als Frau gefühlt. Wenn erst die Familie gegründet ist, mit Heim und Kindern, dann ist Palästina nur noch Schall und Rauch für sie.«

Sascha dachte an den Ausdruck unbeugsamer Entschlossenheit in Friedas schönem Gesicht und wunderte sich über die Blindheit des Freundes.

»Sie behauptet sogar, an Gott zu glauben«, fuhr Boris fort, »meinen Sie, daß das ihr Ernst ist? Zeigen Sie mir einen modernen Juden, der ernsthaft an Jehova glaubt. Für Juden ist Religion doch nur eine Form nationaler Selbsterhaltung, ein Mittel gegen die Assimilation. Aber die Assimilation ist unabwendbar. Mein Großvater war ein Zadik, ich kann nicht mal hebräisch. Was für ein Jude bin ich?«

»Borja, Sie haben Frieda nur einen Abend lang gesehen.«

»Um einen Menschen zu erkennen, genügen fünf Minuten. Ich habe Sie in der Kommandantur gesehen und mir gleich gesagt, wir beide werden uns bestimmt verstehen. Und ich habe mich nicht getäuscht. Ich habe alles mögliche gesehen: blond und schwarz, blau und grün. Wenn ich eine wirkliche Frau finde, brauche ich keine andere. Wer vor der Ehe ein Musterknabe war, der rennt später jedem Rock nach und verläßt Frau und Kinder.«

Was immer hinter seinen Worten stehen mochte – Einsamkeit, Mitleid mit dem Mädchen, das es wie ihn in diesen wüsten Landstrich verschlagen hatte – einerlei, das war wahre Liebe, überraschend bei diesem geschäftstüchtigen Mann, diesem Genießer und Schürzenjäger. Wenn Boris von Frieda sprach, ging ein zärtliches Leuchten über seine Züge.

Sie fuhren an dem Dorf Tschadobez vorbei, wo der verstorbene

Karzew hätte wohnen sollen, kamen noch durch andere Dörfer, in denen sie bei Bekannten oder Verwandten von Nil Lawrentjewitsch übernachteten.

Sascha und Boris legten sich gleich nach dem Abendessen schlafen, während Nil Lawrentjewitsch noch aufblieb und mit den Wirtsleuten schwatzte. Andere Leute kamen dazu, Sascha hörte im Halbschlaf Türen schlagen und Fetzen ihrer langatmigen Bauerngespräche.

Sie standen früh auf, geweckt vom Klappen des Ofenschiebers, vom Klappern der Töpfe auf dem Herd, dem Geruch gebratener Fische.

»Wie haben Sie geschlafen, hat Sie nichts gestochen?« fragte die Bäuerin.

»Danke, ich habe gut geschlafen.«

Morgens saßen sie nicht lange beim Frühstück, sie hatten es eilig, weiterzukommen. Draußen hörte man schon Stimmen.

»Die rufen uns zur Arbeit«, sagte die Bäuerin.

»Schönen Dank«, Nil Lawrentjewitsch stand auf, rülpste, bekreuzigte lässig den Mund.

Nach derartigen Übernachtungen pflegte Nil Lawrentjewitsch im Boot folgende Überlegungen anzustellen: »Was kann's in unserer Gegend für Kolchosen geben? Der Boden mager und tief gefroren, überall Taiga. Das ist ja nicht Rußland. Von hier kann doch nicht auch noch Getreide abgeführt werden; man muß schon zufrieden sein, wenn man sich und die Kinder durchfüttert. Was können wir dem Staat schon abliefern? Eigentlich gar nichts, nur Eichhornfelle. Früher hat man Vieh zur Lena getrieben, jetzt aber haben wir nicht mal Milch. Früher haben die Bauern die Verbannten angestellt, die Politischen, um den Wald zu roden, jetzt roden wir gar nicht mehr. Und die Zirbelkiefernüsse holt auch niemand mehr runter.«

Sie kamen durch Kalinin, ein Dorf, das aus Rußland ausgesiedelte, verbannte Kulaken 1930 hier gebaut hatten.

»Man brachte sie Ende Januar her«, erzählte Nil Lawrentjewitsch, »die etwas mutigeren Kulaken gingen ins nächste Dorf, nach Koda, acht Werst von hier. Nehmt wenigstens die Kinder auf, baten sie. Aber die in Koda hatten Angst, sie heißen alle Rukosujew, bei ihnen waren auch die Kulaken vertrieben worden, die eigenen, darum hatten sie Angst. Die Kulaken gingen in den Wald zurück, hoben Erdbunker aus, aber versuch mal, den Frostboden bei Schnee und Eis aufzubrechen. Viele gingen dabei drauf. Die, die überlebten, rodeten im Frühjahr den Wald, pflügten und säten, waren fleißig, geschickt und praktisch, arbeitswütig und ausdauernd. Jetzt wohnen sie in ihren Häusern, ziehen sogar Tomaten. Früher hat bei uns nur Anatolij Georgijewitsch, ein verbannter Politischer, Tomaten gepflanzt. Alle haben ihn ausgelacht, unsere Leute hier sind ja halbe Wilde, aber jetzt haben's die Kulaken den Leuten hier bewiesen. Der Nutzen, den sie dem Staat bringen, ist offensichtlich.«

Den letzten Satz betonte er besonders nachdrücklich, er selbst verstand die Interessen des Staates sehr wohl, ebenso wie die Notwendigkeit, die Kulakenschaft zu liquidieren oder den Nutzen, Tomaten zu ziehen.

Aber wie pfiffig er sich auch immer verstellte, es war ihm deutlich anzumerken, daß er für die vertriebenen Kulaken Sympathie empfand, auch er hatte Kinder, und er war ein Mensch wie sie. Er war von dem Geschehen sichtlich erschüttert, wußte nicht, wie es weitergehen sollte und befürchtete, daß auch ihn das Schicksal der Bauern aus der Ukraine und vom Kuban treffen könne. Man hatte sie gewaltsam aus ihrem Heimatboden herausgerissen, wie er sich ausdrückte, und weiß Gott wohin und weiß Gott wofür verbannt und vertrieben. Sascha betrachtete die neuen Häuser, die ganz anders aussahen als die der Gegend. Es waren die üblichen russischen Blockhäuser mit Vortreppen zur Straße und dem Erdwall rund ums Haus – ein Stück Rußland von der heimatlichen Scholle losgerissen und mitten in die Schneewüste der Taiga geschleudert, von russischen Bauern wieder aufgebaut und bewahrt.

Zu gern hätte Sascha mit diesen Leuten gesprochen, aber sie waren auf dem Feld, das Dorf lag still und friedlich da; das Ufer war genauso wie in den anderen Dörfern an der Angara – mit Kähnen, Fährbooten und Netzen übersät.

Sie lebten wie alle anderen. Wohlgemerkt jene, die überlebt hatten. An einem Steilhang entdeckte er eine vorbeilaufende Kinderschar. Kinder, die überlebt hatten und die nicht wie viele andere

im Schnee erfroren waren. Vielleicht waren sie aber erst in der Verbannung zur Welt gekommen.
Wieder der ruhige majestätische Strom, die dunkelblauen Felsen, die grenzenlose Taiga, die Sonne am hellen Himmel, all das, was so freigiebig und reichlich für das Wohl des Menschen erschaffen war. Weite Flußstrecken, kleine namenlose Stromschnellen. Am rechten Ufer das Dorf Koda, in dem alle Rukosujew hießen. Dort hatten die Verbannten um Hilfe gebeten und waren abgewiesen worden. Auch dieses Dorf lag still, friedlich und menschenleer da.

18

»Gut, ich komme mit.« – Gestern im Restaurant sagte sich das so leicht, als die Musik spielte, schicke Frauen mit eleganten Herren tanzten, ein neues unabhängiges Leben. Kostja selbst sowie sein Angebot, mit ihm auf die Krim zu reisen, waren Teil dieses Lebens. Deshalb hätte Warja gestern mit ihm vom Restaurant aus sofort in die weite Welt fahren können. Aber heute, in ihrer Gemeinschaftswohnung, in ihrem trüben Zimmer, sah alles ganz anders aus, unwirklich und unausführbar, es kam ihr wie ein Spiel vor, wie oberflächliches Restaurantgeplauder. In Vikas Kreis redete man so über Auslandsreisen, in Kostjas Gesellschaft über Reisen auf die Krim oder in den Kaukasus.
Wer und was war er überhaupt, dieser Kostja? Ein Billardspieler, ein Hasardeur. Mit was für primitiven Tricks er sie betören wollte – hatte sein Geld in ihr Täschchen gesteckt, hatte teure Gerichte und seltene Weine bestellt, den Mann von Welt markiert und angegeben ... Wieviele Mädchen hatte er schon gehabt? Wieviele mit Reisen auf die Krim geködert? Sie würde ihm nicht auf den Leim gehen! Ihr konnte ein hergelaufener Billardspieler wie er nicht imponieren. Schön dumm würde sie dastehen, wenn er sie nach der Rückkehr einfach abhinge oder gar auf der Krim im Stich ließe. Wäre schon gut, wenn er ihr wenigstens das Geld für die Rückreise zusteckte; würde er aber sagen, sieh zu, wie du nach Hause kommst, telegraphiere an Nina, hilf mir aus der Patsche, Schwesterchen, würde Nina der Schlag treffen. Wen würde das nicht umwerfen: Gestern im Restaurant kennengelernt, heute mit ihm auf die Krim abgehauen. Und warum ausgerechnet heute? Warum diese Eile? Mit Sofija Alexandrowna würde sie wie versprochen über das Zimmer reden. Würde die es ihm vermieten, konnten sie sich besser kennenlernen, und dann würde daraus vielleicht wirklich eine Beziehung werden.
Gestern abend hatte er sie und Soja mit einem Taxi nach Hause

gebracht und beim Abschied gesagt: »Bleib morgen vormittag zu Hause und warte auf meinen Anruf.«

Jetzt war es zwölf, und eigentlich wollte sie gehen – vielleicht zu Sofija Alexandrowna oder zu Soja ins Büro. Würde er abends anrufen, könnte sie ohne weiteres sagen, ich habe den ganzen Vormittag auf Ihren Anruf gewartet, aber Sie haben sich ja nicht gemeldet. Würde er überhaupt anrufen? Bestimmt hatte er schon vergessen, was er ihr gestern alles erzählt hatte. Wie konnte er so Hals über Kopf auf die Krim reisen? Alles im Stich lassen? Wie die Fahrkarten besorgen? Dienstreisende bekamen nur mit Müh und Not eine Fahrkarte, einfache Sterbliche mußten oft tagelang vor dem Fahrkartenschalter anstehen.

Sie konnte ruhig zu Hause bleiben und wie abgesprochen auf den Anruf warten. Weglaufen war ihrer nicht würdig. War ja auch interessant, ob er anrufen würde oder nicht. Wie würde er sich hinterher herauswinden?

Um halb eins rief Kostja an und sagte, er hätte die Fahrkarten in der Tasche, der Zug führe um vier Uhr nachmittags, um drei wolle er sie abholen, sie solle ihm die Wohnungsnummer sagen und in welchem Stock sie wohne.

Als sie seine Stimme hörte, den weichen und zugleich gebieterischen Tonfall, war sie verwirrt. Er sprach wie gestern, langsam und deutlich, die Worte etwas dehnend. Sie erinnerte sich an sein Gesicht, an seinen sonderbar übermütigen und zugleich argwöhnischen Blick, der lange auf ihr ruhte, an seine Großzügigkeit und die forsche Art, die sich mit Naivität paarte. Er hatte sich gewundert, daß sie am Arbat wohnte, war enttäuscht gewesen, daß sie sich etwas anderes gewünscht hatte, als er gehofft. Sie erinnerte sich auch daran, daß sie sich über seine Freunde ärgerte, die auf seine Kosten aßen und tranken und ihn allein sitzen ließen. Wie er das gesagt hatte: Vielleicht werde ich auch neben dir ein Mensch. Dabei hatte er die Augenbrauen finster zusammengezogen, als schäme er sich dieses Eingeständnisses.

Wie konnte sie das gegebene Wort brechen? Sie hätte ihm nichts versprechen sollen, aber sie hatte es nun mal versprochen! Ein Nein würde sie nicht über die Lippen bringen.

»Sie brauchen nicht raufzukommen«, antwortete sie, »ich warte in der Nikolski-Gasse gleich hinter dem Eckhaus.«
»Schön, sei aber pünktlich, sonst verpassen wir noch den Zug.«

Warja beschloß, durch die Hinterhöfe zur Nikolski-Gasse zu gehen, weil sie sonst Nina in die Arme gelaufen wäre.
Einen Koffer brauchte sie nicht. Alles, was sie besaß, hatte sie an. Ein zusätzliches Kleid, ein Sommerfähnchen, Schlüpfer und Unterhemd, ein Paar Strümpfe, Zahnbürste, Seife und Kamm verstaute sie in ihrer Aktentasche.
Gut, daß sie keinen Koffer brauchte, denn der Hofeingang war verschlossen. Warja erinnerte sich jetzt, daß man vor wenigen Tagen im Arbat-Viertel alle Durchgänge zu den Nachbarhöfen geschlossen hatte. Der Arbat unterlag neuerdings strengen Bestimmungen, weil Stalin manchmal über den Arbat zu seiner Datscha fuhr. Deshalb mußte sie den üblichen Weg zur Nikolski-Gasse benutzen. Glücklicherweise traf sie niemanden. Wäre ihr jemand begegnet – auch kein Unglück, denn sie hatte ja nichts außer ihrer alten Schulmappe mit.
Für Nina hatte sie einen Zettel auf dem Tisch hinterlassen: »Bin mit Freunden auf die Krim gereist, komme in zwei Wochen zurück, alles Gute. Warja.«
Als Warja in die Nikolski-Gasse einbog, sah sie ein Taxi und daneben Kostja im gleichen Anzug wie gestern im *Savoy.*
Sie hatten ein Schlafwagenabteil. Einen solchen Eisenbahnwaggon sah Warja zum ersten Mal in ihrem Leben. Zur Tante nach Koslow, das jetzt Mitschurinsk hieß, war sie mit Nina in einem gewöhnlichen Waggon mit Platzkarten gefahren. Auch alle ihre Bekannten fuhren in solchen Waggons. Sie hatte schon gehört, daß es für Fernzüge Wagen mit getrennten Abteilen gab, in denen je vier Personen reisen konnten. Aber von Coupés für nur zwei Personen mit separatem Waschkabinett hatte sie noch nie gehört. Und nun fuhr sie in einem solchen Luxuswaggon, in einem solchen Abteil, das mit Samt und Bronze ausgestattet war, sogar die Türgriffe waren aus Bronze. Im Gang ein weicher Läufer, an den Fenstern kurze Samtvorhänge, auf dem Tisch eine Lampe mit hübschem Schirm. Der uniformierte Schaffner servierte den Tee in

massiven Teeglashaltern, höflich zuvorkommend, besonders Kostja gegenüber.

Offensichtlich reisten wichtige, vielleicht sogar berühmte Leute in diesem Waggon: Im Nachbarabteil ein Militär mit vier Rauten auf dem Kragenspiegel – der höchste militärische Dienstgrad, im übernächsten Abteil eine schöne ältere Dame mit ihrem Mann, bestimmt eine Schauspielerin. Warja glaubte, sie sogar schon im Film gesehen zu haben. Und in den anderen Abteilen reisten wohl Volkskommissare oder stellvertretende Volkskommissare in Militärröcken, Breeches und Stiefeln – die Standardkleidung leitender Funktionäre. Der Schaffner, der Kellner, der Weine und Vorspeisen servierte, der Ober, der ins Abteil kam, um die Bestellung für das Mittagessen im Speisewagen zu notieren, und dann der Kellner im Speisewagen – sie alle behandelten Kostja mit besonderer Zuvorkommenheit. In seinem Äußeren und seiner Umgangsart war etwas, was diese Leute zu beeindrucken schien, so daß sie ihn bevorzugt bedienten. Anfangs war Warja über Kostjas derbe Vertraulichkeit schockiert, er duzte das ganze Personal. Doch die Leute vermuteten ihresgleichen in ihm, und so nahm ihm keiner sein Verhalten übel, sie lachten über seine Scherze und erfüllten seine Wünsche mit sichtlichem Vergnügen. Kostja quittierte die Beflissenheit der Kellner mit wohlwollendem Lächeln, so wie es sich für jemanden gehört, der sich auf dem Gipfel des Erfolgs befindet und versteht, daß sein Erfolg die Menschen anzieht. Aber er verhielt sich nett und fröhlich.

Kostja hatte weder Titel noch Würden, aber er brauchte sie auch nicht. Unabhängig, risikofreudig und charmant, erreichte er, was anderen versagt blieb. Wer konnte schon im Juni, mitten in der Urlaubszeit, erst am Abfahrtstag Fahrkarten auf die Krim besorgen, zudem im Schlafwagen, der den höchsten Persönlichkeiten vorbehalten war? Kostja aber hatte es geschafft, obwohl Warja vermutete, daß er das Doppelte oder Dreifache für die Karten gezahlt hatte. Er gab hohe Trinkgelder, ließ sich kein Wechselgeld zurückgeben, teilte seinen Erfolg mit den anderen. Warja gegenüber verhielt er sich, als ob sie sich schon seit vielen Jahren kennen würden und nichts Besonderes dabei wäre, daß sie zusammen in einem Einzelcoupé reisten. Er stellte ihr keine Fragen, als wisse er bereits alles über sie, und erzählte auch nichts über sich, als sei ihr ebenfalls alles über ihn bekannt. Er sprach von den Orten und Gegenden, durch die sie fuhren, sie merkte, daß er die Strecke kannte. Er war nicht zudringlich. Versuchte kein einziges Mal, sie zu umarmen, zu küssen, irgendwie einen Anfang zu machen. Nur als sie im Gang standen und auf die vorbeifliegende Landschaft hinaussahen, legte er ihr die Hand auf die Schulter; die Geste war einfach und natürlich – ein junges Ehepaar steht am Fenster, der junge Mann legt die Hand auf die Schulter seiner blutjungen Frau. Und die Mitreisenden behandelten sie tatsächlich wie Jungverheiratete, lächelten ihnen zu und freuten sich – wie es Warja schien – besonders an ihrem Anblick. Sie merkte, daß es Kostja gefiel, ihm schmeichelte, daß seine Frau bewundert wurde.

Nur der Gedanke an die bevorstehende Nacht quälte sie. Kostja war natürlich überzeugt: Sie hatte eingewilligt mit ihm zu verreisen, also mußte sie auch damit einverstanden sein. Männer waren überhaupt der Meinung, wenn sie Mädchen ins Theater, ins Kino oder zum Tanzen einluden, hatten sie auch darauf ein Recht und nahmen es sehr übel, wurden sogar böse, wenn es ihnen verweigert wurde. Er nahm sie mit auf die Krim, sie würden zusammen in einem Hotelzimmer schlafen, er würde für Essen und Trinken zahlen ... nein, diese Art Handel schmeckte ihr gar nicht, einen solchen Handel wollte sie nicht akzeptieren. Sie hatte sich nicht aufgedrängt, sie fuhr seinetwegen mit, er hatte sie darum gebeten, sie hatte eingewilligt, aber eben nur, mitzukommen, nicht mehr. Es gefiel ihm, mit einem jungen hübschen Mädchen auf der Strandpromenade spazierenzugehen, bitte sehr, dieses Vergnügen wollte sie ihm gönnen.

Vor dem Fenster wurde es dunkel. Kostja sah ihr lächelnd in die Augen.

»Alles in Ordnung?«

»Ja«, antwortete sie im gleichen Ton, obwohl sie immer ängstlicher wurde, je weiter der Abend vorrückte.

Es wäre etwas anderes gewesen, wenn sie verliebt gewesen wäre, den Kopf vor lauter Liebe verloren hätte. Aber sie hatte den Kopf nicht verloren und würde ihn wohl auch nicht verlieren. Ebenso wie den anderen imponierte ihr Kostjas Großzügigkeit und flottes

Auftreten, aber sie war mehr Zurückhaltung gewohnt. Kostja hatte keine Kinderstube, er kam aus irgendeiner anderen, fremden Welt. Mochte sie auch auf einem Hinterhof großgeworden sein, hatte sie doch eine gewisse Erziehung. Und ihre Freunde ebenfalls. Ljowotschka, Ika, Rina, Wolja der Große, Wolja der Kleine – sie alle waren wohlerzogene, kultivierte junge Leute. Kostja aber war es nicht, auch wenn er sozusagen ihr Anführer war. Sie schlossen sich ihm nur deshalb an, weil er das hatte, was ihnen fehlte: Geld. Und er umgab sich mit diesen jungen Menschen, weil sie das hatten, was ihm fehlte: Benehmen. Er war ein Mann aus dem Volk, aus der Provinz, ein Charakter, ein Stück unverbildeter Natur, nur so konnte man ihn akzeptieren. Aber das war ihr nicht so ganz recht.
Recht war ihr nur seine Unabhängigkeit. Aber sie für ihre Person konnte sich nur dann unabhängig fühlen, wenn sie sich ihren Lebensunterhalt selbst verdiente. Selbst dann, wenn sie seine Frau werden sollte. Aber sie wußte nicht einmal, ob sie es werden wollte. Von Heirat hatten sie überhaupt nicht gesprochen. Also würde sie seine Geliebte werden? Aber Geliebte und Geliebter liebten sich. Also seine Mätresse? Nein, das wollte sie auf keinen Fall werden.
Aber was auch immer sich Warja sagen mochte, sie wußte, daß ihre Argumente schwach waren. Was geschehen mußte, würde geschehen. Sich zu zieren, hieße bloß, Theater zu spielen.

19

Im Dorf Dworez trennten sie sich von dem Bootsführer und seiner schweigsamen Ehefrau. Nil Lawrentjewitsch lief zur Post, kam mit dem Mann von der Poststelle zurück, holte geschäftig die Säcke aus dem Boot, schimpfte und beachtete Sascha und Boris überhaupt nicht mehr. Er hatte zwei Deportierte hergebracht; weil es an seinem Weg gelegen hatte, war es ihm befohlen worden, er hatte den Befehl ausgeführt und damit fertig.

»Eigentlich sollten wir zur Kommandantur gehen, wie?« meinte Boris.

»Wozu?«

»Sie lassen uns dann nach Keshma bringen.«

»Das schaffen wir auch allein. Den Marschbefehl haben wir ja in der Tasche.«

»Wir könnten uns aber Unannehmlichkeiten einhandeln«, sagte Boris stirnrunzelnd, »sie werfen uns sonst noch vor, daß wir uns nicht gemeldet und keinen Vermerk bei ihnen geholt haben. Wegen solcher Lappalien sollte man sie nicht verärgern.« Sascha wollte nicht zur Kommandantur gehen. Unnötiges Strammstehen und überflüssige Erniedrigungen. Boris jedoch war von dem Wunsch beseelt, die Formalitäten möglichst schnell einzuleiten, er dachte nur noch an Frieda. Nachdem er gehört hatte, daß Dworez Bezirksstadt werden sollte, wollte er Bekanntschaften und Beziehungen einfädeln, um Friedas Umzug zu ihm oder seinen zu ihr zu erleichtern. Ein Traumtänzer.

»Also gut, entscheiden wir's morgen«, sagte Sascha.

»Schön«, willigte Boris ein, »bleiben Sie bei unseren Sachen, ich sehe mich nach einem Zimmer für uns um.«

Die Sonne versteckte sich hinter den Wolken, der Hius kam auf, ein kalter Flußwind, der an den schlanken Uferweiden rüttelte. Sascha hing sich den Mantel über die Schultern. Schweren Herzens fragte er sich, warum er nicht zur Kommandantur gegangen war. Kwatschadse wäre mitgegangen und hätte ein Fahrzeug verlangt,

Boris wollte ebenfalls hingehen, um seine Angelegenheiten zu klären, was ihm nicht zu verdenken war, es war sein gutes Recht. Er dagegen war nicht hingegangen und würde nicht hingehen. Eine Woche ohne Bewachung am freien Strom hatte ihm bedingt Freiheit vorgegaukelt. Sollte es damit wieder vorbeisein? Hier am Rande der Welt erschien ihm das besonders sinnlos und widernatürlich. Nein, er würde nicht hingehen. Wenn es auch nur eine Illusion war, Selbstbetrug.

Egal.

Boris kam zurück und erklärte fröhlich: »Gleich werde ich Sie mit einem Überbleibsel des Russischen Imperiums bekanntmachen. Dem Koch seiner Majestät des Zaren! Er hat für den Fürsten Jussupow und Grigorij Rasputin gekocht. Ein ganz erstaunlicher Zeitgenosse.«

In dem Bauernhaus, zu dem er Sascha brachte, saß ein behäbiger alter Mann mit einer auffallend roten Nase. Er trug eine khakifarbene, wattierte Steppjacke und ebensolche Hosen, die in Stiefeln mit aufgeschnittenen Schäften steckten. Das glattrasierte, aufgedunsene Gesicht, der Bürstenschnitt des grauen Haars, das unwillkürlich an Moos erinnerte, verrieten den Städter.

»Darf ich bekanntmachen«, sagte Boris lebhaft, »Anton Semjonowitsch! Der Oberkoch vom Hof Seiner Kaiserlichen Majestät.«

»Dann schon der Leibkoch«, bemerkte Sascha und musterte den Alten interessiert.

Mit halbgesenkten Lidern betrachtete dieser Sascha ebenfalls aufmerksam.

»Anton Semjonowitsch wird nach Moskau abberufen, wo er für's leibliche Wohl von Botschaftern und Gesandten sorgen wird. Hühnerschnitzel auf französische Art, Ragoût fin ... In Moskau habe ich so manchen Koch gekannt. Natürlich keiner auch nur entfernt vergleichbar mit Ihnen und Ihrem Können, aber einige waren schon ganz gut, zum Beispiel Iwan Kusmitsch im *Grandhotel.* Kennen Sie ihn?«

»Kann mich nicht erinnern«, antwortete Anton Semjonowitsch gleichgültig; zuviel verlangt, daß er sich an jeden Iwan Kusmitsch erinnern sollte, aber jeder Iwan Kusmitsch mußte ihn, Anton Semjonowitsch, kennen.

»Ein durchaus passabler Koch«, fuhr Boris fort, »vorausgesetzt, es ist was da, woraus sich was Vernünftiges kochen läßt. Dann kenne ich auch noch den Küchenchef Albert Karlowitsch.«
»Der ist mir bekannt«, bemerkte Anton Semjonowitsch kurz. »Sehr qualifiziert und stellt auch was dar«, die Tatsache, daß ein gemeinsamer Bekannter gefunden war, machte Boris noch aufgekratzter.
»Was denn darstellen ...« bemerkte Anton Semjonowitsch, »erster, zweiter, dritter Gang ...«
»Das sage ich ja«, nahm Boris beflissen den Faden wieder auf, »es muß was da sein, was man anrichten kann. Und auch jemand, der das würdigt. Zumal, wenn Boeuf Stroganoff der höchste der denkbaren Genüsse ist.«
»Ein Boeuf Stroganoff will auch gekonnt sein«, Anton Semjonowitsch sah sich nach der Hausfrau um, die fürsorglich das Abendessen zubereitete.
»Wann fahren Sie weg?« erkundigte sich Boris.
»Sobald man mich fahren läßt.«
»Sie sagten doch, daß Sie Ihre Freilassung in der Tasche haben.«
»Ich arbeite in der Kommandantur, die wollen auch essen, deshalb schieben sie's hinaus.«
Die Hausfrau hatte inzwischen den Fisch ausgenommen und legte ihn in die Pfanne.
Mit einer Kopfbewegung zum Herd weisend, sagte Boris: »Kann mir vorstellen, was Sie daraus machen würden.«
Anton Semjonowitsch schwieg hoheitsvoll.
»Wenn wir erst wieder in Moskau sind, müssen Sie mal für uns kochen«, lachte Boris.
Anton Semjonowitsch warf ihm einen schiefen Blick zu und verlangte dann mit der sturen Hartnäckigkeit des Gewohnheitstrinkers: »Wenn schon zu trinken, dann aber gleich.«
Nachdem Boris ihm Geld gegeben hatte, stand er schwerfällig auf und ging hinaus.
»Man sieht's gleich, ein Alkoholiker«, sagte Sascha.
»Nein«, widersprach Boris, »er sehnt sich nach menschlicher Gesellschaft.«
Anton Semjonowitsch kam mit einer Flasche Spiritus zurück.

»Genau das Richtige. Das ist was fürs Gemüt.«

Er kippte den Spiritus hinunter, fast ohne etwas dazu zu essen, und war sofort betrunken. Sein Hals rötete sich, das Gesicht nahm einen bösartigen Ausdruck an, ein Mann, der auf fremde Kosten trinken und den Spendierer obendrein beschimpfen wollte. Boris merkte es nicht und fuhr fort, bekannte Moskauer Köche und Küchenchefs aufzuzählen.

»Wofür sind Sie hier?« wollte Sascha wissen.

Anton Semjonowitsch sah mit schwerem Blick zu Sascha hoch, er wollte seine zufälligen Zechbrüder, die Moskauer Gimpel, zum Teufel wünschen; er verachtete sie zutiefst, vor allem, weil sie sich so leicht übertölpeln ließen.

Aber sein Blick traf nicht den eines höflichen Moskauer Gimpels, ihn sah die Moskauer Straße an, mit wissendem Spott und immer bereit, jedem die Stirn zu bieten.

Den schweren Blick abwendend und gegen seine Atemnot kämpfend, antwortete Anton Semjonowitsch widerstrebend: »Ich habe in einer Bezirksstadt in einer Garküche gearbeitet. An irgendeinem Tag schrieb ich ›Träge Kohlsuppe‹ auf die Speisekarte, die Suppe heißt nun mal so. Da schneite ein Staatsanwalt herein. ›Wieso träge? Sie wollen wohl die Stoßarbeiter verspotten?!‹ Ich zeigte ihm das Kochbuch, das 1930 veröffentlicht worden war. ›Träge Kohlsuppe‹, klar? Nein, das stimmte nicht, das Buch stammte angeblich auch von einem, der gegen die Revolution war.«

Von allem, was Sascha bisher hier gehört hatte, war das das Absurdeste. »Gott sei Dank, nun ist ja alles vorbei«, sagte Boris mitfühlend, »alle gegen Sie erhobenen Beschuldigungen sind niedergeschlagen, jetzt können Sie nach Hause fahren.«

»Nach Hause?« Anton Semjonowitsch maß Boris mit einem haßerfüllten Blick. »Wo ist denn mein Zuhause? Im Judenkaff Berditschew?«

So! Damit hatte Boris seine Lektion weg: begeistere dich nicht für jede fragwürdige Existenz.

»Na, und jetzt verpiß dich, du Arsch mit Ohren, Scheißkerl verfluchter!« sagte Sascha.

»Nein!« Boris stand auf, ging zur Tür und schob den Riegel vor.

»Was habt ihr denn, Jungs?« brabbelte Anton Semjonowitsch erschrocken. »Das war doch bloß ein Witz.«
»Das war aber auch dein letzter, du Luder«, sagte Sascha sarkastisch.
Boris packte Anton Semjonowitsch und drückte seinen Kopf auf die Tischplatte.
»Jungs, laßt los«, keuchte Anton Semjonowitsch, dem die hinterlistigen farblosen Augen aus den Höhlen quollen.
»Machen Sie ihn nicht ganz fertig, Boris, lassen Sie mir noch was übrig«, sagte Sascha.
Die verquollene Visage mit den weißlichen Augen war ihm widerwärtig. Aasknochen! Wollte sie verhöhnen, Saukerl! Kanaille! Ein Leidensgefährte! Ein Kollege!
Eine ekelerregende Szene, aber man hatte sie in den tiefsten Abgrund des Lebens gestoßen. Mit solchen Lumpen konnte man nicht anders verfahren.
»Entschuldige dich, du Luder!«
»Ich entschuldige mich«, krächzte Anton Semjonowitsch.
»Und jetzt verpiß dich auf Nimmerwiedersehen!«
Boris stieß ihn zur Tür hinaus, warf ihn die Vortreppe hinunter und ließ sich erschöpft auf die Bank sinken.
»Da haben Sie den Leibkoch Seiner Kaiserlichen Majestät«, lachte Sascha.
»Und unter solchem Gesindel muß Frieda leben«, sagte Boris.

Am nächsten Tag fanden sie ein Boot, das das gleiche Ziel hatte. Ein Verkäufer von der Konsumgenossenschaft war bereit, sie mitzunehmen, wenn sie ebenso wie er und der Bootsführer am Treidel ziehen würden. Bis Keshma waren es siebzig Kilometer. Wenn nichts dazwischen kam, würden sie in zwei Tagen dort sein. Sie brachten ihr Gepäck zum Ufer, wo der riesige, schwerbeladene Kahn, den sie zu schleppen hatten, vertäut lag. Daneben hantierte der Verkäufer, ein lustiger Bursche mit feistem Gesicht, in einem Segeltuchmantel und hohen Stiefeln, die bis zum Unterleib gingen. Sie ähnelten Anglerstiefeln, waren aber aus weichem Hirschleder genäht.
»Geht's bald los?« erkundigte sich Boris.

»Wir müssen nur noch die Papiere ausstellen lassen, dann können wir ablegen«, antwortete der Mann.
»Wissen Sie, Sascha«, begann Boris erneut und nahm Sascha beiseite, »wir müßten uns noch in der Kommandantur melden. Wir könnten doch sagen, wir haben ein Boot gefunden, haben das Gepäck schon verstaut und wollen nur noch Meldung machen. Sonst gibt's vielleicht Ärger in Keshma. Dieses Rabenaas von Leibkoch Seiner Majestät hat bestimmt schon gesungen, daß wir hier sind.«
»Ihre Sache«, erwiderte Sascha kühl, »Sie können hingehen, ich gehe nicht. Sagen Sie nicht, daß ich hier bin. Ich habe den Befehl, mich in Keshma zu melden, also melde ich mich in Keshma.«
»Sie müssen es wissen«, meinte Boris achselzuckend, »ich melde mich auf alle Fälle erst mal hier.«
Ihn ritt der Teufel übereifriger Geschäftigkeit. Vom Gedanken an die Heirat mit Frieda besessen, ordnete er dieser Idee alles andere unter, befürchtete, irgendwo anzuecken.
Es verging eine halbe Stunde, dann eine Stunde, ohne daß Boris zurückkam. Inzwischen war der Verkäufer mit den ausgestellten Papieren zurückgekommen, Boris ließ sich noch immer nicht blicken.
»Geh los, such deinen Kumpel«, sagte der Mann von der Konsumgenossenschaft, »wir dürfen keine Zeit verlieren, sonst fahren wir ohne ihn ab.«
Sascha war ratlos. Boris zurückzulassen, war ausgeschlossen, aber in die Kommandantur gehen wollte er auch nicht. Außerdem würde man ihn dort fragen, warum er nicht gleich gekommen war.
»Warten wir noch ein bißchen.«
Endlich erschien der Vermißte und holte wortlos seinen Koffer vom Kahn.
»Was ist denn?« fragte Sascha, der zu ahnen begann, was vorgefallen war.
»Sie schieben mich nach Roshkowo ab«, antwortete Boris. Er sah völlig verstört aus.
Roshkowo war ein winziges Dorf am linken Flußufer, an dem sie gestern noch mit Nil Lawrentjewitsch vorbeigekommen waren.
»Wieso denn, ohne Rückfrage beim Bezirksbevollmächtigten?«

»Sie sind berechtigt, den Wohnort zu bestimmen.«
»Pfeifen Sie drauf, kommen Sie mit.«
»Sie haben mir den Marschbefehl abgenommen.« Seine Stimme zitterte.
»Nehmen Sie es sich nicht so zu Herzen«, sagte Sascha, »von Roshkowo schreiben Sie nach Keshma oder nach Kansk und verlangen, daß Sie versetzt werden. In Roshkowo gibt's doch keine Arbeit für Sie. Sobald ich in Keshma bin, sage ich dem Bevollmächtigten Bescheid.«
Boris winkte ab.
»Alles vorbei! Ich Idiot! Was bin ich doch für ein Hornochse!«
Er tat Sascha leid. Es war traurig, sich von ihm trennen zu müssen, ein guter Kamerad, ein fröhlicher, unverzagter Weggefährte. Sie umarmten und küßten sich. An Boris Wimpern glänzten Tränen.
Sascha stieg ins Boot. Der Bootsführer stieß ab und kletterte dann sich an der Bootswand festhaltend selber hinein. Eine Weile ruderten sie stromauf – die Boote und Netze am Ufer hätten sie beim Treideln behindert. Sascha sah Boris niedergeschlagen am Ufer stehen, er schaute ihnen nach, nahm dann den Koffer und stieg langsam das Steilufer hinauf.

20

Allein am einsamen Strom ging Sascha seiner Zukunft entgegen, ob gut oder schlecht, die anderen waren schon an ihren jeweiligen Aufenthaltsorten angekommen, er dagegen wußte noch nicht, was ihn erwartete, wohin man ihn abschieben würde. Er würde sie nie wiedersehen: Wolodja, Iwaschkin, die Deportierten, die er in den Dörfern getroffen hatte, würde Boris wohl auch nicht wiedersehen, obwohl er im selben Bezirk blieb. Er hatte das bittere Gefühl, Menschen verloren zu haben, mit denen er Hunderte von Kilometern, die ersten seines Weges, zusammen zurückgelegt hatte.

Der Bootsführer saß im Heck, ein wortkarger Vierziger mit grimmigem Feldwebelgesicht. Sascha und der Verkäufer von der Konsumgenossenschaft lösten sich beim Treideln ab, an den Stromschnellen schleppten sie den Kahn.

Der Verkäufer hieß Fedja, er hatte seinen Dienst bei der Roten Armee hinter sich, war munter und aufgeschlossen. Er arbeitete in Mosgowa, einem Ort bei Keshma, und bezeichnete sich großspurig als Leiter der Verkaufsstelle. Er erzählte, er würde im Winter zu irgendwelchen Lehrgängen nach Krasnojarsk fahren. Mit erheiternder Wichtigtuerei ließ sich Fedja über die Rolle des Konsumverkäufers als Träger der staatlichen Direktiven auf dem Dorf aus. Er verkörperte den neuen Typus des aufgeweckten Dorfaktivisten, der alles voller Überzeugung und ohne zu zweifeln hinnahm und sich dabei keinerlei Gedanken machte. Außerdem war er ein sangesfreudiger Ziehharmonikaspieler. Die Tatsache, daß Sascha ein Verbannter war, spielte für ihn keine Rolle. Das war nun mal der Lauf der Welt, es gab Verbannte, hatte sie schon immer gegeben und würde sie wohl auch immer geben, trotzdem waren sie Menschen wie alle anderen. Hätte Fedja zum Kompaniezug der Kommandantur gehört und den Befehl erhalten, Sascha zu erschießen, hätte er das, ohne mit der Wimper zu zucken, getan. Eben darum, weil's der Lauf der Welt war.

Fedja fragte Sascha nach Moskau aus, nach seiner Straße, was es außerdem für Straßen in Moskau gäbe, was seine Eltern machten, ob er jemals im Kreml gewesen sei, ob er den Genossen Stalin und die anderen Parteiführer gesehen habe, erkundigte sich auch nach den Preisen in den Geschäften. Er interessierte sich für alles und war von allem begeistert. Moskau war der Gipfel seiner Wünsche. Und Sascha bewunderte er – ein waschechter Moskauer! Er spendierte ihm Papyrossi der Marke *Lux*, die nur für die großen Tiere im Bezirk bestimmt waren. Manchmal stimmte er »Verloren, vergessen« an, ein Lied, das die Verbannten mitgebracht hatten und das an der Angara sehr beliebt war. Er hatte eine schöne Stimme.

»Verloren, vergessen mein Grab hier am Fluß, zu mir kommt kein Mensch, mich findet kein Gruß. Nur im Frühling die Nachtigall schlägt und trillert ihr Lied, dann Stille und Schweigen, nur das Flüstern im Ried.«

Fedja war nicht unter die Goldwäscher gegangen, der Brauch existierte nicht mehr. Dafür hatte er vor dem Dienst in der Armee zwei Monate an Professor Kuliks Expedition teilgenommen, die nach dem Tunguser Meteoriten gesucht hatte, allerdings vergeblich, denn der Meteorit war offenbar im Erdboden versunken. An der Einschlagstelle hatten sich Seen gebildet, die später versumpften. Da gab es nichts als Stechmücken, eine fürchterliche Plage, alle waren davongelaufen, auch Fedja. Dann mußte er den Armeedienst ableisten, denn hier wurde man seit 1926 auch eingezogen. Im gleichen Jahr wurde auch die Schule eröffnet; früher hatte es hier keine Schulen gegeben. Er war der einzige Junge, der lesen und schreiben konnte, der Vater hatte es ihm beigebracht; sein Vater hatte in einer Faktorei gearbeitet und mit den Tungusen Handel getrieben.

»Ein wildes, ungebildetes Volk«, beschrieb Fedja gutmütig die Tungusen, »aber stehlen, nein, das gibt's bei ihnen nicht. Sie nennen alle Russen Petruschka, Iwaschka, Pawluschka, Kornilka ... Gib Mehl mein, verkauf zwei Brot ... Sie lieben Tabak, rauchen und trinken, Männer und Frauen kleiden sich gleich. Die Kinder kann man immerhin unterscheiden, denn die Jungen tragen einen Zopf, die Mädchen zwei. Sie lieben Glasperlen, sie verzieren damit ihre Mäntel und Kamassins.«

Kamus war tungusisch und hieß »Strumpf vom Elch- oder Hirschbein«, sie nähten daraus ihre Stiefel, die Kamassins. Sascha war erstaunt über die Ähnlichkeit des Wortes mit dem indianischen »Mokassin«. Das sprach dafür, daß die Tungusen und die nordamerikanischen Indianer stammesgeschichtlich verwandt waren.
Wie schön wäre es, mit Sprachforschern herzukommen, um die einheimischen Dialekte zu untersuchen oder auch mit einer Geologengruppe, denn der hiesige Boden barg unermeßliche Schätze. Ihn aber hatte es in die Verbannung in ein abgelegenes Dorf verschlagen, ohne das Recht, den Ort zu verlassen. Drei Jahre lang mußte er dort herumsitzen, ohne Nutzen für sich, ohne Nutzen für die anderen.
Warum hatte es ausgerechnet ihn treffen müssen? War er nicht selbst schuld daran? Hätte er über die Sache mit Kriworutschko ausgesagt, wäre er jetzt frei. Er aber hatte geschwiegen, weil das seiner Auffassung nach der menschlichen Moral entsprach. Aber was war Moral? Lenin hatte gesagt: Moralisch ist, was im Interesse des Proletariats liegt.
Proletarier waren Menschen, und proletarische Moral war also menschliche Moral. Kinder im Schnee sterben zu lassen war unmenschlich und verstieß demnach gegen die Moral. Auf Kosten eines fremden Lebens das eigene zu retten, verstieß ebenfalls gegen die menschliche Moral.

Die letzte Übernachtung im Dorf Saimka auf einer Insel mit dem überraschenden Namen Turgenjew. Die Insel war zweiundzwanzig Kilometer lang, an ihrem unteren Ende lag das Dorf Aljoschkino, am oberen Saimka.
Das Bauernhaus, in dem man Sascha unterbrachte, war sehr geräumig, mit vielen Anbauten und einem bretterbelegten Hof. Der Bäuerin, einer stattlichen alten Frau, sah man ihre frühere Schönheit noch immer an. Ihr Mann, ein verhutzelter, rothaariger Alter, die drei Söhne, brünett mit Adlernasen und dichten Brauen – echte Kaukasier, der älteste an die vierzig, der jüngste an die dreißig, wohnten alle mit ihren Frauen und Kindern dort.
»Gleich kommt Vater Wassilij«, sagte die Hausfrau, »dann gibt's Abendessen.«

Kurz darauf kam der Priester, im wasserdichten Mantel und Stiefeln. Ein gütiges Ikonengesicht mit einem rötlichen Kinnbärtchen. Er zog seine Hauskutte an, und dann tischte die Hausfrau Dörrfisch, Rührei und Milch auf. Vater Wassilij aß und fragte Sascha nach dem Woher und Wohin, dem Geburtsort und den Eltern. Er erklärte, daß er auch verbannt wäre, fragte aber nicht, weshalb man Sascha deportiert hatte, und gab auch keine Erklärungen zu seiner Person ab. Nach dem Abendessen gingen sie in die Kammer, in der Vater Wassilijs Bett und ein kleiner Tisch standen. Es roch etwas süßlich nach Weihrauch wie in einer Kirche.

»Ziehen Sie sich aus und nehmen Sie ein heißes Fußbad, das entspannt«, sagte Vater Wassilij und brachte einen Kessel mit heißem Wasser, einen Zuber, legte Seife und ein Handtuch zurecht. Sascha stellte die Füße ins Wasser, plötzlich überkam ihn Schwäche und zugleich das beseligende Gefühl, daß die Müdigkeit aus seinen Gliedern wich.

Vater Wassilij lehnte an der Tür und schaute Sascha freundlich zu. Jetzt, bei näherer Betrachtung, wirkte er bedeutend jünger, Sascha hatte ihn auf den ersten Blick wegen des Bärtchens und der Kutte für älter gehalten, auch weil er Geistlicher war. In Saschas Vorstellung mußte ein Priester alt sein. Er hatte geglaubt, alle Geistlichen stammten aus vorrevolutionären Zeiten.

»Wir könnten die Sauna heizen«, meinte Vater Wassilij, »aber sie steht am Ufer, und auf dem Rückweg könnten Sie sich erkälten. Sie haben aber noch einen weiten Weg vor sich.«

»Es ist auch so ganz wunderbar«, antwortete Sascha.

»Hier wäscht man sich im Badehäuschen ohne Rauchabzug«, erzählte Vater Wassilij weiter, »in Moskau haben Sie gewiß ein Badezimmer?«

»Ja.«

»In der Gegend, aus der ich komme«, fuhr Vater Wassilij fort, »wäscht man sich wie hier oder klettert einfach in den russischen Ofen. Die Leute hier sind viel reinlicher.«

»Wo sind Sie denn her?« erkundigte sich Sascha.

»Aus dem Gebiet Rjasan, Bezirk Korablinsk. Vielleicht haben Sie davon schon gehört?«

»Vom Gebiet Rjasan schon, von dem Bezirk Korablinsk noch nie.«

»Der Bezirk liegt im Süden des Gebiets«, sagte Vater Wassilij lächelnd, »bei uns gibt es viele Äpfel. Hier sehen Sie weder Äpfelchen noch Birnen, sie werden Ihnen sehr fehlen. Preiselbeeren, Sumpfheidelbeeren, Blaubeeren – das ist auch schon alles, na ja außerdem noch Torfbeeren und kleine, wildwachsende schwarze Johannisbeeren. Und überhaupt kein Obst.«

»Da werde ich eben ohne Obst auskommen müssen«, sagte Sascha und bewegte seine Zehen genießerisch im warmen Wasser.

»Nehmen Sie doch Seife, ich seife Ihnen gleich die Füße ein«, Vater Wassilij griff nach der Seife und dem Bastwisch.

»Aber nicht doch, nicht doch, das kann ich doch selbst«, sagte Sascha erschrocken. Aber Vater Wassilij hatte den Bastwisch schon ins Wasser getaucht, eingeseift, bückte sich und rubbelte Saschas Bein ab. »Aber ich bitte Sie! Lassen Sie doch!« rief Sascha, er wollte die Füße hochreißen, befürchtete jedoch gleichzeitig, Wasser zu verschütten.

»Macht doch nichts, macht gar nichts«, sagte Vater Wassilij freundlich, während er Saschas Fuß massierte. »Mir fällt das überhaupt nicht schwer.«

»Nein danke, nein!« Sascha nahm ihm den Bastwisch aus der Hand.

»Na schön, wenn Sie sich unbedingt selber waschen wollen ...« Vater Wassilij trocknete sich die Hände ab.

»Was machen Sie hier in diesem Dorf?« fragte Sascha.

»Ich arbeite, helfe den Wirtsleuten und habe dafür einen Freitisch bei ihnen, sie geben mir zu essen. Ein guter, braver Menschenschlag hier. Wenn man gut zu ihnen ist, danken sie es einem. Die Deportierten werden wohl in nächster Zeit von hier wegverlegt.«

»Warum denn das?«

»Wegen der Kolchose. Privatwirtschaft gibt es dann nicht mehr, also kann man sich nicht mehr beim Bauern verdingen, und Deportierte dürfen nicht dem Kolchos beitreten. In dieser Gegend gibt es zwar Kolchose ehemaliger Kulaken, die hierher ausgesiedelt worden sind, aber bei ihnen dürfen Deportierte auch nicht arbeiten.«

»Die Wirtsleute haben ungewöhnliche Söhne, sie sehen aus wie Tscherkessen.«
Vater Wassilij lächelte.
»Die Bäuerin hat in ihrer Jugend gesündigt. In ihrem Haus hat ein verbannter Kaukasier gewohnt, dem Hörensagen nach ein schöner Mann. Da ist's eben passiert.«
»Und offenbar nicht nur einmal«, bemerkte Sascha, »es sind ja drei Söhne.«
»Neun Jahre hat er bei ihnen gewohnt«, erklärte Vater Wassilij bereitwillig, »dann ist er weggefahren. Die Kinder sind geblieben. Der Mann sieht sie als seine Söhne an und sie ihn als Vater. Diese Gegend ist seit eh und je Verbannungsgebiet, da haben sich alle möglichen Völkerschaften vermischt. Sie leben gut und einträchtig zusammen und haben auch mich aufgenommen. Einen festen Gottesglauben haben sie nicht, hier war man nie besonders fromm, Sibirien eben, aber das Gewissen fordert das Seine.«
»Halten Sie Gottesdienste ab?«
»Die Kirche ist geschlossen ... Ich spreche mit den Leuten, versuche, Trost zu spenden.«
Sascha trocknete sich die Füße ab und zog die Socken an.
»Legen Sie sich schlafen, ruhen Sie sich aus«, sagte Vater Wassilij.
»Ich bringe bloß den Zuber raus, dann lege ich mich hin«, antwortete Sascha.
»Das mache ich schon«, Vater Wassilij nahm den Zuber. »Sie wissen ja nicht wohin damit.«
Er kam mit einem Lappen wieder, wischte den Boden auf und trug den Kessel hinaus.
Wieder zurückgekehrt, schlug er die Bettdecke zurück.
»Legen Sie sich hin.«
»Wie bitte? Und Sie?«
»Ich finde schon ein Plätzchen, ich bin hier zu Hause, legen Sie sich getrost schlafen.«
»Das kommt überhaupt nicht in Frage! Ich schlafe auf dem Fußboden.«
»Der Boden ist kalt, da erkälten Sie sich. Ich schlafe sehr gern auf dem Ofen.«
»Ich auch«, erklärte Sascha.

»Die Wirtsleute schlafen schon, Sie würden Sie stören«, antwortete Vater Wassilij, »ich lege mich mucksmäuschenstill hin, mich hört keiner.«

Er sprach sanft auf Sascha ein, aber in seiner Sanftheit lag die Entschiedenheit eines Mannes, den nichts davon abbringen konnte, seine Pflicht zu tun. Und die Pflicht gebot ihm, dem anderen zu geben, was er besaß, er besaß nichts außer dem Zuber mit Wasser und der schmalen eisernen Bettbank.

Sascha streckte sich im Bett aus, spürte das kühle Laken, er hatte schon lange nicht mehr auf Laken geschlafen, schon lange nicht mehr unter einer warmen Decke gelegen, er räkelte sich, drehte sich zur Wand und schlief ein.

Im Gefängnis hatte er sich einen leichten Schlaf angewöhnt, am Morgen weckte ihn ein Rascheln. Vater Wassilij war vom Boden aufgestanden, wo er auf einem Bauernpelz unter einem Fellmantel geschlafen hatte.

»Na bitte«, Sascha setzte sich auf, »und Sie haben gesagt, Sie würden auf dem Ofen schlafen.«

»Ich wollte auf den Ofen klettern«, antwortete Vater Wassilij fröhlich, »aber dort war schon alles besetzt. Ich habe mich gar nicht übel eingerichtet und bin wunderbar ausgeschlafen.«

»Sie sollten aber nicht jedem Durchreisenden Ihr Bett abtreten, es kommen so viele, Sie aber sind nur einer.«

»Wieso denn viele?« widersprach Vater Wassilij, während er sich vor einem an der Wand befestigten Taschenspiegel kämmte und sein Zöpfchen flocht. »Innerhalb von drei Monaten kein einziger, und es ist selten genug, daß jemand von hier weiter zieht. Außerdem gibt es eine feste Reihenfolge bei der Einquartierung. Die Bauern lösen sich ab. Im Jahr kommen vielleicht ein oder zwei zum Übernachten in unser Haus. Ich schlafe jede Nacht in diesem Bett, mir ist es egal, Sie aber haben sich wenigstens einigermaßen ausgeruht. Schlafen Sie nur weiter, Sie haben noch Zeit.«

Er ging hinaus. Sascha drehte sich auf die andere Seite und schlief wieder ein.

Wieder war es Vater Wassilij, der ihn weckte: Er kam von draußen, zog die schmutzigen Stiefel aus und schlüpfte in seine Hauskutte.

»Jetzt können Sie aufstehen und sich waschen. Wir frühstücken gleich.«

Es gab wieder Rührei, warme Semmeln und Tee. Alle waren schon zur Arbeit weg, nur die alte Bäuerin hantierte am Herd.

»Wie alt sind Sie?« fragte Vater Wassilij.

»Zweiundzwanzig. Und Sie?«

»Ich bin siebenundzwanzig«, antwortete Vater Wassilij lächelnd.

»Und für wie lange sind Sie verbannt?«

Vater Wassilij lächelte wieder.

»Gar nicht lange. Nur drei Jahre. Zwei Jahre bin ich schon hier, mir bleibt nur noch ein Jahr. Ich habe natürlich Heimweh, aber es wird auch nicht leicht sein, wegzufahren, ich habe mich eingelebt.«

»Bleiben Sie doch bei uns«, sagte die Hausfrau, »und heiraten Sie. Wohin wollen Sie denn? In Rußland läßt man Sie ja doch nicht Gott dienen.«

»Gott kann man überall dienen«, antwortete Vater Wassilij.

Er wandte sich an Sascha.

»Anfangs werden Sie sich langweilen, später werden Sie sich eingewöhnen. Lassen Sie den Mut nicht sinken, verhärten Sie sich nicht, und verschließen Sie nicht Ihr Herz. Nach dem Schlechten kommt immer das Gute. Ich erinnere mich, bei Alexandre Dumas gelesen zu haben, daß die Leiden die Perlen am Rosenkranz unseres Schicksals sind. Der Weise läßt sie gelassen durch die Finger gleiten. Ein Weltkind, dieser Schriftsteller, ein Verfasser von Abenteuerromanen. Aber wie gut und weise er das ausgedrückt hat.«

Jemand klopfte ans Fenster, Sascha solle zum Boot kommen.

»Was bin ich Ihnen schuldig?« fragte er die Bäuerin.

»Nichts«, sie winkte ab.

Vater Wassilij berührte seinen Arm.

»Sie dürfen die Frau nicht kränken.«

Er begleitete Sascha zum Ufer und half ihm, den Koffer zu verstauen. Der Bootsführer rollte die Leine auf, stieß den Kahn ab und setzte sich ans Heckruder. Fedja streifte den Gurt über die Schulter, ging los und straffte behutsam das Tau, wobei er immer wieder zurücksah und das Manövrieren des Kahns beobachtete.

Nachdem er sich überzeugt hatte, daß der Kahn vom Ufer freigekommen war, sagte er: »Sobald wir an der Spitze der Insel sind, rudern wir zum Land hinüber.«
Sascha gab Vater Wassilij die Hand.
»Auf Wiedersehen! Haben Sie Dank für alles.«
Fedja rief aufgeräumt: »Los geht's!«
Sascha legte sich vorgebeugt in den Gurt und ging vorwärts.
»Behüt Sie Gott!« sagte Vater Wassilij.

Dritter Teil

I

Als Verbannungsort wurde Sascha das Dorf Mosgowa zugewiesen, zwölf Kilometer von Keshma entfernt, die Angara stromaufwärts. Mit dem Quartier konnte er zufrieden sein. Ein großes, recht wohlhabendes Haus, die Wirtin eine Witwe, zwei erwachsene Söhne und der Mann, mit dem die Wirtin zusammenlebte, kein Einheimischer von der Angara, sondern ein Zugereister, ein ehemaliger Soldat. Seinerzeit hatten die Söhne der Mutter verboten, ihn zu heiraten, weil sie keinen Mitbesitzer des Hofes haben wollten. Jetzt war der Hof dem Kolchos zugeschlagen worden, und wenn der Soldat sich betrank, erwachte in ihm wieder die Wut über die längst verjährte Kränkung. Er rannte dann mit rotem Gesicht und zerzaustem grauem Haar durchs Dorf, verfluchte die Stiefsöhne und drohte, er würde sie abknallen. Die Brüder fingen ihn dann jedesmal ein und sperrten ihn in den Schuppen, bis er seinen Rausch ausgeschlafen hatte.

Wassilij, der jüngere, ein gutgebauter Bursche mit ebenmäßigem Gesicht, hatte sicherlich schon mit allen Mädchen im Dorf geschlafen, hier herrschten lockere Sitten. Er kam gegen Morgen nach Hause, manchmal überhaupt nicht. Sascha sah ihn fast nie, traf er ihn aber doch, so lächelte Wassilij ihn nur stumm an; er war wortkarg, aber freundlich.

Timofej, der ältere, interessierte sich überhaupt nicht für Mädchen, ging abends nicht auf die Straße, schlief immer zu Hause. Er kam in Saschas Zimmer ohne zu fragen, schaute sich dessen Sachen an und fragte: Wozu ist das da? Und das hier? Er hatte einen argwöhnischen Blick, schwieg aber meistens. Seine Unverfrorenheit ging Sascha auf die Nerven, trotzdem beantwortete er geduldig Timofejs Fragen. Er gehörte nun einmal zum Volk. Das Volk, groß und gewaltig, aber noch ungebildet und unwissend; wie jeder russische Intellektuelle hatte Sascha dem Volk gegenüber ein Gefühl von Schuld, das ihn immer belastete.

Als Sascha mit Timofej zum Mähen auf die Insel übersetzte,

ruderte er, und Timofej steuerte im Heck. Sascha hatte noch nie gemäht, wollte es aber Lernen. Auf dem Boden des Bootes lagen zwei Sensen, ein Wetzstein und zwei Mückennetze zum Schutz gegen die Stechmücken: ein grobes aus Roßhaar, das Timofej gehörte, und ein seidenes, das Sascha auf Solowejtschiks Rat in Kansk gekauft hatte. Timofej schaute sich Saschas Mückennetz an und sagte: »Ihr Städter habt eben alles, wir Bauern aber nichts, rein gar nichts haben wir, ihr Städter saugt uns aus.«

Timofej erklärte auf primitivste Weise die Theorie des Mehrwerts. Timofej, der Bauer, erzeugte die materiellen Güter, Sascha und seinesgleichen dagegen produzierten nichts.

Das ging Sascha durch den Kopf, während er sich mit aller Kraft in die Riemen legte, damit die starke Strömung sie nicht an der Insel vorbeitrug.

»Ihr werdet hierher verbannt, damit wir euch durchfüttern«, räsonierte Timofej indessen weiter, »ihr schmarotzt von unserem Blut und Schweiß.«

Sascha gab keine Antwort. Was sollte er auch darauf sagen? Wenn sich Timofej wenigstens Mühe gäbe, die Dinge zu verstehen ... Aber nein, diese Mühe gab er sich nicht. Er hatte einen Verbannten vor sich, rechtlos und geächtet, an dem er sein Mütchen kühlen und den er verhöhnen konnte, sooft und solange er wollte.

»Ah, du hast die Hosen voll, was?« feixte Timofej. »Ich hol gleich mit der Sense aus, schmeiß dich dann in den Strom, und weg bist du. Mir passiert gar nichts. Getürmt ist er, sag ich einfach. Kontras seid ihr, Trotzkisten, wer verlangt schon euretwegen Rechenschaft? So ist das!«

Sascha ruderte zum Ufer, sprang ins Wasser, zog das Boot an Land. Timofej stand nicht auf, er rührte keinen Finger, sondern saß grinsend im Bootsstern und stieg erst aus, nachdem Sascha das Boot ganz aus dem Wasser gezogen und die Kette aufs Ufer geworfen hatte.

»Warum hast du's denn nicht getan?« fragte Sascha.

»Wenn du die Schnauze aufreißt, ersäuf ich dich«, drohte Timofej.

»Hättest es besser tun sollen.«

»Wieso denn?«

»Ganz einfach, weil ich dich gleich umbringe«, sagte Sascha.

Timofej wich einen Schritt zurück.
»Na, na! Laß den Unsinn!«
Eine öde Insel am Rand der Erde. Irgendwo im Innern der Insel waren Schnitter am Werk, die Stechmücken schwirrten und surrten, sonst aber lautlose Stille am vorbeiziehenden Strom. Es gab keine Welt, keine Menschheit, nur sie beide, hier nun würde Abel endlich Kains Sünden, alle seine Verbrechen ahnden.
Ohne den starren Blick von Sascha zu wenden, wich Timofej langsam Schritt um Schritt zurück, drehte sich dann um und stürzte zum Boot, zu den Sensen. Sascha war mit zwei Sätzen bei ihm und stieß ihm die Faust in den Rücken. Timofej fiel ins Wasser, rappelte sich hoch, wandte sich zu Sascha um. Sascha schlug ihm mit voller Wucht ins Gesicht. Timofej stürzte wieder und kroch durchs Wasser ans Ufer.
Nein, er würde Timofej nicht erschlagen, würde sich nicht wegen dieses Scheißkerls vollends ins Unglück bringen. Timofej stand nicht auf, er lag am Ufer und blickte ängstlich zu Sascha hoch. Eine widerliche Schnauze.
Wie trostlos …
Sascha ging zum Boot, warf die Sensen, den Wetzstein und Timofejs Netz ans Ufer, griff nach den Riemen und ruderte zum Dorf zurück.

Beim Abendessen erklärte Sascha, er würde umziehen.
»Hast du's nicht gut bei uns?« fragte der Soldat. »Hast Timoschka Mores gelehrt, sehr vernünftig. Ein schlimmer Kerl, der immer jemandem drohen muß, ein übler Patron. Niemand ist vor ihm sicher. Bist ja ein kräftiger Bursche, solltest mit Wassja losziehen, dem gehören alle Mädels im Dorf, vielleicht tritt er dir eine ab.«
»Die Lehrerin hat ein Auge auf ihn geworfen«, lachte Wassilij.
Timofej schwieg und sah keinen an.
Eigentlich ein gutes Haus, aber ständig mit der Drohung zu leben, daß Timofej sich an ihm rächen würde, war nicht nur lästig, sondern in Saschas Lage auch riskant. Am nächsten Morgen brachte er seinen Koffer zu seiner neuen Behausung.
Die Kate hatte außer der Küche noch eine kleine Stube, die er mietete. Seine neuen Wirtsleute waren alt und ärmer als die

vorigen, ernährten ihn aber leidlich. Im Kolchos arbeiteten sie nur wenig, waren den ganzen Tag zu Hause, zankten sich nicht. Die Alte nannte ihren Mann »mein Schiefchen«, er war wirklich etwas schief geraten und klein von Wuchs. Im Haus war es still; die Bäuerin hantierte mit dem Schürhaken am Herd, der Bauer mit der Axt auf dem Hof, wo er irgend etwas ausbesserte. In der Stube roch es nach frisch geschrubbten Dielen, an den nachgedunkelten Bretterwänden hingen Bilder von Lenin und Kalinin, daneben aus der Zeitschrift *Niwa* ausgeschnittene Photos von der Zarenfamilie in einer offenen Kalesche.

Manchmal ging der Alte früh morgens weg und kam erst gegen Abend zurück; auf die Frage, was er im Kolchos machte, pflegte er zu antworten: »Nun, immer das, was sie mir befehlen.«

Unter den hier gegebenen Verhältnissen war Kolchos ein sehr relativer Begriff. Die Kollektivierung hatte später eingesetzt als in anderen Gebieten, und nach Stalins Aufsatz *Vor Erfolgen von Schwindel befallen* lösten sich die Kolchose einfach auf. Wieder aufgebaut wurden sie erst nach etwa zwei Jahren. Was sollte man hier auch schon kollektivieren? Infolge der kurzen Wachstumsperiode erntete eine Familie kaum genug Getreide, um sich selbst durchzubringen. Würde trotzdem Getreide requiriert werden, mußte man es entweder mit Schlitten sechshundert Kilometer weit oder die Angara stromab über die Stromschnellen befördern, und beides war unmöglich. Vieh? Jeder hatte etwa zehn Kühe, das bedeutete also, zweitausend Stück Vieh und etwa tausend Pferde pro Dorf. Das Vieh wurde vergesellschaftet und auf die Höfe der umgesiedelten Kulaken getrieben. Dabei ging die Hälfte der Herde ein, denn mit dem Winter war in diesem Landstrich nicht zu spaßen. Und dann trieb man das Vieh wieder auf die Bauernhöfe zurück, aber nicht als Privatbesitz, sondern als Kolchosvieh. Wohin sollte man die Milch abliefern? Buttermaschinen gab es nicht, Molkereien auch nicht. Zur Verwaltung nach Keshma bringen? Ganz im Gegensatz zum Viehbestand, der zusehends kleiner wurde, wurde die immer größer. Was blieb, war die Jagd, der Haupterwerbszweig der Gegend. Von Mosgowa aus führte ein direkter Weg nach Wanawara zu den Tungusen. Vor der Kollektivierung wurden die Eichhornfelle bei der Genossenschaft für

Rauchwarenerfassung abgeliefert. Jetzt aber war der Kolchos zwischengeschaltet, also mußte dort abgeliefert werden, und er behielt die Hälfte der Einkünfte. Die Jäger versteckten deshalb einen Großteil ihrer Beute und verkauften sie an die Tungusen, die Faktoreien zahlten nämlich den vollen Preis.
Nach etwa zwei Jahren wurde man in der Zentrale darauf aufmerksam: Die Ausbeute an Fellen war um die Hälfte zurückgegangen. Dabei brachten die Felle doch Devisen! Man schickte eine Kommission, die hin und her knobelte und schließlich die Lösung fand: Die Jäger wurden durch die Arbeit in der Landwirtschaft abgelenkt, die die Wurzel des Übels war. Die Landwirtschaft war schädlich, sie warf keinen Ertrag ab, der Staat hatte keinen Nutzen davon, nur Nachteile und Verluste. Deshalb sollte die Landwirtschaft in dem Bezirk eingestellt werden, der nur noch Pelztierjagd betreiben und Getreide aus anderen Agrarbezirken geliefert bekommen sollte, so wie man auch die Ewenken mit Getreide versorgte.
Mittlerweile verkauften die Kolchosniks die Felle an die Tungusen, um sich Getreide zu beschaffen. Korn selber anzubauen, war ihnen untersagt, und hergebracht wurde es nicht, weil man das inzwischen vergessen hatte. Der Bezirksregierung gegenüber rechtfertigte man sich damit, daß die Eichhörnchen nach Norden abgewandert seien, man benötige drei Wochen für den Marsch, die Winterlager müßten dort erst gebaut und eingerichtet werden. Außerdem zerstörten die Tungusen die Lager, es käme sogar zu Schießereien. In Wirklichkeit hatte es jedoch noch nie eine so feste Freundschaft mit den Tungusen gegeben, man tauschte die Felle nicht nur gegen Korn, sondern vor allem gegen Sprit. In den Faktoreien hatten die Ewenken alles. Gesoffen wurde gemeinsam. Das abgelegene sibirische Dorf, das dem Staat jährlich bis zu hunderttausend Eichhornfelle geliefert, große Viehherden nach Irkutsk getrieben und sich mit Getreide, Milch und Fisch selbst versorgt hatte, gab die Jagd auf, säte kein Korn mehr, und sein Viehbestand verringerte sich auf ein Zehntel. Wie die anderen Dörfer an der Angara wurde auch dieses Dorf den Bauern am Altai aufgeladen, die selber nichts zu essen hatten.
Und doch litten die Dörfer an der Angara nicht unter der allgemei-

nen Hungersnot, die Anfang der dreißiger Jahre herrschte. Die Entfernung und Abgelegenheit, die jahrhundertealte Struktur der Naturalwirtschaft bewahrte sie davor. Der Strom ernährte die Menschen mit Fischen, die man mit der Mütze herausholen konnte: Äsche, Taimen, Lachse, die zum Laichen stromauf zogen. Der Wald ernährte sie mit Beeren und Pilzen. Das Vieh, das zwar als Kolchoseigentum galt, stand auf dem eigenen Hof, weil die seit über zwei Jahren im Bau befindlichen Viehställe noch immer nicht fertig waren, dazu kam das Geflügel, die Sau mit dem Ferkel und die Schafe – sie waren nicht vergesellschaftet –, deren Wolle man schor. Außer auf Felle gab es kein Abgabesoll, und auch das wurde von Jahr zu Jahr gesenkt, bis man schließlich die Gegend nicht nur als Landwirtschaftsbezirk, sondern auch als Jagdbezirk abschrieb. Der Bezirk wurde nun nur noch als Molkereiwirtschaftsgebiet geführt und verpflichtet, täglich frische Milch für die Bezirksregierung zu liefern, die der Kolchos in Keshma nicht mehr allein durchfüttern konnte. Mosgowa lieferte die Milch pünktlich ab, was nicht schwierig war. Von den zweitausend Kühen waren nur noch zweihundert übrig, die Bauern luden zehn Milchkannen auf einen Leiterwagen, und ab ging's.

Sascha kam nach Mosgowa, als das Dorf noch nicht vollends verelendet war. Geld war gefragt: Für die Kammer und die Verpflegung zahlte er den Wirtsleuten zwanzig Rubel. Manchmal brachte er auch eine aus Birkenrinde gefertigte Satte mit saurer Sahne mit – er reparierte die Milchzentrifuge des Dorfes. Es war eine schwedische Maschine, die Ende vorigen Jahrhunderts gebaut worden war, eine sogenannte »Alpha-C«. Sehr kompliziert auseinanderzunehmen und zu reinigen. Mit einer Milchzentrifuge hatte Sascha zum ersten Mal drei Jahre zuvor während seines Betriebspraktikums in einem Dorf zu tun gehabt. Ihre Transportkolonne wurde bei der Erntearbeit auf dem Land eingesetzt. Ein enteigneter Kulake hatte die Milchzentrifuge zurücklassen müssen, aber niemand konnte sie bedienen. Der Schlosser ihrer Kolonne nahm sie auseinander, reinigte die Teile und setzte sie wieder zusammen. Aus Neugier hatte Sascha es ihm damals nachgemacht, was ihm nun zustatten kam. Das Gerät war alt, das

Achsgewinde ausgeleiert, die Schraubenmutter wackelte, eine Fräse, um ein neues Gewinde einzufräsen, war nicht vorhanden.

»Bestellt eurem Vorsitzenden«, sagte Sascha, »er soll die Zentrifuge nach Keshma schaffen lassen, dort können sie ein neues Gewinde einfräsen, sonst fällt euch das Ding noch ganz auseinander.«

Entweder richteten die Kolchosbäuerinnen dem Vorsitzenden Saschas Ratschlag nicht aus, oder der Vorsitzende hatte anderes zu tun, als sich um die Zentrifuge zu kümmern. Jedenfalls blieb alles beim alten.

Die Zentrifuge war der Treffpunkt der verheirateten Bäuerinnen. Zur Zentrifuge zu gehen bedeutete, wenigstens für ein Stündchen das Haus zu verlassen und zu schwatzen, bis man an der Reihe war – ein kleiner Lichtblick in ihrem jammervollen Dasein. Die Frauen hatten hier alles am Hals: das Feld, die Gemüsebeete, den Strom, das Vieh, den Haushalt. Der echte Angarabewohner war Jäger und Vagabund, er verachtete jede Arbeit, besonders die im Hause. Solowejtschik hatte schon recht: Hier war die Frau mit zwanzig ein Arbeitspferd, mit dreißig eine Schindmähre. Ihr blühendes Alter war zwischen dreizehn und sechzehn, also vor der Ehe. Obwohl die Mädchen im Kolchos wie auch in Haus und Hof ebenso arbeiteten wie die Erwachsenen, hatten sie doch abends die Dorfstraße. Vorneweg gingen in zwei Reihen die Mädchen und sangen, hinter ihnen, ebenfalls in zwei Reihen, die Jungen mit dem Ziehharmonikaspieler. So gingen sie bis zum Ende des Dorfes und wieder zurück, solange bis die Dunkelheit einbrach. Dann machten sie sich paarweise davon – zu den Tennen und Heuböden. Wenn der Ehemann seiner Frau etwas vorwarf, dann, daß sie jungfräulich geblieben war und schon als Mädchen keiner was von ihr hatte wissen wollen.

Wider alle Erwartungen hatte der Zwischenfall mit Timofej Saschas Ansehen im Dorf gestärkt: Ein Verbannter hatte nicht gefürchtet, einen Ortsansässigen zu verprügeln. Verbannten sah man schon seit der Zarenzeit nichts nach – ganz gleich, ob es Diebstahl, Saufen oder Prügelei war, das ganze Dorf rechnete mit dem Betreffenden ab, Schuldige fand man hinterher nie. Das waren allerdings meist Kriminelle, die Politischen prügelten sich nicht. Dieser Deportierte aber, erzählte Fedja, Verkäufer von der Konsumgenossenschaft, kam direkt aus Moskau und fürchtete niemanden, weil er bestimmte Jiu-Jitsugriffe kannte – Fedja benutzte die unbekannten Wörter, um seine eigene Beschlagenheit herauszustreichen.

Dank Fedja war Sascha in Mosgowa gelandet.

Im Gegensatz zu dem trägen und verschlafenen Bevollmächtigten des NKWD in Bogutschany war Alfjorow, der Bevollmächtigte in Keshma, ein beweglicher, krankhaft hagerer Mann, der Sascha forschend musterte und knapp fragte: »Womit sind Sie hergekommen?«

»Mit dem Boot des Verkäufers der Konsumgenossenschaft aus Mosgowa.«

»Ist er schon weitergefahren?«

»Nein.«

»Also gut, Sie fahren mit ihm nach Mosgowa«, entschied Alfjorow, der das offenbar für das Einfachste hielt: Der Mann saß ja schon im Boot.

Sascha war damit auch zufrieden. Es waren nur zwölf Kilometer bis Keshma, obendrein wohnte Fedja in Mosgowa, immerhin schon etwas.

Eines Abends kam Fedja zu ihm und rief ihn auf die Straße. Auf den aufgeschichteten Stämmen in der Nebengasse saßen die geschiedene Larissa, unscheinbar, pickelig, die ihn mit ihren schmalen Augen verstohlen anschaute, und Fedjas Schwester Marusja, ein vierschrötiges, gutmütiges Mädchen mit flachem Gesicht. Fedja ließ sich neben Larissa auf den Stämmen nieder und sagte zu Sascha: »Setz dich zu meiner Schwester.«

Marusja sah Sascha an und lächelte ihm aufmunternd zu: Setz dich zu mir, leg mir den Arm um die Schultern, schau nur, wie breit und einladend meine Schultern sind, und meine Brüste ebenfalls, bei mir kannst du dich aufwärmen.

Trotzdem ließ er sich in einigem Abstand von ihr nieder. Irgend etwas hielt ihn zurück. Lukeschka in Bogutschany hatte etwas Lebhaftes, Halbwüchsiges gehabt, sie hatte schamlos-naiv mit ihm gespielt und ihn unwillkürlich an Katja erinnert. Er wußte nicht, worüber er sich mit dieser vierschrötigen Dicken unterhalten sollte, sicherlich brauchte man's auch gar nicht, die wartete doch bloß darauf, daß man sie im Heu umlegte. Von der Straße tönten Lieder und Ziehharmonikamusik. Die Lehrerin Sida ging vorbei; Nursida Hasisowna war Tartarin, etwa fünfundzwanzig oder sechsundzwanzig Jahre alt. Sie wurde allgemein Sida genannt, die Schüler redeten sie mit ›Sinaida Jegorowna‹ an. Sie schlenderte vorbei, sah zu Sascha und seinen neuen Bekannten herüber. Marusja sagte mit einem gutmütigen Lächeln zu Sascha: »Die meint dich.«

»Wieso?«

»Sie mag dich wohl. Soll ich dich hinbringen?« Sascha gefiel ihre wohlwollende Offenheit: Wenn du mich nicht willst, nimm eine andere, ich bin dir gern behilflich. Einfach, ohne Kränkung.

»Nein, laß nur«, antwortete er.

»Was paßt dir denn nicht an ihr?«

»Klapperdürr«, antwortete Fedja an Saschas Stelle.

»Dafür trägt sie städtische Kleider und Seidenhosen«, warf Larissa ein.

»Und nichts als Knochen darunter«, widersprach Fedja.

Er stand auf und reckte sich.

»Komm, Larissa, sonst werden die Fladen kalt.«

»Ich hab sie in ein Tuch gewickelt, da bleiben sie warm.«

Auf dem Hof sagte sie: »Geht auf den Heuboden, ich hole nur noch die Fladen.«

Sie stiegen auf der Leiter zum Heuboden hinauf. Es roch nach vorjährigem Heu. Eine mondhelle Nacht, Marusjas rundes Gesicht leuchtete wie ein weißer Fleck im Dunkeln. Sasche spürte ihren abwartenden Blick, hörte ihren Atem. Fedja griff unter die Dachsparren, in seiner Hand blitzte eine Flasche, Gläser klirrten.

An diese Nacht konnte sich Sascha nur noch vage erinnern. Larissa und Marusja tranken wenig, er dagegen, um nicht hinter Fedja zurückzustehen, leerte ein halbes Glas reinen Spiritus, die Kehle brannte, er trank Wasser nach, aß Dörrfisch. Er erinnerte sich noch an seine protzigen Reden, seine Großtuerei. Er hatte damit geprahlt, wie man in Moskau trank. Ihn hatte der Hafer gestochen, ihm war schon alles egal, er wollte aus sich selbst heraus,

weg von seinem bitteren Schicksal. Er verlangte nach mehr Spiritus, Fedja hob die Flasche und zeigte, daß sie leer war. Später mußte er sich dann übergeben, nicht auf dem Heuboden, schon draußen auf dem Hof, der nach Jauche roch. Fedja und Marusja beugten sich mit ihren weißen Gesichtern über ihn, schoben ihm eine Schöpfkelle mit Wasser zwischen die Zähne, gossen es ihm über den Kopf, ins Hemd. Er rappelte sich auf, torkelte, es packte ihn wieder, er erbrach lange und qualvoll, am fernen Himmel glitzerten die Sterne, im Dorf bellten Hunde. Sie zogen ihn irgendwo hin, er wehrte sich, kroch durchs Fenster ins Haus, weil er die Wirtsleute nicht wecken und sich nicht blamieren wollte.
Morgens hörte er die Wirtsleute aufstehen und zur Arbeit gehen, er stellte sich schlafend, schlief auch wieder ein, und als er aufwachte, war niemand mehr im Haus. Er stand auf, ging in den Keller hinunter, wo ihn die angenehme Kühle feuchter Erde umfing, holte eine Satte mit saurer Sahne, auf der ein Holzdeckel lag, aus dem Regal, stieg in die Küche hinauf, nahm sich einen Wecken, noch ganz warm und weich, tunkte ihn in die Sahne und aß. Er fühlte sich gleich etwas besser. Dann schlief er bis zum späten Nachmittag durch und stand erst zum Abendessen auf. Die beiden Alten stellten keine Fragen, aber er war sicher, daß sie alles wußten.
Am nächsten Morgen ging es ihm wieder besser, aber seine Laune war miserabel. Er wollte das Haus nicht verlassen, weil er befürchtete, Fedja, Marusja oder Larissa zu treffen, und er sich vor ihren spöttischen Blicken genierte. Er konnte nicht verstehen, wie er sich so hatte gehen lassen können. Schweinerei! Mehr trinken, als man vertrug, das passierte schon mal, aber so anzugeben und zu prahlen, war ihm doch völlig fremd. Trotzdem mußte er in den Laden gehen, weil er keine Zigaretten mehr hatte. Fedja begrüßte ihn mit freundlichem Lächeln. Hallo! Hallo! Was macht der Kopf? In Ordnung? Na, um so besser. Er gab ihm die Zigaretten und Streichhölzer und schlug vor, eine Gitarre mit einer Anleitung zum Selbstunterricht zu kaufen. Er hatte drei geliefert bekommen, aber weder die Tungusen noch die Sibiriaken spielten Gitarre. Sascha lehnte ab und bereute es später, er hätte es doch lernen können. Auf der Straße traf er Marusja, sie hatte ein Tragholz auf

der Schulter, brachte Wasser zum Fluß und lächelte ihm zu, als sei nichts vorgefallen.
Das Dorf nahm das Vorkommnis nicht weiter zur Kenntnis, er hätte sich keine Gedanken zu machen brauchen; daß einer mal über den Durst trank, war doch nichts Besonderes. Außerdem hatte Fedja den Mädchen befohlen, bloß den Mund zu halten, weil der Spiritus aus dem Konsum, also umsonst war.
Der einzige, der Sascha darauf ansprach, war Sewolod Sergejewitsch, ein Verbannter aus Moskau, ein hagerer, sehniger Mitdreißiger, der wegen seiner Glatze, der fleischigen Nase und den schmalen spöttischen Lippen älter wirkte. Er lachte bloß gutmütig: Kommt vor.
Warum man ihn verbannt hatte, erzählte er nicht, das war nicht üblich. Auf dem Transport erzählte man es sich, hier dagegen nannte man nur noch den Paragraphen, und der war bei fast allen der gleiche: achtundfünfzig, Absatz zehn.
Sewolod Sergejewitsch hatte die Verbannung zunächst in Keshma verbüßt und war dann nach Mosgowa geschickt worden – er hatte mit einer Angestellten der Bezirksfinanzbehörde angebandelt, und das war Verbannten untersagt. Man hätte ihn noch weiter wegschicken können, gute hundert Kilometer weg, Entfernungen spielten hier keine Rolle. Aber er durfte seine Arbeitsstelle in Keshma behalten, mußte jetzt allerdings täglich vierundzwanzig Kilometer zu Fuß zurücklegen. Im Frühjahr wurde er jedoch entlassen, weil man einen Buchhalter aus der Kreisstadt geschickt hatte. Jetzt verdiente sich Sewolod Sergejewitsch seinen Unterhalt in Mosgowa, schreinerte, mähte, brachte Heu ein, grub Gemüsebeete um und fischte. Das Dorf staunte über seine Turnhosen – hier hatte man nie welche gesehen, man lief in Unterhosen herum. Außerdem half er dem Rechnungsführer im Kolchos, einem Halbwüchsigen, der die Stelle bekommen hatte, nachdem er einen Lehrgang in Kansk abgeschlossen hatte.
Frauen bedeuteten ihm alles. Von ihnen sprach er mit zynischer Offenheit. Als er sah, daß Sascha darauf sauer reagierte, meinte er, ohne jedoch beleidigt zu sein: »Was bleibt uns noch in diesem Leben? Was haben Sie hier denn sonst? Die einzige Freude sind die Frauen, etwas anderes gibt's hier nicht. Schätzen Sie das Wenige,

das uns die Kommandantur läßt. Sie sind ein Mann, folglich sind Sie noch ein Mensch.«

Sascha schockierten solche Reden, aber trotzdem empfand er Freundschaft für Sewolod Sergejewitsch. Für ihn hatte dieser etwas vom Moskau der zwanziger Jahre an sich, von dem Moskau, in dem Sascha seine Kindheit verbracht hatte, etwas von den Redensarten jener Zeit, den Witzen, Zigeunerromanzen. Sewolod sang mit angenehmer Baritonstimme: »Mein Lieb wohnt in dem hohen Turm.« Er hatte etwas Ungezwungenes und – wie Sascha später verstand – sehr Menschliches aus jener Zeit herübergerettet. Von einem Moskauer der dreißiger Jahre hatte er nichts an sich. Offenbar war er schon lange von dort weg.

Als er von Saschas Besäufnis erfuhr, verlor er nicht viele Worte darüber, er sagte nur: »Das ist keine Gesellschaft für Sie. Schauen Sie sich doch mal die Lehrerin an. Eine reizende und gebildete Frau. Ausgerechnet sie hat es an die Angara verschlagen.«

»Darüber war ich auch erstaunt«, gestand Sascha, »so weit weg von aller Zivilisation.«

»Irrungen und Wirrungen der Liebe muß man annehmen«, hakte Sewolod Sergejewitsch sogleich ein, »eine, die sich der Dreißig nähert, allein, zudem östlicher Herkunft, das ist ein wirkliches Geschenk des Himmels ...«

»Sie sieht gar nicht tatarisch aus«, bemerkte Sascha.

»Die sibirischen Tataren sind völlig russifiziert«, erklärte Sewolod Sergejewitsch, »Tataren aus Tobolsk, Tomsk, Kusnezk, sind typische Russen, richtige Sibirier. Mohammedaner? Was für Mohammedaner gibt's heutzutage? Man findet ja nicht mal gläubige Christen! Aber der Nationalcharakter, die Wesensart, der Typus – bleibt natürlich, besonders bei Frauen: Dienerin des Mannes, treu und hingebungsvoll, aber auch hochmütig. In ihrem Blick liegt etwas von einem Tatarenkhan ... Ich sage Ihnen offen, mich hat sie abblitzen lassen. Warum? Was weiß ich. Bei Ihnen ist's was anderes ... Viel Glück, Sascha! Alles geht vorüber, was bleibt, sind die Frauen, die uns im Leben begegnen. Gehen Sie ran, amüsieren Sie sich. Solche Frauen sind heutzutage rar, Sie können mir glauben, ein solches Weib wäre sogar in Moskau eine Gabe Gottes.«

»Sie könnte Ärger kriegen«, meinte Sascha.
»Das glaube ich kaum, eine andere Lehrerin findet sich für hier nicht. Außerdem gibt's meines Erachtens keinen Denunzianten, weil niemand hinter ihr her ist. Natürlich sollten Sie die Beziehung nicht unbedingt an die große Glocke hängen. Schlimmstenfalls schiebt man Sie nach Sawino oder Frolowo ab, aber diese Frau ist es wert.«

Neben den stämmigen, breitwangigen Dorfmädchen, barfuß und in weiten wehenden Röcken, wirkte Sida, die mittelgroß und schlank war, fast wie ein Backfisch. In ihrem kurzen schmalen städtischen Kleid sah sie fremd und schutzlos aus: eine junge einsame Lehrerin, die es in dieses abgelegene Taigadorf verschlagen hatte, wo das Lernen als unnütze Beschäftigung und die Schule als Last galt.
Sie kam in den Laden, als Sascha einkaufte, und zwar nicht zufällig. Ihre grauen Augen waren offen und ruhig, ein direkter, vielleicht etwas entrückter Blick. Ein freundliches, wohlwollendes Lächeln. Mit Sascha sprach sie so selbstverständlich wie mit einem Bekannten, im Dorf war jeder mit jedem bekannt. Trotzdem war in der Tiefe ihrer Augen noch etwas anderes zu lesen.
Fedja klagte, daß er schon seit einem Jahr keine Seife mehr bekommen habe, Tee und Petroleum habe man auch nicht gebracht, Kattun schon, aber nicht in der Farbe, die hier gefragt sei. Sida hörte aufmerksam zu, sie zeigte Verständnis für Fedjas Sorgen, antwortete einsilbig, aber so, wie man antworten mußte, wenn man nur durch Zuhören helfen konnte.
Sascha blätterte in den Broschüren, die ebenfalls geliefert worden waren: über den Anbau von Flachs und Baumwolle. Hier wuchs aber weder Flachs noch Baumwolle.
»In der Schule haben wir Bücher zum Lesen, möchten Sie welche?« fragte Sida.
»Sehr gern!«
»Kommen Sie abends zu den Booten, ich bringe Ihnen einige mit.« Sie sagte es ganz einfach, mit der natürlichsten Stimme der Welt, genau in dem Augenblick, als Fedja durch die hintere Tür im Lagerraum verschwand.

Sie trafen sich abends am Ufer bei den Booten, die nach feuchtem Holz, Fisch und Teer rochen. Sida hatte einen Mantel an, bis oben zugeknöpft, war aber barhäuptig. Im Mondschein wirkte ihr feines Gesicht sehr jung, man hätte meinen können, sie sei noch ein junges Mädchen, wenn nicht ihr wissender Blick die Erfahrung der reifen Frau verraten hätte.
»Ich weiß nicht, was für Bücher Sie lesen möchten, kommen Sie mit zu mir, dann können Sie sich etwas aussuchen.«
Sascha zog sie an sich und küßte ihre weichen Lippen, sie schloß die Augen, er hörte, wie ihr Herz schlug ... Sie lehnte sich zurück, sah ihm kurz in die Augen und flüsterte, sich sacht aus seinen Armen lösend: »Warte.«
Sie zupfte ihr Halstuch zurecht und nahm Sascha bei der Hand. Zuerst gingen sie am Ufer entlang und folgten dann einem Pfad, der an kleinen dunklen Badehäusern vorbei den Steilhang hinaufführte.
»Warte hier, komm erst herein, wenn ich die Lampe angezündet habe.«
Sascha lehnte sich an die nachgedunkelte Bretterwand eines Badehäuschens und wartete. Im Fenster ging das Licht an. Er sprang über den Zaun und überquerte den Hof. Die Tür war offen ...
Kurz vor dem Morgengrauen verließ er sie. Er ging den gleichen Weg, den sie abends zusammen gegangen waren, vorbei an den Badehäuschen, am Ufer entlang, und kam vom anderen Ende zu seinem Haus. Sie hatten sich nicht verabredet, der ganze Tag lag vor ihnen, da würden sie noch etwas ausmachen können. Aber es kam anders, sie trafen sich nicht, weil Sida nach Keshma fahren mußte.
Am späten Abend ging Sascha auf die Straße. Das Dorf schlief schon, nur in ihrem Fenster brannte noch Licht. Wie gestern sprang er über den Zaun, griff beim Haus angekommen nach der Klinke. Die Tür gab leise knarrend nach.
»Warum schließt du die Tür nicht ab?«
»Ich dachte, du kommst noch ...«

Sida sprach ein reines, akzentfreies Russisch, ansonsten war sie, wie Sewolod Sergejewitsch richtig gesagt hatte, eine Frau des

Ostens: folgsam, leidenschaftlich, Saschas leiseste Berührung raubte ihr die Sinne ... »Was machst du mit mir ...« Und zugleich spürte er aber auch ihre orientalische Zurückhaltung, ja Verschlossenheit. Von sich sprach sie wenig und ungern, erwähnte plötzlich mal ihren Mann und verbesserte sich sofort: mein früherer Mann. Ihr Töchterchen lebte zu Hause bei ihren Eltern in Tomsk, Rosa war schon fünf Jahre alt ... In Tomsk hatte Sida die Pädagogische Hochschule absolviert, anschließend fünf Jahre als Lehrerin gearbeitet und war dann hierher gefahren. »Mir hing dort alles zum Hals heraus.« Aber warum sie ausgerechnet hierher, in dieses weltabgeschiedene Nest, gekommen war, sagte sie nicht ... »Das hat sich so ergeben...« Sie stimmte wortlos zu, als er sagte, ihre Beziehung müsse geheim bleiben. Sascha wollte ihr Unannehmlichkeiten ersparen, obwohl sie genau wußte, daß auf dem Dorf ein solches Geheimnis nicht zu hüten war. Aber sie widersprach nicht, stellte keine Forderungen, keine Tränen, kein Streit, aber auch keine lauten Freudenausbrüche oder Liebesschwüre. Nur einmal, als Sascha nachts aufwachte, sah er, daß Sida nicht schlief. Auf den Ellbogen gestützt, betrachtete sie ihn.

Er streichelte ihre Wange.

»Warum schläfst du nicht?«

»Ich denke nach.«

»Worüber?«

Sie sagte lachend: »Ich möchte gern wissen, wo solche schönen Männer herkommen.«

2

Sie kamen zu Sascha gelaufen – die Milchzentrifuge war mal wieder kaputt. Erst kürzlich hatte er sie repariert und dabei festgestellt, daß jede weitere Reparatur sinnlos sein würde. Das Gewinde war ausgeleiert und faßte die Schraubenmutter nicht mehr. Wie oft hatte er's ihnen schon gesagt, schafft sie in die Maschinen- und Traktoren-Station. Sie hatten es immer noch nicht getan.
Trotzdem ging er hin. Die Frauen aus dem Dorf standen um die Zentrifuge herum. Auch der Kolchosvorsitzende Iwan Parfjonowitsch war da, ein kräftiger, knorriger Bauer. Sascha kannte ihn nicht, wußte aber, daß mit ihm nicht gut Kirschen essen war. Seine Kolchosniks lehrte er mit den Fäusten Mores. Als Sascha kam, sprach Sida mit ihm, sie warf ihm einen Blick von der Seite zu.
»Guten Tag«, grüßte Sascha fröhlich, »was gibt's denn?«
Er sah es selbst, die Zentrifuge war auseinandergefallen. Das war zu erwarten gewesen.
»Deine Arbeit?« fragte Iwan Parfjonowitsch.
»Wieso denn meine?« erwiderte Sascha. »Das ist eine schwedische Arbeit, die Zentrifuge haben Schweden gebaut.«
»Schweden, Schweden«, brummte Iwan Parfjonowitsch mürrisch. »Du hast sie kaputtgemacht, mach sie wieder ganz.«
»Ich habe sie nicht kaputtgemacht, kein Mensch hat sie beschädigt. Die Zentrifuge ist hundert Jahre alt, das Wellengewinde völlig abgenutzt. Ich habe ja schon mehrmals gesagt, man muß sie in die MTS bringen und dort ein neues Gewinde einfräsen lassen.«
»Wem hast du das gesagt?«
Sascha wies auf die Frauen.
»Ich hab' es allen gesagt, und alle haben es gehört.«
»Nicht ihnen mußt du es sagen, mir mußt du es melden, du Arschloch.«
»Soweit ich weiß, bin ich bei Ihnen nicht angestellt und deshalb auch nicht verpflichtet, Ihnen etwas zu melden.«

»Ach, du Saukerl, Saboteur, verfluchter!« explodierte Iwan Parfjonowitsch. »Erst beschädigst du die Zentrifuge, und dann schiebst du es auch noch den Weibern in die Schuhe?!«
»Was für einen Ton erlauben Sie sich mit mir?!«
»Was?! Mein Ton paßt dir nicht, verdammte Trotzkistenbrut?! Weißt du überhaupt, vor wem du stehst?« Iwan Parfjonowitsch ballte die Fäuste.
»Ich stehe vor einem Hornochsen, verstanden?« Sascha lachte Iwan Parfjonowitsch ins Gesicht. »Merk dir's: vor einem Hornochsen.«
Damit drehte er sich um und ging weg. Was Iwan Parfjonowitsch ihm nachrief, konnte er nicht mehr verstehen.

Am selben Abend hielt ein Leiterwagen vor Saschas Haus, ein Bauer sprang herunter, kam ins Haus und händigte Sascha einen Zettel aus: »An den Deportierten A. P. Pankratow. Nach Erhalt dieses Befehls haben Sie sich unverzüglich beim Bevollmächtigten des NKWD des Bezirks Keshma Gen. Alfjorow im Dorf Keshma zu melden.« Darunter stand Alfjorows Namenszug, recht manierlich, ohne Schnörkel, die Unterschrift eines gebildeten Mannes.
Alfjorow selbst machte auf Sascha den gleichen Eindruck, sonderbar, daß er dann nur Bezirksbevollmächtigter war, welchen Dienstgrad er hatte, war Sascha nicht klar. Wie zuvor, als Sascha sich zum ersten Mal bei ihm gemeldet hatte, trug Alfjorow Zivil. Seine Amtsräume befanden sich in der vorderen Hälfte des Hauses, in dem er wohnte. Er empfing Sascha in seiner geräumigen Wohnstube, von der eine Tür zu den Amtsräumen führte, die zweite ins kleine Schlafzimmer, die dritte in die Küche. Von dort wehte es kühl herein, dort lag der Ausgang zum Hof.
»Setzen Sie sich, Pankratow«, Alfjorow wies auf einen Stuhl am Tisch und nahm auf der anderen Seite des Tisches Platz. Er war liebenswürdig und lebhaft, Sascha schien, daß er ein wenig beschwipst war. »Wie haben Sie sich an dem neuen Ort eingerichtet?«
»Hab' mich eingerichtet.«
»Ein anständiges Zimmer, anständige Wirtsleute?«
»Durchaus.«

»Schön, sehr schön.«
Alfjorow stand auf, nahm den Zylinder von der über dem Tisch hängenden Petroleumlampe ab, zündete den Docht an, schraubte ihn etwas höher und setzte den Zylinder wieder auf. Die Ecken der Stube versanken im Dunkeln, die Tischplatte war jetzt hell beleuchtet, Sascha sah ein Blatt Papier darauf und erriet sofort, daß es eine Beschwerde gegen ihn war.
»Also«, sagte Alfjorow und setzte sich gemächlich hin, »alles bestens, alles großartig, na wunderbar ... Aber das da ist ausgesprochen übel, Pankratow«, damit wies er auf das vor ihm liegende Blatt. »Man beschwert sich über Sie – wegen vorsätzlicher Sabotage, hier steht wortwörtlich: ›Hat die einzige Milchzentrifuge im Dorf vorsätzlich mit dem Ziel der Sabotage beschädigt.‹ Was können Sie dazu sagen?«
»Ich habe die Zentrifuge nicht beschädigt«, antwortete Sascha, »ich habe sie dreimal gereinigt, mußte sie jedes Mal auseinanderschrauben, und das ist ziemlich kompliziert. Als ich sie das erste Mal auseinandernahm, sah ich, daß das Gewinde an der Welle hoffnungslos ausgeleiert war, die Schraubenmutter saß schon ganz locker; und es war klar, daß sie sich in allernächster Zeit noch weiter lockern würde. Man hätte die Zentrifuge in die MTS bringen müssen, um dort ein neues Gewinde einbauen zu lassen. Jeder Schlosser wird das bestätigen. Das habe ich ihnen gleich gesagt und auch wiederholt, als ich den Apparat zum zweiten und zum dritten Mal auseinandergeschraubt habe. Meine Schuld ist es also nicht. Schuld sind die, die ihn nicht rechtzeitig in die MTS gebracht haben. Ich konnte es ja nicht selber machen, weil mir untersagt ist, mich aus dem Dorf zu entfernen.«
Alfjorow hörte ihm aufmerksam zu, änderte bloß mehrmals die Stellung, um bequemer zu sitzen und sah Sascha mit merkwürdigem Blick an. Sicherlich hat er beim Mittagessen einen hinter die Binde gegossen und ist jetzt zu einer längeren Unterhaltung aufgelegt, Zeit hat er ja mehr als genug.
»Schön«, sagte Alfjorow, »Sie haben also gleich beim ersten Mal, als Sie die Zentrifuge auseinanderschraubten, festgestellt, daß das Gewinde nichts mehr taugte. Habe ich Sie richtig verstanden?«
»Jawohl, und da habe ich gleich gesagt ...«

»Momentchen. Sie behaupten, jeder Schlosser würde bestätigen, daß der Apparat mit diesem Gewinde unbrauchbar ist.«
»Natürlich wird er das bestätigen.«
»Jetzt passen Sie mal auf, Pankratow. Der Schlosser wird bestätigen, daß das Gewinde jetzt, ich wiederhole, jetzt, überdreht ist. Aber kein Schlosser wird bestätigen, daß es schon vor einem Monat überdreht war, als Sie die Zentrifuge zum ersten Mal auseinanderschraubten. Und wenn man ihn fragt: Könnte Bürger Pankratow beim Festziehen der Schraubenmutter das Gewinde verkantet oder überdreht haben? Was wird der Schlosser antworten? Ja, wird er sagen, auszuschließen ist das nicht; schon möglich, daß er die Schraubenmutter falsch angesetzt, den Schlüssel mit einem Ruck herumgerissen und das Gewinde damit überdreht hat. Logisch?«
»Nein, gar nicht logisch«, antwortete Sascha.
»Wirklich nicht?« fragte Alfjorow erstaunt. »Und ich dachte immer, Logik sei meine starke Seite. Wieso bin ich unlogisch, Pankratow?«
»Als ich die Zentrifuge zum ersten Mal auseinandergeschraubt habe, habe ich doch sofort gesagt, daß sie in die MTS gebracht werden muß, um dort ein neues Gewinde einfräsen zu lassen.«
»Wem haben Sie das gesagt?«
»Allen, die dabei waren.«
»Und wer war dabei?«
»Frauen, Kolchosbäuerinnen, etwa zwanzig Personen.«
Alfjorow sah ihn belustigt an.
»Pankratow, Sie sind doch klug und gebildet! Sie haben es gesagt, gut, und was meinen Sie, sollten die dann tun?«
»Die Sache dem Kolchosvorsitzenden melden.«
»Aber Pankratow! Das sind doch ungebildete Weiber, Wörter wie Gewinde, Schraubenmutter, Welle haben die doch nie im Leben gehört, sie können sie nicht mal aussprechen. Außerdem würden sie sich auch nie trauen, dem Vorsitzenden ein Wort zu sagen, weil der ihnen gleich übers Maul fährt: Das ist nicht euer Bier. Abgesehen davon, liegt's nicht in ihrem Interesse, daß die Zentrifuge weggebracht wird. Ist sie erst mal weggebracht, ist's womöglich auf Nimmerwiedersehen. Weg ist weg. So aber funktioniert das

Ding schlecht und recht, also auch gut. Sie selbst hätten es dem Vorsitzenden sagen müssen, aber Sie haben es ihm nicht gesagt, und nun ist die Zentrifuge entzwei. Wie steht's jetzt mit der Logik?«

»Nicht zum besten.«

»Nanu? Wieso nicht?«

»Ich bin nicht beim Kolchos angestellt, für die Reparatur der Zentrifuge habe ich kein Geld genommen, ich wollte den Leuten einfach nur helfen. Die eigentliche Frage ist: Habe ich die Zentrifuge ruiniert oder nicht? Und da ich gleich beim ersten Mal öffentlich vor allen erklärt habe, daß die Zentrifuge reparaturbedürftig ist, habe ich sie natürlich nicht kaputtgemacht. Daß ich das gesagt habe, können schließlich alle bestätigen.«

Alfjorow sah ihn lächelnd an, dann sagte er überraschend leise, fast bekümmert: »Werden sie's wirklich bestätigen?«

»Warum denn nicht?« antwortete Sascha nicht gerade überzeugt, weil ihm nun allmählich die Fragwürdigkeit seiner Argumentation bewußt wurde.

»Ach Pankratow, Pankratow«, sagte Alfjorow ebenso leise und bekümmert, »was sind Sie doch naiv. Wo haben Sie übrigens in Moskau gewohnt?«

»Am Arbat.«

»Dann sind wir also Nachbarn«, fuhr Alfjorow nachdenklich fort, sagte aber nicht, wo seine Moskauer Wohnung lag. »Ja, Pankratow, Sie sind tatsächlich naiv. Stellen Sie sich mal vor, diese Weiber werden vor Gericht geladen. Zum ersten: Wären Sie, Pankratow, überhaupt in der Lage, die Vor- und Nachnamen Ihrer Zeuginnen zu nennen? Wohl kaum. Zum zweiten: Alle haben eine Heidenangst vorm Gericht und werden mit allen Mitteln versuchen, sich vor der Vorladung zu drücken. Sollte es trotzdem gelingen, zwei oder drei der Weiblein allein vor den Kadi zu zerren, so werden sie immer wieder nur das eine runterleiern: Wir wissen von nichts, wir haben nichts gehört und nichts gesehen. Auf der einen Seite stehen Sie, ein verbannter Konterrevolutionär, auf der anderen der Kolchosvorsitzende, ein Mann, der die Macht verkörpert und Herr über ihr Schicksal ist. Für wen werden sie aussagen? Kommen Sie von Ihrem Wolkenkuckucksheim auf die Erde runter, Pankratow, und beurteilen Sie Ihre Lage mit der gebotenen Nüchternheit. Sie haben keinen einzigen Zeugen. Der Kolchosvorsitzende hat das ganze Dorf hinter sich. Und der Staatsanwalt hat Grund genug, Sie der vorsätzlichen Beschädigung von landwirtschaftlichem Gerät, das heißt der Sabotage, zu beschuldigen. Sie lesen natürlich Zeitungen?«

»Ich bekomme noch keine Post.«

»Na, in Moskau haben Sie sicher Zeitungen gelesen. Ihnen wird ja nicht entgangen sein: Überall Sabotage. Stimmt das eigentlich? Beschädigt man das Gerät absichtlich? Wer beschädigt es denn überhaupt? Die Kolchosbauern? Wozu? Daraus ergibt sich, daß wir keinen anderen Ausweg haben. Unser Mushik kannte Jahrhunderte hindurch nur ein technisches Gerät: die Axt. Wir aber setzen ihn auf den Trecker, auf den Mähdrescher, ins Auto, er beschädigt den Motor aus Unkenntnis, weil er nicht nur technisch, sondern überhaupt ungebildet ist. Was sollen wir machen? Abwarten, bis das Dorf seine Jahrhunderte alte Rückständigkeit überwunden, der Mushik seinen in Jahrhunderten herausgebildeten Charakter verändert und das flache Land das moderne technische Niveau erreicht hat? Inzwischen sollen sie getrost alles kaputtmachen: Trecker, Mähdrescher, Autos, zu Ausbildungszwecken gewissermaßen? Unsere Maschinen wissentlich zu Schrott machen lassen? Nein, das können wir uns nicht leisten, sie haben uns zuviel Schweiß und Blut gekostet. Und warten können wir auch nicht – die kapitalistischen Länder schnüren uns die Luft ab. Uns bleibt nur die Angst als Mittel, das ist schlimm genug, aber es ist das einzige. Im Wort Saboteur, Schädling, ist die Angst verkörpert. Hast du einen Trecker beschädigt, bist du ein Schädling, wirst als Saboteur abgestempelt und kriegst deine zehn Jahre aufgebrummt! Und für die Mähmaschine und die Dreschmaschine ebenfalls zehn. Da wird der Mushik nachdenklich, kratzt sich im Nacken und hütet den Trecker wie seinen Augapfel. Ja, er spendiert einem, der sich auch nur einigermaßen auskennt, gern eine Flasche, damit der ihm beibringt, mit dem Ding umzugehen. Vor ein paar Tagen ging ich am Ufer entlang und sah einen jungen Kerl in einem Motorboot sitzen und im wahrsten Sinne des Wortes flennen: ›Hab die Schnur angerissen und muß was kaputtgemacht haben, der Motor springt nicht an, dafür verdonnert man mich zu fünf Jahren.‹ Es war ein einfacher, kleiner Motor, ein primitives Ding. Ich habe ihn aufgeschraubt und mich überzeugt, daß sich bloß ein Kontakthebel gelöst hatte. Den habe ich wieder befestigt, woraufhin der Motor ansprang. Vermutlich hätte man den Burschen vor Gericht gestellt und verurteilt: wegen Beschädigung des Motors, wegen Hintertreibung des Fischereiplanes oder was weiß ich wofür. Das sind die Direktiven für die Gerichte. Einen anderen Ausweg gibt es eben nicht: Wir retten die technischen Geräte, retten die Industrie, retten das Land und seine Zukunft. Warum man im Westen nicht so vorgeht? Das will ich Ihnen sagen. Unseren ersten Trecker haben wir 1930 gebaut, im Westen lief die Traktorenproduktion schon im Jahr 1830 an, also hundert Jahre früher; sie haben eine hundertjährige Erfahrung. Außerdem ist der Trecker dort Privateigentum, und der Besitzer schützt sein Eigentum. Bei uns dagegen gehören die Maschinen dem Staat, deshalb muß der Staat sie auf seine Weise schützen. Wenn wir einen ungebildeten Bauernjungen wegen seines Ungeschicks zu fünf oder sogar zu zehn Jahren verknacken, zu wieviel muß man dann Sie verurteilen, einen deportierten Konterrevolutionär, der das Ingenieurdiplom fast schon in der Tasche hat? Jeder Richter wird sie ohne Zögern und reinen Gewissens verurteilen, mehr noch: Mit Ihrer Verurteilung erleichtert er sein Gewissen, weil er sich sagt: Die unglücklichen Mushiks habe ich auf Befehl verurteilt, diesen aber wirklich wegen einer Straftat. Sie wollen Ihre Lage nicht begreifen. Pankratow! Sie glauben, daß Sie in der Verbannung frei sind. Ein schwerer Irrtum! Ich will Ihnen noch mehr verraten: Wer im Lager sitzt, hat's besser, ja ja, dort hat man's nicht leicht, dort muß man Bäume fällen, auch bei Frost, und zur Kälte kommt noch der Hunger. Dort würden Sie hinter Stacheldraht sitzen, aber dort befinden Sie sich unter Ihresgleichen, dort fallen Sie nicht auf. Hier gibt es keine Posten und keine Wachtürme, ringsum Wald, der Strom, gesunde Luft, aber hier sind Sie ein Fremder, hier sind Sie ein Feind, hier haben Sie nicht die geringsten Rechte. Darum sind wir verpflichtet, Sie bei der ersten Denunziation einzusperren. Da kommt beispielsweise Ihre Wirtin und sagt, er hat auf Genossen Stalin geschimpft. Und schon sind Sie wegen Vorbereitung eines Terroranschlags dran.«

Er sah Sascha lächelnd an.
»So sieht die Sache zu Punkt eins aus, Pankratow. Für diesen Tatbestand kriegen Sie mindestens zehn Jährchen. Haben Sie mich verstanden, Pankratow?«
»Durchaus«, antwortete Sascha.
Er hatte verstanden. Wenn man Solowejtschik wegen eines harmlosen Witzes verbannt hatte, Iwaschkin wegen eines Druckfehlers in der Zeitung, den Koch, weil er »Träge Kohlsuppe« auf die Speisekarte gesetzt hatte, wenn man für ein Paar Schuhsohlen laut Gesetz vom 7. August zehn Jahre bekam, wenn man ihn selber wegen irgendwelcher törichten Epigramme deportiert hatte, so würde man ihn wegen der Zentrifuge, wegen »Beschädigung landwirtschaftlichen Geräts« natürlich noch ganz anders verdonnern.
»Wunderbar«, sagte Alfjorow, »dann können wir zu Punkt zwei übergehen: Diskreditierung der Kolchosleitung. Sie haben den Vorsitzenden im Beisein von Kolchosangehörigen einen Hornochsen genannt. Stimmt's?«
»Ja. Aber davor hat er mich auf das unflätigste beschimpft, mich als Saukerl, Saboteur, Trotzkistenbrut und noch was bezeichnet.«
»Das ist bestimmt nicht schön«, bestätigte Alfjorow. »Aber stellen Sie sich einmal vor, Pankratow, Sie beide stehen vor Gericht, er und Sie. Ihre Schuld bezüglich der Beschädigung der Zentrifuge ist erwiesen. Und nun hat der Kolchosvorsitzende, dem das Kolchoseigentum am Herzen liegt, Sie einen Saboteur genannt. Recht hat er gehabt, und selbst wenn er in seinem Zorn zugeschlagen hätte, würden die Richter ihn verstehen. Und unflätige Flüche beachtet man hier überhaupt nicht, dafür wird man nicht verurteilt. Sie aber – nicht genug, daß Sie die Zentrifuge ruiniert haben – schimpfen ihn öffentlich einen Hornochsen. Er ist doch Kolchosvorsitzender, seine Kraft und Macht liegt in seiner Autorität, Sie aber haben seine Autorität untergraben. Eigentlich müßte er jetzt seinen Posten aufgeben. Verdonnert man Sie aber zu zehn Jahren, dann wissen die Kolchosbauern, was es bedeutet, den Kolchosvorsitzenden zu beleidigen. Sie werden ihn achten und ihm gehorchen. So liegen die Dinge, Pankratow. Begriffen?«
»Ich habe schon gesagt, daß ich alles begriffen habe.«

»Ich wüßte gern, was Sie begriffen haben.«
»Ich habe begriffen, daß ich rechtlos bin, daß man mit mir machen kann, was man will, mich wegen Sabotage verurteilen, wegen Untergrabung der Autorität, man darf mich beleidigen und mir ins Gesicht spucken. Aber ich mache Sie darauf aufmerksam, daß ich Beleidigungen mit Beleidigungen erwidere, und wenn man mir ins Gesicht spuckt, spucke ich zurück.«
Alfjorow sah ihn interessiert an.
»Außerdem möchte ich Ihnen sagen«, fuhr Sascha fort, »daß ich Ihre Ausführungen über die Manipulation des Begriffs Sabotage für amoralisch halte. Ich gebe zu, daß Fehler gemacht werden, sogar viele Fehler, das habe ich am eigenen Leib erfahren. Aber daß Sabotage als staatspolitisches Instrument gehandhabt wird, das kann ich nicht glauben. Eine solche Möglichkeit zuzulassen, hieße den Glauben an die Partei verlieren, ich aber glaube an die Partei, trotz allem, was mir widerfahren ist.«
Alfjorow sah ihn noch immer voller Interesse an.
»Na und weiter?«
»Ich habe alles gesagt.«
»Nun, dann will ich Ihnen noch etwas sagen«, sagte Alfjorow mit Nachdruck. »Über die Sabotagetheorie reden wir ein andermal, natürlich immer vorausgesetzt, es ergibt sich die Möglichkeit dazu. Sie glauben also an die Partei. Um so besser. Ich bin schon vor der Revolution in die Partei eingetreten, ich bin ein alter Bolschewik, Pankratow, und verstehe von Parteipolitik wahrscheinlich genauso viel wie Sie. Aber im Augenblick geht es nicht darum, im Augenblick geht es nur um Sie. Ich muß entscheiden, was mit Ihnen geschehen soll. Sie betrachten mich als Ihren Wächter und Unterdrücker. Richtig, Sie sind meiner Aufsicht unterstellt, ich bin für Ihre Überwachung zuständig, das gehört zu meinen dienstlichen Pflichten. Aber ich bin auch für Ihre Person verantwortlich, für Ihr Verhalten und – lassen Sie sich das gesagt sein – für Ihre Sicherheit. In Bogutschany haben Sie bestimmt den Bevollmächtigten Baranow getroffen, nicht wahr? Sie haben diesen Hammel gesehen? Wäre er hier an meiner Stelle, säßen Sie längst im Kittchen in Kansk und würden Ihrer Verurteilung entgegensehen. Aber ich bin nicht Baranow, wie Sie hoffentlich

bemerkt haben. Ich unterhalte mich hier mit Ihnen. Warum eigentlich? Aus Langeweile? Zum Teil schon, zugegeben. Aber nur zum Teil. Der eigentliche Grund ist, daß ich eine Entscheidung treffen muß. Wenn ich sie nicht treffe, machen das andere, was für Sie schlimmere Folgen haben dürfte. Jetzt muß ich Sie erst einmal aus Mosgowa wegschaffen. Würde ich Sie dort lassen, so hieße das, daß ich Ihnen recht und dem Vorsitzenden schuld gebe, und das wiederum bedeutet, Sie der Gefahr eines neuen Konflikts auszusetzen. Dann wird der Kolchosvorsitzende etwas weit Schlimmeres gegen Sie aushecken als die Sache mit der Zentrifuge. Was sagen Sie dazu?«

Wieder den Ort wechseln, wieder von vorn anfangen, Sida verlassen, an der er hing, Sewolod Sergejewitsch, mit dem er sich angefreundet hatte, die Post umadressieren: zuerst Kansk, dann Bogutschany, denn Keshma, schließlich Mosgowa und nun wieder ein anderer Ort. Was würde Mutter denken? ... Furchtbar. Andererseits hatte Alfjorow recht: In Mosgowa durfte er nicht bleiben – bei Iwan Parfjonowitsch mußte er auf das Schlimmste gefaßt sein. Aber warum traf Alfjorow nicht selbst eine Entscheidung? Warum fragte er ihn?

»Sie haben überzeugend dargelegt, daß ich mindestens zehn Jahre kriege«, sagte Sascha. »Kann's mir da nicht egal sein, wo ich warte? Dann schon besser in Mosgowa – dort dauert's wenigstens nicht so lange.«

Alfjorow wiegte den Kopf.

»Wer weiß, ob lange oder nicht. Bis ich in Kansk angefragt habe und man dort die Frage entschieden hat, kann viel Zeit vergehen, und ab September ist die Straße nicht mehr befahrbar, die Verbindung ist unterbrochen, folglich wird die Antwort erst im Winter hier eintreffen, also in einem halben Jahr.«

War das irgendein Dreh von Alfjorow? Was hatte er vor? Er brauchte doch überhaupt nicht anzufragen. Er konnte ihn schon morgen wegen Sabotage anklagen und nach Kansk abtransportieren lassen, das stand in seiner Macht. Was hatte er eigentlich vor?

»Tun Sie, was Sie für richtig halten, Sie machen ja sowieso, was Sie sich vorgenommen haben.«

Alfjorow stand auf, trat zur Anrichte, griff nach einer Karaffe, goß eine dunkle Flüssigkeit in ein Wodkagläschen und trank es aus. Dann wandte er sich zu Sascha um.

»Möchten Sie auch ein Gläschen? Ein wunderbarer Tropfen.«

»Danke, nein.«

»Trinken Sie nie?«

»Nicht unter solchen Umständen.«

»Sehr vernünftig, sowas steigt zu Kopf, und dann sagen Sie vielleicht etwas Falsches oder unterschreiben etwas, was Sie sonst nicht unterschreiben würden.«

Alfjorow leerte noch ein Gläschen und aß ein paar Beeren.

»Ein herrlicher Tropfen«, wiederholte er, »meine Wirtin setzt den Alkohol auf irgendwelchen Waldbeeren an, Sie behauptet, das sei sehr gesund, besonders für Männer. Für Sie jungen Spund spielt das keine Rolle, aber in meinem Alter muß man sowas schon berücksichtigen.«

Er kam zum Tisch zurück.

»Na, was machen wir also, Pankratow?«

»Schieben Sie mich nach Kansk ab, und die Sache ist erledigt. Bei den Deportierten gibt es ein Sprichwort: Je früher ins Kittchen, desto eher heraus.«

Alfjorow reagierte nicht.

»Pankratow, ich weiß, daß Sie die Zentrifuge nicht beschädigt haben, und ich will mein Gewissen nicht mit Ihren zehn Jahren belasten. Ich brauche mich ja nicht zu beeilen. Ja, ja! Die Beschwerde liegt vor, weiterschicken kann ich sie jeder Zeit.«

Er lächelte wieder, stand auf und ging durchs Zimmer, schloß die Tür zur Küche, von wo es schon spürbar kühl hereinzog, setzte sich erneut und sagte ernst und mit Nachdruck: »Kehren Sie nach Mosgowa zurück. Vergessen Sie aber nicht, daß der Vorsitzende Ihnen den ›Hornochsen‹ nicht verzeihen wird. Überlegen Sie sich Ihr weiteres Verhalten, trennen Sie sich von Ihren Illusionen, und beschwören Sie ja keine Konflikte mehr herauf.«

Sascha glaubte, aus seiner Stimme menschliche Töne herauszuhören, aber er durfte sich nicht davon beeindrucken lassen, durfte nicht weich werden.

»Soll ich etwa nicht auf die Straße gehen?«

»Wenn es gefährlich ist, bleiben Sie besser zu Hause.«

»Und wovon soll ich leben?«
»Schicken Ihnen Ihre Angehörigen nichts?«
»Doch. Aber meine Mutter erhält einen lächerlich geringen Lohn, sie arbeitet in einer Wäscherei, und mein Vater lebt schon lange von uns getrennt.«
»Schlimm, aber da kann ich Ihnen nicht helfen. Die meisten Verbannten richten sich irgendwie ein. Ganz allgemein gesprochen: Die Verbannung hier ist ein Anachronismus, sie hat sich aus der Zeit vor der Gründung der Kolchose erhalten, als sich die Deportierten noch bei den Bauern verdingen konnten. Wahrscheinlich wird das hier bald kein Verbannungsort mehr sein, nur noch die Städte kommen dafür in Betracht. Welche Fachrichtung haben Sie eigentlich studiert?«
»Ich war an der Hochschule für Verkehrswesen im letzten Studienjahr, als sie mich abholten.«
»Da müßten Sie eigentlich in die MTS«, sage Alfjorow nachdenklich.
»Ich habe keine Ahnung von landwirtschaftlichen Geräten.«
Alfjorow lachte plötzlich hell auf.
»Sie haben keine Ahnung von landwirtschaftlichen Geräten und trauen sich an eine Zentrifuge ran. Und bezichtigen mich obendrein, nicht logisch denken zu können. Das sage ich bloß aus verletztem Stolz als ehemaliger Philosoph. Aber was für Geräte und Technik gibt's denn schon in der MTS? Kann einer ein Zahnrad von einem Bolzen unterscheiden, gilt er bereits als Techniker. Der Direktor unserer MTS ist Schlosser, der Chefmechaniker Treckerfahrer. Sie aber verstehen sich auf Autos und werden im Laufe der Zeit auch mit Traktoren zurechtkommen. Als Sie ankamen, wußte ich nichts von Ihrer Ausbildung, sonst hätte ich Sie in Keshma gelassen. Schon allein daran können Sie sehen, von welchen Geringfügigkeiten Ihr Schicksal abhängt. Wäre ich damals auf den Gedanken gekommen, Sie danach zu fragen, würden Sie jetzt zentraler wohnen und in der MTS arbeiten ... Na schön, darauf kommen wir noch zurück, erst müssen wir diese Angelegenheit zu Ende bringen«, und er deutete auf Iwan Parfjonowitschs Beschwerde. »Kehren Sie nach Mosgowa zurück, aber ich wie-

derhole, seien Sie vorsichtig, oder wie man jetzt sagt: Seien Sie wachsam.«

Sie traten auf die nachtschwarze Straße hinaus.

»Ihr Leiterwagen ist weg«, sagte Alfjorow. »Der Fuhrmann hat wohl gedacht, er braucht Sie nicht mehr zurückzubringen.«

»Macht nichts, ich gehe zu Fuß.«

»Zwölf Kilometer durch die Taiga ... Keine Angst?«

»Nein, in der Nacht schläft der Bär.«

»Wenn Sie wollen, können Sie über Nacht gern hierbleiben«, schlug Alfjorow vor, »im Nachbarhaus wohnt die Schwester meiner Wirtin, sie bringt Sie unter.«

»Nein danke, das ist nicht nötig.«

3

Nach ihrer Rückkehr von der Krim zogen Warja und Kostja bei Sofija Alexandrowna ein. Die bisherige Mieterin hatte das Zimmer aufgegeben.

Sofija Alexandrowna hatte Warjas neue Bindung stoisch hingenommen: Was sollte sie tun, wenn sich noch ein menschliches Herz von Sascha abwandte? Seine Freunde hatten ihn alle vergessen, riefen nicht mehr an, erkundigten sich nicht mehr nach ihm – weder Wadim, noch Lena Budjagina, von Jura Scharok schon gar nicht zu reden, er grüßte sie nicht einmal. Nina Iwanowa war in der ersten Zeit hin und wieder noch gekommen, jetzt ließ sie sich nicht mehr blicken und boykottierte Sofija Alexandrowna, die Warja und Kostja bei sich aufgenommen hatte. Offen gestanden war Sofija Alexandrowna sogar froh, daß sie nicht mehr kam. Anfangs hatte Nina stets gesagt, Saschas Verhaftung sei ein läppisches Versehen, später klangen neue Töne in ihren Worten an: Die schwierige innen- und außenpolitische Lage, die Verschärfung des Klassenkampfes, die Aktivitäten parteifeindlicher Gruppen, wie nie zuvor sei gerade jetzt eine besonders klare und eindeutige Haltung vonnöten, aber leider habe Sascha sein eigenes Verständnis der Dinge und Ereignisse über den Standpunkt des Kollektivs gestellt. Sie ließ damit durchblicken, daß Saschas Festnahme nicht unbegründet sei.

Nur Warja hatte Sofija Alexandrowna und folglich auch Sascha nicht verlassen. Die beiden hatten nichts miteinander gehabt, und doch hatte Warja mit ihr in den Schlangen vor dem Gefängnis gestanden, die Pakete für Sascha mitgepackt, sie vor groben Kunden in der Wäscherei beschützt, hatte Sofija Alexandrownas Einsamkeit durch ihre Anteilnahme erleichtert. Sie tat es nicht allein aus Mitleid. Sascha stand unsichtbar dahinter, ihr Interesse für ihn, ihr Mitgefühl für sein Los.

Aber da war nichts zu machen. Das Leben war nun mal so. Sofija Alexandrowna war zu Warja wie eine Mutter und wünschte ihr

nur Gutes. Sicher hatte sie sich zu früh gebunden, würde sie glücklich werden? Kostja war großzügig, brachte allerlei Leckereien aus dem Restaurant mit, einmal sogar eine Riesentorte, die er Sofija Alexandrowna überreichte. Sie wußte nicht wohin damit, die Torte würde schlecht werden. Deshalb schnitt sie sie in Stücke auf und gab sie ihren Schwestern. Er schenkte ihr auch verschiedene Kleinigkeiten wie Taschentücher, Strümpfe, sogar einen Schirm. Obwohl Sofija Alexandrowna jedesmal dankend ablehnte, war es unmöglich, seine Großzügigkeit abzulehnen.
Nichtsdestoweniger hatte Sofija Alexandrowna, wenn sie an ihn dachte, ein ungutes Gefühl: Er arbeitete nirgends – war das heutzutage überhaupt denkbar? Warja erzählte, er habe irgendein Amalgam für die Beschichtung von Glühlampen erfunden, ein Patent erhalten, zahle Steuern und habe mit der Finanzinspektion zu tun. Das alles klang so merkwürdig, als sei die Zeit der Neuen Ökonomischen Politik zurückgekehrt. Die Begriffe »NÖP-Mann« und »NÖP-Geschäfte« waren für sie gleichbedeutend mit neureicher Großtuerei und Schieberei. Und da stand ihr plötzlich ein Mann aus dieser scheinbar für immer versunkenen Vergangenheit gegenüber, der nirgends angestellt war, unverständliche Telefongespräche führte, sich übertrieben elegant anzog, genauso wie damals die jungen NÖP-Geschäftemacher. Sofija Alexandrowna tat es leid, daß Warja, ein Mädchen aus einer anständigen Familie von Werktätigen, sich in dieses fremde Milieu verirrt hatte. Kostja verbrachte jeden Abend im Restaurant. Warja zwar nicht jeden Abend, aber doch jeden Sonnabend und Sonntag. Warja hatte ihr einmal gestanden, daß Kostja Billard spielte, das sei sein eigentliches Einkommen. Die Glühlampen und das Amalgam sollten lediglich den Eindruck erwecken, er habe eine gesetzliche Erwerbsquelle und lebe von ordentlichen Einkünften. In Wirklichkeit war er ein Spieler, ein Restaurantbillardspieler; deshalb kam er stets erst gegen Morgen nach Hause. Sie mußte ihm einen Wohnungsschlüssel geben und Warja sagen, sobald alle schliefen, die Türkette auszuhaken, damit Kostja die Tür öffnen konnte. Das war zwar eine Verletzung der seit Jahren eingeführten Regel, nach der nachts die Kette vorgelegt wurde, aber es gab keinen anderen Ausweg, denn sonst hätte Kostja klingeln müssen.

Einmal vergaß Warja die Kette abzunehmen und schlief ein. Kostja klingelte um vier Uhr morgens und riß alle Bewohner aus dem Schlaf. Michail Jurjewitsch schwieg, aber Galja, die Nachbarin, keifte: »Das ist ja noch schöner, zu nachtschlafender Zeit kommen einem irgendwelche Typen in die Wohnung.«

Galja war auf Saschas Zimmer scharf: Sie wohnte mit Mann und Kind auf vierzehn Quadratmetern Wohnfläche, während Sofija Alexandrowna ein Zimmer vermietete, das sie selber nicht brauchte und obendrein noch damit Wucher trieb. Galja brach ganz bewußt den Streit vom Zaun, um damit den Verstoß gegen die Gesetze offenzulegen und das Zimmer auf diese Weise in ihren Besitz zu bringen. Sofija Alexandrowna war beunruhigt. Natürlich war Pawel Nikolajewitschs Wohnraumreservierung beim Moskauer Stadtsowjet registriert, und die Tatsache, daß Warja in dem Zimmer wohnte, ging niemanden etwas an. Warja war im selben Haus angemeldet, schließlich konnten sie und ihr junger Mann nicht mit ihrer Schwester in einem Zimmer schlafen. Sofija Alexandrowna erlaubte ihnen, sich in dem vorübergehend unbewohnten Zimmer aufzuhalten, was hatten andere Leute damit zu tun?! Aber Kostja? Warja sagte, er sei im Stadtteil Sokolniki angemeldet, ob das stimmte? Von Warjas Mann den Paß zu verlangen, war ihr peinlich. Wenn Galja aber die Miliz rufen würde und Kostja keine Moskauer Anmeldung vorweisen konnte, was dann? Obwohl Sofija Alexandrowna Warja keinen Kummer machen wollte, beschloß sie, mit ihr zu reden. Ein Anlaß sollte sich schon bald ergeben.

Warja war bettlägerig. Kostja holte die Mahlzeiten in einem Kochgeschirr aus dem Restaurant; auch sonst erlaubte er ihr nicht zu kochen, weil er nicht wollte, daß sie nach Küche roch und sich die Hände verdarb. Er brachte teure Gerichte mit, nicht nur für Warja, sondern auch für Sofija Alexandrowna.

In der Regel wärmte Warja das Essen auf, aber diesmal bot Sofija Alexandrowna an, das zu tun.

Sie legte die Kalbskoteletts in die Pfanne, in der Küche verbreitete sich der appetitanregende Duft guten Essens.

Galja sagte ironisch: »Oho, wie das duftet ... Da läuft einem ja das Wasser im Mund zusammen.«

Sofija Alexandrowna tat, als bemerke sie die Ironie nicht und erklärte: »Warja ist krank. Das Essen hat Konstantin Fjodorowitsch aus dem Restaurant geholt.«

»So feines Essen kann sich nur die Bourgeoisie erlauben«, fuhr Galja schnippisch fort, »unsereins dagegen begnügt sich mit Kabeljau. Ihr Essen kostet bestimmt acht, vielleicht ganze zehn Eier ...«

»Ich weiß nicht, was es gekostet hat«, antwortete Sofija Alexandrowna kühl und wandte sich dem Herd zu.

»Möcht' bloß wissen, wo die Leute das Geld hernehmen«, ließ Galja nicht locker, »er arbeitet nachts, wohl als Nachtwächter wie?! Aber Nachtwächter verdienen noch weniger als Straßenkehrer.«

»Hören Sie auf, Galja, ich bitte Sie«, sagte Sofija Alexandrowna, »Sie sind doch eine liebe, gutmütige Frau, wozu der Streit?«

»Gerade die Lieben und Gutmütigen haben's jetzt auszubaden«, entgegnete Galja gehässig, »mit ihnen wird Schlitten gefahren. Die Gutmütigen stehen den halben Tag Schlange, können nicht mal ihre Marken loswerden, müssen sich in der vollen Straßenbahn auf's Trittbrett quetschen und riskieren, dabei unter die Räder zu kommen. Die Bösen aber sahnen ab, fahren Taxi und sitzen tagaus tagein in Restaurants herum.«

Sofija Alexandrowna gab keine Antwort; sie nahm das Essen und ging damit ins Zimmer. Aber Warja entging nicht, daß sie verärgert aussah.

»Ist irgendwas passiert, Sofija Alexandrowna?«

»Na ja, mit Galja, eben in der Küche: fein essen, sitzen in Restaurants herum, kommen erst morgens nach Hause ...«

»Was geht sie das an?«

»Vielleicht ist sie neidisch.«

»Miststück!« sagte Warja.

»Möglich, daß sie Saschas Zimmer haben will.«

»Sie haben doch die Reservierung für das Zimmer.«

»Sie glaubt aber, wenn sie beweisen kann, daß ich mit dem Zimmer Wucher treibe, wird es mir weggenommen.«

»Sie haben Angst vor Galja?«

»Das nicht, aber dieses Gezänk ...«

»Kanaille!« schimpfte Warja, »ich werd' ihr mal Bescheid sagen, dann hält sie ihre dreckige Klappe.«
»Lieber nicht, Warja, sie kann Unannehmlichkeiten machen.«
»Ich möchte gern wissen, welche Unannehmlichkeiten sie mir machen könnte.«
»Wenn nicht dir, so Konstantin Fjodorowitsch.«
»Wieso? Ist er vielleicht ein Dieb oder Gauner?«
»Was redest du da, Warja?! Aber du mußt doch zugeben, daß seine Position ziemlich wacklig ist. Er arbeitet nirgendwo, ist nirgendwo festangestellt.«
»Doch, er ist festangestellt«, widersprach Warja, »bei einer Gewerbegenossenschaft. Und wenn er Billard spielt, so in einem verstaatlichten Restaurant, das ist ja nicht verboten.«
»Warja, ich habe doch nichts gegen Konstantin Fjodorowitsch, aber Galja könnte die Tatsache ausnutzen, daß er hier nicht gemeldet ist.«
»Ich bin ja auch nicht bei Ihnen gemeldet.«
»Aber du bist in diesem Haus gemeldet.«
»Und er in einem anderen, was ist das für ein Unterschied?«
»Bist du sicher, daß er in Moskau gemeldet ist?«
»Aber natürlich.«
Warjas kategorische Antwort beruhigte Sofija Alexandrowna allerdings keineswegs; sie konnte sich jedoch nicht entschließen, Warja zu fragen, ob sie Kostjas Anmeldung mit eigenen Augen gesehen hatte, und sagte deshalb: »Eure Beziehung ist ja auch nicht standesamtlich bestätigt.«
Warja ließ ein spöttisches Lächeln sehen.
»In unserem Land ist eine faktische Ehe der offiziellen gleichgestellt. Wir führen einen gemeinsamen Haushalt, schlafen in einem Bett, also sind wir Mann und Frau.«
»Aber Warja, was für Reden?!« Sofija Alexandrowna verzog das Gesicht.
»Was ist denn dabei? Ich war neulich im Gericht, als eine Alimentenklage verhandelt wurde. Der Richter hat nur gefragt: Hatten Sie einen gemeinsamen Haushalt? Haben Sie in einem Bett geschlafen?«
Sofija Alexandrowna zog abermals die Brauen in die Höhe.

»Sofija Alexandrowna, sagen Sie ganz offen, ist es Ihnen peinlich, daß wir bei Ihnen wohnen?« fragte Warja ernst. »Haben Sie irgendwelche Bedenken?«
Sofija Alexandrowna antwortete ebenso ernst: »Solange ihr euch in eurem eigenen Zimmer nicht eingerichtet habt, könnt ihr bei mir bleiben. Bloß bitte so, daß es keinen Ärger gibt. Verstehst du mich?«
»Durchaus. Ich werd's mir überlegen.«
»Noch etwas, liebe Warja, ich habe in eurem Zimmer ein Gewehr gesehen, sogar zwei.«
»Das sind Jagdflinten. Kostja ist Jäger.«
»Egal. Du mußt mich verstehen. Für den Arbat gelten Sonderbestimmungen. In meiner Lage kann ich nicht zulassen, daß sich Waffen in der Wohnung befinden«, Sofija Alexandrownas Stimme war sehr eindringlich, »gegenwärtig ist man sehr streng damit. In seiner eigenen Wohnung hätte Konstantin Fjodorowitsch das selber zu verantworten, in meiner Wohnung bin ich verantwortlich.«
Nach einem Schweigen setzte sie hinzu: »Ich bin verpflichtet, dieses Zimmer für Sascha zu halten, es ist Saschas Zimmer, darum ist es meine Pflicht, jede Gefahr zu vermeiden, selbst die kleinste.«
»Gut«, sagte Warja. »Die Gewehre kommen weg.«

Warja hatte Kostjas Anmeldungsvermerk nicht mit eigenen Augen gesehen. Im Hotel auf der Krim hatte er seinen Paß zusammen mit dem ihren vorgelegt, das Anmeldeformular ausgefüllt, als Wohnort Moskau genannt und so weiter, also angegeben, was in seinem Paß stand, denn das wurde ja überprüft.
Trotzdem hatte Warja seinen Paß nie in der Hand gehabt. Wie, wenn sie sich geirrt und er nicht »Moskau«, sondern eine andere Stadt eingetragen hatte? Ihr war es einerlei, aber sie wollte Sofija Alexandrowna auf keinen Fall schaden.
Am selben Abend sagte sie zu Kostja: »Sofija Alexandrowna macht sich Sorgen wegen deiner Anmeldung.«
»Ich habe ihr doch gesagt, wo ich angemeldet bin, glaubt sie es nicht?«
»Doch. Aber Galja, die Nachbarin, stänkert, sie will das Zimmer haben und erzählt überall herum, daß Sofija Alexandrowna damit

Wucher treibt. Sollte sich herausstellen, daß du in Moskau nicht gemeldet bist, kriegt Sofija Alexandrowna Unannehmlichkeiten.«

»Soll ich ihr meinen Paß zeigen?«

»Das wäre das Beste.«

»Aber wann? Wenn ich komme, schläft sie schon, wenn ich aufwache, ist sie schon weg.«

»Laß den Paß da, ich zeige ihn ihr.«

Er sah sie argwöhnisch an.

»Ich brauche den Paß selber, ich kann ihn nicht hierlassen. Weck mich morgen früh, ich zeige ihn ihr selbst.«

»Und noch was. Sie möchte keine Gewehre in der Wohnung haben.«

»Aber das sind doch Jagdflinten, die sind nicht verboten.«

»Egal. Galja kann dich deswegen anzeigen.«

»Sag ihr, daß ich einen Waffenschein habe.«

»Der Waffenschein gilt für eine Flinte, du hast aber mehrere.«

»Jagdflinten sind gesetzlich erlaubt, Sofija Alexandrowna soll bloß nicht die Nerven verlieren«, erwiderte er gereizt.

»Wir haben hier nur ein Gesetz – und das ist Sofija Alexandrowna«, antwortete Warja, »sie ist die Wirtin. Entweder wir tun, was sie verlangt, oder wir verschwinden von hier.«

»Meinetwegen«, brummte er unwillig.

Am nächsten Morgen stand er gähnend und sich räkelnd auf, er war es nicht gewohnt, früh aufzustehen, warf den Morgenmantel über, nahm den Paß aus der Jackentasche und klopfte bei Sofija Alexandrowna an. Er verschwand in ihrem Zimmer und kam mit den Worten zurück: »Alles in Ordnung.«

Dann legte er sich wieder hin.

Kostja hatte sie den Paß nicht sehen lassen, ihn ihr nicht gegeben. Warja konnte das nicht vergessen, obwohl sie nicht daran denken wollte. In der kurzen Zeit ihres bisherigen Zusammenlebens hatte sie sich an den Gedanken gewöhnt, daß Kostja ein Mann mit einem komplizierten Schicksal in einer nicht minder komplizierten Lage war. Es wäre unfair, ihn mit Fragen zu belästigen. Was er nicht erzählen wollte, würde er sowieso nie erzählen. Seine Eltern, russifizierte Griechen, waren Fischer am Asowschen Meer gewesen, die man als Kulaken aus Mariupol verbannt hatte. Damals

hatte Kostja als Seemann an Bord eines Handelsschiffes gearbeitet, das sich in ausländischen Gewässern befand. Nur darum hatte Kostja das Los der Eltern nicht geteilt. Er hatte Warja einmal gestanden, daß er, als er bei der Rückkehr von großer Fahrt die Eltern nicht mehr vorgefunden hatte, bereut hatte, nicht in Piräus oder Istanbul geblieben zu sein, wo er ein flottes Leben hätte führen können. Bei der Handelsmarine blieb er nicht: Wer zur See ins Ausland fuhr, wurde auf Herz und Nieren überprüft. Wenn sie erfahren hätten, daß die Eltern verbannt worden waren, hätte man ihn ebenfalls deportiert. Er war deshalb nach Moskau gefahren, in der Hauptstadt tauchte man leichter unter, hatte als Schlosser gearbeitet und immer wieder die Arbeitsstellen gewechselt. Er hatte ein Amalgam erfunden, war einer Gewerbegenossenschaft beigetreten, aber in der Hauptsache widmete er sich dem Billardspiel. Beilis, der damals berühmteste Billardspieler in Moskau, hatte sich Kostjas angenommen, ihn in die besten Billardsalons eingeführt, wo die »Nulpen«, Provinzler mit dicken Brieftaschen, auf Spesen lebende Geschäftsreisende, ausgenommen wurden. Mit ihnen hatte Kostja kein Erbarmen, köderte sie mit einem Gewinn und zog sie dann bis aufs Hemd aus.
Ljowotschka sagte einmal, daß Kostja in Amerika Millionär geworden wäre. Ika hatte dazu spöttisch bemerkt, daß in Amerika nicht nur Schuhputzer Millionäre würden, sondern auch Mafiosi. Warja war aufgebraust und hatte Ika geraten, seine Zunge zu hüten. Kostja hatte sie jedoch nichts verraten, den Schuhputzer hätte er Ika nicht verziehen.
Durch die Verbindung mit Kostja hatte Warja alle Stufen übersprungen und stand nun über Vika Marassewitsch, Nina Scheremtjewa und Noëmi; die waren von ihren Liebhabern abhängig. Sie dagegen kam mit ihrem Mann ins Restaurant, alle wußten das und buckelten vor ihr. Auf die ausländischen Klamotten, die die Mädchen sich gegenseitig verkauften, war Warja nicht neidisch. Kostja brachte sie zu den besten Moskauer Schneidern, den besten Schuhmachern und Kürschnern. Mäntel nähte ihr Lawrow, Kleider Nadeshda Petrowna Lamanowa, Alexandra Sergejewna Ljamina, Warwara Stepanowna Danilowa, sogar die Jefimowa, Büstenhalter Ljubenez, Gürtel Koschke am Arbat, Hüte Tamara

Tomassowna Amirowa, Schuhe Barkowski, Gutmanowitsch und Duschkin. Billige Schneider und Schuhmacher ließ Kostja nicht gelten, er ließ seine Anzüge bei Shurkewitsch nähen, dem teuersten Herrenschneider von Moskau.
Man konnte also sagen: Äußerlich schien alles glanzvoll und prächtig. Aber Warja fühlte, daß ihre Beziehung nicht von langer Dauer sein würde. Weshalb wußte sie selbst nicht. An ihrem früheren Leben hatte sie vieles abgestoßen, aber es war klar und übersichtlich gewesen. Jetzt war nichts mehr klar, sie hatte keine Vorstellung, wohin sie trieb. Kostja war fast zehn Jahre älter als sie, hatte aber nichts gelesen, nicht mal *Die drei Musketiere*. Von Puschkins Werken kannte er nur die Zeilen: »Bleibt dann im Zimmer, nimmt sich stumm ein Queue und spielt, die Bälle prüfend, sich in Berechnungen vertiefend, am Billard stundenlang allein. So bricht die Dämmerung herein.« Aber klug wie er war, zitierte er die Zeilen nicht etwa, um zu zeigen, daß Puschkin ihm nicht fremd war, sondern daß dem Dichter, ebenso wie ihm, das Billardspiel nicht fremd gewesen war.
Ob sie ihn liebte? Schwer zu sagen. Passiert war es im Hotel in Jalta. Sie hatte keinen Widerstand geleistet, vielleicht aus dem Wunsch heraus, das Unbekannte, von dem die Freundinnen erzählten, selbst zu erleben, vielleicht aber auch, weil sie im wahrsten Sinne des Wortes Frau sein wollte.
Doch selbst danach hatte sie nicht das Gefühl völliger Nähe, eine unüberbrückbare Distanz trennte sie. War es vielleicht das Alter? Er schwamm ausgezeichnet, und doch fühlte sie sich am Strand nicht wohl in ihrer Haut: Er war stämmig, breitschultrig, aber kurzbeinig (was der Anzug verbarg) und uber und über behaart, Arme, Beine und Rücken waren förmlich mit einem Pelz überzogen, auf seiner Brust prangte ein eintätowierter Adler. Am Strand wirkte Kostja um vieles älter ... Ins Hotel zurückgekehrt, schloß er die Tür ab, umarmte sie, küßte ihren Hals, die Brüste. Sie genierte sich wegen des Tageslichts, fürchtete, daß alle im Restaurant ihrem Gesicht ansehen würden, was sie soeben getan hatten. Beim Schlafengehen machte sie das Licht aus, weil es ihr peinlich war, sich vor ihm auszu-

ziehen. Sie genierte sich, ihn zu umarmen, zu streicheln, zu küssen. Und sie hatte auch kein Verlangen danach.
Der Rausch, die Ekstase über das neue Leben blieben aus. Was früher unerreichbar schien, war plötzlich normal und sogar selbstverständlich, als hätte sie schon immer so gelebt. Nach wie vor zogen sie der Glanz und die Festlichkeit der abendlichen Restaurants an, ihr gefielen die schönen Kleider. Aber die langen Anproben nervten sie, sie ärgerte sich über die Unpünktlichkeit der Schneiderinnen, die langen Wartezeiten bei Paul, dem Friseur, obwohl sich die ganze Moskauer Crème dort traf.
Der Friseur hatte seinen Salon am Arbat, neben dem Restaurant *Praga*. Seinerzeit hatte Kostja dort Haartrockner installiert; Warja betrat den Salon wie andere Stammkundinnen vom Hof aus durch die Wohnung. Der Coiffeur Paul, mit richtigem Namen Pawel Michailowitsch Kondratjew, und seine Frau Vera Nikolajewna, die Maniküre, kamen Warja aus irgendeinem Grund besonders entgegen. Damals wurden Dauerwellen modern, aber Pawel Michailowitsch weigerte sich, Warja welche zu machen.
»Darf man denn ein solches Gesicht entstellen?!«
Das hörten die wartenden Damen und waren natürlich tödlich gekränkt. Aber Warja war es egal. Sie hatte ihren Bekanntenkreis, also Kostjas alten Kreis. Im Restaurant saßen sie nach wie vor an einem Tisch, und Warja tanzte nur mit ihnen. Kostja zeigte sich nur selten und ganz kurz, er war fast immer im Billardzimmer. Wenn er zu ihnen kam, trank er einen kleinen Wodka, aß eine Kleinigkeit, legte Warja zärtlich den Arm um die Schultern, so als wolle er allen deutlich machen, daß diese Schönheit seine Frau und diese ganze Gesellschaft seine Gesellschaft war, die auf seine Kosten aß und trank. Warja hatte sogar den Verdacht, daß Ljowotschka sich auf Kostjas Kosten kleidete, denn solche Schneider konnte sich Ljowotschka eigentlich nicht leisten. Aber Ljowotschka war ein Musterknabe, er spielte nicht Billard, trank fast keinen Alkohol, war höflich und zuvorkommend, zudem ein einfacher Zeichner, ein Arbeitstier. Kostja brauchte eine solche Umgebung – wohlerzogene junge Leute aus guten Moskauer Familien und ein sauberes, anständiges Mädchen als Frau. Das war sein Ruf, seine Stellung in der Gesellschaft, sein Leumund. Ohne

je zu lesen, wußte er, was die anderen lasen, wer wichtig und prominent war. Es widerstrebte ihm, als Ignorant zu gelten, er merkte sich Namen leicht, war intelligent und geistesgegenwärtig. Als ginge es um das Lösungswort in einem Quiz, fragte Ika einmal bei Tisch: »Ein zu Hoffnungen berechtigender Regisseur, zwei seiner Filme fangen mit ›Ö‹ an. Wie heißt der Mann?«
Kostja fing Ikas Blick auf und sagte wie aus der Pistole geschossen: »Barnet.«
Kostja hatte nichts für Filme übrig, er fühlte sich durch die Schwüle im Kino beengt, er liebte Kleinkunstbühnen, Operetten und Ballett. Zwar hatte er Barnets Filme nicht gesehen, aber Ikas Frage als erster beantwortet. Gleich darauf nickte er Barnet, der am Nebentisch saß, freundschaftlich zu.
»Wir waren zusammen auf der Jagd«, warf Kostja lässig hin.
»Richtig, ich erinnere mich«, meinte Ika ironisch, »du hast die Geschichte erzählt, ihr beide habt einen Wolf erlegt.«
»Das war nicht mit ihm, sondern mit Katschalow«, antwortete Kostja und kräuselte die Lippen, »und nicht einen Wolf, sondern eine ganze Wolfsfamilie. Wir hatten eine Wolfshöhle ausgemacht, den Wolf abgeschossen, dann die Wölfin und anschließend drei Welpen erbeutet. Wölfe hast du doch sicher schon mal gesehen? Wenn nicht, geh in den Zoo, und sieh sie dir an, laß dir aber nicht einfallen, sie zu streicheln, die beißen dir gleich die Hand ab.«
Er kippte noch ein Gläschen Wodka hinunter, beugte sich zu Warja hinüber und flüsterte ihr zu: »Und du machst mir Vorwürfe wegen der Flinten. Die hier«, er machte eine Handbewegung über den Saal, »würden alles dafür geben, wenn ich mit ihnen auf die Jagd führe ... Wir gehen morgen in den *Club der Kunstschaffenden*, da wirst du erleben, wie sie mir um den Bart gehen.«
»Aber dort läßt man doch nur Schauspieler rein?«
Er war ehrlich erstaunt.
»Du glaubst mir nicht? Gleich morgen fahren wir hin!«
Am nächsten Tag kam Kostja früher als gewöhnlich nach Hause, um sich um Warjas Garderobe zu kümmern. Zuerst probierte sie ein blaues Seidenkostüm mit einem Plisseevolant am Rock und einem Plisseekragen an, dann einen mit Goldfäden durchwirkten grauen Kasack aus Atlasseide, zu dem ein schmaler, geschlitzter

Rock gehörte, dann ein tief ausgeschnittenes, braunes Kleid. Warja staunte: So rücksichtlos er in allem, was seine Geschäfte betraf war, so begeistert konnte er sich lange in der Bewunderung ihrer Garderobe verlieren und sich wie ein Kind daran freuen.
»Schick, Warja, todschick!«
Sie vertraute seinem Geschmack, aber vielleicht würde die Prominenz Kostja bestenfalls mit freundlicher Herablassung begegnen? Wer war er für sie? Nur ein Billardspieler. Jetzt erfuhr sie, daß er auch Jagdbegleiter war. So aufgedonnert würde sie sich, die Frau eines unbedeutenden Jagdgehilfen, eines Treibers, bloß lächerlich machen.
Ihre Befürchtung erwies sich als unbegründet.
Der Club wurde von Prominenten und weniger Prominenten besucht, alle aber verhielten sich so, als ob sie gut miteinander bekannt seien, um so die Gleichheit unter den Schauspielern zu betonen. Es gab ein Billardzimmer mit zwei Tischen. Kostja spielte kaum. Er stand neben dem stadtbekannten Marqueur Sachar Iwanowitsch, der ebenfalls sein Freund war, gab den Spielern Ratschläge, und wenn er selbst zum Queue griff, spielte er mit niedrigen Einsätzen, um seinen berühmten Freunden nicht zu nahezutreten. Hier im Club, in der Alt-Pimenow-Gasse erholte er sich von seiner Arbeit, war fröhlich und gutgelaunt. Warja fuhr gern mit ihm dorthin.
Der Club war im Untergeschoß eines alten Herrenhauses untergebracht und mit gediegenen antiken Möbeln gemütlich ausgestattet. An den Seiten befanden sich Logen, kleine, offene Séparées für je acht bis zehn Personen. Manchmal nahm Kostja Ljowotschka und Rina in den Club mit. Dann setzten sie sich zu viert an einen Tisch. In den Logen saßen größere Gesellschaften. Kostja zeigte Warja die Schauspieler Iljinskij und Klimow. Warja, die beide in dem Film *Der Drei-Millionen-Prozeß* gesehen hatte, erkannte sie. Sie erkannte auch Smirnow-Sokolskij, der häufig auf der Bühne im Eremitage-Park auftrat. Smirnow-Sokolskij wandte sich gerade einem schnurrbärtigen Glatzkopf zu und sprach, die Hand vor den Mund haltend, auf ihn ein: Entweder wollte er nicht, daß die anderen seine Worte hörten, oder er bat um etwas. Der Glatzkopf schwieg und kniff die hinter Fett-

wülsten verschwindenden, schlauen Äuglein zu, er sah wie ein satter Kater aus.
»Das ist Demjan Bednyi, der Dichter«, sagte Kostja.
Warja gefiel es hier. Wodka und Wein wurden nicht angeboten, es gab nur Mineralwasser und Saft. Auf einem Anschlag stand: »Narsan-Mineralwasser wird nicht in Wodkagläsern ausgeschenkt.« Dafür war die Küche exzellent, alles schmeckte, das Restaurant hatte den besten Koch der Hauptstadt, Jakow Danilowitsch Rosenthal, den man einfach »Der Bart« nannte.
Zur Bestätigung der Solidität und Rechtschaffenheit des Etablissements prangte ein Vierzeiler an einer Wand:
O Gast, auf diese Zeilen schau,
gehst in den Club, nimm mit die Frau,
doch eines merke dir genau:
die eigne, keine fremde Frau.
Rina behauptete, die ersten zwei Zeilen habe der Schriftsteller Tretjakow verfaßt, die beiden letzten Majakowskij kurz vor seinem Tod.
Rina hatte nicht weniger Bekannte hier als Kostja. Sie war gesellig, verstand sich mit allen, konnte manchen aber auch auf Distanz halten. Eigentlich wußte Warja kaum etwas von ihr, sie wohnte in einem Holzhaus in der Ostoshenka-Straße, in der Nähe des Klosters Mariä Empfängnis, lud niemanden zu sich ein und erklärte lachend: »Die Bude kann jeden Moment einstürzen.«
Rina ging auch ohne sie in den Club, aber Warja sah nie, mit wem sie kam und mit wem sie ging. Die Gäste kamen meistens gegen elf Uhr abends nach dem Theater und gingen gegen zwei, drei Uhr morgens. Nachts warteten Droschken in der Nebenstraße.
»Sollen wir dich nach Hause bringen?« fragte Kostja.
Rina hob kokett die blonden Brauen.
»Ich bin in Begleitung.«
Kostja half Warja in die Droschke, und sie lehnte sich bequem in die Polster zurück. Aus der Alten-Pimenow-Gasse bogen sie in die Kleine-Dimitrowka, von dort in die Boulevards ein; die Stadt erschien ihr fremd, in der Leere der Straßen, der Dunkelheit,

dem Schweigen der schlafenden Häuser schien etwas Unheilschwangeres zu lauern. Warja schwieg und ließ die Eindrücke des Abends an sich vorüberziehen.
Wenn bunte Abende stattfanden, wechselten die Gäste vom Restaurant in den Zuschauerraum. Die Schauspieler schrieben selbst Parodien, Sketche, manchmal beteiligten sich auch Literaten daran, gespielt wurde mit Verve und Brillanz, Zigeuner sangen, häufig auch die Ruslanowa – Darbietungen, die man in keinem Theater zu sehen bekam. Einmal trat Sergej Obraszow auf die Bühne, eine Puppe mit grauen Brauen und grauem Bart in den Händen. Das Publikum klatschte, die Leute drehten sich nach Felix Kohn um, Leiter der Hauptverwaltung Kunst und Vorsitzender des Clubvorstandes. Die Ähnlichkeit der Puppe mit ihm war verblüffend. Obraszow verkündete mit Kohns Stimme, daß er ein Referat zum Thema *Das sowjetische Wiegenlied* halten würde. »Das sowjetische Wiegenlied«, die Puppe richtete den Zeigefinger auf die Zuhörer – Kohns Lieblingsgeste –, »ist völlig anders geartet als das Wiegenlied der Bourgeoisie, unser Wiegenlied muß das Kind wecken ...« Und es passierte nichts Schlimmes, Warja merkte, daß diese Leute sich vieles erlauben konnten.
Aber Kostja erklärte, daß sie höchstens einmal in der Woche in den Club gehen könnten. »Geld wird nicht im Club verdient, wie du sicher verstehst.« Er hielt eisern an dieser Regel fest, nur einmal ließ er sich durch Warjas Bitten erweichen, als »eine Gerichtsverhandlung gegen Autoren, die keine weiblichen Rollen schreiben« inszeniert wurde. Die Richterin war Natalia Satz, die Angeklagten waren Katajew, Olescha und Janowskij, den Staatsanwalt spielte Mayerhold.
Warja und Kostja saßen in der siebten Reihe, in derselben Reihen saßen Aleksej Tolstoj, die Künstler Deni und Moor. Irgendwo ging Vika Marassewitsch vorüber. Warja sah sie zum ersten Mal hier im Club, Vikas geschätzter Bruder Wadim, der mittlerweile Literatur- und Theaterkritiker geworden war, zählte dagegen zu den Stammgästen und strich stets um alle Berühmtheiten herum. Er ging den Gang entlang und suchte, kurzsichtig die Augen zusammenkneifend, nach einem freien Platz. Hinter ihm kamen Jura Scharok und Lena Budjagina, die er offenbar eingeladen

hatte. Lena erkannte Warja und nickte ihr zärtlich zu, Jura wandte nun ebenfalls den Kopf, aber Warja drehte sich weg – sie konnte ihn nicht ausstehen.
Ihr fiel der Sylvesterabend wieder ein, der Streit zwischen Sascha und Jura. Und nun saß Sascha irgendwo in der sibirischen Verbannung, während Jura und Wadim, Lena Budjagina und Vika Marassewitsch sich in diesem herrlichen Club amüsierten.
Warja, in ihre Gedanken versunken, hatte nicht gehört, was Natalia Satz gesagt hatte. Sie horchte erst auf, als die »Angeklagten« aufgerufen wurden. Als erster erhob sich Katajew. Er hatte eine unangenehme, näselnde Stimme, als sei er erkältet. Beim Publikum kam er nur mäßig an, entsprechend schwach war der Beifall, ebenso lahm war der Applaus bei Janowskij. Dafür rief jede Erwiderung von Juri Olescha schallendes Gelächter hervor. Der große, langnasige Mayerhold hackte wie ein Geier auf Olescha ein, der kleine Olescha mit dem wehenden Haar parierte blitzschnell jeden Schlag. Jaron, der vor Warja saß, wandte sich ständig zu Aleksej Tolstoj um, zwinkerte ihm erfreut zu – unser Juri läßt sich nicht unterkriegen – und schielte dabei jedesmal zu Warja hin. Nach der Verhandlung drehte er sich zu Warja um, erstarrte in einer lächerlichen Pose, behinderte alle beim Verlassen ihrer Plätze und verkündete: »Ich habe mich nach dieser Schönheit umgewandt und bin wie Lots Weib zur Salzsäule erstarrt.« Das war komisch. Warja lachte.
»Sind Sie Schauspielerin?« erkundigte er sich. »Warum kenne ich Sie nicht?«
»Ich bin keine Schauspielerin, deshalb kennen Sie mich auch nicht«, antwortete Warja kühl. Sie wollte nicht, daß Jaron ihr Lachen als Aufforderung verstand.
Zu Prominenten wie ihm hatte sie ein zwiespältiges Verhältnis. Sie teilte Kostjas und Rinas Begeisterung nicht im geringsten: Künstler – die genossen eine gewisse Narrenfreiheit. Sie zog es vor, Schauspieler auf der Bühne zu sehen, im Theater klatschte sie von ganzem Herzen Beifall – Talent war Talent. Aber privaten Umgang haben? Wozu? Kostja gefiel ihre Einstellung. Er jubelte innerlich, aber er ließ sie nirgends allein hingehen, weder in den Club noch ins Theater, höchstens mit Soja oder Rina ins Kino.

4

Nachdem Vika Marassewitsch Jura Scharok zufällig im *Club der Kunstschaffenden* getroffen hatte, beschloß sie, nicht mehr dort hinzugehen. Ihr reichten die Treffs in der Marossejka-Straße. Wozu sollte sie ihm auch noch woanders begegnen? Sie berichtete ihm: Am soundsovielten hatten indemunddem Restaurant dieunddie Leute am Tisch zusammen gesessen und sich über dasunddas unterhalten. Scharok verlangte, daß sie wortwörtlich wiedergab, was jeder einzelne gesagt hatte, obwohl derart seichte Unterhaltungen geführt wurden, daß sie Mühe hatte, auch nur das Geringste zu behalten. Anschließend erzählte sie ihm die letzten Neuigkeiten.

... Noëmi war nach wie vor mit ihrem Japaner zusammen. Allerdings ist da ein Italiener, der sie heiraten und nach Italien mitnehmen will ...

... Zwei Deutsche waren neu auf der Bildfläche erschienen, an die sich Susanna und Katja, Miezen vom *Metropol*, gehängt hatten. Wer oder was diese Deutschen waren, sagten die Mädchen nicht.

... Die schöne Nellie Wladimirowa hatte sich von dem Zigeuner Poljakow getrennt und George, einen reichen französischen Geschäftsmann, geheiratet: eine große Wohnung, Teppiche, alte Stilmöbel, Porzellan, ein Auto ...

Vika bemühte sich, den Begegnungen mit Jura den Anstrich gesellschaftlicher Salonplauderei zu geben. Dem Schneidersohn mußte das doch imponieren. Aber sie sollte sich schon sehr bald davon überzeugen, daß ihn das äußerst wenig beeindruckte und gar nicht interessierte. Möglicherweise erwartete er überhaupt nichts Besonderes von ihr: Sie war mit ihren Ausländern reingeschlittert, da sollte sie's jetzt auch ausbaden und für die Geheimen arbeiten...

Nein, irgend etwas schien er doch von ihr zu erwarten. Bloß was? Sie achtete auf jedes seiner Worte, auf seine Reaktionen auf jeden von ihr geäußerten Namen ... Endlich wußte sie, wem sein

Interesse galt ... Jusik Liberman! Ein großer junger Mann mit wulstigen Lippen, der allgemein als ein Spitzel von hohem Rang angesehen wurde. Ohne jede Heimlichtuerei erzählte er antisowjetische Anekdoten, erlaubte sich riskante Witzchen und Bonmots, interessierte sich nicht für Ausländer, hatte dafür aber (wahrscheinlich durch seine Mutter) weitreichende, auch intime persönliche Beziehungen zu leitenden Funktionären. Jura brauchte Jusik Liberman gerade wegen seiner Beziehungen zu verantwortlichen Funktionären, gegen die er Material sammelte. Einerlei, was geredet wurde, Jusik Liberman schwatzte, aber er schwatzte bei Tisch, alle lachten, reagierten, folglich schwatzten sie auch.
Sobald Vika das begriffen hatte, begann sie, sich öfter mit Jusik zu unterhalten, er nahm sie gern mit. Danach schrieb sie stets präzise Berichte, wen sie wo und wann gesehen und was sie gehört hatte. Das interessierte Scharok, genau das brauchte er, obwohl Vika ihm im Vergleich zu Jusiks eigenen Meldungen wohl nichts Neues mitteilte, aber offensichtlich benötigte er sie gerade in dieser Eigenschaft.
Sie war nicht so dumm, Scharok zu zeigen, daß sie Jusik Liberman durchschaute und die Aufgabe erriet, die ihm Scharok stellte. Sie beabsichtigte nicht im geringsten, den eigenen Wert in dieser Behörde zu steigern. Scharok sollte sie ruhig für ein Dummchen halten, für ein beschränktes Frauenzimmer, von dem man nichts Ernsthaftes verlangen konnte.
In diesem Spiel hielt sie das Wichtigste vor ihm geheim: den Kreis prominenter Architekten, in den sie ihr alter Freund Igor Wladimirowitsch, selber Architekt, eingeführt hatte. Ihren Traum, einen berühmten Flieger, einen frischgebackenen Helden der Sowjetunion zu heiraten, hatte sie schon längst aufgegeben. Wo fand man diese Flieger schon; außerdem waren ihre Frauen meist dumme Hühner, die beim geringsten Verdacht ins Parteikomitee rannten, in die obersten Etagen, zu Stalin persönlich. Und selbst wenn es ihr gelingen sollte, sich einen dieser Flieger zu angeln, hatte ein solcher »Held« doch keine Zukunft mehr und würde als einfacher Flieger nach Tschukotka geschickt. Ins Ausland? Höchst fraglich, Luftschlösser. Erik? Ein sympathischer Mann, aber auch nichts Besonderes, ein durchschnittlicher Ausländer. Er duschte

täglich, rasierte sich jeden Tag, wechselte die Wäsche, duftete angenehm. Alles schön und gut, aber was weiter? Mit einem Heiratsantrag schien er es nicht eilig zu haben, ohne Papa und Mama würde er einen solchen Schritt auch nicht wagen. Der Name der Firma! Bestenfalls würde der Herr Papa in einem Jahr höchstpersönlich erscheinen, und sie würde auch nicht jünger, immerhin war sie schon vierundzwanzig.

Vika brauchte einen Mann mit großer Zukunft. Ein solcher war auch da, ein namhafter Architekt, der am Entwurf für den Palast des Sowjets mitgearbeitet hatte – des wichtigsten Bauvorhabens von Moskau, eine Lieblingsidee von Stalin. Noch nicht alt, dreiundvierzig, jünger aussehend, schlank und straff, er hatte mehrere Jahre in Italien gelebt, ein Europäer! Das wäre ein Partie! Nicht irgendein gestiefelter Flieger, sondern ein weltbekannter Architekt, und sie seine Frau, die Tochter eines berühmten Mediziners, eine echte Moskauer Intellektuelle. Gegen eine solche Verbindung käme kein Scharok, kein Djakow an, denen würde man schon bald eins auf die Finger geben!

»Wie soll ich das verstehen, Jossif Wissarionowitsch«, würde ihr Mann sonst zu Stalin sagen, »wenn man mir nicht traut, könnte man mich mit Hilfe anderer Leute überprüfen lassen. Aber meine eigene Frau zu zwingen, hinter mir herzuspionieren, halte ich für absolut unmoralisch.«

Dann würden Djakow und Scharok Fracksausen kriegen und von ihren Pöstchen fliegen, und von dort flog man in hohem Bogen in die weitesten Fernen.

Der Architekt war allerdings verheiratet. Seine Frau stammte wie er selbst aus Odessa, hatte mit ihm in Italien gelebt, sich dort einen gewissen Schliff zugelegt. Sie war eine magere, krummnasige Brünette, rauchte lange, dünne Papyrossi, kniff kurzsichtig die Augen zusammen, trug aber keine Brille. Sie hatte zwei bereits erwachsene Kinder aus erster Ehe und war acht Jahre älter als er. Er war dreiundvierzig, sie einundfünfzig, und sie, dieses Luder, betrog ihn auf Schritt und Tritt. Gegenwärtig war ein gewisser Kolja Krylow ihr Geliebter, ein halbes Kind, ein goldgelockter Schönling aus der Moskauer Vorstadt, der zur Armee mußte. Deshalb war sie damit beschäftigt, ihm eine Adjutantenstelle bei irgendeinem hohen Militär zu beschaffen. Sie zeigte sich nirgends mit ihrem Mann, in den zwanzig Jahren ihrer Ehe waren sie einander überdrüssig geworden. Er verbrachte den ganzen Tag im Atelier, manchmal übernachtete er auch dort, reiste oft ins Ausland, so daß sie absolut freie Bahn hatte. Wenn er ins Architektenheim Suchanowo bei Moskau fuhr, blieben ihre Liebhaber nachts bei ihr in der Wohnung. Er wußte das offenbar und vermied es deshalb, überraschend nach Hause zu kommen, er wollte keinen Krach, der ihn bloß erniedrigen würde. Vika hatte sich überzeugen können, daß er an seiner Frau als Sexualpartnerin jegliches Interesse verloren hatte.

Mit dieser italienisch angehauchten Odessaer Dame fertig zu werden, würde nicht schwierig sein. Jedenfalls war Vikas Beziehung zu ihm angebahnt und gefestigt, er war hingerissen von ihr. Sie verbrachten selige Stunden in ihrem Bett, sie war jung, schön, erfahren, bewandert, er war noch kräftig und temperamentvoll. Sie konnten es nicht aushalten, wenn sie sich nicht mindestens einmal am Tag sahen oder wenigstens miteinander telefonierten.

Ihre Beziehung hielten sie vor allen geheim. Man kannte nur Igor Wladimirowitsch, kannte ihn als Vikas alten Freund, als den »Verflossenen«, wußte, daß sie mit Igor Wladimirowitsch den Architektenclub besuchte. Der Architektenclub befand sich im ehemaligen Herrenhaus des Rechtsanwalts Plewako am Nowinski-Boulevard. Die Miezen, die bewußten jungen Damen, gingen dort nicht hin, dieser Club war noch nicht en vogue, obwohl es dort ein Restaurant gab, allerdings nur ein drittklassiges. In den Clubräumen wurden Ausstellungen von Bauentwürfen gezeigt, aber wer interessierte sich schon dafür?

Um so leichter war es für Vika, die Beziehung geheim zu halten. In den Club ging sie ausnahmslos mit Igor Wladimirowitsch, später gesellte sich dann der Architekt zu ihnen. Er hielt eine solche Geheimnistuerei für überflüssig, schätzte aber Vikas Feingefühl, ihre Anteilnahme an seinen beruflichen Dingen, sie kam zu den öffentlichen Sitzungen, in denen die Entwürfe diskutiert wurden, hörte immer aufmerksam zu.

An diesen Diskussionen beteiligten sich auch ältere Architektinnen. Ihretwegen machte sich Vika keine Sorgen, aber die hübschen

jungen Zeichnerinnen im Architektenbüro bereiteten ihr Kopfzerbrechen. Igor Wladimirowitsch beruhigte sie mit dem Hinweis, daß für führende Architekten, besonders für den Chefarchitekten, die Mitarbeiterinnen seines Büros tabu seien.
»Die erste Regel der Festigkeitslehre lautet: Jede Bindung vermindert die Bewegungsmöglichkeiten und damit den Freiheitsgrad«, scherzte Igor Wladimirowitsch. »Ein Architekt muß in seinem Atelier vollkommen frei sein.«
Vika spielte ihre Rolle mit Brillanz. Sogar Igor Wladimirowitsch kam zu der Überzeugung, daß sie in seinen Freund verliebt war. Für den Architekten war es eine schwere Zeit, weil gerade jetzt eine harte Auseinandersetzung zwischen den Bautendenzen, Schulen, Richtungen und Traditionen stattfand. Der Architekt hatte in Italien vieles dazugelernt und hatte mehrere Länder bereist. Daher war ihm die moderne, westliche Baukunst sehr vertraut. Er vertrat eine Richtung, die sich auf das klassische Erbe stützte und dieses bei den zeitgenössischen Konstruktionen, vor allem den Hochbauten, berücksichtigte. Deshalb wurde er von vielen angefeindet, aber Vika erklärte ihn zum Genie, seine Bauten, Entwürfe und Ideen demzufolge für genial und sagte das allen: sowohl seinen Freunden als auch seinen Gegnern. Er ist ein Genie! Nicht etwa jemand, der erst nach fünfhundert Jahren anerkannt wird, sondern ein schon heute anerkannter. Alles, was er tat, war genial!
Ja, das war die richtige Rolle für sie, und sie spielte sie meisterhaft. Sie widersprach ihm nie, stritt nie, war nie launisch und nie gekränkt – im Umgang mit einem Großen mußte man selbst ein hohes Niveau wahren.
»Ich habe viele Fehler«, sagte sie ihm, »aber diese weiblichen Flausen und Launen sind mir fremd, all das Kleinliche und Zänkische, wenn du verstehst, was ich meine, und darauf bin ich stolz, ich möchte, daß du es leicht mit mir hast, daß dich nichts belastet. Die Hauptsache ist, daß du deine Ruhe hast.«
Konnte er nicht zu einem Rendezvous kommen, rief er sie an, um es ihr zu sagen, und fragte mitfühlend: »Was wirst du tun?«
Sie beruhigte ihn: »Liebster, mach dir keine Gedanken, ich lege mich ein bißchen hin und lese, besuche vielleicht eine Freundin,

vielleicht gehen wir ins Kino. Ruf mich morgen früh unbedingt an.«

Natürlich legte sie sich nicht auf die Couch, besuchte keine Freundin, ging auch nicht ins Kino, sie hatte anderes zu tun: Schneiderin, Schuhmacher, Jusik Liberman und Scharok – das hielt sie eisern durch, da durfte nichts schiefgehen. Und mit dem Architekten durfte auch nichts schiefgehen. Er mußte wissen, daß sie eine treue, zuverlässige Kameradin war. Immerhin eine Professorentochter, aus einem Adelsgeschlecht! Schließlich war es ja nicht ihre Schuld, daß sie ausgerechnet hier zur Welt gekommen war, inmitten dieses Pöbels, sie selbst war eine Aristokratin, hol's der Teufel!

Nur ein einziges Mal passierte ihr ein Ausrutscher. Das war im Museum der Schönen Künste, wo die zum Wettbewerb zugelassenen Entwürfe für den Palast des Sowjets ausgestellt waren. Das Museum war von früh bis spät überlaufen, vor dem Eingang standen die Besucher in einer langen Schlange, die sich die Wolchoanka-Straße entlangzog. Die Architekten, auch die ausländischen, standen neben ihren Entwürfen, fast alle mit ihren Frauen, gaben Erklärungen ab und beantworteten Fragen. Vika war täglich da, traf sich mit dem Architekten und hatte zudem schon viele Bekannte in diesem Kreis. Vielleicht erriet der eine oder andere, welche Rolle sie im Leben des Architekten spielte, aber Vika verhielt sich zurückhaltend.

Es ging laut und lebhaft zu, der Besucherstrom riß nicht ab, nur eine Person ließ sich kein einziges Mal im Museum blicken – die Frau des Architekten.

»Verurteile Sie nicht«, meinte der Architekt, »in den letzten zwanzig Jahren hat sie soviele Entwürfe von mir gesehen, daß sie mehr als genug davon hat.«

»Aber das ist doch dein wichtigster Entwurf, dein Lebenswerk!«

»Wenn der Entwurf akzeptiert wird und die Auszeichnungen überreicht werden, ja, dann kommt sie bestimmt«, scherzte der Architekt.

»O ja! Dann wird sie neben dir stehen und den Triumph mit dir teilen!«

Er sah sie aufmerksam an, er hatte die Anspielung verstanden;

sie wollte selbst neben ihm stehen und an seinem Triumph teilhaben.
Vika begriff ihren Fauxpas sofort und nahm den Architekten bei der Hand.
»Ich stelle keine Forderungen. Aber eine solche Gleichgültigkeit dir und deiner Arbeit gegenüber ist mir einfach unerträglich. Nur in Zeiten des Erfolgs neben dir zu stehen – weißt du, das finde ich...« Sie verzog verächtlich die Lippen.
»Entschuldige, aber das ärgert und verletzt mich deinetwegen.«
Am nächsten Morgen weckte sie sein Anruf. Heute fand eine geschlossene Besichtigung der Entwürfe statt, sie solle nicht kommen, sondern auf seinen Anruf warten.
Geschlossene Besichtigung bedeutete, daß Stalin und andere Regierungsmitglieder die Ausstellung besuchen würden.
Vika saß den ganzen Tag zu Hause in der Nähe des Telefons. Am späten Nachmittag rief er an.
»Ich komme gleich.«
Er kam mit einer Flasche Champagner, es war seine Sternstunde, ihre Sternstunde. Sein Entwurf hatte Stalin gefallen.
Am nächsten Tag fuhren sie für zwei Wochen ins Architektenheim nach Suchanowo.

5

Stalin saß, das Gesicht der Sonne zugewandt, in einem Korbsessel auf der Veranda seiner Datscha in Sotschi. Er liebte Sotschi, das er zum Kurort hatte ausbauen lassen, liebte den Sommer im Süden, obwohl ihm die Ärzte den Herbst im Süden empfohlen hatten. Aber was verstanden die schon! Bereits als Kind hatte er diese Jahreszeit geliebt, war gern in den Ruinen von Goris-Ziche herumgeklettert, der alten Bergfeste, die die bithynischen Kaiser erbaut hatten; damals war er dort einmal gestürzt und hatte sich den Arm verletzt. Sotschi erinnerte ihn an Gori, obwohl Gori nicht am Meer lag und auch nicht diese üppige Vegetation besaß. Vor Stalin auf dem kleinen Tisch lagen einige Bücher: Solowjow, Klutschewski, Pokrowski sowie die *Kommentare zum Konzept des Lehrbuches für die Geschichte der UdSSR.* Shdanow gab diese Kommentare heraus. Das war der Mann SEINER Wahl. Er hatte Shdanow vor einigen Monaten von Gorki nach Moskau geholt und ihn zum ZK-Sekretär gemacht. Nicht etwa, weil Shdanow das Gebiet mit Erfolg geleitet und den Bau des Automobilwerks in Gorki zügig vorangetrieben hatte; die anderen Gebietsparteisekretäre machten ihre Arbeit genauso gut. Auch nicht, weil Shdanow erst achtunddreißig Jahre alt war, die anderen Sekretäre waren auch nicht wesentlich älter: Chruschtschow, Wareikis, Eiche – alle vierzig. Chatajewitsch war einundvierzig, Kabakow dreiundvierzig. Aber Shdanow war ein Intellektueller, er verstand etwas von Kunst und Literatur, war aber kein intellektueller Besserwisser wie Lunatscharski, protzte nicht mit seiner Bildung, warf nicht mit Fremdwörtern um sich und nahm auch nicht die Rolle eines Theoretikers wie Bucharin für sich in Anspruch. Shdanow war der richtige. So einen Mann brauchte man in der Leitung. Die erste ihm anvertraute große Aufgabe, die Gründung des Schriftstellerverbandes, ging er offensichtlich mit Geschick an. Der bevorstehende Schriftstellerkongreß sollte eine Wende in der Haltung der Partei gegenüber den Intellektuellen markieren: Die Schriftsteller bildeten einen wesentlichen, ja den wichtigsten Teil der Intelligenzija und hatten schon immer die geistige Führungsrolle im Volk beansprucht.

Im Kampf um die Macht hatte sich Lenin auf die Intellektuellen gestützt. Das war richtig gewesen: Die Intellektuellen waren schon immer die Vermittler regimefremden Gedankenguts gewesen, und Unterschiede in der Gesinnung hatten sich stets als brauchbare Waffe im Machtkampf erwiesen. Aber jetzt, da die Macht erobert war, durfte man sich nicht mehr auf die Intellektuellen stützen – die Waffe der Macht war nicht mehr regimefremdes Gedankengut, also kam es auch nicht mehr auf Gesinnungsunterschiede sondern auf gleiche Gesinnung an. Die RAPP, die Russische Assoziation proletarischer Schriftsteller, und ähnliche Grüppchen spalteten die Intellektuellen und führten zu Meinungsdivergenzen. Benötigt wurde aber eine Organisation, die imstande war, eine gemeinsame Gesinnung zu gewährleisten. Und genau das wurde vom neuen Schriftstellerverband erwartet.

Gorki war die richtige Integrationsfigur. Im Grunde genommen war er ein linker Sozialdemokrat, der stark zum kleinbürgerlichen Liberalismus tendierte. Lenin hatte sich lange mit ihm auseinandergesetzt und hatte richtig gehandelt. Gorki hatte einen Namen, hatte Beziehungen zu vielen bedeutenden Schriftstellern in der westlichen Welt. Er lehnte vieles in der Sowjetunion ab. Aber das Leben in der Emigration hatte ihm gezeigt, daß er im Ausland keine Perspektiven hatte. Ein wahrer Schriftsteller muß in seinem Vaterland leben und sterben. Victor Hugo konnte auf den Sturz von Napoleon III. warten, weil seine im Ausland geschriebenen Werke in Frankreich verlegt wurden. Die Werke der russischen Emigranten aber wurden in der Sowjetunion nicht veröffentlicht und würden auch nie veröffentlicht werden. Der Streich mit Arkadij Awertschenko würde sich nicht wiederholen. Bunin. Was hatte er erreicht? Hatte den Nobelpreis im Alter von zweiundsechzig Jahren erhalten, aber wer interessierte sich schon für ihn? Wer las Bunin? Er würde unbekannt in seinem Paris sterben; alle würden sie dort sterben und in der russischen Literatur keine Spuren hinterlassen. Gorki aber legte Wert auf einen Namen in der russischen Literatur und wollte in seiner Heimat Denkmäler errichtet bekommen. Sehr verständlich. Er sollte seine Denkmäler haben. Und eine Ausgabe seiner gesammelten Werke ebenfalls. Und auch seine Honorare in ausländischer Währung. Er selbst stellte einen Wert dar, genoß die Achtung westlicher wie auch sowjetischer Schriftsteller, selbst der ehemaligen »Serapionsbrüder« Fedin und Tichonow. Die beiden waren wirklich Schriftsteller mit Talent und Erfahrung, sie mußten der Sache des Sozialismus dienen. Aber die RAPP verdrängte sie aus der Literatur und wertete die »proletarischen« Reimschmiede auf. Was konnte man mit diesen Reimschmieden anfangen? Welches literarische Zeugnis SEINER Epoche würden sie hinterlassen? Demjan Bednyi? Von Demjan würde nur seine Bibliothek übrigbleiben, es hieß, er habe eine gute Sammlung. Majakowskij – ein befähigter Dichter, seine Verse ließen sich gebrauchen, aber das war eher Politik.

Früher hatte er auch Verse geschrieben. Als Seminarist hatte er Ilja Tschawtschawadse, dem Redakteur der Zeitschrift *Iweria*, sein Gedicht *Der Morgen* gebracht. Er hatte es mit Soselo unterzeichnet, denn im Priesterseminar war es untersagt, den eigenen Namen unter Gedichte zu setzen. Tschawtschawadse hatte damals fünf oder sechs seiner Gedichte veröffentlicht, *Erinnerungen an Gori, An den Vater, An die Straße nach Ateni, Vaters gesellige Tischrunde*. Später hatte ER keine Gedichte mehr geschrieben. Nicht Lyrik, anderes war ihm vom Schicksal bestimmt. Ob die Gedichte gut waren? Er hatte sie nie wieder zur Hand genommen, konnte sich aber doch erinnern, daß Ilja Tschawtschawadse seinen *Morgen* gelobt hatte.

Die Rose öffnet die Knospe und umschlingt zärtlich das Veilchen
Hoch in den Wolken trillert die Lerche ihr Lied.

1916, zwanzig Jahre später, wurde *Der Morgen* mit derselben Unterschrift Soselo in Jakob Gogebaschwilis *Georgischem Lesebuch* abgedruckt. Wenn Jakob Gogebaschwili das Gedicht zwanzig Jahre nach seinem ersten Erscheinen für sein Lesebuch ausgewählt hatte, mußte es doch etwas wert sein! Trotzdem war er nicht zum Lyriker geboren, ein Dichter konnte kein Kämpfer sein. Lyrik wirkte auf die Gefühle, Journalistik eignete sich für den Kampf; seine Feder hatte der Revolution gut gedient. Er hatte viel und mit unterschiedlichen Pseudonymen geschrieben: David Nameradse, Tschishikow, Iwanowitsch, Bessoschwili, Kato, Koba... Koba wurde zu seinem Decknamen in der Partei, er gefiel ihm. Koba war der edle Held in Kasbegis Roman. *Der Vatermörder.* Unter diesem Decknamen wurde er der Polizei bekannt. Deshalb konnte er seine Aufsätze nun nicht länger mit Koba unterzeichnen. Er benutzte verschiedene neue Pseudonyme wie Stefin, K. Stalin, K. Solin, bis er schließlich im Januar 1913 in der Zeitung *Sozialdemokrat* erstmals mit I. Stalin unterschrieb. Das wurde der Name, unter dem ihn jetzt die ganze Welt kannte.

Das Verseschreiben hatte er aufgegeben, er war auch nicht Schriftsteller geworden, hatte aber immer gern und viel gelesen. An die Vorlieben während seiner Jugend konnte er sich nicht mehr erinnern, sie vermischten sich mit späteren Lektüreeindrücken. Er hatte in Gefängnissen gelesen, in der Verbannung; der Beruf des Revolutionärs ließ genug Zeit zum Lesen, mehr noch, er verpflichtete zum Lesen.

Die im Priesterseminar vermittelten Kenntnisse entsprachen dem Lehrstoff des klassischen Gymnasiums, Latein, Griechisch, Hebräisch, Französisch, Englisch, Deutsch. Aber das Erlernen von Fremdsprachen war IHM schon immer schwergefallen, selbst in der Verbannung hatte er sich nie damit befaßt, es wäre reiner Zeitverlust gewesen. Das Russische beherrschte er inzwischen gut, der Unterricht im Seminar wurde in russisch gegeben, und er war fünf Jahre dort gewesen. Nur den georgischen Akzent hatte er nicht verloren, er hatte auch nie versucht, ihn zu verleugnen. Das war nicht wichtig. Er hatte viele Russen erlebt, die kein Komma richtig setzen konnten und Wörter ihrer Muttersprache falsch betonten.

Zweitrangige Schriftsteller hatte er nie gelesen. Wozu auch? Er las die Klassiker, das war für einen russischen Revolutionär unabdingbar. Gogol, Saltykow-Schtschedrin, Tschechow, Gorki – ihre Werke konnte man im Kampf gegen die Regierung zitieren. Oppositionelle benutzten sie auch in Diskussionen, also mußte man sie kennen! Die Dorfschriftsteller, alle diese Slatowratskis, Lewitows, Karonins, ja selbst Nekrassow, Nikitin und Surikow mochte er nicht und las sie nicht. Sie bemitleideten den Mushik, den Bauern, obwohl der Mushik selbst mit niemandem Mitleid hatte – ER wußte das gut genug, hatte es am eigenen Leib erfahren. Tolstoi war ein großer Künstler, aber er hatte das Wesen der Macht nie begriffen. Er hatte den Menschen idealisiert, belehrt, erzogen und dadurch sein künstlerisches Niveau verloren. Lenin hatte ihn als »Spiegel der russischen Revolution« bezeichnet. Was sagt man nicht alles, um die liberalen Intellektuellen zu gewinnen! Dostojewski war auch kein Philosoph, vom Mechanismus der Gesellschaftsordnung und des Staatsaufbaus verstand er ebenso wenig wie Tolstoi. Doch im Gegensatz zu Tolstoi idealisierte er den Menschen nicht, er sah seine Bedeutungslosigkeit und seinen wahren Wesenskern, er predigte die Idee des Duldens und Leidens. Mit dieser höchst wirksamen Idee konnte man die Menschen ungeheuer stark beeinflussen, eine Idee, derer sich die Kirche sehr geschickt bediente. Dostojewski schrieb aber langweilig, er schrieb schlecht, nicht künstlerisch genug. Ja, Puschkin – das war der Größte! Der verstand alles, erriet alles, vermochte alles, allein schon wie er Peter I. erfaßt hatte. »Am Zaum aus Eisen riß er Rußland hoch!« *Boris Godunow* war der Gipfel seines Schaffens: »Unser törichtes Volk ist leichtgläubig: Wie gern bestaunt es Wunder und alles Neue; Godunow sehen die Bojaren noch als Ihresgleichen an... Bist du hart und verschlagen...« Treffend gesagt! »Töricht und leichtgläubig« – Das war das Wesen des Volkes. Härte und Verschlagenheit, das war das Wesen SEINER Macht. »Sie sehen in ihm Ihresgleichen« – das war das Wesen SEINER Gegner. *Boris Godunow* hatte ihn in seiner Jugend fasziniert, ebenso wie die Gestalt Otrepjews... »Ein Klausner, enthoben seines Amts, ein Mönchlein auf der Flucht, das zwanzig Jahre zählt... Von kleinem Wuchs, mit breiter Brust, der eine Arm kürzer als der andere, das Haupthaar rötlich.« Wahrscheinlich hatte er Puschkin schon im Priesterseminar gelesen. Puschkin gehörte zum Pensum, aber richtig hatte er *Boris Godunow* erst später gelesen, im physikalischen Observatorium, in dem er nach dem Ausschluß aus dem Seminar als Statistiker gearbeitet hatte. Heute schrieb man, er sei wegen marxistischer Propaganda ausgeschlossen worden; das hatte er damals im Fragebogen selbst so angegeben. »Wurde wegen marxistischer Propaganda vom Tifliser

Priesterseminar ausgeschlossen.« Aber eigentlich war er aus einem anderen Grund exmatrikuliert worden: Er hatte das Schulgeld nicht bezahlt, obwohl ihm die Mutter dafür monatlich eine Summe überwies, die sie von Egnatoschwili erhielt. Da er nicht vorhatte, Geistlicher zu werden, wollte er das Seminar gar nicht abschließen; er war schon damals in einem marxistischen Zirkel. Die Version über den Ausschluß wegen marxistischer Umtriebe war trotzdem absolut richtig, sie betonte das Image des Parteiführers und diente folglich der Sache der Revolution.

Im Observatorium hatte er den *Boris Godunow* gelesen. »Ein Klausner... Ein Mönchlein auf der Flucht... Das zwanzig Jahre zählt... Von kleinem Wuchs, mit breiter Brust, der eine Arm kürzer als der andere, das Haupthaar rötlich...« Auch er war damals zwanzig gewesen, hatte ein Jahr vor Abschluß des Seminars auf die geistliche Laufbahn verzichtet, war ebenfalls klein von Wuchs, hatte eine breite Brust und rötliches Haar, der eine Arm war nach jenem Sturz nie wieder vollends bewegungsfähig geworden. Er war damals kein kleiner Junge mehr, kein Schwärmer. Natürlich verglich er sich nicht mit Otrepjew, dieser Pechvogel hatte nichts Anziehendes für ihn. Und doch erstaunte ihn die äußere Ähnlichkeit, nicht weniger erstaunt war er über Puschkins gedanklich scharfe Begründung der Ursachen von Otrepjews Mißerfolgen: Otrepjew war geschwätzig – er hatte sein großes Geheimnis der launischen Polin Marina Mnischek anvertraut, war bieder und rechtschaffen; ihn plagte sein Gewissen wegen der Mittel, deren sich jeder Politiker bedienen mußte, »den Feinden zeig ich den verborgenen Weg nach Moskau, unserer schönen Stadt«. Ein romantischer Abenteurer, aber kein Politiker! Er hatte alles: Willenskraft, Ehrgeiz, Wagemut, Siegeszuversicht und zugleich dieses absolute Unvermögen, errungene Macht zu festigen, ihre Früchte zu ernten. Die höchste Macht zu erringen, sie aber nicht behalten zu können – das war das Los stümperhafter Politiker. Die Macht zu behaupten war schwerer, als sie zu erringen. Otrepjew hatte es nicht vermocht. Das wäre nicht geschehen, hätte Dmitrij nach der Thronbesteigung in Moskau auch nur ein Zehntel von dem wiederholt, was der Zar getan hatte, als dessen Sohn er sich ausgab.

Freilich dachte er jetzt so, was er damals gedacht hatte, wußte er nicht mehr. Das einzige, woran er sich deutlich erinnern konnte, war sein Erstaunen über ihre äußere Ähnlichkeit. Ihn verblüffte das Schicksal des flüchtenden Mönchs, der den Gipfel weltlicher Macht erklomm. Mit der Zeit verblaßte das Bild, es wurde von anderen historischen Gestalten verdrängt, die sich seiner Vorstellungskraft bemächtigten. Dennoch blieb auch diese Gestalt irgendwo in seinem Unterbewußtsein haften. War sie nicht unbewußt lebendig geworden, als er in Baku mit Sofija Leonardowna Petrowskaja zusammentraf, einer Polin aus einem alten Adelsgeschlecht? Er gefiel ihr, der proletarische Revolutionär aus dem Untergrund, der Karbonari in der ausgefransten Hose, unrasiert, finster, verschlossen und willensstark. Beim ersten Mal traf er sie nicht an, als er wiederkam, sagte sie lachend zu ihm: »Das Nachbarkind hat mir gesagt: ›Sofija Leonardowna, heute wollte Sie ein unheimlicher Onkel besuchen‹.«

Er hatte damals nur gelächelt, sich aber insgeheim über den Eindruck gefreut, den er auf das kleine Mädchen gemacht hatte: Er wollte Furcht erwecken.

Sofija war feinfühlig und warmherzig, hatte für ihn gesorgt, eigentlich war sie die größte Liebe seines Lebens gewesen. Sie sympathisierte mit den Sozialrevolutionären, diskutierte aber nie mit ihm. Ihr war die unversöhnliche Haltung der Parteifunktionärinnen fremd, sie versuchte nie, ihm ihre Ansichten aufzudrängen, sie wich vielmehr politischen Streitgesprächen aus, weil sie sah, daß ihn jeder Widerspruch aufbrachte. Sie reizte ihn nie, sie war die einzige Frau, die ihn nie verärgert hatte. Aber ihre Beziehung war nicht von langer Dauer. Sofija starb an Tuberkulose.

Natürlich war er nicht Otrepjew, und sie war nicht Marina Mnischek. Und doch gestand er sich im tiefsten Innern ein, daß diese Gestalten, die irgendwo in seinem Unterbewußtsein lebendig geblieben waren, einen ersten Anstoß gegeben hatten. Die polnische Aristokratin und der unbekannte, nie zu Priesterwürden gelangte Untergrundkämpfer mit den zunächst noch verschwommenen, aber weitreichenden Plänen.

Im September wurde auf dem Schichowo-Friedhof Hanlar Safaraijew beigesetzt, ein Erdölarbeiter, den Angehörige der Schwarzhundertschaft* ermordet hatten. Die Beerdigung wurde zu einer grandiosen Demonstration, die Fabriksirenen heulten, im Trauerzug marschierte auch ER mit, neben ihm gingen Schaumian, Jenukidse, Asisbekow, Ordshonikidse, Dshaparidse, Fioletow. ER hatte eine Rede gehalten, Sofija war auch dabeigewesen. Ein halbes Jahr später wurde sie auf demselben Friedhof beerdigt. Es war ein kleiner Zug, keine Demonstration, keine schrillen Sirenen. Einige Nachbarinnen folgten dem Sarg, mehrere Polen. Sie senkten den Sarg in die Erde, schütteten das Grab zu und gingen. Er blieb zurück, weil er nicht mit den fremden Leuten zurückkehren wollte, was sollte er mit ihnen reden. Er blieb da und setzte sich neben den frischen Grabhügel auf die Erde.

Das felsige Kap Schichowo sprang weit ins Meer vor und überragte Bibi-Eibat, auf dem sich unzählige Bohrtürme erhoben. Arbeiter waren nicht zu sehen, aber die Schwengel der Ölpumpen gingen hoch und nieder. Der Frühling begann gerade erst, die Sonne ging langsam unter. ER saß allein auf der Höhe, auf dem Kap Schichowo am Ufer des Kaspischen Meeres, schaute auf die Bucht und die vielen Bohrtürme hinab. Nun hatte er Sofija beerdigt, die einzige Frau, die er geschätzt und geliebt hatte, aber weder überwältigte ihn der Schmerz, noch verdrängte er alles andere. Er hatte in Batumi und Kutaissi in Gefängnissen gesessen, hatte die Verbannung in Ostsibirien durchgemacht und war aus der Deportation geflohen, seine Kameraden aus der Organisation »Mesami-Dassi« waren nicht mehr, Kezchoweli war im Kerker umgekommen, Zulukidse gestorben. Alle gingen davon, und alle würden vergehen, das menschliche Leben war nur ein Augenblick in einem endlosen Kreislauf. Es gab nur ein HEUTE, das auch nicht länger war als ein Lidschlag, aber für einen Revolutionär der Augenblick des wahren, erfüllten Lebens. Der Revolutionär und der Machthaber, nur sie verstehen die Bedeutungslosigkeit eines Menschenlebens, aber nur der Machthaber darf sich schonen. Das eigene Leben hat keinen Wert, solange man um die Macht kämpft; hat man sie aber errungen, ist das Leben der Lohn des Siegers.

* Bewaffnete Pogromeinheiten rechtsextremistisch-monarchistischer Organisationen, 1905–1917 im zaristischen Rußland.

Jetzt ist ER der Sieger, er wird sein Leben behalten, weil er die Macht behalten wird.

Jeder Revolutionär setzt sein Leben aufs Spiel. Auch er hatte sein Leben riskiert, war aber vorsichtig gewesen. Wenn er nach Baku reiste, stieg er schon in Baladshary aus und ging zu Fuß am Meer entlang, an den Bohrtürmen vorbei zur Stadt. Wurde er müde, setzte er sich ins Gras, hielt wie jetzt das Gesicht in die Sonne und sah auf die Bohrtürme und aufs Meer. Was macht einen zum Revolutionär, was führt ihn auf diesen dornigen Weg? Die Idee? Viele begeistern sich für eine Idee, aber werden sie deshalb Revolutionäre? Menschenliebe? Menschenliebe ist Sache der Schwachen, der Baptisten und Tolstoianer. Nein! Die Idee ist für den Revolutionär nur der Vorwand. Glück für alle, Gleichheit und Brüderlichkeit, eine neue Gesellschaft, Sozialismus, Kommunismus – das sind die Schlagworte, die die Massen für den Kampf begeistern. Revolutionär sein bedeutet Charakterfestigkeit, Protest gegen Erniedrigung, Behauptung der eigenen Persönlichkeit. Man hatte ihn fünfmal verhaftet, deportiert, er war aus der Verbannung geflohen, hatte sich versteckt, sich durchgehungert, schlaflose Nächte verbracht – wozu? Für wen? Für die Bauern vielleicht, die außer ihrem Misthaufen nichts kennen wollen? Für das »Proletariat«, den Proleten? In Baku hatte er oft genug in Rothschilds Arbeiterkasernen übernachtet, er hatte seine Erfahrungen mit der »Arbeiterklasse«. Damals war er bereits ein namhafter Parteifunktionär gewesen, der Führer der Bolschewiki in Baku. Jeden Versuch, das zu bestreiten, würde er im Keim ersticken. Stalin erhob sich von seinem Sessel, über seinem Kopf summte eine Biene, surrte dicht an seinem Ohr. Er scheuchte sie weg, sie setzte sich auf den Tisch und krabbelte zum Ascher. Er griff nach dem Klutschewski-Band und schlug sie damit tot.

»Eine Gemeinheit«, sagte er auf georgisch, »eine ausgesprochene Gemeinheit!«

Daraufhin setzte er sich wieder in den Sessel und kehrte in Gedanken zu jener Zeit zurück, dachte an Awel Jenukidses niederträchtige Abhandlung.

Jenukidse hatte doch tatsächlich in einer Broschüre über eine

illegale Druckerei berichtet, die unter dem Decknamen »Nina« in Baku existiert hatte.
Die Druckerei war Lenin unterstellt gewesen, den Schriftverkehr wickelte Nadeschda Krupskaja ab, geleitet wurde die Druckerei von Krassin, Jenukidse und Kezchoweli. Niemand außer den Genannten, schrieb Awel, wußte etwas von der Existenz der Druckerei; also auch ER, Stalin, nicht. IHM, Stalin, hatte keiner jemals etwas von dieser Druckerei gesagt.
Krassin, diesen Elektroingenieur, der für die Rothschilds und Mantaschews gearbeitet hatte, konnte man noch verstehen: Lenin hatte ihm strengste Geheimhaltung befohlen. Ihm verübelte ER das nicht; Krassin war längst tot. Kezchoweli ebenfalls. Und damals hatte nicht diese kleine Druckerei das Schicksal der Revolution entschieden.
Heute war es anders. Auf die Lorbeeren von Baku, Tiflis und Transkaukasien konnte er zwar verzichten, aber ER brauchte eine wahre Geschichte der Partei. Eine wahre Parteigeschichte hatte jedoch allein den Interessen und der Autorität der Führung zu dienen.
Wenn er nichts von der Existenz der illegalen Druckerei in Baku, in seiner nächsten Nähe, gewußt hatte, wie konnte man dann heute behaupten, daß ER die Partei in Rußland geführt hatte? Wenn ER die Partei geführt hatte, mußte ihm logischerweise die Existenz der Druckerei bekannt gewesen sein. Das zu bestreiten hieß zugleich, seine Rolle als ersten Mitarbeiter Lenins infrage zu stellen. War es möglich, daß Genosse Awel Jenukidse das nicht begriff? Er mußte es begriffen haben. Warum also hatte er diese Broschüre verfaßt, aus der hervorging, daß Genosse Stalin nichts mit der Druckerei »Nina« zu tun gehabt hatte? Was bezweckte Genosse Jenukidse damit? Warum beschäftigte er sich auf einmal mit der Geschichte der Bewegung? Und diesem Mann hatte er den Kreml, sein Leben, anvertraut! Warum waren in der Kommandantur so viele alte Parteimitglieder? Nach welchen Kriterien sollte die Wache ausgewählt werden? Wenn der Wächter die Bewachung als politische Aufgabe ansieht, kann er nicht zuverlässig sein: Politische Ansichten können wechseln, sogar persönliche Sympathie ist unzuverlässig. Von Sympathie zu Antipathie ist nur ein Schritt.

Der Wächter muß seinem Herrn wie ein Wolfshund ergeben sein – nur dann ist er ein guter Wächter und der weiß auch, daß er für das geringste Versehen, den winzigsten Fehler sein Leben mit allen damit verbundenen Vorzügen und Vergünstigungen einbüßt. Ausschließlich nach diesen Gesichtspunkten sollte seine Wache aufgestellt werden. Genosse Jenukidse aber ließ zu, daß Peterson Kommandant des Kremls war, Peterson, der Kommandeur von Trotzkis Eisenbahnzug und folglich Trotzkis Mann. Führten sie eine Palastrevolution im Schilde? Jenukidse steckte mit ihnen unter einer Decke, das war seiner läppischen Broschüre zu entnehmen, damit hatte er sich verraten!

Diese niederträchtige, provokatorische Schundschrift mußte ein für alle Mal verurteilt werden. Natürlich würde Awel widerrufen, um Erbarmen bitten und bereuen. Ein reuiger Sünder ist politisch gesehen ein erledigter Mann, ob er danach noch physisch existierte, interessierte niemanden, nur die Angehörigen. Und die würden's überleben. Wen sollte er mit der Rezension dieser Broschüre beauftragen? Am besten einen der alten Funktionäre, die damals in Baku tätig gewesen waren. Aber wer von ihnen lebte noch?

Ordshonikidse hatte in Baku gewohnt, war in den Erdölbetrieben von Schamsi Assadulajew als Arzthelfer angestellt, dort in einem kleinen Häuschen am Stadtrand tätig gewesen. ER konnte sich gut an dieses Häuschen erinnern: zwei Zimmer, in dem einen hatte Sergo gewohnt, das andere hatte als Sprechzimmer gedient. Das war ein bequemer Treffpunkt gewesen, denn zum Arzthelfer kam kaum jemand. Sergo hatte etwa ein Jahr dort gearbeitet, zwischendurch war er immer wieder mal nach Baku gekommen. Ein glaubwürdiger Zeuge, ein guter Zeuge, aber er würde seine Arbeitsüberlastung vorschützen, weil er als Freund von Awel Jenukidse wohl kaum gegen diesen auftreten wollte.

Wyschinski? Ein ausgemachter Lump. Er war sein Leben lang Menschewik gewesen. Na ja, als Menschewik brauchte man keine Taten zu vollbringen, es genügte, schöne Rede zu schwingen. 1908 hatte es in Baku einen Prozeß gegen die Brüder Schendrikow gegeben, die der vom Moskauer Gendarmerieobersten Subatow gegründeten und der von der Polizei geduldeten sogenannten

Subatow-Organisation angehörten. Wer hatte ihre Verteidigung übernommen? Wyschinski. Innerhalb einer Nacht hatte er fünfmal gesprochen, so hatte er sich am eigenen Rednertalent berauscht, der Demagoge und Rechtsverdreher! Im Sommer 1917 war er in Moskau Chef des Milizreviers vom Arbat-Viertel gewesen und hatte an allen Wänden den gegen Lenin erlassenen Fahndungs- und Haftbefehl anschlagen lassen, der obendrein noch mit seiner eigenen Unterschrift versehen war, dieser Idiot! Nach der Oktoberrevolution hatte er sich ein Bein ausgerissen, um von IHM empfangen zu werden, und unter Tränen Abbitte geleistet. Dabei hatte er mit keiner Silbe erwähnt, daß er seinerzeit im Bailower Gefängnis seine Pakete mit IHM geteilt hatte, als sie zusammen in einer Zelle saßen. Er hatte begriffen, mit WEM er sprach, hatte begriffen, daß ER ihm das nie verzeihen würde, und daß ihm jetzt für diese jämmerlichen Pakete das Leben geschenkt wurde. 1920 hatte ER ihm geholfen, der Partei beizutreten, 1925 Rektor der Moskauer Universität zu werden, 1931 Staatsanwalt der RSFSR*. Gegenwärtig war Wyschinski stellvertretender Generalstaatsanwalt der UdSSR, aber als Zeuge für IHN unbrauchbar – in der Partei wurde er verachtet.

Blieb einzig Kirow. Vor der Revolution war er nie in Baku gewesen, aber danach war er fünf Jahre als Parteisekretär in Aserbaidshan. Er hatte Zugang zu allen Archiven gehabt und die Geschichte der Parteiorganisationen in Baku gründlich studiert; er war ein belesener, penibel genauer Mann. Er könnte Jenukidses Schundbroschüre die verdiente Abfuhr erteilen, könnte dank seiner Autorität die für die Partei nutzlose Version entkräften und die Version unterstützen, die die Autorität der Parteiführung stärkte. In seinen Reden pries er den Genossen Stalin, aber mit Lippenbekenntnissen war es nicht getan. Deshalb hatte er Kirow nach Sotschi bestellt, er sollte hier ein bißchen bei ihm arbeiten und seine Einstellung unter Beweis stellen. Sie gaben ein gutes Trio ab! Alle drei waren sie Musikfreunde. ER liebte Musik, Shdanow spielte sogar Klavier, und Kirow war fast schon ein Musikbesessener. Er besuchte regelmäßig die Oper, saß aber nicht in der

* RSFSR: Russische sozialistische förderative Sowjet Republik

Regierungsloge, sondern im Parkett, also auch noch ein Demokrat! Er hatte schon immer den Hang zum Intellektuellen gehabt, hatte sich in seiner Jugend an studentischen Liebhaberaufführungen beteiligt, obwohl er nur eine Industrieschule besuchte. Irgendwo hatte ER ein Jugendfoto von ihm gesehen, bei Sergo oder vielleicht auch bei Kirow zu Hause. Seine Frau, Maria Lwowna, hatte es ihm gezeigt. Ein Junge in Schüleruniform mit blanken Knöpfen und der dazu gehörenden Mütze mit Kokarde, die zwei gekreuzte Symbole zeigte: Hammer und Schraubenschlüssel – das Abzeichen der Industrieschule. Ein Uneingeweihter hätte annehmen können, er sei Gymnasiast oder gar Student.
Kirow hatte keine Lust, nach Sotschi zu kommen! Er schützte eine Krankheit vor, die Ärzte hätten ihm den Kurort Mineralnije Wody empfohlen. Was fehlt Ihnen denn? Sodbrennen... Wer leidet nicht an Sodbrennen? Das ist doch keine Krankheit, kommen Sie her, wir kurieren Sie, arbeiten Sie mit uns. Was verstehe ich schon von Geschichte, hatte er geantwortet. Und wir? Was verstehen wir davon? Und trotzdem beschäftigen wir uns damit, machen Sie also mit. Er sollte eine Weile hier wohnen, vor seinen Augen, denn eigentlich hatten sie sich nie näher kennengelernt. Vor der Revolution waren sie einander nicht begegnet, während des Bürgerkrieges hatte sie sich nur zwei-, dreimal gesehen. Eine engere Verbindung hatte sich erst ergeben, als Kirow die Parteiorganisation von Aserbaidshan leitete. Er war zu Parteitagen, ZK-Plenen und aus anderen Anlässen nach Moskau gekommen. Dabei hatte er einen guten Eindruck gemacht. Ordshonikidse war bestens auf ihn zu sprechen, denn Kirow war nie im Ausland gewesen, gehörte nicht zu den Emigranten, ein gelernter Parteifunktionär, ein unversöhnlicher Gegner von Trotzki, Sinowjew, Kamenew und Bucharin, obwohl er zu letzterem freundschaftliche Beziehungen unterhielt. ER hatte ihn gefördert. Auf dem X. Parteitag Kandidat des ZK, auf dem XII. Mitglied des ZK, 1930 war er ins Politbüro aufgenommen worden. ER hatte ihn nach Leningrad entsandt, von ihm erwartet, dieses Bollwerk seiner Gegner, der Opposition und des Dünkels zu zerstören. Kirow hatte seine Hoffnungen enttäuscht, hatte die Stadt nicht niedergezwungen, sondern sich im Gegenteil an ihre Spitze gestellt, eine

wohlfeile Popularität errungen. Jetzt strebte er landesweite Popularität an, wollte im Gegensatz zu dem Genossen Stalin als liberal, großzügig und menschlich gelten. Er hatte sich im Politbüro gegen die Hinrichtung von Rjutin, später auch gegen die Hinrichtungen von Smirnow, Tolmatschow und Eismont ausgesprochen. Und er hatte die anderen Mitglieder des Politbüros umgestimmt. Sogar Molotow und Woroschilow hatten geschwankt. Nur Lasar Kaganowitsch war nach wie vor kompromißlos für die Erschießung gewesen.

Besiegten gegenüber ist Großmut gefährlich: Ein Feind glaubt nie an deine Großmut, er hält sie für politische Taktik und wird bei der ersten günstigen Gelegenheit angreifen. Nur ein naiver Mensch kann anders denken. Kirow war ein gefährlicher Idealist: Er forderte materielle Güter für die Arbeiterklasse, weil er nicht begriff, daß ein materiell gut versorgter Mensch nicht mehr opferbereit und begeisterungsfähig ist, sich in einen konsuminteressierten Kleinbürger verwandelt. Nur Leiden setzen wirklich Energien beim Volk frei, Energien, die man sowohl zur Zerstörung als auch zum Aufbau benutzen kann. Menschliches Leid führt zu Gott. Nach diesem wichtigsten Grundsatz der christlichen Religion war das Volk jahrhundertelang erzogen worden, das war ihm in Fleisch und Blut übergegangen, das mußte auch von uns benutzt werden. Der Sozialismus: Ein Paradies auf Erden war attraktiver als ein unwirkliches im Himmel, obwohl man auch das irdische Paradies nur über einen Leidensweg erreichte. Aber das Volk mußte davon überzeugt sein, daß seine Leiden zeitlich begrenzt, also vorübergehend waren, höheren Zielen dienten, daß die oberste Instanz um seine Nöte wußte, für ein besseres Leben sorgte, es vor den Bürokraten beschützte, ganz gleich welche Positionen diese innehatten. Die oberste Instanz war ALLWISSEND und ALLMÄCHTIG.

Woran hatte er gestern in diesem Zusammenhang gedacht? An die Versorgung der Bevölkerung? An die Abschaffung der Lebensmittelmarken? Aber diese Frage war bereits entschieden, ab ersten Januar wurden die Marken abgeschafft. Woran also? Richtig! Gestern hatte er sich an das Gespräch mit dem estnischen Gärtner Arvo Iwanowitsch erinnert. Man hatte ihn aus einem Sanatorium, das Woroschilows Namen trug, in die Regierungsdatscha geholt; er war von hier, absolut vertrauenswürdig, wie man ihm berichtet hatte, mit einer Russin verheiratet. Er lebte seit seiner Geburt in Sotschi und galt als der beste Gärtner. Stalin hatte noch nie Esten im Kaukasus getroffen, obwohl ihm bekannt war, daß kurz nach der Jahrhundertwende einige hundert Esten aus dem Baltikum in den Kreis Suchumi gezogen waren und an der Küste des Schwarzen Meeres drei oder vier estnische Dörfer gegründet hatten. Wie die alteingesessene Bevölkerung betrieben auch die Esten Gartenbau und Viehzucht, bloß war ihr Vieh größer als das hiesige. Aber daß Esten sich auch in Sotschi niedergelassen hatten, hatte er nicht gewußt. Arvo Iwanowitsch mochte etwa fünfzig sein, untersetzt, mit breiten Wangenknochen, dunkelblondem Haar und hellen Augen. Wie alle Esten trug er unter der Joppe eine Weste, steckte aber die Pumphose auf kaukasische Art in die weichen Lederstiefel. Russisch sprach er mit starkem Akzent und verdrehte manchmal auf komische Weise die Wörter. Gestern hatte er die Blumen beschnitten. Stalin hatte ihm dabei zugesehen, er liebte Blumen. Arvo Iwanowitsch brummte unwillig etwas vor sich hin, woraufhin Stalin ihn fragte, worüber er verärgert sei. Der Gärtner erzählte ihm, daß man seine Frau beim Einkaufen betrogen hatte, zuerst beim Wiegen und dann auch noch beim Wechselgeld. Abends befahl Stalin dem Kommandeur der Wache, den Sekretär des Stadtparteikomitees zu informieren und die Schuldigen streng bestrafen zu lassen.

Der russische Kaufmann war schon immer ein Gauner gewesen, der Verkäufer heute war es nicht minder. Nach dem Gesetz vom 7. August hatten sie Angst, den Staat zu betrügen, deshalb hielten sie sich an die Bevölkerung. Die Leute sahen es, konnten sich jedoch nicht dagegen wehren. Daher mußte ER es fürs Volk tun. ER ging zwar nicht in die Geschäfte, kannte aber die Nöte SEINES Volkes. Stalin stand auf und ging von der Veranda ins Zimmer. Hinter einem großen Schreibtisch saß Towstucha. ER hatte ihn nach Sotschi mitgenommen, weil hier Historiker arbeiteten. Towstucha, der Intellektuelle, war stellvertretender Direktor des Marx-Engels-Lenin-Instituts, kannte sich in Geschichte aus und wußte genau, was für eine Geschichtswissenschaft die Partei in dieser Zeit brauchte. Auch in aktuellen Fragen kannte Towstucha sich gut aus; er war jahrelang sein Sekretär gewesen. Außerdem sollte er von der südlichen Sonne profitieren, denn er litt an Tuberkulose, nur noch Haut und Knochen, hüstelte andauernd, hatte hängende Schultern und einen verschleierten Blick. Die Ärzte hatten IHM gemeldet, daß Towstucha es nicht mehr lange machen würde. Schade, ein treuer Mann!

»Arbeiten Sie einen Entwurf für einen ZK-Beschluß aus«, sagte Stalin. »Über den Kampf gegen die Übervorteilung von Kunden... Nein... Konsumenten... Und über vorsätzlich falsches Addieren von Einzelbeträgen... Vielmehr so: Über die Verletzung von Einzelhandelspreisen. Dabei müssen einige Fakten angeführt werden, ferner ist darauf hinzuweisen, daß derartige Erscheinungen dem Bemühen der Partei um den Massenkonsumenten widersprechen. Wegen dieser Vergehen sind der Volkskommissar für Handel Mikojan, der Vorsitzende des Konsumgenossenschaftsverbandes Selenski und der Vorsitzende des Zentralrates der Gewerkschaften Schwernik zu rügen. Die Gewerkschaften haben ebenfalls darauf zu achten, daß die Werktätigen nicht übervorteilt und betrogen werden. Die Verordnung muß streng sein. Das Zentralexekutivkomitee soll einen Erlaß verfügen: Für falsches Wiegen und falsche Preisberechnungen – zehn Jahre Haft!«

»Das Zusammentragen von Beweismaterial wird einige Zeit in Anspruch nehmen.«

»Dann schreiben Sie einfach: Dem ZK sind Vorfälle gemeldet worden... Nein! Das ZK verfügt über Beweismaterial. Formulieren Sie das so.«

Stalin kehrte auf die Veranda zurück, setzte sich wieder in seinen Sessel und hielt das Gesicht in die Sonne. Seine Gedanken kreisten um Kirow. Man sah ihn ihm den Nachfolger. Dabei war ER nur sieben Jahre älter als Kirow. Wie konnte man da von Nachfolger reden? Außerdem war sehr fraglich, wer wen überleben würde; Kaukasier lebten lange. Also war wohl nicht die Nachfolge nach, sondern vor dem Tod gemeint. Da würden sie lange warten müssen und es doch nicht erleben. Der Konvent hatte Robespierre unter die Guillotine gebracht, solch einen Konvent brauchte er nicht. Robespierre hatte den schwerwiegenden Fehler begangen, den Konvent beizubehalten. Napoleon hatte den Konvent aufgelöst und recht daran getan. Deshalb war Napoleon ein großer Mann, Robespierre trotz seiner Grausamkeit nur ein Advokat und Schwätzer.

Während eines Besuchs von Kirow in Moskau hatten sie sich bei Ordshonikidse getroffen. Außer IHM und Sergo waren Kirow, Woroschilow und Mikojan gekommen; Lasar Kaganowitsch war auch dabeigewesen, obwohl Sergo ihn nicht eingeladen hatte. Er konnte ihn nicht ausstehen. Aber ER hatte zu Lasar gesagt, Sergo lädt zum Abendessen ein, komm mit. Er konnte sich nicht mehr genau erinnern, warum Kirow damals erzählt hatte, daß er eine Vorliebe für Mathematik, Physik und Chemie gehabt, daß er die Industrieschule mit Auszeichnung beendet und dann Vorbereitungskurse an der TH in Tomsk besucht hatte, weil er Ingenieur werden wollte. Ach ja, hatte er dort nicht Iwan Budjagin kennengelernt? Budjagin hatte doch auch an diesen Lehrgängen teilgenommen, ihre Freundschaft reichte wohl in diese Zeit zurück.

Kirows technische Kenntnisse waren zwar gering, aber er interessierte sich für Technik. Sehr gut, sollte er die Industrie leiten, sollte er diesen Bereich in Maschinenbau, Chemie, Bauwesen und so weiter aufteilen. Diese verkrusteten Apparate mußte man immer wieder zerschlagen, diesen Filz aufbrechen und ständig mischen, mischen und nochmal mischen. Diese Industriezweige sollte Genosse Kirow als Mitglied des Politbüros und Sekretär des ZK gefälligst leiten. Das war schließlich keine Schande: In der Zeit der Industrialisierung des Landes an der Spitze des wichtigsten Bereichs der Wirtschaft zu stehen, war wirklich nicht ehrenrührig. Aber wenn Genosse Kirow nicht einwilligen würde und nicht nach Moskau umziehen wollte, so bedeutete das, daß er unabhängig und autonom bleiben und seine eigene Richtung weiterführen wollte.

6

Eine derart verzehrende Sehnsucht, eine derart beklemmende Trostlosigkeit hatte Sascha weder in der Butyrka noch in den Durchgangsgefängnissen und auch nicht während des Transports empfunden. In der Butyrka hatte er die Hoffnung gehabt, daß sich alles klären und man ihn entlassen würde, auf dem Transport hatte er das Ziel vor Augen gehabt, sich an Ort und Stelle einzurichten und seine Zeit geduldig abzuwarten. Die Hoffnung hatte ihm geholfen, Mensch zu bleiben, das Ziel hatte ihm ermöglicht, durchzuhalten. Jetzt aber gab es weder Ziel noch Hoffnung. Er hatte den Menschen helfen wollen, die Zentrifuge wieder benutzen zu können, man hatte ihn der Sabotage beschuldigt. Mit zwingender Logik hatte Alfjorow ihm das bewiesen. Alfjorow konnte ihn jederzeit vollends vernichten, er brauchte bloß Iwan Parfjonowitschs Meldung aus der Schublade zu holen. Konnte man so leben? Was wollte er mit den Lehrbüchern für Französisch, die er aus Moskau erwartete, den Handbüchern für Nationalökonomie und Philosophie? Mit wem sollte er darüber reden, mit wem französisch sprechen? Mit den Bären in der Taiga? Selbst wenn Alfjorow ihn unbehelligt ließe – wie, von was sollte er hier leben? Filzstiefel reparieren – das könnte er lernen. Das war sein Schicksal. Vergessen, alles vergessen! Der Idee, mit der er aufgewachsen war, hatten sich die Baulins, Losgatschows, Djakows bemächtigt, sie traten sie mit Füßen und vernichteten die Menschen, die dieser Idee anhingen. Früher hatte er geglaubt, in dieser Welt müsse man kräftige Hände und einen unbeugsamen Willen haben, weil man sonst unter die Räder geriet. Jetzt aber verstand er: Gerade mit kräftigen Händen und unbeugsamem Willen kam man unter die Räder, weil man mit einem noch unbeugsameren Willen und noch kräftigeren Händen zusammenstieß, die das Ruder hielten. Um zu überleben mußte man sich einem fremden Willen, einer fremden Kraft unterordnen, mußte aufpassen und sich anpassen, mußte leben wie ein Hase und sich bedeckt halten; nur unter dieser

Voraussetzung konnte man sich physisch retten. Aber lohnte es sich, so zu leben?
Sascha saß zu Hause und versuchte zu lesen. Der Alte besserte irgend etwas im Hof aus, die monotonen Schläge der Axt ließen ihn das beklemmende Heimweh, die fürchterliche Trostlosigkeit nur noch stärker empfinden. Der Alte verließ den Hof, aber Sascha konnte ohnhin nicht mehr lesen und klappte das Buch zu. Ein solches Leben würde er nicht aushalten, nein. Er streckte sich auf dem Bett aus und schlief ein. Nicht mal im Schlaf ließ ihn das Unglück, das ihn getroffen hatte, los, er fuhr erschrocken, mit hämmerndem Herzen hoch.
Was wollte Alfjorow von ihm? Seine Freundlichkeit mußte Gründe haben, er hatte ihn nicht zufällig hiergelassen. In der Logik der Dinge hätte es gelegen, ihm einen Fall anzuhängen, um so die eigene Existenzberechtigung zu beweisen. Alfjorow aber hatte ihn nach Mosgowa entlassen, auf eine mögliche Übersiedlung nach Keshma, Arbeit in der MTS angespielt und nichts dafür verlangt. Entweder versuchte er, ihn für sich einzunehmen, oder ihm den inneren Halt zu rauben! Er wollte ihn fertigmachen, ihn in Ungewißheit und ständiger Spannung halten, in dauernder Angst: Das Material gegen dich liegt in der Schublade, warte, bis ich dich wieder herbestelle, ein ruhiges Leben ist dir nicht vergönnt. Trostlos, trostlos.
Die Alte rief ihm durch die Tür zu: »Kommst du essen?«
»Ich mag nicht, habe Zahnschmerzen«, antwortete Sascha. Zwei Tage lang ging er nicht aus dem Haus, saß auf dem Hof, half dem Alten bei der Arbeit. Er wußte, daß Sida auf ihn wartete, daß sie sich Sorgen machte, aber nicht einmal sie wollte er sehen. Sie war Zeugin seiner Schande gewesen, würde ihn trösten, und das wäre noch erniedrigender. Ihm waren jetzt alle und alles egal. Er mußte Schluß machen! Aus diesem Kreis würde er nie mehr ausbrechen können... Aber was sollte dann aus der Mutter werden? Sie würde das nicht überleben, das durfte er ihr nicht antun. Deshalb mußte er den schweren Karren weiterziehen, mußte sich in den Sielen weiterquälen. Hauptsache, Mutter wußte, daß er lebte, Hauptsache, daß sie die Hoffnung nicht verlor.

Am dritten Tag kam Sewolod Sergejewitsch vorbei.
»Was ist denn mit Ihnen los? Warum lassen Sie sich nicht blicken? Sind Sie krank?«
»Nein, mir fehlt nichts.«
»Hat Alfjorow Ihnen die Hölle heißgemacht?«
»Er hat mir bewiesen, daß ich ein Saboteur bin, gegen die Kolchosleitung hetze. Sehr logisch und überzeugend hat er's bewiesen.«
Sewolod Sergejewitsch lachte.
»Kein Wunder! Er hat Philosophie studiert.«
»Tatsächlich?«
»Ja. Lassen Sie sich nicht von seiner Stellung irritieren. Er ist ein ganz hohes Tier. Eine Persönlichkeit. Hat drei, vielleicht sogar vier Rauten, auf jeden Fall mehr als seine Vorgesetzten in Kansk, deshalb trägt er auch keine Uniform. Er war übrigens längere Zeit im Ausland und ist dann hier gelandet. Ich fürchte, er ist ein künftiger Kollege oder Leidensgenosse, wie immer Sie es nennen wollen. Vielleicht hat er Glück und steigt wieder auf, alles hängt von irgendwelchen höheren Umständen ab, die uns verborgen sind. Ihnen hat er jedenfalls mit zwingender Logik bewiesen, daß er Sie aufgrund der Meldung des Kolchosvorsitzenden zertreten kann. Sie haben die Zentrifuge kaputt gemacht und den Vorsitzenden einen Hornochsen genannt. Hat er Sie dessen beschuldigt?«
»Genau.«
»Na sehen Sie. Da kann ich Sie beruhigen. Die Zentrifuge ist am selben Tag nach Keshma geschafft worden. Dort wurde alles gemacht, was Sie gesagt hatten. Inzwischen ist die Zentrifuge wieder hier an Ort und Stelle und funktioniert hervorragend. Sie können hingehen und sich selbst davon überzeugen.«
»Nicht die geringste Lust.«
»Das ist goldrichtig, Sascha. Wenn Sie meinen Rat hören wollen: Rühren Sie das Ding nie wieder an. Das Thema Sabotage entfällt damit, scheint mir. Darüber lassen Sie sich mal keine grauen Haare wachsen.«
»Das tue ich auch nicht. Mich kotzt bloß alles an.«
»Verständlich. Wenn Sie mir erlauben, Ihnen gegenüber ganz offen zu sein, möchte ich Ihnen etwas sagen. Erlauben Sie's?«

»Aber natürlich.«
»Sie sind ein aufrichtiger Kerl, Sascha, das steht außer Frage. Ein Mensch im wahrsten Sinne des Wortes. Ein sowjetischer Mensch. Das ist kein Kompliment, das ist eine Feststellung. Ganz wunderbar, ein überzeugter sowjetischer Mensch zu sein. Und das wollen Sie sogar jetzt in Ihrer besonderen Situation bleiben, Sie wollen so auftreten, wie ein sowjetischer Mensch aufzutreten hat. Und eben das geht nicht, Sachsa: Für Ihre Umgebung sind Sie kein sowjetischer Mensch mehr, sondern ein antisowjetischer Verbannter. Und nur unter diesem Gesichtspunkt werden sowohl Ihre Person als auch Ihr Verhalten beurteilt. Sie gehen die Straße entlang und sehen eine reparaturbedürftige Zentrifuge; da Sie wissen, wie das Ding funktioniert, gehen Sie sofort hin und reparieren es. Der Kolchosvorsitzende aber und der Bevollmächtigte – damit meine ich nicht Alfjorow, sondern einen anderen durchschnittlichen Bevollmächtigten –, die sehen das ganz anders: Warum bastelt der an der Zentrifuge herum? Klar, er will sie endgültig kaputt machen. Der Feind schädigt und sabotiert, wo er nur kann – ich hoffe, Sie wissen, wessen Worte das sind?«
»Ja.«
»Sie wollen kein Paria sein, aber Sie müssen Ihre Lage richtig einschätzen. Sie haben den Kolchosvorsitzenden beschimpft, und das war Ihr größter Fehler. Hätten Sie nur geflucht, wäre nichts passiert. Aber Hornochse, das ist eine direkte Beleidigung, eine sehr erniedrigende, aus der Überlegenheit spricht. Demnach sind Sie der Kluge und er der Dumme. Hat Alfjorow Ihnen nicht vorgeschlagen, in ein anderes Dorf zu ziehen?«
»Ja, das hat er.«
»Na und? Haben Sie etwa abgelehnt? Wegen Nursida Hasisowna?«
»Ich habe weder abgelehnt noch zugesagt. Ich habe ihm erklärt, er soll es selbst entscheiden, ich möchte ihm in keiner Weise verpflichtet sein.«
Wsewolod Sergejewitsch überlegte und sagte dann: »Na ja, vielleicht haben Sie sogar recht, obwohl Sie in einem anderen Dorf bestimmt besser aufgehoben wären. Hier hatten Sie schon den Zusammenstoß mit dem Sohn Ihrer früheren Wirtin, jetzt die Sache

mit dem Vorsitzenden, Sie haben also nicht den besten Ruf. Hoffen wir, daß alles gutgeht. Momentan sind Sie einfach mit den Nerven fertig, Sascha. Ihre Nerven waren gespannt wie zu straff angezogene Saiten: die Verhaftung, das Gefängnis, der Transport, unser Mosgowa, die Scherereien hier. Jetzt ist eine Saite gerissen. Das haben wir alle hinter uns. Wichtig ist nur, daß es nicht chronisch wird. Sie sind willensstark und kräftig und müssen damit fertigwerden. Die Konsequenz für Sie: Vermeiden Sie Konflikte und seien Sie umsichtig bei Ihrer Romanze mit der Lehrerin. Man ist Ihnen nicht grün, hat Sie auf dem Kieker und wird Sie belauern. Passen Sie also auf, daß man Ihnen das nicht auch noch in die Schuhe schiebt.«

Er trat an Saschas Bett und klopfte ihm auf die Schulter. »Genug! Stehen Sie auf! Kommen Sie mit, wir spielen Preference.«

»Ich bin ein schlechter Kartenspieler.«

»Ist doch egal. Die Karten sind unser Trost, die Kriminellen spielen Siebzehnundvier, wir spielen Preference. Rasieren Sie sich, schauen Sie sich bloß mal Ihre Bartstoppeln an, stehen Sie auf, ziehen Sie sich an, und dann gehen wir los. Höchste Zeit, daß Sie die hiesigen Intellektuellen kennenlernen.«

Sascha hatte keine Lust, aber Wsewolod Sergejewitsch ließ nicht locker, außerdem war es sicher nützlich herauszufinden, wie die anderen mit dem Leben hier fertigwurden.

Michail Michailowitsch Maslow, ein Mittvierziger mit ausgemergeltem Gesicht, war vor einem Jahr aus der Verbannung in Solowki hierhergekommen. Die straffe Haltung verriet den ehemaligen Offizier.

»Wir dachten schon, Sie kommen nicht mehr«, sagte er gallig zu Wsewolod Sergejewitsch, als der mit Sascha eintrat.

»Sie haben noch Gelegenheit genug, uns auszunehmen«, antwortete Wsewolod Sergejewitsch gutmütig.

Während des Kartenspiels ließ Michail Michailowitsch keinem Zeit, lange nachzudenken, drängte, machte abfällige Bemerkungen über mißglückte Stiche. Nur Sascha kritisierte er nicht. Sascha kam aus einer fremden, feindlichen Welt, und das wollte er durch seine Zurückhaltung zu verstehen geben. Sascha war er unsympathisch; solche leicht gereizten, sofort aufgebrachten Choleriker mochte er nicht. Durch das Beispiel seines Vaters wußte er, daß das ausschließlich eine Frage des Charakters war, nicht etwa des Schicksals, das ihm übel mitgespielt hatte.

Der vierte Spielpartner war Pjotr Kusmitsch, ein Kaufmann aus der Stadt Stary Oskol im Gebiet Woronesh. Die Verbannung hatte er zunächst in Narym verbracht, hier an der Angara wartete er auf ihr Ende. Er war über die Sechzig, vierschrötig, breitschultrig, sein schwarzer Bart hatte schon weiße Fäden, die Hose steckte in den Stiefelschäften, die alte, abgewetzte Jacke glänzte an Ellbogen und Aufschlägen. Er war der einzige in der Runde, der offen über den Grund seiner Verbannung sprach.

»Als es verboten wurde, habe ich den Verkauf eingestellt«, sagte Pjotr Kusmitsch, »nachdem es wieder erlaubt war, habe ich alles verkauft, was der Bauer braucht: Sensen, Sicheln, Forken, verschiedenste Drogerieartikel, habe also gemacht, was ich eigentlich von Kind auf gelernt hatte. Im Dorf gab's den Konsum, aber die Leute kamen zu mir, denn ich hatte alles rechtzeitig am Lager, ich wußte, was der Bauer zu jeder Jahreszeit benötigt. Und dann natürlich das Übliche: der Finanzprüfer, dann der nächste, mal die Umsatzsteuer, mal die Warensteuer, mal die Einkommensteuer. Im Gefängnis verlangten sie Gold von mir, aber woher nehmen und nicht stehlen? Mein Gold waren Eisenbleche: Flacheisen, Profileisen, Bandeisen, Dachblech. Gold hatte ich nur früher auf Zehn- und Fünfrubelmünzen aus der Zarenzeit gesehen.«

Pjotr Kusmitsch erzählte nachsichtig weiter, die Untersuchungsbeamten standen ja auch unter Kontrolle und mußten sich vor ihren Vorgesetzten verantworten

»Na schön, ich war Händler, wurde entrechtet, aber was haben meine Kinder damit zu tun? Haben sie sich ihre Eltern vielleicht ausgesucht? Sie wollen doch auch leben, so leben wie die anderen, sie möchten zu den Jungen Pionieren, möchten in den Jugendverband, den Komsomol, aber überall jagt man sie weg. Aljoscha, mein Jüngster, hat Köpfchen, er fuhr nach Moskau, fand Arbeit in einer Fabrik und schickte mir eines Tages die Betriebszeitung: ›Ich soundso habe mit meinem Vater gebrochen und stehe in keiner Weise mit ihm in Verbindung.‹ Das tut natürlich weh, ich habe ihn aufgezogen, aufgepäppelt, und nun verleugnet er mich. Aber was soll man machen, er konnte und durfte nicht anders. Außerdem war er ja überzeugt, daß der Handel mit Waren andere schädigt; du lebst von fremder Arbeit, sagte er. Versuch mal, Fässer mit Ölfirnis zu rollen und zu kippen, Pflugscharen oder Kisten mit Nägeln herumzuwuchten, dann weißt du, was das für eine Arbeit ist... Na schön! Aljoscha hatte es geschafft und ein landwirtschaftliches Studium angefangen, Agronom wollte er werden, hatte schon immer einen Hang zur Landwirtschaft. In Moskau wohnte er in einem Studentenheim. Meine Frau aber lag schlaflos zu Hause und grämte sich: Der Junge hungerte. Da schickte ich ihm dreißig Rubel, und er schickte sie mir zurück – seine politische Überzeugung ließ nicht zu, von mir etwas anzunehmen, ideologisches Gewissen nannte er das. Na gut, wenn's deine Ideologie nicht zuläßt, hungere! Aber der Mutter blutete trotzdem das Herz, da gab sie Nachbarn, die nach Moskau fuhren, eine Speckseite und hausgemachte Pasteten für ihn mit und trug ihnen auf, nicht zu verraten, daß die Sachen von ihr waren. Die Nachbarn kamen ins Wohnheim, Aljoscha war gerade nicht da. Sie ließen das Paket deshalb auf seinem Nachtschränkchen zurück; neben jedem Bett war so eine Art Spind, vier Mann wohnten in dem Zimmer. Aljoscha kam, sah das Paket und fragte, wer's gebracht hätte. Leute aus deinem Dorf, sagten die anderen. Nein, das Paket kommt von den Eltern, ich schicke es zurück. Die anderen redeten es ihm aus: Warum denn zurückschicken, wir essen den Kulakenspeck auf und fertig. Alles junge, große Kerle und hungrig wie die Wölfe. Sie putzten den Speck und die Pasteten weg. Aber hinterher schrieb einer von diesen lieben Freunden, der sich ebenfalls den Wanst mit Speck und Pasteten vollgehauen hatte, an die Parteizelle, daß mein Alexej von den Eltern Freßpakete bekomme. Folglich log er, wenn er behauptete, er hätte sich von den Eltern losgesagt. Also wurde Aljoscha aus dem Komsomol und der Hochschule rausgeschmissen, und jetzt arbeitet er wieder in der Fabrik. Hatte sich von seinen Eltern losgesagt, und die, denen er sich anschloß, sagten sich selber von ihm los, wollen nichts mehr von ihm wissen.«

»Das haben wir schon hundertmal gehört«, unterbrach Michail Michailowitsch, »schauen Sie sich lieber ihre Karten an.«

»Warum soll ich das dem jungen Mann nicht erzählen«, widersprach Pjotr Kusmitsch freundlich, »vielleicht interessiert's ihn ja. Leben Ihre Eltern noch?«
»Ja«, antwortete Sascha.
»Hat man ihnen nichts getan?«
»Warum sollte man ihnen etwas tun?«
»Wenn die wollen, finden sie schon einen Grund. Aber Ihre Eltern haben's ohnehin schwer – der Sohn in der Verbannung. Da ist's für Eltern schon besser, sie plagen sich selber in Sibirien ab.«
»Sie predigen da falsch verstandenes Mitleid mit Ihren Kindern«, sagte Michail Michailowitsch mißbilligend. »Mit Ihrem Paket haben Sie dem Jungen bloß das Leben verdorben. Ohne Ihr Paket wäre er auch nicht verhungert, die anderen Studenten behelfen sich doch auch irgendwie. Recht haben sie, wenn sie sich von uns lossagen – wir sind längst erledigt. Die Revolution ist die Lokomotive der Geschichte, wir sind unter ihre Räder gekommen, also müssen wir uns fügen!«
»Sohn ist also nicht Sohn und Vater nicht Vater.«
»Aber genau«, sagte Michail Michailowitsch noch gereizter, »du sollst Vater und Mutter ehren, das ist Gottes Wort, aber von Gott will keiner was wissen, ihr Glauben heißt Gleichheit für alle. Und so wird's dann überall aussehen. Sie machen die Weltrevolution und scheren danach alle über einen Kamm.«
»Das mit der Weltrevolution – da übertreiben Sie aber gewaltig«, mischte sich Wsewolod Sergejewitsch ein, »die Bolschewiki lehnen sie inzwischen selber ab. Der Staat – das ist die Religion des russischen Menschen, er verehrt Gott in der Person des Herrschers. Und gehorcht. Und will gar keine Freiheit. Freiheit würde zu einem allgemeinen Gemetzel führen, das Volk aber fordert Ordnung. Ich gebe weder Stepan Rasin noch Jemeljan Pugatschow den Vorzug, sondern Lenin und sogar Stalin.«
»Deshalb sind wir ja hier.«
»Richtig. Aber unter Stepan oder Jemeljan würden wir am ersten besten Baum hängen. Die Bolschewiki haben Rußland gerettet und das Reich als Großmacht erhalten. Bei der sogenannten Freiheit wäre Rußland in einzelne Teile zerfallen. Der

neue Herrscher festigt Rußland, alle Achtung! Und dann werden wir weitersehen.«

»Der Staat muß seine Bürger schützen, Ihr Staat aber bekämpft sie«, sagte Michail Michailowitsch, »mich, Sie, Pjotr Kusmitsch, er bekämpft die Bauern, das Fundament des Staates, ja sogar die eigenen Leute«, er wies mit einer Kopfbewegung auf Sascha, »bekämpft er. Ich bin Russe und bin für Rußland, aber nicht für ein solches.«

»Ein anderes wird's nicht geben«, lachte Wsewolod Sergejewitsch.

Der Besuch bei Michail Michailowitsch lenkte Sascha nicht von seinen trüben Gedanken ab, befreite ihn nicht von Schwermut und Verzweiflung.

Die geäußerten Überlegungen kannte er bis zum Überdruß, sie interessierten ihn nicht. Menschlich war nur Pjotr Kusmitschs Bericht; wär's denn nicht möglich gewesen, die NÖP ohne solche Exzesse zu verwirklichen? Dem Jungen das Leben kaputtzumachen, nur weil er sich von den Studienkollegen hatte überreden lassen, den von der Mutter geschickten Speck zu essen! Trostlos... Zu diesem Gefühl auswegloser Trostlosigkeit kam die Sorge um die Mutter; er hatte noch keinen einzigen Brief von ihr bekommen.

Jeden Mittwoch versammelten sich die Deportierten am Ufer der Angara und warteten auf die Ankunft des Postbootes: das wichtigste Ereignis in ihrem einförmigen Leben. Die Frauen des Dorfes spülten die Wäsche, die Kinder badeten und kletterten bibbernd aus dem Wasser ans Ufer, die Deportierten gingen am Ufer auf und ab und spähten in die neblige Weite des Flusses hinaus. Schließlich zeigte sich weit flußabwärts ein winziger Punkt, die Aufregung wuchs: War's die Post oder nicht. Der Postbote im Wettermantel mit zurückgeschlagener Kapuze warf den Postsack mit einem Sperrholzanhänger »Mosgowa« aufs Ufer, verteilte die Post und nahm Briefe entgegen.

Sascha fand sich auch ein und wartete mit den anderen, bekam aber nur von Boris Solowejtschik Briefe. »Napoleon in der Verbannung« stand tatsächlich auf dem Umschlag, er machte seine Witzchen, der arme Solowejtschik, war wieder voller Optimismus. Er hatte eine Eingabe mit der Bitte um Versetzung zu Frieda oder um Friedas Versetzung zu ihm abgeschickt. Aber aus Moskau kam nichts. Sascha hatte der Mutter im Mai aus Kansk telegraphiert und ihr kurz darauf den ersten Brief geschrieben. Angenommen, die Antwort brauchte eine Woche bis Kansk, gesetzt den Fall, der Brief war in Kansk angekommen, als die Post nach Bogutschany bereits abgegangen war, blieb er folglich eine weitere Woche in Kansk liegen. Bis er dann nach Keshma weitergeleitet wurde, lag er noch eine Woche in Bogutschany herum. Das waren dann insgesamt drei Wochen, Sascha war aber schon über einen Monat in Mosgowa. Wsewolod Sergejewitsch tröstete ihn: »Auf den ersten Brief muß man immer lange warten. Sie rechnen so, die Post rechnet anders. Manchmal braucht ein Brief aus Moskau drei Wochen, manchmal drei Monate, warum weiß niemand. Vielleicht ist der Brief aus Versehen in einem falschen Postsack gelandet, oder die Wagendeichsel ist unterwegs gebrochen, dann lagern die Briefe beim Dorfsowjet, und die Hälfte geht verloren. Wenn der Bote ungeschickt ist und den Sack über Bord fallen läßt, können Sie Ihr Leben lang auf den Brief warten. Und unser lieber Genosse Alfjorow langweilt sich hier doch zu Tode. Deshalb liest er mit Vergnügen unsere Briefe, und wenn ihm einer besonders gefällt – beispielsweise vom literarischen Stil – behält er ihn einen Monat lang oder gar für immer. Das alles können Sie bei Ihrer Berechnung der Zeit nicht berücksichtigen. Ihr Telegramm aus Kansk ist vielleicht verstümmelt angekommen, Ihr erster Brief hat Ihre Mutter vielleicht gar nicht erreicht, also hat sie erst den zweiten erhalten, so daß Sie erst in anderthalb Monaten mit einer Antwort rechnen können. Also lieber Freund, noch ein bißchen Geduld.«

Wsewolod Sergejewitsch hatte recht. Trotzdem war Sascha unruhig, wenn er sah, daß die anderen Briefe, Zeitungen und Pakete bekamen und er leer ausging. Jeder Post gab er zwei oder drei Briefe an die Mutter mit; er schrieb, daß er sich gut eingerichtet habe, die Wohnverhältnisse ausgezeichnet seien und die Menschen prachtvoll, sie solle ihm nichts schicken, er brauche nichts.

Niedergeschlagen machte er sich vom Ufer auf den Weg nach Hause, ging die Dorfstraße entlang, man grüßte ihn, als sei nichts vorgefallen, als habe man ihn nicht der Sabotage beschuldigt, nicht nach Keshma bestellt. Ihm wurde klar: Für's Dorf war tatsächlich nichts weiter passiert, er kümmerte niemanden hier. So wie man ihn hergeschickt hatte, würde man ihn auch wieder wegschicken; solche wie ihn hatte man hier schon zu Hunderten erlebt. Man hatte sich an Tote, Erschlagene, Vermißte gewöhnt, nicht einmal die Kinder der umgesiedelten Kulaken hatten sie aufgenommen.

Iwan Parfjonowitsch, der Kolchosvorsitzende, beachtete Sascha ebensowenig wie die anderen, machte ein gleichgültiges Gesicht. Er hatte den Vorfall gemeldet, sollten die Behörden doch entscheiden, was zu geschehen hatte. Er hatte mehr zu tun, ihn plagten genug andere Sorgen.

Sida begegnete Sascha mehrere Male, sie sah ihn fragend an, aber er nickte ihr bloß zu und blieb nicht stehen. Abends sah er Licht in ihrem Fenster, ging jedoch nicht hin. Sie tat ihm leid, aber er konnte sich nicht überwinden, ihm war alles egal, sogar Sida.

Er verkehrte nur noch mit Fedja, weil er in den Laden ging, um das eine oder andere zu besorgen. Fedja behandelte ihn nach wie vor freundschaftlich. Bei einem dieser Einkäufe bat Fedja Sascha, sein Fahrrad zu reparieren.

»O nein«, antwortete Sascha, »ich repariere nichts mehr für euch, macht euren Kram allein!«

»Wegen der Zentrifuge?« fragte Fedja teilnahmsvoll.

»So kannst du es auch sehen.«

»Vielleicht renkt sich's noch ein«, meinte Fedja unsicher. Sascha zuckte zusammen. Also glaubte man im Dorf doch, daß der Fall nicht beigelegt war. Vielleicht renkt sich's noch ein... Vielleicht aber auch nicht. Sie wußten, wenn einem Sabotage angehängt wurde, konnte man sich nicht herauswinden.

»Ich denke, es renkt sich ein«, setzte Fedja seinen Gedankengang in zuversichtlicherem Ton fort, »die Zentrifuge funktioniert wieder, man hat sie in die MTS gebracht, und dort hieß es, das Gewinde sei ausgeleiert, was du von Anfang an gesagt hattest. Er ist ja nicht bösartig.«

»Wer?«

»Iwan Parfjonowitsch, unser Vorsitzender, er ist gar nicht so übel. Der Mann trägt doch die Verantwortung, das mußt du doch verstehen. Die Eichhörnchen sind weg, die Kühe krepiert, Korn wird nicht geliefert, die Männer werden für Bauvorhaben abgeworben, und er muß den ganzen Laden nur mit den Weibern schmeißen. Und die Weiber, die gehen ihm wegen der Zentrifuge an die Gurgel. Na schön, er hat dir in seiner Wut ein paar Worte gesagt, du hättest das einfach wegstecken sollen, du aber bist hochgegangen.«

»Lassen wir's«, unterbrach Sascha, »gib mir Zigaretten und Streichhölzer, gieß mir Petroleum ein, ich gehe.«

»Hör mal, Sascha, sei doch nicht so. Die Kette ist ab, ich schaffe es nicht allein. Hinterher können wir ja noch einen Schluck trinken, ich habe geräucherte Äschen da, ich war doch immer gut zu dir. Ich habe auch zu Iwan Parfjonowitsch gesagt: Das hätten Sie nicht tun sollen, Iwan Parfjonowitsch, er ist einer aus der Stadt, ein Moskauer, er hat's wirklich gut gemeint, hat den Weibern gleich Bescheid gesagt, aber die sind doch bescheuert, dumme Gänse, eine wie die andere! Kommt alles wieder in Ordnung, Sascha...«

»Schön«, willigte Sascha ein, »wo ist dein Rad?«

Fedja führte ihn durch den Laden in den Hof und holte das Fahrrad aus dem Haus. Als Sascha das Rad auseinandernahm und die Nabe, die Zahnräder, Kettenglieder und Schraubenmuttern überprüfte, erinnerte er sich an das Fahrrad, das er als Kind gehabt hatte. Ein altes Damenrad, das aus Teilen verschiedener Fabrikate zusammengesetzt war. Er war damals ein Könner gewesen, konnte auf dem Sattel stehend fahren, auch mit dem Rücken zum Lenker sitzend, sprang sogar nach hinten ab. Maxim Kostin rannte auf dem Hof und auf der Straße immer hinter ihm her. Sascha ließ ihn manchmal mit dem Rad fahren, manchmal ließ er ihn auch aufsitzen: Dann saß Maxim auf dem Sattel, und Sascha trat stehend in die Pedale, das Damenrad hatte kein Rahmenrohr.

Das Fahrrad ließ ihn an die Datscha an der Kljasma denken. Viele Jungen und Mädchen hatten Fahrräder, nicht zusammengestükkelte wie er, sondern Marke *Dux* und *Enfield.* Die Räder waren teuer, aber dort wohnten auch keine armen Leute: Ingenieure, Ärzte, Rechtsanwälte. Zum Baden fuhren sie an die Kljasma, meistens aber an die Utscha, weil die breiter war. Der Weg

schlängelte sich am Bahndamm entlang, ging durch Senken und wieder zum Bahnkörper hoch, unter den Rädern spritzte der Schotter nach allen Seiten, der Wind schlug ihnen ins Gesicht.
Abends trafen sich die Sommerfrischler an der Bahnstation, warteten auf und ab spazierend auf den Zug aus Moskau; gepflegte Damen in leichten Sommerkleidern mit tiefem Ausschnitt, die ihre Männer abholten, würdige Herren in Anzügen aus Schantungseide und mit schweren Aktentaschen.
Sascha kam mit dem Rad zur Station, schwarzhaarig, breitschultrig, mit bloßem, braungebranntem Oberkörper. Die Frauen musterten ihn lächelnd und fragten? »Zu wem gehört denn dieses schokobraune Jungchen?« Sascha gefiel das, er fühlte eine süße, prickelnde Unruhe in den Gliedern. Nur die Bezeichnung »Jungchen« verletzte ihn.
Abends spielten sie am Waldrand Verstecken. Eines der Mädchen, ihren Namen hatte er vergessen, langbeinig, groß und dünn, versteckte sich meistens zusammen mit ihm und drückte sich wie zufällig an ihn. Sascha fühlte ihren heißen, mageren Körper, hätte sie am liebsten noch näher an sich herangezogen, wagte es aber nicht und sagte statt dessen grob: »Rutsch doch nicht dauernd 'rum, hast wohl nicht genug Platz?«
Das Verlangen erwachte früh in ihm, aber er unterdrückte es, hielt es damals mit seinen dreizehn Jahren für eine Schwäche, eines Mannes unwürdig. Die Jungen auf dem Hof sprachen spöttisch über Mädchen, flunkerten und prahlten; Sascha widerten ihre Reden an. Wenn bei Pfänderspielen geküßt wurde, spielte er nie mit – er hielt das für spießig und geschmacklos. Menschen mußten andere, höhere Interessen haben. Er war stolz, wollte nicht als schwach und feige gelten. In der Schule und auf dem Hof hielt man ihn für stark und mutig, niemand ahnte, was ihn das kostete, welche inneren Widerstände er überwinden mußte.
Er ließ das langbeinige Mädchen abblitzen, sie schloß sich Jascha Raschkowski an. Sascha konnte sich noch genau an ihn und seinen Namen erinnern, ein schlanker Junge aus einer berühmten Moskauer Ballett-Tänzerfamilie. Er lernte in der Ballettschule des Bolschoi-Theaters, war ein oder zwei Jahre älter als Sascha, und besaß ein Rennrad Marke *Dux*, was ihn aus ihrer Gruppe heraus-

hob. Einmal schlug er vor, nicht an die Utscha zum Baden zu fahren, sondern an die Kljasma, er hätte dort eine Stelle entdeckt, wo man herrlich ins Wasser springen könne. Sie radelten zur Kljasma, stiegen von den Rädern, zogen sich aus, die Jungen trugen Badehosen, die Mädchen Badeanzüge. Doch Jascha war der einzige, der sprang: Die Böschung war tatsächlich günstig, steil und überhängend, aber auch sehr hoch – etwa zwölf Meter. Die Mädchen trauten sich nicht mal an den Rand. Sie legten sich auf den Bauch und sahen aufs Wasser hinab. Die Jungen wagten den Sprung ebenfalls nicht, es war ihnen zu hoch. Jascha sprang kerzengerade mit den Füßen zuerst, tauchte tief unter, kam prustend an die Oberfläche, schwamm mit langen Stößen zu einer flachen Uferstelle und kam auf einem schräg verlaufenden Pfad die Böschung herauf. Die Mädchen starrten ihn begeistert an, auch die Langbeinige. Jascha Raschkowski war wohlerzogen, er gab nicht mit seinen Sprungkünsten an, überredete keinen, es ihm nachzutun, sondern legte sich bäuchlings zu den anderen in den Sand und ließ sich die Sonne auf den Rücken scheinen.
Sascha war schon vom Boot oder Brettersteig ins Wasser gesprungen, aber noch nie von einem Turm oder Steilufer. Jascha konnte es, warum sollte er es nicht auch können? Er mußte springen, seine Angst überwinden. Er schwamm und tauchte gut, man mußte in gerader, gestreckter Haltung springen, um nicht mit dem Bauch oder dem Rücken auf's Wasser zu prallen und beim Fußsprung mit den Zehen zuerst eintauchen. Ihn spornte nicht die Rivalität an, sondern das Bedürfnis, das Angstgefühl zu bezwingen. Wenn er jetzt nicht sprang, würde er sich bloß quälen und früher oder später doch herkommen und springen. Dann schon besser gleich.
Er stand auf und reckte sich.
»Möchte auch mal rein...«
Er machte einen Schritt zum Abgrund und sprang. Er tauchte tief ein, machte mehrere hastige Schwimmbewegungen um hochzukommen, sah sich an der Oberfläche und legte sich atemholend auf den Rücken... Von oben sahen alle auf ihn herab, Jascha und die Langbeinige auch.

Diese Erinnerungen an seine Kindheit schmerzten ihn jetzt erst recht: Wofür hatte er seinen Willen gestählt, seinen Charakter erzogen?
Jemand rief ihn, er erkannte sofort Sidas Stimme. Als er sich umdrehte, sah er sie auf der Vortreppe stehen.
»Ich war bei Fedjas Mutter, habe ihr eine Medizin gebracht.«
Sascha wußte, daß Sida aus Keshma Arzneien für die Dörfler mitbrachte, sie half, wo sie konnte. Er wußte auch, daß die Schüler den Unterricht schwänzten, zum Teil sogar die Schule verließen; in der Schule gab es nicht genug Lehrbücher, Hefte, nicht mal Bleistifte. Sida versuchte, in Keshma etwas zu erreichen, um dem Mangel abzuhelfen. Wenn es ihr nicht gelang, behalf sie sich mit dem wenigen, das vorhanden war. Sie ging zu den Eltern, versuchte sie zu überreden, daß das Kind wieder in die Schule geschickt wurde; manchmal gelang es ihr, manchmal nicht. Sie bewies Energie und Ausdauer, murrte und resignierte nicht, aber wozu das alles, warum plagte sie sich freiwillig in diesem gottvergessenen Winkel ab?
»Warum kommst du nicht mehr?« fragte sie halblaut.
»Miese Laune.«
»Komm Sascha, ich sehne mich nach dir.«
»Wenn man mich sieht, bist du bös dran. Glaubst du, die Leute wissen nicht, warum du nachts die Lampe brennen läßt?«
»Ich mache kein Licht mehr. Komm, sobald es dunkel wird. Ich brate frischen Fisch und backe Plinsen.«
Ihre Nähe, ihre Stimme, der vertraute Duft ihres billigen Parfüms erregten ihn.
»Ich trinke gleich ein Glas mit Fedja, ich kann doch nicht betrunken zu dir kommen.«
»Komm, wie du bist.«

»Denk nicht mehr an den dummen Vorfall, mach's dir doch nicht so schwer«, sagte Sida, »Alfjorow ist in die MTS gekommen, hat veranlaßt, daß die Zentrifuge repariert wird, und sie haben es noch am selben Tag gemacht. Er will ja selber nicht, daß viel Staub aufgewirbelt wird.«
»Woher weißt du das?«

»Der Direktor der MTS hat mir's erzählt, ich bin mit seiner Frau befreundet.«
Das hat sie bloß erfunden, um mich zu trösten, dachte er. Möglich, daß Alfjorow zur MTS gegangen war und nach der Zentrifuge gefragt hatte, aber sicher war's Sida gewesen, die den Direktor gebeten hatte, die Zentrifuge möglichst schnell zu reparieren. Er sagte zu ihr: »Wenn Gras über diese Sache gewachsen ist, erfinden sie eine neue. Ein Anlaß findet sich bestimmt.«
»Was passiert ist, war ein Zufall, so was ist hier noch nie vorgekommen.«
»Hör mal«, sagte er unvermittelt, »könnte dein Bekannter, der Direktor, mich nicht für die MTS anfordern? Die brauchen doch sicher Leute.«
Sie stützte sich auf dem Ellbogen auf und sah ihn an, ihr Gesicht war dicht vor seinen Augen, im Mondschein, der durch das kleine Fenster fiel, kam es ihm unnatürlich weiß vor.
»Du willst nach Keshma ziehen?«
»Liebste, ich muß doch etwas tun«, sagte Sascha, »einfach, um zu leben.«
Sie legte sich aufs Kissen zurück und schwieg. Sie will mich nicht gehen lassen, will mich nicht verlieren. Dummchen, du wirst mich sowieso verlieren. Selbst wenn er seine Haftzeit hier wohlbehalten überstand, konnte er doch niemand in Freiheit mit seiner Person belasten die zur Unperson geworden war. Die Strafe würde Zeit seines Lebens wie ein Makel an ihm haften. Die Djakows würden ihn stets im Auge behalten. Durfte er da die Verantwortung für ein weiteres Schicksal, ein anderes Leben übernehmen, Sida dieser Marter und neuen Irrfahrten aussetzen? Er würde irgendwo untertauchen, spurlos verschwinden müssen, alle Verbindungen abbrechen. Er war mit einem Makel behaftet und mußte allein bleiben. Er wußte nicht, ob es ihm gelingen würde, das eigene Leben zu retten, zwei Leben aber würde er nie und nimmer retten können.
»Das war nur ein Scherz«, sagte er, »ich bitte dich nicht um Vermittlung. Die nehmen mich sowieso nicht. Außerdem hätte ich in Keshma noch mehr Gelegenheiten ins Fettnäpfchen zu treten. Dort würden sie mir bestimmt alles mögliche in die Schuhe schieben.«

Sida streckte ihre Hand aus, tastete im Dunkeln nach seinem Kopf und streichelte ihn.
»Nimm's dir nicht zu Herzen, du bist jung und hast noch alles vor dir. Wie lange mußt du noch hier bleiben? Zwei Jahre?«
»Zwei Jahre und vier Monate«, präzisierte er.
»Die Zeit vergeht schnell, Sascha. Sobald du frei bist, fährst du weg.«
»Wohin?« fragte er. »Nach Moskau lassen sie mich nicht. Das heißt also, wieder herumirren, und obendrein mit dem Paragraphen 58 als Schandmal.«
»Vielleicht solltest du weiter wegfahren, beispielsweise in unser Tomsker Gebiet.«
In ihren Worten klang etwas Unausgesprochenes mit, das spürte er deutlich.
»Und was hätte das für einen Sinn?«
»Dort kennt man dich nicht«, antwortete sie, wiederum fühlte er etwas Unausgesprochenes, sie konnte sich nicht entschließen, ihm gleich alles zu sagen.
»Weißt du, in meinem Paß wird nicht nur mein Name stehen, sondern auch ein Vermerk, daß ich vorbestraft bin. Im Paß in der Rubrik ›Der Paß wurde aufgrund folgender Papiere ausgestellt‹ steht dann: Auf der Grundlage des Punktes II der Verordnung des Rates der Volkskommissare der UdSSR vom soundsovielten ... Das ist die Verordnung über das Paßwesen, mögliche Einschränkungen und so weiter. Das heißt, wohin auch immer ich fahre, ob nach Tomsk oder Omsk, ich bin gebrandmarkt, verstehst du?«
»Das schon, aber einen Paß kann man ja verlieren.«
Er lachte.
»Wenn das so einfach wäre, hätten alle Vorbestraften längst ihre Pässe verloren und wären damit ihre Vorstrafen los. Bisher ist das wohl keinem gelungen. Bei der Ausstellung eines neuen Passes wird bei den entsprechenden Behörden nachgefragt, und dann kommt alles raus.«
»Ich habe Bekannte dort, die könnten das richten.«
»Ich habe nicht vor, mit einem falschen Paß zu leben.«
»Es würde alles in gesetzlichem Rahmen geregelt, du würdest nur deinen Namen ändern müssen.«

»Wie denn das? Da bin ich aber gespannt.«
Sida stützte sich erneut auf und beugte sich zu ihm herüber. »Wenn wir nach der Verbannung von hier fortziehen und uns dort standesamtlich trauen lassen, kannst du meinen Namen annehmen, und erhältst dann auch einen neuen Paß. Und in der Rubrik, von der du sprachst, steht dann: Ausgestellt aufgrund der Heiratsurkunde. Dann heißt du nicht mehr Pankratow, sondern Ishakow, auch nicht schlecht.«
»Dann würde ich also Moslem«, lachte Sascha, »muß ich mich auch beschneiden lassen?«
»Ich meine es ernst. Ich kenne dort zuverlässige Leute.«
»Hast du dir das jetzt ausgedacht?«
»Ich lebe von Kind auf in Sibirien und weiß, daß das so gemacht wird. Ich dränge mich dir nicht auf, ich überlege nur, wie du dich am besten aus der Schlinge ziehen kannst. Später können wir uns ja scheiden lassen, wenn du willst, du bleibst dann trotzdem Ishakow, aber mit sauberem Paß. Du machst eben Talak mit mir.«
»Was heißt Talak?«
»Scheidung auf tatarisch. Wenn der Mann die Frau davonjagt, ruft er dreimal das Wort Talak.«
Die arme Sida; sie glaubte, so würde sie glücklich werden, aber weder sie noch er würden glücklich miteinander sein. Sie bot ihm ein Hasenleben an, unter fremdem Namen mit fremdem Paß. Wenn er aber irgendwann, irgendwo einen Bekannten träfe, würde er ihm erklären müssen, er sei nicht mehr Pankratow, sondern Ishakow, weil er geheiratet worden, unter die Haube gekommen sei. Sollten die Djakows ihm trotzdem auf die Schliche kommen, würden sie sich schadenfroh die Hände reiben und triumphieren: Hat versucht, sich hinter dem Rücken seiner Frau zu verstecken, nein Freundchen, vor uns versteckst du dich hinter keinem Rücken. Natürlich kein Zufall, daß du mit einem falschen Paß lebst. Ein ehrlicher sowjetischer Mensch braucht keinen falschen Paß, ein ehrlicher Mensch muß nicht den Namen wechseln. Aber das wollte er Sida nicht alles auseinandersetzen, es hätte sie nur gekränkt, also wozu?
»Weißt du, Sida«, sagte er, »wenn man sich einstellen läßt, muß man einen Fragebogen ausfüllen, seinen Lebenslauf schreiben,

angeben, wo man geboren ist, wo und was man gelernt beziehungsweise studiert hat, wer die Eltern sind und wer die Eltern der Eltern waren. Den Pankratow verschwinden zu lassen, das wird nicht gelingen. Die Nachfragen bringen sowieso alles an den Tag, sobald man sich um eine Stelle bewirbt.«

Sie gab nicht auf: »Wir fahren in ein entlegenes Gebiet, dort arbeitest du als Fahrer oder Schlosser, die brauchen keine Fragebögen auszufüllen, und da wird auch nicht lange nachgeforscht.«

»Schluß jetzt«, sagte Sascha, »das ist bloß sinnloses Gerede. Ich bin mit diesem Namen geboren und mit dem Namen werde ich auch sterben. Und dabei bleibt es.«

7

Die Finanzbehörde beschuldigte Kostja, seine Einkünfte unterschlagen zu haben, und erlegte ihm gewaltige Steuern auf. Wenn er nicht zahlte, drohte ihm Gefängnis. Zunächst wurden an seinem Wohnort im Bezirk Sokolniki seine Besitztümer gepfändet, obwohl alles, wie er behauptete, nicht ihm, sondern seiner früheren Frau Klawdija Lukjanowna gehörte. So erfuhr Warja, daß er nicht geschieden war.

Hätte Kostja ihr von Anfang an gesagt, daß er standesamtlich getraut und offiziell noch nicht geschieden war, hätte Warja dem keine Bedeutung beigemessen. Aber er hatte es verheimlicht; deshalb hatte er ihr auch den Paß nicht zeigen wollen. Sie fand solche Tricks erniedrigend. Das war das erste Signal aus Kostjas anderem, ihr verborgenem Leben.

»Warja, Liebste, ich konnte einfach nicht anders«, versuchte Kostja sie zu beschwichtigen, »nur wegen der Anmeldung in Moskau bin ich mit Klawdija Lukjanowna aufs Standesamt gegangen, außerdem hat's viel Geld gekostet. Ich habe es dir nicht gesagt, weil ich befürchtete, du würdest es nicht verstehen. Solche Abmachungen werden zu Tausenden getroffen. Sonst würde keiner in Moskau angemeldet werden. Um mich bei Klawdija Lukjanowna abzumelden, muß ich mich erst woanders anmelden. Bloß wo? Bei wem? Wer findet sich bereit, mich in seiner Wohnung anzumelden? Sofija Alexandrowna? Wer wird's ihr erlauben? Bei dir? Nina wird's nicht zulassen, sie will nichts von mir wissen.«

»Und die Konsequenz?« fragte Warja, »Klawdija Lukjanowna bleibt offiziell deine Frau, und ich bin die tatsächliche?«

Er antwortete selbstbewußt: »Ich montiere zur Zeit eine komplizierte Elektroanlage in einem wissenschaftlichen Forschungsinstitut der Akademie der Wissenschaften. Das Institut läßt ein Wohnhaus für seine Angestellten hochziehen, mir ist ein Zimmer versprochen worden.« Wie sonst auch bei Kostja hörte sich das beeindruckend an: Forschungsinstitut, Akademie der Wissen-

schaften, komplizierte Anlage... Aber Warja traute seinen Worten nicht.
»Wenn sie dir ein Zimmer geben wollen, müssen sie dich fest anstellen.«
Er zog die Lippen auseinander und artikulierte die Worte betont langsam: »Na schön... Ich wollte es dir nicht sagen, aber jetzt muß ich's wohl... Glaubst du vielleicht, ich kriege die Aufträge meiner schönen Augen wegen? Nein, Herzchen! Die Hälfte gebe ich dem Auftraggeber ab. Damit die aber ihren Anteil kriegen, müssen sie mich unter Vertrag halten, hohe Verträge mit mir abschließen, aber hoch sind sie nur auf dem Papier – die Hälfte gebe ich ihnen ab. Die Steuern muß ich aber für die ganze Summe zahlen, was bleibt mir also übrig? Ein Pfif-fer-ling! Nichts! Dabei müssen wir beide doch von irgendwas leben. Darum habe ich in der Steuererklärung zwei kleine Beträge, die ich in irgendwelchen Krankenhäusern kassiert habe, nicht angegeben. Und gerade da hat die Finanzbehörde eingehakt und will mir eine Schlinge draus drehen. Glaube mir doch! Ich hätte all diese Geschäfte längst aufgegeben, sie alle zur Hölle geschickt! Ich hab's nur wegen dieses Instituts auf die lange Bank geschoben, weil ich auf das Zimmer hoffte. Zum Glück waren wir nicht auf dem Standesamt, sonst hätten sie bei dir gepfändet.«
»Und was ist mit Klawdija Lukjanowna?«
»Was soll mit ihr sein?«
»Warum muß sie dran glauben, wenn bei dir gepfändet wird?«
»Wegen Klawdija Lukjanowna brauchst du dir keine Kopfschmerzen zu machen. Die läßt sich nicht rupfen, sie hat schon ganz andere Sachen erlebt. Mach dir also bitte keine Sorgen, ich regele das schon; alles wird sich einrenken. Wenn ich dir nicht immer alles erzähle, so nur, um dich zu schonen, deiner Ruhe wegen, deine Ruhe ist mir das Wichtigste.«
Er sprach lange. Wenn er jemanden von irgend etwas überzeugen wollte, fand er tausend Worte und hundert Argumente. Ob Warja ihm glaubte? Sie wollte ihm glauben; wie sollte sie sonst mit ihm zusammen leben. Aber sie dachte mit Bitterkeit, daß keiner unabhängig war, auch Kostja nicht, er womöglich noch weniger als die anderen. Ljowotschka hing von seiner Arbeit ab, die bedeutungs-

los, aber legal war, von seinem niedrigen, aber legitimen Gehalt. Kostja dagegen hing von Hunderten von Umständen ab, auf Schritt und Tritt lauerten Gefahren auf ihn. Heute war er reich, morgen arm, ärmer als die anderen, heute ganz oben, morgen vielleicht im tiefsten Abgrund.

Wie Kostja sich aus der Klemme gezogen hatte, wußte Warja nicht. Aber offenbar hatte er's irgendwie geschafft. Zwei Wochen fast hatte er sich zu Hause nicht blicken lassen, kein Restaurant besucht, keinen Billardsaal. Es waren Wochen fieberhafter Betriebsamkeit und Aktivitäten, von denen Warja nichts wußte, bis er ihr endlich sagte, daß er die ganze Steuer bezahlt hatte. Aber mit der Genossenschaft war es endgültig vorbei. Warja wußte nichts von Kostjas weiteren Plänen, er weihte sie nicht ein, und sie stellte keine Fragen.

Kostja erzählte ihr lediglich, er arbeite jetzt in einer Reparaturwerkstatt für Schreibmaschinen in der Herzen-Straße; mit Schreibmaschinen kannte er sich aus. Er gab ihr die Telefonnummer der Werkstatt, sagte aber, er sei dort kaum anzutreffen. Gegen zehn Uhr morgens fahre er zu verschiedenen Büros und Betrieben, um dort Schreibmaschinen zu reparieren, bekäme er die Aufträge schon am Vortag, fahre er direkt von zu Hause zu seinen Auftraggebern. Warja erriet schon sehr bald und überzeugte sich dann von der Richtigkeit ihrer Vermutung, daß Kostja in der Werkstatt nur geführt wurde, seine Bestellungen erledigten andere, die dafür seinen Lohn kassierten. Kostja war dadurch unabhängig, denn er hatte eine legale »Arbeitsstelle« – offiziell war er bei der Reparaturwerkstatt angestellt. Seine einzige Beschäftigung und einzige Erwerbsquelle aber war das Billard, ausschließlich das Billard.

Und nun stand Warjas Entschluß fest: Aus! Genug! Sie mußte arbeiten gehen.

Ljowotschka und Rina versprachen Warja zu helfen. Sie arbeiteten in dem Architektenbüro, das die Entwürfe für den Bau des Hotels *Moskwa* entwickelte; dort arbeitete auch Soja. Eigentlich hätte Warja auch ohne fremde Hilfe Arbeit gefunden: Technische Zeichnerinnen wurden überall gesucht, Stellenangebote hingen überall in der Stadt aus. Aber es war besser, mit Leuten zusammen zu arbeiten, die man kannte. Ljowotschka und Rina erzählten, daß das Hotel *Moskwa* zur Zeit das größte und wichtigste Bauvorhaben in der Hauptstadt sei; es sei unmittelbar dem Moskauer Stadtsowjet unterstellt. Deshalb gäbe es hier auch höhere Gehälter und eine vorzügliche Kantine. Das neue Hotel würde mit dem *Grandhotel* verbunden werden und dann eins der größten Hotels Europas sein. In dem Büro waren die besten Architekten, Künstler, Bauingenieure und Techniker tätig. Ljowotschka und Rina schwärmten von ihrem Chef, den sie nur Igor nannten, ein junger, sehr fähiger Architekt, der am Entwurf des Hotels maßgeblich beteiligt war. Er sei freundlich, kollegial und aufgeschlossen. Würde Warja sich bewähren, stünde es in seiner Macht, sie zu befördern, so wie er Ljowotschka befördert hatte, der schon Techniker sei. Rina war auch schon eine Beförderung zugesagt. Das Büro befand sich am Ochotny-Rjad, der früheren Jägerzeile, im fünften Stock des *Grandhotels.* Von ihrem Haus am Arbat war es die siebte Haltestelle; es gab zwei Straßenbahnen, die Vier und die Siebzehn. Soja wies darauf besonders hin; sie arbeitete im gleichen Büro, allerdings in einer anderen Abteilung.

An dem von Ljowotschka angegebenen Tag fand sich Warja im *Grandhotel* ein.

Die Kornspeicher am Ochotny-Rjad, die kleine Kirche und die anderen Gebäude zwischen dem *Grandhotel* und der Manege waren abgerissen worden, das Baugelände war mit Brettern eingezäunt. Warja betrat den Hoteleingang vom Woskressenski-Platz aus. Der livrierte Portier sah ihr nach, fragte aber nicht, wohin sie ging. Auch der Liftboy, der sie zur fünften Etage hochfuhr, stellte keine Fragen. Warja verließ den Fahrstuhl, ging nach links, wie es Ljowa erklärt hatte, und folgte einem langen Gang. Dabei schaute sie auf die Nummernschilder auf den Türen, die aus der Zeit stammten, als das Stockwerk noch zum Hotel gehört hatte. Vor der Tür mit der Nummer 526 blieb sie stehen und öffnete sie. In so einem Zimmer hatte sie mit Kostja in Jalta gewohnt, im Hotel *Orianda*: hohe Decken, hohe schmale Fenster. Aber in diesem Zimmer standen statt der Hotelmöbel drei einfache Tische mit Reißbrettern auf schrägen Gestellen.

Am Fenster arbeitete Ljowotschka, er drehte sich nach ihr um, lächelte ihr, den schiefen Zahn entblößend, freundlich zu und legte die Reißfeder aus der Hand.
»Du bist also doch gekommen? Sehr gut!«
»Wo ist Rina?«
»Sie kommt gleich. Hast du dein Diplom mit?«
Er überflog Warjas Abgangszeugnis.
»Alles bestens. Komm.«
Er öffnete die Tür zum Nebenzimmer.
»Gestatten Sie, Igor Wladimirowitsch?«
Ohne eine Antwort abzuwarten, trat er ein und zog Warja hinter sich her.
Als Warja seinen Namen hörte, sah sie die Zusammenhänge. Warum war sie nicht früher darauf gekommen? Sie hatte nicht im geringsten geahnt, daß Igor, von dem Rina und Ljowotschka geschwärmt hatten, der Igor Wladimirowitsch war, mit dem Vika sie im *National* bekanntgemacht hatte. Wäre sie früher darauf gekommen, hätten sie keine zehn Pferde hergebracht. Jetzt war es zu spät. Igor Wladimirowitsch erkannte sie sofort und hob erstaunt die Augenbrauen. Er stand auf und kam ein freundliches, zugleich fragendes, sogar etwas verwirrtes Lächeln auf den Lippen um den Tisch herum auf sie zu.
»Das, Igor Wladimirowitsch«, sagte Ljowotschka, »ist das Mädchen, von dem ich Ihnen erzählt habe, die Bürgerin Iwanowa, sie hat ihr Schulzeugnis mitgebracht. Warja, zeig ihm dein Diplom.«
Warja zog erneut das Zeugnis aus ihrem Täschchen und legte es auf den Tisch.
»Setzen Sie sich bitte«, sagte Igor Wladimirowitsch zu Warja und nahm wieder Platz.
»Ich bin wohl überflüssig?« fragte Ljowotschka.
»Ja, Sie können gehen, danke.«
Ljowotschka verließ das Zimmer.
Igor Wladimirowitsch las Warjas Zeugnis.
»Haben Sie schon irgendwo gearbeitet?«
»Nein.«
»Ja richtig, das Zeugnis ist ja erst vor drei Monaten ausgestellt.« Er lächelte. »Was für eine überraschende Begegnung. Ljowa hat

mir von Ihnen erzählt, aber ich hatte nicht gedacht, daß Sie das sind.«
»Ich habe auch nicht erwartet, Sie hier zu treffen«, sagte Warja. Die anfängliche Befangenheit war überwunden, aber sie wurde plötzlich irgendwie traurig. Sie hatte Igor Wladimirowitsch nur ein einziges Mal gesehen, das war drei oder vier Monate her. Ihr schien, als sei seitdem eine Ewigkeit vergangen... Der Spaziergang im Alexander-Park, das Gespräch über Beauvais, die gemeinsame Flucht vor dem Parkwächter, der zerrissene Strumpf – wie weit lag das zurück.
»Sie haben sich ein wenig verändert«, sagte Igor Wladimirowitsch, »Sie sind erwachsener geworden.«
»Ich habe geheiratet«, erklärte Warja. Sie glaubte, mit diesem Satz absolute Klarheit in ihrer Beziehung zu schaffen.
»Davon habe ich gehört«, sagte Igor Wladimirowitsch lächelnd.
Bestimmt von Vika, überlegte Warja.
»Na schön«, sagte er dann sachlich, »fangen wir an. Da Sie noch nicht gearbeitet haben, müssen Sie als Kopistin beginnen.«
»Das weiß ich.«
»Zeichnen Sie gern?«
»Ja.«
»Um so besser. Es gibt zwei Möglichkeiten: Entweder Sie arbeiten in der allgemeinen Werkstatt oder in meiner Gruppe mit Ljowa und Rina. Was ist Ihnen lieber?«
Warja hätte lieber zusammen mit Ljowa und Rina gearbeitet und nicht in der allgemeinen Werkstatt, wo sie außer Soja niemanden kannte. Aber das hätte geheißen, immer in der Nähe von Igor Wladimirowitsch zu sein und unter seiner Leitung zu arbeiten. Natürlich bedeutete er ihr nichts, sie hatten ein Stündchen im *National* zusammen gesessen, waren durch den Alexander-Park geschlendert, hatten ein bißchen geplaudert... Sie war jetzt gebunden, aber sie gefiel ihm noch, das fühlte sie, merkte, wie befangen er war. Mit ihm zusammen zu arbeiten würde für beide peinlich sein.
Darum antwortete sie: »Ich weiß nicht. Mir ist's egal.«
»Fangen Sie bei uns an«, schlug Igor Wladimirowitsch vor, »die erste Zeit wird Ihnen neben Ihren Freunden, neben Ljowa und

Rina leichter fallen. Wenn Sie sich erst eingearbeitet, eingewöhnt und einen gewissen Überblick gewonnen haben, können Sie immer noch entscheiden, wo Sie lieber arbeiten möchten. Abgemacht?«

Sie nickte.

Er reichte Warja ein Blatt Papier, einen Federhalter und diktierte ihr das Bewerbungsschreiben. Das überflog er noch einmal, heftete Warjas Schulzeugnis mit einer Büroklammer an das Schreiben, stand auf, nahm die Papiere und öffnete die Tür zum angrenzenden Zimmer; er ließ Warja vorgehen. Rina war inzwischen wiedergekommen und zwinkerte ihr aufmunternd zu.

»Ljowa«, sagte Igor Wladimirowitsch, »ich komme gleich wieder, führen Sie Warja inzwischen ein bißchen ein.«

Er verließ das Zimmer und Rina sagte lachend: »Sieh mal an, was für eine Ehre, er geht mit deinen Papieren persönlich los.«

»Er befürchtet wohl, daß ihr der Kaderleiter in der Personalabteilung einen Schrecken einjagt«, bemerkte Ljowa. »Geht bestimmt alles glatt. Rina wird Techniker, und du nimmst ihre Stelle unter meiner maßgeblichen Leitung ein.«

Rina hatte sie doch mit Igor Wladimirowitsch im *National* gesehen, vielleicht war das eine Anspielung darauf?

»Er hat mir vorgeschlagen, im allgemeinen Zeichenbüro zu arbeiten«, antwortete Warja, um Rinas Anspielung zu parieren.

»Merkwürdig«, sagte Ljowa, »wir hatten doch ausgemacht, daß du bei uns arbeitest. Das habe ich auch Kostja versprochen.«

»Was hast du Kostja versprochen, ein Auge auf mich zu haben?«

»Aber nicht doch, Warja, wozu denn? Ich habe versprochen, dir am Anfang ein bißchen unter die Arme zu greifen... Na schön! Hier ist dein Tisch. Das Brett, die Reißschiene und das andere Zeichengerät kriegst du beim Gerätewart.«

»Solange du dir nicht dein eigenes anschaffst«, bemerkte Rina.

»Das kommt später, wenn sie eine Menge Geld verdient hat«, entgegnete der vernünftige Ljowotschka, »mit den Sachen hier kommt man auch gut zurecht.«

Er öffnete den Schrank, zeigte die Zeichnungen, erklärte, wo alles lag und stand. Rina machte amüsante Zwischenbemerkun-

gen, die Atmosphäre war fröhlich und entspannt. So traf Igor Wladimirowitsch die drei an, als er zurückkam.
»Aha, eine kleine Einführung?«
»Natürlich.«
»Warja, kommen Sie bitte für einen Augenblick zu mir herein.«
Sie gingen in sein Arbeitszimmer, Igor Wladimirowitsch setzte sich und forderte auch Warja auf, Platz zu nehmen.
»Die Zustimmung der Personalabteilung hätten wir, Sie fangen morgen früh an. Hier haben Sie Ihr Zeugnis zurück. Und noch etwas...« Zusammen mit ihrem Zeugnis reichte er ihr einen riesigen, vier Seiten langen Fragebogen und lächelte ironisch. »Den können Sie zu Hause ausfüllen und morgen wieder mitbringen. Sie treten zum ersten Mal im Leben eine Stellung an und haben mit solchen Fragebögen noch nie zu tun gehabt, etwas Dümmeres konnte man sich nicht ausdenken, aber es ist nun mal so. Es wird verlangt, und auch Ihnen bleibt nichts anderes übrig. Leben Ihre Eltern noch?«
»Nein.«
»Dann schreiben Sie einfach das Todesdatum, das genügt. Alles andere, was die Eltern betrifft, brauchen Sie nicht auszufüllen. Noch eine Frage... Aber verstehen Sie mich bitte richtig, ich frage aus rein sachlichen Überlegungen: Ist Ihre Ehe standesamtlich registriert?«
»Nein.«
»Auch gut; der Grund für meine Frage war: Der Fragebogen enthält viele Fragen nach dem Ehemann, nach seinen Verwandten, seinen Großeltern, kurzum es ist ziemlich kompliziert, das alles auszufüllen, und gut möglich, daß Sie und Ihr Mann vieles davon nicht mal selbst beantworten können. Da werden Sie erst Schreiben und Anfragen an verschiedene Stellen richten müssen... Aber wenn Ihre Ehe nicht registriert ist und Sie keine Kinder haben, brauchen Sie über die Ehe keine Angaben zu machen und die unzähligen Fragen gar nicht erst zu beantworten.«
Warja schwieg, sie verstand zuerst nicht, was hinter seinen Worten steckte. Wahrscheinlich meinte er es gut, offenbar nicht zweideutig, und trotzdem fand sie seine Worte kränkend. Vermutlich hatte Vika geklatscht: Sie lebt mit einem Billardspieler zusammen, der

entweder Heimarbeiter oder Handwerker ist, mit einem Wort eine dunkle Existenz. Und nun befürchtete Igor Wladimirowitsch, daß das ihre Einstellung erschweren könne. Wenn schon! Ihr war's egal! Dann würde sie eben eine andere Stelle finden, nicht so renommiert wie diese hier, aber dafür ohne solche Fragebögen.
Als hätte er ihre Gedanken erraten, sagte er: »Tun Sie, was Sie für richtig halten. Wir stellen Sie sowieso ein. Ich wollte Ihnen diese unangenehme und zeitraubende Sache nur erleichtern.«
»Ich überlege es mir«, antwortete sie zurückhaltend.
»Ich rate Ihnen, die Antworten zuerst auf einen Zettel zu schreiben, alles gründlich zu überprüfen und dann in den Fragebogen einzutragen. Dann müssen Sie nachträglich nichts ausstreichen oder verbessern, denn man läßt Sie sonst alles noch einmal schreiben.«
»Gut, das werde ich tun.«
»Sehr schön«, Igor Wladimirowitsch stand auf. »Wir erwarten Sie morgen. Wir fangen um neun an, Arbeitsschluß ist um vier. Ich hoffe, Sie werden sich bei uns wohl fühlen.«

Warja ging zu Fuß nach Hause, an der Universität vorbei, dann die Wosdwishenka hoch und den Arbat entlang. Der unangenehme Nachgeschmack, den das Gespräch mit Igor Wladimirowitsch über den Fragebogen bei ihr hinterlassen hatte, konnte ihre gute Stimmung nicht trüben: Jetzt machte sie den ersten Schritt ins tätige Leben! Ljowotschka und Rina waren Prachtmenschen. Die Restaurants, der Eremitage-Park, das waren für sie zweitrangige Dinge, die Hauptsache war ihre Arbeit bei dem gewaltigen Bauvorhaben im Zentrum von Moskau. Die Reißbretter, Reißschienen, Lineale, Federn, der Geruch von Tusche und die angespitzten Bleistifte erinnerten Warja an die Schule und die Zeichenstunden, die sie nie geschwänzt hatte. All das verhieß ein neues, interessantes Leben.
Was Igor Wladimirowitsch betraf, so hätte sie eigentlich gar nicht verlegen zu sein brauchen, sie hatte sich ihm gegenüber nichts zuschulden kommen lassen. Im Gegenteil, sie hatte anständig gehandelt, als sie abgelehnt hatte, mit ihm und Vika ins *Kanatik* zu gehen. Schon damals hatte er auf sie den Eindruck eines vernünfti-

gen Menschen aus dem wirklichen und nicht aus Vikas Leben gemacht. Es wäre unfair, ihn an der Nase herumzuführen. Außerdem war er ihr damals alt vorgekommen, dabei war er gewiß nicht viel älter als Kostja.

Er riet ihr, Kostja nicht anzugeben, weil er nicht wollte, daß sie sich den Fragebogen verdarb. Ein prominenter Architekt wie er hatte Angst. Sie aber fürchtete niemanden. Ganz gleich wie Kostja war, sie hatte nicht vor, ihn zu verheimlichen. Was gingen diese Menschen ihr Partner und seine Angehörigen an, nicht die Angehörigen, sondern sie, Warja, wurde angestellt; überprüft mich, aber warum die anderen?

Zu Hause setzte sich Warja an den Tisch, schlug den Fragebogen auf und sah ihn sich an. Der Fragebogen war nicht vier, sondern acht Seiten lang; die Fragen versetzten sie zuerst in Erstaunen, dann in Entrüstung und Wut, schließlich war sie völlig verwirrt. Wie Igor Wladimirowitsch geraten hatte, legte sie ein Blatt neben den Fragebogen, auf das sie die Antworten zuerst ins Unreine schrieb.

1. »Zunamen, Vornamen, Vatersnamen. Bei Namensänderung ist der frühere Zu- oder Vorname anzugeben.« So, das war klar: Iwanowa, Warwara Sergejewna, keine Namensänderung.

2. »Das Jahr, der Monat, der Tag und der Ort der Geburt.« Ebenfalls klar: 5. April 1917 in Moskau.

3. »Nationalität und Staatsangehörigkeit (Wenn Sie eine andere Staatsangehörigkeit hatten, ist diese anzugeben).« Auch klar: Russisch, Staatsangehörigkeit: UdSSR.

4. »Stand oder soziale Herkunft vor der Revolution (Bauern, Kleinbürger, Kaufleute, Adel, Ehrenbürger, Geistlichkeit, Militär usw.).« Ihre Eltern waren Lehrer gewesen, was war das für ein Stand? Das würde sie Nina fragen müssen. Aber wie war den Unglücklichen zumute, deren Väter dem geistlichen Stand oder dem Militär angehört hatten, Popensohn mußten sie schreiben oder Offizierssöhnchen.

5. »Ausbildung.« Das war einfach. Mittelschule mit technischem Zweig.

6. »Welche Fremdsprachen beherrschen Sie?« Die Antwort: Deutsch. Kann mich einigermaßen verständigen.

7. »Parteizugehörigkeit und Dauer der Mitgliedschaft.« Parteilos.
8. »Zeitpunkt des Beitritts zum Kommunistischen Jugendverband der Sowjetunion.« Nicht beigetreten.
9. »Wenn Sie früher der KPdSU oder dem Kommunistischen Jugendverband angehört haben, ist die Dauer der Zugehörigkeit und der Grund des Ausscheidens anzugeben. Haben Sie anderen Parteien angehört?« Warja schrieb, daß sie weder der Kommunistischen Partei noch dem Kommunistischen Jugendverband und auch keiner anderen Partei angehört habe.
10. »Sind während Ihrer Zugehörigkeit zur KPdSU oder zum Komsomol Strafen gegen Sie verhängt worden? (Wo, wann, von wem, welche, wofür? Sind diese Strafen getilgt, wenn ja, wo, von wem?)« Die Antwort: Da ich weder der Partei noch dem Jugendverband angehört habe, wurden auch keine Strafen gegen mich verhängt. Da keine Strafen gegen mich verhängt worden sind, konnten auch keine getilgt werden.
11. »Haben Sie bei der Einhaltung der Vorschriften der KPdSU geschwankt, haben Sie oppositionellen Fraktionen und parteifeindlichen Gruppierungen angehört? (Wo, wann, welchen?)« Hier würde ihre Antwort lauten: Da ich der KPdSU nicht angehört habe, habe ich bei der Einhaltung ihrer Vorschriften auch nicht geschwankt. Oppositionellen und parteifeindlichen Gruppierungen habe ich nicht angehört.
12. Ist gegen Sie oder Ihre Verwandten gerichtlich ermittelt oder ein Untersuchungsverfahren angestrengt worden, waren Sie oder Ihre Verwandten in Haft, wurden über Sie oder Ihre Verwandten gerichtliche oder administrative Strafen verhängt, wurden Sie oder Ihre Verwandten mit Verlust des Wahlrechts bestraft, werden zur Zeit Personen aus Ihrem Verwandtenkreis gerichtlich verfolgt oder verbüßt eine dieser Personen zur Zeit eine Haftstrafe?«
Sie hatte niemanden, der im Gefängnis oder in Untersuchungshaft saß oder sonstwie gerichtlich belangt worden wäre. Sie hatte außer einer Tante in Koslow auch keine Verwandten, aber vielleicht hatte die irgend jemanden im Gefängnis oder einen Angehörigen, dem man das Wahlrecht abgesprochen hatte? Sie würde natürlich »nein« in diese Rubrik schreiben, hatte aber das Gefühl, etwas zu verheimlichen. Eines Tages würde man ihr in dieser geheimnisum-

witterten Personalabteilung vielleicht irgendeinen verhafteten Verwandten vorlegen, von dessen Existenz sie nichts geahnt hatte. Ob Sofija Alexandrowna in ihrer Wäscherei auch so einen Fragebogen hatte ausfüllen und Sascha angeben müssen?

13. »Ihre Auslandsaufenthalte? Wenn ja, in welchem Land und von wann bis wann? Ihre dortige Beschäftigung?« Sie war nie im Ausland gewesen.

14. »Haben oder hatten Sie, Ihre Ehefrau (Ehemann) gegenwärtig oder in der Vergangenheit Verwandte im Ausland (Wen, wo)? Haben (oder hatten) Sie Kontakt zu ihnen? Geben Sie an, ob jemand aus Ihrer Verwandtschaft eine ausländische Staatsbürgerschaft besitzt oder besaß.«

Ihre Schule besuchten auch Kinder ehemaliger Adliger aus dem Arbat-Viertel; sie alle hatten bestimmt Verwandte im Ausland, viele Nachfahren von Puschkin und Tolstoi wohnten im Ausland. Wie beantworteten die Ärmsten diese Frage, sie mußten doch angeben »wo«, aber wer wußte schon »wo«, besonders da doch jeder eine Riesenangst vor Briefverkehr mit dem Ausland hatte.

15. »Waren Sie oder Ihre Verwandten während des Weltkrieges oder des Bürgerkrieges in Gefangenschaft oder Internierungshaft?« Aha, jetzt wären wir also schon beim Weltkrieg! Auch das wollten sie wissen!

16, 17, 18, 19, 20, 21. »Dienst bei der Roten Armee, bei den Partisanen, in der Illegalität, Verwundungen.« Das alles konnte sie ruhigen Gewissens mit nein beantworten.

22. »Geben Sie an, wer von Ihren Verwandten (Aufzählung siehe Punkt 27) anderen Parteien angehörte, vor der Revolution bei der Polizei, der Gendarmerie, der Staatsanwaltschaft, im Berichtswesen, in der Gefängnisverwaltung, beim Grenz- oder Bewachungsdienst tätig war.«

So, schauen wir doch mal, wer in Punkt 27 aufgeführt wird? »Ehefrau, Ehemann, Kinder, Mutter, Vater, Brüder, Schwestern. Der Ehemann gibt sowohl seine eigenen als auch alle Verwandten der Ehefrau an, die Ehefrau sowohl ihre eigenen als auch die Verwandten des Ehemannes...« Du lieber Gott! Folglich mußte sie nicht nur ihre, sondern auch Kostjas Verwandte aufzählen und angeben, ob sie vor der Revolution beim Grenzdienst oder

Wachen bei Häftlingstransporten gewesen waren. Ob Kostja das überhaupt wußte? Wie konnte man für die Verwandten seiner Frau oder seines Mannes verantwortlich sein?
23. »Familienstand (verheiratet, ledig, verwitwet). Nennen Sie Ihre Familienangehörigen mit Altersangabe. Verwitwete, geschiedene oder wieder verheiratete geben Zu-, Vor- und Vaternamen der früheren Ehefrau (des früheren Ehemannes) an ...« Was ging das Architekturbüro eine Frau an, die vor zwanzig Jahren gestorben war? Was sollte das mit dem Hotelentwurf zu tun haben?
24. »Die gegenwärtige Anschrift« Klar.
25. »Alle früheren Anschriften bis zur Geburt ...« Sie hatte bisher nur in diesem Haus am Arbat gewohnt. Wenn aber eine ältere Person diesen Fragebogen ausfüllen sollte, wieviele Adressen mußte sie dann im Kopf haben? Zumal von Geburt an? Und wenn ihre Eltern gestorben waren, woher sollte sie wissen, wo sie als Kind mit ihnen gewohnt hatte?
26. Das war die heikelste Frage, die Frage, vor der Igor Wladimirowitsch sie gewarnt hatte: »Angaben über Ihre nahen Angehörigen (Ehefrau, Kinder, Eltern und Geschwister. Die Ehefrau gibt in ihrem Fragebogen die Daten ihres Mannes und der nächsten Angehörigen an.) Vor-, Vaters- und Zuname, Verwandtschaftsgrad, genaues Geburtsdatum – Jahr, Monat und Tag, Geburtsort, Nationalität, Parteizugehörigkeit, Arbeitsstelle einschließlich Adresse, Stellung, Wohnort, Anschrift. Die gleichen Angaben über die Verwandten der Ehefrau, des Ehemannes.« Folglich mußte sie alle diese Angaben nicht nur zu Nina und ihren verstorbenen Eltern machen, sondern auch zu allen Verwandten von Kostja. Er hatte fünf Brüder und zwei Schwestern, die alle über die Sowjetunion verstreut lebten, und Kostjas Eltern waren außerdem als Kulaken umgesiedelt worden.
Jetzt verstand sie, daß Igor Wladimirowitschs Rat gut gemeint war. Aber sie wollte keinen derartigen Kompromiß eingehen, sie wollte nicht angepaßt sein, da waren sie an die falsche Adresse geraten!
Na schön, was gab's noch?
»Äußere Merkmale: Größe, Haar- und Augenfarbe, besondere Kennzeichen.«

Es fehlten bloß noch die Fingerabdrücke. Nein, das ging zu weit! Zum Teufel damit! Diese erniedrigende Vernehmung ließ sie sich nicht gefallen. Sie würde bestimmt eine Stelle finden, wo solche Fragebögen nicht vorgelegt wurden. In einfachen, gewöhnlichen Büros wurden schließlich auch technische Zeichner gebraucht. Schlimmstenfalls würde sie überhaupt nicht arbeiten gehen, sondern sich aufs Hochschulexamen vorbereiten und im nächsten Jahr um die Immatrikulation an der Hochschule für Architektur bewerben. Sollte sie kein Stipendium bekommen, würde sie Kostja bitten, ihr keine teuren Sachen zu kaufen, sondern ihr das Geld für das Studium zu geben. Der Preis des Silberfuchscapes, das er ihr geschenkt hatte, war bestimmt so hoch wie zwei oder drei Jahresstipendien. Wenn sie ihre Klamotten verkaufte, konnte sie mehrere Jahre von dem Erlös leben. Davon würde sie studieren und man würde sie nicht auf Herz und Nieren überprüfen. Wenn sie erst diplomierte Architektin war, würde man nicht wagen, ihr solche Fragebögen zuzumuten.

Warja faltete den Fragebogen zusammen und warf ihn auf den Tisch – morgen wollte sie ihn Kostja zeigen, damit er seinen Spaß daran hatte.

Sie zog ihren Hausmantel an und hängte das Kleid in den Schrank. Erst als sie die Schranktür schloß, hatte sie plötzlich den Eindruck, daß etwas fehlte... Genau! Das Silberfuchscape fehlte, das Kostja ihr vor kurzem geschenkt hatte. Das Cape kostete ein Vermögen, es bestand aus sechs oder acht Silberfuchsfellen. Warja hatte es nur einmal angehabt, als sie in den Club der Kunstschaffenden gegangen waren. Sie holte die Kleider, den Mantel, das Jackett aus dem Schrank, durchwühlte alle Ecken, das Cape war verschwunden. Alles andere war da, nur das Cape fehlte. Warja dachte zuerst unwillkürlich an Galia, die Nachbarin. Dann an deren Sprößling Petja, einen fünfzehnjährigen Rowdy, der sich immer auf dem Hof herumtrieb.

Sofija Alexandrowna war schon von der Arbeit zurück. Warja klopfte bei ihr an, trat ein und zog die Tür fest hinter sich zu.

»Sofija Alexandrowna, mein Silberfuchscape ist weg.«

»Wieso weg?« fragte Sofija Alexandrowna überrascht.

»Heute morgen hing es noch im Schrank, und jetzt ist es nicht mehr da.«
»Hast du genau nachgesehen?«
»Ich habe den ganzen Schrank ausgeräumt. Es ist gestohlen!«
»Wer soll es denn gestohlen haben?«
»Keine Ahnung. Vielleicht Galia oder ihr Früchtchen Petja.«
»Aber sie haben doch keinen Schlüssel zu deinem Zimmer... Ich wohne schon so viele Jahre mit ihnen zusammen, nein, so etwas ist noch nie passiert.«
»Früher war Petja klein, jetzt ist der Bengel herangewachsen und stiehlt, das kennt man doch.«
»Dann müssen wir bei der Miliz anrufen«, sagte Sofija Alexandrowna.
Aber ohne Kostja gefragt zu haben, wollte Warja nicht telefonieren. Sie wußte selbst nicht warum. Sie hatte das Gefühl, es wäre besser, erst Kostja zu fragen und danach die Miliz zu benachrichtigen.
»Ich möchte warten, bis Kostja da ist.«
»Aber nicht doch, Warja! Konstantin Fjodorowitsch kommt erst spät, die Miliz muß sofort informiert werden, sonst fragen sie, warum wir den Diebstahl nicht gleich gemeldet haben.«
»Woher wollen die wissen, wann ich im Schrank nachgesehen habe. Ich gehe morgen hin und sage, daß ich den Schrank gerade aufgemacht und den Verlust festgestellt habe.«
»Morgen ist es schon viel schwieriger, Nachforschungen anzustellen«, drängte Sofija Alexandrowna, »man muß suchen, solange die Spuren noch frisch sind. Das darf man nicht aufschieben. Ich weiß, es ist höchst unangenehm, aber ich sehe keine andere Möglichkeit. Das Cape kostet ein Vermögen. Und wenn's wirklich Petja war, dann muß um so schneller reiner Tisch gemacht werden, sonst bestiehlt er uns noch weiter. Was für ein Leben!«
»Ich suche Kostja und frage ihn um Rat«, sagte Warja.
Sie zog sich um, warf den Staubmantel über und verließ das Haus. Was hatte sie davon abgehalten, bei der Miliz anzurufen, was befürchtete sie, warum lief sie zuerst zu Kostja? Vielleicht wegen der Finanzbehörde? Bei Kostja war doch gepfändet worden. Die Miliz würde fragen, woher sie einen so teuren Pelz hatte, sie

würde sagen müssen, er sei ein Geschenk von Kostja, und das bedeutete... Was eigentlich? Sie wußte selbst nicht genau, was. Genau wußte sie nur, daß sie sich nicht, ohne Kostja vorher gefragt zu haben, an die Miliz wenden durfte. Sie wußte ja nicht einmal, wo das Cape herkam. Kostja hatte es mitgebracht und ausgepackt.

»Probier mal an!«

Das Cape saß wunderbar.

»Das ist ein Geschenk für dich.«

»Danke. Was kostet es?«

»Kann's dir nicht egal sein? Natürlich kostet's was. Und nicht wenig.«

Das Cape war neu, offenbar aus dem Direktverkauf oder von einem illegal arbeitenden Kürschner genäht, vielleicht stammte es auch aus einem Torgsin-Valuta-Geschäft. Jedenfalls war es nicht gestohlen, sonst hätte Kostja ihr nie erlaubt, damit in den Künstlerclub zu gehen. Trotzdem hatte er ihr nicht gesagt, wo es her stammte. Bei allem, was Kostja betraf, hatte sie die Befürchtung, sie könne ihn irgendwie bloßstellen.

Sie fand ihn im Billardraum des *Metropol*.

Sie mochte keine Billardzimmer, Frauen hatten dort nichts zu suchen. Nur Männer im Raum: nüchtern, betrunken, beschwipst, die einen sahen sie neugierig, die anderen spöttisch an, wie einen Ehedrachen, die Hexe, die den Mann nach Hause lotsen will. Es war verqualmt, stickig, bleiche Gesichter, versoffene Visagen.

Kostja bemerkte Warja zunächst nicht, er sah nur die Kugeln, die Löcher und sein Queue, er verfolgte die Stöße des Gegners, notierte etwas auf der Anschreibetafel und wandte sich sofort wieder dem Tisch zu: völlig aufs Spiel konzentriert, ein leidenschaftlicher Hasardeur.

Warja war nicht klar, wer die Partie gewonnen hatte. Kostja sagte ein paar Worte zu dem *marqueur*, und der schob die Kugeln wieder zur Poolpyramide zusammmen. Dann kreidete Kostja die Queuekuppe ein, warf dabei einen wachsamen Blick durch den Raum und entdeckte Warja in der Tür. Er war nicht erstaunt, ihr schien sogar, daß er sie hier erwartet hatte. Er machte nur ein noch mürrischeres Gesicht und kam, das Queue in der Hand, auf sie zu.

»Komm raus!«
Sie gingen in den kleinen Flur hinaus, in dem zwei kleine Sofas und ein Sessel standen. Warja vermutete, daß eigentlich nur hier geraucht werden durfte. Sie war plötzlich beruhigt. Sie sah Kostjas Gesicht an, daß sie nicht bei der Miliz anzurufen brauchte.
»Was ist denn?« fragte er, ohne sie anzusehen.
»Das Cape ist weg.«
»Was für ein Cape?«
»Das du mir geschenkt hast, der Silberfuchs.«
Er schwieg eine Weile, sah an ihr vorbei, als verstünde er nicht, wovon die Rede war. Ihr ging durch den Kopf, daß sie den Mann, der vor ihr stand, überhaupt nicht kannte.
Schließlich sagte er: »Ich kaufe dir ein anderes, ein viel schöneres als das. Das hat sich so ergeben. Ich hatte verloren, konnte kein Geld auftreiben und habe mit deinem Cape bezahlt, sonst hätten sie mich totgeschlagen. Fahr heim, ich komme bald nach.«
Warja fuhr nach Hause.
»Nun?« fragte Sofija Alexandrowna.
»Konstantin Fjodorowitsch hat das Cape zum Kürschner gebracht, er will es ändern lassen. Gut, daß wir nicht bei der Miliz angerufen haben.«

Warja ging in ihr Zimmer, legte den Mantel ab, streifte die Schuhe von den Füßen, setzte sich auf die Couch und begann zu überlegen. Das Cape hatte er also verspielt. Und wo es herkam, war auch ungewiß. Vielleicht hatte er es von einem Spieler gewonnen, der seinerseits das Cape seiner Frau als Einsatz benutzt hatte.
Um das Cape tat es ihr nicht leid, das brauchte sie nicht! Aber heute das Cape, morgen der Mantel, übermorgen die Schuhe. Ein Säufer vertrank die Sachen seiner Frau, ein Spieler verspielte sie. Vika, Noemi, Nina Scheremtjewa – das waren zwar schräge Mädchen, aber ihnen konnte nicht passieren, daß sie ihre Sachen an einer anderen entdeckten. Heute verspielte er ihre Klamotten, morgen vielleicht sie selbst. Wie dumm war sie gewesen! Sie hatte sich von seiner vermeintlichen Unabhängigkeit blenden lassen. Jetzt kannte sie den Preis dieser Unabhängigkeit. Alles hing davon ab, wie die Kugeln auf dem Billardtisch rollten.

Ein solches Schicksal reizte sie nicht, sie konnte und wollte nicht von Kostja abhängig sein. Geschenke, die er später verspielte, brauchte sie nicht. Er würde sie nicht unterstützen, die Hochschule zu absolvieren. Sie konnte sich nur auf sich selbst verlassen. Hol's der Teufel, Fragebogen gab's immer, die Prozedur war überall die gleiche. Dann war's schon besser, sie dort über sich ergehen zu lassen, wo sie Freunde hatte, als irgendwo anders, wo sie niemanden kannte. Igor Wladimirowitsch hatte recht, sie würde nichts über Kostja in den Fragebogen schreiben, es reichte vollauf, über sich selbst Auskunft zu geben. Wozu auch noch über ihn? Ihr war nun klar, daß sie eigentlich immer gespürt hatte, wie zufällig und kurzlebig diese Verbindung war.

Das, was sie zu ihrer Person zu sagen hatte, war leicht einzutragen. Auf alle heiklen Fragen lautete ihre Antwort: nein! Was die verstorbenen Eltern betraf, so mußte sie Nina fragen. Nina wußte alles. Freilich schnitt Nina sie wegen Kostja, sie kam nicht, rief nicht an, und wenn sie sich auf dem Hof begegneten, blieb sie nie stehen, nickte ihr nur kühl zu. Ihre Sache! Aber Auskünfte über die Eltern mußte sie geben, sie waren schließlich nicht nur Ninas Eltern. Ob Nina jetzt wohl zu Hause war?

Sie wählte die Nummer. Nina war da.

»Ich bin's, Warja, ich komme gleich bei dir vorbei, es ist was Wichtiges.«

»Wenn's was Wichtiges ist, dann komm«, antwortete Nina trocken.

Sie hätte nicht anrufen sollen, nun sah es so aus, als habe sie um Erlaubnis gebeten. Sie hätte einfach hingehen sollen.

8

Wäre Warja unglücklich verheiratet gewesen, dann hätte Nina Anteil genommen, sie beschützt und getröstet. Aber Warja hatte nicht nur eine falsche Entscheidung getroffen – sondern all das Gute und Uneigennützige, das man ihnen beigebracht hatte, verraten, die geistige Haltung, in der sie aufgewachsen waren, als ihre Eltern noch lebten.

Als Jura Scharok Nina einmal auf dem Hof traf, sagte er: »Deine Warja hat sich mit einem Dieb eingelassen.«

Nina mochte Scharok nicht. Aber Lena Budjagina war wieder mit ihm zusammen, und Lena zuliebe wollte sie es nicht mit Scharok verderben. Auf seine Anspielungen konnte sie aber gut verzichten.

»Warum läuft ein Dieb frei herum?«

»Wart's ab, er landet noch im Kittchen«, prophezeite Scharok.

Ob Jura die Wahrheit gesagt oder gelogen hatte, Warjas sogenannter Ehemann war zweifellos ein schräger Vogel aus einer anderen Welt, die Nina zutiefst zuwider war, aus der Welt der Restaurants, der Spieler, Schwarzhändler und Schieber. Sie und Warja standen jetzt auf verschiedenen Seiten des Zauns. Kein Zufall, daß Sofija Alexandrowna ihr Obdach gewährt hatte, sie stand ebenfalls auf der anderen Seite des Zauns – Sofija Alexandrowna konnte der Sowjetmacht nicht verzeihen, daß Sascha deportiert worden war. Aber selbst wenn das ein Versehen gewesen war, hatte die Sowjetmacht damit nichts zu tun. Keine Regierung war gegen Fehler gefeit. Und wenn im Lande ein erbitterter Klassenkampf tobte, wenn die Partei gezwungen war, die Überreste feindlicher Parteien, Fraktionen und oppositioneller Gruppen zu beseitigen, waren vereinzelte Fehlgriffe unvermeidbar.

Und war Sascha überhaupt Unrecht widerfahren? Lena Budjagina hatte unter dem Siegel der Verschwiegenheit von Jura Scharok erfahren, daß in der Hochschule, an der Sascha studiert hatte, eine antisowjetische Organisation am Werk gewesen war. Sie hatten Sascha benutzt, er hatte sie verteidigt. Daher hatte man ihn gemeinsam mit den anderen verhaftet. Er hatte aber nur drei Jahre Verbannung bekommen, weil man nach eingehender Prüfung des Falles herausgefunden hatte, daß er nicht der Anführer war. Aber er mußte zur Verantwortung gezogen werden, zumal er sich, wie Scharok andeutete, bei der Untersuchung uneinsichtig gezeigt und sein Vergehen nicht eingestanden hatte. Offensichtlich hatte er sich auf seinen einflußreichen Onkel Rjasanow verlassen. Aber dessen Fürsprache hatte ebensowenig geholfen wie die Fürsprache von Iwan Grigorjewitsch Budjagin.

Sofija Alexandrowna sollte sich besser damit abfinden, als erwachsene Frau müßte sie das doch einsehen. Statt dessen haßte sie jetzt die ganze Welt, wollte, daß es auch den anderen schlecht ging. Sie hatte Warja mit dem Hochstapler bei sich aufgenommen und auf diese Weise nicht nur Nina, sondern allen Freunden von Sascha den Kampf angesagt.

Aber eigentlich war Warja schon in der Schule auf diese Bahn geraten: Jungens, Lippenstifte, Kleider. Schon damals hatte Nina nichts dagegen vermocht, und jetzt erst recht nicht mehr. Egal was passierte – sollte sie sich doch allein aus der Affäre ziehen. Auf die Anmeldung ihres sauberen Mannes brauchte sich Warja keine Hoffnungen zu machen, die Wohnfläche reichte gerade für zwei Personen aus. Einem Dieb, Hochstapler, Billardspieler würde Nina keinen Zentimeter opfern. Mochten die beiden leben, wie und wo sie wollten. Ganz sicher war das der Grund, weshalb Warja sie gleich beehren würde.

Aber Warja kam wegen anderer Dinge. Sie benötigte Angaben für einen Fragebogen, und den Fragebogen mußte sie ausfüllen, weil sie arbeiten wollte.

Warja und arbeiten?! Das war eine Überraschung! Sonderbar! Das paßte eigentlich nicht zu ihrer jetzigen Lebensweise.

»Wo willst du denn arbeiten, wenn's kein Geheimnis ist?«

»Es ist kein Geheimnis. In einem Architektenbüro, das mit den Planungsarbeiten für das Hotel *Moskwa* beauftragt ist.«

Nina war klar, daß Warja zu diesem Schritt gezwungen war, weil offensichtlich bei ihrem schrägen Mann etwas schiefging. Sie stellte jedoch keine Fragen. Eines Tages würde Warja schon selbst mit der Sprache herausrücken.

»Was willst du denn wissen?«
Warja gab ihr den Fragebogen und zeigte auf Punkt 27: »Angaben über Ihre nächsten Angehörigen«.
»Schreib es auf einen Zettel, ich trage es nachher in den Fragebogen ein.«
Neu war nur ein an der Wand hängendes Foto von Maxim Kostin: Feldbluse, Quadrate auf dem Kragenspiegel, ein gutes, einfaches Gesicht. Folglich schrieben sich Nina und Max. Sie sollte ihn heiraten, sie paßten doch zueinander. Mit der Zeit würde sie eine richtige Kommandeuse werden, die ihre Kinder an der Kandare hielt, auch das paßte zu ihr.
Sonst war im Zimmer alles wie früher. Auf dem Regal stand neben dem Jugendlexikon die gerahmte Fotografie der jungen Eltern; der Tisch mit der abblätternden Wachstuchdecke, die abgetretenen Hausschuhe unter Ninas Bett. Das Kopfkissen auf Warjas Bett war mit einem bunten Seidentuch bedeckt, daneben stand der muskelstrotzende Bronzeathlet mit der Glühlampe in der erhobenen Hand. Warja hatte nicht einmal Bettwäsche zu Sofija Alexandrowna mitgenommen, auch das Grammophon hatte sie dagelassen, sie brauchte es nicht. Obwohl sie schon bald gemerkt hatte, daß ihr vieles fehlte, zog sie es vor, sich dies und jenes neu zu beschaffen. Nur einmal war sie gekommen, um ihr Abgangszeugnis zu holen. Nina war nicht daheim gewesen, Gott sei Dank, daß sie nicht zu Hause war. Aber jetzt, als sie so da saß und sich im Zimmer umschaute, die gewohnten Dinge sah, die gewohnten Gerüche wahrnahm, fühlte sie sich wieder als das kleine Mädchen von damals, und wehmütige Gefühle überkamen sie. Ihr wurde deutlich bewußt, daß sie trotz Ninas Nörgeleien nur hier richtig zu Hause war, hier war ihr Heim, ein anderes hatte sie nicht und würde sie wohl sobald auch nicht haben.
Nina gab ihr die Notizen.
Warja verglich sie mit den gestellten Fragen, alles stimmte. Nina hatte alles beantwortet.
»Ja, bestens, danke ... Na, dann leb wohl, auf Wiedersehen.«
»Mach's gut.«

Ob sie sich der Schwester gegenüber richtig verhalten hatte? Aber wie hätte sie sich sonst verhalten sollen? Vor lauter Freude herumhopsen? Nur, weil Warja arbeiten ging? Das taten alle, das war nichts Besonderes. Damit beglückte sie niemanden. Sie hätte studieren können, aber nein, sie wollte technische Zeichnerin werden. Na schön, jeder wurde eben nach seiner Fasson selig. Da redete man sich den Mund fusselig über die Würde der Frau, sobald aber ein Mann auftauchte, war alles vergessen.

Na schön, Warja war ein junges Mädchen, auf dem Hof, auf der Straße großgeworden... Aber Lena Budjagina, mein Gott, Lena, eine erwachsene Frau aus einer solchen Familie! Damals im Winter, das wußte Nina inzwischen, hatte Lena eine illegale Abtreibung gemacht. Sie wäre dabei fast gestorben, und Scharok, dieser Lump, hatte sich kein einziges Mal im Krankenhaus blicken lassen. Er war ein halbes Jahr später gekommen, und Lena hatte sich wieder mit ihm eingelassen. Sah sie nicht, was er für einer war? Im NKWD arbeiteten nicht nur aufrechte Tschekisten, dort gab es auch genug Schmarotzer, Jura war einer von dieser Sorte. Das mußte Lena doch sehen. Und nun wieder was Neues, eine neue »Tragödie« – jetzt stellte sich heraus, daß Jura noch mit einer anderen schlief. Und statt diese Null aus ihrem Leben zu streichen, litt und quälte sie sich wieder. Nina haßte diese Hörigkeit der Frauen, sie erlebte das auch bei ihrer Schwester. Dadurch, daß sie arbeiten ging, änderte sie sich nicht. Deshalb gab's auch keinen Grund zum Jubeln und Feiern.

Daß Jura sie mit einer anderen betrog, hatte ihr Lena in einem Augenblick tiefster Verzweiflung gestanden. Allerdings ohne irgendwelche Einzelheiten. »Er betrügt mich«, war das einzige, was sie gesagt hatte. Sie hatte nur noch hinzugefügt, daß Jura sie mit Vika Marassewitsch betrog. Sie waren buchstäblich aufeinandergeprallt: auf dem Treppenabsatz des Hauses in der Marossejka-Straße, genauer in der Starossadski-Gasse. Lena verließ gerade den Fahrstuhl, als hinter Vika die Tür der Wohnung zufiel, in die Lena gehen wollte. Einige Sekunden starrten sie einander fassungslos an, dann sagte Vika guten Tag und Lena stammelte das gleiche. Vika trat in den offenen Fahrstuhl und machte die Tür hinter sich zu.

Lenas erste Regung war, davonzulaufen. Sie rannte die Treppe hinab, machte ein Stockwerk tiefer halt, um Atem zu holen und lauschte... Unten schlug die Tür des Aufzugs, also war Vika fort. Wenn sie nur möglichst weit weg ginge... Langsam stieg sie noch eine Etage tiefer... Mein Gott! Also war das damals bei der Sylvesterfeier kein Zufall gewesen, die beiden trieben es schon lange, alle sahen und wußten es, nur sie allein war blind gewesen. Nina hatte damals wegen Jura Krach geschlagen, und Sascha hatte sie in Gegenwart von Jura noch gefragt. »Größeren Dreck hast du wohl nicht finden können?« Jura hatte sie nicht geschont. Noch jetzt verursachte ihr Senfgeruch einen Brechreiz. Im Krankenhaus hatte man ihr gesagt: Ein Wunder, daß Sie mit dem Leben davongekommen sind. Er aber war so feige gewesen, daß er sie kein einziges Mal besucht, sich nicht mal gemeldet hatte. Und heute erwartete er sie in dem Bett, aus dem soeben Vika gestiegen war. Bestimmt war sie nicht die einzige. Er scheute sich nicht einmal, am gleichen Tag ein Rendezvous mit ihr und mit Vika zu vereinbaren, und damit nicht genug: fast zur gleichen Stunde.

Da fiel ihr erst ein, daß sie gegen vier gekommen war, während Jura sich um fünf mit ihr verabredet hatte. Sie hatte es vergessen, und sich wie gewohnt auf vier Uhr eingestellt. Eine Stunde ruhte er sich aus! Dieses Schwein! Ludrian verdammter! Er würde noch verlangen, daß sie sich beide zu ihm ins Bett legten. Sie war mit ihm fertig! Ein für allemal! Ohne weitere Erklärungen. Seine verlogenen Ausflüchte und Rechtfertigungen wollte sie sich nicht anhören.

Abends rief er sie an und fragte schlecht gelaunt, warum sie nicht gekommen sei.

»Ich mußte länger arbeiten.«

»Kommst du nächsten Dienstag?«

»Nein.«

»Also wann?«

»Weiß nicht. Ich rufe vielleicht mal an, wenn es mir paßt. Du rufst mich bitte nicht mehr an. Leb wohl, Jura.«

Weshalb war sie so komisch? Scharok rätselte hin und her. Alles lief doch glatt, sie trafen sich nicht sehr oft, seine Arbeit war nun mal so, daß er nicht immer konnte, wie er wollte. Sie gingen

zusammen ins Theater, ins Kino, in den Künstlerclub und in Ausstellungen... Warum war sie böse? Sonderbar!
Den Grund sollte er schon sehr bald erfahren.

Als Vika mit Lena zusammentraf, verlor sie nur im ersten Augenblick die Fassung. Sie begriff sofort, daß Lena aus ganz anderem Anlaß zu Scharok kam als sie selbst. Sie wußte von Wadim, daß sich die Beziehung zwischen Jura und Lena wieder eingerenkt hatte. Und er hatte zugelassen, daß Lena hier mit ihr zusammentraf, in dieser Wohnung! Er hatte sie verraten! Hatte sie auffliegen lassen! Lena würde natürlich auf einer Erklärung bestehen, und dann mußte Scharok zugeben, daß er das Zimmer nicht nur als Liebesnest benutzte. Aber Geheimagenten verriet man nicht, das sollte er büßen.
Diese Überlegung beruhigte sie sofort. Sie wußte, daß sie jetzt einen Trumpf in der Hand hielt: Jetzt würde Jura sie freigeben müssen, er würde sich nicht herauswinden können. Heute hatte er sie schikaniert, jetzt sollte er für dieses erniedrigende Gespräch büßen.
Ihr Gespräch war folgendermaßen verlaufen.
»Jura«, hatte Vika gesagt, »ich heirate.«
»Tatsächlich?« Er war belustigt. »Wen denn?«
Sie nannte den Namen des Architekten. Scharok kannte ihn und war nicht verwundert.
»Gratuliere. Ein prominenter Mann.«
»Stalin hat sein Entwurf gefallen.«
»Ich habe den Entwurf in der Ausstellung gesehen«, antwortete Scharok zurückhaltend, als wage er nicht, sich über ein Projekt zu äußern, das Stalin gebilligt hatte.
»Wir werden uns jetzt trennen müssen, Jura.«
Er tat, als habe er sie nicht verstanden.
»Wie meinst du das?«
»Ich will heiraten, und du weißt auch wen. Meine Lebensweise wird sich ändern, mit den Restaurants ist Schluß, der alte Bekanntenkreis existiert nicht mehr für mich.«
»Dann lernst du eben neue Leute kennen.«
»Nein, mein Mann lebt sehr zurückgezogen. Er ist von neun Uhr morgens bis elf Uhr abends in seinem Atelier, und ich warte zu

Hause auf ihn. Allein. Aber das ist nicht mal das Ausschlaggebende. Ich kann und darf ihm nichts verheimlichen, das geht gegen mein Gewissen.«

»Brauchst du auch gar nicht«, antwortete er gelassen.

»Wie bitte? ... Soll ich ihm von unseren Treffs erzählen?«

»Tu, was du nicht lassen kannst.«

»Aber ich habe mich schriftlich zu absoluter Geheimhaltung verpflichtet.«

»Im Interesse deines häuslichen Friedens erlaube ich dir, dich darüber hinwegzusetzen«, sagte er feixend.

»Aber dann verläßt er mich sofort.«

Scharok zuckte die Achseln.

»Weshalb? Weil du deine Pflicht erfüllst?«

Sie starrte ihn entgeistert an. Er wußte doch genau, daß sie das nie und niemandem verraten würde. Aber er wollte sie nicht aus seinen Fängen lassen, wollte, daß sie den eigenen Mann denunzierte, und ließ keinen Augenblick lang Zweifel daran aufkommen, daß er sie dazu zwingen konnte. Trotzdem antwortete sie: »Gut, ich erzähle ihm alles.«

Er verzog die Lippen.

»Tu's nur. Erzähl ihm alles. Und wir ergänzen's noch. Wir zählen ihm all deine Ausländer auf«, er grinste. »Und dann kannst du ihm ja berichten, wie das Ding bei ihnen, den Ausländern, funktioniert ... Mit denen schläft's sich wohl besser?«

»Jura, was redest du da?«

Er schlug mit der Faust auf den Tisch und schrie: »Ich weiß, was ich rede! ... Du Nutte schläfst mit ihnen, läßt dich von ihnen aufs Zimmer mitnehmen, hast dich mit Händen und Füßen an diese Spione gekettet. Du sitzt bis über beide Ohren in der Scheiße. Erzähl also deinem Eheliebsten, was an ihnen so attraktiv ist, dann kann er sich daran aufgeilen.«

»Jura, wie kannst du nur? Ich habe mit diesen Männern nur gegessen.«

»Lüg doch nicht! Geschlafen hast du mit ihnen. Das letzte Mal mit dem Schweden. Wir kennen ihn und alle seine Vorgänger, wir kennen jeden. Reichen dir unsere nicht, gibt's nicht genug Russen? Wieso sind sie schlechter, antworte gefälligst!«

Er hätte höflicher sein können, denn mit ihm, dem Russen, hatte sie ja auch geschlafen. Aber sie schwieg, völlig erschlagen von seinen Informationen.
Er sah sie mit haßerfülltem Blick an und fuhr unbarmherzig fort: »Ach du liebe Güte, das sind doch bloß Papis Bekannte... Alles berühmte Leute... Professor Kramer, Rossolini«, sagte er, »begabte Geiger, ach, Fritz, Hans, Michel. Reizende Menschen, mit denen man verkehrt wie mit den nächsten Verwandten. Aber diese reizenden Schmusekater sind durch die Bank aktive Förderer der Nazi-Partei, Faschisten, Spione! Und die Japaner, mit denen du Feste feierst, sind auch ausnahmslos alle Spione, und zwar hohe Tiere, manche in höchsten Rängen. Weißt du denn nicht, warum sie zu uns gereist kommen und wie sehr sie uns lieben? Du hast dich mit ihnen eingelassen, und jetzt sagst du: Laßt mich laufen, sonst erzähle ich es meinem Mann. Nein, Herzchen, nichts wirst du ihm erzählen. Wir haben ihm selber was zu erzählen, und dann wollen wir sehen, ob er dich auch tatsächlich heiratet.«
Sie hatte geschwiegen, gedemütigt, hilflos, verloren.
Aber jetzt, als sie die Marossejka entlang ging, fühlte sich Vika weder hilflos noch verloren. Er hatte sich verrechnet, das Schneidersöhnchen! Durch seine Schuld war sie enttarnt. Das Argument mit dem Ehemann hatte ihn nicht überzeugt, jetzt konnte sie andere Argumente ins Feld führen, und die würde er berücksichtigen müssen. Jawohl, bester Jura.
Am Sonntag rief sie ihn zu Hause an.
»Jura, guten Tag, hier ist Vika, wir müssen uns dringend treffen.«
»Was ist denn los?«
»Nicht am Telefon. Wenn du willst, komme ich zu dir, wenn nicht, können wir uns auch auf der Straße treffen und ein Stückchen spazierengehen.«
Zur Marossejka wollte sie nicht fahren. Sie fürchtete sich, ihm allein gegenüberzutreten. Aber auch für Scharok war ein Treffen in der Marossejka-Straße ausgeschlossen, heute war nicht sein Tag. Er wußte, daß Vika noch einmal die Sache mit dem Ehemann aufs Tapet bringen würde, also brauchte er sich nicht sonderlich zu beeilen. Aber die Dringlichkeit, die aus ihren Worten sprach, irritierte ihn doch etwas. Er brummte ungehalten: »Warum denn

diese Hast? Wir treffen uns doch sowieso demnächst, dann können wir alles besprechen.«
»Das duldet aber keinen Aufschub.« Vika ließ nicht locker. »Es ist auch nicht in deinem Interesse, die Sache auf die lange Bank zu schieben.«
»Tut nichts, gedulde dich noch ein bißchen.«
»Na gut«, sagte sie kühl, »du bist gewarnt, paß auf, daß du es hinterher nicht bereust.«
»Ist das eine Drohung?«
»Das kannst du nehmen, wie du willst. Ich frage dich zum letzten Mal: Kannst du gleich auf den Arbat kommen?«
»Jetzt gleich?«
»Meinetwegen in einer Stunde oder zwei, sag mir eine Zeit, die dir paßt.«
»Na gut, treffen wir uns in einer Stunde am Sobatschi-Platz, ich muß sowieso in die Richtung.«

»Setzen wir uns«, schlug Vika vor und wies auf ein leere Bank in der Grünanlage.
»Nein«, lehnte Scharok ab, »komm hier entlang, ich möchte zur Worowski-Straße.«
Sie gingen die Trubnikowski-Gasse hinunter.
»Also, was ist?«
»Was ist?« wiederholte Vika sarkastisch, »weiter nichts, als daß du die Wohnung, in der wir uns treffen, zu einer Absteige für Liebesabenteuer umfunktioniert hast, und das dürfte wohl verboten sein.«
Scharok begriff sofort: Sie war Lena dort begegnet. Um Zeit zu gewinnen, fragte er: »Wie bitte?«
»Auf dem Treppenabsatz bin ich Lena Budjagina begegnet. Wir haben uns sogar begrüßt, immerhin sind wir Schulfreundinnen. Sie hat natürlich erraten, weshalb ich zu dir komme, sie weiß doch, wo du arbeitest. Folglich bin ich aufgeflogen, komme für eine weitere Mitarbeit nicht mehr in Frage, bester Jura. Trennen wir uns als Freunde.«
Er ging neben ihr her und überdachte die Situation. Alles klar: Lena war eine Stunde zu früh gekommen, hatte sich vertan, die

Gans! Sie hatte Vika gesehen und war nun böse; deshalb wollte sie sich auch nicht mehr mit ihm treffen. Wenn schon, zum Teufel mit ihr! Ihretwegen gab's nichts als Unannehmlichkeiten. Aber Vika würde mit ihrer Masche auch nicht durchkommen, sie bildete sich ein, sie könnte ihn erpressen, diese dumme Pute!

Vika hakte sich unvermittelt bei ihm ein und sah ihm zärtlich lächelnd in die Augen.

»Sei nicht böse, Jurotschka! Dir ist ein kleines Versehen unterlaufen, aber du hast doch Köpfchen und bringst alles ins reine. Kein Mensch erfährt von deinem Fehltritt. Für mich ist es ja viel schlimmer: Ich kann mich jetzt nirgends zeigen, mich werden alle schneiden, ich werde zu Hause sitzen müssen.«

Er zog seinen Arm nicht zurück. Ein durchtriebenes Frauenzimmer, nichts dagegen zu sagen, sie konnte sich durchsetzen, zäh und rücksichtslos. Im Grunde genommen brauchte er genau so eine Frau und nicht die dumme Gans Lena! Mit dieser hätte er's weit gebracht. Lena war zwar Budjagins Tochter, aber mit dem war's ja fast schon vorbei, auf den wartete schon eine Zelle in der Butyrka. Vika dagegen kam aus einer neutralen Professorenfamilie.

Aber für solche Überlegungen war's jetzt zu spät.

»Ist dir nicht was anderes eingefallen: daß Lena jetzt zur Überzeugung gelangt ist, daß du meine Geliebte bist?«

Vika blieb stehen, Scharok mußte ebenfalls stehenbleiben. Sie lächelte nicht mehr, sie sah ihn mit erbarmungslosen, grauen Augen an.

»Halte mich nicht für dumm! Ich habe bei Djakow nachgegeben, weil er mich überrumpelt hat. Deshalb habe ich den Wisch unterschrieben, den er mir vorlegte. Aber du bist doch nicht Djakow, wir kennen einander von klein auf, du bist mit meinem Bruder befreundet, kommst zu uns nach Hause und hast obendrein mit mir geschlafen... Du hättest mich schonen können, aber du hast es nicht getan. Jetzt werde ich dich auch nicht schonen, merk dir das. Ich schicke Jagoda einen Brief, daß du in der Starossadski-Gasse ein Bordell eingerichtet und mich vor einem deiner Betthäschen enttarnt hast und daß dieses Betthäschen die Tochter eines Vizevolkskommissars und meine Schulfreundin ist. Der Brief ist

geschrieben, ich habe ihn fertig. Wenn du mich jetzt gleich verhaftest und wegbringst, geht der Brief ab. Damit du's weißt.«
»Dich verhaften und wegbringen?« murmelte Scharok verächtlich. »Wer braucht dich schon?«
Er ging weiter. Sie blieb neben ihm, griff aber nicht mehr nach seinem Arm.
»Um so besser, dann können wir uns ja trennen. Ich gehe bis ans Ende und zwar konsequent, ich lasse mich von nichts abbringen.«
»Ach, wie ich mich fürchte!«
Sie fuhr fort, ohne seine Worte zu beachten: »Ich habe ehrlich getan, was verlangt wurde. Habe mich mit ekelhaften Kerlen getroffen, mit diesem Liberman, aber du hast mich wegen deiner Affäre auffliegen lassen. Mal sehen, ob das deinen Vorgesetzten gefällt.«
»Droh mir nicht«, antwortete er spöttisch, »das hilft dir nicht, es schadet dir nur.«
»Du brauchst mir auch nicht zu drohen, mich schüchterst du nicht ein, ich habe keine Angst mehr. Ich bin verheiratet, ich habe mir mein Leben eingerichtet und werde es verteidigen. Selbst wenn es mich den Kopf kostet, aber dann ist es auch mit deiner Karriere vorbei, denn das wird man dir nie verzeihen. Wenn du aber vernünftig bist, bleibt alles unter uns. Du kannst mir glauben.«
»Also hör zu«, diesmal blieb Scharok stehen. »Lena hat dich tatsächlich gesehen und mir eine Szene gemacht, ich habe zugegeben, daß wir eine Romanze hatten, und das stimmt doch, nicht wahr? . . . Ich habe ihr mein Ehrenwort gegeben, daß ich mich nie wieder mit dir treffe. Du kannst ganz beruhigt sein: Lena wird niemandem auch nur ein Sterbenswörtchen sagen. Von dieser Seite hast du also nichts zu befürchten. Was deinen Brief betrifft, so wäre der ein Schlag ins Wasser. Lena ist de facto meine Frau, du bist mit ihr zusammengetroffen, sowas kommt vor. Dann verpflichtet man die Frau schriftlich zur Geheimhaltung, und die Sache ist erledigt. Mit deinem Brief erreichst du höchstens, daß du einen anderen Führungsoffizier bekommst, und da bin ich gar nicht so überzeugt, ob das für dich besser ist.«
Vika hörte ihm konzentriert zu und sah ihn mit ihren großen, grauen, schamlosen Augen an.

Dann sagte sie fest und gehässig: »Wie du meinst, dann geht eben jeder von uns seinen Weg. Leb wohl.«
Er hielt sie zurück.
»Warte, da ist noch etwas. Letztes Mal hast du mich gebeten, dich von deiner Mitarbeit zu dispensieren. Ich war verpflichtet, meinem Vorgesetzten deine Bitte zu melden und habe noch am selben Tag schriftlich Bericht erstattet. Wie das Ergebnis ausfällt, weiß ich noch nicht. Gedulde dich deshalb noch ein bißchen.«
»Wie lange muß ich warten?« fragte Vika. Ihr war klar, daß Scharok die Sache mit dem Bericht soeben erfunden hatte, aber vielleicht würde er es jetzt tun, weil er ihre Eingabe fürchtete.
»Bei unserem nächsten Treffen kriegst du die Antwort.«
Zehn Tage warten! Erneut in diese Wohnung gehen?
»Gut«, sagte sie, »ich warte noch zehn Tage.«

9

Vika würde nicht nachgeben. Nachdem sie de facto die Frau des Architekten geworden war, bildete sie sich ein, die Macht auf ihrer Seite zu haben. Die Macht war natürlich auf der anderen Seite, aber Vika war dreist, resolut und zu allem entschlossen. Obendrein, und das mußte er zugeben, hatte er ihr ungewollt einen Trumpf zugespielt.

Darum hielt Scharok es für zweckmäßig, Djakow zu berichten: »Viktoria Andrejewna Marassewitsch lebt mit dem Architekten zusammen und möchte vor ihrem Mann als Unschuldsengel dastehen.«

»Macht sie Schwierigkeiten?«

»Mit Liberman und seinem Kreis hat sie gebrochen, mit den alten Freunden trifft sie sich auch nicht mehr. Sie geht nicht in Restaurants, sitzt statt dessen zu Hause. Neue Bekanntschaften hat sie noch nicht geschlossen. Vielleicht sollten wir sie eine Weile in Ruhe lassen, bis sie sich in die neue Umgebung eingewöhnt und neue Menschen kennengelernt hat, der Architekt verkehrt mit vielen interessanten Leuten.«

»Sehr vernünftig«, stimmte Djakow zu, »soll sie ein bißchen verschnaufen. Noch was, Scharok ...«

Djakow kramte in den Papieren auf dem Tisch, das hieß, daß er sich konzentrierte und die Worte zurechtlegte, die er gleich sagen würde.

»Tja, also folgendes und zwar ganz unter uns«, er sah Scharok bedeutungsvoll an, »Genosse Saporoshez ist aus Leningrad gekommen, er möchte drei, vier zuverlässige Leute aus dem Zentralapparat nach Leningrad mitnehmen. Natürlich auf höhere Posten als hier, mit Beförderung und Gehaltserhöhung. Zu denjenigen, die in Betracht kommen, gehörst auch du. Wie stehst du dazu?«

Scharok zuckte die Achseln.

»Wie soll ich dazu stehen? Befehl ist Befehl, wohin man mich schickt, da fahre ich hin. Die Moskauer Wohnung bleibt mir doch hoffentlich erhalten?«

»Aber natürlich, deine Eltern wohnen doch dort. Du arbeitest eben ein paar Jahre draußen, aber Leningrad ist ja gar nicht draußen, sondern die zweite Hauptstadt. Und du kommst mit einem höheren Dienstgrad und auf einen höheren Posten zurück. Überleg dir's! Übrigens ist das kein Befehl, sondern absolut freiwillig. Bei Saporoshez wollen viele arbeiten, er ist ein guter Kamerad, lustig und aufgeschlossen, und tritt immer für seine Männer ein. Betrachte das hier als Vorgespräch. Er wird selbst mit dir reden, vielleicht entscheidet er sich für einen anderen. Überleg dir's, aber es ist eine aussichtsreiche Sache.«

Ein überraschendes und interessantes Angebot. Das ganze Leben im Zentralapparat zu bleiben, war ohnehin ausgeschlossen. Das war nicht üblich, man mußte eine Zeitlang draußen in der Provinz arbeiten und mit der Arbeitserfahrung aus der Praxis vor Ort nach Moskau zurückkehren. Leningrad war die beste aller Möglichkeiten, nicht irgendein Provinzloch, außerdem nur eine Nacht mit dem Zug von Moskau entfernt. Wahrscheinlich würde Saporoshez schon sehr bald den alten Medwed ablösen. Also würde er, Scharok, mit ihm aufsteigen. Überhaupt brauchte er hier eine Stütze. Djakow kam dafür nicht in Betracht, ein paar Nummern zu klein. Beresin? Ja, der war ein hohes Tier, stand jedoch mit Jagoda nicht auf bestem Fuß; man mußte wohl mit seiner Versetzung in den Fernen Osten rechnen. Und in den Fernen Osten fahren – nein Danke, dann viel lieber nach Leningrad.

Scharok gefiel das Angebot. Dadurch löste sich die Sache mit Lena wie von selbst und die mit seinem Bruder auch. Sein Bruder würde bald aus dem Knast entlassen werden, er sollte sich dann gefälligst selbst nach einer Arbeit umsehen. Jura wollte nichts damit zu tun haben.

Scharok war bester Laune, als Vika zum Treff an die Marossejka kam.

»Na, freu dich, wir geben dich frei, und nicht etwa wegen Lena. Ich habe Meldung erstattet, daß du meiner Frau begegnet bist, die Sache wäre also beigelegt. Wir hören mit unseren Treffs auf, weil die Vorgesetzten meine Argumente plausibel fanden: Du sitzt zu

Hause, eine Mustergattin, was haben wir also von dir? Feire deine Flitterwochen.«
»Danke«, antwortete Vika reserviert. »Und wie ist das mit meinem Revers?«
»Der Revers? Der ist im Archiv gelandet. Willst du ihn etwa zurückhaben?«
»Natürlich!«
»Na, du bist gut! Wer erlaubt denn, ein Papier aus der Akte zu entfernen? Alles durchnumeriert, archiviert, jetzt lesen die Mäuse darin.«
Vika verstand: Mit diesem Papier hielten sie sie an der langen Leine. Aber vorläufig war sie frei, später würde sie weitersehen.
»Danke, Jura«, sie stand auf, »ich will hoffen, daß ich dich in einer solchen Umgebung«, sie machte eine Handbewegung durch das Zimmer, »und in dieser Rollenverteilung nie wieder treffen werde.«
»Sicher nicht«, bestätigte Scharok lächelnd.
Er war aufrichtig. Mit Vika Marassewitsch würde er sich nie mehr abgeben. Sollte sich die Notwendigkeit ergeben – und ergeben würde sie sich ganz bestimmt –, würde sich ein anderer mit Vika befassen.
In Gedanken beschäftigte er sich bereits mit seiner Abreise nach Leningrad. Er war noch nie dort gewesen. Viele Schulfreunde waren in den Ferien hingefahren; die Ferien in Leningrad zu verbringen galt als besonders schick. Sie hatten dort Verwandte oder Bekannte, er dagegen kannte dort niemanden. Darum beneidete er die Intellektuellen vom Arbat, übrigens nicht nur darum. Aber jetzt fuhr auch er nach Leningrad und nicht etwa zu Verwandten, bei denen er eine Schlafstelle beanspruchte, sondern er fuhr hin, um einen verantwortungsvollen Posten zu übernehmen. In der ersten Zeit würde er im Hotel wohnen und später dann eine Wohnung bekommen.
Noch am selben Tag hatte Scharok Beresin Meldung zu erstatten und ihm Papiere zur Unterschrift vorzulegen.
Nachdem Beresin unterschrieben hatte, sagte er: »In Kürze stehen die Aufnahmen in die Hochschulen des NKWD bevor. Hätten Sie Lust zu studieren?«

Scharok war um die Antwort verlegen. Die Hochschule – das war auch verlockend, dort wurden Mitarbeiter für die oberste Laufbahn ausgebildet. Aber das hieß auf Leningrad zu verzichten.
»Ich weiß nicht recht«, antwortete Scharok unsicher, »Genosse Saporoshez will mich bei sich in Leningrad einsetzen.«
Beresin sah ihn aufmerksam an, senkte dann den Kopf und vermied, ihn noch einmal anzusehen. »Das ist etwas anderes. Damit ist die Frage erledigt.« Sein Gesicht war undurchdringlich.

Scharok ging. Beresin schloß die Tür mit dem Schlüssel ab, an dem auch der Schlüssel zum Panzerschrank hing, der in der Ecke stand. Er öffnete ihn, stellte einen Stuhl daneben, nahm die Akten heraus, sah eine nach der anderen durch und stapelte sie zu einem Stoß auf dem Stuhl auf.
Schließlich fand er die gesuchte Akte und legte sie auf den Tisch, die anderen legte er in der ursprünglichen Reihenfolge in den Panzerschrank zurück. An die Stelle, wo er die Akte herausgenommen hatte, legte er ein Blatt Papier, um sie später wieder an der richtigen Stelle einsortieren zu können. Er blätterte den Ordner aufmerksam durch, fand die Seite, die er suchte, und griff nach einer Zigarette.
Die zufällige Information, die Beresin von Scharok erhalten hatte, bestätigte seinen Verdacht: In Leningrad braute sich etwas zusammen.
Der erste Anstoß zu diesem Verdacht war die Tatsache gewesen, daß man Alfjorow nach Ostsibirien abgeschoben hatte. Dabei hatte Kirow ihn für sich angefordert. Statt nach Leningrad hatte man Alfjorow als Bezirksbevollmächtigten an die Angara versetzt, man müsse sich angeblich erst über einige Aspekte seiner Tätigkeit in China klarwerden. In der Zwischenzeit sollte er ein Weilchen in Sibirien bleiben. Nicht einmal nach Moskau hatte man ihn gelassen, sondern gleich nach Kansk befohlen und von dort in einen der Bezirke geschickt.
Anstelle von Alfjorow war Iwan Saporoshez nach Leningrad gefahren. Groß, mit breiten Schultern, ein »stattliches Mannsbild«, ein Witzbold und Spaßmacher, kein Kostverächter, was Wein, Weib und Gesang betraf, und er sang auch. Er hatte in der

Palicha-Straße gewohnt. Gelegentlich hatte er darüber geklagt, daß es kein Badezimmer in der Wohnung gab, und seine Frau ihm deswegen andauernd zusetzte, übrigens eine Schönheit, Rosa Proskurowskaja.
Beresin beugte sich wieder über den Tisch und blätterte in Saporoshezs Dossier. Obwohl früher linker Sozialrevolutionär war er nicht aus dem Zentralapparat der Tscheka entfernt worden. Natürlich, Jagoda hatte ihm die Stange gehalten, sie steckten die ganze Zeit zusammen. In der Aufstellung der von Saporoshez durchgeführten Unternehmen war seine Einschleusung in den Stab des anarchistischen Konterrevolutionärs Machno am bedeutendsten. Saporoshez war der Typ des erfolgreichen Abenteurers. Jetzt bereitete er etwas Neues vor. Einer von Beresins Männern in Saporoshezs Umgebung hatte ihm die Kopie eines abgefangenen Briefes übergeben, der Absender war ein gewisser Nikolajew. Ein sonderbarer und zugleich bedenklicher Brief... Beresin las ihn noch einmal.
Leonid Nikolajew. 1920 als Sechzehnjähriger an der Front der Partei beigetreten, stammte aus Arbeiterverhältnisse, war früher selbst Arbeiter, bis 1924 als Inspektor für Preiskontrolle im Leningrader RKI, der Arbeiter- und Bauerninspektion, tätig gewesen. Wie Nikolajew schrieb, war er infolge der Intrigen der Trotzkisten, die sich aus dem Apparat des Gebietsparteikomitees nicht vertreiben ließen, aus dem RKI hinausgeworfen und in einen Betrieb gesteckt worden. Der Sekretär der Betriebsparteizelle, ebenfalls ein Trotzkist, hatte ihn dann im Rahmen eines Parteieinsatzes ins Verkehrswesen versetzt. Er, Nikolajew, sei bereit, überall zu arbeiten, wo die Partei ihn hinschicke. Ihn schicke aber nicht die Partei, sondern Trotzkisten, die ihn aus Leningrad vergraulen wollten. Er habe sich geweigert, wegzufahren und sei deswegen aus der Partei ausgeschlossen worden; außerdem sei er seit März des Jahres arbeitslos. Er habe dem Genossen Kirow zwanzig Briefe geschrieben und ihn gebeten, sich seines Falles anzunehmen. Zugleich habe er den Genossen Kirow informiert, daß in der Leningrader Parteiorganisation die Trotzkisten das Sagen hätten. Kein einziger Brief sei beantwortet worden. Entweder halte es Genosse Kirow für überflüssig, seine Briefe zu beant-

worten oder die Briefe erreichten ihn nicht. Schuld daran seien die Trotzkisten, denen Genosse Kirow blind vertraue. Er, Nikolajew, sei dreißig Jahre alt; davon sei er vierzehn Jahre in der Partei, ohne die Partei könne er sich sein Leben nicht vorstellen. Man habe ihn zum Äußersten getrieben, und jetzt sei er zu allem bereit...

»Zu allem bereit...« Was hieß das?

Selbstmord? Nikolajew war seit vierzehn Jahren Parteimitglied und mußte wissen, daß er niemanden mit einer solchen Drohung einschüchterte. Ein Terroranschlag? Das schrieb man nicht, man drohte und warnte nicht, denn dafür wurde man zum Tod durch Erschießen verurteilt. Und doch hatte er es geschrieben, die Drohung schriftlich ausgesprochen. Vielleicht war er geisteskrank?

An wessen Adresse richteten sich seine Drohungen? Und das Entscheidende: Saporoshez arbeitete mit diesem Mann. Warum wurde er gebraucht?

Außerdem: Zu welchem Zweck nahm Saporoshez neue Männer mit nach Leningrad? Wen sollten sie ersetzen? Wozu? Warum diese Geheimhaltung? Selbst er, Beresin, Mitglied der Führung, hatte es nur zufällig erfahren.

Stalin war mit der Situation in Leningrad unzufrieden; das war eine allgemein bekannte Tatsache. Er verlangte von Kirow Repressalien gegen die Mitglieder der sogenannten Sinowjew-Opposition und wollte in Leningrad Terroraktionen provozieren. Wozu? Um die Lunte an das Pulverfaß zu legen und eine Terrorwelle im ganzen Land auszulösen? Kirow weigerte sich, also hatte Saporoshez offenbar die Aufgabe, einen Zwischenfall herbeizuführen, um Kirows Widerstand zu brechen. Aber wie auch immer, was auch Saporoshez vorbereitete, die gerichtliche Untersuchung mußte in Leningrad stattfinden. Kirow würde dabei die Fäden nicht aus der Hand geben, da machte er bestimmt keine Zugeständnisse, einen solchen Fall würde er vors Politbüro bringen.

Folglich mußte Saporoshez etwas so Ungeheuerliches unternehmen, das alle aus der Fassung bringen und Kirow zum Rückzug zwingen würde.

Was nur? Einen Sabotageakt, eine Explosion, ein Eisenbahnunglück? Damit konnte man Kirow nicht hinters Licht führen. Ein

Mord an einem seiner Gefolgsleute? Tschudow, Kodazki, Posern?... Hielt man Nikolajew dafür in der Hinterhand? Das würde mehr Staub aufwirbeln, aber auch damit konnte man Kirow noch nicht von der Untersuchung fernhalten. Was war's also?

Beresin konnte sich noch sehr gut daran erinnern, was Stalin 1918 in Zarizyn gesagt hatte. Stalin hatte die Erschießung mehrerer, bei der Roten Armee tätiger Militärfachleute gefordert, ehemalige Offiziere der zaristischen Armee. Beresin, damals Chef der Sonderabteilung, hatte zu beweisen versucht, daß die Anklage gegen die Offiziere nicht stichhaltig, nicht überzeugend war und die Erschießung Komplikationen und Probleme nach sich ziehen würde. Stalin hatte damals schulmeisterlich geantwortet: »Der Tod löst alle Probleme. Wenn der Mensch nicht mehr ist, ist auch das Problem vom Tisch.«

Stalin sollte recht behalten. Als ein Telegramm eintraf, in dem der Befehl für die Erschießung aufgehoben wurde, waren die Männer schon erschossen. Und tatsächlich waren keine Probleme entstanden.

Das war die Lebensphilosophie dieses Mannes. Würde er sie jetzt anwenden? Ja, zweifellos, ganz bestimmt sogar! Er, Beresin, konnte nicht offen handeln, ein unvorsichtiges Wort konnte ihn das Leben kosten. Aber ihm blieb die Möglichkeit, einen warnenden Wink zu geben.

Beresin ging am abend zu Budjagin. Sie wohnten in verschiedenen Aufgängen des Fünften Hauses der Sowjets. Obwohl sie sich kaum kannten und sich selten trafen, empfanden beide Sympathie füreinander: Beide gehörten zur stählernen Phalanx alter Bolschewiki, die etwa auf den gleichen Lebensweg zurückblickten, außerdem waren beide frei von Ambitionen.

Beresin äußerte Budjagin gegenüber keinen einzigen Verdacht.

Allein die Tatsache, daß Beresin Budjagin zu Hause besuchte, zum ersten Mal in seine Wohnung kam, unter dem Vorwand, sich ein Buch über die Wirtschaft im Fernen Osten ausleihen zu wollen, ein Buch, das er in jeder Bibliothek hätte bekommen können – allein diese Tatsache sprach für sich und genügte Budjagin vollauf. Budjagin schätzte auch die in die Unterhaltung flüchtig eingeflochtene Bemerkung richtig ein, daß Iwan Saporoshez für einen

Einsatz in Leningrad eine Gruppe aufstellte, alles seine Leute, und daß das strengstens geheimgehalten würde.
Nachdem Budjagin den Gast zur Tür gebracht hatte, ging er in die Küche und brühte sich einen starken Tee auf. Zu dumm, daß Aschchen Stepanowna verreist war, Beresins Mitteilung, eine besorgniserregende Mitteilung, hätte er am liebsten mit ihr besprochen.
Am nächsten Morgen ging er, ohne erst sein Arbeitszimmer zu betreten, gleich zu Sjomuschkin und wies auf Ordshonikidses Tür.
»Ist er da?«
»Ja«, antwortete Sjomuschkin.
Als Budjagin Ordshonikidse berichtete, daß Saporoshez neue Männer für einen Einsatz in Leningrad aussuchte, erwähnte er Beresins Namen nicht. In solchen Fällen verschwieg man die Informationsquelle.
Ordshonikidse wurde nachdenklich. Wären diese Neuernennungen eine der üblichen internen Intrigen im Apparat des NKWD, hätte Medwed Kirow darüber informiert. Aber man ließ es ihn als Mitglied des Politbüros und Kirows intimen Freund durch Budjagin wissen, folglich hatte die Information nicht etwa internen, sondern allgemein politischen Charakter.
»Was hältst du davon?« fragte Ordshonikidse.
»In Leningrad braut sich was zusammen, um Sergej Mironowitsch zu kompromittieren.«
»Auf welche Weise?«
»Schwer zu sagen. Sie wollen ihn zu Repressalien zwingen, ihn vor vollendete Tatsachen stellen, die ihm keine Wahl und die Repressalien als Notwendigkeit erscheinen lassen. Sollte er sich wieder weigern, wird er kurzerhand aus Leningrad entfernt.«
»Das scheint mir plausibel«, bestätigte Ordshonikidse. Ihnen fiel nicht einmal im Traum ein, was Beresin, Tschekist von Beruf, sofort daraus gefolgert hatte.

10

Ihn plagten Zahnschmerzen. Der Zahn wackelte schon lange, wurde aber von der Klammer der Zahnprothese gehalten. Als Stalin jedoch gestern abend die Prothese herausgenommen hatte, hatte er einen bohrenden Schmerz gefühlt. Er hatte das künstliche Gebiß wieder eingesetzt, die Klammer hielt den Zahn. Wenn er den Zahn mit der Zunge befühlte, merkte er deutlich, daß er wackelte, die Schmerzen schienen im Zahnfleisch zu sitzen.
Stalin ging zu Bett, ohne die Prothese herauszunehmen, und verbrachte eine schmerzfreie Nacht. Morgens nahm er die Prothese vorsichtig aus dem Mund und befühlte den Zahn zuerst mit der Zunge, dann mit den Fingern. Der Zahn war locker, er hätte ihn am liebsten herausgezogen, ihn mit der Zunge herausgestoßen. Stalin befahl, den Zahnarzt aus Moskau kommen zu lassen. Am späten Nachmittag wurde ihm gemeldet, daß Doktor Lipman und ein Zahntechniker mit dem Flugzeug angekommen und in der Datscha Nummer drei untergebracht worden seien.
»Er soll kommen, sobald er ausgepackt hat«, ordnete Stalin an.
Eine halbe Stunde später war Doktor Lipman bei ihm; ein gutaussehender, freundlicher jüdischer Zahnarzt, um die vierzig. Er hatte Stalin schon früher behandelt und Stalin war mit ihm zufrieden gewesen, er hatte ihm sogar das Kompliment gemacht: »Sie haben ja noch zärtlichere Hände als Schapiro.« Schapiro war Lipmans Vorgänger gewesen und auch ein guter Spezialist. Aber Stalin widerstrebten Ärzte, die viel fragten, herumtasteten, abhorchten, Arzneien verschrieben, ohne zu erklären und zu sagen, was einem fehlte und was ihre Verordnung bezweckte. Ärzte, die sich wichtig machten, ihre Behandlung zu einer fast sakralen Handlung werden ließen und ihren Beruf als geheimnisumwittertes Tun darstellten. An dem kleinen, schweigsamen Schapiro war ihm dieser Zug besonders unangenehm aufgefallen.
Lipman erklärte, was er tat, sagte, was Stalin für Zähne habe, wie der Zahnersatz zu pflegen sei. Als er Stalin zum ersten Mal einen

Zahn zog, warf er ihn nicht wie Schapiro in das Spuckbecken, sondern hielt ihn Stalin hin, zeigte ihm, wie die Wurzel aussah und weshalb der Zahn unbedingt gezogen werden mußte. Ein ausgeglichener, aufgeschlossener Mann. Stalin pflegte schmunzelnd über ihn zu sagen: Er redet einem nach dem Mund und zieht einem dabei sämtliche Zähne.

Er merkte, daß Lipman ihn fürchtete, aber das war nichts Besonderes, alle fürchteten ihn. Aber wenn einem Zahnarzt vor Angst die Hände zittern, kann er sich leicht vertun. Deshalb war er freundlich zu Lipman. Wie jedes Mal fragte er auch heute: »Wie geht es Ihnen, was macht die Familie – alles gut?« Obwohl er von Lipmans Familie nicht das Geringste wußte.

»Alles gut, Jossif Wissarionowitsch, danke.« Lipman öffnete den Koffer, der fast so groß war wie ein Reisekoffer, entnahm ihm die Instrumente und die Nackenstütze, die er am Sessel festschraubte. Daß er die Nackenstütze befestigte, bevor Stalin sich setzte, war diesem sehr recht. Schapiro hatte es erst getan, wenn Stalin schon im Sessel saß, dem es immer unangenehm war, wenn jemand hinter seinem Rücken herumhantierte. Nachdem Lipman die Nackenstütze montiert und überprüft hatte, daß sie fest saß, bat er Stalin in den Sessel. Stalin setzte sich, Lipman band ihm ein Handtuch um und bettete seinen Kopf mit sachten Händen auf die Stütze.

»Ist es bequem so?«

»Ja.«

»Was für Beschwerden haben Sie?«

»Der Zahn neben der Prothese wackelt, besonders wenn ich sie herausnehme.«

»Das wollen wir uns gleich mal ansehen.« Lipman reichte Stalin ein Glas Wasser, »spülen Sie bitte... so... und jetzt legen Sie bitte den Kopf zurück... sehr schön...« Mit einer behutsamen Bewegung nahm Lipman den Zahnersatz ab und befühlte den Zahn. Er hatte eine weiche Hand, die angenehm roch – ein sehr ordentlicher Arzt... Dann wählte er unter den auf dem Tisch ausgebreiteten Instrumenten, griff nach dem Mundspiegel, untersuchte das Gebiß eingehender und erklärte:

»Den Zahn werden wir entfernen müssen. Das muß sein! Eine

andere Möglichkeit sehe ich nicht, denn sonst gibt es nur unliebsame Überraschungen. Der Zahn hält nicht mal die Prothese, er ist wirklich in sehr schlechtem Zustand.«

»Wie lange wird das dauern?«

»Die Wunde ist sicher in zwei, drei Tagen verheilt, den Zahnersatz machen wir in vierundzwanzig Stunden. Ich denke, daß wir insgesamt fünf Tage brauchen werden, nicht länger.«

»Dann muß ich also fünf Tage ohne Zähne herumlaufen«, sagte Stalin stirnrunzelnd.

»Aber wieso denn ohne Zähne«, antwortete Lipman lächelnd, »fehlen werden Ihnen vorübergehend nur die oberen Backenzähne. Sie könnten natürlich solange diese Prothese als Provisorium benutzen«, Lipman drehte den alten Zahnersatz in den Fingern, »dann fehlt Ihnen nur der eine Zahn. Aber bei jeder Verkantung könnten Sie gesunde Zahnsubstanz beschädigen, weil die Belastung zu groß wäre. Wozu das riskieren? Haben Sie doch die paar Tage Geduld.«

»Schön«, willigte Stalin ein. »Wann soll er gezogen werden?«

»Wann es Ihnen paßt, ich kann es auch gleich machen.«

»Wie wär's mit morgen früh?«

»Das ist auch möglich.«

»Ich habe heute Gäste, es wäre mir peinlich, meine Gäste ohne Zähne zu empfangen, was meinen Sie?«

»Wenn die Gäste essen wollen«, erwiderte Lipman lächelnd, »müssen vor allem sie selber Zähne haben.«

Stalin erhob sich. Hastig nahm ihm Lipman das Handtuch ab.

»Ruhen Sie sich aus«, sagte Stalin, »morgen werden Sie nach dem Frühstück abgeholt.«

Kirow kam mittags an. Stalin befahl Shdanow, ihn in die Arbeit an dem Geschichtslehrbuch einzuführen und ihn zum Abendessen einzuladen.

Das Abendbrot nahmen sie zu dritt ein: Stalin, Kirow und Shdanow.

»Schön, daß Sie da sind, Sergej Mironowitsch«, sagte Stalin, der sich als Hausherr an das Kopfende der Tafel setzte, »denn Andrej Alexandrowitsch«, er wies mit einer Kopfbewegung auf Shdanow,

»trinkt nichts und ißt nichts, sitzt am Tisch wie Jesus Christus und will auch mich fasten lassen. In dieser Hinsicht halte ich es aber wie Tschechow: Die Krankheiten haben sich die Ärzte ausgedacht. Essen soll man alles, natürlich nicht zuviel, in Maßen. Besonders gesund sind kaukasische Kräuter: Kinsa, Tarchun, Dschon-Dscholi... Gesund ist aber auch Obst und trockener Wein, die georgischen Weine sind hervorragend. Essen und trinken Sie – alles ist bekömmlich. Sie sehen ja selbst, was auf dem Tisch steht, sind ja selber aus dem Kaukasus. Oder haben Sie in Leningrad inzwischen vergessen, was Hatschapuri ist, wie Lobio und Saziwi schmecken?«

»Nein«, antwortete Kirow lachend, indem er von jedem Gericht etwas nahm, »ich erinnere mich an alles und esse nach wie vor alles sehr gern.«

»Ich weiß nicht, welche Küche in Leningrad jetzt aktuell ist«, bemerkte Stalin nachdenklich, »der Adel hat früher die französische bevorzugt, das Volk die deutsche, Würstchen und Wurst. Und wie ist es jetzt?«

»Jetzt gibt's nur noch proletarische Kost«, erklärte Kirow, »Kohlsuppe, Borschtsch, Bouletten, Nudeln. Was man auf Marken kriegt, das wird gegessen.«

»Tja, die Marken«, meinte Stalin noch immer nachdenklich, »die Marken werden wir abschaffen.«

Kirow reagierte nicht auf diese Bemerkung: Die Abschaffung der Lebensmittelmarken zum 1. Januar war bereits beschlossene Sache.

»In diesem Jahr sind die Aussichten für die Ernte gut«, fuhr Stalin fort, »wir können damit rechnen, daß es genug Getreide gibt. Aus Kasachstan wird berichtet, die Ernte sei so reich wie nie zuvor. Seit Jahrzehnten hat es so etwas nicht gegeben, sie rechnen mit 25 Doppelzentnern pro Hektar. Ich fürchte nur, Ihr Freund Mirsojan wird's nicht schaffen, eine so große Menge einzubringen.«

»Auf Mirsojan ist Verlaß, ein energischer Mann.«

Stalin sprach abwägend weiter, als habe er Kirows Einwurf nicht gehört: »Eine reiche Ernte ist natürlich wünschenswert, aber sie birgt auch Gefahren in sich: Die Leute werden überrumpelt, weil sie sich nicht darauf eingestellt haben, Sorglosigkeit und Selbstzu-

friedenheit reißen ein. Eine gute Ernte muß rechtzeitig eingebracht und abtransportiert werden, damit nichts verloren geht oder veruntreut wird.«
Kirow wußte, daß Stalin nie irgend etwas ohne Grund sagte. Deshalb steckte auch hinter seinen Worten über Kasachstan eine bestimmte Absicht. In der Regel pflegte er bei Tisch nicht über Dienstliches zu sprechen, diesmal tat er es. Er begann stets weitschweifig, erzählte Nebensächliches – das war seine Art, den anderen mit einer unerwarteten Entscheidung zu überrumpeln. Erneut ging es um die Landwirtschaft. Auf dem Juniplenum des ZK vor einem Monat war Kirow wegen der Nichterfüllung des angeblich ohnehin zu niedrig angesetzten Plansolls für die Produktion von Fleisch und Getreide angegriffen worden. Dabei stellte sich heraus, daß das Plansoll keineswegs zu niedrig angesetzt gewesen war. Die übliche Präzisierung bezüglich der Vorgaben für die einzelnen Produktionsbereiche hatte stattgefunden. Dabei wurde für die einen das Soll gesenkt, für die anderen gesteigert. Stalin kannte sich in diesen Dingen schlecht aus, von Landwirtschaft hatte er keine Ahnung. Von zurückbleiben oder nachhinken konnte keine Rede sein, denn für das Leningrader Gebiet war der Juni nicht der entscheidende Erntemonat. Trotzdem hatte Kirow nicht gegen die Entscheidung protestiert. Die Partei bereitete sich auf die Abschaffung der Lebensmittelmarken vor. Dafür mußte man alle Kräfte auf die Getreideversorgung des Landes konzentrieren, die Zügel straff anziehen, und wenn schon jemandem der Marsch geblasen wurde, dann natürlich einer der führenden Parteiorganisationen – das war für alle die beste Lehre und Warnung. Das war man gewohnt, Kirow sah darin keinen persönlichen Angriff. Mit noch größerem Nutzen hätte man allerdings die Moskauer Organisation, also die der Hauptstadt aufs Korn nehmen können. Die gleichen Mängel, außerdem begann die Ernte hier früher. Aber die Moskauer Organisation wurde von Kaganowitsch geleitet, und ihn wollte Stalin nicht verletzen – seine schon bekannte Taktik: den einen kritisieren, den anderen loben und dadurch beide gegeneinander hetzen. Stepan Schaumian hatte einmal gesagt: Koba hat den Verstand und den Charakter einer Schlange. Aber Kirow stand über solchen Dingen; wenn Parteifra-

gen entschieden wurden, spielten persönliche Kränkungen für ihn keine Rolle. Abgesehen davon hatte Kirow für Kaganowitsch nichts als Verachtung übrig. Wie dem auch sei, der Junibeschluß des ZK über das Zurückbleiben des Leningrader Gebiets war Kirow verständlich, das Gespräch über die Einbringung der Ernte in Kasachstan dagegen bis jetzt ganz und gar nicht. Daß er zur Mitarbeit an dem Geschichtsbuch gerufen wurde, war ein Vorwand, denn er war kein Historiker. Stalin war auch keiner, aber er hielt sich wenigstens dafür. Warum hatte er ihn dann kommen lassen?

»Na gut«, meinte Stalin unvermittelt, »wie sind wir überhaupt auf die Ernte, auf Kasachstan und Mirsojan gekommen? Wir haben hier nur die eine Aufgabe: uns mit Fragen der Geschichte zu beschäftigen«, er wandte sich an Shdanow. »Haben Sie Sergej Mironowitsch mit dem Stand der Dinge vertraut gemacht?«

»Ja, zunächst mal oberflächlich«, antwortete Shdanow.«

Wir müssen die Geschichtswissenschaft selbst in die Hand nehmen«, fing Stalin mürrisch an, »sonst gerät sie in die Hände bürgerlicher Historiker. Die unseren sind übrigens nicht besser. Dabei denke ich nicht mal an Pokrowski, der im Grunde genommen auch bürgerlich ausgerichtet ist.«

»Pokrowski hat zweifellos manches falsch dargestellt«, widersprach Kirow, »aber Lenin hat ihn anders beurteilt.«

Stalin sah Kirow mit forschendem Blick an.

»Und wie, wenn ich fragen darf?«

»Seinen Brief an Pokrowski kennen Sie sicherlich, den Brief, in dem er ihm zu seiner *Geschichte Rußlands* schreibt.«

»Was hat er ihm denn geschrieben?«

Er wußte es doch, wußte es genau, hoffte aber, ihn bei einer Ungenauigkeit zu ertappen.

»An den genauen Wortlaut kann ich mich nicht erinnern ... Man könnte sich den Brief ja ansehen, er ist wiederholt veröffentlicht worden. Auf jeden Fall hat Lenin darin Pokrowski zu seinem Erfolg beglückwünscht, hat ihm geschrieben, daß ihm das Buch gut gefallen habe und daß man es in andere Sprachen übersetzen sollte.«

»Richtig«, bestätigte Stalin, »diese Komplimente hat ihm Lenin

gemacht, das stimmt. Aber gleichzeitig hat er ihn aufgefordert, das Buch durch eine chronologische Zeittafel zu ergänzen, damit die Darstellung nicht allzu oberflächlich wirkt... Gerade dieser Einwand verdeutlicht Lenins Einschätzung.«
»Ich bin zwar kein Historiker«, sagte Kirow, »aber da denke ich anders. Die grundsätzliche Beurteilung des Buches war klar und präzise formuliert und durchaus lobend. Der Vorschlag, eine chronologische Zeittafel ergänzend hinzuzufügen schmälert die insgesamt positive Beurteilung in keiner Weise. Pokrowski hat sein Buch 1920 geschrieben. Eigentlich ist sein Werk der erste Versuch, die russische Geschichte aus marxistisch-leninistischer Sicht darzustellen. Das Buch hat er übrigens in Lenins Auftrag für die breiten Massen verfaßt. Bei allen Mängeln hatte es doch auch große Vorzüge; es war unser Leitfaden. Natürlich hat sich die Wissenschaft weiterentwickelt, so daß wir ein neues Lehrbuch brauchen, aber Pokrowskis Arbeit zu verurteilen, was manche Historiker tun, ist genauso verkehrt, wie gegen ihn zu hetzen, was in den letzten Jahren der Fall war. Pokrowski war zweifellos ein ehrlicher Gelehrter...«
»Na bitte«, Stalin lächelte spöttisch, «und Sie sagen, Sie würden sich in Geschichte nicht auskennen... Auf diesem Gebiet sind Sie uns allen überlegen. Recht haben Sie, man muß ein neues Lehrbuch für Geschichte schreiben. Deshalb habe ich Sie ja hierher eingeladen, Sie wollten nicht kommen, und jetzt zeigt sich, daß gerade Sie hier sehr gebraucht werden. Aber jetzt geht es nicht um Pokrowski. Ich rede von einigen Parteimitgliedern, alten Parteimitgliedern. Genossin Nadeshda Konstantinowna Krupskaja beschäftigt sich zur Zeit auch mit Geschichte. Haben Sie ihre Erinnerungen an Lenin gelesen?«
»Ja«, Kirow nickte.
»Und Pospelows Beitrag über diese Erinnerungen in der *Prawda*?«
»Den habe ich auch gelesen.«
»Ein guter, sachlicher Beitrag«, Stalin drehte sich um, griff nach einer Mappe, die auf einem kleinen Tisch lag, blätterte darin, zog den Ausschnitt aus der *Prawda* heraus und überflog die mit Rotstift angezeichneten Stellen... »Hier... Pospilow schreibt:

›Nadeshda Krupskaja überschätzt Plechanows Rolle in der Geschichte unserer Partei und stellt Lenin als seinen respektvollen Schüler dar.‹ Ein richtiger Gedanke. Warum? Weil die Krupskaja diese Personen in der Vergangenheit sieht und beurteilt, während Pospilow von der Gegenwart ausgeht. Aus heutiger Perspektive und Erfahrung können und dürfen wir trotz aller Hochachtung vor Plechanow und positiver Beurteilung seines Wirkens diese beiden Persönlichkeiten nicht auf eine Ebene stellen.« Kirow hörte Stalin aufmerksam zu. An Pospelows Beitrag erinnerte er sich sehr genau. Es ging natürlich nicht um Plechanow. Der Vorwurf richtete sich vielmehr gegen folgende Äußerung der Krupskaja: »Nach der Oktoberrevolution kamen Personen in führende Positionen, denen es durch die Verhältnisse in der ehemaligen Illegalität unmöglich war, sich zu entfalten... Zu diesen Personen gehört Genosse Stalin.« Kirow hatte sich bei der Lektüre lebhaft vorstellen können, in welche Raserei diese Zeilen Stalin versetzt haben mußten, und war sich damals sicher gewesen, daß die Antwort nicht auf sich warten lassen würde. So war es auch gekommen. Pospilow hatte mit einem langen Artikel in der *Prawda* geantwortet. Darin kritisierte er einzelne Aspekte der Memoiren und stellte dann folgende Hauptthese auf: »Auch in der Zeit der Illegalität war allen wichtigen bolschewistischen Kadern, die nicht im Ausland, sondern in Rußland arbeiteten, die führende Rolle von Organisatoren und Parteiführern wie Stalin und Swerdlow absolut bewußt.« Das entsprach zwar nicht den Tatsachen, aber Stalin vertrug nicht den leisesten Zweifel an der Version, daß er schon vor der Revolution der zweite Mann in der Partei gewesen war, daß Lenin die Partei vom Ausland aus und er, Stalin, sie in Rußland geleitet hatte. Auch das stimmte zwar nicht, förderte jedoch den Zusammenschluß der Partei und die Anerkennung der neuen Führung, und Kirow akzeptierte diese Version. Aber sie als politische Notwendigkeit hinzunehmen war eins, aufrichtig an sie zu glauben war etwas ganz anderes.
Stalin lächelte ironisch.
»Jetzt haben es alle mit dem Memoirenschreiben. Sogar Awel Jenukidse macht kräftig mit.«
Stalin griff wieder nach derselben Mappe, entnahm ihr Jenukidses Broschüre und zeigte sie Kirow.

»Haben Sie das gelesen?«
Kirow kannte die Broschüre und wußte, was Stalin nicht paßte. Im ersten Moment hätte er am liebsten gesagt, er habe sie nicht gelesen, um so dem Gespräch aus dem Wege zu gehen. Aber dann hätte Stalin ihn gebeten, das nachzuholen, und das Gespräch hätte dennoch stattgefunden.
Ja... Ich habe darin geblättert... Flüchtig...«
Stalin entging das Manöver nicht.
»Geblättert, flüchtig«, wiederholte er, »also, wenn man der Broschüre glauben will, haben von der Existenz der Druckerei ›Nina‹ nur drei Menschen gewußt – Krassin, Jenukidse und Kezchoweli. Aber woher will Awel Jenukidse das so genau wissen?«
»Er war einer der Leiter der Druckerei.«
»Genau. Einer der... außerdem waren es Krassin und Kezchoweli. Und Kezchoweli hat mir die Aktivitäten der Druckerei nie verheimlicht. Aber Krassin und Kezchoweli sind tot, von den dreien lebt nur noch Awel Jenukidse. Das berechtigt ihn aber noch lange nicht, die Geschichte der Druckerei so darzustellen, wie es ihm beliebt, aber nicht der Wirklichkeit entsprach.«
»Offenbar hat Jenukidse nicht gewußt, daß Sie auf dem laufenden waren«, sagte Kirow, »wahrscheinlich war er überzeugt, daß Lenins Anweisung präzise befolgt wurde.«
»Was für eine Anweisung?« fragte Stalin lauernd.
»Die Anweisung, daß niemand außer Krassin, Jenukidse und Kezchoweli und den Druckereiarbeitern von der Existenz der Druckerei etwas wissen durfte.«
»Woher kennen Sie diese Anweisung?«
»Das ist eine allgemein bekannte Tatsache.«
»Was heißt allgemein bekannt? Die Anweisung ist Jenukidses Erfindung, die nun plötzlich alle glauben. Die Druckerei war tatsächlich der Exilführung unterstellt. Aber woraus folgert eigentlich, daß ich angeblich nichts von ihr gewußt habe? Jawohl, sie wurde von Lenin persönlich geleitet. Aber das heißt doch nicht, daß außer diesen Personen niemand etwas, wie Jenukidse schreibt, davon gewußt haben soll. Und wenn Genosse Jenukidse wirklich dieser Überzeugung ist, warum hat er diese Fakten nicht bei den Leuten, die damals in Baku tätig waren, überprüft? Und

wieso rückt er gerade jetzt damit heraus? Warum weist er gerade auf diesen Punkt besonders hin? Was bezweckt er damit? Damit soll die These von der direkten Nachfolge in der Leitung widerlegt und bewiesen werden, daß die gegenwärtige Führung des ZK nicht in der direkten Nachfolge Lenins steht, daß Lenin sich vor der Revolution nicht auf die heutigen Leiter der Partei stützte, sondern auf andere Leute, und vor allem, daß er diesen Leuten vertraute, während er den heutigen Führern schon damals mißtraute. Auf wessen Mühle leitet Genosse Jenukidse seine Wasser?«
»Ich glaube nicht, daß sich Genosse Jenukidse eine solche Aufgabe gestellt hat«, widersprach Kirow, »mir scheint vielmehr, daß er berichtet hat, was er wußte. Daß Kezchoweli Sie informierte, war ihm vielleicht gar nicht bekannt. Davon bin ich felsenfest überzeugt.«
»Ich sehe weder Anlaß noch Grund für eine solche Überzeugung«, antwortete Stalin kalt. »Genosse Jenukidse ist lange genug in der Partei, Genosse Jenukidse ist Mitglied des Zentralkomitees der Partei, Genosse Jenukidse muß sich über die politischen Folgen seiner Veröffentlichung im klaren sein, völlig ausgeschlossen, daß Genosse Jenukidse nicht weiß, wessen Interessen seine Broschüre heute dient. Hätte das ein einfacher Historiker geschrieben, könnte man ein Auge zudrücken: Historiker können sich irren, Historiker befinden sich oft im Bann nackter historischer Tatsachen, Historiker sind in der Regel schlechte Dialektiker und völlig untaugliche Politiker. Aber diese Broschüre hat nicht irgendein durchschnittlicher Historiker geschrieben, sondern einer der Führer der Partei und des Staates. Zu welchem Zweck und mit welchem Ziel hat er die Broschüre verfaßt? Weil er unbedingt Memoiren schreiben wollte? Etwas verfrüht, würde ich sagen. Genosse Jenukidse ist noch ein junger Mann, wir sind fast gleich alt: ich halte mich noch nicht für alt und habe deshalb auch noch nicht vor, meine Memoiren zu schreiben. Das sind keine Memoiren, das ist eine politische Aktion. Eine Aktion, die darauf abzielt, die gegenwärtige Parteiführung in Verruf zu bringen. Genau dieses Ziel hat sich Genosse Jenukidse gesetzt.«
»Ich glaube, Sie sehen das etwas zu einseitig«, sagte Kirow stirnrunzelnd, »eigentlich ist es überhaupt nicht Jenukidses Sache,

solche Broschüren zu schreiben, er ist weder Historiker noch Schriftsteller. Ich bezweifle sehr, daß er die Parteiführung in Mißkredit bringen will. Er ist ein ehrlicher, aufrichtiger Mann und liebt Sie.«

Stalin sah Kirow mit bohrendem Blick von unten herauf an, seine Augen waren gelb wie die eines Tigers. Er wurde immer gereizter und sprach deshalb mit starkem georgischen Akzent: »Ehrlichkeit, Aufrichtigkeit, Liebe – das sind keine politischen Kategorien. In der Politik gibt es nur eins – politische Berechnung.«

Das Gespräch wurde heikel. In letzter Zeit war es überhaupt schwierig geworden, sich mit Stalin zu unterhalten, besonders, wenn er gereizt war.

»Man könnte Genossen Jenukidse ja berichtigen«, sagte Kirow versöhnlich, »man könnte ihn darauf hinweisen, daß er in Geschichtsfragen nicht kompetent genug ist.«

»Jawohl«, gab Stalin sofort zurück, »wenn das irgendein Historiker geschrieben hätte, könnte ihn ein anderer Historiker berichtigen. Aber das hat ein Mitglied des ZK verfaßt, einer der bekanntesten Führer unseres Landes. Berichtigen kann man ihn nur auf derselben Ebene«, er starrte Kirow unverwandt an, »Sie haben die Parteiorganisation von Baku fünf Jahre geleitet, Sie wären besonders kompetent, die Angelegenheit darzulegen.«

Kirow war verblüfft. Das hatte es noch nicht gegeben. Er, ein Mitglied des Politbüros, sollte öffentlich bezeugen, daß Stalin Leiter der Druckerei »Nina« gewesen war, von deren Existenz er nicht einmal etwas gewußt hatte. In diesem Punkt hatte Jenukidse recht. Warum wurde gerade er damit beauftragt? Sollte seine Loyalität geprüft werden? Sie war zur Genüge überprüft, und sollte sie wieder auf die Probe gestellt werden, mußte das ja nicht bei diesem Fall geschehen.

»Ich habe mich nie mit Geschichte beschäftigt«, sagte Kirow, »und was diese konkrete Frage betrifft, bin ich wirklich nicht auf dem laufenden. Außerdem war ich zu jener Zeit, von der die Rede ist, nicht in Baku.«

»Na, dann eben nicht«, antwortete Stalin gelassen, »wie schon das Sprichwort sagt: Wo nichts ist, hat auch der Kaiser sein Recht verloren. Ich hoffe, daß sich in der Partei Genossen finden werden, die in der Lage sind, Awel Jenukidse zu antworten«, er wandte sich an Shdanow. »Das Zentralkomitee der Partei braucht sich mit dieser Frage nicht zu befassen. Es ist eine Frage, die nicht die ganze Partei betrifft, sondern nur eine ihrer Organisationen, nämlich die transkaukasische. Also soll sich die transkaukasische Parteiorganisation mit ihrer Geschichte beschäftigen. Bestellen Sie Genossen Beria zu sich, erläutern Sie ihm den Standpunkt des Zentralkomitees. Er ist Sekretär des transkaukasischen Gebietskomitees; diese Frage fällt in seine Kompetenz.«

Am nächsten Morgen ließ Stalin den Arzt nach dem Frühstück holen. Lipman erschien mit seinem Koffer, breitete die Instrumente aus, stellte ein Becken zurecht, ließ Stalin im Sessel Platz nehmen und band ihm ein Handtuch um.

»Wie haben Sie geschlafen?« erkundigte sich Stalin.

»Wunderbar«, Lipman zog die Injektionsspritze auf, »besser kann man gar nicht schlafen, es ist so still und ruhig hier«, er legte Stalins Kopf mit einer sanften Bewegung auf die Stütze und bat ihn, den Mund zu öffnen. »Ich weiß nicht, wie es anderen geht, ich schlafe beim Rauschen der Brandung immer gut ein.«

Stalin glaubte einen leichten Stich im Zahnfleisch zu spüren, vielleicht war's aber auch eine Täuschung. Lipmans Gesichtsausdruck konnte er nichts entnehmen, der Zahnarzt sah ihm nach wie vor lächelnd in den Mund. Dann lehnte Lipman sich zurück, ließ die Hände auf die Knie sinken und sagte mit dem gleichen Lächeln: »So, jetzt müssen wir ein Weilchen warten, bis die Spritze wirkt. Sie können den Mund schließen, können sich mit mir unterhalten, können auch ein bißchen auf und ab gehen, aber besser ist es, wenn Sie sitzen bleiben.«

Das Zahnfleisch wurde taub und schwer, als fülle es sich mit Blei. Man hatte ihm auch schon früher Zähne mit örtlicher Betäubung gezogen. Er konnte sich aber nicht erinnern, wie lange man warten mußte, bis die Betäubung wirkte.

»Muß ich lange warten?« fragte er..

»Etwa zehn Minuten. Öffnen Sie bitte wieder den Mund, ich will noch einmal nachsehen.«

Er fuhr mit irgendeinem Metallinstrument am Zahnfleisch entlang.

»Das Zahnfleisch ist gleich taub, gedulden Sie sich nur noch einen Augenblick.«

Er sah Stalin an, ein ausgeglichener, wohlwollender Mann, dieser Lipman, er hatte die Spritze gut gesetzt, ohne dem Patienten

dabei Schmerzen zuzufügen, Genosse Stalin mußte mit ihm zufrieden sein. Tatsächlich schätzte Stalin Menschen, die etwas von ihrem Fach verstanden. Dieser Arzt würde bestimmt hundert Jahre alt werden: Ihn befriedigte seine Arbeit, sein Leben, seine Position. Er arbeitete im Kreml, behandelte Mitglieder des Politbüros, bekam bestimmt einen guten Verpflegungssatz – sicherlich hatte er Neider, die gab es immer. Aber dieser Arzt maß ihnen offensichtlich keine Bedeutung bei: ein Mann ohne Ehrgeiz, wie die überwiegende Mehrheit auf der Welt. Einst, als ganz junger Mensch hatte ER wegen dieser Mehrheit den Kampf begonnen, bis er die anderen, die wahren Beweggründe des Kampfes erkannte. Jetzt regierte ER diese Menschen, sie glaubten an ihn wie an Gott; an Gott konnte man nur blind und triebhaft glauben. Sie nannten IHN Vater; die Menschen verehrten nur eine starke, strenge, aber feste und zuverlässige väterliche Hand. Der da war ihm allein schon deshalb ergeben, weil er Zugang zu IHM hatte. Solche Leute mußten auch zu seiner Umgebung gehören. Nicht nur die wie Wolfshunde abgerichteten Wachen, nicht nur die von Ehrgeiz besessenen Gehilfen, sondern auch schlichte, bescheidene Leute, die IHN liebten und IHM treu ergeben waren.
Lipman saß neben ihm, warf ab und zu einen Blick auf die Uhr und lächelte Stalin zu. Manchmal bat er ihn, den Mund zu öffnen, führte irgendein Instrument am Zahnfleisch entlang und nach einer dieser Untersuchungen zeigte er Stalin den in der Zange eingeklemmten, extrahierten Zahn.
»Wann haben Sie denn das gemacht?! Ich habe überhaupt nichts gespürt.«
»Ich habe doch mit einem Betäubungsmittel gearbeitet. Außerdem war der Zahn auch schon ganz locker. Man hätte ihn mit den Fingern ziehen können, wie wir Zahnärzte sagen.«
»Warum haben Sie es nicht getan?«
»Das hätten Sie bestimmt gespürt.«
Stalin spie einen langen, blutigen Speichelfaden ins bereitgehaltene Becken, spülte den Mund und spuckte noch einmal aus.
»Ich möchte Sie bitten, in den nächsten zwei Stunden nichts zu essen«, Lipman reichte ihm ein frisches Tuch. Stalin wischte sich die Lippen, »und heute nichts Warmes zu sich zu nehmen.«

Er nahm die Zahnprothese vom Tisch und drehte sie zwischen den Fingern.

»Eine gute Prothese, gut gearbeitet und ausgezeichnetes Material: eine Legierung aus Gold, Platin und Palladium. Sie werden sie jetzt nicht mehr brauchen, wir machen eine neue. Aber wissen Sie, Jossif Wissarionowitsch, vielleicht machen wir lieber eine einfache Prothese?«

»Was heißt einfach?«

»Sehen Sie, hier sind die Zähne durch einen Metallbügel miteinander verbunden, wir aber machen eine vollständig aus Kunststoff bestehende Prothese.«

»Warum das?«

»Also, Jossif Wissarionowitsch, die Metallprothese wird mit diesen beiden Klammern an den noch vorhandenen Zähnen befestigt. Solange die Prothese leicht ist, haben es die Zähne ebenfalls leicht. Aber an Ihrer sitzen bereits sieben künstliche Zähne, und das ist eine große, eine viel zu große Belastung. Die neue Prothese erweitern wir wieder um einen Zahn; dadurch wird die Belastung noch größer. Das Plastikgebiß dagegen saugt sich am Gaumen fest und hält eine beliebige Zahl von Zähnen aus.«

»Sie wollen mir also wie einem alten Mann eine Prothese verpassen.«

»Wie meinen Sie das? Alte Leute tragen künstliche Gebisse, weil sie überhaupt keine Zähne mehr haben, Sie dagegen sind im Besitz Ihrer Zähne, und geb's Gott, daß sie Ihnen noch lange erhalten bleiben.«

Vor einigen Jahren, als man Stalin die ersten Backenzähne gezogen und man ihm zum ersten Mal vorgeschlagen hatte, eine Prothese zu tragen, war er sehr niedergeschlagen gewesen: Alles aus! Ein alter Mann mit künstlichem Gebiß! Er hatte gesehen, wie alte Männer vor dem Schlafengehen ihre künstlichen Zähne herausnahmen und in ein Wasserglas legten. Der noch gar nicht so alte Solz hatte es beispielsweise so gemacht; sie waren in Sankt Petersburg zusammen in einer konspirativen Wohnung untergetaucht gewesen. Bei Solz hatte er zum ersten Mal ein künstliches Gebiß gesehen. Wenn Solz redete, und das tat er immer und oft überstürzt, wackelte sein Gebiß; er klemmte es mit der Zunge fest, lispelte und sprach die Wörter undeutlich aus – ein höchst unerfreulicher Anblick.

Aber die Ärzte hatten Stalin erklärt, daß sie ihm kein ganzes Gebiß machen würden, sondern lediglich eine Brücke aus Gold mit künstlichen Backenzähnen, damit er das Essen gut kauen könne. Die Brücke war gemacht worden, er hatte sich daran gewöhnt, sie störte und behinderte ihn nicht. Er hatte nie das Gefühl gehabt, ein zahnloser Mummelgreis zu sein. Als man ihm später zwei weitere Zähne gezogen hatte, wollte man ihm eine Prothese machen, ähnlich der, die Lipman ihm mit den gleichen Argumenten vorschlug, aber er hatte abgelehnt. Daraufhin hatte man den goldenen Bügel angefertigt, den Lipman jetzt in der Hand hielt. Trotz aller Gegenargumente war er mit diesem Zahnersatz vollauf zufrieden gewesen. Lipman bot ihm jetzt wieder eine solche Altmännerprothese an. Der Arzt war doch ein beschränkter Mann, er sah in ihm einen Patienten, er sah in IHM nur einen Patienten und vergaß dabei, daß Millionen auf DIESEN Patienten blickten und daß ER nicht mit wackelndem Gebiß vor ihnen stehen, nicht lispeln durfte, er konnte es sich nicht leisten, zu reden, als ob er Brei im Mund hätte.

»Machen Sie eine Teilprothese mit Gold«, sagte Stalin.

Lipman wagte keinen weiteren Widerspruch.

»Jawohl, ganz wie Sie befehlen. Sollte die Wunde schmerzen, nehmen Sie eine Pyramidon, oder lassen Sie mich rufen. Gestatten Sie, daß ich morgen nachsehe wie die Wunde verheilt.«

»Sie werden morgen um die gleiche Zeit abgeholt.«

Lipman ging. Stalin stellte sich vor den Spiegel, öffnete den Mund, fletschte die Zähne... ein unerfreulicher Anblick nur noch fünf nikotingelbe Zähne im Oberkiefer... macht nichts, da mußte Shdanow die paar Tage eben mit den fünf Zähnen vorliebnehmen. Und Kirow ebenfalls.

Beim Gedanken an Kirow runzelte er die Stirn. Kirow wollte sich nicht am Kampf beteiligen, wollte die Parteiführung nicht festigen.

Für den Rest des Tages ließ Stalin niemanden vor, sollte das taube Gefühl im Mund erstmal vergehen und die Wunde verheilen. Wie

vom Arzt verordnet, nahm er zwei Stunden lang nichts zu sich, zum Mittagessen servierte man ihm eine kalte Rote-Bete-Suppe und lauwarme Brisoletten; sehr richtig, womit hätte er kauen sollen? Die Wunde und das Zahnfleisch schmerzten nicht, er brauchte also kein Pyramidon zu nehmen.
Am nächsten Morgen kam Lipman, untersuchte die Mundhöhle und sagte zufrieden. »Alles vorzüglich, in zwei Tagen fangen wir an.«
»Wie erholen Sie sich hier?« erkundigte sich Stalin. »Langweilen Sie sich nicht?«
»Überhaupt nicht, Jossif Wissarionowitsch, dazu habe ich keine Zeit. Das Meer, der Strand, außerdem habe ich auf dem Schreibtisch in meinem Zimmer Papier und gespitzte Bleistifte gefunden und angefangen zu schreiben.«
»Was schreiben Sie denn?«
»Eine Abhandlung über Kieferorthopädie.«
»Da wünsche ich Ihnen Erfolg.«
Das Mittag- und Abendessen nahm Stalin allein ein: Ohne Zähne wollte er sich nicht bei der gemeinsamen Mahlzeit zeigen. Aber die Arbeit duldete keinen Aufschub. Deshalb kamen Shdanow und Kirow abends zu ihm. Sie saßen auf der Veranda und blätterten die Zeitungen durch.
»Hitler ist nun also auf Lebenszeit Führer des deutschen Volkes und Reichskanzler geworden.«
»Vielleicht erleben wir noch, daß er sich zum Kaiser krönen läßt«, lachte Kirow.
»Eine solche Dummheit macht er nicht«, bemerkte Shdanow.
»Sehr richtig«, bestätigte Stalin, »das hätte keinen Sinn: Kaiser gab's genug, aber als Führer auf Lebenszeit steht er einzig da. Da er keine Kinder hat, könnte er sowieso keine Dynastie gründen...« Seine Augen glitten über eine Zeitungsspalte. »Sinowjew hat ja schon wieder was geschrieben, er schreibt täglich. Egal, welche Zeitung man aufschlägt, überall stößt man auf Beiträge von Sinowjew, Kamenjew oder Radek. Sie schreiben, schreiben und schreiben.«
»Sie haben nichts anderes zu tun, deshalb schreiben sie«, sagte Shdanow.

»Bezeichnend ist aber«, fuhr Stalin fort, »in jedem Artikel schmeichelt er dem Genossen Stalin; Genosse Stalin ist so und so und noch was, groß ist er und genial und weise, fast noch größer als Marx, Engels und Lenin. Warum tut Sinowjew das? Kann er denn den Genossen Stalin wirklich aufrichtig würdigen? Nein, das kann er nicht! Er haßt den Genossen Stalin. Deshalb lügt er und schreibt das Gegenteil von dem, was er denkt. Warum lügt er? Er muß doch wissen, daß ihm niemand glaubt, Genosse Stalin schon gar nicht. Aus Angst? Vor wem denn; ihm krümmt doch keiner ein Haar.«

»Er will zeigen, daß er jegliche Opposition aufgegeben hat und in keiner Weise irgendwelche Machtansprüche stellt«, sagte Kirow.

»Könnte sein«, Stalin nickte, »nicht besonders überzeugend, aber auch nicht ausgeschlossen. Damit demütigt er aber sich selbst. Warum? Eigene Demütigungen vergißt man doch am wenigsten. Man kann alles mögliche vergessen: Beleidigungen, Kränkungen, Ungerechtigkeiten, aber Demütigungen vergißt kein Mensch. Das liegt in der menschlichen Natur. Tiere verfolgen einander, kämpfen, töten und fressen einander, aber sie demütigen sich nie. Nur der Mensch demütigt den Mitmenschen oder sich selbst. Ein Mensch vergißt Demütigungen nie, und verzeiht auch niemals jenem, vor dem er sich gedemütigt hat. Im Gegenteil, er wird ihn immer hassen. Je mehr Sinowjew Stalin preist, je mehr er sich vor ihm demütigt, um so mehr wird er den Genossen Stalin hassen. Radek überhäuft mich auch mit Lob und macht einen Kratzfuß nach dem anderen, aber Radek ist ein Schwätzer und nicht ernst zu nehmen. Hat er gestern noch Trotzki über den grünen Klee gelobt, preist er heute Stalin, und sollte es nötig sein, wird er morgen Hitler bejubeln. Gibt man einem wie ihm ein mit Senf bestrichenes Brot, ißt er's, leckt sich noch die Lippen und sagt obendrein danke schön. Aber Sinowjew und Kamenjew – nein, die haben andere Ambitionen, die haben immer von einer Führungsrolle geträumt und ihren Traum auch jetzt noch nicht aufgegeben. Zumal noch andere zu ihnen gestoßen sind, Bucharin und Rykow samt Anhängern haben sich ihnen angeschlossen.«

Kirow zuckte mit den Achseln.

»Was für eine Verbindung besteht denn zwischen Sinowjew und Bucharin?«

»Sergej Mironowitsch«, sagte Shdanow sanft, »Bucharin ist doch über die Hintertreppe zu Kamenjew gerannt und wollte sich mit ihm verbünden.«

Kirow empfand für Shdanow Sympathie; aber es gab doch Fragen, die die Mitglieder des Politbüros ausschließlich unter sich besprachen. Shdanow war nicht Mitglied des Politbüros. Stalin führte das Gespräch absichtlich in seiner Gegenwart, um zu zeigen, daß er zwischen Kirow und Shdanow keinen Unterschied machte.

»Sehen Sie, Genosse Shdanow«, widersprach Kirow frostig, »das ist acht Jahre her. Sinowjew und Kamenjew äußerten zu einer Zeit Machtansprüche, als sich die Parteiführung noch nicht gefestigt hatte. Inzwischen verstehen sie nur zu gut, daß sie keine Chancen mehr haben; mit ihrer Niederlage haben sie sich offensichtlich auch deshalb abgefunden, weil sie seit Jahren öffentlich bereuen, kompromittiert sind und sich, wie ich meine, keine Hoffnungen mehr machen.«

Shdanow wollte antworten, aber Stalin brachte ihn mit einer Handbewegung zum Schweigen.

»Politiker erheben immer Anspruch auf die Macht. Je mehr sie sich demütigen, um so größer ist ihre Hoffnung, sich dafür rächen zu können. Demütigungen verzeihen sie nie, uns beiden schon gar nicht. Sinowjew hielt Leningrad für seine Domäne. Kurz vor dem XIV. Parteitag hat die Leningrader Organisation für Sinowjew und damit gegen die Partei gestimmt. Jetzt wird die Leningrader Organisation seit acht Jahren vom Genossen Kirow geführt, und die Leningrader Organisation steht hinter dem Genossen Kirow. Die Leningrader Organisation kennt Sinowjew nicht mehr, sie kennt nur noch Kirow. Wird dir Sinowjew das je verzeihen? Nein, das wird er nicht. Und bei der ersten Gelegenheit wird er sich dafür rächen.«

»Was Sie sagen ist mir unverständlich«, Kirow hob die Schultern. »Ich verstehe nicht, sehe nicht und kann mir auch nicht vorstellen, wie oder mit wessen Hilfe sie sich an mir rächen sollten.«

»Helfer finden sich immer«, antwortete Stalin, »für so etwas finden sich immer Helfer. Und in Leningrad ganz sicher; gerade dort hat Sinowjew viele Freunde; hat Wurzeln, die du nicht

roden willst, du vertraust all diesen Leuten, die angeblich bereuen und angeblich die Waffen gestreckt haben.«
Stalin sah Kirow starr an. Fremde Augen. Ein pockennarbiges Gesicht. Pockennarben wirkten entstellend. Kirow fühlte sich höchst unbehaglich. Man könnte meinen, was sind schon Pockennarben?! Und doch fühlte er sich unangenehm berührt. Stalins Pockennarben erinnerten ihn an seine eigenen.
»Genosse Stalin«, sagte Kirow fest, »1925 hat die Leningrader Organisation für Sinowjew gestimmt. Aber schon 1926 hat sie für uns, für das Zentralkomitee, gestimmt. Das waren einfache Parteimitglieder. 1925 wurden Sie von der gesamten Parteileitung überredet, und wenn wir offen sein sollen, wurde ihnen befohlen, für die Leningrader Leitung zu stimmen. Nicht zu stimmen hätte bedeutet, gegen die Parteidisziplin zu verstoßen. Das ist leider der Nachteil des demokratischen Zentralismus: Jede Parteiorganisation kann ihrer Führung zeitweilig auf einem falschen Weg folgen. Die einfachen Parteimitglieder sind daran nicht schuld, und wir dürfen sie dafür auch nicht bestrafen.«
»Einfache Parteimitglieder«, Stalin machte ein sarkastisches Gesicht, »was müssen das für Parteimitglieder sein, die ein Bezirkssekretär in Opposition zur Partei, zum ZK bringen kann. Die Leningrader Kommunisten sind nicht so einfältig, wie du uns das hier erzählen willst. Sie halten ihre Stadt noch immer für die Wiege der Revolution und sich selbst für die Avantgarde der russischen Arbeiterklasse. Und außerdem: In Leningrad sind nicht nur die geblieben, die aus Parteidisziplin für Sinowjew gestimmt haben, sondern auch jene, die die anderen gezwungen haben, für ihn zu stimmen. Sie laufen zwar auch mit Büßermienen herum, aber ihre Reue unterscheidet sich in nichts von der Sinowjews und Kamenjews. Sie warten auf ihre Stunde und wissen, daß diese beim geringsten Durcheinander in der Partei, im Lande, im Staat schlagen kann. Es würde schon genügen, mich, dich oder zwei, drei Mitglieder des Politbüros zu beseitigen. Sofort entstünde ein derartiges Durcheinander, das sie sich unverzüglich zunutze machen würden. Sie sind erfahrene Politiker. Und wir beide haben keine Gnade von ihnen zu erwarten. Sollten sie die Macht ergreifen, werden sie uns alle mit Kindern und Kindeskindern vernich-

ten. Du aber vertraust ihnen und tolerierst sie in deiner Liberalität. Glaubst du, sie werden sich dafür bei dir bedanken? Nein, mein Lieber! Du gehst durch die Straßen und sitzt im Theater im Parkett. Unvorsichtig, höchst unvorsichtig. Begreifst du das denn nicht selber? Muß denn das Politbüro erst einen Beschluß eigens zu deinem Schutz fassen?«

»Ich bitte, fassen Sie nicht solche Beschlüsse«, sagte Kirow eilig, »meine Wache reicht mir aus und ist zuverlässig genug.«

»Das glaubst du«, widersprach Stalin, »aber das Politbüro kann in dieser Hinsicht anderer Auffassung sein. Bezüglich des Schutzes der Politbüromitglieder wurde eine Regelung beschlossen, gegen die nur du verstößt.«

»Ich wohne seit acht Jahren in Leningrad«, sagte Kirow, »und in diesen acht Jahren ist nie etwas passiert. Es gab nicht einmal die Andeutung einer Gefahr.«

»Gestern gab es sie nicht, heute gibt es sie nicht, aber morgen kann sie eintreten«, widersprach Stalin, »nichts ist ewig, nichts ist endlos. Hitlers Machtergreifung hat die Situation grundlegend verändert. Durch Deutschlands militaristische Absichten erhalten die oppositionellen Kräfte in unserem Land neue Impulse. Zweifellos richten sich diese militaristischen Absichten vor allem gegen den Westen. Aber der Westen versucht, sie auf uns zu lenken. Eine derartige Entwicklung der Ereignisse könnte bei uns zu einer kritischen Situation führen. Und wer würde die zu allererst ausnutzen? Natürlich die oppositionellen Kräfte... Was für oppositionelle Kräfte haben wir in unserem Land? Monarchisten? Konstitutionelle Demokraten? Soziale Revolutionäre? Menschewiki? Die gibt es alle nicht mehr, sie sind für immer weggefegt, sie sind nicht imstande, wieder aufzuerstehen, das Volk ist für immer mit dem sowjetischen System verbunden. Demnach geht die Gefahr nur von den oppositionellen Kräften innerhalb des sowjetischen Systems, innerhalb der Partei aus. Wer sind diese Kräfte? Trotzkisten, Sinowjewanhänger, Bucharins Leute. Ob sie sich selber auch so verstehen? Zweifellos, aber vorerst lavieren sie sich noch so durch. Ihre im Augenblick wichtigste Aufgabe besteht darin, sich ihre Kader zu erhalten. Du willst sagen, daß es nicht viele sind? Ein paar Tausend Mann? Sicher, aber wieviel Bolschewiki gab es im Jahr 1917? Auch nur ein paar Tausend, aber wir haben die Situation richtig genutzt und haben gesiegt. Wieso können wir annehmen, daß Leute wie Sinowjew, Kamenjew, Bucharin nicht ebenfalls imstande sein werden, eine sich bietende Situation für ihre Zwecke richtig zu nutzen? Dabei müssen wir berücksichtigen, daß sie nicht tausende, sondern zehntausende heimlicher Anhänger hinter sich wissen! Werden denn nicht alle ehemaligen Menschewiki Sinowjew unterstützen? Werden denn nicht die enteigneten Großbauern, die Sozialrevolutionäre und die konstitutionellen Demokraten Bucharin unterstützen? Sie werden Sinowjew und Bucharin als Sprungbrett betrachten, als provisorische Figuren, die jedoch in dieser kritischen Situation die einzig möglichen sind: Das Volk kennt sie, und die Partei kennt sie auch. Die Tatsache, daß sie bereut und ihre Fehler eingestanden haben, wird niemand mehr interessieren. Denk doch daran, was für Fehler Sinowjew und Kamenjew 1917 begangen haben, aber das ist vergessen, alle haben ihnen verziehen. Fünfzehn Jahre lang hat Trotzki gegen Lenin gekämpft, aber nachdem er zu den Bolschewiki übergetreten war, wurde ihm alles verziehen und alles war vergessen. Das Volk interessiert sich nicht für die Vergangenheit eines Politikers, sondern nur dafür, was er gegenwärtig, in diesem Moment darstellt. Alle diese Sinowjews, Kamenjews, Bucharins wissen das nur zu gut – eine ganz einfache Strategie. Für sie ist die Hauptsache durchzuhalten und ihre Stunde abzuwarten. In dieser Hinsicht sind sie durchtriebener als Trotzki. Trotzki ist ein schlechter Politiker, er wollte mit dem Kopf durch die Wand und seine Männer ebenfalls. Wir kennen sie alle, sie stehen unter Aufsicht. Sinowjew und Bucharin sind da schlauer, sie haben rechtzeitig aufgegeben, haben ihre Kader nicht enttarnt. Diese Kader lauern jetzt im Untergrund und sind jederzeit bereit zu handeln. Es sind viele, sehr viele: alle die sich von der Partei beleidigt fühlen, alle Beleidigten im ganzen Land. Ein großes, ein gefährliches Potential. Und ›wir‹ behüten dieses Potential, beschirmen und decken es.«

»Meinen Sie damit Leningrad?« fragte Kirow.

»Jawohl«, antwortete Stalin hart, »ich meine damit Leningrad als unerschütterliches Bollwerk der Opposition und den Genossen

Kirow als den Mann, der nicht gewillt ist, dieses Bollwerk zu schleifen.«
»Das stimmt nicht«, widersprach Kirow ruhig, »die Parteigeschichte lehrt uns auch etwas anderes: In der Partei gab es immer wieder verschiedene Auffassungen über die Strategie und Taktik, Diskussionen und Dispute fanden immer statt. Aber wenn die Partei eine Entscheidung getroffen hatte, so hatten die Diskussionen ein Ende, Oppositionen existierten nicht mehr, und keiner, der sich vorher gegen diese Entscheidung ausgesprochen hatte, machte danach Front gegen die Partei. Im Gegenteil. Lenin hat uns gelehrt, Parteigenossen, die sich in dieser oder jener Frage geirrt haben, tolerant und verständnisvoll zu behandeln. Ich erkläre nachdrücklich und übernehme jede Verantwortung für meine Worte: In der Leningrader Organisation gibt es keine Trotzkisten, Sinowjew- oder Bucharin-Anhänger. Gewiß, wir werden vereinzelt mit parteifeindlichen, antisowjetischen Haltungen konfrontiert, aber Ausgangspunkt dafür sind in der Regel die bürgerlichen Elemente, mit der ehemaligen Opposition hat das nichts zu tun. Die Leningrader kommunistischen Arbeiter, die '25 für Sinowjew gestimmt haben, haben längst mit ihm gebrochen, haben ihn längst vergessen. Acht Jahre später Repressalien gegen sie zu verhängen, bloß weil sie der Parteidisziplin gehorchend für ihre Führung gestimmt haben – nein, das kann ich nicht und will ich nicht. Wenn Sie meine Politik für falsch halten, können Sie mich aus Leningrad abberufen. Solange ich aber in Leningrad bin, werde ich diese Politik nicht ändern.«
Die innere Anspannung, die Stalin die ganze Zeit deutlich anzumerken war, wich plötzlich von ihm, er sagte gelassen, sogar fast gleichgültig:
»Die Partei kann nicht für jede Stadt eine besondere Politik verwirklichen, die Partei hat eine einheitliche Politik für das ganze Land verabschiedet, und jeder Gebietsparteisekretär hat sich dieser Politik zu fügen. Unser Vorgehen bezüglich der ehemaligen Sinowjew-Anhänger werden wir im Politbüro erörtern und festlegen. Aber solange wir das noch nicht festgelegt haben, möchte ich, daß du vorsichtig bist und meine Warnung beherzigst: Die Sinowjew-Leute werden aktiv. Ich verfüge über umfassendere Informa-

tionen als du. Du bist zu vertrauensselig, Sergej Mironowitsch. Paß auf, daß deine Vertrauensseligkeit dich nicht teuer zu stehen kommt.«

»In welcher Hinsicht?«

»Du hast Sinowjew und Kamenjew nur auf den Tribünen der Parteitage erlebt, ich habe mit ihnen, wie man so sagt, ein Pud Salz gegessen, mit Kamenjew war ich schon in der Verbannung zusammen. Beide sind Lügner, Schwindler und Pharisäer. Und die Leute, die hinter ihnen stehen, sind ebenfalls Lumpen, Lügner und Pharisäer. Vertraue ihnen nicht, sie sind zu allem fähig. Und außerdem hassen sie dich. Je mehr du sie gewähren läßt, desto heftiger werden sie dich hassen. Übrigens ist das einer der Gründe, weshalb ich deine Übersiedlung nach Moskau begrüßen würde. Wenn ein anderer deine Stelle übernimmt und mit Leningrad ebenso gut fertig wird, werden sie verstehen, daß es nicht nur Genosse Kirow ist, sondern die Partei. Die Leningrader Kommunisten stehen nicht nur hinter dem Genossen Kirow, sondern hinter der Partei. Dann werden sie auch nichts gegen deinen Nachfolger haben. Du bist doch ZK-Sekretär, hättest schon längst nach Moskau übersiedeln sollen, ein ZK-Sekretär hat in Moskau zu wohnen. Führe in Leningrad die Abschaffung der Lebensmittelmarken durch, damit die Leningrader dich in guter Erinnerung behalten, das wäre sozusagen deine Abschiedsgeste, und dann zieh nach Moskau um.«

Die in ihm aufwallende Wut bezwingend schlug Kirow die Augen nieder. Was für eine grobe Anspielung auf sein angebliches Streben nach Popularität. Ihm war jetzt klar, daß Stalin ihn aus Leningrad weghaben, ihn in seiner Nähe in Moskau haben, seine völlige Unterordnung erreichen wollte. »Genosse Stalin«, sagte Kirow, »ich bitte Sie, mich nicht aus Leningrad abzuberufen, bis ich die Neugestaltung der Stadt vollendet habe. Ich habe sie angefangen und möchte sie auch vollenden.«

Kirow sagte das in einem Ton, der deutlich machte, daß das sein endgültiger Entschluß war.

Stalin begriff das und fragte gelassen: »Wann ist denn die Neugestaltung abgeschlossen?«

»Ich hoffe, bis zum Ende dieses Fünfjahresplans.«

»Na gut, dann wollen wir uns Mühe geben, diesen Fünfjahresplan in vier Jahren zu vollenden – damit du möglichst schnell nach Moskau kommst«, scherzte Stalin

12

Warja kam pünktlich um neun zur Arbeit, legte ein Blatt Zeichenpapier zusammen mit der Konstruktionszeichnung, die sie zu kopieren hatte, aufs Zeichenbrett, darüber eine bläuliche Leinenfolie. Dann befestigte sie alles zusammen mit Reißzwecken und rieb die oberste Lage mit einigen Tropfen Maschinenöl ein, wie Ljowotschka es ihr beigebracht hatte. Dadurch wurde die Pause durchsichtig wie Glas, die Konstruktionszeichnung war deutlich zu erkennen, und die Tusche verlief nicht. Die Konstruktionszeichnung stammte von Ljowotschka, der Techniker geworden war. Er hatte nun die Bleistiftarbeiten übernommen; mit diesem Wort umschrieb er seine relativ hohe Position. Ein lieber Kerl, aber ohne technische Ausbildung, der auf seine Berufsbezeichnung ›Konstruktionstechniker‹ sehr stolz war. Igor Wladimirowitsch lieferte die Skizze, die Ljowotschka als Vorlage für die Konstruktionszeichnung diente, die Warja dann kopierte. Die von ihr angefertigte Pause wurde zum Lichtpausen gebracht, wonach die Blaupause abgezogen und gedruckt wurde – das war dann die Arbeitsvorlage, die zur Baustelle des Hotels nebenan ging. Ljowotschkas Zeichnungen konnte Warja problemlos kopieren, er hatte einen »klaren Strich«, wie man das hier nannte: Seine Zeichnungen waren präzis und deutlich. Wenn er Warja eine Zeichnung übergab, erklärte er ihr kurz, worum es ging: Fenster, Türen, ein Detail der Hotelhalle, der Gesellschaftsräume in den Etagen, des Bankettsaales im Restaurant. Er ging nicht ins einzelne. Die Einzelheiten erläuterte Igor Wladimirowitsch. Er kam aus seinem Arbeitszimmer, stellte sich neben Warja, beugte sich über die Zeichnung und erklärte ihr die Linien und Kurven... Dabei sagte er freundlich: »Wenn Sie etwas nicht verstehen, fragen Sie ruhig, genieren Sie sich nicht.«
Ljowotschka und Rina erzählten, daß Igor Wladimirowitsch auch ihnen alles erklärt hatte, als sie noch einfache Kopierer waren. Er wollte, daß sie nicht mechanisch kopierten, sondern verstanden,

was sie taten. Es gab Chefs, die die Sache sehr formell angingen, sie sahen sich die Zeichnung an und sagten bloß: Na, mein Lieber, das ist mißlungen, nimm ein neues Blatt und mach die Zeichnung nochmal. Igor Wladimirowitsch verhielt sich nie so, er war nicht nur Chef, sondern auch Pädagoge. Das bedeutete, daß er Warja genauso behandelte wie die anderen und sie nicht vorzog. Und trotzdem hatte sie das Gefühl, daß er mit ihr anders umging als mit den anderen. Deshalb fragte sie lieber Ljowotschka oder Rina, um ihm keine unnötigen Hoffnungen zu machen.

Sie arbeitete sich schnell ein, ohne sonderliche Aufregung, Angst oder Unsicherheit zu empfinden. Das Werkzeug: Reißschiene, einfache und Kurvenlineale, Dreiecke, Zirkel und Reißfeder kannte sie von der Schule her. Sie verstand es, die Pause faltenlos aufzuspannen, führte die Tusche von der Seite her ein, um nicht zu klecksen. Machte sie trotzdem einen Klecks, entfernte sie ihn geschickt mit einer Rasierklinge, ohne auch nur die geringste Spur zu hinterlassen, so daß sogar Ljowotschka und Rina staunten. Zu ihrer Verwunderung kam Warja auch ohne Kurvenlineal aus, die Kurven zeichnete sie mit einer dünnen Feder ein.

Um zwölf gingen sie, eine lustige Gruppe, zum Mittagessen in eine spezielle, nicht allgemein zugängliche Kantine an der Ecke Twerskaja und Belinski-Straße. Das Mittagessen – gemischter Salat, eine Suppe, Eintopf mit Fleischstücken oder eine Bulette und ein wäßriges Kompott – kostete nur vierzig Kopeken, und sie sparte dabei die Lebensmittelmarken. Außerdem konnte man am Büffet auch ohne Marken mit Wurst, Käse und Hering belegte Brote kaufen. In dem Büro arbeiteten etwa vierzig Personen, zur Hälfte Mädchen, jung und sehr hübsch; einige hatte Warja schon im Eremitage-Park, im *National* und im *Metropol* getroffen. Wer früher kam, stellte sich in die Schlange an der Kasse, es ging allgemein kameradschaftlich und vergnügt zu. Die Vorgesetzten dieser Mädchen waren Architekten, Ingenieure und Techniker, die sich ebenfalls kollegial verhielten.

Sie kehrten zu zweit oder zu dritt zurück, je nachdem, wie sie mit dem Essen fertig geworden waren. Soja wies auf die umzäunte Baustelle, wo ausgeschachtet und das Fundament gemauert wurde. Mit großen Augen erzählte sie: »Im vorigen Jahr haben sie den Ochotny-Rjad abgerissen, all die Läden und Getreidehandlungen, wo scharenweise Ratten hausten. Im Ochotny-Rjad hatte man außerdem auch Fleisch und Fisch verkauft. Die Ratten flohen ins *Grandhotel,* schwärmten durch die Stockwerke und rannten durch die Zimmer, riesige, feiste Biester, so groß wie ausgewachsene Katzen. Schrecklich! Wir sind vor Angst fast gestorben, die Mädels sind auf die Tische gesprungen. Spezialkommandos haben die Ratten vernichtet, das Hotel mußte vorübergehend sogar geschlossen werden.«

Soja veränderte sich überhaupt nicht. Immer aufgeregt, exaltiert, aufdringlich und geschwätzig. Im Büro war sie mit niemandem befreundet, keiner interessierte sich für sie. Für Warja war sie auch uninteressant, aber sie wollte die ehemalige Schulfreundin nicht abweisen und hörte ihrem Geschwätz geduldig zu. Soja war die reinste Gerüchtebörse.

»Der Entwurf für das Hotel stammt von Igor Wladimirowitsch und einem anderen Architekten«, sagte Soja, »im Wettbewerb haben sie den ersten Preis bekommen. Man hat ihnen dann Schtschusjew als Mitverantwortlichen aufgezwungen, allein weil er Akademiemitglied ist. Damit aber nicht genug, er wurde auch noch zum obersten Leiter ernannt. Das ist natürlich kränkend für die beiden. Schtschusjew sitzt nicht mal hier, sondern hat sein Büro in der Brjussow-Gasse, weißt du, in dem Haus, in dem Katschalow und andere berühmte Schauspieler wohnen. Du weißt schon, welches Haus ich meine.«

»Nein, weiß ich nicht, woher weißt du's eigentlich: Besuchst du Katschalow zu Hause?« fragte Warja spöttisch.

»Nein, natürlich nicht, aber ich weiß, wo das Haus ist. Ich habe Schtschusjew Zeichnungen gebracht.«

Warja hatte Schtschusjew schon gesehen, er kam fast jeden Tag ins Büro, ein freundlicher, alter Mann um die sechzig. Einmal war er auch in ihr Zimmer gekommen. Ljowotschka war gerade damit beschäftigt, eine Perspektive des Hotels für irgendein hohes Tier anzufertigen. Es war eine dringende Arbeit, er arbeitete Tag und Nacht.

Schtschusjew sah sich die Zeichnung an und nickte zustimmend.

»Sehr schön, aber die Fenster müssen etwas schmaler gezeichnet werden.«
Damit ging er.
Ljowotschka sank fassungslos auf einen Stuhl.
»Was ist denn mit dir?« fragte Rina.
»Ich habe zwischen den Fenstern doch Mauerwerk eingezeichnet. Wenn ich die Fenster schmaler mache, muß ich alle Steine neu zeichnen. Also noch eine Nacht Arbeit.«
»Wenn du möchtest, helfe ich dir«, schlug Warja vor. Das erwies sich jedoch als unnötig, denn Igor Wladimirowitsch sagte: »Lassen Sie die Zeichnung so wie sie ist. Wenn er morgen kommt, sagen Sie ihm, daß Sie alles ausgeführt hätten.«
Am nächsten Tag kam Schtschusjew wieder.
»Haben Sie die Fenster schmaler gezeichnet?«
»Jawohl.«
»Na sehen Sie, jetzt sieht es schon ganz anders aus.«
Darüber wurde noch lange gelacht. Schtschusjew wurde überhaupt oft bespöttelt. Er hatte die Seitenfassade des Hotels, die auf die Manege ging, entworfen und dabei breite Pfeiler vorgesehen, die die Außenwände des künftigen Restaurants stützten. Im Büro wurde der Kasten mit liebevoller Ironie »der Koffer« genannt. Alle waren begeisterte Anhänger des Bauvorhabens, ärgerten sich über Änderungen und freuten sich über Erfolge, ein kleines, zusammengeschweißtes kameradschaftliches Kollektiv.
Igor Wladimirowitsch kritisierte Schtschusjew nie und erlaubte es auch den anderen nicht, wenn er dabei war. Er diskutierte nie über dessen Anweisungen, obwohl er alles nach seinen Vorstellungen machte, wie beispielsweise in dem Fall mit den Fenstern. Warja gefiel das, es war immerhin Schtschusjew! Hätte Igor Wladimirowitsch ihm gegenüber ironisch reagiert, hätte ihn das selbst erniedrigt. Igor Wladimirowitsch war eben eine Persönlichkeit! Er sah sich die Skizzen seiner Mitarbeiter an, zeichnete mit Kohlestift einige Linien ein: Das waren seine Anweisungen, die widerspruchslos ausgeführt wurden. Er war stets korrekt, zurückhaltend, vornehm. Viele der Mädchen im Büro waren in ihn verliebt, aber er war vollkommen unbescholten und hatte den besten Ruf.
Einmal kamen sie zu viert aus der Kantine zurück: Warja, Igor

Wladimirowitsch, Rina und Ljowotschka. Rina und Ljowotschka gingen etwas vor, Igor Wladimirowitsch und Warja folgten nebeneinander. Igor Wladimirowitsch wies mit den Augen auf die Fenster des *National* und sagte: »Erinnern Sie sich?«
Warja kam täglich zweimal am *National* vorbei: auf dem Weg zur Kantine und wenn sie zurückging. Dabei erinnerte sie sich eigentlich an nichts Besonderes. Vor langer Zeit war sie einmal mit Vika im *National* gewesen, im Frühling, die Erinnerung war von späteren Restaurantbesuchen mit Kostja verdrängt worden.
»Ja«, antwortete sie ruhig, »wir haben uns hier kennengelernt, ich war mit Vika Marassewitsch da.«
»Erinnern Sie sich auch an den Alexander-Park? An den Eingang, der mit einer Bank versperrt war, an den Pfiff des Parkwächters... an unsere Flucht... und an Ihren zerrissenen Strumpf...?«
Offensichtlich waren ihm diese Erinnerungen teuer. Bei Warja weckten sie so etwas wie Beklemmung – es war eine andere Zeit, ein anderes Leben, es waren andere Hoffnungen gewesen... Aber seinen Worten entnahm sie so etwas wie Erwartung... Warum? Sie hatte einen Mann! Ob für lange? Jetzt bestimmt nicht mehr. Aber trotzdem...
»Ja«, antwortete sie gleichgültig, »das war einmal...«

Igor Wladimirowitsch war ihr sympathisch, das stand außer Zweifel. Aber mehr auch nicht. Damals im *National* hatte sie sofort begriffen, daß er anders war als Vika und ihre Freunde. Und jetzt erlebte sie ihn bei der Arbeit, unter bedeutenden Persönlichkeiten: Schtschusjew, der berühmte Maler Lanceret, der die Fresken für die Hallen des Kasaner Bahnhofs gemalt hatte, er sollte nun die Decke des Hauptrestaurants im neuen Hotel ausmalen, ein amerikanischer Fachberater in Küchen- und Kühlschranktechnik, Architekten und Ingenieure, die die Details des Entwurfs besprachen. Nachdem sie gegangen waren, nannte Ljowotschka jedesmal ihren Namen: jeder eine Berühmtheit.
Abends verspürte Warja nicht die geringste Lust, nach Hause zu gehen. An Kostjas Leben teilhaben konnte sie nicht, sie liebte ihn nicht, er tat ihr nur noch leid. Damals am Anfang hatte er ihr

gesagt: Vielleicht machst du mich zu einem Menschen. Leere Worte, er war nicht zum Menschen geworden und würde es auch nie werden.
Nach dem Vorfall mit dem Cape benahm er sich so, als wäre nichts gewesen: Das war nun mal das Leben eines Spielers, heute gewonnen, morgen zerronnen, heute Geld, morgen keins, nicht weiter schlimm, man mußte sich nur gedulden und das zeitweilige Mißgeschick irgendwie überbrücken. Warja schwieg, er verstand, daß sie sein Leben nicht billigte, er sah ihr verschlossenes Gesicht und wollte ihr trotzdem seinen Lebenswandel aufzwingen. Einmal brachte er ihr ein goldenes Armband mit, streifte es ihr über das Handgelenk und sagte lässig: »Trag das!« Sie nahm das Armband ab und legte es auf den Tisch.
»Ich werde es nicht tragen.«
»Warum nicht?«
»Ich habe noch nie Gold getragen und werde es auch jetzt nicht tun.«
Er warf ihr einen wütenden Blick zu, beherrschte sich aber.
»Du brauchst das Armband nicht zu tragen, aber es gehört dir trotzdem.«
Er legte das Armband in eine Schachtel, wickelte sie sorgfältig in Papier ein, schob sie in die Tischschublade, schloß diese ab und sagte scherzend: »Eine Dame muß ein Schmuckkästchen haben. Solange du keins hast, kannst du's hier aufbewahren.« Sie gab keine Antwort, sie wußte, das Armband würde eines Tages genauso plötzlich verschwinden, wie es gekommen war. Am selben Tag legte er auch Geld in die Schublade. Warja rührte es nicht an, sie wußte nicht einmal, wieviel es war.
»Warum nimmst du das Geld nicht?« fragte er bei anderer Gelegenheit.
»Wozu? Du ißt doch nicht zu Hause, und ich esse in der Kantine.«
»Dein Mittagessen muß doch auch bezahlt werden.«
»Dafür reicht mein Gehalt.«
Bald darauf verschwand das Geld und auch das goldene Armband. Das Geld brauchte sie nicht, das Armband auch nicht. Damit es aber keine Mißverständnisse gab, mußte sie ihm sagen, daß beides verschwunden war.

»Weißt du, Liebes«, antwortete Kostja zärtlich, »du mußt mir auch diesmal verzeihen; ich habe verloren, werde aber alles zurückgewinnen. Mach dir nichts draus.«
»Ich mache mir überhaupt nichts draus, du brauchst es auch gar nicht zurückzubringen. Ich brauche weder das Geld noch das Armband. Beides ist verschwunden – ich hielt es nur für angebracht, es dir zu sagen, obwohl ich weiß, daß du beides genommen hast.«
Er erwiderte mit erhobener Stimme: »Wenn du es weißt, warum sagst du es mir dann?«
»Ist es dir unangenehm, wenn ich dich darauf aufmerksam mache? Bring bitte keine teuren Sachen und kein Geld mehr mit. Bewahre es woanders auf.«
»Was willst du damit sagen?«
»Hier ist keine Pfandleihe und keine Sparkasse, woanders ist es besser aufgehoben. Hier dagegen müssen wir, Sofija Alexandrowna und ich, dafür haften.«
»Du willst die Bedingungen meines Lebens nicht verstehen.«
»Richtig, ich will sie nicht verstehen, ich kann ein solches Leben weder verstehen noch akzeptieren.«
»Du sprichst mit mir wie mit einem Fremden.«
Sie drehte sich zu ihm um und sah ihm fest in die Augen. »Ja, wir sind uns fremd, und das Richtigste wäre, wenn wir uns trennten.«
»Ach so!« Er verzog den Mund und sagte langsam, »wenn ich Erfolg habe, bin ich dir gut genug, habe ich aber keinen Erfolg, brauchst du mich nicht mehr.«
»Du weißt sehr gut, daß das nicht stimmt. Ich habe mich dir nicht aufgedrängt, ich habe nicht auf die Krim reisen wollen, habe dich auch nicht um einen Silberfuchs und goldene Armbänder gebeten. Mir ist inzwischen aber klar geworden, daß wir kein gemeinsames Leben führen und daß es ein solches gemeinsames Leben auch gar nicht geben kann.«
Er preßte die Worte durch die Zähne: »Du fängst wohl eine Romanze mit dem Architekten an?!«
»Du bist ein Esel!« antwortete sie verächtlich. Da mußte jemand geklatscht haben, dachte sie bei sich. Wer? Ljowotschka oder Rina?

»Natürlich bin ich ein Esel«, er dehnte die Worte und hielt seine Wut mühsam zurück, »Restaurants sind dir neuerdings zuwider, aber wo haben wir uns eigentlich kennengelernt, etwa nicht in einem Restaurant?«
»Willst du damit sagen, weil du mich in einem Restaurant aufgegabelt hast, bin ich eine Restaurantnutte?«
Er nahm sich zusammen.
»Ich will damit nur sagen: Wir haben uns in einem Restaurant kennengelernt, du brauchst die Tatsachen nicht zu verdrehen.«
»Ich verdrehe nichts, und wir haben auch nichts zu diskutieren. Wir müssen uns trennen. Sofort! Noch heute müssen wir das Zimmer räumen.«
Erstaunt, sogar spöttisch, hob er die Brauen.
»Heute? Das ist ja interessant... Und wohin wollen wir ziehen?«
»Ich ziehe nach Hause. Und du hast eine Wohnung, in der du gemeldet bist.«
Ironisch verzog er die Lippen. »Ich habe dir doch gesagt: Die Anmeldung war nur eine Formsache, ich kann dort nicht wohnen. Und außerdem ziehe ich nicht von hier weg. Mir gefällt's hier sehr gut.«
Er lächelte breit und siegesbewußt, weil er wußte, was für einen Schlag er ihr zufügte. Angesichts ihrer Verwirrung triumphierte er. Warja war tatsächlich verwirrt. Sie konnte Kostja nicht bei Sofija Alexandrowna lassen; sie würde nicht mit ihm fertig werden, Angst haben, ihn mit Hilfe der Miliz herauszuwerfen, würde einen Skandal befürchten, hätte Angst, das Zimmer weggenommen zu bekommen. Oh je, wie leichtsinnig hatte sie gehandelt, in was für einen Schlamassel hatte sie Sofija Alexandrowna hineingezogen.
»Sofija Alexandrowna hat mir das Zimmer vermietet.«
Er unterbrach sie: »Uns! Nicht mir, sondern uns. Und ich zahle übrigens die Miete.«
»Du kriegst das Geld von mir zurück.«
»Hör mir jetzt mal genau zu«, sagte er mit Nachdruck, »als wir uns damals im *Savoy* kennengelernt haben, hast du mir von diesem Zimmer erzählt und versprochen, mit der Wirtin zu sprechen, also hast du das Zimmer eigentlich für mich gemietet. Und jetzt soll ich

mich mir nichts, dir nichts davonscheren. Wohin? Auf die Straße? Nein, auf der Straße kann ich nicht wohnen, ich werde hier wohnen, und du kannst gehen, wohin du willst.«

Warja saß mit gesenktem Kopf da... Ein rücksichtsloser, erbarmungsloser Mann, dem jedes Mittel recht war, der kein Mitleid kannte. Und den hatte sie als ihren Mann ausgegeben. Und das Furchtbarste: Sie war gezwungen, alles hinzunehmen, denn sie konnte ihn unter keinen Umständen allein bei Sofija Alexandrowna lassen.

Kostja genoß ihre Demütigung, ihre Hilflosigkeit. »Wenn du nicht mit mir zusammenbleiben willst, dann eben nicht, deine Sache. Wir sind ja nicht getraut, trennen wir uns also. Ich dränge mich dir nicht auf.« Wieder schlug er seinen stolzen Ton an. »Ich dränge mich überhaupt niemandem auf, auch nicht Sofija Alexandrowna. Ich ziehe hier aus, räume das Zimmer. Aber nicht, bevor ich ein anderes gefunden habe: im Zentrum, mit Telefon und allen Bequemlichkeiten. Dazu brauche ich zwei, drei Monate. Ob ich so lange allein hier wohne oder mit dir zusammen, ist mir egal. Wir werden uns gegenseitig nicht stören. Das ist meine Bedingung: zwei, drei Monate. Sollte ich früher was finden, ziehe ich früher aus«, er grinste schadenfroh, »da du doch so daran interessiert bist, könntest du mir ja bei der Zimmersuche helfen.«

Er will Zeit gewinnen, hofft, unsere Beziehung wieder einzurenken, rechnet damit, daß ich mich letzten Endes doch auf sein Leben einstelle und mich mit ihm versöhne. Vergebliche Mühe! Er mit seinem Würgegriff würde darauf bestehen. Ich bin in einer Falle und weiß keinen Ausweg, denn Sofija Alexandrowna würde sie nie Ungelegenheiten bereiten oder sie im Stich lassen.

»Mit dem Zimmer kann ich dir nicht helfen«, antwortete Warja, »aber ich bin einverstanden, zwei Monate zu warten.«

Er unterbrach sie: »Ich habe zwei, drei Monate gesagt.«

»Schön, meinetwegen, zwei, drei Monate. Aber du versprichst mir, daß wir das Zimmer in zwei, drei Monaten räumen.«

Er lächelte – sein altes, breites, charmantes Lächeln. »Dann sind wir uns also einig. Wozu denn zanken, einander auf die Nerven gehen? Also Friede! Hurra! Vielleicht begießen wir's und gehen ein bißchen aus?«

»Wir gehen nie mehr zusammen aus. Ich bleibe nur Sofija Alexandrowna zuliebe hier, damit sie ihre Ruhe hat. Alles andere kannst du in den Schornstein schreiben. Schlafen werde ich auf dem kleinen Sofa.«
»Auf dem kleinen Sofa?« Er lachte. »Glaubst du, daß du auf dem Ding Platz hast?«
»Da mach dir mal keine Sorgen.«
»Deine Angelegenheit.«

Wie konnte sie sich nur so getäuscht haben? Sie hatte nicht gesehen, nicht sofort erraten, was hinter seiner scheinbaren Großzügigkeit und Unabhängigkeit steckte. Wie hatte sie auf seine billigen Worte hereinfallen können »vielleicht machst du mich zu einem Menschen«, da er doch gerade sich für einen wahren Menschen hielt. In ihrer Klasse war sie die Schönste, die Begabteste, die Erfolgreichste gewesen, sie war allen anderen Mädchen überlegen gewesen, aber keine einzige von ihnen hatte je eine solche Schlappe einstecken müssen, keins dieser »besseren Mädchen« vom Arbat hätte sich von einem Billardspieler den Kopf verdrehen lassen.
Sie mußte sich unbedingt über sich selbst klar werden, mußte endlich begreifen, wie es in ihr aussah.
Warja las noch einmal die graphologische Analyse von Sujew-Insarow; sie hob sie in demselben Umschlag auf, in dem sie sie bekommen hatte, auf dem Umschlag war eine Marke, auf der drei Profile abgebildet waren: Arbeiter, Rotarmist und bärtiger Bauer.
»Eine außergewöhnliche, höchst begabte Persönlichkeit mit kritischem Verstand und ausgeprägtem Willen. Jedoch sind die Willensäußerungen impulsiven Charakters. Selbständiges Verhalten, Entscheidungen werden ohne Ratschläge und Hilfe anderer getroffen. Eine hohe Intelligenzstufe, die Betreffende ist imstande, sich in wissenschaftlichen Fragen selbständig zu orientieren. Hat möglicherweise Anlagen zu wissenschaftlicher Kreativität, die sich möglicherweise infolge mangelnder Zielstrebigkeit nicht entwikkelt haben. Ein herzlicher, zu großen Opfern bereiter Charakter, der jedoch nach Zerwürfnissen seine Einstellung zu anderen jäh ändert. Ehrgeizig und leicht gekränkt, läßt sich von bereits gefaßten

Entschlüssen nicht abbringen. Aufbrausend und scharfzüngig. Mutig und zuweilen unvorsichtig. Bei schweren, seelischen Krisen verschlossen. Im Verhalten Nahestehenden gegenüber etwas despotisch. Ein begeisterungsfähiges und dabei vergnügungssüchtiges Naturell. Bevorzugt selbstsichere, duldet keine charakterlosen Menschen. In finanziellen Dingen von mustergültiger Lauterkeit, oft auch zum eigenen Schaden. Nachtragend, aber nicht rachsüchtig, straft Gegner nur mit Verachtung. Überempfindlich. Verbirgt schwere Erschütterungen im Inneren, ohne sie an andere heranzutragen. Ein zwiespältiger, unbeständiger Charakter, Lebensfreude wechselt mit Schwermut. Lehnt im Intimleben übertriebene Vertraulichkeit ab, duldet keine Eintönigkeit. Ist aus verletztem Stolz imstande, selbst bei nichtigen Anlässen Beziehungen abzubrechen. Graphologe Sujew-Insarow.«

Was die Begabung betraf, war sie sich nicht sicher, wahrscheinlich machte er allen solche Komplimente. Übrigens hatte er Soja nichts dergleichen hineingeschrieben. Aber diese Beurteilung erklärte manches, was ihre Heirat anging... Bevorzugte selbstsichere Menschen, traf ihre Entscheidungen selbst, mochte keinen Widerspruch, war unvorsichtig und vergnügungssüchtig – genau deshalb war sie so reingefallen. Eine positive Beurteilung; sie zeigte sie keinem anderen, weil darin zu viel Gutes über sie gesagt wurde. Am Zutreffendsten war, daß sie schwere Erschütterungen nicht zeigte, andere nicht damit belästigte. Was ihr widerfahren war, das machte sie mit sich selbst aus.

Sie und Kostja sahen sich jetzt fast nicht mehr. Wie früher auch kam er erst nach Mitternacht nach Hause. Warja übernachtete auf dem kleinen Sofa, und morgens ging sie zur Arbeit, wenn er noch schlief. Er machte keine Annäherungsversuche, verhielt sich kameradschaftlich, als sähe er nachsichtig über ihre weiblichen Launen hinweg. In der Tischschublade lag erneut Geld; sie entdeckte auch ein Paar Pelzstiefeletten in ihrer Schuhgröße im Schrank. Kostja wartete geduldig. Die arbeitsfreien Tage hätten bedrückend werden können, aber Warja nahm sich nicht frei. In ihrem Büro gab es wie überall die durchgehende Arbeitswoche, bei der die freien Tage nicht festgelegt waren. Es gab viel Arbeit, und die Vorgesetzten freuten sich, wenn die Mitarbeiter auf ihre freien Tage verzichteten, die dann dem Urlaub zugerechnet wurden. Sie nahm Arbeit mit nach Hause, um nach Möglichkeit mehr zu verdienen und nicht von Kostja abhängig zu sein, und ging nur noch selten mit Soja ins Kino.

An freien Abenden besuchte sie Michail Jurjewitsch in seinem Zimmer, das mit Schränken und Regalen vollgestopft war, überall Bücher, Alben und Kunstmappen. Das schmale Bett stand in einer Nische, die von einigen Regalen gebildet wurde, in einer anderen Nische der Schreibtisch, der mit Dosen und Tuben mit Klebstoff und Farben, Bechern mit Pinseln, Federhaltern und Bleistiften vollgestellt war. Daneben lagen Scheren, Rasierklingen und andere Dinge, mit denen Michail Jurjewitsch arbeitete. Vor dem Tisch ein alter Sessel mit hoher Lehne und durchgesessenem Sitz. In diesem Sessel pflegte es sich Warja mit hochgezogenen Beinen bequem zu machen.

Es roch gemütlich nach Farben und Kleister, und auch Michail Jurjewitsch wirkte gemütlich: ein altmodischer Junggeselle mit Kneifer. Er arbeitete irgendwo, ging früh von zu Hause weg und kam Punkt sechs zurück; wurde es später, so brachte er stets etwas Neues mit: Ein Buch, einen Stich oder eine Reproduktion – das war sein Leben. Er band seine Bücher selbst ein, klebte lose Seiten fest, führte einen komplizierten Katalog, mit dessen Hilfe er das gesuchte Buch oder Album schnell und mühelos in den zahllosen Fächern fand. Nahm Warja ein Buch zur Hand, paßte er genau auf, wie sie es hielt, wie sie die Seiten umblätterte und ob sie es auch an den richtigen Platz zurückstellte.

Michail Jurjewitsch kaufte die Bücher von seinem kleinen Gehalt, versagte sich buchstäblich alles, lief sommers wie winters im gleichen Anzug herum, der an den Ellbogen und Aufschlägen schon glänzte.

»Von allem, was der Mensch erfunden hat«, sagte Michail Jurjewitsch und klebte eine brüchige, vergilbte Seite auf dünnes, durchsichtiges Seidenpapier, »ist das Buch die größte Erfindung und der Dichter von allen Menschen auf Erden die erstaunlichste Erscheinung. Wir kennen Zar Nikolaus I. und Benkendorf nur, weil ihnen die Ehre zuteil wurde, zur gleichen Zeit wie Alexander Sergejewitsch Puschkin zu leben. Was würden wir ohne die Bibel

von der Geschichte der Menschheit wissen? Was ohne Balzac, Stendhal und Maupassant von Frankreich? Das Wort ist das einzige, das ewig lebt.«
»Und die Pyramiden, die Kathedralen«, widersprach Warja, »die Baudenkmäler, die großen Maler der Renaissance?«
»Um die Werke von Michelangelo und Raffael zu bewundern, muß man nach Rom, Florenz oder Dresden reisen, den Louvre oder unsere Eremitage besuchen. Aber zu Dante und Goethe braucht man nicht zu reisen, sie sind immer hier bei mir«, Michail Jurjewitsch ließ seinen Blick über die Regale und Bücherschränke wandern.
»Die Bibliothek ist Ihre Festung, in der Sie sich verschanzen«, meinte Warja lächelnd und sagte, sie habe sich ein Buch von Pilnjak gekauft.
»Er soll ein guter Autor sein«, antwortete Michail Jurjewitsch zurückhaltend, »zur Zeit gibt es ja viele interessante Schriftsteller. Sostschenko, Babel, Tynjanow... Aber in meinem Alter, liebe Warja, bevorzugt man doch alte Bekannte. Mit einem vertrauten Autor geht's mir wie mit einem guten Freund. Wenn ich sein Buch wieder aufschlage, kehre ich in meine Kindheit und Jugend zurück, es ist eine Reise durch mein Leben.«
Manchmal zog Michail Jurjewitsch einen mit Sackleinwand zugebundenen Korb unter seinem Bett oder unter dem Tisch hervor, öffnete die Umhüllung und holte Zeitschriftenbündel heraus: *Die Welt der Kunst, Die Waage, Apollo, Das goldene Vlies*. Sie waren auf herrlichem Papier gedruckt und mit Vignetten und Kopfleisten von bedeutenden Künstlern geschmückt. »Das kommt wohl niemals wieder«, sagte er traurig, »die Blüte des Symbolismus, die Blüte der russischen Kunst... Benua, Somow, Dobushinski, Baxt...«
»Ich liebe vor allem die Peredwishniki, die Wanderaussteller«, sagte Warja, »das waren große Maler, ihre Arbeiten leben schon so viele Jahre, die von der *Welt der Kunst* kennt doch kein Mensch mehr.«
Michail Jurjewitsch warf ihr hinter dem Kneifer einen schrägen Blick zu. »Gegenwärtig werden sie nicht anerkannt und nicht propagiert, aber sie haben zweifellos Vorzüge: eine hochentwik-

kelte Zeichenkunst, eine elegante, ornamentierte Linienführung, Raffinesse.«

Warja bedauerte ihre Bemerkung, denn sie sah, wie verletzt Michail Jurjewitsch war.

»Michail Jurjewitsch, ich könnte stundenlang bei Ihnen sitzen, ermüde ich Sie nicht allzu sehr?«

»Aber nein, Warja, überhaupt nicht! Ich freue mich, wenn Sie zu mir kommen.«

Er sprach oft von Sascha.

»Sascha ist eine Künstlernatur. Er ist treuherzig, nachdenklich, hat eine gute Beobachtungsgabe, ein hervorragendes literarisches Urteil. Aber die Zeit hat die aktiven Züge seines Wesens herausgefordert; deshalb ist er nicht den ihm von Natur vorgezeichneten Weg gegangen. Meine Bibliothek hat er immer breit benutzt, und er hat viel gelesen.«

»Was für Bücher hat er gern gelesen?«

»Die russische Klassik hat er sehr gut gekannt, besonders Puschkin. Er konnte seitenweise auswendig Puschkin vortragen, er kannte auch Tolstoi, Gogol, Tschechow, Saltykow-Stschedrin. Dostojewski mochte er nicht.«

»Dostojewski mag ich auch nicht«, sagte Warja, »das zieht mir die Därme aus dem Leib.«

»Mit der Zeit werden Sie ihn vielleicht lieben lernen... Ja, was ich noch über Sascha sagen wollte. Die Franzosen hatte er sehr gern, vor allem Balzac und Stendhal, er liest doch Französisch.«

»Wirklich?« fragte Warja erstaunt. »In unserer Schule gab es doch nur Deutsch.«

»Sascha war bestimmt fünf Jahre früher mit der Schule fertig als Sie. Damals wurde sowohl Französisch als auch Deutsch unterrichtet. Später blieb nur der Deutschunterricht. Ich habe auch eine ganz ordentliche Sammlung französischer Bücher, Sascha hat sie im Original gelesen. Schade, daß er nicht Philologie studiert hat. Er war der Ansicht, unser Land brauche Ingenieure. Aber die Situation, in die er geraten ist, kann seinen Lebensweg entscheidend verändern: Leiden verschärfen die innere Beobachtungsgabe und fördern künstlerische Fähigkeiten. Außerdem wird er nach der Verbannung wohl kaum seine gesellschaftliche Arbeit fortsetzen können.«

»Vielleicht wird man seinen Fall überprüfen und ihn freilassen, er ist doch absolut unschuldig.«

Michail Jurjewitsch wiegte zweifelnd den Kopf. »Freilassen? So etwas habe ich noch nicht gehört. Es wäre schon gut, wenn man ihn nach der Haftverbüßung freiließe.«

»Wie meinen Sie das?« sagte Warja erstaunt.

»Ich will es nicht behaupten, kann es aber auch nicht ausschließen: Es könnte durchaus möglich sein, daß sie ihn nicht freilassen. Ich kenne solche Fälle: Politische Häftlinge erhalten eine zusätzliche Haftzeit. In unserem Aufgang wohnt eine Frau Trawkina, kennen Sie sie?«

»Ich habe sie gesehen, ich kenne ihre Tochter.«

»Sie kennen die jüngste, die älteste ist deportiert, etwa seit 1922, mal war sie in Solowki, mal in Narym. Sie ist eine Sozialrevolutionärin und will ihrer Überzeugung nicht abschwören. Vielleicht ist sie deshalb so lange in Haft. Möglich, daß Sascha nichts dergleichen passiert.«

Er sah Warja an: »Aber erzählen Sie das auf keinen Fall Sofija Alexandrowna. Wir wollen hoffen, daß Sascha nichts Schlimmes widerfährt.«

»Natürlich werde ich ihr nichts sagen! Ihr ganzes Leben ist von dem Gedanken bestimmt, Sascha wiederzusehen. Wenn sie so etwas hörte, wären all ihre Hoffnungen zunichte, wäre sie zerstört.«

»Das stimmt. Deshalb wollen wir es auch so machen und auf ihn warten. Sascha wird nach Hause kommen und mit der Zeit das Talent entwickeln, das ihm die Natur geschenkt hat. Für die Politik ist Sascha viel zu treuherzig und vertrauensselig, auf dem Gebiet braucht man andere Eigenschaften. Als man ihn exmatrikuliert hatte, riet ich ihm, zu seinem Vater zu fahren oder zu seinem Onkel, das hätte ihn gerettet, man hätte ihn hier vergessen. Er wollte nicht auf mich hören und glaubte felsenfest an die Gerechtigkeit. – Da haben Sie einen weiteren Beweis seiner Treuherzigkeit.«

War es möglich, daß man Sascha nicht freiließ! Warja war fassungslos. Sie hatte nie daran gedacht, daß sie ihn vielleicht nie mehr wiedersehen würde. Sie wohnte in seinem Zimmer, inmitten seiner Sachen, neben seiner Mutter, und den Umstand, daß er selbst nicht da war, empfand sie eher als etwas Zufälliges, das nicht von Dauer war. Sollte er nie mehr wiederkommen? Das konnte doch nicht wahr sein! Das wäre unanständig, ungerecht und ungesetzlich!

Was sollte denn dann aus Sofija Alexandrowna werden? Sie zählte die Tage bis zu seiner Rückkehr. Saschas Briefe waren zur Zeit das wichtigste Ereignis in ihrem Leben. Sie las sie Warja vor, es waren lakonische, geistreiche Briefe, voller Zärtlichkeit für die Mutter; aus ihnen sprach der Wunsch, sie aufzumuntern und zu trösten. Er klagte nie, bat nie um etwas, schrieb oft, aber die Briefe kamen sehr unregelmäßig an. Sascha numerierte die Briefe, und es konnte passieren, daß die späteren Nummern früher ankamen. Sofija Alexandrowna regte sich jedes Mal sehr auf: Sie vermutete immer, daß in den noch nicht angekommenen Briefen irgend etwas Wichtiges stehen könne und daß man sie deshalb zurückgehalten habe. Warja beruhigte sie, indem sie sich auf die Schwierigkeiten des sibirischen Postweges berief. Und sie behielt recht damit – die Briefe trafen alle ein.

Warja half Sofija Alexandrowna beim Packen eines Pakets mit Wintersachen. Er mußte sie haben, bevor die sibirischen Wege im Herbst nicht mehr passierbar waren. Mantel und Ohrenmütze hatte er, damit war er in die Deportation gegangen. Sofija Alexandrowna schickte ihm jetzt Filzstiefel, zwei Garnituren wollene Wäsche, Wollsocken, einen Schal und einen Pullover. Warja packte das alles in eine Sperrholzkiste, nähte die Kiste in Sackleinwand, schrieb mit Tintenstift die Adresse darauf, um das später nicht auf der Post machen zu müssen. Während sie packte und das Paket aufgab, erinnerte sie sich wieder daran, wie sie mit Sofija Alexandrowna herumgelaufen war, um Sascha zu suchen, erinnerte sich an die Qualen und Nöte der Menschen in den Schlangen vor den Gefängnissen.

Sie mußte daran zurückdenken, wie er das leichte Mädchen im *Arbat-Keller* zwar verurteilt, sich aber dann doch für es eingesetzt hatte, weil er vor allem eine Frau sah. Das war typisch Sascha.

Und bei der Sylvesterfeier hatte er Jura Scharok, diesem Schwein, deutlich die Meinung gesagt, hatte nicht zugelassen, daß man Nina beleidigte. Alle hatten geschwiegen, nur er nicht. Und nach Sibirien war er nur gekommen, weil er kein Lump sein wollte. Die Wandzeitung war von mehreren Studenten gemacht worden, er aber hatte alles auf sich genommen. Daß er schicksalsergeben zwischen den Wachen zum Zug gegangen war? Was hätte er auch tun können? Allein, unbewaffnet? Die waren zu dritt und hatten obendrein Karabiner. Damals hatte Warja ihn für einen Jammerlappen gehalten. Wie dumm von ihr! Das Unheil, das Sascha getroffen hatte, demütigte ihn nicht, erniedrigte ihn nicht, sondern erhöhte ihn. Jetzt, nachdem sie andere Menschen erlebt hatte, verstand sie das.

In den Schreibtischfächern lagen Saschas Hochschulhefte, seine Bleistifte und Federhalter, Schrauben und Schraubenmuttern, sicherlich von seinem Fahrrad, unter dem Tisch lagen Hanteln, im Schrank standen Bücher, vielleicht nicht nur seine, sondern auch die seiner Eltern, eine Bibliothek, die über Jahrzehnte in der Familie gesammelt worden war. Aber Warja hielt sich an Saschas Bücher: Jules Vernes, Fenimore Cooper, *Die silbernen Schlittschuhe* – die Bücher seiner Kindheit, eine sechsbändige Puschkin-Ausgabe von Devrient aus dem Jahr 1912, ein Band Gogol, Lermontow, *Krieg und Frieden* von Tolstoi, *Till Eulenspiegel, Kalevala. Das Lied von Hiawatha, Rohr und Schlamm* von Blasco Ibanez, *Kyra Kyralina* von Panait Istrati, die Bücher von Ilf und Petrow, Soschtschenko, Babel, Scholochow, zehn Bände der kleinen sowjetischen Enzyklopädie.

Sie erinnerte sich, wie sie sich beim Tanzen im *Arbat-Keller* und bei der Sylvesterfeier an ihn geschmiegt hatte, selbst jetzt noch erregte sie allein der Gedanke daran. Natürlich hatte er ihr gefallen, vielleicht hatte sie sich in ihn verliebt, ohne es gemerkt zu haben, denn für sie war er ein Erwachsener gewesen. Nein, sie hatte es schon gemerkt, deshalb hatte sie ihn ja auch aufgefordert, auf die Eisbahn zu kommen, sie wollte mit ihm Schlittschuh laufen, Hand in Hand.

In jedem seiner Briefe bestellte er ihr Grüße. Zwei Worte am Ende des Briefes: »Grüße Warja«. Vielleicht aus Höflichkeit, weil sie sich so gut um Sofija Alexandrowna kümmerte. Aber in seinen Briefen nannte er nur ihren Namen, die anderen nannte er nicht. Er schrieb lediglich: »Grüße die Verwandten und alle Bekannten.« Warja glaubte darin etwas Wesentliches zu entdecken, etwas Ungesagtes, das nur sie beide verstanden. Sie bat Sofija Alexandrowna jedesmal, auch von ihr Grüße zu bestellen. »Schreib ihm doch selber ein paar Worte«, sagte Sofija Alexandrowna einmal. Aber Warja war noch nicht soweit, leere Worte zu schreiben, genierte sie sich, ihm zu schreiben »komm schneller heim« war dumm, denn das hing nicht von ihm ab. Etwas Wesentliches zu schreiben, ihm verstehen zu geben, daß sie an ihn dachte, daß sie sich nach ihm sehnte, dazu konnte sie sich nicht durchringen. Darum sagte sie nur: »Was soll ich ihm denn schreiben? Über unser Büro? Das wird ihn doch kaum interessieren.«

13

Michail Michailowitsch Maslows Frau war gekommen – Olga Stepanowna. Von Kalinin bis Krasnojarsk mit dem Zug, auf dem Jenissej mit dem Dampfer, dann mit Booten die Angara aufwärts über Stromschnellen und Sandbänke. Und das alles, um nur drei Tage mit ihm zusammensein zu können.

Eine sympathische Frau mit ruhigen Bewegungen und einem freundlichen Blick. Sieben Jahre hatten sie sich nicht gesehen; sie hatten zwei Kinder. Wo, wann und unter welchen Verhältnissen mochten sie geheiratet haben? Er war ehemaliger Offizier, sie Buchhalterin.

Als Sascha die beiden erblickte, konnte er sich plötzlich deutlich den jungen Michail Michailowitsch vorstellen – adrett und gut aussehend, Sascha sah auch Olga Stepanowna neben ihm – jung, voller Freude und Hoffnungen, ihre schlanken Gestalten und ihre glücklichen Gesichter. Ebenso deutlich stellte er sich in allen Einzelheiten ihr Leben vor, wie es sich in Wirklichkeit in diesen fürchterlichen sieben Jahren abgespielt hatte.

Olga Stepanowna war morgens mit der Post angekommen, für den Abend hatte Michail Michailowitsch alle zu einer Partie Preference eingeladen. Sascha erstaunte das, denn er hatte angenommen, daß Michail Michailowitsch und Olga Stepanowna diese drei Tage nur zu zweit verbringen würden. Ein neuer Mensch, unbekannt, aber vor allem aus der Freiheit gekommen – natürlich war das ein Ereignis für alle, trotzdem... Sie hatten sich so viele Jahre nicht gesehen und würden sich vielleicht ebenso lange nicht wiedersehen, Michail Michailowitsch aber lud zum Kartenspiel ein.

Noch mehr wunderte sich Sascha über die Gereiztheit, mit der Michail Michailowitsch mit seiner Frau sprach. Es war nicht einmal seine übliche gallige Art, sondern bewußte, betonte Grobheit. Aus seinen kalten Augen sprühte unverhohlene Wut.

Sie spielte nicht mit, saß neben ihrem Mann, sah in seine Karten, ohne etwas zu sagen, man merkte aber, daß sie spielen konnte.

Nur als er einen Fehler machte, ließ sie eine Bemerkung fallen: »Du hättest nicht Trumpf ausspielen sollen.«
Michail Michailowitsch fuhr hoch: »Ich muß doch sehr bitten, mir hier nicht reinzureden! Ich weiß, wie ich zu spielen habe.«
»Ich rede nicht rein, die Partie ist doch zu Ende«, antwortete sie mit einem fast unterwürfigen Lächeln. Sie verzieh ihrem Mann und forderte mit ihrem Lächeln die anderen auf, diesen vom Leben deformierten Charakter zu entschuldigen.
Allen war die Szene peinlich. Pjotr Kusmitsch räusperte sich, Wsewolod Sergejewitsch lenkte das Gespräch in andere Bahnen, nur Sascha, der seinen Zorn nur mühsam beherrschen konnte, stand auf und bat, das Spiel aufzurechnen.
Wsewolod Sergejewitsch verabschiedete sich ebenfalls. Unterwegs sagte Sascha zu ihm: »Maslow ist ein Miststück! Die Frau hat seinetwegen eine so lange Reise auf sich genommen, hat ihm die Treue bewahrt, und er benimmt sich ihr gegenüber wie ein Schwein.«
»Ja, sie ist eine selbstlose, aufopferungsvolle Frau«, stimmte Sewolod Sergejewitsch zu und fügte mit seinem zweideutigen Lächeln hinzu: »Ob sie ihm aber treu ist, entzieht sich unserer Kenntnis.«
»Die geile Schwiegermutter hält die Schwiegertochter immer für...«
»Ist das auf mich gemünzt?« feixte Wsewolod Sergejewitsch.
»Aber sicher.«
»Da kennen Sie mich aber schlecht«, widersprach der, »ich weiß Olga Stepanownas Verhalten zu würdigen und schätze ihre Selbstlosigkeit hoch ein. Aber denken Sie nur einen Moment an ihr Leben in Kalinin. Jung, schön, einsam...«
»Ekelhaft, was Sie da sagen.«
»Sascha, Sie sind ein Romantiker«, entgegnete Wsewolod Sergejewitsch nicht im geringsten gekränkt, »übrigens mag ich Sie gerade deshalb besonders. Ihre Naivität hat etwas von der Uneigennützigkeit jener Leute, Sie wissen schon, der allerersten... Olga Stepanowna gehört zweifellos zum Typ der opferbereiten, russischen Frau, und das ist für mich das Höchste. Aber vergessen Sie nicht, sie ist Mutter von zwei Kindern und muß arbeiten. Unser

Arbeitgeber hat aber für Konterrevolutionäre nichts übrig und für ihre Frauen und Kinder auch nichts. Da streckt man sich schon nach der Decke, bester Sascha! Besonders, wenn die Kinder hungrig sind und essen wollen und zwar, was ich zu bedenken bitte, nicht etwa einmal am Tag, sondern dreimal. Sie kennen das Leben noch nicht, mein Lieber, Sie schweben über den Wolken.«

»Es gibt Dinge«, sagte Sascha, »die tut man einfach nicht, unter keinen Umständen. Und Sie haben keine Anhaltspunkte für Ihre Behauptung, daß Olga Stepanowna so etwas getan haben könnte.«

»Ich behaupte das ja nicht, ich räume lediglich die Möglichkeit ein.«

»Auch dafür gibt es keinen Anhaltspunkt. Wir wissen aber genau, daß sie sich von Maslow nicht getrennt, ihn nicht im Stich gelassen und ihn auch nicht verleugnet hat. Sie hat keinen anderen geheiratet und außerdem einen derart weiten Weg auf sich genommen, nur um ihn wiederzusehen, er aber beschimpft sie.«

»Ja«, stimmte Wsewolod Sergejewitsch zu, »er hat sich höchst ungezogen benommen. Deshalb versuche ich ja, sein Benehmen zu verstehen.«

»Was gibt's da viel zu verstehen«, Sascha lächelte sarkastisch, »ein ungezogenes Schwein, weiter nichts. Sie behaupten, daß unsere Verhältnisse die Frau zu Morallosigkeit verdammen, aber gestatten Sie mir die Frage: Welche Verhältnisse zwingen Maslow zu seinem flegelhaften, rohen Benehmen? Schieben Sie nicht alles der Sowjetmacht in die Schuhe, sie hat damit nichts zu tun. Maslow nutzt die Schwäche seiner Frau aus, sie ist schwächer als er, schwach wie jeder zartfühlende Mensch gegenüber einem Rohling, einem Grobian.«

»Ich wundere mich über Sie, Sascha«, sagte Wsewolod Sergejewitsch, »Sie benutzen noch Begriffe, die man sonst bei Ihrer Generation nicht mehr antrifft. Vielleicht sind Sie gerade deshalb hier gelandet? Waren Sie schon immer so, oder sind Sie erst hier so geworden?«

»Ich unterscheide mich in keiner Weise von meinen Altersgefährten«, widersprach Sascha, »Sie kennen uns einfach nicht. Auch Lenin hat die grundsätzlichen Wahrheiten nie bestritten, er ist mit ihnen aufgewachsen. Seine Äußerung über die besondere Klassenmoral war eine Forderung des Zeitpunkts, der Revolution – es war Krieg, und Krieg ist nun mal grausam. Aber im Grunde sind unsere Ideen menschlich und human. Was für Lenin vorübergehend ein durch die unbarmherzige Notwendigkeit aufgezwungenes Provisorium war, wird von Stalin zu etwas Ständigem, zu einem ewigen Dogma erklärt.«

»Über Stalin haben Sie nicht gesprochen, und ich habe nichts gehört«, lachte Wsewolod Sergejewitsch. »Was aber Maslow betrifft, so glaube ich, daß Sie vieles zu sehr vereinfachen. Das Leben ist kompliziert und läßt sich nicht in einen engen Rahmen, in ein Schema pressen, besonders nicht das Leben solcher Menschen wie Maslow. Bei all Ihrem Edelmut, Sascha, haben Sie eine Schwäche. Sie versuchen, aus den Scherben Ihres Glaubens ein neues Gefäß zusammenzukitten. Aber daraus wird nichts: Die Scherben lassen sich nur wieder in der alten Form zusammenfügen. Entweder Sie kehren zu Ihrem Glauben zurück oder Sie wenden sich ein für allemal von ihm ab.«

Sie trennten sich vor Wsewolod Sergejewitschs Haus. Sascha entdeckte einen Lichtschein in einem Fenster, Sida wartete auf ihn. Er stieg zum Strom hinab, von dort ging er gewöhnlich zu ihrem Haus hinauf. Aber heute verspürte er keine Lust dazu. Liebe bringt Freude und verschönt das Leben ... aber wenn es kein Leben gibt, kann auch die Liebe es nicht verschönen.

Na gut, er würde ein Weilchen am Wasser sitzen, später würde er vielleicht doch zu ihr gehen. Er saß jetzt oft in einem Boot am Ufer und sah auf den Fluß hinaus, auf den Silberstreifen, den der Mond auf das nächtliche Wasser zauberte. Was Sida ihm vorschlug, war kein Ausweg. Sie gab sich mit wenigem zufrieden, das sprach für sie, aber warum lebte sie weitab von jeder Zivilisation in diesem Kaff? Wer war sie eigentlich? Sie hatte sich in dieser fernen Ecke verkrochen, verbarg sich vor jemandem oder vor etwas und verlangte von ihm, daß er sich ebenfalls wie eine Schabe in einer Ecke verkriechen sollte. Nein, das Leben einer Schabe wollte er nicht leben. Zu einer Schabe würden sie ihn nicht machen.

Er hörte Schritte. Sida?

Der Mond drang nur selten durch die tiefziehenden Wolken.

Sascha konnte die Umrisse des am Ufer entlanggehenden Paares kaum erkennen. Erst als die beiden dicht an ihm vorbeikamen, erkannte er, daß es Maslow und Olga Stepanowna waren. Sie sahen ihn nicht und blieben hinter den auf Pfählen aufgespannten Fischernetzen stehen.

»Olga, ich flehe dich an, höre mir doch bitte zu...«

Sascha wußte nicht, wie er sich verhalten sollte. Er war nicht gleich aufgestanden, weil er dachte, die Maslows würden weitergehen. Statt dessen waren sie in seiner Nähe stehengeblieben; es war ihm peinlich, daß er nun Ohrenzeuge ihres Gesprächs wurde.

»Versteh mich doch, ich flehe dich an«, fuhr Michail Michailowitsch fort, »anders handeln kann ich nicht. Verlaß mich, streich mich aus deinem Leben, verleugne mich den Kindern zuliebe, um deinetwillen. Heirate, nimm einen neuen Zunamen an, damit ihr, du und die Kinder, anders heißt, werd meinen Namen los. Warum sollt ihr mit mir untergehen? Ich finde in den Nächten keinen Schlaf, denke dabei an dich und die Kinder, man wird dich entlassen, auf die Straße setzen und letzten Endes deportieren. Erlöse mich von dieser Qual! Ich mache es nicht mehr lange, aber ich möchte in der Gewißheit sterben, daß ihr, du und die Kinder, in Sicherheit seid.«

»Gott, mein Gott, wie kannst du nur so etwas sagen?!«

»Ich kann alles sagen – ich stehe jenseits des Lebens. Warum bist du gekommen? Wie willst du es denen erklären? Ich gebe dir mein schriftliches Einverständnis für die Scheidung, du mußt sagen, daß du nur deshalb hierher gekommen bist. Für die Scheidung von einem Verbannten wird zwar dessen Einverständnis nicht verlangt, aber das hast du eben nicht gewußt und deshalb die Reise unternommen.«

»Nicht ich quäle dich, du quälst mich«, sagte Olga Stepanowna, »komm, ich friere.«

Endlich bekam Sascha Post von zu Hause. Wie Wsewolod Sergejewitsch richtig vorausgesagt hatte, gleich ein ganzes Bündel Briefe – acht Stück. Mutter hatte täglich geschrieben, und alle Briefe nach Bogutschany adressiert. Sascha ordnete sie nach den Daten auf den Umschlägen und las sie in dieser Reihenfolge.

Über sich schrieb die Mutter fast nichts. »Mir geht es gut, ich arbeite, mit der Arbeit klappt es auch.« Über den Vater berichtete sie nichts, demnach kümmerte er sich überhaupt nicht mehr um sie; kein Wort über Mark, sicherlich kam er nicht nach Moskau; sie schrieb nichts über Nina und die anderen Freunde, also ließen die sich nicht blicken; sie erwähnte die Schwestern, ihnen ginge es auch gut. Das Wesentlichste in ihren Briefen waren ihre Fragen: »Wie geht es dir, wie bist du untergebracht, wie klappt es mit dem Essen? Schreib unbedingt, was du brauchst, mach keine Umstände, wir beschaffen und schicken alles, was dir fehlt.« Es war offensichtlich, daß sich alle Gedanken der Mutter um ihn drehten, voller Schmerzen und Sehnsucht. Aber Mutter hatte durchgehalten, sie war nicht zusammengebrochen, sie lebte für ihn, und deshalb hatte er die Pflicht, für sie zu leben. Solange er lebte, würde auch sie leben. Mama war nicht einsam, in jedem Brief erwähnte sie Warja. »Ich war mit Warja zu dir unterwegs.« Das hieß, daß sie zusammen in den Gefängnissen nach ihm gesucht hatten. »Als ich mit Warja Schlange stand«, Sascha verstand, in was für Schlangen sie gestanden hatten.

Alle Freunde hatten sich von ihm abgewandt. Nur Warja, die kleine Warja, war bei seiner Mutter geblieben. Sascha erinnerte sich an ihr feines Gesicht, an die malaiischen Augen, an das Haar, das ihr in einem ordentlich gekämmten Pony in die hohe Stirn fiel, an den Blick, mit dem hübsche Backfische Jungen verwirren, an die nackten Knie, auf denen sie in der Schule Notizen zum Abschreiben machte, eine junge Frau, grazil und anmutig. Er sah sie noch mit den anderen Halbwüchsigen im dunklen Mantel, den Kragen lässig hochgeschlagen, im Torbogen stehen. Er erinnerte sich, wie sie sich gefreut hatte, im *Arbat-Keller* zu sitzen, wie er mit ihr getanzt hatte.

»Ramona, denk jeden Tag einmal daran ...«

Er wußte noch, wie sie sich an ihn geschmiegt hatte und erinnerte sich ihrer kindlichen Verführungskünste.

Warja hatte die Mutter nicht im Stich gelassen, war in den schwersten Tagen bei ihr geblieben. Einen so standhaften und furchtlosen Menschen brauchte die Mutter. Wer hatte ihr diese Stütze geschickt? Er dachte zärtlich an dieses tapfere Mädchen. Und er

hatte ihr Moralpredigten gehalten, sie nur mit Ninas Augen gesehen. Wie kurzsichtig war er damals gewesen!
In seinem Aufgang wohnte auch eine alte Frau, eine gewisse Trawkina mit ihrer jüngsten Tochter. Die älteste war in Solowki in der Verbannung, eine Sozialrevolutionärin oder Menschewikin. Mit den Trawkins wollte niemand etwas zu tun haben. Die alte Frau überquerte stumm den Hof, hager, aufrecht, in schwarzem Mantel und altmodischem schwarzem Hut. Ihre jüngere Tochter ging genauso schweigsam über den Hof. In ihren lebhaften Augen stand ein jammervoller, Antwort heischender Ausdruck, aber in den Blicken der anderen las sie nur Gleichgültigkeit oder Schadenfreude.
Auch Sascha hatte abweisend an ihr vorbeigesehen – eine feindliche Familie.
Den gleichen Blicken war jetzt seine Mutter im Hof ausgesetzt, die Mutter eines Feindes. Aber sie war nicht einsam, sie hatte Warja, die die Bürde mit ihr teilte, ihr die Not erleichterte.
Jede Woche bekam er Post. Briefe, die er nach Hause trug, manchmal ein Paket, in ein weißes Leinentuch genäht und mit braunen Siegellackplacken versehen, oft auch ein eingeschriebenes Kreuzband mit getrockneten, gelben Kleisterspuren auf dem fest verschnürten braunen Packpapier, auf dem in deutlicher Druckschrift – natürlich in Warjas Handschrift – stand: Kreis Kansk, Bezirk Keshma, Dorf Mosgowaja. Auch die Briefe waren so adressiert. Sascha schrieb der Mutter: nicht Mosgowaja, sondern Mosgowa, aber in der Anschrift stand nach wie vor, was sie für richtiger hielt.
Um das Vergnügen zu verlängern, überflog Sascha zuerst nur die Briefe, blätterte in den Zeitungen, las die interessantesten Beiträge, legte sie beiseite und öffnete das Paket. Gebäck, Bonbons, Kakao, Dörrobst oder Obstkonserven, all das kostete viel Geld. Sascha verbot der Mutter, Lebensmittel zu schicken, aber sie tat es trotzdem.
Nachdem Sascha alles genau angeschaut und sich das Vergnügen ausgemalt hatte, das ihm bevorstand, begann das Vergnügen selbst, ein Fest, auf das er eine Woche gewartet hatte. Er las die Briefe, noch einmal, diesmal langsam und aufmerksam. Mama

schrieb jeden Tag in Fortsetzungen; sie datierte und numerierte die Briefe – nicht alle kamen an. Jeder Brief enthielt einen Gruß von Warja, immer nur einen Gruß, sie selbst schrieb ihm nicht. Warum nicht? Er ließ sie auch grüßen; einmal schrieb er unter seinen Brief an die Mutter zusätzlich die Zeile: »Liebe Warja, hab Dank für alles« – vielleicht würde sie ihm jetzt schreiben?

Wenn er die Briefe gelesen hatte, nahm er sich die Zeitungen vor, wobei er dieses Vergnügen auf zwei Tage oder, waren Zeitschriften dabei, auf die ganze Woche ausdehnte. Die Zeitungen waren schon gelesen worden, sie rochen nicht mehr nach frischer Drukkerschwärze wie am frühen Morgen am Zeitungsstand an der Ecke Arbat- und Plotnikow-Gasse in Moskau. Manchmal fehlte von einem Tag die Zeitung, Sascha schluckte seinen Ärger hinunter, er durfte das der Mutter nicht übelnehmen. Sein Ärger kam von der Intoleranz, in der er aufgewachsen war. Mamas Zerstreutheit erinnerte ihn an das Zuhause, an die Kindheit, und das war teurer als die fehlende Zeitung.

Am Arbat war der Straßenbahnverkehr eingestellt und die ganze Straße asphaltiert worden. Sascha konnte sich den Arbat ohne die Tram kaum vorstellen. Auf dem Arbat-Platz gab es jetzt eine Metro-Station; wie gern hätte er sie mit eigenen Augen gesehen...

Es war das zweite Jahr des Fünfjahresplans, Eisen und Stahl wurden produziert, Autos und Traktoren verließen die Werke. Die Menschen zeigten eine beispiellose Begeisterung für ihre Arbeit. Zu gleicher Zeit gab es zahllose Gerichtsprozesse, die repressiven Organe wurden gestärkt, die Strafe für die Flucht ins Ausland wurde eingeführt: Sie wurde mit Tod durch Erschießen geahndet, die Familienangehörigen des Flüchtenden wurden zu zehn Jahren Haft verurteilt, also für ein Verbrechen mitverantwortlich gemacht, das sie nicht begangen hatten. All das geschah, um die Macht eines Mannes zu festigen. Dieser Mann war das Symbol des neuen Lebens, das Symbol dessen, woran das Volk glaubte, wofür es kämpfte, wofür es litt. Bedeutete das, daß alles, was in seinem Namen geschah, gerecht und gerechtfertigt war?

Vom Vater kam ein Brief. »Entschuldige, daß ich lange nicht geschrieben habe, es war leider unmöglich, deine Adresse zu bekommen«, die übliche Anspielung auf Mutters Zerstreutheit –

nicht einmal die genaue Adresse des Sohnes hatte sie mitteilen können. Ihm kam überhaupt nicht der Gedanke, daß die Mutter vielleicht nicht wußte, wo Sascha sich befand. Er empfand das als Versuch, ihm den Sohn zu entfremden, einer der zahllosen Vorwürfe, die Sascha immer gehört hatte, solange er sich erinnern konnte. Der Vater schrieb, daß er das Ausmaß des Unglücks verstünde, das Sascha getroffen hatte, aber Sascha sei jung, habe die Zukunft noch vor sich; es würde sich alles einrenken, er dürfe nur den Mut nicht verlieren. Wie immer sich die Verhältnisse in ihrer Familie auch gestaltet hätten, es sei nicht seine Schuld, er sei ihm nicht nur ein Vater, sondern auch ein wahrer und treuer Freund, das müsse Sascha wissen.

Sascha legte den Brief beiseite. Ihn überkam das gleiche bedrükkende Gefühl, das er immer hatte, wenn er mit dem Vater zusammen war. Der Vater hatte sich nie für Saschas Leben interessiert, ihn hatte nur das eigene Leben interessiert. Saschas Unglück beschäftigte ihn jetzt nur, weil sich dadurch Unbequemlichkeiten in seinem Leben ergeben hatten, weil die feste, tägliche Ordnung gestört wurde – und Ordnung war der Kern und die Philosophie seines Lebens.

Als Sascha noch klein war, war der Vater in das Zimmer des Jungen gekommen, hatte Licht gemacht, ihn geweckt und auf die rechte Seite gedreht, weil es ungesund war, auf der linken Seite zu schlafen; man mußte von klein auf auf der richtigen Seite schlafen. Die Bücher und Hefte auf Saschas Tisch stapelte er ordentlich auf, weil alles seinen bestimmten Platz haben mußte. Außerdem mußte am Abend schon alles zurechtgelegt werden, denn morgens hatte man es eilig, auch das mußte man von klein auf lernen. Sascha wollte schlafen. Damit der Vater nicht länger als nötig in seinem Zimmer blieb, protestierte er nicht. Es wäre auch nutzlos gewesen, denn der Vater hörte schlecht und war dann gereizt, weil er überzeugt war, daß Sascha absichtlich leise sprach.

Ordnung, Ordnung und noch einmal Ordnung! Er hielt selber Ordnung und verlangte das gleiche von den anderen: zu Hause, auf der Straße, auf der Arbeitsstelle, ein ärgerlicher, gereizter und aggressiver Pedant.

»Kampf den Verlusten im Betrieb« war das Hauptthema seiner

Erfindertätigkeit und seiner Verbesserungsvorschläge. Die Garantie für eine erfolgreiche Produktion (er war Ingenieur in einer Lebensmittelfabrik) war Sauberkeit. Sauberkeit bot auch Gewähr für körperliche und seelische Gesundheit, war Gewähr für Anständigkeit und ein langes Leben. Wer schlampig war, konnte kein anständiger Mensch sein! Ordnung, Reinlichkeit, Hygiene! Obst und Gemüse mußte man unbedingt mehrmals abwaschen und anschließend schälen, obwohl die Schale auch gesunde Nährstoffe enthielt. Äpfel schälte er langsam und sehr dünn. Er aß auch langsam und konzentriert und kaute sorgfältig, aß alles bis zum letzten Bissen auf und zwang auch den kleinen Sascha dazu. Nichts durfte übrigbleiben, nichts verlorengehen, der Teller mußte leergegessen werden.
Seine Sachen – Kleidung und Schuhe – trug er jahrzehntelang. Abends stellte er die Schuhe immer aufs Fensterbrett, damit sie lüfteten, nachdem er sie zuvor im Flur geputzt hatte. Der Flur war eng; beim Schuheputzen behinderte er mit seinen Bürsten, Cremedosen und der auf dem Boden ausgebreiteten Zeitung alle anderen Mieter. Er wußte das und stellte sich schon im voraus darauf ein, ihnen Kontra zu geben. Niemand stieß oder rempelte ihn an, keiner wollte sich mit ihm anlegen. Er aber ließ den anderen nicht die kleinste Unordentlichkeit durchgehen. Laut, so daß es in der ganzen Wohnung zu hören war, entrüstete er sich, wenn jemand vergessen hatte, das Licht im Klo zu löschen oder den Wasserhahn im Bad ordentlich zuzudrehen. Alle saßen mucksmäuschenstill in ihren Zimmern, bis schließlich einem die Geduld riß, der dann in den Flur hinausstürzte und verlangte, der Vater solle sagen, wen er meine. Darauf brach dann ein Streit mit gegenseitigen Vorwürfen und Beschuldigungen los.
Seine streitbare Pedanterie, übertrieben und für eine Wohngemeinschaft unerträglich, war die Kehrseite seiner Achtung vor jeder Arbeit. Er war ein tüchtiger Ingenieur, ein ausgezeichneter Fachmann, der seine Arbeit liebte und sich durch Fleiß und Leistungsfähigkeit auszeichnete. Aber er vertrug sich weder mit den Vorgesetzten noch mit seinen Kollegen – alle waren durch die Bank Faulpelze, Tagediebe, Lumpen! Ihn interessierte nichts außer seiner Arbeit, seinen Erfindungen und Verbesserungsvor-

schlägen, er sprach von nichts anderem. Sascha bedauerte ihn, bemühte sich, Kontakt zu ihm herzustellen und schaffte es nicht – der Umgang mit dem Vater war unerträglich. Wenn er von seinem Ärger im Dienst sprach, erwartete er, daß Sascha den Haß auf seine Gegner teilte. Sascha platzte fast der Kopf, wenn er die unzähligen, ihm unbekannten Vor- und Zunamen hörte, und wenn er nach den einzelnen Leuten fragte, rief der Vater aufgebracht: »Ich habe dir doch schon vor einem Jahr von dem Mann erzählt, aber dich interessiert eben nicht, was deinen Vater beschäftigt.«

Er ließ den Sohn seine Beiträge stilistisch redigieren, obwohl Sascha von der technischen Terminologie der Lebensmittelindustrie keine Ahnung hatte. Statt ihm aber etwas zu erklären, knurrte der Vater: »Es kann doch nicht schwer sein, so einfache Dinge zu begreifen.« Die Folge war, daß Sascha sich davor drückte, die Texte zu lesen und zu redigieren, und das vertiefte die Kluft zwischen ihnen noch mehr.

Jeder Mieter hatte seine Art, die Wohnung zu betreten. Galja ließ die Tür krachend zufallen und lief hastig den Flur entlang, Michail Jurjewitsch öffnete und schloß die Tür leise und rücksichtsvoll, fast geräuschlos. Der Vater drehte den Schlüssel gereizt im Schloß herum, irgend etwas ärgerte ihn immer: daß die zweite Tür nur leicht angelehnt war, so daß die Wärme aus der Wohnung ins Treppenhaus entwich, daß die Fußmatte nicht dort lag, wo sie liegen sollte und vieles andere. Man mußte aber nicht glauben, daß die Matte sonst jemanden störte! Was für Menschen! Das Zimmer betrat er immer verdrossen und ohne Gruß – man hatte sich ja gottlob schon morgens gesehen. Auf der Suche nach irgendeinem Anzeichen möglicher Unordnung blickte er sich mürrisch um, fand jedoch nichts, da die Mutter vor seinem Kommen immer gründlich aufräumte. Er legte wortlos den Mantel ab, hängte ihn auf einen Bügel in den Schrank, zog das Jackett aus, seine Hausjacke an und ging ins Bad, um sich die Hände zu waschen. Dort hörte man ihn unzufrieden brummen. Dann setzte er sich endlich an den Tisch, wobei er jede Bewegung der Mutter mit mißmutigem Blick verfolgte. Leicht angewidert sah er sich Teller, Gabel, Löffel und Messer an, wischte das Besteck sorgfältig mit der

Serviette ab und aß dann in konzentriertem Schweigen; das war der einzige Augenblick, in dem er niemanden kritisierte. Bei der Nahrungsaufnahme durfte man durch nichts abgelenkt werden. Wenn er mit seiner Suppe früher als die Mutter fertig war, fragte er griesgrämig: »Gibt's einen zweiten Gang? Ja wirklich? Danke.« Das war so seine Art zu reden.

Und trotzdem war er sein Vater. Gut oder schlecht, er war ein Teil seines Lebens, ein Stück seiner Kindheit, ein Stück dessen, woran er sich jetzt voller Sehnsucht erinnerte. Er hielt den Vater nicht für grausam, grausam war nur dessen Egoismus. Den Vater interessierte nur seine Arbeit, das eigene Befinden, die eigene Bequemlichkeit. Dafür war er mit Einsamkeit bestraft, verstand aber deren eigentliche Ursache nicht, sondern schrieb sie der Bösartigkeit der Mitmenschen zu. Und das machte ihn noch einsamer. Sascha bedauerte ihn, vor allem jetzt, wo er am eigenen Leib erfuhr, was Einsamkeit bedeutete.

Der August ging zu Ende, und der kurze Herbst begann. Die Taiga färbte sich gelb. Tagsüber war es warm und windstill, nachts kalt, sogar frostig, der Boden trocknete und wurde hart, stellenweise nahm er zu Saschas Erstaunen eine rote Färbung an. An den Ufern der seichten Masgowa bildete sich eine dünne Eiskruste, Eis knirschte in den Radspuren und Schlaglöchern. Abends hoppelten Hasen am Angara-Ufer entlang, in der Taiga röhrten die Elche – die Brunst hatte begonnen. Nach einer weiteren Woche warfen die Bäume ihre Nadeln und Blätter ab, und die Taiga war kahl und tot. Wildgänse stießen ihren gellenden Ruf über den Seen aus, ihre gewaltigen, keilförmigen Schwärme zogen nach Süden. Die Sonne zeigte sich nur noch für kurze Zeit, die Abende wurden winterlich.

Schon trieben Eisschollen die Angara hinab, der Postverkehr lag nun bis zum Winter, wenn Schlitten eingesetzt werden konnten, brach. Die einzige Verbindung zur Außenwelt, zur Mutter, zu Warja war vorübergehend unterbrochen. Warja hatte ihm kein einziges Mal geschrieben, aber in jedem Brief spürte Sascha ihre Gegenwart. Ohne Briefe, ohne Zeitungen, ohne Warjas vertraute Schrift auf den Kreuzbändern fühlte er sich noch verlassener. Sida besorgte ihm das eine oder andere in der Bibliothek von Keshma;

alles alte, längst gelesene Bücher, aber zuweilen, ganz selten gab es auch Neuerscheinungen wie Makarenkos *Der Weg ins Leben*, Bruno Jasenskis *Ein Mensch wechselt die Haut*, Gladkows *Energie.* Sida brachte die Bücher mit, wenn ein Fuhrwerk den gleichen Weg hatte, häufiger aber kam sie zu Fuß und mußte die Bücher selber tragen. Sascha schimpfte deshalb mit ihr. Sie lachte bloß: Irgend jemand hatte ihr geholfen, außerdem waren zwei, drei Bücher auch nicht schwer.

Er holte die Bücher tagsüber bei ihr ab und das nicht etwa, weil er inzwischen die erforderliche Vorsicht außer acht ließ. Ihre intime Beziehung blieb auch nach wie vor geheim, offensichtlich war nur ihre Bekanntschaft. Er benahm sich auch wie ein Bekannter, kam am Tage bei ihr vorbei, manchmal mit Wsewolod Sergejewitsch, zuweilen saß er abends bei ihr. Blieb er aber über Nacht, dann ging er wie früher vor dem Morgengrauen weg, schlug einen Bogen ums Dorf und kehrte vom anderen Ende nach Hause zurück.

Sida spürte seine Entfremdung, seine Kühle und sagte einmal: »Du mußt nicht denken, daß ich dich zwingen möchte, mich zu heiraten. Sicherlich hast du jemanden in Moskau, mich brauchst du bloß so zwischendurch, aus Langeweile, zur Ablenkung. Trotzdem freue ich mich über mein Glück.«

Er strich ihr zärtlich über die Wange, widersprach aber nicht; denn eigentlich verhielt es sich tatsächlich so. Um so besser, wenn sie das einsah. Daß er jemanden in Moskau hatte, war richtig; in Moskau hatte er Warja, sie war seinem Herzen nah.

Sascha konnte sich nicht vorstellen, wie er es ohne Post bis zum Winter aushalten sollte. Aber die anderen hielten es auch aus. Ob Sommer oder Winter, sie hatten sich an ihre Lage gewöhnt, warum also gewöhnte nicht auch er sich daran? Die anderen hatte dieses Schicksal genauso getroffen, warum konnte, warum wollte er sein Los nicht tragen wie sie? Warum nicht schweigend leiden wie sie?

Er konnte sich nicht in sein Schicksal fügen, sich nicht damit abfinden, konnte sich nicht demütigen und schweigend leiden, weil ihm Verhaltensweisen wie dulden, sich ergeben und demütigen schon immer als Zeichen von Schwäche fremd gewesen waren.

Stärke verkörperten nach seinen früheren Vorstellungen ganz andere Menschen, an ihnen hatte er sich stets orientiert und auch zu ihnen gezählt. Hier dagegen war alles umgekehrt: Jene, auf die er herabgesehen hatte, waren gerade deshalb stärker als er, weil sie Leid und Demütigungen ertragen konnten. Er war stark unter Starken gewesen, als man ihn jedoch seinem Milieu entrissen, ihn um die gewohnte Umgebung gebracht hatte, zeigte sich sofort, daß ihm jeder innere Halt fehlte, daß er – auf sich allein gestellt – ein Nichts war. Hier aber stützten sie sich ausschließlich auf sich selbst, auf ihre eigene, noch so geringe Kraft, die aber ausreichte, zu leiden ohne zu klagen und trotzdem noch zu hoffen.

Das waren die Schlußfolgerungen, die Sascha mit erbarmungsloser Selbsteinschätzung zog. Trotzdem war er nicht imstande, seine Verzweiflung zu bezwingen – ein weiterer Beweis seiner Willensschwäche. Er dachte an nichts anderes als an seine Verzweiflung. Die Neuigkeiten im Dorf, das Durcheinander in der Bezirksstadt, die Faulheit der Schulkinder – was ging ihn das an? Uninteressant, fremd, langweilig. Am frühen Morgen ging er mit der alten Schrotflinte seines Wirtes und dessen Hund Shutschka in den Wald auf Haselhuhnjagd. Mittags kehrte er zurück, ging dann zwei, drei Stunden vor Sonnenuntergang noch einmal los, aber nicht, weil das die beste Zeit zum Jagen war. Er wollte sich müde laufen, um sich irgendwie von den verwünschten Gedanken zu befreien. Die Flinte war alt, aber der Schrot gut, Nummer sechs, genau das Richtige. Shutschka war ein guter, wolfsähnlicher Hund: eine spitze Schnauze, schräg stehende Augen, die im Dunkeln rötlich funkelten, aufrecht stehende, spitze Ohren, ein kräftiger muskulöser Nacken und ein buschiger Kringelschwanz. Er war ein kluges, gelehriges Tier. Kaum im Wald angekommen, scheuchte er schon ein Haselhuhn auf. Das Haselhuhn flog auf einen Baum und drückte sich an den Stamm. Dadurch war es von der Umgebung kaum noch zu unterscheiden, zumal es sich eine flechtenbewachsene Tanne ausgesucht hatte. Shutschka verbellte es und lenkte die Aufmerksamkeit des Vogels auf sich. Sascha feuerte aus zwölf Schritt Entfernung, das Haselhuhn fiel getroffen zu Boden, Shutschka stürzte darauf zu und kehrte mit der Beute im Maul zurück. Von jeder Jagd brachte Sascha Sida fünf, sechs

Haselhühner mit, die sie in saurer Sahne briet. Es schmeckte, und Sascha aß mit Appetit, vor allem wenn es gelang, bei Fedja etwas Alkohol aufzutreiben, und das gelang fast immer; Sascha brachte auch ihm Haselhühner mit.

Als Sascha wieder einmal mit seiner Jagdbeute zu Fedja kam, sagte dieser zu ihm: »Du schießt eine ganze Menge Haselhühner, gehst wohl tief in den Wald, paß bloß auf, daß der Bär dich nicht erwischt.«

Sascha zuckte die Achseln.

»Ich bin noch nie auf einen getroffen, die Bären kommen wohl gar nicht mehr in eure Gegend.«

»Wenn einer kommt, wirst du ihn schon treffen«, war Fedjas rätselhafte Antwort, aber Sascha maß ihr keine Bedeutung bei; die Einheimischen spotteten gern über die Deportierten, die sie für Sonntagsjäger hielten.

Am nächsten Tag machte sich Sascha wieder in den Wald auf. Shutschka war weder auf dem Hof noch auf der Straße zu entdecken; und das, obwohl der Hund gewohnt war, ihn allmorgendlich auf die Jagd zu begleiten. Er wartete schon immer darauf, winselte und umsprang ihn voller Ungeduld. Sascha pfiff, aber Shutschkas Bellen blieb aus. Vielleicht hatte die Bäuerin ihn zur Farm oder der Bauer nach Keshma mitgenommen? Sascha beschloß, ohne Hund loszugehen. Er würde zwar weniger jagen, aber sein Auge war mittlerweile so geschärft, daß er sehen würde, wohin das aufgescheuchte Haselhuhn flog.

Der vertraute Pfad führte ihn auf eine ihm schon bekannte Lichtung, hier gab es Haselhühner... Das welke, gelbe Laub raschelte unter seinen Füßen, dürre Zweige knackten. Ein Haselhuhn baumte auf. Sascha glaubte, in der Nähe noch eins zu hören, drehte sich aber nicht um, weil er befürchtete, das erste aus dem Auge zu verlieren. Er sah es ganz deutlich, ihm schien sogar, daß es neugierig zu ihm herunteräugte und beobachtete, wie er anlegte und zielte... Sascha feuerte, im selben Moment krachte ein anderer Schuß, die Kugel pfiff dicht an ihm vorbei... Sascha stürzte hinter den nächsten Baum. Man hatte auf ihn geschossen, mit einer Kugel, das war kein Schrot

gewesen, und was er für das Rascheln eines anderen Haselhuhns gehalten hatte, waren die Schritte eines Menschen gewesen.
All diese Gedanken durchzuckten ihn in Sekundenschnelle, er preßte sich dicht an den Stamm und horchte atemlos in den Wald. Alles blieb still. Sascha wollte auf die Stelle feuern, wo der Schuß gefallen war, aber nur der eine Lauf war geladen. Wenn er jetzt schoß, hatte er nichts mehr in den Läufen, war also wehrlos. Er ließ die Flinte sinken und begann behutsam, den zweiten Lauf zu laden, Patronen hatte er in der Tasche... Aber als er sich bewegte, krachte der zweite Schuß, die Kugel schlug über ihm in den Baum.
Sascha lud schnell, spannte beide Hähne und wartete, ohne sich zu bewegen. Dann hörte er ein Rascheln, das Knacken von Zweigen und schließlich das Trappeln von Füßen: Der Schütze floh... Es wurde still.
Sascha wartete eine Weile, horchte auf jedes Geräusch im Wald, wagte aber noch nicht, sein Versteck zu verlassen. Etwas später schlich er geduckt davon, schlug die entgegengesetzte Richtung wie der Fliehende ein. Sascha nahm nicht den Pfad, sondern arbeitete sich durchs Unterholz zur Angara durch, stieg aber nicht zum Ufer hinab, sondern ging am Waldrand entlang zum Dorf zurück.
Wer hatte auf ihn geschossen? Ein zufällig vorbeikommender Vagabund, der seine Flinte erbeuten wollte? Wohl kaum. Der Schütze hatte selbst ein Gewehr. Bestimmt hatte jemand aus dem Dorf auf ihn geschossen. Timofej natürlich! Fedja hatte ihn nicht ohne Grund gewarnt; diesen Bären hatte er also gemeint. Bestimmt hatte Timofej geprahlt, er würde sich an Sascha rächen, und hier rächte man sich mit einer Kugel aus dem Hinterhalt, mit einem Stück Blei, mit dem man Bären erlegte. Fedja hätte ihn doch warnen können: Timofej hat gedroht, dich abzuknallen, aber nein, das hatte er nicht getan, er hatte sich nicht einmischen wollen, hatte bestimmt befürchtet, daß Sascha sich an die Behörden wenden und ihn als Zeugen nennen würde. Wenn Timofej Sascha getroffen hätte, hätten alle geschwiegen. Was bedeutete er ihnen schon? Heute war er da, morgen nicht mehr, mit Timofej und seinen Angehörigen dagegen mußte man leben. Fedja hätte auch

geschwiegen; niemand hätte sich mit dem Fall beschäftigt. Man hätte ihn als ›verstorben‹ abgeschrieben, denn wer hatte schon Lust, hier am Rande der Welt eine gerichtliche Untersuchung einzuleiten und durchzuführen. Erst als er sich in seinem Quartier aufs Bett geworfen hatte, verstand Sascha, an welchem Abgrund er soeben gestanden hatte. Das Leben, das endlos erscheint, kann jederzeit zu Ende sein: durch eine Kugel, ein kenterndes Boot, beim erschöpfenden Fußmarsch in die Verbannung, durch eine zufällige Krankheit. Keiner würde ihm zu Hilfe kommen, niemand würde sein Tod berühren, ihn brauchte keiner. Niemand würde ihn verteidigen, und es gab auch keinen, bei dem er sich beschweren konnte. Bei Alfjorow? Der würde fragen, warum er ausgerechnet Timofej verdächtige. Ach so, er hatte ihn mal verprügelt; Händel mit der einheimischen Bevölkerung müsse man eben vermeiden. Sie seien auch Menschen und hätten ihre Würde, hier herrschten andere Sitten, die man berücksichtigen müsse. Und außerdem: Sind Sie überhaupt berechtigt, sich so weit von Ihrem Verbannungsort zu entfernen? Sind Sie berechtigt, Feuerwaffen zu benutzen? Da seine Beschwerde ohne Folgen bliebe, würde er noch schutzloser sein, seine Feinde würden ihn für vogelfrei und ihr eigenes Tun für folgenlos halten.

Es würde nichts helfen, wenn er die Sache an die große Glocke hängte. Er mußte sich selbst verteidigen. Aber wie? Nicht mehr in den Wald gehen? Timofej konnte ihm auch am Ufer der Angara auflauern oder ihn einfach zu Hause mit einem Schuß durchs Fenster erledigen. Aber sollte er etwa in der ewigen Furcht leben, eine Kugel in den Rücken zu bekommen? Zu allem anderen auch das noch! Verdammt; aber er hatte selbst schuld! Warum hatte er sich mit Timofej eingelassen? Warum war er mit ihm zum Mähen gerudert? Von diesen Leuten mußte man sich fernhalten. Timofej hatte geglaubt, daß Sascha ihn fürchtete, und sich eben darum über ihn lustig gemacht! Saschas Widerstand hatte er nicht hingenommen und wollte sich daher rächen. Man durfte weder überheblich sein noch sich anbiedern; die Menschen waren eben verschieden.

Abends ging Sascha zu Fedja in den Laden, wartete, bis alle

Kunden gegangen waren und erzählte ihm dann: »Du hast recht gehabt, ihr habt wirklich Bären in eurem Wald.«
Fedja sah ihn nicht an.
»Na, siehst du...«
Er stellte keine Fragen, denn offenbar hatte er verstanden, um welchen Bär es ging.
Sascha verließ den Laden wieder, ging durch's Dorf und verlangsamte vor Timofejs Haus den Schritt. Sollte er hineingehen? Sich diesen Schweinehund näher ansehen? Nein, er mußte sich beherrschen, durfte nichts Voreiliges unternehmen. Nur Wsewolod Sergejewitsch erzählte er davon und warnte ihn, daß Sida nichts davon wisse und auch nichts erfahren dürfe.
Wsewolod Sergejewitsch runzelte die Stirn.
»Das ist ernster zu nehmen, als Sie es tun.«
»Ich verstehe sehr gut, worum es geht. Verstehe auch, daß er straffrei ausgeht, wenn er mich erschießt.«
»Seien Sie vorsichtig«, riet Wsewolod Sergejewitsch, »gehen Sie nicht mehr allein in den Wald. Wenn Sie wollen, komme ich gern mit und leiste Ihnen Gesellschaft.«
»Schön, warten wir's ab«, antwortete Sascha ausweichend.
Daheim fragte er seine Wirtsleute, wo Shutschka morgens gewesen war. Es stellte sich heraus, daß ihn keiner von beiden mitgenommen hatte.
»Ich dachte, Sie hätten ihn mit in den Wald genommen«, sagte die Bäuerin.
Damit war's klar, es war Timofej gewesen; dieses Aas hatte Shutschka irgendwo eingesperrt.
Shutschka lag auf der Vortreppe und sah abwechselnd auf die Bäuerin und auf Sascha, er fühlte, daß von ihm die Rede war. Sascha fuhr ihm liebkosend über die Schnauze: »Morgen gehe ich mit dir auf Bärenjagd, Shutschka, halt dich bereit!«
Sascha fand im Schuppen eine kurze Bleistange, die er in kleine Stücke zerhackte. Den einen Lauf lud er mit Schrot, den anderen mit Blei. Mochte Timofej ihm nur auflauern.
Aber Sascha bekam keine Gelegenheit, in den Wald zu gehen. Am frühen Morgen, als er noch im Bett lag, kam ein Bauer vom Dorfsowjet und überreichte ihm einen Brief: »An den Deportier-

ten A. P. Pankratow. Sie werden aufgefordert, sich nach Erhalt dieser Nachricht beim Bevollmächtigten des NKWD für den Bezirk Keshma W. G. Alfjorow im Dorf Keshma zu melden.« Darunter Alfjorows ihm bereits bekannte Unterschrift, ohne Schnörkel.

Ljowotschka sagte zu Warja, es wäre an der Zeit, der Gewerkschaft beizutreten. Eine reine Formalität zwar, aber es sei nun mal notwendig. Also füllte Warja einen Antrag aus.
Wie sich herausstellte, war es doch keine reine Formalität, denn die Aufnahme in die Gewerkschaft erfolgte während einer allgemeinen Mitgliederversammlung, wo die gleichen Fragen gestellt wurden wie im Fragebogen. Warja ärgerte sich und hätte die Frage, ob sie verheiratet sei, am liebsten mit ja beantwortet. Da sie aber im Fragebogen etwas anderes geschrieben hatte, befürchtete sie zusätzliche Fragen, was noch erniedrigender gewesen wäre, und sagte deshalb: Nein, ich bin unverheiratet. Sie sah die erstaunten Gesichter von Soja und einigen anderen Mädchen, aber niemand verlangte von ihr nähere Erklärungen. Man stellte ihr politische Fragen: wer der Vorsitzende des Zentralexekutivkomitees sei; wie der Vorsitzende des Rates der Volkskommissare der UdSSR und der RSFSR heiße; was für ein Unterschied zwischen dem Aufbau der sozialistischen Gesellschaft und dem Aufbau ihrer Grundlagen bestehe und was denn nun in der Sowjetunion aufgebaut worden sei. Warja wunderte sich: Ihr gut bekannte Menschen, die sie täglich sah, mit denen sie befreundet war, zeigten sich plötzlich mißtrauisch und bereit, sie der Lüge zu bezichtigen, als ginge es hier um einen hochwichtigen Staatsakt, an dem sie maßgeblich beteiligt waren. Selbst Rina und Ljowotschka, sogar Igor Wladimirowitsch machten ernste und konzentrierte Gesichter. Das war doch albern, man würde sie sowieso in die Gewerkschaft aufnehmen. Der Fragebogen war bereits überprüft, bei ihr war alles in Ordnung. Auf sie wirkte das alles wie ein Ritual, wie eine Scheinbefragung mit anschließender Diskussion, eine Scheinzeremonie, die für alle schon zur Gewohnheit geworden war.
Die Fragerei war beendet. Igor Wladimirowitsch erhob sich und sagte, daß Warja Iwanowa in seinem Büro arbeite, gewissenhaft ihre Pflicht erfülle und durchaus verdiene, in die Gewerkschaft

aufgenommen zu werden. Warja staunte, in was für einem Amtsstil sich Igor Wladimirowitsch plötzlich ausdrückte.

Alle waren einstimmig für ihre Aufnahme; damit waren Abstimmung und Versammlung beendet.

Sobald sich die Leute von den Plätzen erhoben hatten, änderte sich ihr Gesichtsausdruck: Förmlichkeit wich entspannter Ruhe und Befriedigung. Sie hatten ihrer gesellschaftlichen Pflicht genüge getan, beglückwünschten Warja und beeilten sich, nach Hause zu kommen.

Igor Wladimirowitsch schlug vor, ins Restaurant in den zweiten Stock zu gehen, um Warjas Aufnahme in die Gewerkschaft zu feiern. Rina meinte, sie sei fürs *Grandhotel* nicht richtig angezogen und machte den Vorschlag, doch ins *Kanatik* zu gehen. Dort sei alles etwas schlichter, und man würde schneller bedient; Ljowotschka stimmte ihr zu. Zahlen würde Igor Wladimirowitsch, peinlich, ihm größere Ausgaben zuzumuten. Warja hatte überhaupt keine Lust auszugehen.

Zugegeben, Rina und Ljowotschka waren kleine Angestellte, die sich um ihre Stelle sorgten. Aber Igor Wladimirowitsch?! Konnte er sich nicht irgendwie anders verhalten als die übrigen? Er hatte doch nichts zu befürchten, er, der prominente Architekt. Aber er gebrauchte die gleichen Redewendungen, obwohl ihm die Banalität dieser Worthülsen sicher bewußt war und bestimmt auch die Albernheit der ganzen Prozedur. Ihr ging plötzlich durch den Kopf, daß Sascha Pankratow, der solchen Versammlungen vielleicht eine Bedeutung beimaß, sich trotz allem selbst treu geblieben wäre. Bestimmt wäre er aufgestanden und hätte nach dem Sinn dieser Fragen gefragt; da doch alle Antworten im Fragebogen stünden, sei das doch pure Zeitverschwendung. Gewiß hätte er so etwas gesagt, aber er war eben eine Persönlichkeit, während Igor Wladimirowitsch keine war.

Deshalb wollte Warja auch nirgends hingehen. Da die kleine Feier aber ihretwegen veranstaltet wurde, konnte sie schlecht nein sagen.

Kanatik war ein zweitklassiges Restaurant Ecke Roshdestwenka und Theater-Gäßchen gegenüber dem Iwan-Fjodorow-Denkmal, dem ersten Buchdrucker Rußlands. Das Restaurant befand sich in einem Keller. An den Wänden lief ein mitteldickes Tau entlang, daher auch der Name *Kanatik:* Tau. Warja war noch nie hiergewesen. Hier gab's kein Billard, deshalb kam Kostja nicht her. Sie erinnerte sich, daß Vika sie einmal hatte hierher lotsen wollen, übrigens mit Igor Wladimirowitsch. Damals hatte Warja abgelehnt, weil ihr Ljowas Clique lieber gewesen war, und nun saß sie mit Igor Wladimirowitsch hier.

Im *Kanatik* trafen sie keinen einzigen Bekannten. Rina erklärte, daß sich alle hier nur freitags zu »gebratenem Kapaun« träfen. Mit dem Wort »alle« meinte Rina die Moskauer Restaurant-Schickeria.

»Aber doch recht gut besucht«, bemerkte Igor Wladimirowitsch, der sich in dem niedrigen Saal mit der Gewölbedecke umsah.

»Es liegt ja auch im Stadtzentrum, da gibt's nach Feierabend immer genug Gäste«, sagte Ljowotschka erklärend.

»Bei den Angestellten ist der Arbeitstag zu Ende, bei den Nutten beginnt er gerade erst«, warf Rina ein, ohne sich vor Igor Wladimirowitsch zu genieren. Hier war er nicht der Chef, sondern jemand, der neben ihr am Tisch saß.

Die Leute kamen und gingen, drei Mädchen traten ein und setzten sich an einen Tisch in ihrer Nähe. Warja bemerkte das nur, weil ihr der kurze und, wie ihr schien, beunruhigte Blick nicht entging, den Rina und Ljowotschka beim Eintritt der drei wechselten.

Es waren Vertreterinnen jener Zunft, die Rina eben erwähnt hatte und deren Arbeitstag erst begann. Für diese Mädchen war es das Schönste, vor der Arbeit ein bißchen ohne Männer im Restaurant zu sitzen, von ihrem eigenen Geld eine Kleinigkeit zu essen, über ihre Angelegenheiten zu schwatzen und dem Kellner ein Trinkgeld zu geben, um sich als normale Frau zu fühlen.

Eines der Mädchen wandte ihnen den Rücken zu. Ihre Nachbarin beugte sich zu ihr hinüber und flüsterte ihr etwas ins Ohr, dann drehte sie sich zu Warjas Tisch um und nickte Rina und Ljowotschka lässig zu. Die beiden erwiderten den Gruß, indem sie ebenfalls nickten und ein erfreutes Lächeln auf ihre Gesichter zauberten. Aber das Mädchen beachtete sie nicht weiter, ihr Blick konzentrierte sich mit spöttischer Miene auf Warja, dann wandte sie sich wieder ihren Freundinnen zu und sagte etwas, worüber diese laut lachten. Sie war eine magere Blondine mit engstehenden

Augen, etwa fünfundzwanzig Jahre alt, mit blassem, früher offenbar niedlichem Gesicht, nicht übel angezogen, aber ohne Schick und auch nicht provozierend. Warja bemerkte erneut einen besorgten Blickwechsel zwischen Rina und Ljowa, sie fühlte sich peinlich berührt: Das Mädchen hatte sie allzu auffällig, spöttisch, ja sogar höhnisch fixiert.

»Was ist denn das für eine Gans?« fragte Warja.

»Ach, wir haben uns irgendwann mal kennengelernt, ich weiß nicht mehr wo«, antwortete Rina leichthin. Ihr war aber deutlich anzumerken, daß ihre Sorglosigkeit gespielt war. Außerdem kannte das Mädchen nicht nur Rina, sondern auch Ljowotschka, also konnten sie sich wohl nicht zufällig getroffen haben.

Igor Wladimirowitsch schien ebenfalls das Peinliche der Situation zu spüren, er warf einen Blick auf die Uhr, um darauf aufmerksam zu machen, daß seine Zeit knapp bemessen sei, und hob das Glas.

»Ich gratuliere Ihnen, Warja, Sie sind jetzt eine von allen akzeptierte Werktätige, ich wünsche Ihnen viel Erfolg.«

Alle tranken.

Nach einer weiteren Bemerkung der Blonden mußten die drei Mädchen am Nebentisch abermals laut lachen.

Igor Wladimirowitsch sah wieder auf die Uhr.

»Sie haben es sicher eilig?« fragte Rina, die ebenfalls gern gegangen wäre.

»Ja, eigentlich schon.«

»Natürlich, also los«, sagte Ljowotschka sofort.

Die Blonde drehte sich zu ihm um.

»Ljowuschka!«

Ljowotschka trat an ihren Tisch und beugte sich zu ihr hinab; sie unterhielten sich ein Weilchen. Er lächelte freundlich, tätschelte ihre Schulter und kam zurück. Wieder ertönte eine Lachsalve vom Nebentisch – die Blonde hatte etwas Komisches gesagt.

An seinem Platz begann nun Ljowotschka genauso freundlich von Skomorochows Jazzband zu erzählen, die gerade in Moskau gastierte. Rina hörte seinem Geplauder zu, Warja merkte aber, wie nervös sie war.

Die Blonde stand auf und kam zu ihrem Tisch, ihr Blick glitt

über Warja und Igor Wladimirowitsch. Sie hielt eine Zigarette in den Fingern. »Hätten Sie zufällig ein Streichholz?«
Ihr Auftreten verriet eine wohl bedachte, gezügelte Unverschämtheit, eine deutliche, aber doch zurückgehaltene Herausforderung. Igor Wladimirowitsch reichte ihr die Schachtel. Sie riß ein Streichholz an, machte einen Zug und wandte sich dann unvermittelt an Warja: »Wie lebt sich's denn mit Kostja?«
»Klawa, aber Klawa«, Ljowotschka berührte ihren Arm.
»Was ist denn dabei? Ich möchte es eben gern wissen. Sie ist seine neue Frau, ich bin die alte, ich bin Nummer zweihundert, sie ist die zweihunderteins. Na, wie lebt sich's also? Hat er dir schon was angehängt?«
Anfangs verstand Warja die Frage nicht, sie dachte, es sei eine Anspielung auf eine mögliche Schwangerschaft.
»Klawa, hör sofort auf!« rief Rina wütend.
»Na, du hast's gerade nötig!« antwortete die Blondine grob. »Halt du die Klappe.«
Warja begriff endlich, was gemeint war; sie sagte ruhig und deutlich: »Bürgerin Prostituierte, scheren Sie sich weg!«
Alle waren erschrocken und saßen wie erstarrt da – gleich würde eine fürchterliche Szene beginnen.
Igor Wladimirowitsch schrie mit unerwartet hoher, kreischender Stimme: »Verschwinden Sie sofort von unserem Tisch. Lassen Sie uns in Ruhe! Sie waren wohl schon lange nicht mehr auf der Wache? Ich rufe umgehend die Miliz!«
»Ach du Schreck!...« die Blonde lachte hysterisch.
Ihre Freundinnen sprangen auf und zogen sie an ihren Tisch zurück. Sie wehrte sich und schrie: »Ich habe sie anständig angesprochen, aber das Luder wird gleich anzüglich und beschimpft mich! Kaum mit der Schule fertig und geht schon auf den Strich, aber mich scheißt sie an.«
Igor Wladimirowitsch rief den Kellner und zahlte.
»Die glaubt wohl, sie ist seine Frau und er ihr Mann«, tobte die Blonde, »von der Sorte hat er an jedem Finger zehn und noch mehr, und alle laufen mit 'nem Tripper rum... Sie kann ja Rina mal fragen, die hat ihn ja auch mit sich rumgeschleppt, und jetzt hat sie ihm 'ne Junge ins Bett gelegt, Nutten alle beide!«

Endlich standen sie draußen.
»Ich muß nach links«, erklärte Ljowotschka, er wohnte an der Sretenka, »na ja, am besten, ihr vergeßt's, sie ist eine verrückte Person; macht's gut.«
Warja, Rina und Igor Wladimirowitsch gingen zum Theaterplatz.
»Dieses Miststück! Was für Gemeinheiten sie erzählt und was sie sich alles ausdenkt!« empörte sich Rina.
»In solche Lokale geht man eben nicht«, bemerkte Igor Wladimirowitsch.
»Diese Irre hätten wir überall treffen können.«
»Machen Sie sich nichts draus«, sagte Igor Wladimirowitsch zu Warja, »nehmen Sie's nicht schwer, so was kommt vor.«
»Ich mache mir nichts draus«, antwortete Warja bedrückt.

Als sie nach Hause kam, war es zehn Uhr. Zum Arbeiten war's zu spät, Schlafenszeit. Selbst, wenn es früher gewesen wäre, hätte sie nicht arbeiten können, denn sie war von dem Vorfall im *Kanatik* völlig verstört, ja betäubt. Dabei ging es nicht um Rina oder Ljowotschka, das waren Kostjas Freunde. Rina war offensichtlich noch etwas mehr als das, sie stand in seiner »Liste«, das waren die Sitten in Kostjas Welt. Für Igor Wladimirowitsch war eine solch ungeschminkte Wahrheit über ihre Ehe natürlich überraschend. Aber auch für Warja waren sein Verhalten in der Versammlung und diese vor Angst kreischende Stimme im Restaurant nicht minder unerwartet. Wenn sie von Rowdys belästigt worden wären, hätte er sicherlich mit seiner kreischenden Stimme um Hilfe gerufen; ein Lamm und Feigling obendrein. Sascha hätte sie anders verteidigt. Mit Igor Wladimirowitsch war sie also quitt. Sie schämte sich vor sich selbst. Eine Restauranthure hatte mit ihr wie mit ihresgleichen gesprochen, weil sie früher Kostjas Mieze gewesen war, jetzt war Warja seine Mieze. Eine solche Demütigung war ihr noch nie widerfahren. Wie sollte sie morgen ins Büro gehen, wie den Leuten in die Augen sehen.
Was tun, Allmächtiger, wohin sich retten vor diesem Pfuhl? Schluß machen, zu Nina zurückkehren, aber sie konnte und

durfte die arme Sofija Alexandrowna nicht im Stich lassen. Kostja würde ihr mit seiner Unverschämtheit das Leben noch schwerer machen. Einen Abenteurer anschleppen und dann selber flüchten – das würde sie sich nie verzeihen. Ihm eine Szene machen? Damit würde sie nichts erreichen, nur Krach in der Wohnung und noch mehr Unannehmlichkeiten für Sofija Alexandrowna.

Jemand klopfte an die Tür.

»Herein.«

Es war Sofija Alexandrowna.

»Guten Abend, Warja.«

»Guten Abend, Sofija Alexandrowna, bitte, nehmen Sie Platz, wie geht es Ihnen?«

Sofija Alexandrowna setzte sich und sah Warja aufmerksam an.

»Hast du Ärger?«

»Ich bin einfach müde, wir hatten eine Versammlung, man hat mich in die Gewerkschaft aufgenommen.«

»Eine Formalität, aber einmal muß es ja sein.«

Sofija Alexandrowna sah Warja wieder an. »Warenka, ich habe etwas auf dem Herzen... heute war Konstantin Fjodorowitsch mit noch jemandem hier, er machte nicht mal die Tür hinter sich zu, sie nahmen Gewehre auseinander, ich hörte die Schlösser klicken. Wir hatten doch vereinbart, Warenka, daß das nicht mehr geschieht.«

Warja öffnete den Schrank. Hinter den Kleidern standen zwei Jagdflinten.

Sie setzte sich aufs Bett und ließ die Arme kraftlos sinken.

»Ich habe Ihnen gegenüber ein sehr schlechtes Gewissen, Sofija Alexandrowna. Ich hatte kein Recht, ihn in Ihre Wohnung zu bringen.«

»Aber du bist doch seine Frau.«

»Seine Frau... was heißt das schon seine Frau, mein Mann?! Ich begreife einfach nicht, wie ich mich dazu hergeben konnte. Wir sind doch überhaupt nicht mehr zusammen, ich sehe ihn fast nie, wir sind längst nicht mehr Mann und Frau.«

Sofija Alexandrowna schwieg.

»Ich kann ja nichts machen, ich bin in einer Falle«, sagte Warja verzweifelt.

»Wieso?« fragte Sofija Alexandrowna erstaunt. »Ich verstehe dich nicht, wieso redest du von einer Falle? Ihr seid nicht getraut, du bist absolut frei, außerdem verdienst du doch selber.«

»Ja, das ist schon richtig. Aber ich kann nicht von hier weg.«

»Warum nicht?«

»Weil er dann nie auszieht. Er hat selbst gesagt: Du kannst ja ausziehen, mir geht es hier nicht schlecht. Allerdings hat er versprochen, sich ein anderes Zimmer zu suchen, aber er lügt, er wird nicht suchen. Ich kann ihn aber nicht hierlassen, weil Sie allein nicht mit ihm fertigwerden. Sie sehen doch, obwohl ich hier bin, bringt er diese Flinten ins Haus. Ohne mich würde er sich überhaupt an nichts mehr halten, er wird Sie nicht mal ins Zimmer lassen.«

Sofija Alexandrowna strich ihr lächelnd übers Haar. Warja sah plötzlich, daß sie Saschas Lächeln hatte. Sascha lächelte genauso. Und sie hatten auch die gleichen Augen. »Warenka, Warenka«, begann Sofija Alexandrowna zärtlich, »du machst dir meinetwegen Sorgen, was hast du für ein gutes Herz. Du brauchst dir meinetwegen keine Gedanken zu machen. Wenn du tatsächlich beschlossen hast, dich von ihm zu trennen ...«

»Wir haben uns schon längst getrennt!«

»Weißt du, Mädelchen, es gibt manchmal Zerwürfnisse, junge Menschen nehmen sie sich viel zu sehr zu Herzen, man trennt sich und kommt dann wieder zusammen.«

»Zerwürfnisse ...«, Warjas Stimme zitterte. »Er verspielt meine Sachen. Erinnern Sie sich an das Cape? Ich habe Ihnen damals nicht die Wahrheit gesagt, er hat es beim Billard verspielt. Auch mich wird er verspielen, wenn es soweit ist. Alle seine Geschäfte sind absolut undurchsichtig, Glühlampen, Elektrogeräte – alles Betrügereien. Seine Sachen sind gepfändet, ich hatte schon befürchtet, daß man hierher käme, Gott sei Dank ist niemand gekommen, seine ehemaligen Mädchen beschimpfen mich. Ich kann ihn einfach nicht mehr ertragen, und Sie reden von Zerwürfnissen ...« Sie brach schluchzend ab.

Sofija Alexandrowna strich ihr wieder zärtlich über das Haar.

»Beruhige dich doch, mein Kind, man darf doch nicht so verzweifeln, das ist keine Katastrophe, glaub mir! Warum hast du mir nicht schon früher davon erzählt?«

»Ich habe mich geschämt«, antwortete Warja, die Tränen unterdrückend.

»Du hättest es mir sagen sollen, du Närrchen, ich bin doch eine alte, erfahrene Frau; wir hätten schon längst einen Ausweg gefunden, ganz bestimmt. Sag mal, möchtest du nach Hause zurück oder bei mir bleiben?«

»Natürlich würde ich gerne weiter bei Ihnen wohnen. Aber das ist unmöglich, Sofija Alexandrowna, absolut ausgeschlossen. Wenn ich hierbleibe, geht er nicht weg; und selbst wenn er wegginge, würde er immer wieder anrufen, Krach schlagen, er würde Ihnen das Leben zur Hölle machen. Mir ist vor allem wichtig, daß Sie ihn loswerden.«

»Da mach dir keine Sorgen«, antwortete Sofija Alexandrowna gelassen, »ich werde ihn schon selber los. Wenn das dein fester Entschluß ist...«

»Sofija Alexandrowna!«

»Schon gut, schon gut... Pack deine Sachen und geh zu Nina zurück, jetzt gleich. Alles andere übernehme ich.«

Warja war über Sofija Alexandrownas Entschiedenheit und Selbstsicherheit erstaunt. Sascha war genauso. Allmächtiger, so kannte sie sie überhaupt nicht. Bisher hatte sie eine von Schmerz und Leid geschlagene Mutter in ihr gesehen. Diese Vorstellung hatte sie den wahren Charakter von Sofija Alexandrowna nicht erkennen lassen.

»Ich nehme nichts mit von dem, was er mir gekauft hat.«

»Das ist deine Sache, aber beeil dich, sonst überrascht er dich hier noch.«

Kostja kam nie so früh, aber Warja war sich sicher, daß Ljowotschka oder Rina ihm von der Szene im *Kanatik* erzählen würden, und er deshalb jeden Augenblick zu Hause auftauchen könnte. Warja packte ihre Sachen in den Koffer und sagte: »Ich kann nicht alles auf einmal tragen, ich muß das Reißbrett und die Reißschiene unbedingt mitnehmen. Darf ich einige Sachen in Ihrem Zimmer lassen, ich hole sie später?«

»Frag doch nicht so dumm!«

Warja zog den Mantel an, nahm den Koffer in die eine Hand und klemmte das Reißbrett und die Reißschiene unter den anderen Arm.

»Geh über die Hintertreppe, damit du ihn nicht triffst.«

»Darauf pfeife ich! Ich mache mir nur Ihretwegen Sorgen.«

»Ich habe dir doch gesagt, daß du dir meinetwegen keine Sorgen zu machen brauchst«, sagte Sofija Alexandrowna nachdrücklich, »geh aber trotzdem über die Hintertreppe, damit es im Treppenhaus keinen Krach gibt.«

»Gut.«

Warja küßte Sofija Alexandrowna.

»Haben Sie Dank für alles und verzeihen Sie mir.«

»Kindchen, ich habe dir nichts zu verzeihen, sondern dir zu danken, daß du mich nicht verläßt. Wenn alles geregelt ist, kommst du zurück, ich würde mich freuen.« –

Warja öffnete die Tür des Zimmers, sie war nicht abgeschlossen. Nina saß am Tisch und korrigierte Hefte.

Sie sah Warja im Mantel mit dem Koffer und dem Reißbrett. »Ist das Eheglück vorbei?«

Warja stellte den Koffer ab, legte das Brett aufs Bett und sagte: »Ja, vorbei.«

15

Warja war nervös; sie dachte, Kostja käme früher als sonst nach Hause und würde sie anrufen. Aber das Telefon blieb stumm. Folglich kam er spät wie immer.
Am nächsten Tag, etwa zwei Stunden vor Feierabend, rief Igor Wladimirowitsch Ljowotschka in sein Zimmer ans Telefon. Das war sonst nicht üblich.
Nach wenigen Minuten kam Ljowotschka zurück und sagte Warja, daß der Anruf für sie sei.
»Ist es Kostja?«
»Ja.«
»Woher kennt er die Nummer?«
Ljowotschka hob stumm die Schultern.
»Wir pflegen Igor Wladimirowitschs Telefon nicht zu benutzen. Es gibt ein Telefon für alle, die Nummer kennt er.«
Ljowotschka zuckte wieder mit den Achseln.
»Er sagte, er sei sehr dringend. Ich habe Igor Wladimirowitsch gefragt, ob ich dich ans Telefon rufen dürfe, und er war einverstanden.«
»Geh hin und sag ihm, daß er unter der anderen Nummer anrufen soll.«
»Mach das selbst, ich bin doch keine Vermittlungsstelle.«
»Wirklich nicht? Und wer hat ihm denn von dem Vorfall im *Kanatik* erzählt? Bestimmt doch du!«
Warja sagte das aufs Geradewohl, aber sie traf ins Schwarze.
Ljowotschka ging in Igor Wladimirowitschs Arbeitszimmer zurück, kam dann wieder und sagte verdrossen: »Er erwartet dich heute um fünf Uhr vor dem Park für Kultur und Erholung.«
»Er hat wohl Lust, auf die Schiffschaukel zu gehen?« fragte Warja spöttisch.
»Ich richte dir nur aus, was er gesagt hat.«
»Habt ihr euch gezankt?« fragte Rina, sah aber nicht von ihrer Zeichnung hoch.

»Geht dich das was an?!«
»Ich frage nur einfach so...«
»Dann halt den Mund!«
Sobald Warja zu Hause war, rief sie Sofija Alexandrowna an, weil sie sich ihretwegen Sorgen machte.
»Wie geht's, Sofija Alexandrowna?«
»Alles in Ordnung.«
»Ist er ausgezogen?«
»Jawohl.«
»Hat er seine Sachen mitgenommen?«
»Ja.«
»Wie ist Ihnen das gelungen?«
»Es ist eben gelungen... wenn du kommst, erzähle ich es dir.«
Sie wollte es ihr nicht am Telefon berichten, da hatte sie recht. Warja brannte darauf zu erfahren, wie es Sofija Alexandrowna gelungen war, Kostja loszuwerden, aber sie mußte auf Nina warten und mit ihr besprechen, wie sie in Zukunft zusammenleben würden. Es wäre nicht gut, zwei separate Haushalte zu führen; schon wegen der Nachbarn wäre das peinlich.
Warja packte den Koffer aus, hängte die Kleider in den Schrank, räumte ihre Sachen an die alten, vertrauten Stellen, öffnete die Schubladen ihres Tisches, alles war wie früher, nichts angerührt, nichts weggeräumt, als habe Nina gewußt, daß sie zurückkehren würde. Sie waren immerhin Schwestern, und immerhin war das ihr Zuhause, lieb und vertraut. Sie legte das Reißbrett auf den Tisch und begann zu arbeiten.
So traf Nina sie an. Warja lächelte ihr zu, fragte, ob sie essen wolle, und wies auf die belegten Brote, die sie aus der Kantine mitgebracht hatte. Nina verhielt sich ebenfalls einsichtig, trat ans Zeichenbrett, fragte, was Warja zeichne, und hörte sich die Erklärung der Schwester aufmerksam an. Was das Wirtschaften betraf, meinte Nina, gebe es überhaupt keine Probleme, da sie doch beide in der Kantine zu Mittag äßen. Warja widersprach: Es bliebe die Miete, die Telefon-, Strom- und Gasrechnung, man würde außerdem gemeinsam frühstücken und Abendbrot essen; sie wollte alle Ausgaben mit Nina teilen. Sie vereinbarten, daß beide die sie gemeinsam betreffenden Ausgaben notieren

und sie diese am Monatsende zu gleichen Teilen abrechnen würden.

Dann tranken sie Tee, aßen die von Warja mitgebrachten Brote und schwatzten.

Warja erzählte vom Hotelbau, von den Kollegen, Nina freute sich über ihre Begeisterung. Aber über Kostja fiel kein Wort. Nina fragte nicht, denn mit der Zeit würde Warja schon von sich aus erzählen.

Es ging schon auf zehn Uhr zu, als im Flur das Telefon schrillte. Nina nahm den Hörer ab.

»Warja, für dich.«

Nina hatte einen besorgt fragenden Blick. Warja erriet, daß es Kostja war.

Er war's tatsächlich.

»Hat Ljowa dir meine Bitte ausgerichtet?«

»Ja.«

»Warum bist du nicht gekommen?«

»Schiffschaukeln interessieren mich nicht mehr, ich bin erwachsen geworden.«

»Wir müssen uns aussprechen.«

»Ich höre.«

»Das läßt sich nicht am Telefon erklären. Wir müssen uns treffen.«

»Wir haben nichts mehr zu besprechen und brauchen uns auch nicht zu treffen.«

»Es ist sehr wichtig. Für mich, für dich und auch für Sofija Alexandrowna.«

Natürlich log er und versuchte, sie zu erpressen. Trotzdem war sie beunruhigt.

»Schön, komm morgen um vier Uhr zum *Grandhotel*, dann können wir miteinander reden.«

»Nein, wir müssen sofort miteinander reden, unverzüglich, du kannst dir gar nicht vorstellen, wie wichtig es ist, morgen ist es zu spät. Komm für ein paar Minuten auf den Arbat runter.«

»Schön«, sagte Warja, »ich komme gleich.«

Sie ging ins Zimmer zurück und nahm den Regenmantel. »Ich komme gleich wieder.«

»War er's?« fragte Nina kurz.

»Ja.«
»Soll ich mit runterkommen?«
»Wozu?«
»Wer weiß...«
Warja lachte.
»Da brauchst du dir keine Gedanken zu machen.«
Kostja ging vor ihrem Haus auf und ab, hatte den Mantelkragen hochgeschlagen und die Mütze tief in die Stirn gezogen. Er sah wie ein Detektiv oder Gangster in einem amerikanischen Film aus, so hatte Warja ihn noch nie gesehen. Eine alberne Maskerade.
Sie gingen den Arbat hinab.
»Wer war am Telefon?«
»Meine Schwester.«
»Weiß sie, daß du dich mit mir triffst?«
»Natürlich.«
Sie bogen in die Plotnikow-, dann in die Kriwoarbatski-Gasse ein, erreichten den freien Platz vor der Schule und setzten sich auf eine Bank. Es war schon dunkel, die Laternen verströmten einen trüben Schein, in den Fenstern brannte Licht, nur wenige Passanten gingen noch die Gasse entlang.
»Ohne deinen Mann solltest du auf Restaurantbesuche lieber verzichten«, begann Kostja, »du könntest Unannehmlichkeiten bekommen. Wäre ich dabeigewesen, hätte dich niemand belästigt. Aber du mußtest ja ohne mich losziehen und hattest dann auch gleich die Bescherung.«
»Vor dir«, begann Warja, »als ich meinen sogenannten Mann noch nicht hatte, hat mich kein Mensch belästigt und auch niemand beleidigt. Die Person hat mich gerade deshalb beleidigt, weil ich deine Frau gewesen bin und sie mich auch für eine Hure gehalten hat.«
»Sie ist eine Psychopathin«, entgegnete er, »sie ist krank.«
»Was hat sie denn?«
»Ich sage dir doch, sie ist psychisch krank. Psychopathen sind imstande, den größten Unsinn zu reden.«
»Kostja, ich hab's eilig«, unterbrach sie ihn, »meine Schwester wartet. Die Psychopathin interessiert mich nicht und der Zwischenfall im *Kanatik* auch nicht. Wir haben uns getrennt.«

Er schwieg, lächelte dann plötzlich und versuchte, Warjas Hand zu nehmen. »Warte, Liebes, immer mit der Ruhe. Ich verstehe, daß du böse bist, aber wir haben doch gar nicht so schlecht miteinander gelebt. Du hast immer alles gemacht, was du wolltest; du hast aus freien Stücken angefangen zu arbeiten, wenn du willst, kannst du auch studieren, ich will dir helfen, bei mir bist du doch bestens aufgehoben.«

Sie zog die Hand zurück.

»Mach dir keine Illusionen, Kostja. Wir sind miteinander fertig. Es ist aus.«

Seine Lippen zuckten böse.

»Nein! Du hast versprochen zu warten, bis ich ein Zimmer finde. Und jetzt sitze ich auf der Straße und weiß nicht, wo ich übernachten soll.«

»Das stimmt nicht. Du hast selbst gesagt, es sei dir gleichgültig, wo ich wohnen würde, bei meiner Schwester oder bei Sofija Alexandrowna. Die Sachen, die du mir gekauft hast, habe ich dagelassen, nimm sie, du kannst sie verspielen oder deinen Miezen schenken, wir beide sind quitt.«

»Nein«, er verzog die Lippen, »nein, wir sind noch lange nicht quitt. Was hast du Sofija Alexandrowna über mich erzählt?«

»Nichts.«

»Du lügst!«

»Nein, ich lüge nicht. Ich habe ihr bloß von dem Cape erzählt, ich mußte es ihr einfach erzählen, denn sonst wäre sie zur Miliz gegangen, und du hättest die schlimmsten Unannehmlichkeiten bekommen. Übrigens brauchte ich ihr gar nichts zu erzählen, sie wußte, mit wem sie es zu tun hatte. Du hattest versprochen, nie wieder Flinten mit nach Hause zu bringen, und gestern hast du es trotzdem getan. Ich habe das alles satt und bin deshalb gegangen. Mach doch, was du willst.«

»Ich weiß, was ich zu tun habe, meinetwegen brauchst du dir keine Sorgen zu machen«, sagte er finster, »mit dieser Dame komme ich schon ins reine, die wird noch Blut und Wasser schwitzen, da kannst du sicher sein ...«

»Von wem redest du?« Warja hatte nicht verstanden, wen er meinte.

»Von deiner Sofija Alexandrowna, dem alten Drachen, die kriegt noch ihr Fett ab, die werde ich tüchtig zappeln lassen. Wir haben keine Gesetze, pure Gesetzlosigkeit... Und das, was sie über den Genossen Stalin gesagt hat... Da hat man ihr Söhnchen eingelocht, und schon verunglimpft sie unsere Regierung...«

Warja hätte alles mögliche erwartet, aber nicht das. »Kostja, was redest du da?! Du bist wohl nicht ganz bei Trost!«

»Wie du mir, so ich dir. Du glaubst wohl, weil du mir die Klamotten zurückgegeben hast, bist du mit mir quitt, aber da hast du dich gewaltig geschnitten!«

»Was bist du für ein Lump!« schrie Warja atemlos. »Du bist ein Denunziant, untersteh dich! Du krümmst Sofija Alexandrowna kein Haar, merk dir das! Wenn du auch nur ein Wort gegen sie sagst, erkläre ich, daß nicht sie, sondern du das alles gesagt hast, du, verstehst du mich. Ich bin der einzige Zeuge, und glauben wird man mir und nicht dir. Ich sage einfach, daß du sie aus Rachsucht verleumdest, weil sie dir verboten hat, Waffen ins Haus zu bringen. Du hast es aber dennoch getan, obwohl für den Arbat besondere Bestimmungen gelten. Wenn du auch nur das Geringste gegen Sofija Alexandrowna unternimmst, mache ich Hackfleisch aus dir. Und dir wird keiner helfen, diese Rinas und Ljowotschkas, sie werden dich alle ohne weiteres verraten.«

Sie konnte nicht weitersprechen, Zorn, Wut und Entrüstung schnürten ihr die Kehle zu.

»Rede nur, rede, du redest jetzt zum letzten Mal, zum allerletzten Mal«, Kostjas Stimme war nur noch ein Flüstern, »zum letzten Mal, weil ich dich gleich abknalle!«

Er hatte noch nicht zu Ende gesprochen, da hatte sie sich bereits wieder beruhigt. Er hielt die Hand in der Tasche; er besaß einen Smith and Wesson, hatte ihr den Revolver einmal gezeigt und gesagt, es sei die Waffe eines berühmten Freundes, er solle ihn reparieren, natürlich hatte er gelogen, er log immer. Aber Warja empfand nicht die geringste Angst, er würde nicht schießen, würde es einfach nicht wagen. Und Sofija Alexandrowna würde er auch nicht denunzieren, das würde er ebenfalls nicht wagen. Sie fühlte sich auf einmal absolut sorglos und so verwegen, daß sie dachte: Soll er's nur probieren, soll er!

»Wirklich?« fragte sie spöttisch. »Du willst mich erschießen? Klar, deshalb hast du gefragt, ob meine Schwester weiß, wo ich bin. Sie weiß es, weiß, daß ich mich mit dir treffe, schieß also, dann kriegst du die Todesstrafe, dafür wird schon gesorgt werden. Feigling!« Ihre Stimme überschlug sich. »Schieß doch, du Feigling, schieß!«

In den Fenstern der umstehenden Häuser wurden die Gardinen beiseitegeschoben, die Leute starrten ins Dunkel der Gasse.

Warja schrie: »Na schieß schon, warum schießt du denn nicht, Feigling, Scheißkerl!«

»He, was ist denn da los?« ertönte eine laute Männerstimme aus einem Fenster.

Passanten blieben in der Gasse stehen.

»Kreisch doch nicht wie 'ne Wahnsinnige! Du entkommst mir sowieso nicht.«

Damit drehte er sich um und verschwand schnell im Dunkel der Gasse.

»Ich wollte dich schon suchen gehen«, sagte Nina, als Warja nach Hause zurückkehrte. »Was ist denn passiert, wenn's kein Geheimnis ist?«

Warja lachte.

»Nichts besonderes, er wollte mich erschießen.«

»Was sind denn das für Sachen?!« rief Nina entrüstet. »Er hat wohl vergessen, wo er lebt?!«

»Er ist einfach ein Wirrkopf, eine absolute Null.«

Am nächsten Tag ging Warja gleich nach der Arbeit zu Sofija Alexandrowna. Sie saß schreibend am Tisch, offenbar schrieb sie an Sascha.

»Sofija Alexandrowna, erzählen Sie bitte, was sich abgespielt hat.«

Sofija Alexandrowna legte die Feder beiseite und nahm die Brille ab.

»Ich sagte ihm, er solle ausziehen. Zunächst weigerte er sich, aber etwas später ging er dann.«

»Ja, aber erzählen Sie doch genauer.«

»Ich sagte ihm, daß ich verboten hätte, Gewehre ins Haus zu bringen, er sich aber nicht an mein Verbot gehalten und ich dir deswegen Vorwürfe gemacht hätte; du seist zu deiner Schwester gezogen. Ich bäte auch ihn auszuziehen, zumal die Nachbarn protestierten, weil nachts die Kette seinetwegen nicht vorgelegt werden könne. Er wurde grob, drohte, redete allerhand dummes Zeug, daß ich das Zimmer schwarz vermiete...«

»Was für ein Lump!«

»Daraufhin erklärte ich ihm, daß ich heute abend die Kette vorlegen und ihm kein Mensch öffnen würde, sollte er aber laut klopfen oder läuten, würde ich die Miliz holen und aussagen, daß er Gewehre verschöbe. Er habe keinen festen Beruf, alle Nachbarn seien gegen ihn, und auch in der Hausverwaltung habe man mehrmals nach ihm gefragt, ebenso wie die Miliz im Revier. Da drohte er mir wieder, und daraufhin sagte ich: Mein Sohn ist verhaftet und deportiert. Ich kenne also alle Wege – zum Staatsanwalt, zum Untersuchungsrichter und zum Rechtsanwalt, mir können Sie keine Angst mehr machen, denken Sie lieber an sich selbst, und wenn Sie morgen früh nicht ausziehen, haben Sie sich die Folgen selbst zuzuschreiben, denn ich schrecke vor nichts zurück. Damit bin ich gegangen. Morgens ist er mit seinen Sachen ausgezogen.«

»Mit seinen Sachen? Und meine?«

»Deine hat er dagelassen.«

»Um einen Anlaß zu haben, wiederzukommen.«

»Vielleicht hofft er, daß ihr euch wieder versöhnt.«

»Darauf kann er lange warten.«

»Ich hatte überhaupt nicht erwartet«, sagte Sofija Alexandrowna, »daß er die Schlüssel daläßt, ich dachte, ich müsse neue Schlösser anbringen lassen.«

»Sehr umsichtig von ihm«, Warja lächelte spöttisch. »Wenn in der Wohnung etwas gestohlen wird, fällt natürlich zuerst auf diejenigen ein Verdacht, die Schlüssel haben; darum hat er sie zurückgegeben.«

»Schon möglich«, stimmte Sofija Alexandrowna zu.

»Was die Sachen betrifft, machen Sie sich keine Sorgen, ich nehme sie mit. Sollte er kommen, um sie abzuholen, oder anrufen, so sagen Sie ihm nur, ich hätte die Sachen mitgenommen, er müsse sich an mich wenden.«

»Das ist richtig, es sind deine Sachen, also trag sie auch.«

»Abwarten«, antwortete Warja unbestimmt, sie war entschlossen,

Kostja am nächsten Tag alle Sachen durch Ljowotschka zurückzugeben.
Sie umarmte Sofija Alexandrowna zärtlich.
»Ich habe Ihnen gegenüber ein so schlechtes Gewissen, Sie haben meinetwegen so viel aushalten müssen.«
»Aber nicht doch, Kindchen, schlag dir das aus dem Kopf. Vor ihm brauchst du keine Angst zu haben, solche Leute wie er sind nur stark, wenn sie es mit Schwachen zu tun haben, mutig sind sie nur Schüchternen gegenüber.«
»Das weiß ich«, Warja lächelte ironisch, »gestern abend hat er mich auf die Straße bestellt und wollte mich erschießen.«
»Tatsächlich?«
»Ja, ich habe ihn ausgelacht und bin weggegangen.«
»Recht so, du hast dich ganz richtig verhalten.«
Warja spürte selbst, daß sie sich richtig verhalten hatte, sie spürte ihre Kraft, ihre Unabhängigkeit. Ja, endlich unabhängig! Sie hatte sich dem fremden Willen nicht gebeugt, hatte es geschafft, sich von diesem Schmutz zu befreien, auch wenn sie einen Fehler gemacht hatte. Aber schließlich lernte man ja aus Fehlern. Überall auf der Welt kämpften die Menschen ums tägliche Brot, um einen Platz in der Sonne, überall paßte man sich den Verhältnissen an, entscheidend war nur, Mensch zu bleiben und sich in seiner Würde nicht erniedrigen zu lassen. Das hatte sie erreicht, und darauf konnte sie stolz sein.
»Schreiben Sie an Sascha?«
»Ja, Kind. Der Brief muß morgen weg. Sonst kommt er erst an, wenn der Weg nicht mehr passierbar ist. Der ganze Verkehr liegt dort im Oktober und November lahm, und zwar bis die Angara zugefroren ist. Ich möchte, daß er den Brief unbedingt noch mit der letzten Post kriegt.«
Warja stellte sich Sascha vor, wie er allein am Ufer des fernen sibirischen Stroms stand. Sie wollte ihm jetzt wenigstens einige Worte schreiben, ihm eine kleine Freude machen. Jetzt, nach allen Prüfungen, die sie durchgemacht und überstanden hatte, war ihr wieder froh ums Herz. Deshalb fiel es ihr auch leicht, Sascha zu schreiben, dem besten Menschen, den sie kannte.
»Darf ich ihm ein paar Worte schreiben?«

»Aber natürlich, Warenka«, sagte Sofija Alexandrowna erfreut, »das wird ihn glücklich machen, denn ihm schreibt doch kein Mensch außer mir.«

Warja griff nach einem Blatt Briefpapier, überlegte ein wenig, tauchte die Feder ein und schrieb:

»Guten Tag, Sascha! Ich bin gerade bei Deiner Mama, wir schreiben Dir diesen Brief. Uns geht es gut, Deine Mutter ist gesund. Ich arbeite in einem Moskauer Architektenbüro.«

Sie überlegte und setzte dann hinzu: »Wie gern würde ich wissen, was Du jetzt machst.«

16

Kirow fühlte sich in Sotschi nicht wohl, der Aufenthalt bedrückte ihn. Seine Mitarbeit an dem Lehrbuch für Geschichte war rein formell. Er las die von den Referenten geschriebenen Texte und billigte, was Stalin bereits gebilligt hatte. Er wußte, daß Stalin die Geschichte umschreiben ließ – und nicht nur, um die eigene Person zu verherrlichen, sondern auch, um frühere, gegenwärtige und künftige Grausamkeiten zu rechtfertigen. Aber Kirow konnte nicht widersprechen, denn in theoretischen Fragen war er nicht kompetent. Er war weder Theoretiker noch Historiker, Stalin standen unzählige Historiker und Theoretiker zur Verfügung, die bereit waren, alles mögliche zu beweisen. Da mußte er sich heraushalten. Aber er wollte auch nichts über Stalins Rolle im Kaukasus schreiben.
Fünf Jahre hindurch hatte Kirow die Parteiorganisation in Aserbaidshan geleitet und sich in dieser Zeit eingehend mit ihrer Geschichte beschäftigt. Stalins Rolle in Baku war Kirow bestens bekannt, die Rolle eines durchschnittlichen Berufsrevolutionärs, der erst im nachhinein, wie in so vielem anderen auch, eine besondere Bedeutung zugeschrieben wurde. Er, Kirow, hatte sich auch daran beteiligt. Aber das waren allgemeine historische Fragen gewesen. Die Behauptung, Stalin sei Lenins direkter Nachfolger, war eine Notwendigkeit für die Partei. Er akzeptierte diese Behauptung, manche Abweichungen von der Wahrheit mußten eben in Kauf genommen werden. Aber nun war alles vollbracht, der Kampf beendet. Wozu benötigte Stalin den Lorbeer des Leiters der Druckerei »Nina«? Wollte er mit seiner, Kirows, Hilfe, mit Jenukidse abrechnen? Nein, da würde er nicht mitmachen.
Er kannte jede Straße in Baku, jedes Haus, jeden Betrieb und Bohrturm. In seiner Erinnerung war nichts davon mit Stalin verknüpft. Gegenwärtig wurde ganz Baku in eine Stalingedenkstätte verwandelt, und das schon zu dessen Lebzeiten. Straßen,

Bezirke, Ölraffinerien, Schulen und Hochschulen trugen neuerdings Stalins Namen. Im Bailow-Gefängnis wurde sogar ein Museum eingerichtet, obwohl niemand genau wußte, in welcher Zelle Stalin gesessen hatte. Man hatte aber auch nicht gewagt, ihn danach zu fragen, denn er hätte diese Frage ja andeutungsweise so verstehen können, daß man dieser Tatsache nicht Bedeutung beimaß, er hätte denken können, die Leute in Baku seien nicht überzeugt, daß die Einrichtung einer solchen Gedenkstätte gerechtfertigt sei. Sie hatten das Problem allein gelöst und eine Zelle ausgesucht, in die sich leicht von außen eine Tür schlagen ließ, damit die Touristen bei der Besichtigung nicht durch das Gefängnis gehen mußten. Das Museum war eingerichtet, man machte Führungen, und Stalin wußte, daß das eine Vorspiegelung falscher Tatsachen war. Kirow hatte wiederholt beobachtet und auch schon mit Ordshonikidse darüber gesprochen, daß in Stalins Vorstellung die Grenze zwischen Wirklichkeit und Legende fließend geworden war, wenn es um seine Vergangenheit ging.
Für Kirow existierte diese Grenze aber sehr deutlich, und er war nicht gewillt, an der Schaffung neuer Legenden mitzuwirken. Stalin verlangte, daß er sich hier in Sotschi aufhielt, ein ärgerlicher Zeitverlust. Sein Platz war in Leningrad, wo die Abschaffung der Lebensmittelmarken bevorstand. In vier Monaten würden die Bürger der UdSSR unbegrenzt Brot kaufen können. Diese Tatsache bewies die Lebensfähigkeit der Kolchosordnung, die unter zahllosen Verlusten, Qualen und Opfern errichtet worden war. Eine solche Aktion durfte man nicht scheitern lassen, sie erforderte sorgfältige Vorbereitung, besonders in Gebieten, die nicht über eigenes Getreide verfügten, und Leningrad gehörte dazu. Statt dessen schlug er in Sotschi die Zeit tot.
Die Anmerkungen zum Konzept des Lehrbuches las Kirow am Strand, er überflog sie nur und beschwerte die Seiten dann mit einem Stein, damit der Wind sie nicht wegwehte. Der mit einem doppelten Drahtzaun und einem Sperrstreifen abgegrenzte Strand war leer. Am Eingang zum Strand stand ein Posten in einem Häuschen mit Telefon, ein zweiter Posten patrouillierte auf dem asphaltierten Weg entlang des Außenzauns. Der Strand wurde nur von Stalins Gästen benutzt. Stalin selbst badete nicht im Meer und

ging auch nicht an den Strand. Das Dienstpersonal und die Wachen badeten woanders.
Kirow traf nur einen Menschen am Strand, den Moskauer Zahnarzt. Er verhielt sich Kirow gegenüber respektvoll, aber nicht unterwürfig, ruhig und freundlich. Der Mann mit der weichen Stimme und der zurückhaltenden Art war ein vorzüglicher Schwimmer; man sah ihm an, daß er alles hier genoß: das Meer, die Sonne, den Sand am Strand. Kirow freute sich immer über die Freude anderer Menschen. Natürlich hatten sich die Menschen auch vor tausend Jahren gefreut und würden sich freuen, solange es Leben auf der Erde gab. Und doch konnte Kirow die Freude, die er bei sowjetischen Menschen erlebte, nicht von dem Staat trennen, den er, Kirow, vertrat, mit der gesellschaftlichen Struktur, die er bejaht hatte und weiterhin bejahte, mit der neuen Gesellschaft, an deren Aufbau er beteiligt war. Das Lächeln, das er sah, das Lachen, das er hörte, waren sein Lohn, waren der Lohn seiner Partei. Sie rechtfertigten die harten, zuweilen extrem harten Beschlüsse, die gefaßt werden mußten. Als Marxist dachte er in großem Maßstab, hinter den Tausenden und Abertausenden existierte für ihn aber doch immer noch der einzelne Mensch. Kein Auditorium war für ihn gesichtslos. Wenn er auf einer Tribüne stand und sprach, suchte er das Verständnis jedes Zuhörers, vielleicht lag gerade darin das Geheimnis seiner Rednergabe.
Er legte immer auf den persönlichen Umgang mit Menschen wert und unterhielt sich gern mit ihnen; auch der Zahnarzt interessierte ihn. Sie sprachen über alltägliche Dinge: über die Wassertemperatur, über die Schwefelwasserquellen, die es auf dem Meeresgrund gab, über die Wirkung der Mazesta-Quellen auf den menschlichen Organismus. Kirow gefiel, daß Lipman nicht den Mediziner hervorkehrte. Selbst über Zähne, den Gegenstand seines Berufs, sagte er die einfachsten Dinge: was für eine Zahnbürste zu benutzen sei, eine große oder kleine, womit man den Mund am besten spüle. Aber Lipman sagte kein einziges Mal, wen er behandelte, Stalins Name fiel nicht.
»Mazesta bewirkt Wunder«, sagte Lipman, »mein Nachbar in der Wohnung war so krank, daß er nicht mehr gehen konnte, nach der Behandlung in Mazesta läuft er herum wie ein Achtzehnjähriger.«

»Haben Sie eine gute Wohnung?«

»Tja, wie man's nimmt... ein anständiges Zimmer mit eigenem Telefon in einer Gemeinschaftswohnung, neunzehn Quadratmeter groß, in der Zweiten Mestschanskaja-Straße, also zentral gelegen. Die Nachbarn sind allerdings unzufrieden und verlangen, daß das Telefon in den Flur verlegt wird. Ich hätte ja nichts dagegen, die anderen sollen auch telefonieren, aber die Sanitätsverwaltung des Kreml erlaubt es nicht. Die Verwaltung hat das Telefon installiert, und ich werde über diese Leitung zu meinen Patienten gerufen.«

Kirow wußte, daß die im Kreml beschäftigten Ärzte zu ihren hochgestellten Patienten gefahren wurden, daß man ihnen aber nie sagte, zu wem. Ordshonikidse hatte einmal darüber gelacht: »Verstehst du, man holt meinen Arzt, nennt ihm aber nicht meinen Namen. Der Arzt weiß zwar Bescheid, denn wenn ihn Iwanow fährt, geht's zu mir, holt ihn Petrow ab, geht's zu Kuibyschew. Solche Spielchen spielen wir.«

Wind kam auf, auf dem Wasser zeigten sich Schaumkronen.

»Es sind viele Quallen am Ufer, also gibt's Sturm«, sagte Kirow.

So unterhielten sie sich, wechselten ein paar Worte über dies und das, wenn sie am Strand lagen, badeten oder sich nach dem Schwimmen abtrockneten. Der Arzt sah die Papiere, die neben Kirow lagen, wollte nicht stören und verhielt sich zurückhaltend.

Aber Kirow las die »Kommentare«, fast ohne in ihren Sinn einzudringen. In welche Richtung die Revision der Geschichte zielte, war ohnehin klar, Details spielten deshalb keine Rolle mehr. Er dachte über Stalin nach; in den letzten Jahren hatte er überhaupt viel über ihn nachgedacht. Aber in Leningrad wurden diese Gedanken von der Arbeit verdrängt. Hier dagegen gab es nichts zu tun, hier gab es nur Stalin. Kirow sah ihn täglich und dachte unaufhörlich an ihn.

In all den Jahren hatte er Stalin und dessen Richtung unterstützt, gegen dessen Feinde gekämpft, sich ganz für Stalins Autorität eingesetzt. Er hatte es voller Überzeugung getan, obwohl ihm viele persönliche Züge Stalins mißfielen. Aber man mußte persönliche und politische Eigenschaften auseinanderhalten können. An Stalins Versprechen, Lenins Kritik an ihm zu berücksichtigen und sich zu bessern, glaubte er nicht allzu sehr. Kirow glaubte an etwas anderes: Der interne Parteikampf hatte Stalins schlechte Charakterzüge deutlicher hervortreten lassen. Wenn der Kampf erst beendet war, würde die Notwendigkeit, sich extremer Mittel zu bedienen, fortfallen. Dann würden Stalins negative Charakterzüge wieder den positiven weichen, denn jeden Führer eines großen Landes müssen gute Eigenschaften auszeichnen, wenn er künftigen Generationen in dankbarer Erinnerung bleiben will. Und Stalin wollte das.

Aber Kirows Hoffnungen bestätigten sich nicht. Im Gegenteil, je mehr Stalin seine Position festigte, desto intoleranter, despotischer, launischer und gehässiger wurde er. Er spann Intrigen, hetzte die Parteiführer gegeneinander auf und machte die Sicherheitsorgane zum wichtigsten Werkzeug seiner Regierung. Philipp Medwed, der Leiter des NKWD in Leningrad, wo Kirow bestimmte, war dem Gebietsparteikomitee unterstellt. Aus anderen Gebieten berichteten Parteisekretäre aber, daß die örtlichen Sicherheitsorgane immer unabhängiger vorgingen, nur noch auf ihre Zentrale hörten und alle Staatsorgane unterwanderten. Sie richteten ihr Hauptaugenmerk auf die Aufklärungsarbeit und verlangten selbst von Parteimitgliedern, sich gegenseitig zu bespitzeln. Daß man ihm nachspionierte, hatte ihm Maria schon einige Male sehr besorgt gesagt. Maria war seine Frau, und Frauen machten sich eben immer Sorgen. Aber auch Sofija, Marias Schwester, eine kaltblütige, beherrschte Frau, Parteimitglied seit 1911, bestätigte ihm das. Kirow machte sich deswegen keine Gedanken, in Leningrad war so etwas ausgeschlossen. Offenbar wechselte Borissow, der Chef seiner Leibwache, die Leibwächter zu oft aus, wodurch der Eindruck entstehen mochte, daß man ihn beschattete. In Moskau war das anders, dort wurde jeder seiner Schritte kontrolliert, dort observierte man jedes Politbüromitglied, registrierte wer sich mit wem traf, wer wen besuchte. Das alles war widerlich, in der Partei hatte es früher so etwas nie gegeben, aber es ließ sich nichts dagegen machen. Stalins Argwohn wuchs, er vertraute niemandem. Es war auch unmöglich, ihm gegenüber offen zu sein, weil er diese Offenheit jederzeit gegen den ausnutzte, der sich ihm anvertraut hatte. Das erzeugte unweigerlich das Gefühl allgemeiner Unsicherheit, Beklemmung, ja sogar

Hilflosigkeit. Man konnte sich auch nicht gegen Stalin wenden; und das Tragische an der ganzen Situation war, daß seine Methoden absolut unzulässig waren, daß aber die Linie stimmte. Er hatte Rußland zu einer industriellen Großmacht gemacht. Sich gegen Stalin zu wenden hieß, sich gegen das Land und die Partei zu wenden. Keiner würde ihn, Kirow, unterstützen. Selbst wenn er Unterstützung fände, wer könnte Stalin ersetzen? Viele würden ihn, Kirow, gern auf dem Posten des Generalsekretärs sehen. Aber er wollte und brauchte das nicht, er könnte dieser Aufgabe nicht gerecht werden, denn er war kein Theoretiker, sondern ein Praktiker der Revolution. Die lebendigste Erinnerung an seine revolutionäre Jugend war, daß er eigenhändig eine Vervielfältigungsmaschine gebaut hatte, mit der die Studenten Flugblätter herstellten. Damals war er darauf sehr stolz gewesen, das war sein erster bedeutender Beitrag für die Sache der Partei gewesen. Schon immer hatten ihn solche greifbaren Ergebnisse seiner Arbeit und der Arbeit anderer, die er anleitete, begeistert. Ihm genügte, daß er Kommunist und Parteimitglied war und daß die Partei ihm so viel Vertrauen schenkte. Aber Stalin setzte sich über die Parteileitung hinweg, wie sie sich nach Lenins Tod mit der Zeit gebildet und das Erbe Lenins vor Trotzkis und Sinowjews Zugriff geschützt hatte. Diese Leitung wurde nicht mehr als kollektive Führung verstanden, und das entsprach den Tatsachen. Der Führer der Partei war Stalin, aber die Spitzengremien waren doch geblieben. Lenin war auch Führer der Partei und des Staates gewesen, aber er hatte stets die Ansichten des Führungskerns berücksichtigt, der ihn beriet – und zwar bei allen Meinungsverschiedenheiten, die immer wieder auftauchten. Stalin umging das Politbüro. Männer wie Shdanow, Malenkow, Beria, Jeshow, Mechlis, Poskrebyschew, Schkirjatow und Wyschinski waren heute wichtiger geworden als die Mitglieder des Politbüros. Kirow stellte sich deutlich vor, welches Ziel Stalin verfolgte, wenn er Repressalien gegen die ehemaligen Sinowjew-Anhänger von ihm verlangte; er wollte gewalttätige Handlungen heraufbeschwören, um mit einer Welle des Terrors antworten zu können, obwohl es überhaupt keine Gründe dafür gab. Aber Stalin wollte die Angst und nur die Angst zum Verbündeten seiner Regierung machen: Er brauchte sie zur Festigung seiner

Alleinherrschaft. Wohin das führen würde, war unbekannt. Kirow wurde jetzt bitter bewußt, was für einen Fehler die Partei begangen hatte, als sie Lenins Rat nicht beherzigt hatte, Stalin als Generalsekretär abzulösen. Das hätte unbedingt geschehen müssen. Trotzki hätte sich nicht an die Spitze setzen können, er war der Partei fremd. Sinowjew und Kamenjew wären auch nicht in diese Position gekommen, die Partei mißtraute ihnen. Der wahre bolschewistische Kern hätte die Partei geführt, das gegenwärtige Politbüro, in dem sowohl Bucharin und Rykow wie auch Stalin ihren Platz gefunden hätten, Stalin allerdings nur als gleichberechtigtes Mitglied. Das war ein nicht zu korrigierender Fehler gewesen. Stalin jetzt seines Postens zu entheben war ebenso unmöglich wie ihn zu überzeugen. Er stimmte immer nur zum Schein zu, denn er berechnete seine politischen Züge auf lange Sicht. Hinter seinen scheinbar harmlosen Vorschlägen, einen Beitrag gegen Jenukidse zu schreiben und nach Moskau überzusiedeln, standen irgendwelche fernen politischen Ziele. Lenin hatte zu recht geschrieben: Stalin ist launisch. Aber außerdem war er geduldig und hartnäckig und führte das, was er sich vorgenommen hatte, immer konsequent durch. Er kannte das Geheimnis der Macht. Die Menschen verstanden seine primitive Seminaristenlogik, seinen Seminaristendogmatismus, ließen sich davon imponieren. Er hatte es verstanden, das Volk von seiner Allwissenheit und Allmacht zu überzeugen. Dem Volk gefiel seine Größe, gefiel, daß nach Jahren der Vernichtung, des Bürgerkriegs, interner Parteikämpfe Ordnung geschaffen wurde; diese Ordnung identifizierten die Menschen mit Stalin. Jetzt noch etwas zu ändern war unmöglich. Das Bewußtsein seiner eigenen Hilflosigkeit ließ Kirow nahezu verzweifeln.

Als Kirow 1926 nach Leningrad gezogen war, hatte er gewußt, wie schwierig seine Aufgabe sein würde. Die Leningrader Parteimitglieder hatten für Sinowjew gestimmt. Unter Einsatz aller ihm zur Verfügung stehenden organisatorischen und propagandistischen Mittel konnte das Zentralkomitee sie in kurzer Frist dahingehend überzeugen, daß sie gegen Sinowjew für die Beschlüsse des XIV. Parteitags und damit für die Linie des ZK stimmten. In der Parteigeschichte war das das erste Mal, daß sich Zehntausende von

Kommunisten von der Meinung lossagten, die sie noch kurz zuvor vertreten und für etwas stimmten, das sie am Vortag verurteilt hatten. Diese Aktion hatte er, Kirow, durchgeführt. Ein bitterer Sieg. In den folgenden Jahren liefen alle seine Bestrebungen darauf hinaus, den Leningrader Parteimitgliedern wieder das Gefühl ihrer Menschenwürde zu vermitteln, das seelische Trauma von ihnen zu nehmen. Sicher war er für eiserne Disziplin in der Partei, aber die Partei brauchte keine stumme, unterwürfig zustimmende Masse! Eine solche Parteiorganisation wollte er nicht leiten. Das revolutionäre Leningrad mußte die Wiege der Oktoberrevolution bleiben, die Petersburger Arbeiter die Avantgarde der russischen Arbeiterklasse. Leningrad war die Stadt, in der die fortschrittliche europäische Wissenschaft, Kunst und Kultur heimisch waren. Deshalb sperrte er sich, als man die Akademie der Wissenschaften nach Moskau überführen wollte. Im Politbüro fand er keine Unterstützung. Dort ließ man sich von dem einfachen Gedanken leiten: Die Wissenschaft dient dem sozialistischen Aufbau und muß sich folglich in der Nähe des Zentrums befinden, das diesen Aufbau leitet, das heißt in der Nähe der Volkskommissariate und leitenden Behörden. Kirow war damit nicht einverstanden gewesen, wurde aber nur ausgelacht, Kirow will nicht mal die greisen Akademiemitglieder aus Leningrad fortlassen. Stalin hatte damals auch gelacht, aber nur zu gut gewußt, daß Kirow gegen alles war, was den Stolz der Leningrader verletzen konnte.

Jedenfalls hatte seine, Kirows, Politik Früchte getragen. Im Laufe mehrerer Jahre hatte er die Leningrader Kommunisten taktvoll, aber beharrlich davon überzeugt, daß er ihre Stimmabgabe vor dem XIV. Parteitag für eine zufällige Episode hielt, die keinerlei Folgen hatte, daß ihr Mißtrauen Stalin gegenüber unbegründet und Stalins Politik die einzig richtige war. Diese Überzeugungsarbeit war alles andere als einfach gewesen, denn die Leningrader Kommunisten hatten ein hohes politisches Niveau. In den letzten Jahren war die Kollektivierung mit allen nur möglichen Übertreibungen und Exzessen bei der Enteignung der Kulaken durchgeführt worden; zum Teil als Folge von Stalins nicht überzeugenden Entscheidungen aufgrund seiner These in *Vor Erfolgen von Schwindel befallen.* Das waren Jahre des Hungers und der rigoro-

sen Rationierung von Lebensmitteln und Gebrauchsgütern gewesen. Kirow hatte alle Anstrengungen unternommen, damit die Leningrader zu essen hatten, was häufig zu Konflikten mit den Moskauer Volkskommissariaten geführt hatte. Aber Leningrad hatte auch seine Pflichten der Partei gegenüber erfüllt. Im Rahmen der Bewegung »25 000 Kommunisten für Industrie und Landwirtschaft« hatte die Stadt Zehntausende Kommunisten aufs Dorf, in die Politabteilungen der Maschinen- und Traktoren-Stationen und Sowchosen, ins Verkehrswesen und zu den bedeutendsten Bauvorhaben des Fünfjahresplans entsandt. Dadurch wurde die der Partei angehörende Leningrader Arbeiterschaft stark dezimiert. Indem die Partei dieses Opfer forderte und annahm, zollte sie dem Roten Peter, wie Petersburg früher genannt wurde, die ihm gebührende Anerkennung, die er vorher immer genossen hatte. Folglich war der Zwischenfall mit der Abstimmung vor dem XIV. Parteitag und das damit verbundene Mißtrauen gegenüber den Leningrader Kommunisten für immer vergessen.
Und nun, da die Wunde vernarbt war und nicht mehr schmerzte, beschloß Stalin, sie wieder aufzureißen und den Leningradern diese Episode nach acht Jahren wieder in Erinnerung zu rufen, sie zu strafen, sich zu rächen. Hinter der Stalinschen Forderung, die angeblich »untergetauchten Oppositionellen zu liquidieren«, stand nichts anderes als die Absicht, die Basis der Leningrader Parteiorganisation vollständig zu zerschmettern. Das würde Kirow nicht zulassen. Das Politbüro würde ihn unterstützen. Und Stalin selbst würde in einer solchen Frage einen offenen Konflikt vermeiden, denn er wußte, daß er beim Politbüro keine Unterstützung finden würde. Es würde ihm nicht gelingen, das Zentralkomitee der Partei und das Politburo in ein seinem Willen höriges Instrument zu verwandeln. Diese Tatsache bürgte dafür, daß es Stalin nie gelingen würde, sich über die Partei zu erheben.
Stalin hatte viel für die Neugestaltung des Landes getan. Wie jeder große Staatsmann hatte er dieser Epoche den Stempel seiner Persönlichkeit aufgedrückt. Lenin hätte diese Neugestaltung mit anderen Mitteln verwirklicht. Aber Lenin lebte nicht mehr, Stalin war da. Lenin hatte Schuhe getragen, Stalin lief in Stiefeln herum. Andererseits war nicht zu leugnen, daß Rußland einer der größten

Industriestaaten der Welt geworden war, ein Land der fortschrittlichen Wissenschaft, der leistungsfähigen Technik und einer hohen Kultur. Ein solches Land durfte man nicht mit Terror regieren. Wissenschaft, Kultur, Technik verlangten einen freien Meinungsaustausch. Zwang und Gewalt würden die Entwicklung hemmen. Der Marxismus lehrte, daß die objektiven Gesetzmäßigkeiten der Geschichte über der einzelnen Persönlichkeit stehen und stärker sind als diese. Stalin würde sich der unerbittlichen Logik historischer Prozesse beugen müssen. Man mußte der Geschichte freien Lauf lassen, arbeiten, Industrie, Wissenschaft und Kultur fördern und weiterentwicklen und dabei allen Auswüchsen einen Riegel vorschieben.

Das Wichtigste... Kirow erhob sich, er wollte nicht länger in der Sonne liegen, das Wichtigste war, die Parteikader zu erhalten. Solange der Stamm der bolschewistischen Partei lebte und stark war, war die Partei nicht zu erschüttern.

»Sie haben sich einen kleinen Sonnenbrand geholt«, sagte Lipman zu Kirow, »ziehen Sie das Hemd an, nachher müssen Sie...« Er hatte noch nicht zu Ende gesprochen, als das Telefon im Häuschen des Wachpostens läutete. Kirow und Lipman drehten sich dorthin um. Der Posten kam zu Lipman und sagte, der Arzt werde gebeten, in die Datscha Nummer eins zu kommen.

»Nachher müssen Sie die Haut mit Spiritus einreiben, dann bekommen Sie keine Schmerzen«, empfahl Lipman Kirow, während er sich schnell anzog.

17

Lipman untersuchte das Zahnfleisch und sagte zu Stalin, daß die Heilung gute Fortschritte mache; in etwa zwei Tagen könne er mit der Arbeit an der Prothese beginnen.

»Vielleicht schon morgen?« fragte Stalin.

»Das ginge auch«, antwortete Lipman lächelnd, »aber übermorgen wäre besser.«

»Machen Sie, was Sie für richtig halten«, sagte Stalin stirnrunzelnd. »Kommen Sie mit Ihrer Arbeit weiter?«

»Wir beginnen mit der Arbeit, sobald der Abdruck fertig ist.«

»Ich meine Ihr Buch«, sagte Stalin gereizt.

»Entschuldigen Sie, ich habe nicht gleich verstanden... Danke, ich arbeite weiter.«

Stalin stand auf.

»Alles Gute.«

Nicht der Arzt reizte Stalin, sondern Kirows Verhalten. Es hatte keine weiteren Konflikte gegeben, Kirow kam pünktlich zu den Diskussionen über das Konzept des Geschichtsbuches und billigte schweigend, was gesagt wurde. Er verhielt sich aber wie jemand, den man zwang, etwas Uninteressantes und Überflüssiges zu tun. Deshalb waren diese Gesprächsrunden in letzter Zeit nur noch schwer zu ertragen. Stalin hätte Kirow zurückschicken können, er wollte aber einen offenen Bruch vermeiden und mußte sich daher gedulden. Und Stalin geduldete sich, aber seine Nerven waren angespannt. Er allein wußte, was es ihn kostete, äußerlich ruhig, kühl und gelassen zu bleiben. Auch wenn er allein war, konnte er sich beherrschen, sonst hätte er das in Gegenwart anderer nicht so gut geschafft. Brauste er trotzdem auf, ließ er seine Wut nie an demjenigen aus, der Ursache seines Ärgers war. Diesmal hatte es der Arzt ausbaden müssen.

Lipman kam zur vereinbarten Stunde und begann mit dem Gipsabdruck. Stalin mochte diese Prozedur nicht, mochte nicht, wenn der Arzt den Gipsabdruck aus dem Mund brach und man dabei

unwillkürlich das Gefühl hatte, daß zusammen mit dem Gips auch die letzten Zähne herausgebrochen wurden. Ihm waren auch die Gipskrümel, die im Mund zurückblieben, zuwider.
»Gar nicht übel«, sagte Lipman schließlich, »mir scheint, daß der Abdruck recht gut gelungen ist. Aber vielleicht sollten wir Ihnen doch lieber eine einfache Kunststoffprothese machen, Jossif Wissarionowitsch?«
Stalin schlug mit der Faust auf die Sessellehne.
»Ich habe Ihnen doch unmißverständlich erklärt, daß ich eine Prothese aus Gold will!«
»Jawohl, jawohl«, antwortete Lipman hastig, »wir machen es so, wie Sie es wünschen, morgen früh ist die Prothese fertig.«
Stalin beobachtete wortlos, wie Lipman seine Instrumente mit zitternden Händen zusammenpackte. Er hatte einen Schreck gekriegt, der Trottel! Was waren das für Menschen?!
Plötzlich unterbrach Lipman seine Tätigkeit und sagte schüchtern:
»Jossif Wissarionowitsch, ich muß den Farbton des Zahns aussuchen. Lehnen Sie sich bitte nochmal für einen Augenblick zurück.«
Stalin legte den Kopf wieder auf die Nackenstütze und öffnete den Mund. Lipman probierte einen Zahn nach dem anderen aus, er machte ein besorgtes, ja sogar erschrockenes Gesicht und hantierte lange herum. Stalin war es lästig, mit offenem Mund dazusitzen.
»Sind Sie bald fertig?«
»Gleich, sofort«, aber Lipman hielt noch immer weitere Zahnmuster in die Lücke. Dann schien er einen Entschluß gefaßt zu haben.
»Sie können aufstehen, Jossif Wissarionowitsch, ich werde mich bemühen, bis morgen früh alles fertig zu haben«, sagte Lipman besorgt und schloß seinen Koffer.
Am nächsten Morgen befahl Stalin den Arzt zu sich.
»Genosse Stalin«, sagte Towstucha, »er ist mit der Arbeit noch nicht fertig, er sagte, er würde noch bis morgen brauchen.«
Stalins Miene verdüsterte sich.
»Lassen Sie ihn kommen.«
Wenig später stand Lipman atemlos vor ihm.
»Sie haben versprochen, mir die Prothese heute einzusetzen. Warum halten Sie Ihr Versprechen nicht?«

»Ich habe es nicht geschafft, Jossif Wissarionowitsch.«
»Warum nicht? Was hält Sie auf?« Stalin musterte den Arzt mit seinem besonderen, schweren Blick, den alle fürchteten.
Lipman breitete die Arme aus.
»Sagen Sie mir die Wahrheit.«
»Wissen Sie«, begann Lipman ängstlich, »kein einziger von den künstlichen Zähnen, die ich mitgebracht habe, paßt farblich zu Ihrem Gebiß.«
»Haben Sie denn keine, die passen?«
»Ich habe alle mitgenommen, die wir hatten, darunter auch welche in der Farbe, die früher für Sie benutzt wurde.«
»Na und?«
»Die Farbe der Zähne ändert sich im Laufe der Zeit, besonders bei Rauchern. Die Zähne, die ich mitgebracht habe, passen von ihrer Färbung fast zu Ihrem Gebiß, aber eben nur fast. Ein kleiner Farbunterschied ist unübersehbar.«
»Fällt das sehr auf?«
»Nein, nicht sehr. Aber der Fachmann sieht es.«
»Was gehen mich Fachleute an?«
»Es wäre mir peinlich, wenn jemand sagen würde, daß ich meine Arbeit für Sie schlecht gemacht hätte.«
Stalin lächelte spöttisch.
»Wegen Ihres Berufsstolzes muß ich also ohne Zähne herumlaufen. Und wie lange soll ich noch zahnlos bleiben?«
»Ich habe gebeten, in Moskau anzurufen und mir weitere Zähne zu schicken, die Nummern im Katalog habe ich angegeben.«
Stalin sah Lipman forschend an.
»Aber Sie haben doch alle mitgebracht, die es in Moskau gab?!«
»Man besorgt welche...«
»Wo?«
Lipman antwortete, ohne ihn anzusehen: »In Berlin.«
»In Berlin?!«
Ich habe die Zähne nach einem deutschen Katalog bestellt.«
»Warum haben Sie mir das nicht gleich gesagt?«
Lipman schwieg.
»Hat man Ihnen verboten, mir das zu sagen?« Stalin lächelte sarkastisch.

Lipman schwieg.
»Wer hat es Ihnen verboten?«
Lipman schwieg noch immer.
»Towstucha?«
Lipman nickte kaum merklich.
»Hören Sie zu«, sagte Stalin mit Nachdruck, »und merken Sie sich: Genossen Stalin kann man alles sagen, Genossen Stalin muß man alles sagen, Genossen Stalin darf man nichts verschweigen. Und außerdem: Genossen Stalin kann man nichts verheimlichen. Früher oder später erfährt Genosse Stalin doch die Wahrheit.«
Die Verzögerung kam ihm natürlich ungelegen, aber sie war nicht weiter schlimm. Doch die Tatsache, daß man den Arzt zum Lügen verleitet hatte, war empörend. Niemand in seiner Umgebung war berechtigt, auch nur ein unwahres Wort verlauten zu lassen. Eine kleine Lüge zog eine größere nach sich. Wenn ihm die Menschen in seiner Umgebung schon bei Kleinigkeiten etwas vorlogen, so waren sie in jeder Beziehung unzuverlässig. Alle, angefangen von den Mitgliedern des Politbüros bis zum Koch mußten wissen, daß man Genossen Stalin die Wahrheit zu sagen hatte, die reine Wahrheit und nichts als die Wahrheit.
Nachdem der Arzt gegangen war, rief er Towstucha zu sich.
»Warum haben Sie den Doktor gezwungen, mich zu belügen?«
»Die Sache verhält sich so«, sagte Towstucha, »gestern hat der Arzt gemeldet, daß er keine Zähne im richtigen Farbton zur Verfügung hätte, die richtigen müsse man in Berlin beschaffen. Daraufhin habe ich Litwinow angerufen und ihm alle Angaben nach dem Katalog durchgegeben. Litwinow hat Chintschuk angerufen...«
»Ist Chintschuk denn noch in Berlin?«
»Jawohl. Suriz fährt erst heute hin.«
»Aha... Na und weiter?«
»Litwinow hat mir mitgeteilt, daß bereits alles gekauft und nach Moskau unterwegs sei. Ich hoffe, gegen Abend ist alles da. Der Doktor hat gesagt, daß sie heute nacht fertig würden.«
»Nachts sollten sie lieber schlafen, nachts bringen sie doch nichts Vernünftiges zustande. Aber meine Frage lautete: Warum haben Sie den Arzt gezwungen, mich zu belügen?«

Die Antwort war verblüffend: »Ich befürchtete, daß Sie verbieten würden, die Zähne in Berlin zu bestellen.«
Towstucha hatte befürchtet, er würde das aus Bescheidenheit verbieten! Eine geschickte Schmeichelei. Vielleicht glaubte er es aber auch wirklich und hatte deshalb beschlossen, die Verantwortung dafür auf die eigene Kappe zu nehmen? Ein überprüfter, zuverlässiger und treuer Mann. Und dennoch durften nicht einmal Notlügen geduldet werden. »Sie haben gestern ohne mein Wissen gehandelt«, sagte Stalin, »und mich infolgedessen vor vollendete Tatsachen gestellt. Selbst wenn ich mit Ihrer Handlungsweise unzufrieden bin, ist es zu spät, sie heute rückgängig zu machen. Aber warum haben Sie den Arzt veranlaßt, die Unwahrheit zu sagen?«
»Ich hatte Angst, er würde es Ihnen sagen und Sie würden es verbieten.«
Stalin wanderte in der Veranda auf und ab, blieb stehen und überlegte plötzlich, daß es nicht falsch wäre, erneut Brom zu nehmen. Nach Jenukidses niederträchtigem Beitrag schlief er wieder schlecht. Kirow hatte seine Hoffnungen enttäuscht und sich geweigert, Jenukidse die gebührende Abfuhr zu erteilen. Kirows Gegenwart in Sotschi war nicht gut für seine Nerven. Aber er mußte Wesentliches von Unwesentlichem trennen, durfte sich nicht von Lappalien beirren lassen. Die in Berlin bestellten Zähne waren eine Lappalie. Towstucha war aufrichtig, und was er sagte, klang überzeugend. Trotzdem mußte jede Lüge schon im Keim erstickt werden, ein für allemal!
Stalins Miene verfinsterte sich wieder, er trat ganz dicht an Towstucha heran und durchbohrte ihn mit seinem Blick. Towstucha wurde rot und trat einen Schritt zurück.
»Ich bin nicht gewillt, in einer Umgebung von Lügnern und Betrügern zu leben, ich muß den Menschen, die mich umgeben, absolut vertrauen können! Menschen in meiner Umgebung dürfen mich nicht einmal in Kleinigkeiten belügen, ihnen darf nicht einmal der Gedanke kommen.«
Towstucha schien, daß Stalin den letzten Satz in versöhnlicherem Ton gesagt hatte.
»Verzeihen Sie mir, ich habe unbedacht gehandelt.«

Aber Towstucha irrte sich. Stalin musterte ihn wieder drohend.
»Bei der kleinsten Lüge werde ich den Betreffenden strengstens bestrafen. Und besonders streng diejenigen, die das Personal zu Lügen zwingen. Ich hoffe, Sie haben mich verstanden?«
»Jawohl, Genosse Stalin, es soll nicht wieder vorkommen.«
Am Nachmittag des nächsten Tages meldete Towstucha, daß der Arzt mit seiner Arbeit fertig sei.
»Lassen Sie ihn kommen.«
Lipman erschien schuldbewußt lächelnd, grüßte und öffnete seinen Koffer.
Stalin ging im Arbeitszimmer auf und ab, beobachtete den Arzt und fragte dann: »Haben Sie über unser gestriges Gespräch nachgedacht?«
»Ja natürlich, Jossif Wissarionowitsch.«
»Ich habe mich darüber auch mit Genossen Towstucha unterhalten, er hat zugegeben, daß er Sie veranlaßt hat, mir die Unwahrheit zu sagen.«
Lipman legte die Hand aufs Herz.
»Genosse Stalin, wir wollten Ihnen ja nicht die Unwahrheit sagen! Genosse Towstucha hat mich gebeten, Sie nicht zu belästigen, er wollte Sie nicht mit dieser kleinen Komplikation behelligen. Da sei Gott vor, die Unwahrheit zu sagen.«
»Belästigen, behelligen, das ist doch kindisches Geplapper, wir sind schließlich erwachsene Menschen.«
Stalin setzte sich in den Sessel und legte den Kopf auf die Nackenstütze. Lipman spülte den neuen Zahnersatz in einem Glas, schüttelte die Tropfen ab und setzte ihn mit einer sanften, behutsamen Bewegung ein. Die künstlichen Zähne saßen auf einer goldenen Basis.
Dann begann die übliche Prozedur des Anpassens der Prothese mit Blaupapier... Beißen Sie die Zähne zusammen. Jetzt bitte die Zähne auseinander... Aber es dauerte nicht lange, der Zahnersatz paßte und saß gut.
»Mir scheint, es ist alles in Ordnung«, sagte Stalin.
Beim Weggehen bat Lipman, die Prothese bis zum nächsten Morgen nicht herauszunehmen und ihn, sollte etwas stören, zu rufen.

Er brauchte nicht geholt zu werden, die Prothese saß gut. Stalin war zufrieden, und als Lipman zwei Tage später erschien, sagte er zu ihm: »Das Gebiß sitzt sehr gut, es drückt nicht, ich habe keinerlei Beschwerden. Ich habe das Gefühl, als ob ich es schon lange trüge.«

Trotzdem bat ihn Lipman, sich zu setzen, nahm ihm die Prothese aus dem Mund, untersuchte das Zahnfleisch und setzte die Prothese wieder ein.

»Ja«, bestätigte er, »ich habe auch den Eindruck, daß die Arbeit gelungen ist.«

»Na also«, sagte Stalin, »und Sie hatten Bedenken gegen eine Prothese aus Gold.«

Lipman schwieg, dann sagte er nach kurzem Zögern: »Genosse Stalin, da Sie mit meiner Arbeit zufrieden sind, möchte ich mich mit einer kleinen Bitte an Sie wenden.«

»Ja?«, Stalin zog die Brauen zusammen, er mochte es nicht, wenn man sich mit Bitten unmittelbar an ihn wandte. Dafür gab es eine bestimmte Ordnung; es gab Leute, die die Frage vorbereiteten und wußten, welche Bitten man ihm vorzutragen hatte und welche nicht. Sich mit Bitten direkt an ihn zu wenden, war unbescheiden.

Die Bitte erwies sich als Überraschung.

Lipman nahm einen Umschlag aus seinem Koffer und öffnete ihn: er enthielt eine Kunststoffprothese.

»Ich möchte Sie bitten, Genosse Stalin, einen Tag lang diese Prothese zu tragen. Prüfen Sie selbst, welche bequemer ist, dann können Sie sich ja entscheiden.«

Verblüfft hob Stalin die Brauen. Er hatte ihm doch klipp und klar gesagt, daß er eine Goldprothese bevorzugte, hatte sogar mit der Faust auf die Sessellehne geschlagen, und dem Arzt war das Herz in die Hosen gesunken. Trotzdem beharrte er auf seinem Vorschlag. Weiß der Teufel, vielleicht hatte er recht.

»Schön«, willigte Stalin schließlich ein.

Lipman wechselte die Prothesen aus. Die Prozedur des Anpassens dauerte auch diesmal nicht lange, die Prothese war tatsächlich bequem.

»Lassen Sie mich bitte morgen rufen«, bat Lipman, »und sagen

Sie dann, welche von beiden Prothesen Ihnen mehr zusagt. Sie können sich dann für die bequemere entscheiden.«

Am nächsten Tag ließ Stalin Lipman vor dem Mittagessen zu sich rufen.

dddch muß ganz selbstkritisch zugeben, daß Sie recht gehabt haben. Diese Prothese ist leichter und bequemer. Sie kann aber zerbrechen. Machen Sie mir deshalb eine als Reserve.«

Lipman lächelte erfreut.

»Bitte sehr, meinetwegen zehn Stück.«

»Haben Sie schon gefrühstückt?«

»Ja, natürlich.«

»Na, macht nichts, essen Sie noch einmal mit mir.«

Er führte ihn ins Nebenzimmer. Auf dem Tisch standen Weine und verschiedene kleine Speisen.

»Wodka und Cognac habe ich nicht, das trinke ich nicht, und ich würde es auch anderen nicht raten. Aber Wein, das ist etwas anderes. Welchen bevorzugen Sie?«

»Von Weinen verstehe ich sehr wenig«, antwortete Lipman befangen.

»Das ist eine Bildungslücke«, sagte Stalin, »bei Weinen sollte man sich auskennen. Kaffee trinke ich überhaupt nicht, Tee nur selten. Am liebsten trinke ich Wein. Zwei, drei Gläser Wein machen einen munter, ohne in den Kopf zu steigen.« Er schenkte den Wein in zwei kleine Gläser ein, nicht größer als Likörgläser.

»Darauf, daß die Prothese, die Sie gemacht haben, lange lebt. Greifen Sie zu.«

Lipman nahm ein mit Leberpastete belegtes Brot.

»Möchten Sie sich noch ein bißchen in Sotschi erholen?« fragte Stalin.

»Hier ist es wunderbar, aber ich muß nach Moskau zurück, zur Arbeit, vorausgesetzt, Sie brauchen mich nicht mehr.«

»Ich lasse Ihrem Chef mitteilen, daß ich Sie zurückgehalten habe. Bleiben Sie hier, baden Sie und schreiben Sie an Ihrem Buch.«

»In Moskau warten meine Patienten auf mich, manche sind bereits in Behandlung, ich habe ihnen Prothesen herausgenommen, ihnen Zähne gezogen, und jetzt sitzen sie ohne Zähne da und warten auf mich. Was soll ich machen?«

»Da haben Sie recht«, stimmte Stalin zu, »wann möchten Sie fliegen?«
»Möglichst bald. Am besten morgen.«
Stalin öffnete die Tür zum Arbeitszimmer und rief Towstucha. »Veranlassen Sie, daß der Doktor morgen mit dem Flugzeug nach Moskau fliegen kann, und geben Sie ihm alles Notwendige mit«, er wies auf die Flaschen, »beispielsweise von diesem Wein...«
Er ging hinaus und kam mit einer großen, mit Weintrauben gefüllten Steige zurück, die er Lipman gab.
»Können Sie die tragen? Wenn nicht, helfen Ihnen meine Leute«, er drehte sich zu Towstucha um, »in Moskau soll der Doktor abgeholt und nach Hause gebracht werden. Auf Wiedersehen, Doktor! Ich wünsche Ihnen alles Gute, leben Sie wohl!«
Nachdem Stalin den Arzt verabschiedet hatte, ließ er Kirow und Shdanow kommen.
Shdanow trug die Anmerkungen vor, die die Referenten zum laufenden Kapitel des Geschichtslehrbuches verfaßt hatten. Stalin ging im Zimmer auf und ab und hörte zu. Kirow saß am Lesetischchen und malte etwas auf ein Blatt Papier. Stalin machte das nervös, obwohl er die gleiche Angewohnheit hatte. Während es aber für ihn eine Konzentrationshilfe war, lenkte sich Kirow dagegen auf diese Weise ab und zeigte damit, daß ihm das Thema fremd war und ihn wenig interessierte.
Stalin ließ sich seine Gereiztheit nicht anmerken, im Gegenteil, nachdem Shdanow fertig war, sagte er: »Mir scheinen die Anmerkungen vernünftig zu sein, ich meine, wir können sie akzeptieren. Ihre Meinung, Sergej Mironowitsch?«
»Ich habe keine Einwände«, antwortete Kirow, ohne von seinem Blatt aufzusehen.
Stalin nahm einen Bericht über die Ernteerträge vom Tisch und reichte ihn Kirow.
»Schauen Sie sich das mal an!«
In diesem Bericht war Kasachstan rot unterstrichen, die Planerfüllung betrug siebzig Prozent; das entsprach etwa der Durchschnittsquote.
»Mirsojan bleibt zurück«, bemerkte Stalin, »wir hatten recht mit unserer Befürchtung.«

»Sein Ergebnis ist bei weitem nicht das schlechteste«, antwortete Kirow, »immerhin siebzig Prozent... Natürlich muß er aufholen.«
»Hinter diesen Durchschnittsprozenten verbirgt sich ein schlimmer Rückstand in verschiedenen Gebieten der Region«, widersprach Stalin, er nahm ein anderes Blatt vom Tisch und überflog es. »Beispielsweise ist in dem Gebiet Ost-Kasachstan das Erntesoll nur zu achtunddreißig Prozent erfüllt. Und das trotz der außerordentlich günstigen Ernteerträge. Aber die gute Ernte kam für die Gebietsleitung zu überraschend und förderte, wie wir vorausgesagt hatten, Lässigkeit und Selbstzufriedenheit. In dem Bericht aus Kasachstan heißt es, daß die Maschinen nicht genügend ausgelastet sind, daß die Mechanisierung unpopulär ist, daß staatliche Mittel verschleudert und veruntreut werden, daß die landwirtschaftlichen Behörden von fremden kriminellen Elementen und Betrügern mit dem Parteibuch in der Tasche infiltriert sind. Es muß schnellstens etwas unternommen werden, um die Lage zu verbessern, denn sonst ist es zu spät. Kasachstan machte Fehler beim Einbringen der Ernte, was böse Folgen für die Getreidebelieferung des ganzen Landes haben kann, besonders jetzt, wo wir die Brotmarken abschaffen wollen. Ich meine, wir sollten Genossen Mirsojan jemanden schicken, der ihn bei der Arbeit unterstützt.«
»Wird er das nicht übelnehmen?« fragte Kirow zweifelnd. »Es sieht dann so aus, als ob wir ihm nicht vertrauten. Vielleicht sollte man ihm lieber schreiben, er solle seine Kader straffer führen, und ihm Arbeitskräfte und Transportmittel in Aussicht stellen?«
»Warum denn gleich übelnehmen?« Stalin lächelte leicht ironisch. »Der Partei darf man nichts verübeln. Wenn jeder von uns der Partei etwas übelnähme, was bliebe dann von der Partei übrig? Natürlich muß man mit Taktgefühl vorgehen, wir schicken ihm ja auch nicht irgendeinen Instrukteur, sondern ein Mitglied des ZK... Hören Sie mal, Sergej Mironowitsch, vielleicht sollten Sie hinfahren. Sie beide sind miteinander befreundet, außerdem kommt nicht irgendwer, sondern ein Mitglied des Politbüros, das ist doch sehr ehrenhaft für ihn.«
Eine solche Wendung hatte Kirow nicht erwartet. Nach Kasachstan fahren, Leningrad mindestens für einen Monat sich selbst

überlassen... Andererseits konnte Stalin ihn auch noch den ganzen September hier in Sotschi festhalten. Aber Stalin wollte ihn nicht hierbehalten, ihre Beziehung war gespannt. Das beste war tatsächlich, sich zu trennen. Aber war Kasachstan nicht ein Vorwand, um ihn wegzuschicken? Ihn jetzt nach Leningrad zurückkehren zu lassen, hieße, ihre gemeinsame Arbeit als gescheitert zu betrachten. So war jedoch ein vermeintlicher Grund gefunden: Kasachstan mußte geholfen werden, und es war am besten, Kirow dort hinzuschicken, weil er mit Mirsojan befreundet war. Dann würde seine vorzeitige Abreise aus Sotschi nicht falsch aufgefaßt werden und keinen Anlaß zu Gerede geben. Bedenklich war dabei nur, daß Stalin gleich nach seiner, Kirows, Ankunft die Rede auf Kasachstan gebracht hatte. Warum? Hatte er vorausgesehen, daß es mit ihrer Zusammenarbeit nicht gut gehen würde? Hatte er schon im voraus an diese Reise gedacht? Das war durchaus möglich, denn Stalin war weitblickend. Jedenfalls ermöglichte dieser Vorschlag Kirow, bald aus Sotschi abzureisen. Natürlich hätte sich auch ein anderer Vorwand finden lassen. Am einfachsten wäre es gewesen, ihn nach Mineralnyje Wody zu schicken, da hätte Stalin nicht einmal einen Vorwand gebraucht, denn das hatten ihm die Ärzte sogar verordnet. Er hatte sich geweigert, über Jenukidse zu schreiben, hatte sich geweigert, nach Moskau überzusiedeln, eine dritte Weigerung würde ihre Beziehung noch weiter verschlechtern.

»Na schön«, sagte Kirow, »wenn es notwendig ist, fahre ich hin.«

»Die Notwendigkeit besteht, das wissen Sie selbst nur zu gut, und außerdem«, Stalin wies auf die Blätter des Konzepts, »interessiert Sie diese Arbeit, wie ich sehe, nicht allzu sehr, stimmt's?«

»Ja, das ist richtig«, bestätigte Kirow, »ich bin ja auch kein Historiker.«

»Na also! Dort dagegen haben Sie es mit Menschen zu tun. Die Angelegenheit wird über einen Monat in Anspruch nehmen, aber dafür ist sichergestellt, daß die Ernte in Kasachstan eingebracht wird und wir das notwendige Getreide haben. Was ist kompliziert an Kasachstan? Erstens ist es weit vom Zentrum entfernt, es liegt an der Peripherie, zweitens ist die Bevölkerung bunt zusammengewürfelt und hat mit Landwirtschaft vorerst noch wenig im Sinn. Viele ehemalige Kulaken haben sich dort niedergelassen. Darunter auch brave Menschen und fleißige Bauern«, er wandte sich an Shdanow, »wenn es Ihnen keine Mühe macht, Andrej Alexandrowitsch, überprüfen Sie bitte, ob meine Anordnung über die Wiederherstellung der Rechte der ehemaligen Kulaken vorbereitet ist. Mir geht es besonders um die Jugendlichen und um jene, die sich im Lauf von drei bis fünf Jahren in den neuen Siedlungsgebieten bewährt haben... Jawohl, unter ihnen gibt es fleißige Bauern, aber auch viele, die uns in ihrer Gehässigkeit schaden wollen. Andererseits haben wir unseren Menschen, den einfachen Leuten und Werktätigen, noch nicht beigebracht, Verantwortung für ihre Arbeit zu übernehmen und diese möglichst ordentlich zu verrichten. Bisher haben wir ihnen auch noch nicht beigebracht, auf die Qualität ihrer Arbeit und auf ihren Beruf stolz zu sein, man muß sie bei ihrem Berufsstolz packen. Ich hatte einen Zahnarzt aus Moskau kommen lassen, er behandelte mich und schlug eine Variante des Zahnersatzes vor, die ich ablehnte. Als er trotzdem darauf bestand, wurde ich sogar heftig. Ich habe mich nicht beherrscht... Bemerkenswert ist jedoch etwas anderes, er stellte beide Varianten her, zuerst meine, dann seine. Ich probierte sie aus – seine Variante war die bessere, was ich auch selbstkritisch zugab. Er bestand auf seiner Variante und bewies die Richtigkeit seines Vorschlags. Warum eigentlich? Er hätte guten Gewissens machen können, was ich verlangte, und dann ebenso guten Gewissens wieder abreisen können. Nein, er setzte seinen Willen durch, hatte keine Angst, gegen mein Verbot zu handeln. Warum fürchtete er sich nicht? Weil er sich in seiner Berufsehre getroffen fühlte und seine Berufsehre für ihn das Wichtigste war. Das weist ihn als wirklichen Spezialisten aus, er hat einen hochentwickelten Berufsstolz. Diesen Berufsstolz müssen wir unseren Menschen anerziehen. Sobald wir das geschafft haben, wird die Notwendigkeit von Zwangsmaßnahmen von selbst fortfallen. Aber noch sind wir nicht so weit! Wir reden nur von Arbeitsmoral und Hingabe an die Aufgaben, leisten heilige Eide und gehen Verpflichtungen ein; dabei langte völlig die Verpflichtung gegenüber dem Berufsgewissen, der Berufsehre, wie beispielsweise bei den georgischen Winzern oder bei diesem Zahnarzt.«

»Der Arzt ist ein sehr angenehmer Zeitgenosse«, meinte Kirow lächelnd.
Stalin blieb stehen.
»Hat er Sie vielleicht auch behandelt?«
»Nein, ich habe ihn am Strand getroffen. Ein sehr guter Schwimmer.«
Stalin nahm seine Wanderung wortlos wieder auf und sagte nach einer Weile: »Sie haben sich hier also doch nicht gelangweilt, ich glaubte schon, unser Sergej Mironowitsch schläft über den geschichtswissenschaftlichen Papieren ein.«
Kirow hörte aus Stalins Stimme den wohlbekannten, argwöhnisch-eifersüchtigen Ton heraus.
»Der Strand war immer leer, außer dem Arzt und mir hat niemand gebadet. Ich habe ihn auch nur zweimal getroffen, er machte einen guten Eindruck.«
»Ja, er ist gesprächig«, bestätigte Stalin gleichgültig. Auch diese Gleichgültigkeit war Kirow gut bekannt. Stalin ging weiter wortlos im Arbeitszimmer auf und ab, blieb dann vor Kirow stehen und fragte: »Können Sie morgen nach Alma-Ata fliegen?«
»Natürlich.«
»Dann ist ja alles bestens.«

Als Stalin abends die ihm vorgelegten Papiere unterschrieb, sagte er zu Towstucha: »Der Zahnarzt Lipman ist durch einen anderen zu ersetzen.«
Nach einigem Nachdenken ergänzte er: »Entlassen Sie ihn nur aus dem Kreml-Krankenhaus, sonst darf ihm nichts geschehen.«

Wie schon beim letzten Mal trug Alfjorow Zivil, wie beim letzten Mal empfing er Sascha in der Wohnstube und rückte einen Stuhl an den Eßtisch. Es war ein einfacher, aus Brettern gezimmerter Tisch, die Stühle dagegen waren aus poliertem Holz und gepolstert.

»Setzen Sie sich, Pankratow, möchten Sie Tee?«

Diese offensichtliche Gastfreundschaft verhieß nichts Gutes.

»Danke, ich habe schon gefrühstückt.«

»Ein Glas Tee kann nie schaden, Sie waren doch lange unterwegs. Wie sind Sie hergekommen?«

»Zu Fuß.«

»Na, dann um so mehr.«

Alfjorow öffnete die Tür zur Küche.

»Anfisa Stepanowna, richten Sie doch bitte den Samowar.« Er kehrte zum Tisch zurück und sah Sascha freundlich an. »Na, Pankratow, funktioniert die Zentrifuge wieder?«

»Das weiß ich nicht, ich interessiere mich nicht dafür.«

»Sehr zu unrecht. Die Zentrifuge funktioniert nämlich. Dafür können Sie sich bei mir bedanken. Ich habe mich in der MTS dafür eingesetzt, daß sie unbedingt repariert wird, und das ist auch noch am selben Tag geschehen.«

Also hatte Sida die Wahrheit gesagt.

Alfjorow sah Sascha aus den Augenwinkeln an.

»Sie werden verstehen, daß ich das nicht aus Altruismus getan habe, sondern nur, weil es unsere Pflicht ist, das Gerät reparieren zu lassen, wenn unser Schutzbefohlener es ruiniert hat.«

»Ihr ›Schutzbefohlener‹ hat das Gerät nicht ruiniert.«

»Im Dorf ist man anderer Ansicht. Jedenfalls ist die Zentrifuge repariert und der Zwischenfall damit aus der Welt geschafft. Oder genauer gesagt, der Zwischenfall wird erst mal nicht mehr beachtet. Die Meldung gegen Sie liegt bei mir«, er wies auf die Schublade, »ich habe zwar nicht vor, Sie damit zu erpressen, aber der

Kolchosvorsitzende wird sich durchaus an sie erinnern. Darüber sprechen wir später. Jetzt trinken wir Tee.«

Eine Frau mittleren Alters, von ansehnlichem und stattlichem Äußeren, in langem Rock und kurzer Bluse, brachte den Samowar und stellte Teller auf den Tisch: Preiselbeeren, mit Eiern überbackener Fisch und Piroggen, die wiederum mit Fisch, Preisel- oder Blaubeeren gefüllt waren.

»Den Tee brühe ich selbst auf«, sagte Alfjorow, »wissen Sie, das ist eine große Kunst, die ich in China gelernt habe.«

Er stellte das Teekännchen, in das er den Tee gefüllt hatte, auf den Samowar und legte ein gefaltetes Handtuch darüber.

»Essen Sie etwas, der Tee muß noch ziehen«, Alfjorow machte eine einladende Geste über den Tisch hin.

»Danke, Tee trinke ich gern, aber essen möchte ich nichts, ich habe ja schon gefrühstückt.«

»Na, wie Sie meinen, wenn Sie später Appetit bekommen, essen Sie eben dann, bekanntlich kommt der Appetit mit dem Essen. Wie geht es Ihnen in Mosgowa, langweilen Sie sich?«

»Sehr heiter ist es nicht.«

»Natürlich ist das kein Zuckerlecken«, bestätigte Alfjorow, »aber es gibt dort interessante Menschen, Wsewolod Sergejewitsch Shilinski ist Philosoph, ein Schüler von Berdjajew. Er hätte seinerzeit ins Ausland gehen können, lehnte das aber ab, und zwar aus Liebe zu Rußland, wie man hört. Jetzt würde er natürlich gerne fahren, aber nun ist's zu spät. Wenn du Rußland liebst, dann arbeite für und nicht gegen Rußland. Hab ich recht?«

Sascha zuckte die Achseln.

»Im Prinzip schon, aber ich weiß nicht, was er gegen Rußland getan haben soll.«

»Shilinski und alle anderen werden Ihnen erzählen, daß sie für nichts und wieder nichts hierher geraten sind. Aber Sie können mir glauben, so ganz ohne Grund kommt keiner her.«

Sascha lächelte spöttisch.

Alfjorow entging sein Lächeln nicht.

»Sie denken an Ihren eigenen Fall? Das ist etwas ganz anderes: Ihre Deportation – das sind die Folgen unserer innerparteilichen Querelen. Wie Puschkin seinerzeit sagte: ein alter Bruderstreit. Sie sind in eine ganz bestimmte Situation geraten und haben sich nicht sehr klug verhalten. Glauben Sie, daß ich auf eigenen Wunsch in diesem Nest gelandet bin? Haben Sie den Bevollmächtigten in Bogutschany gesehen? Hier kommt man auch mit solchen Typen aus. Ich bin ein bißchen anders, wie Sie inzwischen hoffentlich gemerkt haben. Aber ich war in einer bestimmten Situation auch nicht ganz auf der Höhe und sitze deshalb nun hier. Na und? Ich bin Kommunist und erfülle meine Pflicht. Ja richtig, wir sprachen über Shilinski. Ein kluger Mann, gebildet, aber seien Sie vorsichtig mit ihm.«

»Ich spreche fast gar nicht mit ihm, eine ganz oberflächliche Bekanntschaft.«

»Reden werden Sie schon mit ihm, nolens volens«, widersprach Alfjorow, »drei Jahre kann man nicht schweigen, da redet man miteinander, das ist unausweichlich. Außerdem gibt es bei Ihnen dort doch auch noch Michail Michailowitsch Maslow, ehemaliger Oberst im Generalstab.«

»Der interessiert mich schon gar nicht«, sagte Sascha, der glaubte, erraten zu können, welches Ziel Alfjorow verfolgte.

»Sicher nicht«, stimmte Alfjorow sofort zu, »eine andere Generation aus einer anderen Gesellschaft. Die, mit denen Sie hergekommen sind, stehen Ihnen schon dem Alter nach näher, beispielsweise Kwatschadse... Schreiben Sie sich?«

»Nein, ich weiß nicht mal, wo er wohnt.«

»Sie haben Ihre Weggefährten aber schnell vergessen. Warum eigentlich?« wollte Alfjorow wissen. »Bei Kwatschadse kann ich Sie ja verstehen, er ist Trotzkist und zwar ein überzeugter. Aber Solowejtschik...«

»Wir schreiben uns zuweilen.«

Natürlich hätte er das Alfjorow nicht zu sagen brauchen, sondern ihn fragen können, warum er ihn herbestellt hatte. Zu einer Vernehmung? Dann vernehmen Sie mich in aller Form, diese Unterhaltungen passen mir nicht. Aber Sascha sagte das nicht. Alfjorow hatte ihm nichts Böses getan, wollte sich mit ihm normal unterhalten, bitte sehr, er ging auf das Gespräch ein.

»Wann haben Sie zuletzt einen Brief von ihm bekommen?«

»Wissen Sie das nicht?« antwortete Sascha. »Ich hatte den Eindruck, daß Sie meinen ganzen Briefwechsel kennen.«
»Ja, manchmal muß ich mir die Post der Deportierten anschauen, das gehört zu meinen Pflichten«, bestätigte Alfjorow, »aber ich mache nur Stichproben, lese sie nicht regelmäßig.«
»Meine Umschläge waren immer geöffnet.«
»Was hätte es für einen Sinn, sie wieder zuzukleben«, lachte Alfjorow, »Sie würden ja sowieso sehen, daß die Briefe geöffnet wurden. Aber ich wiederhole, ich mache nur Stichproben, ich hätte also Solowejtschiks letzten Brief übersehen können.«
»Ist ihm irgend etwas zugestoßen?« fragte Sascha.
»Eigentlich nichts Besonderes. Er bittet, nach Goltjawino umgesiedelt zu werden, weil er angeblich eine Braut dort hat. Stimmt das?«
»Jawohl«, bestätigte Sascha, »seine Braut wohnt dort. Ich habe sie selbst gesehen, als wir durch Goltjawino kamen.«
»Schon möglich, daß er in Goltjawino eine Braut hat. Das berechtigt ihn noch lange nicht, sich unerlaubt von dem ihm zugewiesenen Wohnort zu entfernen. Er ist aber ohne Erlaubnis nach Goltjawino gefahren. Ich würde vielleicht noch ein Auge zudrükken, er ist ein junger Mann, Liebe und so weiter. Aber Goltjawino ist der Kommandantur von Dworzowo unterstellt, und dort ist man nicht gewillt, ein Auge zuzudrücken.«
»Das habe ich nicht gewußt«, sagte Sascha. »Aber ich kann ihn verstehen. Wenn jemand wirklich zufällig hierher geraten ist, dann ist es Solowejtschik. Er interessiert sich nicht für Politik, ist aber aufgeschlossen und kontaktfreudig. Alle diese Beschränkungen sind ihm überaus lästig. Natürlich sonderbar, daß er sich so hinreißen ließ, aber Liebe kennt keine Grenzen.«
»Lyrik, Pankratow, Gefühlsduselei, im offiziellen Sprachgebrauch nennt man so etwas Flucht! Und für Flucht wird nicht nur der Flüchtende bestraft, sondern auch alle, die Beihilfe geleistet haben. In Roshkowo wohnen auch andere Deportierte, die hat er mit seiner Flucht hereingelegt.«
»Wenn jemand aus Mosgowa flieht, trage ich dann auch die Verantwortung dafür?«
»Jawohl, damit Sie's wissen: Wenn einer flieht, sind alle verant-

wortlich. Man muß die Unschuldigen vor den Egoisten, die nur an sich denken, schützen. Die Behörden müssen über jede Vorbereitung zur Flucht informiert werden, das ist Vorschrift. Diese Hilfe müssen wir verlangen. Sie behaupten, Sie seien ein ehrlicher Sowjetbürger. Helfen Sie also!«

»Zu so was wollen Sie mich machen?!«

»Alexander Pawlowitsch, warum denn gleich so? Provokatorische Handlungen werden bei uns strengstens bestraft. Sie sollen uns nicht über Stimmungen und Gespräche informieren. Wir wollen Fluchtversuche vereiteln, leichtsinnige Menschen, die fliehen wollen, und Vertrauensselige, die sie unterstützen, retten. Wir bringen Sie nach Keshma, machen Sie zum MTS-Schlosser, der sich frei im Bezirk bewegen darf, Sie werden andere Deportierte treffen, darunter auch solche, die fliehen wollen. Sie sollen ihnen diese Ideen ausreden. Schlimmstenfalls informieren Sie uns, damit wir die Flucht vereiteln können. Sie werden materiell gut versorgt sein, in der Bezirksstadt wohnen, nicht auf dem Dorf, und gleichzeitig Menschen vor törichten Handlungen bewahren.«

»Sie vergeuden Ihre Zeit«, sagte Sascha, »das, was Sie von mir verlangen, werde ich nicht tun. Ich halte das für unmoralisch.«

»Halten Sie meine Arbeit auch für unmoralisch?«

»Sie sind im Dienst und erfüllen Ihre Pflichten. Ich dagegen bin deportiert und erfülle meine Pflichten.«

»Was für welche?«

»Meine Haft absitzen.«

Alfjorow schwieg eine Weile, dann sagte er lächelnd: »Alexander Pawlowitsch, Sie bringen mich in eine sehr schwierige Lage.«

»Ich verstehe Sie nicht.«

»Sie haben gesagt, Liebe kennt keine Grenzen. Nehmen wir an, Sie haben recht. Ihre Frau ist Lehrerin. Können wir der Frau eines Mannes, der politisch nicht loyal ist, die Erziehung der heranwachsenden Generation anvertrauen?«

»Ich habe keine Frau. Wie kommen Sie zu dieser Behauptung? Die Lehrerin? Ich besuche sie manchmal und hole mir Bücher bei ihr ab, das ist aber auch alles.«

»Alexander Pawlowitsch, wir sind beide Männer und verstehen einander sehr gut. Eine andere Antwort habe ich von Ihnen auch nicht erwartet. Aber die Lehrerin ist nun mal Ihre Frau. Und wenn Sie vernünftig sind, werden wir nicht nur Sie, sondern auch Ihre Frau nach Keshma versetzen. In Keshma werden ebenfalls Lehrer gebraucht.«

»Ich habe keine Frau«, antwortete Sascha abweisend, »genauso gut könnten Sie jede andere Frau in Mosgowa als meine Frau bezeichnen. Wenn Sie die Lehrerin belangten, wäre das eine große Ungerechtigkeit.«

»Kein Mensch denkt daran, sie zu belangen. Aber wir sind verpflichtet, sie vor fremden Einflüssen zu schützen. Wir könnten sie also an einen anderen Ort versetzen.«

»Sie bestimmen hier!« Sascha atmete erleichtert auf. Hol's der Teufel! Sollte er ihn in ein anderes Dorf schicken, Hauptsache, Sida geschah nichts.

Alfjorow stand auf und ging durchs Zimmer.

»Sagen Sie, Pankratow, wie stellen Sie sich Ihren weiteren Lebensweg vor?«

»Nach der Verbannung möchte ich nach Hause zurückkehren und die Überprüfung meines Falles beantragen.«

»Nach Moskau werden Sie nicht zurückkehren dürfen, das wird Ihnen verboten werden.«

»Arbeiten kann man nicht nur in Moskau.«

»Ihren Fall überprüfen?« fuhr Alfjorow fort. »Das werden Sie kaum erreichen. Die Tatsache, daß Sie verurteilt waren, können Sie nicht vertuschen.«

»Es kommt doch vor, daß ein Urteil rückgängig gemacht wird.«

»Ja, das stimmt«, bestätigte Alfjorow, »aber nur, wenn man sich um den Staat verdient gemacht hat. Bei Ihnen verspüre ich aber nicht den Wunsch, etwas Besonderes zu vollbringen. Sie sind doch gekränkt.«

»Ich bin nicht gekränkt, aber ich werde nie vergessen, wie meine Mutter zitternd im Flur stand, als ich abgeführt wurde. Und wie der Untersuchungsbeamte mir einen konstruierten Fall angehängt hat. Auch das kann ich nicht vergessen!«

»Na schön«, Alfjorow setzte sich wieder Sascha gegenüber an den Tisch, »kommen wir zur Sache. Solowejtschik ist geflohen!«

Er sah Sascha forschend ins Gesicht. Sascha starrte ihn bestürzt an.

»Das kann doch nicht wahr sein. Solowejtschik ist nicht so dumm, er weiß nur zu gut, daß es keine Fluchtmöglichkeiten gibt.«

»Er ist trotzdem geflohen, hat er Ihnen irgend etwas geschrieben?«

Sascha lächelte spöttisch.

»Fliehen ist schon töricht, darüber zu schreiben, wäre noch törichter.«

»Zweifellos«, bestätigte Alfjorow, »aber Sie sind hier sein einziger Freund, sein einziger Kamerad.«

»Wollen Sie mich der Beihilfe zur Flucht beschuldigen?«

»Pankratow«, sagte Alfjorow eindringlich, »ich bin viel besser zu Ihnen, als Sie glauben. Kein Mensch wirft Ihnen das vor. Aber Solowejtschik hat seinen Fluchtweg gut überlegt. Im Grunde gibt es nur zwei Möglichkeiten: die erste – auf der Angara zum Jenissej, die zweite durch die Taiga nach Kansk. Auf beiden Wegen kommt er nicht weit, weil man ihn schon im ersten Dorf festnehmen würde. Die Ortschaften zu umgehen erfordert einen großen Proviantvorrat, den er nicht hat. Aber es gibt noch eine dritte Möglichkeit: die Angara stromaufwärts in Richtung Irkutsk. Dieser Weg ist zwar länger, führt aber über Mosgowa, wo Sie wohnen, und flußaufwärts über zwei weitere Dörfer, in denen Gesinnungsgenossen seiner Braut leben. Es ist nicht ausgeschlossen, daß er diesen Weg gewählt hat, ebensowenig ist ausgeschlossen, daß er Sie aufsucht.«

»Wie denn? Vor aller Augen? Im Dorf würde man ihn doch sofort sehen.«

»Das weiß ich nicht. Vielleicht kommt er auch nicht. Aber es ist möglich, daß er sich bei ihnen meldet. Für diesen Fall sollten Sie sich überlegen, wie Sie sich zu verhalten haben.«

»Soll ich ihn vielleicht festnehmen?« lachte Sascha. »Und wenn ich nicht mit ihm fertigwerde?«

»Festzunehmen brauchen Sie ihn nicht, das übernehmen wir. Am besten wäre es, Sie könnten ihn zur Umkehr bewegen. Dann fiele die Beschuldigung, einen Fluchtversuch unternommen zu haben, fort, wir würden die Sache als unerlaubte Entfernung vom Verbannungsort behandeln und uns auf eine Ordnungsstrafe

beschränken. Ich spreche aufrichtig, Pankratow, ich will keine Flucht haben, ich kann hier keine besonderen Vorkommnisse gebrauchen.«
Sascha merkte, daß Alfjorow es ehrlich meinte. Aber er glaubte einfach nicht an Solowejtschiks Flucht. Vielleicht hatte er bloß in der Taiga gejagt und sich verirrt.
»Das wär's, Pankratow«, schloß Alfjorow, »überreden Sie ihn, zurückzugehen, das wäre das Einfachste. Wenn er sich weigert, melden Sie es dem Dorfsowjet oder der Kolchosleitung, die wissen, was sie zu tun haben.«
Nach einer längeren Pause ergänzte er: »Nehmen Sie die Sache nicht auf die leichte Schulter, Pankratow, Verheimlichung oder Beihilfe könnten für Sie ernste Folgen haben. Denken Sie daran, Sie sind gewarnt!«

Solowejtschik geflohen? Sascha konnte das einfach nicht glauben. Er hätte sich noch vorstellen können, daß Boris sich das Leben genommen hatte, ein verpfuschtes Leben. Hatte er sich nicht mit Selbstmordgedanken getragen? Aber fliehen? Der praktisch veranlagte, nüchterne Solowejtschik verstand die Unsinnigkeit eines solchen Vorhabens doch nur zu gut. Mit viel größeren Erfolgsaussichten hätte er dann doch schon aus Kansk fliehen können: in den Zug steigen und wegfahren. Hier dagegen konnte er auf eine Verbindung mit Frieda hoffen. Durch eine Flucht machte er diese Hoffnung aber selbst zunichte. Außerdem würden sie Frieda zu endlosen Vernehmungen zerren. Und Frieda wollte er doch auf keinen Fall hereinlegen.
Was für eine List führte Alfjorow also im Schilde? Dein Freund ist aus der Verbannung geflohen, paß auf, daß du nicht zur Verantwortung gezogen wirst, versteck dich lieber hinter unserem breiten Rücken! Du lebst mit der Lehrerin, das kann sie teuer zu stehen kommen, aber es ist halb so schlimm, wenn du dich hinter unserem breiten Rücken versteckst. In Mosgowa findest du keine Arbeit, wer soll dich drei Jahre lang durchfüttern? Ich besorge dir Arbeit, dann fällst du deinen Angehörigen nicht zur Last. Und vergiß nicht, die Milchzentrifuge

hängt dir noch wie ein Klotz am Bein, das Papierchen – bitte sehr, ich habe es hier im Tisch. Eine primitive Masche.

Trotzdem spürte Sascha, daß der Bevollmächtigte Alfjorow eine außergewöhnliche Persönlichkeit war, er war nicht wie die anderen, war kein Djakow, hatte ein anderes Format. Er war in China gewesen, einen Djakow würde man nicht nach China schicken können. Andererseits saß Djakow in Moskau, im Zentralapparat, Alfjorow dagegen hier in diesem finsteren Winkel. Sicherlich hatte er sich etwas zuschulden kommen lassen und war abgeschoben worden. Er hatte einen Ausdruck in den Augen als ob er immer auf der Hut sei, ein Zeichen eigener Unsicherheit und der Schwierigkeit seiner Lage. Alfjorow fehlte auch Djakows Ungestüm, die grobe Art, den anderen immerzu unter Druck zu setzen. Vielleicht gab er sich auch keine besondere Mühe?

Wsewolod Sergejewitsch sagte er, man hätte ihn wegen Sida bestellt. Über die Flucht sprach er nicht, er glaubte nicht daran.

Wsewolod Sergejewitsch nahm die Angelegenheit gelassen auf.

»Schlimmstenfalls ziehen Sie nach Sawino oder Frolowo um, kein zu hoher Preis für zwei Monate Glück. Nursida Hasisowna wird nichts passieren, sie ist hier mehr wert als Alfjorow. Einen anderen Bevollmächtigten findet man, eine andere Lehrerin nicht.«

Sida erzählte Sascha die Geschichte mit Solowejtschik. Er hatte erwartet, daß sie genauso reagieren würde wie er. Aber Sida hielt die Flucht für möglich.

»Man flieht vor Heimweh«, sagte sie, »sogar sehr besonnene Menschen fliehen. Sie verlieren den Kopf und suchen ihr Heil in der Flucht. Nichts Ungewöhnliches.«

Sonderbarerweise beruhigte Sascha das Gespräch mit Alfjorow, es machte seinen qualvollen Überlegungen ein Ende. Alfjorow hatte bestätigt, was er sich schon selbst gesagt hatte: Die Rückkehr nach Moskau war ihm verwehrt, auf ein Revisionsverfahren durfte er nicht hoffen, er war abgeschrieben. Nichts zu machen, er mußte sich darauf einstellen. Daher fand er sich nun

endlich mit seinem Schicksal ab, fühlte, daß er seine Schwäche überwunden hatte: Bloß keine Illusionen! Er war kein Sonderfall, es gab viele wie ihn. Er mußte die Kraft finden, durchzuhalten.
Einmal traf er Timofej auf der Straße. Der sah ihn verlegen an und wollte sich vorbeidrücken, aber Sascha trat ihm in den Weg.
»Du kannst nicht schießen, Timofej, oder liegt's an deiner Knarre, die nichts taugt?«
»Was denn, was ist denn?« stammelte Timofej zurückweichend, genauso wie damals am Ufer; er fürchtete offensichtlich, daß Sascha zuschlagen würde.
»Du brauchst keine Angst zu haben«, sagte Sascha spöttisch, »hier tue ich dir nichts, aber wenn du mir im Wald vor den Lauf kommst, knalle ich dich ab wie einen räudigen Hund. Du hast bloß einen Bleiklumpen, ich habe aber richtige Kugeln und einen gezogenen Lauf, ich treffe bestimmt, und wenn ich dich nicht treffe, treffen dich andere. Merk dir das, du Mistkerl!«
Dann ging er weiter. Für solche Lumpen war das der einzig richtige Ton. Wie man im Gefängnis mit den Bauernjungen abgerechnet hatte, die die Verbannten auf der Kansker Landstraße ermordet hatten, wußte man an der ganzen Angara. Und Timofej wußte es auch. Der Feigling würde es kein zweites Mal wagen, ihm nachzustellen. Wenn Sascha in den Wald ging, lud er beide Läufe mit Schrot, steckte aber seine Bleimunition in die Tasche. Ohne Shutschka unternahm er keine Streifzüge mehr und vermied im übrigen offene Stellen und Lichtungen. Außerdem benutzte er nie den gleichen Weg.

Zwei oder drei Tage nach dem Gespräch mit Timofej ging Sascha wieder in den Wald. Shutschka blieb witternd auf einmal stehen und stürzte dann ins Dickicht. Sein wütendes Bellen kam aus nächster Nähe und klang nicht wie ein Rufen, sondern böse und heiser, offenbar verbellte er einen Menschen oder womöglich einen Bären. Sascha versteckte sich hinter einem Baum, lud die Büchse neu und schob Blei in beide Läufe.
Das Bellen wurde immer lauter, war mal näher, mal etwas weiter entfernt. Offenbar lief der Hund zurück, um den Gegner dann von Neuem anzugreifen. Timofej konnte es nicht sein, der Hund

kannte alle Dorfbewohner, sein Kläffen galt einem Fremden oder einem Bären.
Auf einmal glaubte Sascha einen Menschen hinter den Bäumen zu erkennen, meinte eine Bewegung wahrzunehmen, vielleicht einen Luftzug oder knackende Zweige... Shutschka rannte auf eine Lichtung hinaus und sprang immer wieder einen Fremden an, der ihn mit einem langen Knüppel abwehrte. Sascha erkannte den Mann sofort. Es war Solowejtschik, in wattierter Jacke und Hose, einer Mütze mit Ohrenschützern und Sumpfstiefeln. Im abgemagerten Gesicht trug er einen kurzen Bart. Er hatte sich unglaublich verändert, aber Sascha erkannte ihn an seinen Bewegungen, daran, wie er den Hund abwehrte. Vielleicht hatte er aber auch unbewußt die Möglichkeit erwogen, daß Boris tatsächlich geflohen und Alfjorows Vermutung richtig gewesen war: Boris hatte genau diese Fluchtrichtung eingeschlagen.
Sascha pfiff den Hund zurück und ging auf Solowejtschik zu.
Sie umarmten sich.
»Gehen wir tiefer in den Wald«, sagte Sascha.
Sie arbeiteten sich durchs Dickicht und setzten sich unter einen Baum auf eine verhältnismäßig trockene Stelle. Solowejtschik nahm den Rucksack von den Schultern, stellte ihn neben sich hin, lehnte den Kopf an den Stamm und schloß die Augen.
»Hast ja einen ganz bösartigen Hund«, sagte er.
»Nur weil er einen Fremden gewittert hat... Hast du Hunger?«
»Vorläufig nicht... Habe schon gefuttert«, Boris zeigte auf den Rucksack. »Du weißt wohl schon Bescheid über mich?«
»Alfjorow hat mich bestellt und nach dir gefragt.«
Boris hielt die Augen geschlossen; er lehnte sich halb liegend gegen den Baum.
»Warum bist du weg?« fragte Sascha.
Solowejtschik krümmte sich unter einem qualvoll würgenden Hustenanfall.
»Ich hatte gebeten, mich zu Frieda zu versetzen oder sie zu mir kommen zu lassen. Das wurde abgelehnt. Daraufhin wollte ich zu ihr fahren. Unterwegs hielten sie mich an. Ich bin abgehauen. Nach Roshkowo zurückkehren? Dort sperren sie mich sofort ein und unterstellen mir einen Fluchtversuch. Deshalb habe ich diese

Richtung eingeschlagen. Suchen werden sie mich flußabwärts oder an der Landstraße nach Kansk. Inzwischen schaffe ich es vielleicht bis Bratsk.«

»Alfjorow hat sofort vermutet, daß du in diese Richtung fliehst.«

»Hat er dir das gesagt?«

»Ja.«

Boris schwieg.

»Bis Bratsk brauchst du einen Monat. In den nächsten Tagen wird es endgültig Winter, in der Taiga erfrierst du«, sagte Sascha.

»Mir bleibt kein anderer Ausweg«, antwortete Boris müde, »wenn ich's schaffe, um so besser, wenn nicht, dann eben nicht.«

»Und was soll aus Frieda werden?«

»Ihr passiert nichts. Sie weiß von nichts. Seit damals habe ich sie nicht wieder gesehen. Daß ich ihr geschrieben habe? ... Ich habe vielen Leuten geschrieben.«

»Das stimmt nicht ganz«, widersprach Sascha, »du hast sie als deine Braut bezeichnet, demnach steht sie dir nahe, und man wird sie deshalb bestimmt vorladen.«

»Dich hat man doch auch vorgeladen, und was konntest du sagen? ... Sie kann ebenso wenig sagen wie du.«

»Hör mal, vielleicht solltest du dich doch lieber bei Alfjorow in Keshma melden? Du erklärst ihm einfach, du seist zu ihm gegangen, um ihn zu bitten, dich zu Frieda ziehen zu lassen oder sie zu dir. Dann sieht die Sache schon ganz anders aus: Du hast dich nicht aus dem Bezirk entfernt und bist aus freien Stücken nach Keshma gekommen.«

»Das sieht doch ein Blinder, daß da was faul ist«, Boris verzog das Gesicht. »Ich bin nach Keshma gelaufen, aber man hat mich nicht auf der Straße nach Keshma aufgegriffen, sondern in der entgegengesetzten Richtung, ich bin doch flußabwärts marschiert. Nein, zu Alfjorow kriegst du mich nicht, er schickt mich nach Kansk zurück.«

»Nach Kansk kommt man jetzt nicht mehr durch«, erwiderte Sascha, »frühestens in einem Monat. Und in Keshma gibt's kein Gefängnis, wo soll er dich also festhalten? Alfjorow liegt bestimmt mehr daran, deine Erklärung zu akzeptieren« ›Bin wegen Frieda gekommen‹. Er hat mir selbst gesagt: ›Außergewöhnliche Vorkommnisse sind nicht in meinem Interesse‹. Daß sie dich unten aufgegriffen haben, spielt keine Rolle. Du sagst einfach, in Roshkowo sei kein Boot aufzutreiben gewesen, du hättest gehofft, in Koda oder Paschin eins auszuleihen.«

»Alfjorow hat meine Flucht bestimmt schon bekanntgegeben«, widersprach Boris, »wenn er dich vorgeladen hat, hat er inzwischen bestimmt Schritte unternommen.«

»Trotzdem halte ich das für die einzige Chance«, beharrte Sascha, »bis Bratsk kommst du sowieso nicht, man erwischt dich vorher, vielleicht schon im ersten Dorf. Um die Anklage wegen versuchter Flucht kommst du dann nicht herum.«

»Ich gehe nicht in die Dörfer.«

»Und was willst du essen?«

»Du besorgst mir was, Speck, Zwieback, Zucker, vorausgesetzt, du hast was ...«

»Natürlich gebe ich dir was mit. Aber wie lange reicht das schon? Wieviel kannst du überhaupt mitschleppen?! Im Wald findest du jetzt nichts, es ist Winter. Eine Büchse hast du nicht. Vor lauter Hunger stellst du dich schon im nächsten Dorf. Begreif doch, es geht um dein Leben. Wenn du dich bei Alfjorow meldest, rettest du es. Obendrein hast du die Chance, dich rauszureden. Wenn du fliehst, kommst du entweder im Wald um, oder sie schnappen dich. Und dann hast du überhaupt keine Chance mehr.«

Boris schwieg. Mit geschlossenen Augen lag er halb aufgestützt am Baum, Sascha hatte den Eindruck, er höre nicht zu oder sei eingeschlafen.

»Vielleicht übernachtest du bei mir?«

Solowejtschik schüttelte den Kopf, ohne dabei die Augen zu öffnen.

»Das geht schief. Und dann reiße ich dich auch mit rein.«

»Meinetwegen laß dir keine grauen Haare wachsen.«

Boris schlug die Augen auf und sagte mit überraschender Energie: »Wenn man mich hier entdeckt, nimmt Alfjorow die Spur auf. Als erstes muß ich noch siebzig Kilometer hinter mich bringen; dort hilft man mir weiter. Und dich will ich auf gar keinen Fall reinreißen. Du könntest ja nicht mal sagen, du hättest nicht gewußt, daß ich auf der Flucht bin, Alfjorow hatte dich ja gewarnt. Wir machen also aus: Wir haben uns nicht gesehen, du mich nicht und ich dich nicht. Was immer passiert und wann immer es passiert: in einem Jahr, in zwei Jahren oder in zehn – ich habe dich nicht gesehen, und du hast mich nicht gesehen.«

»Hör zu«, sagte Sascha, »mir scheint, du machst einen großen Fehler. In ein paar Stunden könntest du in Keshma sein. Alfjorow wird dich ein bißchen auf die Folter spannen, aber das ist dann auch alles, und die Sache hat sich. Garantieren kann man das natürlich nicht, aber ich glaube, daß es so ausgeht. Ich sage dir nochmal, das ist deine einzige Chance.«

»Ich habe mich schon entschieden«, antwortete Solowejtschik fest. »Könntest du mir Speck, Zwieback und Zucker besorgen?«

»Speck sicher, Zucker muß ich sehen, Zwieback muß erst gemacht werden. Wenn du warten kannst, kriegst du geröstetes Brot.«

»Ich kann nicht warten. Bring mir Brot statt Zwieback mit.«

»Boris!« sagte Sascha. »Überleg's noch mal, ich bitte dich. Ich begreife einfach nicht, was du dir für Hoffnungen machst. Nehmen wir an, du kommst wirklich bis Bratsk... Ich halte das zwar für ausgeschlossen, aber mal angenommen, es klappt. Was dann?«

»Von Bratsk bringt man mich nach Irkutsk, dort setze ich mich in den Zug und fahre nach Moskau.«

»Wozu?«

»Um die Wahrheit zu suchen.«

Sascha glaubte, Boris sei wahnsinnig geworden. Was für eine Wahrheit wollte er suchen? Vielleicht verschwieg er ihm etwas? Vielleicht hatte er unterwegs zuverlässige Mittelsmänner? Friedas Freunde? Er mußte noch siebzig Kilometer zurücklegen, demnach saßen diese Freunde in Frolowo, Sawino oder Ussolzewo. Aber diese Dörfer lagen auf Inseln; wie wollte er über die Angara kommen? Der Fluß war noch nicht zugefroren, wegen der reißenden Strömung würde das auch noch lange dauern. Aber er schien irgendeinen Plan zu haben. Offenbar gab es auch hier in der Verbannung irgendwelche Beziehungen und Möglichkeiten, von denen Sascha nichts ahnte. Er hatte den Staat immer für allmächtig, allwissend und alles durchschauend gehalten. In

Wirklichkeit war es ganz anders, man konnte ihn betrügen. Auch Sida hatte ihm geheime Möglichkeiten vorgeschlagen. Vielleicht kannte Solowejtschik auch eine Möglichkeit, von der Sascha nichts ahnte.

»Wie lange brauchst du bis zum Dorf und zurück?«

Die Frage war als Aufforderung zur Eile zu verstehen. Sascha stand auf.

»In etwa drei Stunden bin ich zurück.«

»Ich warte hier auf dich.«

Boris lehnte sich wieder gegen den Stamm und schloß die Augen.

Alles frühere – die Verhaftung, das Gefängnis, die Deportation – war nicht mit dem zu vergleichen, was jetzt passierte. Damals war er völlig unschuldig gewesen, jetzt dagegen machte er sich schuldig, verstieß er zum ersten Mal gegen das Gesetz. Er half bei einem Fluchtversuch, obwohl er gewarnt worden war. Boris würde ihn natürlich nicht verraten, dessen war er sich sicher; trotzdem würde ihm die ›Beihilfe zur Flucht‹ wie ein Klotz am Bein hängen. Dafür irgendwann einmal büßen zu müssen, war in doppelter Hinsicht bitter: Solowejtschiks Flucht war blanker Wahnsinn – entweder er kam unterwegs um oder er wurde aufgegriffen. Demnach mußte er Boris helfen. Hauptsache, im Dorf schöpfte niemand Verdacht. Bei seinen Wirtsleuten um Speck und Brot bitten? Für wen? Das wäre ein untrügliches Indiz. Die einzige, die ihm helfen konnte, war Sida. Wenn sie etwas nicht vorrätig hätte, konnte sie zu den Nachbarn gehen. Sie kaufte immer ein, niemand würde Verdacht schöpfen. Eine Speckseite, Brot oder Fladen, zwei Dutzend hartgekochte Eier, Zucker hatte sie im Haus, auch Bonbons, die Mama aus Moskau geschickt hatte, Salz ...

Er würde zu Sida sagen: Besorg mir das! Ich brauche es, frag nicht wofür und vergiß es.

Sida fragte nicht. Sie ging zu den Nachbarn, brachte Speck, Dörrfleisch, Fladen, kochte die Eier, holte Zucker und die Bonbons, packte alles gut ein und steckte es in einen Leinenbeutel, wie ihn hier die Jäger auf ihren Streifzügen durch die Taiga benutzten. Daran, daß sie den Proviant in einen solchen Beutel packte, war zu erkennen, daß sie den Zusammenhang erriet.

In der Tür drehte sich Sascha zu ihr um.
»Ich habe nichts von dir bekommen.«
Was immer passierte, wie sich die Dinge auch entwickeln sollten, Sida hatte damit nichts zu tun.
»Jawohl«, bestätigte sie nickend.

Als Boris Saschas Schritte hörte, öffnete er die Augen, stützte sich auf und schüttelte den Kopf, als wolle er den Schlaf vertreiben. Er packte den Proviant in seinen Rucksack, nur auf das Salz verzichtete er.
»Ich habe genug mit.«
Er stand auf. Sascha half ihm in die Tragriemen.
»Na, Kamerad, leb wohl!«
Unbeholfen, weil ihn der Rucksack behinderte, schloß er Sascha in die Arme. Sie küßten sich.
»Morgen früh komme ich zu dieser Stelle«, sagte Sascha, »wenn du es dir anders überlegst und zurückkommst, triffst du mich hier.«
»Nein, mein Entschluß steht fest«, antwortete Boris. »Warst du vorsichtig?«
»Da mach dir mal keine Sorgen.«

19

Der Zwischenfall mit Pjatakows Kommission hatte Ordshonikidses Unwillen erregt. Ihm mißfiel, daß Mark Alexandrowitsch die Kommission nicht ins Werk gelassen und de facto vor die Tür gesetzt hatte. Es war ihm peinlich, daß er wegen Mark Alexandrowitsch von Stalin einen Verweis bekommen hatte. Damals hatte Stalin Mark Alexandrowitschs Verhalten gebilligt, aber es gab nichts Schriftliches, das das von Mark Alexandrowitsch begonnene Bauvorhaben – die Errichtung der Wohnhäuser und der anderen Objekte – legalisiert hätte. Es gab nur Stalins mündliche Zusage, und Worte vergaß man. Solange es keine offizielle Genehmigung gab, schwebte Rjasanow in Gefahr.
Deshalb ging Mark Alexandrowitsch gern auf den Vorschlag der Zeitschrift *Bolschewik* ein, einen Beitrag über die Situation im Werk sowie über die Probleme zu schreiben, vor denen das inländische Hüttenwesen stand. Der *Bolschewik* war eine maßgebliche Zeitschrift der Partei. Der Beitrag konnte für das Werk nützlich sein, denn sowohl die kooperierenden wie auch die Zulieferbetriebe würden diesen Artikel als Richtlinie betrachten. Das Wichtigste dabei war aber: Der Beitrag eröffnete ihm die Möglichkeit, die angefangene Bautätigkeit öffentlich vorzustellen und so zu legalisieren.
Er schrieb den Beitrag an zwei Abenden. Seine grundlegenden Thesen liefen auf folgendes hinaus:
Die Amerikaner hatten das Werk in größter Eile entwickelt; daraus ergab sich die Notwendigkeit, einige Verbesserungen vorzunehmen. Mark Alexandrowitsch nannte die wichtigsten. Zugleich forderte er, die sowjetischen Hüttenwerker sollten sich auf der ganzen Linie die neuesten Entwicklungen der Amerikaner zunutze machen. Um das zu belegen, beschrieb er genau, auf welchen Gebieten das sowjetische Hüttenwesen nicht auf dem neuesten Stand war.
Die Hauptaufgabe der Eisenhüttenindustrie im Osten sei, hoch-

qualifizierte Arbeiter- und Ingenieurkader an sich zu binden, um eine dauernde Fluktuation zu verhindern. Daraus ergebe sich die Notwendigkeit einer regen Bautätigkeit: Wohnhäuser, Kulturstätten und Dienstleistungsbetriebe mußten gebaut werden. Rjasanow zählte die bereits fertiggestellten Objekte auf (deretwegen die Kommission gekommen war), bezeichnete sie als vom Zentralkomitee der Partei gebilligte Leistungen (er hatte dabei Stalins Worte im Sinn) und erklärte, daß das Werk in dieser Richtung die Arbeit fortsetzen würde.

Abschließend übte er heftige Kritik an den schlechten Zulieferbetrieben. Der Beitrag erschien Mitte November, Ende November kam Mark Alexandrowitsch zum ZK-Plenum nach Moskau.

Das Plenum erörterte nur eine Frage: die Abschaffung der Marken für Brot und andere Nahrungsmittel am 1. Januar 1935.

Alle Redner drückten ihre Besorgnis aus: Das Markensystem existierte seit 1928 und gewährleistete eine zwar unzureichende, aber zuverlässig funktionierende Versorgung. Jetzt sollte der freie Verkauf eingeführt und damit ein Markt geschaffen werden, den zu lenken man verlernt hatte.

Stalin hielt keine Rede, er saß schweigend im Präsidium.

Am letzten Sitzungstag gingen Ordshonikidse und Kirow in einer Pause auf Mark Alexandrowitsch zu.

»Sergej Mironowitsch möchte dich gern kennenlernen«, sagte Ordshonikidse lächelnd, »dein Beitrag im *Bolschewik* hat ihm gefallen.«

Kirow drückte Rjasanow die Hand.

»Ja, ein vernünftiger, sachlicher Aufsatz. Was Sie geschrieben haben, betrifft nicht nur die neuen, sondern auch die alten Gebiete. Die Kader zu halten wird jetzt überall zum wichtigsten Problem. Mir gefällt auch Ihr Gedanke, daß wir von den Amerikanern lernen und das Gute übernehmen müssen. Es ist wirklich nichts dabei, auch wenn sie Kapitalisten sind. Was Ihre Kritik an den Leningrader Betrieben betrifft, so verspreche ich Ihnen, mich darum zu kümmern, damit es besser wird.«

»Danke, das ist für uns die schönste Bestätigung«, antwortete Mark Alexandrowitsch.

Ordshonikidse warf gutmütig ein: »Wir haben einen guten Diplomaten in ihm. Mit seinem Beitrag hat er seine nicht genehmigten Ausgaben legalisiert.«

»Aber nicht doch, Grigorij Konstantinowitsch«, widersprach Mark Alexandrowitsch, »ich habe nur aufgezeichnet, was getan und gebilligt worden ist.«

Ordshonikidse wollte gerade antworten, als Stalin zu ihnen trat. Sie hatten nicht gemerkt, von welcher Seite er gekommen war.

»Worüber wird hier diskutiert?«

»Wir sprachen eben über einen Aufsatz des Genossen Rjasanow«, antwortete Ordshonikidse.

»Was ist das für ein Beitrag?« fragte Stalin, er musterte Ordshonikidse und Mark Alexandrowitsch mit kaltem Blick, an Kirow sah er vorbei.

»Im letzten Heft des *Bolschewik*«, antwortete Kirow.

»Nicht gelesen«, sagte Stalin, ohne Kirow dabei anzusehen.

Er ging weiter.

Mark Alexandrowitsch sah ihm nach, sah seinen schmalen leicht gebeugten Rücken in der khakifarbenen Militärjacke. Stolz schwellte seine Brust. Noch vor einer Minute hatte er neben IHM gestanden, zusammen mit Kirow und Ordshonikidse. Vor aller Augen hatten sie sich miteinander unterhalten. Stalin hatte seinen Aufsatz im *Bolschewik* nicht gelesen, was nur zu verständlich war. Bei den Vorbereitungen zum Plenum und zur Abschaffung des Markensystems hatte ER sich nicht einmal die Zeit gönnen können, die Zeitschrift durchzublättern. Es reichte Mark durchaus, daß Kirow den Beitrag gelesen und gelobt hatte. Und Ordshonikidses freundliche Art bewies, daß er ihm nichts mehr nachtrug. Seine eigenmächtige Entscheidung war legalisiert, mit dem Beitrag hatte er's erreicht. Alles stimmte, und seine Befürchtungen waren nunmehr hinfällig. In einer Epoche großer Leistungen mußte das Wahre und Nützliche unweigerlich siegen, da es von SEINEN weisen Gedanken, SEINER mächtigen Hand gelenkt wurde. ER schritt durch die belebte Vorhalle, scheinbar machte ihm niemand Platz, niemand schien auch nur einen Schritt beiseite zu treten, und trotzdem öffnete sich ihm der Weg, vor IHM lag der Weg offen. ER ging gemessen und leichten Schrittes in weichen Stiefeln seines Wegs, niemand schien ihn besonders zu beachten, niemand schaute sich nach ihm um, aber alle wußten, daß ER vorbeiging. Stalin verschwand hinter der Tür, die ins Zimmer des Präsidiums führte. Erst in diesem Moment bemerkte Mark Alexandrowitsch, daß Ordshonikidse matt an der Wand lehnte, mit zitternden Fingern eine Tablette Nitroglyzerin aus einem Glasröhrchen nahm und sie unter die Zunge schob.

»Fehlt dir etwas?« fragte Kirow besorgt.

Ordshonikidse holte Luft.

»Nein, nichts.«

Mark Alexandrowitsch faßte nach seinem Arm, um ihn zu stützen.

Ordshonikidse schob seine Hand behutsam zurück.

»Grigorij Konstantinowitsch, die Sanitätsstelle ist gleich nebenan.«

»Nicht nötig, schon vorbei.«

»Nein«, sagte Kirow entschieden, »du mußt jetzt nach Hause, komm, ich gehe mit.«

Stalins abweisende Art überraschte Kirow nicht im geringsten. Ihre Beziehung hatte sich schon in Sotschi verschlechtert. Genaugenommen hatte Stalin ihn nach Kasachstan geschickt, um das zu vertuschen. Kirow war vom 6. bis zum 29. September dort gewesen. Als er nach Leningrad zurückgekehrt war, hatte Medwed, der Leiter der Sicherheitsabteilung ihm berichtet, daß Iwan Saporoshez, Medweds Stellvertreter, ohne Absprache mit ihm seine eigenen Leute aus dem Moskauer Zentralapparat mitgebracht und eigenmächtig auf Schlüsselpositionen im NKWD gesetzt hatte. Außerdem machte Saporoshez auch kein Hehl daraus, daß er autonom und nur Moskau unterstellt war. Eine absolut unhaltbare Situation; der NKWD konnte nicht zwei Leiter haben, von denen einer dem Gebietsparteikomitee von Leningrad und der andere Moskau unterstellt war. Deshalb bat Medwed, Saporoshez und seine Leute, die ohne Zustimmung der örtlichen Organe eingesetzt worden waren, unverzüglich abberufen zu lassen.

Eine heikle Frage. Ganz offensichtlich waren die Ernennungen beglaubigt worden. Wahrscheinlich war dies sogar auf unmittelbare Weisung Stalins geschehen: »zwecks Ausrottung der Überreste der Opposition«, und zwar ihm, Kirow, zum Trotz: Wenn du's nicht selber tust, machen wir es ohne dich! Daher konnte Saporoshez auch seine Selbständigkeit betonen. Seine Abberufung zu verlangen, bedeutete, sich mit Stalin in einer schwierigen Personalfrage auf einen offenen Konflikt einzulassen – und, zumal in Personalfragen duldete Stalin weder Einspruch noch Einmischung.

Und trotzdem: Die Existenz eines solchen, dem Gebietsparteikomitee nicht unterstellten autonomen Organs in Leningrad hinzunehmen, hieß nichts anderes, als mit der Zeit jede Macht aufzugeben.

Kirow bat die Mitglieder des Büros des Gebietskomitees in sein Arbeitszimmer; und zwar ausschließlich die Mitglieder ohne Sekretäre, ohne Stenotypistinnen und ohne Protokollführung. Als alle versammelt waren, forderte er Medwed auf, seine Information zu wiederholen, und bat die Anwesenden, ihre Meinung dazu zu äußern. Einstimmig verlangten sie die sofortige Abberufung von Saporoshez und seinen Männern durch den Zentralapparat.

Kirow hob den Hörer ab und ließ sich mit Moskau verbinden.

»Ich erstatte sofort Meldung«, antwortete Poskrebyschew. Kirow mußte lange warten. In Kirows Arbeitszimmer war es still, alle schwiegen, denn jeder verstand, warum Stalin nicht sofort zum Hörer griff.

Endlich meldete er sich.

»Ich höre.«

»Genosse Stalin«, begann Kirow, »Saporoshez maßt sich an, eigenmächtig zu handeln, und verweigert dem Leiter des hiesigen NKWD Medwed den Gehorsam. Das Büro des Gebietskomitees bittet, Saporoshez aus Leningrad abzuberufen.«

Stalin schwieg erst und fragte dann: »Worin zeigt sich seine Eigenmächtigkeit?«

»Schon allein der letzte Vorfall zeigt dies«, antwortete Kirow, »er hat fünf Mitarbeiter von Jagoda aus Moskau mitgebracht und sie ohne Medweds Wissen auf verantwortungsvolle Posten in der Sicherheitsabteilung gesetzt.«

»Tja, wissen Sie«, antwortete Stalin, »das sind eigentlich nur interne Umbesetzungen im Apparat des NKWD.«

»Bin ich der Sekretär des Gebietsparteikomitees oder nicht?« rief Kirow erzürnt und schlug mit der Handkante auf den Tisch.
»Warum diese kindischen Fragen?« entgegnete Stalin. »Der NKWD ist ein neues Volkskommissariat. Da sind Umbesetzungen unvermeidlich. Jede Veränderung mit den örtlichen Organisationen abzustimmen, ist praktisch unmöglich.«
»Die Mitglieder des Gebietskomitees und ich persönlich bestehen kategorisch auf der Abberufung von Saporoshez«, erklärte Kirow mit Nachdruck.
»Ich habe es Ihnen erklärt, so gut ich's konnte, besser kann ich's nicht«, antwortete Stalin frostig und legte auf.
Eine Weile herrschte Schweigen. Dann wandte sich Kirow an Medwed: »Also, Philipp, in deiner Verwaltung bist du der Hauptverantwortliche, für das Büro des Gebietskomitees bist nur du da. Unterbinde alle eigenmächtigen Handlungen von Saporoshez, wir stehen hinter dir.«

Nachdem Kirow Sergo nach Hause gebracht hatte, kehrte er ins Plenum zurück. Die Klingel schrillte, die Pause war zu Ende, die Plenumsteilnehmer strömten in den Saal zurück. Mark Alexandrowitsch wartete aber noch auf Kirow. »Entschuldigen Sie, Sergej Mironowitsch, wie geht es Grigorij Konstantinowitsch?«
»Im Moment scheint alles in Ordnung zu sein, er hat sich ins Bett gelegt, Sinaida Gawrilowna wollte gerade den Arzt kommen lassen.«

Aber Ordshonikidse verbot, den Arzt zu rufen. Es ging ihm wieder besser, er stand auf, blieb jedoch zu Hause, denn die Beschlüsse des Plenums waren ihm bekannt, abstimmen konnten sie ohne ihn.
Er setzte sich in einen Sessel und versank in Gedanken. Während der zwei Minuten ihres Gesprächs mit Stalin im Foyer war ihm dessen wahre Einstellung zu Kirow mit letzter Deutlichkeit aufgegangen. Ordshonikidse kannte Stalin genau; er wußte, was es bedeutete, wenn Stalin denjenigen, mit dem er sprach, nicht ansah.
Die Dämmerung kam, in der Wohnung wurde Licht gemacht, Sinaida Gawrilowna, seine Frau, sah kurz ins Zimmer.

»Wie fühlst du dich?«
»Danke, wieder besser, aber mach bitte das Licht nicht an«, bat er, »ich möchte ein bißchen allein sein.«
Er saß im Sessel und dachte nach. Nach Budjagins Mitteilung über die sonderbaren Umbesetzungen im Leningrader NKWD hatte er, um sich Klarheit zu verschaffen, wiederholt versucht, mit Stalin über Kirow zu sprechen. Stalin war jedoch jedesmal ausgewichen. Als im Politbüro Kirows Bericht aus Kasachstan über den Verlauf der Getreideernte erörtert worden war, hatte Stalin das Thema überraschenderweise selbst aufgegriffen und wie beiläufig, scheinbar völlig zusammenhanglos geäußert: »Ich habe Genossen Kirow, der doch Sekretär des ZK ist, vorgeschlagen, nach Moskau umzuziehen, aber er hat es abgelehnt. Wie lange kann man denn in ein und derselben Stadt sitzen? Acht Jahre ist er schon da! Das reicht! Den Luxus, Kirow in Leningrad zu lassen, können wir uns nicht leisten. Für diese Stadt allein ist Kirow ein zu großes Kaliber, er muß im Unionsmaßstab eingesetzt werden. Er wird von der ganzen Partei gebraucht.«
Damit war er zum nächsten Punkt der Tagesordnung übergegangen.
Nach der Sitzung, als alle schon gegangen und nur noch Stalin, Kaganowitsch, Molotow und, so weit er sich erinnern konnte, Kuibyschew geblieben waren, hatte Stalin zu Ordshonikidse gesagt: »Sprich du doch mal mit Kirow, ihr seid ja Freunde, er soll nach Moskau umziehen. Wir brauchen einen Russen in der zentralen Leitung. Wir beide, du und ich, sind Georgier, Kaganowitsch ist Jude, Rudsutak Lette, Mikojan Armenier. Bloß Molotow, Kuibyschew, Woroschilow und Kalinin sind Russen, und das ist zu wenig.«
Nach Kirows Rückkehr aus Kasachstan war Ordshonikidse nach Leningrad gefahren und hatte mit ihm über Stalins Vorschlag gesprochen. Kirow hatte sich erneut geweigert, hatte von seinen Spannungen mit Stalin in Sotschi, der anschließenden Differenz wegen Saporoshez erzählt und mit fester, ruhiger Stimme gesagt: »Wir werden Saporoshez nie und nimmer erlauben, in Leningrad Gewalt- und Terrorakte anzuzetteln.«
Wie naiv sie alle gewesen waren, wie überaus naiv: er und Budja-

gin und Kirow. Als ob Stalin nicht wußte, daß Kirow sich Saporoshez nicht beugen, vor ihm nicht in die Knie gehen würde! »Das Ausrotten der letzten Wurzeln« war lediglich ein Vorwand, ein Tarnmanöver, Saporoshez würde nichts ausrotten können, sie würden es dort einfach nicht zulassen.

Was unternehmen? Man konnte nur versuchen, Zeit zu gewinnen. Er mußte Kirow wenigstens für ein paar Tage, für eine Woche in Moskau zurückhalten. Jeder Schritt wollte gut überlegt sein, er mußte sich mit seinen Kollegen beraten. Vielleicht würde es doch noch gelingen, Kirow zum Umzug nach Moskau zu bewegen. Und vor allem: Kirows überraschend verlängerter Aufenthalt in Moskau mußte Stalin hellhörig machen, womöglich würde ihn das zu einem Rückzieher veranlassen, vielleicht würde er Saporoshez dann zurückpfeifen.

Kirow kam erst gegen elf Uhr vom Plenum zurück. Ordshonikidse öffnete ihm selbst.

»Wieder auf dem Damm?« fragte Kirow fröhlich und trat in die Wohnung. »Na, wie geht es dir?«

Ordshonikidse setzte sich in den Sessel und holte tief Luft. »Schlecht, Serjoscha, bleib ein paar Tage bei mir.«

Kirow, der gerade Papiere in seiner Aktentasche verstaute, wandte sich erstaunt um.

»Na hör mal! Am 1. Dezember, also übermorgen, habe ich vor Parteimitgliedern in leitenden Funktionen ein Referat zu halten... Über das Plenum in Moskau.«

»Das Referat ist doch nicht so wichtig«, sagte Ordshonikidse mühsam nach Atem ringend. »Das könnte doch auch Pschudow oder Kodazki machen. Bleib noch ein Weilchen bei mir, wer weiß, vielleicht sehen wir uns nie wieder.«

Kirow trat dicht an ihn heran, griff nach seiner Hand und sah ihm in die Augen.

»Davon mußt du dich freimachen. Leg dich ins Bett und laß den Arzt holen. Das kennt man, Herzkrämpfe werden immer von Angstzuständen begleitet. Nimm dich zusammen. Wo muß ich anrufen, um einen Wagen zu bestellen?«

»Das mache ich schon.«

Ordshonikidse erhob sich aus dem Sessel, ging ins Nebenzimmer, rief in der Garage an und ließ Barabaschkin, seinen Fahrer, ans Telefon holen.

»Wassili Dmitrijewitsch, fahren Sie vor, Sie müssen Kirow zum Bahnhof bringen«, er legte die Hand schützend um die Muschel und fügte leise hinzu: »Richten Sie's aber so ein, daß er den Zug verpaßt. Haben Sie mich verstanden?«

Ordshonikidse kehrte ins Eßzimmer zurück, Kirow hatte die Aktentasche bereits gepackt, den Mantel übergezogen und unterhielt sich stehend mit Sinaida Gawrilowna. »Du solltest lieber noch drei Tage hierbleiben«, sagte Ordshonikidse niedergeschlagen, »Serjoscha, bleib doch bei mir.«

»Ich kann's beim besten Willen nicht, ich habe dir doch schon erklärt, am 1. Dezember ist die Versammlung der leitenden Genossen.«

Unten vor der Haustür ertönte ein kurzes Hupen.

Kirow schloß Ordshonikidse in die Arme und küßte ihn, dann umarmte er Sinaida Gawrilowna und sagte mit freundschaftlicher Strenge: »Laß dir von ihm nichts vorschreiben und bestehe darauf, daß er etwas für seine Gesundheit tut.«

Dann griff er nach der Aktentasche und ging eilends hinaus. Die Uhr zeigte halb zwölf.

Kurz vor dem Hauptpostamt stoppte Barabaschkin den Wagen, stieg aus und öffnete die Motorhaube.

»Was ist los?«

»Die Benzinzufuhr ist verstopft. Ich bringe das sofort in Ordnung.«

»Nein, ich kann nicht warten.«

Barabaschkins Fehler war, daß er in der Nähe einer Straßenbahnhaltestelle gehalten hatte. In dem Moment kam gerade die Linie 4, die zum Leningrader Bahnhof fuhr. Kirow konnte noch rechtzeitig aufspringen und erreichte den Zug, den *Krasnaja Strela*, eine Minute vor der Abfahrt.

o

Sascha verließ das Haus noch vor Morgengrauen und war sehr zeitig an der Stelle, an der er sich am Vortag von Boris getrennt hatte. Da war auch schon der Baum, unter dem dieser gelegen hatte. Sascha pfiff und rief mehrmals laut nach Shutschka, um so Boris zu verstehen zu geben, daß er da sei. Aber er bekam keine Antwort. Sascha streifte bis zur Abenddämmerung durch den Wald, aber Boris ließ sich nicht blicken. Demnach hatte er sich endgültig zur Flucht entschlossen. In den folgenden Tagen wechselte Sascha mehrmals die Wege und schlug große Bogen. An den Fichten hingen schon dicke Eiszapfen, weiche Schneeklumpen lagen auf der Erde, dem Windbruch, den eisüberzogenen Tümpeln. Sascha bewegte sich mühsam vorwärts und blieb immer wieder lauschend stehen, aber der Wald schwieg. Nur hier und dort hörte man das Knacken der vom Frost erstarrten Bäume und das klappernde Pink-pink der Kreuzschnäbel, die von Fichte zu Fichte flogen, den Rauhreif von den Zweigen streiften, Schuppen und ausgehülste Zapfen fallen ließen.

Einmal scheuchte Sascha einen Schneehasen auf, der Haken schlagend mit zurückgelegten Ohren zwischen den Bäumen verschwand. Hin und wieder sah er ein Eichhörnchen, offenbar von der diesjährigen Brut, noch ganz unerfahren. Da saß das Tierchen, den buschigen Schwanz erhoben, ungeschützt auf einem Ast, knabberte an einem Zapfen, den es geschickt zwischen den Pfoten drehte, und äugte von oben neugierig auf Sascha hinab. Ein anderes Mal entdeckte er einen schnürenden Fuchs auf Mäusejagd. Der Fuchs blieb von Zeit zu Zeit stehen und lauschte, ob unterm Schnee irgendwo eine Feldmaus fiepste. Hörte er etwas fiepen, stürzte er hin und scharrte nach Hundeart im Schnee. Ein anderes Mal beobachtete Sascha einen Auerhahn, der vorsichtig über den Neuschnee trippelte, Blätter von einem Wacholderstrauch und schneefreien Heidelbeertrieben rupfte, sogar die Spitzen einer kleinen jungen Kiefer fraß.

Eine Woche zog Sascha so durch den Wald, aber Boris Solowejtschik war nicht mehr da. Also war er schon weit weg, vielleicht aber auch zugrundegegangen, erfroren, erkrankt, ins Eis eingebrochen, oder er hatte sich verirrt und war verhungert.

Gefaßt hatte man ihn aber nicht, denn das hätten alle gewußt. Jede Flucht war ein Ereignis, die Gefangennahme eines Flüchtenden ein noch größeres; eine derartige Neuigkeit verbreitete sich wie ein Lauffeuer an der ganzen Angara. Dann begannen die Nachforschungen und Vernehmungen: Wer hatte Beihilfe geleistet, wer den Flüchtenden beherbergt, wer hatte ihn mit Proviant versorgt?

Auch in Mosgowa erörterten die Deportierten Solowejtschiks Flucht. Aber da ihn außer Sascha niemand kannte und Sascha sich über diese Bekanntschaft ausschwieg, wurde ganz allgemein über die Flucht als solche gesprochen, über die Aussichts- und Hoffnungslosigkeit eines solchen Unterfangens. Selbst wenn es gelingen sollte, Sibirien zu verlassen, war man trotzdem verloren: Ein illegales Dasein war unter sowjetischen Verhältnissen ausgeschlossen. Darin waren sich alle einig.

Zugleich war jedem bewußt, daß Solowejtschiks Flucht Folgen haben mußte. Würde man seine Flucht auf sich beruhen lassen, könnte dies die anderen Deportierten auch dazu verleiten. Konnte der Flüchtende nicht bestraft werden, mußten es die anderen ausbaden: Man wies sie aus dem Ort aus, in dem sie bereits Wurzeln geschlagen hatten, man nahm ihnen sogar die geringen Verdienstmöglichkeiten, weil sie spüren sollten, daß sie für jeden, der flüchtete, mitverantwortlich waren und jeden Fluchtversuch zu vereiteln hatten. Schon wenig später wurden alle Deportierten aus Roshkowo in andere Dörfer umgesiedelt. Zwei von ihnen kamen nach Mosgowa: ein gewisser Kajurow und eine Frau, von der es hieß, sie sei schon 1905 in die Partei eingetreten. Sie hatte den sonderbaren Zunamen Swjaguro, mit Vor- und Vatersnamen hieß sie Lydia Grigorjewna. Altjüngferlich, häßlich, mit vorstehenden Zähnen. Sie kam nicht allein, sondern mit Tarassik, einem sechsjährigen Jungen.

Es lag schon Schnee, man brachte sie mit einem Schlitten. Sie stieg vor Saschas Haus aus, trat ein und sagte zu ihm: »Solowejtschik hat mir von Ihnen erzählt. Vielleicht wissen Sie, wo ich ein Zimmer finde?«

»Das müssen wir uns überlegen«, antwortete Sascha, »kommen Sie erstmal rein und setzen Sie sich.«

»Ich muß den Fuhrmann noch entlohnen.«

Beide gingen auf die Straße. Tarassik saß, in ein dickes Wolltuch gewickelt, noch im Schlitten. Lydia Grigorjewna hob ihn heraus, Sascha nahm die beiden abgewetzten Koffer, die fest verschnürt waren, und sie gingen ins Haus zurück. Draußen hörte man die Kufen knirschen, der Fuhrmann fuhr davon. Lydia Grigorjewna nahm Tarassik das Tuch ab, zog ihm so etwas wie einen Pelz und seine Mütze aus. Tarassik setzte sich auf die Bank und sah Sascha neugierig an. Sascha öffnete die Tür zur Küche und bat die Bäuerin herein, die darauf mit ihrem Mann kam.

Sascha wies auf Lydia Grigorjewna.

»Das ist meine Bekannte. Bei wem könnte sie ein Zimmer mieten?«

Die Alte warf einen Blick auf den Jungen.

»Wohl Ihr Enkel?«

»Ja«, antwortete Lydia Grigorjewna stirnrunzelnd.

»Mit einem Kind ist's schwieriger. Kinder sind ausgelassen...«

»Er ist nicht ausgelassen«, sagte Lydia Grigorjewna.

»Wer weiß«, murmelte die Alte.

»Gibt es denn keine Deportierten mit Kindern bei euch?« erkundigte sich Sascha.

Die Bäuerin antwortete nicht; sie musterte nach wie vor den Jungen.

»Wie heißt er denn?«

»Taras heißt er.«

»Ich glaube, die Brjuchanows haben ein Zimmer zu vermieten«, sagte der Alte.

»Bei den Brjuchanows ist das Mädchen nicht ganz richtig im Kopf.«

»Das Mädchen ist still, die tut keinem was.«

Lydia Grigorjewna runzelte wieder die Brauen.

»Wer käme denn außer den Brjuchanows noch in Frage?«

Die Alte überlegte.

»Vielleicht Sisych?« fragte sie ihren Mann.
»Der säuft«, antwortete der Alte nicht ohne Mitgefühl.
»Nein, nein, das geht nicht. Tarassik hat vor Betrunkenen Angst.«
»Du bist aber sehr wählerisch«, meinte die Alte mißbilligend, dann wandte sie sich an Sascha, »geh mal zu den Werchoturows, die wohnen ganz in der Nähe der Lehrerin.«
Auf dem Wege zu den Werchoturows sagte Lydia Grigorjewna:
»Schwierig, mit einem Kind unterzukommen, obwohl es niemanden stören würde. Die Leute haben aber vor etwas anderem Angst. Wenn man mich festnimmt, bleibt das Kind erstmal bei ihnen; bis die Gebietsverwaltung das Kind in ein Heim schickt, können gut und gern ein oder zwei Jahre vergehen. Dazu kommt dann auch noch viel Schreibkram, und schreiben können sie hier nicht.«

Die Wertchoturows verlangten dreißig Rubel im Monat. Sascha sah Lydia Grigorjewna an, daß sie ablehnen wollte. Er berührte ihren Arm.
»Abgemacht. Die beiden kommen heute zu ihnen.«
Lydia Grigorjewna war nicht zufrieden.
»Sie hätten nicht zusagen dürfen, das muß ich entscheiden, und ich kann und will auch nicht so viel Geld bezahlen.«
»Mein Einverständnis verpflichtet Sie zu nichts, wir können immer noch sagen, wir hätten es uns anders überlegt. Sie können die nächsten Stunden bei mir verbringen, sich ausruhen, etwas essen, ich gehe inzwischen los und suche etwas Günstigeres. Wenn ich etwas Billigeres finde, können Sie es sich nachher ansehen und sich entscheiden. Wenn wir jetzt nichts finden, bleiben Sie eben vorläufig bei den Werchoturows, und wir suchen einfach weiter.«
»Für mich kommen die Werchoturows nicht in Frage«, sagte Lydia Grigorjewna, »ich habe nur fünfundzwanzig Rubel. Was sind das überhaupt für Preise hier? In Roshkowo habe ich fünfzehn Rubel bezahlt.«
»Ja, hier ist es teurer«, antwortete Sascha, »Roshkowo ist schließlich ein abgelegener Winkel. Mosgowa dagegen liegt ganz in der Nähe von Keshma, der Bezirksstadt. Dort sind die Mieten noch höher. Ich zahle zwanzig Rubel; von Ihnen verlangt man wegen

des Jungen zehn Rubel mehr. Was das Geld betrifft, so leihe ich Ihnen gern etwas, Sie können es mir später zurückgeben.«
»Ich nehme von Ihnen kein Geld an«, widersprach Lydia Grigorjewna, »mein Neffe in Jaroslawl schickt mir Geld. Wenn man in einen anderen Ort zieht, gibt es aber immer das Durcheinander mit der Post; ich weiß genau, wie das ist. Es wäre ja schon gut, wenn ich sein Geld und meine Post in einem halben Jahr bekäme. In Roshkowo habe ich mir mit Nähen etwas dazuverdient. Meine Wirtin hatte eine Nähmaschine, aber ob ich hier eine finde?«
»Die Mädchen hier sind modebewußt«, sagte Sascha fröhlich, »sie wollen nicht hinter der Bezirksstadt mit ihren Intellektuellen zurückstehen. Sie können mit einem großen Kundenkreis rechnen. Und eine Nähmaschine finden wir bestimmt.«
»Sie werden genauso wie in Roshkowo mit Eiern, saurer Sahne oder Fisch bezahlen. Mein Neffe schickt mir zwanzig Rubel im Monat; mit diesem Betrag muß ich auskommen.«
Sascha brachte Lydia Grigorjewna zu sich nach Hause, bat die Bäuerin, ihr und Tarassik Tee anzubieten. Dann ging er zu Sida. Sie kannte alle Leute im Dorf und wußte bestimmt Rat.
Die Tür war offen, aber sie war nicht zu Hause. Im Ofen glommen Holzscheite, auf dem Tisch lagen Bücher und Hefte, demnach war sie schon aus der Schule zurück. Sie verbot ihren Schülern, Bücher und Hefte mit nach Hause zu nehmen. Die Schularbeiten ließ sie sie nach den Unterrichtsstunden in der Klasse machen. »Zu Hause machen sie die Schularbeiten doch nie; mit den Büchern werden die Milchkruken zugedeckt und die Hefte zu Zigarettenpapier zerrissen ...«
Er sah mechanisch auf die Kinderkrakel, dann fiel sein Blick auf ein Heft, eine dicke Kladde mit festem Einband. Solche Hefte hatte er in Moskau an der Hochschule benutzt. Er schlug es ebenso mechanisch auf, wie er hingeschaut hatte.
Noch bevor Sascha zu lesen begann, entnahm er den Daten im Text – August, September, Oktober, November –, den groß geschriebenen Buchstaben »S« – also Sascha – »S. S.« – Wsewolod Sergejewitsch –, den Sätzen: »Gestern sagte er«, »er ist mutig und hochanständig«, daß es Sidas Tagebuch war. Seine erste Regung war, das Heft zuzuklappen; fremde Tagebücher zu lesen – so tief

durfte er nicht sinken. Und trotzdem... Wäre das in seinem früheren Leben in Moskau gewesen, hätte er nicht gewagt, ein fremdes Tagebuch aufzuschlagen. Hier dagegen, in seiner jetzigen Lage... sie schrieb doch über ihn! Was eigentlich? Warum sich dem Papier anvertrauen? Er mußte einfach wissen, was hier stand. Jeder seiner Schritte, jedes seiner Worte konnte falsch ausgelegt werden. Von überall konnte Unheil über ihn hereinbrechen, es konnte sogar von einer liebenden Frau kommen. Was wußte er eigentlich von ihr? Warum war sie überhaupt hier in diesem abgelegenen Nest?

Er lief im Zimmer hin und her.

Was bedeuteten Worte wie »er ist mutig und hochanständig«? Etwa eine Anspielung darauf, daß er Boris Solowejtschik mit Nahrungsmitteln versorgt, einen Flüchtenden nicht ausgeliefert hatte? Diese beiden Worte genügten, um alle Deportierten aus Mosgowa noch weiter weg zu verbannen. Nur weil er sich ihr anvertraut hatte, konnten die Verbannten hier zu Schaden kommen. Natürlich wollte sie niemandem schaden, aber wozu das niederschreiben? Sie war kein kleines Mädchen mehr, immerhin wurde sie bald dreißig. Verstand sie denn seine Situation nicht? Warum hatte sie das Tagebuch offen auf dem Tisch liegen lassen? Zufällig? Vergessen, es wegzuräumen? Aus Leichtsinn?

Er lief wieder unruhig im Zimmer hin und her, riß ein Stück Rinde von einem Birkenscheit und warf es ins Feuer. Die angekohlte Birkenrinde rollte sich zusammen und ging im nächsten Augenblick in Flammen auf.

Sollte er sich das Tagebuch ansehen? Lesen, was sie über ihn geschrieben hatte, und damit auch herausfinden, wer sie in Wirklichkeit war? Aber wenn er es las, übertrat er die Grenze, die den ehrenhaften Menschen vom unehrenhaften trennte. Inzwischen war es sowieso zu spät, er hatte zu lange gezögert, denn jetzt hörte er ihre Schritte auf dem Hof, dann schon in der Diele. Sie trat ein und lächelte ihm zu.

»Wartest du schon lange?«

Statt einer Antwort wies er auf das Tagebuch.

»Was ist das?«

Sie hörte den Zorn in seiner Stimme, begriff, daß er das Tagebuch

aufgeschlagen hatte, wurde unsicher und sah ihn mit offenem, klarem Blick an.
»Das ist mein Tagebuch.«
»Warum führst du Tagebuch?«
Sie zögerte mit der Antwort.
»Hat dich irgendwas darin verletzt?« fragte sie schließlich.
»Fremde Tagebücher lese ich nicht. Aber... offensichtlich schreibst du auch etwas über mich?«
»Ja, das stimmt.«
Er sah sie schweigend an und fragte nach einer Weile: »Warum lebst du eigentlich hier, Sida?«
Sie sah wortlos zu Boden und antwortete nicht.
»Ich habe dich etwas gefragt. Was hat dich hierher getrieben?«
Sie murmelte: »Das werde ich dir nie sagen.«
»Deine Angelegenheit. Aber ich muß wissen, was du über mich schreibst.«
Sie hielt ihm das Heft hin.
»Lies.«
»Dein Tagebuch lese ich nicht. Aber ich bitte dich, alle Seiten, die mich betreffen, herauszureißen und hier in diesem Ofen zu verbrennen. Und künftig nichts mehr über mich zu schreiben. Meine Situation habe ich dir bereits erklärt, schade, daß du nichts begriffen hast.«
Sie blätterte nachdenklich in ihrem Tagebuch, knickte einige Seiten um und hielt es ihm wieder hin.
»Hier sind die Stellen über dich, lies.«
»Ich habe dir schon einmal gesagt, daß ich das nicht tun werde. Reiß die Seiten raus und verbrenn sie.«
Er wußte, wie unbarmherzig seine Forderung war, aber eine andere Möglichkeit gab es nicht. Solowejtschiks Flucht war die anderen teuer zu stehen gekommen; sie waren ohnehin mehr als unglücklich. Er wollte verhindern, daß irgend jemand wegen Sidas Leichtsinn zu Schaden kam.
Sida ging zum Ofen, kauerte sich davor, öffnete die eiserne Ofentür, riß eine Seite aus dem Tagebuch, überflog sie, knüllte sie zusammen und warf sie ins Feuer, dann die zweite, darauf die dritte und vierte... Sie kehrte Sascha den Rücken zu, riß die

Blätter heraus, zerknüllte sie nun schon ohne sie vorher zu lesen, und warf sie in die Flammen. Offenbar handelten alle folgenden Seiten von ihm, vielleicht war's ihr aber schon egal, sie riß Seite für Seite heraus.

»Wie heiß es ist«, sagte sie plötzlich.

Er sah erst jetzt, daß er ihr nicht mal Zeit gelassen hatte, sich auszuziehen; sie hatte noch den Pelz und die Filzstiefel an, das Tuch um, so wie sie aus der Kälte hereingekommen war.

Sie tat ihm plötzlich leid, er ärgerte sich über sich selbst. Alles war ekelhaft, entsetzlich. Er konnte nicht mehr abwarten, bis die von ihm erdachte Marter zu Ende war.

Sida stand auf, legte die Reste des Tagebuchs auf den Tisch und lächelte ihm mit Tränen in den Augen zu. »So, das wäre erledigt.«

Sascha verließ ihr Haus. Alles furchtbar! Widerlich das Ganze! Aber jetzt durfte er nicht anders handeln, jetzt lebte er nach anderen Gesetzen. Vielleicht würde Sida das verstehen, und sie könnten Freunde bleiben.

Er ging zu Fedja in den Dorfladen und erkundigte sich bei ihm nach einem Zimmer für Lydia Grigorjewna. Er erzählte, daß die Mieterin einen sechsjährigen Jungen habe, nähen könne, und es darum wünschenswert sei, wenn es eine Nähmaschine im Haushalt gäbe.

»Vielleicht sollten wir sie zu Larissa schicken?« meinte Fedja. »Sie wohnt allein und hat auch eine Nähmaschine. Sie liebt neue Kleider, kann aber nicht nähen. Auf diese Weise kriegt sie eine Schneiderin ins Haus.«

»Mehr als zwanzig Rubel kann Lydia Grigorjewna aber nicht zahlen.«

»Fünfzehn reichen Larissa auch«, Fedja winkte großzügig ab, »zumal sie für sie nähen wird. Vielleicht näht sie auch mal was für Marusja.«

»Ob Larissa einverstanden ist?«

»Wenn ich ihr's sage, ist sie's.«

Die Sache war geregelt. Sascha brachte Lydia Grigorjewnas Koffer zu Larissa, sah sich die Nähmaschine an und ölte sie. Eine alte, aber durchaus brauchbare Maschine Marke Singer.

»Ich wünsche Ihnen Erfolg«, sagte Sascha, »wenn Sie mich brauchen, geben Sie mir Bescheid.«
Ihn interessierten die Einzelheiten von Solowejtschiks Flucht. Aber Lydia Grigorjewna erzählte nichts, und Fragen zu stellen, hielt er für unschicklich.
Als Wsewolod Sergejewitsch erfuhr, daß Sascha Lydia Grigorjewna bei Larissa untergebracht hatte, sagte er mit seinem üblichen Lächeln: »Sünderin und alte Jungfer – eine amüsante Kombination. Aber sie ist mit dem kleinen Jungen da, ihr bleibt wirklich keine andere Wahl. Wissen Sie eigentlich, wer dieser kleine Tarassik überhaupt ist?«
»Er soll ihr Enkel sein, sieht ihr aber kein bißchen ähnlich.«
»Er ist der Sohn eines hier verstorbenen Ehepaars, deportierte Kulaken, um die offizielle Bezeichnung zu gebrauchen.«
Sascha war erstaunt. »Hier unter diesen Verhältnissen ein Kind adoptieren? Sehr tapfer von der Frau.«
Wsewolod Sergejewitsch entgegnete: »Vielleicht auch nur der Versuch, einen Lebensinhalt zu finden, sich wenigstens an irgend etwas festzuhalten.«
»Einerlei, was immer ihre Gründe waren«, sagte Sascha, »die Frau hat anständig und menschlich gehandelt. Mir gibt das neue Hoffnung: Selbst unter diesen barbarischen Verhältnissen behaupten sich die höchsten menschlichen Werte. Dazu gehört unbedingt auch Mitleid.«
»Und ich muß an die Veränderungen denken, die es in unserem Leben gibt«, sagte Wsewolod Sergejewitsch, »durchaus denkbar, daß Lydia Grigorjewna seinerzeit Tarassiks Eltern mit enteignet und nach Sibirien verbannt hat. Jetzt ist sie selbst in Sibirien, pflegt das Söhnchen ihrer Opfer, muß Qualen und Entbehrungen leiden. Bestätigt diese Tatsache vielleicht nicht den Satz von der unausweichlichen Sühne?«
»Von christlichen Glaubenssätzen verstehe ich wenig«, antwortete Sascha, »aber Lydia Grigorjewna ließ sich offenbar von etwas leiten, was über allen Religionen und Überzeugungen steht – von der Fähigkeit, sich für andere Menschen aufzuopfern. Und daß man das sogar hier findet, gibt mir die Hoffnung, daß das Menschliche im Menschen nicht getötet ist und nie getötet werden kann«.

Als Sascha Lydia Grigorjewna Geld angeboten hatte, hatte er selbst nur dreißig Rubel in der Tasche gehabt. Ein paar Rubel für Zigaretten und Petroleum hätten ihm genügt, er hätte sich irgendwie durchgeschlagen, dafür wäre aber Lydia Grigorjewna geholfen gewesen. Seinen Wirtsleuten hätte er die Miete eben Ende November gezahlt, schlimmstenfalls im Dezember, wenn die Post auf dem Schlittenweg kam.

Wie erwartet, traf die Post Anfang Dezember ein. Und wie Sascha gehofft hatte, erhielt er eine große Sendung: Geld, ein Paket mit Wintersachen, auf das Warja mit ihrer deutlichen Blockschrift die Adresse geschrieben hatte, viele Briefe von der Mutter und eine Menge Zeitungen. Die Poststempel waren vom August und September, auch schon vom November, die Sendungen aus der Zeit vor der Unpassierbarkeit der Straßen waren mit anderen vermischt, die später abgeschickt worden waren. Manches mußte also noch unterwegs sein. Er hatte eine, vielleicht sogar zwei vergnügliche Wochen vor sich, der Dezember versprach also herrlich zu werden.

Wie immer blätterte er zuerst in den Briefen, nachdem er sie nach den Absendedaten geordnet hatte. Die Mutter schrieb nichts Neues; was hätte sie auch für Neuigkeiten haben können? Grüße von den Tanten, von Warja. Über den Vater, Mark und die Freunde berichtete sie nichts. Er öffnete jeden Umschlag mit der stillen Hoffnung, wenigstens ein paar Worte von Warja zu finden, er hatte ihr doch auch schon geschrieben. Aber in jedem Brief stand nur: »Warja läßt grüßen.« Auf den Kreuzbändern immer ihre Blockschrift.

Als Sascha schon jede Hoffnung aufgegeben hatte und den letzten Brief öffnete, sah er auf der zweiten Seite Warjas Zusatz: »Guten Tag, Sascha! Ich bin gerade bei Deiner Mama, wir schreiben Dir diesen Brief. Uns geht es gut, Deine Mutter ist gesund. Ich arbeite in einem Moskauer Architektenbüro. Wie gern würde ich wissen, was Du jetzt machst. Warja.«

Er las die Zeilen gleich noch einmal: »Wie gern würde ich wissen, was Du jetzt machst ...« Allmächtiger! Wie gern würde er wissen, was sie jetzt machte, wie gern würde er sie sehen, ihre Stimme hören, sie mit der Hand berühren, mit den Fingern ihr Gesicht streicheln...« Wie gern würde ich... wie gern würde ich...« Ihn überflutete auf einmal ein Gefühl drängender, beklemmender Liebe und Leidenschaft für dieses Mädchen, er stellte sie sich hier bei ihm vor...

Sein Herz klopfte, er stand auf, lief durchs Zimmer, riß sich zusammen und nahm sich die Zeitungen von August und September vor. Zwischendurch griff er aber immer wieder nach dem Brief und las die Zeilen: »Wie gern würde ich wissen, was Du jetzt machst...«

Er hatte noch alles vor sich, hol's der Teufel, noch alles vor sich! Er hatte Warja, jetzt wußte er es genau. »Wie gern würde ich wissen, was Du jetzt machst...« Er hatte Warja, hatte die Mutter, hatte Menschen um sich, hatte seine Gedanken, seine Überzeugungen – eben das, was den Menschen zum Menschen macht.

Durch die kleinen quadratischen Fenster strahlte die Sonne ins Zimmer. Das Häuschen war gut geheizt, es war warm und gemütlich. Alles halb so schlimm, hier ließ sich's leben. Schlimm ging es denen, die kein Dach überm Kopf hatten.

Jemand betrat den Hausflur, trampelte und fegte den Schnee mit dem Reisigbesen von den Filzstiefeln und öffnete die Tür. Es war Wsewolod Sergejewitsch.

»Kommen Sie rein«, sagte Sascha erfreut, »legen Sie bitte ab.«

Wsewolod Sergejewitsch hängte den Pelzmantel und die Mütze auf, wickelte den Schal vom Hals, legte die Fäustlinge auf den Ofen und ging, sich die kalten Hände reibend, durchs Zimmer. Dann zeigte er auf den Tisch.

»Aha, Sie sehen sich Ihre Post an?«

»Ja, ich habe ziemlich viel bekommen. Sie doch bestimmt auch?«

»Was gibt's Neues?« antwortete Wsewolod Sergejewitsch mit einer Gegenfrage.

»Nichts Besonderes... Briefe von der Mutter und meinen Freunden. Ich freue mich drüber.«

»Aber natürlich, natürlich«, antwortete Wsewolod Sergejewitsch abwesend, als habe er Saschas Worte überhaupt nicht gehört.

»Was haben Sie denn?« fragte Sascha. »Haben Sie Sorgen?«

»Es sieht schlecht aus, Sascha, sehr schlecht.« Wsewolod Sergejewitsch ging immer noch im Zimmer auf und ab und rieb sich unaufhörlich die Hände.

Saschas erster Gedanke galt Solowejtschik. Hatten sie ihn doch gefaßt?

»Wirklich? Was ist denn passiert?«

Wsewolod Sergejewitsch blieb vor Sascha stehen.

»Am 1. Dezember ist Kirow in Leningrad ermordet worden.«

»Kirow?« wiederholte Sascha fassungslos. »Wer hat ihn ermordet?«

»Einzelheiten kenne ich nicht. Es wurde eine Regierungserklärung veröffentlicht, die etwa folgenden Inhalt hat: Am 1. Dezember um 16.30 Uhr fiel Kirow im Smolny in Leningrad von der Hand eines Mörders, den Feinde der Arbeiterklasse vorgeschickt hatten. Der Mann, der den tödlichen Schuß abgab, ist verhaftet und wird identifiziert.«

»Haben Sie die Zeitung?«

»Nein, aber es stimmt genau. Es gibt noch eine zweite Mitteilung: Der Mörder ist ein gewisser Nikolajew. Und drittens: Terrorfälle werden jetzt innerhalb von zehn Tagen untersucht und zwar ohne Anhörung der Betreffenden, das heißt also ohne Verteidigung, ohne Berufung und mit sofortiger Erschießung nach der Urteilsverkündung. So ist das, Sascha! Ein Mörder, den Feinde der Arbeiterklasse vorgeschickt hatten, was sagt man dazu ...«

»Was ist denn Besonderes an diesen Worten? Der Wortlaut ist doch nicht ausschlaggebend.«

»Finden Sie?« antwortete Wsewolod Sergejewitsch. »Ein Mörder, den Feinde der Arbeiterklasse vorgeschickt hatten ... und gleich danach: der Mann, der den tödlichen Schuß abgab, wird identifiziert. Wie denn das? Wo bleibt da die Logik? Die Person ist noch unbekannt und muß identifiziert werden. Trotzdem weiß man aber schon, wer ihn vorgeschickt hat ... Unklar, absolut unklar ... Vor allem aber im Smolny: Sitz des Leningrader Parteikomitees ... also vollkommen klar.«

»Man sagt, Kirow war ein guter Mensch und ein guter Redner, der Liebling der Partei. Wer konnte wagen, die Hand gegen ihn zu erheben?«

Wsewolod Sergejewitsch setzte sich auf die Bank und lehnte den Kopf an die Wand.

»Wer immer das getan hat, Sascha, eins kann ich Ihnen mit absoluter Gewißheit sagen: Es brechen finstere Zeiten an.«

1966–1983
Moskau

ANATOLIJ RYBAKOW
JAHRE DES TERRORS

Roman

Titel der Originalausgabe:
Tridztj pjatyj i drugije gody
Aus dem Russischen von Juri Elperin
Gebunden

Wie *Die Kinder vom Arbat* ist dieser aufrüttelnde politische Roman eine Abrechnung mit Stalins Unrechtregime, ein Protest gegen Willkür und Terror. »Wer die Entwicklung der Sowjetunion von Lenin bis Gorbatschow verfolgen will, kommt an Rybakow nicht vorbei.«

Frankfurter Rundschau

KIEPENHEUER & WITSCH

Marion Gräfin Dönhoff im dtv

Namen die keiner mehr nennt
Ostpreußen –
Menschen und Geschichte

»Dieses Buch unterscheidet sich höchst wohltuend von vielen sentimentalen Traktaten über die verlorenen Ostgebiete ... Natürlich spürt man, daß die Gräfin Dönhoff mit allen Fasern ihres Herzens an dem Land hängt, in das ihre Vorfahren vor 700 Jahren gekommen waren ... Aber sie weiß auch, daß diese 700 Jahre deutscher Kultur in Ostpreußen unwiederbringlich verloren sind – verloren durch deutsche Schuld.« (Nordd. Rundfunk)
dtv 247

Weit ist der Weg nach Osten
Berichte und Betrachtungen aus fünf Jahrzehnten

Von der Ära Stalins bis zu der Gorbatschows, von der starren Unbeweglichkeit des sowjetischen Systems bis zu »Glasnost« und »Perestrojka« hat Gräfin Dönhoff die Beziehungen der Bundesrepublik zur UdSSR und ihren Satellitenstaaten mit ihren Kommentaren begleitet. Sie hat, aus der Beobachter-Position heraus, Veränderungen wahrgenommen, die eine Reaktion des Westens, eine Neueinstellung seiner Politik möglich gemacht hätten: Stalins Tod etwa oder die Ereignisse in Ungarn, Jugoslawien, Polen, der Führungswechsel in Ost-Berlin und nicht zuletzt der in Moskau selbst. dtv 10971

Der südafrikanische Teufelskreis
Reportagen und Analysen aus drei Jahrzehnten

Gibt es einen Ausweg aus dem Teufelskreis, in den Südafrika geraten ist? Oder kommt es am Kap der einst guten Hoffnung unvermeidlich zu einer Katastrophe? Marion Gräfin Dönhoff versucht in Reportagen und Analysen von 1960 bis heute eine Antwort auf diese Fragen zu geben. Sie charakterisiert die gegenwärtige Situation in Südafrika, setzt jedoch auch heute noch auf vernünftige Einsicht auf beiden Seiten.
dtv 11110

Carl Friedrich von Weizsäcker im dtv

Foto: Isolde Ohlbaum

Wege in der Gefahr
Eine Studie über Wirtschaft, Gesellschaft und Kriegsverhütung

Dieses Buch »ist geeignet, den Blick für die politischen Realitäten im Atomzeitalter zu schärfen, die sonst gelegentlich an Konturen verlieren . . . Für Weizsäcker, wie für viele Kulturkritiker der Gegenwart, ist das bloße wissenschaftliche Denken ohnmächtig. Das Ziel eines Bewußtseinswandels ist eine ›von Liebe ermöglichte Vernunft‹.« (Wehrwissenschaftliche Rundschau)
dtv 1452

Deutlichkeit
Beiträge zu politischen und religiösen Gegenwartsfragen

Was heißt Verteidigung der Freiheit gegen Terrorismus und Repression? Hat das parlamentarische System eine Zukunft? Welche Chancen und Risiken birgt die friedliche Nutzung der Kernenergie? Gehen wir einer asketischen Weltkultur entgegen? Wie läßt sich die Frage nach Gott mit dem naturwissenschaftlichen Denken vereinen? – Vielfältige Fragen, die Weizsäcker klar zu beantworten versucht.
dtv 1687

Die Einheit der Natur

In diesen Studien aus den Jahren 1959 bis 1970 behandelt Carl Friedrich von Weizsäcker, Professor sowohl der Philosophie als auch der Physik, die für die moderne Wissenschaft grundlegende Frage nach der Einheit der Natur.
dtv 10012

Wahrnehmung der Neuzeit

Die Wahrnehmung der Neuzeit und ihrer Krise ist Weizsäckers Hauptanliegen in diesem Band mit Aufsätzen und Vorträgen von 1945 bis heute: »Das Ziel ist, die Neuzeit sehen zu lernen, um womöglich besser in ihr handeln zu können.«
dtv 10498

Die Zeit drängt
Das Ende der Geduld
Aufruf und Diskussion

Weizsäckers Aufruf zu einer »Weltversammlung der Christen für Gerechtigkeit, Frieden und die Bewahrung der Schöpfung«, die Reaktionen auf diesen Aufruf und Weizsäckers Antworten darauf.
dtv 11109

Alfred Grosser im dtv

Foto: Isolde Ohlbaum

Geschichte Deutschlands seit 1945

»Nach wie vor der einzige, bemerkenswerte und im Rahmen der Möglichkeiten gelungene Versuch, die deutsche Nachkriegsgeschichte im Zusammenhang, und zwar für die beiden Nachbarvölker Deutschland und Frankreich zugleich darzustellen.«
(Frankfurter Allgemeine Zeitung)
dtv 1007

Das Deutschland im Westen

Eine historische Bilanz der vierzigjährigen Bundesrepublik: Mit der kritischen Schärfe des Analytikers, die nirgends die Sympathie für Deutschland verleugnet, und eng vertraut mit der Realpolitik und der politischen Kultur der Bundesrepublik, erklärt Grosser die Zusammenhänge und Faktoren ihrer Entwicklung und ermuntert zu mehr Nachdenklichkeit und Engagement.
dtv 10948

Frankreich und seine Außenpolitik 1945 bis heute

Grosser begnügt sich nicht damit, bloße Handlungsvorgänge der französischen Außenpolitik zu beschreiben, er will »französische Mythen entlarven und französische Überheblichkeit bekämpfen«, ohne aber dem deutschen Leser Grund zur Genugtuung zu geben. Entstanden ist so eine souveräne Gesamtdarstellung der französischen Außenpolitik seit dem Ende des Zweiten Weltkriegs. Grosser stellt kritische Fragen: Ob die französischen Politiker nicht entscheidende Chancen auf dem Weg zu einer politischen Einigung Europas ungenutzt ließen und ob es Frankreich gelungen ist, in der europäischen Nachkriegsordnung eine herausragende Stellung einzunehmen.
dtv 11022